HEYNE BÜCHER

In gleicher Aufmachung erschienen in der Reihe
HEYNE SCIENCE FICTION & FANTASY
herausgegeben von Wolfgang Jeschke:

Das Science Fiction Jahr # 1 (1986) · 06/4260
Das Science Fiction Jahr # 2 (1987) · 06/4371
Das Science Fiction Jahr # 3 (1988) · 06/4464
Das Science Fiction Jahr # 4 (1989) · 06/4550
Das Science Fiction Jahr # 5 (1990) · 06/4640
Das Science Fiction Jahr # 6 (1991) · 06/4760
Das Science Fiction Jahr # 7 (1992) · 06/4850
Das Science Fiction Jahr # 8 (1993) · 06/4960
Das Science Fiction Jahr # 9 (1994) · 06/5080
Das Science Fiction Jahr # 10 (1995) · 06/5245
Das Science Fiction Jahr # 11 (1996) · 06/5380
Das Science Fiction Jahr # 12 (1997) · 06/5638
Das Science Fiction Jahr # 13 (1998) · 06/5925
Das Science Fiction Jahr # 14 (1999) · 06/5995 (in Vorb.)
Das Science Fiction Jahr # 15 (2000) · (in Vorb.)

DAS SCIENCE FICTION JAHR

13

Ein Jahrbuch für den
Science Fiction Leser

AUSGABE 1998

Herausgegeben
von
Wolfgang Jeschke

WILHELM HEYNE VERLAG · MÜNCHEN

HEYNE SCIENCE FICTION & FANTASY
Band 06/5925

Umwelthinweis:
Dieses Buch wurde auf
chlor- und säurefreiem Papier gedruckt

Printed in Germany Februar 1998
Umschlagbild: Gregor Schuster
Umschlaggestaltung: Atelier Ingrid Schütz, München
Technische Betreuung: M. Spinola
Satz: Schaber Satz- und Datentechnik, Wels
Druck und Bindung: Presse-Druck, Augsburg

ISBN 3-453-13313-7

DAS SCIENCE FICTION JAHR # 13

INHALT

EDITORIAL **13**

SZENE

Die deutsche SF-Szene 1996/97
– von Hermann Urbanek **21**

Die amerikanische SF-Szene 1996/97
– von Hermann Urbanek **137**

Die britische SF-Szene 1996/97
– von Hermann Urbanek **200**

Preise – Preise – Preise **215**

Renaissance der Utopie oder Einübung in die Endzeit –
Die russische Science Fiction nach der Perestrojka
– von Uwe-Michael Witt **247**

Mut zur Zukunft – Sience Fiction aus Japan
– von Hans-Arthur Marsiske **265**

9. SF-Tage NRW in Dortmund
– von Lutz Gräfe **271**

Lonestarcon – Weltcon mit kleinen Fehlern
– von Waldemar Kumming **277**

DAS SCIENCE FICTION JAHR # 13

INHALT

Von einem Menschheitstraum und verletztem Stolz –
Ein Professor schrieb über
Wernher von Braun, »Wunderwaffen«-Vergangenheit
inklusive, und provozierte Wut
– von Eckart Spoo **286**

FILM / TV

Krieg der Sterne und kein Ende –
Was hat uns die Special Edition gebracht?
– von Ralph Sander **292**

Sience Fiction-Filme gibt's nicht!
– von Ernst Petz **297**

G
– von Lutz Gräfe **307**

Die Filmszene 1996/97
– von Peter M. Gaschler **315**

Ein offener Brief an Peter M. Gaschler
– von Michael K. Iwoleit **392**

DAS SCIENCE FICTION JAHR # 13

INHALT

HÖRSPIEL

Science Fiction-Hörspiele 1996/97
– von Christiane Timper, Birke Vock, Bärbel Weixner, Ulrich Bettermann, Sascha Mamczak und Horst G. Tröster **397**

AUTOREN

Literaturliteratur, Science Fiction und mehr: Dieter Hasselblatt (1926–1997) in memoriam
– von Jörg Weigand **451**

Phantasie und Kalkül
Erinnerungen an Dieter Hasselblatt
– von Horst G. Tröster **457**

Carl Sagan (1934–1996)
– von Rainer Eisfeld **533**

Der wahre Unsichtbare
Zum Tode von William S. Burroughs
– von Horst Pukallus **541**

Im siebten Himmel eingeklemmt
Ein Nachruf auf Roland Topor
– von Jacek Rzeszotnik **551**

DAS SCIENCE FICTION JAHR # 13

INHALT

Robinson im Meer der Information
Über Stanisław Lem
– von Franz Rottensteiner **555**

Wiederbegegnung mit einem Propheten
Einige Bemerkungen zu Marshall McLuhan
– von Michael K. Iwoleit **623**

SF-COMPUTER

SF-Computerspiele 1997
– von Gerd Frey **493**

INTERVIEW

»Am Ende paßt alles zusammen«
Ein Interview mit Alan Dean Foster
– von Jens H. Altmann **565**

Interview mit Ian McDonald
– von Lutz Gräfe **575**

Interview mit Stephen Baxter
– von Lutz Gräfe **587**

DAS SCIENCE FICTION JAHR # 13

INHALT

Zu Besuch bei Robert Sheckley
– von Michael Roth **597**

Ein Gespräch mit Paul Williams
– von Frank Borsch **615**

ÜBER SCIENCE FICTION

Schwarzes Loch jenseits von 2000? oder: Was kann die Science Fiction zur Zukunftsforschung beitragen?
– von Karlheinz Steinmüller **634**

SCIENCE

Schritte ins Leben
– von Günther Stoll **656**

BÜCHER

Joan Aiken, »Isa und die Schmugglerbande«, von Hermann Urbanek / David Ambrose, »Der 8. Tag«, von Florian F. Marzin / Heiko Arntz (Hrsg.), »Schräge Geschichten«, von Jacek Rzeszotnik / Robert Asprin und Linda Evans, »Time-Scout«, von Gunther Barnewald und Detlef Hedderich / Nicholas Baker, »Die Fermate«, von

DAS SCIENCE FICTION JAHR # 13

INHALT

Florian F. Marzin / Scott Bradfield, »Planet der Tiere«, von Sascha Mamczak / David Brin, »Erde. Der Roman des 21. Jahrhunderts«, von Karsten Kruschel / Barbara Büchner, »Aus dunkler Tiefe«, von Hermann Urbanek / Charles Bukowski, »Ausgeträumt«, von Jürgen Wimmer / Moyra Caldecott, »Kind des Dunkelsterns«, von Hermann Urbanek / L. Sprague & Catherine Crook de Camp, »Die Schwerter von Zinjaban«, von Hermann Urbanek / Caleb Carr, »Die Einkreisung«, von Karsten Kruschel / D. G. Compton, »Tod live«, von Florian F. Marzin / Michael Cordy, »Das Nazareth Gen«, von Jürgen Wimmer / Andrew Crumey, »Die Geliebte des Kartographen«, von Matthias Neiden / Robert Feldhoff, »Grüße vom Sternenbiest«, von Robert Hector / David Gemmell, »Die Legende«, von Hermann Urbanek / William Gibson, »Idoru«, von Sascha Mamczak / Robert A. Heinlein, »Gestrandet im Sternenreich«, von Hermann Urbanek / Wolfgang Hohlbein, »Der Widersacher«, von Matthias Neiden / Pam Keesey (Hrsg.), »Draculas Töchter«, von Florian F. Marzin / Bernhard Kegel, »Das Ölschieferskelett«, von Gunther Barnewald und Detlef Hedderich / Bernhard Kegel, »Wenzels Pilz«, von Gunther Barnewald und Detlef Hedderich / Dean Koontz, »Die zweite Haut«, von Karsten Kruschel / Beatrix M. Kramlovsky, »Das Risiko«, von Hermann Urbanek / Lawrence M. Krauss, »Die Physik von Star Trek«, von Robert Hector / Joe R. Lansdale, »Drive-In«, von Jürgen Wimmer / Stephen Lawhead, »In der Halle des Drachenkönigs«, von Hermann Urbanek / Stanisław

DAS SCIENCE FICTION JAHR # 13

INHALT

Lem, »Die Entdeckung der Virtualität«, von Michael K. Iwoleit / Alexander Lernet-Holenia, »Ein Traum in Rot«, von Hermann Urbanek / Arno Löb (Hrsg.), »Draculas Rückkehr«, von Gunther Barnewald und Detlef Hedderich / Alison Lurie, »Frauen und Phantome«, von Gunther Barnewald und Detlef Hedderich / Lynn Margulis/Dorion Sagan, »Leben – Vom Ursprung zur Vielfalt«, von Robert Hector / Paolo Maurensig, »Die Lüneburg-Variante«, von Karsten Kruschel / Ian McDonald, »Necroville«, von Michael K. Iwoleit / Tobias O. Meißner, »Starfish Rules«, von Kurt Bracharz / Kai Meyer, »Hex«, von Hermann Urbanek / Kai Meyer, »Hex – der UFO-Roman«, von Ralf Reiter / Fanny Morweiser, »Der Taxitänzer«, von Michael K. Iwoleit / Ronald Munson, »Night Vision«, von Jürgen Wimmer / Hans-Peter Neumann, »Die Bibliographie der DDR-Science Fiction«, von Jacek Rzeszotnik / Fabienne Pakleppa, »Die Aufsässigen«, von Karsten Kruschel / »Perry Rhodan – Abenteuer Universum Vol. 1. Das Perry Rhodan Archiv« (CD-ROM), von Jacek Rzeszotnik / Christopher Priest, »Das Kabinett des Magiers«, von Gunther Barnewald und Detlef Hedderich / Christopher Priest, »Das Kabinett des Magiers«, von Sascha Mamczak / Kim Stanley Robinson, »Roter Mars«, von Robert Hector / Graciano »Rocky« Rocchigiani und Martin H. Greenberg (Hrsg.), »TKO. Box-Stories«, von Jürgen Wimmer / Norman Spinrad, »Bilder um 11«, von Ralf Reiter / Peter Terrid, »Eine Welt für Mörder«, von Hermann Urbanek / Helen Hughes Vick, »Zeitenwanderer«, von Gunther

DAS SCIENCE FICTION JAHR # 13

INHALT

Barnewald und Detlef Hedderich / Sylvia Townsend Warner, »Mister Fortunes letztes Paradies«, von Matthias Neiden / Manfred Weinland, »Botschaft aus dem Gestern«, von Hermann Urbanek / Chris Wilson, »Joe Blueglass«, von Karsten Kruschel / Bari Wood, »Puppenauge«, von Gunther Barnewald und Detlef Hedderich / Christopher Zimmer, »Die Steine der Wandlung«, von Hermann Urbanek / Robert Zubrin & Richard Wagner, »Unternehmen Mars«, von Florian F. Marzin **698**

BIBLIOGRAPHIE

Phantastische Literatur
im Heyne Taschenbuch 1997
– von Werner Bauer **835**

EDITORIAL

Lieber Leser,

Der Klimagipfel in Kyoto ist nach zähem Ringen und nicht wenigen Unkenrufen jener, die schon resigniert hatten, doch noch positiv zu Ende gegangen. Positiv nicht in der Substanz (dafür bringt das Ergebnis zu wenig), aber positiv deshalb, weil es überhaupt noch zu einer Einigung kam, was eine Reduzierung des CO_2-Ausstoßes betrifft. Der Kompromiß kam durch den Druck der Europäer zustande; sie verpflichteten sich freiwillig zu einer Übererfüllung des gesteckten Ziels der Einsparung: 8 % anstatt der vereinbarten 5 %.

Geschah dies aus dem Wissen heraus, was auf sie zukommen könnte, wenn die Erdatmosphäre weiter aufgeheizt wird? Wissen sie es wirklich?

Wie dem auch sei. Neuere Ergebnisse von Bohrungen im Grönlandeis und im Meeresgrund des Nordatlantiks haben ergeben, daß bei einer allgemeinen Erwärmung der Nordhemisphäre die Gefahr eines Klimasturzes in Europa – so paradox dies zunächst klingen mag – rapide zunimmt. Entsprechende Simulationen führen zu Resultaten, bei denen es uns Europäern buchstäblich kalt den Rücken hinunterläuft.

Die letzte Vereisung Europas ereignete sich mitten in einer Warmphase: der jüngeren Dryas-Zeit vor 11 500 Jahren. Und diese Klimaverschlechterung war nicht etwa eine schleichende Abkühlung, sondern ein katastrophaler Klimasturz innerhalb weniger Jahre von relativ behaglichen Durchschnittstemperaturen, wie wir sie etwa heute gewohnt sind, auf ein Jahresmittel unter dem Gefrierpunkt, wie es in vergleichbaren Breiten – Labrador, Nordkanada, im Süden Alaskas, Kamtschatka und Mittelsibirien – üblich ist.

Wodurch wir in Europa zu dieser Ausnahmestellung kommen –

wir lernen es schon in der Schule –, ist der Golfstrom, genauer gesagt: der Nordatlantikstrom, dessen Ostflanke von der Corioliskraft der Erddrehung gegen die Westküste Europas gedrückt wird und dessen warmes Wasser aus tropischen Breiten die Kaltluftströme aus der Arktis vorwärmt und durchfeuchtet, bevor sie den Kontinent erreichen und dann bis zum Ural und in die Ukraine vorstoßen und europaweit für gemäßigte Temperaturen und Niederschläge sorgen. Dieses Gebiet ist heute der Lebensraum von ca. 500 Millionen Menschen, die nicht nur ernährt werden können, sondern sogar Überschüsse produzieren.

Wie diese komfortable Fernheizung funktioniert, hat man erst in den letzten beiden Jahrzehnten genauer zu verstehen gelernt. Ob sie verläßlich ist...? Sie ist es nicht. Um sie abzustellen, muß nicht einmal eine Bresche durch Panama gesprengt werden wie in Dominiks Atlantis, *es genügt eine Erwärmung der Nordhalbkugel um etwa 5 % – und darauf marschieren wir durch den forcierten Treibhauseffekt mit Riesenschritten zu.*

Am ›Laufen‹ gehalten wird die Warmwasserzufuhr durch das Wechselspiel von Temperatur und Salzgehalt des Meerwassers. Warmes Salzwasser ist leichter als kaltes Salzwasser, also zieht der warme Strom an der Oberfläche dahin und gibt Wärme und Feuchtigkeit an die Luft ab. Die Temperatur des Wassers sinkt allmählich, und durch die Verdunstung nimmt ihr Salzgehalt zu. Beides führt zu einer fortschreitenden Gewichtszunahme. Das am Schluß hypersaline Wasser ist schließlich schwerer als alles darunter Befindliche; es bricht durch und ergießt sich südlich und südwestlich von Grönland in einem gewaltigen Wasserfall auf den Meeresgrund, macht eine Kehre von 180 Grad und fließt als extrem salzhaltiger Tiefenstrom auf dem Grund des Atlantiks Richtung Süden. Die stürzenden Wassermassen – mehr als das Zwanzigfache sämtlicher Flüsse der Erde – ziehen wie ein Paternoster ständig neues Warmwasser aus den Tropen herauf. Das Fließband läuft von selbst wie ein Perpetuum mobile. Wie sollte so etwas Gewaltiges zu stoppen sein? Das ist leider sehr leicht möglich, wie das Beispiel der jüngeren Dryas-Zeit beweist.

Um 13 000 v. Chr. war die letzte große Vereisung der Nordhalbkugel zu Ende, die Alleröd-Erwärmung begann; die Gletscher wichen zurück; das Leben wanderte nach Norden. Diese Erwär-

mung nahm um 11 500 rasch zu – natürlich nicht wie heute durch zuviel Einleitung von Abgasen in die Atmosphäre, sondern durch ein unglückliches Zusammentreffen dreier astronomischer Faktoren: der Achsenneigung der Erde (stärkerer Sommer/Winter-Gegensatz zwischen Süd und Nord), der Exzentrizität der Erdbahn (eines Zyklus von ca. 400 000 Jahren, in dem die Umlaufbahn um die Sonne periodisch von den großen Planeten verformt wird) und der Präzession (der Punkt größter Sonnennähe – Perihel –, an dem die Erde 7 % mehr Sonnenlicht empfängt als im Aphel, wandert einmal in ca. 20 000 Jahren durch den Jahreskreis). Das Perihel liegt derzeit auf dem 3. Januar, das Aphel auf dem 5. Juli; vor 11 500 Jahren fiel der sonnennächste Punkt auf die Sommersonnenwende, die kürzere Entfernung zur Sonne und eine stärkere Achsneigung kamen hinzu, darüber hinaus sorgen die großen Landmassen der Nordhemisphäre für einen weit intensiveren Wärmeaustausch mit der Atmosphäre als die relativ ›glatten‹ Wasseroberflächen der Südhemisphäre. Das Ergebnis: Die Nordhalbkugel wurde rascher aufgeheizt, ähnlich wie es derzeit weltweit durch CO_2-Emissionen geschieht. Die Gletscher schmolzen dahin. Übersteigt diese Schmelzgeschwindigkeit einen Schwellenwert, tritt ein selbstlaufender Prozeß in Gang, der das Schmelzen weiter beschleunigt: Tauwasser sickert unter die Eismassen und löst die Verbindung zum festen Untergrund, der Gletscher rutscht schneller, die Eismasse wird labil; während die Ränder nach außen drängen und zerbrechen, stürzt die Mitte ein, Risse entstehen, Spalten tun sich auf, das Eis bietet der warmen Luft immer größere Angriffsflächen. Ströme von Süßwasser ergießen sich ins Meer, und weil Süßwasser wiederum leichter als Salzwasser ist, verteilt es sich weiträumig.

Im Nordatlantik hat dies verheerende Folgen: Mit dem beginnenden Winter gefriert das Süßwasser zu einer dünnen Packeisschicht, die das warme Wasser aus den Tropen von der Luft isoliert. Diese wird weder erwärmt noch durchfeuchtet (kalte, trockene Winter sind die Folge); die weiße Oberfläche mit einer hohen Albedo wirft verstärkt das Sonnenlicht ins All zurück, wodurch die Sonneneinstrahlung ihren Wärmeeffekt weitgehend verliert, die Packeisgrenze verschiebt sich nach Süden auf die Breite von Lissabon; die unterbundene Verdunstung verhindert die Salinierung, der unterseeische Wasserfall kommt zum Erliegen, das Förderband reißt. Die arktischen Winde fegen über den Kontinent. Das Klima schaltet abrupt auf kalt und trocken. Im Sommer bleiben die Temperaturen knapp über dem Nullpunkt. In Europa gehen die Lichter aus.

800 Jahre dauerte es in der jüngeren Dryas-Zeit, bis die ›Störung‹ abgebaut war und die Strömung aus den Tropen wieder in Gang kam. 99 % der Population war am Ende dieser Zeitperiode aus Europa verschwunden. Menschen und Tiere waren umgekommen oder nach Süden und Südosten ausgewandert. Nördlich der Alpen wuchsen keine Bäume mehr. Wohin sollten heute 495 Millionen Menschen verschwinden, wenn ein auch nur ein paar Jahre währendes arktisches Klima über Europa hereinbräche?

Wie anfällig unsere Ernährungslage ist, zeigte sich beispielsweise Frühjahr 1986 nach der Tschernobyl-Katastrophe. Als Mitte Mai die regionalen Werte der radioaktiven Belastung feststanden, wurden die Milchbauern des Chiemgaus (wo ich wohne) aufgefordert, auf eine Grünfütterung aus der ersten Mahd zu verzichten, weil die Becquerel-Werte dort sehr hoch waren. Sofort schnellten die Preise für Futtermittel in die Höhe; die Silos waren leer (denn bei dem geringen Ertrag bei der Milchproduktion wird das Verhältnis zwischen Bevorratung und Bestand äußerst knapp kalkuliert). Die Bauern waren vor die Wahl gestellt: entweder notschlachten oder die behördliche Weisung ignorieren. (Natürlich taten sie letzteres, die Molkereien nahmen ihnen die verseuchte Milch trotzdem ab, versuchten sie als Trockenmilch in die Dritte Welt zu verhökern, was mißlang; schließlich wurde sie durch ein aufwendiges Vernichtungsprogramm auf Steuerkosten angeblich aus der Welt geschafft.) Bei einem raschen Klimaumschwung bliebe nach Ausbleiben der ersten Mahd nur die Notschlachtung. Schon im ersten Jahr wäre die Milchwirtschaft am Ende, im Jahr darauf die gesamte landwirtschaftliche Produktion nördlich der Alpen.

Die einzige Möglichkeit, den Klimasturz zu verzögern oder rückgängig zu machen, bestünde darin, mit großen Spiegeln im Orbit Sonnenlicht auf das Packeis zu lenken, um es aufzuschmelzen, damit das Förderband nicht völlig abrisse. Dieser Vorschlag stammt nicht von Kim Stanley Robinson, Larry Niven oder Charles

Sheffield und auch nicht von mir, sondern von dem renommierten Neurobiologen und Anthropologen William H. Calvin, der darin die einzige Möglichkeit sieht, die sich möglicherweise abzeichnende Katastrophe abzuwenden, die für einige hundert Millionen Menschen den Hungertod bedeuten würde.*

Angesichts solcher – und vieler anderer – technischer Herausforderungen wundert es mich immer wieder, daß bei Podiumsdiskussionen und ähnlichen Veranstaltungen, die ausdrücklich dazu anberaumt sind, um über den Tellerrand unserer Alltagswirklichkeit hinauszublicken, die Zukunft nicht wirklich ins Auge gefaßt wird und es offenbar vielen Menschen schwerfällt, sich größere Zeiträume vorzustellen. Unweigerlich wird dabei die Frage der Raumfahrt angeschnitten, und das Gespräch läuft auf die Alternative hinaus, daß es besser sei, das eigene Gärtchen zu bestellen, d. h. sich auf irdische Probleme zu beschränken, und besser nicht hinaus in die Welt, resp. den Raum zu ziehen: lieber weniger Technik und dafür mehr Natur. Diese Einstellung wird immer wieder auch von Menschen vertreten, die es meiner Meinung nach eigentlich besser wissen müßten. Ich kann nämlich in den genannten Alternativen keine Gegensätze erkennen. Es werden auf Erden in einem bestimmten Zeitraum immer mehr Menschen geboren werden, als in den Raum aufbrechen könnten, und um die Natur, d. h. die Ökologie der Erde zu erhalten, werden wir voraussichtlich eine Menge Technik benötigen. (Siehe oben.)

Dasselbe ereignete sich wieder bei einer Diskussion am 15. November 1997, die Bayern 2 Radio zusammen mit der Bayerischen Staatsoper in der Reihe Kultur live aus der Bayerischen Staatsoper *veranstaltete; der Titel lautete:* Aufbruch in die Zukunft. *Teilnehmer waren der Astronaut Ulf Merbold, der Physiker Hans-Peter Dürr und ich als SF-Autor. Die Gesprächsleitung hatte Jürgen See-*

---

* William H. Calvin, *Der Schritt aus der Kälte. Klimakatastrophen und die Entwicklung der menschlichen Intelligenz,* München-Wien: Carl Hanser Verlag, 1997 (ISBN 3-446-17311-0). Wen diese Thematik interessiert, die in diesem Editorial angesprochen wurde, findet dort ausführliche Darstellungen und Verweise auf die jüngste Forschung, nicht nur über die Klimaumbrüche in den letzten 150 000 Jahren, sondern auch über die Entwicklung des Homo sapiens und speziell seines Gehirns. – Höchst empfehlenswert!

ger. Der Saal war voll; das Publikum interessiert, Zukunft interessiert immer, sie geht uns alle an, sie beginnt in diesem Augenblick. Den meisten Menschen ist unbehaglich zumute, sie spüren, daß mit unserer technischen Zivilisation irgend etwas falsch läuft, wissen aber nicht genau, was es ist, oder sind - wie viele, die keine SF lesen - außerstande, solche Zusammenhänge zu begreifen, und wenden sich den eskapistischen Spinnereien der esoterischen Gurus zu, die noch nie so gut im Geschäft waren wie heute.

Als SF-Autor hat man erfahrungsgemäß dabei die schlechtesten Karten: Man wird verdächtigt, mit den Ängsten und Hoffnungen der Menschen zu spielen, um damit Geld zu verdienen. Das trifft ja leider für manche Kollegen zu, und deshalb gerät man leicht in den Ruch der Heuchelei, wenn man versichert, daß einem die anstehenden Probleme tatsächlich enorme Sorgen bereiten und daß ein pessimistisches Szenario keineswegs der Ausdruck von Defätismus und Resignation sein muß (weshalb sollte man dann noch SF schreiben?), sondern daß, im Gegenteil, die optimistische Grundhaltung dahinter stehe, mit dem geschilderten Menetekel etwas bewegen zu können, und zwar zum Positiven hin.

In den besten Händen wähnt sich das (interessierte, weil verunsicherte) Publikum bei bekannten Professoren, die ihm mit der Würde ihrer Person und der geballten Autorität ihres Titels und Amtes versichern, alles sei gar nicht so schlimm, »wir müßten nur ...« und »sollten eben ...« usw. usf. Einlullende Feststellungen (die ohnehin meist Binsenweisheiten sind) und sanfte Mahnungen, die nicht eben von Praxisnähe (weil die Macher sich nicht darum scheren), sondern eher vom Wunschdenken einer alternativen Latzhosen-Romantik geprägt sind! Ich stehe solchen Auslassungen zunehmend skeptisch gegenüber, ja, ich halte sie für bedenklich. Selbst wenn sie meist dem gutem Willen entspringen, ein Umdenken zu bewirken und »den Menschen Mut zu machen«, sind sie auch geeignet, eine Technophobie zu verbreiten, die wir uns gar nicht leisten können. Sie sind geeignet, die Probleme zu verharmlosen, die Menschen zu beschwichtigen und ihnen einzureden, daß mit etwas Einschränkung und Energieeinsparung getrost weitergewurstelt werden könne wie bisher.

Ich möchte nicht mißverstanden werden: Ich bin für Mülltrennung, Kollektoren auf dem Dach, abgedichtete Fenster und Türen, bessere Katalysatoren und benzinsparende Autos. Das ist alles äußerst wichtig, aber wer glaubt, daß damit die Energielücke geschlossen werden könne, die sich um die Mitte des nächsten Jahrhunderts auftun wird, wenn die fossilen Brennstoffe verfeuert sein werden, ist ein Narr. Und diese Narretei könnte leicht drei oder vier Milliarden Menschen das Leben kosten, weil wir ohne technische Alternativen nicht imstande sein werden, sie zu ernähren und mit den nötigsten Hilfsmitteln zu versorgen.

Was wir dringend brauchen, ist eine perfekt funktionierende Wasserstofftechnik, und die ist nur auf der Grundlage einer wirklich leistungsfähigen Solartechnik möglich, die nicht nur erdgestützt ist, sondern auch die Sonnenenergie nutzbar macht, die unsere Erde gar nicht erreicht, also Solarkraftwerke im Erdorbit; und eine Raumfahrttechnik, die bemannte ebenso wie die robotische, die uns die Rohstoffe des Sonnensystems zugänglich macht.

Alles andere halte ich für nicht akzeptabel, sonst steht uns eine düstere, frostige Zukunft ins Haus, in der wir hilflos aller Unbill (und sei sie selbstverschuldet) ausgeliefert wären, welche die Erde und das Weltall für uns möglicherweise bereithalten. Die Saurier waren immerhin 150 Millionen Jahre lang die dominierende Spezies dieser Welt, bis sie ein Schlag aus dem All auslöschte. Das sollte uns doch etwas lehren.

So manchen überkommt sogar eine leise Schadenfreude bei dem Gedanken, daß sich Gaia eines Tages die lästigen Zecken aus dem Pelz schütteln könnte, zu denen wir für sie geworden sind.

Und das war's dann?

Auf der Erde hat sich in dreieinhalb Milliarden Jahren das Leben von der Protozelle heraufgearbeitet zu einem Wesen, das über sich selbst und das Universum, das es hervorgebracht hat, nachzudenken in der Lage ist.

Ich meine, dieses Leben ist es wert, erhalten zu werden, auch wenn es vielleicht nicht so einzigartig ist.

Ihr W. Jeschke

SZENE

Die deutsche SF-Szene 1996/97

von Hermann Urbanek

1. VORBEMERKUNGEN

Der Aufwärtstrend der letzten Jahre, der seit dem Markteinbruch im Jahre 1987 kontinuierlich angehalten hatte, setzte sich auf dem deutschsprachigen Markt auch im Jahr 1996 nicht nur ungebrochen, sondern sogar dynamisch fort und führte bei der Zahl der veröffentlichten Titel zu einem neuen Rekordergebnis. Es war das beste Ergebnis, das seit 1986, als das SCIENCE FICTION JAHR mit den genauen Marktanalysen und Aufschlüsselungen in die einzelnen Bereiche und Publikationsformen begann, erzielt wurde, und wahrscheinlich auch das beste Ergebnis der deutschen Publikationsgeschichte überhaupt. Erstmals wurden mehr als 1200 Titel veröffentlicht. Diese sehr kräftige Steigerung kam in ihrem Ausmaß doch etwas überraschend, denn die Prognose war im Grundansatz davon ausgegangen, daß die vielen Sonderproduktionen des Jahres 1995 im jetzigen Beobachtungszeitraum durch neue Verlage, Reihen und Programmerweiterungen in etwa ausgeglichen werden würden, wiewohl festgehalten wurde, daß durchaus die Wahrscheinlichkeit bestand, daß der Rekord des Jahres 1995 übertroffen werden könnte. Speziell die Unwägbarkeiten auf dem Hardcoversektor, in erster Linie bedingt durch die zahlreichen Klein- und Jugendbuchverlage, machen und machten immer schon Prognosen sehr schwierig, vor allem, wenn die Unterschiede, wie zuletzt, bei Redaktionsschluß nicht allzu gravierend waren und Hochrechnungen dadurch zusätzlich erschwert wurden.

Daß es zu dieser für das Genre so überaus erfreulichen Entwicklung kam, hatte mehrere Ursachen: Zum einen wurden in der zweiten Jahreshälfte auf dem Buchsektor – also bei den gebundenen Titeln und bei den in Buchverlagen publizierten Paperbacks – erneut überdurchschnittlich viele einschlägige Werke, einschließlich von Thrillern und Mainstream-Titeln mit mehr oder minder stark ausgeprägten phantastischen oder spekulativen Elementen auf den Markt gebracht. Zwar drosselten Kinder- und Jugendbuchverlage, die in den Vorjahren für die Steigerung des Titelausstoßes maßgeblich verantwortlich gewesen waren, im Gegensatz dazu teilweise ihren Output, was diesmal negativ bei der Phantastik zu Buche schlug, zu der traditionell auch Kunstmärchen, diverse Kinderbuchklassiker und Gruselbände gezählt werden, sie schaffte es aber trotzdem noch, beim Buch die Spitzenposition zu halten, alle anderen Genres hingegen verzeichneten zum Teil kräftige Zuwächse in diesem Sektor. Verlage, die sich schon zuvor im Genre engagiert hatten, haben ihr Angebot gehalten, bisweilen haben sie es sogar drastisch ausgeweitet – hier seien nur der Kölner Verlag vgs, dessen SF-Programm auch 1996 förmlich explodierte, und der Heyne Verlag, dessen Hardcover im Taschenbuchformat für ein kräftiges Plus sorgten, besonders erwähnt. Zudem haben neue Verlage, die bislang noch nicht im Genre präsent waren, dieses Marktsegment für sich entdeckt und Werke herausgebracht, die entweder eindeutig dem Genre zuordenbar waren oder zumindest im Grenzbereich zu Fantasy, Science Fiction, Horror oder Phantastik lagen. Im Taschenbuchbereich, wo die Steigerung viel moderater ausfiel, wirkten sich die diversen Sondereditionen wieder stark aus, wie die STEPHEN KING EDITION und die DEAN KOONTZ EDITION bei Heyne oder die Fischer-Sommeredition DURCH TRAUM- UND ZAUBERWELTEN, die die Sonderproduktionen des Jahres 1995 mehr oder weniger egalisierten. Erneut kräftig ausgewirkt haben sich auch die Veröffentlichungen in der Jugendbuchreihe FISCHER SCHATZINSEL und bei OMNIBUS der Start der Gruselreihe GÄNSEHAUT von R. L. Stine. Wenn man alle zuvor erwähnten Unwägbarkeiten betrachtet, ist es wieder sehr riskant, bei Redaktionsschluß eine Prognose für 1997 abzugeben, zu viele Fragen sind zur Stunde noch ungeklärt. Offen ist vor allem, wie sich die zahlreichen Kleinverlage auf dem Markt behaupten werden, wie viele Bücher tatsächlich im zweiten Halbjahr erscheinen werden und ob neue Verlage Aktivitäten im Genre starten. Der Zahl der bislang vorliegenden Publikationen nach zu schließen sieht es ganz danach aus, als läge ein neuerliches Rekordergebnis durchaus im Bereich des Möglichen, zumindest sollte sich das Ergebnis des Jahres 1997 nicht allzu sehr von dem aus 1996 unterscheiden. Bei den Großverlagen war, mit Ausnahme der zuvor zitierten Verlage, die Situation erneut durch Stabilität gekennzeichnet. Verlage, die bislang schon regelmäßig phantastische Titel im Programm hatten, waren in der Regel auch 1996 wieder im Genre präsent, neue Verlage kamen hinzu, andere stellten ihre diesbezüglichen Aktivitäten ein, wobei die Rückgänge durch die Zuwächse mehr als nur ausgeglichen wurden. Auch in der Taschenbuchszene war Stabilität angesagt. Der Ausstoß der drei Marktführer HEYNE, BASTEI und GOLDMANN wich 1996 nur geringfüging von dem des Vorjahres ab, und das, obwohl es nur bei HEYNE Sondereditionen in Sachen Phantastik gab. Die Zahl der von den »Großen Drei« veröffentlichten Titel lag erneut bei knapp zwei Dritteln aller Taschenbücher mit phantastischen Thematiken. Hierbei wurden, wie schon in den Jahren zuvor, die Titel zusätzlich mit eingerechnet, die nicht in den SF-, Fantasy- und Horror-Reihen, sondern in den Allgemeinen Programmen erschienen sind. 1997 wird die Titelzahl der Taschenbücher voraussichtlich wieder annähernd bei der des Jahres 1996 liegen, da sich die Sondereditionen des Jahres 1997 in etwa mit denen von 1996 die Waage halten und etwaige Fehlmengen mit ziemlicher Sicherheit durch allgemeine Programmausweitungen kompensiert werden dürften.

Da sich die Situation auf dem Taschenbuchsektor – im Gegensatz zum Buchmarkt – nicht allzu gravierend verändert hat, werden die einschlägigen Verlage, und hier vor allem die Marktführer mit eigenen SF-, Fantasy- und Horror-Reihen, auch in der näheren Zukunft auf Nummer Sicher gehen und in der Regel auch weiterhin bekannten und bereits eingeführten Autoren, die aufgrund ihres Namens bessere Verkaufszahlen erwarten lassen, sowie Zyklen und Serien, die sich grundsätzlich besser verkaufen als abgeschlossene Einzeltitel, den Vorzug vor talentierten Newcomern geben, die hierzulande noch mehr oder weniger unbekannt sind, obwohl fairerweise festgestellt werden muß, daß sich hier in den letzten Jahren schon einiges bewegt hat. Denn den Herausgebern der SF- und Fantasy-Reihen aller drei marktführenden Verlage ist bewußt, daß sie junge und neue Autoren gezielt aufbauen müssen, wollen sie die zum Teil dynamisch wachsenden Programmangebote auch in Zukunft mit zugkräftigen und renommierten Autoren bestücken. Besonders zum Zuge kommen dabei naturgemäß neue Autorinnen und Autoren, die sich schon in Übersee erfolgreich auf dem Markt behauptet und durch Bestseller oder exzellente Besprechungen auf sich aufmerksam gemacht haben. Die stetig steigenden Verkaufszahlen, derer sich speziell SF- und Fantasy-Titel in den letzten Jahren erfreuen, lassen hoffen, daß sich dieser positive Trend auch in Zukunft fortsetzen wird. Das gilt aber nur sehr eingeschränkt für deutschsprachige Autoren und ihre nicht im angloamerikanischen Sprachraum beheimateten Kollegen, deren Situation, von Ausnahmen abgesehen, nach wie vor sehr unbefriedigend ist. Die Chance, ihre Werke veröffentlicht zu sehen, ist nur beschränkt vorhanden, speziell, was Romane betrifft, etwas besser sieht es bei der Kurzgeschichte aus. Regelmäßig Werke deutscher Autoren im Taschenbuch bieten die PERRY RHODAN TASCHENBÜCHER und die Fantasy-Edition um DAS SCHWARZE AUGE sowie auch die von Kai Meyer konzipierte Serie DIE NIBELUNGEN mit den phantastischen Jugendabenteuern der Protagonisten des großen deutschen Sagenstoffes, wobei bei ersteren die Serie bzw. die Fantasywelt im Vordergrund steht und neuen Autoren nur beschränkt die Möglichkeit des Einstiegs eingeräumt wird. Denn auch für die deutschsprachigen Autoren gilt natürlich der Grundsatz, daß in der Regel bekannte Namen bevorzugt werden. Zwar haben schon zahlreiche Autoren und Autorinnen aus deutschsprachigen Landen erfolgreich beachtenswerte Genre-Titel publiziert, wie Martin Eisele, Ronald M. Hahn, Herbert W. Franke, Horst Pukallus, Reinmar Cunis, Ernst Petz, Maria Pfannholz, Rainer Fuhrmann, Thomas Ziegler, Uwe Anton, Hans Joachim Alpers, Bernd Ulbrich, Andreas Melzer, Michael Szameit, Hugh Walker und Uschi Zietsch, es ist aber leider nur wenigen gelungen, die Grenzen des Ghettos, in dem sich SF und Fantasy trotz aller multimedialen Erfolge - oder vielleicht sogar deswegen - nach wie vor befinden, zu überwinden und sich auch außerhalb der Szene einen Namen zu machen, wie Wolfgang Jeschke, Michael Ende, Otfried Preußler, Carl Amery, Wolfgang Hohlbein, Harald Braem, Gudrun Pausewang, Thomas R. P. Mielke, Herbert Rosendorfer, Hanns Kneifel, P. M., Bernhard Kegel, Rafik Schami und schließlich auch Kai Meyer. Positive Ansätze für die deutschsprachige Phantastik bietet auch Jörg Kaegelmann in seinen bei BLITZ erscheinenden und noch geplanten Reihen und Serien, bei denen ausschließlich deutschsprachige Autoren zum Zuge kommen werden und auch der hoffnungsvolle Nachwuchs eine Chance zur Veröffentlichung geboten bekommt. Man kann nur hoffen, daß sich dieses Konzept auf dem Markt behaupten wird. Was die Kurzgeschichten betrifft, so bot und bietet Wolfgang Jeschke in seinen exzellenten internationalen Anthologienbänden immer wieder auch deutschen Autoren die Möglichkeit zur Veröffentlichung von kürzeren Texten, und auch in den von Friedel Wahren zusammengestellten Auswahlbänden aus ASIMOV'S SF ist regelmäßig ein deutscher Originalbeitrag enthalten. Das interessante deutsche SF-Magazin ALIEN CONTACT fühlt sich traditionell deutschsprachigen Autoren verbunden, und das monatliche Computerfachmagazin C`T veröffentlicht schon seit Jahren mit schöner Regelmäßigkeit eine neue deutsche SF-Story in jeder Ausgabe. Ebenfalls SF aus deutschen Landen wird, beginnend mit Sommer 1997, das Fachmagazin CD AUSTRIA bieten. Besser präsentierte sich die Lage auf dem Jugendbuchsektor. Hier hat sich eine ganze Reihe von Autorinnen und Autoren etabliert, die sich auf phantastische Kinder- und

Jugendbücher spezialisiert haben, wie Cornelia Funke, Ursel Scheffler, Sigrid Heuck, Klaus-Peter Wolf, Knister, Folke Tegetthoff, Edith Schreiber-Wicke, Christine Nöstlinger, Marliese Arold, Monika Pelz, Theo Schwartz, Andreas Schlüter und Peter Horn.

2. DAS JAHR 1996 – EINE RETROSPEKTIVE

1996 war für die phantastische Literatur im deutschen Sprachraum wieder ein überaus erfreuliches und auch erfolgreiches Jahr, ein weiteres Rekordjahr in Folge, in dem kleineren Rückschlägen und Markteinbrüchen viele positive Entwicklungen gegenüberstanden, die diese erneut mehr als nur ausglichen. So reduzierten im Taschenbuchbereich zwar beispielsweise RECLAM, ULLSTEIN, INSEL mit IT, ROWOHLT mit RORORO und der UNIONSVERLAG ihr Angebot an phantastischen Titeln, dafür brachten andere Verlage wie FISCHER, DTV, BELTZ & GELBERG mit GULLIVER, PIPER mit der SERIE PIPER, KNAUR und ARENA zum Teil beträchtlich mehr Titel heraus als 1995, wobei die drei Marktleader HEYNE, GOLDMANN und BASTEI in etwa auf dem Stand des Vorjahres blieben. Neu hinzu kamen die Edition BTB – DAS BESONDERE TASCHENBUCH – und der VERLAG SUSANNE ROUTSCHEK sowie die erst vor kurzem bekanntgewordenen Reihen ONE WAY KIDS und TABU, in denen regelmäßig phantastische Werke publiziert werden, zum Teil auch als deutsche Erstveröffentlichung. Neue Buchverlage betraten die Szene und veröffentlichten erstmals SF, Fantasy oder Horror, wie JUNGHANS, GRASMÜCK, EDITION ARGUS, BÖHLAU, LKG, QUELL, DROSCHL, WEISHAUPT, BLESSING, RICHTER, MAAS und der BLITZ-VERLAG. Die Zahl der Veröffentlichungen ist beträchtlich gestiegen, und zwar von 1060 um 142 auf nunmehr 1202. Dieses Plus war das Ergebnis einer Steigerung bei beiden Publikationsformen, wobei die beim Buch deutlich stärker ausfiel: Es gab 42 Taschenbücher (plus 6,2%; jetzt 723) und exakt 100 Buchverlags-Publikationen (plus 26,4%; jetzt 479) mehr als im Vorjahr (681 TB und 379 HC). Während 1996 Anthologien und Storysammlungen sowohl prozentuell als auch in absoluten Zahlen im Vergleich zum Vorjahr erneut rückläufig waren, verbuchten sowohl die Omnibus-Ausgaben (speziell im Hardcover, bedingt durch die Sonderausgaben von z. B. WELTBILD und BECHTERMÜNZ), als auch der Roman, der seine dominierende Position mit einem Anstieg von 13,6 % im Jahresvergleich (von 829 auf 942 Titel) noch weiter ausbaute, und die unter Diverses gereihten Veröffentlichungen (zumeist Sachbücher) ein Plus, das besonders bei letzterer Kategorie extrem hoch ausfiel. Die Science Fiction, die im Vorjahr ihre Führungsposition an die Phantastik hatte abgeben müssen, konnte diese mit einem Plus von 18,8 % (von 356 auf 423 Bände) wieder zurückerobern, wobei die größte Steigerung beim Hardcover erzielt wurde (Stichwort vgs und Heyne). Die Phantastik, die als einziger Genrebereich ein Minus sowohl beim Marktanteil als auch in absoluten Zahlen (von 384 auf 375 Titel) hinnehmen mußte, behauptete aber trotzdem unangefochten den 2. Platz, mit weitem Vorsprung auf die Fantasy. Diese brachte es 1996 auf 218 Titel (1995: 200), was einer Steigerung von exakt 9,0 % entsprach. Den größten prozentuellen Zuwachs wiesen die diversen Publikationen auf (plus 103,4 %), die aber nach wie vor auf dem letzten Platz rangierten, gefolgt vom Horror (plus 39,6 %, von 91 auf 127 Veröffentlichungen), der auf Platz 4 landete.

Unübersehbar ist schon seit etlichen Jahren der Trend zu Zyklen und Serien, sowohl bei der Fantasy als auch bei der Science Fiction, von deutschen wie auch angloamerikanischen Autoren, und das Jahr 1996 machte darin keine Ausnahme. Trilogien und mehrbändige Zyklen waren ebenso auf dem Vormarsch wie Endlosserien. Besonders erfolgreich waren wieder Serien und Mehrteiler zu Spielen, Filmen und Fernsehserien, wie sie schon seit Jahren bei den Marktführern HEYNE, BASTEI, GOLDMANN und auch VGS herausgebracht werden, wie beispielsweise zu STAR TREK in allen Inkarnationen, von CLASSIC über THE NEXT GENERATION und DEEP SPACE NINE bis hin zu VOYAGER und STARFLEET KADETTEN, DAS SCHWARZE AUGE, STAR WARS,

EARTH 2, SHADOWRUN, EARTHDAWN, AKTE X, INDIANA JONES, BATTLETECH, MYST, DRAGONLANCE, WARHAMMER, WARHAMMER 40,000, SUPERMAN – DIE ABENTEUER VON LOIS & CLARK, THE WANDERER, MAGIC – DIE ZUSAMMENKUNFT, PRINZESSIN FANTAGHIRO und BABYLON 5.

Wie sich die einzelnen Genres aufgegliedert haben, wie sie sich in deutsche Erst- bzw. Originalveröffentlichungen und Nachdrucke bzw. Neuausgaben aufsplitteten, wie die einzelnen Taschenbuchverlage abgeschnitten haben und in welcher Relation die einzelnen Zahlen und Ergebnisse des Jahres 1996 zu denen von 1995 stehen, wird im Anschluß im Detail behandelt. Berücksichtigt wurden dabei alle bekanntgewordenen einschlägigen Publikationen des Jahres 1996 in gebundener Form, als Paperback und im Taschenbuch. Bei den Hardcovern wurde im Gegensatz zum Taschenbuch (etwaige in diversen SF-Reihen mitlaufende Spezialtitel wie Sekundärwerke, SF-Jahrbuch und Essaysammlungen sind unter DIVERSES gereiht) bisweilen auf die Auflistung nicht literaturspezifischer Sekundärtitel verzichtet. Nicht aufgenommen und berücksichtigt wurden phantastische Kinderbücher mit geringer Seitenzahl und überwiegendem Bildanteil, bei denen der Text nur eine erklärende, untergeordnete Rolle spielt. Bei der Zuordnung in die einzelnen Kategorien wurde die von den Verlagen selbstgewählte Genre-Bezeichnung übernommen, sofern sie sich nicht im Widerspruch zum Inhalt befand (etliche als Fantasy deklarierte Werke gehörten eigentlich zur Phantastik oder zur Science Fiction und wurden auch dort zugeordnet). Als Nachdrucke galten alle Neuveröffentlichungen von Titeln, die zuvor schon in deutscher Sprache erschienen sind, sei es als Buch, Heft oder Taschenbuch, unabhängig davon, ob es sich um eine Neuübersetzung handelte oder die frühere Veröffentlichung gekürzt war (wie beispielsweise die Neuausgaben von »Der geheime Garten« von Frances Hodgson Burnett, der TARZAN- und JOHN CARTER-Romane von Edgar Rice Burroughs oder »Ein Lied für Arbonne« von Guy Gavriel Kay); eine STORYSAMMLUNG, ANTHOLOGIE oder ein

SAMMELBAND wurde nur dann als Nachdruck geführt, wenn kein einziger Beitrag eine deutsche Erst- oder Originalveröffentlichung darstellte (so war zum Beispiel »Menschlich ist ...« von Philip K. Dick eine Erstveröffentlichung). Als SAMMELBÄNDE wurden Zusammenfassungen mehrerer Romane und/oder Storysammlungen oder Anthologien oder eine Kombination davon zwischen zwei Buchdeckeln, im Schuber oder eingeschweißte, mehrbändige Sonderausgaben bezeichnet (eine Kassettenedition oder Sonderausgabe allerdings nur dann, wenn diese nur geschlossen zu beziehen war; waren die darin enthaltenen Bände auch getrennt erhältlich, dann wurden sie auch einzeln nach Publikationsform und Inhalt gelistet), wie die »Star Trek Black Edition«-Kassettenedition, die fünfbändige »Edgar Allan Poe«-Kassette, »Das große Buch vom kleinen grünen Drachen« von Ursula Fuchs, »Die Belgariad-Saga« von David Eddings, »Das Machaon-Projekt« von Hanns Kneifel, die diversen STAR TREK-Sammelbände bei HEYNE und die JOHN SINCLAIR-Sammler bei BASTEI, das DÄMONENKILLER-Buch bei ZAUBERMOND, die PERRY RHODAN- und ATLAN-Silberbände bei MOEWIG und die REN DHARK- und RAUMSCHIFF PROMET-Hardcoverausgaben von BERNT.

Tabelle 1: *Aufschlüsselung nach Publikationsform*

	Roman	*%*	*Anthologie*	*%*	*Storysammlung*	*%*
TB	605	50,3	27	2,2	48	4,0
Buch	337	28,0	14	1,2	42	3,5
Gesamt	942	78,4	41	3,4	90	7,5

	Sammelband	*%*	*Diverses*	*%*	*Summe*	*%*
TB	32	2,7	11	0,9	723	60,1
Buch	38	3,2	48	4,0	479	39,9
Gesamt	70	5,8	59	4,9	1202	100,0

Tabelle 2a: *Vergleich nach Publikationszahl/Anzahl der Titel*

	Roman			*Anthologie*			*Storysammlung*		
	95	*96*	*%*	*95*	*96*	*%*	*95*	*96*	*%*
TB	554	605	+ 9,2	35	27	–22,9	49	48	– 2,1
Buch	275	337	+22,5	9	14	+55,6	56	42	–25,0
Gesamt	829	942	+13,6	44	41	– 6,8	105	90	–14,3

	Sammelband			*Diverses*			*Summe*		
	95	*96*	*%*	*95*	*96*	*%*	*95*	*96*	*%*
TB	33	32	+ 3,0	10	11	+ 10,0	681	723	+ 6,2
Buch	20	38	+90,0	19	48	+152,6	379	479	+26,4
Gesamt	53	70	+32,1	29	59	+103,4	1060	1202	+13,4

Tabelle 2b: *Aufschlüsselung nach Publikationsform und Marktanteil*

	Roman			*Anthologie*			*Storysammlung*		
	%			*%*			*%*		
	94	*95*	*96*	*94*	*95*	*96*	*94*	*95*	*96*
TB	50,5	52,2	50,3	3,9	3,3	2,2	5,0	4,6	4,0
Buch	24,6	26,0	28,0	1,5	0,9	1,2	6,6	5,3	3,5
Gesamt	75,0	78,2	78,4	5,4	4,2	3,4	11,6	9,9	7,5

	Sammelband			*Diverses*			*Summe*		
	%			*%*			*%*		
	94	*95*	*96*	*94*	*95*	*96*	*94*	*95*	*96*
TB	3,7	3,1	2,7	1,2	0,9	0,9	64,2	64,1	60,1
Buch	1,7	1,9	3,2	1,4	1,8	4,0	35,8	35,9	39,9
Gesamt	5,4	5,0	5,8	2,6	2,7	4,9	100,0	100,0	100,0

Tabelle 3: *Aufschlüsselung nach Genrezugehörigkeit*

	TB	%	*Buch*	%	*Summe*	%
SF NEU	168	14,0	103	8,6	271	22,6
SF REPRINT	113	9,4	39	3,2	152	12,6
SF GESAMT	281	23,4	142	11,8	423	35,2
HORROR NEU	60	5,0	18	1,5	78	6,5
HORROR REPRINT	43	3,6	6	0,5	49	4,1
HORROR GESAMT	103	8,6	24	2,0	127	10,6
FANTASY NEU	93	7,7	59	4,9	152	12,6
FANTASY REPRINT	40	3,3	26	2,2	66	5,5
FANTASY GESAMT	133	11,0	85	7,1	218	18,1
PHANTASTIK NEU	40	3,3	153	12,7	193	16,1
PHANTASTIK REPRINT	155	12,9	27	2,2	182	15,1
PHANTASTIK GESAMT	195	16,2	180	15,0	375	31,2
DIVERSES NEU	11	0,9	48	4,0	59	4,9
DIVERSES REPRINT	-	-	-	-	-	-
DIVERSES GESAMT	11	0,9	48	4,0	59	4,9
SUMME NEU	372	30,9	381	31,7	753	62,6
SUMME REPRINT	351	29,2	98	8,2	449	37,4
SUMME TOTAL	723	60,1	479	39,9	1202	100,0

Tabelle 4a: *Vergleich nach Genrezugehörigkeit*

	Taschenbuch			*Buch*			*Summe*		
	1995	*1996*	*%*	*1995*	*1996*	*%*	*1995*	*1996*	*%*
SFNEU	157	168	-17,0	62	103	+ 66,0	219	271	+ 23,7
SFREPRINT	110	113	+ 0,3	27	39	+ 44,0	137	152	+ 10,9
SFGESAMT	267	281	+ 5,2	89	142	+ 59,6	356	423	+ 18,8
HNEU	40	60	+50,0	6	18	+200,0	46	78	+ 69,6
HREPRINT	38	43	+13,2	7	6	- 14,3	45	49	+ 8,9
HGESAMT	78	103	+32,1	13	24	+ 84,6	91	127	+ 39,6
FNEU	90	93	+ 3,3	28	59	+110,7	118	152	+ 28,8
FREPRINT	66	40	-39,4	16	26	+ 62,5	82	66	- 19,5
FGESAMT	156	133	-14,8	44	85	+ 93,2	200	218	+ 9,0
PHNEU	39	40	+ 2,6	168	153	- 8,9	207	193	- 6,8
PHREPRINT	131	155	+18,3	46	27	- 41,6	177	182	+ 2,8
PHGESAMT	170	195	+14,7	214	180	- 15,9	384	375	- 2,3
DNEU	8	11	+37,5	17	48	+182,4	25	59	+136,0
DREPRINT	2	0	0,0	2	0	0,0	4	0	0,0
DGESAMT	10	11	+10,0	19	48	+152,7	29	59	+103,4
SUMME NEU	334	372	+11,4	281	381	+ 35,6	615	753	+ 22,4
SREPRINT	347	351	+ 1,2	98	98	0,0	445	449	+ 0,9
STOTAL	681	723	+ 6,2	379	479	+ 26,4	1060	1202	+ 13,4

Tabelle 4b: *Vergleich nach Genrezugehörigkeit und Marktanteil*

	Taschenbuch %				*Buch* %				*Summe* %			
	1993	*1994*	*1995*	*1996*	*1993*	*1994*	*1995*	*1996*	*1993*	*1994*	*1995*	*1996*
SFN	18,0	14,5	14,8	14,0	7,7	6,2	5,9	8,6	25,7	20,7	20,7	22,6
SFR	10,1	14,8	10,4	9,4	2,5	2,7	2,5	3,2	12,6	17,5	12,9	12,6
SFG	28,1	29,3	25,2	23,4	10,2	8,9	8,4	11,8	38,3	38,2	33,6	35,2
HN	6,1	4,0	3,8	5,0	0,7	1,5	0,5	1,5	6,8	5,5	4,3	6,5
HR	3,5	2,3	3,6	3,6	0,0	0,4	0,6	0,5	3,5	2,7	4,2	4,1
HG	9,6	6,3	7,3	8,6	0,7	1,9	1,2	2,0	10,3	8,2	8,5	10,6
FN	6,6	6,9	8,5	7,7	2,9	2,8	2,7	4,9	9,5	9,7	11,1	12,6
FR	3,5	5,3	6,2	3,3	1,7	1,2	1,5	2,2	5,2	6,5	7,8	5,5
FG	10,1	12,2	14,7	11,0	4,6	4,0	4,2	7,1	14,7	16,2	18,9	18,1
PHN	3,5	3,0	3,7	3,3	14,7	14,3	15,8	12,7	18,2	17,3	19,5	16,1
PHR	11,0	12,1	12,3	12,9	4,0	5,4	4,5	2,2	15,0	17,5	16,8	15,1
PHG	14,5	15,1	16,0	16,2	18,7	19,7	20,3	15,0	33,2	34,8	36,3	31,2
DN	0,7	0,9	0,8	0,9	2,5	1,3	1,5	4,0	3,2	2,2	2,3	4,9
DR	0,2	0,3	0,2	0,0	0,0	0,1	0,2	0,0	0,2	0,4	0,4	0,0
DG	0,9	1,2	1,0	0,9	2,5	1,4	1,7	4,0	3,4	2,6	2,7	4,9
SN	34,9	29,3	31,5	30,9	28,6	26,1	26,4	31,7	63,5	55,4	57,9	62,2
SR	28,3	34,9	32,7	29,2	8,2	9,7	9,4	8,2	36,5	44,6	42,1	37,4
ST	63,2	64,2	64,2	60,1	36,7	35,8	35,8	39,9	100,0	100,0	100,0	100,0

Tabelle 5: *Aufschlüsselung der Taschenbücher nach Verlagen*

Verlag	*Anzahl 1996*	*Marktanteil %*	*Anzahl 1995*	*Marktanteil %*	*Differenz %*
Heyne Verlag	245	33,9	250	36,7	- 2,0
Bastei Verlag	137	18,9	138	20,3	- 0,7
Goldmann Verlag	90	12,4	88	12,9	+ 2,3
Fischer TB Verlag	60	8,3	39	5,7	+ 53,8
Deutscher TB-Verlag/dtv	34	4,7	20	2,9	+ 70,0
Bertelsmann/Omnibus	18	2,5	5	0,7	+260,0
Suhrkamp Verlag/st	17	2,2	18	2,6	- 5,5
Rowohlt Verlag/rororo	16	2,2	19	2,8	- 15,8
Piper Verlag/Serie Piper	14	2,0	5	0,7	+180,0
Knaur Verlag	11	1,5	7	1,0	+ 57,1
Arena Verlag/ATB	9	1,3	6	0,9	+ 50,0
Diogenes Verlag/detebe	9	1,3	11	1,6	- 18,2
Econ TB-Verlag	8	1,1	5	0,7	+ 60,0
Aufbau TB-Verlag/AtV	7	1,0	8	1,2	- 12,5
Ravensburger Verlag/RTB	7	1,0	6	0,9	+ 16,7
Beltz & Gelberg/Gulliver	6	0,8	8	1,2	- 25,0
Ullstein TB-Verlag	6	0,8	12	1,7	- 50,0
Bertelsmann btb	6	0,8	–	–	–
Reclam Verlag/RUB	5	0,7	9	1,3	- 44,4
Insel Verlag/it	3	0,4	7	1,0	- 57,1
Routschek Eigenverlag	3	0,4	–	–	–
Unionsverlag/UT	3	0,4	8	1,2	- 62,5
Wagenbach Verlag/WaT	3	0,4	4	0,6	- 25,0
One Way Verlag	2	0,3	–	–	–
Tabu Verlag	2	0,3	–	–	–
Kiepenheuer & Witsch/KiWi	1	0,1	–	–	–
New Era Publications	1	0,1	1	0,2	0,0
Argument Verlag	1	0,1	–	–	–
Scherz Verlag	–	–	2	0,3	–
Brendow Verlag	–	–	2	0,3	–
Brunnen Verlag	–	–	1	0,2	–
Herder Verlag	–	–	1	0,2	–
Aarachne Verlag	–	–	1	0,2	–
Gesamtsumme TB	723	100,0	681	100,0	

Die folgenden Grafiken zeigen die Entwicklung des Genres in den einzelnen Bereichen und nach Publikationsform.

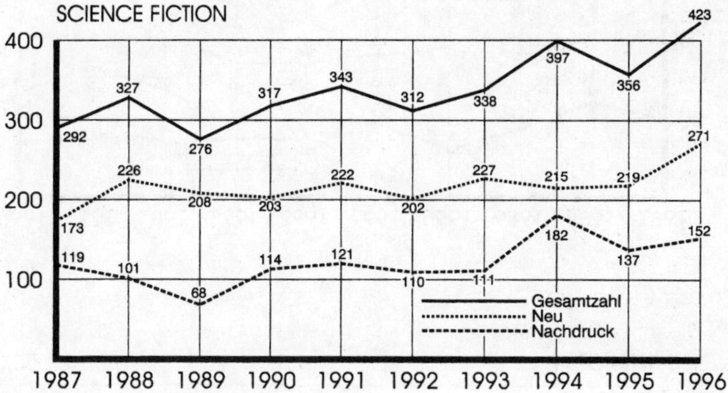

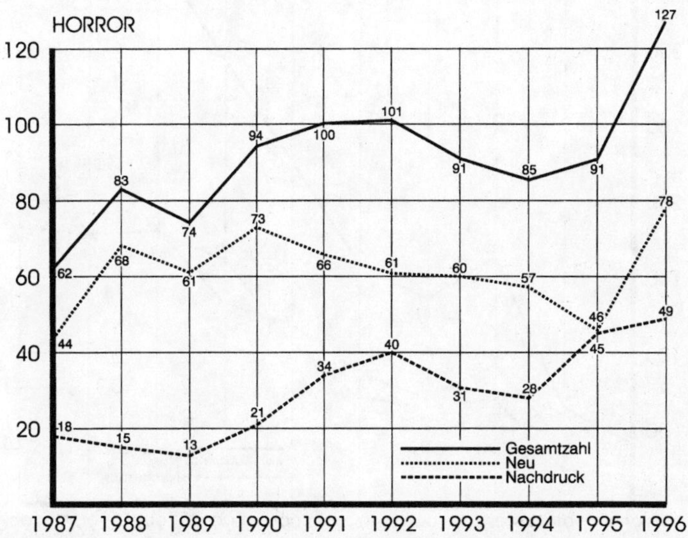

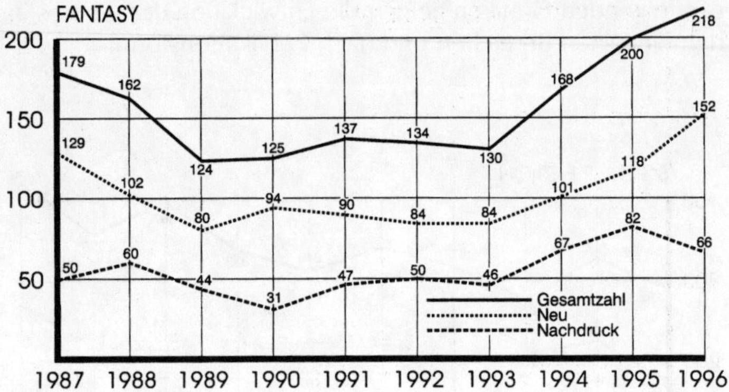
FANTASY
200
150
100
50
179
162
124
125
137
134
130
168
200
218
129
102
80
94
90
84
84
101
118
152
50
60
44
31
47
50
46
67
82
66
Gesamtzahl
Neu
Nachdruck
1987 1988 1989 1990 1991 1992 1993 1994 1995 1996

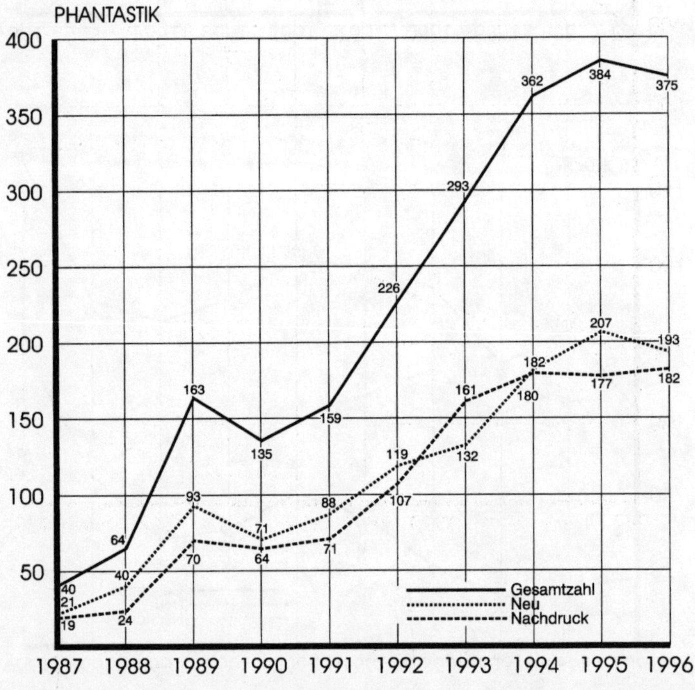
PHANTASTIK
400
350
300
250
200
150
100
50
40
64
163
135
159
226
293
362
384
375
21
40
93
71
88
119
132
180
207
193
19
24
70
64
71
107
161
182
177
182
Gesamtzahl
Neu
Nachdruck
1987 1988 1989 1990 1991 1992 1993 1994 1995 1996

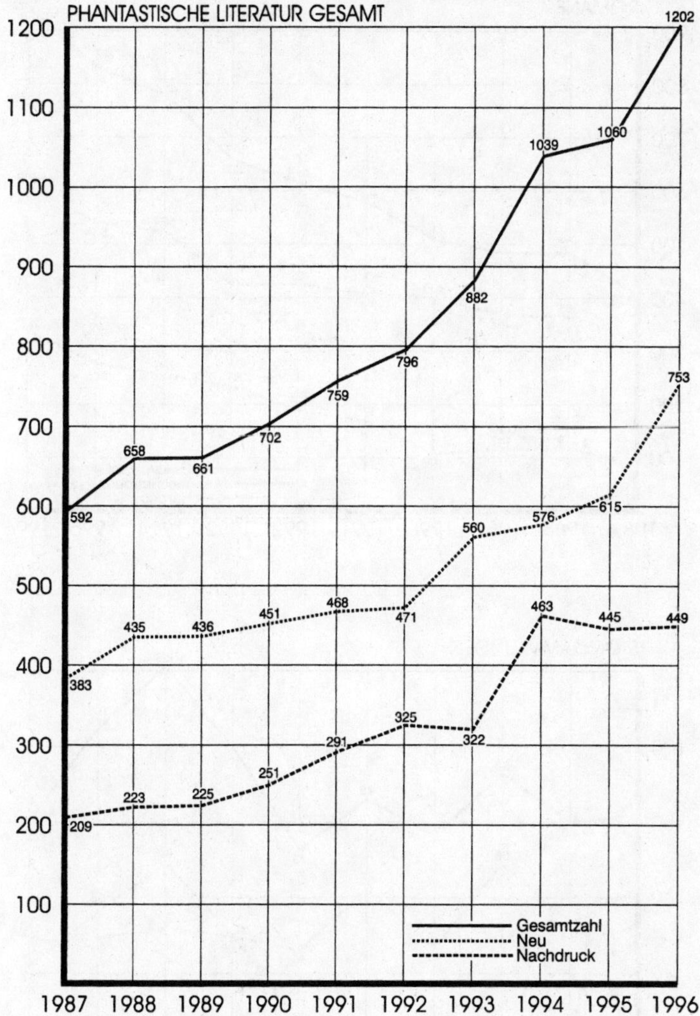
PHANTASTISCHE LITERATUR GESAMT
1200
1100
1000
900
800
700
600
500
400
300
200
100
1987
1988
1989
1990
1991
1992
1993
1994
1995
1996
592
658
661
702
759
796
882
1039
1060
1202
383
435
436
451
468
471
560
576
615
753
209
223
225
251
291
325
322
463
445
449
Gesamtzahl
Neu
Nachdruck

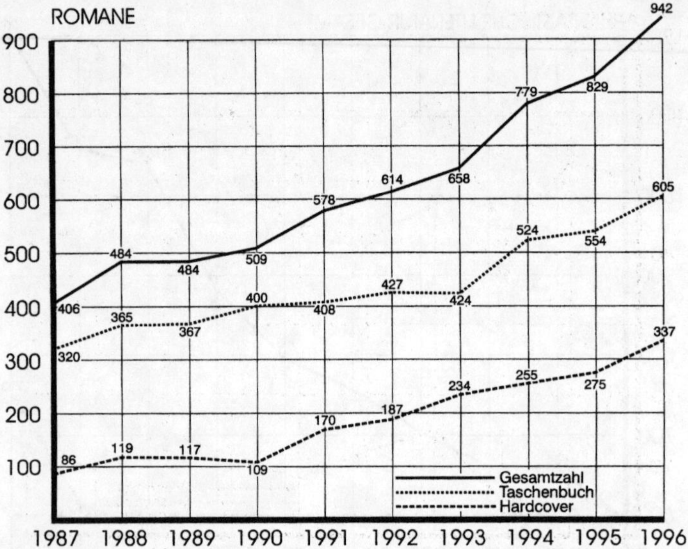
ROMANE
900
800
700
600
500
400
300
200
100
942
779
829
614
658
578
605
524
554
484
484
509
427
400
408
424
406
365
367
337
320
255
275
234
187
170
86
119
117
109
Gesamtzahl
Taschenbuch
Hardcover
1987
1988
1989
1990
1991
1992
1993
1994
1995
1996

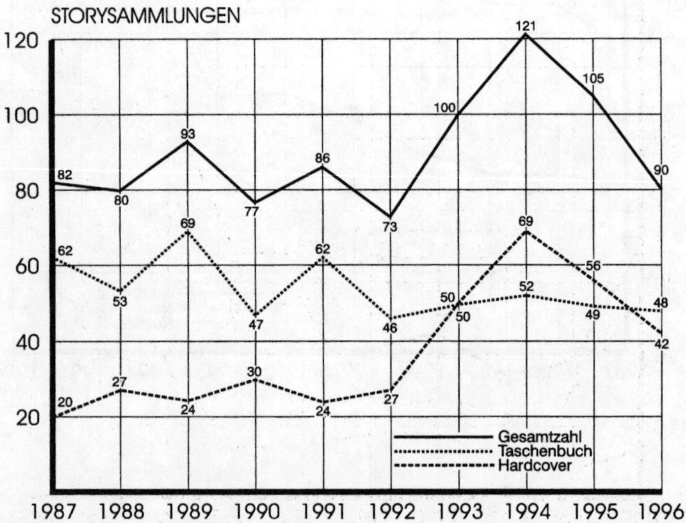
STORYSAMMLUNGEN
120
100
80
60
40
20
121
105
100
93
86
82
80
77
73
90
69
69
62
62
56
53
50
52
48
47
46
50
49
42
20
27
30
24
24
27
Gesamtzahl
Taschenbuch
Hardcover
1987
1988
1989
1990
1991
1992
1993
1994
1995
1996

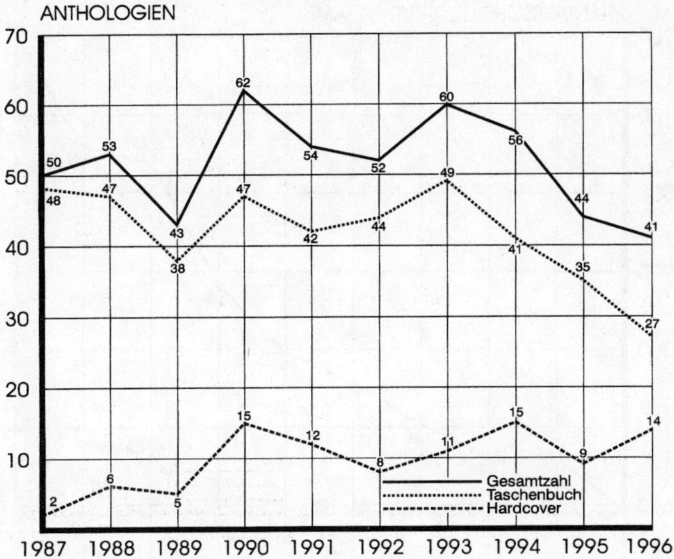
ANTHOLOGIEN
70
60
50
40
30
20
10
50
53
43
62
54
52
60
56
44
41
48
47
38
47
42
44
49
41
35
27
2
6
5
15
12
8
11
15
9
14
Gesamtzahl
Taschenbuch
Hardcover
1987
1988
1989
1990
1991
1992
1993
1994
1995
1996

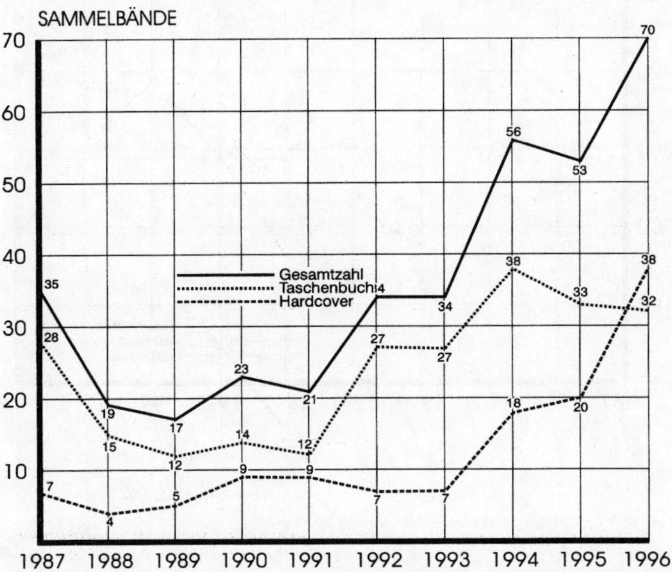
SAMMELBÄNDE
70
60
50
40
30
20
10
35
19
17
23
21
34
34
56
53
70
28
15
12
14
12
27
27
38
33
32
7
4
5
9
9
7
7
18
20
38
Gesamtzahl
Taschenbuch
Hardcover
1987
1988
1989
1990
1991
1992
1993
1994
1995
1996

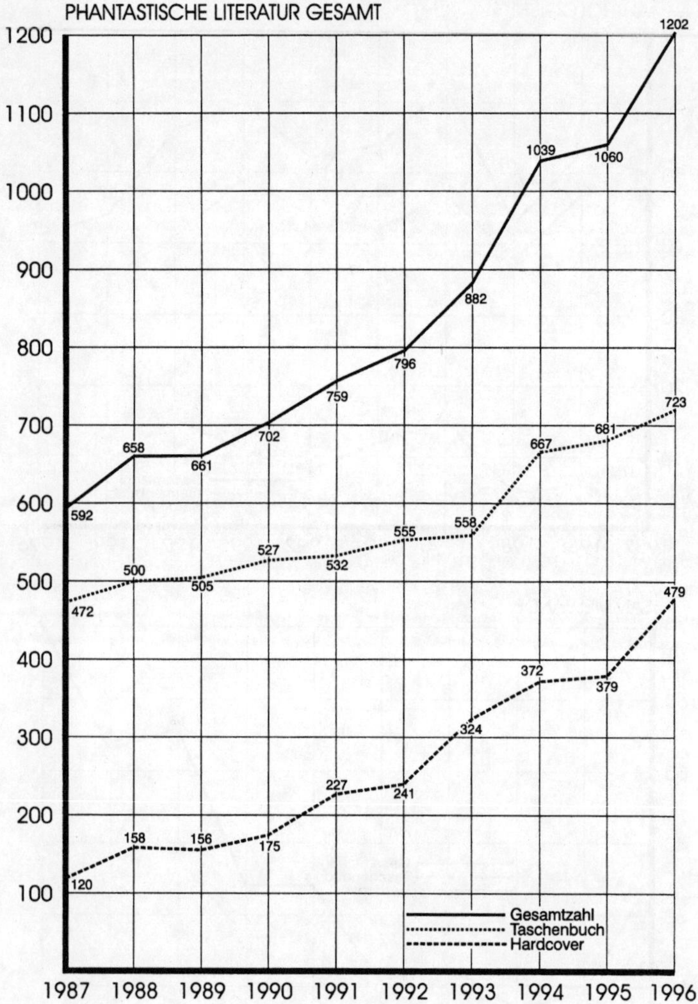
PHANTASTISCHE LITERATUR GESAMT
1200
1100
1000
900
800
700
600
500
400
300
200
100
592
658
661
702
759
796
882
1039
1060
1202
472
500
505
527
532
555
558
667
681
723
120
158
156
175
227
241
324
372
379
479
Gesamtzahl
Taschenbuch
Hardcover
1987
1988
1989
1990
1991
1992
1993
1994
1995
1996

3. FACTS UND TRENDS AUS DEN TASCHENBUCHVERLAGEN

BASTEI

Bei BASTEI hat der für das Science Fiction- und Fantasy-Programm einschließlich aller zum Genre gehörenden Titel in der 13er-Reihe und beim Paperback verantwortliche Redakteur Stefan Bauer seine Vorstellungen in die Tat umgesetzt und es trotz verstärkter Einplanung neuer, von ihm geförderter Autoren geschafft, die bisherige Kontinuität in puncto Qualität und Titelzahl zu wahren. 1996 konnte BASTEI erwartungsgemäß seine Position als zweitgrößter Anbieter von phantastischer Literatur in deutschen Landen hinter HEYNE und vor GOLDMANN behaupten, wobei der Abstand zu beiden leicht geschrumpft ist. Die Situation der deutschsprachigen Autoren hat sich bei BASTEI leider nach wie vor nicht sehr verbessert, sie ist nach wie vor unbefriedigend. Und das, obwohl Stefan Bauer ursprünglich mit dem Ziel angetreten war, SF und Fantasy aus deutschen Landen besonders zu berücksichtigen und zu fördern. Aber Marktzwänge sind leider nicht so einfach zu überwinden. Lediglich Jason Dark alias Helmut Rellergerd war mit seinen Taschenbüchern um den Geisterjäger JOHN SINCLAIR prominent vertreten, mit neuen Romanen wie auch mit Sammlern mit klassischen Heft-Abenteuern, und auch Peter Horn setzte seine zweimonatliche Jugendbuchserie FLORIAN UND DIE GEISTERWELT mit sechs neuen Taschenbüchern fort. Ansonsten gab es noch »Der Thron der Welt« von Peter Berling, »Der Widersacher« und »Nach dem großen Feuer« von Wolfgang Hohlbein und »Das Tor nach Atlantis« von Hubert H. Simon alias Hubert Haensel, der zweite Sammler zur eingestellten Heftserie DIE ABENTEURER. Für das Frühjahr 1998 angekündigt sind »Die UFO-Akten« von Marten Veit und »Marbod oder Die Zwietracht der Germanen« von Jörg Kastner.

Interessante Titel, die dem Genre zuzurechnen sind, werden regelmäßig in der dem Allgemeinen Programm zugeordneten 13er-REIHE veröffentlicht. Zu den herausragenden Titeln, die hier erschienen sind, gehörten zuletzt Stephen Kings Sechsteiler THE GREEN MILE, sowohl einzeln als auch als Kassettenausgabe, »Gefährtin der Nacht« von Graham Joyce, »Schach dem König« von Michael Dobbs, »Das Disney-World-Komplott« und »Das Omega-Kommando/Der Alpha-Verrat« von Jon Land, »Die Welt der X-Akten – Unerklärliche Phänomene und ihre Hintergründe« von Andreas Kasprzak, »Unheimliche Ferne/Unstillbares Verlangen« von Tanith Lee, »Geisterbahn« von Dean Koontz, »Mara – Tochter der Sonne« von Charlotte Prentiss (Charles Platt), »John Sinclair-Lexikon« von Rainer Delfs & Michael Mette, »Mutter Omosis Pfeife« von Leslie L. Lawrence, »Maskerade« von Gayle Lynds, »Dunkle Horizonte – Ungelöste Rätsel der DARK SKIES« von Andreas Kasprzak und »Dunkle Flüsse des Herzens« von Dean Koontz. Für die ersten Monate des Jahres 1998 sind u. a. »Die Giftspur« von Gordon Thomas, »The Green Mile« von Stephen King (einbändige Ausgabe mit neuen Illustrationen), »Der Fluch des Huan Ti« von Leslie L. Lawrence und »Der Antipapst« von Robert Rankin zur Veröffentlichung vorgesehen.

Auch in der ALLGEMEINEN REIHE kommen mit schöner Regelmäßigkeit Titel mit phantastischem oder spekulativem Inhalt heraus. 1997 waren das u. a. »Herzjäger« von Gordon Thomas, »Rangun« von Greg Hoskin, »Die Zauberquelle« von Judith Merkle Riley, »Die Messias-Steine« von Irving Benig, »Pasquales Florenz« von Paul J. McAuley, »Das Megabyte-Auge« von Floyd Kemske, »Die Tochter der Hexe« von Cheryl Potter, »Absolute Power – Der Präsident« von David Baldacci, »Das Omen der flammenden Steine« von Philip Trevinnard und der erste Band zur TV-Serie PRETENDER, »Auge um Auge« von Peter Menningen, für Anfang 1998 sind »Die zwölf Wahrheiten des Nainoa« von Hank Wesselman, »Night Vision« von Ronald Munson, »Nirgendwo in keiner Stadt« von Jack O'Connell und »Bruder Wind« von Sue Harrison angekündigt.

In der Reihe FANTASY erschienen auch 1997 wieder zwei Titel pro Monat, von denen viele, aber weniger als in früheren Jahren, diversen Zyklen und Serien angehörten. Neu gestartet wurde die DRENAI-Saga von David Gemmell mit »Die Legende« und »Der Schattenprinz«, komplett vorgelegt wurde Stephan Lawheads aus den Einzelbänden »Krieg im Paradies«, »Rückkehr der Helden« und »Der endlosen Knoten« bestehende Trilogie DAS LIED VON ALBION, weitergeführt wurden DIE ZWEITEN CHRONIKEN VON PANDEMIA von Dave Duncan mit »In Acht und Bann« (Band 2) und »Das verlassene Schlachtfeld« (Band 3) und DIE KÖNIGREICHE GOTTES mit Band 2, »Die Ketzerkönige« von Paul Kearney, abgeschlossen liegt der Zyklus DIE VERGESSENEN REICHE von Margaret Weis & Tracy Hickman mit dem 7. Band, »Das siebte Tor«, vor. Besonders zu erwähnen wären die Sammlung »Isaac Asimov's Zauberland« mit Stories und Essays zum Thema, »Hexenhaus und Beutelmaus« von Carolyn Cushman, »Die Stadt im Salz« von Jonathan Wylie, »Das schwarze Wiesel« von Lawrence Watt-Evans & Esther Friesner, der Klassiker »Der Wurm Ouroboros« von E. R. Eddings in Neuübersetzung, »Der Schatz des Drachen« von Brad Strickland und »Die Heilige der Insel Gil« von Rebecca Bradley. Weitere Höhepunkte der ersten Monate des Jahres 1998 sind »Stürme des Winters« von Barbara Hambly (gehört zur SAGA VON DARWATH), »Tanglias Odyssee« von Garry Kilworth (Band 1 des Zyklus DIE NAVIGATORKÖNIGE), der 3. AZZIE ELBUB-Roman von Roger Zelazny & Robert Sheckley (»Ein Schauspiel, teuflisch bös und unmoralisch«), »Dhiammara« von Maggie Furey (DIE ARTEFAKTE DER MACHT Band 4), »Das Licht in den Schatten« von Lynn Flewelling (Startband des Zyklus DIE SCHATTENGILDE), »Der lebende Gott« von Dave Duncan (Abschlußband der ZWEITEN CHRONIKEN VON PANDEMIA), »Die Legende vom Meistermagier Sperling« von W. J. Maryson (Fantasy aus den Niederlanden) und »Das Lied des Glaubens« von Roger Taylor.

In der Regel zwei Titel pro Monat umfaßte auch das Angebot an SCIENCE FICTION. Serien und Zyklen wiesen hier ebenfalls einen hohen Stellenwert auf, waren diesmal sogar dominanter als bei der FANTASY vertreten. Abgeschlossen wurde die NICK SEAFORT-Serie von David Feintuch mit Band 4, »Kommandant Nick Seafort – Die Verzweiflung des Fischers«, weitergeführt wurde die Serie um das Computerspiel WING COMMANDER mit dem 4. Roman, »Das Herz des Tigers« von William R. Forstchen & Andrew Keith, Poul Andersons STERNENGEIST-Zyklus mit »Sternenfeuer« (Band 2), MAG FORCE 7 mit »Robot Blues« von Margaret Weis & Don Perrin und STARGATE mit Band 3, »Die Vergeltung« von Bill McKay, und komplett vorgelegt wurde die vierbändige STARFARERS-Serie von Vonda N. McIntyre (»Starfarers«, »Kontakt«, »Metaphase« und »Nautilus«), der Zweiteiler DER ENDLOSE KRIEG von Celia S. Friedman, bestehend aus »Der Sturm der Braxi« und »Die Ferse des Achill«, und die im TODTSTELTZER-Universum spielende Trilogie »Nebelwelt/Geisterwelt/Höllenwelt« von Simon R. Green in einer Omnibus-Ausgabe. Neu gestartet wurde David Webers Military-SF-Serie um HONOR HARRINGTON mit dem ersten Band, »Auf verlorenem Posten«. Zu den Highlights des vergangenen Jahres gehörten noch »Der Garten unirdischer Gelüste« von Robert Rankin, Robert A. Heinleins Klassiker »Von Stern zu Stern« in einer restaurierten und komplettierten Neufassung und »Die Kolonie der Catteni« von Anne McCaffry. Für das Frühjahr 1997 sind u. a. »Der Sohn des Fischers« von David Feintuch, Stephen Lawheads EMPHYRION-Zweiteiler (»Die Suche« und »Die Belagerung«), »Die Küsten der Vergangenheit« von Jack McDevitt, »Rückkehr nach Neverend« von John E. Stith, die RINGWELT-Trilogie von Larry Niven (»Ringwelt« und »Ringwelt-Ingenieure« in Neuedition, »Ringwelt-Thron« als Erstveröffentlichung), David Webers zweiter HONOR HARRINGTON-Roman »Die Ehre der Königin« und Band 5 der MAJIPOOR-CHRONIKEN von Robert Silverberg unter dem Titel »Die Zauberer von Majipoor« zur Veröffentlichung vorgesehen.

Eingestellt wurde die langlaufende PAPERBACK-Reihe im November 1997 mit »Die Magie des Assassinen«, Band 3 der LEGENDE VOM WEITSEHER von Robin Hobb. An ihre Stelle trat im Dezember die neue Hardcoveredition BIBLIOTHEK DER PHANTASTISCHEN LITERATUR.

Die Autorenedition CHRISTOPHER PIKE wurde auch 1997 im gewohnten zweimonatlichen Rhythmus fortgesetzt. Folgende SF- und Horror-Romane sind zuletzt erschienen bzw. befinden sich in Vorbereitung: »Tod eines Engels«, »Sati«,

»Mexikanischer Alptraum«, »Tod eines Engels 2: Das nächste Opfer«, »Dunkle Begegnungen« (drei Romane in einem Band) und »Objektiv des Todes«.

Die im Frühjahr 1996 gestartete JUGENDBUCHREIHE, in der bislang ausschließlich Romane der Serie FLORIAN UND DIE GEISTERWELT von Peter Horn erschienen sind, wurde bzw. wird mit folgenden Titeln weitergeführt: »Das Geheimnis der fliegenden Schattenwesen«, »Das Geheimnis des strahlenden Monsters«, »Das Geheimnis der schwarzen Göttin«, »Das Geheimnis des Eislabyrinths«, »Das Geheimnis des vergessenen Landes« und »Das Geheimnis des verwunschenen Tunnels«.

Monatlich wurde auch ein neues Taschenbuch der Horror-Serie JOHN SINCLAIR von Jason Dark herausgebracht, pro Halbjahr ergänzt durch zwei Jumbobände mit früheren Abenteuern aus der Heftserie in zumeist chronologischer Reihenfolge.

Im März 1997 erschien eine SONDERPRODUKTION, in der u. a. auch »Wintermond« von Dean Koontz, »Thorag« von Jörg Kastner und »Der Zauber von Erin« von Diana L. Paxson neu aufgelegt wurden, für April 1998 ist eine weitere mit »Eiszeit« von Dean Koontz, »Schwester Mond« von Sue Harrison, »Der grüne Skarabäus« von Philipp Vandenberg, »Das Auge von Sindsche« von Leslie L. Lawrence, »Amazonien« von Josef Nyary und »Die Suche nach dem Regenbogen« von Judith Merkle Riley eingeplant.

BURGSCHMIET

Bei BURGSCHMIET, dem neuen Spezialverlag für Begleitbücher zu erfolgreichen Filmen und Fernsehserien, erscheinen seit Januar 1997 die PERRY RHODAN TASCHENBÜCHER in neuer Aufmachung und zweimonatlichem Erscheinungsrhythmus. Die Numerierung wurde beibehalten und begann mit Band 404. 1997 wurden neue Romane von Horst Hoffmann (»Tuulemas Welt«), Achim Mehnert (»Rückkehr nach Derogwanien«), Konrad Schaef (»Das Syndikat der Mächtigen«), Uwe Anton (»Der programmierte Attentäter«),

R. C. Quoos-Rabe (»Dragon Tower«) und Peter Terrid (»Geheimkommando IPRASA«) veröffentlicht, wobei vor allem Horst Hoffmann, Achim Mehnert und Peter Terrid Thematiken näher beleuchteten, die in der Heftserie zu wenig ausführlich behandelt wurden oder noch abzuschließen waren.

GOLDMANN

Sky Nonhoff, der seit 1991 die Fantasy- und SF-Reihen bei GOLDMANN betreut hatte und auch für die Genre-Titel im Allgemeinen Programm verantwortlich war, hat Ende Februar 1997 den Verlag verlassen, um sich künftig anderen Aufgaben zu widmen. Seine Nachfolge hat Volker Busch angetreten. Unter der Ägide von Sky Nonhoff erlebten die von ihm herausgegebenen Reihen einen enormen Aufschwung, sowohl was die Qualität als auch, was die Zahl der veröffentlichten Titel betraf. Die GOLDMANN SF wurde von ihm wiederbelebt, neue Sub-Reihen wie eine CLASSIC-Edition wurden gestartet. Ein ambitioniertes Projekt, die Taschenbuchserie CYBERKNIGHTS, die von verschiedenen Autoren nach einer gemeinsam erarbeiteten Vorlage geschrieben werden sollten, scheiterte offenbar, von den vorerst projektierten und auch eingeplanten sechs Titeln ist mit einjähriger Verspätung nur einer erschienen, »Babylon Head Hunter« von Julian Bodie, die Publikation der weiteren – »Kill City Blues«, »Der letzte der Terminal Runner«, »Das Borgia-Memorandum«, »Chromwellenreiter« und »Die Rückkehr des Ultra Angel« – ist zur Stunde zumindest sehr fraglich. Unter Nonhoffs redaktioneller Leitung rangierte GOLDMANN auch 1996 wieder auf Platz 3 bei den Taschenbuchverlagen, die phantastische Literatur in all ihren Spielarten im Programm haben. Der Abstand zum Zweitplazierten BASTEI hat sich von 50 im Jahre 1995 auf nunmehr 47 Titel verringert und sollte sich 1997 noch weiter, ja drastisch reduzieren. Eine Verschlechterung hingegen gab es bei der Situation der deutschsprachigen Autoren, denn es wurden nur zwei Titel publiziert: Hanns Kneifel präsentierte seinen historischen Fantasy-Roman »Hatschepsut – Die Pharaonin« und Sven Böttcher legte mit »Wal im Netz« einen neuen Fall für Victor Sherman vor.

Die GOLDMANN FANTASY wird, wie die Reihen der anderen Verlage auch, nahezu ausschließlich von Zyklen und Serien beherrscht, wobei Romane zu diversen Spielen, bei denen GOLDMANN mit den TSR-Publikationen ja eine Vorreiterrolle im deutschen Sprachraum gespielt hat, in den letzten Einplanungen, für die noch Sky Nonhoff verantwortlich zeichnete, nur mehr eine geringe Rolle spielten. Die Zahl der Veröffentlichungen wurde auf drei Titel pro Monat gesteigert, die ein buntes Spektrum moderner Fantasy boten. Zuletzt erschienen neben Neuauflagen der ERDZAUBER-Trilogie von Patricia McKillip – »Die Schule der Rätselmeister«, »Die Erbin von Feuer und Wasser« und »Harfner im Wind« – und der zuvor im Paperback publizierten ANTERO-Serie von Allan Cole & Chris Bunch, bestehend aus »Die fernen Königreiche«, »Das Reich der Kriegerinnen«, »Das Reich der Finsternis« und »Die Rückkehr der Kriegerin« (solo von Cole), neue Romane zu FORGOTTEN REALMS (»Die Festung des Zwielichts« und »Der Fluch des Alchemisten«, die DAS LIED VON DENEIR abschließen, sowie »Die Küste der Schwerter« von R. A. Salvatore), die Bände 4 und 5 des Zyklus DAS SCHWERT DER WAHRHEIT, »Der Palast der Propheten« und »Die Günstlinge der Unterwelt« von Terry Goodkind, der zum Zyklus DIE PFERDE VON ESDRAGON gehörende Roman »Der wahre Ritter« von Susan Dexter, die Bände 6 bis 8 des Zyklus DIE RÄTSEL VON KARENTA von Glen Cook um den Privatdetektiv Garrett (»Heißes Eisen«, »Spitze Buben« und »Göttergetöse«), die Bände 3 bis 5 der zum MIDKEMIA-Zyklus gehörenden SCHLANGENKRIEG-SAGA von Raymond Feist, die unter den Titeln »Die Händler von Krondor«, »Die Fehde von Krondor« und »Die Rückkehr des Schwarzen Zauberers« erschienen, DIE ERBEN DER DRACHENLANZE mit »Drachennest« von Margaret Weis & Don Perrin (Band 3) und Terry Brooks' LANDOVER mit dem Roman »Das Zauberlabyrinth«. Neu gestartet wurden DAS LIED VON EIS UND FEUER von George R. R. Martin mit »Die Herren von Winterfell« und die von Melanie Rawn, Jennifer Roberson & Kate Elliott gemeinsam konzipierte und geschriebene CHRONIK DES GOLDENEN SCHLÜSSELS mit »Das Bildnis der Unsterblichkeit«.

Noch zu erwähnen wäre das abgeschlossene Fantasy-Epos »Die Dämonen von Mirador« von Adam Nichols. Für Anfang 1998 sind »Der Zorn des Dämonen« von Raymond Feist (DIE SCHLANGENKRIEG-SAGA 6), »Die Farben der Unendlichkeit« und »Der Maler des Fürsten« von Melanie Rawn, Jennifer Roberson & Kate Elliott (DIE CHRONIK DES GOLDENEN SCHLÜSSELS 2 und 3), »Die Dämonen des Gestern« von Terry Goodkind (DAS SCHWERT DER WAHRHEIT 6), »Die Auserwählte« und »Die Stunde der Wahrheit« von Raymond Feist & Janny Wurts (Bände 1 und 2 der zu MIDKEMIA gehörenden KELEWAN-SAGA), »Die Grube der Feuerdrachen« von Margaret Weis & Don Perrin (DIE ERBEN DER DRACHENLANZE 4), »Das schwebende Schloß« von Craig Mills (der erste Roman zum meistverkauften Computerspiel KING'S QUEST), »Hexenzauber« von Terry Brooks (LANDOVER), »Das Erbe von Winterfell« von George R. R. Martin (DAS LIED VON EIS UND FEUER 2) und die FORGOTTEN REALMS-Fantasy-Krimis »Mord in Cormyr« von Chet Williamson und »Mord in Haluaa« von Richard Meyers zur Publikation eingeplant.

In der von Sky Nonhoff wiederbelebten GOLDMANN SCIENCE FICTION, die neben Lesefutter auch hochkarätige moderne Titel und Klassiker präsentierte, erscheinen mittlerweile ebenfalls drei Titel pro Monat. Weitergeführt wurde STAR WARS mit der Anthologie »Palast der dunklen Sonnen«, der Original-Romantrilogie zu den Filmen – »Krieg der Sterne« von George Lucas, »Das Imperium schlägt zurück« von Donald F. Glut und »Die Rückkehr der Jedi-Ritter« von James Kahn – und den X-WING-Romanen »Die Mission der Rebellen« und »Die teuflische Falle« von Michael Stackpole, abgeschlossen wurde der Space Opera-Zyklus DIE STEN CHRONIKEN mit »Vortex – Zone der Verräter« und »Tod eines Unsterblichen« von Allan Cole & Chris Bunch, gestartet wurden DAS UPLIFT-UNIVERSUM von David Brin mit »Sternenriff« und »Fremder der fünf Galaxien«, die Taschenbuchausgabe der BABYLON 5-Romane mit den ersten drei Bänden, »Tödliche Gedanken« und »Blutschwur« von John Vornholt sowie »Im Kreuzfeuer« von Lois Tilton, sowie DIE SCHATTENJÄGER von Chris Bunch mit »Der Stein von Lumina«. In neuer Aufmachung starteten auch Nachdrucke der Reihe DIE ORIGINAL-ABENTEUER VON STAR TREK – RAUMSCHIFF ENTERPRISE mit den ersten beiden Adaptionen von James Blish, »Der unwirkliche McCoy« und »Strafplanet Tantalus«. Ansonsten noch besonders hervorzuheben wären die abgeschlossenen Romane »Endymion« von Dan Simmons, »Die dritte Simulation« von Robert S. Sawyer und »Das Luzifer-Projekt« von Aaron Conners, die Anthologie »Die 20 besten SF-Stories«, sowie die SF-CLASSICS »Babel 17« von Samuel R. Delany, »Planet der Ausgestoßenen« von Jack Vance, »Die letzte Generation« von Arthur C. Clarke und »Wing 4« von Jack Williamson. In den Monaten Januar bis April 1998 sollen neben den Bänden 3 bis 6 der ENTERPRISE-Neuedition – »Spock läuft Amok«, »Das Silikonmonster«, »Der Asylplanet« und »Die Lichter von Zhetar« von James Blish – »Die Wächter von Lumina« von Chris Bunch (DIE SCHATTENJÄGER 2), »Das Ufer der Unendlichkeit« und »Die Botschaft der Delphine« von David Brin (DAS UPLIFT-UNIVERSUM 3 & 4), »Diamond Age – Die Grenzwelt« von Neal Stephenson, »Gestrandet auf Genellan« von Scott G. Gier (DIE GENELLAN CHRONIKEN 1) und »Die dritte Tür« von Patrick O'Leary, sowie die SF-CLASSICS »Fluch der Unsterblichkeit« von Roger Zelazny und »Zeitschaft« von Gregory Benford auf den Markt kommen.

Zu den Highlights des Jahres 1997 in der ALLGEMEINEN REIHE gehörten »Das Geheimnis der Pineta« von Carlo Fruttero & Franco Lucentini, »Die Schmetterlingsgöttin« von Mary Mackey, »Die Grastänzer« von Susan Power, »Nachthauch« von David Wiltse, »Feuer und Stein« von Diana Gabaldon, »Nur Du kannst sie verstehen« und »Nur Du hast den Schlüssel« von Terry Pratchett (2. und 3. Band der JOHNNY MAXWELL-Serie), »Der Konzern« von Peter James, »Eisberg/Der Todesflieger« und »Inka-Gold« von Clive Cussler (DIRK PITT), »Die Feuer von Camelot« von Deepak Chopra, »Branog« von Dominik Weiss, »Abergläubisch« von R. L. Stine, »Indiana Jones und der Stein der Weisen« von Max McCoy, »Im Reich der Mäuse« von Garry Kilworth, »Leiser Verdacht« von F. Paul Wilson, »Tanz der Hexen« von Anne Rice, »Mummenschanz«

von Terry Pratchett (SCHEIBENWELT), »Der Drache und das Einhorn« von A. A. Attanasio (1. Roman einer neuen Artus-Trilogie), »Der Pferdeflüsterer« von Nicholas Evans, »Weißes Feuer« von J. G. Ballard, »Die Hongkong-Papiere« von Jack Higgins, »Die Windjägerin« und »Die Wolkentänzerin« von Theresa Scott, »Im Hexenhaus« von Alice Hoffman und »Der Rumpf/Tränen sind immer das Ende« von Akif Pirinci. Für Anfang 1998 sind u. a. »Insel der Unsterblichkeit« von Michael Dibdin, »Die Farben der Freiheit« von Barbara Hambly, »Tochter der Kelten« von Joan Wolf, »Madeleines Geist« von Robert Girardi, »Die Manipulation« von F. Paul Wilson & Matthew Costello, »Das IRIS-Projekt« von David Mason, »Stählerne Schatten« von Dale Brown, »Fluch über Eden« von Wendy Haley, »Nerz« von Peter Chippindale, »Shangri-La – Das vergessene Land« von Eleanor Cooney & Daniel Altieri und »Hohle Köpfe« von Terry Pratchett (SCHEIBENWELT) zur Veröffentlichung vorgesehen.

HEYNE

Wie schon in den vorangegangenen Jahren schaffte es Marktführer HEYNE auch 1996 wieder spielend, seine dominierende Position auf dem phantastischen Taschenbuchmarkt zu verteidigen. Der Vorsprung zum Zweitplazierten hat sich geringfügig verringert (von 112 auf 108 Titel), war aber immer noch gewaltig. HEYNE hat es zudem auch 1996 wieder geschafft, – wie schon in den vier Jahren zuvor – alleine mehr einschlägige Titel zu publizieren als die beiden Hauptmitbewerber zusammengenommen. In der von Wolfgang Jeschke, Friedel Wahren und Gisela Frerichs betreuten Reihe HEYNE SCIENCE FICTION & FANTASY – wobei Friedel Wahren in erster Linie für die Fantasy verantwortlich zeichnet, während sich Wolfgang Jeschke hauptsächlich, neben der Gesamtverantwortung für das Programm, um die SCIENCE FICTION kümmert, wurden 1996/97 in der Regel 12 bis 13 Titel pro Monat eingeplant, bisweilen sogar mehr, bedingt durch die diversen Subreihen, wie die Spiele-Edition DAS SCHWARZE AUGE oder MAGIC – DIE ZUSAMMENKUNFT. Die Abweichungen, die es erneut zwischen Einplanung und tatsächlicher Auslieferung gab, lagen weniger in der Zahl der de facto herausgebrachten Bücher, sondern darin, welche Titel tatsächlich in den einzelnen Monaten publiziert wurden. Die oft gravierenden Verschiebungen hatten zumeist interne Ursachen, wobei vor allem Terminüberschreitungen bei den Übersetzungen nach wie vor die Hauptursache für die Verzögerungen bildeten. Laufende Differenzen gab es auch 1996/97 in erster Linie wieder bei den STAR TREK-Titeln, deren Auslieferungen rund zwei Monate hinter den Einplanungen lagen, sowie bei BATTLETECH und RENEGADE LEGION. Infolge offenbar nicht kurzfristig zu lösender Probleme lagen bei Redaktionsschluß folgende bereits länger angekündigte Titel noch nicht vor: »Die Jungfrau der Sonne« von Henry Rider Haggard, die TRIGON-Trilogie von Michael P. Kube-McDowell (»Das Wagnis«, »Das Geheimnis« und »Das Reich«), »Der schwarze Drache« von Victor Milan (BATTLETECH), »Der Rebellenprinz« von Sharon Green, »Die Geister, die man ruft« von Allan Varney (EARTHDAWN), »Die Tänzerin von Gor« von John Norman, »Das Babylon 5 Universum« von Torsten Dewi*, »Der Vater aller Dinge« von Blaine Pardoe (BATTLETECH), »Vor einem dunklen Hintergrund« von Iain Banks und »Silberauge« von Michael A. Stackpole. Mit ziemlicher Regelmäßigkeit erscheint Monat für Monat ein Hardcover im Rahmen der HEYNE SF & FANTASY, bisweilen kommen hier auch Sekundärtitel zu STAR TREK heraus; auf diese wird im HARDCOVER-Kapitel näher eingegangen. Wieder in unbefriedigendem Ausmaß waren deutsche Autoren vertreten, und das traf auch auf ihre nicht angloamerikanischen Kol-

---

* Der Verlag wartet seit nunmehr 18 Monaten auf eine Genehmigung von Warner Bros., das Buch machen zu dürfen. Ein Buch zu ihrem Produkt, das außerhalb des englischen Sprachraums erscheinen soll und sich so ihrer (sprachlichen?) Kontrolle entzieht, verursacht den Lizenzgebern offenbar unüberwindliches Unbehagen, das jede Entscheidung lähmt. Der Produzent ist gegen eine nicht-amerikanische Publikation über sein Produkt, weil sie womöglich (absolut unbegründete Ängstlichkeit) zu kritisch ausfallen könnte. Also wird das Produkt wahrscheinlich scheitern, und wir haben die bereits investierten Kosten in den Wind geschossen. Schade drum! – *Anm. d. Hrsg.*

legen zu. Wenn man vom SCHWARZEN AUGE absieht, so erschienen hier nur »Maemones Auge« von Wolfgang Jeschke und »Die Wanderer« von Arkadij und Boris Strugatzki, für das Frühjahr sind »Die Haarteppichknüpfer« von Andreas Eschenbach und »Socialdemokraten auf dem Monde« von Ronald M. Hahn zur Veröffentlichung vorgesehen. In der ALLGEMEINEN REIHE kamen »Banyadir« von Gisbert Haefs, »Das Netz«, »Hagen von Tronje« und »Das Siegel« von Wolfgang Hohlbein, »Der Hafen der Düfte« von Harold Nebenzahl, »Flügel wachsen nach« von Lisa Fitz und »Neuschwanstein« von Norbert Klugmann heraus, Anfang 1998 sollen »Im Netz der Spinnen – Videokill« und »Azrael: Die Wiederkehr« von Wolfgang Hohlbein, »Der Rattenzauber« von Kai Meyer und »Das Ölschieferskelett« von Bernhard Kegel herauskommen. Zyklen und Serien erfreuen sich nach wie vor ungebrochener Popularität, weshalb ihnen HEYNE traditionell breiten Raum bietet.

Bei der FANTASY wurde die SAGA VON DRAY PRESCOT von Alan Burt Akers alias Kenneth Bulmer, die seit Band 38 exklusiv für den deutschen Markt geschrieben wird, bis Band 52 (»Aufruhr auf Kregen«) weitergeführt, in der langlaufenden CONAN-SAGA kam Band 49, »Conan am Dämonentor« von Roland Green, heraus. Weitergeführt wurden der High Fantasy-Zyklus DAS RAD DER ZEIT von Robert Jordan mit den Bänden 16 und 17 (»Die Hexenschlacht« und »Die zerbrochene Krone«) und mit einem neuen Übersetzer, WARHAMMER mit den Bänden 4 und 5, »Schattenbrut« und »Kriegsklinge« von David Ferring, und John Normans GOR-Serie mit »Die Vagabunden von Gor« und der Neuherausgabe von »In Sklavenketten auf Gor«. Abgeschlossen wurde Jennifer Robersons CHEYSULI-Zyklus mit den Romanen »Der Flug des Raben«, »Ein Gobelin mit Löwen« und »Löwenmagie«, den Bänden 7 bis 9. Im DRACHENRITTER-Zyklus von Gordon R. Dickson liegen bislang »Die Nacht der Drachen«, »Der Drachenritter«, »Drachen an der Grenze«, »Drachen im Krieg« und »Der Drache und der Troll« vor. Tom Holt war 1997 wieder mit einem humorvollen Roman, »Flaschengeister«, vertreten, ebenso Andrew Harman mit »Fort Knumm«. Ansonsten wären bei der Fantasy noch »Ein gutes Omen« von Terry Pratchett & Neil Gaiman, »Fiamettas Ring« von Lois McMaster Bujold, »Die Einhornpirsch« von Mike Resnick, »Grünmantel« von Charles den Lint, »Die Maus von Kerbridge« von Paul Kidd, »Ritter und Knappe des Schwerts« von Fritz Leiber (FAFHRD UND DER GRAUE MAUSLING), »Erzengel« von Sharon Shinn, »Einst ein Held« von Michael A. Stackpole, die ersten beiden Bände der aus »Das Joch der Zyklopen«, »Luthiens Wagnis« und »Karmesinrote Schatten« bestehende LUTHIEN-Trilogie und die Anthologie »Gefährliche Possen« besonders hervorzuheben. Für die ersten Monate des Jahres 1998 sind neben neuen Bänden zum DRACHENREITER-Zyklus (»Der Drache und der Dschinn«), zur CONAN-SAGA (»Conan der Gladiator« von Leonard Carpenter nebst einer Neuausgabe von »Conan der Abenteurer« von Robert E. Howard, Lin Carter & L. Sprague den Camp) und zum RAD DER ZEIT (»Wolken über Ebou Dar«) der vierbändige MERLIN-Zyklus von Mary Stewart – »Flammender Kristall«, »Der Erbe«, »Merlins Abschied« und »Tag des Unheils« – sowie dem LUTHIEN-Abschlußband neue Romane von Andrew Harman (»Das göttliche Dutzend«) und Patricia McKillip (»Königin der Träume«) zur Veröffentlichung vorgesehen.

Weiter ging es auch 1997 mit in der Regel monatlich einem Band bei der Subserie DAS SCHWARZE AUGE zum erfolgreichsten deutschen Fantasy-Spiel. Zuletzt erschienen »Der Lichtvogel« von Hadmar von Wieser (ELEMENTARE GEWALTEN 1), »Die Boroninsel« und »Kinder der Nacht« von Lena Falkenhagen und »Aus dunkler Tiefe« von Barbara Büchner, sowie als Hardcover »Das zerbrochene Rad« von Ulrich Kiesow, in Vorbereitung befinden sich die von Ina Kramer herausgegebene Anthologie »Von Menschen und Monstern« sowie die Romane »Heldenschwur« von Johan Kerk und »Das letzte Lied« von Gun-Britt Tödter.

Ebenfalls weitergeführt, wenn auch nur sporadisch, wurde die Serie zum erfolgreichsten Fantasy-Sammelkartenspiel der Welt, MAGIC – DIE ZUSAMMENKUNFT. 1997/98 erschienen bzw. sind eingeplant »Das Lied der Zeit« von Teri McLaren (9), »Der schlummernde Friede« von Sonia Orin

Lyris (10) und die Anthologie »Die weite Ebene«, herausgegeben von Kathy Ice (11).

Bei der SCIENCE FICTION hat sich das STAR TREK-Programm bei zwei Bänden pro Monat eingependelt, wobei im Wechsel Titel zu allen vier Serien – CLASSIC, THE NEXT GENERATION, DEEP SPACE NINE und VOYAGER – herauskommen, sporadisch werden auch Jugendromane um die STARFLEET KADETTEN publiziert. Weitergeführt wurden auch die Romanserien zu Spielen wie SHADOWRUN, BATTLETECH und WARHAMMER 40,000. Zu George R. R. Martins WILD CARDS-Zyklus wurde Band 6 veröffentlicht, »Asse im Einsatz«, über die RENEGADE LEGION kam »Monsun« von Peter Rice (Band 4) heraus. Ebenfalls neue Romane wurden zu BILL, DER GALAKTISCHE HELD (der Abschlußband »Das letzte inkohärente Abenteuer« von Harry Harrison & David Harris), dem BARRAYAR-Zyklus von Lois McMaster Bujold (»Spiegeltanz«), David Wingroves CHRONIK VON CHUNG KUO (»Ein Herz aus Stein«), Harry Harrisons STAHLRATTE-Serie (»Die Stahlratte fährt zur Hölle«, der 10. Band) und zum ORBIT HOSPITAL-Zyklus (»Chef de Cuisine« von James White) publiziert. An abgeschlossenen Zyklen erschienen zuletzt die ROWAN-Tetralogie von Anne McCaffrey (bestehend aus den Einzeltiteln »Rowan«, »Damia«, »Damias Kinder« und »Lyon«), Kim Stanley Robinsons MARS-Trilogie – »Roter Mars«, »Grüner Mars« und »Blauer Mars« – und die ersten beiden Bände der Trilogie MONSTRÖSE WELTEN von Sheri S. Tepper: »Gras« und »Hobbs Land«. Die von Herausgeber Wolfgang Jeschke zusammengestellten internationalen Anthologienbände präsentierten wieder die gesamte Bandbreite des Genres und zeigten die vielfachen Richtungen und Thematiken auf, die die SF auf hohem Niveau abzuhandeln und abzudecken in der Lage ist; sie erfreuen sich unter Kennern größter Beliebtheit und gehören ebenso wie der obligate »Science Fiction Jahresband« auch 1996/97 wieder zu den Highlights im HEYNE-SF-Programm und zu den Höhepunkten der deutschen SF-Szene überhaupt. Zuletzt erschienen sind »Die Verwandlung« und »Die säumige Zeitmaschine«, in Vorbereitung befinden sich »Die letzten Bastionen« und »Die Vergangenheit der Zukunft«. Wieder mit jeweils nur einem Band pro Halbjahr vertreten und somit für den Freund der SF-Kurzgeschichte eindeutig unterrepräsentiert waren die Auswahlbände aus den renommierten amerikanischen SF-Periodika THE MAGAZINE OF FANTASY & SCIENCE FICTION (ausgewählt von Ronald M. Hahn) und ASIMOV'S SCIENCE FICTION (zusammengestellt von Friedel Wahren, mit einer deutschsprachigen Originalveröffentlichung zusätzlich zum US-Material), die es mittlerweile auf 96 bzw. 50 Ausgaben gebracht haben und in gewohnter Manier herausragende Beiträge aus den beiden Magazinen vorstellten. Aus dem exzellenten Programm des Jahres 1997, das wie immer für jeden Geschmack etwas zu bieten hatte, ragten besonders die Romane »Chaga« von Ian McDonald, »Der heiße Himmel um Mitternacht« von Robert Silverberg, »Wolf und Eisen« von Gordon R. Dickson, »Bilder um 11« und »Deus X« von Norman Spinrad, »Die Chroniken der Zeitpatrouille« von Poul Anderson, »Träume vom Kanal« von Iain Banks, »Bettler und Sucher« von Nancy Kress, »Die Maerlande-Chroniken« von Elisabeth Vonarburg, »Hohlwelt« von Rudy Rucker, »In Zeiten der Flut« von Michael Swanwick, »Anti-Eis« von Stephen Baxter, »Der Zorn des Roten Lords« von Philip José Farmer und »Trek Master« von James B. Johnson, die Collections »Tangenten« von Greg Bear und »Schlangenaugen« von Alan Dean Foster (mit einer neuen FLINX-Story), sowie »Das STAR TREK Universum Band 4« von Ralph Sander. Zusätzlich erschien im Sommer 97 unter dem Titel WARP 7 eine 20bändige SF-Sonderedition, mit Neuausgaben von »Der Untergang der Stadt Passau« von Carl Amery, »Die Blackcollar-Elite« und »Die Backlash-Mission« von Timothy Zahn, »Die Mars-Chroniken« von Ray Bradbury, »Wolkenkrieger« und »Die erste Familie« von Patrick Tilley, »Scherben der Ehre« und »Barrayar« von Lois McMaster Bujold, »Das Gespensterschiff« von Diane Carey, »Die Kinder von Hamlin« von Carmen Carter, »Eine Hölle namens Paradies« von Peter David, »Die denkenden Wälder« von Alan Dean Foster, »Das zerrissene Land« von H. J. Alpers, »Hieros Reise« von Sterling E. Lanier, »Hospital Station« von James White, »Die fliegenden Zauberer« von Larry Niven

& David Gerrold, »Der Mann ohne Gesicht« von Jack Vance, »Die Barbarenwelt« von Harry Harrison, »Hellstroms Brut« von James Herbert und »Osiris Land« von Wolfgang Jeschke. Für die ersten Monate des Jahres 1998 sind Spitzentitel wie »Heimat Mars« von Greg Bear, »Brüchige Siege« von Michael Bishop, »Antares Passage« von Michael McCollum (2. Roman des ANTARES-Zyklus), »Exodus« von Blaine Pardoe (BATTLETECH), »Gefallene Engel« von Larry Niven, Jerry Pournelle & Michael Flynn, »Heut sterben alle Götter« von Stephen R. Donaldson (5. und abschließender Band des AMNION-Zyklus), »Knarre mit Begleitmusik« von Jonathan Lethem, »Nur Tote kennen Jokertown« von George R. R. Martin (WILD CARDS 7), »Die dreizehnte Magistrale« von Hayford Peirce, »Schattenboxer« von Nick Polotta (SHADOWRUN 28), »Verico Target« von Nancy Kress, »Die Clans von Stratos« von David Brin, »Gespenster gesucht« von Ramsey Campbell, »Katzenspiel« von Alan Dean Foster, »Die Nachtseite der langen Sonne« und »Der See der langen Sonne« von Gene Wolfe (1. und 2. Roman des Zyklus der LANGEN SONNE), »Die letzte Diagnose« von James White (ORBIT HOSPITAL Band 10), »Kind des Chaos« von Ian Watson (5. Roman zu WARHAMMER 40,000) und »Heimatwelten« von Michael Stackpole (BATTLETECH 39) eingeplant.

Im November 1997 startete eine Jubiläumsausgabe der Gesammelten Werke von HANS DOMINIK, in der die Romane des nach wie vor populärsten deutschen SF-Autors erstmals nach über 50 Jahren ungekürzt und unzensiert nach den Originaltexten und mit Ergänzungen aus den Zeitschriftenvorabdrucken erscheinen. Im November sind die ersten beiden Titel, »Die Macht der Drei« und »Atlantis«, herausgekommen, als nächstes sind für das Frühjahr 1998 »Der Brand der Cheopspyramide« und »Das Erbe der Uraniden« zur Veröffentlichung vorgesehen, gefolgt von »König Laurins Mantel« und »Kautschuk«.

Auch 1997 erschienen wieder zahlreiche phantastische Titel von renommierten Autoren des Genres, die entweder den Budgetrahmen der SF & F-Reihe gesprengt hätten oder nicht in deren Konzept hineingepaßt haben, wie beispielsweise Horror-Titel, in der ALLGEMEINEN REIHE. Das traf und trifft natürlich auch auf Werke zu, die aufgrund ihrer Thematik oder aus anderen Überlegungen heraus auch für breite Leserschichten außerhalb des trotz aller kommerziellen Erfolge der letzten Jahre immer noch relativ kleinen Genre-Marktes von Interesse sind und waren und in der ALLGEMEINEN REIHE höhere Verkaufszahlen erwarten ließen als in der HEYNE SF & F, wo viele potentielle Leser vielleicht nicht erreicht worden wären. Zu den im letzten Jahr hier publizierten Titeln gehörten »Drachentränen« von Dean Koontz, »Die Wespenfabrik« von Iain Banks, »Unter dem Banner Pendragons« von Helen Hollick (2. Roman der PENDRAGONS BANNER-Trilogie), »Der Exorzist« von William Peter Blatty, »Das große Next Generation Quizbuch« von Ralph Sander, »Schlaflos«, »Brennen muß Salem« und »Desperation« von Stephen King, »Schattenmond« von George Lucas & Chris Claremont (Fortsetzung zu »Willow«), »Grünes Feuer« von Mary Ryan, »Tarzan – Die Rückkehr« von R. A. Salvatore, »Die Eroberer« von Alan Dean Foster (DINOTOPIA), »Julia« von Peter Straub, »Palpatines Auge« von Barbara Hambly (STAR WARS), »Mit aller Macht« von Anonymus, »Die Lennox-Falle« von Robert Ludlum, »Der Tigerclan von Merina« von Marion Zimmer Bradley, Andre Norton & Mercedes Lackey, »Schwingen der Finsternis«, hrsg. von Martin Greenberg, Nancy Collins & Ed Kramer, der STAR TREK-Sammelband »Die besessenen Vulkanier«, »Das Volk an der Küste« von Kathleen O'Neal Gear & W. Michael Gear (5. Roman um die Frühgeschichte der Indianer), »Ehrenschuld« von Tom Clancy, »Hüter der Träume« von Andre Norton (RUWENDA), »Die Nacht der Mondfrauen«, hrsg. von Angeline Bauer (Märchen von starken und mutigen Frauen), »Showdown auf Centerpoint« von Roger MacBride Allen (STAR WARS; Abschlußband der CORELLIA-Trilogie), »Mitternacht ist eine einsame Stunde« von Barbara Erskine, »Kind der Zeit« von Isaac Asimov & Robert Silverberg, »Hokuspokus Hexenkuß« von John Brosnan, »Die Tänzerin von Darkover«, hrsg. von Marion Zimmer Bradley & The Friends of Darkover, »Schatten des Imperiums« von Steve Perry, »Regulator« von Richard Bachman, »Die Reise nach Benares« von Mukul

Kesavan, »Clockwork Orange« von Anthony Burgess, »Lois & Clark« von C. J. Cherryh (SUPERMAN), »Herr der Jahrhunderte« von Molly Cochran & Warren Murphy, »Das unterirdische Labyrinth« von Sean Dalton (EARTH 2), »Mars Attacks!« von Jonathan Gems und »Das fünfte Element« von Terry Bisson. Für Anfang 1998 sind u. a. »Die Löwen von Al-Rassan« von Guy Gavriel Kay, »Anno Dracula« von Kim Newman, »Das Haus der verschwundenen Jahre« von Clive Barker, »Darksaber – Der Todesstern« von Kevin J. Anderson (STAR WARS), »Die Wölfe der Zeit« von William Horwood, die Trilogie DIE UFO-VERSCHWÖRUNG von David Bischoff (»Entführt«, »Getäuscht« und »Enthüllt«), »Der Ikarus-Plan« von Robert Ludlum, »Flüstern in der Nacht« von Dean Koontz, »Im Zeichen der Sechs« von Mark Frost, »Töchter der Göttin« von Joan Lambert, »Die Brücke« von Iain Banks, »Das Amulett von Ruwenda« von Marion Zimmer Bradley & Julian May, »Die Spur der Rose« von Barbara Michaels, »Schattendämmerung« von Chris Claremont und »Drachensee« von Eric Van Lustbader zur Publikation vorgesehen. Für Januar 1998 ist auch eine große STEPHEN KING-Aktion geplant.

In der Reihe TIP DES MONATS erschienen 1997 der SCHEIBENWELT-Sammler »Pyramiden/Mac Best« von Terry Pratchett und »Schutzengel/Nachtstimmen« von Dean Koontz. In der HEYNE JUBILÄUMSREIHE wurden Ngaire Genges inoffizielle AKTE X-Kompendien zu einem Band zusammengefaßt: »Die Wahrheit über Akte X/Akte X – Wie es wirklich war«.

SUHRKAMP

Im Jahr 1997 erschien in der von Franz Rottensteiner betreuten PHANTASTISCHEN BIBLIOTHEK in den SUHRKAMP TASCHENBÜCHERN wie auch schon in den Jahren zuvor in der Regel ein Band pro Monat, wobei im Herbst eine H. P. Lovecraft-Sonderedition den Schnitt enorm verbesserte. Die anspruchsvolle Reihe blieb ihrem bisherigen Konzept treu, eine ausgewogene Mischung von Science Fiction, Horror und Phantastik zu bieten, aus Klassikern und modernen Werken.

Einschlägige Texte aus deutschen Landen waren diesmal eindeutig unterrepräsentiert, es erschien lediglich »Wind« von Marcus Mammerschmitt mit zwei Romanen in Erstausgabe. Zu den Höhepunkten der PHANTASTISCHEN BIBLIOTHEK, wo man sich zuletzt mehr oder minder genau an die Einplanungen hielt - lediglich der für März 1996 angekündigte Roman »Die Ankunft des Joachim Stiller« von Hubert Lampo liegt bei Redaktionsschluß immer noch nicht vor - gehörten in den letzten Monaten »Stimme in der Nacht« von William Hope Hodgson, »Messias« von Gore Vidal, die Anthologie klassischer SF-Stories »Das Tagebuch der Rose«, hrsg. von Franz Rottensteiner, der Sekundärband »H. P. Lovecrafts kosmisches Grauen«, zusammengestellt von Rottensteiner, die aus den Einzeltiteln »Die Katzen von Ulthar«, »Stadt ohne Namen«, »In der Gruft«, »Die Traumsuche nach dem unbekannten Kadath«, »Azathoth«, »Berge des Wahnsinns«, »Der Flüsterer im Dunkeln« und »Der Schatten aus der Zeit« bestehende LOVECRAFT-Edition und »Das Menschenprojekt« von George Turner. Für Anfang 1998 angekündigt sind »Der Tanz in den Tod« von Algernon Blackwood, »Grube und Pendel« von Edgar Allan Poe, »Der besessene Bibliothekar« von Mircea Eliade und »Atlantic City« von Ady Henry Kiss. Außerhalb der PHANTASTISCHEN BIBLIOTHEK erschienen bzw. eingeplant sind u. a. »Geisterbeschwörung« von Antonia S. Byatt, »Wilde Schafsjagd« von Murakami Haruki, »Das Hospital der Verklärung« von Stanisław Lem, »Das Licht und der Schlüssel« von Adolf Muschg, »Der verliebte Dschinn« von Antonia S. Byatt und »Der Prozeß« von Franz Kafka.

SONSTIGE TASCHENBUCHVERLAGE

Einen Schwerpunkt bilden regelmäßig phantastische Jugendbücher im Taschenbuchprogramm von *ARENA*. Zumeist handelt es sich dabei um Neuauflagen von zuvor in gebundener Form erschienenen Titeln, bisweilen werden aber auch Originalveröffentlichungen publiziert, wie »Zeitenwanderer« von Helen Hughes Vick. Zuletzt erschienen hier die Anthologie »Die Frau im Mond«, hrsg. von Gabriele Dietz, »Die Magie der

Masken« von Gloria Hatrick, »Geisterbotschaft« von Nortrud Boge-Erli, »Wieland der Schmied« von Willi Fährmann, »Drachomir und die Abfalldetektive« von Gudula Kohn, »Tanea – Tochter der Wölfin« von Isolde Heyne und »Vlad – Die wahre Geschichte des Grafen Dracula« von Hanna Lützen. Für Januar 98 sind die Anthologie »Gruselgeschichten«, hrsg. von Carola Schäfer, und der Fantasy-Roman »Thokka – Das Pferd der Nebelfee« von Christiane Gohl zur Veröffentlichung vorgesehen.

ARGUMENT veröffentlichte in seiner Krimireihe 1996/97 die SF-Romane »Frau am Abgrund der Zeit« von Marge Piercy und »Virus« von Blanche d'Alpuget.

Im *AUFBAU TASCHENBUCHVERLAG* wurden 1997 weniger Titel mit phantastischen oder spekulativen Elementen herausgebracht als in den letzten Jahren, nur zwei, und zwar »Tage des Zorns« von Sylvie Germain und »Die Legende von Pinocchio« von Carlo Collodi.

In der im Frühjahr 1996 gestarteten neuen bibliophilen Taschenbuchedition *DAS BESONDERE TASCHENBUCH* des *GOLDMANN VERLAGS* kamen auch 1997 wieder mehr oder minder dem phantastischen Genre zurechenbare Titel heraus, und zwar: »Groteske« von Patrick McGrath, »Das btb Lesefest«, hrsg. von Clare Francis & Ondine Upton, »Das geheime Leben des László Graf Dracula« von Roderick Anscombe, »Lügengeschichten« von Ambrose Bierce, »Der Club Dumas« von Arturo Pérez-Reverte, »Die Rose von Tibet« von Lionel Davidson und »Wenn Engel Zähne zeigen« von Jonathan Carroll. In den ersten Monaten des Jahres 1998 erscheinen »Fantastische Fabeln« von Ambrose Bierce und »Die Memoiren der Elizabeth Frankenstein« von Theodore Roszak.

Immer wieder bringt auch der *DEUTSCHE TASCHENBUCHVERLAG – dtv* – SF, Fantasy und Phantastik in seinen diversen Reihen heraus. Zu den interessantesten Genre-Titeln in der Belletristik-Reihe DAS LITERARISCHE PROGRAMM gehörten 1997 »Tod durch Ertrinken« von T. Coraghessan Boyle, »Die

Insel des vorigen Tages« von Umberto Eco, »Die nackten Masken« von Luigi Malerba, »Hundeherz« von Michail Bulgakow, »Das Tal der Spinnen« von H. G. Wells, »Die Blumen des Bösen« von Charles Beaudelaire, »Sturmhöhe« von Emily Brontë, »Finis Terrae« von Raoul Schrott, »Hexenherz« von Barbara Frischmuth, »Babylonische Wandrung oder Hochmut kommt vor dem Fall« von Alfred Döblin, »Die Elixiere des Teufels« von E. T. A. Hoffmann, »Mitternachtsabitur« von Ermanno Cavazzoni, »Das Rendezvous« von Joyce Carol Oates, »Weihnachtserzählungen« von Charles Dickens und »Das Bildnis des Dorian Gray« von Oscar Wilde. Neu gestartet wurde im Frühjahr 1997 das Unterhaltungsprogramm GALLERIA. Hier wurden bislang u. a. »Komm, schwarze Nacht« von Marian Veevers, »Bewohnte Frau« von Gioconda Belli, »Wenn du wüßtest« von Peter Straub, »Der Sohn des Schamanen« von Martin Booth, »Der Fliegenmelker« von Rafik Schami, »Die Totdenkerin« von Fran Dorf, »Der stille Gott der Wölfe« von Andreas Englisch und »Weihnachtsspuk – Weihnachtliche Geschichten aus Schottland«, hrsg. von Tilmann Kleinau, veröffentlicht. Im Rahmen einer Geschenkaktion im Herbst 1997 wurde »Die Elfen von New York« von Martin Millar neu aufgelegt. In der Paperback-Reihe DTV PREMIUM sind der magische Krimi »Das Bildnis der Dame in Schwarz« von Xavier Hanotte, der Erzählband »Der seltene Vogel« von Jostein Gaarder und der Internet-Roman »Autopol« von Ilja Trojanow erschienen, in der Jugendbuchreihe DTV JUNIOR eine Gesamtausgabe von »Pu der Bär« von A. A. Milne, »Wolfsaga« von Käthe Recheis und »Gefährliche Wünsche« von William Sleator. Zur Veröffentlichung im Frühjahr 1998 vorgesehen sind im LITERARISCHEN PROGRAMM »Das Kristall-Ei« von H. G. Wells und »Das Alphabet des Juda Liva« von Benjamin Stein, bei GALLERIA »Stadtgeschichten«, hrsg. von Ulrike Ostermeyer, und bei DTV JUNIOR »Die grüne Maske« von Wolfgang Kuhn und »Level 4 – Die Stadt der Kinder« von Andreas Schlüter.

DIOGENES veröffentlichte in seiner Taschenbuchreihe *detebe* u. a. die Romane »Zirkuskind« von John Irving, »Salammbo« von Gustave Flaubert und »Der dunkle Grenzbezirk« von Eric

Ambler, sowie die Collections »Eine Mordschance« von Henry Slesar, »Mein Verschwinden in der Providence« von Alfred Andersch und »Lange nach Mitternacht« von Ray Bradbury. Für das Frühjahr 1998 angekündigt ist Ray Bradburys phantastischer Roman »Das Böse kommt auf leisen Sohlen«.

Belletristik nimmt bei den *ECON TASCHENBÜCHERN* einen großen Stellenwert ein, und das trifft seit Anfang 1997 in zunehmendem Maße auch auf Titel mit phantastischem Einschlag zu. Einen Schwerpunkt bildete dabei die von Kay Meyer unter Mitwirkung von Reinhard Rohn konzipierte Fantasy-Serie DIE NIBELUNGEN mit Jugendabenteuern der aus dem deutschen Sagenstoff bekannten Figuren. Im Sommer 1997 wurden die ersten sechs Bände in einer Lieferung herausgebracht, die Serie wird bis auf weiteres in zweimonatlichem Rhythmus weitergeführt. Bislang sind »Der Rabengott« von Kai Meyer, »Das Drachenlied« und »Die Hexenkönigin« von Alexander Nix, »Die Flammenfrau« und »Das Zauberband« von Jana Held, »Das Nachtvolk« und »Der Ketzerfürst« von Bernhard Hennen sowie »Das Runenschwert« von Jörg Kastner erschienen. Zudem wurden noch die Sachbücher »Datei X« von Ulrich Dopotka, »Enthüllt: Die X-Akten« von Peter Lovece, »TrekkieMania« von Jeffrey Edelmann, »The Trek Generation« von Carsten Schütz, »Feen, Elfen, Zauberwesen« von Janet Bord, »Der intergalaktische Star Wars-Basar« von Michael Barg, »Star Wars« von Marc Adams, »Gillian Anderson – Die X-Lady« von Berndt Schulz, »Das Babylon 5 Bordbuch« von Ralph Sander und »Star Trek Science« von Stefan Thiesen sowie die Belletristik-Bände »Der Tag, an dem die Götter starben« von Walter Ernsting, »Drachenland« von Byron Preiss & J. Michael Reaves, »Der zweite Schamane« von Luba Jurgenson, »Die Stunde des Clowns« von Cole Perriman und »Die Haie« von Stephen W. Frey angekündigt. Im Frühjahr 1998 sollen erscheinen u. a. Gillan Bradshaws ARTUS-Trilogie, gebildet aus »Der Falke des Lichts«, »Das Königreich des Sommers« und »Die Krone von Camelot«, die Frühgeschichts-Romane »Der Windtänzer« und »Der Traumhüter« von Ardath Mayhar, der NIBELUNGEN-Roman »Der Zwergenkrieg« von

Alexander Nix und »Maria Stuarts dunkles Geheimnis« von Ann Dukthas (erster Roman um den unsterblichen NICHOLAS SEGALLA).

Auch 1997 sind im Unterhaltungsprogramm der *FISCHER TASCHENBÜCHER* wieder zahlreiche Titel erschienen, die dem phantastischen Genre angehören oder zumindest im Grenzbereich dazu angesiedelt sind, wie die Romane und Erzählbände »Der Wahnsinnshase« von Henri-Frédéric Blanc, »Opernball« von Josef Haslinger, »Die Angst vor Beethoven« von Wolfgang Hilbig, »Der Parzival des Wolfram von Eschenbach« und »Stanisław der Schweiger« von Dieter Kühn, »Eos' Gelüst« von Reinhard Kaiser, »Silberkopf« von Luigi Malerba, »Die Klage des Distelfinks« von Anna Maria Ortese, »Kosmas/Tina/Goethe« von Arno Schmidt, »Die Dienerin« von Margaret Forster, »Die letzte Welt« von Christoph Ransmayr, »Lingo« von Jim Menick, »Das schwarze Buch« von Orhan Pamuk und »Die Propheten« von Barbara Wood, die Sachbücher »Daphne du Maurier« von Margaret Forster und »Unendliche Weiten ... STAR TREK zwischen Unterhaltung und Utopie?«, hrsg. von Kai-Uwe Hellmann & Arne Klein, und Band 7 der von Marion Zimmer Bradley zusammengestellten Anthologienreihe MAGISCHE GESCHICHTEN unter dem Titel »Drachenschwester«. 1998 folgen »Die Tartarenwüste« von Dino Buzzati, »Und der Sultan von Oman« von Dieter Kühn, »Der große Anarchistenzirkus« von Marco Lodoli, »Traumzeit« von Barbara Wood, »Die Feuer von Troia« von Marion Zimmer Bradley, »Wodans Fluch« von Stephan Grundy und »Lichtschwester«, Marion Zimmer Bradleys MAGISCHE GESCHICHTEN 8.

In der BIBLIOTHEK DER PHANTASTISCHEN ABENTEUER wurden zuletzt die Jules-Verne-Romane »Reise zum Mittelpunkt der Erde«, »Von der Erde zum Mond«, »Reise um den Mond« und »20000 Meilen unter den Meeren« neu aufgelegt. Ziemlich umfangreich war 1997 auch das Angebot an phantastischen Titeln in der Kinder- und Jugendbuchreihe FISCHER SCHATZINSEL: »Der brennende Dornbusch« von Peter Dickinson, »Gespensterjäger im Feuerspuk« von Cornelia

Funke (GESPENSTERJÄGER 2), »Tali Trödel und die kleine Hexe« von Yael Rosman, »Ein Spukschloß wandert aus« von Eva Ibbotson, »Nicobobinus« von Terry Jones, »Die Borger in den Lüften« und »Die Borger am Ziel« von Mary Norton (die abschließenden BORGER-Romane 4 & 5), »Die federleichte Lachprinzessin« von George MacDonald und »Burg Biberstein im Hexenwahn« von Nigel Hinton (BURG BIBERSTEIN 2). Für Anfang 1998 sind »Fiese miese Echsenklau« von Pamela Shrapnel, »Der Wandererzauber« von Cyprian Ekwensi, »Fragen an Onkel Albert« von Russell Stannard und »Lucies Fluch« von Robert Westall eingeplant.

GULLIVER TASCHENBUCH ist der Reihentitel der Taschenbuchedition des Jugendbuchverlags *BELTZ & GELBERG*. 1997 erschienen hier der phantastische Roman »Die verzauberte Stadt« von Edith Nesbit und das Kinderbuch »Der Bärenschatz« von Erwin Moser, für Januar 1998 ist der SF-Roman »Eulengesang« von Iva Procházková eingeplant.

In den bibliophilen *INSEL TASCHENBÜCHERN* sind zuletzt »Die Sturmhöhe« von Emily Brontë, »Die Erzählungen und Märchen« von Oscar Wilde, »Chinesische Geistergeschichten« von Yuan Mei, »Die Handschrift von Saragossa« von Jan Potocki und »Münchhausen« von Gottfried August Bürger herausgekommen, geplant ist für Anfang 1998 eine Kassettenedition von »Alice im Wunderland« und »Alice hinter den Spiegeln« von Lewis Carroll unter dem Titel »Alices Abenteuer«.

Nur noch sehr sporadisch wurden in den letzten Jahren SF-, Fantasy- und Horror-Titel in den *KNAUR TASCHENBÜCHERN* publiziert. 1997 standen in diesem Bereich »Die satanischen Verse« und »Harun und das Meer der Geschichten« von Salman Rushdie, »Relic – Museum der Angst« von Douglas Preston & Lincoln Child, »Das Tunnelkomplott« von Robert Frederick, »Teufels Weib« von Fay Weldon, »Der Stier aus dem Meer« und »Die Maske des Apoll« von Mary Renault sowie »Vergessene Welt« und »Nippon Connection« von Michael

Crichton auf dem Programm, für Anfang 1998 ist »Todesgen« von Ben Mezrich vorgesehen.

MANHATTAN BY GOLDMANN ist ein neues Verlagslabel, in dem Bücher für unsere Zeit, beginnend mit Mai 1997, präsentiert werden sollen. Auch SF- und phantastische Titel fanden sich in den ersten Programmen, und zwar »Der kleine Dämonenberater« von Christopher Moore, »Gelb« und »Pollen« von Jeff Noon (Arthur C. Clarke-Preisträger und die Fortsetzung davon) und »Off Limits!«, hrsg. von Sky Nonhoff. Für Frühjahr 1998 sind »Himmelsgöttin« von Christopher Moore, »Warten auf das Ende der Welt« von Madison Smartt Bell und »Die Nacht der wilden Mädchen« von Sparkle Hayter eingeplant.

Bei *NEW ERA* erschien im Sommer 1997 die Taschenbuchausgabe des 3. MISSION ERDE-Romans, »Der Feind im Inneren« von L. Ron Hubbard.

Die im Herbst 1995 aus der Taufe gehobene Reihe *OMNIBUS,* die Jugendtaschenbuchreihe des Verlags *C. BERTELSMANN,* hat sich mittlerweile fest auf dem Markt etabliert. Phantastische Literatur, vor allem Horror und Science Fiction und diese zum Teil sogar in deutscher Erstveröffentlichung, hatte schon von Anfang an einen hohen Stellenwert in jedem Programm, so auch 1997 wieder. Einen Schwerpunkt bildete dabei die amerikanische Grusel-Bestsellerserie GOOSEBUMPS von R. L. Stine, die hierzulande unter dem Reihentitel GÄNSEHAUT läuft und mittlerweile in monatlicher Folge erscheint. Zuletzt wurden die Bände 10 bis 16 veröffentlicht: »Der Gruselzauberer«, »Die unheimliche Kuckucksuhr«, »Die Nacht im Turm der Schrecken«, »Meister der Mutanten«, »Die Geistermaske«, »Die unheimliche Kamera« und »...und der Schneemensch geht um«. Im Oktober wurden die ersten zehn Bände in neuer Ausstattung nochmals auf den Markt gebracht. Zudem erschienen noch der DINOTOPIA-Roman »Jedem eine zweite Chance« von Scott Ciencin, »Nessie – Das Geheimnis von Loch Ness« von Julian McGregor, die Anthologie »Ich schenk dir eine Geschichte«, »Der Schatten, den ich bannte« von Robert Swindells, »Fungel – Hüter des Waldes« und »Fungel – Im Reich der Menschen« von Alan Aldridge, der ALLE MEINE MONSTER-Doppeldecker »Das Geheimnis der grünen Geisterbahn/Ferien im Spukhotel« von Thomas Brezina und »Der Engel mit der Pudelmütze« von Otfried Preußler. Für Anfang des Jahres 1998 werden die GÄNSEHAUT-Romane »Der Schrecken, der aus der Tiefe kam« (17), »Endstation Gruseln« (18), »Die Rache der Gartenzwerge« (19) und »Der Geisterhund« (20), sowie »Der schwarze Stein« von Frank Baer, »Gefährliche Reise« von Tormod Haugen, »Echt unecht« von Chloe Rayban und als Doppeldecker die beiden ersten Romane der Serie WELTRAUM-PARTISANEN von Mark Brandis – »Bordbuch Delta VII/Kurier zum Mars« – zur Veröffentlichung vorbereitet.

Der *ONE WAY VERLAG* hat in seinem Jugendbuchprogramm *ONE WAY KIDS* zwei phantastische Serien im Programm: DIE BARTLETTS von Roger Elwood, von der bisher drei Bände erschienen sind – »Der große Schrecken«, »Die Terror-Kreuzfahrt« und »Das Frankenstein-Projekt« – und den Fantasy-Zyklus THOMAS VON MAGNUS von Sigmund Brouwer, in dem bislang vier Titel vorliegen: »Der strahlende Engel«, »Die Barbaren der Kelteninsel«, »Die Legende vom brennenden Wasser« und »Der gescheiterte Kreuzzug«.

1997 wurden auch in der *SERIE PIPER* wieder zahlreiche interessante Titel veröffentlicht, die phantastische oder spekulative Elemente aufwiesen, wie »Taliesin« und »Merlin« von Stephen Lawhead (DIE PENDRAGON-SAGA 1 und 2), »In Irland gibt es keine Schlangen« und »Der Unterhändler« von Frederick Forsyth, »Telemach« von Michael Köhlmeier, »Der demokratische Terrorist«, »Im Interesse der Nation« und »Der einzige Sieg« von Jan Guillou (COQ ROUGE), »Michael Köhlmeiers neue Sagen des klassischen Altertums« und »Der Herr des Feuers« von Harald Braem.

Auch 1997 waren Science Fiction und Fantasy wieder in den neu ausgestatteten *RAVENSBURGER TASCHENBÜCHERN* vertreten. Zuletzt wurden hier »Dr. Parkplatz« und »Der Granitblock« von Franz Hohler, »Tödliche Ladung« von Barbara Veit (TATORT: UMWELT), »Die letzten Kinder von Schewenborn«, »Die Wolke« und »Der Schlund« von Gudrun Pausewang, der aus »Greenwitch«, »Die Mächte des Lichts«, »Wintersonnenwende«, »Bevor die Flut kommt« und »Der Graue König« bestehende Fantasy-Fünfteiler von Susan Cooper, »Timm Taler oder Das verkaufte Lachen« von James Krüss und »Die Wächter« von John Christopher veröffentlicht.

In der *RECLAM UNIVERSAL-BIBLIOTHEK* erschienen zuletzt »Schräge Geschichten«, hrsg. von Heiko Arntz, »American Short Stories of the 19th Century«, ausgewählt von Herbert Geisen, »Das Nibelungenlied« von Ursula Schulze, »E. T. A. Hoffmann« von Hartmut Steinecke und »Franz Kafka« von Michael Müller. In der *RECLAM-BIBLIOTHEK* wurde der Sekundärband »Marsmenschen. Wie die Außerirdischen gesucht und erfunden wurden«, hrsg. von Justus Fetscher und Robert Stockhammer, herausgebracht.

Bei *rororo* – den *ROWOHLT-ROTATIONS-ROMANEN* – wurden 1996/97 folgende Genre-Titel publiziert: »1999« von Martin Amis, »Die Fermate« von Nicholson Baker, »Die Gedanken des Bösen« von Michael Crichton, »Dr. Mabuse, der Spieler«, »Mabuses Kolonie« und »Das Testament des Dr. Mabuse« von Norbert Jacques, »Tristan in New York« von Gisela Stelly, »Befehl aus dem Jenseits« und »Das Geheimnis des ersten Planeten« von Thomas R. P. Mielke, »Batman & Robin« von Michael Jan Friedman, »Die Prinzessin und der Wilderer« von Roald Dahl, »Mr. Vertigo« von Paul Auster, »Vampire küßt man nicht« von David Martin, »Die Kinder der Toten« von Elfriede Jelinek und »Filmriß« von William Kotzwinkle. In der Jugendbuchreihe rororo rotfuchs standen im gleichen Zeitraum »Der Indianer kommt zurück« und »Der Indianer darf nicht sterben« von Lynne R. Banks, »Matilda« und »Charlie und der große gläserne Fahrstuhl« von Roald Dahl, »Indianerzauber« von Linda Rogers, »Störtebeker im Netz« von Dietmar Rösler, die PUMUCKL-Romane »Meister Eder und sein

Pumuckl«, »Immer dieser Pumuckl«, »Pumuckl spukt weiter« und »Pumuckl und das Schlossgespenst« von Ellis Kaut, »E.T. der Außerirdische« von William Kotzwinkle und »Acapulco und anderswo«, hrsg. von Norgard Kohlhagen & Renate Boldt auf dem Programm.

Im *SUSANNE ROUTSCHEK EIGENVERLAG – KRÖGERVERTRIEB* (Poznaner Straße 34, D-03048 Cottbus) erschien unter dem Titel »Die Mücke Julia« eine Sammlung von neun Geschichten von Alexander Kröger. Es war dies die 15. SF-Veröffentlichung des Autors und zugleich die dritte im Eigenverlag.

Unter dem neuen Imprint *SANSIBAR* startete der *UNIONSVERLAG* im Herbst 1997 eine neue Jugendbuchreihe. Im ersten Programm für das Winterhalbjahr 1997/98 werden u. a. »Jackaroo« von Cynthia Voigt, »Der Eisblumenwald« von Jörg Steiner und »Spatz und Maus« von Dick King-Smith veröffentlicht.

TABU ist der Reihentitel eines Taschenbuchprogramms für Jugendliche aus dem gleichnamigen Verlag. Auch Genre-Titel waren und sind hier zu finden, wie der bislang aus fünf Romanen bestehende Zeitreise-Zyklus DIE DREI ZEITVERDREHER von Jon Scieszka – »Die Ritter der Küchentischrunde«, »Totenkopf ahoi!«, »Die Guten, die Bösen und die Doofen«, »Deine Mutter war eine Neandertalerin« und »2095« – sowie »Die Beiden, der Bunte und die Steinerne Stadt« von Dieter Hasselblatt, »Winternachtsmärchen« und »Tödliches Grün« von Gunter Preuß und »Die Formel des Lachens« von Bernhard Salomon.

In den *ULLSTEIN TASCHENBÜCHERN* erschienen 1997 u. a. »Die großen Brände«, hrsg. von Fritz Mierau (25 russische Autoren schrieben vor 70 Jahren gemeinsam diesen SF-Roman), »Bilquis, Königin von Saba« von Gerhard Konzelmann, »Die blutige Sonne« und »Die Kräfte der Comyn« (2 DARKOVER-Romane) von Marion Zimmer Bradley, »Die Zauberstadt« von Han Suyin, »Im Namen der Präsidentin« von Rachel Canon,

»Trauma« von Ken McClure, »Mondstaaten und Sonnenreiche« von Cyrano de Bergerac, »Die Eva der Zukunft« von Philippe-Auguste Villiers den l'Isle-Adam und »Das Haus der Schneekönigin« von Carmen Martin Gaite, sowie zum Vampir-Jahr 1997 die Romane »Der Vamp« von Nancy Baker und der Urahn aller Vampir-Romane, »Dracula« von Bram Stoker, sowie die Anthologie »Draculas Rückkehr«, hrsg. von Arno Löb. Für Anfang 1998 angekündigt sind »Ahnherr des Bösen« von Charles Wilson und im Rahmen der Edition MAGISCHE WELTEN »Verirrte Seelen« von Joao Aguiar, »Die Tränen Luzifers« von Rosa Lobato den Faria, »Der Irrtum des Mondes« von Hector Aguilar Camin, »Bittersüße Schokolade« von Laura Esquivel, »Die Hüter des Vulkans« von Antonio Sarabia und »Das Martyrium des San Manuel« von Miguel den Unamuno.

Als *UNIONSVERLAGS-TASCHENBÜCHER – UT* – wurden 1997 »Die Ararat-Legende« und »Das Reich der Vierzig Augen« von Yasar Kemal, sowie »Das Kassandramal« von Tschingis Aitmatow veröffentlicht.

WAGENBACH publizierte 1997 u. a. die dem Genre zurechenbare Titel »Der Schaum der Tage« von Boris Vian und »Italia fantastica! – Junge italienische Literatur«, zusammengestellt von Gabriella d'Ina.

4. NEWS AUS DER HEFTROMANSZENE

BASTEI

Der schon seit Jahren beim Heftroman und hier speziell im Horror-Genre führende Verlag BASTEI konnte seine Spitzenposition ohne Schwierigkeit behaupten. Spitzenrenner war nach wie vor die wöchentliche Serie um den Geisterjäger JOHN SINCLAIR, deren Erstauflage die 1000er-Marke mittlerweile schon weit hinter sich gelassen hat. Der langanhaltende, kontinuierliche Erfolg dieser von Jason Dark alias Helmut Rellergerd konzipierten Serie hat 1997 auch zu einem aufwendig gemachten TV-Spielfilm geführt. In der ebenfalls wöchentlich erscheinenenden Zweitauflage ist der Jubiläumsband 500 schon vor etlicher Zeit erschienen; diese Serie strebt zügig Heft 600 zu. Die im Taschenheft alle zwei Wochen neu publizierte JOHN SINCLAIR SAMMLER-EDITION dürfte sich auf dem immer kleiner werdenden Heftmarkt behauptet haben, von dieser aufwendiger gestalteten Serie liegen bereits über 30 Ausgaben vor.

Nach wie vor in vierzehntäglichem Rhythmus kommt auch die Serie um PROFESSOR ZAMORRA heraus, dessen Erlebnisse mit übersinnlichen Mächten, die oft im Grenzbereich zu Fantasy oder Science Fiction angesiedelt sind, unter dem Verlagspseudonym Robert Lamont ausschließlich von Werner Kurt Giesa verfaßt werden. Von der 1975 gestarteten und somit langlebigsten Horror-Heftserie in deutschen Landen sind bislang mehr als 600 Titel erschienen.

Die mit Heft 578 in der Reihe MITTERNACHTS-ROMAN gestartete vierwöchentliche Sub-Serie DIE UNHEIMLICHEN ABENTEUER DER JESSICA BANNISTER, in der eine Journalistin, die über hellseherische Fähigkeiten verfügt, mit unheimlichen Geschehnissen konfrontiert wird, ist bei der Leserschaft so gut angekommen, daß sie ausgekoppelt wird und im November 1997 eine eigene wöchentliche Heftserie erhält.

Auch in seiner neuen Publikationsform als Taschenheft scheint sich die von Manfred Weinland konzipierte Serie VAMPIRA um die Halbvampirin Lilith Eden auf dem Markt durchgesetzt zu haben. Hauptautor dieser Serie, die nahtlos an die 50 Bände umfassende Heftserie anschließt, ist Timothy Stahl, er wurde und wird unterstützt von Manfred Weinland alias Adrian Doyle, Carter Jackson und Uwe Voehl. Infolge der zuletzt in der Heftserie geschilderten Ereignisse sind alle Vampire, mit Ausnahme der Sippenoberhäupter, durch die Manipulation des Lilienkelchs einem unbändigen Durst nach Blut und einem rapiden Alterungsprozess unterworfen. Liliths Aufgabe und Bestimmung ist es, die letzten überlebenden Vampire zu vernichten. Doch ein künstlich geschaffener, genmanipulierter Vampir namens Gabriel soll das Überleben der Blutsauger als Rasse sichern. Der in ihm verankerter Code macht es zu seiner vordringlichsten Aufgabe, sich zu vermehren. Bei der Verfolgung ihrer Ziele erfährt Lilith, daß neben Menschen und Vampiren noch eine weitere Rasse auf Erden wandelt, die Werwölfe. Eine von ihnen namens Nona versucht, dahinterzukommen, wer für die Vampirseuche verantwortlich ist. Und die Illuminati, ein Geheimbund im Dienste des Vatikans, mischen ebenfalls mit. Sie werden auf die sogenannten Träumer aufmerksam, parasensible Menschen, die infolge des durch Vampirseuche und der Geburt des Kindes Gabriel auf spiritueller Ebene erschütterten Weltgefüges begonnen haben, von möglichen Zukünften und unerklärlichen Dingen zu träumen, und versuchen, diese für ihre Sache zu rekrutieren. Eine der Aufgaben der Illuminati ist es, ein mysteriöses Tor zu bewachen, das sich in einem Kloster in der Nähe von Rom befindet. Doch nicht nur Lilith wird darauf aufmerksam, sondern auch Gabriel, der durch die einverleibten Seelen der todgeweihten Vampire immer älter wird. Er beginnt mit seinen Manipulationen und ruft Landru herbei, den ehemaligen Hüter des Kelchs. Es gelingt ihm, kurzfristig das Tor zu öffnen, und als es wieder geschlossen wird, befinden sich Lilith und Landru auf der anderen Seite.

Nicht so erfolgreich hingegen war die im November 1996 gestartete und von erfolgreichen TV-Mystery-Serien wie AKTE X oder DARK SKIES inspirierte vierzehntägliche Taschenheft-Serie UFO-AKTEN, die mit Heft 25 eingestellt wurde. Protagonisten der UFO-AKTEN waren der NASA-Mitarbeiter Cliff Conroy und die Polizeipsychologin Judy Davenport. Als Conroy zufällig auf eine mysteriöse Computerdatei stößt, bei der es sich um eine Sammlung von UFO-Sichtungen zu handeln scheint, und er sich Judy Davenport anvertraut, nachdem man versucht hat, ihn einzuschüchtern und er einem Mordanschlag nur knapp entgeht, wurden die beiden unter falschen Beschuldigungen verhaftet und erst freigelassen, als sie ihre Jobs kündigten und versprachen, sich NASA-Einrichtungen fernzuhalten. Doch dann erhielten sie Hilfe von einem Mann, der sich nur telefonisch mit ihnen in Verbindung setzte, und der ihnen half, weiter in die Materie einzudringen. Was sie entdeckten, ließ sie vermuten, daß sich Außerirdische schon seit Jahren auf der Erde aufhalten, und das mit Wissen der Regierung. Das war der Auftakt einer Reihe spannender abgeschlossener Abenteuer, die angereichert waren mit Elementen von Krimi und Science Fiction bis hin zum Horror. Auf ihrer Suche nach noch nicht geschlossenen Akten, Hinweisen und Augenzeugen drohte dem Team nicht nur von den Außerirdischen Gefahr, auch ein Agent der Geheimdienstbehörde NSA zeigte sich nicht gerade zimperlich in der Wahl seiner Methoden, die Ermittlungen der beiden zu behindern. Mitgeschrieben haben Marten Veit, Carter Jackson, Uwe Voehl, Arndt Ellmer, Timothy Stahl, Karl-Ulrich Burgdorf, Lars Urban, Jesse Custer, Andreas Schröter und Wolfgang Hohlbein.

CORA VERLAG

Schon seit einigen Jahren publiziert der CORA VERLAG Grusel-Romane im Taschenheftformat, die sich ursprünglich nahezu ausschließlich an eine weibliche Klientel richteten. In den letzten Monaten wurden in den Reihen MYSTERY, SUPER MYSTERY, GRUSELBOX und der im Januar 1996 gestarteten MYSTERY THRILLER auch Gruselromane für Jugendliche publiziert, bisweilen von renommierten Autoren des Genres. Stark vertreten war Bestsellerautor R. L. Stine mit Einzelromanen wie auch solchen, die zu seiner Reihe FEAR STREET gehören, wie »Sie warten auf dich – Brian«, »Falsch verbunden«, »Alles Theater«, »Der Schneemann« und »Überraschung!!!«. Auch von John Peel wurden einige Titel publiziert, wie »Der Satansspiegel« oder »Die Schlangenfrau«.

VERLAGSUNION PABEL-MOEWIG

Die jeweils 14täglich erscheinende Paperback-Version der 3. und 5. Auflage von PERRY RHODAN, der größten Weltraumserie der Welt, erfuhr eine optische Veränderung und hat sich in den letzten Jahren fest auf dem Markt etablieren können. Die Weiterführung der beiden Auflagen in dieser aufwendigeren und preislich etwas höherliegenden Form sollte daher auch für die nächste Zukunft gesichert sein. Die 3. Auflage nähert sich Band 1300 und damit dem Beginn des NETZGÄNGER-Zyklus, bei der 5. Auflage wird mit Band 800 das Geheimnis der Kaiserin von Therm gelüftet, ein weiterer Höhepunkt der PERRY RHODAN-Serie. Bei der 1. Auflage wurde im Sommer 1997 mit Band 1875 der erste Teil des bis Band 1999 geplanten und 200 Bände umfassenden THOREGON-Zyklus abgeschlossen und der Subzyklus um DIE HELIOTISCHEN BOLLWERKE gestartet. Die Besatzungen der Igelschiffe haben sich mittlerweile als größere Gefahr erwiesen, als zuvor von den Galaktikern befürchtet worden war, denn eine Tangle-Scan genannte Strahlung im 5D-Bereich verhindert eine waffentechnische Erfassung und Anvisierung der Feindschiffe, und es gestaltet sich auch für die Spezialisten auf Camelot schwierig, ein Gerät zu entwickeln, das diese kompensiert. Die Invasoren setzen sich aus verschiedenen Völkern zusammen, von denen jedes seine spezielle Aufgabe hat. Zahlreiche Planeten werden von ihnen angegriffen und besetzt, und ein seltsames Material namens Vivoc wird verteilt. Offenbar dienen diese Welten als Brutwelten. Hauptangriffsziel der Invasoren scheinen die Planeten der LIGA FREIER TERRANER zu sein, auch wenn Planeten anderer Sternenbünde ebenfalls von den Invasoren erobert werden. Auch Lokvorth gehört dazu, und bei einem Versuch, näheres über das Ausmaß und die Art der Bedrohung zu erfahren, setzt sich Ronald Tekener einem IQ-Dimmer aus, der seine Intelligenz dämpft und ihn daher für die Suggestivimpulse immun macht. Dabei wird er zu lange der Intelligenzdämpfung ausgesetzt und fällt nach seiner Rettung mit niedrigem IQ ins Koma. Während die Situation in der Milchstraße immer weiter eskaliert, versucht Alaska Saedelaere, den Weg zum Arsenal zu finden. Er stößt auf die Balkenspindel des »Vierten Boten von Thoregon«, der vor einer großen Gefahr namens Goedda zu warnen versucht hatte und bei der Erfüllung seines Auftrags starb, und gelangt mit ihr zur Galaxis Tolkandir, von wo aus die Invasoren ihren Angriff auf die Milchstraße begonnen haben, eine tote Galaxis. Währenddessen erfahren Rhodan und Bull bei ihrer Suche nach den mysteriösen Galornen näheres über die Situation in der Galaxis Plantagoo. Diese Sterneninsel wird mit Gewalt friedlich gehalten, gegen jedes Volk, das dagegen verstößt, wird das Shifting angewendet, das die Aggressivität ganzer Völker bei gleichzeitiger Reduzierung der Lebenserwartung ausmerzt. Die Zentrifaal, die sich trotzdem nicht vom Kriegführen abhalten lassen, werden kollektiv und brutal dem Shifting ausgesetzt. Rhodan und Bull, selbst verfolgt von Foremon, dem Wächter des Pilzdoms, der die beiden wegen Rhodans Passantum für die Mörder eines Boten von Thoregon hält, kommen schließlich dahinter, daß sich die Galornen eine Dunkelwolke als Versteck gesucht haben. Nachdem es ihnen gelungen ist, unerkannt in den Herrschaftsbereich der mysteriösen Herren Plantagoos einzudringen, erkennen sie, daß die Galornen im Auftrag einer Macht im Hintergrund rätselhafte Gebilde bauen, über deren Zweck ihnen selbst nichts bekannt ist, die sogenannten Heliotischen Bollwerke - und auch, daß die heimatliche Milchstraße und speziell der terranische Einflußbereich unter Beobachtung stehen. Sie finden dort auch eine gigantische Flotte vor und erfahren von der gewaltsamen Vergangenheit der Galornen. Inzwischen wird in der Milchstraße klar, daß aus dem Vivoc die unterschiedlichen Tolkanderrassen schlüpfen - und daß sich die Invasoren, die mittlerweile eine gigantische Flotte bei 47 Tuccani zusammengezogen haben, von besonders günstigen Brutwelten das Eintreten eines Ereignisses erhoffen, das sie als Absolutum bezeichnen. Mit falschen Friedensangeboten werden die Galaktiker so lange hingehalten, bis das Ereignis tatsächlich eintritt und die besetzten Planeten durch einen gewaltigen 5-dimensionalen Psi-Schlag erschüttert werden, der alle Lebewesen, die sich dort aufgehalten haben, tötet. Das ist die Geburt der sogenannten Philosophen, denen keine räumlichen Beschränkungen mehr auferlegt sind. Sie transferieren sich auf 52 wichtige Welten der Milchstraße und schlagen sie in ihren Bann. Dazu gehört auch Terra und das Sol-System, dessen Bewohner völlig unter den Bann des Kritzelsyndroms geraten. Atlan, Myles Kantor, Dao-Lin-H'ay und den Vandemar-Zwillingen gelingt es, mit Hilfe der Herreach einen Zugang in die Traumblase zu errichten. Bevor die Zwillinge dabei umkommen, erfährt Atlan, daß es nach dem Willen der Philosophen zu sechs Flimmerphänomenen kommen soll, von denen das letzte nicht nur alles Leben im Umkreis von 10000 Lichtjahren auslöschen, sondern auch das Kommen Goeddas bewirken soll. Nach dem Tod der Zwillinge sind die drei Unsterblichen in der Traumblase des Philosophen gefangen. Dort finden sie heraus, daß das Geheimnis der Traumblase in ihrem Zentrum, der Kardia, begründet liegt, und daß alles nach den Geboten eines Wesens namens Shabazza erfolgt ist. Auch Alaska Saedelaere ist über die sogenannte Mittagswelt in der Traumblase gelandet, die auch als Wiege bezeichnet wird. Als das erste Flimmern erfolgt, empfängt der Extrasinn des Arkoniden eine Fülle von Informationen, zu denen auch Goeddas Entstehungsgeschichte gehört. Die Unsterblichen erfahren dabei, daß Goedda in früheren Zeiten durch die Koalition von Thoregon ausgeschaltet wurde und daß besagter Shabazza im Auftrag einer höheren Macht Goedda, auch Große Mutter genannt, erweckt und zur Menschheitsgalaxis geführt hat, denn diese Macht, die neben Goedda auch drei andere kosmische Gefahren aktiviert hat, die den finalen Sturm gegen die Koalition von Thoregon führen sollen, will verhindern, daß die Terraner zu mächtig werden. Daraufhin versuchen die in der Traumblase eingeschlossenen Unsterblichen, den Brutkosmos zu zerstören. Das gelingt zwar, aber die Gefahr Goedda ist damit noch nicht beseitigt, denn die Kleinen Mütter, aus denen Goedda besteht, nehmen wieder ihre verhängnisvolle Tätigkeit auf, eine neue Große Mutter zu schaffen. Zwar schaltet Alaska eine dieser Kleinen Mütter aus, aber die Gefahr der Entvölkerung der Galaxis bleibt weiterhin akut, bis es einer jungen Psychologin gelingt, aus der Kenntnis von Goeddas Entstehung eine ebenso einfache wie wirksame Lösung für das Problem zu finden, das die Bedrohung durch die Große Mutter ebenso für alle Zeiten beseitigt wie die durch die riesige Invasionsflotte. Und während die Siganesen eine Mission zum Planeten der Veego durchführen, wo das Geheimnis um das Große Kosmische Rätsel gelüftet wird, eskalieren in Plantagoo die Ereignisse. Bei den Galornen lebt infolge einer Sabotageaktion Unbekannter ihre alte Aggressivität wieder auf, und ihre Kriegsflotten aus

Schwarzen Schiffen überziehen diese Galaxis mit Terror und Tod. Ein großer Krieg scheint unvermeidlich. Doch in letzter Sekunde gelingt es den beiden Terranern, die Aggressionsstrahlung zu stoppen und den Frieden in Plantagoo zu bewahren – einen Frieden, der auf Gewalt beruht. Für Rhodan allerdings erhebt sich die Frage, was man von der Koalition von Thoregon halten soll, der Mitglieder wie die Galornen angehören. In der Milchstraße hingegen ist kaum wieder Ruhe eingekehrt, da werfen neue kosmische Ereignisse ihren Schatten voraus. Auf Terra landen Abgesandte von Thoregon und bringen ein Geschenk der Nonggo, das Heliotische Bollwerk. Dieses soll als Kommunikationsmittel zwischen den Völkern dienen, doch jemand spielt ein falsches Spiel, und es geschehen Dinge, die nicht geplant waren. So verschwindet, als das Bollwerk in Betrieb gesetzt wird, ein Stadtteil von Terrania, wie auch von Kalkutta, an seiner Stelle erhebt sich eine sogenannte Faktordampf-Barriere. Und aus dieser taucht mit den Dscherro eine neue Gefahr für die Menschheit im Herzen ihres Machtbereiches auf. Zu den Fragen, die in der nächsten Zukunft bei PERRY RHODAN eine Rolle spielen werden, gehören: Was ist die Koalition von Thoregon und welche Zwecke verfolgt sie, wer ist Shabazza und wer die Macht im Hintergrund, die ihn beauftragt hat, neben Goedda auch noch weitere kosmische Gefahren, und zwar Goujirrez, den Chaosmacher von Norrowwon, die Guan a Var, die Monster von Louipaz, und Jii'Nevever, die Träumerin von Puydor, gegen die Koalition zu aktivieren? Der positive Trend der letzten Jahre ist beibehalten, ja sogar noch gesteigert worden, sodaß nicht mehr zu übersehen ist, daß die Serie gegenwärtig einen thematischen Höhenflug erlebt. Die Handlung fordert zum Spekulieren über den Weitergang heraus, und das macht ja einen großen Anreiz von PERRY RHODAN aus.

OZ VERLAG

Im Verlag, in dem auch das offizielle deutsche STAR WARS-Magazin erscheint, wurden bislang zwei Lieferungen mit jeweils sechs Heften im Kleinformat zur Horror-TV-Serie POL-

TERGEIST herausgebracht. Als Autor der um die Mannen des Legats geschilderten Abenteuer fungiert Oliver Denker.

VERLAG POLLISCHANSKY

Nach einer längeren Pause ging es im Sommer 1997 im Verlag Pollischansky (Postfach 247, A-1142 Wien) mit neuen Romanen zur klassischen Heftserie BOB BARRING weiter. Folgende Titel sind zuletzt erschienen bzw. werden zur Veröffentlichung vorbereitet: »Das Rätsel von Winston Castle« (65), »Der Mord im Weiher« (66), »Ismelda Winstons Geist« (67), »Die Macht der Unterwelt« (68), »Das Geheimnis des Papyrus« (69) und »Razzia in Soho« (70). Autor aller Romane ist Rolf Shark.

VERLAG ALFRED WALLON

Weitergeführt wurde die im Frühjahr 1995 im VAW VERLAG ALFRED WALLON gestartete Fantasy-Heftserie THORIN – DER NORDLANDWOLF mit den Bänden 6 bis 8 – »Ritter der Finsternis«, »Götterdämmerung« und »Tempel der vergessenen Helden« –, Band 9 kommt unter dem Titel »Welt am Abgrund« im Herbst 1997 heraus. Dabei handelte es sich bei Band 7 um einen Episodenroman, an dem neben Stammautor Al Wallon auch Jörg Martin Munsonius mitschrieb, und Band 8 war der Nachdruck des in der Heftreihe FANTASY bei BASTEI erschienenen ersten THORIN-Abenteuers, die weiteren folgen im Drei-Monats-Rhythmus. Die Auflage hat sich bei 700 Exemplaren eingependelt. Einzelpreis DM 6,80 plus Porto. Bezug: VAW VERLAG ALFRED WALLON, Heidestraße 8, D-35085 Ebsdorfergrund.

VERSCHIEDENES

Auf Nachdrucke klassischer Heftserien und die Weiterführung solcher hat sich der NOSTALGIE-HOBBY-CLUB Karl Ganzbiller, Föhrengasse 5, A-3434 Wilfersdorf, spezialisiert. Neben reinen Abenteuer-Serien wie JÖRN FARROW, ROLF TOR-

RING, LA SALLE und TOM SHARK finden sich auch Serien phantastischer Provenienz im Angebot, alle in kleiner Sammlerauflage. Von Robert Krafts berühmter phantastischer Serie ATALANTA - DIE GEHEIMNISSE DES SKLAVENSEES liegen die ersten 30 (von insgesamt 60) Heften vor, und von Lok Mylers alias Freder van Holks klassischer Vorkriegs-SF-Serie SUN KOH - DER ERBE VON ATLANTIS die ersten 110 (von insgesamt 150). Die auf 7 Bände geplante Neuausgabe von Krafts IM AEROPLAN RUND UM DIE ERDE liegt mittlerweile komplett vor, und die 10 Hefte umfassende Heftserie DER HEXER wurde in einer Lieferung als originalgetreuer Reprint herausgebracht.

JIM STRONG, neben FRANK KENNEY wohl die herausragende Krimiserie nach Ende des 2. Weltkriegs, die phantastische Elemente enthielt, erlebt ein Comeback: Der schweizer ARIUS-VERLAG (Birmensdorferstrasse 225, CH-8003 Zürich) startete im Frühjahr 1997 eine schön aufgemachte Reprint-Edition der Serie JIM STRONG ABENTEUER, in der quartalsmäßig fünf Bände erscheinen. Bei Redaktionsschluß lagen die Hefte 1 bis 10 vor.

Von der im REN DHARK CLUB (c/o Udo Emmerich, Steffenstraße 39, D-40545 Düsseldorf) erscheinenden REN DHARK-Fanserie, in der mit Genehmigung von Maria Brand, der Witwe Kurt Brands, die populäre SF-Saga der 60er Jahre sporadisch von Fan-Autoren weitergeführt wird, sind zuletzt die Hefte 105, 106 und 107 herausgekommen: »Planet der Verzweifelten« von Sigurd Koch, »Quarantänezone Terra!« von Thomas Martner und »Im Zentrum der goldenen Stadt« von Dirk van den Boom. Band 108 wird »Sterben auf Terra« betitelt sein. Preis pro Band DM 8,50 inkl. Porto und Verpackung. Daneben erscheinen in der Reihe DHARKS WORLD abgeschlossene Romane und Stories aus dem RD-Universum, zuletzt Heft 9 unter dem Titel »Echo aus dem Gestern« mit Kurzgeschichten von Sebastian Klein, Manfred Rückert & Heinz Mohlberg und Karl Eisner, sowie Heft 10, »Cyborg-Alarm« von Werner K. Giesa (Clubpreis DM 4,–).

Schon lange überfällig ist Band 17 der im ATLAN CLUB DEUTSCHLAND (c/o Dieter Reich, Kurt-Fischer-Straße 17, D-92360 Mühlhausen) publizierten ATLAN-FANZINE-SERIE, der von Rüdiger Schäfer geschrieben wird und den Titel »Die Schattenkarawane« trägt. Damit verzögert sich sowohl der Abschluß des laufenden Zyklus DIE MACHT DES GOOHR mit Band 20 als auch der Start des im Anschluß daran geplanten, DIE MEISTER DER TRÄNEN. Abopreis: DM 14,– für 4 Ausgaben. Einzelpreis: DM 4,–.

Infolge unvorhergesehener rechtlicher Probleme verzögert sich der Start der geplanten Fortsetzung der ORION-Serie, die Ralf Kramer (Marler Straße 14, D-46282 Dorsten) auf vorerst sechs Bände konzipiert und an der auch der verstorbene SF-Autor Hans Peschke mitgearbeitet hat. Die Publikationsform – auf Diskette mit einem selbstlaufenden Programm zum Umblättern – soll beibehalten werden.

DIE GRAUE ALLIANZ ist der Titel einer neuen PERRY RHODAN-Fanroman-Serie von Wendelin Abt (Ebinger Straße 31, D-72419 Neufra). Bisher sind die Bände 1 bis 3 erschienen, »Die Schatten der Vergangenheit«, »Kämpfe um die Macht« und »Intrigen auf Agon«, die weiteren sollen in viermonatlichem Rhythmus folgen. Einzelpreis: DM 5,–.

Nicht nur Sekundärwerke zur größten Weltraumserie bringt der SFC UNIVERSUM (c/o Frank Zeiger, Winnweg 65, D-66386 St. Ingbert) heraus, sondern auch Kurzgeschichten aus dem und zum PERRY RHODAN-Universum. In KLEINE KOSTBARKEITEN 7 stellte der talentierte Fan-Autor Werner Höbart eine neue Story- und Grafikcollection zusammen, in KLEINE KOSTBARKEITEN 8 präsentierte Saskia Kraft, die zweimalige Gewinnerin des Storywettbewerbs des Clubs Geschichten aus ihrer Feder zusammen, während die in Vorbereitung befindlichen KLEINEN KOSTBARKEITEN 9 Stories von Hans-Jürgen Lustig zum Inhalt haben werden. Preis jeweils DM 8,– exkl. Versandspesen.

Sehr um die Förderung der Horror-Literatur aus deutschen Landen verdient gemacht hat sich in den letzten Jahren Jörg Kleudgen mit seiner GOBLIN PRESS (In den Mittelweiden 16, D-56070 Koblenz). Der Kleinverlag publiziert in erster Linie im Heftformat, zuletzt wurden auch Paperbacks herausgebracht. Zuletzt als Hefte auf den Markt gekommen sind die Werkausgaben »Des dunklen Träumers Wiegenlieder« von Michael Knoke (gesammelte Geschichten in 4 Bänden im Schuber) und »Nekrotic« von Stefan Pinternagel (der Roman »Im Netz« und fünf Stories in 2 Heften im Schuber), sowie die Collections »Das Grinsen im Labyrinth« von Michael Tillmann und »Auferstehung dunkler Herzen« von Johnny Wallmann.

Neu gestartet wurde 1997 die Horror-Edition MEDUSENBLUT. In Kleinauflage sind bislang die Ausgaben 1 und 2 erschienen, die Collections »Pickmans Muse« von Frank Festa und »Sommergewitter« von Eddie M. Angerhuber. Bezug: Boris Koch, Augsburger Straße 14, D-86853 Langerringen. Einzelpreis: DM 5,–.

In Kleinstauflage hat Hubert Katzmarz (Wilhelmstraße 3, D-53111 Bonn) einige Hefte mit phantastischem Inhalt herausgebracht: die SF-Novellen »Ein Meisterwerk der Weltliteratur« von Zamburt Zarthek und »Die Konferenz der Idioten« von Bertram Kuzzath, sowie die Erzählbände »Geschichten der Einsamkeit«, »Traumwanderer« und »Schöne Aussichten«, alle von Bertram Kuzzath.

5. BERICHTE VON DER MAGAZINFRONT

Bereits im 8. Jahrgang erscheint das einzige deutsche SF-Magazin ALIEN CONTACT, und wie auch schon bisher wurden im vergangenen Jahr sehr interessante Neuausgaben veröffentlicht. Als bislang jüngste Nummer liegt Heft 27 vor. Die zuletzt publizierten Ausgaben präsentierten neue Kurzgeschichten von Kir Bulytschow, Gerd Frey, Myra Cakan, Daniel Zahno, Andreas Fieberg, Michael Schneiberg, Frank Bartling,

Erik Wehder, Carsten Schmitt, Dennis Merbach, Frank Festa und Elze Surgailyte, Artikel und Essays von Hardy Kettlitz, Andreas Irle und Myra Cakan, Interviews mit den Autoren George R. R. Martin, Arthur C. Clarke & Gentry Lee und dem Sammler Heinz-Jürgen Ehrig, Informationen zur Lage der deutschen SF mit Schwerpunkt auf ostdeutsche Autoren und westdeutsche Kleinverlage von Hans-Peter Neumann, ein Autorenporträt von Kim Newman, einen Nachruf auf den beliebten Autor Eberhardt del'Antonio, sowie News und Rezensionen, das alles ansprechend und reich illustriert. Bezug: Edition AVALON, Oderstraße 17, D-10247 Berlin.

In Kleinstauflage ist noch die Nummer 4 von DAEDALOS, dem »vhk Story Reader für Phantastik«, erschienen. Das im mittlerweile nicht mehr existenten VERLAG HUBERT KATZMARZ publizierte und von Michael Siefener zusammengestellte Magazin enthielt Beiträge von Andreas Fieberg, Bertram Kuzzath, Uwe Voehl, Malte S. Sembten, Jörg Weigand, Michael Siefener, Manuel van Loggem und E. T. A. Hoffmann.

Satire und ansprechende Stories von Fans und Profis – das sind die beiden Schwerpunkte des Magazins TERRAsse, das vom gleichnamigen Dresdner SF-Club unter der Redaktion von Carsten Hohlfeld herausgebracht wird. In den zuletzt publizierten Ausgaben 13 bis 15 und dem Begleitheft zum PENTA-CON 96 finden sich Stories von Beate Balzer, Uwe Salzbrenner, Angelika Öhrlein, Cathrin Block, C. M. Stenfield, Michael K. Iwoleit, Jörg Kaegelmann & Martin Beranek, Andreas Decker & Ronald M. Hahn und Frank Petermann. Kontakt: Carsten Hohlfeld, Herbststraße 20, D-01139 Dresden.

Stories deutscher und ausländischer Autoren sind auch regelmäßig im SOLAR-X, dem pünktlich erscheinenden monatlichen Fanzine des ANDROMEDA SF Clubs Halle (c/o Wilko Müller jr., Volhardstraße 20, D-06112 Halle), vertreten, zuletzt von Eddie Angerhuber, Thomas Wagner, Michael Tillmann, John B. Rosenman, Erik Wehder, Frank Petermann, Frank Roger, Angelika Herzog, G. M. Rose und M. D. Mooney.

Daneben finden sich Artikel und Essays (u. a. von Klaus Geus, Wilko Müller jr., Andreas Hirn, Erik Wehder und Nicola Griffith) und ausführliche Rezensionen.

In Vorbereitung befindet sich die 3. Ausgabe des EDITION PHANTASIA ALMANACH, die dem Autor James Graham Ballard gewidmet sein wird, mit bislang bei uns unveröffentlichten Geschichten und Sekundärtexten. Sie geht wieder allen Abonnenten der EDITION PHANTASIA (Wünschelstraße 18, D-76756 Bellheim) kostenlos zu.

Eine längere schöpferische Pause machte zuletzt Jürgen Pirners Magazin NAUTILUS – ABENTEUER UND PHANTASTIK, da das erfolgreiche KARTEFAKT, ein Magazin für Sammelkarten, alle Kapazitäten des Herausgebers in Anspruch nahm. Nun soll es aber Ende 1997 mit der lange schon überfälligen Nummer 8 weitergehen, in der das Thema »Zeitreise« in all seinen multimedialen Erscheinungsformen beleuchtet werden wird. Kontaktadresse und Bezug: NAUTILUS, Rostocker Straße 1, D-20999 Hamburg.

Sehr pünktlich sind auch im letzten Jahr wieder die sechs geplanten Ausgaben der WUNDERWELTEN, dem »Magazin für Abenteuerspiele & Phantastik«, herausgegeben von Hans Joachim Alpers, Werner Fuchs und Ulrich Kiesow und mit Michael Immig als Chefredakteur, im Verlag FANTASY PRODUCTIONS (Ludenbergerstraße 14, Postfach 1416, D-40674 Erkrath) herausgekommen. Bislang liegen 38 Ausgaben vor, das Schwergewicht lag dabei wieder beim Spiel, was seinen Niederschlag in neuen Kampagnen und Abenteuern zu EARTHDAWN, DAS SCHWARZE AUGE, BATTLETECH, SHADOWRUN und STAR TREK sowie Artikeln zu diesen und anderen Spielen wie LARP 3, TRAVELLER, YAKUZA, PERRY RHODAN, DEMONWORLD und WORLD OF DARKNESS fand. Es gab aber auch Artikel und Features über Comics (von Charles Burns, über Paul Cadwicks CONCRETE und zu AKTE X), der Spielemesse GENCON 96, das Fantasy Filmfest 96 in Köln, Ninjas, TSRs Niedergang und den Künstler

Dieter Rottermund, Interviews mit Spieledesignern und einen Nachruf auf den plötzlich verstorbenen DSA-Schöpfer Ulrich Kiesow, sowie SHADOWRUN-Erzählungen von Henrijke »Merlin« Junge und Gun-Britt Tödter. Ein fester Bestandteil eines jeden Heftes war auch ein umfangreicher Rezensionsblock. Abo über 6 Ausgaben: Inland DM 58,–, Ausland DM 82,–, inklusive Porto und Verpackung.

Im Sommer 1997 legte SF-Chefredakteur Klaus N. Frick die 29. Ausgabe seines phantastischen Fanzines SAGITTARIUS vor. Sie enthielt Kurzgeschichten von Frank Böhmert, Klaus N. Frick und Sabine Wedemeyer-Schwiersch, Artikel von Armin Möhle (über die TERRANAUTEN), Klaus N. Frick (über Hanns Kneifel als Autor historischer Romane) und Joachim Kuzner (über die SF-Musik von WAVESHAPE), sowie ein Interview mit Wilfried Hary von Jörg Munsonius. Ein Abo über drei Ausgaben kostet DM 12,–. Bezug: Klaus N. Frick, Leopoldstraße 29, D-76133 Karlsruhe.

Leider in den letzten Jahren nicht mehr so oft erschienen, wie es eigentlich wünschenswert wäre, ist FANTASTISCHES FORUM, das sekundärliterarische Magazin des AKTIONSKREIS FANTASTIK (c/o Uwe Vohl, Alte Schanze 69, D-47057 Duisburg), eine Publikation, die für alle unentbehrlich ist, die sich ernsthaft mit Science Fiction und Phantastik auseinandersetzen. Bislang liegen 16 Ausgaben vor, die Nummer 18, die Franz Rottensteiners QUARBER MERKUR gewidmet ist, soll noch 1997 herauskommen.

Auf mittlerweile über 160 Ausgaben hat es das SCIENCE FICTION OCULAR, die Vereinszeitschrift des SCIENCE FICTION CLUB NORDRHEIN-WESTFALEN e. V. (vormals REGIONALGRUPPE NIEDERRHEIN des SFCD e.V.) gebracht, ein regelmäßig erscheinendes monatliches Magazin, das sich kritisch mit SF in allen ihren medialen Erscheinungsformen auseinandersetzt. Zuletzt beschäftigte sich SCIENCE FICTION OKULAR, das nach kurzen Intermezzi durch G. A. Beluga Post und Arno R. Behrend seit der Nummer 159 von Michael Falkenstein redaktionell betreut wird, u. a. mit den Schwerpunktthemen »Technologie-Kritik bei Samjatin, Huxley, Orwell, Lem«, »Stanisław Lem«, »Movie World in Bottrop«, »L.A. CON III«, »Spurensuche im All«, »David Gerrold« (3 Teile), »Kim Newman«, »Die ESFS und ihre Statuten«, »Die Welten und Götter des Olaf Stapledon«, »Ein kleiner Führer durch das Steinmüller-Universum«, »100 Jahre Comics« (3 Teile), »Zeitreise«, »Arbeit der Zukunft – Zukunft der Arbeit«, »Das BATTLETECH-Universum«, »Archäologie im Cyberspace«, »Die 9. SF-Tage NRW«, »Michael Crichton«, »Virtual Reality & Cyberspace« und »Horrorserien«, Stories von Andreas Eschbach, Dieter Braeg, Klaus Geus, Axel Kruse und Jan Buchner sowie Interviews mit Leonard Nimoy, Tim Burton und dem Soziologen Achim Bühl. Jahresabo (12 Ausgaben) kosten DM 40,–. Bezug: SFClub NRW e.V., c/o Arno R. Behrend, Kammerstraße 206, App. 113 II, D-47057 Duisburg.

Mit Zukunftsthemen beschäftigt sich das Magazin ZUKÜNFTE, herausgegeben vom Sekretariat für Zukunftsforschung (Munscheidstraße 14, D-45886 Gelsenkirchen) in Kooperation mit der Gesellschaft für Zukunftsgestaltung – NETZWERK ZUKUNFT. Als neueste Ausgabe liegt Heft 20 vor. In der ständigen Kolumne BLICK ZURÜCK NACH VORN wurden in jedem Heft Zukunftsprognosen von anno dazumal vorgestellt, zuletzt »Paneuropa & Atlantropa« (Visionen eines vereinigten Europa), »Von Tahiti nach Ikarien – `Voyages imaginaires' als Utopie« und »Ausgang aus der Geschichte? Von Jena bis zur Singularität. Spekulationen am Rande der Postmoderne« von Karlheinz Steinmüller und »The Battle of Dorking – Als die Deutschen Großbritannien eroberten« von I. F. Clarke. Einzelpreis: DM 15,–.

Überraschend gab nach längerer Pause die Literaturzeitschrift QUASAR wieder ein – letztes – Lebenszeichen von sich, da die Ausgabe 7 die vorerst letzte sein wird. Das Magazin enthielt wieder zahlreiche Stories, u. a. auch von Patricia Brooks und Hans-Jürgen August, sowie ein Interview mit Martina

Schmidt, Lektorin beim Deuticke Verlag. Redaktionsanschrift: Dammäckergasse 28/9, A-1210 Wien.

Erneut sehr rührig war der ERSTE DEUTSCHE FANTASY CLUB e.V. (Postfach 1371, D-94003 Passau). Im letzten Jahr wurden wieder etliche Ausgaben des Magazins FANTASIA nebst einigen Sonderpublikationen herausgebracht. FANTASIA 103 mit Schwerpunkt auf Neuerscheinungen und Rezensionen präsentierte eine neue Story von Gerd Maximovic, Doppelband 104/105 enthielt News, Artikel von Klaus Michael Vent (»Superman - ein neuer Anfang«), Hermann Urbanek (»Karl Edward Wagner - Ein Leben für die Fantasy«) und Berit Hüttinger (»Heroic Fantasy, ein neuer Markt und Freizeitspaß«), Erzählungen von Wolfgang Borchard, Werner W. Munk, Bertram Kuzzath und Michael K. Iwoleit und einen umfangreichen Rezensionblock. Diesen wies auch FANTASIA 106/107 auf, wo zudem noch Artikel von Karlheinz Steinmüller (»Zukunfts-Shopping«), Berhard Kempen (»Tor zu den Sternen: Emmerichs Stargate«), Wolfgang Thadewald (»Der Romanheft-Sammler«) und Manfred Wildfeuer (»Quo vadis Fanpiccolos«), ein Interview mit Kalju Kirde, sowie Stories von Manfred Borchard, Dietmar Füssel, Diethard van Heese, Bertram Kuzzath, Walter Landin, Helga Schubert und Uwe Voehl & Malte Schulz-Sembten zu finden waren. Fünf unveröffentlichte Romane nebst weitergehendem Rahmenexposé der Heftserie RITTER ROLAND, die 1982/83 bei BASTEI erschienen ist und abrupt mit Band 30 eingestellt wurde, präsentierte der gleichnamige, 1996 publizierte Sonderband. Der EDFC veröffentlichte auch die ursprünglich bei KATZMARZ geplante und von Jörg Weigand zusammengestellte deutsche Phantastik-Anthologie DER SÜSSE DUFT DES BÖSEN, mit zumeist Originalbeiträgen von Ulrich Harbecke, Gisbert Haefs, Adelaide Nerev, Monika Niehaus-Osterloh, Bertram Kuzzath, Uschi Zietsch, Günter Stigler, Uwe Voehl, Daniel Walther, Jörg Weigand, Kai Riedemann, Rainer Erler, Bernardo den la Barquera, Jason Dark, Walther Ulrich Erwes, Doris Grünning und Hugh Walker.

Ebenfalls beim EDFC erschien Anfang 1997 die erste Ausgabe von Franz Rottensteiners unillustrierter Literaturzeitschrift QUARBER MERKUR im Paperback. Die Nummer 85 des renommierten Magazins enthielt Artikel und Essays von Heiko Fiedler (»Der verzauberte Campus. Zum akademischen Alltag in der Science Fiction«), Marco Frenschkowski (»H. P. Lovecrafts »The Hound«: eine Interpretation. Ein Beitrag zum Verständnis der Literatur des Makabren«), Ralf Reiter (»Gustav Meyrinks Roman *Walpurgisnacht*«), Jun'ya Yokata (»Die SF-Literatur im Nachkriegs-Japan bis 1959«), Dierk Spreen (»Wohin Millionen gegangen sind«. Zu den Versuchen, auf dem *Star Trek* den Hades zu besuchen«), Wilhelm Gauger (»Brownings Ring oder Die Dynamik der Strittigkeit«), Regina Binder (»Oswald Levett. Eine Spurensuche), Michael Siefener (»Summers!«) und Helga Abret (»Erckmann-Chatrian – ›dem getreuesten Schüler E.T.A. Hoffmanns‹?«), sowie zahlreiche Rezensionen auf dem SEZIERTISCH.

Die langjährige Tradition, unveröffentlichte Romanmanuskripte und Leihbuchraritäten bzw. neue Geschichten von Profis zu veröffentlichen, wurde auch 1996/97 im Clubletter FANTASTIC NEWS des DAN SHOCKERS FANTASTIC CLUB (c/o Uwe Schnabel, Kurmainzer Straße 161, D-65936 Frankfurt am Main) wieder weitergeführt. So brachte die Doppelnummer 91/92 neben einem Artikel von Peter Krassa, Stories von Michael Müller und Ralf Radzuweit und der Neuerscheinungskolumne den ursprünglich für die Heftreihe DÄMONENLAND geschriebenen Horror-Roman »Lucifana« von Michael Knoke. Ausgabe 93 war ein Special zum Start der neuen BASTEI-Taschenheftserien DIE UFO-AKTEN und VAMPIRA, während FANTASTIC NEWS 94 und 95 sowie die Doppelnummer 96/97 neben den obligatorischen News und Rezensionen auch Stories von u. a. Michael Knoke und Michael Müller, einen Auszug aus dem ersten Roman der neuen Grusel-Serie JESSICA BANNISTER, ein Interview mit dem Verleger Thomas Born (ZAUBERMOND) und Artikel über die Heft-Serien MONSTRULA und RICK MASTERS, die von Richard Wunderer verfaßt wurden, sowie den ZAUBERMOND-VER-

LAG von Horst von Allwörden bzw. DER LORD von Uwe Schnabel boten.

DAS SCHWARZE GEHEIMNIS wurde infolge anderweitiger Überbelastung des Herausgebers D. Marco Frenschkowski – u. a. bei QUARBER MERKUR und der Paperback-Reihe EDITION METZENGERSTEIN – vorerst nicht mit einer neuen Ausgabe weitergeführt.

Weitergeführt wurde im Gegensatz dazu das Phantastik-Magazin DOOM, dessen Schwerpunkt beim Film liegt, das aber zahlweise Berührungspunkte zur Literatur aufweist. Zuletzt sind die Ausgaben 5 bis 8 erschienen. Diese brachten neben Besprechungen von Büchern, Filmen und Comics auch Artikel über die Faszination am realen Grauen (»Natural Born Killers«), Kannibalenfilme, die deutsche Produktion »Geisterstunde«, die TV-Serie »Akte X« und Alex de la Iglesias neuesten Film »Perdita Durango«, Interviews mit den Machern von »Evil Ed« und anderen Horror-Spezialisten, wie Olaf Ittenbach, Mariano Baino, Al Festa, Darren Ward, Wes Craven oder Alberto Sciamma, sowie ausführliche News zur Szene und Setberichte. Herausgeber und Chefredakteur ist Peter Harald Zahn, Riehlstraße 4, D-90489 Nürnberg. Erscheinungsweise viermal jährlich. Abonnement DM 40,– inkl. Porto.

NIGHTLIFE ist eines der interessanteren Fan-Magazine für den Horror-Liebhaber, redaktionell betreut von Franco Basta und Pascal Niemeier. Zuletzt sind die Ausgaben 5 und 6 erschienen. Sie präsentierten u. a. Stories von Jens Schumacher, Michael Marrak, Kai Meyer, Michael Dependahl, Boris H. Koch, Martin H. Schmitt und Johnny Wallmann, Interviews mit Michael Marrak, Kai Meyer, Poppy Z. Brite, Jörg Kastner und Malte S. Sembten, Artikel von Joachim Körber, Pascal G. Niemeier und Thomas Backus, eine Kolumne von Michael Dependahl, sowie Rezensionen. Bezug: Franco Basta, c/o Wiest, In der Taus 18, D-71522 Backnang. Einzelpreis DM 6,–, Dreier-Abo (inkl. Leserbriefbeilage) DM 20,–.

Von SCREEM sind 1996/97 die Ausgaben 14 und 15 publiziert worden. Diese beiden Ausgaben enthielten neben zahlreichen News und Rezensionen auch Stories von Andreas Kasprzak, Boris Koch, Gideon Haberkorn und Jens Lossau, Artikel von Andreas Nordiek (über Kleinverlage), Andreas Amberg (über den Hexenhammer), Andreas Kasprzak (über Vampirismus und Nekrophilie) und Walther Wiesheier (über Robert Louis Stevenson, Doktor Jekyll und Mary Reilly), sowie ein Interview mit Jens Schumacher & Jens Lossau. Bezug: Verlag Phantastische Welten, Badanger 33, D-91358 Kunreuth.

Leider nur sporadisch erscheint THE GOTHIC GRIMOIRE, Das »Musikmagazin für Dark-Wave & Life-Style« aus dem Hause Celtic Circle Productions (Postfach 7113, D-47601 Geldern). Die zuletzt publizierte Ausgabe 3 enthielt u. a. einen Artikel über Dion Fortune, Kurzgeschichten von Boris Koch und Mirko Stauch und zahlreiche Rezensionen zu Musik und Literatur. Einzelpreis DM 9,90.

Infolge Familienneugründung stoppte Frank Duwald DANDELION, die von ihm herausgegebene »Zeitschrift für Literatur und anderes«, vorerst mit der Nummer 6.

Von KOPFGEBURTEN, dem »Themenzine zur Phantastischen Literatur«, sind zuletzt die Ausgaben 8 (»Feuerland«) und 9 (»Eve of Dawn«) mit dem Schwerpunktthemen Dystopien und Deutschsprachige Phantastik des frühen 20. Jahrhunderts erschienen. Herausgeber Jürgen Thomann (Breslauer Straße 18, D-79576 Weil am Rhein) präsentierte in der Nummer 8 Artikel von Jürgen Thomann (»Dystopie: Die Kehrseite der Utopie?«), Arno A. Behrend (»Jewgeniy Samjatins *Wir*«), Hanna Thierfelder & Jörg Martin Munsonius (»Die *englischen* Dystopien des John Brunner«), Klaus Geus (»Staatsromane in der Weimarer Zeit«) und Reinhard Merker (»Über deutsche Weltuntergänge«) und Stories von Stefan Pinternagel, Achim Stößer, Sabine Stern, Joachim Stahl & Johannes Unnewehr, Wolfgang G. Fienhold, Hadayatullah Hübsch, Eddie Angerhuber, Tuberkel Knuppertz, Jürgen Thomann und Pascal Gregory, die Ausgabe über frühe deutsche Phantastik enthielt eine Einführung des Herausgebers (»Invasionen aus dem Hinterkopf«), Artikel von Peter Ahrendt (»Die österreichische Phantastik. Alfred Kubin und Fritz von Herzmanovsky-Orlando«), Michael Baumgartner (»Alfred Kubin als Illustrator phantastischer Literatur«), Jörg Martin Munsonius & Hanna Thierfelder (»Das grüne Gesicht. Zur Geistsichtigkeit des Gustav Meyrink«), Signe Kirde (»Oscar A. H. Schmitz«), Hans-Ulrich Böttcher (»Rezension: Roland Innerhofer, Deutsche Science Fiction 1870 - 1914«), Klaus Geus (»SF unter dem Hakenkreuz. Einige Aspekte der nationalsozialistischen Ideologie im deutschen Zukunftsroman«) und Reinhard Merker (»Science Fiction in Westdeutschland. Von Hans Dominik zur PERRY RHODAN-Serie«), sowie Prosatexte von Jörg Dinstühler, Michael Marrak, Kai Meyer, Eddie M. Angerhuber, Johnny Wallmann und Anton Fuchs. Einzelpreis: DM 8,– plus DM 1,50 Porto; Dreierabo DM 24,– inkl. Porto innerhalb der BRD.

ANDROMEDA, das literarische Magazin des SCIENCE FICTION CLUB DEUTSCHLAND (SFCD) e.V., bietet unter wechselnden Chefredaktionen ein buntes Spiegelbild des Genres. Zuletzt sind die Ausgaben 138 bis 140 erschienen. Ausgabe 138 (Redaktion: Thomas Recktenwald & Jürgen Marzi) präsentierte Teil 2 der »Geschichte des internationalen Fandoms«, Band 139 (Herausgeber: Michael Marrak) war unter dem Titel »Dämon Zeit« eine Co-Produktion mit der EDITION ZIMMERIT und enthielt SF-Stories von Dieter P. Meier-Lenz, Achim Stößer, Jörg Dinstühler, Joachim Stahl, Malte S. Sembten, Noel K. Hannan, Johannes Unnewehr, Achim Mehnert, Arno R. Behrend, Frank Festa, Axel Kruse u. a., und Nummer 140 (Herausgeber: Jörg Martin Munsonius & Gerd Maximovics, Redaktion: Jürgen Thomann) bot unter dem Titel »Gegenbilder« ein Panorama deutschsprachiger Phantastik, mit Beiträgen von Jörg Dinstühler, Rainer Erler, Anton Fuchs, Rolf Giesen, Walter-Jörg Langbein, Jens Lossau, Peter Marginter, Gerd Maximovic, Marten Munsonius & Daniel Walther, Monika Pelz, Konrad Schaef, Jürgen vom Scheidt, Carsten Schmitt, Jens Schumacher, Malte Schulz-Sembten, Michael Siefener, Norbert Stöbe, Achim Stößer, Jürgen Thomann, Uwe Voehl, Dietrich Wachler, Jörg Weigand und Werner Zillig, zumeist in Erstveröffentlichung. ANDROMEDA ist, zusammen mit dem News-Magazin ANDROMEDA NACHRICHTEN, in den Clubleistungen enthalten. Der Mitgliedsbeitrag beläuft sich auf DM 72,– für ein Kalenderjahr. Einzelpreis: DM 8,–; Bezug: SFCD-Archiv, Andreas Kuschke, Billerbeck 25, D-29465 Schnega.

Immer wieder ein optisches und auch inhaltliches Erlebnis sind die unregelmäßig erscheinenden Publikationen der EDITION ZIMMERIT (Michael Marrak, Weinbergstraße 25, D-72667 Schlaitdorf). Zuletzt sind die Ausgaben 7 (»Grabwelt«) und 9 (»Am Ende der Beißzeit«) erschienen (Nummer 8 ist identisch mit ANDROMEDA 139). Nummer 7 enthielt Stories des Herausgebers, die in den Jahren 1983 bis 1986 entstanden sind, Band 9 ein in Co-Produktion von Michael Marrak und Gerhard Junker entstandenes Theaterstück für die phantastische Bühne, ein Klamauk, der inhaltlich zwischen »Star Trek«-Parodie, »Flucht von Alcatraz« und »Einer flog über das Kuckucksnest« liegt.

STERNENFEUER ist ein halbjährliches Magazin zur SF und PERRY RHODAN. Zuletzt erschienen ist die Ausgabe 6. Sie enthielt Stories von Götz Roderer, Gregor Beckmann, Klaus N. Frick und Michael Thurner, Teil 3 der Artikelserie »Amerikanische SF-Magazine« von Klaus Geus, einen kurzen historischen Überblick über 50 Jahre alternative Weltentwürfe in deutscher Sprache (1945 – 1995) und ein Interview mit Rainer Castor. Die Nummer 7, die für den Spätherbst geplant ist, wird die letzte sein, das Magazin wird aus finanziellen Gründen eingestellt. Bezug: Uwe Baur, Bentheimstraße 13, D-97072 Würzburg. Einzelpreis DM 8,30 inkl. Porto.

Kritisch mit der größten Weltraumserie setzt sich Rüdiger Schäfers im ATLAN CLUB DEUTSCHLAND (c/o Dieter Reich, Kurt-Fischer-Straße 17, D-92360 Mühlhausen) erscheinendes Fanzine PERRY RHODAN PERSPEKTIVE auseinander. Drei Rezensenten beleuchten im Sechs-Wochen-Rhythmus alle einschlägigen Publikationen in Heft und Taschenbuch, dazu gibt es News, Interviews, Conberichte und sachspezifische Artikel, vermischt mit Zitaten. Bislang liegen 33 Ausgaben vor. Das Jahresabo über 8 Ausgaben kostet DM 32,– inkl. Versand, für Mitglieder ACD ist die PRP in den Clubleistungen enthalten.

Mit vier neuen Ausgaben weitergeführt wurde SOL, das Anfang 1996 gestartete Magazin der PERRY RHODAN FANZENTRALE e.V. (c/o VPM, Postfach 2352, D-76413 Rastatt. Die zuletzt erschienenen Nummern 4 bis 7 enthielten Artikel von Horst Hoffmann (über die »Alte Kraft«), Klaus Bollhöfener (»Porträt Eckhard Schwettmann« und »Der ATLAN-Covergestalter: Rüdiger W. Wick«), Harun Rafael (»Mu und die Frühgeschichte der Menschheit«), Willi Diwo (Artikelserie »Perry Rhodan im Spiegel der Presse«, diesmal aus KONKRET 11 vom 19. Mai 1969), Susan Schwartz (»Osterspaziergang in Wien«), Manfred Rückert (über Kurt Brand), Arndt Ellmer (»Das Geheimnis der Veego und Neues von der Großen Leere«), Michael Thiesen (über die tschechische PR-Ausgabe und Ernst Vlcek (anläßlich seines 150. Romans in der PR-Serie), ein Rückblick auf das PERRY RHODAN MAGAZIN von Ulrich Bettermann, die »Perry Rhodan Chronologie« von Andy Schmid, Stories von Achim Mehnert, Günter Ruch und Konrad Schaef, Interviews mit Uwe Anton und dem Übersetzer Jaroslav Kuták, Völkerdatenblätter, News und Buchvorstellungen. Ausgabe 5 enthielt als PRFZ-Jahresgabe einen Nachdruck der ursprünglich 1965 in MUNICH ROUND UP 85 erschienenen PR-Parodie »Terror zwischen den Galaxen« von Volmar E. Scheerton. SOL ist im PRFZ-Jahresbeitrag von DM 30,– enthalten.

Infolge Computer- und anderer technischer Probleme ist im Verlauf des vergangenen Jahres keine neue Ausgabe des FANCLUB JOURNAL, dem Fanzine des RAUMPATROUILLE ORION FANCLUB URACEEL, erschienen. Bislang letzte Ausgabe ist die Nummer 12.

Fest im SF-Fandom verwurzelt, was sowohl im Titel als auch im Inhalt seinen Niederschlag findet, ist der FANDOM OBSERVER, herausgegeben von Martin Kempf. Im Frühjahr 1997 legten Doris Dreßler und Michael Grüning ihren Posten als Chefredakteure nieder, seither erscheint das monatliche Newszine unter den wechselnden Redaktionen von Günther Freunek und Martin Kempf. Der in der Regel pünktlich erscheinende FO bringt aktuelle News aus dem Fandom und dem Profilager, Rezensionen und eine ausführliche Fanzine-Bibliografie, für die Kurt S. Denkena verantwortlich zeichnet. Bezugsanschrift: Martin Kempf, Märkerstraße 27, D-63755 Alzenau. Einzelpreis: DM 3,50 Inland und DM 4,– Ausland, alles inkl. Versand.

Auch 1996/97, im 12. Jahr ihres Bestehens, bot die Entwicklung bei SCIENCE FICTION MEDIA nur wenig Anlaß zur Freude. Chefredakteur Thomas Tilsner ist es nicht gelungen, einen sechswöchentlichen oder auch zweimonatlichen Erscheinungsrhythmus einzuhalten. 1996 kamen noch die Ausgaben 129 und 130 heraus, 1997 erschien im März noch die Nummer 131, dann war vorerst Pause, u. a. auch bedingt durch den Umzug des Verlags von München nach Bad Tölz. Die erst kurz zuvor wieder eingeführten Fanzine-Rubrik und der Sammlerservice wurden wegen der mangelnden Aktualität wieder herausgenommen. Geblieben war ein informativer Newsteil und ein umfassender Rezensionsblock. Im Herbst 1997 erschien die erste Ausgabe der neuen SFM, die künftig in vierteljährlichem Rhythmus neu publiziert werden soll. Auf 68 Seiten mit farbigem Umschlag präsentierte die Nummer 132 Stories von Isaac Asimov, Richard Paul Russo und Andreas Eschbach, ein Interview mit dem neuen deutschen Erfolgsautor, einen Buchtip von Franz Rottensteiner, sowie jede Menge News und Rezensionen. Bezug: Verlag Thomas Tilsner, Postfach 1829, D-83637 Bad Tölz.

1996/97 präsentierte die Fachzeitschrift c't – magazin für computertechnik wieder regelmäßig technikorientierte SF-Stories, und zwar eine pro Ausgabe. Zu den Autoren, die zuletzt

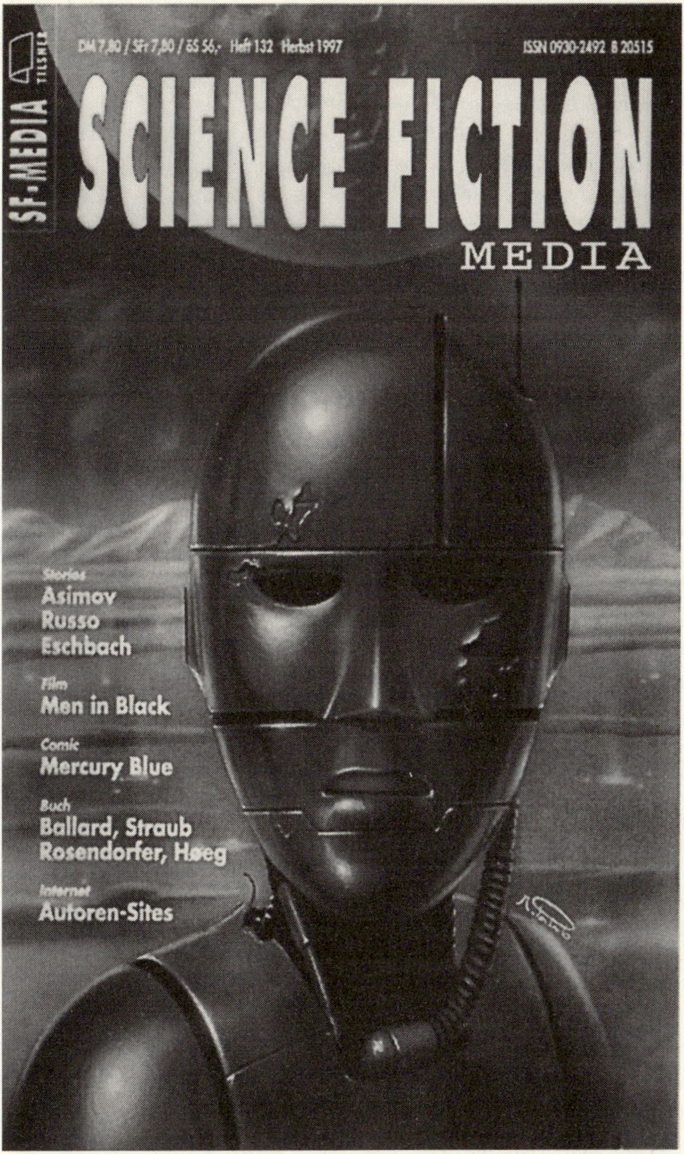
SF-MEDIA TILSNER
DM 7,80 / SFr 7,80 / öS 56,- Heft 132 Herbst 1997
ISSN 0930-2492 B 20515
SCIENCE FICTION
MEDIA
Stories
Asimov
Russo
Eschbach
Film
Men in Black
Comic
Mercury Blue
Buch
Ballard, Straub
Rosendorfer, Høeg
Internet
Autoren-Sites

hier veröffentlichten, gehörten Björn Jagnow (»Alleinflüge«), Julia Ettl (»Die Orange«), Arno Behrend (»Die letzte Jagd«), Frank G. Gerigk (»Als ich in der Fernsehwelt war«), Dr. Rainer Fislage (»Der Beginn einer neuen Ära«), Georg Erwin Thaller (»Falschfarben«), Joe Wouters (»Wahrheit Display«), Thomas Krobs (»Fatal Future«), Jens Voiges (»Ein neuer Fall«), Maja Schuler (»Elizas Kinder«), Peter Schattschneider (»Zwiedenker«) und Scot W. Stevenson (»Der Wald«).

Ab Sommer 1997 bringt die CD-ROM-Zeitschrift CD AUSTRIA regelmäßig eine SF-Story von Wilfried Hary. Den Reigen eröffnete »Umkehrschluß«.

Weitere Stories über Marvels Comic-Helden wurden in den CONDOR-Comic-Reihen veröffentlicht, und zwar von Arndt Ellmer (»Die Ankunft«, »Eine Falle für Venom« und »Gefahr aus der Tiefe« in den SPINNE-Heften 250, 254 und 255, die einen VENOM-Dreiteiler bilden), Dirk Hess (die HULK-Story »Tödliche Gedanken« im HULK-TB 45) und Susan Schwartz (die HULK-Erzählung »Urlaub in der Anderswelt« im HULK-TB 46).

6. HIGHLIGHTS AUS DEN BUCHVERLAGEN

Der Jugendbuchverlag AARE hatte nach mehrjähriger Pause 1997 wieder Genre-Bücher im Programm: »Da schlägt's dreizehn« von Per Nilsson und »Gruselgeschichten« von Sobo Swobodnik.

Eine überaus beachtenswerte Anthologie deutscher Provenienz legte das Team von ALIEN CONTACT mit »Das Herz des Sonnenaufgangs« vor. Ebenfalls hier publiziert wurde der neue Science Fantasy-Roman von Michael Szameit: »Copyworld«.

Ein neuer Roman von Andreas Schlüter um den Computerfreak Ben und seine Freunde erschien im Frühjahr 1997 im ALTBERLINER VERLAG unter dem Titel »Jagd im Internet«.

Zudem wurde das phantastische Kinderbuch »Das unterirdische Orchester« von Carlos Puerta veröffentlicht.

AMMANN brachte Anfang 1997 Bernhard Kegels erfolgreichen Romanerstling »Wenzels Pilz« in einer Hardcoverausgabe heraus, sowie »Planet der Tiere« von Scott Bradfield (Hommage und Update von Orwells »Farm der Tiere«) und »Der Traum der steinernen Drachen« von Berndt Steinhardt. Im Herbst erschienen der phantastische Roman »Das Wasserzeichen« von Hansjörg Schneider und der SF-Roman »Galatea 2.2« von Richard Powers.

ANRICH präsentierte 1996 den historischen Roman mit Fantasy-Elementen »Der letzte Sohn« von Ole Rösholdt.

Bei ARENA wurden 1996/97 wieder etliche phantastische Jugendbücher herausgebracht, wie »Hexe Lilli im Wilden Westen« und »Hexe Lilli und das wilde Indianerabenteuer« von Knister (HEXE LILLI-Romane 7 und 8), »Magooya – Im Schatten der Zeit« von Patricia Wrightson, »Phoenix Rising« von Karen Hesse und »Dreimal schwarzer Kater« von Ingrid Uebe.

In einer Dünndruckausgabe erschienen 1996/97 bei ARTEMIS & WINKLER die »Fantasie- und Nachtstücke« sowie »Elixiere des Teufels/Kater Murr« von E. T. A. Hoffmann.

AUFBAU brachte im Herbst 1996 »Ausgewählte Werke« von Jonathan Swift in einer dreibändigen Kassettenedition und den SF-Roman »Ein Fahrrad, ein Königreich und der Rest der Welt« von Pierre Mertens heraus, 1997 folgte der phantastische Roman »Windstimmen« von Harald Gerlach.

Bei BASTEI erschienen als großformatige Paperbacks bzw. Hardcover folgende Titel: »John Sinclair – Der Geisterjäger und seine Freunde« von Jason Dark, »Jerusalem« von Cecilia Holland, »Glenraven« von Marion Zimmer Bradley & Holly Lisle, »Die Rache des Direktors« von Gillian Cross und »MYST – Das Buch Atrus« von Rand & Robyn Miller & David Wingrove sowie »MYST – Das Buch Ti'ana« von Rand Miller & David Wingrove. Nicht auf den Markt gekommen ist die ursprünglich für Mai 1997 eingeplante zweite Auslieferung der EDITION LIBRA, in der u. a. »Anno 1074« von Jörg Kastner und »Tänzer im Frost« von Garry Kilworth herauskommen sollten. Letzter kommt jetzt im Rahmen der neuen Buchedition BIBLIOTHEK DER PHANTASTISCHEN LITERATUR im Dezember 97 heraus, zusätzlich zu »Belgarath der Zauberer« von David & Leigh Eddings (Prequel zum BELGARIAD), »Isaac Asimov's Utopia« von Roger MacBride Allen (Abschlußband der neuen ROBOT-Trilogie nach Ideen des Altmeisters), »Fürst der Toten« von David Gemmell (Band 1 des Zyklus DIE STEINE DER MACHT) und »Melliandra« von J. V. Jones, der erste Roman eines neuen Fantasy-Talents.

1997 publizierte BATTENBERG den Sammler-Katalog »Star Trek Collectibles« mit einer Auflistung von über 600 Objekten zur Classic Serie, Next Generation, Deep Space 9 und Voyager sowie das reich illustrierte SF-Sekundärwerk »Das ultimative Science Fiction Lexikon« von David Pringle.

Neue phantastische Jugendbücher für alle Altersstufen publizierte BELTZ & GELBERG auch 1996/97 wieder: »Die Abenteuer des kleinen Ritters Robertino« von Manfred Limmroth, »Fifi und die Hexe« von Yak Rivais, »Hasan und die Vogelfrau«, der 3. Band der von Helga Gebert neu gefaßten Geschichten aus Tausendundeiner Nacht, »Traumboot« von Erwin Moser, »Kasperglück und Löwenreise« von Janosch, die von Hans-Joachim Gelberg zusammengestellte Märchen- und Gedichtesammlung »Oder die Entdeckung der Welt«, sowie Neuausgaben der Tonke-Dragt-Romane »Die Türme des Februar« und »Der Wilde Wald«.

BENZIGER präsentierte 1996 den historisch-phantastischen Roman »Das eisige Gold« von Jean-Michel Thibaux.

Im erst vor ein paar Jahren neu gegründeten BERLIN-VERLAG erschienen 1997 »Stella« von Patrick McGrath, »Das Schwester Universum« von Jeanette Winterson und »Giovannis Gabe« von Bradford Morrow.

Der engagierte Kleinverlag HANSJOACHIM BERNT war leider infolge zu geringer Vorbestellungszahlen gezwungen, seinen für 1996/97 geplanten Expansionskurs etwas zurückzunehmen. So ist bislang erst der erste von drei MAGIRA-Romanen von Hugh Walker unter dem Titel »Die Welt des Spielers« erschienen, die anderen beiden sollen Ende 1997 folgen. Überhaupt aus dem Programm genommen werden mußte die Buchfassung der Fantasy-Serie DRAGON – SÖHNE VON ATLANTIS. Die REN DHARK-Buchausgabe wurde mit den Bänden 5 bis 7 weitergeführt, die »Die Hüter des Alls«, »Botschaft aus dem Gestern« und »Im Zentrum der Galaxis« betitelt waren, wobei es sich bei den beiden letzteren, wie auch dem in Vorbereitung befindlichen 8. Band, Die Meister des Chaos«, um neue Romane handelte. Neu gestartet wurde die Buchreihe UTOPISCHE KLASSIKER mit »Die Zeit ist gegen uns« von Clark Darlton und »Die letzten Menschen der Erde« von William Voltz. Diese Reihe wurde ebenso wie Kurt Brands RAUMSCHIFF PROMET-Serie vom neuen BLITZ VERLAG übernommen und weitergeführt.

C. BERTELSMANN veröffentlichte 1996/97 im Jugendbuchprogramm den Roman zum Film »Dragonheart« von Charles Edward Pogue, »Die Katzenhexe« von Kara May, »Geisterschiff ahoi!« und »Der sprechende Fußball« von Thomas Brezina (ALLE MEINE MONSTER Bände 9 und 10), »Gänsehaut – Das unheimliche Buch der Schauergeschichten« von R. K. Stine (ein Romane und acht Stories aus der Reihe GÄNSEHAUT) sowie »jUNgALT« von Chloe Raybon, im Erwachsenenprogramm wurden »Das Schwarze Manifest« von Frederick Forsyth, »Die Kommission« von F. Paul Wilson und »Die Zauberlehrlinge« von Robert Goddard herausgebracht.

Der ANNETTE BETZ VERLAG startete 1997 mit »Dr. Jekyll und Mr. Hyde« von Robert Louis Stevenson die neue Edition BIBLIOTHEK DER GRUSEL-KLASSIKER.

Neu im GEORG BITTER VERLAG waren die SF-Romane »Mauerblümchen und die verbotenen Farben« von Lothar Drude und »Der Erziehungsroboter« von Ute Keil sowie die Phantastik-Collection »Die Mondschaukel« von Rolf Hanisch.

BLANVALET startete 1996 eine Trilogie mit einer neuen Version der Artus-Saga von Bernard Cornwell. Den Reigen eröffnete »Der Winterkönig«. 1997 erschienen der Medizin-Thriller »Tödliche Geschäfte« von Robin Cook, Band 2 der Artus-Neudichtung unter dem Titel »Der Schattenfürst«, »Die Schwingen des Horus« von Wilbur Smith und »Ferne Ufer« von Diana Gabaldon, der 3. Roman der HIGHLAND-Saga, die mit »Feuer und Stein« und »Die geliehene Zeit« begann.

Im relativ neu auf dem Markt gestarteten KARL BLESSING VERLAG wurde 1996 der exzellente SF-Roman »Das Calcutta Chromosom« von Amitav Ghosh veröffentlicht, der den Arthur C. Clarke Award erhielt.

Kleinere Änderungen gab es beim Ende 1996 aus der Taufe gehobenen BLITZ-VERLAG. In der SF & Fantasy-Reihe BLITZ erschienen als Hardcover die Romane »Auf der Erde gestrandet« von Ronald M. Hahn, »Im Reich der Jadegöttin« von Peter Terrid, »Mutabor« von W. K. Giesa, »Twister« von Jörg Kaegelmann, »Der Moloch von Moordendijk« von Horst Pukallus und »Das Signal« von Hugh Walker. Die weiteren sollen als Paperback erscheinen. Zur Veröffentlichung vorgesehen sind als nächstes Titel von Rainer Castor, Thomas Ziegler, Michael Steinmann und Al Wallon & Marten Munsonius (CORRIGAN-Zyklus). Ebenfalls bei BLITZ werden künftig auch die Horror-Edition KULT (mit Titeln von Hugh Walker, Ronald M. Hahn & Horst Pukallus und W. A. Hary), sowie die Serien RAUMSCHIFF PROMET KLASSIK und RAUMSCHIFF PROMET – NEUE ABENTEUER veröffentlicht. Letztere wird unter der Exposé-Leitung von Thomas Ziegler alle zwei Monate neu erscheinen, als Autoren konnten Uwe Anton, Andreas Brandhorst, Werner K. Giesa, Ronald M. Hahn, W. A. Hary, Achim

Mehnert, Horst Pukallus, Konrad Schaef und Manfred Wegener gewonnen werden.

1997 präsentierte BRENDOW nach längerer Pause neben den INKLINGS-Jahrbüchern wieder einen phantastischen Roman: »Du selbst bist die Antwort« von C. S. Lewis.

Bei BTB erschien im neuen Buchprogramm im Herbst 1997 der phantastische Krimi »Undines Tod« von Henning Boetius.

Der 1996 neugegründete BURGSCHMIET VERLAG hat Romane und Sachbücher zu Filmen und TV-Serien als Schwerpunkt. So erschienen Bücher zu den TV-Serien POLTERGEIST (»Dämonenbrut« und »Nacht der Geisterjäger« von Rolf Giesen), LEXX – THE DARK ZONE (»Rebellen der Galaxis« von Rolf Giesen), OUTER LIMITS (2 klassische Episoden, nacherzählt von John Peel) und VERGESSENE WELT – JURASSIC PARK (das große Buch zum Film von Jane B. Mason), sowie »Das Star Wars Universum« von Kevin J. Anderson. In Vorbereitung befinden sich weitere Romane zu POLTERGEIST und zur neuen TV-Serie COUNTDOWN X – ALARM IM ALL (THE CAPE).

CARLSEN publizierte in seinem Jugendbuchprogramm 1996 den SF-Roman »Unemotion« von Leonardo Wild und den Fantasy-Roman »Der goldene Kompaß« von Philip Pullman (1. Band der Trilogie HIS DARK MATERIALS), 1997 folgten »Das Geheimnis im 13. Stock« von Sid Fleischman und die ersten drei Bände der Grusel-Serie DIE GEHEIMNISVOLLEN FÄLLE DER TEEN POWER COMPANY von Emily Rodda: »Der Geist von Raven Hill«, »Die Geheimnisse des Zauberers« und »Das rätselhafte Bild«.

Die Klassiker »Die Wand« von Marlen Haushofer und »Solaris« von Stanisław Lem wurden bei CLAASSEN 1997 neu aufgelegt, dazu wurde der SF-Roman »Der Beweis« von Laurence Cossé auf den Markt gebracht.

Neben Ergänzungslieferungen zu seinen zahlreichen Lexika brachte der CORIAN-VERLAG auch ein Sachbuch über »Fritz Lang – Metropolis und Die Frau im Mond« heraus.

Die Neuerscheinung des DANA VERLAGS im Herbst 1996 war der phantastische Roman »Das leuchtende Herz« von Wolfgang Sewald.

Phantastik 1997 auch bei DEUTICKE: »Beerholms Vorstellung« von Daniel Kehlmann und »Wer zuerst lacht« von Walter Kappacher.

Die DEUTSCHE VERLAGS-ANSTALT – DVA – veröffentlichte 1996/97 die Grusel-Collection »Das Spukhaus« von Joyce Carol Oates und die SF-Storysammlung »BürgerKriegsLand fast am Ende« von George Saunders.

Das erste Programm des DIANA VERLAGS nach dem Eigentümerwechsel präsentierte auch zwei phantastische Titel: Das Märchen »Das Vogelmädchen und der Mann, der der Sonne folgte« von Velma Wallis und der neueste Roman von Peter S. Beagle, »Die Sonate des Einhorns«.

DIOGENES brachte 1996/97 u. a. das Märchen »Der Zauberkreis« von Susanna Tamaro und die phantastischen Romane »Das letzte Stück vom Regenbogen« von Joan Aiken, »Der Alchimist« von Paulo Coelho, »Ein Engel in der Schule« von Anne Fine und »Im Kongo« von Urs Widmer heraus.

Unter dem Label DREIECK-VERLAG erscheinen Paperback-Ausgaben aus dem AMANITA VERLAG, so auch der alle phantastischen Genres umspannende Roman »Das Lied vom Untod« von Jens Schumacher.

Klassische und moderne phantastische Jugendbücher standen bei DRESSLER wieder auf dem Programm: 1996 »Die Höhle der Weißen Wölfin« von Gabriele Beyerlein, »Psammy sorgt für Abenteuer« von Edith Nesbit und »Sieben Zimmer voller

Wunder« von Kemal Kurt, 1997 »Jagd auf den Vampir« von Willis Hall (neuer Roman um den Vampir ALUCARD), »Auch Monster brauchen ein Zuhause« von Paul van Loon, »Käptn Klaps und König Knall« von Bjarne Reuter, »Feuertraum« von Melvin Burgess, »Drachenreiter« von Cornelia Funke und »Die Kinder vom Mondhügel« von Kemal Kurt.

DROEMER-KNAUR lieferte zu Jahresbeginn »Mount Dragon – Labor des Todes«, den neuesten Gentechnik-Thriller des Erfolgsduos Douglas Preston & Lincoln Child, aus, gefolgt vom phantastischen Roman »Der blaue Stein« von Gilbert Sinoué.

Im literarischen Verlag DROSCHL wurde 1996 der Sammler »Im Lande der Zauberei & Hier Poddema« von Henri Michaux veröffentlicht.

Nahezu zeitgleich mit dem Original kam in der EDITION ANDREAS IRLE Jack Vances neuester SF-Roman »Nachtlicht« in einer numerierten und auf 250 Exemplare limitierten Ausgabe heraus.

Im Herbst 1996 startete die ambitionierte EDITION METZENGERSTEIN (c/o Frank Festa, Postfach 2355, D-50153 Kerpen) mit der Collection »Hippokratische Gesichter« von Malte S. Sembten, 1997 folgten »Der persische Ghoul« von Henry S. Whitehead und »Das Reliquiar/Die Wächter« von Michael Siefener. In Vorbereitung befindet sich eine Collection von Thomas Ligotti.

Im Oktober 1997 erschien in der EDITION MONO (c/o J. Grenzfurthner, Dr. Karl Walleckstraße 12, A-2000 Stockerau) der phantastische Roman »Die Stadt der Klage« von Michael Marrak.

Zwei phantastische Romane von Sean McGuffin wurden 1996/97 in der EDITION NAUTILUS veröffentlicht, und zwar »Der fette Bastard« und »Der Hund«.

In der EDITION PHANTASIA erschienen im Herbst 1996 in limitierter Auflage und in bibliophiler Aufmachung neben dem Abschlußband der »Scheerbart«-Werkausgabe die Collection »Kriegsfieber« und der Roman »Stürmt das Paradies« von James Graham Ballard. Zur Buchmesse 1997 wurden »Äquinoktium« von Samuel R. Delany und »Running Wild – Das Pangbourne Massaker« von James Graham Ballard herausgebracht. Noch 1997 sollen die Collection »Ein Fischer des Binnenmeeres« von Ursula K. Le Guin und Clive Barkers neuester Roman »Das Sakrament« in limitierter und zum Teil illustrierter Lieberhaberausgabe herauskommen.

Einen »Putsch im Vatikan« während des Ersten Vatikanischen Konzils schilderte Norbert Göttler im historischen Thriller gleichen Titels, der im Sommer 1997 bei EHRENWIRTH herausgekommen ist.

EICHBORN, der »Verlag mit der Fliege« präsentierte 1996/97 die phantastischen Romane »Die Känguruhhefte« von Kobo Abe, »Der Walmann« von Henning Boetius, »Ein Bär will nach oben« von William Kotzwinkle und »Der Schwur der Marie Antoinette« von Ann Dukthas, den 2. Roman um den Unsterblichen Nicholas Segalla, der die Antwort auf viele Rätsel der Vergangenheit kennt, sowie das Sachbuch »Jim Knopf und die sieben Weisen« von Friedhelm Moser.

Im Frühjahr 1997 erzählte Bianca Pitzorno bei ELEFANTEN PRESS »Die unglaubliche Geschichte von Lavinia«.

Im Herbst 1996 erschien bei ELLERMANN »Das große UNICEF-Märchenbuch«, hrsg. von Walter Kahn, im Frühjahr 1997 der Fantasy-Roman »Der Rote König« des Australiers Victor Kelleher.

Neu bei ENSSLIN im Frühjahr 1997 »Karo, die Computerhexe« von Eva-Maria Lamprecht und »Festina Lente« von Joachim Theisen.

Bei PETER ERD kam im Herbst 1996 der SF-Roman »Operation Plutonium« von Karl Heinz R. Fürst von Sayn-Wittgenstein heraus.

Der ERSTE DEUTSCHE FANTASY CLUB e.V. publizierte 1996 den RITTER ROLAND-Sonderband mit bislang unveröffentlichten Romanen der Ritterserie und die von Jörg Weigand zusammengestellte Anthologie deutschsprachiger Autoren »Der süße Duft des Bösen«.

Das neue phantastische Jugendbuch »Prinz Telemach und sein Lehrer Mentor« von Peter Hacks ist im Frühjahr 97 bei EULENSPIEGEL erschienen.

1996/97 publizierte der R. G. FISCHER VERLAG in seiner Paperback-Reihe EDITION FISCHER u. a. folgende Genre-Titel: »Trödler Abraham McDoodle« von Steffen Kohl (Märchen), »Der Mann, der Berge versetzt« von Rosemarie Kentmann (SF-Roman), »Sternenstaub« von Harald Schäfer (Alternativwelt-Roman), »Verzauberter Alltag« von Leonie Quattrini (Märchensammlung), »Am Ufer der Nacht« von Frank W. Haubold (phantastischer Episodenroman) und »Die letzte Reise« von Peter K. Stumpf (phantastischer Roman).

S. FISCHER brachte 1996 »Konfidenz« von Ariel Dorfman auf den Markt, 1997 folgte Martin Amis' Debütroman, der metaphysische Thriller »Die Anderen«.

In der Jugendbuchreihe FISCHER SCHATZINSEL erschienen 1996/97 als Hardcover »Der Dieb der Träume« von Pier Mario Fasanotti, »Der Besuch aus Anderswo« von Russell Stannard und »Die Wanze« von Paul Shipton.

In der Paperback-Reihe bei FRANCKE erschien der historisch-phantastische Roman »Schnee fällt auf die Arche« von Rudolf Otto Wiemer.

FREIES GEISTESLEBEN präsentierte 1996/97 »Die drei goldenen Schuppen« von Inge Ott, »Die Prinzessin und der Kobold« von George MacDonald, »Die Königstochter aus Erinn« von Barbara Bartos-Höppner, »Die Kinder des Glasbläsers« von Maria Gripe und »Schwarze Schiffe vor Troja« von Rosemary Sutcliff.

Bei FRIELING & PARTNER erschienen zuletzt folgende SF-, Fantasy- und Horror-Titel: »Die Abenteuer des Raumgleiters Pegasus« von Sabine Liebenau, »Mirabella und der Zauberwald« von Barbara Hermeth, »Tore des Bösen« von Peter Bergmann, »Anuschka und der Junge mit der Geige« von Fay Fairwald, »Das Märchen von der Reise zur Sonne« von Walter Gronemann, »Botschaft der Macht« von Toth Thorin Might, »Der gläserne Elefant« von Klaus Kühl, »Linda und der Wichtel Naseweis« von Christine Kurz, »Samenkiller unterwegs?« von Stefan Sommer, »Wir Erdenkinder« von Albert Schneider und »Thoras – Sklave von Atlantis« von Michael Peter Winkler.

Im G & S VERLAG in Zirndorf wurde 1996 der phantastische Roman »Don Fernando erbt Amerika« von Ewald Arenz veröffentlicht.

GATZA BEI EICHBORN präsentierte »Leeres Viertel – Rub' Al-Khali« von Michael Roes.

Der Kinderbuchklassiker »Der Drache, der nicht kämpfen wollte« von Kenneth Grahame und »Katinka mit dem Zopf« von Elsa Morante bildeten im Frühjahr 1997 das Phantastikangebot bei GERSTENBERG.

Seit Ende 1996 werden in Jörg Kleudgens GOBLIN PRESS auch Paperbacks publiziert. Bislang erschienen sind der Roman »Der Fluch von Mayfield« von Jörg Kleudgen und die Sammlung »Der Hügel von Yhth« von Jens Schumacher.

GOLDMANN publizierte 1996/97 den Horror-Roman »Die Mayfair-Hexen« von Anne Rice (3. Band des HEXEN-Zyklus), die politisch korrekt erzählten Gute-Nacht-Geschichten »Und wenn sie nicht gestorben sind« von James Finn Garner und das Sekundärwerk »Das Buch der Naturgeister« von Christine Cerny.

HAAG + HERCHEN veröffentlichte 1997 den als Tatsachenbericht aufgezogenen SF-Roman »Unternehmen DELPHIN gescheitert« von Lothar Schulze.

Bei HAFFMANS erschienen 1996/97 die Collection »Dover-Calais« von Julian Barnes, die auch SF-Stories enthielt, Philip K. Dicks SF-Klassiker »Die drei Stigmata des Palmer Eldritch« und W. K. Jeters »Blade Runner II«, der die von Dick begonnene Thematik weiterführte.

Der PETER HAMMER VERLAG veröffentlichte im Herbst 1996 das phantastische Jugendbuch »Der Nubier« von Syl Cheney-Coker.

Auch der literarische Verlag CARL HANSER hat in den letzten Jahren verstärkt Phantastik auf seine Fahnen geschrieben. So erschienen zuletzt »Varuna« von Julien Green, »Von der Liebe und ihren Bedingungen in der Nacht des 19. März 1929« und »Die Frau und der Affe« von Peter Hoeg, »Der schwarze Engel« von Antonio Tabucchi, »Moi« von Heiko Michael Hartmann, »Schweinerei« von Marie Darrieussecq, »Das Maß der Schönheit« von Primo Levi und zwei Titel von Rafik Schami, »Märchen aus Malula« und »Der fliegende Baum«, nach Übernahme des NEUER MALIK VERLAGS in Neuauflage. Im Jugendbuchprogramm fanden sich neben »Die Mennyms auf der Flucht« und »Die Mennyms in der Falle«, den Bänden 2 und 3 der Saga um die belebten Stoffpuppen von Sylvia Waugh, noch »Durch einen Spiegel, in einem dunklen Wort« von Jostein Gaarder und »Motu-Iti – Die Insel der Möwen« von Roberto Piumini.

Der HEEL-VERLAG, der sich in den letzten Jahren zu einem der führenden Spezialisten für Sekundärwerke zu TV-Serien und Filmen gemausert hat, brachte zuletzt folgende Sachbücher auf den Markt: »Das offizielle Wörterbuch Klingonisch/Deutsch Deutsch/Klingonisch« von Marc Okrand, »Die X-Akten« von Josef Rother & Claudia Kern, »The Next Generation – Der Blick hinter die Kulissen« von Mark A. Altman & Edward Gross, »Star Wars – Alle Sammlerstücke zur Trilogie«, »Science Fiction TV Guide 97/98« von Torsten Dewi, »The Making of Star Trek – Der erste Kontakt« von Lou Anders, »Die David Duchovny Akten« von Barbara Schütz, »Die Gillian Anderson Akten« von Georg Haler & Christian Lukas und »Zu den Stern. Die offizielle Autobiographie« von George Takei.

HERBIG brachte im Frühjahr 1997 den Polit-Thriller »Das Protokoll« von Joachim F. Schroeder-Hohenwarth heraus.

Im Herbst 1996 gab es bei HEYNE wieder ein Stephen King-Festival: Unter seinem richtigen Namen veröffentlichte der »King of Horror« den Roman »Desperation«, unter seinem Richard-Bachman-Pseudonym erschien der thematisch dazugehörende »Regulator«. Zudem erschienen 1996/97 noch das Sachbuch »SF – Die illustrierte Enzyklopädie« von John Clute, sowie die Romane »Stille Nacht« von Mary Higgins Clark, »Dinotopia – Die Welt jenseits der Zeit« von James Gurney, »Der Fluch von Belheddon Hall« von Barbara Erskine, »Remote Control« von John McLaren, »Eine Reise in die Nacht« von Peter Straub, »Das Volk an den Seen« von Kathleen O'Neal Gear & W. Michael Gear (6. Roman der Vorzeitsaga) und »Die Wissenschaft der Akte X« von Michael White. Zur Buchmesse erschien als Schnellschuß der 4. Band von Stephen Kings DARK TOWER-Zyklus. In der Reihe HEYNE SCIENCE FICTION & FANTASY wurden wieder Sekundärwerke, vor allem zu STAR TREK, und herausragende Romane im Hardcover herausgebracht. Bei ersteren waren das »Nicht nur Uhura« von Nichelle Nichols und »Star Trek Design« von Judith & Garfield Reeves-Stevens, zu letzteren gehörten »Coelestis« von Paul Park, »Tod live« von C. G. Compton, »Ammonit« von Nicola Griffith, »Chaga« von Ian McDonald, »Die Herzleser« und »Fremde Einflüsse« von Kristine Kathryn Rusch, »Bettler in Spanien« und »Bettler und Sucher« von Nancy Kress, »Schafe blicken auf« von John Brunner, »Bilder um 11« von Norman Spinrad, »In Zeiten der Flut« von Michael Swanwick, »Maemones Auge« von Wolfgang Jeschke und »Hyperion« von Dan Simmons. Einen Höhepunkt stellte die zehnbändige Gesamtausgabe eines der größten Klassiker der Science Fiction dar, nämlich von Isaac Asimovs FOUNDATION, der im Sommer 1997 in einer Schuberedition herauskam.

OLAF HILLE veröffentlichte 1996 das phantastische Jugendbuch »Pat O'Brian und die Zaubermelodie« von Patricia Lynch.

Die Nachdichtung eines klassischen Sagenstoffes von Franz Fühmann, und zwar »Die Sage von Trojas Fall«, hatte HINSTORFF im Herbst 1996 im Programm.

An phantastischen Titeln erschienen zuletzt »Spaltungen« von Fay Weldon, »Töchter der Göttin« von Joan Lambert, »Saskias Weg« von Brian Hall, »Befehl von oben«, der neueste Jack-Ryan-Roman von Tom Clancy, der SF pur bot, Neil Gaimans Romanfassung seines TV-Serials »Niemalsland«, »Die Jesus-Verschwörung« von Eliette Abécassis und »Die Mühlen des Teufels« von Norbert Klugmann bei HOFFMANN & CAMPE.

Mit nahezu einjähriger Verspätung wurde bei IGEL das Sachbuch »Über Paul Scheerbart II«, hrsg. von Michael M. Schardt & Hiltrud Steffen veröffentlicht.

INSEL brachte im Frühjahr 1997 einen Klassiker der Phantastik neu heraus: »Die Handschrift von Saragossa« von Jan Graf Potocki. Gleichzeitig erschien auch »Die Geliebte des Kartographen« von Andrew Crumey.

Neue SF-Stories legte Monika Pelz im Frühjahr 1997 bei JUNGBRUNNEN unter dem Titel »Nicht von dieser Welt« vor, zur gleichen Zeit publizierte Heinz Janisch seinen phantastischen Roman »Grüner Schnee, roter Klee«.

ERNST KABEL hat den phantastischen Roman »Mariana« von Susanna Kearsley auf den Markt gebracht.

Im Jugendbuchverlag KERLE erschienen zuletzt »Wölfchen Schlaukopf« von Käthe Recheis, »Flick Flack und andere Geschichten aus einem verwunschenen Land« von Sophie Brandes und »Die Charlies haben die Märchen geklaut« von Henky Hentschel.

KIEPENHEUER brachte 1997 den phantastischen Roman »Amselbach« von Stefan Hertmans und die Collection »Der graue Liebhaber« von Carl Friedman heraus.

Herbert Rosendorfer präsentierte eine Fortsetzung seines Bestsellers »Briefe in die chinesische Vergangenheit« – »Die große Umwendung« wurde im Sommer 1997 bei KIEPENHEUER & WITSCH veröffentlicht.

Eine Neuauflage im Hardcover erlebte im Frühjahr 97 Salman Rushdies Klassiker »Mitternachtskinder« bei KINDLER.

Im KONRAD KIRSCH VERLAG erschien 1997 der phantastische Roman »Die leuchtende Reuse« von Christoph Ecker.

Die in neuer Aufmachung bei KLETT-COTTA als Paperback wiederbelebte traditionsreiche Fantasy-Edition HOBBIT PRESSE wurde 1996/97 mit »Roter Mond und schwarzer Berg« von Joy Chant, »Lilith« von George MacDonald, »Das Vogelmädchen« von W. H. Hudson, der BORRIBLES-Trilogie (»Auf zur Großen Rumbeljagd«, »Im Labyrinth der Wendels« und »Die Schleppnetzfahndung«) von Michael den Larrabeiti, »Die Königstochter aus Elfenland« von Lord Dunsany, »Das Silmarillion« von J. R. R. Tolkien und »Das Indische Nashorn« von Peter S. Beagle weitergeführt. Daneben wurden noch »Belsazars Gastmahl« von Anthony Burgess, »J. R. R. Tolkien – Der Künstler« von Wayne G. Hammond & Christina Scull und »Die Königstochter aus Fanien« von Amanda Prantera herausgebracht. Im Herbst 97 erschien als Highlight eine siebenbändige Kassettenedition von Tolkiens »Der kleine Hobbit« und dem »Herrn der Ringe«.

Phantastik auch wieder bei ERIKA KLOPP: Der Roman »Zauberpferd« von Magdalen Nabb in Neuauflage.

Bei KNAUS erschienen zuletzt »Ein Nashorn für den Papst« von Lawrence Norfolk, »Der Traum des Kartenmachers« von James Cowan und »Untergrundmann« von Mick Jackson.

Deutschland zerfällt – in »Das Ende Deutschlands« von Peter-Paul Zahl, im KARIN KRAMER VERLAG.

Infolge einer schweren Erkrankung des Verlegers kam die Publikation der Serien TARZAN und JOHN CARTER VOM MARS bei KRANICHBORN 1996/97 völlig zum Stillstand, es soll aber, beginnend mit Herbst 1997, mit beiden Serien wieder zügig weitergehen.

KRÜGER veröffentlichte im Sommer 1996 den zweiten Roman von Stephan Grundy, eine Fortsetzung seines Bestsellers »Rheingold«, unter dem Titel »Wodans Fluch« und einen neuen AVALON-Roman von Marion Zimmer Bradley, »Die Herrin von Avalon«, chronologisch der Mittelband der bisherigen Trilogie.

Der vor allem in Insiderkreisen wohlbekannte Funny van Dammen publizierte seine neueste Kurztextesammlung 1997 unter dem Titel »Der Tag, als Rosie kam« bei ANTJE KUNSTMANN.

Im Sachbuchverlag PETER LANG kamen zuletzt die Sekundärtitel »Die maskierte Utopie« von Regina Binder, »Utopische Inseln« von H. A. Glaser und »Lurking Feminism« von Jenni Dyman heraus.

LANGEN MÜLLER präsentierte im 1. Halbjahr 1997 die Storysammlung »Dunkle Gedanken« von Wolfgang Winkel und den Roman »Die Heiligsprechung des Johann Sebastian Bach« von Johannes Rüber in Sonderausgabe.

1997 wurde bei LEIV die ALEXANDER WOLKOW MÄRCHENREIHE mit Band 11, »Die Schlange mit den Bernsteinaugen« von Nikolai Bachnow, fortgesetzt, zudem wurde von Sibylle Durian der Roman zum Start der TV-Serie »Die Gespenster von Flatterfels« veröffentlicht.

In der Grusel-Serie DER MAGIER UND DAS POWER-TRIO von Stefan Wolf erschien bei LENTZ 1997 Band 11, »Fluch aus der Grabkammer«.

1996/96 erschienen bei LIMES die Romane »Die Frau, die in der Erde lebt« von Swain Wolfe und »Die Gudrid-Saga« von Kirsten A. Seaver.

LIST brachte im Sommer 1997 den zweiten und abschließenden Band des Fantasy-Epos CENTRATUR. ÜBERSETZUNGEN AUS DEM BLAUEN BUCH von Horst Neißer unter dem Titel »Die Macht der Zeitenwanderer« und den historischen Roman »Der Wachsmann« von Richard Rötzer heraus.

Im Herbst 1996 wurde im Leipziger LKG-VERLAG – Leipziger Kommissions- und Großbuchhandelsgesellschaft, Abteilung Verlag – der phantastische Roman »Purpursegel« von Alexander Grin veröffentlicht.

Phantastisch groß war auch zuletzt wieder das Genre-Angebot des Jugendbuchverlags LOEWE: 1996 erschienen die Romane »Die Drachenburg« von Klaus-Peter Wolf, »Das grüne Glas« von Diane Howells und »Schattenträume« von Ann Halam, »Dragonheart« von Adriana Gabriel, sowie die Sammlung »Die schönsten Hexengeschichten«, zusammengestellt von Barbara Zoschke, 1997 wurden neben den ersten acht Romanen der Grusel-Reihe FEAR STREET von Bestsellerautor R. L. Stine – »Sonnenbrand«, »Der Aufreißer«, »Tödlicher Tratsch«, »Brandnarben«, »Der silberne Dolch«, »Die Schlafwandlerin«, »Mord im Mai« und »Zugeschneit« – noch die Romane »Das Nachtfenster« von Ann Halam, »Ella Vampirella« von Marliese Arold, »Die Schrift im Spiegel« von Michael Carroll und »Hilfe, ich bin ein Werwolf« von Ritchie Perry, die Sammlungen »Leselöwen Spukgeschichten« von Ingrid Uebe und »Leselöwen Computergeschichten« von Klaus-Peter Wolf, sowie die Anthologie »Vampirgeschichten«, hrsg. von Cornelia Ziegler, publiziert.

GUSTAV LÜBBE präsentierte 1996/97 »Das verborgene Land«, David Eddings' Abschlußband der TAMULI-Trilogie, »Der Fluch des Kopernikus« von Philipp Vandenberg, »Totentanz« von James Herbert, »Gomorrha« von Thomas Gifford, »Ramar – Der Hase mit den Regenbogenflügeln« von Darrell T. Hare und »Intenisty« von Dean Koontz.

Phantastik auch bei MAAS: 1996 erschien »Die Ehre des Rudels« von Dietmar Dath, 1997 der SF-Horror-Schocker »Drive In« von Joe R. Lansdale.

Im Herbst 1996 startete der KARL MAY VERLAG die EDITION USTAD mit vier SF-Klassikern von Robert Kraft in einer Kassettenedition. Die auch einzeln erhältlichen Titel waren »Die Nihilit-Expedition«, »Die Wildschützen vom Kilimandscharo«, »Die Rätsel von Garden Hall« und »Die neue Erde«.

Bei MILENA – so der neue Name des ehemaligen WIENER FRAUENVERLAGS – kamen der Gen-Thriller »Das Risiko« von Beatrix M. Kramlovsky und »Verdopolis – Glanz und Herrlichkeit« von Charlotte Brontë heraus.

Zuletzt erschienen bei MOEWIG in der PERRY RHODAN-Hardcoverreihe die Bände »Der Schwarm« (55), »Kampf der Immunen« (56), »Das heimliche Imperium« (57) und »Die Gelben Eroberer« (58), als ATLAN-Bücher erschienen die Bände 9 (»Herrscher des Chaos«) und 10 (»Balladen des Todes«). Neu gestartet wurde im Frühjahr 1997 die neue Buchreihe PERRY RHODAN SPACE THRILLER, in der, ebenso wie bei den PR-Silberbänden, vier Titel pro Jahr herauskommen sollen. Die ersten beiden Bände der neuen Edition waren »Grüße vom Sternenbiest« von Robert Feldhoff und »Eine Welt für Mörder« von Peter Terrid.

Bei NAGEL & KIMCHE erschienen 1997 die phantastischen Jugendbücher »Nachts kommen sie« von Paul Biegel, »Das Gesicht im Spiegel« von Renate Welsh und »Bruder der Bären« von Käthe Recheis.

Neue Genre-Titel standen auch 1996/97 beim Verlag NEUE DIMENSION in Fürth auf dem Programm: Die Märchenbuchreihe ZWERGLE-GESCHICHTEN wurden mit den Bänden 3 bis 5 – »Das Zwergle in der Dinosaurer-Welt«, »Das Zwergle und die Wunsch-Maschine« und »Zwergles Weltraum-Abenteuer« – weitergeführt, in der Serie MACHTÜBERNAHME, einer bunten Mischung aus Science Fiction, Krimi und okkulter Fantasy, kam mit »Sodons Schreckens-Plan« das zweite Buch heraus, zusätzlich gab es noch den phantastischen Roman »Die Gruft des Darotschin«. Als Autor aller Bücher zeichnete Hans Peter Neuber.

NEUE ERDE setzte auch in seinen jüngsten Programmen die Herausgabe der Werke von Moyra Caldecott fort, es wurden »Sohn der Sonne«, »Stein und Lilie«, »Frauen in keltischen Mythen«, »Kind des Dunkelsterns« und »Tochter des Ra« auf den Markt gebracht. Zusätzlich erschien von V. S. Ferguson der Roman »Innanas Rückkehr«.

NEUES LEBEN führte seine JULES VERNE-Edition mit »Kein Durcheinander« weiter.

Im Sommer 1997 ist bei NEW ERA Band 7 der Dekalogie MISSION ERDE von L. Ron Hubbard unter dem Titel »Drang zur Vergeltung« erschienen.

Im NIEDERÖSTERREICHISCHEN PRESSEHAUS wurde die Märchensammlung »Geister, Teufel, Halsabschneider«, ausgewählt von Friedl Hofbauer & Franz Sales Sklenitzka, publiziert.

RAINAR NITZSCHE setzte seine REIHE PHANTASTIK, in der nach wie vor Originalausgaben zeitgenössischer deutschsprachiger Autoren aus den Bereichen Science Fiction, Fantasy und Phantastik veröffentlicht werden, auch 1996/97 fort. Zuletzt erschienen hier die Sammlungen »Im Licht der vollen Mondin« von Rainar Nitzsche, »Sophies Ratte« von Paul Pfeffer und »Das Zeitmesser« von Norbert Sternmut sowie die Romane »Die Farbe des Schwefels« von Timothy McNeal und »Gegenkreis« von Janet E. Spinpen (erster Band des Fantasy-Vierteilers DIE ANDERE SUCHE).

Phantastisches auch wieder bei NYMPHENBURGER: »Der kleine Schamane« von Marie Jaoul de Poncheville, »Eden« von Stanisław Lem und »Im Tal des Yeti« von Werner Kopacka.

OETINGER präsentierte im Herbst 1996 mit »Isa und die Schmugglerbande« den neuesten Roman zur Serie um ein alternatives England von Joan Aiken. 1997 folgten die Sammlung »Ein Schrei in der Nacht« von Joan Aiken und die Romane »Die Bernsteinkatze« von Hilary McKay und »Rufus und die Weihnachtsmänner« von Ursel Scheffler.

ONE WAY ist ein Verlag, der sich auf christliche Literatur spezialisiert hat. 1996 kamen auch zwei interessante SF-Romane hier heraus, und zwar »Die große Täuschung« von Roger Elwood und »Doppelhelix« von Sigmund Brouwer.

Die SF-Collection »Hacking the Future« von Arthur & Marilouise Kroker mit virtuellen Road-Stories und Cyber-Märchen erschien im Herbst 96 im PASSAGEN-VERLAG, Wien.

Wieder einige sehr interessante Sekundärwerke hatte die PHANTASTISCHE BIBLIOTHEK WETZLAR in ihrer Schriftenreihe zuletzt im Programm, und zwar »Figuren und Funktionen des Bösen im Werk von Gustav Meyrink« von Evelyn Konieczny, »Das dämonische Diesseits« von Ralf Reiter und »Visionäre Botschaften« von Veronika Bernard.

PHÖNIX ist der Reihenname einer neuen Paperback-Edition aus dem Hause FANTASY PRODUCTIONS, in der Stories und Romane zu Spielen veröffentlicht werden. Den Reigen eröffneten die von Michael Immig zusammengestellten Anthologien »Schrapnell« (BATTLETECH) und »Chromscherben« (SHADOWRUN), in Vorbereitung befindet sich die VAMPIRE-Trilogie DIE MASKERADE DES ROTEN TODES von Robert Weinberg: »Blutfehde«, »Unheilige Allianz« und »Keines Herren Knecht«.

Bei PICUS erschienen u. a. die phantastischen Jugendromane »Das Gespenst in der Schule« und »Wer hat schon Angst vor Vampiren!« von Paul van Loon.

PIPER setzte 1996 die Agentenserie um COQ ROUGE von Jan Guillou mit »Der einzige Sieg« fort und startete im Frühjahr 1997 Stephen Lawheads Fantasy-Trilogie DIE SAGA DES DRACHENKÖNIGS mit »In der Halle des Drachenkönigs«, im Herbst gefolgt von »Die Kriegsherren des Nin«. Zeitgleich wurde auch »Kalypso« von Michael Köhlmeier veröffentlicht, die Fortsetzung von »Telemach«.

PROJEKTION J brachte 1996/97 die Bände 1 und 2 von »Finale – Die letzten Tage der Erde« von Tim LaHaye & Jerry B. Jenkins heraus, in dem die Tage des Jüngsten Gerichts gekommen sind und die Reiter der Apokalypse über die Erde ziehen.

Der epische Fantasy-Jugendroman »Emilys wundersame Reise ins Land der Träume« von Jonathan Abendroth kam im Herbst 1996 bei QUELL heraus.

»Trojanische Pferde«, der neueste Thriller des Krimi-Preisträgers Peter Schmidt, wurde 1996 bei RASCH UND RÖHRING publiziert, 1997 gefolgt vom Medien-Schocker »Kampf der Götzen« von Edwin Klein.

RAVENSBURGER brachte im Herbst 1996 den Roman »Feuerball« von Klaus-Peter Wolf heraus.

RESIDENZ setzte die EDITION DAS MÄRCHENSCHIFF mit »Till und Hodscha« von Folge Tegetthoff und »Fritz, das Schaf« von Reinhard P. Gruber fort, weitere interessante Publikationen waren 1996/97 »An meine Völker« von Francesco Burdin und »Der zwölfte Reiter« von Ib Michael.

Nach Alexander Kröger und Karl-Heinz Tuschel ließ 1996 auch der dritte große SF-Autor der DDR, Klaus Frühauf, nach der Wende erstmals wieder mit einem neuen SF-Roman von sich hören: »Finale« erschien im RHINO VERLAG.

Phantastik hat auch der VERLAG ROBERT RICHTER (Friedrich Engels Straße 23 a, D-63452 Hanau) immer wieder zu bieten. 1996 wurden hier die Collection »Die dunkle Seite eines Hippies« von Grobilyn Marlowe und die von Andreas Kasprzak zusammengestellte Horror-Anthologie »Der Blutfalter« veröffentlicht, 1997 die Horror-Collection »Variationen in Nachtgrau und Fleischrot« von Malte S. Sembten.

ROGNER & BERNHARD präsentierte 1996/97 die SF-Romane »Einer, der Geschichte macht« von Alasdair Gray und »Idoru« von William Gibson.

1996 startete P.M. als Rodulf von Gardau im ROTPUNKT-VERLAG den fünfbändigen Alternativwelten-Zyklus DIE SCHRECKEN DES JAHRES 1000 mit einem Roman gleichen Titels, 1997 folgte Band 2, »Kumbi«.

ROWOHLT hatte 1996 die phantastischen Romane »Mr. Vertigo« von Paul Auster und »Game Over« von Philip Kerr im Programm.

RÜTTEN & LOENING präsentierte anläßlich der bevorstehenden Wiedereröffnung des berühmten Hotels den Roman »Countdown im Adlon« von Stefan Fester.

Ihren Fantasy-Zyklus IORIA startete Maebh Ni Ruadh 1997 mit den in einem Band gesammelten ersten beiden Romanen »Schatten im Tal« und »Nordwind« im Verlag DIE SANDUHR.

Der Mödlinger Jugendbuchverlag ST. GABRIEL hatte auch 1996/97 wieder einige phantastische Bücher im Programm: »Kuno, das Schulgespenst« von Gerald Jatzek, »Eusebius und Pontifex« von Angelika Diem, »Große Welle, Sein und Bein« von Peter Dickinson, »Raimundo im Land Tatipirún« von Graciliano Ramos und »Ein Rucksack voll Gespenster« von Christine Rettl.

SAUERLÄNDER präsentierte die Romane »Nur weg hier!« von Margaret Mahy und »Im Zauberkreis« von Donna Jo Napoli, sowie den prächtig illustrierten Klassiker »Nußknacker und Mausekönig« von E. T. A. Hoffmann.

SCHERZ publizierte 1996/97 die Romane »Feuerschrift« von Malcolm Bosse, »Dem Zauber verfallen« von Barbara Michaels, »Martha flog auf der Engelskuh« von Susan Stinson und »Der heilige Stein« von Elizabeth Harris, Gisela Eichhorn versammelte Horror-Geschichten prominenter Autoren in der Anthologie »Das Beste vom Bösen« und Matthew Bunson stellte mit »Das Buch der Vampire« ein umfassendes Lexikon zum Thema zusammen.

Historische und utopische Titel bilden schon traditionell einen Schwerpunkt im Programm des Münchener Verlags SCHNEEKLUTH, und daran hat sich auch nach dem Eigentümerwechsel nichts geändert. Im Herbst 1996 sind »Der letzte Traum des Pharao« von Hanns Kneifel, »Das Aufsteigerprinzip« von Floyd Kemske und »George – Die Autobiographie eines Engels« von James Jennings erschienen, im Frühjahr 1997 folgten die Romane »Telegonos. Sohn der Liebe« und »Sohn der Unendlichkeit« von Hanns Kneifel und »Der Bildergeher« von Rainer Eder sowie die Storysammlung »Die Welt ist ein seltsamer Ort« von Florian F. Marzin.

FRANZ SCHNEIDER startete 1997 die Serie SPOOK CITY von Erfolgsautor Christopher Pike mit den ersten vier Romanen, »Das Geheimnis des Grabes«, »Der Geist der Finsternis«, »Die Höhle des Grauens« und »Der Schrecken aus dem All«, und in der neuen Serie BIBI BLOCKSBERG von Theo Schwarz erschienen die Bände 1 bis 4, »Hexen gibt es doch«, »Der Hexengeburtstag«, »Der Wetterfrosch« und »Bibi und das Dino-Ei«. Außerdem erschienen an einschlägigen Kinder- und Jugendbüchern noch »Vampir & Co. – Die verrückte Zeitmaschine« von Ritchie Perry und der Erzählband »Die aus der Nacht kommen« von Klaus-Peter Wolf.

Zwölf Märchen von Liebe, Lust und Leidenschaft in Lyrik und Prosa stellte die im Herbst 1996 bei STENDEL publizierte und von Sigrid Früh & Roland Kübler zusammengestellte Anthologie »Feuerblume« vor.

Neu gegründet wurde 1997 der STORISENDE VERLAG, um hier die Werke von James Branch Cabell zu veröffentlichen, zum Teil auch als deutsche Erstausgaben, vor allem Cabells Hauptwerk, die 18 Bände umfassende BIOGRAPHIE VON MANUEL. Bislang erschienen sind der imaginäre Essay »Literatur und Leben« und der Roman »Die Legende von Manuel«, in Vorbereitung befinden sich der Roman »Der silberne Hengst« und der Kurzgeschichtenband »Diese eine Stunde«.

Enorm war wieder das Angebot an phantastischen Kinder- und Jugendbüchern bei K. THIENEMANN. So erschienen 1996/97 u. a. »Das Lied der Befreiung Neschans«, der Abschlußband der Fantasy-Trilogie um das Land NESCHAN, sowie ein weiterer phantastischer Roman unter dem Titel »Das Museum der gestohlenen Erinnerungen« von Ralf Isau, die Urzeitsaga »Rokal der Steinzeitjäger« von Dirk Lornsen, »Timmy im Finsterwald« von Andreas Gößling, »Der goldene Ritter« von Klaus Kordon, »Hurz Burz und seine Freunde« von Wilhelm Topsch, »Der Schatz der Geisterpiraten« von Ursel Scheffler, »Robert und der unsichtbare Mann« von Niklas Radström, »Frühling in den Weiden« und »Herbst in den Weiden« von William Horwood (Fortsetzung von »Winter in den Weiden«), »Die Story von Monty Spinneratz« von Tor Seidler, »Weihrauch für den Pharao« von Hanns Kneifel, »Die kleine Hexe« von Otfried Preußler, »Teufelchen« von Heike & Wolfgang Hohlbein, »Der Prinz und der Drache« von Tanja Kinkel sowie der Märchen und Geschichtenband »Die Prinzessin vom gläsernen Turm« von Sigrid Heuck. In der neuen Edition THIENEMANNS FLIEGENDER TEPPICH erschienen die Jugendbücher »Sonnenblumenzaubermaler« von Angelika Böckelmann, »Die Insel im steinernen Fluß« von Joachim Friedrich und »Bens Geheimnis« von Edith Schreiber-Wicke. Die ebenfalls neue Edition THIENEMANN FANTASY, die ältere Jugendliche und Erwachsene als Zielgruppe hat, wurde mit »Winterrose« von Patricia A. McKillip gestartet, »Die Feuerharfe« von Sabina Trooger (Fortsetzung des bei WEITBRECHT erschienenen »Thaors Lied«) und »Märchenmeister 1: Das Labyrinth der Stimmen« von Martin Eisele sollen folgen.

TOSA legte im Herbst 1996 die Anthologien »Die schönsten Fantasy-Geschichten«, hrsg. von Gerhard Gruber, und »Geschichten vom Zauberer«, zusammengestellt von Susa Hämmerle, die Collection »Meine gruseligsten Gespenstergeschichten« von Ingrid Uebe, den DIRK PITT-Thriller »Der Todesflug der Cargo 03« von Clive Cussler sowie drei Neufassungen klassischer Sagenstoffe – »Dietrich von Bern«, »König Artus« und »Die Nibelungen« – von Gertrud Karg-Bebenburg auf und startete im Frühjahr 1997 eine Hardcoverausgabe der SAGA VON GARTH UND TORIAN aus der Feder von Wolfgang Hohlbein mit den ersten drei Bänden, »Die Stadt der schwarzen Krieger«, »Die Tochter des Magiers« und »Die Katakomben der letzten Nacht«.

Der Gewinner des ersten von UEBERREUTER ausgeschriebenen WOLFGANG HOHLBEIN PREISES wurde im Sommer 1996 veröffentlicht: »Die Steine der Wandlung« von Christoph Zimmer. Von Wolfgang Hohlbein selbst erschienen 1996/97 die neuen Romane »Schattenjagd«, »Odysseus« und »Die Grauen Wächter« (8. und letzter Band der Serie KAPITÄN NEMOS KINDER) und eine Sonderausgabe von »Midgard«, danben gab es noch »König Gilgamesch« von Hans Hagen und »Als die Tiere zu Hause waren« von Colin Dann, die Vorgeschichte der Abenteuer der Tiere, die ihre Heimat verlassen müssen und 5. Band des Zyklus. Im Herbst wurden der zweite Roman von Christoph Zimmer, »Wanderer zwischen den Zeiten«, und »Katzenwinter«, die neue phantastische Geschichte von Wolfgang und Heike Hohlbein, herausgebracht.

ULLSTEIN publizierte im Herbst 1996 den SF-Roman »Das Gesetz der Liebe« von Laura Esquivel, im Frühjahr 1997 folgten der phantastische Roman »Von Blitzen, Tod und Buttercookies« von Gail Anderson-Dargatz, die Fantasy-Collection »Neues von Watership Down« von Richard Adams, in der die Abenteuer der Protagonisten des Klassikers »Watership Down« weitergeführt wurden, und »Kleine Feuer« von Thorsten Tornow, eine Sammlung grotesker Erzählungen.

1997 neu im UNIONSVERLAG der Roman »Der Triumph der Geraldine Gull« von Joan Clark.

Das illustrierte Buch zum Film »In einem Land vor unserer Zeit« von Stephen Spielberg & George Lucas erschien 1996 bei UNIPART.

1997 kamen bei UNIVERSITAS die Genre-Bücher »Kor, der Wiedergeborene« von Werner Buschbeck und »Die unendlichen Freuden des heiligen Flanigan« von Werner Suter heraus.

URACHHAUS publizierte den SF-Roman »Kinder der Mutter Erde« von Thea Beckman, den Phantastik-Sammler »Toppel Talopp, das Zauberpferd« von Kerstin Backman, die Collection »Der Sohn des Spielmanns« von Georg Dreißig und den phantastischen Roman »Joran, der Zauberer mit einem Stern« von Henri van Daele.

Die Kölner VERLAGSGESELLSCHAFT – VGS – festigte auch 1996/97 wieder ihren Ruf, der führende Hardcoververlag für Begleitbücher zu phantastischen Filmen und TV-Serien zu sein. Das diesbezügliche Angebot wurde drastisch erweitert und lag zuletzt bei über dreißig Titeln pro Halbjahr, was nur durch eine breite Akzeptanz bei Buchhandel und Leserschaft gleichermaßen möglich war. So erschienen zu den diversen STAR TREK-Serien als Hardcover-Vorabdrucke die Romane »Das Herz des Teufels« von Carmen Carter und »Die Sonde« von Margaret Wander Bonnano sowie das Sachbuch »Starfleet Academy – Die Aufnahmeprüfung« von Peggy Robin, zu STAR WARS gab es »Schatten des Imperiums« von Steve Perry, »Palpatines Auge« von Barbara Hambly, »Darksaber – Der Todesstern« von Kevin J. Anderson, die »Star Wars Chroniken« und die ersten drei Bände der neuen Serie STAR WARS – YOUNG JEDI KNIGHTS von Kevin J. Anderson & Rebecca Moesta, »Die Verlorenen«, »Die Hüter der Macht« und »Akademie der Verdammten«, zu SUPERMAN – DIE ABENTEUER VON LOIS & CLARK erschienen »Das Geheimnis der Milliardenerbin«, »Tödliche Viren« und »Heiße Tage in Metropolis« von Michael Jan Friedman, zum TV-Smash Hit BABYLON 5 gab es »Babylon 5 – Stories, Fakten, Hintergründe« von David Bassom, »Schatten des Todes« von James Mortimore und »Krieg der Verschwörer« von S. M. Stirling, zu SPACE 2063 erschien der neue Roman »Winter der Vernichtung« von Peter Telep und zu PRINZESSIN FANTAGHIRO »Die Mächte der Finsternis« von Doriana del Gallo. Neu gestartet wurden Romane zu HERCULES (»Hercules in der Unterwelt« und »Hercules – Die Rache der Göttin« von Frank Garrett sowie »Das Feuerschwert« von Timothy Boggs), XENA (»Die Kriegerprinzessin« und »Die Sphinx und die Jägerin« von Ru Emerson), THE WANDERER (»Die Wiedergeburt« von Wolfgang Hohlbein), DARK SKIES (»Das Rätsel um Majestic 12« von Wolfgang Hohlbein) und THE OUTER LIMITS (bislang zwei Bände mit Adaptionen diverser Folgen). Die aus neun Romanen bestehende AKTE X-Serie wurde mit »Ruinen« von Kevin J. Anderson weitergeführt, die Romanserie AKTE X STORIES mit Adaptionen einzelner Folgen der TV-Serie ging mit »Blut« von Les Martin (7), »Blitzschlag« von Easton Royce (8), »Täuschungsmanöver« von Les Martin (9) und »Krieg der Kaprophagen« von Les Martin (10) weiter, die neue AKTE X NOVEL wurde mit »Heilige Asche« von Garth

Nix (1) und »Eve« von Ellen Steiber (2) gestartet, dazu gab es die Bände 1 und 2 von »Die wahren X-Akten – Das Buch der unerklärlichen Phänomene« von Jane Goldman, »Die Stars aus Akte X« von David Bassom und »Vertrauen Sie niemandem! – Akte X – das offizielle Kompendium 2« von Brian Lowry. Zu VERGESSENE WELT wurde »The Making of« von Jody Duncan herausgebracht. Zusätzlich publiziert wurden drei Klassiker, »2001 – Odyssee im Weltraum« von Arthur C. Clarke, »Straße der Verdammnis« von Roger Zelazny und »Alien – Das unheimliche Wesen aus einer fremden Welt« von Alan Dean Foster, die zu berühmten Filmen gehören, drei Begleitromane zum Film BATMAN & ROBIN (»Batman & Robin« und »Robin – Im Angesicht des Feindes« von Alan Grant und »Batgirl – Nacht über Gotham City« von Doug Moench), eine Novelisierung zum neuen Dinosaurier-Film »Vergessene Welt«, die SF-Romane »Blindfold« und »Marsdämmerung« von Kevin J. Anderson, »The Dig – Das Rätsel von Cocytus« von Alan Dean Foster und »Die Cobra-Dynastie 1: Die Verbannung« von Timothy Zahn, sowie die Sachbücher »Alpträume – Die Ursprünge des Horror« von Christopher Frayling und »The Making of Independence Day« von Michael Aberly & Volker Engel. Für Herbst 1997 sind u. a. Romane zu den neuen TV-Serien AMERICAN GOTHIC, SLIDERS, THE BURNING ZONE und MILLENIUM ebenso geplant wir die Fortführung der Serien AKTE X, PRINZESSIN FANTAGHIRO, SPACE: ABOVE AND BEYOND, STAR WARS und STAR TREK: THE NEXT GENERATION sowie neue Romane von Timothy Zahn.

Im Herbst 1996 wurden bei VOLK & WELT der SF-Roman »Schönes Deutschland« von Thorsten Becker und die phantastischen Romane »Die Bleistiftdiebin« von Eva-Maria Alves und »Geschichten aus dem Eskimokrieg« von Imre Wirth herausgebracht.

Kai Meyer, das neue erfolgreiche deutsche Phantastik-Talent, veröffentlichte im Frühjahr 1997 sein neuestes Werk, den UFO-Roman »HEX«, bei MARION VON SCHRÖDER. Hier wurde auch »Seidentanz« von Federica den Cesco vorgestellt. Bei WAGENBACH kamen zuletzt die Collection »Närrische Welt« von Luigi Malerba (im Rahmen einer Sommeraktion zum Sonderpreis), die Romane »Gesang der Mondköpfe« von Ermanno Cavazzoni und »Der Schaum der Tage« von Boris Vian, sowie die Lügengeschichten-Sammlung »Das fabelhafte Telefon« von Gianni Rodari heraus.

Acht fabelhafte Geschichten enthielt die Collection »Favola« aus der Feder von Hannes Glanz, 1996 beim Grazer WEISHAUPT-VERLAG.

Umfangreich und literarisch hochstehend war auch 1996/97 wieder das Phantastik-Angebot von WEITBRECHT, das Ausscheiden von Roman Hocke hat allerdings bewirkt, daß mit Herbst 1997 eine Verlagerung dieser Titel zu THIENEMANN erfolgte. Es erschienen zuletzt »König Arthor« von A. A. Attanasio (2. Band einer ungewöhnlichen neuen Version der Artus-Sage), »Die Nacht der Wünsche« von Salim Alafenisch, »Der Wunderberg« von Wolfram vom Stein, »Die Rückkehr der Zauberer« von Wolfgang Hohlbein, »Der Krieg der Käuze« von Martin Hocke, »Der König von Tara« von Harald Braem, »Das Kabinett des Magiers« von Christopher Priest, »Der Strandläufer« von Alan Garner, Hans Adam Löwenmacht« von Rudolf Slawitschek, eine Sonderausgabe von Hans Bemmanns »Stein und Flöte«, die Vampir-Anthologie »Draculas Rückkehr«, hrsg. von Arno Löb, und »Das Geheimnis des Alten Waldes« von Dino Buzzati.

WELTBILD hat sich an den gegenwärtigen Trend zu SF und Fantasy voll angehängt und 1996/97 hier wie auch im angeschlossenen BECHTERMÜNZ VERLAG zahlreiche Genre-Titel veröffentlicht. Im Herbst 1996 wurde eine Buchedition der ZBV-Serie von K. H. Scheer gestartet, in der monatlich ein Band mit zwei Originalromanen erscheint. Zudem standen noch Sondereditionen von Wolfgang Hohlbeins »Neue Romane vom Hexer von Salem«, »Neues vom Hexer von Salem« (jeweils 3 Bände) und einem »Hohlbein-Paket« (4 Romane:

»Die Heldenmutter«, »Die Tochter des Drachen«, »Die Moorhexe« und »Der Thron der Libelle«), »Urzeit-Saga: Die großen Jäger« von William Sarabande (3 Bände), »Dämonenbrut« von Jason Dark (3 Bände um JOHN SINCLAIR), eine zweibändige Straub-Edition (»Schattenland« und »Haus ohne Türen«), Hanns Kneifels ORION-Zyklus zur TV-Serie in einem Band, »Die Malloreon-Saga« von David Eddings (5 Bände), Philip José Farmers »Flußwelt« (4 Bände), Frank Herberts »Wüstenplanet« (6 Bücher), »Der Weg nach Avalon« von Joan Wolf, »Ren Dhark« (die ersten drei Bände in neuer Aufmachung), »Das Rad der Zeit« von Robert Jordan (3 Bücher: »Drohende Schatten«, »Das Auge der Welt« und »Die große Jagd«) und die Anthologie »Gespenstergeschichten«, hrsg. von Dietrich Weber auf dem Programm.

Im WIENER FRAUENVERLAG, der 1997 in MILENA VERLAG umbenannt wurde, erschienen 1996 die Collection »Unbekannt verzogen« von Eva Anna Welles mit sechs Mörder- und Schauergeschichten und der Roman »Nixenfall« von Dorothea Macheiner.

Moderne russische Literatur hat WOSTOK im Programm, so auch den SF-Roman »Der kalte Quell Vergessen« von Vera Kalaschnikowa.

Nach längerer Pause setzte der ZAUBERMOND VERLAG seine Buchausgabe der klassischen DÄMONENKILLER-Horror-Serie im Herbst 1997 gleich mit drei neuen Büchern fort, die zumeist bislang noch unveröffentlichtes Material enthalten: »Panik in New York« (29), »Cocos Opfergang« (30) und »In der Vergangenheit verschollen« (31).

Der renommierte Wiener ZSOLNAY VERLAG hatte auch nach dem Eigentümerwechsel SF und Phantastik im Programm, wie Jules Vernes erst kürzlich entdecktes Frühwerk »Paris im 20. Jahrhundert«, »Die Insel des Dr. Moreau« von H. G. Wells, »Ein Traum in Rot« von Alexander Lernet-Holenia und »Der Berg der verschwundenen Kinder« von Maya Montero.

ZWEITAUSENDEINS publizierte 1996 eine fünfbändige E. A. Poe-Kassette mit den Einzeltiteln »König Pest«, »Der Fall des Hauses Ascher«, »Der schwarze Kater«, »Arthur Gordon Pym« und »Der Rabe«, 1997 kamen hier preiswerte Kassetteditionen »Sämtlicher Werke« von Fritz von Herzmanovsky-Orlando in 3 Bänden und eines der ersten utopischen Abenteuerwerke, »Die Insel Felsenburg« von Johann Gottfried Schnabel, in der originalen Textfassung heraus, die ebenfalls drei Bände umfaßte.

Die phantastischen Collectionen »Die Reise nach Nürtingen« von Urs Karpf und »Rotkäppchens Schwester« von Elisa Hilty erschienen 1996 bei ZYTGLOGGE, 1997 folgte eine Loseblattkassette mit »Wegwerfgeschichten« von Franz Hohler.

7. DISKETTENBÜCHER

Gut angekommen ist das Konzept der DISKOMANE, von Romanen in Fortsetzungen und Stories, wie es Wilfried Hary konzipiert und in den letzten Monaten noch verfeinert hat. Seit Januar 1997 bietet er sein Programm auch in monatlichen Lieferungen an, die eine bunte Vielfalt an Publikationen aus allen Genres bieten, wobei ein traditionelles Schwergewicht bei Science Fiction und Horror liegt. So setzte Wilfried Hary seine Horror-Serie um MARK TATE ebenso fort wie die SF-Serie HERR DER WELTEN, dazu gibt es SF, Fantasy und Krimi von Axel Kruse, Alfred Bekker, Hermann Schladt und W. A. Travers. Die Monatslieferung kostet zusammen mit einem Magazinteil DM 20,–. Einzelbezug ist möglich. Anfragen und Bestellungen: Hary-Production, Waldwiesenstraße 22, D-66538 Neunkirchen.

8. DIVERSES

TODESFÄLLE:

HANS WOLF SOMMER: Im Sommer 1996 starb der Autor und Herausgeber Hans Wolf Sommer, der unter zahlreichen

Pseudonymen wie Hans Wolf, Robert Wolf oder Michael Roberts über hundert Romane und zahlreiche Krimistories publiziert hat, im Alter von 57 Jahren. 1939 in Berlin geboren hatte der freiberufliche Schriftsteller sein Domizil in Nordrhein-Westfalen aufgeschlagen. Zu seinen Genre-Veröffentlichungen gehören »Versicherung mit Schwierigkeiten« (1970), »Die Gestrigen« (1971), »Rettung eines Sergeanten« (1971), »Die Greise von Osiris« (1975), »Die schlafende Erde« (1976), »Welt auf Eis« (1976) und »Highlander - Die Rückkehr des Unsterblichen« (1994), die zur TV-Serie MONDSTATION 1999 verfaßten Romane »Das Andromeda-Rätsel« (1978), »Das Erbe der Roboter« (1978), »Die Ewigen von Luna« (1978) und »Invasion der Esper« (1978) sowie die TERRANAUTEN-Romane »Aufstand der Terranauten« (1979), »Die Flotte der Treiber« (1979), »Der Kampf um Aqua« (1980), »Der Renegat« (1980), »Die Schwerkraft-Falle« (1980), »Der Himmelsberg« (1981), »Treiberpiraten« (1981) und »Das Mistel-Syndikat« (1981) sowie zahlreiche, oftmals satirische SF-Stories in diversen Anthologien.

WALTER BRANDORFF: Am 8. August 1996 starb Dr. Walter Heinz Brandorff bei einem Hubschrauberabsturz. Er war 53 Jahre alt. 1943 in München geboren, kehrte sein Vater nach dem Tod der Mutter nach Österreich zurück. Nach der Matura am Gymnasium der Benediktiner im Stift St. Paul studierte er an der Universität Graz Jus und Psychologie und ging dann in den Staatsdienst. 1978 begann Brandorff zu seinem eigenen Vergnügen zu schreiben, und 1978 erschien seine erste Veröffentlichung, der Horror-Roman »Das Weiherhaus«. 1990 folgte die Collection »Ich werde dein Herz essen«, in dem der Autor sieben böse Geschichten präsentierte. 1992 gründete Brandorff den WEIHERHAUS VERLAG, der auf die Veröffentlichung von Horrorliteratur österreichischer Autoren in limitierten Auflagen spezialisiert ist. Hier erschienen auch seine weiteren Titel, der Episodenroman »Das Jahr des Grauens. Satan in St. Judas - Eine Kalendergeschichte« (1992) und die Sammlung »Die Toten leben und andere böse Geschichten« (1994). Eine weitere Collection war bereits fertiggestellt und unter dem Titel »Midnight Special« angekündigt, ihre Veröffentlichung ist jedoch fraglich.

ERNST VON KHUON: Am 31. Januar 1997 starb Ernst von Khuon-Wildegg, TV-Journalist und Sachbuchautor. Er war 81 Jahre alt. 1915 in Pasing bei München geboren, wurde er vor allem durch Sachbücher wie »Waren die Götter Astronauten?« (1970) und SF-Hörspiele – wie »Raumstation I beherrscht die Erde« und »Der Traum von Atlantropa« – bekannt. 1949 erschien sein einziger SF-Roman »Helium«.

DR. DIETER HASSELBLATT: Am 19. Februar 1997 starb Dr. Dieter Hasselblatt, der ehemalige Hörspielchef des Bayrischen Rundfunks und langjährige Förderer des SF-Hörspiels. Er war 71 Jahre alt. Am 8. Januar 1926 in Reval geboren, interessierte er sich schon früh für Science Fiction. 1939 nach Polen zwangsübersiedelt diente er in der Wehrmacht und war von 1944 bis 1948 in Kriegsgefangenschaft. Es folgte ein Studium in Marburg und Freiburg im Breisgau, das er 1959 mit dem Dr. phil. abschloß. Unterschiedlichste Tätigkeiten folgten, darunter auch als Tierpflegepraktikant bei Prof. Grzimek im Frankfurter Zoo. 1963 übernahm er die Hörspielredaktion beim Deutschlandfunk in Köln, wo er in den folgenden zehn Jahren beschäftigt war. In dieser Zeit, besonders ab 1969, förderte er die SF im Hörspiel gezielt durch konzentrierte Ausstrahlungen mit Einführungen und Diskussionen, was das Genre einem breiten Publikum bekannt und salonfähig machte. 1974 wurde Hasselblatt zum Abteilungsleiter Hörspiel beim Bayrischen Rundfunk in München berufen, wo er bis zu seiner Pensionierung 1987 die Produktion von zahlreichen neuen SF-Hörspielen ermöglichte. Im gleichen Jahr versuchte er auch als Herausgeber einer SF-Paperbackreihe bei Thienemanns deutschsprachige SF zu fördern und veröffentlichte das Sachbuch »Grüne Männchen vom Mars – Science Fiction für Leser und Macher«. Er publizierte zahlreiche SF-Stories, die meisten davon wurden zusammen mit Sekundärtexten in »Marija und das Tier« (1988) gesammelt, sowie den SF-Roman »Zwei in der Unstadt« (1995). 1963 erschien der

Roman »Aufbruch zur letzten Aventüre«, 1980 machte er mit »Figurenopfer« einen Abstecher ins Krimi-Genre. Für seine Verdienste um das SF-Hörspiel wurde Dr. Hasselblatt 1986 mit dem Kurd Lasswitz Preis ausgezeichnet.

EBERHARDT DEL' ANTONIO: Am 21. Februar 1997 starb nach langer schwerer Krankheit der beliebte DDR-SF-Autor Eberhardt del' Antonio. Er war 71 Jahre alt. 1926 in Liechtenstein (Sachsen) geboren, arbeitete er zunächst als technischer Zeichner und Metallhandwerker. 1944 unterbrach die Einberufung sein Ingenieurstudium, 1945 wurde er interniert und danach dienstverpflichtet. Er arbeitete zunächst in Bremerhaven als Hafenarbeiter, Schmied und Kranführer, nach seiner Rückkehr in die Heimat übte er verschiedene Berufe aus, u. a. war er Reklamezeichner, Sachbearbeiter und Mechaniker. Seit 1959 war er freischaffender Schriftsteller. Er wurde Mitglied der Kammer der Technik der DDR und der Gesellschaft für Weltraumforschung und Raumfahrt. Neben der SF-Erzählung »Reise zur Venus« (1959/60) und verschiedenen Märchenspielen schrieb Antonio vier technisch orientierte SF-Romane, die als sein Hauptwerk gelten und in denen er seine wissenschaftlichen und schriftstellerischen Neigungen verknüpfte: »Gigantum« (1957), »Titanus« (1959), »Projekt Sahara« (1962) und »Heimkehr der Vorfahren« (1966).

SEKUNDÄRWERKE:

Michael Aberly & Volker Engel: THE MAKING OF INDEPENDENCE DAY; Köln 1996, vgs verlagsgesellschaft

Marc Adams: STAR WARS. ALLES ÜBER DEN ERFOLGREICHSTEN FILM ALLER ZEITEN; München 1997, Econ TB 26431

Jörg Alberts, Roland Heep, Claudia Kern & Kai Krick: AKTE X – DAS FANBUCH; München 1997, Heyne Mini 33/1319

Jörg Alberts, Roland Heep & Kai Krick: DAS GROSSE AKTE X QUIZBUCH. 2000 FRAGEN FÜR FANS DES UNERKLÄRLICHEN; München 1997, Heyne TB 01/10253

Mark A. Altman & Edward Gross: THE NEXT GENERATION. DER BLICK HINTER DIE KULISSEN; Königswinter 1996, Heel-Verlag

Lou Anders: THE MAKING OF STAR TREK - DER ERSTE KONTAKT; Königswinter 1997, Heel-Verlag

Kevin J. Anderson: DAS STAR WARS UNIVERSUM; Nürnberg 1997, Burgschmiet-Verlag

Ursula Augustin: STAR TREK COLLECTIBLES; Augsburg 1997, Battenberg Verlag im Weltbild Verlag

Michael Barg: DER INTERGALAKTISCHE STAR WARS BAZAR; München 1997, Econ TB 26432

David Bassom: BABYLON 5. STORIES, FAKTEN, HINTERGRÜNDE; Köln 1996, vgs verlagsgesellschaft

David Bassom: DIE STARS AUS AXTE X - GILLIAN ANDERSON & DAVID DUCHOVNY; Köln 1997, vgs verlagsgesellschaft

Ira Steven Behr: DIE ERWERBSREGELN DER FERENGI; München 1997, Heyne Mini 33/1312

Veronika Bernard: VISIONÄRE BOTSCHAFTEN. SIGNALE UTOPISCHER STÄDTE IN DER ZEIT; Wetzlar 1997, Phantastische Bibliothek - SCHRIFTENREIHE UND MATERIALIEN DER PHANTASTISCHEN BIBLIOTHEK WETZLAR, Band 24

Regina Binder: DIE MASKIERTE UTOPIE. FEMINISMUS UND SCIENCE FICTION; Frankfurt am Main, Peter Lang Verlag - Reihe EUROPÄISCHE HOCHSCHULSCHRIFTEN. REIHE I: DEUTSCHE SPRACHE UND LITERATUR, Band 1555

Klaus Bollhöfener: DIE ETWAS ANDEREN PR-AUTOREN; Schmelz 1996, PRC Universum

Matthew Bunson: DAS BUCH DER VAMPIRE. VON DRACULA, UNTOTEN UND ANDEREN FÜRSTEN DER FINSTERNIS. EIN LEXIKON; Bern-München-Wien 1997, Scherz Verlag

Christine Cerny: DAS BUCH DER NATURGEISTER. VON ELFEN, ZWERGEN, FEEN UND ANDEREN ELEMENTARGEISTERN; München 1997, Goldmann Verlag

John Clute: SCIENCE FICTION: DIE ILLUSTRIERTE ENZYKLOPÄDIE; München 1996, Heyne Verlag

Jason Dark: JOHN SINCLAIR. DER GEISTERJÄGER UND SEINE FREUNDE; Bergisch Gladbach 1996, Bastei 73601

Oliver Denker: STAR WARS – DIE FILME; München 1996, Heyne TB 32/244

Torsten Dewi: SCIENCE-FICTION TV-GUIDE 97/98. ALLE SERIEN UND STARS IM DEUTSCHEN TV; Königswinter 1996, Heel-Verlag

Willi Diwo: PERRY RHODAN IN DER SCIENCE FICTION-SEKUNDÄRLITERATUR. EINE KOMMENTIERTE MATERIALSAMMLUNG. ERWEITERTE AUFLAGE; Überherrn/Saar 1996, Eigenverlag

Jody Duncan: THE MAKING OF VERGESSENE WELT – JURASSIC PARK; Köln 1997, vgs verlagsgesellschaft

Jenni Dyman: LURKING FEMINISM. THE GHOST STORIES OF EDITH WHARTON; Frankfurt am Main 1996, Peter Lang Verlag – Reihe AMERICAN UNIVERSITY STUDIES: SERIES 22, AMERICAN LITERATURE. Vol. 62

Jeffrey Edelman: TREKKIEMANIA. DAS ULTIMATIVE LOGBUCH FÜR STAR-TREK-FANS; München 1997, Econ TB 26422

Ted Edwards: ENTSCHLÜSSELT. EIN STREIFZUG DURCH DAS ARCHIV DER AKTE X; München 1997, Heyne TB 01/10252

Deborah Fine & Aeon Inc.: STAR WARS CHRONIKEN; Köln 1997, vgs verlagsgesellschaft

Christopher Frayling: ALPTRÄUME. DIE URSPRÜNGE DES HORRORS; Köln 1996, vgs verlagsgesellschaft

Klaus N. Frick (Hrsg.): DAS GROSSE PERRY RHODAN FAN-BUCH; München 1996, Heyne TB 01/9968

Ngaire Genge: AKTE X – WIE ES WIRKLICH WAR. DIE WAHREN HINTERGRÜNDE DER UNHEIMLICHEN FÄLLE VON SCULLY UND MULDER; München 1997, Heyne TB 01/10251

Guntram Geser, FRITZ LANG. METROPOLIS UND DIE FRAU IM MOND. ZUKUNFTSFILM UND ZUKUNFTSTECHNIK IN DER STABILISIERUNGSZEIT DER WEIMARER REPUBLIK; Meitingen 1996, Corian-Verlag

Horst Albert Glaser: UTOPISCHE INSELN. BEITRÄGE ZU IHRER GESCHICHTE UND THEORIE; Frankfurt am Main 1996, Verlag Peter Lang

Jane Goldman: DIE WAHREN X-AKTEN. DAS BUCH DER UNERKLÄRLICHEN PHÄNOMENE BAND 1; Köln 1996, vgs verlagsgesellschaft

Jane Goldman: DIE WAHREN X-AKTEN. DAS BUCH DER UNERKLÄRLICHEN PHÄNOMENE BAND 2; Köln 1997, vgs verlagsgesellschaft

Martin H. Greenberg, Ed Gorman & Bill Munster (Hrsg.): DAS GROSSE DEAN KOONTZ BUCH; Bergisch Gladbach 1996, Bastei TB 13795

Ronald M. Hahn & Volker Jansen: LEXIKON DES SCIENCE FICTION FILMS. 2 BÄNDE; München 1997, Heyne TB 32/250

Georg Haler & Christian Lukas: DIE GILLIAN ANDERSON AKTEN. LEBEN UND KARRIERE VON »SPECIAL AGENT SCULLY«; Königswinter 1997, Heel-Verlag

Wayne G. Hammond & Christina Scull: J. R. R. TOLKIEN – DER KÜNSTLER; Stuttgart 1996, Verlag Klett-Cotta

Dennis William Hauck: WILLIAM SHATNER – DER CAPTAIN. EINE UNAUTORISIERTE BIOGRAPHIE; München 1997, Heyne TB 01/10106

Kai-Uwe Hellmann & Arne Klein (Hrsg.): »UNENDLICHE WEITEN ...« STAR TREK ZWISCHEN UNTERHALTUNG UND UTOPIE; Frankfurt am Main 1997, Fischer TB 13579

Wolfgang Jeschke (Hrsg.): DAS SCIENCE FICTION JAHR # 12. AUSGABE 1997; München 1997, Heyne SF & F 06/5638

Andreas Kasprzak: STEPHEN KING UND SEINE FILME; München 1996, Heyne TB 32/247

Andreas Kasprzak: DIE WELT DER X-AKTEN. UNERKLÄRLICHE PHÄNOMENE UND IHRE HINTERGRÜNDE; Bergisch Gladbach 1997, Bastei TB 13905

Sabine Kauffeld: MARION ZIMMER BRADLEY; Berlin, Eigenverlag Hardy Kettlitz – Reihe SF PERSONALITY, Band 8

Evelyn Konieczny: FIGUREN UND FUNKTION DES BÖSEN IM WERK VON GUSTAV MEYRINK; Wetzlar 1996, Phantastische Bibliothek – SCHRIFTENREIHE UND MATERIALIEN DER PHANTASTISCHEN BIBLIOTHEK WETZLAR, Band 18

Joachim Körber (Hrsg.): BIBLIOGRAPHISCHES LEXIKON DER UTOPISCH-PHANTASTISCHEN LITERATUR; 47., 48., 49. und 50. ERGÄNZUNGSLIEFERUNG; Meitingen 1996/97, Corian-Verlag

Frank Lovece: ENTHÜLLT: DIE X-AKTEN; München 1996, Econ TB 28399

Brian Lowry: VERTRAUEN SIE NIEMANDEM! AKTE X – DAS OFFIZIELLE KOMPENDIUM BAND 2; Köln 1997, vgs verlagsgesellschaft

Stefan Manske (Hrsg.): ZYKLUSZINE 10: HIRDOBAAN. EINE KRITISCHE BETRACHTUNG DER PERRY RHODAN-BÄNDE 1750-1799; Meerbusch 1996, Eigenverlag

Michael Meyhöfer, Jörg Raddatz & Thomas Römer: AVENTURIEN. DAS LEXIKON DES SCHWARZEN AUGES; Erkrath 1995, Fantasy Productions

Friedhelm Moser: JIM KNOPF UND DIE SIEBEN WEISEN. EINE PHILOSOPHISCHE EINFÜHRUNG IN DEN LUMMERLÄNDISCHEN LOKOMOTIVISMUS; Frankfurt am Main 1996, Vito von Eichborn Verlag

Nichelle Nichols: NICHT NUR UHURA. STAR TREK UND ANDERE ERINNERUNGEN; München 1997, Heyne SF & F 06/5547

Chris Nickson: DAVID DUCHOVNY – DER X-FAKTOR; München 1997, Heyne TB 01/11514

Marc Okrand: DAS OFFIZIELLE WÖRTERBUCH KLINGONISCH/DEUTSCH DEUTSCH/KLINGONISCH; Königswinter 1996, Heel-Verlag

Dieter Petzold (Hrsg.): INKLINGS JAHRBUCH FÜR LITERATUR UND ÄSTHETIK. BAND 14 – 1996; Moers 1996, Brendow Verlag

Judith & Garfield Reeves-Stevens: STAR TREK DESIGN; München 1997, Heyne SF & F 06/5545

Ralf Reiter: DAS DÄMONISCHE DIESSEITS. PHANTASTISCHES ERZÄHLEN IN DEN ROMANEN »WALPURGISNACHT« UND »DER WEISSE DOMINIKANER« VON GUSTAV MEYRINK; Wetzlar 1997, Phantastische Bibliothek – SCHRIFTENREIHE UND MATERIALIEN DER PHANTASTISCHEN BIBLIOTHEK WETZLAR, Band 19

Peggy Robin: STARFLEET ACADEMY – DIE AUFNAHMEPRÜFUNG. DER ULTIMATIVE TEST FÜR TREK-PROFIS; Köln 1997, vgs verlagsgesellschaft

Joseph Rother & Claudia Kern: DIE X-AKTEN. ALLE HINTERGRÜNDE ZUR 3. STAFFEL; Königswinter 1996, Heel-Verlag – SPACE VIEW SPECIAL 3

Franz Rottensteiner & Michael Koseler (Hrsg.): WERKFÜHRER DURCH DIE UTOPISCH-PHANTASTISCHE LITERATUR, 21. & 22. ERGÄNZUNGSLIEFERUNG; Meitingen 1996/97, Corian-Verlag

Ralph Sander: STAR TREK TIMER 1997; München 1996, HSF 06/1997

Ralph Sander: TREK'N'TRIVIA. DAS GROSSE NEXT GENERATION QUIZBUCH; München 1997, Heyne TB 01/20278

Stephen J. Sansweet: STAR WARS: ALLE SAMMLERSTÜCKE ZUR TRILOGIE; Königswinter 1996, Heel-Verlag

Michael M. Schardt & Hiltrud Steffen (Hrsg.): ÜBER PAUL SCHEERBART II. ANALYSEN, AUFSÄTZE, FORSCHUNGSBEITRÄGE; Paderborn 1996, Igel Verlag

Paul Scheerbart: GESAMMELTE WERKE 10.2. THEORETISCHE SCHRIFTEN 2; Bellheim 1996, Edition Phantasia

Barbara Schütz: DIE DAVID DUCHOVNY AKTEN. LEBEN UND KARRIERE VON »SPECIAL AGENT MULDER«; Königswinter 1997, Heel-Verlag

Carsten Schütz: DIE TREK GENERATION. DER ONLINE-GUIDE FÜR STAR-TREK-FANS; MÜnchen 1997, Econ TB 29305

Marc Shapiro: GILLIAN ANDERSON: DIE AKTE SCULLY; München 1997, Heyne TB 01/11519

Rick Sternbach: STAR TREK – THE NEXT GENERATION. BLUEPRINTS; Königswinter 1997, Heel-Verlag

Norbert Stresau (†) & Heinrich Wimmer (Hrsg.): ENZYKLOPÄDIE DES PHANTASTISCHEN FILMS, 47., 48. & 49. ERGÄNZUNGSLIEFERUNG; Meitingen 1996/97, Corian-Verlag

George Takei: ZU DEN STERNEN. DIE OFFIZIELLE AUTOBIOGRAPHIE VON STAR TREK'S MR. SULU; Königswinter 1997, Heel-Verlag

Michael Thiesen & Hans-Dieter Schabacker (Hrsg.): PERRY RHODAN JAHRBUCH 1996; Schmelz 1997, SFC Universum

Michael White: DIE WISSENSCHAFT DER AKTE X; München 1997, Heyne TB 01/11506

Heinrich Wimmer (Hrsg.), BIBLIOGRAPHISCHES LEXIKON DER UTOPISCH-PHANTASTISCHEN LITERATUR. VERLAGS- UND REIHENBIBLIOGRAPHIEN, 25. ERGÄNZUNGSLIEFERUNG; Meitingen 1997, Corian-Verlag

BEZUGSANSCHRIFTEN:

Corian-Verlag Heinrich Wimmer, Postfach 1169, D-86400 Meitingen

Willi Diwo, Altforweiler, Fliederstraße 13, D-66802 Überherrn/Saar

EDFC – Erster Deutscher Fantasy Club e.v., Postfach 1171, D-94003 Passau

Future Magic, Eva Kalvoda, Kummergasse 3/2/10, A-1210 Wien & Andreas Leder, Panikengasse 12 – 16/3/1, A-1160 Wien

Stefan Manske, Brucknerstraße 3, D-40670 Meerbusch

SF Personality, Hardy Kettlitz, Kopenhagener Straße 28, D-10437 Berlin

SFC Universum, Frank Zeiger, Winnweg 65, D-66386 St. Ingbert

SFCD – Science Fiction Club Deutschland e.V., Andreas Kuschke, Billerbeck 25, D-29469 Schnega

INTERVIEWS:

CHARLIE ADLARD interviewt von Josef Rother; in SPACE VIEW SPECIAL 3 (1996)

GARRY ANDERSON interviewt von Stan Nicholls; in SFX 1/1997

UWE ANTON interviewt von Rüdiger Schäfer; in SOL 4 (1996)

GREG BEAR interviewt von Usch Kiausch; in HEYNE TB 06/5638 (1997)

THOMAS BORN interviewt von Horst von Allwörden; in FANTASTIC NEWS 96/97 (1997)

BRUCE BOXLEITNER interviewt von Claudia Kern & Patric Hetzinger; in SPACE VIEW 4/1997

BRANNON BRAGA interviewt von Anthony Brown; in SFX 3/1997

SABINE BRETZINGER interviewt von Hans-Dieter Schabacker; in PERRY RHODAN JAHRBUCH 1996 (1997)

RICHARD BRIGGS interviewt von Claudia Kern & Patric Hetzinger; in SPACE VIEW 4/1997

POPPY Z. BRITE interviewt von N. N.; in NIGHTLIFE 6 (1997)

ACHIM BÜHL interviewt von Peter Diesler; in SF OKULAR 160 (1997)

TIM BURTON interviewt von Brigitte Desalm; in SF OKULAR 159 (1997)

JASON CARTER interviewt von Claudia Kern & Patric Hetzinger; in SPACE VIEW 4/1997

RAINER CASTOR interviewt von Klaus Bollhöfener; in STERNENFEUER 6 (1997)

RAINER CASTOR interviewt von N.N.; in HAFFMANS LITERARISCHE NACHRICHTEN 24 (1997) & ANDROMEDA NACHRICHTEN 167 (1997)

CLAUDIA CHRISTIAN interviewt von Claudia Kern & Patric Hetzinger; in SPACE VIEW 4/1997

ARTHUR C. CLARKE & GENTRY LEE interviewt von SIERRA; in ALIEN CPNTACT 26 (1997)

ERIC CLOSE & MEGAN WARD interviewt von Claudia Kern & Patric Hetzinger; in SFX 2/1997

MICHAEL DORN interviewt von Anthony Brown; in SFX 3/1997

JERRY DOYLE interviewt von Stuart Banks; in SFX 1/1997

HEINZ-JÜRGEN EHRIG interviewt von Hardy Kettlitz & Hans-Peter Neumann; in ALIEN CONTACT 27 (1997)

ROLAND EMMERICH interviewt von Jean-Paul Chaillet; in SPACE VIEW 5/1996

VOLKER ENGEL interviewt von Christian Frank & Christian Lukas; in SPACE VIEW 6/1996

WALTER ERNSTING interviewt von Ulrich Dopatka; in ECON TB 27305 (1997)

ANDREAS ESCHBACH interviewt von Gerd Rottenecker & Susanne Gerold; in ANDROMEDA NACHRICHTEN 164 (1996)

ANDREAS ESCHBACH interviewt von Michael Matzer; in SFM 132 (1997)

JAN FRIEDMAN interviewt von Jens H. Altmann; in HEYNE TB 06/5638 (1997)

WILLIAM GIBSON interviewt von Anthony Brown; in SFX 2/1997

WERNER K. GIESA interviewt von Claudia Kern; in SPACE VIEW 4/1997

JANE GOLDMAN interviewt von Silvia Rietdorff; in TV HIGHLIGHTS 8/1997

HUBERT HAENSEL interviewt von Werner M. Höbart; in FUTURE MAGIC 15 (1997)

MARK HAMILL interviewt von Kevin J. Anderson; in SFX 2/1997

WILFRIED HARY interviewt von Jörg Munsonius; in SAGITTARIUS 29 (1997)

JAMES HERBERT interviewt von Dave Hughes; in SFX 1/1997

JÖRG KASTNER interviewt von Malte S. Sembten; in NIGHTLIFE 6 (1997)

KALJU KIRDE interviewt von Manfred Burgheim; in FANTASIA 106/107 (1997)

MICHAEL KNOKE interviewt von Jörg Kleudgen; in DES DUNKLEN TRÄUMERS WIEGENLIEDER Heft 4 (1996)

ROBIN D. LAWS interviewt von Stefan Willkofer; in WUNDERWELTEN 35 (1997)

JENS LOSSAU & JENS SCHUMACHER interviewt von Walther Wiesheier; in SCREEM 15 (1997)

MICHAEL MARRAK interviewt von Franco Basta; in NIGHTLIFE 5 (1996)

GEORGE R. R. MARTIN interviewt von Myra Cakan; in ALIEN CONTACT 25 (1996)

RICK McCALLUM interviewt von Dave Golder; in SFX 3/1997

KAI MEYER interviewt von Pascal G. Niemeier; in NIGHTLIFE 5 (1996)

KATE MULGREW interviewt von Stuart Banks; in SFX 3/1997

LEONARD NIMOY interviewt von Martin Scholz & Axel Vornbäumen; in SF OKULAR 157 (1997)

STEFAN PETRUCHA interviewt von Josef Rother; in SPACE VIEW SPECIAL 3 (1996)

TOBIAS RICHTER interviewt von Claudia Kern; in SPACE VIEW 5/1997

GÖTZ RODERER interviewt von Klaus Bollhöfener; in DIE ETWAS ANDEREN PR-AUTOREN (1996)

RÜDIGER SCHÄFER interviewt von Michael Leiner; in ANDROMEDA NACHRICHTEN 163 (1996)

MARTINA SCHMIDT interviewt von Hans-Jürgen August; in QUASAR 7 (1997)

ARNOLD SCHWARZENEGGER interviewt von Jean-Paul Chaillet; in SPACE VIEW 4/1997

MALTE S. SEMBTEN interviewt von Franco Basta; in NIGHTLIFE 6 (1997)

CURT SIODMAK interviewt von Lutz Gräfe & Olaf Möller; in HEYNE TB 06/5638 (1997)

MARINA SIRTIS interviewt von Dirk Bartholomä; in SPACE VIEW 6/1996

TIMOTHY M. STAHL interviewt von Thomas Vaterrodt; in VAMPIRA 13 (1997)

J. MICHAEL STRACZYNSKI interviewt von Stuart Banks; in ANDROMEDA NACHRICHTEN 167 (1997)

J. MICHAEL STRACZYNSKI interviewt von Claudia Kern und Patric Hetzinger; in SPACE VIEW 4/1997

ERNST VLCEK interviewt von Birgit Fischer; in ANDROMEDA NACHRICHTEN 167 (1997)

BRYCE ZABEL & BRENT FRIEDMAN interviewt von Claudia Kern & Patric Hetzinger; in SPACE VIEW 3/1997

THOMAS ZIEGLER interviewt von Hans-Dieter Schabacker; in PERRY RHODAN JAHRBUCH 1996 (1997)

Die amerikanische SF-Szene 1996/97

von Hermann Urbanek

Nachdem es 1995 eine Trendumkehr gegeben hatte, die die geringfügigen Rückgänge der vorhergegangenen drei Jahre fast wieder egalisiert und zu einem Jahresergebnis geführt hatte, das nur knapp unter dem absoluten Rekord des Jahres 1991 lag, bescherte das Jahr 1996 einen neuerlichen Rückgang bei der Zahl der veröffentlichten Science Fiction-, Fantasy- und Horror-Titel, der aber nicht dramatisch ausfiel. Das Jahresendergebnis, das nicht gerade begeisternd war, lag damit immer noch in der Größenordnung jener der Jahre 1992 bzw. 1993. Ursache dafür war in erster Linie, daß etliche Verlage sich zu einer Reduktion ihres Titelangebots entschlossen hatten, was auch für das Jahr 1997 noch recht negative Auswirkungen haben könnte.

Der amerikanischen SF-Fachzeitschrift **LOCUS** zufolge erschienen 1996 alles in allem 1829 Titel, was einem Rückgang von leicht über 6% entspricht. Wie schon in den vorangegangenen Jahren nahmen auch diesmal die Nachdrucke und Neuauflagen einen nicht unbeträchtlichen Marktanteil ein, und zwar sowohl beim gebundenen Buch als auch beim Paperback und natürlich ebenso beim Taschenbuch, der auch in den USA immer noch wichtigsten und meistverbreiteten Publikationsform, die aber schon seit etlichen Jahren nicht mehr diesen dominierenden Stellenwert hat, wie es hier bis etwa 1992 der Fall war und im deutschen Sprachraum, mit Ausnahme des Jugendbuch-Sektors, immer noch ist. Der Anteil der Original- und Erstveröffentlichungen blieb in den letzten

Jahren ziemlich konstant und liegt seit Mitte der achtziger Jahre in der Regel über 60%. Er pendelte sich 1996 bei der 61%-Marke ein und lag damit um drei Prozentpunkte niedriger als in den drei vorangegangenen Jahren, bedingt dadurch, daß der Jahresgesamtrückgang zur Gänze auf Kosten der neuen Titel ging, während die Zahl der Nachdrucke und Neuveröffentlichungen nahezu gleich blieb. Beim Hardcover blieb das Verhältnis von Nachdrucken zu Erstveröffentlichungen etwa gleich, da beide in Relation zu 1995 Rückgänge in etwa der gleichen Größenordnung hinnehmen mußten: 1996 waren von den insgesamt 603 Buchtiteln nur 147 Neuauflagen, im Jahr davor waren es 160 von 645 gewesen. Das bedeutete, daß die Zahl der Originalveröffentlichungen mit einem Minus von 6% im Gesamttrend lag, während die Reprints mit minus 8% sogar noch leicht unter diesem lagen. Insgesamt ging die Zahl der Buchveröffentlichungen um 6% zurück. Trotzdem lag die Zahl der Originalveröffentlichungen im Hardcover wie auch schon 1995 wieder über der im Taschenbuch, womit das Hardcover erneut die führende Publikationsform für neue Titel darstellte. Sehr unterschiedlich waren wieder die Trends beim Paperback: Während die Erstveröffentlichungen ein extremes Minus von 12% verbuchten, feierten die Paperback-Reprints als einzige eine Steigerung der Titelzahl, und zwar um beachtliche 6%. 242 Erstauflagen und 168 Reprints des Jahres 1996 standen im Jahr davor 282 Originaltitel und 159 Neuauflagen gegenüber, insgesamt reduzierte sich die Zahl der Paperbacks von 441 auf 410, also um 7%, was in etwa im Gesamttrend lag. Ähnlich verlief es auch beim Taschenbuch, sowohl was den Rückgang insgesamt, als auch die unterschiedliche Entwicklung bei Original- und Neuveröffentlichungen betraf, allerdings in leicht abweichender Relation: Das Minus bei den Originalveröffentlichungen lag bei 12%, von 483 Titeln im Jahre 1995 auf 423 im Jahr 1996, das Plus bei den Reprints betrug nur knapp über 1%, was einer Steigerung von 388 auf 393 Bänden entsprach. 1996 erschienen insgesamt 816 Taschenbücher (was genau der Anzahl der 1995 erschienenen entspricht); 1995 waren 871 herausgekommen, was ein Minus von ebenfalls 6% bedeutete. Der Anteil der Taschenbücher an der Gesamtjahresproduktion lag damit bei über 44%, also in etwa gleich wie 1995. 1994 war er bei 47% gelegen, 1993 bei knapp 46% und die Jahre davor sogar über 50%. Insgesamt betrachtet teilten sich die 1829 Publikationen des Jahres 1996 auf in 1121 Erstveröffentlichungen (1995: 1250; 10% weniger) und 708 Neuauflagen (1995: 707, also nahezu gleich).

Die 1121 **Erstveröffentlichungen** des Jahres 1996 setzten sich aus 253 SF-Romanen (22,6%; davon 27 Jugendbücher), 224 Fantasy-Romanen (20,0%; davon 43 Jugendbücher), 122 Horror-Romanen (10,9%; davon 36 Jugendbücher), 103 Anthologien (9,2%), 71 Sekundärwerken (6,3%), 76 Storysammlungen (6,8%), 183 Novelisierungen (16,3%), 29 Kunstbänden (2,6%), 35 Sammelbänden (3,1%) und 25 nicht eindeutig zuordenbaren Titeln zusammen. Diese Aufstellung unterschied sich in einigen Sparten doch beträchtlich von der des Jahres 1995, in dem die 1250 Erstveröffentlichungen aus 239 SF-Romanen (19,1%; davon 30 Jugendbücher), 227 Fantasy-Romanen (18,2%; davon 41 Jugendbücher), 193 Horror-Romanen (15,5%; davon 85 Jugendbücher), 124 Anthologien (9,9%), 75 Sekundärtiteln (6,0%), 78 Collections (6,2%), 204 Romanadaptionen (16,3%), 19 Kunstbüchern (1,5%), 31 Sammelbänden (2,5%) und 60 nicht einzuordnenden Titeln bestanden. Der SF-Roman konnte gegen den allgemeinen Trend enorm zulegen – um 14 Titel – und seine 1995 vom Fantasy-Roman zurückeroberte Spitzenposition erneut und klarer als zuvor behaupten. Dieser verzeichnete einen relativ geringen Rückgang von 3 Titeln, der Abstand zwischen SF- und Fantasy-Roman vergrößerte sich aber von 12 Titeln im Jahre 1995 auf 29 im Jahr 1996. Die Novelisierungen, zu denen nicht nur Adaptionen von Genre-Filmen gezählt werden, sondern auch neue Romane zu Comic- und TV-Serien, SF- und Fantasy-Brett-, Rollen- und Computer-Spielen, sowie auch Shared-World-Gemeinschaftskonzepte, behauptete mit 21 Titeln weniger auch 1996 wieder Rang drei. Großer Verlierer des Jahres 1996 war der Horror-Roman, mit 71 Titeln weniger als im Jahre 1995, was zum überwiegenden Teil auf das Konto der Horror-Jugendbücher ging, deren Zahl sich von 85 auf 36 Titel reduzierte. Auf das Niveau des Jahres 1994 zurückgefallen sind die Veröffentlichungen in der Kategorie Anthologie, von 124 auf erneut 103. Ein leichtes Plus verzeichneten auch die Kunstbücher, bei den übrigen gab es nur geringfügige Änderungen. Was die Marktanteile betrifft, so konnten sich SF-Roman (plus 3,5%), Fantasy-Roman (plus 1,8%), Sekundärtitel (plus 0,3%), Erzählbände (plus 0,6%), Kunstbände (plus 1,1%) und Omnibus-Ausgaben (plus 0,6%) ein größeres Stück vom Kuchen sichern, die medienbezogenen Titel blieben gleich, während Horror-Roman (minus 4,6%) und Anthologien (minus 0,7%) sich mit weniger als im Vorjahr zufriedengeben mußten.

Wie auch in den vergangenen Jahren gab es 1996 keine größeren oder spektakulären Fusionen oder Eigentümerwechsel bei den bedeutenden ***Genre-Verlagen bzw. Verlagsgruppen***, die das Gesamtbild des Marktes drastisch verändert oder verfälscht oder einen signifikanten Einfluß auf die Marktpositionen der betroffenen Anbieter ausgeübt haben könnten. Solche erfolgten erst gegen Jahresende 1996, sodaß sie sich erst auf die Zahlen des Jahres 1997 auswirken werden. Die Trends fielen bei den führenden Anbietern phantastischer Literatur in all ihren Spielarten wieder recht unterschiedlich aus, allerdings nicht so extrem wie 1995, und reichten von einem Plus von 7,8% (**DAW**) zu einem Minus von 16,5% (**Simon & Schuster/ Pocket**), wobei zumeist eine Reduzierung der Titelzahl angesagt war. Die Verlage, die 1995 die Top Ten gebildet hatten, standen auch 1996 wieder an der Spitze, lediglich in der Reihung gab es zwei Änderungen. Marktleader war auch 1996 wieder **Tor/St. Martin's** mit insgesamt 246 Publikationen, also 14 weniger als im Vorjahr, was einem Rückgang von 5,4% entsprach. Auf Platz 2 rangierte erneut **Putnam/Berkley/Ace**, die 151 Titel, also zwei mehr als 1995 herausbrachte (plus 1,3%). Der Vorsprung des Spitzenreiters betrug damit immer noch satte 95 Veröffentlichungen. Auf dem 3. Platz landete 1996 wieder **Random House/Ballantine**, bei dem mit 118 Titeln um 15 weniger erschienen sind als 1995 (minus 11,3%), vor **Ban-**

tam/Doubleday/Dell, wo 113 Bücher publiziert wurden; 1995 waren es noch 129 gewesen (minus 12,4%). 112 Titel hat der auf den 5. Platz vorgestoßene **Science Fiction Book Club** (1995 noch auf Platz 7 gelegen) herausgebracht, vier weniger als 1995 (minus 3,4%). Auf Platz 6 landete der Fünftplazierte des Vorjahrs, **Penguin USA**, mit 111 Veröffentlichungen (1995: 123; minus 9,8%), und auf Platz 7 der sechste von 1995, **Simon & Schuster/Pocket**, die es 1996 auf 101 Publikationen brachte, um 20 weniger als im Jahr davor (minus 16,5%). Bei den nächsten Plätzen gab es keine Änderung im Vergleich zu 1995. Auf Platz 8 rangierte **HarperCollins** mit 97 Titeln (1995: 92; 5,4% mehr), gefolgt von **Morrow/Avon** mit 81 (1995 waren es 92 gewesen, was einem Minus von 12,0% entspricht). **Baen** landete mit 59 Büchern wieder auf Platz 10 (1995: 56; plus 5,3%), gefolgt von **DAW** (55 statt 51 Titel; plus 7,8%) auf dem 11. Rang. Auf den weiteren Plätzen folgten **White Wolf** (45), **TSR** (44), **Warner/Little, Brown** (42), **Harcourt** (37) und **Zebra/Kensington** (24). Alle übrigen Verlage veröffentlichten 1996 weniger als 20 Titel. Die 1829 Publikationen wurden von insgesamt 177 Verlagen auf den Markt gebracht, also von 29 weniger als im Jahr zuvor.

Im Rahmen von Einsparungsmaßnahmen hat **Harcourt Brace** seine phantastische Hardcover-Jugendbuchreihe JANE YOLEN BOOKS mit Wirkung vom Frühjahr 1997 eingestellt. Als letzte Titel erschienen »Curses, Inc.« von Vivian Vande Velde und »Crown Duel« von Sherwood Smith. Die bereits von Yolen angekauften Titel der hier publizierten Autoren werden künftig in der allgemeinen Jugendbuchreihe des Verlags erscheinen.

Im November 1996 startete **Baen Books** die neue Hardcover-Subreihe STARLINE BOOKS, in der Romane von Schauspielern, in der Regel gemeinsam mit anderen Autoren vefaßt, veröffentlicht werden. Den Reigen eröffnete »The Flight Engineer Vol. 1: The Rising« von James »Scotty« Doohan mit S. M. Stirling, gefolgt von »Keeper of the King« von Nigel Bennett mit P. N. Elrod und »Diplomatic Act« von Peter Jurasik mit William Keith jr. Weiter angekauft wurden Romane von Armin Shimerman mit Michael Scott, Roxann Biggs-Dawson mit Daniel Graham jr. und John deLancie mit Tom Cool.

Im gleichen Monat wurde die amerikanische Verlagsgruppe **G. P. Putnam**, zu der auch die **Berkley Publishing Group** gehört, vom britischen Verleger **Pearson**, der schon Viking/Penguin und Roc Books besitzt und an DAW Books beteiligt ist, für eine kolportierte Summe von 336 Millionen $ gekauft. Die Gruppe nennt sich jetzt Penguin Putnam Inc. und wird schon allein durch ihre Größe sicherlich ein bestimmender Faktor auch für den SF-Bereich sein.

HarperPrism startet eine Reihe von Romanen und Graphic Novels, die auf Comics beruhen, die von BIG Entertainment angekauft bzw. auch schon publiziert worden sind, wie Anne McCaffreys »Acorna: Queen of the Unicorns«, Isaac Asimovs »I-Bots« und Margaret Weis' »Testament of the Dragon«.

Infolge eines kräftigen Rückgangs bei den Sammelkarten und dem Mißerfolg eines Spiels sah sich **White Wolf Publishing** gezwungen, sich zum Jahreswechsel 1996/97 von einigen Mitarbeitern zu trennen. Die Horror-Reihe wurde mangels Erfolgs eingestellt. Nur die SF- und Fantasy-Reihe BOREALIS verkaufte sich zufriedenstellend, sie wurde im Zuge der Einsparungsmaßnahmen aber auch von vier auf drei Titel pro Monat reduziert.

Anfang 1997 geriet Spielegigant **TSR** in gewaltige finanzielle Schwierigkeiten, die zur Folge hatten, daß seit Ende 1996 keine Bücher mehr erschienen sind. Den Autoren, allen voran R. A. Salvatore, Margaret Weis und Tracy Hickman, wurden keine Tantiemen mehr bezahlt. Im April schließlich wurde der angeschlagene Verlag von **Wizards of the Coast**, dem Karten- und Spielehersteller, der auch MAGIC: THE GATHERING herausbringt, gekauft und eine Reorganisation eingeleitet.

Im Frühjahr 1997 stellte **Zebra Books** als letzter US-Verlag seine Horror-Reihe ein.

Nachdem die Muttergesellschaft Turner Communications von Time Warner gekauft wurde, stellte der Verlag **Turner Publishing**, an dem der neue Eigentümer kein Interesse hatte, seine Aktivitäten ein. Hier sind u. a. die erfolgreichen illustrierten DINOTOPIA-Romane von James Gurney erschienen.

Von September 1997 bis Januar 1998 wird **Avon Books** keinen SF-Titel herausbringen. Danach wird ein Relaunch des Programms gestartet, wobei der Reihentitel AvoNova fallengelassen wird und die Bücher unter Avon Science Fiction und Avon Fantasy veröffentlicht werden. Zu den Autoren, die 1998 in der neu gestarteten Reihe publiziert werden, gehören Neal Stephenson, Martha Wells, Paul J. McAuley, Sheri S. Tepper, Raymond E. Feist, Gregory Benford und Ben Bova.

Wie auch schon in den vergangenen Jahren waren SF-, Fantasy- und Horror-Titel auch 1996/97 wieder in beeindruckender Anzahl auf den ***Bestsellerlisten*** vertreten. Erneut ist es im letzten Beobachtungszeitraum etlichen Autoren gelungen, mit zur phantastischen Literatur gehörenden Werken den 1. Platz zu erobern und diesen bisweilen einige Wochen lang zu halten, wie das auch in Vergangenheit schon oft der Fall gewesen ist. Zu den Titeln, die es schafften, die Spitzenposition auf den diversen Buch- und Taschenbuchlisten zu erringen, gehörten diesmal »A Crown of Swords« von Robert Jordan, »Goosebumps: Ghost Camp« von R. L. Stine, »The Green Mile, Part 2: The Mouse on the Mile«, »The Green Mile, Part 3: Coffey's Hands«, »The Green Mile, Part 4: The Bad Death of Eduard Delacroix«, »The Green Mile, Part 5: Night Journey«, »The Green Mile, Part 6: Coffey on the Mile« und »Desperation« von Stephen King, »James and the Giant Peach« von Roald Dahl, »Servant of the Bones« von Anne Rice, »The Lost World« von Michael Crichton, »Drums of Autumn« von Diana Gabaldon, »Sole Survivor« von Dean Koontz und »Pearls of Lutra« von Brian Jacques.

Recht gut plazieren konnten sich u. a. »Neanderthal« von John Darnton, »The X-Files: Ruins« von Kevin J. Anderson,

»Rose Madder« von Stephen King, »The Eyes of Darkness«, »Lightning«, »Strange Highways«, »Intensity« und »Ticktock« von Dean Koontz, »Goosebumps: Say Cheese and Die – Again!«, »Goosebumps: How to Kill A Monster«, »Goosebumps: Legend of the Lost Legend«, »Goosebumps: Attack of the Jack-O'-Lanterns«, »Goosebumps: Vampire Breath«, »Goosebumps: Calling All Creeps!«, »Goosebumps: Beware the Snowman«, »Goosebumps: How I Learned to Fly«, »Goosebumps: Chicken Chicken«, »Goosebumps: Don't Go to Sleep!«, »Goosebumps: The Blob That Ate Everything« und »Goosebumps: The Curse of Camp Cold Lake« von R. L. Stine, »Black Lightning«, »The Blackstone Chronicles 4: In the Shadow of Evil: The Handkerchief« und »The Blackstone Chronicles 5: Day of Reckoning: The Stereoscope« von John Saul, »The Giver« von Lois Lowry, »The Golden Compass« von Philip Pullman, »The Bellmaker« von Brian Jacques, »The Outcast of Redwall« von Brian Jacques, »Matilda« von Roald Dahl, »Independence Day« von Dean Devlin & Roland Emmerich, »Passage to Dawn« von R. A. Salvatore, »Star Wars: Shield of Lies« und »Star Wars: Tyrant's Test« von Michael P. Kube-McDowell, »Idoru« von William Gibson, »Star Trek Voyager: Mosaic« von Jeri Taylor, »Storm Rising« von Mercedes Lackey, »The Law of Love« von Laura Esquivel, »Star Wars: The Krytos Trap« und »Star Wars: The Bacta War« von Michael A. Stackpole, »The Regulators« von Richard Bachman, »Blood of the Fold« von Terry Goodkind, »Star Wars: The New Rebellion« von Kristine Kathryn Rusch, »A City in Winter« von Mark Helprin, »Dragonseye« von Anne McCaffrey, »Almost Adam« von Petru Popescu, »3001: The Final Odyssey« von Arthur C. Clarke, »Rage of A Demon King« von Raymond Feist, »Star Wars: Shadow of the Empire« von Steve Perry, »Invasion« von Robin Cook, »Star Trek: Avenger« von William Shatner u. a., »Star Wars: Planet of Twilight« von Barbara Hambly, »Lady of Avalon« von Marion Zimmer Bradley und »Heart Song« von V. C. Andrews.

Bei der **Fantasy**, die, was die Zahl der publizierten Titel betrifft, jetzt schon im zweiten Jahr hinter der SF rangiert, dominierten auch 1996/97 wieder mehrbändige ***Zyklen und Se-***

rien. Zu vielen bereits bekannten Mehrteilern und Endlos-Serien erschienen neue Fortsetzungsbände, einige Zyklen wurden abgeschlossen, mehr noch wurden neu gestartet. Keinen Stellenwert mehr besaßen »Shared Worlds«-Titel, wo verschiedene Autoren zu einem bestehenden Rahmenkonzept Romane und Kurzgeschichten beisteuern +++ Terry Goodkind setzte seinen mit »Wizard's First Rule« begonnenen Zyklus **THE SWORD OF TRUTH** mit »Stone of Tears«, »Blood of the Fold« und »Temple of the Winds« fort +++ In Raymond Feists **SERPENTWAR SAGA**, die zu seinem **MIDKEMIA**-Zyklus gehört, kam Band 3, »Rage of A Demon King«, heraus +++ Gordon R. Dicksons **DRAGON KNIGHT**-Zyklus wurde mit »The Dragon and the Gnarly King«, dem 7. Band, fortgesetzt +++ Mager war die Ausbeute diesmal bei den TSR-Serien, bedingt durch den Publikationsstop. Zuletzt erschienen bei **DRAGONLANCE** »The Doom Brigade« von Margaret Weis & Don Perrin und bei **FORGOTTEN REALMS** »Daughter of the Drow« von Eleine Cunninghan und »Siege of Darkness« von R. A. Salvatore +++ Nach längerer Pause führte Piers Anthony seine Saga von magischen Land **XANTH** mit »Faun & Games« (Band 21) weiter +++ Mercedes Lackey schloß die zur **VALDEMAR**-Serie gehörende Trilogie **THE MAGE STORMS** mit »Storm Breaking« ab +++ In der langlaufenden **CONAN**-Saga kam zuletzt »Conan and the Death Lord of Thanza« von Roland J. Green heraus +++ Zum Fantasy-Comic **ELFQUEST** erschien die Trilogie »Journey to Sorrow's End«, »The Quest Begins« und »Captives of Blue Mountain« von Wendy & Richard Pini +++ Die Romanreihe zu **MYST** wurde weitergeführt mit Band 2, »The Book of Ti'ana« von Rand und Robyn Miller & David Wingrove +++ Zu **KING'S QUEST**, dem der Fama nach erfolgreichsten Fantasy-Computerspiel der Welt, erschien Band 2 einer Romanadaption, »See No Weevil« von Kenyon Morr +++ Auch zu **HERCULES: THE LEGENDARY JOURNEYS**, der beliebten TV-Serie um den Göttersohn der Antike, gibt es eine Romanreihe; zuletzt wurden hier »Serpent's Shadow« (2) und »The Eye of the Ram« (3) von Timothy Boggs, »The First Casualty« von David L. Seidman (4), »The Wrath of Poseidon«, »The Vengeance of Hera« und »The Gates of

Hades« von John Gregory Betancourt (5–7) veröffentlicht +++ Über **XENA-WARRIOR PRINCESS**, dem erfolgreichen HERCULES-Ableger, konnte man die Romane »The Huntress and the Sphinx« (2) und »The Thief of Hermes« (3) von Ru Emerson sowie »Prophecy of Darkness« von Stella Howard (4) lesen +++ Weitergeführt wurde **THE BARD'S TALE** mit »Wrath of the Princes« von Holly Lisle & Aaron Allston +++ Zu **MAGIC: THE GATHERING**, dem erfolgreichsten Sammelkarten-Spiel der Welt, erschien zuletzt die Anthologie »Distant Planes«, hrsg. von Kathy Ice +++ Weitere Informationen über kürzere Zyklen, Fortsetzungen zu früher erschienenen Romanen und Reihen sowie über neue Serien-Projekte, sowohl was die Fantasy als auch die Science Fiction und den Horror betrifft, finden sich im Abschnitt AUTOREN UND PROJEKTE.

Ein ähnliches Bild bot sich bei der **Science Fiction**: Auch hier beherrschten Zyklen und Serien das Bild, zwar nicht so dominierend wie bei der Fantasy, aber doch mit steigender Tendenz. Actionbetonte Weltraumabenteuer und thematisch weitgespannte Space Operas moderner Prägung und mit anspruchsvollem Niveau erfreuten sich ebenso unverändert großer Beliebtheit wie Alternativweltthematiken, während Romanserien, die das Überleben nach einer großen Katastrophe schildern, auf laufend geringeres Interesse stießen. Alle anderen Bereiche blieben ziemlich stabil, die »military sf«, die sich mit Kriegen in der näheren und vorzugsweisen fernen Zukunft beschäftigt, ebenso wie literarisch anspruchsvolle Werke +++ Insgesamt betrachtet waren von allen Serien die diversen **STAR TREK**-Reihen am erfolgreichsten, die CLASSIC-Romane ebenso wie die zu THE NEXT GENERATION, zu DEEP SPACE NINE und auch zum neuen Ableger VOYAGER, wobei einige, aber nicht mehr so viele wie früher, auf den Bestsellerlisten landeten. Bislang sind in der **CLASSIC**-Serie mit der alten ENTERPRISE-Crew über 90 Bände erschienen, zuletzt »Mudd in Your Eye« von Jerry Oltion, »Mind Meld« von John Vornholt, »Avenger« von William Shatner, Judith & Garfield Reeves-Stevens, »Day of Honor 4: Treaty's Law« von Dean Wesley Smith & Kristine Kathryn Rusch (der vierte Band einer Serie, die sich durch alle vier Reihen zieht), »Vulcan's Forge« von Josepha Sherman & Susan Shwartz, »Assignment: Eternity« von Greg Cox und »Heart of the Sun« von Pamela Sargent & George Zebrowski. In der Schwesterreihe **STAR TREK: THE NEXT GENERATION**, die in der Regel – von Sonderbänden und Hardcovern abgesehen zweimonatlich alternierend mit der Serie um die Originalcrew herauskommt, wurden 1997 »Star Trek VIII – First Contact« von J. M. Dillard, »Death of Princes« von John Peel, »Intellivore« von Diane Duane, »Day of Honor 1: Ancient Blood« von Diane Carey, »Ship of the Line« von Diane Carey, »To Storm Heaven« von Esher M. Friesner und »Dyson Sphere« von George Zebrowski & Charles Pellegrino veröffentlicht. Zusätzlich erschienen bei **STAR TREK: DEEP SPACE NINE** die Romane »Trials and Tribble-ations« von Diane Carey, »The Tempest« von Susan Wright, »Wrath of the Prophets« von Peter David, Michael Jan Friedman & Robert Greenberger, »Day of Honor 2: Armageddon Sky« von L. A. Graf und »Trial By Error« von Mark A. Garland. Ebenfalls ihren Platz behauptet haben die Romane um den jüngsten Ableger, **STAR TREK: VOYAGER**. Von den Abenteuern der im Delta-Quadranten Verschollenen erzählten »Mosaic« von Jeri Taylor, »The Garden« von Melissa Scott, »Chrysalis« von David Niall Wilson, »The Black Shore« von Greg Cox, »Day of Honor 3: Her Klingon Soul« von Michael Jan Friedman und »Marooned« von Christie Golden. Zum Computerspiel **STAR TREK: STARFLEET ACADEMY** schrieb Diane Carey den gleichnamigen Roman und Susan Wright »Academy: The Best and the Brightest«. Neu gestartet wurde die Romanreihe **STAR TREK: NEW FRONTIER**, die in der Zeit der NEXT GENERATION spielt und in der z. T. daraus bekannte Personen die Hauptrolle spielen. Gestartet wurde sie mit »House of Cards« von Peter David +++ STAR TREK zumindest auf den Bestsellerlisten überflügelt haben die mittlerweile schon sehr zahlreich gewordenen **STAR WARS**-Titel und Subreihen. In der Hauptreihe sind zuletzt »The New Rebellion« von Kristine Kathryn Rusch, »Planet of Twilight« von Barbara Hambly und »The Hand of Thrawn« von Timoty Zahn erschienen. Abgeschlossen wurde der Vierteiler **STAR WARS:**

X-WING von Michael Stackpole mit »The Bacta War« (4), weitergeführt **BLACK FLEET CRISIS** von Michael P. Kube-McDowell mit »Tyrant's Test« und gestartet die neue **HAN SOLO TRILOGY** mit »The Paradise Snare« (1) und »The Hutt Gambit« (2) von A. C. Crispin und **STAR WARS: DARK FORCES** mit »Soldier for the Empire« von William C. Dietz. Die Jugendbuchserie **STAR WARS: YOUNG JEDI KNIGHTS** von Kevin J. Anderson & Rebecca Moesta wurde mit »Shards of Alderaan« (7), »Diversity Alliance« (8), »Delusions of Grandeur« (9) und »Jedi Bounty« (10) weitergeführt, in der Begleitreihe **STAR WARS: JUNIOR JEDI KNIGHTS** von Rebecca Moesta wurden »Anakin's Quest« (4), »Vader's Fortress« (5) und »Kenobi's Blade« (6) veröffentlicht +++ Zu **PREDATOR** erschien der Roman »Cold War« von Nathan Archer +++ Über den Film hinaus weitergeführt wurde **STARGATE** mit dem 3. neuen Roman, »Stargate: Retaliation« von Bill McKay +++ Gene Wolfe schloß seinen **LONG SUN**-Zyklus mit Band 4, »Exodus from the Long Sun«, ab +++ In der Romanreihe zur TV-Serie **HIGHLANDER** erschienen zuletzt »Measure of A Man« von Nancy Holder, »The Path« von Rebecca Neason und »Zealot« von Donna Lettow +++ Weitergeführt wurde auch die **QUANTUM LEAP**-Romanreihe: »Angels Unaware« von Elizabeth L. Storm (12), »Obsessions« von Carol Davis (13), »Loch Ness Leap« von Sandy Schofield (14) und »Heat Wave« von Melanie Kent (15) +++ David Weber legte den neuesten Roman um **HONOR HARRINGTON** vor: »In Enemy Hands« (7) +++ Im TV kein Erfolg, als Romane schon: die **TEK**-Serie von William Shatner, zuletzt wurden »Tek Kill« (8) und »Tek Net« (9) veröffentlicht +++ Zum neuen Videospiel **PRIMAL RAGE** erschien »The Avatars« von John Vornholt +++ TSR startete die Serie **PLANETSCAPE** mit »Pages of Pain« von Troy Denning +++ Kathleen O'Neal Gear & W. Michael Gear setzten ihren **FIRST NORTH AMERICANS**-Zyklus um die Ureinwohner Amerikas mit »People of the Silence« (8) fort +++ In der Bestseller-Serie **SHADOWRUN** erschienen zuletzt »The Lucifer Deck« von Lisa Smedman (23), »Steel Rain« von Nyx Smith (24), »Shadowboxer« von Nicholas Pollotta (25), »Stranger Souls« von Jak Koke (26), »Headhunters« von Mel Odom (27) und »Clockwork Asylum« von Jak Koke (28) +++ Neue Romane gab es auch zum Spiel **BATTLETECH**: »Double Bind« (31) und »Binding Force« (32) von Loren L. Coleman, »Exodus Road« von Blaine Pardoe (33), »Grave Covenant« von Michael A. Stackpole (34) und »The Hunters« von Thomas Gressman (35) +++ Im TV ist die Serie schon abgesetzt, als Romane laufen die Abenteuer weiter – zu **SPACE: ABOVE AND BEYOND** ist »Demolition Winter« von Peter Telep herausgekommen +++ Nach einer längeren Pause sind wieder neue Romane zur Hit-TV-Serie **BABYLON 5** erschienen, und zwar »The Shadow Within« von Jeanne Cavelos (7), »Personal Agendas« von Al Sarrantonio (8) und »To Dream in the City of Sorrows« von Kathrynn Drennan +++ Die Romane zur Comicserie **LEONARD NIMOY'S PRIMORTALS** starteten mit »Target Earth« von Steve Perry +++ Zu **ALIEN** wurden die Romane »Cold War« von Nathan Archer und »Berserker« von S. D. Perry veröffentlicht +++ Viele neue Publikationen gab es auch zu den **THE X-FILES**. Adaptionen von TV-Folgen brachten »The Calusari« von Garth Nix, »Eve« von Ellen Steiber, »Our Town« von Eric Elfman, »Bad Sign« von Easton Royce, »Empathy« von Ellen Steiber, »Fresh Bones« von Les Martin, »Control« von Everett Ovens und »Host« von Les Martin. Als neuer Roman kam »Antibodies« von Kevin J. Anderson auf den Markt +++ **POST HOLOCAUST**-Serien: Mack Maloney setzte **WINGMAN** mit »Target: Point Zero« (12) und »Death Orbit« (13) fort. Bei **DEATHLANDS** von James Axler erschienen zuletzt »Eclipse at Noon« (32), »Stoneface« (33), »Bitter Fruit« (34), »Skydark« (35), »Demons of Eden« (36), »The Mars Arena« (37) und »Watersleep« (38). Neu gestartet hat Axler zudem die Serie **OUTLANDERS** mit »Exile to Hell«, »Destiny Run« und »Savage Sun«.

Beim **Horror** war erneut die Zahl der Titel, die zu Serien oder Zyklen gehörten, im Steigen begriffen +++ **GOOSEBUMPS** von R. L. Stine landete nahezu monatlich auf den Bestsellerlisten; die Titel sind dem Abschnitt BESTSELLER zu entnehmen. Zahlreiche weitere neue Romane präsentierte R. L. Stine auch in seinen **FEAR STREET**-Grusel-Reihen, wie **FEAR STREET** (in der vor kurzem Band 50 erschienen ist), **FEAR STREET SAGAS**, **FEAR STREET SUPER CHILLER** und **FEAR STREET DUET** +++ Chelsea Quinn Yarbro setzte ihre Serie um **COUNT SAINT-GERMAIN** mit »Writ in Blood« fort +++ In der Jugendbuchreihe **NIGHTWORLD** von J. L. Smith erschienen zuletzt »Dark Angel« (4), »The Chosen« (5) und »Soulmate« (6) +++ M. C. Summer startete die Jugendbuchreihe **EXTREME ZONE** mit »Night Terrors« (1), »Dark Lies« (2), »Unseen Powers« (3) und »Deadly Secrets« (4) +++ Weitergeführt wurden auch die auf dem Kartenspiel **VAMPIRE: THE ETERNAL STRUGGLE** basierenden Novelisierungen der Reihe **THE WORLD OF DARKNESS**, zuletzt mit »The Road to Hell« von Robert Weinberg, »Dark Tyrants«, hrsg. von Justin Achilli & Rob Hatch, »Dark Destiny III: Children of Dracula«, hrsg. von Edward E. Kramer, »Werewolf: Watcher« von Charles Grant, »Modern Vampire 1: The Devil's Advocate« von John Steele, »The Ascension Warrior« von Robert Weinberg und der Sammler »The Essential World of Darkness« mit den Romanen »Vampire Diary: The Embrace« von Robert Weinberg & Mark Rein-Hagen, »Shaman Moon« von Owl Goingback, »Lightning Under Glass« von Scott Ciencin, »Except You Go Through Shadow« von Dave Niall Wilson und »Playing With Fire« von Esther Friesner +++ Zur TV-Serie **FOREVER KNIGHT** erschien »A Stirring of Dust« von Susan Sizemore +++ Neue Romane kommen natürlich auch zu Chris Carters neuer Erfolgs-TV-Serie **MILLENIUM** heraus, beginnend mit »The Frenchman« und »2000« von Elizabeth Hand +++ **HORROR HIGH** von Nicholas Adams wurde fortgesetzt mit »Hard Rock« (5), »Sudden Death« (6) und »Pep Rally« (7).

Eine neue Kategorie bilden seit dem Vorjahr die **Superhelden**, zunächst nur von den Marktführern MARVEL und DC, um deren bedeutendste und interessanteste Heroen neue Romane und Anthologien publiziert wurden +++ Etwas aus der Art fällt da die **SANDMAN**-Anthologie »The Sandman: Book of Dreams«, hrsg. von Neil Gaiman & Edward E. Kramer, mit Stories um diesen DC-VERTIGO-Charakter von Gene Wolfe, Barbara Hambly, Tad Williams, Nancy A. Collins u. a. +++

C. J. Cherryh schrieb »Lois & Clark«, einen Roman zu **THE NEW ADVENTURES OF SUPERMAN** +++ **BATMAN**: Zum Start des Films »Batman & Robin« erschienen gleichnamige Filmbücher von Michael Jan Friedman sowie Charles Grant +++ Um die von Professor Xavier ausgebildeten Mutanten, die **X-MEN**, erschienen Band 3 der Trilogie MUTANT EMPIRE unter dem Titel »Salvation« sowie die abgeschlossenen Romane »Smoke and Mirrors« von eluki bes shahar, »The Jewel of Cyttorak« von Dean Wesley Smith und »Empire's End« von Diane Duane +++ **IRON MAN**, der Mann in der Rüstung, war der in »Steel Terror« von Dean Wesley Smith näher vorgestellte Heroe +++ **SPIDER-MAN**, der Netzschwinger, war der Protagonist in »Goblin's Revenge« von Dean Wesley Smith, der Fortsetzung von »Carnage in New York«, »The Octopus Agenda« von Diane Duane und der Anthologie »Untold Tales of Spider-Man«, hrsg. von Stan Lee & Kurt Busiek; bei den SPIDER-MAN SUPER THRILLERN kamen zuletzt »Lizard's Rage« und »Warrior's Revenge« von Neal Barrett jr. heraus +++ Marvels erste Superhelden, **THE FANTASTIC FOUR**, waren die Haupthandlungsträger in »The Redemption of the Silver Surfer« von Michael Jan Friedman +++ Der grüne Goliath **HULK** erlebte ein neues Abenteuer in »Abominations« von Jason Henderson +++ Auch über die Mutantengruppe **GENERATION X** wurde ein Roman herausgebracht, und zwar unter diesem Titel von Scott Lobdell & Elliot S. Maggin +++ Der Crossover-Zyklus DOOM'S DAY wurde mit »Sabotage«, bei dem **SPIDER-MAN & IRON MAN** die Hauptrolle spielten, und »Wreckage« mit **SPIDER-MAN & FANTASTIC FOUR**, beide von Danny Fingeroth & Pierce Askegren verfaßt, weitergeführt +++ Ein Abenteuer um **WOLVERINE** schilderte Jo Duffy.

Anthologien erfreuen sich in den USA nach wie vor großer Beliebtheit und weisen in der Regel ein sehr hohes Niveau auf, obwohl sie 1996 einen nicht unbeträchtlichen Einbruch zu verzeichnen hatten. Aus der Fülle des leider geringer gewordenen exzellenten Angebotes wären vor allem zu erwähnen: »David Copperfield's Beyond Imagination«, hrsg. von

David Copperfield, Janet Berliner & Martin H. Greenberg (17 Originalgeschichten von Peter S. Beagle, Ed Bryant, Robert Silverberg, Tad Williams, Anne McCaffrey u. a.) +++ »The Shimmering Door«, hrsg. von Katherine Kerr (Geschichten über Zauberer unserer Tage, u. a. von Dennis McKiernan, Diana Paxson und Charles de Lint) +++ »Starlight 1«, der erste Band einer neuen Anthologienreihe, hrsg. von Patrick Nielsen Hayden (mit neuen Arbeiten von Michael Swanwick, Jane Yolen, Robert Reeves, Susan Palwick, John M. Ford, Maureen F. McHugh u. a.) +++ »Ruby Slippers, Golden Tears«, hrsg. von Ellen Datlow & Terri Windling (Nachdichtungen von Märchen, mit Beiträgen von Tanith Lee, Nancy Kress, Joyce Carol Oates, Neil Gaiman, Jane Yolen u. a.) +++ »Absolute Magnitude«, hrsg. von Warren Lapine & Stephen Pagel (SF-Abenteuerstories für die 90er von Terry Bisson, Hal Clement, Janet Kagan, Barry B. Longyear, Allen Steele, F. Gwynplaine McIntyre, Chris Bunch und Alan Dean Foster) +++ »Free Space«, hrsg. von Edward E. Kramer & Brad Linaweaver (Original-SF-Abenteuerstories von Poul Anderson, John Barnes, Gregory Benford, William F. Buckley, Ray Bradbury, James P. Hogan und Robert J. Sawyer) +++ »Future Primitive: The New Ecotopias«, hrsg. von Kim Stanley Robinson (Beiträge von Gary Snyder, Ursula K. Le Guin, Pat Murphy, Paul Park, R. A. Lafferty, Rachel Pollack, Gary Kilworth, Robert Silverberg, Gene Wolfe, Howard Waldrop, Carol Emshwiller und Ernest Callenbach) +++ »Pawns of Chaos: Tales of the Eternal Champion«, hrsg. von Edward E. Kramer (nach »Elric: Tales of the White Wolf« zweite Anthologie mit neu geschriebenen Stories zu Michael Moorcocks Multiversum, mit Originalbeiträgen von Michael Moorcock, John Shirley, Robert E. Vardeman, Nancy A. Collins, Colin Greenland, Roland J. Green und 16 weiteren Autoren) +++ »Intergalactic Mercenaries«, hrsg. von Sheila Williams & Cynthia Manson (Stories von Gordon R. Dickson, Frederik Pohl, Edward Bryant, Ben Bova, Timothy Zahn und Lois McMaster Bujold) +++ »Twists of the Tale«, hrsg. von Ellen Datlow (Katzen-Horror-Stories von u. a. Michael Marshall Smith, Kathe Koja & Barry Malzberg, Gouglas Clegg, Nicholas Royle, Joyce Carol Oates, Gahan Wilson, A. R. Morlan, Tanith Lee, Nancy Kress, Storm Constantine, Nina Kiriki Hoffman, Stephen Spruill, Martha Soukup und Harvey Jacobs) +++ »Sci-Fi Private Eye«, hrsg. von Charles G. Waugh & Martin H. Greenberg (neun SF-Krimistories von Isaac Asimov, Larry Niven, Poul Anderson u. a.) +++ »Love in Vein II«, hrsg. von Poppy Z. Brite & Martin H. Greenberg (18 erotische Vampirgeschichten von u. a. Neal Gaiman, Christopher Fowler, Lucy Taylor, Brian Hodge, Nicholas Royle, Richard Laymon und David Schow) +++ »Elf Fantastic«, hrsg. von Martin H. Greenberg (neue Stories von Andre Norton, Dennis L. McKiernan, Tanya Huff, Mickey Zucker Reichert u. a.) +++ »Women at War«, hrsg. von Lois McMaster Bujold & Roland J. Green (neue military SF von weiblichen Autoren wie Judith Tarr, Elizabeth Moon, Jane Yolen, Mickey Zucker Reichert, Elizabeth Ann Scarborough, P. M. Griffin, Adrienne Martine-Barnes und Holly Lisle) +++ »The Science Fiction Century«, hrsg. von David Hartwell (Stories von Poul Anderson, Harlan Ellison, William Gibson, Frank Herbert, Nancy Kress, C. S. Lewis, Bruce Sterling, H. G. Wells, Connie Willis, Roger Zelazny u. a.) +++ »Nebula Awards 31«, hrsg. von Pamela Sargent (Stories von James Patrick Kelly, Ursula K. Le Guin, Elizabeth Hand, John Crowley, Dale Bailey, Esther Friesner, Lisa Goldstein, Maureen F. McHugh, Robert J. Sawyer u. a.) +++ »The Horns of Elfland«, hrsg. von Ellen Kushner, Delia Sherman & Donald G. Keller (Stories über die mystische Kraft der Musik von 15 Fantasy-Autoren, darunter John Brunner, Terri Windling, Michael Kandel, Susan Palwick, Delia Sherman, Ellen Kushner und Gene Wolfe) +++ »The Year's Best Science Fiction: Fourteenth Annual Collection«, hrsg. von Gardner Dozois (die besten Stories von 27 Autoren, darunter Bruce Sterling, Michael Cassutt, Gwyneth Jones, Michael Swanwick, Gene Wolfe, John Kessel, Maureen McHugh, Ian McDonald, Walter Jon Williams, Cherry Wilder, Mike Resnick, Tony Daniel, Roger Zelazny, James P. Blaylock, Steven Utley und Charles Sheffield) +++ »Year's Best SF 2«, hrsg. von David Hartwell (Stories von Gene Wolfe, Bruce Sterling, Gregory Benford, Dave Wolverton, Sheila Finch, Roger Zelazny, John Brunner, Terry Bisson, Joanna Russ, Allen Steele, Damon

Knight und Kate Wilhelm) +++ »First Contact«, hrsg. von Martin H. Greenberg & Larry Segriff (Erstkontakt-Stories von Jody Lynn Nye, Kristine Kathryn Rusch, Jack Haldeman u. a.) +++ »Year's Best Fantasy and Horror: Tenth Annual Collection«, hrsg. von Ellen Datlow & Terri Windling (exzellente Stories von Graham Masterton, Bruce Holland Rogers, Jane Yolen, Ana Blandiana, Tanith Lee, Barry Malzberg & Kathe Koja, Delia Sherman, Patricia Wrede, Garry Kilworth, Michael Bishop, Parke Godwin, Michael Swanwick, Patricia McKillip u. a.) +++ »Millenium« (auch: »Revelations«), hrsg. von Douglas E. Winter (herausragende neue Horror-Stories von Clive Barker, Joe R. Lansdale, David Morrell, F. Paul Wilson, Poppy Z. Brite & Christa Faust, Charles Grant, Whitley Strieber, Elzabeth Massie, Richard Christian Matheson, David Schow & Craig Spector und Ramsey Campbell).

Bei den ***Vorschüssen und Honorarzahlungen*** gab es 1996/97 keine neuen Rekorde, zumindest keine, die bekannt geworden wären. Trotzdem gelang es wieder einigen Autoren, für ihre schriftstellerischen Aktivitäten beträchtliche Summen zu kassieren. Sie lagen aber doch in der Regel niedriger als in den vorangegangenen Jahren. Den größten Erfolg konnte zweifellos erneut **Dean Koontz** verbuchen, der für die nächsten drei Bücher zu Bantam wechselte, der ihm im besten Deal seiner Karriere mehr pro Buch bezahlte, als er beim letzten Mal von Random House erhalten hatte – damals, 1992, waren es 18 bis 20 Millionen $ für die nordamerikanischen Buch- und Taschenbuchrechte gewesen +++ 2,2 Millionen $ erhielten die Bestsellerautoren **Douglas Preston & Lincoln Child** von ihrem neuen Verlag Warner Books für zwei Romane, der erste davon wird unter dem Titel »Riptide« veröffentlicht +++ Knapp unter einer Million $ bekam **Orson Scott Card** für die US-Rechte an drei neuen Büchern, das erste davon ein phantastischer Roman mit dem Arbeitstitel »Enchantment« +++ 750 000 $ zahlte Viking an **Marion Zimmer Bradley** für »The Priestess of Avalon«, an dem ihr Mercedes Lackey assistieren wird +++ 650 000 $, den höchsten Betrag, der je für eine Anthologie bezahlt wurde, bekam **Robert Silverberg** für »Legends« (vorheriger Arbeitstitel:

»Masters of Fantasy«), in der u. a. Stephen King, Robert Jordan, Terry Brooks, David Eddings, Anne McCaffrey, Robert Silverberg, Terry Pratchett, George R. R. Martin, Raymond Feist und Ursula K. Le Guin neue Stories, die in den von ihnen geschaffenen Welten spielen, schreiben werden +++ Für die Filmrechte an »The Forever War« bekam **Joe Haldeman** 365 000 $ +++ Einen substantiellen sechsstelligen Betrag erhielt **Raymond Feist** für die britischen Rechte an den neuen MIDKEMIA-Romanen »Return to Krondor« und »Betrayal at Krondor« +++ Ebenfalls einen substantiellen sechsstelligen Betrag wurde an **Ken Goddard** für zwei Romane, der erste davon ein Erstkontaktroman, bezahlt +++ Einen sechsstelligen Betrag mittlerer Größenordnung erhielt Horror-Autorin **Poppy Z. Brite** für die US-Rechte einer Biographie des Rockstars und Schauspielerin Courtney Love, und einen ebensolchen auch für die England-Rechte +++ Warner Aspect zahlte **Greg Bear** einen sechsstelligen Betrag für »Dinosaur Summer« +++ Ebensoviel zahlte Warner **Holly Lisle** für die Trilogie MIRROR OF DEAD +++ **Alan Dean Foster** erhielt einen sechsstelligen Vorschuß für die High-Fantasy-Trilogie EHOMBA THE CATECHIST +++ Eine ebenfalls sechsstellige Summe bezahlte Warner Aspect für eine Trilogie des Briten **Peter S. Hamilton**, deren erster Band den Titel »The Reality Dysfunction« trägt +++ Einen Vorschuß dieser Größenordnung erhielt auch **Timothy Zahn** für den 2. Teil seines neuen STAR WARS-Romans »The Hand of Thrawn« +++ Eine nicht näher spezifizierte sechsstellige Summe zahlte Avon, zu dem er nach einem Intermezzo bei Tor zurückkehrte, an **Tim Powers** für zwei neue Romane; der erste wird ein Spionagethriller mit phantastischen Elementen sein +++ Einen hohen fünfstelligen Vorschuß erhielt **Nancy Kress** für »Maximum Speed« und einen weiteren Roman +++ Eine mittlere fünfstellige Summe wurde **James Alan Gardner** für seinen ersten SF-Roman »Expendable« bezahlt +++ Ein mittelhoher fünfstelliger Betrag ging auch an **Harry Turtledove & Judith Tarr** für den neuen Roman »The Abyss of Time« +++ Eine Summe dieser Kategorie erhielt **Kristine Kathryn Rusch** für den im Berlin vor dem Zweiten Weltkrieg spielenden Polizeiroman »Consecrated Ground«, der Alternativweltelemente enthält.

Im einzelnen ist von den ***Autoren***, ihren jüngsten ***Veröffentlichungen*** und geplanten ***Projekten*** – in alphabetischer Reihenfolge – folgendes zu berichten:

Joan Aiken – Die oft unterschätzte Autorin machte mit »The Cockatrice Boys« einen Abstecher in die Erwachsenen-Fantasy.

Brian Aldiss – hat seine Autobiographie fertiggestellt. Sie erscheint unter dem Titel »The Twinkling of An Eye«.

Lloyd Alexander – Der bekannte Jugendbuchautor publizierte den im mythischen Indien spielenden phantastischen Roman »The Iron Ring«.

Kevin J. Anderson – hat gemeinsam mit Co-Autor Doug Beason den 3. CREIG KREIDENT-Thriller »Lethal Exposure« fertiggestellt.

Poul Anderson – publizierte den 4. und abschließenden HARVEST OF STARS-Roman »The Fleet of Stars«. Auf der Norsenlegende um den Wikingerkönig Hadding basiert der Fantasy-Roman »War of the Gods«.

Mark Anthony – verkaufte drei Bücher der projektierten Fantasy-Trilogie THE LAST RUNE – »Beyond the Pale«, »Into the Fire« und »After the Dark« – an Bantam.

Patricia Anthony – In »God's Fires« ist zur Zeit der Inquisition in Portugal ein außerirdisches Raumschiff gestrandet. Hat »Mercy's Children« an Ace abgeliefert.

Piers Anthony – veröffentlichte den dritten GEODYSSEY-Roman »The Hope of Earth« sowie die Collaboration »The Willing Spirit« (mit Alfred J. Tella). Bereitet weitere Gemeinschaftsromane vor: »Spider Legs« (mit Clifford Pickover), »The Secret of Spring« (mit Jo Anne Taeusch), »The Gutbuckt Quest« (mit Ron Leming), »Dream A Little Dream« (mit Julie Brady) und »Quest For The Fallen Star« (mit James Goolsby).

Kim Antieau – In einer postindustriellen Welt, die sich nach einer Katastrophe gebildet hat, spielt der neue Roman »The Gaia Websters«.

Catherine Asaro – legte mit »Catch the Lightning« einen neuen Roman der Saga um das SKOLIAN EMPIRE vor.

A. A. Attanasio – Der dritte Band seiner ARTUS-Neuinterpretation trägt den Titel »Perilous Order«, der vierte »The Eagle and the Sword«.

Wilhelmina Baird – In »Chaos Come Again« verhelfen Symbioten der Menschheit zu übernatürlichen Fähigkeiten, wie Gestaltwandel, Telepathie und Weltraumreisen mittels Gedankenkraft.

Scott Baker – behandelte das Vampir-Thema auf neue und originelle Weise – in »Ancestral Hunger«.

Iain M. Banks – Im KULTUR-Universum spielt auch der neueste Roman »Excession«, in dem ein Diplomat der Kultur den Auftrag erhält, die Ursache für das Verschwinden eines Sterns herauszufinden.

Lynne R. Banks – Die Verfasserin der INDIAN IN THE CUPBOARD-Serie publizierte das phantastische Jugendbuch »Angela und Diabola« über zwei konträre Schwestern mit PSI-Kräften.

John Barnes – schrieb gemeinsam mit dem Astronauten Buzz Aldrin den SF-Roman »Encounter With Tiber«, in dem sich die USA mit China ein Wettrennen um den Weltraum liefern. Mit »One For the Morning Glory« machte er einen Abstecher zur Fantasy. »Patton's Spaceship« hingegen war ein unterhaltsames Alternativweltabenteuer, mit dem er die Serie TIMELINE WARS einleitete, in der bislang noch »Washington's Dirigible« und »Ceasar's Bicycle« erschienen sind.

Steve Barnes – hat den SF-Roman »Iron Shadows« an Tor abgeliefert.

Stephen Baxter – HaperPrism kaufte »Moonseed« und »Vacuum Diagrams« (Episodenroman von Stories aus dem XEE-LEE-Universum). Erschienen ist »Voyage«, der Roman über ein alternatives Weltraumprogramm, das zur ersten bemannten Marslandung führt.

Peter S. Beagle – Sein neuester Fantasy-Roman »The Unicorn Sonata« handelt wieder von den mythischen Figuren, um die es auch schon in seinem Bestseller »The Last Unicorn« ging. Er hat die aus sechs Erzählungen bestehende Sammlung »Giant Bones«, die in der Welt von »The Innkeeper's Song« spielen, veröffentlicht. Eine weitere Sammlung, »The Rhinozeros Who Quoted Nietzsche«, erscheint beim Kleinverlag Tachyon Press.

Greg Bear – Vom Autor von »Moving Mars« erschien zuletzt »/ Slant«, die Fortsetzung zu »Queen of Angels«. Er verkaufte zwei SF-Thriller, »Darwin's Radio« und einen weiteren, an Del Rey.

Gregory Benford – veröffentlichte den ersten Band einer neuen FOUNDATION-Trilogie, »Foundation's Fear«, und hat »Cosm« an Avon abgeliefert.

David Bischoff – verfaßt »Quoth the Crow«, einen neuen CROW-Roman.

Michael Bishop – Edgewood Press publizierte die Storysammlung »At the City Limits of Fate« mit 15 neueren Geschichten.

Terry Bisson – veröffentlichte den SF-Roman »Pirates of the Universe« und schrieb den Roman zum Film »The Fifth Element«. Er hat das von Walter M. Miller nicht mehr fertiggestellte Manuskript von »St. Leibowitz & the Wild Horse Woman« zu Ende geschrieben.

James P. Blaylock – Neu der phantastische Roman »Winter Tide« um ein ertrunkenes Mädchen, das fünfzehn Jahre nach ihrem Tod als böser Geist zurückkehrt.

Margaret Wander Bonnano – Erschienen ist der Roman »Preternatural«, in dem es um die Frage nach der Realität geht.

Ben Bova – Die Geschichte der ersten Kolonie auf dem Mond erzählt Bova in »Moonrise«.

Ray Bradbury – präsentierte eine neue Storysammlung unter dem Titel »Quicker Than The Eye« und lieferte eine weitere, »Driving Blind«, an Avon ab.

Marion Zimmer Bradley – publizierte mit Holly Lisle den Fantasy-Roman »Glenraven«, in dem zwei Collegestudentinnen in ein magisches Königreich verschlagen werden, das dringend Helden benötigt, verkaufte den neuen DARKOVER-Roman »Traitor's Son« (mit Adrienne Martine-Barnes) und plant einen WITCHLIGHT-Roman mit eluki bes shahar. Erschienen sind auch Band 14 der Anthologienreihe »Sword and Sorceress« und die DARKOVER-Romane »Exile's Song« und dessen direkte Fortsetzung »The Shadow Matrix«. Abgeliefert hat sie »The Gratitude of Kings«.

Poppy Z. Brite – schreibt »Framed«, einen von drei neuen CROW-Romanen

Damien Broderick – Der neueste SF-Roman des Australiers ist eine futuristische Neuinterpretation der »Hamlet«-Thematik.

Terry Brooks – verkaufte einen neuen Fantasy-Zyklus, diesmal Dark Fantasy, an Del Rey.

Steven Brust – verfaßte mit Emma Bull die Alternativwelt-Fantasy »Freedom and Necessity«, die in einem alternativen England in der Mitte des 19. Jahrhunderts spielt.

Lois McMaster Bujold – Das neueste MILES VORKOSIGAN-Abenteuer erschien unter dem Titel »Memory«, in dem der Protagonist wegen seiner Gehirnverletzung den Militärdienst quittieren muß, während »Cordelia's Honor« die Anfänge der VORKOSIGAN-Saga näher beleuchtete.

Kenneth Bulmer – erlitt im April 1997 einen Schlaganfall, der ihn zu einem längeren Klinikaufenthalt zwang.

Chris Bunch – Der Autor, der vor allem durch seine Gemeinschaftsprojekte mit Allan Cole an der ANTERO-Serie und den STEN-Zyklus bekannt wurde, hat im Sommer 1996 in Notwehr einen Mann erschossen. Erschienen ist zuletzt der Fantasy-Roman »The Seer King«. Die Fortsetzung dazu, »The Demon King«, verkaufte er an Warner. Roc kaufte seine Military-SF-Trilogie THE LOST LEGION.

Pat Cadigan – mußte sich im Sommer 1996 einer Gallenblasenoperation unterziehen, bevor sie nach London übersiedelte.

Richard Calder – Raum und Zeit drohen der totale Zusammenbruch – in »Dead Things«, der Fortsetzung von »Dead Girls« und »Dead Boys«; verkaufte den in der gleichen Zukunftswelt spielenden Roman »Cythera« an St. Martin's.

Ramsey Campbell – Es erschien zuletzt die Collection »Far Away & Never« mit sieben Geschichten.

Orson Scott Card – schreibt einen neuen ENDER-Roman, der vor den Geschehnissen des ersten, »Ender's Game«, beginnt und diese in breiterem Bogen aus einem anderen Blickwinkel betrachtet. Er stellt gemeinsam mit Keith Ferrell die Themenanthologie »Black Mists and Other Japanese Futures« zusammen.

Jonathan Carroll – 20 herausragende Geschichten enthielt die Collection »The Panic Hand«.

Jeffrey A. Carver – Der 3. Band der CHAOS CHRONICLES erschien unter dem Titel »Infinite Sea«.

Michael Cassutt – verkaufte den Krimi »Missing Man« um einen Mord bei der NASA an Tor.

Robert L. Chalker – hat »The Hot-Wired Dodo«, den 3. Band der WONDERLAND-Serie, veröffentlicht.

Vera Chapman – Posthum erschien der phantastisch-historische Roman »The Notorious Abbess« um eine Äbtissin zur Zeit der Kreuzzüge.

Robert N. Charrette – Publiziert wurden der 2. und 3. Band der AELWYN-Trilogie: »Eye of the Serpent« und »Wizard of Bones«. Er verkaufte »Between the Jungle and the Stars« an HarperPrism.

C. J. Cherryh – ließ »Foreigner« und »Invader« den in der gleichen Zukunftsversion spielenden Roman »Inheritor« folgen. »Cloud's Rider« setzte die Geschehnisse fort, die in »Rider at the Gate« begonnen worden waren.

Deborah Christian – publizierte den SF-Thriller »Mainline« und den Fantasy-Thriller »Kar Kalim«, verkaufte Fantasy-Roman »The Truthsayer's Apprentice« plus Fortsetzung an Tor.

Scott Ciencin – setzte den Zyklus THE ELVEN WAYS um eine magische Rasse, die für sich das göttliche Vorrecht in Anspruch nimmt, über die Erde zu herrschen, mit Band 2, »Ancient Games«, fort.

Arthur C. Clarke – Del Rey kaufte die Buch- und Taschenbuchrechte an »3001: The Final Odyssey«, den 4. und letzten Roman des Zyklus, der mit »2001: A Space Odyssey« begann und mit »2019: Odyssey Two« und »2061: Odyssey Three« weitergeführt wurde. Er verkaufte auch eine Sammlung von 50 Essays an St. Martin's .

Jo Clayton – mußte bei einer Untersuchung feststellen, daß sie Knochenmarkkrebs hat. Sie unterzog sich einer Chemotherapie, die bewirkte, daß sie jetzt außer Lebensgefahr ist. Sie ist noch in der Klinik und kann sich nur in einem Elektrorollstuhl fortbewegen. Startete den Zyklus THE DRUMS OF CHAOS mit »Drum Warning«.

Molly Cochrane – legte gemeinsam mit Warren Murphy »The Broken Sword« vor, die Fortsetzung von »The Forever King«, sowie den Atlantis-Roman »World Without End«.

Allan Cole – Der Co-Autor von Chris Bunch an dem STEN-Zyklus und der ANTERO-Serie schrieb mit dem Russen Nick Perumov den ersten Internet-Roman, »The Hate Parallax«, der zugleich auch das erste Gemeinschaftswerk zwischen einem russischen und einem amerikanischen SF-Autor darstellte. In diesem in fernster Zukumft spielenden Roman befinden sich das russische und das amerikanische Weltraumimperium an der Schwelle zum Krieg.

Nancy Collins – schrieb mit »A Dozen Black Roses« ein Crossover ihrer SONJA BLUE-Romane mit der WORLD OF DARKNESS-Serie.

Glen Cook – setzte seine BLACK COMPANY-Fantasy-Serie mit »Black Seasons« fort. Neu erschien Band 2 des zur Fantasy-Saga um die BLACK COMPANY gehörenden GLITTERING STONE-Zyklus, »She Is The Darkness«.

Paul Cook – Erschienen ist »Fortress on the Sun« um ein Weltraumgefängnis, das nahe der Sonne stationiert ist, für den er, zusammen mit einem weiteren Hard-SF-Roman, einen fünfstelligen Vorschuß erhalten hatte.

Susan Cooper – brachte mit »The Boggart and the Monster« eine Fortsetzung von »The Boggart« heraus.

Robert Coover – Das Thema der schlafenden Schönheit behandelte Coover in seinem literarischen Roman »Briar Rose«.

John Cramer – legte mit »Einstein's Bridge« einen komplexen SF-Roman aus dem 21. Jahrhundert vor.

Ronald Anthony Cross – Um vier Steine der Macht, deren Aktionen und Eigentümer das Schicksal der Welt bestimmen, geht es im Zyklus THE ETERNAL GUARDIANS, von dem Band 2, »The Lost Guardian«, erschienen ist.

Kara Dalkey – brachte zwei phantastische Romane bei Roc Books unter, bei Tor startete mit »Goa« und »Bijapur« der Zyklus BLOOD OF THE GODDESS, der zur Zeit der Inquisition in der portugiesischen Kolonie in Indien spielt. Erschienen ist der im mittelalterlichen Japan spielende phantastische

Mädchenroman »Little Sister«, abgeliefert hat sie »Steel Rose« an Roc und den 3. BLOOD OF THE GODDESS-Roman an Tor.

Tom De Haven – schrieb mit »The Orphan's Tent« einen düsteren phantastischen Roman für jugendliche Leser.

Charles De Lint – veröffentlichte zuletzt den phantastischen Roman »Trader«, hat »Someplace to Be Flying« an Tor abgeliefert.

John DeChancie – Der Autor von »Magicnet« und der STARRIGER-Serie präsentierte mit »Innerverse« einen futuristischen Abenteurroman.

Tom Deitz – Ein heiliger Mann lockt die Führer der Welt in eine magische mexikanische Stadt, wo sie die ultimate Rache erwartet – in »The Demons in the Green«. In »Landslayer's Law« ist die Trennwand zwischen der realen Welt und der Feenwelt so dünn geworden, daß diese auf Satellitenfotos zu erkennen ist.

Bradley Denton – Die Storysammlung »One Day Closer to Death« wird bei St. Martin's zur Veröffentlichung vorbereitet.

Emily Devenport – verkaufte »Godheads«, die Fortsetzung von »Eggheads«, an Roc. Erschienen ist »The Kronos Condition« über Mutanten, vor allem Kinder, mit übernatürlichen Fähigkeiten.

Paul Di Filippo – Sammlungen seiner Stories publizierte Four Walls Eight Windows unter den Titeln »Ribofunk« und »Fractal Paisleys«. In Vorbereitung hier die weitere Collection »Lost Pages«.

David Drake – Der Exponent für military sf machte zuletzt einen Abstecher zur Fantasy – mit »Lord of the Isles«.

Diane Duane – verkaufte zwei Fantasy-Romane, der erste »The Cats of Grand Central«, an Warner Aspect und hat »The Book of Night With Moon« fertiggestellt.

Tananarive Due – publizierte die Dark Fantasy »My Soul to Keep«, die Fortsetzung ihres Erstlings »The Between«, in der eine Reporterin auf den perfekten Mann, einen Unsterblichen, trifft.

Dave Duncan – Zwischen Europa im Ersten Weltkrieg und einem mittelalterlichen Fantasy-Reich öffnet sich ein magischer Übergang – in der Trilogie THE GREAT GAME, die mit »Past Imperative«, »Present Tense« und »Future Indefinite« komplett vorliegt. Duncan verkaufte drei Bücher einer Spinoff-Serie zum Jugendbuch-Fantasyzyklus THE KING'S BLADES an Avon und hat den Fantasy-Roman »A Prize for Achilles« über den Trojanischen Krieg fertiggestellt, der unter dem Pseudonym Sara B. Franklin erscheinen wird. Unter dem Pseudonym Ken Hood wird die DEMON-Serie publiziert, von der Band 3, »Demon Knight«, demnächst herauskommt.

David Eddings – hat die gemeinsam mit seiner Ehefrau Leigh verfaßte Fortsetzung von »Belgarath the Sorcerer«, »Polgara the Sorceress«, herausgebracht, die vor den in THE BELGARIAD geschilderten Ereignissen spielen.

Rosemary Edghill – In »The Bowl of Night« löst die Weiße Hexe Bast ihren dritten Kriminalfall. Mit »The Night of Cloak and Daggers« liegt nun der dritte Band des Zyklus THE TWELVE TREASURES vor.

Greg Egan – hat die Überarbeitungen am SF-Roman »Diaspora« abgeschlossen. Erschienen ist der Near-Future-Thriller »Distress«.

Kate Elliott – Neu erschienen sind »Prince of Dogs« und »King's Dragon«, der Pilotband des Zyklus CROWN OF STARS, ihre erste solo geschriebene epische Fantasy, in der ein Land von Bürgerkrieg und außerweltlichen Interventionen heimgesucht wird.

P. N. Elrod – schrieb als Gemeinschaftsproduktion den zur Zeit von König Arthur spielenden Vampir-Roman »Keeper of the King«.

Carol Emshwiller – wurde Anfang 1997 von einem Auto angefahren und zog sich dabei einen doppelten Bruch des Kniegelenks zu.

Dennis Etchinson – veröffentlichte »Double Edge«, einen Horror-Roman mit übernatürlichen Elementen.

Jane Fancher – publizierte mit dem Fantasy-Roman »Ring of Intrigue« eine Fortsetzung zu »Ring of Lightning«, in dem die weiteren Erlebnisse der drei Prinzen von Rhomatum geschildert wurden, und hat Band 3 des Zyklus, »Ring of Destiny«, an DAW verkauft.

Philip José Farmer – Seine RIVERWORLD-Tetralogie wird neu aufgelegt, zudem schreibt Farmer einen neuen TARZAN-Roman und verkaufte den Detektiv-Roman »Nothing Burns in Hell« an Tor.

Mick Farren – Ein Vampir-Thiller, der sich vom Herkömmlichen abhebt, ist »A Time of Feasting«.

Joe Clifford Faust – Werbung regiert die Welt – die Welt der näheren Zukunft, die Faust in seinem Roman um einen Werbefachmann entwarf: »Ferman's Devils«.

John Russell Fearn – Seine klassischen GOLDEN AMAZON-Romane werden bei Gryphon Books neu aufgelegt.

David Feintuch – Eine Generation nach der NICHOLAS SEAFORT-Tetralogie spielt »Voices of Hope«, der Protagonist davon ist Nicholas' Sohn Philip.

Raymond E. Feist – verkaufte zwei Romane zu seinem CD-ROM-Spiel KRONDOR an Avon, wo sie unter den Titeln »Betrayal at Krondor« und »Return to Krondor« erscheinen werden; in ihnen werden die Lücken in der Geschichte von Jimmy, die in »Magician« begann, geschlossen.

Michael F. Flynn – schreibt vor allem über die nähere Zukunft, so auch in der Collection »The Forest of Time and Other Stories«. Mit »Firestar« startete ein neues mehrbändiges Epos über die Zukunft der Menschheit auf der Erde und im All.

Charles F. Fontenay – verkaufte den Bürgerkriegs-Zeitreiseroman »Target: Grant, 1862« an Royal Fireworks und hat dort auch Band 12 der Jugend-SF-Krimiserie THE KIPTON CHRONICLES, »Kipton and the Monorail Murder«, abgeliefert.

John M. Ford – Zuletzt erschienen ist die Collection »From the End of the Twentieth Century« mit Stories, Gedichten und Essays.

William Forstchen – wird den TNG-Roman »The Forgotten War« schreiben. Zuletzt erschien Band 5 der Serie THE LOST REGIMENT unter dem Titel »Battle Hymn«.

Robert L. Forward – legte den neuen Hard SF-Roman »Saturn Rukh« vor.

Alan Dean Foster – verkaufte eine neue High-Fantasy-Trilogie mit dem Arbeitstitel EHOMBA THE CATECHIST an Warner Aspect. Bei Ace erschien »Jed the Dead«, ein humorvolles

SF-Abenteuer, bei dem ein toter Alien in einem hochentwickelten Raumanzug die Hauptrolle spielt, bei Warner Aspect der Roman »The Dig« zum gleichnamigen Computerspiel, und bei Ballantine der HUMANX COMMONWEALTH-Roman »The Howling Stones«. Abgeliefert hat er den abgeschlossenen Roman »Parallelities«. Des weiteren verkaufte Foster eine neue COMMONWEALTH-Trilogie und einen neuen Roman um PIP & FLINX an Del Rey.

Karen Joy Fowler – Ihr neuester Roman »The Sweetheart Season« ist ein Mainstream-Roman mit einigen wenigen phantastischen Elementen.

George Foy – In einem New York der näheren Zukunft, das im Untergehen begriffen ist, spielen die Cyberthriller »The Shift« und »Contraband«. Der Autor hat mittlerweile drei Fortsetzungen dazu verkauft.

Valerie J. Freireich – In »The Beacon« trifft ein fremdes Raumschiff im Sonnensystem ein, dessen Besatzung behauptet, menschlichen Ursprungs zu sein. Sie hat »Impostor«, den 3. Roman des Zyklus HARMONY OF WORLDS, an Roc abgeliefert.

Maggie Furey – verkaufte »The Heart of Myrial« und ein weiteres Buch an Bantam, und schloß THE ARTIFACTS OF POWER mit Band 4, »Dhiammara«, ab.

Diana Gabaldon – Erschienen ist der 4. Roman ihrer Zeitreise-Serie OUTLANDER unter dem Titel »Drums of Autumn«.

R. Garcia y Robertson – Ein professioneller Zeitreisender soll in der Vergangenheit zurückgelassen werden – in »The Virgin and the Dinosaur«. Ebenfalls ums Thema Zeitreise geht es in der Fortsetzung »Atlantis Found«. Er verkaufte die Sammlung »The Moon Maid and Other Stories« an den neuen Verlag Golden Gryphon Press.

Craig Shaw Gardner – Ace kaufte seinen Dark Fantasy-Roman »The Changeling War«. Veröffentlicht wurden zuletzt die Abschlußbände der DRAGON CIRCLE-Trilogie, »Dragon Waking« und »Dragon Burning«.

James Alan Gardner – verkaufte »Commitment Hour«, der im gleichen Universum wie der beachtliche Erstling »Expendable« angesiedelt ist, an Avon.

Ray Garton – Um Satanismus, Computernetzwerke und Kindesmißbrauch geht es im neuesten Schocker »Shackled«. Neun Stories enthielt die Collection »Pieces of Hate«.

Jeff Gelb – verkaufte zusammen mit Michael Garrett die Bände 9 und 10 der Anthologienreihe HOT BLOOD an Pocket.

David Gerrold – hat seinen Jugend-SF-Roman »Jumping Off the Planet« fertiggeschrieben, konnte ihn aber noch nicht verkaufen.

Amitav Ghosh – Jeder einfachen Definition entzieht sich der Roman »The Calcutta Chromosome«, der medizinischer Thriller, postmoderne Fabel und Geistergeschichte in einem ist.

William Gibson – verkaufte zwei noch nicht geschriebene SF-Romane, einen davon mit dem Arbeitstitel »All Tomorrow's Parties«, an Putnam. In der gleichen Zukunftswelt wie »Virtual Light« spielt auch der SF-Roman »Idoru«.

Parke Godwin – Einem klassischen Mythenstoff nahm sich Godwin in »The Tower of Beowulf« an. Abgeliefert hat er »Lord of Sunset«, einen Vorläuferroman von »Sherwood«, an Avon.

Christie Golden – wird einen Roman zu STAR TREK: VOYAGER schreiben; Arbeitstitel: »Marooned«. Gemeinsam mit Serienschauspieler Richard Hatch verfaßt sie auch den ersten neuen Roman zur TV-Serie BATTLESTAR GALACTICA.

Lisa Goldstein – präsentierte die exzellente Kurzgeschichtensammlung »Travelers in Magic« und den phantastischen Roman »Walking the Labyrinth«.

Kathleen Ann Goonan – Vom neuen Talent erschien »The Bones of Time«; an Tor abgeliefert wurde »Mississippi Blues«.

Ed Gorman – veröffentlichte den Dark Suspense-Roman »Cage of Night«.

Phyllis Gotlieb – verkaufte »Flesh and Gold« an Tor.

Charles Grant – brachte die Trilogie THE PROJECT bei Roc unter Vertrag.

Sharon Green – startete mit »Convergence« den neuen Fantasy-Zyklus THE BLENDING.

Simon R. Green – hat den dritten Roman seiner DEATHSTALKER-Serie, »Deathstalker War«, fertiggestellt und arbeitet am abschließenden vierten, »Deathstalker Destiny«, den er, zusammen mit den Nachdruckrechten an den im gleichen Universum spielenden Romanen »Mistworld«, »Ghostworld« und »Hellworld« – die gesammelt als »The Twilight of Empire« erscheinen werden – an Roc verkaufte.

Terence M. Green – Im Toronto der näheren Zukunft spielt der packende SF-Thriller »Blue Limbo« um einen ausgebrannten Polizisten.

Colin Greenland – hat »Mother of Plenty« an Avon abgeliefert.

Nicola Griffith – stellte gemeinsam mit Stephen Pagel die Anthologie »Bending the Landscape: Fantasy« mit Fantasy-Geschichten von homosexuellen und lesbischen AutorInnen zusammen.

Karen Haber – Der 3. Band der WAR MINSTRELS-Serie erschien unter dem Titel »Sister Blood«.

Joe Haldeman – hat die letzten Überarbeitungen an seinem neuesten SF-Roman »The Forever Peace« abgeschlossen.

Barbara Hambly – hat den neuen DARWATH-Roman »Icefalcons Geas«, an Del Rey abgeliefert, im ebenfalls zum Zyklus gehörenden »Mother of Winter« schilderte sie die Abenteuer zweier Erdenmenschen in der Welt Dare, wo Technik und Magie nebeneinander funktionieren. Und in »A Free Man of Color« entführte sie den Leser ins New Orleans vor 150 Jahren. Sie verkaufte die Fantasy-Romane »Dragonshadow«, die Fortsetzung zu »Dragonsbane«, und »The Fading of the Light« an Del Rey.

Peter F. Hamilton – Ein Telepath, der als Troubleshooter in einer High-Tech-Zukunft arbeitet, ist der Protagonist von »Mindstar Rising«, dem ersten Roman einer neuen Serie. Warner Aspect kaufte die aus den umfangreichen Romanen »The Reality Dysfunction«, »The Neutronium Alchemist« und »The Naked God« bestehende SF-Trilogie und wird sie in sechs Bänden veröffentlichen.

Laurell K. Hamilton – verkaufte drei neue Romane ihrer Serie um ANITA BLAKE VAMPIRE HUNTER an Ace, zuletzt erschien Band 6, »The Killing Dance«, abgeliefert hat sie Band

7, »Burnt Offerings«. Sie verkaufte drei Bücher an Del Rey, von denen die ersten beiden den Beginn einer neuen Serie darstellen.

Elizabeth Hand – hat ihren neuen Roman »Glimmering« veröffentlicht, eine apokalyptische Vision des zu Ende gehenden Jahrhunderts.

Thomas Harlan – hat das vierbändige Alternativwelt-Epos OATH OF EMPIRE, das in einem Imperium Romanum des 7. Jahrhunderts spielt, an Tor verkauft. Band 1 erscheint unter dem Titel »The Shadow of Ararat«.

Tara Harper – hat »Wolf's Bane« fertiggestellt, der Roman wird bei Del Rey erscheinen.

M. John Harrison – verkaufte die US-Rechte an »Signs of Life« an St. Martin's.

Mark Helprin – veröffentlichte zuletzt die reichlich illustrierte Fabel für Jugendliche »A City in Winter«.

James Herbert – Die US-Rechte am Alternativwelt-Roman »'48« gingen an HarperPrism.

Robin Hobb – hinter diesem Pseudonym verbarg sich Megan Lindholm. Sie schloß FARSEER-Trilogie mit »Assassin's Quest« ab und startete mit »Ship of Magic« eine neue Trilogie über die gleiche Fantasy-Welt.

James P. Hogan – Der Meister der Hard SF veröffentlichte zuletzt den SF-Roman »Bug Park« und hat für Ballantine ein Sachbuch über Künstliche Intelligenz verfaßt.

Nancy Holder – Mit Melanie Tem schrieb sie den Horror-Roman »Witch-Light«. Sie arbeitet zur Zeit an der SF-Trilogie MOONBASE VEGAS um ein Spielerparadies auf dem Mond.

Robert Holdstock – Der 1991 in Großbritannien als »The Fetch« publizierte phantastische Roman ist in den USA unter dem Titel »Unknown Regions« erschienen.

Tanya Huff – Zuletzt erschien »Blood Debt«, der fünfte Fall der Ex-Polizeidetektivin Victory Nelson, die am Schluß von Band 4 zum Vampir geworden war.

Dean Ing – verkaufte den SF-Elemente enthaltenden Thriller »The Skins of Dead Men« an Tor.

Alexander Jablokov – Verrat und Intrige beherrschen das Habitat auf dem Mars, in dem ein soziales Ungleichgewicht herrscht, geschildert in »River of Dust«, der Fortsetzung von »Carve the Sky«. Er verkaufte den SF-Thriller »The Running Father« an Avon.

Shirley Jackson – 54 unveröffentlichte oder lange schon nicht mehr erhältliche Stories, zum Teil phantastische, enthielt die Sammlung »Just An Ordinary Day«.

Cary James – erzählte die Geschichte eines Bauernjungen an König Arthurs Hof – in »King & Raven«.

W. K. Jeter – brachte seine zweite Fortsetzung zu Philip K. Dicks BLADERUNNER unter dem Titel »Bladerunner: Replicant Night« heraus.

Gwyneth Jones – legte mit »Flowerdust« einen neuen SF-Roman vor.

J. V. Jones – schloß ihre Bestseller-Trilogie THE BOOK OF WORDS, die mit »The Baker's Boy« und »A Man Betrayed« begonnen hatte, mit »Master and Fool« ab. Sie hat ihren neuesten Roman »The Barbed Coil« veröffentlicht, ein eigenständiges Fantasy-Epos mit interessanten Charakteren.

Graham Joyce – Erschienen zwei phantastische Romane: »Requiem«, der im Jerusalem der Jetztzeit handelt, sowie »The Tooth Fairie«, der im England in der 2. Hälfte des 20. Jahrhunderts spielt.

Marvin Kaye – gab zusammen mit John Gregory Betancourt die Anthologie »The Best of Weird Tales: 1923« mit zahlreichen Leckerbissen heraus.

James Patrick Kelly – veröffentlichte beim neuen Verlag Golden Gryphon Press die Collection »Think Like A Dinosaur and Other Stories«.

Patricia Kennealy-Morrison – hat die Arbeiten an »Blackmantle«, einem eigenständigen Roman aus ihrem KELT-Zyklus, abgeschlossen.

Katherine Kerr – verkaufte den neuen DEVERRY-Roman »Black Ravens« an Bantam Spectra und hat »The Red Wyvern« fertiggestellt.

John Kessel – Einen überaus interessanten Zeitreiseroman legte Kessel mit »Corrupting Dr. Nice« vor.

J. Gregory Keyes – hat den Alternativwelt-Roman »Newton's Canon« an Del Rey abgeliefert.

Nancy Kilpatrick – stellt eine erotische Original-Horror-Anthologie zusammen, die unter dem Titel »Demon Sex« erscheinen wird.

Stephen King – Sein 4. DARK TOWER-Roman wurde unter dem Titel »Wizard and Glass« veröffentlicht, eine neue DARK TOWER-Erzählung wird auch in Robert Silverbergs Anthologie »Legends« enthalten sein.

Kathe Koja – veröffentlichte ihren fünften Roman, »Kink«.

Victor Koman – Sein umfangreicher SF-Roman »Kings of the High Frontier«, den der Autor als sein bislang bedeutendstes Werk ansieht, ist nur Online erhältlich, da es ihm unmöglich war, ihn an einen der kommerziellen Verlage zu verkaufen.

Dean Koontz – Sein neuester Bestseller »Sole Survivor« ist ein SF-Roman in der Tradition der X-FILES.

Cyril M. Kornbluth – Alle von ihm alleine geschriebenen Geschichten enthält die exzellente Sammlung »His Share of Glory: The Complete Short Science Fiction of C. M. Kornbluth«.

Nancy Kress – schloß ihre BEGGARS-Trilogie mit »Beggars Ride« ab.

Katherine Kurtz – Gemeinsam mit Deborah Turner Harris schreibt sie einen weiteren Roman der KNIGHTS TEMPLAR-Fantasy-Serie, und mit Robert Reginald verfaßte sie das DERYNI-Sachbuch »Codex Derynianus«.

Mercedes Lackey – Einen Fantasy-Entwicklungsroman um einen jungen Mann, der mit den Tieren spricht und im alten, vorzaristischen Rußland einen magischen Vogel sucht, publizierte sie mit »Firebird«. Erschienen sind auch der Fantasy-Roman »The Fire Rose« und der gemeinsam mit Larry Dixon verfaßte 3. MAGE WARS-Roman »The Silver Gryphon«. Sie verkaufte den Roman »Vows and Honor«, die Collection »The Tamra and Kethry Stories« sowie die mit Dixon verfaßte Fortsetzung zu »Owlflight« an DAW.

Joe R. Lansdale – veröffentlichte eine neue Collection: »A Fist Full of Stories (And Articles)«

Stephen R. Lawhead – Eine neue magische Welt entwarf der Autor des PENDRAGON-Zyklus in »Byzantium«. Er verkaufte die neue JERUSALEM-Trilogie an HarperPrism. Erschienen ist auch der 5. PENDRAGON-Roman »Grail«, in dem von einem Vertrauten von König Arthur der Heilige Gral gestohlen und Königin Guinevere entführt werden.

Ursula K. Le Guin – Ihr Klassiker »The Lathe of Heaven« erlebte eine wohlverdiente Neuauflage, neu erschienen ist der Erzählband »Unlocking the Air and Other Stories«.

Adam Lee – Unter diesem Pseudonym veröffentlichte A. A. Attanasio »The Dark Shore«, Band 1 des Zyklus THE DOMINIONS OF IRTH; er hat auch schon Band 2, »The Shadow Eater«, fertiggestellt.

Tanith Lee – schloß mit »Red Unicorn« die Fantasy-Saga ab, die die World Fantasy Award-Preisträgerin mit »Black Unicorn« und »Gold Unicorn« begonnen hatte.

Fritz Leiber – Der in den 30er Jahren geschriebene, bisher aber unveröffentlichte Kurzroman »The Dealings of Daniel Kesserich: A Study of the Mass Insanity at Smithville« ist im Frühjahr 1997 erstmals publiziert worden.

Stephen Leigh – verkaufte »Dark Waters Embrace« und dessen Fortsetzung »Land of Fury« sowie einen weiteren Titel an Avon.

Jonathan Lethem – mußte sich einer Achillessehnenoperation unterziehen. Seine erste Storycollection mit 7 Geschichten erschien unter dem Titel »The Wall of the Eye, the Wall of the Sky«.

Ira Levin – schrieb dreißig Jahre nach seiner Erstveröffentlichung eine Fortsetzung zu seinem Bestseller »Rosemary's Baby«: »Son of Rosemary«.

Sharian Lewitt – In einem barocken Venedig der Zukunft spielt »Interface Masque«, ein SF-Roman über den Datenfluß und seine Geheimnisse, mit denen ein Anwärter der Datensystemgilde konfrontiert wird.

Jacqueline Lichtenberg – Ein neuer SIME-GEN-Roman ist übers Internet erhältlich und trägt den Titel »The Only Good Sime« (mit Kerry Lindemann-Schaefer), in Vorbereitung befindet sich ein weiterer Roman des Zyklus unter dem Titel »The Farris Channel«.

Jane Lindskold – hat »Donnerjack«, ein Romanfragment von Roger Zelazny, komplettiert. In ihm ist durch den Zusammenbruch des WorldNet das computergenerierte Universum Virtú entstanden, das neben der realen Welt Verité existiert.

Holly Lisle – Von ihr erscheint demnächst eine Fantasy-Trilogie, die aus den Romanen »Diplomacy of Wolves«, »Vengeance of Dragons« und »Courage of Falcons« besteht. Mit Walter Spece schrieb sie »The Devil & Dan Cooley«, mit Ted Nolan »Hell on High«, beides Fortsetzungen ihres Solo-Romans »Sympathy with the Devil«. Alleine schrieb sie auch den in ferner Zukunft spielenden Abenteuerroman »Hunting the Corrigan's Blood«.

Morgan Llywelyn – präsentierte die irische Fantasy »Strongbow: The Story of Richard and Aoife«.

Brian Lumley – mußte sich einer Herzkranzgefäßoperation unterziehen und hat vom Arzt Schonung verordnet bekommen. Neu aufgelegt wurde sein TITUS CROW-Zyklus in drei Sammelbänden.

Eric Van Lustbader – In »Dark Homecoming« wird der Ex-Polizist Lew Croaker in mystische Vorkommnisse in Miami verstrickt.

Elizabeth Lynn – Nach mehrjähriger Absenz feiert sie mit dem neuen Roman »Dragon's Winter« ihre Rückkehr ins Genre; fünf frühere Werke werden in diesem Zusammenhang neu aufgelegt: »A Different Light«, »The Sardonyx Net« und die TOWERS OF TORNOR-Trilogie, bestehend aus »Watchtower«, »The Dancers of Arun« und »The Northern Girl«.

Ian R. MacLeod – legte mit »The Great Wheel« seinen beachtlichen ersten Roman vor.

Louise Marley – hat den Abschlußband ihrer SINGERS OF NEVYA-Trilogie, »Receive the Gift«, an Ace abgeliefert.

Richard Matheson – Neu der Roman »Now You See It...« um einen alternden Magier und seine Rache.

Susan R. Mathews – In einer fernen Zukunft, in der sich die Menschheit in verschiedene Rassen auseinanderentwickelt hat, wird ein junger Arzt zum »Schiffsinquisitor« ausgebildet – im interessanten Debütroman »An Exchange of Hostages«.

Julian May – veröffentlichte ihren in der gemeinsam mit Andre Norton und Marion Zimmer Bradley konzipierten Welt

RUWENDA spielenden Soloroman unter dem Titel »Sky Trillium«.

Paul J. McAuley – Wieder überaus empfehlenswert der neue Roman »Fairyland« über psychoaktive Viren, Biotechnik und die Dämmerung des Zeitalters der Nanotechnik.

Anne McCaffrey – publizierte zum 30. Geburtstag der Serie den neuen PERN-Roman »Dragonseye«. Neu auch die Katzen-Fantasy »No One Noticed the Cat«, die zusammen mit Elizabeth Ann Scarborough zusammengestellte Anthologie »Space Opera«, der zweite CATTENI-Roman »Freedom's Choice« und der in Co-Produktion mit Margaret Ball entstandene SF-Roman »Acorna: The Unicorn Girl«. Abgeliefert hat McCaffrey einen weiteren PERN-Roman, »Master Harper of Pern«.

Wil McCarthy – publizierte »The Fall of Sirius«, die Fortsetzung des SF-Abenteuers »Aggressor Six« um eine übermächtige Invasion. Für Del Rey hat er »Bloom« geschrieben.

Jack McDevitt – Im neuesten Roman »Eternity Road« geht es um eine Expedition, die die rätselhaften Überbleibsel der vor dem Zusammenbruch bestandenen Zivilisation erforschen soll. Er verkaufte einen neuen Roman mit dem Arbeitstitel »Moonfall« an HarperPrism. Erschienen ist auch McDevitts erste Collection »Standard Candles«.

Vonda McIntyre – Im Frankreich zur Zeit des Sonnenkönigs Ludwig XIV spielt der neue phantastische Roman »The Moon and the Sun«.

Dennis McKiernan – hat seinen neuen Fantasy-Roman »Into the Forge« (1. Band der Duologie HEL'S CRUCIBLE) an Roc abgeliefert und dorthin auch Band 2, »Into the Fire« verkauft. Publiziert wurde der neue MITHGAR-Roman »The Dragonstone« um besagten Stein, den eine Elfenlady sucht, weil er alleine McKiernans Fantasy-Welt vor der Vernichtung bewahren kann, und der Jahrhunderte vor den in »Voyage of the Fox Rider« geschilderten Ereignissen handelt.

Patricia McKillip – Zuletzt erschien der phantastische Roman »Winter Rose« um das aktuelle Thema Kindesmißbrauch. Sie hat »Song of the Basilisk« fertiggestellt, der bei Ace erscheinen wird.

Sasha Miller – schreibt Fantasy-Romane für Erwachsene – dazu gehört auch ihre jüngste Publikation »Ladylord«.

L. E. Modesitt jr. – startete mit »The Soprano Sorceress« einen neuen Fantasy-Zyklus und präsentierte den SF-Miltärroman »The Parafaith War« sowie den SF-Roman »The Ecolitan Enigma« (Band 4 der ECOLITAN-SF-Serie) um den Einfluß von Wissenschaft und Religion auf die menschliche Geschichte. Neu auch der 7. RECLUSE-Roman »The Chaos Balance«.

Thomas Monteleone – Beeindruckend sein neuester Horror-Roman »Night of Broken Souls«, in dem ein böser Geist aus dem Holocaust wiedergeboren wird.

Elizabeth Moon – Baen Books veröffentlicht eine erweiterte Fassung der Collection »Lunar Activity« unter dem neuen Titel »Phases«. Zuletzt erschien die Miliary-SF »Once A Hero«.

Michael Moorcock – verkaufte den Non-SF-Roman »The Consumer's Tragedy« an Avon.

Sean A. Moore – Der durch seine CONAN-Romane bekannte Autor wird den Roman zum Film »Kull the Conqueror« verfassen.

Mike Moscoe – Einen beeindruckenden Erstlingsroman, der die Erlebnisse eines Soldaten des 21. Jahrhunderts bei Einsätzen in ferner Vergangenheit schildert, legte Moscoe mit »First Dawn« vor. Er hat »Second Fire« und »Lost Day«, die beiden weiteren der damit begonnenen FIRST DAWN-Serie, an Ace abgeliefert und »Starshine and Darkness« dorthin verkauft

Pat Murphy – Im Wilden Westen des 19. Jahrhunderts spielt der neue phantastische Roman der Nebula-Preisträgerin: »Nadya«.

Linda Nagata – Im dritten Roman der Autorin, »Deception Well«, entdeckt der junge Protagonist während eines Abstiegs von der Wolkenstadt zur Oberfläche einer gefährlichen Welt seine besonderen Kräfte. Sie hat einen SF-Roman mit dem Arbeitstitel »The Swan Cloud« an Bantam abgeliefert.

Donna Jo Napoli – Die Autorin, die sich auf die Neuinterpretation von alten Märchen sowie deren Fortführung spezialisiert hat, publizierte zuletzt »Zel«, ihre Version von »Rapunzel«.

Yvonne Navarro – Von ihr erschienen ist »Red Shadows«,

eine Fortsetzung zu »Final Impact«, in dem ein Irrläuferplanet ins Sonnensystem eindringt und sich auf Kollisionskurs in Richtung Erde befindet.

Ray Nelson – Die Nationen unserer Zeit sind vergangen, Japan, in dem westliche und östliche Traditionen weiterleben, ist Teil von Pacifica – in Nelsons neuem SF-Roman »Virtual Zen«.

Sharan Newman – Neu aufgelegt wurde »Guinevere«, Band 1 ihrer weiblichen Sicht der ARTUS-Sage.

Nichelle Nichols – Gemeinsam mit Margaret Wander Bonnano schrieb die STAR TREK-Schauspielerin den SF-Roman »Saturn's Child«.

Larry Niven – präsentierte nach jahrelangem Warten mit »The Ringworld Throne« den 3. RINGWORLD-Roman. In der bereits aus »Legacy of Heorot« uns »Beowulf's Children« bekannten Zukunftswelt spielt der neueste Roman »Destiny's Road«, ein planetares Abenteuer auf der Kolonialwelt Destiny.

Garth Nix – Der Fantasy-Roman »Daughter of the Clayr«, der 20 Jahre nach den in »Sabriel« geschilderten Ereignissen spielt, wird bei HarperCollins veröffentlicht.

Jeff Noon – In seinem surrealistischen SF-Roman »Automated Alice« versetzte der Nebula-Preisträger Lewis Carrolls Heldin in ein alternatives Manchester des Jahres 1988.

Andre Norton – legte gemeinsam mit Sherwood Smith die SF-Romane »Derelict for Trade« und »A Mind for Trade« vor, die beiden ersten neuen Abenteuer der Crew der SOLAR QUEEN, über die Norton schon zu Beginn ihrer Karriere geschrieben hat. Der neueste WITCH WORLD- Roman, Teil des Zyklus SECRETS OF THE WITCH WORLD, erschien unter dem Titel »The Warding of Witch World«. Sie verkaufte »The Wind in the Stone« an Avon und einen zusammen mit Lyn McConchie noch zu schreibenden WITCH WORLD-Roman an Warner.

Jody Lynn Nye – schrieb solo, mit Autorisierung und Zustimmung von Anne McCaffrey, eine Fortsetzung zum gemeinsam mit dieser verfaßten Roman »The Ship Who Won« – erschienen unter dem Titel »The Ship Errant«.

Eric S. Nylund – Der Autor von »Pawn's Dream« legte mit »A Game of Universe« einen phantastischen Roman um die

Suche nach dem Heiligen Gral vor. Neu auch »Dry Water« um einen SF-Autor, der in einer Kleinstadt mit dunkler Magie konfrontiert wird. Er hat den SF-Roman »Signal to Noise« an Avon abgeliefert.

Joyce Carol Oates – Eine Geschichte über Mißbrauch, Schmerz und Isolation legte Oates mit dem Kurzroman »First Love« vor.

Patrick O'Leary – Sein Debüt-SF-Roman »Door Number Three«, mit dem ihm 1995 der Durchbruch gelang, wurde neu aufgelegt.

Rebecca Ore – veröffentlichte »Gaia's Toys«, ein Cyberpunk-Märchen.

Pierre Ouellette – Von ihm erschien der Near-Future-Thriller »The Third Pandemic« um eine nicht zu stoppende Epidemie.

Jake Page – Im Alternativweltroman »Operation Shatterhand« startet Nazi-Deutschland eine Invasion des Südwestens Amerikas. Er verkaufte einen Alternativ-Wildwest-Roman an Del Rey.

Christopher Pike – Der neueste Roman des Bestseller-Autors erschien unter dem Titel »The Listeners«.

Frederik Pohl – Neu »The Other End of Time«, in dem Außerirdische die Menschheit vor einer Bedrohung durch andere Aliens warnen. Pilotband einer neuen Trilogie.

Rachel Pollack – Die Autorin von »Unquenchable Fire« und »Temporary Agency« präsentierte mit »Godmother Night« einen beachtenswerten neuen phantastischen Roman.

Nick Pollota – Roc kaufte zwei Fortsetzungen seines Romans »Shadowboxer« an.

Tim Powers – Für den Nebula nominiert wurde der neue Roman »Expiration Date«, neu aufgelegt der World Fantasy Award-Gewinner »Last Call« um den Pakt eines Spielers mit dem Teufel. Powers hat »Earthquake Weather« an Tor abgeliefert.

Douglas Preston & Lincoln Child – Die Bestsellerautoren von »Relic« und »Mount Dragon« publizierten eine Fortsetzung zu »Relic« unter dem Titel »Reliquary«.

Paul Preuss – neu der Roman »Secret Passages«, eine Fortsetzung zu »Broken Symmetries«.

Christopher Priest – Sein bislang wahrscheinlich erfolgreichstes Werk legte er mit dem Roman »The Prestige« vor, in dem es um das geheime Wissen von Zauberern im neunzehnten Jahrhundert geht.

Irene Radford – hat in ihrer DRAGON NIMBUS HISTORY die ersten vier Fantasy-Romane veröffentlicht: »The Glass Dragon«, »The Last Battle Mage«, »The Loneliest Magician« und »The Dragon's Touchstone«.

Daniel Ransom – Eine Seuche hat Amerika geteilt – in »Zone Soldiers«.

Melanie Rawn – verkaufte »The Diviner« an DAW. In einer Renaissance-Welt, in der die Kunst magischen Gesetzen gehorcht, spielt der gemeinsam mit Kate Elliott und Jennifer Roberson verfaßte Fantasy-Roman »The Golden Key«. Erschienen ist auch Band 2 der EXILES-Serie, »The Mageborn Traitor«.

Michael Reaves – Ein moderner Vampir sucht Hollywood heim – in »Night Hunter«. Darüber hinaus hat der Autor »Voodoo Child« fertiggestellt.

Robert Reed – Von ihm erschienen ist »Beneath the Gated Sky«, die Fortsetzung von »Beyond the Veil of Stars«.

Mike Resnick – Eine Mischung aus SF und Western stellte die WIDOWMAKER-Trilogie dar, die mit dem Roman gleichen Titels begann und mit »The Widowmaker Reborn« und »The Widowmaker Unleashed« fortgesetzt und abgeschlossen wurde. Er hat eine Sammlung mit in Afrika spielenden Geschichten, »An Alien Land« fertiggestellt und »Kirinyaga: A Fable of Utopia« an Del Rey verkauft.

Jennifer Robersen – stellte die Originalanthologie »Highwaymen: Rogues and Robbers« zusammen, verkaufte »Sword-Born« – Band 5 des SWORD-DANCER-Zyklus – sowie einen Vorläuferroman zu dem mit Melanie Rawn und Kate Elliot gemeinsam geschriebenen Fantasy-Roman »The Golden Key« mit dem Arbeitstitel »The Glass Key« an DAW.

Frank M. Robinson – verkaufte eine thematische Fortsetzung seines SF-Klassikers um Übermenschen, »The Power«, unter dem Titel »Waiting...« an Tor.

Kim Stanley Robinson – hat seinen neuesten SF-Roman »Antarctica«, in der er seine Erfahrungen bei der Südpolexpedition verarbeitete, fertiggestellt.

Spider Robinson – Ein neuer Titel zu seiner CALLAHAN-Serie ist erschienen: »Callahan's Legacy«. Er veröffentlichte »Lifehouse«, die Fortsetzung von »Deathkiller«, und verkaufte den neuen Roman »The Free Lunch« an Tor.

Michaela Roessner – Im Florenz der Katharina von Medici handelt der phantastische Roman »The Stars Dispose«.

Joel Rosenberg – Auf einer mythischen Alternativwelt spielt der Zyklus KEEPERS OF THE HIDDEN WAYS, in dem Buch 2 erschienen ist: »The Silver Stone«.

Mary Rosenblum – Arkham House publizierte die exzellente Storysammlung »Synthesis and Other Virtual Realities«.

Theodore Roszak – Die Geschehnisse aus der Sicht von Elizabeth Frankenstein, Victors Frau, schilderte Roszak in »The Memoirs of Elizabeth Frankenstein«.

Christopher Rowley – Der 6. Roman seines Zyklus um BASIL BROKETAIL erschien unter dem Titel »A Dragon at World's End«. Er hat »The Dragons of Argonath« an Roc abgeliefert.

Rudy Rucker – Der preisgekrönte Autor von »Software« und »Wetware« kehrte mit »Freeware« zu seinen exzentrischen Schöpfungen, den Moldies genannten künstlichen Lebensformen, zurück.

Matt Ruff – In der nahen Zukunft des Jahrs 2023 handelt der neueste literarische Roman »Sewer, Gas, and Electric« vom Autor des Erfolgsromans »Fool on the Hill«.

Kristine Kathryn Rusch – hat den gemeinsam mit Ehemann Dean Wesley Smith verfaßten STAR TREK-Roman »Day of Honor« an Pocket abgeliefert.

Fred Saberhagen – veröffentlichte zuletzt den phantastischen Roman »Dancing Bears« und den BERSERKER-Roman »Berserker Fury« und hat den Fantasy-Roman »The Face of Apollo« an Tor abgeliefert.

R. A. Salvatore – startete mit »The Demon Awakens« eine neue Fantasy-Serie.

Al Sarrantonio – schilderte in »Journey«, Band 2 des Zyklus FIVE WORLDS und Fortsetzung von »Exile«, den weiteren Kampf des Königs der Erde gegen seine Widersacher.

John Saul – startete seinen von Stephen King inspirierten sechsbändigen Horror-Fortsetzungsroman THE BLACKSTONE CHRONICLES mit »An Eye for An Eye: The Doll«.

Felicity Savage – hat den überaus umfangreichen Roman »Ever« fertiggestellt und an HarperPrism abgeliefert, wo er in drei Bänden veröffentlicht wird, die beiden ersten als »The War in the Raw« und »The Daimon in the Machine«.

Robert J. Sawyer – Vom Nebula-Preisträger 1995 erschien der SF-Thriller »Frameshift« um das Genome-Projekt. Er lieferte »Factoring Humanity« an Tor ab.

Elizabeth Ann Scarborough – hat in »Carol for Another Christmas« Charles Dickens' Klassiker »A Christmas Carol« drastisch modernisiert.

Melissa Scott – Als besten Roman über sexuelle Identität seit Samuel R. Delanys »Triton« bezeichnete die Kritik »Shadow Man«. Neu auch der gemeinsam mit Lisa A. Barnett verfaßte phantastische Roman »Point of Hopes« sowie »Night Sky Mine«, ein im Asteroidengürtel spielender SF-Roman, und »Dreaming Metal«, die Fortsetzung von »Dreamships«.

William Shatner – verkaufte eine Fortsetzung zu seinem Roman »Man O'War« um den Diplomaten vom Mars. Neu gestartet wurde mit »Delta Search« die neue Serie QUEST FOR TOMORROW.

Michael Shea – verkaufte »The Mines of Behemoth«, die Fortsetzung seines mit dem World Fantasy Award ausgezeichneten Episodenromans »Nift the Lean«, an Baen.

Robert Sheckley – Das zweite Abenteuer des Privatdetektivs Hob Draconian schilderte der Roman »Draconian New York«, das dritte »Soma Blues«.

Charles Sheffield – Neu »The Ganymede Club«, die JUPITER-Romane »The Billion Dollar Boy«, »Higher Education« (mit Jerry Pournelle), »The Cyborg from Earth« und »Putting up Roots«. Er schloß den Zyklus HERITAGE UNIVERSE mit »Convergence« ab. Mit »Tomorrow and Tomorrow« veröffentlichte er einen epischen SF-Roman in der Tradition von Olaf Stapledon.

Josepha Sherman – wird zusammen mit Susan Shwartz »Vulcan's Heart«, einen Roman zu STAR TREK CLASSIC schreiben, und mit Rebecca Neason zwei Romane zur TV-Serie HIGHLANDER. Sie lieferte die Dark Fantasy »Son of Darkness« an Roc ab.

Will Shetterly – verkaufte eine Fortsetzung von »Dogland« an Tor.

Sharon Shinn – In einer fernen Zukunft hängt das Geschick der Welt Samaria von der Stimme eines Engels ab – in »Archangel«. Erschienen ist auch »Jovah's Angel«, das einige Jahrhunderte nach den Geschehnissen in »Archangel« spielt.

John Shirley – Die Außerirdischen, die die Erde schon lange beobachtet haben, sind bereit, sich zu erkennen zu geben – in »Silicon Embrace«. »The Exploded Heart« war eine Collection von 14 Geschichten.

Linda Lay Shuler – publizierte »Let the Drum Speak«, den dritten Band ihrer prähistorischen Serie um die Ureinwohner Amerikas, das TIME CIRCLE QUARTET.

Robert Silverberg – verkaufte »Lord Prestimion«, die Fortsetzung von »The Sorcerers of Majipoor«, an HarperPrism. Erschienen ist »Starborne«, in dem ein Sternenschiff auf die große Reise geschickt wird, bei der der Kontakt zwischen Erde und Raumer durch telepathische Geschwister aufrechterhalten wird. Er lieferte den SF-Roman »The Alien Years« an HarperPrism ab.

Clifford D. Simak – Eine Auswahl der besten Kurzgeschichten des Altmeisters enthielt die Collection »Over the River and Through the Woods«.

Dan Simmons – hat den abschließenden Band der HYPERION-Tetralogie, »The Rise of Endymion«, veröffentlicht.

Dean Wesley Smith – hat sich vertraglich verpflichtet, jeweils einen Roman um SPIDER-MAN und die X-MEN zu schreiben. Er stellt die STAR TREK-Originalanthologie »Strange New Worlds« für Pocket zusammen und hat den SF-Roman »Steel« an Tor abgeliefert.

Michael Marshall Smith – Klone, die von einer Farm fliehen, auf der sie als lebende Ersatzteillager herangezüchtet wurden, werden gejagt – in »Spares«.

S. P. Somtow – In Vorbereitung befindet sich der historische Horror-Roman »Darker Angels«.

Nancy Springer – Neu der Fantasy-Roman »Fair Peril« um eine geschiedene hausbackene Königin, die sich weigert, einen verzauberten Froschprinzen zu küssen, woraufhin ihre Tochter in ein magisches Zauberreich gelockt wird.

Brian Stableford – verkaufte einen SF-Roman, der auf seiner Erzählung »Inherit the Earth« basiert, an Tor.

Michael Stackpole – verkaufte die Fantasy-Romane »Talion: Revenant« und »The Dark Glory War« sowie eine aus »Fortress Draconis«, »When Dragons Rage« und »The Grand Crusade« bestehende Trilogie an Bantam Spectra. Er hat einen Vertrag unterschrieben, den STAR WARS-Roman »Blue Heaven« zu verfassen.

Christopher Stasheff – Neu publiziert wurde in der ROGUE WIZARD-Serie Band 4, »A Wizard in Peace«, der 4. Roman seiner HEIRS OF THE WARLOCK-Serie mit dem Arbeitstitel »Gregory's Book« ging an Ace.

Allen Steele – Elf Stories präsentierte die Collection »All-American Alien Boy«. Er hat »A King of Infinite Space« an HarperPrism abgeliefert.

Bruce Sterling – Die sozialen und ökonomischen Auswirkungen von biomedizinischen Fortschritten behandelte Sterling in »Holy Fire«.

S. M. Stirling – veröffentlichte die Solo-Fortsetzung des Gemeinschaftswerks mit Anne McCaffrey zum SHIP-Zyklus, »The City Who Fought«, unter dem Titel »The Ship Avenged«. Roc kaufte den Roman »Island in the Sea of Time« und einen weiteren Zeitreiseroman.

John Stith – Neu der Roman »Reckoning Infinity«, in dem ein riesiges mysteriöses Gebilde, offenbar außerirdischen Ursprungs, ins Sonnensystem einfliegt und eine Kollision mit der Erde droht.

Amy Stout – Die renommierte Herausgeberin gab mit dem Fantasy-Roman »The Sacred Seven« ein beachtenswertes Debüt.

Tricia Sullivan – Zwei neue Romane von ihr sind bei Bantam Spectra erschienen bzw. in Vorbereitung: »Someone to Watch over Me« und »Dreaming in Smoke«.

Brad Strickland – veröffentlichte mit »The Hand of the Necromancer« den ersten allein von ihm zu John Bellairs' LEWIS BARNAVELT-Serie verfaßten Roman.

S. Andrew Swann – beendete die HOSTILE TAKEOVER-Trilogie mit »Revolutionary«.

Michael Swanwick – hat »Jack Faust« an Avon abgeliefert.

Judith Tarr – hat »The White Mare's Child«, den ersten Band einer historischen Fantasy-Trilogie, geschrieben.

Bruce Taylor – verkaufte die Collection »The Final Trick of Funnyman & Other Stories« an den Kleinverlag The Ministry of Whimsy.

Sheri S. Tepper – Erschienen sind der Near Future-Roman »Gibbon's Decline and Fall« und das im 21. Jahrhundert in Amerika spielende Öko-Märchen »The Family Tree«. »The Summer Snake« hat sie an Avon abgeliefert.

E. C. Tubb – publizierte den 32. und abschließenden EARL DUMAREST-Roman »The Return«, in dem der Protagonist endlich die Erde erreicht, sowie die Storycollection »Kalgan the Golden« bei Gryphon Books. Dort wird auch die SF-Krimi-Sammlung »Murder in Space« erscheinen.

Harry Turtledove – Der Meister der Alternativweltengeschichte verkaufte ein neues Werk dieses Subgenres, »How Few Remain«, das im Wilden Westen des 19. Jahrhunderts spielt, und die gemeinsam mit Judith Tarr verfaßte Zeitreisefantasy »The Abyss of Time« an Tor. Fertiggestellt hat er den in Mesopotamien spielenden historischen Roman »Between the Rivers«. In »Thessalonica« schildert er die Erlebnisse eines christlichen Schuhmachers in einer Welt, die von griechischen Göttern und heidnischen Dämonen bevölkert ist.

Lisa Tuttle – Ihre wohl bisher ambitionierteste Veröffentlichung stellte der neue Roman »Pillow Friend« dar, in dem die Kindheitsphantasien einer Frau zur erschreckenden Realität werden.

Jack Vance – legte mit »Night Lamp« wieder einen komplexen SF-Roman in gewohnter Manier vor. Er erhielt von den SFWA die größte Auszeichnung, den Grand Master Award.

Joan D. Vinge – brachte mit »Dreamfall« einen neuen Roman um das Halbblut Cat heraus, der Protagonistin von »Catspaw« und »Psion«.

Paula Volsky – Zwei unterschiedliche Kulturen leben in einem exotischen Land in tödlicher Koexistenz nebeneinander – im Fantasy-Roman »The Gates of Twilight«. Neu auch »The White Tribunal«.

Howard Waldrop – präsentierte neun Geschichten, davon eine als Originalveröffentlichung, in der Sammlung »Going Home Again«.

William Jon Watkins – Ein Mann versucht, die Sprachbarriere zu einer fremden Spezies zu überwinden – in »Cosmic Thunder«.

Lawrence Watt-Evans – hat den umfangreichen Fantasy-Roman »Touched by the Gods« vollendet.

Margaret Weis – Gemeinsam mit Tracy Hickman startete sie mit »Legacy of the Darksword« eine Fortsetzung zur DARKSWORD-Trilogie.

Angus Wells – schloß die Trilogie EXILES SAGA mit »Exile's Challenge« ab und verkaufte »The Guardian« plus ein weiteres Buch an Bantam.

James White – Neu sind die SECTOR GENERAL-Romane »The Galactic Gourmet« und »Final Diagnosis«. NESFA publizierte »White Papers«, eine Storysammlung mit auch frühen SF-Stories und einer Zeittafel und Artikeln zu Whites interessanter Schöpfung.

Kate Wilhelm – verkaufte einen Roman mit dem Arbeitstitel »The Good Children« an St. Martin's.

Tad Williams – Der Bestsellerautor wechselte mit seinem neuesten Roman »Otherland: City of Golden Shadow«, dem ersten Band eines neuen Zyklus, von der Fantasy zum Cyberthriller. In ihm stoßen, nachdem in der virtuellen Realität mehrmals eine goldene Stadt aufgetaucht ist, die nach ihr Suchenden aus aller Welt auf eine globale Verschwörung.

Walter Jon Williams – verkaufte »The Rift«, erschienen ist »City on Fire«, die Fortsetzung von »Metropolitan«.

Chet Williamson – schreibt den neuen CROW-Roman »Massacre of the Angels«.

Jack Williamson – Der Doyen der SF ist nach wie vor aktiv – zuletzt erschien der SF-Roman »The Black Sun«, in dem Kolonisten auf einer Eiswelt ums Überleben ringen. Er verkaufte den SF-Krimi »The Silicon Dagger« an Tor.

Connie Willis – schrieb zusammen mit Cynthia Felice den SF-Roman »Promised Land«, der auf einem rauhen Kolonialplaneten spielt, und hat »To Say Nothing of the Dog« an Bantam abgeliefert.

F. Paul Wilson – Fertig ist der gemeinsam mit Matthew Costello geschriebene Roman »DNA Wars«.

Robert Charles Wilson – hat seinen neuen Roman »Darwinia« für Tor abgeschlossen.

Terri Windling – In »The Wood Wife«, dem ersten Roman der Anthologistin, wurde eine intellektuelle Stadtfrau mit der Magie einer Wüste im Südwesten der USA konfrontiert.

Paul Witcover – legte mit »Waking Beauty« einen überzeugenden Romanerstling vor.

Gene Wolfe – Neu erschien der phantastische Roman »Castleview«, neu aufgelegt wurde die Collection »The Island of Dr. Death and Other Stories and Other Stories«.

Swain Wolfe – präsentierte mit »The Woman Who Lives in the Earth« einen Roman, der sich jedweder Schubladeneinordnung entzieht.

Dave Wolverton – brachte »Lords of the Seventh Swarm« heraus, Buch 3 des Zyklus THE GOLDEN QUEEN. Er hat »The Sum of All Men«, den Pilotband eines neuen Fantasy-Zyklus, an Tor verkauft.

Chelsea Quinn Yarbro – verkaufte den neuen SAINT-GERMAIN-Roman »Blood Roses« an Tor.

Jane Yolen – Tor kaufte »The One-Armed Queen«, den dritten Band der Serie SISTER LIGHT, SISTER DARK.

Timothy Zahn – schloß seine CONQUEROR-Trilogie über einen interstellaren Krieg mit »Conqueror's Legacy« ab.

Sarah Zettel – veröffentlichte den exzellenten SF-Roman »Fool's War« um den weiblichen Kapitän eines Raumfrachters, der mit einem gefährlichen Techno-Virus fertigwerden muß, und verkaufte »The God War« an Warner.

Aber auch einigen wenigen deutschsprachigen AutorInnen ist es wieder gelungen, dem phantastischen Genre zugehörende Werke in den USA zu veröffentlichen bzw. sie dorthin zu verkaufen. Es waren diesmal weniger als in den vergangenen Jahren, nämlich nur »The Lost World« (»Die vergessene Welt«) von Christoph Ransmayr und »The Neverending Story« (»Die unendliche Geschichte«) von Michael Ende. Auch Autoren aus anderen europäischen Ländern waren diesmal wieder mit phantastischen Titeln vertreten: Alain Robbe-Grillet & René-Margritte mit »La Belle Captive« (»La belle captive«), Jules Verne mit »Paris in the Twentieth Century« (»Paris au XXe siècle«), Peter Hoeg mit »The History of Danish Dreams« (»Forestillin om det tyvende arhundrede«) und Carlo Collodi mit »The Adventures of Pinoccio« (»Le avventure di Pinoccio«).

Auf dem ***Magazinmarkt*** sah die ohnehin schon gewohnt triste Situation noch düsterer als in den schon ziemlich trostlosen vorangegangenen Jahren, ja 1996 erwies sich als das bislang schlechteste Jahr überhaupt für die alteingesessenen ***professionellen Magazine***. Fast alle, die 1996 noch auf dem Markt waren – **ANALOG SCIENCE FICTION & FACT**, **ASIMOV'S SCIENCE FICTION**, **THE MAGAZINE OF FANTASY & SCIENCE FICTION** und **SCIENCE FICTION AGE** – nur das relativ junge **REALMS OF FANTASY** bildete eine Ausnahme – mußten zum Teil sehr schmerzliche Rückgänge bei den Verkaufszahlen hinnehmen. Die Gesamtzahl der Profi-Magazine lag mit 46 Ausgaben unter dem Stand des Vorjahrs, wo 49 Publikationen herausgekommen waren. **ANALOG SCIENCE FICTION & FACT**, von dem 1996 nur 12 Ausgaben – zwei davon waren wieder umfangreichere »Doppelnummern« – mit zum Teil reduziertem Umfang publiziert wurden, verzeichnete einen Rückgang bei den Verkaufszahlen um fast 15% von 70000 auf knapp unter 60000 Exemplare. Trotz dieses Aderlasses konnte das Magazin aber seine Spitzenposition als verkaufsstärkstes SF-Periodikum erneut behaupten, wobei sich der Vorsprung zum neuen Hauptkonkurrenten SCIENCE FICTION AGE auf knapp über 9000 Exemplare belief. Das Traditionsmagazin, das nach wie vor von Stanley

Schmidt betreut wird, ist für seine Präferenz für Hard SF bekannt, wo auch 1996 wieder der Schwerpunkt der veröffentlichten Stories lag. Vertreten waren 1996/97 Autoren und Autorinnen wie Robert J. Sawyer, Laurence M. Janifer, Jerry Oltion, Ted Reynolds, G. David Nordley, John K. Gibbons, Mark Rich, Joseph H. Delaney, H. G. Stratman, A. J. Austin & Daniel Hatch, Jayge Carr, Rick Shelley, Stephen L. Burns, Michael A. Burstein, Hayford Peirce, Katherine MacLean, Timothy Zahn, J. R. Dunn, Bud Sparhawk, Michael F. Flynn, Charles Sheffield, Kevin O'Donnell jr., F. Gwynplaine MacIntyre, Dave Alexander & Hayford Peirce, Paul Levinson, Wil McCarthy, Rick Cook & Peter L. Manly, David Alexander, Ben Bova, Maya Kaathryn Bohnhoff und James Van Pelt. Für 1997 wurde eine Reduzierung um eine weitere Ausgabe angekündigt. Einen wieder schlicht dramatisch zu nennenden zweistelligen Rückgang von diesmal sogar über 22% (nach den über 14% des Jahres 1995) mußte **ASIMOV'S SCIENCE FICTION** 1996 hinnehmen, was – wie auch bei ANALOG – zur niedrigsten Verkaufszahl in der Geschichte des Magazins von knapp 46 000 Exemplaren führte. Sowie auch dazu, daß es von SCIENCE FICTION AGE vom 2. Platz bei der Auflagenstärke verdrängt wurde. Und das, obwohl das Magazin unter der bewährten Herausgeberschaft von Gardner Dozois wieder eine qualitativ hochstehende breite Themenpalette bot. 1996 wurden nur 11 Ausgaben publiziert, eine davon eine umfangreichere »Doppelnummer«. Die Namen der Professionals, die zuletzt hier Primär- und Sekundärtexte veröffentlichten, liest sich wieder wie ein Who's Who der modernen SF und Fantasy: Robert Reeves, Jonathan Lethem, John Kessel, Daniel Keyes Moran, Charles Oberndorf, Gardner Dozois, Ian R. MacLeod, Gardner Dozois & Michael Swanwick, Nancy Kress, Gene Wolfe, Steven Utley, Michael Cassutt, Bruce Sterling, Mary Rosenblum, James Patrick Kelly, Sonia Orin Lyris, Ian Watson, Connie Willis, Kit Reeves, S. N. Dyer, Tom Purdom, Daniel Marcus, Stephen Baxter, Robert R. Chase, Geoffrey A. Landis, Robert Silverberg, Mary Rosenblum & James Sarafin, James Alan Gardner, Phillip C. Jennings, Brian Stableford, Ben Bova & Rick Wilber, Ian McDonald, Stephen Dedman, Paul J.

McAuley, John Brunner, Jack McDevitt, Ron Goulart, James Sarafin , Bill Johnson, Esther M. Friesner, Brian Aldiss, Cynthia Ward, Lisa Goldstein, Paul J. McAuley & Kim Newman, Greg Abraham, Charles L. Harness, Deborah Wheeler, Rebecca Ore, John C. Wright, Tony Daniel, Tanith Lee, Emily Devenport, Karen Joy Fowler und Michael H. Payne. Diesen von ASIMOV'S – und künftig auch von ANALOG – jetzt praktizierten Publikationsrhythmus gab es bei **THE MAGAZINE OF FANTASY & SCIENCE FICTION**, bei dem im Frühjahr 1997 Gordon Van Gelder die bisherige Herausgeberin Kristine Kathryn Rusch ablöste, schon in den letzten Jahren, also auch 1996. Auch hier fiel der Rückgang mit einem Minus von fast 12% sehr deutlich aus, die Verkaufszahlen sanken auf etwa 45 500. Auch für F&SF bedeutete das das schlechteste Ergebnis seiner Geschichte, wobei als einziger Lichtblick blieb, daß der Abstand zum Zweitplazierten auf rund 300 Exemplare im Jahresschnitt geschrumpft ist. Erneut waren, wie auch beim Mitbewerb allgemein der Fall, die rückläufigen Abonnements für das triste Abschneiden in erster Linie verantwortlich. Und das, obwohl die Qualität der Beiträge wieder sehr hoch war, die zuletzt von AutorInnen wie Sheila Finch, Michael Coney, James Patrick Kelly, John Crowley, Dale Bailey, Marc Laidlaw, Ben Bova, Ian R. MacLeod, Ives Gilman, Gene Wolfe, Harlan Ellison, Michael Bishop, Tanith Lee, Pat Murphy, Ray Bradbury, Patricia Matthews, Jerry Oltion, Ed Gorman, David Gerrold, Carrie Richerson, Charles de Lint, Linda Nagata, Steve Perry, Robin Wilson, Robert Reed, Richard Bowes, Mary A. Turzillo, Kent Patterson, Timothy Zahn, Michael Thomas, Rand B. Lee, Richard Bowes, Esther M. Friesner, George Guthridge & Janet Berliner, Mike Resnick, Rick Wilber, Mary Soon Lee, Rebecca Ore, Nina Kiriki Hoffman, Susan Wade, Alan Brennert, S. N. Dyer, Ian Watson, Brian Stableford, Ron Goulart, Kit Reeves, Robin Aurelian, Adam Troy-Castro, Mary Kittredge, Mary Rosenblum, Jack McDevitt, Nancy Etchemendy, Jonathan Lethem & Angus MacDonald und Kathe Koja & Barry N. Malzberg stammten. Das vom Start weg sehr erfolgreiche neue Fantasy-Magazin **REALMS OF FANTASY**, das Schwestermagazin von SCIENCE FICTION AGE, war das einzige Periodikum, das einen, wenn auch geringen, Zuwachs verbuchen konnte, und zwar um über 2% auf über 44 000 Exemplare. Von dem unter der redaktionellen Leitung von Shawna McCarthy veröffentlichten, aufwendig gestalteten Periodikum im Illustriertenformat, mit vielen Farbseiten und Illustrationen, sind 1996 die geplanten 6 Ausgaben erschienen. Nicht nur die Optik, auch der Inhalt konnte sich sehen lassen und überzeugte. Die zuletzt erschienenen Ausgaben präsentierten Artikel und Stories von James Kilius, Jane Yolen, Thomas E. Fuller & Brad Strickland, Kelly Link, Lawrence Watt-Evans, Terri Windling, Peni R. Griffin, Tanith Lee, Storm Constantine, Julie Stevens, Harlan Ellison, Susan J. Kroupa, Charles de Lint, William F. Wu, Don Webb, Geoffrey A. Landis, Jack McDevitt, Margaret Ball, Stephen Dedman, Kristine Kathryn Rusch, Dave Smeds, Robert Silverberg, Richard Parks, Batya Swift Yasgur & Barry N. Malzberg, Susan Wade, Martha Wells, Louise Cooper und Diana L. Paxson. Ähnlich in der Aufmachung, aber noch immer erfolgreicher präsentierte sich das Schwestermagazin **SCIENCE FICTION AGE** im vierten Jahr seines Bestehens. Von diesem ebenfalls aufwendig aufgemachten, reich bebilderten und mit vielen Farbseiten ausgestatteten Periodikum im Illustriertenformat, das von Scott Edelman herausgegeben wird, sind 1996 sechs Nummern veröffentlicht worden. Die durchschnittliche verkaufte Auflage lag mit knapp über 50 000 Exemplaren um etwas über 12% niedriger als im Vorjahr (über 57 000 Exemplare), aber immer noch um 5000 über der von ASIMOV'S. Der Inhalt war wie gewohnt breit gefächert, unter den MitarbeiterInnen fanden sich wieder so bekannte Namen wie Stephen Dedman, Robert Silverberg, Mark Rich, Alexander Jablokov, Eric Choi, Damon Knight, Catherine Asaro & Geoffrey A. Landis, Stephen Baxter, Charles Sheffield, Maureen F. McHugh, Storm Constantine, Jack Dann, Ben Bova, Don Webb, Robert Reeves, Thomas M. Disch, Paul Di Filippo, Adam Troy-Castro, Phyllis Gotlieb, Frederik Pohl, Charles Sheffield, Ernest Hogan, Geoffrey A. Landis, Karen Haber, Gregory Benford und Jack Williamson.

Bei den ***semiprofessionellen Magazinen*** – das sind solche, die nicht über das Zeitschriftengrosso vertrieben werden, eine Auflage von weniger als 10 000 Exemplaren haben oder nicht zumindest viermal jährlich herauskommen – gab es wieder einige Neuzugänge und Einstellungen. Nach einer zeitweisen Absenz im Jahr 1995 kehrte **ABORIGINAL SCIENCE FICTION** 1996 mit drei Doppelausgaben zurück. Das Magazin ist ansprechend aufgemacht und hat eine verkaufte Auflage von knapp 8000 Exemplaren. Zuletzt erschienen hier Beiträge von William Barton, K. D. Wentworth, Spencer Luster und Robert Hood. Auch **CEMETERY DANCE** wurde 1996 unter der Ägide von Richard T. Chizmar mit drei Ausgaben weitergeführt. Es weist ein gutes Layout auf sowie Geschichten auf Profi-Niveau, zuletzt von Stephen Mark Rainey, Ed Gorman, Darrell Schweitzer, Peter Crowther & James Lovegrove, Ronald Kelly, Elizabeth Engstrom, Richard Laymon, Ronald Kelly, Hugh B. Cave, Melanie Tem, C. J. Henderson, Batya Swift Yasgur, Jack Ketchum und William F. Nolan, und Interviews, in den letzten Ausgaben mit David Schow, Richard Laymon, Dean Koontz und Douglas Clegg. Von **MARION ZIMMER BRADLEY'S FANTASY**, herausgegeben von der DARKOVER-Autorin selbst und Rachel Holmen, sind auch 1996 die geplanten vier Ausgaben wieder termingerecht erschienen. Das Magazin selbst ist professionell aufgemacht, hat eine verkaufte Auflage von rund 5500 Exemplaren erreicht und präsentierte in den letzten Nummern Stories von u. a. Jo Clayton, Karen Anderson, Ardath Mayhar, Marion Zimmer Bradley und Mark A. Garland & Lawrence Schimel, sowie Interviews mit Charles de Lint, Esther M. Friesner, Ellen Kushner und Susan Shwartz. Auch **PIRATE WRITINGS**, herausgegeben von Edward J. McFadden, schaffte die geforderten vier Ausgaben im Jahr 1996, die verkaufte Auflage lag aber bei nur 2600. Hier wurden Geschichten von Profi-Autoren präsentiert, zuletzt von Algis Budrys, Paul Di Filippo, Mark Rich, Bill Pronzini, Alan Dean Foster, Don D'Ammassa, Mary Soon Lee und Mike Resnick & Lyn Nichols, sowie Interviews mit C. J. Cherryh, Ed Gorman, Terry Bisson und Robert Randisi. Auf fünf Ausgaben brachte es 1996 das zweimonatlich geplante Magazin

TOMORROW SPECULATIVE FICTION, herausgegeben und verlegt von Algis Budrys. Die Verkaufsauflage lag bei rund 3000 Stück. Die Februar-Ausgabe 1997 war die letzte in Print-Form, danach wurde es zum Online-Magazin. In den letzten gedruckten Ausgaben wurden neue Texte von u. a. Michael Shea, Robert Reeves, Michael H. Payne, Yves Meynard, George S. Walker, Thomas A. Easton, Virginia Baker, James Kilius, Richard Parks, Kandis Elliot und Marc Schultz vorgestellt. **ABSOLUTE MAGNITUDE**, herausgegeben von Warren Lapine, schaffte 1996 nur zwei der geplanten vier Ausgaben und präsentierte zuletzt Stories von Algis Budrys, Geoffrey A. Landis, Don D'Ammassa, Barry B. Longyear, Harlan Ellison, Sharian Lewitt, Alan Dean Foster, William F. Wu sowie Robin Wayne Bailey und Interviews mit Timothy Zahn und Hal Clement. Das 1995 neu aus der Taufe gehobene literarische Magazin **CENTURY**, verlegt von Meg Hamel und redaktionell betreut von Rob Killheffer, schaffte 1996 sogar nur eine Ausgabe, im ersten Halbjahr 1997 ist keine neue Nummer erschienen. Auf zwei Ausgaben kam 1996 auch **CRANK!**. herausgegeben von Bryan Cholfin, die ebenfalls ein hohes Niveau aufwiesen, mit Beiträgen von u. a. James Blaylock und R. A. Lafferty. WEIRD WORLDS-Nachfolger **WORLDS OF FANTASY & HORROR**, verlegt von George H. Scithers und herausgegeben von Darrell Schweitzer, brachte es ebenfalls auf zwei Ausgaben im Jahr 1996 und plant für 1997 das Erscheinen von drei bis vier Nummern. In den letzten fanden sich Beiträge von Tanith Lee, Jonathan Shipley, Thomas Ligotti, Lord Dunsany, R. Chetwynd-Hayes, Ian Watson und Darrell Schweitzer, sowie ein Interview mit Peter Beagle. **ADVENTURES OF SWORD & SORCERY**, herausgegeben von Randy Dannenfelser, präsentierte 1996/97 u. a. Stories von Stephen Baxter, Darrell Schweitzer, Robert E. Vardeman, Nancy Varian Berberick und Stephen Baxter. **WEIRDBOOK**, herausgegeben von W. Paul Ganley, stellte infolge des schlechten Gesundheitszustands des Herausgebers im Frühjahr 1997 mit Nummer 30 sein Erscheinen ein. Die letzte Ausgabe, die mit WHISPERS gemeinsam gestaltet wurde, enthielt Stories von Jessica Amanda Salmonson, Ardath Mayhar, John

Gregory Betancourt, Joseph Payne Brennan, Hugh B. Cave, Avram Davidson, Chet Williamson und David Drake. Unterschiedlich präsentierte sich die Situation bei den Fachzeitschriften **LOCUS** und **SCIENCE FICTION CHRONICLE**. Während **LOCUS** 1996 wieder 12 Ausgaben herausbrachte, die alle pünktlich erschienen sind, kamen von SFC nur 4 Ausgaben auf den Markt, relativ unregelmäßig, mit den Cover-Dates December 95/January 96, February 96, May/June 96 und October 96. Diese Tendenz setzte sich auch in der ersten Jahreshälfte 1997 fort, in diesem Zeitraum wurden ebenfalls nur zwei Nummern herausgebracht. Beiden gemeinsam aber ist der Trend, neben News und Rezensionen auch Interviews mit und Artikel über prominente Autoren zu bringen. Bei **SFC** wurden zuletzt Lois McMaster Bujold, Kim Newman, Octavia E. Butler, Stephen R. Lawhead und Jonathan Carroll interviewt, bei **LOCUS** waren es Nicola Griffith, Walter Jon Williams, Frederik Pohl, Jack Williamson, Robert Silverberg, Joan D. Vinge, Paul Preuss, Connie Willis, Bradley Denton, Linda Nagata, Larry Niven, David Brin, Michael Kandel, Poul Anderson, Garth Nix, Dan Simmons, Sean Russell, Daniel Keyes, John Kessel, Joe Haldeman, Eric S. Nylund, Jane Yolen und Steven Gould & Laura J. Mixon.

1996/97 hatte die internationale SF-Szene wieder einige **Todesfälle** zu beklagen:

Der bekannte Krimi-Autor **Collin Wilcox** starb am 12. Juli 1996 in seiner Wohnung in San Francisco an Krebs. Er war 71 Jahre alt. In Detroit MI am 21. September 1924 geboren, übersiedelte er 1949 nach San Francisco, wo die meisten seiner dreißig Kriminalromane spielen. In zwei Romanen, »The Black Door« (1967) und »The Third Figure« (1969) schilderte Wilcox die Abenteuer des Reporters und Detektivs Stephen Drake, der seine Fälle mit Hilfe seiner PSI-Kräfte löst. Daneben verfaßte Wilcox einige Kurzgeschichten mit phantastischen Elementen.

Claudia Peck, die Autorin des Fantasy/Horror-Romans »Spirit Crossings« und einiger Genre-Stories, starb am 1. August 1996 in Spokane WA an Komplikationen im Gefolge von

Brustkrebs. Sie war 43 Jahre alt. Geboren am 24. Dezember 1952 erwarb sie 1974 einen BA an der University of Tennessee und machte 1987 ihren MA in Boulder. Sie besuchte das Clarion Workshop und war in der SF- und Fantasy-Szene aktiv. Bis kurz vor ihrem Tod unterrichtete sie Englisch an der East Washington University in Cheney.

Og Mandino starb am 3. September 1996 im Alter von 72 Jahren. Er war in der Versicherungsbranche tätig und schrieb neben Sachbuchbestsellern wie »The Greatest Salesman in the World« (1968) und »The Greatest Secret in the World« (1972) auch einen SF-Roman, »The Christ Commission« (1809), in dem ein Zeitreisender aus dem 20. Jahrhundert ins Jahr 36 n. Chr. reist, um die Wahrheit über die Auferstehung Christi herauszufinden.

Die französische Herausgeberin, Übersetzerin und Autorin **Elisabeth Gille**, starb am 30. September 1996 an Krebs. Sie war für die SF-Reihe PRESENCE DU FUTUR bei Denoël verantwortlich, die sie zum Erfolg führte, indem sie sowohl moderne englischsprachige Autoren präsentierte als auch neue französische Autoren förderte und publizierte, wie Jean-Pierre Andrevon, Jacques Barberi, Francois Berthelot, Serge Brussolo, Jean-Claude Dunyach, Jean-Pierre Hubert, Emmanuel Jouanne, Jean-Pierre Ligny, Jean-Pierre Vernay und Elisabeth Vonarburg. Sie stellte zwei Anthologien zusammen, mit denen sie erstmals einige dieser neuen Autoren vorstellte, »Futurs au présent« und »Superfuturs«. Sie war auch eng dem Magazin SCIENCE-FICTION verbunden. Ende der 80er Jahre verließ sie Denoël, um die Abteilung für Auslandsliteratur bei Flammarion zu leiten.

Am 11. Oktober 1996 starb die Jugendbuchautorin **Eleanor Butler Cameron** im Hospiz in Monterey CA. Sie war 84 Jahre alt. Sie wurde am 23. März 1912 als Eleanor Frances Butler in Winnipeg, Kanada, geboren. Ihre Eltern übersiedelten zunächst nach South Charleston OH und schließlich nach Berkeley CA, wo sie im Alter von elf Jahren ihre Schriftstellerkarriere begann. Bis in die späten 50er Jahre arbeitete sie in Büchereien. 1050 erschien ihr erster Roman, »The Unheard Music«, ein Roman für Erwachsene. Dann verfaßte sie 17 Kinderbücher, beginnend mit »The Wonderful Flight to the Mushroom Planet« (1954), dem weitere vier Romane folgten, die auf diesem Planeten spielen: »Stowaway to the Mushroom Planet« (1956), »Mr. Bass's Planetoid« (1958), »The Terrible Churnadryne« (1959) und »A Mystery for Mr. Bass« (1960). Später wandte sie sich dem phantastischen Jugendbuch zu und publizierte Romane wie den preisgekrönten »The Court of the Stone Children« (1973) oder »To the Green Mountains« (1975). 1985 wurde sie für ihr Gesamtwerk mit dem Kerian Award ausgezeichnet.

Herbert Roland Percy, einer der führende Autoren Kanadas, starb am 17. Dezember 1996 in seinem Haus in Granville Ferry, Nova Scotia. Er war 76 Jahre alt. In Burham, Kent, England, 1920 geboren, diente er von 1936 bis 1952 in der Royal Navy. 1952 übersiedelte er nach Kanada und diente bis zu seiner Pensionierung 1971 in der Royal Canadian Navy. Er war der Autor mehrerer Bücher, einschließlich der Collection »The Timeless Island« (1960), die zahlreiche phantastische Erzählungen enthielt, und des Romans »Painted Ladies«. Seine Alternativweltgeschichte »Letter from America« wurde in zwei Genre-Anthologien, »Beyond Time« (1976), hrsg. von Sandra Ley, und »Visions from the Edge« (1981), zusammengestellt von John Bell & Lesley Choyce, aufgenommen.

Am 20. Dezember 1996 starb der Wissenschaftler, Astronom, Pulitzer-Preisträger und Autor populärwissenschaftlicher Sachbücher **Carl Sagan** an Lungenentzündung. Er war 62 Jahre alt. 1934 in Brooklyn geboren, erwarb Sagan seine akademischen Grade in Astronomie an der University of Chicago, arbeitete fünf Jahre als Assistent in Harvard und wurde 1978 als Professor an die Astronomische Abteilung der Cornell University berufen. In den 70er Jahren arbeitete er an den Mars- und Jupiterprojekten der NASA mit und war verantwortlich für die Botschaft an mögliche fremde Lebensformen, die Pioneer 10 auf seine interstellare Mission mitgegeben wurde. 1966 erschien sein erstes Buch, eine überarbeitete und aktualisierte Fassung eines Sachbuchs des russischen Astronomen I. S. Schklavskij, das unter ihren beiden Namen unter dem Titel »Intelligent Life in the Universe« veröffentlicht wurde. Es folgten »The Cosmic Connection: An Extraterrestrial Perspective« (1973) und »Dragons of Eden: A Speculative Essay on the Origin of Human Intelligence« (1977). 1980 präsentierte er die TV-Dokumentationsreihe »Cosmos«, von der er auch eine Buchfassung schrieb. Zusammen mit seiner Frau Ann Druyan verfaßte er auch ein Sachbuch über Kometen, »Comets«. 1985 erschien sein einziger SF-Roman »Contact« über den Erstkontakt mit einer außerirdischen Lebensform.

Charles V. De Vet, der Verfasser von über sechzig SF-Kurzgeschichten und zwei Romanen, starb am 5. Januar 1997 in seinem Haus in Edina MI an Krebs. Er war 85 Jahre alt. Charles Vincent De Vet wurde am 28. Oktober 1911 geboren. Seine Karriere in der SF-Szene begann 1950 mit der Veröffentlichung der Story »The Unexpected Weapon«. Weitere folgten vor allem in den nächsten anderthalb Jahrzehnten, wie »Alien's Bequest«, »Growing up on Big Muddy« und »Infinity's Child«. Sein erster Roman, gemeinsam mit Katherine MacLean verfaßt, erschien 1962 unter dem Titel »Cosmic Checkmate« und stellte eine Erweiterung der Story »Second Game« (1958) dar. Auch bei seinem zweiten Roman, »Special Feature« (1975), handelte es sich um eine erweiterte Fassung einer zuvor schon erschienenen Erzählung aus dem Jahre 1958. Nach längerer Pause ließ De Vet Ende der 80er Jahre wieder mit neuen Geschichten von sich hören, wie beispielsweise »Third Game« (1991).

Im Februar starb der russische SF-Autor und Kritiker **Andrej Donatowitsch Sinjavskij**, besser bekannt unter seinem Pseudonym **Abram Tertz**, in Paris an Krebs. Er war 71 Jahre alt. In Moskau geboren, war er zunächst ein Anhänger des Systems, bis sein Vater 1951 ins Gefängnis kam. Unter dem Pseudonym Tertz veröffentlichte er im Ausland kritische Texte, die er in seiner Heimat nicht publizieren konnte. Als der KGB herausfand, daß sich hinter Abram Tertz der russische Autor Sinyavskij verbarg, wurde ihm der Prozeß gemacht, und er wurde für sieben Jahre ins Arbeitslager geschickt. Danach wurde ihm, seiner Frau Maria Rozanova und dem gemeinsamen Sohn Igor die Emigration nach Frankreich gestattet. Er lehrte Russische Literatur an der Sorbonne und schrieb und publizierte sowohl unter seinem Namen wie auch unter dem Pseudonym Tertz.

Am 9. März 1997 starb der britische Drehbuchautor **Terry Nation** nach langer schwerer Krankheit an einer Lungenerkrankung in Los Angeles. Er war 66 Jahre alt. Berühmt wurde Nation für seine Arbeiten an diversen TV-Serien, wie DOCTOR WHO (zu der er die Roboterrasse der Daleks erfand), THE AVENGERS, THE SAINT und OUT OF THIS WORLD. Er konzipierte die SF-TV-Serien THE SURVIVORS und BLAKE'S SEVEN, für die er auch alle 13 Folgen der ersten Season schrieb. Zu seinen Publikationen gehören das Fantasy-Jugendbuch »Rebecca's World« (1975), die Novelisation »The Survivors« (1976) und die Sachbücher »The Official Doctor Who and the Daleks Book« (1988, mit John Peel) und »Doctor Who: The Scripts: The Daleks« (1989, mit John McElroy).

Der Luftfahrtexperte und Autor von Sachbüchern, Thrillern und SF-Romanen **Martin Caidin** starb am 24. März 1997 in einem Hospiz in Talahassee FL an Schilddrüsenkrebs. Er war 69 Jahre alt. Martin Strasser Caidin wurde am 14. September 1927 in New York City geboren. Der schon früh zum Waisen Gewordene interessierte sich für technische Dinge und veröffentlichte seinen ersten Artikel, »Messerschmidt Fighter Design«, im Alter von 16 Jahren. 1945 ging er zur Handelsmarine und verbrachte einige Zeit in Japan. Von 1947 bis 1950 diente er in der US Air Force, wo er es bis zum Sergeant brachte. Im Anschluß daran arbeitete er bis 1964 als Berater bei diversen Fluggesellschaften. In den 60er Jahren übersiedelte er nach Florida, wo er die Fliegerei als Hobby weiterbetrieb. 1951 erschien sein erstes Buch, das gemeinsam mit David C. Cooke verfaßte Sachbuch »Jets, Rockets, and Guided Missiles«. Sein erster Roman, »The Long Night« (1956) war Science Fiction, ebenso auch die meisten seiner späteren Veröffentlichungen, alles in allem rund zwei Dutzend. Etliche seiner Romane wurden verfilmt, wie »Marooned« (1964), in dem amerikanische Astronauten von russischen Kollegen gerettet werden. Seine vierbändige Serie um STEVE AUSTIN, bestehend aus »Cyborg« (1972), »Operation Nuke« (1973), »High Crystal« (1974) und »Cyborg IV« (1975) inspirierte die

TV-Serie THE SIX MILLION DOLLAR MAN. Weitere SF-Veröffentlichungen waren »The Last Fathom« (1967), »No Man's World« (1967), »Four Came Back« (1968), »Aquarius Mission« (1968), »The God Machine« (1968), »The Mendelov Conspiracy« (1969), »The Cape« (1971), »Planetfall« (1974), »Star Bright« (9180), »Killer Station« (1984), »The Messiah Stone« (1986), »Zoboa« (1986), »Exit Earth« (1987), »Prison Ship« (1989), »Beamriders!« (1989), »Dark Messiah« (1990) und »Ghosts of the Air« (1991). Zu seinen jüngsten Veröffentlichungen gehörten die INDIANA JONES-Romane »Indiana Jones and the Sky Pirates« (1993) und »Indiana Jones and the White Witch« (1994).

Der australische Autor, Filmproduzent und Rundfunksprecher **Kit Denton** starb am 14. April 1997. Er war 68 Jahre alt. Denton wurde am 5. Mai 1928 in England geboren und diente bei der British Army. 1950 übersiedelte er nach Australien, wo er bis 1965 als Radiosprecher arbeitete, bevor er sich ganz dem Schreiben widmete. Er veröffentlichte neun Bücher, darunter den SF-Roman »The Thinkable Man« (1976), sowie zahlreiche SF-Stories, einige davon gesammelt in »The Burning Spear« (1990).

Sam Moskowitz, der berühmte SF-Chronist und Historiker der Szene, starb am 15. April 1997 im University Hospital in Newark NJ, nachdem er eine Woche zuvor einen schweren Herzinfarkt erlitten hatte und ins Koma gefallen war. Er war 76 Jahre alt. Am 30. Juni 1920 in Newark NJ als Sohn von russischen Emigranten geboren, kam er bald mit der SF in Kontakt und wurde in der Folge im Fandom aktiv. Er war Organisator des ersten SF-World-Cons, der im Juli 1939 in New York abgehalten wurde. In den frühen 40er Jahren war er als literarischer Agent in der SF-Szene tätig und publizierte selbst einige Stories in den Pulps, beginnend mit »The Way Back« (1941). In den 40er und 50er Jahren verfaßte Moskowitz eine Reihe von Artikeln über die Anfangsjahre des Fandoms. Sie erschienen 1954 gesammelt unter dem Titel »The Immortal Storm: A History of Science Fiction Fandom«. 1953 war er Herausgeber des kurzlebigen Magazins SCIENCE FICTION PLUS. In den 50er und 60er Jahren schrieb er Sachartikel und Porträts von diversen SF-Autoren, die die Basis für weitere fünf Sachbücher bildeten: »Explorers of the Infinite: Shapers of Science Fiction« (1963), »Seekers of Tomorrow: Masters of Modern Science Fiction« (1966), »Science Fiction By Gaslight: A History and Anthology of Science Fiction in the Popular Magazines, 1891–1911« (1968), »Under the Moons of Mars: A History and Anthology of ›The Scientific Romance‹ in the Munsey Magazines, 1912–1920« (1970) und »Strange Horizons: The Spectrum of Science Fiction« (1976). 1981 erhielt er von der Science Fiction Research Association für seine Beiträge zur Science Fiction den Pilgrim Award.

Am 20. April 1997 starb der chinesische SF-Autor **Tong Enzheng** an einer Lebererkrankung. Er war 62 Jahre alt. Enzheng wurde am 27. August 1935 in der Provinz Hunan geboren, graduierte 1961 an der Sichuan Universität und lehrte dort als Professor von 1961 bis 1990. Während seiner Collegezeit begann er mit dem Schreiben, vor allem von SF. Neben zahlreichen Kurzgeschichten und Essays verfaßte Tong auch den SF-Roman »New Monkey's Journey to the West«. Nach dem Massaker am Platz des Himmlischen Friedens verließ er China und übersiedelte nach Pittsburgh PA, wo er an der dortigen Universität als Professor für Geschichte lehrte, Ende 1995 übersiedelte er nach Connecticut.

Der irische Autor **Mervyn Wall** starb am 18. Mai 1997 in Dublin, Irland. Er war 88 Jahre alt. Wall wurde am 23. August 1908 in Dublin geboren, besuchte das Belvedere College und das University College, wo er 1928 graduierte. Nach einigen Jahren als Büroangestellter der Agricultural Credit Corporation arbeitete er vierzehn Jahre lang für den Irischen Zivildienst, danach war er von 1948 bis 1957 bei Radio Eireann tätig und im Anschluß daran bis 1974 Sekretär des Irish Arts Council. 1946 erschien sein erster Roman »The Unfortunate Fursey«, ein satirischer Fantasy-Roman um einen irischen Laienbruder, der von Geistern, einer Hexe und schließlich Satan höchstpersönlich in Versuchung geführt wird. 1948 folgte die Fortsetzung »The Return of Fursey«. Eine Omnibusausgabe kam unter dem Titel »The Complete Fursey« 1985 heraus. Zudem verfaßte Wall den phantastischen Kurzroman

»The Garden of Echoes: A Fable for Children and Grown-Ups« (1982, Buchfassung 1988). Einige der in der Collection »A Flutter of Wings« enthaltenen Geschichten sind ebenfalls Phantastik.

Am 23. Mai 1997 starb der Romancier **Alan Harrington** in seinem Haus in Tucson AZ an Leukämie. Er war 78 Jahre alt. Am 16. Januar 1919 in Newton MA geboren, graduierte er 1939 am Harvard College und diente während des Zweiten Weltkriegs in der Army Air Force in Neufundland. Nach dem Krieg arbeite er als Journalist und Redakteur, schrieb für Magazine wie HARPER`S und lehrte Schreiben an der University of Arizona. Sein erster Roman erschien 1955 unter dem Titel »The Revelations of Dr. Modesto«. 1969 publizierte er das Sachbuch »The Immortalist« zum Thema Unsterblichkeit, von dem auch sein SF-Roman »Paradise 1« (1977) handelte.

Der australische SF-Autor und Kritiker **George Turner** starb am 8. Juni 1997, nachdem er einige Tage zuvor einen Schlaganfall erlitten hatte. Er war 80 Jahre alt. George Reginald Turner wurde am 8. Oktober 1916 in Melbourne, Australien, geboren. Er besuchte Schulen in Victoria und studierte an der University High School. Während des Zweiten Weltkriegs diente er in den Australian Imperial Forces. Von 1945 bis 1977 übte er eine Vielzahl von Berufen aus, nebenher arbeitete er als Autor. Seine ersten Romane waren Mainstream-Titel wie »Young Man of Talent« (1959; US: »Scobie: A Novel«), »A Stranger and Afraid« (1961), »The Cupboard under the Stairs« (1962, erhielt den Miles Franklin Award), »A Waste of Shame« (1965), »The Lame Dog Man« (1967) und »Transit of Cassidy« (1978). In den 60er Jahren wurde er Buchkritiker, zuerst schrieb er für den AUSTRALIAN SCIENCE FICTION REVIEW, von 1970 bis 1982 war er der SF-Rezensent beim THE MELBOURNE AGE, daneben veröffentlichte er in Magazinen wie SF COMMENTARY und FOUNDATION. Fünfmal wurde er für seine Kritiken mit dem William J. Atheling Award ausgezeichnet. 1975 schrieb er seinen ersten SF-Roman »Beloved Son«; dieser erste Band seiner ETHICAL CULTURE-Serie, die im Australien des 21. Jahrhunderts nach dem Kollaps spielt, erschien 1978 und gewann den Ditmar

Award. Die Serie wurde mit »Vaneglory« (1981) und »Yesterday's Men« (1983) weitergeführt, wobei letzterer ebenfalls mit dem Ditmar ausgezeichnet wurde. 1987 folgte die Dystopie »The Sea and the Summer« (1988 in den USA: »Drowning Towers«), gefolgt vom SF-Thriller »Brain Child« (191), der Dystopie »The Destiny Makers« (1993; Ditmar Award) und »Genetic Soldier« (1994). Zum Zeitpunkt seines Todes hatte Turner einen weiteren SF-Roman fertiggestellt: »Down There in Darkness«. Eine Auswahl seiner SF-Kurzgeschichten enthielt die Sammlung »A Pursuit of Miracles« (1990). Des weiteren publizierte Turner die Autobiographie »In the Heart or in the Head: An Essay in Time Travel« (1984) und die Memoiren »Off-Cuts« (1986) und gab auch eine Anthologie australischer SF heraus: »The View from the Edge: A Workshop of Science Fiction Stories« (1977).

Amos Tutuola, der berühmte nigerianische Autor, starb am 8. Juni 1997 in Ibadan, Nigerien, an den Folgen von Bluthochdruck und Diabetes. Er war 77 Jahre alt. Tutuola wurde 1920 in Abeokuta, Nigerien, geboren und erhielt nur eine Grundschulausbildung. Er erlernte den Beruf eines Schmieds, diente während des Zweiten Weltkriegs in der British Royal Air Force in Lagos, und arbeitete in der Folge in unterschiedlichen Berufen, u. a. auch für den Nigerianischen Rundfunk. Sein erster Roman, »The Palm-Wine Drinkard«, erzählt die Geschichte eines Wanderers, der auf seiner Reise verschiedenen übernatürlichen Wesen begegnet. Ebenfalls zur phantastischen Literatur gehören die von der Folklore der Yoruba inspirierten Romane »My Life in the Bush of Ghosts« (1954), »The Brave African Huntress« (1958), »Feather Woman of the Jungle« (1962), »The Witch-Herbalist of the Remote Town« (1981) und »Pauper, Brawler and Slanderer« (1987) sowie die Collection »Ajaiyi and His Inherited Poverty« (1967).

Die britische SF-Szene 1996/97

von Hermann Urbanek

1996 gab es, nachdem der britische Science Fiction-, Fantasy- und Horror-Markt schon 1995 nach zwei Jahren mit leichten Aufwärtstendenzen einen drastischen Einbruch von 10% hatte hinnehmen müssen, einen neuerlichen deutlichen Rückgang bei der Zahl der veröffentlichten Titel. Das Minus von rund sieben Prozentpunkten hatte auch den niedrigsten Titelstand der letzten acht Jahre zur Folge. Damit lag das Jahresergebnis in etwa im Rahmen dessen, was im letztjährigen Szenebericht prognostiziert worden war. Damals hatte es aufgrund der vorliegenden Informationen ganz danach ausgesehen, als würde die zu erwartende Reduzierung in ähnlicher Größenordnung ausfallen wie 1995. Und es sieht ganz so aus, als wäre die Talsohle noch nicht erreicht, als würde die Talfahrt nahezu ungebremst auch 1997 weitergehen, zumindest, wenn man sich die bislang vorliegenden Informationen betrachtet, auch wenn Prognosen, speziell für den britischen Markt, traditionsgemäß sehr schwierig sind. Sollte es im zweiten Halbjahr 1997 keine gravierenden Änderungen bei der Marktsituation geben, dann muß mit einem Rückgang in ähnlichem Ausmaß wie in den Jahren 1995 und 1996 auch für 1997 gerechnet werden. Marktdominierende Publikationsform war auch 1996 wieder, wie schon in den Jahren davor, das Taschenbuch.

Bei den ***Verlagen***, die 1996 Genre-Titel publizierten, bot sich ein sehr unterschiedliches Bild. Von den Top Ten veröffentlichten fünf – **Hodder Headline**, **HarperCollins**, **Little Brown**,

Penguin und **Boxtree** - weniger Titel als im Vorjahr, vier - und zwar **Random**, **Gollancz**, **Transworld** und **Dr. Who** - mehr, und einer - **Orion/Millenium** - genauso viele wie 1995. Seine Position als Marktführer konnte **Hodder Headline**, der 1995 nach einigen Jahren als »ewiger Zweiter« erstmals wieder an der Spitze gelegen war, mit 113 veröffentlichten Titeln (1995 waren es 118 gewesen) behaupten. Auf Platz 2 rangierte der Marktleader der Jahre 1992 bis 1994, **HarperCollins**, der 1996 fünfzehn Titel weniger herausbrachte als im Vorjahr und damit auch 13 Bücher weniger als der erfolgreichere Konkurrent. Wieder weit abgeschlagen landeten die übrigen Verlage auf den Plätzen, wobei die Differenz bisweilen nur einige wenige Titel betrug: **Random** (67), **Gollancz** (66), **Orion/Millenium** (57), **Transworld** (51), **Little Brown** (48), **Penguin** (38), **Dr. Who** (30) und **Boxtree** (27). Was die Original- und Erstveröffentlichungen betraf, so hatte auch hier **Hodder Headline** mit 38 Titeln die Nase vorn, gefolgt von **Dr. Who** (30), **Transworld** (27), **HarperCollins** (25), **Gollancz** (25), **Orion/Millenium** (20), **Random** (15), **Penguin** (15), **Scholastic** (13) und **Little Brown** (11). Alles in allem waren es 63 Verlage, die 1996 SF, Fantasy und Horror auf den Markt gebracht haben.

Der amerikanischen SF-Fachzeitschrift **LOCUS** zufolge wurden in Großbritannien 1996 im phantastischen Genre unter Berücksichtigung aller Grenzbereiche insgesamt 825 Titel veröffentlicht, was einem Rückgang von 6,1% entspricht. 1995 waren es 878 gewesen. Das Minus ging ganz auf das Konto der Originalausgaben, wo eine Verringerung der Titelzahl um 13% verzeichnet wurde, während die Nachdrucke ein Plus von 4% aufwiesen. Damit gab es eine neuerliche Verschiebung des Verhältnisses von Original- bzw. britischen Erstveröffentlichungen und Nachdrucken bzw. Neuausgaben zugunsten letzterer. 1996 standen 446 britischen Erstveröffentlichungen 379 Reprints gegenüber, 1995 hatte das Verhältnis 513 neue Titel zu 365 Nachdrucke gelautet. Diese Original- und britischen Erstveröffentlichungen (in der Regel Werke von US-Autoren, es wurden aber auch phantastische Texte von Alvaro Cunqueiro, Mario de Sa-Carneiro, Marcel Béalu und Peter Hoeg herausgebracht) setzten sich aus 63 SF-Romanen (14,1%), 93 Fantasy-Romanen (20,9%), 57 Horror-Romanen (12,8%), 26 Anthologien (5,8%), 21 Collections (4,7%), 7 Sekundärtiteln (1,6%), 84 Novelisierungen (18,8%), 63 Jugendbüchern (14,1%), 17 Sammelbänden (3,8%), 8 Kunstbänden (1,8%) und 7 nicht eindeutig zuzuordnenden Titeln zusammen. Im Jahr 1995 hatten die 513 neuen Titel aus 82 SF-Romanen (16,0%), 106 Fantasy-Romanen (20,7%), 60 Horror-Romanen (11,7%), 26 Anthologien (5,1%), 25 Storysammlungen (4,9%), 13 Sekundärwerken (2,5%), 89 Novelisierungen (17,3%), 78 Jugendbüchern (15,2%), 11 Sammelbänden (2,1%), 6 Kunstbüchern (1,2%) und 17 nicht eindeutig zuzuordnenden Publikationen bestanden.

Damit bot sich 1996 ein ganz anderes Bild als im Jahr zuvor. Die Zahl der SF-Romane ist um rund 23% gesunken, in ähnlicher Höhe lag auch die Reduktion bei den Jugendbüchern (minus 20%). Rückgänge in unterschiedlicher Größenordnung gab es auch in den meisten anderen Bereichen: Die Fantasy-Romane wiesen ein Minus von 12% auf, die Collections gar eines von 16%. Nahezu gleich blieb die Titelzahl beim Horror-Roman (minus 5%) und bei den medienbezogenen Büchern (minus 6%). Lediglich bei den Omnibusausgaben und bei den Kunstbänden erschienen 1996 mehr Titel als 1995. Bei den Neu- bzw. Erstveröffentlichungen konnte der Fantasy-Roman seine dominierende Rolle, die er seit 1991 innehat, klar behaupten, der Abstand zum Zweitplazierten ist allerdings erneut geschrumpft, da der Fantasy-Roman einen deutlicheren Rückgang verzeichnete als die medienbezogenen Titel, also Novelisierungen von Filmen, Spielen, Comics und TV-Serien, die wieder auf der Position landeten, die sie 1995 errungen hatten. Platz 3 teilten sich der SF-Roman und das Jugendbuch, die sich noch im Vorjahr ein Kopf-an-Kopf-Rennen darum geliefert hatten. Der Abstand zum Horror-Roman, der wieder auf Platz fünf rangierte, war marginal, er betrug nur noch einige wenige Titel. Weit abgeschlagen folgten dann, wieder relativ dicht beieinander, die Anthologien und Collections, sowie schließlich die Sammelbände. Damit hat sich die Prognose im letzten Jahrbuch im Großen und

Ganzen als zutreffend erwiesen, auch wenn das erwartete Duell um den Spitzenplatz in dieser Form nicht stattfand. Den bislang vorliegenden Zahlen zufolge sieht es ganz so aus, als würden sich 1997 SF-Roman, Fantasy-Roman und Jugendbuch ein Rennen um die Spitzenposition liefern, während die Novelisierungen schon etwas abgeschlagen zu sein scheinen, gefolgt von Anthologien und Horror-Romanen. Ob sich diese Trends auch weiter fortsetzen und festigen, das wird sich in den restlichen Monaten des Jahres 1997 zeigen.

In der britischen **Verlagsszene** hat sich 1996/97 wieder einiges getan:

Im Herbst 1996 kaufte der britische Verlag **Macmillan**, dem schon die amerikanischen Verlage St. Martin's Press und Tor Books gehören, auch Boxtree, der sich auf Publikationen zu Medienereignissen wie STAR WARS, THE X-FILES, INDEPENDENCE DAY u. ä. spezialisiert hat.

Der britische Verlag **Pearson**, dem bereits die US-Verlage Viking/Penguin und Roc Books gehören und der einen Anteil an DAW Books besitzt, kaufte im Oktober 1996 G. P. Putnam's und die dazugehörige Berkley Publishing Group vom bisherigen Eigentümer Seagram für eine kolportierte Summe von 336 Millionen $. Im Zuge der Neuorganisation entstand im Frühjahr 1997 die neue Verlagsgruppe Penguin Putnam Inc. Penguin UK hat aufgehört, SF unter den Reihentiteln Roc und Signet herauszubringen und hat auch die Horror-Reihe CREED eingestellt.

Simon & Schuster UK bringt eine neue SF-Reihe auf den Markt, EARTHLIGHT, die von John Jerrold, dem ehemaligen Herausgeber der SF-Reihe bei Legend, betreut wird. EARTHLIGHT wird 20 bis 25 Titel pro Jahr veröffentlichen, 80% davon im Taschenbuch, alle SF und Fantasy, und im April 1998 anläßlich des Britischen SF-Cons offiziell starten. Dafür angekauft wurden bereits zwei Romane von Lois McMaster Bujold, der für den Hugo nominierte »Memory« und der in Vorbereitung befindliche »Ekaterin«, sowie eine Fantasy-Trilogie von Jane Welch, die mit »The Lament of Abalone« beginnt.

Der britische Genre-Markt wurde, wie schon in den Jahren davor, auch 1996/97 von den Werken amerikanischer Autoren und deren britischen Kollegen, die es geschafft haben, sich im Mutterland der modernen SF zu etablieren und zu behaupten, dominiert. Besonderer Beliebtheit, die ihren Niederschlag speziell in der Zahl der Veröffentlichungen und Neuauflagen hierzulande fand, erfreuten sich dabei diesmal vor allem Joan Aiken, Roger MacBride Allen, Kevin J. Anderson, Piers Anthony, Isaac Asimov, Iain M. Banks, Peter S. Beagle, Greg Bear, Gregory Benford, Marion Zimmer Bradley, David Brin, Anthony Burgess, Angela Carter, John Darnton, Samuel R. Delany, Philip K. Dick, Stephen R. Donaldson, Dave Duncan, David Feintuch, Raymond E. Feist, Alan Dean Foster, David Gemmell, Terry Goodkind, Harry Harrison, James Herbert, Robin Hobb, Robert Jordan, Stephen King, Nancy Kress, Mercedes Lackey, Joe R. Lansdale, Ursula K. Le Guin, Tanith Lee, Brian Lumley, Eric Lustbader, Phillip Mann, George R. R. Martin, Julian May, Anne McCaffrey, Jack McDevitt, Michael Moorcock, Larry Niven, Jeff Noon, Christopher Pike, Terry Pratchett, John Saul, Robert Silverberg, Dan Simmons, S. P. Somtow, Michael Stackpole, Christopher Stasheff, Neal Stephenson, Bruce Sterling, R. L. Stine, Harry Turtledove, Ian Watson, David Weber und Timothy Zahn.

Auch in England waren **Serien** und Zyklen der große Renner. Zumeist wurden sie von den USA übernommen, wie die diversen STAR TREK-Reihen, STAR WARS und dergleichen, es gab und gibt aber auch eigenständige britische Projekte:

Sie läuft und läuft noch immer, und nach wie vor ist kein Ende abzusehen, auch wenn schon lange keine neuen Abenteuer mehr über den Bildschirm geflimmert sind – die Serie zum britischen TV-Phänomen DOCTOR WHO. Zuletzt erschienen in der Hauptreihe sowie in der Subreihe THE NEW ADVENTURES folgende Titel: »Doctor Who« von Gary Russell (Roman zum neuen TV-Film), »Burning Heart« von Dave Stone, »Eternity Weeps« von Jim Mortimore, »The Dark Path« von David A. McIntee, »Lungbarrow« von Marc Platt, »A Device of Death« von Christopher Bulis, »So Vile A Sin« von Ben

Aaranovitch & Kate Orman, »Oh No It Isn't!« von Paul Cornell, »Decalog 4: Re-Generations: Ten Stories/A Thousand Years/One Family«, hrsg. von Andy Lane & Justin Richards, »The Room With No Doors« von Kate Orman, »The Dying Days« von Lance Parkin und »The Well-Mannered War« von Gareth Roberts.

Um den Horror der Tierkreiszeichen ging es in der Serie HORROR SCOPES. Zuletzt erschienen hier »The Knowing« von Andrew Matthews und »The Gravediggers« von J. H. Brennan.

Keine neuen Titel erschienen in den Spieleserien WARHAMMER und WARHAMMER 40,000.

Ansonsten gibt es von den britischen **Autoren** und ihren in Großbritannien erstveröffentlichenden amerikanischen Kollegen, ihren jüngsten **Aktivitäten**, **Veröffentlichungen** und **Projekten** folgendes zu berichten:

Richard Adams – erzählte von den weiteren Erlebnissen der Kaninchen aus »Watership Down« im Storyband »Tales From Watership Down«.

Tom Arden – lieferte »The Harlequin's Dance«, den Startband des High-Fantasy-Zyklus THE ORKON, an Gollancz ab, der ihn mit einer begleitenden und unterstützenden Werbekampagne im Herbst 1997 auf den Markt bringt.

Vivien Alcock – Um Zeitreisen und mögliche Welten ging es im SF-Jugendbuch »Time Wreck«.

Peter Atkins – HarperCollins kaufte den neuen Roman »Big Thunder«.

A. A. Attanasio – Auf der Welt Irth, wo Schönheit und Schrecken neben- und miteinander existieren, spielt der Science Fantasy-Roman »The Dark Shore«.

Hilary Bailey – schrieb mit dem Schauer-Roman »Mrs. Rochester« eine Fortsetzung zu »Jane Eyre« von Charlotte Brontë.

Iain Banks – Neu erschienen der CULTURE-Roman »Excession«, in dem ein mächtiges außerirdisches Artefakt eine Krise auslöst, und der Roman »A Song of Stone«, eine Mischung aus Near-Future-SF und Schauergeschichte.

Clive Barker – In »Sacrament« kehrt ein Fotograf zum Haus seiner Kindheit zurück, um sich dort übernatürlichen Mächten zu stellen.

Stephen Baxter – lieferte den SF-Roman »Titan« an HarperCollins UK und das SF-Jugendabenteuer »Gulliverzone« – Teil einer Serie, zu der noch Romane von Eric Brown und Peter Hamilton gehören – an Orion ab. Erschienen ist der Hard SF-Roman »Voyage« um ein alternatives Weltraumprogramm, das 1986 zum ersten bemannten Marsflug führt, und den 21 Geschichten enthaltenden Erzählband »Vacuum Dreams«. Er verkaufte die US-Rechte am SF-Roman »Moonseed« und der Collection »Vacuum Diagrams« für einen hohen fünfstelligen Betrag an HarperPrism.

Philip Boast – Um ein Geheimnis, das unter St. Paul's Cathedral vergraben liegt, ging es im Roman »Resurrection«.

Rebecca Bradley – verkaufte »Scion's Lady«, die Fortsetzung zu »Lady in Gil«, plus einen dritten Roman der Serie an Gollancz.

Poppy Z. Brite – Um einen Serienkiller geht es im neuen Horror-Roman »Exquisite Corpse«.

Ramsey Campbell – Neu der Horror-Roman um das Böse, das einem Haus innewohnt: »The House on Nazareth Hill«.

Vera Chapman – »The Enchantresses«, ein erst vor kurzem entdeckter, fast vollendeter Roman der verstorbenen Autorin, wurde an Gollancz verkauft. Mike Ashley wird ihn fertigschreiben.

Allan Cole – startete die Fantasy-Trilogie TIMURA mit »When the Gods Slept«.

Storm Constantine – führte die mit »Stalking Tender Prey« begonnene GRIGORI-Trilogie mit »Scenting Hallowed Blood« fort.

Louise Cooper – verkaufte das Gespenster-Jugendbuch »StormGhost« an HarperCollins UK und hat den neuen phantastischen Erwachsenenroman »Sacrament of Night« an Headline abgeliefert. Sie publizierte zuletzt den Dark Fantasy-Jugendroman »Blood Dance«, den phantastischen Roman »The King's Demon« sowie »The Shrouded Mirror«, der zur DARK ENCHANTMENT-Serie gehört.

Bernard Cornwell – führte die mit »The Winter King« begonnene Trilogie zum Artus-Thema mit »Enemy of God« fort.

Mary Corran – veröffentlichte die Fantasy-Romane »Fate« und »Darkfell«, letzteres eine Fortsetzung von »Imperial Light«.

Ellen Datlow – stellte die Anthologie »Lethal Kisses« mit 19 Stories über Sex, Horror und Rache zusammen.

Graham Edwards – Zuletzt erschien der Fantasy-Roman »Dragonstorm«.

Greg Egan – Sein dritter SF-Roman kam unter dem Titel »Distress« heraus.

Barbara Erskine – veröffentlichte die Collection »Distant Voices« mit dreißig Geschichten.

Christopher Evans – In fernster Zunft spielt der SF-Roman »Mortal Remains«.

Neil Gaiman – erhielt für seine positive Darstellung von homosexuellen und lesbischen Charakteren in seinem Comic SANDMAN einen GLAAD (Gay & Lesbian Alliance Against Defamation) Award. Erschienen ist der phantastische Roman »Neverwhere«, die Romanfassung seiner gleichnamigen TV-Miniserie um eine magische Welt im Londoner Untergrund.

David Gemmell – Drei Kämpen müssen die Menschheit vor der Rasse der Daroth retten, die nach tausend Jahren wieder aufgetaucht ist – in »Dark Moon«. Der neueste Fantasy-Roman »Winter Warriors« bildet einen Teil der DRENAI-SAGA.

Colin Greenland – veröffentlichte »The Plenty Principle«, eine Sammlung von 19 Geschichten, von denen zwei zum TABITHA JUTE-Zyklus gehören.

John Courtenay Grimwood – Aus seiner Feder stammt der Cyberpunk-Roman »neoAddix«.

Andrew Harman – Eine Fortsetzung zu »Fahrenheit 666« stellte der humorvolle Roman »The Deity Dozen« dar.

James Herbert – Drei Jahre nachdem Hitler Britannien verseuchen ließ, jagen die sterbenden Faschisten die wenigen Immunen auf der Suche nach einem Heilmittel – im Alternativweltroman »'48«.

Douglas Hill – Der Jugendbuchautor publizierte den Mittelband der CADE-Trilogie, »The Moons of Lannamur«.

Tom Holland – Little, Brown (UK) kaufte seinen ägyptischen Horror-Roman »Valley of the Dead« um 140 000 Pfund.

Tom Holt – Sein neuester humorvoller Fantasy-Roman erschien unter dem Titel »Paint Your Dragon«.

William Horwood – schloß die Trilogie, mit der er Kenneth Grahames Klassiker »The Wind in the Willows« weitergeführt hatte, mit »The Willows and Beyond« ab und veröffentlichte Band 2 des Fantasy-Zyklus THE WOLVES OF TIME unter dem Titel »Seekers at the Wulf Rock«.

Kate Jacoby – verkaufte die Fantasy-Trilogie THE LEGEND OF ELITA an Gollancz. Der erste Band erscheint unter dem Titel »Exiles Return«.

Brian Jacques – legte den neunten Band der REDWALL-Serie unter dem Titel »The Pearls of Lutra« vor.

Jane Johnson – unter dem Pseudonym Gabriel King veröffentlichte die Herausgeberin der SF-Reihe VOYAGER bei HarperCollins den Fantasy-Roman »The Wild Road«.

Diana Wynne Jones – präsentierte eine neue Collection, »Minor Arcana«, in ihr enthalten ist u. a. auch eine Geschichte zum CHRESTONANCI-Zyklus. Erschienen ist auch »The Phoenix Cafe«, Band 3 der ALEUTIAN-Serie, in der schon »White Queen« und »North Wind« vorliegen. Sie verkaufte die Erwachsenen-Fantasy »Deep Secret« an Gollancz.

Jenny Jones – publizierte das Dark Fantasy-Jugendbuch »The Carver«.

Stephen Jones – gab wieder einige erstklassige Anthologien heraus, wie »The Mammoth Book of Dracula«, »The Giant Book of Fantasy Tales« und »The Giant Book of Fantasy & the Supernatural« (mit David Sutton).

Paul Kearney – Erschienen sind die Bände 2 und 3 seines vielbeachteten Fantasy-Zyklus THE MONARCHIES OF GOD, der mit »Hawkwood's Voyage« begann: »The Heretic Kings« und »The Iron Wars«. Er verkaufte den 4. und abschließenden 5. Band an Gollancz, wo sie unter den Titeln »The Second Empire« und »Ships From the West« veröffentlicht werden.

Garry Kilworth – Shakespeares »A Midsummer's Night Dream« bildete die Vorlage für den humorvollen Fantasy-Roman »A Midsummer's Nightmare«. In »The Raiders« wird der Geist eines Wikingers in seiner Ruhe gestört. Mit »The Roof of Voyaging« startete er den auf polynesischen Mythen und Legenden basierenden Fantasy-Zyklus THE NAVIGATOR KINGS, in dem mit »The Princely Flower« auch schon Band 2 erschienen ist.

Dick King-Smith – Der Autor der BABE-Romane legte die Tier-Fantasy »Godhanger« vor.

Dean Koontz – Sein neuer Roman, die Science Fantasy »Ticktock« wurde zuerst in England publiziert, ebenso der Dark Fantasy-Roman »Sole Survivor«.

Stephen Laws – Neu erschienen ist der Horror-Roman »Somewhere South of Midnight«, neu aufgelegt wurden »Darkfall«, »The Wyrm« und »The Frighteners«.

Richard Laymon – veröffentlichte zuletzt den Vampir-Roman »Bite« und die 13 Geschichten umfassende Horror-Collection »Fiends«.

Tanith Lee – Eine Ausreißerin ist die Protagonistin ihrer neuen Dark Fantasy, die unter dem Titel »When the Lights Go Out« erschien.

Thomas Ligotti – 45 Geschichten, zum Teil zuvor schon in anderen Collections enthalten, präsentierte die Sammlung »The Nightmare Factory«.

Bentley Little – veröffentlichte die Dark Fantasy »Houses«.

Brian Lumley – Die drei TITUS CROW-Romane »The Burrowers Beneath«, »The Transition of Titus Crow« und »The Clock of Dreams« enthielt der Sammler »Brian Lumley's Mythos Omnibus«.

Graham Masterton – startete mit »Rook« eine Dark Fantasy-Thriller-Serie um einen Lehrer mit okkulten Fähigkeiten. Band 2 trug den Titel »Tooth and Claw«.

Paul J. McAuley – Neun Stories enthält die neue Collection »The Invisible Country« (davon vier, die in der Welt von »Fairyland« spielen). Er hat »Child of the River«, den ersten Band der CONFLUENCE-Trilogie, an Gollancz abgeliefert.

Anne McCaffrey – veröffentlichte den neuen PERN-Roman »Red Star Rising«.

Ian McDonald – Außerirdische Immigranten, die nach der Jahrtausendwende auf der Erde eine neue Heimat gesucht haben, fallen in Irland rassistisch motivierten Mordanschlägen zum Opfer – erzählt in »Sacrifice of Fools«.

Michael Moorcock – Eine thematische Fortsetzung und Abrundung der im Roman »Blood. A Southern Fantasy« und der Collection »Fabulous Harbours« begonnenen Erzählung präsentierte Moorcock in »The War Amongst the Angels«, dem Abschlußband der Quasi-Trilogie THE SECOND ETHER, die zum VON BEK FAMILY-Zyklus gehört.

Alan Moore – Episoden von der fernsten Vergangenheit Englands bis hin zur Gegenwart, miteinander durch gemeinsame Themen und Figuren verbunden, präsentierte der durch seine WATCHMEN berühmtgewordene Comic-Autor in seinem neuesten Roman.

Mervyn Peake – Der GORMENGHAST-Kurzroman »Boy in Darkness« erschien erstmals als eigenständige Publikation.

Tim Powers – Charaktere aus den früheren Romanen »Last Call« und »Expiration Date« tauchen auch im dritten Roman der phantastischen Trilogie, »Earthquake Weather«, auf.

Terry Pratchett – wechselte seinen britischen Verleger, seine nächsten drei DISCWORLD-Romane werden bei Transworld beim Doubleday-Imprint erscheinen, beginnend mit dem 22. Band der Serie, »The Last Continent«. Für Band 21, »Jingo«, der noch bei Gollancz erscheint, erhielt er eine sechsstellige Summe. Zuletzt erschienen die Scheibenwelt-Romane »Hogfeather« und »Jingo«.

David Pringle – präsentierte eine Auswahl der besten Stories aus dem von ihm herausgegebenen Magazin unter dem Titel »The Best of Interzone«.

W. T. Quick – schrieb »American Gothic«, einen Roman zur gleichnamigen TV-Serie.

Robert Rankin – Zuletzt wurden die humorvollen phantastischen Romane »A Dog Called Demolition« und »Nostradamus Ate My Hamster« (Teil der BRENTFORD-Serie) veröffentlicht.

Chloe Rayban – publizierte das SF-Jugendbuch »Love. In Cyberia«, die Fortsetzung von »Wild Child« und »Virtual Sexual Reality«.

Michael Scott Rohan – In die Welten der SPIRALE, erstmals vorgestellt in der aus den Romanen »Chase the Morning«, »The Gates of Noon« und »Cloud Castles« bestehenden Trilogie, wird auch der Protagonist von »Maxie's Demon« verschlagen.

Kristine Kathryn Rusch – setzte den mit »The Fey: Sacrifice« und »The Fey: The Changeling« begonnenen Fantasy-Zyklus mit Band 3, »The Fey: Rival«, fort.

Jay Russell – Zwei Cops jagen in L.A. einen offenbar übermenschlichen Killer – in »Blood«, dem zweiten Roman des talentierten Autors von »Celestial Dogs«.

Lucius Shepard – veröffentlichte die aus sieben langen Geschichten bestehende Sammlung »Barnacle Bill the Spacer and Other Stories«.

Alison Sinclair – In einer Zukunft, in der die Menschen siebzehn Planeten besiedelt haben, einer davon »Blueheart« genannt, spielt der Roman gleichen Titels.

Robert Silverberg – Von seinen »Collected Stories« ist Band 4 erschienen, »The Road to Nightfall«, in dem auch Silverbergs erste veröffentlichte Story »Gorgon Planet« enthalten ist.

Michael Marshall Smith – Klone werden als lebende Ersatzteillager herangezüchtet – in »Spares«, dem 2. Roman des Autors.

S. P. Somtow – publizierte die Collection »The Pavilion of Frozen Women«, die zehn Geschichten enthält. Er hat »Darker Angels« an Gollancz abgeliefert, wo er Ende 1997 erscheinen wird.

Stephen Spruill – veröffentlichte mit dem Dark Fantasy-Roman »Daughter of Darkness« eine Fortsetzung von »Rulers of Darkness«.

Brian M. Stableford – schloß seine mit »Serpent's Blood« begonnene und mit »Salamander's Fire« fortgesetzte SF-Trilogie BOOK OF GENESYS mit dem Roman »Chimera's Cradle« ab, der auf einem wahrhaft bizarren Planeten spielt.

Robert Swindells – Ein neuer Planet dringt als Irrläufer ins Sonnensystem ein – im Jugendbuch »World Eater«.

Roger Taylor – Der Autor der vielbeachteten HAWKLAN-Tetralogie und von »Dream-Finder« legte seinen neuen Fantasy-Roman vor: »Arash-Felloren«.

Melanie Tem – Neu auf den Markt kam der Fantasy-Roman »Tides«.

Thomas Tessier – präsentierte subtilen Horror in seinem Dark Fantasy-Roman »Fog Heart«.

Ian Watson – Um Quantencomputer und Gehirnphysiologie, Mord, Kidnapping und eine wilde Verfolgungsjagd ging es im neuen SF-Roman »Hard Questions«. In »Oracle«, in dem ein aus seiner Zeit ins England unserer Tage entführten Römer eine wichtige Rolle spielt, kombinierte Watson erneut geschickt SF- und Thriller-Elemente.

Sylvia Waugh – Der 5. und letzte Roman um die MENNYMS, die lebenden Lumpenpuppen, erschien unter dem Titel »Mennyms Alive«.

F. Paul Wilson – Gemeinsam mit Matthew J. Costello schrieb er den SF-Roman »Mirage«.

Douglas E. Winter – Während in den USA die exzellente Anthologie in »Revelations« umbenannt wurde, um eine versehentliche Verwechslung mit Chris Carters neuen TV-Serie zu vermeiden, erschien sie hier unter ihrem ursprünglich geplanten Titel »Millenium«.

N. Lee Wood – In einer dystopischen Zukunft, in der ein Polsprung einen ökologischen Holocaust verursacht hat, spielt »Faraday's Orphans«, der neue Roman der Autorin des SF-Spionageromans »Looking for the Mahdi«.

Jonathan Wylie – Unter diesem Pseudonym veröffentlichten Julia Smith & Mark A. Smith zuletzt die Dark Fantasy »Across the Flame«.

David Zindell – hat den Abschlußband der DANLO PEACEWISE-Trilogie fertiggestellt. Er wird unter dem Titel »War in Heaven« bei HarperCollins UK veröffentlicht.

Auf dem **Magazinmarkt** herrschte auch 1996/97 wieder die gewohnte Flaute. Seinen Status als exzellentes, regelmäßig erscheinendes Periodikum konnte das renommierte SF-Magazin **INTERZONE** behaupten, von dem 1996 wieder 12 Ausgaben erschienen sind. Erneut zu Einbußen kam es bei den Verkaufszahlen, die zuletzt zwischen 3000 und 4000 Exemplaren pro Ausgabe lagen. Die einzelnen Nummern der von David Pringle herausgegebenen Zeitschrift (eine Ausgabe stellte Nicholas Royle im Beobachtungszeitraum zusammen) wiesen das gewohnt hohe Niveau auf, die veröffentlichten Geschichten waren bisweilen experimentell und oftmals ungewöhnlich. Viele Autoren der neuen britischen Schriftstellergeneration haben in der Geschichte des Magazins hier ihre ersten Arbeiten veröffentlicht, und diese Tradition setzte sich auch im vergangenen Jahr fort. Die zuletzt in INTERZONE publizierten Kurzgeschichten stammten von Autoren wie John Meaney, Ian Watson, Lilith Moon, Michael Andre-Driussi, Barrington J. Bayley, Paul Di Filippo, Molly Brown, Garry Kilworth, Darrell Schweitzer & Jason van Hollander, Alexander Jablokov, Dominic Green, David Langford, Keith Brooke & Eric Brown, Lance Olsen, Stephen Baxter & Simon Bradshaw, Kim Newman & Eugene Byrne, Don Webb, Brian Stableford, M. John Harrison, Christopher Burns, Elizabeth Young, Jonathan Carroll, Michael Marshall Smith, Geoffrey A. Landis, Darrell Schweitzer, Thomas M. Disch, Storm Constantine, William Spencer, Terry Dowling, David Hutchinson, Greg Egan, Keith Brooke, Eric Brown, Paul J. McAuley, Peter T. Garratt, Lisa Tuttle, Stephen Baxter, Alastair Reynolds, James Lovegrove und Peter F. Hamilton. Ansonsten enthielt das Magazin noch Interviews mit Joe Lansdale, Darrell Schweitzer, Stephen Lawhead, Kim Newman, Michael Marshall Smith, Jeff Noon, Neil Gaiman, Diana Wynne Jones, Peter Crowther & James Lovegrove, Gene Wolfe und Geoffrey A. Landis, Artikel von Nicholas Royle (über J. G. Ballard), Brian Stableford (über James Blish), John Clute, Gwyneth Jones und Mike Ashley (über Sam Moskowitz) nebst Rezensionen.

Frischen Wind könnte ein für Herbst 1997 geplantes Periodikum bringen. Im Oktober 1997 startet nämlich ODYSSEY, ein neues britisches SF-Magazin für Science Fiction und Fantasy. Erscheinen wird die neue zweimonatliche Zeitschrift im Verlag Partizan Press, wo auch schon das Spielemagazin VALKYRIE herauskommt. Herausgeberin ist Liz Holliday, eine Teilnehmerin des Clarion Workshop und Storyredakteurin von VALKYRIE. Im Sommer wird eine Null-Nummer mit Material publiziert, das zuvor schon im Spielemagazin veröffentlicht wurde, wie Stories von Brian Stableford, George Alec Effinger, Mary Gentle, Stephen Dedman u. a.,

Interviews mit Gregory Benford, Janny Wurtz und Walter Jon Williams, sowie Artikel von Colin Greenland, Dave Langford und Roz Kaveney.

1996/97 hatte die britische Szene auch einige **Todesfälle** zu beklagen. Nähere Einzelheiten finden sich bei den TODESFÄLLEN im Abschnitt DIE AMERIKANISCHE SF-SZENE:

Am 9. März 1997 starb der britische Drehbuchautor **Terry Nation**, der die Roboterrasse der Daleks für die TV-Serie DOCTOR WHO erfand, an einer Lungenerkrankung.

Im Alter von 68 Jahren starb der australische Autor **Kit Denton** am 14. April 1997.

Der irische Fantasy-Autor **Mervyn Wall** starb am 18. Mai 1997. Er war 88 Jahre alt.

Am 8. Juni 1997 verstarb der australische SF-Autor und Kritiker **George Turner** an den Folgen eines Schlaganfalls.

Preise – Preise – Preise

14TH ANNUAL SCIENCE FICTION CHRONICLE READER AWARDS

(verliehen von den Lesern der SF-Fachzeitschrift SCIENCE FICTION CHRONICLE)

ROMAN:
1. Platz: Michael Bishop, BRITTLE INNINGS
2. Platz: John Barnes, MOTHER OF STORMS
3. Platz: Jonathan Lethem: GUN, WITH OCCASIONAL MUSIC

NOVELLE:
1. Platz: Mike Resnick, SEVEN VIEWS OF OLDUVAI GORGE
2. Platz: Ursula K. Le Guin, FORGIVENESS DAY
3. Platz: Michael Bishop, CRI DE COUER

ERZÄHLUNG:
1. Platz: Greg Egan, COCOON
2. Platz: Ursula K. Le Guin, THE MATTER OF SEGGRI
3. Platz: Geoffrey A. Landis, THE SINGULAR HABIT OF WASPS

KURZGESCHICHTE:
1. Platz: Joe Haldeman, NONE SO BLIND
2. Platz: Barry N. Malzberg, UNDERSTANDING ENTROPY
3. Platz: Terry Bisson, DEAD MAN'S CURVE

FILM:
1. Platz: THE MASK
2. Platz: STAR TREK: GENERATIONS
3. Platz: STARGATE

KÜNSTLER:
1. Platz: Bob Eggleton
2. Platz: Don Maitz
3. Platz: Michael Whelan

HERAUSGEBER/MAGAZINE:
1. Platz: Gardner Dozois
2. Platz: Kristine Kathryn Rusch
3. Platz: Ellen Datlow

HERAUSGEBER/BÜCHER:
1. Platz: David Hartwell
2. Platz: Beth Meacham
3. Platz: Patrick Nielsen Hayden

1996 SFRA AWARDS

(vergeben von der SCIENCE FICTION RESEARCH ASSOCIATION)

THOMAS D. CLARESON AWARD 1996
(für Gelehrsamkeit in Sachen SF)

Frederik Pohl

PILGRIM AWARD
(für lebenslange Kritiker-Leistungen)

David Ketterer

PIONEER AWARD

Brian Stableford (für den Essay HOW SHOULD A SCIENCE FICTION STORY END?)

ARISTEION LITERATURPREIS 1996

(der Europäischen Union):

Salmon Rushdie, THE MOOR'S LAST SIGH gemeinsam mit
Christoph Ransmayr, MORBUS KITAHARA

1996 WORLD FANTASY AWARDS

(alljährlich von einer Jury ermittelt und auf der WORLD FANTASY CONVENTION bekanntgegeben)

ROMAN: **Christopher Priest, THE PRESTIGE**
Nominiert: James P. Blaylock, ALL THE BELLS OF EARTH

Vikram Chandra, RED EARTH, POURING RAIN
Nina Kiriki Hoffman, THE SILENT STRENGTH OF STONES
Graham Joyce, REQUIEM
Tim Powers, EXPIRATION DATE

ERZÄHLUNG: **Michael Swanwick, RADIO WAVES**
Nominiert: Nina Kiriki Hoffman, HOME FOR CHRISTMAS
Ursula K. Le Guin, ETHER OR
Jonathan Lethem, THE INSIPID PROFESSION OF JONATHAN HORNEBOM
Tim Powers, WHERE ARE THEY HID
Michael Marshall Smith, MORE TOMORROW

KURZGESCHICHTE: **Gwyneth Jones, THE GRASS PRINCESS**
Nominiert: Kit Reed, THE SINGING MARINE
Petrina Smith, ANGEL THING
S. P. Somtow, DRAGON'S FIN SOUP
Robert Charles Wilson, THE PERSEIDS
Douglas Winter, LOOP

ANTHOLOGIE: **A. Susan Williams & Richard Glyn Jones (Hrsg.), THE PENGUIN BOOK OF MODERN FANTASY BY WOMEN**
Nominiert: Nancy A. Collins, Edward E. Kramer & Martin H. Greenberg (Hrsg.), DARK LOVE
Stephen Jones & David Sutton (Hrsg.), DARK TERRORS
Lucy Sussex & Judith Raphael Buckrich (Hrsg.), SHE'S FANTASTICAL
Steve Rasnic Tem (Hrsg.), HIGH FANTASTIC

COLLECTION: **Gwyneth Jones, SEVEN TALES AND A FABLE**
Nominiert: Brian Aldiss, THE SECRET OF THIS BOOK
Jonathan Carroll, THE PANIC HAND
Hugh B. Cave, DEATH STALKS THE NIGHT
Charles de Lint, THE IVORY AND THE HORN

Künstler: **Gahan Wilson**
Nominiert: Tom Canty
Alan Clark
Bob Eggleton
J. K. Potter

SPEZIALPREIS/PROFESSIONELL: **Richard Evans** (für Beiträge zum Genre)
Nominiert: Stephen Jones (als Herausgeber und Anthologist)
Kristine Kathryn Rusch (für Herausgabe von F&SF)
Gordon Van Gelder (als Herausgeber)
Paul William (für die Herausgabe von Theodore Sturgeons THE MICROCOSMIC GOD)

SPEZIALPREIS/NICHT-PROFESSIONELL: **Marc Michaud** (für Necronomicon Press)

Nominiert: Fedogan & Bremer (für Herausgabe von Büchern)
Robert J. K: Killheffer, Meg Hamel & Jenna Felice (für Herausgabe von CENTURY)
Steve Pasechnick (für Edgewood Press)
Robert Weinberg (für seine Beiträge zum Genre)

LIFE ACHIEVEMENT AWARD: **Gene Wolfe**

1996 BRITISH FANTASY AWARDS

(der BRITISH FANTASY SOCIETY)

ROMAN (d. i. AUGUST DERLETH AWARD): **Graham Joyce, REQUIEM**

KURZGESCHICHTE: **Mike Marshall Smith, MORE TOMORROW**

ANTHOLOGIE/COLLECTION: **Andy Cox (Hrsg.), LAST RITES AND RESURRECTIONS**

FANZINE: **THE THIRD ALTERNATIVE**, hrsg. von Andy Cox

KÜNSTLER: **Josh Kirby**

SPEZIALPREIS: **Mike O'Driscoll & Steve Lockley, WELCOME TO MY NIGHTMARE**

IGNOTUS AWARDS 1996

(die spanischen Fan-Preise)

ROMAN: **Rodolfo Martinez, LA SONRISA DEL GATO**

ERZÄHLUNG: **Juan Miguel Aguilera & Javier Redal, MALEFICIO**

KURZGESCHICHTE: **Rodolfo Martinez, EL ROBOT**

SACHBUCH: **Rafael Marin, LOS COMICS MARVEL**

ESSAY: **Augusto Uribe, EL CAPITAN SIRIUS**

ROMAN/ÜBERSETZUNG: **Greg Bear, MARTE SE MUEVE** (MOVING MARS)

KURZGESCHICHTE/ÜBERSETZUNG: **Mike Resnick, SIETE VISTAS DE LA GARGANTA OLDUVAI** (SEVEN VIEWS OF OLDUVAI GORGE)

SPEZIALPREIS (»GABRIEL«): **Miquel Barceló** (für seine Beiträge zur SF in Spanien)

9TH ANNUAL COLLECTORS AWARDS 1996

(jährlich vergeben von der SF-Spezialbuchhandlung BARRY R. LEVIN SCIENCE FICTION & FANTASY LITERATURE für sammelnswerte Autoren und Einzelausgaben)

COLLECTORS AWARD FOR 1996
Autor: **Stephen King**
VERLAG: Dutton

LIFETIME COLLECTORS AWARD 1996
John L. Clute (für seine Tätigkeit zum Erfassen der Geschichte und der Vertiefung des bibliographischen Wissens im SF-Bereich)

1996 BSFA AWARDS

(die alljährlichen Preise der BRITISH SCIENCE FICTION ASSOCIATION)

ROMAN: **Stephen Baxter, THE TIME SHIPS**
KURZWERK: **Brian Stableford, THE HUNGER AND ECSTASY OF VAMPIRES**
KÜNSTLER: **Jim Burns** (für das Cover von Colin Greenland, SEASONS OF PLENTY)

LE GRAND PRIX DE L'IMAGINAIRE 1996

(der führende SF-Preis Frankreichs)

ROMAN/FRANZÖSISCH: **Jean-Marie Ligny, INNER CITY**
ROMAN/ÜBERSETZUNG: **Neal Stephenson, LE SAMOURAI VIRTUEL** (SNOW CRASH)
KURZGESCHICHTE/FRANZÖSISCH: **Serge Lehman, LE COLLIER DE THASUS**
KURZGESCHICHTE/ÜBERSETZUNG: **Robert J. Sawyer, VOUS VOYEZ ET VOUS N'OBSERVEZ PAS** (YOU SEE BUT YOU DO NOT OBSERVE)
ÜBERSETZER: **Guy Abadia** (für Dan Simmons, ENDYMION)
JUGENDBUCH: **Raymond Milesi, PAPA, J'AI REMONTE LE TEMPS**
ESSAY: **Stephen King, PAGES NOIRES**

PUBLISHERS WEEKLY SF-BESTENLISTE 1996

(ausgewählt von den Herausgebern von PUBLISHERS WEEKLY)

Clive Barker, SACRIFICE
Lois McMaster Bujold, MEMORY
William Gibson, IDORU
Stephen King, DESPERATION
George R. R. Martin, A GAME OF THRONES
Tim Powers, EXPIRATION DATE

SF-KURZGESCHICHTENWETTBEWERB DER UNIVERSIDAD POLITECNICA DE CATALUNYA 1996

(von der UPC verliehen und mit einer Million Peseten dotiert)

1. Preis: Carlos Gardini, LOS OJOS DE UN DIOS EN CELO
2. Preis: Robert J. Sawyer, HELIX
Ehrenvolle Erwähnungen: Eduardo Gallego Arjona & Guillem Sanchez, DAR DE COMER AL SEDIENTO
Pedro Domingo Mutino, EL DIA DEL DRAGON
Rodolfo Martinez, EL ALFABETO DEL CARPINTERO
Robert J. Defendi, A WRINKLE IN SPACE TIME

BESTSELLERLISTE DER BUCHHANDELSKETTEN BARNES & NOBLE/B. DALTON 1996

HARDCOVER:

1. **Platz: Robert Jordan, CROWN OF SWORDS**
2. Platz: Terry Brooks, FIRST KING OF SHANNARA
3. Platz: Terry Goodkind, BLOOD OF THE FOLD
4. Platz: Orson Scott Card, CHILDREN OF THE MIND
5. Platz: Brian Jacques, OUTCAST OF REDWALL
6. Platz: Larry Niven, THE RINGWORLD THRONE
7. Platz: William Gibson, IDORU
8. Platz: Mercedes Lackey, STORM BREAKING
9. Platz: Buzz Andrin & John Barnes, ENCOUNTER WITH TIBER
10. Platz: Tad Williams, OTHERLAND: CITY OF GOLDEN SHADOWS

TASCHENBÜCHER:

1. Platz: J. R. R. Tolkien, THE HOBBIT
2. Platz: Ray Bradbury, FAHRENHEIT 451
3. Platz: Robert Jordan, LORD OF CHAOS
4. Platz: Terry Goodkind, STONE OF TEARS
5. Platz: David & Leigh Eddings, BELGARATH THE SORCERER
6. Platz: Robert Jordan, THE FIRES OF HEAVEN
7. Platz: Robert Jordan, THE DRAGON REBORN
8. Platz: Robert Jordan, THE GREAT HUNT
9. Platz: Terry Goodkind, WIZARD'S FIRST RULE
10. Platz: Robert Jordan, THE SHADOW RISING

PAPERBACKS:

1. Platz: Marion Zimmer Bradley, THE MISTS OF AVALON
2. Platz: Robin Hobb, ROYAL ASSASSIN
3. Platz: Marion Zimmer Bradley, FOREST HOUSE
4. Platz: J. V. Jones, MASTER AND FOOL
5. Platz: J. R. R. Tolkien, THE HOBBIT

MEDIENBEZOGENE TITEL:

1. Platz: Michael P. Kube-McDowell, STAR WARS: BEFORE THE STORM
2. Platz: Michael A. Stackpole, STAR WARS X-WING: ROGUE SQUADRON
3. Platz: Michael P. Kube-McDowell, STAR WARS: SHIELD OF LIES
4. Platz: Dean Devlin & Roland Emmerich, INDEPENDENCE DAY
5. Platz: Michael A. Stackpole, STAR WARS X-WING: WEDGE'S GAMBLE

SPIELEBEZOGENE TITEL:

1. Platz: Margaret Weis & Tracy Hickman, DRAGONLANCE: DRAGONS OF SUMMER FLAME
2. Platz: Margaret Weis & Tracy Hickman, DRAGONLANCE: THE SECOND GENERATION
3. Platz: R. A. Salvatore, FORGOTTEN REALMS: PASSAGE TO DAWN
4. Platz: Margaret Weis & Tracy Hickman (Hrsg.), DRAGONLANCE: THE DRAGONS AT WAR
5. Platz: Jean Rabe, DRAGONLANCE FIFTH AGE: THE DAWNING OF A NEW AGE

BESTSELLERLISTE DER BUCHHANDELSKETTE MUSICLAND 1996

HARDCOVER:

1. Platz: Robert Jordan, CROWN OF SWORDS
2. Platz: Terry Brooks, FIRST KING OF SHANNARA
3. Platz: Terry Goodkind, BLOOD OF THE FOLD
4. Platz: Larry Niven, THE RINGWORLD THRONE
5. Platz: Mercedes Lackey & Larry Dixon, THE SILVER GRYPHON
6. Platz: Tad Williams: OTHERLAND: CITY OF GOLDEN SHADOWS
7. Platz: David & Leigh Eddings, BELAGATH THE SORCERER
8. Platz: Robert Jordan, THE GREAT HUNT
9. Platz: Kim Stanley Robinson, BLUE MARS
10. Platz: Terry Goodkind, STONE OF TEARS

TASCHENBÜCHER:

1. Platz: Robert Jordan, LORD OF CHAOS
2. Platz: David & Leigh Eddings, BELGARATH THE SORCERER
3. Platz: Terry Goodkind, STONE OF TEARS
4. Platz: Robert Jordan, EYE OF THE WORLD
5. Platz: Robert Jordan, THE FIRES OF HEAVEN
6. Platz: J. R. R. Tolkien, THE HOBBIT
7. Platz: Ray Bradbury, FAHRENHEIT 451
8. Platz: Terry Pratchett, WITCHES BREW
9. Platz: Robert Jordan, THE DRAGON REBORN
10. Platz: Robert Jordan, THE GREAT HUNT

PAPERBACKS:

1. Platz: Edward E. Kramer (Hrsg.), DARK DESTINY
2. Platz: Douglas Adams, MOSTLY HARMLESS
3. Platz: Sibley & Howe, A MAP OF TOLKIEN'S MIDDLE EARTH
4. Platz: Marion Zimmer Bradley, FOREST HOUSE
5. Platz: Edward E. Kramer & Richard Gilliam (Hrsg.), ELRIC: TALES OF THE WHITE WOLF

MEDIENBEZOGENE TITEL:

1. Platz: Brian Lowry, THE TRUTH IS OUT THERE: THE OFFICIAL X-FILES GUIDE
2. Platz: Steve Perry, STAR WARS: SHADOWS OF THE EMPIRE

3. Platz: Dean Devlin & Roland Emmerich, INDEPENDENCE DAY
4. Platz: N. E. Genge, THE UNOFFICIAL GUIDE TO THE X-FILES
5. Platz: Michael P. Kube-McDowell, STAR WARS: BEFORE THE STORM

SPIELEBEZOGENE TITEL:
1. Platz: Jean Rabe, DRAGONLANCE FIFTH AGE: THE DAWNING OF A NEW AGE
2. Platz: R. A. Salvatore, FORGOTTEN REALMS: PASSAGE TO DAWN
3. Platz: R. A. Salvatore, SIEGE OF DARKNESS
4. Platz: Rand & Robyn Miller & David Wingrove, MYST: THE BOOK OF ATRUS
5. Platz: Margaret Weis & Tracy Hickman, DRAGONLANCE: DRAGONS OF SUMMER FLAME

1996 SCIENCE FICTION WRITERS OF EARTH SF/F SHORT STORY CONTEST

(der SF WRITERS OF EARTH)

1. Preis: Richard R. Harris, THE ANGEL
2. Preis: R. G. Riel, THE GIFT
3. Preis: John McCabe, THE SUBHUMAN
Ehrenvolle Erwähnungen: Kenneth G. Bland, WEAKNESSES
David John Witmarsh, CONVERGENCE

1996 BEST OF SOFT SF AWARD

(alljährlich von der SOFT SF WRITERS ASSOCIATION vergeben, um SF-Texte zu würdigen, die sich mit den »weichen«, den soziologischen Wissenschaften beschäftigen und nicht mit den »harten«, technikorientierten)

1. Platz: Bill Eakin, HOMESICKNESS
2. Platz: Morgan Hua, FLASHED SHADOWS
3. Platz: Mary Soon Lee, MAIL-A-DAY
Ehrenvolle Erwähnung: Cecilia Tan, IN SILVER A

KURD LASSWITZ-PREIS 1997

(der Preis der SF-Profis der deutschsprachigen Länder, verliehen für herausragende Leistungen des Vorjahres)

ROMAN:

1. Platz: Andreas Eschbach, SOLARSTATION
2. Platz: Rainer Fuhrmann, KAIROS
3. Platz: Bernhard Kegel, DAS ÖLSCHIEFERSKELETT
4. Platz: Ronald M. Hahn, AUF DER ERDE GESTRANDET
5. Platz: Hermann Stöckl, ASCHEREIDE
6. Platz: Norman Ohler, DIE QUOTENMASCHINE
7. Platz: Thorsten Becker, SCHÖNES DEUTSCHLAND
8. Platz: kein Preis
9. Platz: P.M. (als Rodulf von Gardau), DIE SCHRECKEN DES JAHRES 1000

KURZGESCHICHTE:

1. Platz: Wolfgang Jeschke, PARTNER FÜRS LEBEN
2. Platz: Peter Robert, DIE GRÜNEN HIMMEL DER PROVENCE
3. Platz: Marcus Hammerschmitt, CAFE VODOCQ
4. Platz: Erik Simon, YTVAROS GROSSER KREIS
5. Platz: Achim Stößer, VIRULENTE WIRKLICHKEIT
6. Platz: Peter Schattschneider, EXIT TO?
7. Platz: Michael K. Iwoleit, WACHABLÖSUNG
8. Platz: Dirk van den Boom, DIE VERKÜNDUNG DER FROHEN BOTSCHAFT
9. Platz: Michael Windgassen, EIN MANN MIT ZWEI MÜTTERN
10. Platz: Michael Marrak, DOMINION
11. Platz: Alexander Kröger, DAS MAL
12. Platz: Andreas Fieberg, GEHET HIN IN FRIEDEN
13. Platz: Gerd Frey, WELT GOTTES
14. Platz: Achim Stößer, MÖRDER
15. Platz: Dennis Merbach, NUR EINE KLEINE FORMALITÄT
16. Platz: Arno Behrend, DIE LETZTE JAGD
17. Platz: Hermann Ibendorf, DONNERSTAGS REGNET ES JETZT IMMER
18. Platz: kein Preis
19. Platz: Helga Lange, HART AM WIND
20. Platz: Roland Kroemer, PERNOSCO

AUSLÄNDISCHER ROMAN:

1. **Platz: Kate Wilhelm, INSELN IM CHAOS**
2. Platz: Ian McDonald, NECROVILLE
3. Platz: Paul Park, COELESTIS
4. Platz: Colin Greenland, SOPHIES KURS
5. Platz: John Brunner, CHAOS ERDE
6. Platz: Jack McDevitt, GOTTES MASCHINEN
7. Platz: Ian Watson, DÄMONEN-KIND
8. Platz: Stephen R. Donaldson, VERBOTENES WISSEN
9. Platz: Stephen R. Donaldson, DIE WAHRE GESCHICHTE
10. Platz: Greg Bear, DIE MACHT DER STEINE
11. Platz: Harvey Hacobs, HERRLICHE SUPPE
12. Platz: John Barnes, EINE MILLION OFFENER TORE gemeinsam mit
    John Kessel, GUTE NACHRICHT VON DEN STERNEN
14. Platz: Michael Crichton, VERGESSENE WELT punktegleich mit
    Neal Stephenson, DIAMOND AGE
16. Platz: kein Preis
17. Platz: Alexander Jablokow, NIMBUS zusammen mit
    Gwyneth Jones, WEISSE KÖNIGIN
19. Platz: George Turner, DAS MENSCHENPROJEKT
20. Platz: Gillian Cross, AUF WIEDERSEHEN IM CYBERSPACE
21. Platz: Alexander Besher, SATORI CITY 2.0

ÜBERSETZER:

1. **Platz: Ronald M. Hahn für: John Clute, SCIENCE FICTION – DIE ILLUSTRIERTE ENZYKLOPÄDIE**
2. Platz: Horst Pukallus für: John Brunner, CHAOS ERDE
3. Platz: Erik Simon für: Paul Park, COELESTIS
4. Platz: Horst Pukallus für: Ian McDonald, NECROVILLE
5. Platz: Walter Brumm für: Kate Wilhelm, INSELN IM CHAOS
6. Platz: Bernhard Kempen für: Ian Watson, DÄMONEN-KIND
7. Platz: Hilde Linnert für: John Barnes, EINE MILLION OFFENE TORE
8. Platz: Horst Pukallus für Stephen R. Donaldson, AMNION-ZYKLUS
9. Platz: Hendrik P. & Marianne Linckens für: Gwyneth Jones, WEISSE KÖNIGIN
10. Platz: Joachim Körber für: Neal Stephenson, DIAMOND AGE
11. Platz: Hendrik P. & Marianne Linckens für: John Kessel, GUTE NACHRICHT VON DEN STERNEN

12. Platz: kein Preis
13. Platz: Axel Merz für: Jack McDevitt, GOTTES MASCHINEN
14. Platz: Martin Gilbert für: John Barnes, DIE MUTTER ALLER STÜRME
15. Platz: Horst Pukallus für: John Peel, DRACHENJÄGER

GRAFIKER:

1. Platz: KEIN PREIS
2. Platz: Karel Thole für das Titelbild zu Voermans, DER QUANTENFISCH
3. Platz: Peter Domanski für das Titelbild zu Barnes, ORBITALE RESONANZ
4. Platz: Jobst Teltschik für das Titelbild zu Ian McDonald, NECROVILLE
5. Platz: Armin Werra für das Titelbild zu David Gerrold, INMITTEN DER UNENDLICHKEIT
6. Platz: Ralph Voltz für das Titelbild zu William Voltz, DIE LETZTEN MENSCHEN DER ERDE
7. Platz: Rainer Schorm für das Titelbild zu Ekkehard Redlin (Hrsg.), DAS HERZ DES SONNENAUFGANGS punktegleich mit
   Thomas Thiemeyer für das Innencover zu Kate Wilhelm, KINDER DES WINDES und
   Karel Thole für das Titelbild zu Friedel Wahren (Hrsg.), ASIMOV'S SCIENCE FICTION, 47. FOLGE
10. Platz: Karel Thole für das Titelbild zu Gwyneth Jones, Weiße Königin
11. Platz: Jan Heinecke für das Titelbild zu Paul Park, COELESTIS punktegleich mit
   Matthias Langer für das Titelbild zu ALIEN CONTACT 25
13. Platz: Peter Domanski für das Titelbild zu John Barnes, DIE MUTTER ALLER STÜRME
14. Platz: Peter Domanski für das Titelbild zu John Barnes, DAS KALEIDOSKOPISCHE JAHRHUNDERT
15. Platz: Peter Domanski für das Titelbild zu Bruce Sterling, SCHWERE WETTER

HÖRSPIEL:

1. Platz: Friedrich Bestenreiner, PARADISE HOSPITAL INC.
2. Platz: Hermann Bohlen, PROZEDUR 7.7.0
3. Platz: Jürgen Geers, GESCHLOSSENE ABTEILUNG - ODER: DAS INPUT-SYSTEM

4. Platz: kein Preis
5. Platz: Jan Rüdiger, DAS GROSSE KUNSTWERK
6. Platz: Alban Nikolai Herbst, DAS LEDA-PROJEKT
7. Platz: Ovid S. Crohmălniceanu, DAS INTERVIEW

SONDERPREIS:

1. **Platz: Wolfgang Jeschke für die Förderung der SF-Kurzgeschichte und seine Herausgeberschaft des Jahrbuchs DAS SF-JAHR**
2. Platz: Phantastische Bibliothek Wetzlar für die freiwillige Arbeit zur Bereitstellung von ca. 70 000 Bänden nach jahrelangem Kampf um neue Räume und für die Ausrichtung der Phantastischen Tage
3. Platz: Franz Rottensteiner für die langjährige Publikation des QUARBER MERKUR sowie professioneller Herausgabe von SF seit 25 Jahren
4. Platz: Roland Innerhofer für die Aufarbeitung der SF in Deutschland im besten SF-Sekundärwerk 1996: *Deutsche Science Fiction 1870–1914*
5. Platz: Ekkehard Redlin für seine langjährige Tätigkeit als Lektor, Herausgeber und Förderer junger SF-Autoren seit den Fünfziger Jahren (aktuell durch die Herausgabe der Anthologie *Das Herz des Sonnenaufgangs*)
6. Platz: Jörg Kaegelmann für die Förderung deutscher SF (aktuell: Start seiner Edition Blitz)
7. Platz: Thomas Tilsner für den Start seiner Hardcover-Edition von deutscher SF
8. Platz: Hansjoachim Bernt für die Herausgabe diverser SF-Heftreihen in Buchform
9. Platz: Science Fiction Club Deutschland (SFCD) für 25 Jahre Herausgeberschaft des prämierten Clubfanzines ANDROMEDA NACHRICHTEN
10. Platz: Kurt S. Denkena für langjähriges, kontinuierliches Rezensieren von Fanzines, was für Nachwuchsautoren ein wichtiges Feedback bedeutet punktegleich mit
    Ekkehard Redlin und das Team von ALIEN CONTACT für die Herausgabe der Anthologie **Das Herz des Sonnenaufgangs**
12. Platz: kein Preis
13. Platz: Klaus Bollhöfener und sein Team für das Fanzine STERNENFEUER (vor allem für Ausgabe 5)
14. Platz: Harald Pusch für sein heldenhaftes Wirken für die SCIENCE FICTION TIMES

DEUTSCHER FANTASY-PREIS 1996

(verliehen vom ERSTEN DEUTSCHEN FANTASY CLUB e.V. und dotiert von der Stadt Passau)

Carl Amery (für sein literarisches Gesamtwerk, in dem er durch ein kritisch-phantastisches Spiel mit Historie und Zukunft seine Leser zum Bewahren von Natur und Menschlichkeit ermutigt)

1996 JAMES TIPTREE JR. MEMORIAL AWARD

(für Werke, die die geschlechtsspezifischen Rollen in SF und Fantasy erweitern und erforschen, dotiert mit $ 1.000,–)

Preisträger: **Mary Doria Russell, THE SPARROW** gemeinsam mit
Ursula K. Le Guin, MOUNTAIN WAYS
Empfehlungsliste: Fred Chappell, THE SILENT WOMAN
Suzy McKee Charnas, BEAUTY AND THE OPERA, OR THE PHANTOM BEAST
L. Timmel Duchamp, WELCOME, KID, TO THE REAL WORLD
Alasdair Gray, A HISTORY MAKER
Jonathan Lethem, FIVE FUCKS
Pat Murphy, NADYA
Rachel Pollack, GODMOTHER NIGHT
Lisa Tuttle, THE PILLOW FRIEND
Tess Williams, AND SHE WAS THE WORD
Sue Wolfe, LEANING TOWARDS INFINITY

1997 AUREALIS AWARD

(australischer SF-Preis, gesponsert vom SF-Magazin AUREALIS)

ROMAN/SF: **Sean Williams, METAL FATIGUE**
ROMAN/FANTASY: **Jack Dann, THE MEMORY CATHEDRAL** gemeinsam mit
Sara Douglas, STARMAN: THE AXIS TRILOGY
ROMAN/HORROR: **kein Preis**
ROMAN/JUGENDLICHE: **Hillary Bell, MIRROR, MIRROR** punktegleich mit
Kerry Greenwood, THE BROKEN WHEEL
KURZGESCHICHTE/SF: **Leanne Frahm, BORDERLINE**

KURZGESCHICHTE/FANTASY: **Russell Blackford, THE SWORD OF GOD**
KURZGESCHICHTE/HOOROR: **Sean Williams, PASSING THE BONE**
KURZGESCHICHTE/JUGENDLICHE: **Isobelle Carmody, GREEN MONKEY DREAMS**

1996 WILLIAM L. CRAWFORD MEMORIAL AWARD

(der INTERNATIONAL ASSOCIATION FOR THE FANTASTIC IN THE ARTS, für den besten US-Erstling - Roman oder Kurzgeschichte - der letzten 18 Monate, gesponsert von Andre Norton)

Preisträger: **Candas Jane Dorsey, BLACK WINE**
Finalisten: Liz Jensen, EGG DANCING
Linda Lai, WHEN FOX IS A THOUSAND
Ian McDowell, MORDRED'S CURSE
Lucy Sussex, THE SCARLET RIDER
Paul Witcover, WAKING BEAUTY
Ehrenvolle Erwähnung: Jerry Jay Carroll, TOP DOG
University of Nebraska Press für Übersetzungen europäischer Gegenwartsautoren, speziell von: Eric Chevillard, THE CRAB NEBULA und Marie Redonnet, NEVERMORE

1997 ISAAC ASIMOV AWARD

(für herausragende schriftstellerische Leistungen von Studenten beim Verfassen von SF und Fantasy, mitgesponsert von ASIMOV'S SF und mit $ 500,- dotiert)

Preisträger: **David Kirtley, LEST WE FORGET**
1. Zweiter: Jerry W. Hughes, PASCHEN'S STORY
2. Zweiter: Melissa Garber, THE HIDDEN ONE
3. Zweiter: David Kirtley, I THINK THEREFORE ...?

1996 NEBULA AWARDS

(verliehen von der amerikanischen SF-Autorenvereinigung SFFWA, den SCIENCE FICTION AND FANTASY WRITERS OF AMERICA)

ROMAN: **Nicola Griffith, SLOW RIVER**

Nominiert: Nina Kiriki Hoffman, THE SILENT STRENGTH OF STONES
Patricia A. McKillip, WINTER ROSE
Tim Powers, EXPIRATION DATE
Robert J. Sawyer, STARPLEX
Neal Stephenson, THE DIAMOND AGE
NOVELLE: **Jack Dann, DA VINCI RISING**
Nominiert: Ursula K. Le Guin, A WOMAN'S LIBERATION
George R. R. Martin, BLOOD OF THE DRAGON
Jack McDevitt, TIME TRAVELLERS NEVER DIE
Maureen F. McHugh, THE COST TO BE WISE
Allen Steele, THE DEATH OF CAPTAIN FUTURE
ERZÄHLUNG: **Bruce Holland Rogers, LIFEBOAT ON A BURNING SEA**
Nominiert: John M. Ford, ERASE/RECORD/PLAY
George Guthridge, MIRROR OF LOP NOR
Paul Levinson, THE CHRONOLOGY PROTECTION CASE
Harry Turtledove, MUST AND SHALL
Robert Charles Wilson, THE PERSEIDS
Dave Wolverton, AFTER A LEAN WINTER
KURZGESCHICHTE: **Esther M. Friesner, A BIRTHDAY**
Nominiert: Kent Brewster, IN THE POUND, NEAR BREAKTIME
Kathleen Ann Goonan, THE STRING
Jonathan Lethem, FIVE FUCKS
Bruce Holland Rogers, THESE SHOES STRANGERS HAVE DIED OF
Dean Wesley Smith, IN THE SHADE OF THE SLOWBOAT MAN
GRAND MASTER AWARD: **Jack Vance**

1996 PHILIP K. DICK AWARD

(für den besten SF-Roman, der im Vorjahr seine Erstveröffentlichung als Taschenbuch erlebte)

1. Platz: Stephen Baxter, THE TIME SHIPS
Ehrenvolle Erwähnung: Michael Bishop, AT THE CITY LIMITS OF FATE
Nominiert: William Barton, THE TRANSMIGRATION OF SOULS
George Foy, THE SHIFT
Sarah Zettel, RECLAMATION

1997 HOMER AWARDS

(verliehen vom COMPUSERVE SCIENCE FICTION AND FANTASY LITERATURE AND MEDIA FORUM)

ROMAN: **Robert J. Sawyer, STARPLEX**
NOVELLE: **Jack McDevitt, TIME TRAVELLERS NEVER DIE**
ERZÄHLUNG: **Paul Levinson, THE COPYRIGHT NOTICE CASE**
KURZGESCHICHTE: **Robert J. Sawyer, ABOVE IT ALL**
FILM/TV-SERIE: **STAR TREK: DEEP SPECE NINE – TRIALS AND TRIBBLE-ACTIONS**

1997 PULITZER PRIZE

PROSALITERATUR:
Steven Milhauser, MARTIN DRESSLER: THE TALE OF AN AMERICAN DREAMER
Nominiert: Ursula K. Le Guin, UNLOCKING THE AIR AND OTHER STORIES

1996 ANNE SPENCER LINDBERGH PRIZE

(von der LINDBERGH FOUNDATION alljährlich verliehen für den besten phantastischen Roman für Jugendliche, der im Vorjahr veröffentlicht wurde, mit $ 5000,– dotiert)

Joan Aiken, COLD SHOULDER ROAD
Finalisten: Sherwood Smith, WREN'S WAR
Caroline B. Cooney, OUT OF TIME

1997 NESFA AWARDS

(die Preise der NEW ENGLAND SCIENCE FICTION ASSOCIATION, auf dem BOSKONE vergeben)

GAUGHAN AWARD: **Lisa Snellings**

SKYLARK AWARD: **Harry Stubbs**

1997 BSFA AWARDS

(alljährlich vergeben von der BRITISH SCIENCE FICTION ASSOCIATION und bekanntgegeben auf dem traditionellen EASTERCON)

ROMAN: **Iain Banks, EXCESSION**
Nominiert: Gill Alderman, THE MEMORY PALACE
Stephen Bury, INTERFACE
Ken MacLeod, THE STONE CANAL
Kim Stanley Robinson, BLUE MARS
Bruce Sterling, HOLY FIRE
KURZWERK: **Barrington J. Bailey, A CRAB MUST TRY**
Nominiert: J. G. Ballard, THE DYING FALL
Molly Brown, COMMUNITY SERVICE
M. John Harrison, THE EAST
Mary Turzillo, EAT OR BE EATEN: A LOVE STORY

1997 ARTHUR C. CLARKE AWARD

(für den besten im Vorjahr in Großbritannien veröffentlichten SF-Roman)

Preisträger: **Amitav Ghosh, THE CALCUTTA CHROMOSOME**
Nominiert: Stephen Baxter, VOYAGE
Jack McDevitt, THE ENGINES OF GOD
Kim Stanley Robinson, BLUE MARS
Sheri S. Tepper, GIBBON'S DECLINE AND FALL
N. Lee Wood, LOOKING FOR THE MAHDI

1997 LOCUS AWARDS

(der amerikanischen SF-Fachzeitschrift LOCUS)

SF-ROMAN:
1. Platz: Kim Stanley Robinson, BLUE MARS
2. Platz: Dan Simmons, ENDYMION
3. Platz: Lois McMaster Bujold, MEMORY
4. Platz: Lois McMaster Bujold, CETAGANDA
5. Platz: Bruce Sterling, HOLY FIRE
6. Platz: William Gibson, IDORU
7. Platz: C. J. Cherryh, INHERITOR
8. Platz: Jack Vance, NIGHT LAMP

9. Platz: Paul J. McAuley, FAIRYLAND
10. Platz: Gene Wolfe, EXODUS FROM THE LONG SUN
11. Platz: Stephen Baxter, VOYAGE
12. Platz: Nancy Kress, BEGGARS RIDE
13. Platz: Iain M. Banks, EXCESSION
14. Platz: Larry Niven, THE RINGWORLD THRONE
15. Platz: Orson Scott Card, CHILDREN OF THE MIND
16. Platz: Tad Williams, OTHERLAND: CITY OF GOLDEN SHADOW
17. Platz: Joan D. Vinge, DREAMFALL
18. Platz: Elizabeth Moon, REMNANT POPULATION
19. Platz: Greg Egan, DISTRESS
20. Platz: Terry Bisson, PIRATES OF THE UNIVERSE
21. Platz: Alexander Jablokov, RIVER OF DUST
22. Platz: Melissa Scott, NIGHT SKY MINE
23. Platz: Frederik Pohl, THE OTHER END OF TIME
24. Platz: Sheri S. Tepper, GIBBON'S DECLINE AND FALL
25. Platz: Allen Steele, THE TRANQUILITY ALTERNATIVE
26. Platz: Nancy Kress, OATHS AND MIRACLES
27. Platz: David Brin, INFINITY'S SHORE

FANTASY-ROMAN:

1. **Platz: George R. R. Martin, A GAME OF THRONES**
2. Platz: Bradley Denton, LUNATICS
3. Platz: Patricia A. McKillip, WINTER ROSE
4. Platz: James Morrow, BLAMELESS IN ABADDON
5. Platz: Robin Hobb, ROYAL ASSASSIN
6. Platz: Robert Jordan, A CROWN OF SWORDS
7. Platz: Terry Pratchett, FEET OF CLAY
8. Platz: Pat Murphy, NADYA
9. Platz: Christopher Priest, THE PRESTIGE
10. Platz: Terri Windling, THE WOOD WIFE
11. Platz: John Barnes, ONE FOR THE MORNING GLORY
12. Platz: Lisa Goldstein, WALKING THE LABYRINTH
13. Platz: Robert Holdstock, ANCIENT ECHOES
14. Platz: Sean Stewart, CLOUDS END
15. Platz: Philip Pullman, THE GOLDEN COMPASS
16. Platz: Barbara Hambly, MOTHER OF WINTER
17. Platz: Nancy Springer, FAIR PERIL
18. Platz: Terry Goodkind, BLOOD OF THE FOLD
19. Platz: Mercedes Lackey, FIREBIRD
20. Platz: Melanie Rawn, Jennifer Roberson & Kate Elliot, THE GOLDEN KEY

21. Platz: A. A. Attanasio, THE DRAGON AND THE UNICORN
22. Platz: Sean Russell, SEA WITHOUT A SHORE

DARK FANTASY/HORROR-ROMAN:

1. Platz: Stephen King, DESPERATION
2. Platz: Clive Barker, SACRAMENT
3. Platz: Robert Holdstock, UNKNOWN REGIONS
4. Platz: Brian Stableford, THE HUNGER AND ECSTASY OF VAMPIRES
5. Platz: Graham Joyce, REQUIEM
6. Platz: Marc Laidlaw, THE 37TH MANDALA
7. Platz: Anne Rice, SERVANT OF THE BONES
8. Platz: Stephen King, THE GREEN MILE
9. Platz: Lisa Tuttle, THE PILLOW FRIEND
10. Platz: Todd Grimson, STAINLESS

DEBÜT-ROMAN:

1. Platz: Sage Walker, WHITEOUT punktegleich mit **Sarah Zettel, RECLAMATION**
3. Platz: J. Gregory Keyes, THE WATERBORN
4. Platz: Raphael Carter, THE FORTUNATE FALL
5. Platz: Richard Garfinkle, CELESTIAL MATTERS
6. Platz: N. Lee Wood, LOOKING FOR THE MAHDI
7. Platz: Lynn Flewelling, LUCK IN THE SHADOWS
8. Platz: Ian McDowell, MORDRED'S CURSE
9. Platz: Deborah Christian, MAINLINE
10. Platz: Katya Reimann, WIND FROM A FOREIGN SKY
11. Platz: Francine G. Woodbury, SHADE AND SHADOW
12. Platz: Mary Doria Russell, THE SPARROW
13. Platz: Jane Routley, MAGE HEART
14. Platz: Roby James, COMMENCEMENT
15. Platz: Mike Moscoe, FIRST DAWN

NOVELLE:

1. Platz: Connie Willis, BELLWEATHER
2. Platz: George R. R. Martin, BLOOD OF THE DRAGON
3. Platz: Lucius Shepard, HUMAN HISTORY
4. Platz: Peter S. Beagle, THE UNICORN SONATA
5. Platz: Jack Cady, KILROY WAS HERE
6. Platz: Mary Rosenblum, GAS FISH
7. Platz: Gregory Benford, IMMERSION
8. Platz: Robert Silverberg, THE TREE THAT GREW FROM THE SKY

9. Platz: Robert Reed, CHRYSALIS
10. Platz: Maureen F. McHugh, THE COST TO BE WISE
11. Platz: Jerry Oltion, ABANDON IN PLACE
12. Platz: Bruce Sterling, THE LITTLEST JACKAL
13. Platz: Ian R. MacLeod, VERGLAS
14. Platz: Stephen Baxter, SADDLE POINT SEQUENCE
15. Platz: G. David Nordley, FUGUE ON A SUNKEN CONTINENT
16. Platz: Stephen Baxter, SADDLE POINT DREAMTIME punktegleich mit
    Bud Sparhawk, PRIMROSE AND THORN

ERZÄHLUNG:

1. **Platz: Ursula K. Le Guin, MOUNTAIN WAYS**
2. Platz: Terry Bisson, THE EDGE OF THE UNIVERSE
3. Platz: Mike Resnick, THE LAND OF NOD
4. Platz: Bruce Sterling, BICYCLE REPAIRMAN
5. Platz: Suzy McKee Charnas, BEAUTY AND THE OPERA OR THE PHANTOM BEAST
6. Platz: Eleanor Arnason, THE DOG'S STORY
7. Platz: Tony Daniel, A DRY, QUIET WAR
8. Platz: Nancy Kress, THE FLOWERS OF AULIT PRISON
9. Platz: Michael Swanwick, RADIO WAVES
10. Platz: Gene Wolfe, THE MAN IN THE PEPPER MILL
11. Platz: William Barton, AGE OF AQUARIUS
12. Platz: James Patrick Kelly, THE FIRST LAW OF THERMODYNAMICS
13. Platz: John Brunner, AMENDS
14. Platz: Dave Wolverton, AFTER A LEAN WINTER
15. Platz: G. David Nordley, MARTIAN VALKYRIE
16. Platz: Gene Wolfe, TRY AND KILL IT
17. Platz: Allen Steele, KRONOS
18. Platz: Charles Sheffield, THE PEACOCK THRONE
19. Platz: Sheila Finch, OUT OF THE MOUTHS
20. Platz: Robert Silverberg, DIANA OF THE HUNDRED BREASTS
21. Platz: Michael Cassutt, THE LONGER VOYAGE
22. Platz: Bud Webster, THE THREE LABORS OF BUBBA
23. Platz: Connie Willis, NONSTOP TO PORTALES
24. Platz: Terry Bisson, IN THE UPPER ROOM

KURZGESCHICHTE:

1. **Platz: John Crowley, GONE**
2. Platz: Gene Wolfe, COUNTING CATS IN ZANZIBAR

3. Platz: Paul Park, THE LAST HOMOSEXUAL
4. Platz: Michael Swanwick, THE DEAD
5. Platz: Connie Willis, THE SOUL SELECTS HER OWN SOCIETY ...
6. Platz: Kate Wilhelm, FORGET LUCK
7. Platz: Daniel Keys Moran, ON SEQUOIA TIME
8. Platz: Robert Reed, DECENCY
9. Platz: Maureen F. McHugh, STRINGS
10. Platz: Ben Bova, APPOINTMENT IN SINAI
11. Platz: Gardner Dozois, COMMUNITY
12. Platz: Steven Utley, A SILURIAN TALE
13. Platz: Stephen Baxter, COLUMBIAD
14. Platz: James White, UN-BIRTHDAY BOY
15. Platz: Joanna Russ, INVASION
16. Platz: Stephen Baxter & Eric Brown, THE SPACETIME PIT
17. Platz: James Patrick Kelly, BREAKAWAY, BACKDOWN
18. Platz: Robert Reed, FIRST TUESDAY
19. Platz: Robert Silverberg, DEATH DO US PART
20. Platz: Sarah Zettel, UNDER PRESSURE

SACHBUCH:

1. **Platz: John Clute, LOOK AT THE EVIDENCE**
2. Platz: L. Sprague de Camp, TIME & CHANCE
3. Platz: Diana Wynne Jones, THE TOUGH GUIDE TO FANTASYLAND
4. Platz: S. T. Joshi, H. P: LOVECRAFT: A LIFE
5. Platz: David Pringle (Hrsg.), ST. JAMES GUIDE TO FANTASY WRITERS
6. Platz: James Sallis (Hrsg.), ASH OF STARS: ON THE WRITING OF SAMUEL R. DELANY
7. Platz: Herbert R. Lottman, JULES VERNE: AN EXPLORATORY BIOGRAPHY
8. Platz: Brian Taves & Stephen Michaluk (Hrsg.), THE JULES VERNE ENCYCLOPEDIA

KUNSTBAND:

1. **Platz: Cathy Burnett, Arnie Fenner & Jim Loehr (Hrsg.), SPECTRUM III: THE BEST IN CONTEMPORARY FANTASY ART**
2. Platz: Patti Perret, THE FACES OF FANTASY
3. Platz: Edward Gorey, THE WORLD OF EDWARD GORES
4. Platz: J. K. Potter, NEUROTICS: THE DARKEST ART OF J. K. POTTER
5. Platz: H. R. Giger, H. R. GIGER'S FILM DESIGN

6. Platz: Maxfield Parrish, MAXFIELD PARRISH: A RETROSPECTIVE
7. Platz: Ralph Steadman, ANIMAL FARM: 50TH ANNIVERSARY EDITION
8. Platz: Chris Van Allsburg, A CITY IN WINTER
9. Platz: Alan Lee, THE WANDERINGS OF ODYSSEUS

COLLECTION:

1. **Platz: Joe Haldeman, NONE SO BLIND**
2. Platz: Ursula K. Le Guin, UNLOCKING THE AIR AND OTHER STORIES
3. Platz: Ray Bradbury, QUICKER THAN THE EYE
4. Platz: James Morrow, BIBLE STORIES FOR ADULTS
5. Platz: Lois McMaster Bujold, DREAMWEAVER'S DILEMMA
6. Platz: Poul Anderson, ALL ONE UNIVERSE
7. Platz: Jonathan Lethem, THE WALL OF THE SKY, THE WALL OF THE EYE
8. Platz: Theodore Sturgeon, KILLDOZER!
9. Platz: Theodore Sturgeon, MICROCOSMIC GOD
10. Platz: Jonathan Carroll, THE PANIC HAND
11. Platz: Clifford D. Simak, OVER THE RIVER & THROUGH THE WOODS
12. Platz: Michael Bishop, AT THE CITY LIMITS OF FATE
13. Platz: Jack McDevitt, STANDARD CANDLES
14. Platz: Paul Di Filippo, RIBOFUNK
15. Platz: Bruce Sterling, SCHISMATRIX PLUS
16. Platz: Diana Wynne Jones, MINOR ARCANA
17. Platz: Thomas Ligotti, THE NIGHTMARE FACTORY
18. Platz: Richard Lupoff, BEFORE ... 12:01 ... AND AFTER
19. Platz: Paul J. McAuley, THE INVISIBLE COUNTRY
20. Platz: Mary Rosenblum, SYNTHESIS AND OTHER VIRTUAL REALITIES

ANTHOLOGIE:

1. **Platz: Gardner Dozois (Hrsg.), THE YEAR'S BEST SCIENCE FICTION: THIRTEENTH ANNUAL COLLECTION**
2. Platz: Ellen Datlow & Terri Windling (Hrsg.), THE YEAR'S BEST FANTASY AND HORROR: NINTH ANNUAL COLLECTION
3. Platz: David G. Hartwell (Hrsg.), YEAR'S BEST SF
4. Platz: Patrick Nielsen Hayden (Hrsg.), STARLIGHT 1
5. Platz: Kevin J. Anderson (Hrsg.), WAR OF THE WORLDS: GLOBAL DISPATCHES
6. Platz: Pamela Sargent (Hrsg.), NEBULA AWARDS 30

7. Platz: David G. Hartwell & Milton T. Wolf (Hrsg.), VISIONS OF WONDER
8. Platz: Ellen Datlow (Hrsg.), OFF LIMITS: TALES OF ALIEN SEX
9. Platz: John Kessel, Mark L. Van Narne & Richard Butner (Hrsg.), INTERSECTIONS: THE SYCAMORE HILL ANTHOLOGY
10. Platz: Joce Carol Oates (Hrsg.), AMERICAN GOTHIC TALES

KÜNSTLER:
1. Platz: Michael Whelan
2. Platz: Bob Eggleton
3. Platz: Don Maitz
4. Platz: Thomas Canty
5. Platz: Jim Burns
6. Platz: J. K. Potter
7. Platz: W. J. Hodgson

HERAUSGEBER:
1. Platz: Gardner Dozois
2. Platz: Kristine Kathryn Rusch
3. Platz: Ellen Datlow
4. Platz: David Hartwell
5. Platz: Stanley Schmidt
6. Platz: Patrick Nielsen Hayden
7. Platz: Scott Edelman
8. Platz: Terri Windling
9. Platz: David Pringle

MAGAZIN:
1. Platz: ASIMOV'S SF
2. Platz: FANTASY & SCIENCE FICTION
3. Platz: ANALOG
4. Platz: SCIENCE FICTION AGE
5. Platz: INTERZONE
6. Platz: REALMS OF FANTASY
7. Platz: CENTURY

VERLAG:
1. Platz: TOR/ST. MARTIN'S
2. Platz: BANTAM/DOUBLEDAY/DELL
3. Platz: BALLANTINE/DEL REY
4. Platz: BAEN BOOKS
5. Platz: DAW BOOKS

6. Platz: PUTNAM/BERKLEY/ACE
7. Platz: HARPERCOLLINS/PRISM
8. Platz: AVON/MORROW
9. Platz: WHITE WOLF
10. Platz: WARNER
11. Platz: PENGUIN/ROC

1997 INTERNATIONAL HORROR CRITICS GUILD AWARDS

(von Nancy A. Collins initiiert und auf der WORLD HORROR CONVENTION von der IHCG verliehen)

ROMAN: **Marc Laidlaw, THE 37TH MANDALA**
DEBÜTROMAN: **Del Stone, DEAD HEAT**
ERZÄHLUNG: **S. P. Somtow, BRIMSTONE AND SALT**
KURZGESCHICHTE: **Graham Masterton, UNDERBED**
COLLECTION: **Terry Lamsley, CONFERENCE WITH THE DEAD**
ANTHOLOGIE: **John Pelan (Hrsg.), DARKSIDE: HORROR FOR THE NEW MILLENIUM**
PUBLIKATION: **CEMETERY DANCE**, hrsg. von Richard Chizmar
KÜNSTLER: **Timothy Bradstreet**
LIVING LEGEND AWARD: **Edward Bryant**
SPEZIALPREIS: **Lou Stathis**

1997 JOHN W. CAMPBELL MEMORIAL AWARD

(für den besten SF-Roman des Vorjahres)

1. Platz: Paul J. McAuley, FAIRYLAND
2. Platz: Kim Stanley Robinson, BLUE MARS
3. Platz: Mary Doria Russell, THE SPARROW

1997 THEODORE STURGEON MEMORIAL AWARD

(für die beste SF-Kurzgeschichte des Vorjahres)

1. Platz: Nancy Kress, THE FLOWERS OF AULIT PRISON
2. Platz: William Barton, AGE OF AQUARIUS
3. Platz: Gregory Feeley, THE WEIGHING OF AYRE

Finalisten: James P. Blaylock, THIRTEEN PHANTASMS
Suzy McKee Charnas, BEAUTY AND THE OPERA OR THE PHANTOM BEAST
John Crowley, GONE
John M. Ford, ERASE/RECORD/PLAY
Karen Joy Fowler, THE ELIZABETH COMPLEX
Nancy Kress, MARIGOLD OUTLET
Michael Swanwick, RADIO WAVES
Jeff VanderMeer, DRADIN, IN LOVE

1997 SFRA AWARDS

(verliehen von der SCIENCE FICTION RESEARCH ASSOCIATION)

PILGRIM AWARD
(für Leistungen als SF-Kritiker)

Marleen Barr

MILFORD AWARD
(für lebenslange Leistungen als Herausgeber von SF)

David Pringle

1996 BRAM STOKER AWARDS

(verliehen von den HORROR WRITERS OF AMERICA, den amerikanischen Horror-Profis)

ROMAN: **Stephen King, THE GREEN MILE**
Nominiert: Poppy Z. Brite, EXQUISITE CORPSE
Owl Goingback, CROTA
Peter Straub, THE HELLFIRE CLUB
ERSTLINGSROMAN: **Owl Goingback, CROTA**
Nominiert: Donald Burleson, FLUTE SONG
Greg Kihn, HORROR SHOW
Del Stone, DEAD HEAT
ERZÄHLUNG: **Thomas Ligotti, THE RED TOWER**
Nominiert: Jack Cady, KILROY WAS HERE
Nancy Collins, THE THING FROM LOVER'S LANE
S. P. Somtow, BRIMSTONE AND SALT
KURZGESCHICHTE: **P. D. Cacek, METALICA**

Nominiert: Robert Devereaux, THE SLOBBERING TONGUE THAT ATE THE FRIGHTFULLY HUGE WOMAN
Graham Masterton, THE SECRET SHIH TAN
Brian Stableford, THE HOUSE OF MOURNING
Karl Edward Wagner, PLAN 10 FROM INNER SPACE
COLLECTION: **Thomas Ligotti, THE NIGHTMARE FACTORY**
Nominiert: Brian Hodge, THE CONVULSION FACTORY
Elizabeth Massie, SHADOW DREAMS
Wayne Allen Sallee, WITH WOUNDS STILL WET
S. P. Somtow, THE PAVILION OF FROZEN WOMEN
SACHBUCH: **S. T. Joshi, H. P. LOVECRAFT: A LIFE**
Nominiert: Barbara Belford, BRAM STOKER: A BIOGRAPHY OF THE AUTHOR OF DRACULA
Don Hutchison, THE GREAT PULP HEROES
Stephen Jones, THE ILLUSTRATED WEREWOLF MOVIE GUIDE
David Skal, V IS FOR VAMPIRE
LIFE ACHIEVEMENT AWARD: **Ira Levin** und **Forrest J. Ackerman**

SFCD-LITERATURPREIS 1997

(vergeben vom SCIENCE FICTION CLUB DEUTSCHLAND e.V., dem größten SF-Club im deutschen Sprachraum)

ROMAN:
1. Platz: Andreas Eschbach, SOLARSTATION
2. Platz: Rainer Fuhrmann, KAIROS
3. Platz: Ady Henry Kiss, BAKER'S BARN
4. Platz: Günter Hack, FREISTAAT
5. Platz: Kai Meyer, DER SCHATTENESSER
6. Platz: Karl-Heinz Tuschel, DER MANN VON IDEA
7. Platz: Bernhard Kegel, DAS ÖLSCHIEFERSKELETT
8. Platz: Urs Widmer, IM KONGO
9. Platz: Hubert Haensel, TESTFLUG
10. Platz: Norman Ohler, DIE QUOTENMASCHINE

KURZGESCHICHTE:
1. Platz: Michael Sauter, DER MENSCHLICHE FAKTOR
2. Platz: Peter Schattschneider, EXIT TO?
3. Platz: Marcus Hammerschmitt, CAFE VIDOCQ punktegleich mit Christoph Kleinhubbert, DER TOD IST NICHT DAS ENDE
5. Platz: Gerd Frey, WELT GOTTES

6. Platz: Achim Stößer, VIRULENTE WIRKLICHKEIT
7. Platz: Jens Lossau & Jens Schumacher, DIE DETONATION IM GEISTE DES MENSCHEN
8. Platz: Frank G. Gerigk, ALS ICH IN DER FERNSEHWELT WAR punktegleich mit
   Scot W. Stephenson, TOD EINER MASCHINE
10. Platz: Arno Behrend, DIE LETZTE JAGD
11. Platz: Wolfgang Jeschke, PARTNER FÜRS LEBEN punktegleich mit
   Ralph Sander, BRUXELLES-MIDI
13. Platz: Marcus Hammerschmitt, HUNDEHERZ
14. Platz: Erik Simon, YTVAROS GROSSER KREIS
15. Platz: Ulrich Harbecke, DER WELTKONGRESS punktegleich mit
   Alexander Kröger, DER LAUTLOSE

GLAUSER-PREIS 1997

(auf der CRIMINALE, dem Treffen der deutschsprachigen Kriminalschriftsteller vergeben und mit DM 10 000,– dotiert)

Hartmut Mechtel, DER UNSICHTBARE ZWEITE

PHANTASTIK-PREIS DER STADT WETZLAR 1997

(alljählich verliehen auf den WETZLAER TAGEN DER PHANTASTIK und mit DM 7000,– dotiert)

Harald Gerlach, WINDSTIMMEN

1997 LAMBDA LITERARY AWARD

(für homosexuelle oder lesbische SF und Fantasy des Vorjahres, gesponsert von LAMBDA BOOK REPORT)

Clive Barker, SACRAMENT

Nominiert: Rachel Pollack, GODMOTHER NIGHT
Michael Rowe & Thomas S. Roche, SONS OF DARKNESS
Eric Garber & Jewelle Gomez (Hrsg.), SONS OF THE RAINBOW
Pam Keesey (Hrsg), WOMEN WHO RUN WITH WEREWOLVES

1997 HUGO AWARDS

(der Preis der amerikanischen SF-Fans, alljährlich auf dem WORLD-CON - diesmal in San Antonio, Texas - vergeben)

ROMAN:
1. Platz: Kim Stanley Robinson, BLUE MARS
2. Platz: Lois McMaster Bujold, MEMORY
3. Platz, Elizabeth Moon, REMNANT POPULATION
4. Platz: Robert J. Sawyer, STARPLEX
5. Platz: Bruce Sterling, HOLY FIRE

NOVELLE:
1. Platz: George R. R. Martin, BLOOD OF THE DRAGON
2. Platz: Jack McDevitt, TIME TRAVELERS NEVER DIE
3. Platz: Gregory Benford, IMMERSION
4. Platz: Jerry Oltion, ABANDON IN PLACE
5. Platz: Mary Rosenblum, GAS FISH
6. Platz: Maureen F. McHugh, THE COST TO BE WISE

ERZÄHLUNG:
1. Platz: Bruce Sterling, BICYCLE REPAIRMAN
2. Platz: Mike Resnick, THE LAND OF NOD
3. Platz: Ursula K. Le Guin, MOUNTAIN WAYS
4. Platz: Suzy McKee Charnas, BEAUTY AND THE OPERA OR THE PHANTOM BEAST
5. Platz: William Barton, AGE OF AQUARIUS

KURZGESCHICHTE:
1. Platz: Connie Willis, THE SOUL SELECTS HER OWN SOCIETY ...
2. Platz: James White, UN-BIRTHDAY BOY
3. Platz: Michael Swanwick, THE DEAD
4. Platz: Robert Reed, DECENCY
5. Platz: John Crowley, GONE

SACHBUCH:
1. Platz: L. Sprague de Camp, TIME & CHANCE
2. Platz: Diana Wynne Jones, THE TOUGH GUIDE TO FANTASY-LAND
3. Platz: John Clute, LOOK AT THE EVIDENCE
4. Platz: Dave Langford, THE SILENCE OF THE LANGFORD
5. Platz: Patti Perret, THE FACES OF FANTASY

FILM/TV:
1. Platz: BABYLON 5: SEVERED DREAMS
2. Platz: STAR TREK: FIRST CONTACT
3. Platz: STAR TREK DEEP SPACE NINE: TRIALS AND TRIBBLE-ATIONS
4. Platz: INDEPENDENCE DAY
5. Platz: MARS ATTACKS

HERAUSGEBER:
1. Platz: Gardner Dozois
2. Platz: Kristine Kathryn Rusch
3. Platz: Stanley Schmidt
4. Platz: Scott Edelman
5. Platz: Patrick Nielsen Hayden

KÜNSTLER:
1. Platz: Bob Eggleton
2. Platz: Michael Whelan
3. Platz: David Cherry
4. Platz: Don Maitz
5. Platz: Thomas Canty

SEMIPROFESSIONELLES MAGAZIN:
1. Platz: LOCUS
2. Platz: INTERZONE
3. Platz: THE NY REVIEW OF SCIENCE FICTION
4. Platz: SCIENCE FICTION CHRONICLE
5. Platz: SPECULATIONS

1997 JOHN W. CAMPBELL AWARD

(für den besten Nachwuchsautor der vergangenen zwei Jahre)

1. Platz: Michael Burstein
2. Platz: Sharon Shinn
3. Platz: Richard Garfinkle
4. Platz: Rafael Carter
5. Platz: Katya Reimann

SEIUN SF AWARDS 1997

(die nationalen japanischen SF-Preise, vergleichbar mit den HUGOS)

ROMAN/JAPANISCH: **Hiroyuki Morioka, SEIKAI NO MONSHO**
ROMAN/ÜBERSETZUNG: **Robert Sawyer, END OF AN ERA**
KURZGESCHICHTE/JAPANISCH: **Jin Kusakami, DAIETTO NO HOTEISHIKI**
KURZGESCHICHTE/ÜBERSETZUNG: **Greg Bear, HEADS**

1997 MYTHOPOETIC FANTASY AWARDS

(vergeben von der MYTHOPOETIC FANTASY SOCIETY für Werke in der Tradition der Inklinge)

FANTASY FÜR ERWACHSENE:
Terri Windling, THE WOOD WIFE
Nominiert: John Barnes, ONE FOR THE MORNING GLORY
Patricia A. McKillip, WINTER ROSE
Nancy Springer, FAIR PERIL
Gene Wolfe, THE BOOK OF THE LONG SUN

FANTASY-JUGENDBUCH:
1997 nicht vergeben

1997 SIDEWAYS AWARD

(für die besten Veröffentlichungen zur Alternativwelt-Thematik des Vorjahres)

ROMAN: **Stephen Baxter, VOYAGE**
KURZTEXT: **Walter Jon Williams, FOREIGN DEVILS**

1997 GOLDEN DUCK AWARDS

(für SF-Kinderbücher, auf dem DuckCon von der GOLDEN DUCK FOUNDATION vergeben und mit $ 200,– dotiert)

BILDERBUCH: Timothy R. Gaffney (Text) & Barry Root (Bilder), **GRANDPA TAKES ME TO THE MOON**

KINDERBUCH: **K. A. Applegate, THE MESSAGE**
HAL CLEMENT JUGENDBUCHPREIS: **Steven Gould, WILDSIDE**
SONDERPREIS: **Charles L. Fontenay**

1997 SFINKS-PREISE

(verliehen von der polnischen SF/Fantasy-Großbuchhandlung »Verbum II« und ermittelt anhand verschickter Fragebögen)

BUCH DES JAHRES
Philip K. Dick *The Man in the High Castle*

POLNISCHER ROMAN
Andrzej Sapkowski *Chrzest ognia* (Feuertaufe)

AUSLÄNDISCHER ROMAN
Philip K. Dick *Flow My Tears, the Policeman Said*

POLNISCHE ERZÄHLUNG
Rafał A. Ziemkiewicz *Śpiąca królewna* (Dornröschen)

AUSLÄNDISCHE ERZÄHLUNG
Mike Resnick *Kirinyaga*

DAS BESTE SF-MAGAZIN
»Nowa Fantastyka«

FILM
Roland Emmerich *Independence Day*

Renaissance der Utopie oder Einübung in die Endzeit?

Die russische Science Fiction nach der Perestrojka

von Uwe-Michael Witt

Im Jahre 1985 begann in der UdSSR die Perestrojka. Die Reformkräfte um Michail Gorbačëv waren mit dem Ziel angetreten, den technischen Vorsprung des Westens aufzuholen und gleichzeitig die Idee von einem Sozialismus mit menschlichem Antlitz wiederzubeleben. In der Politik und in der Ideologie setzte eine deutliche Liberalisierung der Gesellschaft ein. Man sprach offen über Fehler der Vergangenheit. Jedoch zerschlugen sich mit dem Augustputsch von 1991 endgültig die Hoffnungen auf eine mögliche Reformfähigkeit der kommunistischen Partei und der Sowjetgesellschaft. Das traditionelle Denken der Kader in Partei und Staat erwies sich als ein unüberwindbares Hindernis.

Die Reformer arbeiteten unablässig daran, die Voraussetzungen für die Übernahme von marktwirtschaftlichen Elementen in die Planwirtschaft zu schaffen. Schrittweise wurde die Existenz von genossenschaftlicher und privater Produktion zugelassen. Jedoch veränderte sich die Lage der Bevölkerung nicht, ganz im Gegenteil, heute sehen sich viele Menschen in den Staaten der GUS mit der real gewordenen Gefahr der Verarmung konfrontiert.

Am Ende des kalten Krieges bestritt ein Drittel der gesamten Bevölkerung seinen Lebensunterhalt direkt von der Rüstung. Heute sehen sich die Nachfolgestaaten der UdSSR mit dem Moloch des militärisch-industriellen Komplexes und seinen scheinbar unentwirrbaren Vernetzungen konfrontiert. Zwar scheinen erste Schritte zur geregelten Konversion zu greifen, aber gleichzeitig gerät damit wohl vor allem Rußland in die Gefahr, den Status eines HighTech-Landes einzubüßen. Betriebe, die vormals Trägerraketen und Präzisionsteile für nukleare Sprengköpfe herstellten, produzieren heute Straßenbahnen und Kühlschränke. Das alte, vom Staat getragene Forschungsprogramm ist zum Erliegen gekommen. Das russische Raumfahrtprogramm ist gefährdet. Das Kosmodrom Baikonur liegt plötzlich im Ausland. Bezahlen kann der Staat die Raumfahrtspezialisten genausowenig wie die 2000 Kernphysiker, die, mit den entsprechenden Materialien versorgt, an jedem Punkt des Planeten Kernwaffen herstellen könnten. Der Öko-GAU in Sibirien ist ohne technische und vor allem finanzielle Investitionen des Westens eine reine Zeitfrage.

Was kann die russische Science Fiction-Literatur vor dem Hintergrund dieser düsteren Situation noch leisten? Macht sie Hoffnung auf eine bessere Zukunft? Oder ergeht sie sich in resignativen Schilderungen der Endzeit, die für viele Menschen in dem Riesenland bereits Alltag geworden ist?

Betrachtet man die ökonomischen Voraussetzungen für die gegenwärtige Veröffentlichung von Literatur und damit auch von SF, so sind diese durchaus erfreulicher als vor Beginn der Perestrojka. Das Verlagsmonopol großer staatlicher Verlage ist weggefallen. Der versuchte Übergang zur regulierten Marktwirtschaft brachte eine Reihe genossenschaftlicher und Privatverlage hervor. Außerdem schafften es einige der ehemaligen großen Verlage, eine neue Struktur zu finden, um sich auf dem Markt zu etablieren. SF ist gegenwärtig auf dem Weg zu einem Marktsegment der Unterhaltungsliteratur. Zunehmend zeigen sich Parallelen zum westlichen Literaturgeschäft. Werbung und knallige, reißerische Titelillustrationen sind nur einige der Anzeichen für eine Übernahme des westlichen Umgangs mit Literatur. Erschwerend wirkt sich auf die Publikation von SF und anderer Unterhaltungsliteratur aus, daß zwischen den ehemaligen Republiken der UdSSR die

Zollbestimmungen nach wie vor unklar sind. Dazu kommt eine rasende Inflation und das zunehmend unregelmäßiger arbeitende Dienstleistungswesen, wie Eisenbahn und Post.

Die Liberalisierung in der Gesellschaft und der Wegfall der Zensur bewirkten die Veröffentlichung von »Schubladenliteratur«, die entweder jahrelang vom Autor geheimgehalten wurde oder die nach der ersten Publikation von der Zensur für keine weiteren Veröffentlichungen zugelassen wurde. Auch eine Reihe von SF-Texten gehören dazu, wie z. B. »Die verdammte Stadt« (entstanden 1970 bis 1975, veröffentlicht 1988) und »Die häßlichen Schwäne« (Frankfurt am Main, 1972) von Arkadij und Boris Strugackij oder »Wir« (Prag, 1925) von Evgenij Zamjatin.

Jahrelang gab es in der UdSSR keine Zeitschrift, die sich ausschließlich der SF widmete. Allerdings gab es einige, vor allem populärwissenschaftliche Zeitschriften, die SF-Erzählungen druckten, wie z. B. »Chemie und Leben« oder »Technik für die Jugend«. Nur die in Sverdlovsk (heute: Ekaterinburg) erscheinende Monatszeitschrift »Fährtensucher des Ural« versuchte mehr für die SF zu leisten. So organisierte die Redaktion gemeinsam mit dem Schriftstellerverband seit 1981 eine alljährliche SF-Preisverleihung (»Aelita-Preis«). Darüber hinaus war man bemüht, SF zu popularisieren und zu kommentieren. Die Auflage des »Fährtensucher des Ural« ist von einer halben Million Exemplaren (1987) auf ca. fünfzigtausend (1994) dramatisch gesunken, womit die Zeitschrift wohl ihren überregionalen Einfluß verloren haben dürfte. Im ganzen Land sind aber eine Reihe anderer SF-Zeitschriften entstanden. Einige von ihnen gingen aus ehemaligen Fanzines hervor, wie z. B. »Sisyphus« und »Interkom« (Sankt Petersburg) oder wurden nach Beginn der Wende in neuen Verlagen ins Leben gerufen, wie z. B. »Fantakrim-MEGA« (Minsk). »Fantakrim-MEGA« ähnelt dabei z. B. in der Textauswahl dem US-amerikanischen »Magazine of Fantasy & Science Fiction«. »Interkom« ist ein Informatinsmagazin, das in seiner Funktion und Anlage stark an »Locus« erinnert.

Die politischen und ökonomischen Veränderungen nach 1985 bewirkten auch, daß junge, bislang unbekannte SF-Autoren nunmehr viel leichter veröffentlichen können als früher. Die zahlreichen Publikationsmöglichkeiten bewirken, daß oft neue Texte kurz hintereinander zunächst in einer Zeitschrift und dann in Buchform erscheinen.

Der wichtigste Impuls für die gegenwärtige russische SF geht von den Autoren aus, die am Anfang der 1980er Jahre begannen, SF zu schreiben und zu veröffentlichen. Eine Reihe von ihnen nahm an den Seminaren teil, die vom Schriftstellerverband in Maleevka bei Moskau organisiert wurden. (Ähnlich den Writer Workshops in den USA diskutierten und schrieben hierbei die jungen Autoren gemeinsam und unter der Anleitung etablierter und erfahrener Schriftsteller.) Deshalb werden die Autoren dieser Gruppe auch als »Maleevka-Generation« bezeichnet. Die wichtigsten von ihnen sind u. a. Vjačeslav Rybakov (geb. 1954), Boris Štern (geb. 1947), Vitalij Babenko (geb. 1950), Vladimir Pokrovskij, Michail Veller (geb. 1948), Ljubov' und Evgenij Lukin (geb. 1950) und Viktor Pelevin.

Eine Reihe dieser Autoren sind auch federführend in der sogenannten »Schöpferischen Allunionsvereingung junger Phantastikautoren«, einer Organisation, die 1988 mit dem Ziel gegründet wurde, auf eigenfinanzierter Basis, Publikationsmöglichkeiten für Nachwuchsautoren zu erschließen. Die Mitglieder dieser Vereinigung (in ganz Rußland waren es zu Beginn der 1990er Jahre ca. 250) organisieren sich auf regionaler Basis, lesen gegenseitig ihre Texte und publizieren sie in Anthologien. Die Gründung der Vereinigung erfolgte noch unter der Leitung des staatlichen SF-Hauptverlages »Junge Garde«. Mittlerweile (seit 1991) lassen sich die Mitglieder ausschließlich von der lebenden Legende unter den russischen SF-Autoren Sergej Snegov (geb. 1910) beraten.

Weniger produktiv ist seit Beginn der gesellschaftlichen Veränderungen die Generation von SF-Autoren, die im Verlaufe der 1960er Jahre zur SF fand. Es gab und gibt noch Veröffentlichungen von Autoren wie Olga Larionova (geb. 1935), Zinovij Jur'ev (geb. 1925), Sergej Pavlov (geb. 1935) oder Sever Gansovskij (1918–1990). Allerdings scheinen nur wenige Autoren der älteren Generation die Meinungsfindung innerhalb der SF und die Diskussion von gesellschaftlichen Problemen, die die SF betreffen, zu beeinflussen. Das sind solche, die in den Zeiten der gesellschaftlichen Stagnation (von 1966 bis 1985) mehr oder weniger stark in Konflikt mit der Literaturbürokratie gerieten und damit gegenwärtig offenbar dazu berufen zu sein scheinen, gesellschaftliche Entwicklungen zu kommentieren. Zu ihnen zählen Boris Strugackij (geb. 1933) (bis zu seinem Tod im Jahre 1991 auch Arkadij Strugackij), Kir Bulyčëv (geb. 1934) und der bereits erwähnte Sergej Snegov.

Mit den Veränderungen in der Ökonomie waren nicht nur positive Auswirkungen für die Veröffentlichung von SF verbunden. Im lange Zeit gesetzesfreien Raum des privaten Verlagswesens entstand so etwas wie eine Goldgräberstimmung. Urheberrechte, auch von russischen Autoren, wurden mißachtet, Tantiemen wurden nicht gezahlt. Westliche SF überschwemmte den Markt nach 1987. Dabei wurden die Texte mit einem minimalen Zeitaufwand übersetzt, was sich in der Qualität widerspiegelte. Teilweise stammten die Übersetzungen noch aus dem Samizdat, d. h. aus der früher illegal von Hand vervielfältigter und verbreiteten Literatur. Auflagenstärkste Autoren waren und sind dabei am Anfang der 1990er Jahre u. a. Harry Harrison und Isaac Asimov, deren Gesamtauflage zu diesem Zeitpunkt ca. eine Million Exemplare betrug. Um die Rechte dieser und anderer westlicher Autoren in der GUS zu sichern, appellieren seriöse Privatverleger an die westlichen Autoren, sich einstweilen mit einer Tantiemenzahlung in Rubel zufriedenzugeben. Möglicherweise ist eine Verbesserung dieser Situation für westliche Autoren absehbar, denn im Jahre 1993 wurde in Rußland ein Gesetz rechtskräftig, daß in seiner Grundaussage der Berner Konvention zum Schutz der Urheberrechte gleichkommt.

Das SF-Fandom erlebte nach 1985 eine Blüte wie zu keinem Zeitpunkt zuvor. Neu gegründete SF-Clubs schossen wie Pilze aus dem Boden. Am Ende der 1980er Jahre waren es ca. zweihundert. Es kam zur Gründung einer Dachorganisation unter der Obhut des staatlichen Jugendverbandes Komsomol.

Eine enge Kommunikation zwischen den Clubs wurde zur Norm. Zahlreiche Fanzines wurden produziert und ausgetauscht.

Allerdings haben all diese Aktivitäten mittlerweile deutlich nachgelassen. Schuld daran ist die Inflation und das zunehmende Versagen von Post und anderen Dienstleistungseinrichtungen.

Dazu kommt, daß der Zerfall der UdSSR mit seinen Folgen auch am SF-Fandom nicht spurlos vorübergegangen ist. Obwohl stets die Eintracht beschworen wurde, hat sich 1991 in der Ukraine eine eigene Dachorganisation der SF-Clubs gegründet. Der in der unmittelbaren Nachwendezeit sehr aktive Club »Baum der Wünsche« hat seine für die Integration des Fandoms wichtige Tätigkeit infolge der in Georgien lange herrschenden bürgerkriegsähnlichen Zustände eingestellt.

Insgesamt läßt sich sagen, daß das russische SF-Fandom im wesentlichen die Strukturen und Tätigkeitsformen des westlichen Fandoms kopiert. Allerdings ist die Aktivität in bezug auf die Ausrichtung von SF-Konventen eher zurückhaltend, vermutlich vor allem geschuldet der kritischen finanziellen Situation für den einzelnen. Ein großer Höhepunkt in der internationalen Etablierung des russischen Fandoms war der Volga-Con im Jahre 1991 in Volgograd, an dem u. a. James P. Hogan, Christopher Stasheff und Terry Bisson teilnahmen.

Auch die Zunahme der Anzahl der für SF-Texte zu vergebenden Preise deutet an, daß die russische SF sich in Zielsetzung und Strukturen dem westlichen, und besonders dem US-amerikanischen Fandom annähert. So wird alljährlich weiterhin der Aelita-Preis von der Zeitschrift »Fährtensucher des Ural« vergeben. Dazu werden der Preis »Start« für die beste Erstveröffentlichung des Vorjahres und der Ivan-Efremov-Preis für Verdienste um die Popularisierung der SF alljährlich in Ekaterinburg vergeben. In Sankt Petersburg wird auf dem jedes Jahr stattfindenden »Interpresscon« der Boris-Strugackij-Preis vergeben. (Die Preisträger werden dabei aufgrund einer Vorschlagsliste von Boris Strugackij allein ausgewählt.) Darüber hinaus existiert ein Aleksandr-Beljaev-Preis und ein Preis, der von der Zeitschrift »Fantakrim-MEGA« (Minsk) vergeben wird.

Die auffälligste Veränderung in den neuesten Romanen und Erzählungen der russischen SF-Literatur ist, daß nunmehr Motive auftauchen, die zu Zeiten der Zensur in der SF und in der Literatur überhaupt undenkbar gewesen wären. Das sind vor allem die globale Katastrophe, die Invasion aus dem All, die Endzeit und der alternative Geschichtsverlauf.

In der Erzählung »Winter« (1987) von Vjaceslav Rybakov[1] werden die verzweifelten Bemühungen eines Überlebenden eines Nuklearkrieges geschildert, seine kleine Tochter am Leben zu erhalten. In »Der Kulturträger« (1989)[2] beschreibt Rybakov eine kleine Gruppe von Menschen, die sich durch eine postatomare Landschaft kämpft, um ein rettendes fernes Gebirge zu erreichen. Sie wollen dort Schutz vor dem in absehbarer Zeit auf die Erde stürzenden Mond finden. Die Gruppe wird verfolgt von telepathisch kommunizierenden Ratten in Menschengröße. Dabei bleibt unklar, ob es sich bei diesen um Mutanten oder Außerirdische handelt. »Der Wachhabende« (1992) von Andrej Chusnutdinov[3] beschreibt die Orientierungslosigkeit eines Wachpostens, der nach dem nuklearen Schlagabtausch bei einem Speicher nicht mehr abgelöst wird. Ähnlich aufrüttelnd in seiner Aussage ist »Die letzte Pastorale« (1987) von Ales' Adamovič[4], einem Autor, der sonst nur realistische Literatur schreibt. In seiner Novelle schildert er drei Überlebende des Nuklearkrieges auf einer Insel. Vorrangig geht es ihm darum, herauszufinden, warum alles, was Menschen beginnen, früher oder später in Aggression und Vernichtung endet.

Ganz anders ist die Textanlage in »Anastasija« (1990) von Aleksandr Buškov.[5] In ihm wird Rußland einige hundert Jahre nach einer globalen Katastrophe geschildert. Eine Ritterin und ihre Waffenträgerin ziehen durch diese »post doomsday world« und haben eine Reihe von Abenteuern zu bestehen. Im Mittelpunkt des Romans steht weniger die Absicht, den Leser auf warnutopische Weise zu beeinflussen. Vielmehr ist der Roman eine spannende Schilderung der Abenteuer der beiden Frauen. Die Beschreibung der verschiedenen Mikrogesellschaften und Erscheinungen, die infolge der globalen Veränderung entstanden sind, dienen aber auch dazu, zumeist auf ironische Weise, Phänomene des Alltags in der realsozialistischen Gesellschaft zu kritisieren.

In »Die letzten einhundert Minuten« (1989) von Kir Bulyčëv[6] werden die verzweifelten Bemühungen eines Mannes geschildert, das letzte Raumschiff einer außerirdischen Zivilisation zu erreichen, die einige wenige Menschen evakuiert, da der Treibhauseffekt auf dem Planeten nicht mehr aufzuhalten ist. Die Erzählung vermittelt Einblicke in die Psyche einiger der Einwohner Moskaus, die versuchen, die Hoffnung nicht aufzugeben, aber eigentlich dem zusammenbrechenden Ökosystem völlig machtlos gegenüberstehen.

Kir Bulyčëv ist auch der Autor von »Liebling« (1991)[7], einer Erzählung, die den einhundertsten Jahrestag der Eroberung der Erde durch Außerirdische beschreibt. Der Ort des erzählten Geschehens ist in der Nähe von Moskau. Die Erzählung scheint vor allem eine Kritik an menschlichem konformistischem Verhalten zu sein. Die Menschen werden von den großen Fröschen ähnelnden Außerirdischen nackt und an der Leine gehalten. Diejenigen, die die Freiheit nicht mehr aus eigenem Erleben kennen, haben sich diesem Leben völlig angepaßt, verraten sogar diejenigen, die dagegen aufbegehren.

Der bekannteste der neueren Texte, der einen endzeitlichen Zustand der Gesellschaft beschreibt, ist sicherlich »Kein Zurück« (1989) von Aleksandr Kabakov.[8] Diese Novelle wurde auch deshalb so populär, weil viele Leser in ihr im nachhinein eine Vorhersage des Augustputsches von 1991 sahen. Darüber hinaus deutete Kabakov eine Reihe von Problemen an, die sich mit dem Zerfall der alten UdSSR ergaben und heute deutlich werden. Das ist u. a. die zunehmende Kriminalität, die mangelnde Versorgung der Bevölkerung mit lebensnotwendigen Dingen und die kritische Situation, in der sich viele Angehörige der Armee befinden, die in Afghanistan gekämpft haben bzw. aus Osteuropa heimkehren.

Auch das Motiv des alternativen Geschichtsverlaufes wurde zu Zeiten der gesellschaftlichen Stagnation in der russischen SF nicht verwendet. In »Lange Verlorenes« (1989, geschrieben 1984) von Vjačeslav Rybakov[9] wird von einer Sowjetunion in einer Parallelwelt erzählt, in der es keinen Zweiten Weltkrieg gegeben hat und in der man wirklich die Grundlagen der kommunistischen Gesellschaft errichtet hat. Die kollektive Führung um Stalin hat es durch eine kluge Politik geschafft, den persönlichen Wohlstand der Bevölkerung deutlich anzuheben. Die Führungskaste hat keinerlei Privilegien. Erscheinungen, wie z. B. den Antisemitismus, der in der Sowjetunion latent vorhanden war, gibt es nicht.

In »Der Rekonstrukteur (Über die Untersuchungen von P. Stacjuk)« (1990) von Viktor Pelevin[10] wird deutlich, warum dieser Autor innerhalb kürzester Zeit zu einem der populärsten in der modernen russischen SF aufgestiegen ist. Der stilistisch brillante Texte beschreibt eine parallele Sowjetunion im 21. Jahrhundert. Besagter P. Stacjuk hat zu diesem Zeitpunkt ein Buch veröffentlicht, in dem er dunkle Stellen der stalinistischen Vergangenheit des Landes zu erklären versucht. So fand er u. a. heraus, daß Stalin mit seiner Führungsmannschaft in der 1920er Jahren in ein Tunnelsystem unter Moskau zog und seitdem die Erdoberfläche nicht mehr betreten hatte. Oben agierten Marionetten. Die chaotischen Wendungen in der gesellschaftlichen Entwicklung des Landes rührten u. a. daher, daß in der 1930er Jahren ein Wärter des Zoos in das Tunnelsystem hinunterfiel, seine Saufkumpanen nachholte und die Macht an sich riß. Die Wende in der Politik in der 1950er Jahren erfolgte, als die Marionette, die Chruščëv an der Erdoberfläche vertrat, intelligenter als beabsichtigt war und das Tunnelsystem kurzerhand zuschütten ließ. Geschrieben als Rezension auf besagtes Buch von P. Stacjuk, ist die kurze Erzählung reich an schwarzem Humor, der auch darauf zielt, zum Nachdenken über die Zeit des Stalinismus mit seinen Folgen anzuregen.

Neben Texten, die völlig neue Motive enthalten, gibt es auch solche, die zwar auf bekannte Art und Weise erzählen und Mängel in der russischen Gegenwart attackieren, allerdings in ihrer Aussage viel kritischer und schärfer geworden sind. Das trifft z. B. für neue Erzählungen von Kir Bulyčëv zu, die in der fiktiven Stadt Groß Gusljar spielen.[11] Wie in den älteren Geschichten kritisiert der Autor auf satirische Weise das Verhalten von Zeitgenossen. In der »Erzählung von einem Kontaktversuch« (1989)[12] wird die Unfähigkeit und Selbstsucht der Administration der Stadt bloßgestellt, für die es wichtiger ist, einem höhergestellten Beamten zur Eröffnung der Kreisdominomeisterschaften eine neue Straße zu präsentieren, als ein außerirdisches Raumschiff mit dem Astronauten für die irdische Wissenschaft zu bergen. In »Die Vergangenheit« (1989)[13] rechnet Bulyčëv, wiederum auf ironische Weise, mit den Schauprozessen der 1930er und 1940er Jahre ab. Um sich in der Vergangenheit Lebensmittel zu besorgen, reisen einige Frauen mit einer Zeitmaschine dorthin, werden aber verhaftet und der Sabotage angeklagt.

Viele der neuesten Erzählungen und Romane erzählen aber weiterhin auf traditionelle Weise, d. h. sie gehen davon aus, daß eine Gesellschaft errichtet werden wird, die dem kommunistischen Ideal nahekommt. Diese Texte schildern meist kaum Details der zukünftigen Gesellschaft, sondern setzten diese als bekannt beim Leser voraus. Vielmehr geht es in diesen Romanen und Erzählungen darum, wissenschaftliche Theorien oder denkbare zukünftige Erfindungen vorzustellen. Das ist z. B. der Fall in dem Roman »Ein Requiem für die Zeitmaschine« (1990) von Vasilij Golovačëv[14], in dem von einem gescheiterten Zeitreiseexperiment im 24. Jahrhundert und dessen Folgen für die Gegenwart erzählt wird.

Der Roman »Sei gegrüßt, Phobus!« (1988) von Evgenij Chrunov und Levon Chačarturjanc[15] ist der dritte Teil einer Trilogie und schließt sich an die Romane »Der Weg zum Mars« (1979)[16] und »Auf dem Asteroiden« (1984)[17] an. Der Roman ist im Vergleich mit den beiden Vorgängern deutlich schwächer ausgefallen. Er erscheint sehr konstruiert und malt ein von ideologischen Vorurteilen geprägtes Bild von der näheren Zukunft, was sich schon im zweiten Teil andeutete. Er schildert die Vorbereitungen zu einem erneuten Marsflug, um die von Außerirdischen geschaffene Höhle, die der Astronaut Akopjan im ersten Teil auf dem Marsmond Phobus entdeckte, zu erforschen.

Einer der umfangreichsten und vieldiskutierten Romane, die nach 1985 erschienen, ist »Odysseus verläßt Ithaka« (1988/1990) von Vasilij Zvjagincev[18], wofür der Autor 1993 den Aelita-Preis erhielt. Der Roman schildert die Verwicklung einiger junger Russen in einen Konflikt zwischen zwei außerirdischen Superzivilisationen. Insgesamt unterscheidet sich der umfangreiche Roman nicht von früheren, die auch ein abenteuerliches Geschehen und eine Reihe von pseudowissenschaftlichen Geräten in den Mittelpunkt stellten. Auch die Kritik an der realsozialistischen Realität ist eher verhalten, wenn auch vorhanden. Was den Text aber zu einem »Schubladentext« machte (der Roman entstand zwischen 1978 und 1984), ist eine längere Passage, in der die Psyche zweier der Akteure in die Körper von Stalin und eines Generals Markov versetzt werden. Gemeinsam greifen beide in den bekannten Ablauf der Geschichte ein und verhindern, daß der Überfall des faschistischen Deutschland im Jahre 1941 in der bekannten Form abläuft. Der Angriff wird sehr schnell gestoppt, der Krieg nimmt einen anderen Verlauf. Beide initiieren Reformen in der Gesellschaft, die Stalins Alleinherrschaft unmöglich machen. Das Motiv des alternativen Geschichtsverlaufes bietet wie schon in der Erzählung »Lange Vergessenes« (1989) von Vjačeslav Rybakov, die Möglichkeit, die vergeudete Chance zur Verwirklichung einer gesellschaftlichen Alternative rückgängig zu machen. Das verbindet der Roman darüber hinaus noch mit einer Aufarbeitung des Traumas des Zweiten Weltkrieges.

In einigen neu veröffentlichten Romanen und Erzählungen deutet sich eine Betonung des ökologisch orientierten Denkens an. Auch das ist in gewisser Weise für die russische SF etwas Neues. Bislang galt die Natur als bloßer Rohstofflieferant. Jedoch deutet sich im gesellschaftlichen Bewußtsein Rußlands wohl auch hier eine Wende im Denken an. »Die Nacht des ›Schwarzen Kristalls‹« (1991) von Vladimir Michajlov[19] schildert ein Geschehen in einem fiktiven europäischen Land. Früher dienten ähnlich angelegte Texte vor allem dazu, in der Manier einer ideologischen Schwarzweißmalerei die Verderbtheit des Kapitalismus gegenüber den gesellschaftlichen Potenzen des Sozialismus zu betonen. Michajlovs Roman setzt aber in Hinsicht auf das ideologische Potential eines Romans völlig neue Akzente. Beschrieben wird ein unter dem Deckmantel der ökologischen Erneuerung durchgeführter Staatsstreich in diesem fiktiven Land, der sehr schnell in Maschinenstürmerei entartet, deren Ziel das High-Tech-Zentrum »Schwarzer Kristall« ist. Der Roman betont die unbedingte Notwendigkeit, nach dem Ende der ideologischen Konfrontation zwischen Ost und West zu einem gemeinsamen Handeln zur Rettung der Ökologie des Planeten überzugehen.

»Die Nacht des ›Schwarzen Kristalls‹« ist auch einer der Texte, die im Vergleich mit früheren eine deutliche erotische Komponente besitzen. In den Beziehungen zwischen dem russischen Agenten Milov, der in Namurija in einem Sondereinsatz der UN-Drogenpolizei unterwegs ist, und der amerikanischen Ärztin Eva ist nichts mehr von der früheren puritanischen Lebens- und Denkweise von Helden russischer SF zu bemerken.

»Die verdammte Stadt« (1988)[20] ist einer der wichtigsten Romane, die Brüder Strugackij verfaßt haben. Er entstand im wesentlichen zwischen 1970 und 1975 und hätte seinerzeit wohl kaum eine Chance gehabt, veröffentlicht zu werden. In ihm deuten die Autoren die Möglichkeiten an, eine Utopie zu realisieren. Doch das Vorhaben scheitert. Insofern zertrümmert der Roman im Prinzip jede Hoffnung auf eine zukünftige alternative Gesellschaft. Allerdings deutet er auch an, daß jedes lebende Individuum, mit welchem Ziel auch immer, einen Beitrag zu dem leistet, was die menschliche Gesellschaft ausmacht.

Betrachtet man sich die nach Beginn der Umgestaltung veröffentlichten Texte, so wird eine Tendenz deutlich, die bereits am Ende der 1960er Jahre zunehmend an Einfluß in der russischen bzw. sowjetischen SF gewann: Die Anzahl von Texten ist vermutlich größer, die bewußt die Möglichkeiten der SF ausnutzen, um auf Deformationen in der Wirklichkeit hinzuweisen. Auf die meisten der hier schon erwähnten Romane und Erzählungen trifft dies zu. Einige weitere sollen noch genannt werden. Dieses Verfahren ist z. B. auch typisch für nahezu alle Texte des in Russisch schreibenden Ukrainers Boris Štern. In seiner 1987 erstmals veröffentlichten Erzählung »Produktionsgeschichte Nr. 1«[21] bietet sich einem sowjetischen

Betrieb die Möglichkeit, aus einer kapitalistischen Parallelwelt Material und Produktionsanlagen zu erhalten, die in der sowjetischen Realität nur schwer zu bekommen sind. Der Kunstgriff des Parallelweltmotivs dient so letztendlich dazu, die Vor- und Nachteile beider Produktionsmodelle abzuwägen.

»Ich möchte nach Paris« (1991) von Michail Veller[22] wird von den Fans zwar als SF beansprucht, die bewußt die Realität verfremdet, ist aber wohl eher eine phantastische Erzählung. (Der Autor erhielt 1992 den Boris-Strugackij-Preis für diesen Text.) Berichtet wird in ihr von einem Mann, der sein Leben lang davon träumt, nach Paris zu fahren. Die offiziell herrschende Bunkermentalität läßt das jedoch nicht zu. Kurz vor seiner Pensionierung aber bekommt er einen Reisescheck der Gewerkschaft. In Paris entschließt er sich zu bleiben. Als er sich absetzt, bemerkt er jedoch, daß er sich in einer riesigen Theaterkulisse befindet, in die man die Touristen schickt, um Devisen zu sparen. Dies ist aber nur eine der möglichen Interpretationen der Erzählung. Andere sind auch denkbar.

Zu dieser Gruppe von Romanen und Erzählungen ist auch eine weitere Erzählung von Vjačeslav Rybakov zu rechnen, die wohl besonders für Kenner der sowjetischen SF interessant sein dürfte. Rybakov benutzt in »Der Abschied einer Slawin von einem Traum. Trauermarsch in zwei Akten« (1991)[23] ein Kapitel aus Ivan Efremovs Roman »Andromedanebel« (1957)[24] als Hintergrund für seine Erzählung. In Efremovs Roman ist ein im Hochland von Tibet durchgeführtes Experiment der Auftakt zur überlichtschnellen kosmischen Kommunikation. Der Physiker, auf dessen Idee das Experiment basiert, wird schwer verletzt. Alle Anstrengungen werden unternommen, um sein Leben zu retten. Im ersten Teil von Rybakovs Erzählung wird dieses Geschehen unter den Bedingungen des »realen Kommunismus« geschildert. Allgemeiner Mangel herrscht. Propaganda und die Allmacht des Geheimdienstes bestimmen den Alltag. Gipfelpunkt ist die Erpressung der Freundin der Physikers durch den Arzt, der nur operieren will, wenn sie mit ihm schläft. So will er angeblich sein Risiko bezahlt wissen, denn das Experiment war inoffiziell, und die Ermittlungen des Geheimdienstes haben schon begonnen. Im zweiten Teil beschreibt der Text das gleiche Geschehen unter den Bedingungen des freien Marktes. Es herrscht eine allmächtige Kooperative. Von der Verquickung von Geschäft und Politik profitiert vor allem die Administration. Der Arzt verlangt nunmehr von der Freundin des Physikers, ihm einen Schuldschein zu unterschreiben, damit seine Anstrengungen auch garantiert bezahlt werden. Pikanterweise will er noch einmal mit ihr über die Kosten der Operation verhandeln, wenn er die verletzten inneren Organe in eine Nährlösung außerhalb des Körpers des Physikers gelagert haben wird.

Texte dieser Art, die also bewußt SF-Elemente einsetzen, um die Wirklichkeit verfremdet darzustellen, werden offensichtlich noch von einem breiten Leserkreis getragen. Es wird sich zeigen, ob der zunehmende Einfluß marktwirtschaftlicher Elemente dies verändern wird. Zumindest kann man annehmen, daß in Zukunft mehr Romane und Erzählungen geschrieben werden, die vor allem ein eskapistisches Verlangen befriedigen wollen.

Einige wenige neue Texte zeichnen sich durch die Nutzung von untypischen Darstellungsverfahren aus. Die traditionelle Erzählweise in der russischen SF ist die, daß jemand ein bestimmtes Geschehen in der Reihenfolge der Ereignisse erzählt. »Der Dschungel« (1987) von Aleksandr Klimov[25] unterscheidet sich dadurch von traditionellen Texten, daß der Erzähler ständig wechselt. So erfährt der Leser sehr viel über den psychischen Zustand des Teilnehmers einer Expedition in das Dschungelgebiet eines Planeten, deren Ziel es ist, von einem sagenhaften Baum das Elixier des ewigen Lebens zu holen. Darüber hinaus ist auch diese Novelle ein weiteres herausragendes Beispiel für SF, die die Herausbildung eines ökologischen Bewußtseins als Alternative zu den Wertvorstellungen der Industriegesellschaften betont. Erwähnenswert ist auch die Kurzgeschichte »Hin und zurück« (1992) von Sergej Kazmenko[26]. Der Leser erfährt nur einen Dialogteil eines Telefongespräches, in dem ein Wissenschaftler versucht, die Gründe für den Tod eines Freundes und Kollegen herauszufinden. Beide untersuchten die Veränderungen der menschlichen Psyche an der Schwelle zum Tod.

Nach dem frühen Tod von Sergej Kazmenko (1955–1991) sind mittlerweile eine Reihe von Erzählungen aus seinem Nachlaß erschienen, die nahezu ausnahmslos von der Kritik hoch gelobt werden, weshalb er neben dem ebenfalls brillant schreibenden Viktor Pelevin für viele SF-Interessierte zu einem Kultautor geworden ist.

Möglicherweise könnte man erwarten, daß in der russischen SF Entwicklungen der westlichen SF übernommen bzw. nachgeholt werden. Dafür gibt es bislang keine Anzeichen. »Hin und zurück« und »Der Dschungel« brechen zwar mit den traditionellen Erzählweisen, machen aber sicher noch keinen Trend aus, der beispielsweise mit der »New Wave« in der westlichen SF am Anfang der 1970er Jahre vergleichbar wäre. Auch deutet sich nicht an, daß in der russischen SF mit einem Aufkommen von feministischer SF zu rechnen wäre. Die Anzahl weiblicher Autoren ist immer noch verschwindend gering. Ihre Texte mit den von ihnen dargestellten Akteuren unterscheiden sich nicht von denen der männlichen Autoren.

Bislang gibt es auch keine Anzeichen dafür, daß es eine dem Cyberpunk vergleichbare Entwicklung in der russischen SF geben wird. Offensichtlich werden Cyberpunk-Texte übersetzt und auch in besonderer Weise kommentiert, wie beispielsweise »The Winter Market« von Wiliam Gibson[27] (in »Fantakrim-MEGA«, 4/1992). Allerdings kann man auch davon ausgehen, daß diese Texte in der Flut der Übersetzungen ganz einfach untergehen und sich die Leser möglicherweise eher den westlichen Autoren zuwenden, die sie jahrelang nur auszugsweise lesen konnten, die ihnen aber ein Begriff sind, wie z. B. Harry Harrison, Isaac Asimov oder Robert Sheckley.

Will man einen Ausblick auf die weitere Entwicklung der russischen SF wagen und die über diesem Beitrag stehende Frage beantworten, läßt sich sagen, daß zum gegenwärtigen Zeitpunkt eine Renaissance positiv-utopischer Entwürfe, etwa im Stile von Ivan Efremovs »Andromedanebel« (1957), kaum absehbar ist.

Dagegen kann man wohl vermuten, daß sich die russische

SF in zunehmenden Maße in die Darstellung von antiutopischen Zukünften einüben wird. Vermutlich wird sich in vielen neuen Texten zunehmend eine Zivilisationsmüdigkeit und eine Endzeitstimmung verbunden mit eher pessimistischen Aussichten für die Zukunft ausbreiten. Vermutlich wird es auch schon deshalb mehr endzeitliche Darstellungen geben, weil sich ein spannendes Geschehen besser an einem Ort verlagern und erzählen läßt, an dem das Recht des Stärkeren gilt und Anarchie an der Tagesordnung sind. Eine wohlgeordnete verwirklichte Utopie schließt ja eigentlich die Darstellung von Regelverstößen und Abweichungen von der gesellschaftlichen Norm von vornherein aus. Aber gerade Darstellungen, die vor allem spannend erzählen wollen und damit einem eskapistischen Bedürfnis der Leser entsprechen, wird es wohl in Zukunft mehr geben.

Zu den Autoren, die das Bild der russischen SF in den 1990er Jahren bestimmen werden, sind wohl vor allem Vjačeslav Rybakov, Viktor Pelevin, Boris Štern, Evgenij und Ljubov' Lukin[28], Andrej Stoljarov, Vitalij Babenko und Vladimir Pokrovskij zu zählen. Um diesen Kreis von Autoren, die bereits relativ etabliert sind, gruppieren sich talentierte Nachwuchsschriftsteller wie Andrej Solomatov (geb. 1953) oder Sergej Ljuk'janenko (geb. 1968), deren erste Veröffentlichungen auf neue interessante Texte hoffen lassen.

Die sowjetische SF-Literatur vermittelte im Prinzip stets Zukunftsoptimismus und den Glauben an die Möglichkeit der Verwirklichung von utopischen Vorstellungen und nicht zuletzt ein Bild von einem Sozialwesen, das versuchte, eine Synthese von humanistischen Idealen und technischem Fortschritt zu schaffen. Sie entwarf zumeist das Bild von einer lebenswerten und blühenden Zukunft, in der die Tat des Einzelnen zählte. Die Texte waren Projektionsfelder für Hoffnung und Zukunftszuversicht.

Das wurde sogar von den meisten westlichen SF-Autoren und -kritikern erkannt und auch gewürdigt, wenngleich in Nachsätzen stets betont wurde, daß die literarischen Schwächen der meisten Texte unübersehbar waren. Dennoch erhebt sich die Frage, was schließlich an die Stelle der Optimismus verbreitenden, wenn auch oft plakativen, sowjetischen SF treten wird. Im Moment spricht vieles dafür, daß die russische SF sich auf einen Entwicklungsweg begeben wird, der in vielem dem gleicht, den die westliche SF schon hinter sich hat. Aber auch in der westlichen SF tauchen hin und wieder utopische Entwürfe auf, die Hoffnung für die Meisterung der Zukunft verbreiten und trotzdem unterhaltsam und lesenswert geschrieben sind. Es besteht kein Zweifel daran, daß einige der aufstrebenden neuen russischen Autoren dazu auch in der Lage sein sollten.

ANMERKUNGEN

1 Die russische Erstveröffentlichung erfolgte in der Zeitschrift »Chemie und Leben« im Jahre 1987: Rybakov, Vjačeslav: Zima. In: *Chimija i zizn'*, 1987. Die Erzählung liegt auch auf deutsch vor: Rybakow, Wjatscheslaw: Winter. In: *Elektrische Lisa. Neue russische Literatur.* Kassel: Jenior & Pressler 1990 (= edition wunschmaschine).

2 Rybakov, Vjačeslav: Nositel' kultury. In: *Neva* 4/1989.

3 Chusnutdinov, Andrej: Časovoj. In: *Ural'skij sledopyt* 3/1992.

4 Adamovič, Ales': Poslednjaja pastoral'. In: *Novyj mir* 3/1987. Deutsche Veröffentlichung: Adamowitsch, Ales: Die letzte Pastorale. In: *Sowjetliteratur* 10/1987.

5 Buškov, Aleksandr: Anastasija. In: *Rekviem mašine vremeni. Sbornik fantastiki.* Moskau: Molodaja gvardija 1990.

6 Bulyčëv, Kir: Poslednie sto minut. In: *Sovetskaja bibliografija* 2/1989.

7 Bulyčëv, Kir: Ljubimec. In: *Junost'* 9/1991.

8 Kabakov, Aleksandr: Nevozvraščenec. In: *Iskusstvo kino* 6/1989. Deutsche Veröffentlichung: Kabakow, Alexander: *Kein Zurück.* Frankfurt am Main: Fischer 1990.

9 Rybakov, Vjačeslav: Davnie poteri. In: *Zvezda* 10/1989.

10 Pelevin, Viktor: Rekonstruktor (ob issledovanijach P. Stacjuka). In: *Nauka i religja* 4/1990.

11 Einige dieser Erzählungen sind u. a. im Band »Ein Takan für die Kinder der Erde« abgedruckt. (Heyne 06/3798, 1981).

12 Bulyčëv, Kir: Erzählung von einem Kontaktversuch. In: *Sowjetliteratur* 10/1990.

13 Bulyčëv, Kir: Prošedšee vremja. In: *Literaturnaja gazeta* 22/1989.

14 Golovačëv, Vasilij: Rekviem masine vremeni. In: *Rekviem mašine vremeni. Sbornik fantastiki.* Moskau: Molodaja gvardija 1990.

[15] Chrunov, Evgenij / Levon Chačaturjanc: *Zdravstvuj, Fobus!* Moskau: Molodaja gvardija 1988.
[16] Heyne 06/3905, 1982.
[17] deutsch als: Der Asteroid. Heyne 06/4512, 1988.
[18] Zvjagincev, Vasilij: Odissej pokidaet Itaku. Erster Teil in: *Desant iz prošlogo.* Sevastopol' 1988; zweiter Teil: Sevastopol' 1990.
[19] Michajlov, Vladimir: *Noč' čërnogo chrustalja.* Buchvariante: Moskau: Transport 1991. Eine andere Version wurde bereits 1990 in der Zeitschrift »Fährtensucher des Ural« abgedruckt.
[20] Strugackij, Arkadij und Boris: Grad obrečënnyj. In: *Neva* 9–10/1989, 2–3/1990. Deutsche Übersetzung: Strugatzkij, Arkadij und Boris: *Stadt der Verdammten.* Frankfurt am Main: Ullstein 1993.
[21] Štern, Boris: Proizvodsvennyj rasskaz N°1. In: *Chimija i žizn'* 1/1987.
[22] Veller, Michail: Choču v Pariž. In: *Zvezda* 6/1991.
[23] Rybakov, Vjačeslav: Proščanie slavjaki s mečtoj. Traurnyj marš v dvuch častijach. In: *Fantakrim-MEGA* 2/1991.
[24] Deutsche Veröffentlichung: Jefremow, Iwan: *Das Mädchen aus dem All.* Berlin/DDR: Kultur und Fortschritt 1967; auch unter dem Titel »Andromedanebel« publiziert.
[25] Klimov, Aleksandr: Sel'va. In: *Iskatel'* 5/1987.
[26] Kazmenko, Sergej: Tuda i obratno. In: *Fantakrim-MEGA* 2/1992.
[27] Deutsch als: Wintermarkt. In: Gibson, Wiliam: *Cyberspace.* Heyne 06/4468.
[28] Von dem Autorenpaar liegt u. a. auf deutsch bereits vor: Das Monument. In: *Die Menagerie von Babel.* Internationale Science Fiction Stories, hrsg. von Wolfgang Jeschke. Heyne 06/4920, 1992.

SZENE

Mut zur Zukunft

Science Fiction aus Japan

von Hans-Arthur Marsiske

Alle reden von Asien. Der Bundeskanzler verweist auf die künftige Bedeutung der Wirtschaftsmacht China, wenn ihm mal wieder ein allzu schonender Umgang mit den dortigen Machthabern vorgeworfen wird. Sein derzeitiger Forschungsminister Jürgen Rüttgers sieht in unserer »Fähigkeit, von Asien zu lernen« einen »Gradmesser für unsere Zukunftsfähigkeit«. Und natürlich hat auch die Science Fiction längst den Asien-Touch entdeckt.

Neal Stephenson etwa macht in seinem Roman »Diamond Age« den Kampf zwischen chinesischen Traditionalisten und westlich geprägtem Neo-Viktorianismus zur großen ideologischen Konfrontation der Zukunft. Maureen McHugh erzählt von einem ABC (American Born Chinese), der in einer von China geprägten Welt seine Homosexualität nur sehr vorsichtig ausleben kann (»ABC Zhang«). Bei David Wingrove geht die Weltherrschaft Chinas sogar schon wieder ihrem Ende entgegen: In »Das Reich der Mitte« planen am Ende des 23. Jahrhunderts kühne Revolutionäre den Sturz der chinesischen Kaiser. In anderen Erzählungen macht sich der Einfluß Asiens durch japanische Floskeln bemerkbar, die in die Alltagssprache eingeflossen sind. Ohne Asien geht kaum noch etwas in der Zukunft.

Science Fiction aus Asien selbst müßte angesichts solch günstiger Prognosen eigentlich vor Optimismus strotzen. Doch sofern die wenigen Übersetzungen aus dem Japanischen, die bisher als Roman, Comic oder Film vorliegen, ein Urteil erlauben, scheint das Gegenteil der Fall zu sein. Auf den ersten Blick wirken die Zukunftsszenarien erstaunlich düster.

In Komatsu Sakyos berühmtem Roman »Wenn Japan versinkt« etwa erlebt der Inselstaat das ultimative Erdbeben und wird von den Fluten des Pazifik begraben. Abe Kobo läßt gar den Meeresspiegel um tausend Meter steigen (»Die vierte Zwischeneiszeit«). Ungezählte Male haben japanische Filmemacher, allen voran Honda Ishiro, die Metropolen der Erde von feuerspeienden Monstern zertrampeln lassen. »Akira«, die bedeutendste japanische SF-Erzählung der letzten Jahre, zelebriert gleich zweimal die totale Zerstörung Tokios durch eine Superwaffe.

Massenvernichtungswaffen sind das beherrschende Thema der japanischen Science Fiction. Honda Ishiro etablierte 1954 mit »Godzilla«, einer visuellen Erinnerung an die nur neun Jahre zurückliegenden Atombombenangriffe, das dramaturgische Muster, mit dem sie zum Einsatz kommen: Monster oder Außerirdische greifen an. Nach und nach wird immer stärkeres Geschütz gegen sie aufgefahren, doch ohne Erfolg. Als die Lage aussichtslos erscheint, entschließt sich ein alter Mann schweren Herzens, eine Waffe zum Einsatz zu bringen, deren Entwicklung er gestoppt oder geheimgehalten hatte, nachdem er sich über ihre ungeheure Zerstörungskraft klar geworden war. Häufig geht der Erfinder der Superwaffe mit ihr und allen Konstruktionsplänen in den Tod.

Otomo Katsuhiros Monumental-Comic »Akira« weicht in wesentlichen Punkten von diesem Schema ab. So gibt es keine Bedrohung mehr, die den Einsatz der Geheimwaffe legitimiert. Die Waffe selbst ist die eigentliche Gefahr.

Auch der verantwortungsvolle Militärführer, der alles versucht, um die Katastrophe zu verhindern, ist widersprüchlicher gezeichnet als die edlen Charaktere Hondas. Der namenlose »Colonel« ist ein Mann zum Fürchten, der mit Gegnern wie Untergebenen gleichermaßen hart und unerbittlich umgeht. Erst spät im Verlauf der Geschichte, wenn seine Motivation deutlicher wird, darf er auch zärtliche Gefühle zeigen und entwickelt sich zum Sympathieträger.

Die Waffe, um die es geht, ist die pure Geisteskraft. Es sind psi-begabte Kinder, deren Fähigkeiten das Militär vergeblich zu kontrollieren versucht. Die Selbstverständlichkeit, mit der sie eingeführt werden, zählt zu den irritierenden Elementen in Otomos Geschichte. Die Kinder mit den greisenhaften Gesichtern wirken zunächst ähnlich befremdlich, wie die von Schauspielern in Gummikostümen dargestellten Urweltmonster, die behäbig in Spielzeug-Landschaften herumtrampeln.

Die Irritationen verweisen auf eine grundlegend andere kulturelle Tradition: »Es hat in der japanischen Geschichte keine Aufklärung und damit auch keine Abqualifizierung des Mythischen gegeben«, sagt Michael Morgental, Übersetzer mehrerer japanischer SF-Romane. »Daher können Götterglaube und primitive Vorstellungen problemlos mit der Faszination für Wissenschaft und Technik einhergehen.«

Auch die Hemmungslosigkeit, mit der Otomo grandiose pubertäre Allmachtsphantasien entwirft, kann westliche Leser erst mal abschrecken. Es ist ein gänzlich anderes Verständnis von Jugend, das auch in vielen Cyborg-Geschichten mit ihren phantastischen Körperpanzerungen zum Ausdruck kommt. Die qualvollen körperlichen Veränderungen, die Tetsuo, eine der »Akira«-Hauptfiguren, erleidet, als er seine Kräfte entdeckt, lassen vielleicht etwas von dem Druck ahnen, dem Jugendliche in einer Kultur mit einer weitgehend ungebrochenen Hierarchie der Generationen ausgesetzt sein mögen.

»Akira« schildert jedoch nicht nur eine individuelle Adoleszenzkrise, sondern erzählt mit diesem Stilmittel auch vom Erwachsenwerden der Menschheit, vom Erschrecken über die ungeheuren Kräfte, die sie entwickelt hat, und von den verzweifelten Versuchen, sie zu kontrollieren. Damit bekommen auch die Figuren der psi-begabten Kinder ihren Sinn: Letztlich ist es eben allein der menschliche Geist, der den Fortbestand der Zivilisation bedroht.

Ungemein intensiv zeichnet Otomo die Schmerzen und die Mühen, die mit diesem Prozeß des Heranreifens verbunden sind, zeigt aber auch Sinn für die Schönheit, die in der Kraft steckt. Wie David Cronenberg in seinem Film »Scanners« gönnt Otomo seinen Protagonisten Momente des Friedens und der Harmonie, etwa wenn sie ihre Gehirne telepathisch zusammenschalten. Und er macht Hoffnung: »In die Zukunft gibt es nicht nur einen Weg«, läßt er eines der Kinder einmal sagen. »Auch wir können die Zukunft beeinflussen.«

Das eigentlich Faszinierende an »Akira« ist nicht die Düsternis, sondern diese Zuversicht: Wir können es trotz allem schaffen. Es lohnt sich, erwachsen zu werden.

Vielleicht ist eine Kultur, die seit Jahrtausenden mit der Bedrohung durch Erdbeben und Taifune lebt, besser auf die bevorstehenden, vom Menschen verursachten Katastrophen vorbereitet. »Kulturpessimismus«, sagt jedenfalls Japan-Kenner Morgental, »ist in Japan nicht sehr populär, der Glaube an die Machbarkeit dagegen sehr stark. Es gibt keine Vorstellung von einem apokalyptischen Weltuntergang. Das Motto lautet: Nach der Katastrophe geht es weiter.«

In der Tat: Weder von Flutkatastrophen noch von Atomkriegen lassen die japanischen SF-Autoren sich unterkriegen – sie evakuieren die japanischen Inseln oder entwickeln Menschen mit Kiemen und erschaffen eine neue Zivilisation.

So war es wohl nicht zufällig ein Japaner, der es gewagt hat, an das großartigste, optimistischste Zukunftsbild dieses Jahrhunderts anzuknüpfen. »2001 Nights« nennt sich die Geschichtensammlung von Hoshino Yukinobu und bekennt sich damit schon im Titel zum großen Vorbild »2001 – Odyssee im Weltraum«.

Hoshinos Erzählungen handeln von interstellaren Reisen, dramatischen Rettungsaktionen im Weltall und großartigen wissenschaftlichen Entdeckungen. Sie sind ein einziges Staunen angesichts der Wunder des Kosmos, von unerschütterlichem Optimismus geprägt und müßten all jene Zeitgenossen beschämen, die zur Verteidigung ihrer Weltuntergangsszenarien unermüdlich behaupten, positive Utopien seien schlicht langweilig.

Gleich in der ersten Geschichte stellt Hoshino klar, wo er die dunkle und die helle Seite der Macht verortet: Da schickt er die Führer der nuklearen Supermächte zum Gipfeltreffen auf eine Raumstation, wo sie gemeinsam versuchen, den drohenden Atomkrieg abzuwenden. Den Heimatplaneten zerstören oder ihn verlassen und neue Welten entdecken – so stellt sich für Hoshino die Alternative. Aber er läßt keinen Zweifel daran, daß die helle Seite, die Verlockungen des Weltalls letztlich siegen werden.

Wenn es irgendwo Menschen gibt, die den Herausforderungen der Zukunft mutig begegnen, dann in Asien. Manchmal hat der Kanzler eben doch recht.

HINWEISE

Hoshino Yukinobu: *2001 Nights* (Carlsen)
Otomo Katsuhiro: *Akira* (Carlsen)
Komatsu Sakyo: *Wenn Japan versinkt* (Verlag Volk und Welt)
Abe Kobo: *Die vierte Zwischeneiszeit* (Suhrkamp)

Westliche Science fiction, die eine von Asien beherrschte Welt zeichnet:
David Wingrove: *Das Reich der Mitte* (Heyne)
Maureen F. McHugh: *ABC Zhang* (Heyne)
Neal Stephenson: *Diamond Age* (Goldmann)

SZENE

9. SF-Tage NRW in Dortmund

8./9. März 1997 in Dortmund:
Eine Convention der etwas anderen Art

von Lutz Gräfe

Eine Einladung zu einer Convention. Was soll ich da? Bei meinem letzten Besuch einer ähnlichen Veranstaltung hatte ich mir geschworen, da nie wieder hinzugehen; zu viele – offenbar in ihrer geistigen Reifung in der Pubertät oder vorher steckengebliebene – Angehörige des männlichen Geschlechts, die zwar das Genre heiß und innig lieben, aber offensichtlich keinerlei kritische Distanz dazu entwickeln

Das Harenberg-Center in Dortmund

Die Veranstalter hatten, wie man sieht, stets den Überblick

Copyright © (Foto) 1997 by Peter Fleissner

können oder wollen. Das wollte ich mir nicht noch mal antun. Doch auf der Liste der Ehrengäste der SF-Tage 1997 standen unter anderem auch die beiden Autoren Stephen Baxter aus Großbritannien und Ian McDonald aus Nordirland und so böte die Convention eine günstige Gelegenheit zu Interviews mit diesen so unterschiedlichen Vertretern einer jungen Science Fiction fernab von Cyberpunk oder Endlosserien.

Schon der Veranstaltungsort – das Harenberg-City-Center des gleichnamigen Verlages – in unmittelbarer Nähe des Dortmunder Hauptbahnhofes überrascht mich dann doch. Kein Saal im Stile einer Jugendherberge oder kirchlicher Bildungseinrichtungen; nein, ein hochmodernes Hochhaus mit allerlei verschiedenen Räumen, die ihrer unterschiedlichen Größe und Ausstattung wegen für eine größere Veranstaltung mehr als geeignet sind und schon vom Ambiente her für professionelle Atmosphäre sorgen. Und diese Atmosphäre verbreitet auch die gesamte Veranstaltung; auch wenn sie nicht ohne – die offenbar unvermeidlichen – Pannen auskommt:

So fiel zum Beispiel das Online-Interview mit Christopher Franke – Mitglied der legendären Elektronik-Rock-Band »*Tangerine Dream*« – wegen technischer Probleme beim Verbindungsaufbau komplett aus und Johannes von Buttlar erkrankte drei Tage vor der Veranstaltung an einer schweren Virusinfektion. Zu den anwesenden Ehrengästen gehörten neben den bereits erwähnten McDonald und Baxter auch der deutsche Autor Wolfgang Hohlbein und ConProfi Fiona Anderson. Das Publikum bot eine bunte Mischung aus Profis (Autoren, Übersetzer, Journalisten und Verlagsvertreter) und Fans aller Art: Die Verehrer von Perry Rhodan, Star Trek, Babylon 5, Akte X waren ebenso vertreten wie Menschen, die sich mal mit ähnlich Interessierten über das Genre im allgemeinen und bestimmte Autoren oder Trends im besonderen austauschen wollten. Am Ende sollen es laut Angaben der Veranstalter über 1200 Besucher gewesen sein, die sich an diesem schönen Frühlingswochenende versammelten.

* * *

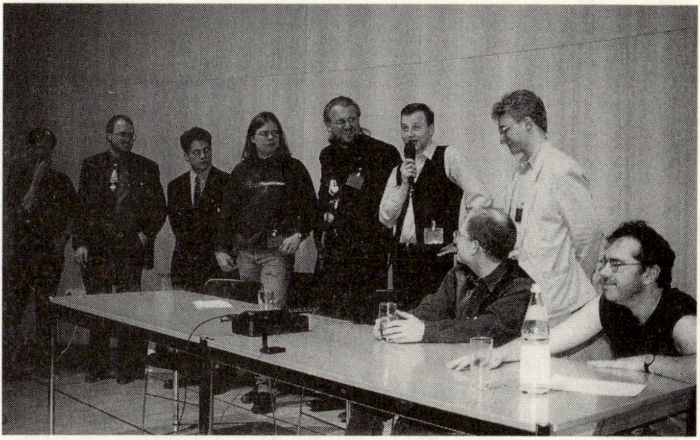

Die Ehrengäste (sitzend) Stephen Baxter (links) und Ian McDonald (rechts) mit ihren Diskussionspartnern und Übersetzer

Das Veranstaltungskomitee und die beiden Ehrengäste

Der NRW-Con gliederte sich in drei große Bereiche; 1. »Reisen durch Raum und Zeit«, 2. »Celebrations in Space« und 3. »Arbeit in der Zukunft, Zukunft der Arbeit«. Außerdem bot der Con den Rahmen für die Verleihungen des Kurd Lasswitz-Preises und des Äon-Preises. Hinzu kamen selbstverständlich Autorenlesungen, Filmvorführungen und Previews kommender SF- und Mystery-Serien im deutschen Fernsehen. Und auch wenn die Trivial-SF in Gestalt von Perry Rhodan optisch das Foyer des City-Centers dominierte, waren die Debatten doch von teilweise erstaunlich hohem Niveau und kamen – vor allem wenn Baxter und McDonald anwesend waren – durchaus humorvoll und unterhaltsam daher. So unverblümt wie die zwei hat wohl selten jemand über die nur allzu menschlichen Probleme während eines Raumfluges berichtet. Auch wenn man ihren ungebrochenen Optimismus im Blick in die Zukunft nicht unbedingt teilen muß, waren ihre Ausführungen über mögliche Entwicklungen im Bereich Nanotechnik, Marsexpeditionen und verwandte Themen durchaus diskussionswürdig.

Passend zum Veranstaltungsort Ruhrgebiet bot das Programm Vorträge und Debatten zum Thema »Arbeit in der Zukunft, Zukunft der Arbeit«, aber auch einen recht mutigen Vorstoß in Gestalt eines Vortages über »Naziideologien in der deutschen SF«. Angesichts der Tatsache, daß sich etwa in den 80er-Jahren bekannte Neonazis relativ ungestört im Fandom bewegen konnten, war das sicherlich kein Randthema.

* * *

Insgesamt ist den Organisatoren eine durchaus professionelle Veranstaltung gelungen, was sich neben dem Besucheransturm auch in der Resonanz in lokalen und überregionalen Medien widerspiegelt. Neben diversen Vorberichten und Tagestips in der Lokalpresse gab es zwei Live-Schaltungen zur WDR-Jugendwelle EINSLIVE und auch diverse TV-Teams – zumeist von Offenen Kanälen – berichteten über diesen Con. Und dem Vernehmen nach sollen sich auch die anwesenden Vertreter der führenden SF-Verlage auf einem »Geheim«-Treffen im Rahmen des Cons mehr als positiv geäußert haben.

Und für die nächsten Jahre haben die Veranstalter großes vor. Auf den **10. SF-Tagen** am 21./22. März 1998 soll es unter anderem um »Interstellaren Sex« und »Social Science Fiction« gehen und einer der Ehrengäste soll Alan Dean Foster sein. Vielleicht gefällt es ihm ja so gut wie seinen beiden jungen Kollegen. Denn die Herren Baxter und McDonald waren vom Con (und nicht nur vom guten Single Malt) so angetan, daß sie im nächsten Jahr wiederkommen wollen.

Als sei das noch nicht genug, bewerben sich die Ausrichter der SF-Tage um den **EuroCON 1999**, der im Spätsommer des letzten Jahres vor der Jahrtausendwende stattfinden soll.

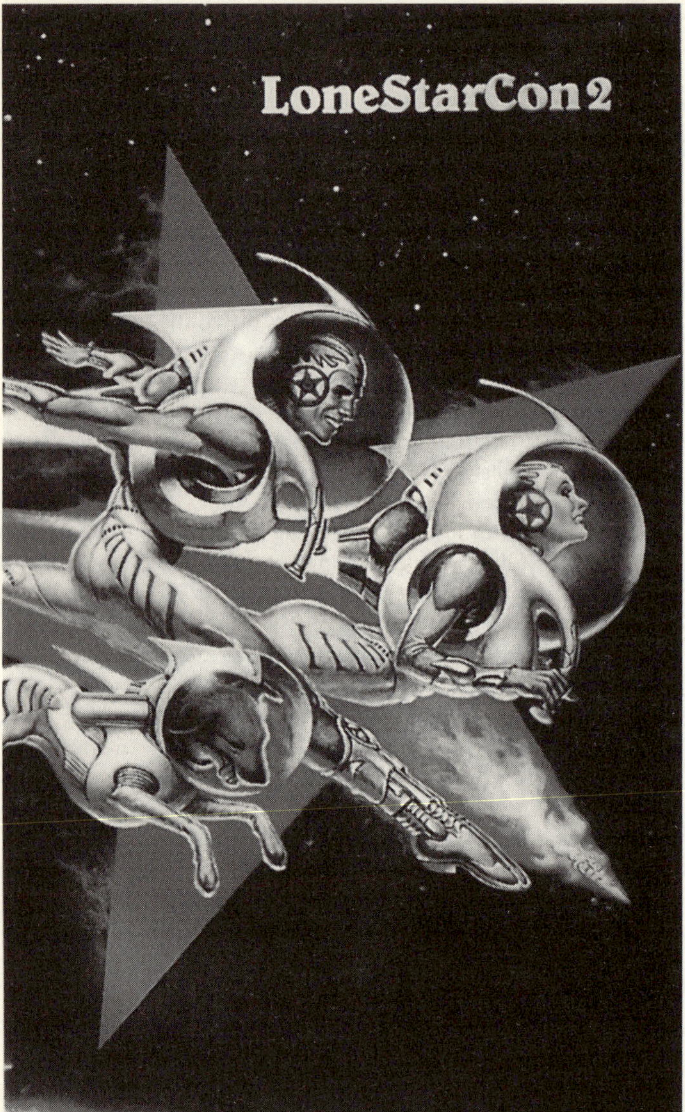
LoneStarCon 2

SZENE

Lonestarcon 2

Weltcon mit kleinen Fehlern

von Waldemar Kumming

Die Reise nach San Antonio dauerte sehr lange. Das lag weniger an der Flugzeit, als daran, daß ich zweimal umsteigen und jedesmal einige Stunden auf den Anschluß warten mußte. Zurück ging es übrigens merklich schneller. Beim zweiten Umsteigen ging dann auch noch der Koffer verloren. Er tauchte erst am nächsten Tag wieder auf. Der Rückflug brachte übrigens wesentlich kürzere Wartezeiten mit sich – und ich konnte den Koffer in San Antonio abgeben und in München wieder in Empfang nehmen.

Frohgemut machte ich mich am nächsten Tag auf, um die Fotoseiten von MUNICH ROUND UP an die Wände der dafür vorgesehenen Koje zu nageln. Aber diese Koje war noch gar nicht aufgestellt; man hatte erst – einen Tag später als geplant – damit begonnen, die Kojen in der Art Show aufzubauen. Da ich ohnehin nichts anderes unternehmen konnte, half ich dabei mit. Einige Fans hatten das offensichtlich schon öfter getan und kannten sich entsprechend gut aus; so ging die Sache schnell voran.

Auch außerhalb der Art Show wurden einige Kojen aufgestellt – wofür, war unklar, denn sie blieben leer. Meine Koje war am anderen Ende des großen Verkaufssaals, was ich eigentlich mehr zufällig erfuhr. So brachte ich also den Donnerstagvormittag damit zu, meine Fotoseiten aufzuhängen, und verpaßte den Vortrag MATERIALS OF TOMORROW: SKYHOOKS ARE JUST THE BEGINNING (Materialien der Zukunft: Himmelskabel sind nur der Anfang).

Um 19 Uhr wurde dann die Convention offiziell eröffnet

Veteranen des SF-Fandoms:

Forrest Ackerman (o. l.), David A. Kyle (o. r.), Jay Kay Klein (u. l.) und Waldemar Kumming (u. r.)

und am Freitag ging es dann richtig los. LONG RANGE PLANNING FOR DEVELOPMENT OF MARS AND THE MOON (Langfristige Planung für die Entwicklung von Mars und Mond) brachte weit in der Zukunft liegende Pläne vor; das gleiche konnte auch von TERRAFORMING REALITIES (Realitäten des Terraformens) gesagt werden, ganz abgesehen von dem jedenfalls heute kaum erreichbaren Konsens aller Staaten. EUROPA: OUR LAST, BEST HOPE FOR FINDING LIFE IN OUR SOLAR SYSTEM (Europa: unsere letzte und größte Hoffnung, anderes Leben in unserem Sonnensystem zu finden) brachte naturgemäß nur Vermutungen; eine sichere Aussage wird erst dann möglich sein, wenn ein Raumflugkörper auf diesem Mond gelandet ist.

THE CALL OF THE GREAT UNKNOWN (Der Lockruf des großen Unbekannten) versuchte zu erklären, warum die Raumfahrt die Menschen anzieht. ARTEMIS PROJECT: YOUR TICKET TO THE MOON (Das Artemis-Projekt: Deine Fahrkarte zum Mond) berichtete über private Versuche, zum Mond zu gelangen und dort eine Kolonie aufzubauen. MARS DIRECT: MOUNTING THE HUMAN EXHIBITION (Mars direkt: Aufstellung der menschlichen Expedition) zeigte eine Möglichkeit, wie es mit der Erforschung des Mars weitergehen könnte. Eine andere Variante des gleichen Themas war MARS MANNED EXPLORATION (Bemannte Erkundung des Mars), wobei der Schwerpunkt mehr auf der Erforschung lag.

ACCESS TO SPACE: AN UPDATE (Zugang zum Weltraum: Eine Fortschreibung) brachte die neuesten Fortschritte auf diesem Gebiet vor, während ALTERNATE SPACE (alternativer Weltraum) sich mit Roman-Universen befaßte, in denen die Geschichte einen anderen Verlauf genommen hat. Ein Vortrag brachte SLIDES AND UPDATE ON THE GALILEO MISSION (Bilder von und Fortschritte bei der Galileo-Mission). SPACE: SOLAR POWER UPDATE (Fortschritte bei der Sonnenenergie) zeigte die verschiedenen Möglichkeiten auf, wie die Sonnenenergie immer besser genutzt werden kann.

DISCOVERING NEW SOLAR SYSTEMS (Entdeckung neuer Sonnensysteme) zeigte die Schwierigkeiten auf, die der Beobachtung von Planeten anderer Sterne im Wege stehen. Eine

(v. l. n. r.) Malcolm B. Wood, Dave Smeds, Kathleen Ann Goonan und John Cramer

Mitchell Davidson (l.) und der HUGO-Preisträger Bob Eggleton (r.): bester Künstler

solche Beobachtung ist bisher nur indirekt möglich und nur bei sehr großen Planeten, weil diese ihre Sonne zu einem Umlauf um ihren gemeinsamen Schwerpunkt bewegen, so daß sie geringfügig, aber mit den heutigen Methoden gerade noch meßbar, wobbelt. Merkwürdigerweise sind die bisher auf diese Weise entdeckten Planeten ihren Sonnen äußerst nahe (was allerdings auch eine Folge davon sein kann, daß sie dann mehr Einfluß auf ihre Sonne ausüben und daher leichter zu entdecken sind).

WHERE IS THE DARK MATTER? (Wo ist die dunkle Materie?) schien zunächst flachzufallen, da der eigentlich vorgesehene Hauptreferent nicht erschien. Dann stellte sich heraus, daß ein anwesender SF-Autor erhebliche Kenntnisse auf diesem Gebiet hatte und sie auch vortragen konnte. Die dunkle und nicht vom Teleskop erfaßbare Materie spielt eine große Rolle, sowohl bei der Rotation der Galaxien, die sonst anders aussehen müßte, als auch bei der Frage, ob sich unser Universum immer weiter ausdehnen oder eines Tages wieder zusammenziehen wird. Zur gleichen Zeit fand im Nachbarraum QUANTUM PHYSICS WEIRDNESS: THE BEST GAME IN TOWN (Merkwürdigkeiten der Quantenphysik: Das beste Spiel) statt, das ich mir leider nicht anschauen konnte. Auf diesem Con wurden entschieden mehr astronomische und physikalische Vorträge geboten als sonst auf Weltcons.

THE FUTURE OF MEDICINE (Die Zukunft der Medizin) zeigte auf, wie genetische Änderungen, gegen antibiotische Einflüsse widerstandsfähige Bakterien, Hormonbehandlungen usw. das Leben verändern könnten. SPACE OPERA IS MAKING A COMEBACK – OR DID IT EVER LEAVE? (Die Space Opera kehrt zurück – oder gab es die mal nicht?) bezog sich auf die Weltraum-Schnulzen vergangener und gegenwärtiger Tage. THE SEXUALITY ISSUES OF RADICAL BODY MODIFICATIONS (Die sexuellen Auswirkungen radikaler Körper-Veränderungen) brachte einige erstaunliche Dinge vor. SCIENCE FICTION DEBATE RESOLVED (Die Science-Fiction-Debatte ist entschieden) versuchte nachzuweisen, daß John W. Campbell (ehemaliger Herausgeber von ASTOUNDING SF/ANALOG) mit seinen Vorschriften für die Autoren der SF mehr geschadet als genutzt hätte.

ALTERNATE WORLDCONS befaßte sich mit Stories, in den Weltcons in Parallel-Universen stattfanden. YOU WANT TO DO *WHAT* WITH MY GENES? (Sie wollen *Was* mit meinen Genen machen?) zeigte auf, welche guten und schlechten Folgen ein Eingreifen in die Vererbung haben könnte. THIS ISN'T YOUR SPECIES INTELLIGENCE (Das ist nicht die Intelligenz deiner Gattung) widmete sich der Frage, ob überhaupt die Intelligenz einer anderen, nichtirdischen Spezies erkannt und verstanden werden könnte. ETHICS IN SF: WHO COUNTS AS HUMAN? (Ethik in der SF: Wer zählt als menschlich?) befaßte sich mit der kniffligen Frage, ob und wo man die Grenze für ethisches Verhalten ziehen sollte. DID THE DINOSAURS DIE WITH A BANG OR A WHIMPER? (Starben die Dinosaurier plötzlich oder allmählich aus?) setzte sich mit dem Problem auseinander, ob die Dinosaurier nach dem Einschlag des Riesenmeteors plötzlich zugrunde gingen oder schon vorher vom Aussterben bedroht wurden.

In SF PUN-OFF: FANS VS. PROS schlugen sich beide Seiten wacker, wer den anderen mit einer noch lachhafteren Übertreibung überbieten konnte. STATE OF THE GENRE: BRITISH AND EUROPEAN SF (Der Stand des Genres: britische und europäische SF) brachte recht wenig über SF außerhalb Englands. DOPS! THIS IS THE WAY THE WORLD ENDS! (AT LEAST IN THE MOVIES!) (So endet die Welt – zumindest in Filmen) brachte alle möglichen Variablen dieses Themas vor, manche davon wenig plausibel. Dave Kyle gab wieder einmal eine Dia-Vorführung von alten SF-Heften und -Büchern. Die NASA war auch diesmal mit großformatigen Fotos und Zeichnungen vertreten.

Wie immer in den letzten Jahren gab es auch Hunderte von anderen Vorträgen, angefangen von DRACULA : THE 100th ANNIVERSARY (Der 100ste Geburtstag von Dracula) über verschiedene Techniken der Cover-Kunst, SF im Comic, militärische SF, Wie man SF an Hollywood verkauft, SF- und Fantasy-Spiele von allen möglichen Seiten durchleuchtet,

Don Maitz (l.) und Joe Haldeman (r.)

Die deutsche Vertretung: Kummings Pinwand mit »Munich Round Up«, dem Fanzine des Autors

Frauen schreiben SF usw. – es ist unmöglich, hier auch nur ein Bruchteil der Themen aufzuzählen.

Die Herausgeber der für den HUGO vorgeschlagenen Fanzines zeigten ihre unterschiedlichen Visionen auf. THE FUTURE OF WORLDCON befaßte sich mit den verschiedenen Angeboten für zukünftige Weltcons. Mit Erstaunen bemerkte ich, daß niemand da war, um 2003 in Berlin zu propagieren; so sprang ich in die Bresche und erzählte einiges, wobei ich behauptete, daß das Haupthotel noch nicht feststehe, weil verschiedene große Hotels noch im Aufbau wären. Das stimmte zwar nicht, aber ich konnte mich an den Namen des ins Auge gefaßten Hotels nicht erinnern. Die Chancen für die Bewerbung stehen gar nicht schlecht, weil die beiden anderen Vorschläge auch außerhalb der USA liegen.

Auf dem Con war auch die Eröffnung einer amerikanischen Ausgabe von PERRY RHODAN – zum zweitenmal, denn es hatte ja schon einmal eine amerikanische Übersetzung gegeben, die allerdings nicht besonders gut war. Die Macher hielten sich diesmal streng an das deutsche Heft-Vorbild, fingen aber wohlweislich nicht mit Heft 1 an, sondern begannen mit Heft 1800 und erzählten nur ganz kurz die Vorgeschichte.

Bis auf die Abschlußveranstaltung fanden alle großen Zusammenkünfte im Hotel gegenüber statt; dort war ein riesiger Saal mit zwei großen Fernsehwänden vorhanden. Während die HUGO AWARDS CEREMONY, die natürlich auch viele Nicht-HUGO-Preise brachte, wie immer ablief, krankte die MASQUERADE daran, daß sich weniger Fans als sonst engagiert hatten – und von ihnen dann auch noch einige nicht auftraten. Trotzdem gab es einige Höhepunkte und das waren dieselben Fans, die auf jedem Weltcon mit aufwendigen Masken und Bildern aufwarten. Die Veranstalter des nächsten Weltcons BUCCONEER in Baltimore stellten sich als ›Piraten‹ vor.

Was nach meiner Ansicht überhaupt nicht auf einen SF-Weltcon paßte, war die Schau eines Lassokünstlers, der alle möglichen Tricks vorführte und schließlich die Ansagerin total einwickelte.

Das Programm ging jeweils um 10 Uhr los – und Punkt

10 Uhr wurden die Türen geöffnet, nicht eine Minute eher. Das führte natürlich zu einem unerquicklichen Wettlauf auf die Veranstaltungsräume, von denen die meisten entweder einen Stock höher oder im Keller lagen. Von den letzteren wurde auch einmal ein Vortrag in einen anderen Raum verlegt, ohne daß dies vorher bekanntgegeben wurde. Auch die Fans, die jeden Vortrag mit Cassetten-Tonbandgeräten aufnahmen (Kopien von den Cassetten konnte man dann später kaufen), wußten nichts davon.

Hat sich der Con gelohnt? Von den Vorträgen her zweifellos; am Übrigen muß man aber leider einige Abstriche machen.

SZENE

Von einem Menschheitstraum und verletztem Stolz

Ein Professor schrieb über Wernher von Braun, »Wunderwaffen«-Vergangenheit inklusive, und provozierte Wut

von Eckart Spoo

Der Politikwissenschaftler Rainer Eisfeld, Professor an der Universität Osnabrück, hat sich in ein Wespennest gesetzt. Seit im Hamburger Rowohlt Verlag sein Buch »Mondsüchtig – Wernher von Braun und die Geburt der Raumfahrt aus dem Geist der Barbarei« erschienen ist, wütet verletzter Stolz gegen ihn: Stolz auf große technische und organisatorische Leistungen, auf die zielstrebige Mobilisierung gewaltiger finanzieller, personeller und politischer Mittel, Stolz auf die Verwirklichung eines Menschheitstraums. Und, alles in allem, Nationalstolz.

Da meldet sich aus dem hessischen Hainstadt bei Hanau die »Interessengemeinschaft der ehemaligen Peenemünder«, also jener Wissenschaftler, Ingenieure, Techniker, die im Zweiten Weltkrieg im pommerschen Peenemünde unter Wernher von Brauns Leitung an der Entwicklung von »Wunderwaffen« gearbeitet haben. Ihr Sprecher Heinz Grösser fragt Eisfeld brieflich im unschuldigsten Ton: »Bitte sind Sie mir dieserhalb nicht böse. Ich höre immer nur, dieser Eisfeld muß doch jüdischer Abstammung sein. Geben Sie mir darauf eine Antwort? Danke.«

Nicht per Brief, sondern per Strafanzeige läßt sich aus Reno von der Universität des US-Bundesstaats Nevada Professor Friedwardt Winterberg vernehmen. Er informiert die Staatsanwaltschaft Osnabrück, Eisfeld müsse wegen Aufstachelung zum Haß gegen eine Volksgruppe belangt werden, weil er

Rainer Eisfeld
Mondsüchtig
Wernher von Braun
und die Geburt der Raumfahrt
aus
dem
Geist
der
Barbarei
Rowohlt

»die nach 1945 von der US-Regierung nach Amerika eingeladenen Wissenschaftler deutscher Abstammung« verleumde.

In etlichen Städten, wo Schulen oder Straßen nach Wernher von Braun benannt sind, dringen jetzt erschütterte Leser des Buchs auf Umbenennung, zum Beispiel in Rheinstetten (Baden), in Gersthofen und Friedberg (Schwaben). Das verstärkt die Wut - und den geschichtsklitternden Eifer, das Bild eines großen Deutschen dieses Jahrhunderts von jedem Schatten freizuhalten.

Wernher von Braun (1912–1977) stammte aus einem Milieu, wo man die Selbstzerstörung des deutschen Kaiserreichs nicht verwand und sich mit Ressentiment panzerte. Sein Vater unterstützte den Kapp-Putsch; als Gegner der Weimarer Republik konnte Magnus von Braun mit Hilfe von Gleichgesinnten gleichwohl Reichsminister dieser Republik werden, um an ihrer Zerstörung von oben mitzuwirken. Starke Hoffnungen von »Konservativ-Revolutionären« richteten sich auf die Technik. Sie wurden formuliert - wie zugeschnitten auf Wernher von Braun - von Ernst Jünger und von Oswald Spengler, deren bevorzugte Vokabeln »Stahl« und »Willen« waren, nämlich »Willen zur Macht« (Jünger). Neben den »unternehmenden Herrenmenschen« stellte Spengler den Ingenieur, den »in aller Stille eigentlichen Herrn der Industrie«, dem es auf »Leistungen« und »Kräfte« ankomme, nicht aber auf »Inhalte«.

Während 1929/30 in der Weltwirtschaftskrise die Arbeitslosigkeit von Rekord zu Rekord stieg, von Abstiegsfurcht getriebene Mittelständler der NSDAP zustrebten und in der Umgebung des Reichspräsidenten Hindenburg der autoritäre Staat vorbereitet wurde, lief in den Kinos, wie Eisfeld einfühlsam schildert, der Film »Frau im Mond«: Aus idyllischer deutscher Landschaft und gemütvoller Geselligkeit erwächst das gigantische, von einem wackeren deutschen Manne erbaute und gesteuerte Raumschiff, das als erstes zum Mond fliegt. Begeisterte junge Zuschauer waren damals Wernher von Braun und andere künftige Erbauer der »V 2«. Diese Rakete, die am Ende des Zweiten Weltkriegs als »Vergeltungswaffe« eingesetzt werden sollte, durfte von Braun nach dem Krieg in den USA mit einem Teil seiner Peenemünder Mitarbeiter (ein

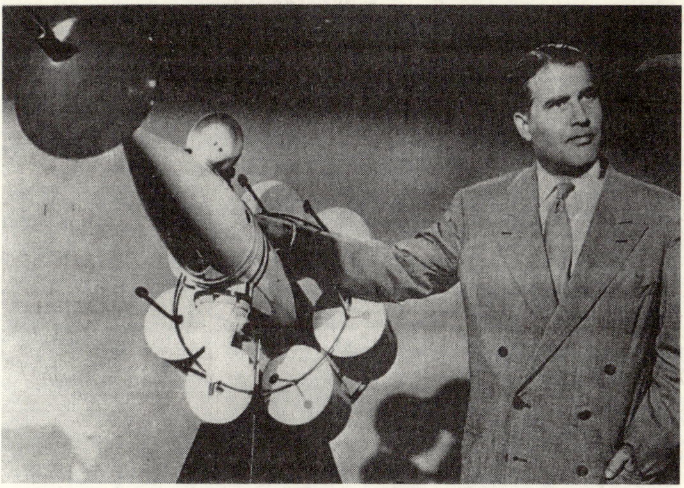

Held mit Schattenseiten: An einem Modell demonstriert Wernher von Braun 1957 in den USA seine Mondflugpläne.

Bild: apu

anderer Teil arbeitete in der UdSSR) zur »Redstone«- und »Jupiter«-Atomrakete fortentwickeln, bevor er schließlich 1961 von Präsident Kennedy mit dem »Apollo«-Programm für eine Landung auf dem Mond beauftragt wurde.

Militärische Interessen, denen er bedenkenlos diente, ermöglichten ihm, die Leinwand-Illusion aus der Stummfilmzeit wahrzumachen. Unfreiwillige Mitwirkende waren zeitweilig Zehntausende KZ-Häftlinge, die in Peenemünde und vor allem in der unterirdischen »V 2«-Fabrik »Mittelbau-Dora« bei Nordhausen (Thüringen) unter unsäglichen Bedingnngen eingesetzt waren, während von Braun zum SS-Sturmbannführer, Ritterkreuzträger und Ehren-Professor avancierte. In der reichen Memoirenliteratur der Peenemünder wird davon systematisch abgelenkt. Die Schutzbehauptungen und Fälschungen reichen bis zum Meineid, wie Eisfeld nachweist. Tatsächlich besuchte der angeblich immer sauber gebliebene von Braun 1944 sogar selber das KZ Buchenwald, um dort Häftlinge für seine Zwecke auszuwählen. In »Mittelbau-Dora« kamen mindestens 16 000 Häftlinge ums

Leben: Sie starben an Tuberkulose, Lungenentzündung, Auszehrung, wurden gehenkt, erschossen oder erschlagen.

Nur ein einziger an der »V 2«-Fertigung beteiligter Ingenieur wurde vor Gericht gestellt, der Generaldirektor des Nordhäuser Werks; er log so erfolgreich, daß er seinen Freispruch erreichte. Hunderte wurden im Rahmen des Geheimunternehmens »Paperclip« (Büroklammer) in die USA gebracht.

Dort avancierte von Braun zum Leiter des Heeresamts für ballistische Raketen in Huntsville, zum Direktor des George Marshall-Zentrums der Weltraumbehörde Nasa und zum Vizepräsidenten des Luft- und Raumfahrtunternehmens Fairchield. Dafür, daß er eine geradezu legendäre Heldenfigur wurde, sorgten bis in die Gegenwart die anderen »alten Peenemünder«. Aus der mörderischen Ausbeutung der KZ-Häftlinge wurde deren Rettung, wie es jetzt auch Anzeigeerstatter Friedwardt Winterberg der Staatsanwaltschaft Osnabrück weiszumachen versucht: Die deutschen Wissenschaftler hätten »solche Häftlinge, die über technische Fähigkeiten verfügten, durch Anstellung in der V 2-Fabrik retten« können. Briefschreiber Heinz Grösser beruft sich auf »die große Masse« der jetzigen Bundesbürger: Die Zahl der Besucher im Museum Peenemünde gehe im Laufe eines Jahres über eine Million hinaus, aber »wie viele sind es im Lager Dora?« Mit diesem Vergleich ließ er Buchautor Eisfeld wissen, wolle er nur andeuten, »daß das Volk die technischen Leistungen von Peenemünde respektiert«. Von Respekt vor den Opfern ist bei den »alten Peenemündern« auch nach mehr als 50 Jahren noch nichts zu spüren.

Als 1978 die Realschule in Rheinstetten nach einem Namen suchte, votierten weit mehr Eltern für Wernher von Braun als für die ebenfalls vorgeschlagene Anne Frank. Im Antrag der Schulkonferenz an den Bürgermeister hieß es dann: »Der Name ›Wernher von Braun‹ symbolisiert den Anteil unseres Volkes an der menschlichen Großtat unseres Jahrhunderts, der Raumfahrt.« Doch nachdem Rektor Rudolf Münch die historischen Fakten erfahren hat, ist er überzeugt, daß von Braun nicht als pädagogisches Vorbild dienen kann, der Name also geändert werden muß. Über die Umbenennung hat nun die Gemeinde zu befinden.

In Friedberg (Schwaben) läuft es umgekehrt. Im Kreistag Aichach-Friedberg wurde ein Umbenennungsantrag gestellt, auf den der Leiter des Wernher-von-Braun-Gymnasiums, Dolf Schwarz, mit Empörung reagierte. Es sei doch »nicht plausibel zu machen, warum der Name eines der wenigen Deutschen mit weltweitem Renommee in unserem Jahrhundert ausgerechnet der Stadt Friedberg schaden soll«, zumal da die Bundesrepublik Deutschland ihn mit ihrer höchsten Auszeichnung geehrt habe.

In Gersthofen gab die Stadtverwaltung am 29. August 1996 die Benennung einer Straße nach Wernher von Braun bekannt. Nachdem Professor Eisfeld einige Wochen später in der Nachbarstadt Friedberg einen Vortrag über von Braun gehalten hatte, erhoben einzelne Bürger Widerspruch; Eisfeld sandte eine unterstützende Stellungnahme an Bürgermeister Siegfried Deffner. Ende April 1997 ging dem Osnabrücker Hochschullehrer, der übrigens auch dem Kuratorium der Gedenkstätten Buchenwald und Mittelbau-Dora angehört, vom Landratsamt Augsburg, Abteilung Verkehrswesen, eine Rechnung über 230 Mark zu: Vollzug des Bayerischen Straßen- und Wegegesetzes 225 Mark, Auslagen 5 Mark. Grund: Der Widerspruch gegen die Straßenbenennung sei nicht fristgerecht innerhalb von 14 Tagen erhoben worden, und es sei »nicht ersichtlich, daß der Widerspruchsführer ohne eigenes Verschulden die Frist versäumt hat. Ein eigenes Verschulden war deshalb anzunehmen«.

Rainer Eisfeld: Mondsüchtig

Wernher von Braun und die Geburt der Raumfahrt
aus dem Geist der Barbarei.
Reinbek: Rowohlt Verlag, 1996
286 Seiten, 24 Abbildungen, DM 42,–

»Mondsüchtig« ist von der Jury der Zeitschrift »Bild der Wissenschaft« unter die Wissenschaftsbücher des Jahres gewählt worden (Platz 2 in der Rubrik »Zündstoff – Das Buch, das ein brisantes Thema am kompetentesten aufgreift«).

FILM

Krieg der Sterne und kein Ende

Was hat uns die Spezial Edition gebracht?

von Ralph Sander

Krieg der Sterne ist unbestritten ein Meilenstein des Kinos. Nicht so sehr, was seine Leistungen auf dem Feld der Science Fiction betrifft, denn da gehört der Film genaugenommen gar nicht hin, weil er letztlich nicht mehr ist als ein Märchen mit einer sehr deutlichen Trennung zwischen den Guten und den Bösen. Daß *Krieg der Sterne* dennoch für die Kritiker rund um den Erdball zum Maß aller Dinge geworden ist, was die Beurteilung anderer, echter SF-Filme angeht, liegt nicht an George Lucas (der seinen Film ohnehin immer als Weltraummärchen sah), sondern an einem grundsätzlichen Unverständnis auf der Seite jener »Experten«, die den Film in die Schublade SF einordneten, in der er seit zwanzig Jahren liegt – allerdings extrem erfolgreich.

Was *Krieg der Sterne* eigentlich zum Meilenstein machte, waren die Spezialeffekte, die man in dieser Form zuvor noch nie gesehen hatte. Das bedeutendste Merkmal dieser neuen Ära war der Einsatz computergesteuerter Kameras, durch die völlig neue Kamerafahrten möglich wurden. Zwar war Lucas nie richtig zufrieden mit den Ergebnissen, die die Effektelieferanten schufen, aber Zeit- und Budgetbeschränkungen zwangen ihn, die ohnehin schon sehr teure Produktion nicht noch teurer zu machen. So weit, so gut.

Zwei Jahrzehnte lang war die gesamte *Krieg der Sterne*-Trilogie in der Form bekannt, in der sie zum ersten Mal in die Kinos gekommen war.

In diesen zwei Jahrzehnten machte die Technik so drastische Weiterentwicklungen durch, daß mit einem Mal Produktionen wie *Jurassic Park* ermöglicht wurden, in denen computererzeugte Modelle einen weitaus realistischeren Handlungsablauf ermöglichten, als dies bei echten Modellen aller Art verwirklicht werden konnte. Diese Entwicklung betrifft natürlich nicht nur *Krieg der Sterne,* sondern praktisch jede Produktion, die nur an den Standards ihrer Zeit gemessen werden kann, da sie ansonsten immer veraltet aussehen muß.

Daß George Lucas es sich leisten konnte, einen völlig neuen Weg zu beschreiten, hat er nur dem überwältigenden Erfolg von *Krieg der* Sterne und den Nachfolgefilmen zu verdanken. Für die Neubearbeitung des alten Filmmaterials gab er noch mal das aus, was die Produktion des ursprünglichen Films gekostet hatte – rund zehn Millionen Dollar. Wie die Einspielergebnisse im letzten Jahr zeigen, eine durchaus lohnenswerte Investition.

Kann aber die Unzufriedenheit mit den seinerzeit verfügbaren Mitteln Grund genug sein, einen Film in dieser Weise »aufzupeppen«?

Wohl kaum, denn das Ergebnis läßt einen am Sinn des Ganzen zweifeln. Vielmehr drängt sich das Gefühl auf, daß Lucas mit der *Special Edition* nur testen wollte, ob die Welt sich noch immer für *Krieg der Sterne* interessiert, bevor er immense Summen in die kommende zweite Trilogie steckt.

Natürlich sind die neuen Effekte recht schön anzusehen, sie vermitteln auch stärker einen Eindruck von der Vorstellung, die Lucas 1977 vom Aussehen des Films hatte, sie aber aus den genannten Gründen nicht verwirklichen konnte. Aber das ist im Grunde auch schon alles. Sie machen aus *Krieg der Sterne* keinen anderen Film (ausgenommen eine Szene, auf die später noch eingegangen wird), sondern hinterlassen einen Flickenteppich, der eigentlich noch weniger in Lucas' Sinne sein sollte als die Urfassung. Was der *Special Edition* unter anderem nämlich nicht gelingt, ist eine Verbesserung der schauspielerischen Qualitäten von Mark Hamill als Luke Skywalker und Carrie Fisher als Leia Organa, die 1977 beide noch an Anfang ihrer Karriere standen (nach dem Erfolg der

Trilogie aber zugleich in ein Karriereloch fielen; zwar waren und sind sie nach wie vor in zahlreichen Filmen zu sehen, aber der wirklich große Erfolg blieb ihnen - anders als Harrison Ford alias Han Solo - verwehrt). Die *Special Edition* kann aus *Krieg der Sterne* auch keinen besseren Film machen, in dem die Charaktere aus ihrer Eindimensionalität ausbrechen. Kostüme und Bühnenbilder bleiben ebenfalls stumme Zeugen ihrer Zeit und tragen alle dazu bei, daß aus der *Special Edition* etwas wird, was kein seriöser Regisseur ernsthaft als seine Idealvorstellung bezeichnen kann: ein Film der siebziger Jahre mit den Effekten der neunziger.

Es würde wohl niemand (Giorgio Moroder mit seiner Verstümmelung von Metropolis ausgenommen) auf die Idee kommen, in einem alten *Flash Gordon*-Serial die Spezialeffekte der dreißiger Jahre durch solche der neunziger zu ersetzen. Ein Stilbruch dürfte so ziemlich das letzte sein, was ein Regisseur in Kauf nehmen möchte. Aber genau das macht George Lucas mit seiner *Special Edition:* Anstatt sich der Herausforderung eines Remakes zu stellen, wählt er den einfachen Weg und demontiert höchstpersönlich einen Meilenstein der Filmgeschichte.

Man muß sich fragen, welcher Teufel Lucas geritten hat, als er die Entscheidung zugunsten der *Special Edition* traf. Offenbar hatte er schon vergessen, daß er 20 Jahre zuvor einen Oscar für eben jene Spezialeffekte erhalten hatte, die ihm persönlich nie gut genug erschienen sein mochten. Für Millionen Kino- und Videofans auf der ganzen Welt waren die Effekte jedoch zwei Jahrzehnte lang gut genug gewesen, weil sie - offenbar anders als Lucas - verstanden haben, daß *Krieg der Sterne* ein Produkt der späten siebziger Jahre ist und nun einmal auch so aussieht. Wer nicht mit völliger Ignoranz durchs Leben wandelt, wird immer erkennen können, welche Leistungen zu ihrer Zeit herausragend waren, auch wenn sie heute nebensächlich oder selbstverständlich erscheinen. Ein Spielfilm ist kein Nachschlagewerk, das einer ständigen Aktualisierung bedarf, sondern ein Produkt, das in einer bestimmten Ära unter ganz bestimmten Bedingungen entstanden ist. Und genau das sollte beim Betrachten eines Films erkennbar sein. Die Versuche, alte Schwarzweißfilme digital zu kolorieren, haben gezeigt, daß dies zwar technisch möglich ist, aber der Run auf diese Neufassungen ist ausgeblieben.

Die *Special Edition* bringt zudem ein ganz anderes Problem mit sich: Die Handlung verliert gänzlich an Bedeutung, nur die Effekte zählen noch. Jeder, der die Originalfassung der Trilogie kennt, wird im Kino oder vor dem heimischen Fernseher in erster Linie darauf achten, wo sich etwas geändert haben könnte. Damit tritt das Geschehen im Film in den Hintergrund und wird Mittel zum Zweck, nämlich zur Präsentation der neuen, verbesserten Spezialeffekte.

Ist es unter solchen Voraussetzungen nicht nur eine Frage der Zeit, bis es eine *Very Special Edition* gibt, in der die verbesserten Spezialeffekte durch noch bessere, weil neuere Effekte ersetzt werden?

Man könnte ja noch geflissentlich darüber hinwegsehen, daß die Effekte bearbeitet wurden und zur Aufnahme zusätzlicher Szenen in den Film führte (unter anderem zum ersten Auftritt von Jabba, der im dritten Teil der Trilogie eine wichtige Rolle spielt, und 1977 in keiner zufriedenstellenden Form gefilmt werden konnte, so daß die gefilmte Szene zwanzig Jahre unter den Tisch fiel), hätte Lucas nicht auch noch »Verrat« an einer seiner Figuren begangen. Er ging zwar nicht so weit, Luke Skywalker zu einem der Bösen zu machen, aber die Bearbeitung einer kurzen Szene läßt Übles für die Zukunft erahnen:

In der Originalfassung von *Krieg der Sterne* gibt es eine Szene in einer Bar auf Luke Skywalkers Heimatwelt Tatooine, in der Han Solo einen Kopfgeldjäger erschießt, der ihn an Jabba ausliefern will. Für die *Special Edition* kam Lucas nun auf die glorreiche Idee, die Szene so zu bearbeiten, daß der Kopfgeldjäger derjenige ist, der den ersten Schuß abfeuert, während Han Solo allem Anschein nach nun lediglich in Notwehr auf den Kopfgeldjäger schießt und ihn tötet.

Bis zur *Special Edition* war Han Solo damit weitgehend die einzige Figur gewesen, der eine Wandlung hin zur Seite der Guten ermöglicht worden war. Ist Han Solo zu dieser Zeit noch skrupellos genug, einen möglicherweise Wehrlosen zu erschießen, so steht er wenig später an der Seite von Luke Skywalker auf der Seite der Guten. Das hatte als Botschaft an die jugendlichen Zuschauer auch noch Sinn gemacht, da die Entwicklung der Figur zeigte, daß man nicht einfach von Natur aus zu den Guten gehört, sondern durch Entscheidungen im Leben dorthin kommt.

Dieser wirkliche Wandel wurde durch die *Special Edition* vollständig zunichte gemacht, für die Zuschauer steht Han Solo seitdem vom ersten Moment an auf der Seite der Guten im Film. Solche Entwicklungen sind äußerst bedenklich, wenn man sich vorstellt, daß Lucas' Beispiel Schule macht und mit einem Mal quer durch die Filmlandschaft überall Szenen neubearbeitet werden, in denen eine Figur zu schlecht dargestellt wird. Die digitale Bearbeitungstechnik steckt allen bisherigen Leistungen zum Trotz noch in den Kinderschuhen (was man vor allem bei der Darstellung von Lebewesen an deren viel zu gleichmäßig ausgeführten Bewegungen erkennbar wird), aber ist nichts anderes als eine Frage der Zeit, bis die Effektespezialisten so weit sind, Schauspieler durch Computergrafiken völlig überzeugend zu ersetzen. Dann endlich wird es möglich sein, alle bisher gedrehten Filme noch einmal auf den Markt zu bringen – nicht in der Originalbesetzung, sondern in der Wunschbesetzung, die sich seinerzeit nicht verwirklichen ließ. Und dann endlich wird es möglich sein, völlig auf Drehbuchautoren und andere lästige Faktoren zu verzichten, um endlich vollends computergenerierte Filme zu drehen, die sich von echten Filmen nicht mehr unterscheiden lassen werden. Vermutlich wird man dann auch aus Gründen der Authentizität die virtuellen Raumschiffmodelle an virtuellen Fäden aufhängen und »versehentlich« virtuelle Mikrofone ins Bild hängen lassen, die man heute noch mühsam wegretuschieren muß. Immerhin war George Lucas 1977 ein Trendsetter, warum sollte er das 1997 nicht immer noch sein? Armes Kino? Die Antwort muß wohl »ja« lauten.

FILM

Science Fiction-Filme gibt's nicht!

von Ernst Petz

Ich bin seit 1975 beim ORF, davon seit fast zwanzig Jahren im Programmbereich, davon wiederum seit rund 15 Jahren an vorderster Front direkt mit der Herstellung von 90-min-Filmen befaßt ... die zunächst *Fernsehspiele* hießen, dann Fernsehfilme, zuletzt *TV-movies;* und die – auch aus budgetären Gründen, meist aber aus Ego-Gründen der Regisseure – in den letzten Jahren verstärkt zunächst im Kino eingesetzt werden ... mit dem zumindest in Österreich ziemlich bekannten Erfolg.

In all den Jahren habe ich mir immer gewünscht, zumindest *auch* Science Fiction in das Band des Produzierten zu bekommen, es hatte nicht sollen sein: Wie das Beispiel Science Fiction-*Hörspiel,* auch und gerade in Deutschland zeigt, sind es nicht nur Kostengründe, die zum schleichenden Tod führen ... und ein Hörspiel kostet im Vergleich zum Film nicht nur einen Pappenstiel, sondern *gar nichts.*

Ich glaube, die Entscheidung ist zu schnell gefallen, zur Unzeit.

Denn inzwischen boomt zumindest der *sogenannte* Science Fiction-Film, wurde in seiner Verkleidung als Mega-Spektakel zum absoluten Kassenschlager, an dem auch die Fernsehanstalten, als europäische Reste potentieller Film-Produzenten, nicht mehr vorbeikommen – eine Tatsache, auf die ich aus Gründen inhaltlicher Auseinandersetzung mit dem Genre noch zurückkomme, vor allem aus einem mir wichtigen Grund: Das *literarische* Genre ist durch einige hochklassige Werke wenigstens zum Teil aus einem auch wieder selbst verschuldeten Ghetto gekommen, mußte zumindest in einigen herausragenden Werken einiger herausragender Autoren ernst genommen werden. Heute, wo immer weniger gelesen wird, verliert die SF meines Erachtens diesen wenigstens Teil-Bonus – *weil* weniger bis gar nicht mehr gelesen wird – jetzt durch SF-Filme und SF-TV-Serien (noch schlimmer).

Was für andere Bereiche des Films auch gilt, aber naturgemäß nicht so schamlos ausgenützt werden kann, gilt für den schlechten SF-Film, den *sogenannten* SF-Film, in den letzten Jahren in geradezu atemberaubender Weise: Sogar die allerdürftigste Grund-Story füllt die Kino-Säle und die Kassen der Produzenten, sogar mit Nicht- bzw. Un-Geschichten wie *Independence Day* lassen sich Ruhm und Millionen einfahren, sogar mit dem tausendsten entkommenen Virus, wie bei **Outbreak,** nur weil dank entgegenkommender Entwicklungen in der Rechner-Technik die unvorstellbarsten Schauer- und Schau-Effekte erschwinglich – erschwinglicher – geworden sind.

Der Unterschied zwischen der geschriebenen SF und dem SF-Film war immer schon eklatant – insofern ist es schon okay, wenn in Heynes *1000 Kultfilme auf Video* jeweils die Autoren-Namen fehlen: **Der Omega Man** von Regisseur Boris Sagal mit Charlton Heston verwendet die unglaublich dichte Vision von Richard Mathesons *Ich bin Legende* und verkommt zu einem langweiligen Hetzen nach dem Medikament inklusive konservativ-menschlichem, der Originalvorlage also genau entgegenlaufendem Happy-End, bei Harry Harrisons *Make Room! Make Room!* wird unter der Regie von Richard Fleischer in **Jahr 2020 ... die überleben wollen** aus einem wichtigen Beitrag zur Überpopulation der Welt – ein sehr frühes Lieblingsthema des Autors – eine Kannibalismus-Farce.

Meine Beispiele sind willkürlich und spiegeln nur persönliche Eindrücke, sind subjektiv und entspringen spontanen Erinnerungen. Mehr will ich zu dem Thema nicht, ich halte den SF-Film, wie er sich nicht nur jetzt, aber *vor allem jetzt* präsentiert, für nicht so relevant, als daß ich Zeit in Recherchen stecken wollte.

Wenn mir dennoch das eine oder andere auffällt und ärgert, dann nur, weil für mich persönlich auch die *sogenannten* SF-Filme noch immer zu den bevorzugten *Unterhaltungs-Methoden* zählen: irrelevant, aber spannend, generell ohne Aussagewert und Tiefe, aber lustig, bunt und tricktechnisch interessant, absolute Killer für auch gute literarische Vorlagen ... und dadurch vielleicht doch ein Anreiz, zu den gedruckten Originalen zu greifen.

Aus diesen gestreiften rein *oberflächlichen* Gründen sind SF-Filme dennoch die einzigen, bei denen ich mitunter doch die Zeit zwischen Kino- und Video-Start *nicht* locker aussitze. Wenn überhaupt, passiert es mir beim SF-Film, daß ich mich ins Kino vergehe, allerdings nie, weil mich die durchwegs aufgewärmten Geschichten interessieren, sondern wegen der optischen Effekte, wegen des Spektakels – und auch wegen der akustischen Lawinen – ich stehe als Heavy metal- und Wagner-Fan illustrativem, auch weniger geordnetem, Lärm nicht abhold gegenüber, und ein *sensoroundsound* läßt sich schon nicht über einen CD-mini-Tower herausholen, geschweige aus meinem zehn Jahre alten Grundig-Portable.

Es ist kein Zufall, daß die mammon-mäßige Renaissance des SF-Films unmittelbar im Anschluß an den Boom der Katastrophen-Filme erfolgte. In den 70ern gab es kein Erdbeben ohne Zelluloid-Sequel, keine Hochhauseröffnung ohne anschließende zusammenstürzende Vergleichs-Bauten, keinen Flugzeugabsturz ohne katastrophale filmische Hochrechnung. Irgendwann war das ausgereizt, *phantastische* Katastrophen übernahmen, hervorgerufen durch ebenso hochgerechnete Super-Waffen von Planeten, die nicht mehr Mars oder Venus hießen, sondern AX 112/34 oder W 264 Pl.

Im Grunde kann man zusammenfassen: Die Filme wurden immer spektakulärer und immer blöder. Das macht aber nichts, die Story interessiert eh keinen. Und wenn im SF-Lexikon – wieder von Heyne – in den Vorworten beklagt wird, welch peinlicher, indiskutabler Schrott die US-SF-Filme bis in die späten 60er waren und dies als Grund angegeben wird, daß sich kein ernsthafter Regisseur dazu hergab, kann ich das einfach so nicht stehenlassen: Diese Filme waren wenigstens originell, Ideenreichtum und teilweise Fanatismus der Macher machte vieles wett. Und wenn sich heute sogenannte ernsthafte Regisseure an die SF heranmachen, dann ganz gewiß nicht wegen der künstlerischen Möglichkeiten - die bietet nach wie vor nur die SF-Literatur, auch wenn das auch immer weniger Autoren ausnützen -, sondern wegen des fast schon garantierten Gewinns.

Im Jahre 22 meiner Filmbranche-Mitgliedschaft begibt es sich nun, daß ich erstmals, und gleich zwei zugleich, SF-Filme für den ORF redaktionell betreue. Möglich geworden ist dies durch den technischen Fortschritt, der, zwar immer noch teuer, gewisse Dinge auch in unseren Breiten filmisch machbar, sprich: finanzierbar, gemacht hat; finanzierbar auch für Nicht-Mega-Budgets à la **Terminator** oder **Stargate** (oder **Dante's Peak,** oder **Independence Day**); machbar aber auch von der Publikums-Akzeptanz her, die sich zumindest für den - wie ich nicht aufhöre, ihn zu nennen: - *sogenannten* Science Fiction-Bereich zu interessieren begonnen hat.

Die beiden angesprochenen Filme, die derzeit entstehen, sind **Die Rättin,** nach dem Roman von Günter Grass; und **Laura,** ein Original-Buch des Schweizer Autors und - bisher überwiegend - Dokumentarfilmers Bruno D. Kiser, mit der Saura-Carmen Laura del Sol in der Hauptrolle - selbstverständlich spielt sie eine ... Enthüllungs-Journalistin.

Die Rättin entsteht unter der Federführung des Saarländischen Rundfunks, unter der Regie von Martin Buchhorn. **Die Rättin** galt lange Zeit - und gilt skeptischen Journalisten in der Voraus-Presse immer noch - als unverfilmbar, und wenn, dann würde etwas wie die Muppet-Show herauskommen, ja, herauskommen müssen. **Die Rättin,** ein Langzeit-Vorhaben Martin Buchhorns, wäre ohne die - fast plötzliche - technische Machbarkeit *als Filmprojekt* wohl ein Ladenhüter geblieben, erst seit die technische Möglichkeit gegeben *und* finanzierbar war, kann dieses apokalyptische Meisterwerk filmisch umgesetzt werden. Neben der computergenerierten Hauptrolle spielen noch ein paar hundert dressierte Ratten mit (dressierte Ratten heißt, daß sie Ruhe geben, wenn dies verlangt wird, daß sie umsetzbar geordnet über eine Treppe wuseln) und 4000 Gefrierratten, die wiederum computergestützt als massenweiser Hintergrund herhalten müssen.

Die Rättin steht für ein *klassisches* Science Fiction-Szenario: die gewissermaßen ... *posttraumatische* Nachkritik, die natürlich, ähnlich der Satire, Anhänger nur dort findet, wo ohnehin alle der gleichen Meinung sind. Grass hat die Stellungnahmen in seinem Roman natürlich weiter gestreut, als dies dem Film möglich ist – da sind wir wieder an den Grenzen filmischer Umsetzbarkeit –, hat dem Physischen Metaphysisches entgegengestellt, hat Mythologisches und Reales, Märchenhaftes und tatsächlich Vorstellbares auf mehr als 500 Romanseiten exzessiv gemischt. Das Filmdrehbuch umfaßt rund 140 locker geschriebene Seiten, was bleibt, ist wie immer nur die Grundidee, nicht alle Implikationen, nicht alle Motivationen zu diesen Implikationen haben *Platz* – was bleibt ist:

Die Ratten sind die überlebende starke Rasse, sie haben die Menschen rechtzeitig durchschaut und vorgesorgt, sie trauten der Menschheit nie etwas anderes zu, als daß sie alles kaputtmacht. Der Film wird zu Grass' Geburtstag im Oktober ausgestrahlt.

Und ich hätte es – nebenbei – gerne erlebt, wie ein *ausschließlich SF-Publikum* auf dieses großartige SF-Werk, das meines Wissens nur im *Mainstream* erschienen ist, reagiert hätte. Wie das Buch gelaufen wäre, wäre es beispielsweise bei Heyne in Zeiten erschienen, als die *Schwarze Rücken-Sammler alles* haben mußten. Es hätte mich interessiert, ob Lems Qualitäts-Diktum gegriffen hätte, oder widerlegt worden wäre (oder es sollte mich vielmehr lieber nicht interessieren, da ich die SF ja mag ...)

Der zweite Film heißt **Laura** und deckt von der Story her ebenfalls ein klassisches SF-Kriterium ab, nämlich die – in diesem Fall eigentlich nur kleine – Hochrechnung technisch schon Machbarens um eine, ein paar, Schraubendrehung/en mehr in eine fiktive Anwendbarkeit ... und die kann dann, auch den klassischen Mustern folgend, mißbräuchlich sein oder ungeheuer segensreich für die Menschheit ... Meist beginnt's bei diesem und endet bei jenem, und alles kracht zusammen.

So natürlich auch hier, es geht um die perfektionierten Möglichkeiten, virtuelle Realitäten herzustellen, und um die (fiktive) Annahme, damit psychische Erkrankungen zu heilen. Eine logische Grundidee: Virtuell wird die fiktive Welt um ihre kranken Erfinder real, so könnten sie – theoretisch – aus ihrer Wahn-Welt allmählich in die Wirklichkeit zurückgeführt, also geheilt, werden. Für SF-Kenner kommt es nicht unerwartet, daß es anders kommt, daß das schwache menschliche Gehirn der intensiven Aussetzung virtueller Realitäten nicht gewachsen ist und draufgeht.

Mein persönliches Pech – und damit komme ich zu dem, was ich vorbringen will, daß es den SF-Film eigentlich gar nicht gibt, daß er seine neuerdings an den Kassen und Quoten ablesbare Beliebtheit bloß massivem Ettikettenschwindel verdankt – ist es, daß ein derartiger SF-Film nach wie vor nicht machbar ist, daß es, wie alle seine Kollegen, nur ein *sogenannter* SF-Film ist, daß er sein Thema ohne massive Diebstähle in Nachbar-Genres nicht aufarbeiten *kann,* daß er als Film nicht funktioniert, wenn er sich nicht, etwa, über sehr banale, sattsam abgehandelte Thriller-Elemente über die stofflichen Abgründe hinwegeskamotiert.

1984 war ein SF-Film, weil er die Vorlage zugunsten künstlerischer Eigenständigkeit radikal genug verließ; **Fahrenheit 451** war ein SF-Film, weil er ursprünglich als Original-Drehbuch konzipiert, also gleich filmisch *gedacht* war; sogar der **Planet der Affen,** zumindest der erste Teil, vielleicht auch noch der zweite, gar nicht unwitzig religionskritisch, war ein SF-Film, Don Siegels 1956er **Die Dämonischen** war ein SF-Film, und weiter zurück noch, **Fritz Langs Metropolis** ist wohl noch immer *der* SF-Film; und hat in der erneuerten, neu bekomponierten, nachkolorierten, rascher abgespielten, in einigen Sequenzen rascher und moderner geschnittenen **Giorgio Moroder-Version von 1984** nicht nur nichts verloren – außer einen vernachlässigbaren Grad an Ursprünglichkeit –, sondern vielleicht sogar in Intensität gewonnen

Die Liste läßt sich natürlich fortsetzen, allerdings liegen die Entstehungsjahre für derlei positive Beispiele ziemlich weit zurück ... und die andere Liste ist wesentlich länger, diejenige nämlich, die sich der augenblicklichen Marktlage bedient und Esoterik-Schrott oder den Wilden Westen, den blanken Krimi oder sogar eine banale Beziehungskiste mit dem Etikett SF versieht, die outrierte Fantasy oder puren Horror in eine womöglich noch so dürftige Parallelwelt oder in eine noch so hanebüchene Zukunft versetzt ... und ab damit.

Im Film funktioniert jetzt das, was in der Literatur als bloßer Witz abgehandelt wurde: Ersetze in *Krieg und Frieden* das Wort St. Petersburg durch Mars, als Fleißaufgabe ein paar Namen durch abstruse Zahlenkombinationen und – ist das dann schon Science Fiction?

Ersetze das *Zwölf-Uhr-mittags-Kuhdorf* durch eine Raumstation, die erwarteten Cowboy-Killer durch Drogenhändler-Killer, die dem Sheriff untätig zusehende Dorfbevölkerung durch die dem Marshal untätig zusehende Raumschiffbesatzung und nenne das ganze **Outland** – ist das dann schon Science Fiction?

Wenn *ja*, auch, wenn Brian Aldiss recht hat, der einmal gesagt hat, Science Fiction sei alles, was sich unter der Bezeichnung Science Fiction verkaufen läßt, dann soll diese Science Fiction als sich selbständig gerierende Gattung abdanken und als *Verkaufslabel* wiederauferstehen; dann aber auch ohne qualitativen Anspruch, der über den eines bloßen Verkaufslabels hinausgeht ...

Im Film, im PR-Umfeld des Films ist dieser Zustand meines Erachtens vollkommen erreicht, da ist offenbar schon alles möglich. Science Fiction steht da schon lange nicht mehr für ein kraftvolles Hochrechnen der Gegenwart, für lustvolles Spielen mit visionären Gedanken, für kühne oder auch angstmachende Konstrukte einer aus dem Bekannten möglichen oder sogar wahrscheinlichen, hoffnungsfrohen oder auch beklemmenden Zukunft. Im Film steht Science Fiction heute bloß noch für Materialschlachten und Schauwert, steht Science Fiction für ungebremste Pyromania-Feuerwerke und von traditionellen Fesseln befreite Gewalt, steht dieses Verkaufslabel für leichte, seichte, schrille, anspruchslose und zeitgeistig-gehetzte Unterhaltung.

Und all diese meine Behauptungen möchte ich durch *ein ein-*

faches Beispiel dokumentieren - durch das Fernsehprogramm knapp zweier Wochen (genauer: vom 27. 4. bis 8. 5. 1997, unter weitestgehender Auslassung unsäglicher Serien à la **Sentinel** und **profiler** und **Akte X** - alles wird als SF angeboten und angenommen, auch *Mystery;* dann kam dieser Tage auch die 60er Jahre US-Einheitsware **Outer Limits - Die unbekannte Dimension** wieder aus den Archiven und zu Remake-Ehren, an der wahrlich schon damals nicht viel unbekannt war. Außer, man sieht Detektivarbeit und Überfälle immer wieder als etwas Neues, mithin Unbekanntes ...)

In VOX ist eine viermal 90-Minuten-Serie angelaufen: **LEXX, Rebellen der Galaxis.** Da müssen die Real-Helden geradezu absurd *flächig* verkleidet werden, damit sie möglichst gut zwischen die computer-gerechneten Szenen/Filmteile passen ... Dieser SF-Vierteiler ist ein Mittelding zwischen »Sam Peckinpah inszeniert die mexikanische Revolution« und Ferdinand Raimunds diverse Zaubertheater ... Sind die jetzt auch *Science Fiction?*

In **Future Cop** klärt ein Polizist aus der Zukunft seine Fälle ... im Grunde ist's egal, woher er kommt, er spielt in einem ganz normalen Polizei-Film. In **Beast - Schrecken der Tiefe** wird zum x-ten Mal ein Verne-Ungeheuer aufgeblasen, ein Großwildjagd-Abenteuer in SF-Verkleidung, und wenn das allgewaltig-gigantische Monster endlich vernichtet ist, taucht das noch viel gewaltigere Muttertier auf - also auch noch ein Familien-Drama! **Danach -** ist eine köstliche Satire von Richard Lester ... aber ist Kabarett in einer zerstörten Welt schon SF ... oder nicht immer noch Kabarett? (mit Marty Feldmann als Schwester Arthur, ein bedeutendes Filmdebüt). Für Mel Brooks **Spaceballs,** gleich am nächsten Tag, gilt das gleiche - wenn auch unvergleichlich ... anders (miserabel darf ich nicht sagen, sonst krieg ich Schwierigkeiten mit meinem Sohn).

Ein Einschub: Die mittlerweile unvermeidlichen James Bond-Filme im Programm, die *umgekehrt,* mangels guter Originalstoffe immer häufiger bei der SF klauen, nicht nur bei **Moonraker,** wo's nicht nur zugegeben wurde, wo sogar einmal damit geworben wurde, auch hier, gewissermaßen im Beobachtungszeitraum, bei **In tödlicher Mission**: Raketenlenkbasen-Orgie; **Octopussy:** Pyrotechnik-Show um Privat-Atombomben).

Im Anschluß an **Spaceballs** gab's dann *Gor* - in der Verfilmung wird das zu einer beliebigen **Herkules gegen ... w.w.i.**-Version: Statt der in der literarisch damals zumindest originell und konsequent durchgezeichneten Parallelwelt steht die traditionelle Bekämpfung barbarischer Horden im Mittelpunkt eines abstrus-dummen antik-Kostümschinkens ...

Dann war einer der letzten Kassen-Knaller so rasch wie nie im TV-Programm, **Flucht aus Absolom:** perfekt inszeniert, sichtbar viel Geld für Special-Effects, heißt SF und ist eine ganz gewöhnliche Gefängnis-Ausbruchs-Story, nur im bunten, modern zerschlissenen-zukünftigem Gewand.

Pro Sieben spielte, wie alle anderen Anstalten und Pro Sieben selber schon davor - etliche Male - die 106-min-Kindergarten-Version von **Total Recall** (wer den armen Dick im Grabe immer wieder umdreht, ist unbekannt); VOX den Zukunfts-Edelwestern **Die Klapperschlange** und, wiederum Pro Sieben, **Cyborg II - The Glass Shadow,** in Wirklichkeit wohl Cyborg 4000, wieder einmal ein Kampf Mensch gegen Maschine ... war damit Charlie Chaplin in **Modern Times** ein Vorreiter des SF-Films?

RTL 2 schickte **Fear - Todesangst** ins Rennen, SF vom Feinsten laut Programmankündigung, und dann kämpfte eine Telepathin auf seiten der Polizei gegen einen ebenfalls medial begabten Serien-Killer ... Dann gab's einen Stephen King-Schwerpunkt-Tag, mit **Katzenauge, Needful Things** und **Manchmal kommen sie wieder**; zugegeben: drei Misch-Formen; am selben Tag den *Hammer*-**Frankenstein** von 1957; King's **The Stand** füllte ab nächsten Tag gleich zwei Hauptabende.

Feiertage sind natürlich besonders beliebte Abspielplätze, um die Kleinen aufs Leben, ihre Zukunft vorzubereiten: mit **Godzillas Sohn,** alles andere als taufrisch aus Japan; der SF-

Farce **Howard – Ein tierischer Held** und **Enemy Mine,** dem Wolfgang Petersen-Rührstück, wurde untertags schon auf breiter Front angegriffen ... wobei man sagen muß, daß ein Feiertag wie *Christi Himmelfahrt* eine Science Fiction-Programmierung ziemlich nahelegt ... Nach dieser intensiven Vorbereitung war die Zeit dann reif für den Höhepunkt, dem Plädoyer gegen Rassismus (so verkauft es der Verleih tatsächlich, außerdem als »Sozialtouch-SF-Krimi«), den **Spacecop L.A. 1991**: »Zwar sind die vom All aus auf die Erde gekommenen Aliens halbwegs integriert, doch das Leben wird ihnen hier schwergemacht ...« – ein typisches Gastarbeiter-Schicksal, vor allem, »da sich auch unter ihnen schwarze Schafe befinden« ... Wer sich vor all den dargestellten *Zukünften* fürchtet, kann nur vernünftig sein.

Kürzlich ging durch die Gazetten, daß ein russischer Wissenschaftler es für überhaupt kein Problem hält, Lenin zu klonen. Durch die seinerzeitige Einbalsamierungstechnik, überwiegend mit Formalin, sei das DNS-Material vollständig erhalten, von den technischen Voraussetzungen und der theoretischen Machbarkeit bis zur tatsächlichen Praxis sei es praktisch überhaupt kein Weg mehr.

Jurassic Park goes human, nach Dolly, dem geklonten britischen Schaf, jetzt der Mensch ...

In Wirklichkeit wird's wohl noch ein wenig dauern, aber in die richtigen Hände geraten werden Meldungen wie diese wohl sehr bald, zumindest werden sie die nächste Lawine von einschlägigen Filmen lostreten.

Wenn der Schritt von den computergenerierten Humphrey Bogart und Marilyn Monroe zu den fast echten Originalen tatsächlich nur noch so ein kleiner ist, brauchen wir vielleicht bald keine SF-Filme mehr, dann haben wir das *Science Fiction-Leben!*

FILM

G

von Lutz Gräfe

»1. Alarmsystem für den Fall eines chemischen, biologischen, meteorologischen und psychischen Anzeichen von G-Aktivität; mit Ausnahme physischer Aktivität« (Gojira tai Biolante, 1989)

»Der Godzilla ist ein schreckerregendes, furchtbares Ungeheuer. Wenn der Godzilla im Meer keine Fische mehr findet, geht er an Land und frißt Menschen. In meiner Jugend haben wir ihm noch Menschenopfer gebracht, wenn der Fischfang längere Zeit schlecht war.« (Gojira, 1954)

Ende 1954 kam der Schrecken in die Welt: Der Schrei eines gigantischen Urtieres erschütterte die Menschheit und unter seinen Füßen zerfiel die Zivilisation zu Staub: Gojira (zu deutsch Godzilla) hatte das Antlitz der Erde betreten.

Eigentlich war Gojira ein massiger Produktionsassistent der Toho, dessen (Spitz-)Name ein Kompositum aus den Schriftzeichen für Gorilla und Wal ist. Das Projekt wurde im April '54 nach den Erfolgen von Harryhausens *»The Beast from 20.000 Fathoms / Panik in New York«* unter dem Arbeitstitel »G« aus der Taufe gehoben. Ein Relikt dieses Arbeitstitels findet sich fast 40 Jahre später in den Filmen der zweiten Generation: Hier hat das Militär ein ausgeklügeltes vierstufiges G-Alarmsystem. (wie diese neuen Filme generell den Eindruck eines selbstreflexiven Kompendiums aller vorherigen Monsterfilme darstellen).

Und wenn wir schon bei den Titeln sind (so jetzt hier kurz als Einschub): Da ist der Name Frankenstein, von dem es immer heißt, er wäre von den deutschen Verleihen dazugedichtet worden, was zum Teil ja auch stimmt; trotzdem, in einigen Filmen taucht auch im Japanischen ein obskurer Furankenshutain auf. Erstmals erscheint dieser Name in dem Film *»Frankenstein, der Schrecken mit dem Affengesicht / Furankenshutain tai baragon«* (1965), der die Geschichte eines kleinen Jungen erzählt, der das Herz des Frankenstein-Monsters gegessen hat – welches die Nazis geklaut und nach Hiroshima verschickt hatten – daraufhin riesengroß wird, und sich in den Wäldern versteckt. Man kann darüber spekulieren, was es mit der Frankenstein-Idee auf sich hat; aus kommerzieller Sicht dürfte dieses Element auf die extrem erfolgreichen Hammer-Frankenstein-Filme zurückgehen (Mit diesem Titel wurde dem japanischen Publikum wahrscheinlich auch mehr Blut versprochen, als in den Filmen zu sehen war: Seit Jahren kursieren von Hammer-Mitarbeitern bestätigte Gerüchte über äußerst blutige Japan-Fassungen der Hammer-Filme); damit verbunden ist natürlich auch die Einbeziehung eines westlichen Populärmythos, der die Filme für nicht-japanische Zuschauer attraktiver machen sollte (Ein ähnliches Vorgehen findet sich schon vorher bei der Figur von King Kong, mit dem man den US-amerikanischen Markt erobern wollte; von *»Die Rückkehr des King Kong / King Kong tai Gojira«* existieren auch sinnigerweise zwei Fassungen mit verschiedenen Enden, je nach Land und Mythos gewinnt ein anderes Monster).

Verantwortlich für diesen ersten kaiju-eiga (Monsterfilm) zeichnete die renommierte Produktionsgesellschaft Toho. Die Regie wurde Inoshiro Honda übertragen, der als Tüftler mit gutem Sinn für phantastische Stoffe bekannt war. Auch Akira Ifukubes unverwechselbare Melodien sollten von nun an bis zum heutigen Tage Gojira und seine Kollegen begleiten. Zusammen mit Produzent Tomoyuki Tanaka und dem Darsteller Akira Takarada (spielt häufig Militärs, und ist als menschliches Maskottchen der Serie bis heute treu) war damit das Erfolgsteam der Toho komplett.

Der bei all dem wahrscheinlich wichtigste Mitarbeiter war aber der Trick-Spezialist, Kameramann und Regisseur Eiji Tsuburaya, der bereits 1930 für die Effekte von *»Chohichiro Matsudaira«* verantwortlich war und im Krieg für die Propagandaepen des Kajiro Yamamoto (etwa *»Hawaii Maree-oki Kaisen«*, 1942) tätig war; hier dürfte er auch erstmals Honda und Motoyoshi Oba begegnet sein. Da er besonderen Wert darauf legte, sich von seinen US-amerikanischen Kollegen abzuheben, verfiel er für dieses neue Projekt auf die ebenso glorreiche wie einfache und dazu noch kostensparende Idee, mit Modellen und einem Mann im Gummianzug zu arbeiten. Eine im übrigen extrem schweißtreibende Arbeit: So verlor Hario Nakajima, der langjährige Darsteller des Gojira, bereits während des ersten Films 10 Kilo Gewicht, was ihn aber nicht daran hinderte diese tragende Rolle noch bis 1972 auszufüllen. Nach wie vor halten sich jedoch Gerüchte, Produzent Tomoyuki Tanaka oder gar Akira Kurosawa hätten sich gelegentlich den Spaß gegönnt, als überdimensionales Monster Tokyo zu verwüsten. Diese Tricktechnik hatte mehrere Wirkungen: Zum einen bewegten sich die zweibeinigen Saurier nie sonderlich monstrig, sondern wirkten immer wie Menschen in Gummianzügen – dem trug man dadurch Rechnung, daß man Gojira und Mynia vollkommen vermenschlichte, ihnen eine absolut menschliche Mimik gab: Sie können lachen, traurig, verzweifelt, und himmelhochjauchzend fröhlich sein. Eines der schönsten wie verrücktesten Beispiele dafür findet sich in *»Gojira no musuko / Frankensteins Monster jagen Godzillas Sohn«* (1968): Der kleine Mynia kann kein Feuer spucken wie Gojira, immer, wenn er es versucht, pafft er bestenfalls Rauchkringel; so steht dieses erbarmungswürdige Geschöpf an einem See und versucht verzweifelt Feuer zu spucken; Gojira schleicht sich an ihn heran, trampelt ihm volle Socke auf den Schwanz, der Kleine erschreckt sich derartig, daß er einen riesigen Feuerstrahl gen See schickt; Mynia guckt erst verwirrt, dann ganz glücklich, und Gojira nickt liebevoll-bestätigend. Dieser Film ist eines der zentralen Werke des ersten Zyklus, werden doch hier die Geschlechteridentitäten der Monster in Frage gestellt: Ihren Namensendungen auf -(r)a nach sind alle Monster männlichen Geschlechts, sozusagen das Böse Patriarchat, das Japan in den Pazifikkrieg trieb; so, wie sich Gojira in diesem Film aber Mynia gegenüber verhält, wirkt ihre Beziehung wie eine klassische Mutter-Sohn-Bindung, bestätigen sie das psychologische Klischee von der starken Mutter und dem schwächlichen Sohn (die Mutter ist schließlich die zentrale Bezugsperson für einen japanischen Mann, der Vater ist weit weg); man kann gerade diese Darstellung auch als einen Reflex auf das sich wandelnde Verhältnis der Geschlechter zueinander sehen, was der demokratischen Tradition der Toho und ihrer Regisseure entspräche – wodurch sie sich u. a. von der Daiei absetzen, deren Daimajin doch ein recht traditionalistisches, um nicht zu sagen nationalistisches Geschöpf ist.

»2. Alarmsystem für den Fall einer physischen Aktivität wie etwa der durch Stimme oder Bewegung«

Der Erfolg war überwältigend und gebar gleich im nächsten Jahr einen jedoch schwächeren Nachfolger, in dem sich Gojira erstmals einer Monster-Konkurrenz stellen mußte: Angilas, der Drachenigel. Fortan gab es bis in die frühen 60er bei jedem Film mindestens ein neues Monster. Daneben gab es auch Filme ohne Godzilla, in denen sich etwa Ebira und Mosura beharkten. Und es gab natürlich auch die aus dem amerikanischen Superhelden-Comic bekannten team-ups; in *»Befehl aus dem Dunkel / Kaiju dai senso«* (1966) verbündeten sich etwa Gojira und Rodan gegen King Gidora. Natürlich standen vor den Monsterkämpfen stets die ebenso heroischen wie fruchtlosen Anstrengungen der heldenhaften japanischen Selbstverteidigungsstreitkräfte, die jedoch trotz aller Militärgewalt, inklusive modernster Laserwaffen, den Giganten hilflos gegenüberstanden. Diese zu Zeiten recht martialischen Sequenzen – stets begleitet von Ifukubes anfeuernder Musik – stellten seinerzeit die einzige Möglichkeit dar, die japanische Armee in einem positiven Licht zu zeigen.

Die kaiju-eiga waren stets eine Synthese aus alten Legenden und Fantasy gepaart mit einem starken SF-Element. Konsequenterweise spielten denn auch Honda & Co. während der Blütezeit des Genres ein wenig mit der Pulp-SF, so in *»Ucho dai senso / Krieg im Weltenraum«* von 1960, der über weite Strecken aussieht wie Illustrationen aus dem Golden Age. Als Besonderheit dieses SF-Zyklus tritt *»Todesstrahlen aus dem Weltall / Senkai dai senso«* hervor: Billig gemachte Pulp-SF mit eindeutig pazifistischer Botschaft. Später fanden dann

SF-Elemente wie Aliens (»*Befehl aus dem Dunkel*«) und Invasionen Eingang ins Genre der Monsterfilme. 1965 folgte der (nach interner Toho-Zählung) 20. Monsterfilm: »*Frankenstein und die Monster aus dem All / Kaiju Soshingeki*« ist ein unvergleichliches Erlebnis für jeden wahren Gojira-Cinephilen. Zum erstenmal sind alle Monster vertreten, die es bis dahin gab: Gojira, Mynia, Angilas, Gorosaurus, Rodan, Mosura, King-Gidora, Baragon, Spiga, Ebira, Manda, und Baran, die in diesem Werk mit einem monsterförmigen Raumschiff kämpfen, das von Frankenstein gesandt wurde; später gesellten sich noch Mekakinggidora, Biolante, Hedora, Basura dazu. Der Film war der Zenit des Genres. Denn nicht nur, daß inzwischen die Konkurrenz (Daiei mit Daimajin und die Shochiku mit Gamera) anderer Firmen auf den Plan getreten war, auch das Interesse des Publikums begann nachzulassen. Und so folgte nun die eher infantile Phase des kaiju-eiga, in der Gojira und Freunde / Feinde eher wie die netten Monster von nebenan wirkten. Wie sich das Genre von nun an generell einem eher jugendlichen Publikum zuwandte. Fukuda übernahm den Regiejob von Honda, die Filme spielten aus Kostengründen nur noch auf dem platten Land. Dennoch wurden noch bis Mitte der 70er-Jahre Monsterfilme gedreht; bis die Luft raus war. Erst 1984 kehrte Gojira auf die Leinwand zurück. Unter der Regie von Koji Hashimoto feierte das Genre eine durchaus erfolgreiche – und ernsthafte – Wiederauferstehung. Und die letzten Produktionen knüpfen wieder an die Erfolge der frühen 60er-Jahre an, in denen die Filme stets mehr waren als billige Volksbelustigung. Denn schon seit Gojiras erstem Auftritt war eines klar: Hier nehmen kollektive Traumata Gestalt an.

»*Mit der Vernichtung des Godzilla ist die Gefahr für uns alle nicht aus der Welt geschafft. Wenn wir in maßloser Vermessenheit fortfahren, die Atomkraft zu mißbrauchen, kann es sein, daß größeres Unheil über uns hereinbricht als dieser Godzilla*« (Takashi Shimura im Schlußmonolog von »*Gojira*«) Seitdem wird Gojira im Westen als Verkörperung der Atombombe gesehen – was aber bestenfalls die oberste und populistische Deutungsebene ist. Denn Gojira ist auch die Wiederkehr alter Berggeister und Dämonen. (Insofern ist der Einfall der Konkurrenz von Daiei, mit »*Daimajin*« einen gigantischen Samurai-Golem zu präsentieren durchaus konsequent.) Vor allem aber sind Gojira und seine Mitmonster fleischgewordene und nach wie vor unbezähmbare Natur: Radon fegt wie ein Taifun über das Land; Gojira ist Erdbeben und Vulkanausbruch in einem und Mosura ist Sturmflut. Berücksichtigt man die pantheistische Denkweise der Japaner, sind diese Monster auch Racheessenzen der Natur, die sich so für die erlittenen Qualen rächt: In »*Godzilla – Kampf der Sauriermutanten / Gojira tai Mosura*« wird denn die Erde auch folgerichtig als lebendes Wesen betrachtet. Dabei sind die Monster nie nur eines, sie sind oft eine Mischung aus all jenen Bedeutungsebenen. Sie wechseln den Charakter nahezu von Film zu Film, werden von Feinden der Menschen zu Freunden und umgekehrt. In der Gojira-Welt gibt es keine Konstanten, weder im Aussehen der Monster, die von Film zu Film ihr Äußeres verändern (Gestalt, Farbe, Körperproportionen), noch in ihrer Psychologie: Gojira etwa ist Mitte der 60er vom Kinderschreck zum Kinderfreund geworden, weil die Studiobosse sahen, daß niemand mehr Gojira als echte ernsthafte Bedrohung empfand – woraus sich eben auch das fast normale Zusammenleben zwischen Monster und Mensch ergab. Diese Wandlung Gojiras geht so weit, daß er sich am Ende eines Films noch einmal umdreht, und dem Zuschauer zuwinkt; ähnliches findet sich in dem bislang letzten Gojira-Opus »*Godzilla – Kampf der Sauriermutanten / Gojira tai Mosura*«, wo sich Der Große Grüne mitten in einem Kampf mit der Riesenraupe zur Kamera hin dreht, und bestätigend dem Zuschauer zunickt.

»3. Alarmsystem für den Fall, daß G auftaucht«

Im Vordergrund stehen zwei Menschen, schauen sich an, als ob sie sich liebten, oder als ob sie Angst hätten; im Hintergrund, scheinbar jenseits der menschlichen Existenzsphäre, toben sich zwei Monster aus und zwischen den Häusern einer Großstadt herum. In »*Frankensteins Monster jagen Godzilla Sohn*« gehen ein paar Menschen über eine Lichtung, im

Hintergrund hört man recht seltsame Geräusche (Gojira zerlegt gerade ein paar Riesenheuschrecken, die sich an dem gerade frisch geborenen Mynia vergreifen wollen); plötzlich fliegt ein brennender Riesenheuschreckenflügel über die Lichtung, die Menschen schauen nur noch.

»4. Alarmsystem für den Fall, daß G an irgendeiner der japanischen Küsten Land betritt« Der nationale Rat für Katastrophenschutz und Forschung.

Im wesentlichen wurden Gojira und seine Freude wie Feinde von vier Regisseuren geprägt: Inoshiro Honda, Motoyoshi Oba, Jun Fukuda, und Kazuki Omori, die hier auch in der Reihenfolge ihres Auftretens in Gojiras Leben genannt werden. Honda und Oba sind, genauso wie Hondas alter Freund Tenno Akira Kurosawa, Schüler, Regieassistenten von Kajiro Yamamoto, der als einer der beiden wichtigsten Propagandisten der japanischen Militärherrschaft gilt; Fukuda wiederum ist ein Schüler von Honda.

Diese ›Herrschaftsverhältnisse‹ zeigen sich auch in den Filmen: Honda und Oba durften immer die ganz teueren Monsterfilme machen, das waren die, in denen Städte zertrampelt und zerschwanzwedelt wurden, wohingegen Fukuda sich meist mit einem Strand begnügen mußte. Fukudas Filme zeichneten sich auch dadurch aus, daß seine Monster, in Ermangelung an spektakulär zertrampelbaren Häusern, sich immer mit recht bizarren Mitteln gegenseitig das Leben schwer machten: Gojira kann Judo (z.B. Schulterwürfe), Ebira schmeißt jaialai-artig mit Steinen um sich (wie bei Fukuda immer mit großen Brocken geworfen wird, was so manches Monster mit einem lässiges drop-kick zu beantworten weiß). Fukuda war sozusagen der B-Mann in dem Team, dessen Filme auch häufig einen extrem chaotischen Charme haben, wohingegen Honda und Oba die eher edlen, guten Werke mit Tiefgang realisierten. Omori tritt eher in die Fußstapfen der letzteren und war an den Filmen seit '89 mal als Autor und mal als Regisseur beteiligt: so bei *»Gojira tai Biolante«* oder *»Gojira tai Mosura«*.

Nur am Anfang war Gojira wirklich eine furchterregende

Schreckensgestalt, bald schon begannen die Menschen mit ihm und dem anderen Monstergetier einen pragmatischen Umgang zu pflegen, sprich: Die Viecher sind da, und man kann mit ihnen umgehen. Ab Mitte der 60er ging es dann sogar soweit, daß sich dann und wann Gojira am Ende des Films zum Abschied umdreht und den Menschen noch einmal zuwinkt. In den 80ern wird die Vertrautheit der Menschen mit Gojira so groß, daß man in den Filmen überall Gojira-Puppen herumstehen sieht, niemand regt sich mehr wirklich über das Wesen auf, man hat gelernt mit der Erbsünde der Zivilisation zu leben. Zuerst stand der Mensch verwirrt vor den monumentalen Ausmaßen der Fleischwerdung seiner eigenen Sünden, dann gewöhnte man sich an die Leere, lernte sie lieben, half sie doch in bitteren Stunden, schließlich machte man sich die Sünde untertan, Gojira wurde zu einem Nutztier, die Sünde instrumentalisiert; am Ende schließlich spielt man mit ihr, Gojira ist ein Vexierspiegel geworden, in dem nicht nur er selbst sich immer wieder spiegelt – in Menschen und anderen Monstern – sondern in dem sich eine ganze Subfilmgeschichte eingeschrieben hat.

Gojira ist Legende geworden.

PS (1997):
Gojira starb im Dezember 1995; heldenhaft rettete er Japan noch vor einem GAU in einem AKW. (Dies wurde von der Marketing-Abteilung der Toho in die Wege geleitet, weil man die Rechte für den Namen und die Figur »Gojira« an eine Hollywood-Major-Company verkauft hatte. Nun soll ausgerechnet Roland Emmerich den Film realisieren, nachdem Jan de Bont *(»Speed 1 + 2«)* das Budget von 100 Mio. Dollar zu niedrig war.) Mynia, Gojiras Sohn; sieht inzwischen glücklicherweise aus wie der Vater und wird voraussichtlich in dessen Fußstapfen treten und Japan auch zukünftig retten.

FILM/TV

Die Filmszene 1996/97

von Peter M. Gaschler

Horror/SF/Fantasy-Filme deutschsprachiger Länder bzw. deutsch-internationale Co-Produktionen sind im ausufernden Schlaraffenland der 90er Jahre eine unendliche Geschichte – wen wundert das außer ein paar zurückgebliebenen dt. SF-Experten von vorgestern, die glauben, einen Filmpreis auch dann vergeben zu müssen, wenn sie vom Film überhaupt keine Ahnung haben. Das festlich geschmückte Bankett reicht von Christoph/Wolfgang Lauensteins im März 1990 mit dem Oscar für den besten kurzen Animationsfilm ausgezeichneten Meisterwerk *Balance* (89) über Rainer Erlers zweiteiligen Plutonium-Thriller *Die Kaltenbach-Papiere* (91) zu Herbert Achternbuschs feuchtfröhlichem Abstieg ins altägyptische München *I Know the Way to the Hofbräuhaus* (91), Philip Grönings Vorbereitungen zu einem Attentat auf den Bundeskanzler, *Die Terroristen* (92), Peter Sellars' Caligari höchst ungewöhnlich ins heutige New York schiffenden CANNES-Beitrag *Das Kabinett des Dr. Ramirez* (91), Werner Herzogs in grandiose Klassik getauchte Götterdämmerung eines Planeten, *Lektionen in Finsternis* (92), Hellmuth Costards avantgardistischer Wende-Utopie *Aufstand der Dinge* (93), Paulus Mankers exzellent gespielter Überlebens-Satire *Der Kopf des Mohren* (95), Lars von Triers 1994 in VENEDIG erstaufgeführtem Hospital-Horror *Ridget/Geister/The Kingdom,* Michael Kobs' Abschlußfilm *Das Süße der Fremden* (deutschsprachiger Höhepunkt des *FaFF '97*), Thomas Bohns abgehobener *Tatort*-Folge *Tod im All* (ARD 12. 1. 97) bis zu Eberhard Itzenplitzs 1970 vom SWF verbotenen, am 11. 9. 96 erstmals in 3sat ausgestrahltem TV-Spiel *Bambule* über Widerstandsformen in einem autoritär geführten Westberliner Erziehungsheim, geschrieben von Ulrike Meinhof. Von literarischen Inspirationen nach Herbert W. Franke (Niklaus Schillings *Der Atem,* VENEDIG '89/BERLIN '90), Arkadij/ Boris Strugatzki (Peter Fleischmanns *Es ist nicht leicht, ein Gott zu sein,* VENEDIG '89), Margaret Atwood (Volker Schlöndorffs *The Handmaid's Tale/Die Geschichte der Dienerin,* BERLIN '90), Leo Perutz (Peter Zeindlers *Der Meister des Jüngsten Tages,* 90; Peter Patzaks *Sankt Petrie Schnee,* 94), Samuel R. Delany (Johannes Hammels *Schwarze Sonne,* 92), Ambrose Bierce (*About War,* Miguel Alexandre, *FaFF* '93), Hermann Kasack (Franz Winzentsens *Der Untergang des goldenen Webstuhls,* 93), Bruno Schulz (Carl Ehlers' *Republik der Träume,* 93), Spider Robinson (*Redemption,* Balthasar von Weymarn, 94) oder Stanisław Lem (*Marianengraben,* 95, Achim Bornhak) zu reinem Kaviar, ARTEs mehrstündigen, wissenschaftlich aufbereiteten *THEMENABENDEN* über *SCIENCE FICTION* (29. 11. 92), die *ATOMBOMBE* (5. 8. 93) und deren Zukunftsaussichten (14. 9. 95), *GENTECHNIK* (30. 9. 93), *MURUROA* (6. 11. 93), *REISE ZU DEN PLANETEN* (16. 1. 94), *AMERIKANISCHE* (16. 1. 94)/*RUSSISCHE* (9. 8. 94) *RAHMFAHRT, MORD(S)PHANTASIEN* (7. 8. 94), *KRZYSZTOF KIESLOWSKI* (13. 10. 94), *ANGST* (8. 12. 94), *BEVÖLKERUNGSEXPLOSION* (15. 12. 94), *ENGEL* (25. 12. 94), *JULES VERNE* (29. 12. 94/7. 4. 96), *LOUIS PASTEUR* (17. 1. 95), *BILDERWELTEN/COMICS* (24. 1. 95), *MASCHINENMENSCHEN* (7. 2. 95), *MAX ERNST* (21. 3. 95), *PIRANDELLO* (28. 3. 95), *ZAUBERER/ZAUBEREI* (7. 5. 95), *ANIMATION* (20. 6. 95), *HIROSHIMA* (1. 8. 95), *ORSON WELLES* (8. 10. 95), *HALLOWEEN* (31. 10. 95), die *KLIMAKATASTROPHE* (7. 12. 95), *MICHELANGELO ANTONIONI* (21. 1. 96), *MEISTER DES THRILLERS* (2. 1. 96), *SURREALISMUS* (13. 2. 96), *UFOs* (17. 3. 96), *TSCHERNOBYL* (25. 4. 96), *UMWELTRUINE RUSSLAND* (30. 5. 96), den *TEUFEL* (5. 5. 96), *HEXENBLAUBE/VERFOLGUNG* (2. 6. 96), *UMWELTSCHUTZ* (13. 6. 96), *VIREN* (2. 7. 96), *CYBERSPACE* (24. 9. 96), *DAS JENSEITS* (7. 11. 96), *INTERNET* (19. 11. 96/9. 1. 97), *TARZAN* (1. 12. 96), *TAUSENDUNDEINE NACHT* (15. 12. 96), *GEISTER/BESESSENHEIT* (22. 12. 96),

HANS CHRISTIAN ANDERSEN (24. 12. 96), *INSEKTEN* (5. 1. 97), *JEAN COCTEAU* (18. 2. 97). Von Interviews/Porträts/Betrachtungen des DDR-Top-Atomspions Klaus Fuchs über Paul Scheerbart, Friedrich Dürrenmatt, Robert Wise, Paul Leni, Doris Lessing, Paul Klee, Ulrike Meinhof, Juri Gagarin, Wolfgang Jeschke/Helmut Krausser/Lawrence Norfolk, Nadia Thalmann, Fritz Langs *Die Frau im Mond* oder Murnaus *Tabu* in Rudolf Thomes *Die Sonnengöttin* (93) zu den Jungen Wilden des Home Made Movies, Stephan Lenzen (*Living Room,* 91; *Cut Character - Tödliche Trennung,* 93), Thomas Wind (*Mutantenterror,* 93), Michael Pollklesener (*Day of the Incredible Monster from the North Pole,* 92), Marcus Joepen (*Carol,* 93; *The Ruminant,* 96), Fabian Klatura (*Cleaner,* 95), Robert Patzelt (*Der Präsident,* 95), Matthias Lehmann (*The Passenger,* 95), Christian Rzechak (*Strangeways,* 96), Ralf Möllenhof (*RIP - Bis zum Morgengrauen,* 97), Ulrich Fleischer (*Rost,* 95), Stefan Schneider (*Der Steuermann,* 96), Frank Kaminski (*Bestseller,* 97), Dominik Alber (*Kori,* 97), Martin Enlen (*Roula,* 95) und ZDF-Coproduktionen wie Lynn Hershmans Cyber-Sex *So gut wie Liebe* (93), Christopher Andersons U-Bahn-Dystopie *Rocket Baby Dolls* (93), Paul Seeds Exxon Valdez-Tankerkatastrophe *Der schwarze Tod/Disaster at Valdez* (92/93), Markus Fischers Plutonium-Schmuggel *Verbotene Zone* (95), Heidi Specognas Spielfilm-Debüt *Z'Man's Kinder* (95) über die seelische Selbstzerfleischung einer nach Kreuzberg zurückgekehrten, idealistischen Terroristin oder Konstantin Lopuschanskis die in Umwelt und Selbstzerstörung gipfelnde geistige Krise der Menschheit äußerst schmerzhaft bewußt machenden *Posetitel Museja/Der Museumsbesucher* (MOSKAU '89) und *Russkaja Sinfonija/Apokalyptische Träume - Eine russische Symphonie* (96). Filme von Lopuschanski müßten der Menschheit längst die Augen öffnen, aber es liegt nicht an ihnen, daß dies unterbleibt.

Die bisher genannten Themen/Titel/Personen sind ein winziger Ausschnitt des phantastischen dt. Filmgeschehens der letzten Jahre. Wenn man einen dt. SF-Filmpreis vergeben will, ist es unerläßlich, sich mit dem Werk von Wenders,

Achternbusch, Uwe Janson, Nice Hofmann, Ralf Huettner, Rainer Matsutani, Jörg Buttgereit, Christoph Schlingensief, Stephan Puchner auseinanderzusetzen. Wo, bitte, ist dies in der dt. SF geschehen? Wo in der dt. SF wurde über das surreale Kurzfilmwerk eines Holger Neuhäuser/Klaus Knoesel diskutiert, die mit *Ein Triptychon von Otto Dix* (89), *Startrack - The Next Degeneration* (90), *Die Vorboten Armageddons* (92), *G.E.Z. - Er kam aus dem Nichts* (92), *Das Gemächt des Holsteiners - Episode II* (92) oder *VR - Böse Datteln* (92; *FaFF* '94) edle Tropfen aus dt. SF-Labors vorlegten und mit dem ersten Langfilm, *High Crusade - Frikassee im Weltraum* (93), logischerweise Schiffbruch erlitten? Es ist für den KLP-FILM (KINO/TV) außerdem bezeichnend, daß er nicht nur den enorm wichtigen »Unterbereich« VIDEO komplett ausklammert - eine in ihrer Engstirnigkeit überhaupt nicht nachvollziehbare Maßnahme. Gäbe es das Berliner, sich am unterschlagenen Film orientierende *Splatting Image* nicht (auch Initiator der *Nacht der Jungmutationen* auf dem *FaFF* '93), welches mehr für den dt. SF-Film der 90er tut als jede andere dt. Publikation, wüßten wir über diesen mit entscheidenden Sektor so gut wie gar nichts. *Splatting Image,* Festivals und Filmpreise, ZDF und ARTE, ein Sender, der das weltweit beste Programm ausstrahlt, sind auch für den dt. SF-Film völlig unverzichtbare Stationen - der KLP ist sich nicht wirklich darüber im klaren, daß sie existieren. Es ist schlechterdings ein Witz, daß der KLP von einem dt.-frz./europäischen Kulturkanal wie ARTE, am 30. 5. 92 auf Sendung gegangen, noch nie etwas gehört oder gesehen, geschweige denn irgend etwas begriffen hat. Brillante Dokumentarfilme wie Fredi M. Murers *Der grüne Berg* (90), Angeliki Antonious *Gefangene des Meeres* (91), Hans-Ulrich Schlumpfs *Der Kongreß der Pinguine* (93) oder Walter Lettmayers *Verschlußsache Atomtod* (94), hinreißende, unverzichtbare Umweltschutz-Plädoyers, sind in der offensichtlich hinter dem Mond lebenden dt. SF völlig unbekannt. Sie, und längst nicht nur sie, hätten längst den KLP-FILM verdient. Und wenn der literarische Block des KLP in ROMAN, ERZÄHLUNG, KURZGESCHICHTE, AUSLÄNDISCHER ROMAN unterteilt ist, müßte Film in VIDEO, DOKUMENTATION, KINO, TV, KURZFILM und AUSLÄNDISCHER FILM gegliedert werden. Wenn nicht, kann ich nicht von einer ernstzunehmenden Wahl ausgehen. Ein dt. SF-Filmpreis muß von Berufs-Kritikern vergeben werden, die tagtäglich mit Film zu tun haben, und nicht von selbsternannten Freizeit-Autoren, die noch nie in ihrem Leben eine Zeitschrift wie *Sight and Sound* oder eine Filmbibliothek von innen gesehen haben und noch nicht einmal die Spielpläne inländischer Festivals kennen. Mit solchen Leuten kann ich keine Filmpreise vergeben, das ist doch absurd!

SF/Fantasy/Horror-Filmpreise, obwohl nicht als solche gekennzeichnet, gab es natürlich, aber nicht von der dt. SF vergeben, die offenbar keine Ahnung hat, womit sie es hier überhaupt zu tun hat. Den *Bayerischen Filmpreis* für Reinhard Münsters zunächst jahrelang um Fördergelder geprellten, ins III. Reich zurückführenden Gen-Thriller *Der achte Tag* (MÜNCHEN '90) und Wim Wenders' *In weiter Ferne, so nah!* (BERLIN '93, Gr. Preis d. Jury). 1992 den *Nachwuchspreis* des *12. Internationalen Festivals der Filmhochschulen München* für Miguel Alexandres Oscar-nominierten, von ARTE/Premiere ausgestrahlten *About War* (*FaFF* '93). Den Preis als *Bester Regisseur/Bester Film* 1995 in KARLOVY VARI und SEATTLE für Lars von Triers *Riget/Geister.* Den *1. Preis* in der Sparte *Spielfilm* auf dem Filmfest SCHWERIN '91 für Pepe Danquarts semidokumentarischen *Daedalus* über die »futuristischen« Auswüchse der Gen-Technik. Den *Hessischen Filmpreis* 1993 für Stephan Puchners *Der Sortierer* (*FaFF* '93). 1994/95 den *Max Öphyls Preis* (SAARBRÜCKEN) sowie den *Deutschen* und *Bayerischen Filmpreis* für Tom Tykwers *Die tödliche Maria* (HOF '93). Den Preis an Götz George als *Bester Hauptdarsteller* 1995 in VENEDIG für Romuald Karmakars peinliche dt. Seelenmassage *Der Totmacher.* 1996 den *Publikumspreis des Süddeutschen Rundfunks* auf dem Trickfilmfestival STUTTGART sowie den Preis für den Besten Animations-Kurzfilm in *SITGES* für *Quest* (*FaFF* '96) von Thomas Stellmach und Tyron Montgomery, 1997 mit dem *Oscar* ausgezeichnet. Wozu dann noch dt. SF-Filmpreise?

Man darf nicht vergessen, daß dt. Filme bzw. dt. Co-Produktionen natürlich nicht nur auf dt. Festivals laufen, aber das Festivalgeschehen allein in Deutschland, Österreich und der Schweiz gehört mit zum umfangreichsten und erstreckt sich über AUGSBURG (KURZ), BAMBERG (KURZ), BERLIN, BIBERACH, BOCHUM, BONN (STUMM), BRAUNSCHWEIG, COTTBUS (Osteurop. Film), DORTMUND (Frauen), DUISBURG, EMDEN (Spiel/KURZ/Animationsfilme), das *FaFF*, FRANKFURT/M. (Kinderfilm), FREIBURG (Dritte Welt, Video), GENF, GERA (Kinder/TV), HAMBURG (Filmfest/KURZfestival), HUSUM, INNSBRUCK (STUMM), HOF, KARLSRUHE (Europ. Kino), KÖLN (Junges europ. Frauenkino), LEIPZIG (Int. DOKU/Animationsfilme), LOCARNO, LUDWIGSBURG (Europ. Nachwuchsfilmer), LÜBECK (Skandinavien/Baltikum), LUZERN, MANNHEIM-HEIDELBERG (Int. Independent-Premieren), MÜNCHEN (Filmfest; HFF; Int. DOKU), OBERHAUSEN – ältestes und renommiertestes Festival int. KURZ –, OLDENBURG (Filmfest), OSNABRÜCK (Experimentalfilme/European Media Art Festival), POTSDAM, SAARBRÜCKEN, SCHWERIN, SELB (Osteuropa), SOLOTHURN, STUTTGART (Int. Trickfilme), TÜBINGEN (Frz. Film), WEITERSTADT (Open Air), WIEN (»Viennale«), WIESBADEN (Independents), WÜRZBURG. Die Zahl der hier startenden dt. Produktionen geht jährlich in die Tausende. Allein in OBERHAUSEN stammten 1995 von den aufgeführten 2400 Titeln 700 aus Deutschland. Ich kann doch einen dt. SF-Filmpreis nicht mit der Begründung zum Sonderpreis abstempeln, der dt. SF-Film sei in den letzten Jahren kaum mehr zu entdecken gewesen, wenn dt. SF/Fantasy-Filme, vor allem im Bereich des kurzen Animationsfilms, wie Pilze aus dem Boden schießen! Ich kann doch einen Filmpreis nicht von Leuten vergeben lassen, die noch nicht einmal über nötigstes Basiswissen verfügen, geschweige denn zu einer schlüssigen Beurteilung der jährlichen dt. SF-Filme in der Lage wären. Hier blamiert sich eine dt. SF, die unfähig ist, einen von ihr geschaffenen Preis zu vergeben, bis auf die Knochen.

Meiner Aufforderung im letzten Jahrbuch, Ihre selbstherrliche Entscheidung, mich gegen meinen Willen in die Wahl des KLP zu involvieren, rückgängig zu machen, sind Sie, Herr Klotz, nicht nachgekommen. Es tut Ihnen leid, daß ich eine Einladung zur Abstimmung als einen Angriff auf meine Person werte, auch wenn Sie meinen Standpunkt nicht nachvollziehen können. Ob ich den Sinn oder Unsinn Ihrer »Einladungen« verstehe oder nicht verstehe, hat nichts damit zu tun, daß Sie mich und meine Arbeit benutzen, um den Eindruck zu erwecken, ich sei an der FILM-Kategorie beteiligt. Warum fragen Sie mich nicht einfach, wenn Sie an meiner Mitarbeit interessiert sind? Lösen Sie Ihre Probleme immer auf die Art? Oder haben Sie wirklich im Ernst geglaubt, ich würde an einer Wahl zur Verarschung des dt. SF-Films teilnehmen, für die sich der KLP längst in Grund und Boden schämen müßte? Beenden Sie doch dieses Kasperltheater, statt es im Sonderpreis zu verstecken – die nächste Unfähigkeit/Lüge/Verantwortungslosigkeit/Ausrede, die uns aufgetischt wird. Haben die auch »Wir« beschlossen? Sie sind zu feige, dem Leser die wahren Verhältnisse der FILM-Kategorie zu beichten, für die Sie selbstverständlich nicht zuständig sind. Aber Sie fangen an, einen Skandal in Kauf zu nehmen, welcher dem KLP auf völlig unbegreifliche Art und Weise schadet und aus der dt. SF völlig zurecht einen Vollidioten macht.

Ein Filmpreis ist keine Urlaubsvertretung, die ihre Unzuständigkeit dadurch bekundet, daß sie für KLEIN PREIS stimmt. Das ist keine Wahl, sondern eine Bankrotterklärung, ein Dokument der Dummheit. Ich kann keine Preise vergeben, wenn sämtliche Voraussetzungen fehlen. Ich kann nicht Mitglieder bitten, Bücher zu lesen und gleichzeitig Filme vorschlagen, die ich nicht gesehen habe. Ich kann Probleme mit einem Preis nicht auf dem Rücken derjenigen austragen, die mit diesem Preis überhaupt nichts zu tun haben. Ich kann mich als Treuhänder, der einen Autor gegen dessen Willen benutzt und damit Wahlunterlagen fälscht und Abstimmungsberechtigte betrügt, nicht dadurch meiner Verantwortung entziehen, daß ich diesem Autor mitteile, ich sei aufgrund der negativen Seiten des dt. Fandoms an keiner Diskussion interessiert. Wer so argumentiert, wer eine Diskussion über den KLP ablehnt, ist nicht an der Lösung der himmelschreienden Probleme dieses Preises interessiert, der gegen seine eigenen Regeln verstößt. Was soll dann das ganze Theater!

Film – Hörspiel

Die Unmöglichkeit, über den KLP einen dt. Filmpreis zu vergeben, zeigt sich erneut in Äußerungen Horst Trösters und Dieter Hasselblatts. Hasselblatt ist noch nicht einmal in der Lage, einen Satz aus 6 Wörtern zu zitieren. »Film ist Hörspiel aber nicht umgekehrt« stammt ebenso wenig von mir – in dem Satz sind 3 Fehler – wie das »komplexe Zusammenwirken von Licht, Ton, Bewegung, Farbe, Form, Schnitt, Zeitraffer, Überblendung, Musik«. Er wirft mir vor, ich wüßte nicht, daß es sich bei *Rashomon* um kein Konglomerat aus Farbe, Form, Zeitraffer usw. handelt und zitiert mich gleichzeitig dahingehend, daß es sich hierbei um mögliche Informationen handelt. Was Dieter Hasselblatt seit Jahrzehnten über Film zu sagen hat, ist das Unqualifizierteste, was jemals über Film geschrieben wurde. Er mißversteht Film von A bis Z, erneut in seiner Behauptung, *Rashomon* sei ein Film zum Thema »Was ist Wahrheit«. In welchem Schulbuch hat er das gelesen? In *Rashomon* geht es, wie in Antonionis *Blow Up,* um die Relativität von Wahrheit, und das ist ein ganz anderes Thema. Dieter Hasselblatt begreift weder die enorme Komplexität internationaler Filmkunst noch die unerfreuliche Tatsache, daß es sich bei Hörspiel, so hochinteressant, gleichberechtigt und einzigartig Hörspiel auch sein mag, um eine ersetzbare Form von Tonfilm handelt. Film unterliegt ständig atemberaubender Transformationen wie in James Camerons *Terminator 2 3-D* (96) oder dem »Begehbaren Film« 1997 auf der *documenta* in Kassel, Film ist als anspruchsvolle Kunstform nicht nur die einzig neue, die unser Jahrhundert hervorgebracht hat, sondern die einzige, die alle anderen »assimilieren« kann. Film ist nicht nur die am weitesten verbreitete Kunstform und die internationalste Sprache, die es gibt, Film ist DIE Kunstform des 20. Jahrhunderts. Im phantasierenden dt. SF-Hörspiel, dessen Bemühungen, uns die angebliche Gefährdung unseres Hörsinns klar zu machen, an einem Gehörschaden leiden müssen, scheint man von Tonfilmen noch nie etwas gehört zu haben.

Hasselblatts ständig wiedergekäuten, unerträglichen Phrasen über Film »in seinen präzis analysierenden, brillant ausformulierten Essays« (Tröster) werden optimal ergänzt durch die abgedroschenen Allerweltsphantasien seines Hilfssheriffs Horst Tröster. Wenn Norman Bates in *Psycho* seine Mutter (bei heftigster verbaler Gegenwehr) davon zu überzeugen versucht, sie sei im Keller besser aufgehoben, während wir als ausphantasierende Zuschauer im Treppenhaus zurückbleiben, wenn das Lied der zerbrechlichen Straßensängerin mitten in der Strophe abbricht, nachdem auch *Body Snatcher* Boris Karloff von der Finsternis des Edinburgher Torbogen verschluckt worden ist (in Sekunden, die uns wie Stunden vorkommen), wenn Orson Welles ständig zwischen Film und Hörspiel umhergeistert oder wenn sich in Filmen von Jacques Tourneur, William Wyler oder Terence Fisher hinter verschlossenen Türen Dramen abspielen, die unsere Phantasie zu Überstunden zwingen, greifen solche Regisseure nicht deshalb zu Methoden des Hörspiels, weil ihnen lt. Horst Tröster keine filmisch adäquate Umsetzung gelingt. Die Umsetzung IST filmisch adäquat, aber offensichtlich verstehen Horst Tröster und Alfred Hitchcock unter Film nicht das gleiche. Wenn Hitchcock von filmisch adäquaten Umsetzungen keine Ahnung gehabt hätte, wäre er nicht zum größten Erfinder von Formen im Kino geworden – von Formen, von denen die SF in Deutschland anscheinend noch nie etwas gehört, gesehen oder begriffen hat.

Film kann sich ständig sämtlicher Themen und Inhalte, Mittel und Methoden des Hörspiels bedienen, muß es aber nicht. Film IST Hörspiel, aber niemals umgekehrt. Wenn Anthony Hopkins Jodie Foster in *The Silence of the Lambs* ihr bestgehütetes Geheimnis entlockt, sind wir selbst dann mitten in einem Hör-Spiel, wenn wir uns »sehend« in der Mitte eines

Films befinden. Wenn wir in Nicolas Roegs *Don't Look Now* (der dt. Verleihtitel hat überhaupt nichts zu sagen) zusammen mit Julie Christie die Fotografien in der Wohnung der blinden Heather betrachten, ist es HEATHER, die uns sagt, was wir sehen. Wenn Film alles leisten kann, wozu Hörspiel in der Lage ist, wozu dann Hörspiel?

Gegen den Reichtum und die Ergebnisse eines derart komplexen Universums wie Film hat Hörspiel keine Chance. Wo sind die Autoren/Regisseure des Hörspiels, die sich mit den Größen des Films wie Renoir, Ford, Buñuel, Kurosawa, Fellini, Hitchcock, Godard, Bergman, Altman, Kubrick, Tarkowskij, Ozu, Mizoguchi, Scorsese, Powell, Pressburger, Antonioni, Vigo, Murnau, Cocteau, Leone, Carné, Öphyls, Resnais, Hawks, Bertolucci, Dreyer, Satyajit Ray, Tourneur, Glauber Rocha, Visconti, Pasolini, Coppola, David Lynch, Maya Deren, Roeg, Bresson, Eisenstein, Lean, Melville, Wajda, Lang, Wyler, Zinneman, Ridley Scott, Peter Weir, Peter Greenaway, Terry Gilliam, John Sayles, Oliver Stone, Wenders, Fassbinder, Boorman, Marker, Huston, Watkins, Ichikawa, Chaplin, Keaton, Mankiewicz, Wilder, Griffith, Aldrich, Angelopoulos, Romero, Polanski, Kümel, Cronenberg, Szabó, Herzog, Wong Kar-Wai, Torre-Nilsson, Saura, Forman, Rohmer, Tony Richardson, Nelson Pareira dos Santos, Losey, Vidor, Shindo, Lawrence Olivier, Capra, Truffaut, Oshima, De Sica, Mackendrick, Rosi, Kawalerowicz, Kobayashi, Lubitsch, Sembène, André Cayatte, Kazan, Carol Reed, Rossellini, Pabst, Rivette, Munk, Peckinpah, Fuller, Siegel, Skolimowski, Clouzot, Cassavetes, Malle, Lindsay Anderson, Anthony Mann, Jorge Sanjinés, Imamura, Sally Potter, Jane Campion, Jean Rouch, Lino Brocka oder Kieślowski vergleichen lassen? Welche, wie viele Hörspiele gibt es, die an die Genialität von *Citizen Kane* (41), *La Règle du Jeu* (39), *Vertigo* (58), *The Searchers* (56), *L'Atalante* (34), *Sunrise* (29), *Ikiru* (52), *Andrej Rubljew* (66–69), *L'avventura* (60), *Ivan Grosni* (44–46), *Ugetsu Monogatari* (53), *Meshes of the Afternoon* (43), *Lola Montés* (55), *Les Enfants du Paradis* (43–45), *Le Mépris* (63), *The Red Shoes* (48), *L'Année Dernière à Marienbad* (60), *Insignificance* (85), *Lawrence of Arabia* (62),

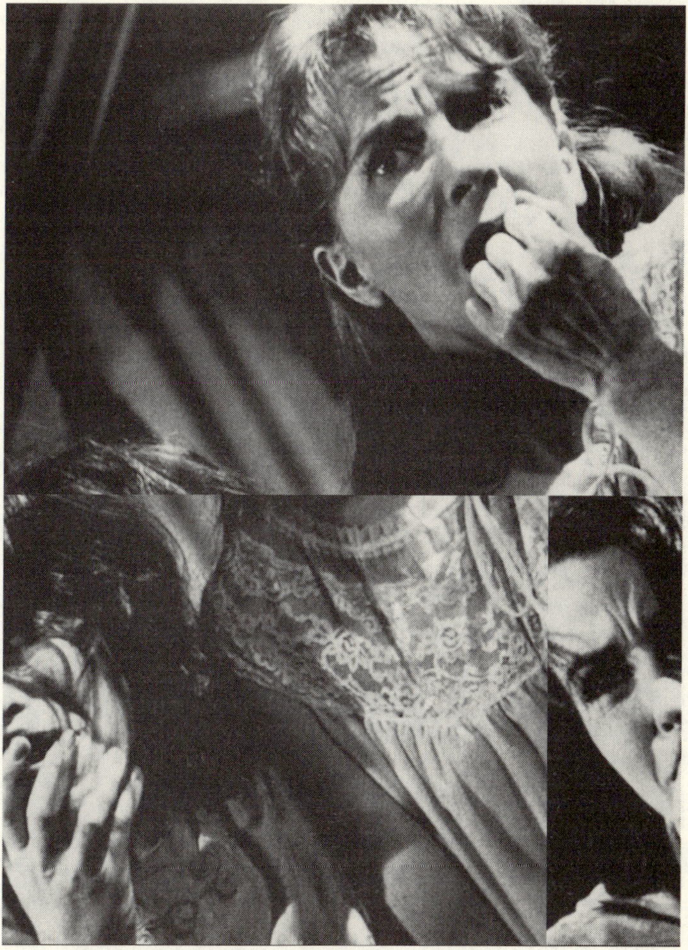

Claire Bloom, Julie Harris in The Haunting, *Robert Wise' horizonterweiternder Synthese aus Film, Literatur und Hörspiel*

Film ist ein Rendezvous vieler Künste, Dario Argentos La Sindrome di Stendhal

Johnny Guitar (54), *The Dead* (87), *Singin' in the Rain* (52), *Raging Bull* (79), *Paris, Texas* (84), *Nobi* (59), *Out of the Past* (47), *Nostalgia* (83), *Smultronstället* (57), *Map of the Human Heart* (92), *The Piano* (93), *Pather Panchali* (55), *The Manchurian Candidate* (62), *Intolerance* (16), *La Jetée* (63), *Tokyo Monogatari* (53), *The Godfather* (72/74/90), *8 1/2* (62), *La Nuite Américaine* (73), *Once Upon a Time in the West* (69), *Malpertuis* (72), *The Crowd* (28), *Lebenszeichen* (67), *Nashville* (75), *Les Visiteurs du Soir* (42), *La Belle et la Bête* (46), *My Darling Clementine* (46), *She Wore a Yelow Ribbon* (49), *Night of the Hunter* (55), *City Lights* (30), *Peeping Tom* (59), *The General* (27), *Ben Hur* (59), *Once Upon a Time in America* (84), *Freaks* (32), *2001: A Space Odyssey* (68), *King Kong* (33), *Letter from an Unknown Woman* (48), *Performance* (71), *Touch of Evil* (58), *To Be or Not to Be* (42), *Gone with the Wind* (39), *Greed* (23), *Ordet* (54), *Il Gattopardo* (63), *The Third Man* (49), *Heaven's Gate* (80), *La Strada* (56), *La Grande Illusion* (37), *A Matter of Life and Death* (46), *L'Age d'Or* (30), *Blade Runner* (82), *Planet of the Apes* (68), *Schichinin no-Samurai* (53), *Il Conformista* (70), *Persona* (66), *The Birth of a Nation* (15), *The Wild Bunch* (69), *Pat Garrett and Billy the Kid* (73), *Black Narzissus* (47), *Bronenosez Potjomkin* (25), *Dekalog* (89), *Fanny och Alexander* (82), *The Magnificent Ambersons* (42), *La Passion de Jeanne d'Arc* (28), *Apokalypse Now* (79), *Paths of Glory* (57), *Fellini Satyricon* (69), *Sans Soleil* (82), *Professione: Reporter* (75), *La Dolce Vita* (60), *Morte a Venezia* (70), *The Shining* (80), *The Silence of the Lambs* (91), *Casino* (96) oder *Breaking the Waves* (96) heranreichen, an Robert Wise' »Film« *The Haunting* von 1963, den Ray Bradbury als das »literarischste, schönste, subtilste Hörspiel (der *Ton* jagt einem Angst ein)« bezeichnete, »das jemals gefilmt wurde« (*Fantasynopsis* # 5, Febr. '93, S. 4). Die gesamte Exposition mit Shirley Jacksons Monolog im Off, bis Eleanor (Julie Harris) das Haus erreicht, ist eine Komposition aus Film, Literatur und Hörspiel, die keines der drei Medien in irgendeiner Form bevorzugt, und Hill House, selbst aus den unterschiedlichsten stilistischen Einflüssen und Epochen zusammengesetzt, wie Orson Welles' Xanadu ein

Ort für unvereinbar gehaltener Realitäten. NUR Film ist in der Lage, ein solches Gebäude zu schaffen.

Film ist aufgrund seiner Zusammensetzung mehr als Hörspiel, weit mehr, mit unvergleichbar interessanteren und aufregenderen Möglichkeiten, Perspektiven und Ergebnissen. Der Unterschied wird deutlich selbst in bekannten Filmen wie *Doctor Zhivago*, wenn sich Tom Courtenay und Julie Christie bekriegen, während Omar Sharif und Geraldine Chaplin als (scheinbar) glückliches Paar im Schlitten vor dem Haus vorbeifahren. Der Streit ist durch eine verdreckte Fensterscheibe so aufgenommen, daß wir allenfalls Umrisse erkennen können und von dem Dialog im Zimmer kein einziges Wort verstehen. Aber gerade deshalb verstehen wir diese ungemein raffinierte, Hören und Sehen transzendierende Sequenz. Wir verstehen sie sehr viel besser, als wäre sie auf die umgekehrte, übliche Art gefilmt, per Schnitt/Gegenschnitt von innerhalb und außerhalb des Zimmers. Hörspiel kann sie nicht leisten, weil das Bild als essentieller In-

Begegnungen und Schicksale, Chris Markers La Jetée

formationsträger fehlen würde. Film ist mehr, Film kann mehr. Film ist ein Rendezvous vieler Möglichkeiten und die Geschichte der Filmkunst voller Erfindungen, die weit über den Horizont, weit über die Chancen eines Hörspiels hinausgehen. Hätte Chris Marker aus *La Jetée* ein Hörspiel – *La Jetée* IST ein Hörspiel – statt eines der bedeutendsten Werke der Kunst des 20. Jahrhunderts machen sollen? Keine Phantasie, erst recht keine Hörspiel-Phantasie, kommt auch nur im Entferntesten an die Kunst des internationalen Trickfilms heran, an das, wohin uns Piotr Kamler, Jan Švankmajer, Nick Park oder Tex Avery in jedem ihrer Filme in Lichtgeschwindigkeit mitnehmen.

Film findet auf Leinwänden und Bildschirmen statt. Das »Kino im Kopf« gibt es nicht, es brennt als Bogenlampe im Kopf eines Hörspielkritikers. Und Trösters unglaubliche, vollständig seine vollständige Ahnungslosigkeit von Film zusammenfassende Äußerung, Film sei dort am besten, »wo er seine ureigenen, im Visuellen liegenden Chancen wahrnimmt«, kommt einer Neudefinition von Filmkunst, einer Neuschreibung von Filmgeschichte gleich, wonach ein Filmemacher wie Stanley Kubrick, der die visuellen Möglichkeiten erst an dritter Stelle sieht, noch einmal von vorne beginnen müßte. Wer selbst bei nüchternen Sachfragen glaubt, seine Phantasie befragen zu müssen, ist ebenso untragbar wie ein Kurd Laßwitz-Preis, der Teilnehmer, die nichts von Film verstehen, für KEIN PREIS stimmen läßt. Eine solche Wahl ist wertlos und ergibt nicht den geringsten Sinn.

FILME '96/97

ALLGEMEINE ABKÜRZUNGEN

Art	Wichtige Artikel; auch Interviews, Essays, Drehberichte, Porträts, Analysen, Vergleiche unterschiedlicher Schnittfassungen etc.
Cr	Creator (bei TV-Serien)
DF	Deutsche Fassung
DOKU	Dokumentarfilm
F	FILMFESTIVAL (*PHANTASTISCHE* kursiv)
FaFF	*FANTASY FILMFEST* (München, Berlin, Frankfurt/M., Hamburg, Köln, Stuttgart)
K	Kinostart/BRD
K	Originalfassung im Kino erstaufgeführt
Kr	Kritik
KURZ	Kurzfilm
Lit	Weiterführende Literatur
OF	Originalfassung
OmU	Originalfassung mit deutschen Untertiteln
REKON	Rekonstruktion der Urfassung
SERIE	TV-Serie
STUMM	Stummfilm
TV	TV-Erstausstrahlung/BRD
TV	Originalfassung im Fernsehen erstaufgeführt
UA	Erste öffentliche Aufführung im Herstellungsland bzw. Festivalstart (UA/F)
UCLA	University of Southern California Los Angeles
UT	Untertitel
V	Videostart/BRD
V	Originalfassung auf Video erstaufgeführt
VMO	Videodrom Mail Order (Berlin; größter Anbieter auch ausländischer Videos in der BRD)

BEWERTUNGSSYSTEM

○	uninteressant
●	mittelmäßig
●●	gut
●●●	sehr gut
●●●●	überragend

DOKU ●●●
Alice Guy Blaché
BRD/Fr. Katja Raganelli – UA/TV: 20. 2. 1997. La Sept/arte, F/SW-100 min – Lit: Acker: Reel Women: Pioneers of the Cinema 1896 to the Present (91). Foster: Woman Film Directors: An International Bio-Critical Dictionary (96). Herbert/McKernan: Who's Who of Victorian Cinema (96). Slide: Early Women Directors: Their Role in the Development of the Silent Cinema (77). Slide, ed: The Memoirs of Alice Guy Blaché (97).
□ Porträt der ersten Filmemacherin der Welt, die völlig im Schatten ihres Landsmanns Georges Méliès stand und erst 1958 mit der Aufnahme in die *Légion d'Honneur* späte Anerkennung findet. Blaché (1873–1968), die mit einem der ersten Filme überhaupt debütiert (*La Fée aux Choux*, 1896, »Die Kohlfee«, nach einem alten frz. Märchen), wandert 1907 in die Staaten aus, macht sich als ehemalige Produktionssekretärin Léon Gaumonts in New York selbständig, hinterläßt ein Werk von ca. 600 Filmen (der amerik. Teil ist tragischerweise komplett verschollen), darunter die erste filmische Darstellung des Leben Jesu (*La Vie du Christ*, 1906). Raganellis Hommage ist eine unerwartete Sternstunde für Cinéasten, eine ungewohnte Mixtur aus Museum, Zeitzeugen und nachgestellten Spielszenen mit Eva Mattes, Angelika Huber und Danile Legler über eine von der Industrie 1922 zur Aufgabe gezwungene, erfolgreich gegen den Strom der Zeit schwimmende Film-Pionierin. ZDF-Produktion.

KURZ ●●●
Alles klar bei der Ausstellung
All's Fair at the Fair
USA. Dave Fleischer (1894–1979) – UA: 26. 8. 1938. NTA, F-8 min – TV: 27. 10. 96 (arte; OmU; REIHE CARTOON FACTORY # 50) – Lit (Max/Dave Fleischer): Gabarga: The Fleischer Story: The History of the Max Fleischer Cartoon Studio in the Golden Age of Film Animation (93). Lenburg: The Great Cartoon Directors (93) – Art (Max/ Dave Fleischer): Fx 24 (90).
□ Miranda und Elmer, das typische amerik. Mittelstands-Paar der 30er Jahre, besuchen die von der Roboter-Industrie dirigierte Weltausstellung. Ironischer Cartoon-Traum seiner Zeit: eine liebevoll animierte Technicolor-Hymne auf den Fortschritt, wobei offen bleibt, was all die Erfindungen/Erleichterungen für den Menschen tatsächlich bedeuten. Fast das Gegenteil der satirischen Zukunftsrasereien eines Tex Avery (*Cars/TV/ Farm of Tomorrow*, 51/53/54), aber dennoch sehr charmant.

KURZ ●●●
Ameisen verspeisen
Ants in the Plants
USA. Dave Fleischer (1894–1979) – UA: 15. 3. 1940. NTA, F-7 min – TV: 10. 11. 96 (arte; OmU; REIHE CARTOON FACTORY # 52) – Lit/Art (Max/Dave Fleischer): s. Alles klar bei der Ausstellung.
□ Großalarm in den Städten der Sechsfüßler mit ihren Restaurants, Schulen und Bäckereien, als der Todfeind Ameisenbär in Latzhose angreift. Nachdem die Wirkung einer explosiven, unterirdisch in den Riesenrüssel gepumpten Spezialmischung aus Pfeffer, Salz,

Essig und Feuer ihre Wirkung verfehlt, rücken Panzerverbände und die Infanterie aus, um den Störenfried in einer von der Luftabwehr unterstützten offenen Feldschlacht zu vertreiben. Eine Spitzenleistung menschlicher Phantasie, einer jener überreichen, in grausamer Kleinarbeit entstandenen Fleischer-Cartoons, die Stoff für Hunderte von Filmen bieten und einen aus dem Staunen nicht mehr entlassen. Wahnsinn!

K ○
Angriff der Riesenkralle
The Giant Claw
USA. Fred F. Sears (1913–1957) – UA: 1957/6. Columbia, SW-75 min – TV: 23. 11. 96 (RTL) – Lit: Kinnard: Beasts and Behemoths: Prehistoric Creatures in the Movies (88) – Lit (Jeff Morrow): Weaver: They Fought in the Creature Features (95) – Art (Morrow): Psy 16 (93). Slg 118 (87), 202 (94) – Lit (Sam Katzman): Flynn/McCarthy: Kings of the B's (75) – Art: CM 3 (92). Fg 141 (95; Mara Corday). Fx 38 (93; Morris Ankrum). Slg 129 (88; Robert Shayne) – Kr: MFB 285 (57). Mst 1 (92). SaS 7/1 (97). Wa I (82).
□ Aus dem Nichts heranrauschende Schießbudenausgabe von Hondas Flugsaurier *Radon* (56), einer von der Augsburger Puppenkiste in Auftrag gegebenen Karikatur eines gerupften, krächzenden Truthahns nicht unähnlich, krallt am liebsten per Fallschirm türmende Amis. Waggons aufgegriffener Güterzüge baumeln wie Knackwürste an einer Kette vom Himmel. Das aus Anti-Materie bestehende, auf Radarschirmen unsichtbare Vieh in radioaktivem Federkleid ist der ulkigste Ausrutscher eines Monsters im SF-Kino der 50er Jahre (prähistorischer Punk?) und wurde auf den Aushangfotos in den Schaufenstern der Lichtspielhäuser appetitanregend vermieden. Aufgrund nicht enden wollender Dialoge ein dubioses Vergnügen ohne viel Federlesens einer Handlung, deren schnappschußartiges Bühnentheater an SPFX Quickie/Trash-Producer Sam Katzman aus Mexiko einfliegen ließ.

KURZ ●●
Ausgestorben
BRD. Michael Pohl – UA/F: 1. 8. 1996. *FaFF*, F-16 min – TV: 8. 10. 96 (arte).
□ 2019. Um seine Tochter vor einem tödlichen Virus zu retten, welcher die gesamte Menschheit erblinden läßt, überwältigt der Botaniker Galen Andersen den Sicherheitsbeamten eines Zeitreise-Instituts, um eine Pflanze aus der Kreidezeit in die Gegenwart zu schaffen, über die die Bildung eines Antigens möglich wäre. Udo Kier stürzt sich als verantwortlicher Leiter York Cortex hinterher, um Andersen notfalls zu liquidieren. Hauptsächlich *La Jetée*, aber auch Bradburys Kurzgeschichte »A Sound of Thunder« (1990 für die HBO-SERIE *The Ray Bradbury Theatre* adaptiert) und John Wyndhams »The Day of the Triffids« (1963 unglücklich verfilmt, 1981 eine BBC-SERIE) ticken im Hinterkopf dieser technisch einwandfreien, aufwendig aussehenden Abschlußarbeit an der Münchner HFF. Dies ist einer jener akademisch korrekten Filme, an denen alles stimmt und die

dennoch nicht zum Leben erwachen. ARTE präsentierte *Ausgestorben* vielleicht bewußt im Double Feature-Disput mit einem bescheideneren US-Kurzfilm (vgl. **Das Tier**). Jophie Ries, Margit Gatzke, Hans Schödel.

K •
Barb Wire
Barb Wire
USA. David Hogan – UA: 26. 4. 1996. Gramercy, F-98 min – F: *FaFF* (96; OF) – K: 17. 10. 96 (Scotia) – V: 21. 4. 97 (BMG) – Art: Cs 2/6 (96). FFa 4/7 (96), 4/8 (96). Psy 23 (96; Clint Howard). SFE (96/6). SFU 15 (96). Slg 227 (96) – Kr: Cfq 28/1 (96). FR 24. 10. 96. KSA 26. 10. 96. SaS 6/6 (96). SZ 17. 10. 96. VMG '97 (96). Zoom (96/11).
□ Steel Harbor. *Baywatch*-Babe Pamela Anderson Lee als rebellische Nachtklubbesitzerin in einem neofaschistischen Amerika des Jahres 2017. Von Michael Curtiz' *Casablanca* (42) abkupfernde Pop-Soft-Version des *Dark Horse*-Action-Comic. Clint Howard, Udo Kier, Steve Railsback.

K ••••
Die Bettlektüre
The Pillow Bock
GB/Fr/Niederl. Peter Greenaway (*1942) – UA/F: 12. 5. 1996. CANNES, SW/F-126 min – UA (GB): 8. 11. 1996, Film Four, SW/ F-126 min – F: *SITGES* (96). CAMBRIDGE (96). EDINBURGH (96). HAMBURG (96) – K: 24. 10. 96 (Prokino) – V: 5. 5. 97 – Lit (Greenaway): Woods: Being Naked – Playing Dead: The Art of PG (96) – Art: SaS 6/11 (96). SI 28 (96) – Kr: Az 24. 10. 96. FR 25. 10. 96. KSA 26. 10. 96. SaS 6/11 (96). VMG '97 (96). Zt 25. 10. 96. Zoom (96/11).
□ Zeitlosester, phantasiereichster und anspruchsvollster Film des Jahres. Im Leben der Japanerin Nagiko (Vivian Wu) verlieren sich Körper-Schriftzeichen und das vor 1000 Jahren während der *Heian*-Dynastie entstandene »Kopfkissenbuch« der Sei Shonagon zu grenzüberschreitenden Verbindungen. Ein ständig neu erlebbarer, äußerst komplexer Hochgenuß internationaler Filmkunst, mit seinen Wort/Bild-Gleichstellungen von geradezu visionärer Qualität. Ewan McGregor, Yoshi Oida, Ken Ogata.

DOKU ••••
Die Bombe
BRD/Fr. Klaus-H. Hein – UA/TV: 28. 8. 1996. arte, F/SW-56 min.
□ Interview-DOKU über die moralische Verstrickung am Bau der ersten Atombombe in Los Alamos beteiligter europ. Kernphysiker. Carl-Friedrich von Weizsäcker ist natürlich ein Hauptdarsteller anderen Kalibers als Arnold Schwarzenegger, Tom Cruise oder Sylvester Stallone. Aufregend bleibt ferner, daß der OSS, welcher die Aufgabe von Hitlers Atombemühungen bewußt verheimlichte, Heisenberg, der die dt. Anstrengungen absichtlich verzögerte, über den brit. Geheimdienst in der Schweiz zu liquidieren versuchte. Weitere Zeitzeugen/Gesprächspartner: die Physiker Sam Cohen, Erich Bagge, Edward Teller, Hans Bethe, Josef Rotblatt, Werner Heisenberg (Radiointerview, 1961), sein Sohn Martin, Horace Calvert vom

Secret Service sowie die Geheimdienst-/Abwehrchefs des Manhattan-Projekts, John Lansdale und Bob Furman.

K ●●

The Boys from Brazil

The Boys from Brazil

USA. Franklin J. Schaffner (1920–1989) – UA: 1978/10. Fox, F-125 min – K: 26. 9. 85 (Ascot; 100 min) – TV (Wh): 18. 5. 97 (K1) – Lit: Anderson: SF Films of the Seventies (85) – Lit (Gregory Peck): Esser, ed: GP. Hommage (93). Peck: An Actor's Life (78; Autobiogr) – Lit (Laurence Olivier): Barker: LO (84). Olivier: Confessions of an Actor (82; Autobiogr) – Lit (James Mason): Mason: Before I Forget (82; Autobiogr). Morley: JM: Odd Man Out (89) – Lit (JerryGoldsmith): Larson: Musique Fantastique: A Survey of Film Music in the Fantastic Cinema (84) – Art (Goldsmith): Slg 133 (88) – Kr: Cfq 8/1 (78). L'EF 10 (79). f-d (86/Nr. 25550). Va 27. 9. 78 – Oscar-Nominierungen 1978: Actor (Olivier), Editing, Original Score.

□ Auschwitz-Todesengel und Menschenversuchs-Bestie Dr. Josef Mengele (Peck), längst mit Kameraden in Paraguay völlig ungestört untergetaucht, verfolgt ein ehrgeiziges arisches Cloning-Projekt zur 94-fachen Duplizierung Hitlers und Vorbereitung des Vierten Reichs. Mengeles offen ausgetragene Meinungsverschiedenheit mit Mundt während eines groß angelegten Nazi-Treffens, Lofquists Ermordung auf dem verschneiten schwed. Staudamm, als er von Mundt in die Tiefe gestoßen wird, Liebermanns Treffen mit Sidney Beynon in Wien, Mengeles nostalgische nächtliche Visite des zerfallenen Gebäudes, in welchem er den Frauen das Erbgut des Führers einpflanzte oder das Überleben Hitlers in Bobby Wheelock fehlen in der mißhandelten, die Schärfe und Differenzierungen des Originals deportierenden dt. Fassung. Falsch übersetzt (»Bringt den Jungen raus« statt »Tötet ihn!«) und bis zur Harmlosigkeit zerstückelt (Mengeles Zerfleischung durch Mr. Wheelocks Dobermänner in 5 statt 24 Einstellungen), wird die dt. Fassung selbst zum Fall unbewältigter dt. Vergangenheit. Dies ist zweifellos einer der interessantesten Filme der 70er Jahre. Steven Guttenberg, Uta Hagen, Denholm Elliot, Bruno Ganz, John Dehner, Joachim Hansen, Wolfgang Preiss, David Hurst, John Rubinstein.

K ●●●●

Cleopatra

Cleopatra

USA. Joseph L. Mankiewicz (1909–1993) – UA: 1963. Fox, F-243 min – K: 24. 10. 63 (Centfox; 228 min) – TV: 8. 9. 96 (arte; 239 min, DF, 44 zusätzl. Szenen mit UT) – Lit (Mankiewicz): Geist: Pictures Will Talk: The Life and Films of JLM (77) – Lit (Richard Burton): Junor: Burton, the Man Behind the Myth (86) – Lit (Elizabeth Taylor): Maddox: Who's Afraid of ET? (78). Nickens: ET: A Biography in Pictures (84) – Kr: f-d (63/Nr. 12323). VMG '97 (96) – Oscars 1963: Color Cinematography, Color Art Direction, Special Effects, Color Costume Design – Nominierungen: Picture,

Nur die Zeit zum Feind. Richard Burton, Elizabeth Taylor, Cleopatra

Actor (Rex Harrison), Editing, Original Music Score.

□ Kolossales Breitwandgemälde von der Entstehung des Römischen Weltreichs, einer von Hollywoods größten Ausstattungsfilmen. Was *Cleopatra* in die Filmgeschichte eingehen läßt, ist nicht der von selbst historischen Affären/Skandalen geschüttelte, von 8 Mio. auf 40 Mio. Dollar hochspringende und Fox an den Rand des Ruins katapultierende gigantomane Aufwand – hinreißend in der epischen, in ihrer Größe unerreichten Seeschlacht von Actium und Cleopatras triumphalem Einzug in Rom –, sondern Mankiewicz' Blickwinkel der zerbrechlichen Verlorenheit des Einzelnen in der Zeit, grandios entwickelt anhand superber, über sich hinauswachsender Schauspieler: Rex Harrisons an der Grenze aller politischen und persönlichen Möglichkeiten angelangter, wissend in den Tod gehender Caesar; Elizabeth Taylors als Kind den Thron besteigende, durch Selbstmord die Ehre ihres Landes rettende Königin; Richard Burtons die Mörder jagender, idealistischer Marcus Antonius, dem nicht Einsatz und Ehrgeiz für die richtige Sache fehlen, sondern Erfahrung und Diplomatie eines Erwachsenen. Noch größer werden diese seltsam außerhalb ihrer Zeit stehenden, entschlossen für ihre Ideale in den Tod gehenden Individuen im Kontrast zu Roddy McDowalls seelenlosem Octavian, einer von Senat und Volk gesteuerten Puppe in Menschengestalt. Vor den titanischen Palast- und Tempelanlagen, in den riesigen Innenräumen und weitläufigen Plätzen, wo Cleopatra ihrem Sohn für immer Lebewohl sagt, aber auch in Leon Shamroys nicht enden wollenden Cinemascope-Ebenen Ägyptens und des Mittelmeers erscheinen die Menschen noch stärker isoliert in ihrem lächerlichen, bedeutungslosen Schicksal. Wenn ich einen SF-Film drehe, muß ich nicht unbedingt, wie Ray Bradbury und Jack Arnold, UFOs in der Wüste Arizonas landen lassen. Der Zusammenprall zweier total verschiedener Welten bei Cleopatras Einbruch in Rom konfrontiert uns in gleichem Maße mit dem Fremden/Unbekannten. Die enorme Flexibilität des Genres besitzt einen weitaus größeren Radius und Atem. Cleopatra IST in Rom ein Alien, und wenn Richard Burton ohne Armee mit gezücktem Schwert zu Pferd den römischen Legionen, die den gesamten Horizont einnehmen und die eigentlich seine Heimat sind, entgegenstürmt – ein winziger Punkt im endlosen Meer der Sahara –, wird die widersprüchliche, absurde Kluft zwischen Individuum und Gesellschaft, zwischen Handeln und Sein, dem Einzelnen und dem All, in einen nicht nur historischen Rahmen überführt. Wenn ein großer Redner wie Caesar im Senat fällt, fallen an einem Ort, wo sonst nur geredet wird, keine Worte mehr. Die Sprachlosigkeit von Sprache, die Einsamkeit des Todes eines Menschen, sind in der Geschichte des Films selten überzeugender dargestellt worden als in dieser unheimlichen, im Räucherbecken von Cleopatras Wahrsagerin als Stummfilm laufenden Sequenz. *Cleopatra* ist zweifellos ein Spektakel konkreter Ereignisse der Weltgeschichte, aber seine wirklichen Qualitäten – brillant angedeutet in Taylors Worten bei der Rückkehr ihres Mannes nach Rom, »Die Zeit ist unser Feind« – liegen im Zeitlosen und im Persönlichen.

K ●●●●
Colossus
Colossus: The Forbin Project
USA. Joseph Sargent (*1925) – UA: 1970/5. Universal, F-100 min (1968 entstanden) – K: 10. 7. 70 (Universal) – TV (Wh): 23. 11. 96 (RTL) – Lit: Anderson. SF Films of the Seventies (85). Rovin: From Jules Verne to Star Trek (77) – Art: Slg 113 (86), 178 (92; Robert Cornthwaite) – Kr: f-d (70/Nr. 16900). SFV 1 (88). Va 1. 4. 70.
□ Das von US-Wissenschaftler Dr. Charles Forbin (Eric Braeden) zur Wahrung des Weltfriedens in vom Menschen unabhängiger, emotionsloser Selbstverwaltung geschaffene Verteidigungssystem COLOSSUS spürt ein virtuelles sowjet. Äquivalent in Form des Supercomputers GUARDIAN auf, mit dem es die Welt zu kontrollieren beginnt. Forbin muß hilflos mit ansehen, wie sein Martini immer trockener, sein Privat/Sexleben auf ein Minimum zurückgeschraubt, russ. Ölfelder und Städte ausradiert, Kollegen von COLOSSUS verurteilt und exekutiert und einheimische Raketensilos gesprengt werden: vom Menschen selbst produzierte Antworten auf die Frage, wie man die Menschheit vor sich selbst schützt. COLOSSUS wendet sich, im Gegensatz zu HAL 9000 in *2001*, aus einem anderen Grund »gegen« den Menschen. *Colossus*, nach dem gleichnamigen Roman von D. F. Jones entstanden (Berkeley Books, 1966) und von Universal im Schatten von *The Andromeda Strain* stiefmütterlich behandelt, ist eine beunruhigende Kehrtwende des Frankenstein-Themas, in dem die Rollen von Schöpfer/Schöpfung vertauscht sind, eine eisige Satire auf das Täuschungsmanöver der Supermächte (die beiden Systeme sprechen eine Sprache, die außer ihnen niemand und zuletzt überhaupt niemand mehr versteht), eine furchteinflößende Allegorie der Unaufhaltsamkeit des technischen Fortschritts. Brillant ist nicht zuletzt die unerschrockene, von Universal mit einer zweijährigen Startsperre bestrafte Konsequenz, mit der hier demonstriert wird, wie der Mensch wie in einem Schachspiel Schritt für Schritt zum Sklaven der Technik verkommt, von Forbin zuletzt ebenso zynisch wie hilflos durch die mehrmalige Wiederholung eines einzigen Wortes kommentiert, als das Superhirn die neuesten Pläne zum Fortbestand der ihm auferlegten Aufgaben bekannt gibt und den Umzug aus der engen Sozialwohnung in den Rocky Mountains auf eine sonnige Mittelmeerinsel befiehlt. Susan Clark, Gordon Pinsent, William Schallert, Leonid Rostoff.

K ●●●●
Crash
Crash
USA. David Cronenberg (*1948) – UA/F: 16. 5. 1996. CANNES, F-100 min – UA (USA): 21. 3. 1997. Fine Line, F-100 min – F: HAM-

BURG (96). GENT (96). SEOUL (96) – K: 31. 10. 96 (Jugendfilm) – V: 13. 5. 97 – Lit: Breskin: Inner Views: Filmmakers in Conversation (97). Cronenberg: Crash (96; Drehb). Morris: David Cronenberg: A Delicate Balance (96) – Art: Cfq 28/3 (96), 28/10 (97). Daily Mail 9. 11. 96. FFa 5/5 (96; Holly Hunter). Fg 160 (97). Flesh and Blood 8 (96). Guilty Pleasures 2 (97). Hp 13 (96). SaS 6/6 (96), 7/6 (97). sc 32 (96). SFU 19 (96). Slg 237 (97; Cronenberg) – Kr: Az 6. 11. 96. Daily Mail 9. 11. 96. Evening Standard 3. 6. 96. Focus 28. 10. 96. FR 31. 10. 96. KSA 2. 11. 96. SaS 7/6 (97). Sp 28. 10. 96. SI 27 (96). SZ 22. 5./2. 11. 96. VMG '97 (96). Zt 1. 11. 96. Zoom (96/10).

☐ Toronto. Ein grauenvoller Verkehrsunfall führt James Ballard (James Spader), die ebenfalls überlebende Helen Remington (Hunter) und Ballards Ehefrau Catherine (Deborah Unger) in eine von dem pathologischen Ex-Mediziner Vaughan (Elias Koteas) geleitete fetischistische Welt sexueller Obsessionen um Autos und Karambolagen, Fleisch und Metall, Mensch und Maschine. Vorlagentreue und doch unmißverständlich persönliche Adaption von Ballards schockierendem Kultroman (73), wie in Cronenbergs Frühwerk mit primitiven Mitteln eine sterile, auf sexuelle Stimulanzen reduzierte, in ihrem Inneren tief gespaltene Technik-Gesellschaft widerspiegelnd. Genau das, was das Genre braucht: intelligent verstörende, provokante SF ohne Vorwarnung und Sicherheitsgurte.

K ●●●●

Crazies

The Crazies

USA. George A. Romero (*1940) – UA: 1973. Laurel/Libra, F-103 min (1971 entstanden) – F: *TRIEST* (74). *PARIS* (77). HOF (77) – K: 21. 12. 79 (Prokino) – TV (Wh): 2. 9. 96 (PRO7) – Lit (Romero): Curci: Shock Masters of the Cinema (96). Gagne: The Zombies That Ate Pittsburgh: The Films of GAR (87). McCarty, ed: The Fearmakers (94). Perry: Dark Dreams: A Psychological History of the Modern Horror Film (77). Vale/Juno, eds: Incredible Strange Films (86). Wood/Lippe, eds: American Nightmare: Essays on the Horror Film (79) – Art (Romero): L'EF 2 (77). FC 15/3 (79). FCr 6/1 (82). Fg 13 (81). FN 5/3 (72). HH 14 (77). Imp 1 (86). MFB 553 (80), 673 (90). MMo 84 (93). Mo 27–28 (80). SI 24 (95) – Art: Cfq 2/3 (73) – Kr: CFa 1 (77). L'EF 6 (74; *TRIEST*), 1 (78; *PARIS*). f-d (79/Nr. 22284). Fb (79/Nr. 302). Fg 70 (88). MFB 530 (78). Vp (74; *TRIEST*).

☐ Unbestechlicher, prophetischer Meilenstein des Genres. In weißen Schutzanzügen und Gasmasken fallen Einheiten der Nationalgarde in den Pittsburgh-Distrikt *Evans City* ein, pferchen die Bewohner wie eine Viehherde in das zum Quarantäne-Gefängnis umfunktionierte Schulgebäude. Gewalt eskaliert, bürgerkriegsähnliche Vorfälle häufen sich, der US-Präsident erwägt den Einsatz der Atombombe. Die offizielle Erklärung des per Flugzeugabsturz freigesetzten Versuchsimpfstoffs ist eine Lüge, denn TRIXIE ist ein für die Kriegsführung entwickelter, über das Trinkwasser das Gehirn zersetzender bakteriologischer Kampfstoff ohne Gegenmittel. *The Crazies* ist ein nicht nur durch Romeros Handkamera authentisch wirkender Film, der beängstigend plausibel demonstriert, wie schnell alles kippen kann und wie wenig wir die individuelle, soziale und politische Realität, in der wir leben, tatsächlich kennen. Das durch eine Extremsituation zum Ausgang drängende Verdrängte/Unterdrückte ist nicht das Gegenteil des Normalen, sondern gerade dessen zwangsläufige, beunruhigende Konsequenz, die Gewaltbereitschaft von Bewohnern und Militärs nicht größer oder unberechenbarer als die des Staates, nur spontan statt organisiert, sichtbar statt unsichtbar. »Wir tun ja nur das, was wir für richtig halten, um zu überleben«, bringt der schwarze Colonel – auch er ein Spielball und Opfer der Normalität entspringender Verrücktheit – einmal die schmerzhafte, jedermann einleuchtende Situation auf den Punkt, aber das zum Überleben Richtige, führt Romero so brillant kompromißlos vor Augen, wird ungerecht und grausam sein. Lane Carroll, W. G. McMillan, Harold Wayne Jones, Lloyd Hollar, Harry Spillman.

K •

Dante's Peak

Dante's Peak

USA. Roger Donaldson – UA: 7. 2. 1997. Universal, F-108 min – K: 10. 4. 97 (UIP) – Lit (Pierce Brosnan): Membery: PB: The Biography (97) – Art: Cf 69 (97). Cs 3/2 (96). MS 28–29 (97; Brosnan). Slg 236 (97; Donaldson) – Kr: Az 10. 4. 97. Cfq 28/12 (97). SaS 7/4 (97).

□ Vulkanologe Harry Dalton (Brosnan) stößt mit seinem seismologischen Cassandra-Geschwafel im US-Touristenort *Dante's Peak* auf spießige Imagepflege und abgebrühten Kapitalismus. Trotz CGI-Höllenleistung nicht gerade der Siedepunkt der Katastrophenwelle. Linda Hamilton, Jeremy Foley, Jamie Renée Smith.

SERIE

Dark Skies

Dark Skies

USA 1996 (22 Ep) – Cr: Bryce Zabel, Brent V. Friedman – UA: 1996. NBC-TV, F-120 min (Pilotf) – F: *FaFF* (96; Pilotf) – TV: 3. 4. 97 (Pilotf), 10. 4.–4. 9. 97 (PRO7; 22 Ep) – Art: Cs 3/1 (96). Fg 154 (96), 155 (96; Megan Ward). SFE (96/10). SFU 19 (96). Slg 232 (96; Zabel), 237 (97; Eric Close). TV 18 (87).

□ Fiel John F. Kennedy einem Komplott Außerirdischer zum Opfer? Stammte Elvis Presley vom Mars? Wurde Marilyn Monroe von UFOs entführt? In die 60er Jahre schielende *X-Files*-Frühgeburt um Washingtoner Beamten-Pärchen (Close/Ward) zwischen Alien-Unterwanderung und rivalisierender staatlicher Geheimorganisation »Majestic 12« mit J. T. Walshs Cpt. Frank Bach als dringend nötigem Fels in der Brandung. Popcorn trotz Wichtigtuerei.

K ••

Daylight

Daylight

USA. Rob Cohen (*1949) – UA: 1996. Universal, F-114 min – K:

MICHAEL DORN'S KLINGON CONFESSIONS
STARLOG
20 YEARS EXPLORING SCIENCE FICTION
STAR WARS Illustrated: The Hildebrandts paint the Force
PROBING INTERVIEWS!
DARK SKIES
exposes America's 50-year-old alien invasion-UFO cover-up!
U.K.£2.95 NOVEMBER #232
MARILYN'S UFO HEARTBREAK!
DID ALIENS KILL JFK?
WAS ELVIS FROM MARS?
$4.99 U.S./$6.50 CANADA
SHOCKING EVIDENCE!
STARTLING PHOTOS!
Plus: ID4 Roland Emmerich's challenge

6. 2. 97 (UIP) – Art: Cf 68 (96). Cs 2/5 (96) – Kr: Az 6. 2. 97. SaS 7/1 (96) – Oscar-Nominierung 1997: Sound Effects Editing.

□ In einen Chemie-Convoy rasende jugendliche Juwelen-Absahner wandeln den vom Verkehr verstopften Hudson-Tunnel zwischen Manhattan und New Jersey in eine ILM-Hölle aus Feuer und Wasser. Sylvester Stallone ist als Taxifahrer während der Rush Hour natürlich mittendrin. Leslie Bohems Katastrophen-Szenario verhält sich zum Genie der Special Effects umgekehrt proportional, aber in einer ausschließlichen Schock-Maschine auf höchstem technischen Niveau wie dieser zählt das weniger. Amy Brenneman, Viggo Mortensen, Claire Bloom.

K ••••

Dead Man

Dead Man

USA/BRD. Jim Jarmush – UA/F: 26. 5. 1995. CANNES, SW-134 min – UA (USA): 1996/5. Miramax, SW-114 min – UA (BRD)/K: 4. 1. 1996. Pandora, SW-120 min – TV: 20. 2. 97 (Premiere) – Lit (Johnny Depp): Heinzlmeier: JD (97). Robb: JD: A Modern Rebel (96) – Art: Cfq 28/6 (96) – Kr: Cfq 28/1 (96), 28/6 (96). FR 4. 1. 96. KSA 6. 1. 96. SaS 6/7 (96). SI 24 (95). VMG '97 (96). Zt 5. 1. 96. Zoom (96/1).

□ Im Wilden Westen aus reiner Notwehr handelnder, angeschossener Buchhalter (Depp) wird unfreiwillig zum gejagten Outlaw, schließlich von dem in England erzogenen Indianer Nobody (Gary Farmer) gerettet, der ihn für eine Inkarnation des toten Dichters William Blake hält und auf eine spirituelle Odyssee der Selbstfindung mitnimmt. Nicht nur ein intellektueller Verstoß gegen das Western-Genre, sondern eine philosophische Meditation in *Blade Runner* (82) weiterentwickelter Themen über die gnadenlose, unaufhaltsame Zerstörung von Mensch/Natur durch eine brutal vorangetriebene Technisierung und die daraus resultierende seelische wie materielle Ausbeutung und Entwurzelung des Einzelnen. Selbst die Nebenrollen, in existentialistischem SW skizziert, sind Hauptrollen. Lance Henriksen, Robert Mitchum, John Hurt, Gabriel Byrne.

V •

The Demolitionist

The Demolitionist

USA. Robert Kurtzman – UA: 1996/7. A-Pix/Image, F-89 min – V: 21. 2. 97 (Ascot) – Art: Cfq 27/7 (96). Fg 152 (96) – Kr: MS 27 (97). SaS 7/2 (97). VW 37 (97).

□ Metro City. Die von Bandenchef »Mad Dog« Burn (*Booker* Richard Grieco) brutal gekreuzigte Undercover-Polizistin Alyssa (Baywatch-Nachschub Nicole Eggert) ist ideales Versuchsgelände für Prof. Crowleys (Bruce Abbott) *Lazarus*-Projekt Motorrad fahrender weiblicher *RoboCops.* Ein unvorhersehbares Drehbuch wäre wichtiger gewesen als lustvoll überzogene Biker/Frankenstein-Klischees und eine Armee von Gast-Stars. Heather Langenkamp, Tom Savini, Sarah Douglas, Danny Hicks, Jack Nance, Reggie Bannister, Susan Tyrell (Tochter von Dr. Tyrell?), Peter Jason, Joe Pilato, Bruce Campbell.

TV •
The Dentist
The Dentist
USA. Brian Yuzna – UA/F: 3. 8. 1996. *FaFF*/Trimark, F-90 min (OF) – UA (USA): 1996/10. HBO, F-89 min – F: *MAILAND* (96). *GERARDMER* (97) – V: 11. 12. 96 (Highlight) – Art: DS 62 (96). Fg 157 (96; Yuzna) – Kr: Cfq 28/9 (97). Fg 163 (97). SaS 7/1 (97). Sh 59 (96).

□ Beverly Hills-Prominentenzahnarzt Dr. Feinstein (Corbin Bernsen) dreht endgültig durch, als er seine bildhübsche Gattin beim Seitensprung ertappt und den moralischen Schmutz hinter tadelloser Fassade akribisch auszumerzen beginnt. Zu einseitiger, aber herzhaft *fühlender* Extrem-Horror. Linda Hoffman, Michael Stadvek, Ken Force.

K •
DNA – Experiment des Wahnsinns
The Island of Dr. Moreau
USA. John Frankenheimer (*1930) – UA: 23. 8. 1996. New Line, F-95 min – K: 14. 11. 96 (Constantin) – V: 20. 5. 97 – Lit: Slg Press, ed: The Island of Dr. Moreau: The Official Movie Magazine (96) – Art: Cf 68 (96). Cfq 28/2 (96). Fg 155 (96), 156 (96; Richard Stanley), 157 (96; Stanley), 159 (97; Steve Johnson), 160 (97; Kyle Cooper). SFU 3/1 (96). Slg 228 (96; Frankenheimer) – Kr: Az 14. 11. 96. Cfq 28/6 (96). FR 16. 11. 96. KSA 16. 11. 96. SaS 7/1 (97). SZ 14. 11. 96. VW 39 (97).

□ In der Javasee wird der schiffbrüchige UN-Unterhändler Edward Douglas (David Thewlis) von dem eigenartigen Montgomery (Val Kilmer) aufgefischt, rechte Hand eines Dr. Moreau (Marlon Brando) und dessen noch merkwürdigeren Inselbewohnern. Von Richard Stanley begonnene, von Herstellungsproblemen wie dem nicht fertigen Drehbuch zerrissene Version des weitsichtigen, erneut verpaßten Wells-Klassikers von 1896 mit vielversprechendem, um so weniger eingehaltenem Vorspann. Fairuza Balk, Ron Perlman, William Hootkins.

K ••
Dragonheart
DragonHeart
USA. Rob Cohen (*1949) – UA: 31. 5. 1996. Universal, F-103 min – F: *SITGES* (96). DEAUVILLE (96). GENT (96) – K: 21. 11. 96 (UIP) – V: 10. 7. 97 – Art: Cf 66 (96). Cfq 27/9 (96), 28/2 (96). Cs 2/7 (96). FFa 5/5 (96; Dina Meyer). SFE (96/6). SFU 17 (96). Slg 228 (96; Cohen), 229 (96; Meyer) – Kr: Az 21. 11. 96. Cfq 28/2 (96). FR 26. 11. 96. SaS 6/11 (96). VMG '97 (96). Zoom (96/12) – Oscar-Nominierung 1997: Visual Effects.

□ Britannien, 984. Das Schicksal des letzten Drachens Draco ist auf tragische Weise mit dem des vom richtigen Weg abgekommenen Königs Einon (David Thewlis) gekoppelt, einst in den Arthurischen Tugenden unterrichteter Schützling des Ritters Bowen (Dennis Quaid). Der von Sean Connery gesprochene, von Phil Tippett entworfene und von ILM gesteuerte Draco ist ein hinreißend überzeugendes Wunderwerk eines robusten CGI-*Akteurs*, aber Pogues nirgendwohin führendes Plot – daß Tyrannei etwas Verwerfliches ist, wissen wir seit Beginn des Films – ist zu überfrachtet und taktiert zu unentschlossen und umständlich zwischen Komik und Ernst, Geschichte und Märchen. *Dragon Heart* funktioniert als farbige Fantasy-Unterhaltung, aber seine unausgereifte Konstruktion, seine abgemagerten Charaktere und seine ungenutzten, reichlich vorhandenen Möglichkeiten sind weit schwerer zu glauben als sein unglaublicher Hauptdarsteller. Schade. Dina Meyer, Pete Postlethwaite, Brian Thompson, Julie Christie.

K ••

Eraser

Eraser

USA. Charles Russell – UA: 1996/6. Warner Bros, F-114 min – F: SARAJEVO (96) – K: 22. 8. 96 (Warner) – V: 21. 2. 97 (Warner) – Art: Cs 2/10 (96), 3/2 (96) – Kr: Az 22. 8. 96. Cfq 28/3 (96). FR 23. 8. 96. KSA 24. 8. 96. SaS 6/9 (96). SI 27 (96). Sp 5. 8. 96. SZ 22. 8. 96. VMG '97 (96). Zoom (96/9) – Oscar-Nominierung 1997: Sound Effects Editing.

□ Big Brother Is Watching You: US-Kronzeugenmarshall John Kruger radiert mit elektromagnetischem Ghetto-Blaster Rüstungskonzernchefs (im »Regierungsauftrag« mit der Russen-Mafia) und verkannte Größen im FBI/Verteidigungsministerium vom Schreibtisch. Amoralisch bei automatischer Bauart. Schwarzenegger, Vanessa Williams, Robert Pastorelli, James Caan/Coburn.

K ••

Eroberung vom Planet der Affen

Conquest of the Planet of the Apes

USA. J. Lee Thompson (*1914) – UA: 1972/6. Fox, F-87 min – F: *TRIEST* (73) – K: 10. 8. 72 (Centfox) – TV (Wh): 16. 11. 96 (ZDF) – Lit/Art (Planet der Affen-Filme): s. Planet der Affen – Lit: Dehn: Conquest of the Planet of the Apes (71; unveröff. Drehb; UCLA, Special Collections) – Kr: L'EF 3 (73; *TRIEST*). f-d (72/Nr. 17976). SFV 1 (88). Va 14. 6. 72. Vp 5 (73; *TRIEST*).

□ 1991. Der von dem rassistischen Gouverneur Breck (Don Murray) gefangen genommene Zirkusbesitzer Armando (Ricardo Montalban) begeht Selbstmord, um Zira/Cornelius' Kind, Milo/Caesar (Roddy McDowall), zu retten. Caesars haßerfüllte Revolte führt zur Herrschaft der Affen, aber die Ereignisse überkreuzen sich erneut. War Taylor im Original der einzige sprechende Mensch, ist Caesar hier der einzige sprechende Affe in derselben lebensbedrohenden Situation. Der ihn verratende Aufschrei der Empörung ist ein Echo des Schreis von Taylor in *Planet*, seine Auffassung, ohne Macht gäbe es keine Freiheit, korrespondiert mit Zaius' Ängsten, Taylor könnte seine Macht stürzen. *Conquest* kann endlich die *Schwarze Liste* direkt ansprechen, einen als Kommunistenjagd getarnten Maulkorberlaß für Denkfreiheit des 1954 vom US-Senat zurückgepfiffenen Joseph McCarthy (1905–1957), und Caesars Leidensgenossen werden nicht über Sprache, sondern über den Augenkontakt zum Widerstand animiert. Natalie Trundy, Hari Rhodes, Severn Darden.

K ●●

Extrem – Mit allen Mitteln

Extreme Measures

USA/GB. Michael Apted (*1941) – UA: 1996. Columbia, F-117 min – K: 19. 12. 96 (Concorde) – V: 12. 8. 97 (Columbia Tri-Star) – Kr: Az 19. 12. 96. KSA 21. 12. 96. MS 24 (96). SaS 7/2 (97). Zoom (96/12).

□ Dr. Guy Luthan (Hugh Grant), Leiter der Notaufnahme der New Yorker Gramercy-Klinik, kommt einem Komplott des undurchsichtigen Neurologen Dr. Lawrence Myrick (exzellent: Gene Hackman) mit Menschenversuchen auf die Spur. Schweißtreibender, im Vergleich mit Crichtons geschickter mit einer nicht so weit hergeholten Realität kooperierendem *Coma* (78) allerdings zu extremer Hospital Horror. Sarah Jessica Parker, David Morse, Bill Nunn, Paul Guilfoyle.

K ●

Flucht aus L.A.

Escape from L.A.

USA. John Carpenter (*1948) – UA: 9. 8. 1996. Paramount, F-102 min – K: 31. 10. 96 (UIP) – V: 20. 5. 97 (CIC) – Art: Cf 67 (96). Cfq 27/11–12 (96), 27/8 (96), 28/2 (96). Cs 3/1 (96). FFa 5/2 (96; Pam Grier). Fg 155 (96), 156 (96), 157 (96; Kurt Russell). SFE (96/8). SFU 3/1 (96). Slg 230 (96), 232 (96; Russell). Videoscope 21 (97; Carpenter/Grier) – Kr: Az 6. 11. 96. Cfq 28/6 (96). KSA 2. 11. 96. SaS 6/10 (96). Sl 27 (96). SZ 1. 11. 96.

□ 2013. Der über eine Virenimplantation zu unfreiwilliger Mitarbeit gezwungene Snake Plissken (Russell) soll Utopia (A. J. Langer), die Tochter des US-Präsidenten, zurückholen, welche mit dem Schlüssel zur Aktivierung eines jegliche irdische Elektrizität ausschaltenden Satellitensystems zu dem lateinamerik. Revolutionär Cuervo Jones (George Corraface), Leiter der nach einem verheerenden Erdbeben zur Insel verkommenen Strafkolonie LA, übergelaufen ist. Ein nahezu ideenloses Remake von Carpenters eigenem *Escape from New York* (81), obwohl Möglichkeiten in Hülle und Fülle zur Verfügung stehen. Stacy Keach, Steve Buscemi, Peter Fonda, Cliff Robertson, Paul Bartel, Bruce Campbell, Pam Grier, Robert Carradine.

K ●●

Flucht vom Planet der Affen

Escape from the Planet of the Apes

USA. Don Taylor (*1920) – UA: 1971/5. Fox, F-97 min – K: 12. 8. 71 (Centfox) – TV (Wh): 9. 11. 96 (ZDF) – Lit/Art (Planet der Affen-Filme): s. Planet der Affen – Lit (Taylor): Weaver: They Fought in the Creature Features (96) – Art (Ricardo Montalban): Slg 62 (82) – Kr: DS 51 (95). f-d (71/Nr. 17451). SFV 1 (88). Va 26. 5. 71.

□ Vor der erneuten nuklearen Bedrohung der Erde am Ende von *Beneath* hat Dr. Milo (Sal Mineo) Col. Taylors Raumschiff startklar gemacht und ist mit Zira (Kirn Hunter) und Cornelius (Roddy McDowall) vor der Küste Los Angeles' im Jahr 1973 gelandet. *Escape* stellt *Planet* auf den Kopf, mit dem mißtrauischen Präsidentenberater Dr. Hasslein (Eric

Braeden) in der Zaius-Position, nur den zivilisationsbedrohenden Aufstieg des Affen verhindernd. Das Ergebnis ist bewegend, aber weitaus vorhersehbarer und melodramatischer als die Vorgänger. *Escape* ist das erste Prequel der Filmgeschichte, obwohl es auf vorherigen Filmen aufbaut (in der SF hat das nicht viel zu sagen), und die Flashbacks Ziras unter der Folter des CIA arbeiten erneut mit dem Verzicht auf Sprache.

TV ●●
Forbidden Beauty
The Wasp Woman
USA. Jim Wynorski – UA: 1995/8. Showtime, F-87 min – V: 23. 8. 96 (VMP) – Art (Corman/Showtime): Cfq 27/7 (96) – Kr: Cfq 27/4–5 (96). Fg 161 (97). SI 27 (96). VW 37 (97).

□ Auf Wespenhormonen basierendes Jugend-Serum eines verrufenen Krebsforschers (Daniel J. Travanti) verwandelt alternde Kosmetik-Chefin (Jennifer Rubin in der Susan Cabot-Rolle) in stachelige, auf männliche Körpersäfte stehende Schönheitskönigin. Greg Aronowitz' schrille SFX-Auswüchse wie eine lärmende Wespenkatze sind Hirnschrott vom Feinsten, und das Finale findet in den berüchtigten Bronson Caverns statt. Doug Wert, Maria Ford, Gerrit Graham.

TV ○
Gefahr aus dem Weltall 2
It Came from Outer Space II
USA. Roger Duchowny – UA: 27. 1. 1996. Sci-Fi Channel, F-120 min – V: 96/2 (CIC) – Kr: Cfq 27/9 (96). MS 18 (96).

□ Fotograf Jack Putnam (Brian Kerwin) und ein unnötig nervender mex. Junge, dessen Mutter als Kellnerin jobbt (Elizabeth Peña, wie in der Fox-TV-Miniserie *The Invaders* einfach weggeschmissen), sind Zeugen einer blaustichigen UFO-Landung in der Wüste. An Jack Arnolds Original (53) war nicht nur die 3D-Technik interessanter. Bill McKinney, Lauren Tewes, Jonathan Carrasco.

DOKU ●●●●
Geheimes Rußland 1. Teil: Novaja Zemlya – Der Archipel der Angst
BRD/Pol. Jurek Sladkowski – UA (BRD): 30. 12. 1996. ZDF, F/SW-45 min – Art: ZDF-J (96/12).

□ Unglaubliches erstes Porträt des geheimsten russ. Ortes, der 900 km langen Atomtestinsel NZ im Nordpolarmeer, auf welcher von 1955 bis zum 24. 10. 1990 182 Atombombentests durchgeführt wurden (bis 1963 unter Wasser und in der Luft, danach nur noch unterirdisch): 132 wissenschaftliche Nuklearversuche und 50 veraltete Sprengköpfe, die von selbst detoniert wären, insgesamt eine Sprengkraft von 280 Mio. Tonnen, größer als die sämtlicher jemals durchgeführter Nuklearversuche. Am 2. 8. 87 bricht ein Bohrloch während einer Explosion, die Radioaktivität verseucht weite Teile Skandinaviens. 100 000 Tonnen radioaktiver Abfälle werden verklappt, 15 Atomreaktoren und 17 000 Atommüllfässer allmählich vom Salzwasser zerfressen. Die Bilanz: weltweite Verbreitung der radioaktiven Stoffe durch Meeresströmungen und Atmosphäre in 20, 30 Jahren, vielleicht früher. Bereits ein 28 Millionstel Gramm über die Luft aufgenommenes Plutonium reicht für Lungenkrebs beim Menschen. Sladkowski begegnet auf NZ stationierten Ärzten, russ. Greenpeace-Aktivisten und Jewgenij Galagut, einem 1961 über das falsche Versprechen einer hohen Rente und sonstiger Sonderrechte für 2 Jahre in die »Einheit des größten Risikos« gelockten, an über 80 Atomtests beteiligten Soldaten. Nach der Militärbürokratie, die sämtliche Spuren vernichtet hat, gab es weder die auf einem Foto zu sehende 35-Mann-Einheit noch NZ selbst, die ausschließlich unter den Bezeichnungen *Amderma 11, Archangielsk 55* und *Objekt 700* geführt wird. Ein ungenannt bleibender Ex-Oberst und Mitbegründer der Atomabteilung auf NZ plagt das schlechte Gewissen, er fühlt sich für eine der größten ökologischen Katastrophen der Menschheit verantwortlich. Erste, überhaupt einer größeren Öffentlichkeit zugänglich gemachte Aufnahmen des Testgeländes, der Stützpunkte Sewernyi, Bjeluscha, Russanovo und der Luftüberwachungszentrale.

TV •
Geisterjäger John Sinclair – Die Dämonenhochzeit
BRD. Klaus Knoesel (*1964) – UA/TV: 13. 4. 1997. RTL, F-110 min – Art: MS 25–26 (97) – Kr: MS 28–29 (97).
□ Stockwerk für Stockwerk fliegt der Kölner Dom in die Luft, genau wie das Empire State Building in *Independence Day*, als Jason Darks Heftchen-Held (Florian Fitz) zum Showdown mit dem Leibhaftigen antritt. Zu wenig ausgereifter Erstversuch einer dt. TV-Horrorserie. Der historische Background in Form einer Hexenverbrennung (1197) scheint mit der Anspruchslosigkeit des Zielpublikums weniger vereinbar gewesen zu sein. Jophie Ries, Peter Fitz, Thierry van Werveke.

TV •
Geisterstunde – Fahrstuhl ins Jenseits
BRD. Rainer Matsutani, Sebastian Niemann – UA/TV: 20. 4. 1997. RTL, F-110 min – Art: MS 28–29 (97; Matsutani).
□ Das Übernatürliche verschmähender Kabel-TV-Chef (Thomas Heinze) bleibt mit Redakteurin (Nina Kronjäger) und Hausmeister (Rolf Hoppe) im Fahrstuhl stecken. Passabler, atmosphärischer erster dt. TV-Horror-Omnibus (Modell *Amicus*), erst in der 3. Runde *Das Spiegelbild* mit Jan Niklas' mit der Axt durch den Verlag eilendem Comic-Zeichner aufs satirische Gaspedal tretend. *Die Schlafwandlerin* und der hysterische *Haustyrann* verlieren durch zu schwach besetzte Hauptdarstellerinnen. Horst Buchholz, Pascal Breuer, Corinna Harfouch.

K ••
Der Glöckner von Notre Dame
The Hunchback of Notre Dame
USA. Gary Trousdale, Kirk Wise – UA: 12. 6. 1996. Buena Vista, F-91 min – F: GENT (96) – K: 28. 11. 96 (Buena Vista) – V: 5. 9. 97 – Art: Cfq 27/9 (96), 27/10 (96). Slg 228 (96) – Kr: Az 28. 11. 96. Cfq 28/3 (96). Focus 25. 11. 96. KSA 30. 11./21. 12. 96. SaS 6/8 (96). SZ 28. 11. 96.

VMG '97 (96). Zoom (96/12) – Oscar-Nominierung 1997: Musical Score.

☐ Gesangs-Plädoyer gegen Fremdenhaß und Deformität mit Happy End, welches mit der Tragik und beinharten Sozialkritik des wenig kompromißbereiten Hugo-Romans (*Notre Dame de Paris*, 1831) wenig zu tun hat. Im Gegenteil: Disneys *Hunchback* ist dann am besten, wenn er das Plot in ein ahistorisches Meer farbigster Akrobatik stürzt und Notre Dame in einen Abenteuerspielplatz mit 3 McDonalds-Gargoyles, die nichts als Unsinn im Kopf haben, und Esmeraldas pfeifenden Ziegenbock. »Ein Kerl wie Du« im Dachgeschoß der Kathedrale ist eine unglaubliche Nummer. Monumentales Raumerlebnis, ansonsten trieft der Schmalz von der Decke.

K ••

Godzilla, der Urgigant

Gojira Tai Beolante

Jap. Kazuki Omori – UA: 1990. Toho, F-100 min – V: 1. 2. 91 (Empire) – TV (Wh): 5. 10. 96 (PRO7) – Lit (Godzilla-Filme): Marrero: Godzilla – King of the Movie Monsters (96). Sato: Godzillian Democracy: The Ideological Subtexts of Japanese Popular Culture (94) – Art (Godzilla-Filme): Cfq 28/6 (96). CM 20 (96). Fg 1 (79), 72 (88). FMoF 206 (94). MMo 14 (76). Oriental Cinema 4 (94). SFU 5 (95). SI 3 (90). Slg 180 (92). SM 15 (95), 16 (95), 17 (96) – Art: Markalite 1 (91), 2 (91) – Kr: f-d (91/Nr. 17). Fg 122 (93). Im 7 (91). Msc 2 (94). VW 23 (94).

☐ Der Wissenschaftler Dr. Schiragami (Koji Takahashi) kreuzt Godzilla-Gewebe mit einer Rose und der DNA seiner bei einer Laborexplosion ums Leben gekommenen Tochter Michiko. Das von Tsuburaya und Dali gleichermaßen inspirierte, mit Hydra-ähnlichen unterirdischen Fangwurzeln um sich greifende Ergebnis, welches den Namen der Seele der Pflanze in der nordischen Mythologie trägt, ist eine der traumatischsten Erscheinungen des Genres, ebenso verzweifelt sich unter Schmerzen krümmend wie angriffslustig und unberechenbar. Biollantes Todeskampf ist ein letztes verzweifeltes Aufbäumen der Seele, eine tragische Erinnerung daran, daß das Leben lebenswert ist, bevor auch Schiragami seiner Tochter in das dunkle Reich aus Schuld und Verantwortung folgen wird, aus dem es keine Rückkehr gibt. Sie ist aber auch eine Alraune des Atomzeitalters, eine surreale Schilderung des sich an der Technik versündigenden Menschen. Der Kampf mit Godzilla spiegelt diesen nicht mehr aus der Welt zu schaffenden Konflikt deutlich wider. In diesem Zusammenhang ist die Verzierung des Plot mit Gen-Spionage und der Bekämpfung Godzillas durch Antinuklearbakterien nach Chaos-Tagen in Osaka und dem erneuten Versagen der Technik in Form des Nachfolgemodells *Super X2* nicht gerade ein Gewinn für die Handlung. *Beolante* ist kompromißbereit und bietet nicht viel Neues, aber er ist elegant und aufwendig inszeniert und hat uns etwas zu sagen. Kunihiko Mitamura, Yoshiko Tanaka, Masanobu Takashima.

K •••

Hans Christian Andersen und die Tänzerin

Hans Christian Andersen

USA. Charles Vidor (1900–1959) – UA: 1952. RKO, F-112 min – K: 1953 (RKO; 105 min) – TV: 24. 12. 96 (arte; THEMENABEND: HANS CHRISTIAN ANDERSEN) – Lit (Danny Kaye): Singer: The DK Saga (48) – Lit (Musical): Fordin: The World of Entertainment: Hollywood's Greatest Musicals (76). Hanisch: Vom Singen im Regen – Filmmusical gestern und heute (80). Hirschhorn: The Hollywood Musical 1927–1980 (81). Kobal: Gotta Sing Gotta Dance (74). Stern: The Movie Musical (74). Taylor/Jackson: The Hollywood Musical (71) – Art (Farley Granger): SS 21 (96) – Kr: f-d (53/Nr. 2633). VMG '97 (96) – Oscar-Nominierungen 1952: Color Cinematography, Color Costume Design, Color Art Direction, Scoring of a Musical Picture, Song (Thumbelina).

□ Kopenhagen/Odense. Schuhmacher/Dichter Andersens (Kaye) scheiternde Liebe zur Primaballerina Dora (Zizi Jeanmaire), die ihn zur *Kleinen Meerjungfrau* inspiriert. Mit Musik von Franz Liszt, Songs von Frank Loesser, spektakulärer Art Direction vom Hexen-Unterwasserhaus zum Schloß des Prinzen, Kayes erstklassiger Stimme und Roland Petits farbiger Ballett-Choreografie ein Musical-Highlight der 50er Jahre. Farley Granger, Joey Walsh, Philip Tonge.

K •

Hellraiser IV – Bloodline

Hellraiser: Bloodline

USA. Alan Smithee (Kevin Yagher/Joe Chappelle) – UA: 8. 3. 1996. Dimension, F-85 min – F: LONDON (95). *FaFF* (96). SITGES (96) – K: 29. 8. 96 (Starlight) – TV: 5. 7. 97 (Premiere) – V: 16. 12. 96 (Marketing) – Art: Cfq 26/2 (95), 26/3 (95), 27/2 (95). FFa 3/4 (95; Valentina Vargas). Fg 141 (95), 151 (96). MS 20 (96). SFE (95/2). Shv 14 (95), 21 (95) – Kr: Cfq 27/10 (96). Millet Porridge 1 (96). MS 24 (96). Shv 39 (97). SI 26 (96). VMG '97 (96).

□ 2127. Ingenieur Dr. Paul Merchant (Bruce Ramsay) will in der von ihm errichteten Raumstation *Minos* die Cenobiten einer 1784 von einem Pariser Spielzeugmacher-Vorfahren geschaffenen teuflischen Puzzle-Box vernichten. *Miramax* mißfiel der zu späte Auftritt Pinheads (Doug Bradley) und zerstörte somit den chronologischen Aufbau von Peter Atkins' epischem, akzeptiertem Plot, welches zu einer vorhersehbareren Rückblenden-Struktur gezwungen wurde. Von *Halloween* 6-Regisseur Chappelle beendet, nachdem Yagher entnervt das Handtuch geschmissen hatte. Valentina Vargas, Kim Myers, Charlotte Chatton.

KURZ •••

Der hungrige Wolf

The Hungry Wolf

USA. Tex Avery (1907–1980) – UA: 1942. F-8 min – TV (Wh): 31. 10. 96 (S3; Halloween-Filmnacht) – Lit (Avery): Adamson: TA: King of Cartoons (75). Canemaker: TA (97). Lenburg: The Great Cartoon Directors (93) – Art (Avery): Fg 10 (81). SaS 3/10 (93).

□ Der Mitleid heuchelnde, am Hungertuch nagende kranke Wolf will das fürsorglich in seiner

Hütte aufgenommene Kaninchen kochen, aber es kommt ganz, ganz anders. Verstärkung rückt an. Bitterböser, aus seiner scheinheiligen Zeit herausgepreßter Kitsch. Während Disney in den Dreißigern mit der Gefahr eines 2. Weltkriegs und sozialer Unsicherheiten immer öfter Zurückhaltung und Disziplin predigte, brach in den dunklen, unkontrollierten Hinterhöfen von MGM und Warner Brothers, wo offensichtlich Verhaltensgestörte wie Avery, Bob Clampett oder Chuck Jones den vor gespielter Friedfertigkeit geradezu triefenden Bullbeißer Droopy, aber auch Tweety, Porky Pig, Daffy Duck, Bugs Bunny, Sylvester oder – ganz, ganz schlimm – Screwy Squirrel auf die ahnungslose Menschheit losließen, scheinbar der Wohlstand aus.

K ••

Das Imperium schlägt zurück – Special Edition/Krieg der Sterne – Episode V: Das Imperium schlägt zurück

The Empire Strikes Back: Special Edition/Star Wars Episode V: The Empire Strikes Back

USA. Irvin Kershner (*1923) – UA: 21. 5. 1980. Fox, F-124 min – UA (Special Edition): 21. 2. 1997. Fox, F-130 min – F: *TRIEST* (81) – K: 11. 12. 80 (Fox) – K (SE): 10. 4. 97 (Fox) – Lit/Art (Lucas/Star Wars-Trilogie; Star Wars-Trilogie/SE): s. Krieg der Sterne – Special Edition – Lit: Arnold: Once Upon a Galaxy: A Journal of the Making of The Empire Strikes Back (81). Kalniak: Settling the Score: Music and the Classical Hollywood Film (93) – Art: AC (80/6). Cf 2 (80), 3 (80). Cfq 10/1 (80), 10/2 (80). L'EF 13 (80; Kershner/Nick Allder/Gary Kurtz/Peter Suschitzky), 16 (80; Richard Edlund). FF 17 (80; Edlund/Dennis Muren/Peter Kuran), 18 (80; Kurtz/Phil Tippett), 19 (80; Mark Hamill/Harrison Ford/Carrie Fisher/Peter Mayhew/Billy Dee Williams/Frank Oz/Harrison Ellenshaw). Sb 22 (80), 23 (80), 24 (80; Hamill), 25 (80; Kershner/Kurtz), 26 (80; Brian Johnson). Slg 18 (78; Kurtz), 31 (80), 34 (80; Kershner), 35 (80; B. D. Williams), 36 (80; Kurtz/David Prowse), 37 (80; Ford), 40 (80; Hamill). Time Magazine 19. 5. 80 – Kr: Cfq 10/2 (80). L'EF 14 (80). f-d (80/Nr. 22701). Sb 23 (80). Va 14. 5. 80. Vp 22 (81) – Kr (SE): Cfq 28/12 (97) – Oscars 1980: Sound; Special Achievment Award for Visual Effects – Oscar-Nominierungen 1980: Art Direction/Set Decoration, Original Score.

□ Am wenigsten entwickelte Ep der mittleren Trilogie in 158 neuen/nachgebesserten Szenen. Luke kann jetzt dem Wampa-Eishöhlenmonster in voller Pracht beim Mittagessen zusehen, und die Wolkenstadt *Bespin* erstrahlt am orangenen Himmel in einigen der schönsten und atmosphärischsten jemals in einem SF-Film zu sehenden Einstellungen. ILMs technischer *sense of wonder* explodiert in zwei unglaublichen Materialschlachten, dem Angriff imperialer Bodentruppen auf *Hoth* und der Spritztour des *Rasenden Falken* in ein Asteroidenfeld. Frank Oz als Yodas Coach.

K •
In den Klauen des Giganten
Giant from the Unknown
USA. Richard E. Cunha – UA: 1958/3. Astor, SW-77 min – K: 9. 9. 61 (Anker) – TV (Wh): 28. 9. 96 (K1) – Lit (Cunha): Weaver: Interviews with B Science Fiction and Horror Movie Makers (88) – Art (Cunha): Fg 31 (83). SI 9 (92) – Art (Astor Pictures): Fx 43 (94) – Art (Morris Ankrum): Fx 38 (93) – Art: SM 7 (93) – Kr: CoF 10 (?). f-d (61/Nr. 10732). SFV 2 (90). Wa II (86).

□ Blitzschlag weckt hühnenhaften span. Conquistadoren aus 500-jährigem Leichtschlaf in kalif. Berggestein. Wenig elektrisierendes, Zeit schindendes 50er Exploitation-Quickie, scheinbar von Co-Autor Ralph Brooke begonnen. *Giant* macht dennoch Spaß, die SW-Fotografie verleiht vor allem dem Echtschnee-Finale notorische Qualität. Buddy Bear, freundlicher Riese/Stierkämpfer aus *Quo Vadis*, ist trotz Jack-Pierce-Make-Up als Schrecken verbreitende Legende fehlbesetzt und der sorgfältig geplante Action-Höhepunkt in einer Stausee-Mühle soll aus Versehen mit GESCHLOSSENER Linse aufgenommen worden sein. Das Ergebnis sieht entsprechend zerklüftet aus. Weitere Hinterwald-Anekdoten der Texaco-Werbefilmer Cunha/Arthur A. Jacobs im Weaver-Interview. Edward Kemmer, Sally Fraser, Morris Ankrum, Bob Steele, Billy Dix.

K •
Independence Day
Independence Day
USA. Roland Emmerich (*1955) – UA: 5. 7. 1996. Fox, F-145 min – F: VENEDIG (96). DEAUVILLE (96) – K: 19. 9. 96 (Fox) – V: 20. 3. 97 (Fox) – Lit: Aberly/Engel: The Making of Independence Day (96) – Art: Cfq 27/6 (96), 27/11–12 (96), 28/1 (96). Cs 2/7 (96), 2/10 (96), 3/4 (97). Fg 154 (96). Focus 16. 9. 96. MS 22–23 (96). SaS 6/8 (96). SFE (96/8). SFU 17 (96), 19 (96). Slg 228 (96), 229 (96), 230 (96; Volker Engel/Doug Smith/Will Smith), 232 (96; Emmerich), 233 (96; David Arnold). Sp 9. 9. 96 – Kr: Az 19. 9. 96. Cfq 28/3 (96). SaS 6/8 (96). SI 27 (96). SZ 19. 9. 96. VMG '97 (96). VW 39 (97). Zoom (96/9). Zt 20. 9. 96 – Oscar 1997: Visual Effects – Oscar-Nominierung 1997: Sound.

□ Golfkrieg-Held und Mr. President Thomas Whitmore (Bill Pullman) steigt selbst in den Kampfjet, um an der Spitze einer Armada von Allerweltscowboys im aufregendsten Katastrophen-Kampf der Welten dem in Scharen angreifenden Feind entgegenzufliegen. *ID4* träumt, im Gegensatz zu *Frogs* (72), *Jaws* (75) oder *Day of the Dead* (85), die ebenfalls am 4. Juli spielen, den altmodischen SF-Traum einer geeinten Menschheit bei gemeinsamem Gegner, aber in Wahrheit stellt er eine Universal-Propaganda für amerik. Kampfmoral und Entschlossenheit dar (selbstverständlich im Rahmen einer »internationalen« Verständigung), von der Pentagon und Reagans den Kongreß nach wie vor bedrohendes SDI-Verteidigungssystem noch nicht einmal zu träumen wagten. Das Ergebnis ist ein verdeckter politischer Feldzug im Gegensatz etwa zu Eisensteins *Alexander*

Newskij während des 2. Weltkriegs, mit dem Unterschied, daß weder ein Feind noch ein Weltkrieg existieren. *ID4* erwähnt *Roswell* und *Area 51*, aber anders als *The X-Files* stellt er die Alien-Politik der Regierung selbst nicht in Frage. *ID4* reizt die Möglichkeiten moderner CGI auf faszinierend monumentale Weise aus, aber er bietet auch hier nichts Neues. *ID4* ist weniger ein Film als ein durch eine beispiellose Werbestrategie vermarkteter, ebenso raffiniert verpackter wie inhaltsloser und kurzlebiger *feel good event* mit astronomischen Verkaufsziffern. Bei diesem »Ereignis« bleibt der Regisseur, der mit dem *Arche-Noah-Prinzip* (84) einen der antiamerikanischsten Filme inszenierte, die man sich vorstellen kann, auf der Strecke. Emmerich kann die Meinung der Kritiker egal sein, aber es ist Aufgabe der Kritik, auf derart krasse Widersprüche hinzuweisen. Der bedrohliche Schatten, welcher die US-Mondflagge zu Beginn von *ID4* so bedeutungsvoll verdunkelt, hat nichts zu bedeuten. Jeff Goldblum, Will Smith, Mary McDonnell.

KURZ ●●●
Irgendwo im Traumland
Somewhere in Dreamland
USA. Dave Fleischer (1894–1979) – UA: 17. 1. 1936. Paramount, F-9 min – TV: 13. 10. 96 (arte; OmU; REIHE CARTOON FACTORY # 48) – Lit/Art (Max/Dave Fleischer): s. Alles klar bei der Ausstellung.

□ Nicht irgendwo im Traumland, sondern dort, wohin sich zwei tagsüber hart arbeitende, hungernde Kinder bettelarmer Eltern während der Depression nachts flüchten: in ganze Spielzeug- und Kuchenlandschaften mit endlosen Popcorn-Feldern und Gärten voller Waffeleis. Auch der Zuschauer kann sich an den überbordenden, seltsam plastisch-dreidimensional wirkenden Tableaus dieses Schlaraffenlandes nicht satt sehen. Einer der schönsten wiederentdeckten Cartoons des Jahres, dessen selbstmörderische Entstehung und unschuldiger Charme gerade vor dem Hintergrund CGI-gesteuerter, heute lässig mit Millionenbudgets gemästeter Zeichentrickfilme mit Hunderten von Mitarbeitern erblüht. Keine Software der Welt könnte die menschliche Phantasie ersetzen. Von Dave Fleischer, der 1941 den ersten *Superman* der Filmgeschichte mit in den Zeichentrickhimmel schoß, stammt neben einer ganzen Legion von KURZ-Cartoons auch die umwerfende Verne-Parodie *Twenty Thousand Legs Under the Sea* (32).

K ●●●
James und der Riesenpfirsich
James and the Giant Peach
USA. Henry Selick (*1957) – UA: 12. 4. 1996. Walt Disney, F-80 min – K: 25. 7. 96 (Tobis) – V: 3. 6. 97 – Lit: Lucy Dahl: James and the Giant Peach: The Book and Movie Scrapbook (96) – Art: Cf 66 (96). Cfq 27/8 (96), 27/9 (96). Cs 2/7 (96) – Kr: Az 25. 7. 96. Cfq 28/1 (96). KSA 27. 7. 96. SaS 6/8 (96). SI 26 (96). VMG '97 (96). Zoom (96/9) – Oscar-Nominierung 1997: Musical Score.

□ Waisenjunge James (Paul Terry), dessen Eltern am hellichten

Tag von einem wilden Rhinozeros verspeist wurden, flieht vor den grausamen Tanten mit seinen Insekten-Freunden im Monsterpfirsich nach New York City. Selick dämpft die Disneyisierung von Roald Dahls wenig kompromißbereitem Kinderbuch-Klassiker durch einen eigenen Garten bösartiger Andeutungen. Äußerst kreative Phantasie wie in *The Nightmare Before Christmas* ist aber selbst in den erkennbaren Anspielungen auf *Jaws, King Kong* oder Harryhausen der wirkliche Motor der Geschichte hier.

K ●●●●

Das kleine Mädchen mit den Schwefelhölzern

La Petite Marchande d'Allumettes

Fr. Jean Renoir (1894–1979) – UA: 31. 3. 1928 (Alhambra Genf). SW-29 min – TV: 24. 12. 96 (arte; OmU; THEMENABEND: HANS CHRISTIAN ANDERSEN) – Lit (Renoir): Bazin: JR (71). Bergan: JR: Projections of Paradise (93). Brandy: JR (72), JR: The World of His Films (77). Faulkner: JR: A Guide to References and Resources (80). Gilliat: JR: Essays, Conversations, Reviews (75). Gregor, ed: JR und seine Filme. Eine Dokumentation (70). Serceau: JR l'Insurge (81). Thompson/LoBianco, eds: JR: Letters (95) – Art (Renoir): SaS 5/1 (95).

□ Ein begehrenswerter Leutnant und seine Holzsoldaten kämpfen gegen einen tödlichen Husaren mit dem Gesicht eines Polizisten – zumindest in dem kurzen, intensiven Traum einer im Schnee eingeschlafenen, zerlumpten Streichholzverkäuferin (Catherine Hessling). Von Impressionismus und Chaplin beeinflußte, tricktechnisch avantgardistische Meisterleistung Renoirs, welche aufgrund eines bereits die erste Pariser Aufführung sprengenden lächerlichen Prozesses bisher kaum zu sehen war. Ein atemberaubendes Beispiel dafür, wie grenzenlos Film sein kann.

K ●●

Kondom des Grauens

BRD. Martin Walz (*1946), Mario Kramp – UA/K: 29. 8. 1996. Ascot-Elite, F-118 min – F: OLDENBURG (96) – V: 24. 2. 97 (Starlight) – Art: MS 20 (96). SI 26 (96) – Kr: Az 29. 8. 96. KSA 29. 8. 96. SI 27 (96). Sp 26. 8. 96. SZ 29. 8. 96. Zoom (96/9).

□ Zähnefletschende, der kranken Phantasie von *Alien*-Schöpfer H. R. Giger und Jörg Buttgereit entsprungene Killerpräservative im verlausten New Yorker Stundenhotel *Quickie* rufen Tunten-Gesetzeshüter Luigi Mackeroni (Udo Samel) auf den Schlachtplan. Mit dem deutschen Kino-Geschmack kann etwas nicht stimmen, wenn ein gleichfalls auf dem grell-abseitigen Comic Ralf Königs basierender, stubenreiner Filmförderungsschwank wie Sönke Wortmanns *Der bewegte Mann* ein Massenpublikum von 6,5 Mio. Besuchern erreicht. Das absurde Feeling der Vorlage, wenn auch unterboten, geht hier nicht auf Kosten von »Realismus«. Hella von Sinnen, Ralf Wolter, Iris Berben.

K ●●●●

Der König und der Vogel

Le Roi et l'Oiseau

Fr. Paul Grimault (1905–1994) – UA: 19. 3. 1979. F-84 min – K:

12. 3. 81 (Senator) - TV: 24. 12. 96 (arte; THEMENABEND: HANS CHRISTIAN ANDERSEN) - Art (Grimault): RdC 348 (80) - Kr: L'EF 13 (80). f-d (81/Nr. 22880). MFB 607 (84).

□ Tatkräftig unterstützt von dem gefiederten Mr. Bird, überwinden die zur Heirat gezwungene Schäferin und der Schornsteinfeger die Herrschaft des tyrannischen Königs Karl XVI. und seines Riesenroboters. Ein Traum von einem Film, ein zeitloses Pamphlet gegen Unterdrückung und Selbstaufgabe. 1947 von Grimault/Prévert unmittelbar nach Fertigstellung von *Le Petit Soldat* (vgl. SFJ '97, S. 381) begonnen, besitzt kaum ein anderes Animationswerk eine so lange und ärgerliche, 1952 zu einer unautorisierten 63-min-Version (*La Bergère et le Ramoneur*) führenden Entstehungsgeschichte.

K ••

Krieg der Sterne – Special Edition/Krieg der Sterne – Episode IV: Eine neue Hoffnung

Star Wars: Special Edition/Star Wars Episode IV: A New Hope

USA. George Lucas (*1945) - UA: 1977/5. Fox, F-121 min - UA (Special Edition): 31. 1. 1997. Fox, F-125 min - K: 9. 2. 78 (Fox) - K (SE): 20. 3. 97 (Fox) - Lit (Lucas): Champlin: GL: The Creative Impulse (92). Pollock: Skywalking: The Life and Films of GL (83). Smith: American Filmmakers Today (85). Von Gunden: Postmodern Auteurs: Coppola, Lucas, De Palma, Spielberg and Scorsese (93) - Lit: Anderson: SF Films of the Seventies (85). Brosnan: Future Tense: The Cinema of SF (78). Culhane: Special Effects in the Movies (81). Frank: Sci-Fi Now (78). Johnston: The Star Wars Sketchbook (78). Pohl/Pohl IV: SF: Studies in Film (81). Sobchack: The Limits of Infinity: The American SF Film 1950–75 (79). Titelman, ed: The Art of Star Wars (81). 20th Century Fox Corp., ed: The Star Wars Album (77). Weinberg: Star Wars: The Making of the Movie (81) - Art: AC (77/7). AF (77/4; Lucas). Cfq 6/4–7/1 (78; John Dykstra / Richard Edlund / Adam Beckett / Dennis Muren / Ken Ralston / Robert Blalack / Dave Prowse / Peter Mayhew / Carrie Fisher / Kenny Baker / John Stears / Rick Baker / Doug Beswick / Laine Liska / Jon Berg / Phil Tippett / Ben Burtt / Joseph Johnston / Ralph McQuarrie / Grant McCune / Dave Jones / Joe Viskocil / Gary Kurtz), 28/9 (97; Peter Cushing). L'EF 2 (77; Lucas), 3 (77; Kurtz), 33 (83). Fantasy Film Journal 1 (77). FF 1 (78), 3 (78; Dykstra/Kenny Baker/Rick Baker), 5 (78; Dykstra/McQuarrie), 7 (78). Literature/Film Quarterly (78/Autumn). Mi 4 (78). Ph 28 (78). Rolling Stone 23. 8. 77 (Lucas). Sb 1 (78). Slg 7 (77), 8 (77), 13 (78; Prowse), 17 (78; McQuarrie), 19 (79), 21 (79; Mark Hamill). Videoscope 22 (97; Prowse) - Lit (Star Wars-Trilogie): Call, ed: The Art of Star Wars (94). Mangels: Star Wars: The Essential Guide to Characters (96). Sansweet: Star Wars: From Concept to Screen to Collectible (96). Smith: Industrial, Light & Magic: The Art of Special Effects (86). Vaz/Hata: The Star Wars Archives (96). Velasco: A Guide to the Star Wars Universe (85). Wood:

Sturzflug in die Filmgeschichte. Star Wars *in einer frühen Preproduction-Illustration Ralph McQuarries*

Hollywood from Vietnam to Reagan (86) – Art (Star Wars-Trilogie): Cfq 15/2 (85), 15/4 (85). Slg 48 (81), 49 (81), 50 (81), 100 (85), 104 (86), 127 (88). VW 21 (94) – Art (Star Wars-Trilogie/SE): Cfq 28/8 (97), 28/9 (97; Edlund). Cs 3/5 (97). MS 27 (97), 28–29 (97; Rick McCallum). Slg 236 (97; Hamill/Anthony Daniels), 237 (97; Lucas) – Lit (Harrison Ford): McKenzie: The HF Story (84) – Lit/Art (Cushing): s. Die Tür ins Jenseits – Kr: Cfq 6/2 (77). L'EF 2 (77). f-d (78/Nr. 20658). JPF 3 (79). MFB 526 (77). MM 26 (77). SFV 1 (88). Va 25. 5. 77. Zt 10. 2. 78 – Kr (SE): Az 20. 3. 97 (Glosse). Cfq 28/12 (97). SaS 7/4 (97) – Oscars 1977: Art Direction/Set Decoration, Film Editing, Visual Effects, Costume Design, Sound, Original Score; Special Achievment Award for Sound Effects Creations.

□ Neubearbeitung/Restaurierung eines vor 20 Jahren nicht optimal nach den Vorstellungen des Regisseurs plazierten SF-Klassikers zum 20-jährigen Jubiläum. Lukes hochgebeamter Wüstengleiter flitzt jetzt ohne sichtbare Glasscheiben über den Sandboden, elegant erheben sich der *Rasende Falke* und die Rebellen-Angriffsjäger aus ihren Hangars, 1977 nicht mehr als in den Himmel schießende Lichtpunkte. Die finstere Todesstern-Schrottpresse funkelt jetzt in teuflischerem Rot und vor allem der sanierungsbedürftige Raumhafen *Mos Eisley* erhält einen turbulenteren ILM-Anstrich in Form neuer Tierarten und neuer alter Bekannter wie der auf der Startpiste 94 herumrobbenden »Kuhfladenschnecke« (Ponkie, Az) Jabba. Die stationäre Rieseneidechse, auf deren Rücken nach R2D2/C-3PO in der Wüste Tatooines Ausschau gehalten wird, hat in der Zwischenzeit neben einem digitalen Lauftraining eine Geschlechtsumwandlung im Jurassic Park absolviert, während am Himmel eine imperiale Fähre zur Landung ansetzt. Harrison Ford rennt jetzt kopflos in den Schoß einer ganzen Kompanie (die ursprüngliche, in Schall und Rauch untergegangene Sequenz war besser) und Luke, der Biggs Darklighter wiedertrifft, ist jetzt deutlich als winziger Punkt zusammen mit Leia in der haushohen Eingangshalle des *Massassi*-Rebellenstützpunkts auf einem der Monde *Yavins* zu sehen – Ergebnisse einer 109 neue bzw. neu gestaltete Szenen umfassenden CGI-Nachpflege.

Durch die ganze Stadtlandschaften umgreifende Ausweitung der Trilogie wird im nachhinein deutlicher, was Lucas von Anfang an beabsichtigte, in einem filmischer SF in größerem Stil nicht gerade wohlwollend gegenüber stehendem Hollywood der 70er Jahre jedoch unmöglich realisieren konnte. *Star Wars* mußte das SF-Kino zunächst technisch verändern, ILM und John Dykstras computergesteuerte Krankamera *Dykstraflex* das Genre aus seiner Immobilität hieven. Städte und Action im All gab es bereits in *Aelita* (24) und *Flash Gordon* (36) und die technische Perfektion vorher in *2001: A Space Odyssey* (68), aber erst Lucas verwandelte die Galaxis in einen für das Kino frei begehbaren Vielvölkerstaat und Rummelplatz. *Star Wars*, 1977 aus verständlichen Gründen noch nicht *Episode IV: A New Hope*, beginnt mitten in der Action, als sei sie schon immer da gewesen, und spielt in einem neuen und doch seltsam bekannten Universum. *Star Wars* ist mehr, ein historisches Datum, welches das amerik. Kino nach dem Verschwinden des Western an die nächste Grenze verfrachtet, den Weltraum. Die Ironie der Geschichte liegt darin, daß Rom auch nicht an einem Tag erbaut wurde und daß ein undankbares Hollywood aus dem Jahr 1977 ausgerechnet in *Star Wars* weiterleben würde. Es ist wie mit der Entdeckung Amerikas: Lucas war, wie Christoph Kolumbus, nicht der einzige, der zu einem solchen Schritt in der Lage gewesen wäre, aber er war der einzige, der einen solchen Schritt unternommen hat.

Es ist daher kaum erstaunlich, in intergalaktischer Kulisse einer ungemeinen Vielfalt an Irdisch-Vertrautem zu begegnen. Allein John Williams' enzyklopädischer Score verarbeitet alles von Puccinis Arien über Norths *Spartacus* und Rózsas *Madame Bovary* bis Korngolds *Kings Row*, und für ein heutiges Publikum ist der Angriff auf den Todesstern, unterstützt von brillantem Editing, nicht weniger spektakulär als das Wagenrennen von *Ben Hur* für die Zuschauer des Jahres 1959. Das Plot wird mythologisch scharf gewürzt durch halbfertige Charaktere und die Nichtbeantwortung wichtigster Fragen, was zukunftsmüde Kritiker in einem auf 9 Ep anvisierten Lebenswerk gleich reihenweise in die Falle tappen läßt. Der Reiz von *Star Wars* liegt mindestens zu gleichem Teil im Nebel seiner Vorgeschichte. Alec Guiness' total veränderter Gesichtsausdruck während des Laserschwertduells mit Vader verrät uns, als er einen Moment lang zweifelt, ob es richtig war, seinem einstigen Schüler noch einmal als alter Mann gegenüberzutreten (»Ihr hättet nicht kommen sollen«) und den Sohn mit der Technik des Krieges und der Macht des Vaters bekannt zu machen, aber Äußerungen wie die Jean-Paul Sartres, er kenne nichts Bewegenderes als die nicht viel verschiedenere Sequenz in Tarkowskijs *Iwanowo detstwo* (62), als die Offiziere das Kind – auch Iwan ist ein durch den Krieg bedingtes Waisenkind – in einer äußerst bewegenden Mischung aus Sorge und Pflichterfüllung den langen Weg den Fluß entlang begleiten, hat es für *Star Wars* nie gegeben. *Star Wars* wird seine wirkliche Größe erst im abschließenden Zusammenhang aller Ep für jedermann sichtbar machen.

K •••
Lord of Illusions
Lord of Illusions
USA. Clive Barker (*1952) – UA (K): 25. 8. 1995. MGM/UA, F-108 min – UA (V): 1996/1. MGM/UA, F-120 min (Director's Cut) – F: LONDON (95). *FaFF* (96; DirCut) – V: 30. 8. 96 (Warner; DirCut) – Art: Cfq 26/2 (95), 26/3 (95), 26/5 (95), 26/6–27/1 (95). Cs 11 (95). Fg 138 (94), 139 (95), 140 (95), 141 (95), 146 (95). SFE (95/2). SFU 5 (95), 9 (95). Shv 13 (95), 34 (96). Slg 212 (95; Scott Bakula). Videoscope 3/17 (96). VW 34 (96) – Kr: Cfq 27/3 (95). Fg 145 (95), 153 (96; Dir-

Cut). MS 21 (96; DirCut). SaS 6/9 (96). VMG '97 (96). VW 34 (96; DirCut).

□ Pantages Theater, LA. Harry D'Amour (Bakula), ein aufs Okkulte spezialisierter NY-Privatdetektiv, kann nicht verhindern, daß der weltberühmte Magier Philip Swann (Kevin J. O'Connor) vor den Augen des Publikums einen grausamen Tod findet und Swanns fluchbeladene Vergangenheit einen gräßlichen Tribut fordert. In der um 12 min längeren, essentiellen DirCut-Fassung ein vielschichtiger, willkommen selbstkritischer Essay über Kunst und Künstlichkeit des Filmemachens. Famke Janssen, Daniel Van Bargen, Barry Del Sherman.

K ●●●●
Lost Highway
Lost Highway
USA. David Lynch (*1946) – UA: 21. 2. 1997. October, F-135 min – F: BERLIN (97) – K: 10. 4. 97 (Senator) – Lit: Breskin: Inner Views: Filmmakers in Conversation (97) – Art: Cfq 28/9 (97), 28/10 (97). SaS 6/7 (96), 7/8 (97) – Kr: Cfq 28/10 (97). Fg 161 (97).

□ Scheinbar nachts innerhalb der Wohnung aufgenommene Videocassetten verwandeln die Ehe von Free Jazz-Saxophonist Fred Madison (Bill Pullman) und seiner Frau Renée (Patricia Arquette) in einen mörderischen Alptraum. Als sei dies noch nicht kompliziert genug, mutieren Plot/Figuren zu einer zweiten Geschichte um den riskanten Flirt eines verheirateten Automechanikers (Balthazar Getty) mit einer gefährlichen Gangsterpuppe (Arquette erneut). Ein mysteriös funkelndes, nichts aufklärendes Juwel modernen *Film Noirs,* welches uns komplett unserer Vorstellungen von Raum und Zeit, Identität und Wahrnehmung beraubt. *Lost Highway* läßt uns wie *Vertigo* ins Bodenlose stürzen und wieder von vorne anfangen. Sicher ist gar nichts. Robert Loggia, Gary Busey, Richard Pryor, Robert Blake, Jack Nance.

DOKU ●●●
Marilyn Forever. Die virtuellen Welten der Nadia Thalmann
BRD. Hildegard Werth – UA/TV: 4. 10. 1996. ZDF, F-30 min – Art: ZDF-J (96/10).

□ Werth begleitet die Direktorin des Instituts für Computerwissenschaften der Universität Genf, *die* Zentralfigur für die Erschaffung virtueller Menschen im Netz, auf ihren weltweiten Vortragsreisen. Thalmann gilt als erster Software-Entwickler synthetischer Personen, Ziel ist die Zusammenarbeit mit echten Menschen im Cyberspace gleichberechtigter Partner. Es ist absehbar, daß der biologische Mensch bald »ausgedient« hat. *Jack,* für den sich eher das Pentagon interessiert, und *Marilyn* sind somit Adam und Eva nicht nur eines neuen Kommunikationszeitalters. Wie unsere eigene Geschichte beweist, werden auch sie vor Mißbrauch und Vermarktung nicht sicher sein.

K ●●●
Mars Attacks!
Mars Attacks!
USA. Tim Burton (*1960) – UA: 13. 12. 1996. Warner Bros, F-103 min – F: BERLIN (97) – K: 27. 2. 97 (Warner Bros) – Lit (Bur-

ton): Breskin: Inner Views: Filmmakers in Conversation (97) - Lit (Pierce Brosnan): Membery: PB: The Biography (97) - Art: Cf 68 (96). Cfq 28/6 (96), 28/7 (97). Cs 3/4 (97). FFa 4/6 (96; Burton), 5/8 (96; Sarah Jessica Parker). Fg 159 (97), 160 (97; Jonatham Gems). MS 27 (97; Burton/Lisa Marie). SaS 7/2 (97). SFE (97/2). Slg 233 (96), 234 (97; Burton/Rod Steiger/Paul Winfield), 235 (97; Danny Elfman) - Kr: Az 27. 2. 97. Cfq 28/10 (97). SaS 7/3 (97). Sl 29 (97). Sp 3. 3. 97.

□ Jack Nicholson in Topform als von Puppen umringter US-Präsident und opportunistischer Las-Vegas-Geldhai, der den Marsmännchen sein Hotel zur Verfügung stellt. Das haargenaue Gegenteil der vereinsmeiernden politischen Torheit eines *Independence Day*: ein dringend erforderlicher, exzentrisch-persönlicher Gegenschlag im Großstudio-Mimikry eines subversiven Satirikers. *Mars Attacks*! ist das Werk eines an produktivem Chaos interessierten Außenseiters. Glenn Close, Pierce Brosnan, Danny DeVito, Martin Short, Sarah Jessica Parker, Michael J. Fox, Rod Steiger, Paul Winfield, Jim Brown, Pam Grier, Joe Don Baker, »Tom Jones«.

K ●●

Matilda

Roald Dahl's Matilda

USA. Danny DeVito - UA: 9. 8. 1996. Columbia Tri-Star, F-98 min - F: SITGES (96) - K: 20. 3. 97 (Columbia Tri-Star) - Kr: Az 20. 3. 97. Cfq 28/6 (96). SaS 7/1 (97).

□ Freche Familien-/Erziehungsschelte nach Roald Dahl um telekinetische Leseratte/Wundergöre (Mara Wilson) extrem einfältiger Eltern (DeVito, Rhea Perlman). Eine wachrüttelnde, CGI-arme Literatur-Vitaminspritze ohne die befürchtete Naivität.

K ●●●

Mikrokosmos – Das Volk der Gräser

Microcosmos – Le Peuple de l'herbe

Fr/It/Schweiz. Claude Nuridsany, Marie Pérennou - UA/F: 12. 5. 1996. CANNES, F-77 min - F: LOCARNO (96). *SITGES* (96). SAN SEBASTIAN (96). HAMBURG (96). GENT (96) - K: 31. 10. 96 (Pandora) - Kr: FR 1. 11. 96. MS 22–23 (96). SaS 7/6 (97). SZ 1. 11. 96.

□ Über eine Sommerwiese gleitet die Kamera auf den Erdboden in ein vertrautes und zunehmend fremdartiges Universum aus Insekten und Kleinstlebewesen, als befände man sich auf einem fernen Planeten oder dem absonderlichsten jemals von der SF erfundenen Paralleluniversum. *Microcosmos* ist eine triumphale Korrektur unserer Perspektive, die das Bekannte mit dem Unbekannten verwechselt, in nie gesehenen Aufnahmen von kaum für möglich gehaltener Perfektion. Dabei kommen Nuridsany/Pérennou ohne die spekulative Philosophie von *The Incredible Shrinking Man* (57) und *The Hellstrom Chronicle* (71) aus.

K ●●

Mission: Impossible

Mission: Impossible

USA. Brian De Palma (*1940) - UA: 24. 5. 1996. Paramount, F-110 min - F: DEAUVILLE (96).

SARAJEVO (96) – K: 8. 8. 96 (UIP) – V: 3. 2. 97 (CIC) – Art: Cf 67 (96). Cfq 27/10 (96). FAZ 18. 4. 96. SaS 6/7 (96) – Kr: Az 8. 8. 96. Cfq 28/2 (96). Focus 5. 8. 96. FR 8. 8. 96. KSA 10. 8. 96. SaS 6/7 (96). Sp 5. 8. 96. VMG '97 (96). Zoom (96/8).

□ Ethan Hunt (Erstproduzent/Megastar Tom Cruise), IMF-Agent einer ultrageheimen Spionageorganisation, gerät zwischen die Intrigenfront, muß als einziger Überlebender eines Massakers in Prag seine Identität beweisen. Tiefgefrorenes, stromlinienförmiges Hi-Tech-Update der NBC-Kult-SERIE (1966–73; 168 Ep) in Hitchcockscher *North by Northwest*/McGuffin-Gangart, ILM-Höchstleistungsstunts und schweißtropfendem Suspense. Jon Voight, Emmanuelle Béart, Jean Reno, Vanessa Redgrave.

K ●●

Mord in der Rue Morgue

Murders in the Rue Morgue

USA. Gordon Hessler (*1930) – UA: 1971. AIP, F-87 min – V: 15. 6. 87 – TV: 1. 6. 97 (K1) – Lit (Hessler): Weaver: Science Fiction Stars and Horror Heroes (91) – Art (Hessler): L'EF 3 (78). Fg 53 (86) – Lit (American International Pictures): McGee: Fast and Furious: The Story of AIP (85) – Lit (Edgar Allan Poe-Filmadaptionen): Rose: Cinema of Mystery: The Tales and Themes of EAP (75) – Art (Poe-Filmadaptionen): Cmc 1 (79). DS 7 (91). MS 10 (95), 11 (95). MT 4 (72), 5 (72), 6 (72). Sh 13 (89) – Art (Christopher Wicking): MFB 658 (88), 659 (88) – Lit (Herbert Lom): Pitts: Horror Film Stars (91) – Art (Lom): Fg 107 (91). Fsy 5 (93) – Kr: Vp 4 (73).

□ Für die sensible Madeleine (Christine Kaufmann), Frau des Pariser Grand-Guignol-Theatermanns Cesar Charron (Jason Robards), scheint sich ein tragischer, den Schauspieler Marot (Lom) betreffender Bühnenunfall immer und immer wieder zu wiederholen. Wann endlich werden vergreiste Produzenten/Verleiher begreifen, daß Andersdenkende auch etwas von herkömmlichen Genres verstehen! AIP vermarktete *Murders* auf eine Art und Weise, die mit dem Film nichts zu tun hatte. Hessler/Wicking verschachteln Traum, Realität und Theater derart innovativ, daß AIP glaubte, den Film gänzlich neu arrangieren und mit bunten Corman-Farbfiltern, unlogischen Schnitten und falschem Finale verriegeln zu müssen. Wahrscheinlich ein Meisterwerk. Adolfo Celi, Maria Perschy, Lilly Palmer.

K ●●

Nessie – Das Geheimnis von Loch Ness

Loch Ness

GB. John Henderson – UA: 1996/2. PolyGram Filmed Entertainment, F-101 min – K: 26. 9. 96 (CI-Vertriebsgemeinschaft) – V: 18. 3. 97 (VCL) – Art: Cfq 28/2 (96). Slg 230 (96; Ted Danson) – Kr: Az 26. 9. 96. SaS 6/2 (96). SZ 26. 9. 96. VMG '97 (96).

□ LA/Inverness. Ted Danson als belächelter, angeschlagener US-Forscher, der als letzte Rehabilitations-Chance die Existenz des sagenhaften Seeungeheuers wissenschaftlich widerlegen soll. *Young Guns*/Western-Autor John Fusco verfrachtet John Ford-Mythologie familiengerecht ins schottische Hochland (die Legende ist stärker als die Wahrheit), und die für eine Fantasy-Produktion leider unumgänglichen Effekte reduzieren sich auf ein Minimum. Ganz weglassen geht ja nicht, sonst würde ein besserer Film herauskommen. Joely Richardson, Kirsty Graham, Ian Holm.

TV ●●
Not of This Earth
Not of This Earth
USA. Terence H. Winkless – UA: 1995/9. Showtime, F-87 min – V: 26. 3. 96 (Splendid) – Art (Corman/Showtime): Cfq 27/7 (96) – Kr: Cfq 27/4–5 (96). MS 19 (96).
□ Nach Jim Wynorskis 88er Schaufenster mit Porno-Star Tracy Lords als Krankenschwester die zweite Corman-Reprise seines SW-Klassikers (56) mit Michael York als diskretem Geschäftsmann in der Nobelkarosse, während sich Elizabeth Barondes barbusig am Pool räkelt und auf dem Heimatplaneten Mord und Totschlag um die letzten Kraftreserven ausgebrochen sind. Parker Stevenson, Richard Belzer, Mason Adams.

K ●●●●
The Phantom Lover
The Phantom Lover
Hongkg/Singapur. Ronny Yu Yantai – UA: 1995. F-102 min – F: *FaFF* (96; kantonesisch mit engl./chin. UT) – Lit (Hongkg): Logan: HK Action Cinema (95). Umard: Film ohne Grenzen – Das neue Hong Kong Kino (96) – Art: Fg 152 (96) – Kr: Asian Cult Cinema 14 (96). Cineraider 5 (96). SI 24 (96). VW 33 (96) – Hong Kong Film Awards 1996: Art Direction, Costume Design, Make-up.
□ Shanghai 1936. In einem einst prachtvollen Opernhaus, wo eine Wandergruppe gerade ihr neues Stück einübt, materialisiert sich die tragische Vergangenheit in Form der grausam zerstörten Liebe zwischen dem Erbauer/Star-Tenor Song Danping (Leslie Cheung Kwok-wing) und der aus wirtschaftlichen Gründen dem sadistischen Sohn der reichen, angesehenen Zhao-Familie versprochenen Industriellen-Tochter Du Yunyan (Wu Chien-lien). Romantische Panavision-Kreuzung des »Phantoms der Oper« mit Shakespeares »Romeo und Julia« der Macher von *The Bride with the White Hair* (93). Nicht unähnlich Terence Fishers bewußt farbigerem Altägypten in *The Mummy* (59) verwandeln sich Peter Paus SW/Sepia-Flashbacks in genialen Farbwechseln/Montagen in verbotene Blüten des Glücks der Vergangenheit, hier weitaus gezielter akzentuiert durch Musik/Gesang.

V ●●
Pinocchio – Puppe des Todes
Pinocchio's Revenge
USA. Kevin S. Tenney – UA: 1996/10. Vidmark F-90 min – V: 18. 11. 96 (Highlight) – Art: Cfq 28/2 (96). Fg 155 (96) – Kr: Fg 161 (97). MS 24 (96).
□ Blauäugige Pinocchio-Holzpuppe aus dem Nachlaß eines Kindermörders bringt Anwältin-Tochter in Tatverdacht. Natürlich zweigleisig fahrender, anstelle der befürchteten Chucky-Variation

besserer Video-Horror mit erfrischend spontaner Besetzung. Rosalind Allen, Brittany Alyse Smith, Lewis Van Bergen, Aaron Lustig.

K ●●●●
Planet der Affen
Planet of the Apes
USA. Franklin J. Schaffner (1920–1989) – UA: 1968/1. Fox, F-112 min – K: 3. 5. 68 (Centfox) – TV (Wh): 26. 10. 96 (ZDF) – Lit (Planet der Affen-Filme): Annan: Ape: The Kingdom of Kong (75). Greene: Planet of the Apes as American Myth: Race and Politics in the Films and Television Series (96). Rovin: From Jules Verne to Star Trek (77). Sobchack: The Limits of Infinity (80) – Art (Planet der Affen-Filme): AC (68/4). Cfq 2/2 (72; Arthur P. Jacobs/Pierre Boulle / Schaffne r/ J. Lee Thompson / Ted Post / Rod Serling / Michael Wilson / Charlton Heston / Paul Dehn / Maurice Evans / Kim Hunter / Roddy McDowall / John Chambers / Jerry Goldsmith / William Creber). FC 8 (72; Schaffner). Fg 6 (80). NTE 1/2 (94). Sb 16 (79). Sh 40 (93). Slg 101 (85; McDowall), 105 (86), 160 (90; Hunter), 213 (95; Linda Harrison). TF 18 (73) – Lit (Charlton Heston): Heston: An Actor's Life (78; Autobiogr), In the Arena (95; Autobiogr). Rovin: The Films of ChH (80) – Art (Heston): FF 14 (80). Fx 24 (90). SaS 6/2 (96) – Lit: Wilson: Planet of the Apes (68; unveröff. Drehbuch; UCLA, Special Collections) – Kr: f-d (68/Nr. 15470). SFV 1 (88). Va 7. 2. 68 – Oscar 1968: Honorary Award for Makeup Created by John Chambers.
□ NASA-Colonel George Taylor (Heston) findet sich nach einer Zeitverschiebung in der wenig beneidenswerten Rolle, als Mensch in einer Welt zivilisierter, intelligenter Affen ums Überleben kämpfen zu müssen. *Planet of the Apes* ist einer der großen, das Fundament der Freiheitsstatue unserer Existenz zerstörenden Filme, wie sie noch 10 Jahre vorher nicht möglich gewesen wären. Was Taylor für die Schimpansen-Wissenschaftler Zira (Hunter) und Cornelius (McDowall) zu einem so unwiderstehlichen Fund macht, ist die Tatsache, daß er als einziger Mensch sprechen kann, als sei Sprache etwas Besonderes, Intelligentes oder Überlebenswichtiges. Hinter Taylors Sprachfähigkeit wittern sie das *missing link* zwischen primitivem Mensch und sprechendem Affen, während Heston ihnen klar zu machen versucht, daß es sich genau anders herum verhält. Die Sinnlosigkeit von Sprache, die Absurdität von Denken, die Irrationalität des Menschen sind selten überzeugender dargestellt worden als in dieser entwaffnenden Auseinandersetzung. Der Orang-Utan Prof. Zaius (Evans) weiß nur zu genau, WAS Taylors Existenz bedeutet: Einen katastrophalen Rückfall der Evolution, ein unberechenbares Raubtier, das aus Lust, Sport und Gier tötet, das seinen Bruder umbringt, um seines Bruders Land zu besitzen, eine kriegerische, zerstörende und selbstzerstörerische Mißgeburt und Bestie, deren Denken von Emotionen verseucht wird, die Weisheit mit Idiotie verwechselt, deren Hand vom Verstand losgelöst handelt, ein Überbringer des Todes, welcher »aus deiner und meiner Welt eine

Wüste macht«. Vor allem letzteres muß Zaius verhindern, er muß das Krebsgeschwür Taylor vernichten und die Höhle an der Küste mit den beweislastigen Ausgrabungen sprengen lassen: der Affenstaat würde, wäre Taylor zugelassen, denselben verhängnisvollen Weg in den Abgrund gehen. Der beste Trick des Films sind nicht die erstaunlichen, Oscar-prämierten Affen-Masken, sondern die Unerschrockenheit und Unausweichbarkeit, mit der er uns überführt. Taylor wußte von Anfang an, daß er sich auf der Erde befand, er wollte es nur nicht wahrhaben. Von genau diesem Konflikt handelt *Planet of the Apes*: Die menschliche Intelligenz ist eine Sackgasse der Evolution, und wenn wir Taylors rationalen Gegenspieler Zaius hassen, hassen wir die naturgegebenen, unüberbrückbaren Konflikte in uns selbst. Zuletzt sind Taylor und Nova (Harrison) erneut Adam und Eva nach der Vertreibung aus dem Paradies, schicksalshaft ihrer neu gewonnenen Freiheit begegnend: Der Kreis schließt sich, und der mörderische, unabänderliche Irrtum menschlicher Geschichte kann von vorne beginnen.

KURZ •••
Popeye trifft Aladin
Popeye Meets Aladin
USA. Dave Fleischer (1894–1979) – UA: 1939. Paramount, F-20 min – TV: 20. 10. 96 (arte; OmU; REIHE CARTOON FACTORY # 49) – Lit/Art (Max/Dave Fleischer): s. Alles klar bei der Ausstellung.
□ Hysterische Hollywood-Tippse stürzt sich als 1001-Nacht-Prinzessin in Wahnsinns-Plot mit dem Spinat fressenden Popeye als Aladin, einem falschen Zauberer und einem übergewichtigen Lampengeist. Nach Orientierungs-Start Ideen-Vollgas: Eine rebellische Hymne auf die ungestüme Ungebundenheit der Phantasie und die einzigartigen Möglichkeiten des Cartoon, welche in einer ernüchternden, vernichtenden Warnung gipfeln.

V •
Primal Creatures
Carnosaur 3: Primal Species
USA. Jonathan Winfrey – UA: 1996/10. Concorde/New Visions, F-85 min – V: 19. 11. 96 (VPS) – Kr: Cfq 28/9 (97). Fg 161 (97). MS 24 (96).
□ Hafenbecken LA. Colonel Rance Higgins (Scott Valentine) und seine Spezialeinheit stürmen einen von Terroristen gekaperten Marine-Frachter mit tiefgefrorenem Dinosauriergulasch. Corman-Heuler mit das Schlimmste verhindernder Schnittechnik. Janet Gunn, Rick Dean, Morgan Englund.

KURZ •••
Quest
BRD. Tyron Montgomery (*1967) – UA: 1996. F-11 min – F: ANNECY (96). *SITGES* (96). STUTTGART (96). *FaFF* (96). KIEW (96). DRESDEN (96). HAMBURG (96). ZAGREB (96) – TV: 26. 3. 97 (ZDF) – V: 97/4 (TRANSmedia) – Oscar 1997: Best Animated Short.
□ Eine sich aus Sand bildende menschenähnliche Figur quält sich, dem verlockenden Ton tropfenden Wassers folgend, durch

Die Gefahr des Wissens. Franklin Schaffners vernichtende Zivilisationskritik Planet of the Apes

Papier- und Steinwüsten, bis sie in einer menschenleeren Industrielandschaft von einer Maschine zermahlen wird, in Wasser fällt und zuletzt neu entsteht. Die Sensation der Oscar-Verleihung 1997, vom ZDF einen Tag später aus aktuellem Anlaß ausgestrahlt. *Quest* ist faszinierend unklassifizierbar und wurde im Fachbereich *Visuelle Kommunikation* der Gesamthochschule Kassel in vierjähriger grausiger Kleinstarbeit (19 500 Einzelbilder ohne jede Computeranimation) hergestellt, bezuschußt mit 300 000,– DM aus der Hessischen Filmförderung und mit Paul Driessen in beratender Funktion. 30 internationale Auszeichnungen.

V ●●
Rainbow
Rainbow
GB/Kan. Bob Hoskins (*1942) – UA (GB): 1996/7. First Independent, F/SW-101 min – K: 4. 7. 96 (Jugendfilm) – V: 13. 1. 97 (New Vision) – Kr: KSA 6. 7. 96. MS 25–26 (97). SaS 6/8 (96).

□ New Jersey/Kansas. Während der Erforschung eines Regenbogens läßt Mikes älterer Bruder Steve 3 goldene Nuggets mitgehen, worauf die Welt, ihrer Farben beraubt, ins graue Chaos stürzt. Unaufdringliches Gier-Märchen nach *The Wizard of Oz* mit exzellenten Schauspielern auch unter den Kids (Dan Aykroyds überflüssiger Slapstick-Sheriff ist der einzige Wermutstropfen) und Freddie Francis' bezauberndem Kamerareichtum. Bob Hoskins, Saul Rubinek, Eleanor Misrahi, Willy Lavendal, Jacob Tierney.

K ●
Der Rasenmäher-Mann 2 – Beyond Cyberspace
Lawnmower Man 2: Beyond Cyberspace
USA. Farhad Mann – UA: 1996/1. New Line, F-93 min – V: 12. 7. 96 (Warner) – Art: Cfq 27/4–5 (96). Fg 150 (96) – Kr: Cfq 28/1 (96). MS 20 (96). SaS 6/4 (96). VMG '97 (96).

□ Cyberspace-Krüppel Jobe (Cyberface Matt Frewer, eine der unerträglichsten Visagen im SF-Film der 90er Jahre) trachtet als VR-Messias nach der Alleinherrschaft, nur Dr. Trace (Patrick Bergin), Erfinder des Chiron-Chips, kann ihn stoppen. Verkorkste, von einer Computer-geschaffenen Krise in die nächste purzelnde Video-Konserve als beliebige Sequel-Pflichterfüllung. Austin O'Brien, Ely Pouget, Camille Cooper.

K ●●
Das Relikt – Museum der Angst
The Relic
USA. Peter Hyams (*1943) – UA: 17. 1. 1997. Paramount, F-106 min – F: *GERARDMER* (97) – K: 1. 5. 97 (Concorde/Castle Rock-Turner) – Art: Cf 69 (97). Cfq 27/10 (96). Cs 2/6 (96). Fg 154 (96), 155 (96), 160 (97). Slg 229 (96), 235 (97; Penelope Ann Miller), 237 (97; Hyams) – Kr: Cfq 28/9 (97), 28/10 (97). Fg 160 (97). SaS 7/6 (97). Sl 30 (97).

□ Chicago-Lt. Vincent D'Agosta (Tom Sizemore) und die Evolutionsbiologin Dr. Margo Green (Miller) gegen die südamerik. Monstergottheit *Kathoga* (Gehirn-Gourmet) im finsteren Naturkunde-Museum mit ausgefallenem Sicherheitssystem. Traditionell, aber perfekt gemacht, mit einem unberechenbaren, selbst Feuersbrünste überstehendem CGI/Animatronics-Dämon Stan Winstons. Linda Hunt, James Whitmore, Clayton Rohner.

K ●●

The Rock – Fels der Entscheidung

The Rock

USA. Michael Bay (*1965) – UA: 1996. Buena Vista, F-136 min – K: 18. 7. 96 (Hollywood Pictures) – V: 20. 12. 96 (Buena Vista) – TV: 28. 3. 97 (DF1) – Kr: Az 11. 7. 96. FR 11. 7. 96. KSA 13. 7. 96. SaS 6/8 (96). SZ 11. 6. 96. VMG '97 (96). Zoom (96/8) – Oscar-Nominierung 1997: Sound.

□ Übergeschnappter, von der US-Regierung verheizter Marine-General (Ed Harris) droht die Bevölkerung des Großraums San Francisco von Alcatraz aus (81 Geisel-Touristen) mit 4 VX-Nervengasraketen platt zu machen. Bays *Top Gun*-Regie zerhackt einen Drehbuch-Katalog von 8 Autoren (darunter Quentin Tarantino und zwei britische, exclusiv für Sean Connery eingeflogene), die Roswell, JFK, Elton John, Jugoslawien und J. Edgar Hoover gleich mit verheizen. Das Endergebnis ist eine feurige Ladung Popcorn, lichtjahreweit entfernt von den Meisterwerken der Gattung, den Originalfassungen von *The Manchurian Candidate* (62) und *Twilight's Last Gleaming* (76). Nicolas Cage, Michael Biehn, Tony Todd.

KURZ ●●●●

Rotkäppchen – Total verrückt

Wild and Woolfy

USA. Tex Avery (1907–1980) – UA: 3. 11. 1945. MGM, F-7 min – TV (Wh): 1. 11. 96 (S3; Halloween-Filmnacht) – Lit/Art (Avery): s. Der hungrige Wolf.

□ Der böse Wolf trifft im Saloon auf eine rothaarige Sängerin, doch dann rastet diese kreuzbrave Western-Parodie mit dem schlaffen Bullterrier Droopy plötzlich wie aus heiterem Himmel völlig aus. Diesen Amoklauf eines Cartoons in Lichtgeschwindigkeit muß man gesehen haben, um eine Vorstellung davon zu bekommen, wozu ein Zwerchfell-Inferno und Massaker-Phantasie in ihrer extremsten Form fähig sind.

K ●●

Die Rückkehr der Jedi-Ritter – Special Edition/Krieg der Sterne – Episode VI: Die Rückkehr der Jedi-Ritter

Return of the Jedi: Special Edition/Star Wars Episode VI: Return of the Jedi

USA. Richard Marquand (1938–1987) – UA: 25. 5. 1983. Fox, F-133 min – UA (Special Edition): 7. 3. 1997. Fox, F-135 min – K: 9. 12. 83 (Fox) – K (SE): 24. 4. 97 (Fox) – Lit/Art (Lucas/Star Wars-Trilogie; Star Wars-Trilogie/SE): s. Krieg der Sterne – Special Edition – Art: Cf 13 (83). Cfq 13/4 (83). L'EF 37 (83; Anthony Daniels), 38 (83; Marquand/Dale Pollock/Richard Edlund/Dennis Muren/Ken Ralston/Phil Tippett/Lorne Peterson/Steve Gawley/Joe Johnston/Neil Krepela). FF 34 (83), 35 (83), 36 (83), 37 (83). Los Angeles Herald Examiner 23. 3. 83. MFB 594 (83; Howard Kazanjian). New York Daily News 30. 3. 83. New York Post 28. 3. 83. Slg 69 (83; Daniels/Kazanjian), 71 (83; Marquand/Carrie Fisher), 72 (83;

Mark Hamill), 80 (84; Billy Dee Williams), 82 (84; Ian McDiarmid), 84 (84; Frank Oz), 87 (84; David Prowse). Time Magazine 23. 5. 83. Wall Street Journal 12. 5. 83 – Kr: Cfq 13/6–14/1 (83). CN 4 (83). L'EF 38 (83). f-d (83/Nr. 24283). FaF 346 (83). MFB 594 (83). SFV 1 (88). Slg 76 (83). Va 18. 5. 83 – Kr (SE): Cfq 28/12 (97) – Oscar-Nominierungen 1983: Original Score, Art Direction/Set Decoration, Sound, Sound Editing.

□ 70 neu gedrehte/nachgebesserte Szenen wie ganze *Bantha*-Herden während Lukes Flug zum jetzt digital schnappenden *Sarlacc*-Monster im Wüstenloch *Tatooines* und einer wilderen Gesangsnummer am Hof Jabbas mit einem erheblich mobileren *Sy Snootles* als Entertainer und einer über den Tanzboden fetzenden langhaarigen Hippie-Kugel namens *Joh Yowza the Yuzzum*. Unter den Städten im All, wo Siegesfeiern über das Imperium abgehalten werden, ist erstmals *Coruscant* zu sehen, einer der Hauptschauplätze der ersten 3 Ep.

Jedi ist zweifellos der wichtigste Teil der bisherigen Ep – Luke muß sich dem Imperator (McDiarmid) und seinem von Palpatine benutzten Vater gleichzeitig stellen, welche die Rebellion ausgerechnet über Luke in eine Falle locken. Aber was dieser die mittlere Trilogie dramatisch beendenden Konstruktion im Wege steht, ist Vaders Bemerkung am Ende von *Empire*, nur mit Hilfe seines Sohnes könne er den Imperator vernichten: Es ist unwahrscheinlich, daß Vader, dessen Verhältnis zu Luke enger geworden ist (»Deine Gedanken verraten dich, Vater«), nach einem solchen Hinweis tatenlos mit ansehen würde, wie sein eigener Sohn direkt vor seinen Augen ausgerechnet von einem Mann ermordet wird, der ihn an die dunkle Seite der Macht kettete.

Lukes Treffen mit Vader und dem Imperator, die Ausschaltung des Schutzschirms auf Endor und der Angriff der Rebellenflotte auf den zweiten Todesstern sind in der Tradition von *Intolerance* (1916) stehende, parallel auf ihre jeweiligen Höhepunkte zusteuernde Plots, ein Handlungsprinzip, das Eisenstein, Pudowkin und Lewis Milestone faszinierte und weiter entwickeln ließ, während der Hof Jabbas an Hollywoods prunkvollere Tage und Lukes Douglas Fairbanks-Salto vom Sprungbrett aus an das Beste des Piraten-Genres erinnert. Aber anders als Griffith, dessen revolutionäre, nie dagewesene Filmsprache das Publikum geistig überforderte, braucht sich Lucas lediglich einer hundertjährigen Tradition zu bedienen und beide Hände aufzuhalten.

K ••••

Rückkehr zum Planet der Affen

Beneath the Planet of the Apes

USA. Ted Post (*1925) – UA: 1970/5. Fox, F-94 min – K: 1. 5. 70 (Centfox) – TV (Wh): 2. 11. 96 (ZDF) – Lit/Art (Planet der Affen-Filme/Charlton Heston): s. Planet der Affen – Lit: Dehn: Beneath the Planet of the Apes (69; unveröff. Drehbuch; UCLA, Special Collections) – Art: MM 41 (91). SM 22 (97) – Kr: f-d (70/Nr. 16808). SFV 1 (88). Va 6. 5. 70.

□ Das obligatorische Hollywood-Sequel, aber was für eine weitere packende apokalyptische Satire! *Beneath* stellt Sprache als etwas Gefährliches, ja Tödliches, dar. Aus Sprache entsteht Wissen, aus Wissen eine pervertierte Form von Wissen, die Atombombe. Zaius (Maurice Evans), auch hier die zentrale Figur des Films, weiß ganz genau, daß Wissen für den Affenstaat, der durch seine Vergrößerung gezwungen ist, neuen Lebensraum in der *Verbotenen Zone* zu schaffen, eine größere Bedrohung als Notwendigkeit bedeutet. Das Unbekannte, sagt er zu General Ursus (James Gregory), sei schlimmer als der Hunger. Die *Planet of the Apes*-Reihe erscheint somit als konsequente Analyse einer aus Evolution/Geschichte resultierenden widersprüchlichen Tragödie. Dem Menschen bleibt anscheinend nichts anderes übrig, als Denken in Sprache, Sprache in Wissen und Wissen in Wissen über das Verbotene/Unbekannte umzuwandeln. Dieser Weg, von dem es keine Abweichung gibt, ist tödlich, und die Selbstverständlichkeit, mit der der Mensch Denken, Wissen, Entwicklung, Macht und Fortschritt als etwas Normales betrachtet, zeichnet ihn als Irrweg der Evolution aus - sein Scheitern ist die zwangsläufige Folge. Wenn der Film keinen Ausweg aus dieser Katastrophe entwickelt, dann deshalb, weil es in der Natur keinen *gibt.* Was in der gespenstischen, ausgebrannten und von Naturkatastrophen durchzogenen Ruinenwelt von *Beneath* demnach überlebt hat, sind die Mutation des menschlichen Geistes in ein telepathisches Folterwerkzeug, Bilder in der Funktion von Worten oder Gedanken - die aus purem Film bestehenden Erinnerungsfetzen der sprachlosen Nova über Taylors Schicksal und die Nacht visueller Abschreckung der weit fortgeschrittenen einstigen Bewohner New Yorks -, ein ebenso hilflos wie aggressiv nach Antworten ringender zweiter Astronaut (James Franciscus) und eine komplette Kopie menschlicher Irrtümer in Form eines Affenstaates, dessen geistiger Führer aufgrund seines Wissens den Weg in den Untergang, seinen eigenen und den seines Volkes, nicht stoppen kann. Kim Hunter, Linda Harrison, Charlton Heston, Victor Buono, James Gregory.

K •

Schlacht um den Planet der Affen

Battle for the Planet of the Apes

USA. J. Lee Thompson (*1914) - UA: 1973/5. Fox, F-86 min - K: 10. 8. 73 (Fox-MGM) - TV (Wh): 23. 11. 96 (ZDF) - Lit/Art (Planet der Affen-Filme): s. Planet der Affen - Kr: f-d (73/Nr. 18436). SFV 1 (88). Va 23. 5. 73.

□ Ein Menschen- und Affenkinder unterrichtender Weiser des Jahres 2670 (John Huston) blickt auf die Ereignisse nach einem verheerenden Atomkrieg zurück, als Caesar (Roddy McDowall) den fanatischen Gorilla-General Aldo (Claude Akins) überwinden und im Kampf gegen menschliche Rest-Mutanten unter Führung des rachedurstigen Ex-*Conquest*-Sicherheitsbeamten Kolp (Severn Darden) die gemeinsame Zukunft sichert. Caesars Errichtung einer Zivilisation friedlicher Koexistenz ist das haargenaue Gegenteil des Verhältnisses Mensch/Affe, wie wir es im Original vorfinden: ein »offener«, sich in Wahrheit jedoch drückender Ausklang der bedeutendsten SF-Filmreihe, welcher den scharfen, kompromißlosen Ton der Vorgänger relativiert und den Kaffeesatz der Reststory herumrührt. Kurzes Nachspiel im US-TV als CBS-SERIE *Planet of the Apes* (74; 13 Ep) und NBC-Cartoon *Return to the Planet of the Apes* (75). Natalie Trundy, Lew Ayres, Paul Williams, Austin Stoker, John Landis.

K ●●●●

Das schwarze Reptil

The Reptile

GB. John Gilling (1910–1985) – UA: 1966. Warner-Pathe, F-91 min – F: *MÜNCHEN* (84) – K: 2. 6. 67 (Centfox) – TV (Wh): 20. 9. 96 (K1) – Lit (Gilling): Pirie: A Heritage of Horror: The English Gothic Cinema 1946–1972 (73) – Lit (Hammer): Eyles/Adkinson/Fry, eds: The House of Horror: The Story of Hammer Films (73). Hunter, ed: House of Horror: The Complete Hammer Films Story (96). Hutchings: Hammer and Beyond: The British Horror Film (93). Johnson/Del Vecchio: Hammer Films: An Exhaustive Filmography (96). Larson: Music from the House of Hammer (96). Maxford: Hammer, House of Horror: Behind the Screams (96). Meikle: A History of Horrors: The Rise and Fall of the House of Hammer (96). Pirie: A Heritage of Horror: The English Gothic Cinema 1946–1972 (73), Hammer: A Cinema Case Story (80). Warren: British Film Studios: An Illustrated History (95) – Art (Hammer): CTM 1 (95), Fear Magazine 20 (90). Fg 10 (81), 61 (87), 63 (87), 75 (88), 144 (95). HH 1 bis 18 (76–78). HIJ 1 bis 23 (79–89). LSH 1 bis 12 (72–92). MMan 2 (67). MMo 21 (82). MT 8 (72). MW 5 (65). SaS 6/8 (96). Sh 9 (88), 27 (91). TF 25 (73). Vp 4 (73) – Art (Jacqueline Pearce): DT 6 (93). Sb 32 (81). Slg 121 (87) – Art (Michael Ripper): SS 15 (94) – Art (Roy Ashton): Fg 35 (84). Sb 33 (81) – Lit: John Burke: The Reptile (66; Novelization) – Art: DT 5 (93). Shr 3 (66) – Kr: f-d (67/Nr. 14793). MFB 387 (66). Sh 44 (94). Shv 28 (96).

□ Stadt-Ehepaar erbt Landhaus des unter mysteriösen Umständen ums Leben gekommenen Bruders (Claymoor Heath/Cornwall, 19. Jh.) und wird bald selbst mit dem *Schwarzen Tod* konfrontiert, einer Serie unheimlicher Bißwunden. Brillant konzipierter Hammer-Horror mit interessanten Parallelen zu Fishers von Gilling geschriebenem *The Gorgon* (64) und dem gleichzeitig entstandenen *The Plague of the Zombies*, in dem sich die Sünden brit. Kolonial-Arroganz ebenso bitter rächen. Unterstützt von absoluten Profis wie Arthur Grant, Bernard Robinson, Don Mingaye oder Don Banks ungewöhnlichem, orientalischem Score schafft Gilling ein beunruhigendes Klima permanenter Verheimlichung und Irritation, gipfelnd in Pearce' delirischer, die Sinne selbst bei normalen Auftritten beschäftigender Erscheinung: Anna, verzweifeltes Opfer, fleischgewordener Fluch eines fernöstlichen Schlangenmenschen-Kults und verängstigter Spielball einer tragischen Vater/Tochter-Beziehung, ist ein ebenso packend differenzierter Charakter wie Noel Willmans grandioser Dr. Franklyn in seinem fürchterlichen Kampf zwischen kontrollierter Haltung (er ist es, der verdrängt, nicht Anna, die dafür bezahlen muß) und innerlich brodelnder Schuld und Verantwortung, aus der er sich vor seiner eigenen Tochter zuletzt davonstehlen will. Annas Verwandlung nach außen korrespondiert mit Franklyns Verwandlung nach innen: beide sind untrennbar miteinander gekoppelt, beide sind gleich häßlich, beide machen deutlich, daß das Sichtbare eine Lüge ist, der Gegensatz zur unsichtbaren Wahrheit. Jennifer Daniel, Ray Barrett, Michael Ripper.

OPER ●●●
Solaris
BRD. Libretto/Musik: Michael Obst, nach dem Roman von Stanisław Lem – UA: 5.–7. 12. 1996. 5. Münchener Biennale (Internationales Festival für neues Musiktheater, Muffathalle/München) – TV: 9. 7. 97 (arte: REIHE MUSICA; F-95 min) – Musikalische Leitung: Peter Rundel. Inszenierung: Anja Sündermann. Fernsehregie: Georg Wübbolt.
□ Der erneut mit dem Selbstmord seiner Frau Harey (Eva Maria Kuh-rau) konfrontierte Psychologe Chris Kelvin (Hector Guedes) wird auf dem spiegelartigen Planeten *Solaris* mit den verbliebenen Forschern Snaut (Dario Süss) und Sartorius (Wolfram Guenther) zur Auseinandersetzung mit der Widersprüchlichkeit seiner Innenwelt gezwungen. Die Menschen sind Opfer ihrer eigenen, »wissenschaftlichen«, Mission. Auf den Klimbim des Genres verzichtende Kammeroper-Version des 1961 erstveröffentlichten Lem-Romans in einer Aufzeichnung der UA, die natürlich keine Live-Aufführung ersetzen kann. Das ungewohnte Ambiente einer OPER sollte kein Hinderungsgrund sein.

V ●
Space Defender
Precious Find
USA. Philippe Mora – UA: 1996. F-86 min – V: 10. 9. 96 (Ascot) – Kr: MS 24 (96). SaS 7/1 (97).
□ Videopremieren-Fiesling Brion James als überraschend ehrlicher Goldschürfer auf einem Asteroiden. Kein wertvoller Fund, aber Moras *Treasure of the Sierra Madre* im All mixt gekonnt SF mit Western und stabileren Charakteren. Rutger Hauer, Jason Chen, Harold Pruett.

K ●
Space Jam
Space Jam
USA. Joe Pytka – UA: 15. 11. 1996. Warner Bros, F-87 min – K: 6. 2. 97 (Warner) – V: 14. 8. 97 (Warner) – Art: Cfq 28/4–5 (96), 28/6 (96). SFE (96/12). Slg 233 (96) – Kr: Cfq 28/8 (97). SaS 7/4 (97).
□ Basketball/NBA-Superstar Michael Jordan in einem unfairen Match irdischer Warner-Looney-Toons (Daffy Duck, Porky Pig, Tweety, Elmer Fudd, Yosemite Sam, Sylvester etc.) gegen profitsüchtige Zeichentrick-Aliens auf der Suche nach neuer Vergnü-

gungspark-Attraktion. Nicht gerade die Ideen-Raserei eines Chuck Jones oder Tex Avery und selbst schrillste kommerzielle Oberfläche. Wayne Knight, Theresa Rondle, Bill Murray.

K •

Star Trek – Der erste Kontakt

Star Trek: First Contact

USA. Jonathan Frakes – UA: 22. 11. 1996. Paramount, F-110 min – K: 19. 12. 96 (UIP) – V: 25. 6. 97 (CIC) – Art: Cf 69 (97). Cfq 28/4–5 (96), 28/6 (96). Cs 3/2 (96). FFa 5/6 (96; Alice Krige), 5/8 (96; Alfre Woodard), 5/12 (97; Krige). SFE (96/12). Slg 232 (96; Michael Dorn), 233 (96; Frakes/ Patrick Stewart), 234 (97; Woodard/James Crowell), 236 (97; Krige/Todd Masters), 237 (97; Brent Spiner), 238 (97; LeVar Burton) – Kr: Cfq 28/8 (97), 28/10 (97). FR 21. 12. 96. SaS 7/1 (97) – Oscar-Nominierung 1997: Makeup.

☐ Alpha-Quadrant, 24. Jh. Während eines Angriffs der Borg auf die Raumstation *Deep Space 12* folgt die *Enterprise E* unter Jean-Luc Picard (Stewart) einem feindlichen Borg-Schiff via Zeitsprung auf die Erde, wo am 4. April 2063 der erste, erfolgreich die Föderation begründende Warp-Start seines Erfinders Zefram Cochrane (Crowell) mit der *Phoenix* bevorsteht. Die dunkleren Ansätze dieses achten und vollständig ersten *Star Trek-Kinofilms* der *Next Generation* wie Picards Ahab-artige fanatische Suche sind gleichzeitig Verbesserungen wie letztlich zu wenig entwickelte Chancen. Im Endeffekt bleibt alles wieder im historischen Rahmen. LeVar Burton, Gates McFadden, Marina Sirtis.

K •••

Das Stendhal-Syndrom

La Sindrome di Stendhal

It. Dario Argento (*1940) – UA: 1996. Medusa, F-119 min – F: *BRÜSSEL* (96). *LONDON* (96). MÜNCHEN (96). TORONTO (96). *GERARDMER* (97). *FaFF* (97; engl. Fassg; Argento-Retro) – V: 29. 7. 96 (Splendid) – TV: 21. 1. 97 (Premiere) – Lit: Jones: Mondo Argento (97) – Art: Cfq 27/8 (96). Diabolik 1 (97). ETC 15 (97). Fg 153 (96), GP Special Issue (9). MS 21 (96), 26 (96). SI 24 (95) – Kr: Cfq 27/10 (96), 28/9 (97). Fg 162 (97). GP Special Issue (97). SaS 7/4 (97). SI 25 (96).

☐ Florenz. Nach einem traumatischen Besuch der *Uffizien* verwischen sich die Bilder im Kopf einer jungen römischen Polizistin (Asia Argento) auf der Jagd nach einem sadistischen Frauenmörder (Thomas Kretschmann). Ein faszinierender Essay über die dunkleren, ungesagteren und tragischeren Verbindungen von Kunst und Psyche, unterstützt von exzellenten Mitarbeitern wie Giuseppe Rottuno oder Ennio Morricone und Argento als den momentan fortschrittlichsten europ. Genre-Regisseur ausweisend. Eingefleischte Splatter-Freaks/Argento-Anbeter, die ihr Gehirn an der Pforte abzugeben pflegen, zeigten sich geschockt über des Maestros Äußerung, *Suspiria* (76) bedeute ihm heute nichts mehr. Erster ital. Spielfilm mit CGI-Sequenzen. Marco Leonardi, Luigi Diberti, Paolo Bonacelli.

DOKU ●●●●
Synthetic Pleasures
Synthetic Pleasures
USA. Iara Lee - UA/F: 13. 9. 1995. TORONTO, F-83 min - F: BERLIN (96). MÜNCHEN (96) - K: 6. 3. 97 (Solo/Pandis) - TV: 20. 11. 96 (arte) - Kr: Zoom (96/11).
□ s. THEMENABEND: REVOLUTION INTERNET.

DOKU ●●●●
THEMENABEND: DAS KINO DES MICHELANGELO ANTONIONI
BRD/Fr. - UA/TV: 21. 1. 1996. La Sept/arte, F/SW-232 min - Lit (Antonioni): Gregor: Geschichte des Films ab 1960 (78). Jansen/Schütte, eds: MA (84). Kock: MAs Bilderwelt (95). Leprohon: MA (64). Rifkin: Antonioni's Visual Language (82) - Art (Antonioni): Le Monde 16. 9. 60. MFB 590 (83). SaS 5/12 (95). sc 26 (94).
□ Sie habe den ganzen Film über geschlafen und gesehen, wie andere das Gleiche taten, schrieb Penelope Gilliat, später eine ziemlich gute Kritikerin für den *New Yorker*, anläßlich der CANNES-Premiere von *L'avventura* - heute eines der zentralen Denkmäler europäischer und internationaler Filmkunst - im Mai 1960 stolz im *Observer*. Was Kritiker und Festivalbesucher kapitulieren ließ, war nicht etwa die geisterhafte Präsenz anderer Genres (SF, Krimi, Melodram), die unerlaubte Form/Richtung, in die sich Plot/Beziehungen stilwidrig und brüchig zu entwickeln schienen oder der skandalöse Umstand, den bekannten weibl. Star des Films (Lea Massari) wie in einem sehr bekannten Horrorfilm desselben Jahres nach ein paar Minuten über Bord zu spülen. Was die Zuschauer verunsicherte, war die Tatsache, daß Stimmungen, Situationen, Zustände, Interieurs, Gegenstände und Architektur/Schauplätze scheinbar wichtiger sind als Plot, Charaktere, Schicksale, Entscheidungen und Lösungen - ein radikaler Bruch mit den vertrauten Erzähltechniken und eingefahrenen Sehgewohnheiten des amerik. Mainstream-Kinos. Nichts passiert wirklich, obwohl alles, was die Kamera Carlo di Palmas zeigt, von alles entscheidender Wichtigkeit ist. Die endlose Po-Ebene in *Il grido* (57), die verpestete Industrielandschaft in *Il deserto rosso* (64), das menschenleere Death Valley in *Zabriskie Point* (70), die trostlose graue Lagune in *Identificazione di una donna* (82), die karstige, ausgebleichte Insel in *L'avventura* (59), die glühende, Halluzinationen und Identitätskrisen beschleunigende Sahara aus *Professione: Reporter* (73), der leere alte Park in *Blow Up* (67), die von Menschenmassen durchzogene und letztlich doch völlig anonyme Großstadt in *L'eclisse* (62) sind nicht unbedingt ungewöhnliche Schauplätze, aber sie werden es auf zunehmend irritierende Art aus dem einfachen Grund, daß sie die Kamera zu lange festhält. Als wären sie sich nicht bewußt, wo sie sich aufhalten oder was ihre Anwesenheit, Absicht oder Bestimmung zu bedeuten hat, bleibt der Schauplatz auch dann noch hartnäckig bestehen, bevor/nachdem er betreten/verlassen wurde. Er hat eine übergeordnete Bedeutung, die ohne den Menschen auskommt.

Relativität des Augenblicks. David Hemmings, Blow Up

Ist eine solche Perspektive schon ungewöhnlich genug, ist der Umstand, daß Antonioni die Mysterien, die er vorführt, noch nicht einmal ansatzweise löst, noch ungewöhnlicher. Antonionis Antworten sind keine wirklichen Antworten. Mysterien tauchen auf, werden sichtbar, aber wieder fallen gelassen, weil sich die Welt weiter dreht und die Menschen, obwohl auf der Suche nach sich selbst und etwas anderem, das nicht näher erklärt wird, sich wieder anderen Dingen zuwenden. Wir werden nie erfahren, wer Locke/Robertson in *Reporter* getötet hat, weshalb und wohin Anna in *L'avventura* verschwunden ist, ob die unerlaubten Fotografien im Park, welche die Wahrheit für einen Moment lang festzuhalten schienen, Thomas' Leben oder das der Frau verändern werden (*Blow Up*), weshalb/ob Vittoria/Piero in *L'eclisse* sich noch einmal treffen werden oder welches Gespräch uns der trommelnde Regen in *La notte* (61) überhören läßt, nachdem Lidia in Robertos Wagen gestiegen ist. Dieses Zurückhalten wichtiger Informationen zwingt uns, die Lükkenhaftigkeit unserer Wahrnehmung und unseres Wissens einzugestehen. Nach Antonioni müssen wir uns an dem orientieren, was wir sehen und erfahren, obwohl die wirkliche Welt uns verschlossen, unsichtbar bleibt. Nicht wirklich die Initiative ergreifen könnend, bleibt uns schließlich nichts anderes übrig, als sich damit abzufinden. Was Antonionis Werk gerade für die SF so interessant macht, ist der Umstand, daß man, um entfremdete Menschen auf einem fremden Planeten zu zeigen, natürlich weder ein Genre noch dessen Konventionen oder Regeln braucht. Die Tatsache, daß Niccolò in *Identificazione* von einem SF-Film träumt, den Mavis Sohn Lucio angeregt hat, zeigt, daß Antonioni an SF interessiert ist, aber nicht an einer ohne weiteres identifizierbaren SF in herkömmlichem Sinne. ARTE-Porträt eines der modernsten, wichtigsten Filmemachern der Welt, mit *Professione: Reporter* als Kernstück und Dokumentationen von Enrica Antonioni über die Dreharbeiten zu *Jenseits der Wolken* (95) und Gianni Massirono über das Lebenswerk (*Caro Antonioni*, It 1994). Immer wieder Antonioni, aber auch Tonino Guerra, Mark People, Carlo di Palma, Lucia Bosé, Monica Vitti, Alain Cuny, Sarah Miles, David Hemmings, Vanessa Redgrave, Jeanne Moreau, Alain Delon, Irène Jacob, Fanny Ardent, John Malkovitch, Sophie Marceau, Wim Wenders und Marcello Mastroianni äußern sich neben zahlreichen Ausschnitten von *Gente del Po* (47) bis *Al di là delle nuvole* (95).

DOKU ●●●●
THEMENABEND: JENSEITS DER WIRKLICHKEIT – DER SURREALISMUS

BRD/Fr. Michel Pamart, Dominique Rabourdin - UA/TV: 13. 2. 1996. La Sept/arte, F/SW-232 min – Lit: Alexandrian: Surrealist Art (70). Kuenzli, ed: Dada and Surrealist Film (96). Kyrou: Le Surréalisme au Cinéma (53). Sandrow: Surrealism: Theater, Arts, Ideas (72). Soren: The Rise and Fall of the Horror Film: An Art Historical Approach to Fantasy Cinema (77).

□ Geschichte und Einfluß des Surrealismus in seinen unterschiedlichen Erscheinungsformen. Die Autoren glänzen in vom Pariser *Centre Pompidou* unterstützten, faszinierenden Beiträgen (1993) über André Breton, Philippe Sollers (Einführung), Marcel Marien und die Entstehung von Buñuels anstößigem, in Frankreich erst 1981 wieder zugelassenem *L'Age d'Or* (30). Pierre Cardinal stellt ein 1961 für die Reihe *Gros Plan* des frz. Fernsehens produziertes, damals verbotenes Porträt Dalis vor. Derartige Sendungen von arte, weltweit die wichtigsten zum Thema, sind unumgänglich.

DOKU ●●●●
THEMENABEND: HOMO EX MACHINA – WILLKOMMEN IM CYBERSPACE
BRD/Fr. – UA/TV: 24. 9. 1996. La Sept/arte, F/SW-229 min – Art: arteMonatsheft (96/9).
□ Eine Odyssee in den Cyberspace, jene faszinierende Möglichkeiten offerierende Beziehung Mensch/Maschine, deren Mißbrauch zunehmend Juristen Kopfzerbrechen bereitet. Vor allem Richard Curzon-Smith/Leslie Asako Gladsjo erforschen Grenzen und Gefahren dieses ambivalenten Vertrauensverhältnisses. Abgerundet durch Arbeiten von Cyberspace/Video-Künstlern der ersten Stunde wie der Gruppe *Kraftwerk* und einem einstündigen Spezialmix aktueller Technoclips à la Herbie Hancocks **Rock It**.

DOKU ●●●●
THEMENABEND: DAS JENSEITS – LICHT UND SCHATTEN
BRD/Fr. – UA/TV: 7. 11. 1996. La Sept/arte, F/SW-185 min – Art: arte-Monatsheft (96/11).
□ Entwicklung des Jenseitsglaubens von den frühen Vorstellungen der großen Kulturen und Glaubenssysteme zur Moderne – keine Frage hat die Menschheit mehr bewegt als das Weiterleben nach dem Tode. Alle Religionen/Kulturen sind davon betroffen. Neben Dokumentationen Jacqueline Audrys Verfilmung (54) von Sartres existentialistischem Bühnenstück *Huis Clos*.

DOKU ●●●●
THEMENABEND: REVOLUTION INTERNET
BRD/Fr. Christoph Jörg – UA/TV: 19. 11. 1996. La Sept/arte, F/SW-273 min – Art: arte-Monatsheft (96/11).
□ ARTEs auch online präsenter, interaktiver Themenabend zur virtuellen Netzwelt. Nach historischer Entwicklung und den aktuellen Nutzungsmöglichkeiten geht es um *das* Abenteuer zwischen Schein und Sein. Nicolas Wadimaffs *Cyber Guerilla* (Schweiz 1996) illustriert die sich öffnende politische Dimension und Einflußnahme, Iara Lees *Synthetic Pleasures* (USA 1995), ein finsterer Blick in eine beängstigende Zukunft, in der die virtuelle Realität des Cyberspace zur einzigen Wirklichkeit verkommen und jeder noch so ausgefallene Wunsch realisierbar geworden ist, unsere zunehmend synthetisierte Auffassung der Natur.

DOKU ●●●●
THEMENABEND: TARZAN
BRD/Fr. – UA/TV: 1. 12. 1996. La Sept/arte, F/SW-280 min – Lit: Van Hise: Edgar Rice Burroughs' Fantastic Worlds: Essays and Examinations of the Science Fiction Universe Spawned by the Man Who Created Tarzan (96) – Lit (Filme): Bernhard: Die Tarzanfilme (82). Cameron: Africa on Film: Beyond Black and White (95). Essoe: Tarzan of the Movies (76). Furie: Kings of the Jungle: An Illustrated Reference to Tarzan on Screen and Television (94) – Art: arte-Monatsheft (96/12).
□ Mythos Tarzan, 1912 der Feder *Edgar Rice Burroughs'* (1875–1950) entsprungen und jüngst wieder im US-Kabelurwald in SERIEN-Form unterwegs (*Tarzan: The Epic Adventures*). ARTE spürt den Ver-

änderungen des Images im Lauf der Jahrzehnte nach, begleitet Super-Sammler/Fanzine-Editor Michel Decuyper aus Dünkirchen auf einen USA-Trip zu ERBs Enkel Danton Rice Burroughs und läßt Philip José Farmer zu Wort kommen. Neben dem legendären *Tarzan the Ape Man* (32) mit Johnny Weissmüller die Europa-Premiere des STUMM *Tarzan and the Golden Lion* (27) mit Schwiegersohn/Tochter von ERB in den Rollen von Tarzan und Jane. Wie zu erwarten der definitive Beitrag zum Thema.

DOKU ●●●●
THEMENABEND: TAUSENDUNDEINE NACHT
BRD/Fr. Marie-Pierre Muller – UA/TV: 15. 12. 1996. La Sept/arte, F-213 min – Art: arte-Monatsheft (96/12) – Art (Filme): L'EF 10 (79).

□ ARTE auf den Spuren der literarischen Quellen/Motive von Scheherezades weltberühmtem Erzählzyklus, welcher wie keine andere Literatur unser Bild der orientalischen Kultur geprägt hat. Florence Miailhes vielfarbene, sinnliche Mischung aus Malerei/Animationsfilm verleiht diesem Abend eine hinreißend originelle, unverwechselbare Handschrift. Erstklassig, unvergleichbar.

DOKU ●●●●
THEMENABEND: VON GEISTERN UND BESESSENEN SEELEN
BRD/Fr. – UA/TV: 22. 12. 1996. La Sept/arte, F/SW-276 min – Art: arte-Monatsheft (96/12) – Kr (*Genghis Cohn*): SaS 4/5 (95).

□ Sich ausschließlich auf KURZ (*Professeur Spur* von Vincent Ostria, Fr. 1996), TV (Elijah Moshinskys *Genghis Cohn*, GB 1994; Robert Kramers *Der Mantel*, Fr. 1996) und Joseph L. Mankiewicz' *The Ghost and Mrs. Muir* (47) stützender Themenabend fern jeder Genre/Markt-Zugehörigkeit und typisch für ARTE. Selbst ein so »bekanntes« Beispiel wie letzteres, mit Gene Tierneys von einem falschen Schriftsteller (George Sanders) hintergangener, durch die Lebensbeichte eines toten Kapitäns (Rex Harrison) zur Bestseller-Autorin aufgestiegener junger Witwe im Spukhaus am Meer, paßt eindeutig in dieses Konzept.

DOKU ●●●●
THEMENABEND: ES WAR EINMAL... ANDERSEN
BRD/Fr. Isabelle Pons – UA/TV: 24. 12. 1996. La Sept/arte, F/SW-256 min – Art: arte-Monatsheft (96/12).

□ Sich hauptsächlich auf Film-Beispiele konzentrierender märchenhafter Themenabend über *Hans Christian Andersens* (1805–1875) Leben und Werk, das nicht nur Disneys *The Little Mermaid* (89), um ein jüngeres Beispiel zu nennen, inspirierte. Revolutionär, wie alles von ARTE. Siehe Einzelbeiträge **Der König und der Vogel, Das kleine Mädchen mit den Schwefelhölzern, Hans Christian Andersen und die Tänzerin.**

DOKU ●●●●
THEMENABEND: KEINE ANGST VOR KLEINEN MONSTERN
BRD/Fr. – UA/TV: 5. 1. 1997. La Sept/arte, F/SW-223 min – Art: arte-Monatsheft (97/1) – Art (Filme): CFa 1 (77). MMo 13 (76).

MT 3 (72). Movie Monsters 2 (75). TF 17 (73).

□ Leckere Insekten-Buffets aus Frankreich, modernste Spinnenallergie-Therapien mit Sofortbildkamera, radioaktive Männchen zur Bekämpfung der Goldfliegenplage – ARTEs kribbeliger Themenabend über Sechsfüßler analysiert unser gespaltenes Verhältnis zu den wahren Herrschern des Planeten anhand von Dokumentationen (Yann Piquer, Richard Matthews), KURZ und Spielfilmen (darunter Henri Diamant-Bergers *Monsieur Fabre* von 1951 über den ersten frz. Entomologen) sowie Videoclips, John Paysons MTV-Kick *Joe's Apartment* (92). In der Titel-DOKU von Richard Vargas nehmen vor allem Cronenberg (**The Fly**, 86) und Buñuel-Autor Jean-Claude Carrière, aber auch der sich in *Subida al Monte Carmelo/Montana Sacra* (73) splitternackt unter Taranteln begebende Alexandro Jodorowsky, Philip Haas (*Angels and Insects*, 95) und der greise Nathan Juran (*The Deadly Mantis*, 57) zum Anschlag im Kino Stellung. Über bekannte Beispiele wie Harryhausens Riesenbienen (*Mysterious Island*, 61) und Al Hedisons Blick auf Patricia Owens' Gekreische in *The Fly* (58) geht es Carrière weniger um den durch Technikangst/Atombombe beflügelten Insekten/Spinnen-Gigantismus im SF-Kino der 50er Jahre (Trailer zu *Them!*, 54, *Tarantula*, 55, *The Black Scorpion*, 59) als um die Differenzierung des Themas in Werken von Buñuel (*L'Age d'Or*, 30; *Las Hurdes*, 32; *Abimos de Pasion)*, Christian de Chalonge (*L'Alliance*, 70), Renoir (*Toni*, 34), Sacha Guitry (*Le Trésor de Cartenac)*, Hawks (*To Have and Have Not*, 44), Théo Angelopoulos (*O Melissokomos*, 86) und Saul Bass (*Phase IV*, 74). In einer berühmt gewordenen Sequenz aus *La Vida Criminal de Archibaldo de la Cruz* (55) kommt Buñuels Titelheld an einem Baum mit einem Insekt vorbei. Zuerst will er es mit dem Spazierstock erschlagen, als Ventil für die ihn gleichfalls knüppelnde Gesellschaft, aber dann entscheidet er sich anders. WIR, sagt Buñuel, sind die einzigen Insekten.

DOKU ●●●●
THEMENABEND: JEAN COCTEAU

BRD/Fr. Noel Simsolo – UA/TV: 18. 2. 1997. La Sept/arte, F/SW-208 min – Lit (Cocteau): Bernard/Gauteur, eds: JC: The Art of Cinema (92). Brosse: Cocteau (70). Brown: JC. Eine Biographie (85). Cocteau: Kino und Poesie. Notizen (71). Gibson: JC (69). Steegmuller: Cocteau (70) – Art (Cocteau): Fx 36 (92).

□ Unverzichtbares Porträt des als Dichter, Maler, Bühnenbildner, Dramatiker, Romancier, Essayist, Theatermann, Filmregisseur, Bildhauer, Zeichner und Mensch facettenreichen, vielseitig begabten Künstlers (1889–1963). Simsolos umfangreich recherchierte, wie ein Prozeß aufgebaute DOKU *Jean Cocteau, Lügen und Wahrheiten* (96) mit Maria Casarès, Jean-Luc Godard, Jean Marais und Alejandro Jodorowsky im Zeugenstand, wird flankiert von Cocteaus wichtigstem Film, *Orphée* (49), und des Meisters eigener DOKU *Die Villa Santo Sospir* (51) über die Arbeiten/Wandmalereien im

Haus seiner Mäzenin Madame Weisveiller.

KURZ ●●
Das Tier
The Beast
USA. Rhoderyc Charles Montgomery – UA: 1994. F/SW-11 min – TV: 8. 10. 96 (arte; OmU).

□ In einem Gerichtssaal muß die über eine Art Neuronen-Übersetzer sprachlich mit Jury, Richter (Roscoe Lee Browne), Staatsanwalt (Roger Guenveur Smith) und dem Wissenschaftler Dr. Belinsky (Richard Keats) verbundene Schimpansin Martha ihre Haut retten. Martha soll aus Budgetgründen aus dem Verkehr gezogen werden und einen humanen Tod sterben, aber ihre letzten »Worte« lassen Zweifel an der Rechtmäßigkeit des in einer Tragödie endenden Verfahrens aufkommen. *The Beast* verzichtet auf den Nervenkitzel des Genres, sein einziger »special effect« liegt im sinnvollen Übergang von Farbe in ein abschließendes SW-Standbild, und das Panavision-Format ist für einen KURZ ungewöhnlich, aber er ist bei aller Sympathie zu kurz. Ein solches Thema hat eine tiefergehende Verhandlung verdient.

K ●
Die Tochter des Kalifen
The Adventures of Hajji Baba
USA. Don Weis (*1922) – UA: 1954. Fox, F-93 min – TV: 15. 12. 96 (arte; OmU; THEMENABEND: TAUSENDUNDEINE NACHT) – Art (Weis): Fx 50 (95).

□ Isfahan. Die dem grausamen Persien-Eroberer Nur-El-Din (Thomas Gomez) versprochene zikkige Prinzessin Fawzia (Elaine Stewart) brennt mit dem Barbier Hadschi Baba (John Derek) durch. Designer-Müll in knallroten Lippen, neben dem Harryhausens Sindbad-Filme wie Kunstwerke aus dem *Louvre* aussehen. CinemaScope und Dimitri Tiomkin retten gerade noch vor dem Einnicken. Wie ein die Sinne knebelndes Parfüm von Boss schmachtet Nat King Coles Titelschnulze in atomarer Halbwertzeit durch die Fotoateliers von Tausendundeiner Nacht in aufgeblasenem Kitsch zwischen Frisiersalon und Reisebüro. Als solcher, und das war wohl ARTEs Hintergedanken, illustriert er perfekt unsere Postkartenansicht des Orients.

K ●●●
Die tödliche Maria
BRD. Tom Tykwer – UA/F: 1993. HOF, F-106 min – F: BERLIN (94). SAARBRÜCKEN (94) – K: 3. 2. 94 (Sputnik) – TV: 3. 2. 95 (arte); 2. 9. 96 (ZDF; REIHE DAS KLEINE FERNSEHSPIEL) – Art: arte-Programmwoche 5 (95). ZDF-J (96/9) – Kr: Az 2. 11. 93/7. 4. 94. FR 31. 3. 94. KSA 19. 3. 94. SI 27 (96). SZ 13. 4. 93.

□ Lebensgeschichte einer von Vater (Josef Bierbichler) und aufgezwungenem Ehemann (Peter Franke/Jean Maeser) brutal unterdrückten »Unselbständigen« (Nina Petri/Katja Studt/Juliane Heinemann), die wie Candace Hilligoss in *Carnival of Souls* (62) in einer lichtlosen, sauerstoffarmen Realität zu ersticken droht. Maria wird sich aus dem Fenster fallen lassen, aber sie wird entgegen unserer Erwartungen nicht unten ankommen. Tykwers vielfach ausgezeichnetes Spielfilm-Debüt bringt frischen Wind in die tote deutsche Filmlandschaft: exzellente Darsteller, äußerst ungewöhnliches Plot, verblichene Farbfotografie, eigenkomponierte Musik, unaufdringliche Zitate, Besonnenheit, Bescheidenheit und Disziplin statt Lärm, Ungenauigkeit, Unselbständigkeit, Überwältigungsdramaturgie oder sonstige modische Zugeständnisse an den Publikumsinstinkt. Dieser ganz andere, abnormale Film würde im Blockbuster-Inferno deutscher Kinoleinwände ersticken. Wer will schon kritische, bewußtseinserweiternde Filme sehen?

DOKU ○
TRACKS: Science Fiction
BRD/Fr. – UA/TV: 31. 1. 1997. La Sept/arte, F/SW-26 min – Art: arte-Programm (97/1).

□ Ausgabe von ARTEs am 3. 1. 97 gestartetem Jugend-Musikmagazin TRACKS mit SF als Schwerpunkt. So bunt und laut wie farblos und nichtig: Michael/Janet Jacksons »Scream«, Bowies »Space Oddity«, Sting-Interview, die frz. Meteoritensurfer FFF, Videoclips nach Kultfilmen wie *Metropolis, 2001, Barbarella* (Queens »Heaven for Everyone«, Lenny Kravitzs »Believe«, Kylie Minogues »Put Yourself in Me«), die Vermarktung von *Star Trek: First Contact,* ein österr. Ufologe, der die Schuhgröße von Außerirdischen kennt, Thierry Muglers waffenstarrende Damenkollektion. Ein besonders krasses Beispiel für die schiere Konzeptionslosigkeit der Sendung ist Jules Vernes in einem Satz erwähnter, im Herbst 1994 aus der Versenkung aufgetauchter Kurzroman *Paris Au XXème Siècle* von 1863. In diesem sensationellen Entwurf, von Vernes damaligem Verleger Pierre-Jules Hetzel als Zukunftsspinnerei abgelehnt, nahm Verne nicht nur Überbevölkerung, Analphabetentum, politische Apathie, soziale Kälte, die Isolation des Autors oder Langhaarige vorweg, auch Fahrstühle, Fax-Geräte, automatische Alarmanlagen, den Elektrischen Stuhl, den Synthesizer, die Pariser Metro und ein ziemlich hohes Gebäude an fast derselben Stelle, wo später der Eiffelturm zur Weltausstellung 1889 errichtet wurde. NICHTS davon ist in dieser zwischen Tür und Angel zusammengefaxten Sendung.

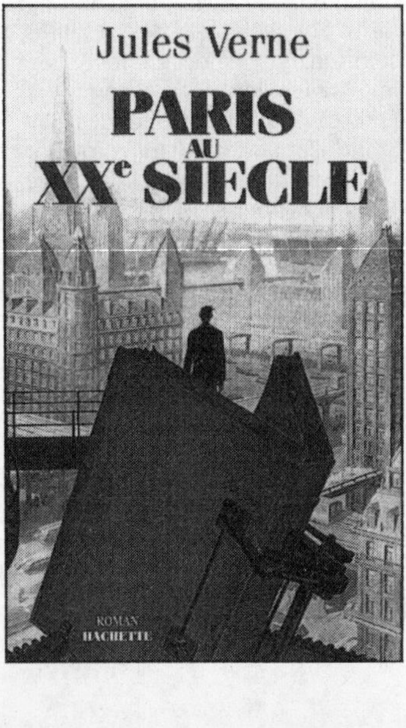

V •
Tremors 2 – Die Rückkehr der Raketenwürmer
Afterschocks: Tremors II
USA. Steve Wilson – UA: 1996/4. MCA/Universal, F-100 min – V: 18. 7. 96 (CIC) – Art: Cfq 27/8 (96). Fg 151 (96) – Kr: Cfq 27/11–12 (96), 28/1 (96). Fg 154 (96). MS 20 (96). SaS 6/10 (96). VW 34 (96).

□ Raketenwurm-Krieger Earl Bassett (Fred Ward), bei der Vermarktung seiner Entdeckung scheinbar zu kurz gekommen, heuert bei einer mexikan. Ölgesellschaft an, um mit den immer noch im Sand steckenden Viechern Kohle zu machen. Weniger Stress und Spannung, da die unsichtbaren unterirdischen High-Speed-Monster des Originals (89) laufen gelernt haben. Christopher Gartin, Helen Shaver, Michael Gross.

K •
Die Tür ins Jenseits
From Beyond the Grave
GB. Kevin Connor (*1937) – UA: 1973. F-98 min – UA (USA): 1975/12. Howard Mahler Films, F-97 min – F: *PARIS* (76) – TV: 28. 9. 96 (ZDF) – Art (Connor): L'EF 4 (78) – Lit (Peter Cushing): Brosnan: The Horror People (76). Cushing: An Autobiography (86). Del Vecchio/Johnson: PC: The Gentle Man of Horror and His 91 Films (93). Parfitt: The Films of PC (75) – Art (Cushing): Biz 3 (75), 4 (75). Cfq 2/2 (72). CTM 1 (95). L'EF 19 (81), 70 (86). Fg 59 (86), 67 (87), 100 (91), 139 (95). FMoF 204 (94). Fsy 3 (91). HH 18 (78). Sab 1 (77). Sh 16 (89). Shv 13 (95). Slg 96 (85), 100 (85), 208 (94). SS 8 (92), 9 (92), 16 (95). VW 25 (94) – Lit (Donald Pleasence): Pitts: Horror Film Stars (91) – Art (Pleasence): Biz 4 (75). DS 30 (93). L'EF 73 (86), 74 (86). Fg 80 (89), 89 (89), 100 (91). HoH 26 (84). IM 3/1 (95). Sh 22 (90). Shv 16 (95). Slg 215 (95) – Lit (Milton Subotsky): Brosnan: The Horror People (76) – Art (Subotsky): L'EF 2 (77). Fg 32 (84). Fx 42 (93). MM 31 (82) – Art (Amicus Films): Cfq 2/4 (73). DS 13 (91), 14 (91), 45 (95), 54 (96). Sb 41 (81) – Art (Ian Ogilvy): Fg 112 (92) – Art: Cfq 3/2 (74) – Kr: Cfq 4/4 (76). L'EF 2 (77).

□ Zauberspiegel, Voodoo-Puppen, ein Elementargeist und die Tür ins Jenseits – die unehrlichen Kunden von Peter Cushings antikem East-End-Trödlerladen zahlen teuer. Kurioser ZDF-Mißgriff: Vier-Psalm-Moralpredigt nach R. Chetwynd-Hayes' Collection *The Unbidden* im Schneckentempo. Angela/Donald Pleasence als tödliches Vater/Tochter-Duett in der etwas stabileren 2. Ep. David Warner, Diana Dors, Ian Ogilvy.

K ••
Twister
Twister
USA. Jan De Bont – UA: 4. 5. 1996. Universal, F-114 min – F: SARAJEVO (96) – K: 5. 9. 96 (UIP) – V: 3. 3. 97 (Universal) – Art: Cf 66 (96). Cs 2/10 (96). Slg 228 (96; Jami Gertz), 229 (96; Bill Paxton) – Kr: Az 5. 9. 96. Cfq 28/1 (96). KSA 7. 9. 96. SaS 6/8 (96). SZ 5. 9. 96. VMG '97 (96). Zoom (96/9) – Oscar-Nominierungen 1997: Visual Effects, Sound.

□ Oklahoma. Metereologen-Team will die Meßmaschine Dorothy

Viel Rauch um Nichts. Bill Paxton, Linda Hunt, Twister

(nicht die einzige Anspielung auf *The Wizard of Oz*) zwecks Datengewinn im Innern eines Tornados installieren. Im Gegensatz zu weitaus charakterstärkeren Kino-Naturschauspielen wie *Jaws* oder John Fords *Hurri-cane* (37) riskiert *Twister*, die zwischenmenschliche Action eines zerkrachten Wissenschaftler-Paars (Linda Hunt/Paxton) und deren neuer bedrohlicher Bekanntschaft (Gertz) gleich mit hinwegzufegen. Am besten, man läßt sich als Zuschauer gleich mit ILMs Mähdrescher, Sattelschlepper, Kuhherden und ein Autokino fressenden seelenlosen CGI-Monstern bei bis zu 75-facher Einzelbildbearbeitung aus dem Sessel tragen. Mehr ist nicht drin.

K •
Tykho Moon
Tykho Moon
Fr/BRD/It. Enki Bilal – UA/K (BRD): 28. 11. 1996. NIL, F-106 min – Kr: Az 28. 11. 96. FR 28. 11. 96. MS 24 (96). SZ 28. 11. 96.

□ In einem von Michel Piccoli diktatorisch regierten Endzeit-Paris ist das Rebellen-Phantom *Tykho Moon* die letzte Hoffnung. Zielloser, in grauen Tableaus sein Leben aushauchender zweiter Film des Comic-Zeichners Bilal. Julie Delpy, Johan Leysen, Richard Bohringer, Jean-Louis Trintignant.

K ••••
Uhrwerk Orange
A Clockwork Orange
GB. Stanley Kubrick (*1928) – UA: 1971/12. Warner Bros, F-137 min – K: 23. 3. 72 (Warner-Columbia) – TV: 26. 12. 96 (RTL2) – Lit (Kubrick): Ciment: Kubrick (80). Falsetto, ed: Perspectives on SK (97). Jansen/Schütte, eds: SK (84). Kagan: The Cinema of SK (72). Kirchmann: SK. Das Schweigen der Bilder (93). Kolker: A Cinema of Loneliness (80). Nelson: Kubrick: Inside a Film Artist's Maze (82). Walker: SK Directs (71) – Art (Kubrick): MFB 606 (84) – Lit: Anderson: SF Films of the Seventies (85). Kael: Deeper Into Movies (74). Keller: Der utopische Film (74). Rovin: From Jules Verne to Star Trek (77). Schnell, ed: Gewalt im Film (87). Von Gunden/Stock: Twenty All-Time Great SF Films (82) – Art (Malcolm McDowell): Cfq 27/3 (95) – Art (Adrienne Corri): Shv 26 (95) – Art (Patrick Magee): Biz 4 (75) – Art: DS 58 (96). Fsy 1 (90). Invasion of the Sad Man-Eating Mushrooms 11 (95). Literature/Film Quarterly 1 (73). NYT 20. 4. 75. Screen (72/Summer). Time Magazine 27. 12. 71 – Kr: f-d (72/Nr. 17806). SaS 41 (71). SFV 2 (90). Va 15. 12. 71. Vp 2 (73) – Oscar-Nominierungen 1972: Picture, Director, Adapted Screenplay, Editing.

□ Kubricks zeitlose, wie die Realität erfrischend zynische Horrorshow über das Scheitern staatlicher Resozialisierungsprogramme erstmals im dt. Fernsehen. Die sich in »Nadsat« artikulierende Weltanschauung Alex' (McDowell) und der Droogs ist im Film weder Literatur in ihrem filmischen Zustand, noch etwas, das unterhalb von Literatur rangiert, wie uns Anthony Burgess in einem Film völlig mißverstehenden Artikel damals glauben machen wollte*. Es ist mehr als ironisch, wenn Burgess ausgerechnet eine visuell orientierte Sprache verwendet, die im Film natürlich nicht gelesen, sondern *gehört* und *gesprochen* wird. Kubricks »Nadsat«, die erstaunlichste jemals für einen Film geschaffene Sprache, hat nichts mit literarischer Qualität oder literarischen Ursprüngen zu tun. Das Gleiche gilt für eine alles andere als herkömmlich eingesetzte Musik, nicht nur in der unsterblichen Verwendung des wie kein anderes

* Vgl. Anthony Burgess: On the Hopelessness of Turning Good Books Into Films. *New York Times,* 20. April 1975, D/S. 15

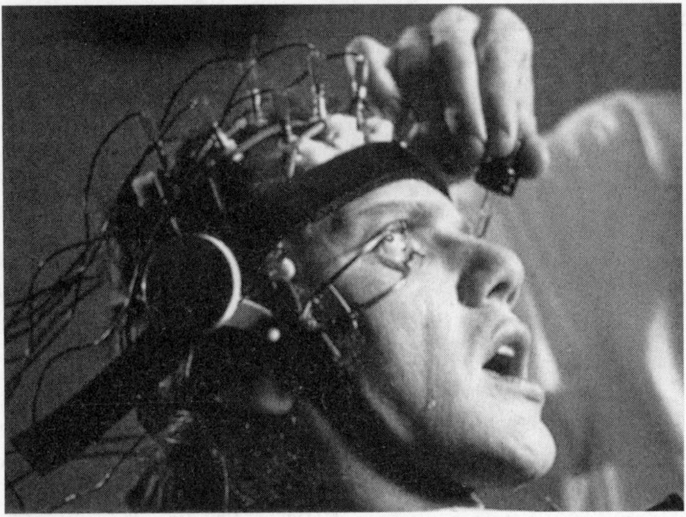

Kubrick-Satire A Clockwork Orange: *Notoperation bürgerlicher Sichtweisen*

Stück Lebensfreude in tristen Situationen versprühenden Evergreens *Singin' in the Rain.* Die Vorstellung, Kunst trage zur moralischen Aufrüstung des Menschen bei, entlarvt Kubrick als tödliche Lüge (Hitler und die Nazis waren große Kunstliebhaber), brillant verdeutlicht an Alex' Augen-Spangen während der *Ludovico*-Therapie mit Beethovens *Neunter* als »zufälliger« Begleitmusik der kunstvollen Geometrie des Nürnberger Parteitags der NSDAP. Für Alex-Boy bedeutet Beethoven Sex und Totschlag, und sämtliche Versuche, den Menschen gegen seinen Willen zum nützlichen Mitglied der Gesellschaft umzuerziehen, sind zum Scheitern verurteilt, weil sich eine inhumane Gesellschaft im Ganzen nicht ändern läßt. Und Alex' ähnlich der *Mona Lisa* angewinkelter Mund in der ersten, sich wie unsere Probleme überhaupt nicht auflösen wollende Einstellung, faßt das Rätsel unserer Existenz in einer der erstaunlichsten Kompositionen der Kunst des 20. Jahrhunderts auf eine Art zusammen, wie sie letztlich nur der Film hervorbringen konnte. Alex und Kubrick sind uns, wie die Mona Lisa und Leonardo da Vinci, einen Schritt voraus.

K ●●

Vergessene Welt – Jurassic Park

The Lost World: Jurassic Park

USA. Steven Spielberg (*1947) –

UA: 23. 5. 1997. Universal, F-134 min – K: 7. 8. 97 (UIP) – Lit: Duncan: The Making of The Lost World Jurassic Park (97) – Art: Cfq 28/12 (97). Fg 163 (97; David Koepp). Slg 240 (97), 241 (97; Jeff Goldblum) – Kr: Az 7. 8. 97. SaS 7/7 (97).

□ Chaos-Theoretiker Ian Malcolm (Goldblum) mit Paläontologen-Freundin und aufmümpfiger Tochter zwischen Forschern, Geschäftemachern und Jägern auf der Nachbarinsel *Sorna*. »Etwas« hat überlebt wie in *Aliens*, dem klaren Vorbild der Produzenten hier: Statt eines T.Rex gibt es natürlich eine ganze Familie (Junior ist verletzt und wird vom Bösewicht gekidnappt), statt eines Hubschraubers startet gleich eine ganze Armada und statt auf einer Wiese nur zu gukken, rast man am besten gleich mit Jeep und Fanggerät wie in *Hatari!* in die wie der Road Runner laufenden Saurier hinein. Aber Jeff Goldblum ist kein John Wayne, Juliana Moore keine Elsa Martinelli, ein Exzentriker wie Spielberg kein sich auf das Wesentliche konzentrierender Howard Hawks und *Lost World: Jurassic Park* kein *King Kong*, bei dem er sich bedient. »Das Leben wird einen Weg finden«, sagt Hammond zuletzt, als aus dem Chaos wieder Theorie wird, aber schnell zusammengestellter Nachschub wie dieser kann nur den Eindruck von *déjà vu* vermitteln und bleibt trotz seiner atemberaubenden Visuals sowohl für das Genre wie die Geschichte der Tricktechnik ein weniger wichtiger Film als Willis O'Briens *The Lost World* von 1925. Pete Postlethwaite, Arliss Howard, Vince Vaughn, Richard Attenborough.

Spielberg-Hit-Mix The Lost World: Jurassic Park: *ETs gab's zu allen Zeiten*

K •

Der verrückte Professor

The Nutty Professor

USA. Tom Shadyac (*1960) – UA: 28. 6. 1996. Universal, F-95 min – K: 17. 10. 96 (UIP) – Art: Cf 67 (96). FFa 5/7 (96; Athena Massey). FR 17. 10. 96 – Kr: Az 17. 10. 96. Cfq 28/3 (96). SZ 19. 10. 96. VMG '97 (96). VW 37 (97). Zoom (96/11) – Oscar 1997: Make-up.

□ Gelassener 400-Pfund-Chemieprofessor (Eddie Murphy in wuchtigem Rick Baker-Maßanzug) wird per Schlankheitsdroge zur unwiderstehlichen Uni-Schönheit *Buddy Love*, der den Dicken gleich ganz auszutricksen versucht. Besonders dem giftigen Schluß-Gag von Jerry Lewis' Original (63), in welchem Stella Stevens' Freundin entgegen der Botschaft, man solle sich selbst bleiben, auf Nummer Sicher geht, hat diese zu harmlose, vorhersehbare Aerobic-Satire nichts entgegenzusetzen. Jada Pinkett, James Coburn, Larry Miller, Dave Chappelle.

K/REKON ••••

Vertigo – Aus dem Reich der Toten

Vertigo

USA. Alfred Hitchcock (1899–1980) – UA: 1958. Paramount, F-128 min – F: LONDON (83) – F (REKON): BERLIN (97). BRADFORD (97) – K: 3. 2. 59 (Paramount) – K (REKON): 27. 2. 97 (UIP) – Lit (Hitchcock): Barthélémy/Borde: AH (60). Bogdanovich: The Cinema of AH (63). Cameron, ed: Movie Reader (73). Douchet: AH (67). Durgnat: The Strange Case of AH (74). Estève, ed: AH (71). Gianetti: Masters of the American Cinema (81). Gottlieb, ed: Hitchcock on Hitchcock: Selected Writings and Interviews (95). Higham/Greenberg: The Celluloid Muse: Hollywood Directors Speak (72). Kapsis: Hitchcock: The Making of a Reputation (92). La Valley, ed: Focus on Hitchcock (72). Perry: The Films of AH (65). Robinson, ed: Man and the Movies (67). Rohmer/Chabrol: Hitchcock (57), Hitchcock: The First Forty-Four Films (79). Samuels: Encountering Directors (72). Simsolo: Hitchcock (69). Sloan: AH: A Filmography and Bibliography (95). Spoto: The Art of AH (79), The Dark Side of Genius: The Life of AH (83). Sterritt: The Films of AH (93). Taylor: Cinema Eye, Cinema Ear: Some Key Film-Makers of the Sixties (64), Hitch: The Life and Times of AH (78). Thomas, ed: Directors in Action (73). Truffaut: Le Cinéma selon Hitchcock (66), Hitchcock (67). Wood: Hitchcock's Films (65) – Art (Hitchcock): Camera Obscura 2 (77). Cinéaste 10/3 (80). FC 8/4 (72), 14/5 (78). LS 1 (75). Mise-en-Scène 1 (80), 2 (80). Moviegoer 2 (64). SaS 7/1 (97). Wide Angle 1/3 (76) – Lit (James Stewart): Hunter: JS (85). Jones/McClure/Twomey: The Films of JS (70) – Lit (Kim Novak): Fritch: KN: Goddess of Love (62). Kleno: KN on Camera (80) – Lit (Bernard Herrmann): Larson: Musique Fantastique: A Survey of Film Music in the Fantastic Cinema (84). Smith: A Heart at Fire's Center: The Life and Music of BH (91) – Art (Herrmann): Cfq 10/2 (80). L'EF 3 (77). GC 25 (76). MMo 27 (83). Ph 27 (77). SaS 41 (71), 5/11

Sehen wollen, sehen müssen. Kim Novak, James Stewart, Vertigo

(95; Beilage »The Chronicle of Cinema« 1940–1960) – Art (Saul Bass): Cfq 16/4–5 (86). SaS 5/6 (95). sc 32 (96). Va 3. 6. 81 – Art: AF (83/11). MFB 601 (84). SaS 7/4 (97) – Kr: Cfq 28/8 (97; REKON). f-d (59/Nr. 7835). FaF 354 (84). Financial Times 11. 8. 58. FR 24. 10. 96. MFB 296 (58). Observer 10. 8. 58. Time & Tide 16. 8. 58. VMG '97 (96) – Oscar-Nominierung 1958: Art Direction, Sound.

□ Eines der großen Schlüsselwerke der Filmkunst in einer von Robert Harris/James C. Katz restaurierten 70-mm-Fassung, eine vielschichtige, endlos faszinierende Meditation über das Sehen und das Mysterium unserer Wahrnehmung. Wenn James Stewart Madeleine sieht, sieht er in Wahrheit Judy – Wenn er Judy begegnet, hält er sie für Madeleine, weil er sie für die verlorene Madeleine halten WILL. Was wir sehen, sehen wir falsch, weil es nur von uns selbst stammt. Das Sichtbare, sagt Hitchcock, ist eine Verkleidung, deren Täuschung wir uns keineswegs ungern hingeben. Aber je weniger Stewart die Augen von Kim Novak läßt – und er läßt sie nie aus den Augen –, um so weniger sieht er sie. In *Vertigo* passiert letztlich nicht viel mehr, als daß ein Mann eine Frau ansieht, länger und intensiver als in irgendeinem anderen jemals gedrehten Film. Aber nur ein Genie wie Hitchcock wäre in der Lage gewesen, einen solchen Stoff derart ironisch auf die gesamte Handlung zu strekken, ohne daß wir ihn für einen Moment aus den Augen verlieren wollten und ohne daß wir unwissentlich mit nichts anderem als dem Problem unserer eigenen Wahrnehmung konfrontiert werden.

K •
Vier lieben Dich
Multiplicity
USA. Harold Ramis (*1944) – UA: 12. 7. 1996. Columbia, F-110 min – K: 31. 10. 96 (Columbia Tri-Star) – V: 6. 5. 97 (Columbia Tri-Star) – Art: Cf 67 (96). Cfq 27/11–12 (96), 28/4–5 (96). Slg 229 (96), 232 (96; Michael Keaton). SZ 5. 11. 96 (Ramis) – Kr: Az 31. 10./ 1. 11. 96. Cfq 28/4–5 (96), 28/6 (96). KSA 2. 11. 96. SaS 6/9 (96). SZ 5. 11. 96. Zoom (96/11).
□ Überarbeiteter kalif. Bauingenieur (Keaton) läßt sich durch Gen-Institut klonen, doch dann geht der Streß erst richtig los. Nicht wirklich multiple, sich in lustlosen Späßen und Sub-Plots verheddernde stubenreine Komödie. Zu allem Überfluß noch ein Clon von Ramis' vorherigem Hit *Groundhog Day.* Andie MacDowell, Harris Yulin, Richard Masur, Eugene Levy.

K •
Virtuosity
Virtuosity
USA. Brett Leonard – UA: 4. 8. 1995. Paramount, F-105 min – F: *SITGES* (95). *FaFF* (96; OF) – V: 27. 6. 96 – TV: 26. 7. 97 (Premiere) – Art: Cfq 26/6–27/1 (95). Cs 5 (95). Fg 146 (95). MMo 98 (96). SFE 2/1 (95). Shv 27 (96). Slg 218 (95) – Kr: Cfq 27/6 (96). MS 20 (96). SaS 6/10 (96). VMG '97 (96). VW 34 (96).
□ Allenfalls Ex-Cop/Häftling Barnes (Denzel Washington) kann *SID 6.7* noch stoppen, ein mit 183 Massenmörder-Profilen gefüttertes Trainingsprogramm zur Verbrechensbekämpfung, welches eine kriminelle Eigendynamik entwickelt und als Roboter (Russell Crowe) in die »reale« Welt entkommen konnte. Ein weiteres Beispiel für Hollywoods wenig virtuosen Umgang mit der VR-Thematik: vielversprechend beginnend, von systematischer *Demolition Man*-Action abgewürgt. Louise Fletcher, Kelly Lynch, Kevin J. O'Connor.

TV •••
Virus X – Der Atem des Todes
BRD. Lutz Konermann – UA/TV: 29. 4. 1997. SAT1, F-120 min.
□ Ein aus dem Nahen Osten eingeschlepptes unbekanntes Killervirus führt in einer völlig unvorbereiteten Münchner Großklinik zu immer weitere Kreise ziehenden privaten, sozialen und politischen Konflikten. Wie in *The Day After* wird bald schockierend klar, was das eine mit dem anderen zu tun hat, wie in *The Andromeda Strain* verbreitet sich das völlig unterschätzte Monster über die Luft-

schächte, wie in *The Crazies* muß in letzter Konsequenz mit aller Härte durchgegriffen werden. Dies ist zweifellos der beste dt. SF-Film des Jahres, Hauptdarstellerin Leslie Malton würde man gerne wiedersehen. Und doch ist der für sich allein stehen könnende konkrete Anlaß hier nur die beunruhigende Metapher-Oberfläche einer viel tiefer sitzenden Krise, die uns unsere Selbstachtung nimmt und nichts mit SF zu tun hat. Wir wissen nicht, wer wir sind, wir wissen nicht, was eine Beziehung ist, wir wollen die uns längst innewohnenden Krankheiten erst erkennen, wenn es zu spät ist. Der Horror von *Virus X* macht deutlich, daß wir keine Antworten haben, am wenigsten auf uns selbst. Peter Sattmann, Udo Wachtveitl, Despina Pajanou, Nikolas Lansky.

K ●●●●

Wicked City

Wicked City

Hongkg. Yoshiaki Kawajiri – UA: 1994. F-82 min (1989 entstanden) – F: *FaFF* (96; engl. Fassg) – V: 96 (PolyGram/Manga Club Deutschland) – Lit (Anime): Levi: Samurai from Outer Space: Understanding Japanese Animation (97). McCarthy: The Anime Movie Guide (96) – Art: Animania 1 (94), 3 (95). IM 2/4 (95) – Kr: IM 2/4 (95). SFU 5 (95).

□ Der Diplomat Dr. Maiyart, ein von dem Spezialagenten Taki und der paranormalen Schattenreich-Agentin Maki von der Gegenseite beschützter heimlicher Sex Maniac, soll einen Friedensvertrag zwischen dem seit 500 Jahren existierenden Parallel-Universum *Black World* mit seinen gestaltwandlerischen Dämonen und der »realen« Welt ausarbeiten. Ein konsequentes, vielseitiges *chef d'œuvre* des *anime* für Erwachsene, einer der besten fernöstlichen SF-Filme. Makis heimliche Drehung von einer undurchsichtigen *femme fatale* zur Retterin der Menschheit geht wirklich an die Nieren. Schade, daß das Kino hierzulande für derartige Innovationen nicht zuständig ist.

K ●●●

The Wind of Amnesia – Wind des Vergessens

The Wind of Amnesia

Jap. Kazuo Yamazaki – UA: 1993. F-80 min – V: 96/8 (PolyGram/Manga Club Deutschland) – Lit (Anime): s. Wicked City – Art: Animania 4 (95) – Kr: MS 22–23 (96). VW 23 (94).

□ San Francisco. Ein verheerender, der Wissenschaft entglittener »Wind« hat der Menschheit Erinnerung/Wissen geraubt und in ein barbarisches Zeitalter reiner Instinkte zurückgeworfen. Erste Indizien, daß die Krise überwunden werden könnte, findet Mataru im künstlichen, von denselben Wissenschaftlern konstruierten Bewußtsein eines kleinen Jungen und in der übersinnlich begabten Sophia, mit der er den lebensgefährlichen Trip nach New York wagt. Ein lyrisches Meisterwerk des *anime* zwischen der Schönheit ursprünglicher Landschaften und dem High-Tech-Alptraum einer entarteten, sterilen und schicksalshaften Welt, welches in seiner westlichen Orientierung Motive aus *La Caduta di Varema* (66), *Easy Rider* (68), *Glen and*

Step through "The Time Portal" beyond the crack in Space and Time where the fantastic world of the Future will freeze your blood with its weird horrors!
THE TIME TRAVELERS
AN AMERICAN INTERNATIONAL PICTURE IN COLOR

Randa (71), *A Boy and His Dog* (75) und *Damnation Alley* (77) aufgreift.

K ●●

2071 – Mutan-Bestien gegen Roboter

The Time Travelers

USA. Ib J. Melchior (*1917) – UA: 1964/11. AIP, F-82 min – K: 18. 9. 70 (Ceres) – TV: 8. 2. 97 (K1) – Lit (American International Pictures): McGee: Fast and Furious: The Story of AIP (85) – Lit (Melchior): Weaver: Interviews with B Science Fiction and Horror Movie Makers (88) – Art (Melchior): Fs 2 (76). Fx 56 (96), 57 (96), 58 (96), 59 (97), 60 (97) – Art (David Hewitt): ShX 1 (91) – Art (John Hoyt): Fg 51 (86) – Kr: f-d (70/ Nr. 17001). Fg 57 (86). SFV 2 (90). Va 25. 11. 64.

□ High Noon für Physik-Studenten. Campus-Wissenschaftler unter Leitung von Dr. Steiner (Preston Foster) geraten beim Herumjokern mit einem »Zeit-Portal« in eine desolate nachatomare Welt, in der sich zum *Alpha Centauri* durchboxende unterirdische Restmenschen gegen Obdachlose zur Wehr setzen müssen. Ein aufwandsloser Schnappschuß charmanter, spielerischer SF-Pulp-Poesie mit schwulen Roboterhänden, die ahnungslos Herumstehenden in den Po kneifen, einem Bräunungsstudio, in dem die verbotenen Reize der Damen mit Zensur-Balken geschützt werden oder einem Tante-Emma-Laden mit in Sekunden reifendem kernlosen Obst. Den unerlaubten Blick in die Zukunft bestraft die unsachgemäße Bedienung der Zeitmaschine: Wer aus den Fehlern der Vergangenheit nichts lernt, ist dazu verdammt, sie im Karussell des Lebens zu wiederholen. Merry Anders, Dennis Patrick, Forrest J. Ackerman.

ABSPANN

Ac	*Action* Hollywood 1966 –
AC	*American Cinematographer* Hollywood 1921 –
AF	*American Film* Washington 1975 –
Az	*Abendzeitung* (München)
Biz	*Bizarre* Asheville, NC 1974 –
CdC	*Cahiers du Cinéma* Paris 1951 –
Cf	*Cinefex* Riverside, CA 1980 –
CF	*CineFan* Sunnyvale, CA 1974 –
CFa	*Ciné Fantastic* Paris 1977 –
Cfq	*Cinefantastique* Elmwood/Oak/Forest Park, ILL 1970 –
CM	*Cult Movies* Hollywood, CA 1991 –
Cmc	*Cinemacabre* Baltimore 1979 –
CN	*Children of the Night* Prairie Village (Kansas) 1975 –
CoF	*Castle of Frankenstein* New Jersey 1962–1975
CoH	*Crypt of Horrors* Minot, North Dakota
Cs	*Cinescape* Lombard, ILL 1994 –
CTM	*Chiller Theatre Magazine* (USA) 1995 –

DS	*The Dark Side* Plymoth 1990 –
DT	*Dark Terrors* St. Ives (Cornwall) 1991 –
Ec	*Ecran* Paris 1972–1979
L'EF	*L'Ecran Fantastique* Neuilly 1969–1976, Paris 1977 –
ETC	*European Trash Cinema* Kingwood 1991 –
FaF	*Films and Filming* London 1954 –
Fb	*Filmbeobachter* München 1976–1983 (seit epd)
FC	*Film Comment* NY 1962 –
FCr	*Film Criticism* (USA) 1976 –
f-d	*film-dienst* Düsseldorf 1947–1967, Köln 1968 –
FD	*Film Dope* London 1972 –
FF	*Fantastic Films* Chicago 1978–1985
FFa	*Femmes Fatales of the Films* Forest Park, ILL 1992 –
Fg	*Fangoria* NY 1979 –
FMoF	*Famous Monsters of Filmland* Philadelphia 1958–1983
FN	*Filmmakers Newsletter* NY 1967 –
FR	*Frankfurter Rundschau*
Fs	*Fantascene* Ann Arbor, Michigan 1975 –, Hollywood 1975–1979
Fsy	*Fantasynopsis* Huntingdon 1990 –
Fx	*Filmfax* Chicago 1986 –
GC	*Gore Creatures* Baltimore 1963–1976 (als MM weitergeführt)
GP	*Giallo Pages* Sheffield 1993 –
Gz	*Gorezone* NY 1988 –
HH	*The House of Hammer* London 1976–1978 (ab 78/4 als HoH weitergeführt)
HIJ	*Hammer International Journal* London 1979–1989
HoH	*Halls of Horror* London 1978 –
Hp	*Headpress* Cheshire (GB) 1991 –
IM	*Imagi-Movies* Forest Park, ILL 1993–
Im	*Imaginator* Buckinghamshire 1991 –
Imp	*Impact* Paris 1986 –
JPF	*The Journal of Popular Film* Bowling Green, OH 1972 –
KSA	*Kölner Stadt-Anzeiger*
LS	*The Late Show* Baltimore 1975 –
LSH	*Little Shoppe of Horrors* Waterloo/Des Moines, Iowa 1972 –
MFB	*Monthly Film Bulletin* London 1934 – (seit 91/5 mit SaS verbunden)
Mi	*Millimeter* NY 1978 –
MM	*Midnight Marquee* Baltimore 1977 –
MMan	*Monster Mania* NY 1966 –
MMF	*Midi-Minuit Fantastique* Paris 1962–1970
MMo	*Mad Movies* Paris 1972 – (seit 1978 mit CFa verbunden)
Mo	*Movie* London 1962 –
MS	*MovieStar* Hille 1993 –
Msc	*Monsterscene* Lombard, ILL 1994 –
Mst	*Monstroid Magazine* Boston 1992 –

MT	*The Monster Times* NY 1972–1976
MW	*Monster World* Philadelphia 1964 –
NTE	*Not of This Earth* NY 1993 –
NYT	*The New York Times*
Ph	*Photon* NY 1963 –
Po	*Positif* Lyon 1952 – (seit 1954: Paris)
Psy	*Psychotronic Video* NY 1989 –
RdC	*La Revue du Cinéma* Paris 1979 –
Sab	*The Sabbath* Santa Clara, CA 1977 –
SaS	*Sight and Sound* London 1932 – (seit 91/5 mit MFB verbunden)
Sb	*Starburst* London 1978 –
Sc	*steadycam* Köln 1982 –
SFE	*Sci-Fi Entertainment* Herndon, VA 1994 –
SFU	*Sci-Fi Universe* Beverly Hills, CA 1995 –
SFV	*Starlog Science Fiction Video Magazine* 1 (NY 1988) 2 (1990)
Sh	*Samhain* Exeter (GB) 1987 –
Shr	*Shriek* NY 1965 –
Shv	*Shivers* London 1992 –
ShX	*Shock Xpress* London 1986–1990 (ab 1991 als Hardcover weitergeführt)
SI	*Splatting Image* Berlin 1989 –
Slg	*Starlog* NY 1976 –
SM	*Scary Monsters Magazine* Highwood, ILL 1991 –
Sp	*Der Spiegel* (Hamburg)
SS	*Scarlet Street* New Jersey 1990 –
SZ	*Süddeutsche Zeitung*
TF	*Terror Fantastic* Barcelona 1971 –
TO	*Take One* Toronto 1971 –
TV	*TeleVision* Hille 1995 –
Va	*Variety* NY 1905 –
VLT	*The Velvet Light Trap* Madison 1971 –
VMG	*Variety Movie Guide* NY 1991 –
Vp	*Vampir* Nürnberg 1972–1982
VW	*Video Watchdog* Cincinnati 1990 –
Wa	Bill Warren: *Keep Watching the Skies! I* (Jefferson/London 1982) *II* (1986)
WoH	*World of Horror* London 1974 –
ZDF-J	*ZDF-Monatsjournal* Mainz 1984 –
Zt	*Die Zeit*

Ein offener Brief an Peter M. Gaschler

von Michael K. Iwoleit

Lieber Peter M. Gaschler,

Ihr Filmbeitrag in der letztjährigen Ausgabe des **SCIENCE FICTION JAHRS** hat mich zu einigen kritschen Überlegungen veranlaßt. Ihre Empörung über die schlichte Tatsache, daß Sie zur Stimmabgabe für den Kurd Laßwitz-Preis eingeladen worden sind, schien mir zwar reichlich überzogen (das war nicht mit Kanonen auf Spatzen, schon eher mit Cruise Missiles auf Holzläuse geschossen), dafür war Ihre Auseinandersetzung mit den Hörspiel-Werbetrommlern Horst G. Tröster und Dieter Hasselblatt um so aufschlußreicher. Ich fühle mich von Ihrer Gegenrede ein wenig persönlich angesprochen, weil ich mich 1990 in einem Essay über die Filme **BLADE RUNNER** und **BRAZIL** selbst der gängigen Einschätzung angeschlossen habe, daß der SF-Film dem Genre mehr schade als nütze. Nach Ihren kenntnisreichen Überblicken über die vergangene und aktuelle Filmproduktion muß ich mich nachträglich selbst der schieren Unkenntnis bezichtigen und einen Großteil der deutschen SF-Szene gleich mit. Ihr Streit mit Hasselblatt/Tröster scheint mir weniger ein Aufeinanderprallen von Film- und Hörspielanhängern, das man als völlig überflüssig einstufen müßte, sondern ein Konflikt zwischen einem Mann mit Sachkenntnis und Leuten zu sein, die auf Kosten argumentativer Redlichkeit Werbung in eigener Sache betreiben. Darin tritt etwas Symptomatisches zutage, an dem unsere ganze SF-Szene krankt. Ich erlaube mir dazu ein paar Bemerkungen, weil ich selbst schon einige Jährchen dabei bin und dieselbe Chose immer wieder beobachten konnte.

Ich möchte dem seligen Dieter Hasselblatt keinen Vorwurf daraus machen, daß er fürs Medium Hörspiel geworben hat. Man könnte es ihm auch verzeihen, daß es auf eine ziemlich penetrante und aufdringliche Weise geschehen ist. Was ich ihm übelnehme, ist der Umstand, daß er wie sein Kollege Horst Tröster zur Aufwertung der eigenen Arbeit andere SF-Medien a priori für unterlegen erklärte (über das literarische Urteilsvermögen eines Mannes, der in seiner Schwarte **GRÜNE MÄNNCHEN VOM MARS** ausgerechnet Herbert W. Frankes literarische Schrottsammlung **DER GRÜNE KOMET** auf den ersten Platz seiner Liste empfehlenswerter SF-Bücher setzt, wollen wir lieber schweigen). Es wäre ein Thema für ein ganzes Buch, die platte Gegenüberstellung des angeblich aggressiven Seh- und des sanften Gehörsinns zu entlarven, für die Horst Tröster sich auf eine Kapazität wie Joachim-Ernst Berendt beruft. Nun ist Berendt zweifellos ein hervorragender Musikkenner und -chronist, mit seinen Büchern **NADA BRAHMA** und **DAS DRITTE OHR** aber in einen Bereich esoterischer Schwärmerei abgeglitten, in dem mit Scheuklappen und ausgeschaltetem Hirn argumentiert wird. Da werden dann gern auch mal die Tatsachen verbogen, damit die Botschaft um so salbungsvoller daherkommt (daß »das Ohr auf so minimale Reize anspricht wie kein anderes Organ« ist eine Falschbehauptung; das menschliche Auge kann unter Idealbedingungen das Aufblitzen eines einzigen Photons wahrnehmen – das ist auch die theoretische Untergrenze der visuellen Wahrnehmung). Solche Mystifizierungen mögen im zunehmenden Trend zur Irrationalität am Ausgang unseres Jahrhunderts auf offene Ohren bei Leuten stoßen, denen vernünftiges Denken zu wenig Heilsversprechen birgt, sie vernebeln aber jede Einsicht darin, wie die Charakteristiken eines Mediums, sei es das Buch, das Radio oder der Film, das Wechselspiel unserer Sinne beinflussen. Denn es gibt keine rein visuellen, rein auditiven oder rein sprachlichen Medien, sondern nur ein mehr oder weniger intensives Miteinander der Ausdrucksformen. Ein Schriftsteller (in der SF etwa J. G. Ballard) kann stark visuell wirken, ein Film ausgesprochen klangbewußt sein. (Herr Tröster sollte einmal ein Hörspiel nennen, das an die äußerst diffizile und vielschichtige Tonspur von Ridley Scotts **BLADE RUNNER** heranreicht – falls es eins gibt.) Es müßte zu den Pflichtaufgaben jedes SF-Schaffenden gehören, sich über solche Zusammenhänge Aufklärung in den Werken Marshall McLuhans zu verschaffen, den Tröster zwar nennt, dessen Namen er aber nicht einmal schreiben kann. Sein Versuch, ein Medium gegen das andere auszuspielen, ist dagegen so dümmlich, daß er gleich moralische Plaketten verteilen könnte – »gutes« Hörspiel vs. »böser« Film.* Aber das ist nicht die einzige groteske Fehldeutung, der Tröster erliegt. Sein Plädoyer fürs Hörspiel stützt sich nicht unwesentlich auf das Argument, daß es den Rezipienten auf seine eigene Phantasie verweise, statt ihm fertige Bilder vorzusetzen. Dahinter steckt nichts anderes als die Auffassung, daß Kunst zwar den Hörer/Leser/Zuschauer behutsam anregen, ihn aber auf keinen Fall einer fremden Phantasie aussetzen dürfe. Die Phantasie soll eine Privatsache bleiben. Ihre schöpferische Ausbreitung und Anwendung ist nicht gestattet. Da steht der Film, der gar nicht anders kann, als Phantasie in ein synästhetisches Wahrnehmungserlebnis zu überführen, natürlich ziemlich unzureichend da.

Aber um all das geht es vielleicht gar nicht. Ich unterstelle Horst Tröster und Dieter Hasselblatt viel profanere Motive. Es ist in der deutschen SF-Szene (in der amerikanischen sowieso) kein neues Phänomen, daß immer wieder zum Schaden der Sache persönliche Imagepflege betrieben wird. Herbert W. Franke zum Beispiel ist in seinen theoretischen Beiträgen wohl deshalb für eine kunstlose, extrapolative SF eingetreten, weil es ihm selbst, wovon sich jeder des Lesens Kundige über-

---

* Leider haben Sie, Herr Gaschler, der Versuchung nicht ganz widerstanden, wiederum dem Film reichere Ausdrucksmöglichkeiten als jedem anderen Medium zuzusprechen. Ich bin mir völlig darüber im klaren, was ein guter Regisseur mit einer Bildsequenz von wenigen Sekunden alles anstellen kann. Ich könnte Film sogar als die unserer Epoche adäquateste Kunstform akzeptieren. Aber werfen Sie einmal einen Blick in Thomas Pynchons Roman **GRAVITY'S RAINBOW** für ein Beispiel, welche Fülle an Eindrücken und Empfindungen ein Schriftsteller auf wenigen Seiten Prosa zusammenpressen kann – dies wäre so in keinem Film möglich.

zeugen kann, an literarischem Können gebricht. Im Mai '97 habe ich in Dornbirn in Vorarlberg im Rahmen einer SF-Veranstaltung an einer Podiumsdiskussion teilgenommen, in der es (womit ich keinem der geschätzten Kollegen zu nahe treten will) unterm Strich wieder einmal vor allem darum ging, welche besondere Aufgabe oder Mission der Science Fiction im Unterschied zur übrigen Literatur zukommt. Mein erfahrener Kollege Horst Pukallus bestätigte mir, daß Diskussionen um die SF sich seit nunmehr zwanzig Jahren auf selbige Art im Kreise drehen. Man ist in der deutschen SF-Szene, scheint mir, ein völliger Außenseiter, wenn man die Science Fiction als ein kulturelles Phänomen in einem weiteren Umfeld von Ideen, Einflüssen und Aktivitäten auffaßt. Die Szene hat nach wie vor etwas Sektiererisches. Man läßt sich auf immer neue Rechtfertigungsdebatten ein, verteidigt das Existenzrecht der Science Fiction, indem man eine Sonderrolle für sie beansprucht, und wundert sich dann, wenn man nicht ernst genommen wird (genommen werden kann). Dabei würde jeder SF-Unkundige dem Genre gleich mehr Beachtung widmen, wenn sich mehr Insider die Mühe machten, beispielsweise die Überlegungen Susan Sontags zum Verhältnis von Wissenschaft und Kunst oder die Erneuerung der Romanform in den Büchern William Burroughs' oder auch die eigentümliche Raum/Zeit-Behandlung in einigen Filmen Alain Resnais' für die SF zu erschließen. Auf besagter Veranstaltung in Dornbirn geriet ich ins Kopfschütteln über einen Vortrag von Karlheinz Steinmüller, der die Science Fiction (wieder einmal) als verlängerten Arm der Futurologie etablieren will und dazu u. a. die Cyberpunk-SF dem Posthumanisten-Quatsch eines Hans Moravec gegenüberstellte. Das vordergründig Spektakuläre hatte wieder einmal über eine nüchterne Einordnung der SF gesiegt. Würde in unserer SF-Szene ein anderes Niveau der Argumentation herrschen, dann wäre Herr Steinmüller vielleicht auf die Idee gekommen, sich lieber auf John von Neumann oder Hubert Simons **THE SCIENCES OF THE ARTIFICIAL** zu beziehen.

Ihre Filmsparte in Heynes Science Fiction-Jahrbuch, Herr Gaschler, dürfte einige Leser irritiert haben, weil darin auch

Filme besprochen werden, die auf den ersten Blick mit SF nichts zu tun haben. Auf den zweiten Blick aber stellen Sie den SF-Film damit in den Traditions- und Ideenzusammenhang der Filmkunst überhaupt, und Analoges stelle ich mir für jede Diskussion über Science Fiction vor. Nur ein Dummkopf kann übersehen, daß die Science Fiction kein abgeschlossenes, klar abgrenz- und definierbares Genre ist. Literaturhistorisch sind in sie divergente Traditionen wie die Utopie und Antiutopie, das Lügenepos und der Gotische Roman eingegangen, und auch heute noch ist sie ein Sammelbecken von Autoren/Regisseuren usw., die in keine andere Sparte passen. Man wird der ernstzunehmenden SF, glaube ich, am ehesten mit der Feststellung gerecht, daß in ihr die künstlerische Aufarbeitung unserer wissenschaftlichen Zivilisation, unserer Medien- und Informationsgesellschaft betrieben wird. Derlei geschieht aber nicht nur in der SF und sollte nicht als ihre alleinige Domäne betrachtet werden. Es stünde manchen SF-Profis in unserem Lande gut zu Gesichte, sich SF-fremden Einflüssen zu öffnen und nicht die alte Selbstbeweihräucherung fortzuführen.

Für Ihren Denkabstoß bedanke ich mich.

Ihr

Michal K. Iwoleit

HÖRSPIEL

Science Fiction-Hörspiele 1996/97

von Christiane Timper, Birke Vock, Bärbel Weixner, Ulrich Bettermann, Sascha Mamczak und Horst G. Tröster

»Wir müssen einfach mal realistisch sein: Das Hörspiel ist eine aussterbende Kunstform die Kategorie [beim Kurd Laßwitz-Preis] ist meines Erachtens total überflüssig« konnte man 1994, auf den Science Fiction-Tagen Nordrhein-Westfalen in Düsseldorf, hören, und der dies ebenso nachdrücklich wie unbekümmert äußerte, war Teilnehmer einer Podiumsdiskussion über den Kurd Laßwitz-Preis. Bedauerlich, daß ausgerechnet ein Autor solche von keinerlei Sachkenntnis geprägten Stammtischweisheiten von sich gibt. Daß Hörspiel nicht mehr den gesellschaftlichen Stellenwert wie in den 50er Jahren hat, als das Radio noch das einzige elektronische Medium war, dürfte jedem klar sein. Wer aber, statt frei erfundene Vermutungen zum besten zu geben, sich nur einmal die Mühe macht, eine Rundfunkzeitschrift zur Hand zu nehmen, wird erstaunt feststellen, daß die Zahl der allwöchentlichen Hörspielsendungen kaum zu überschauen ist. Mehr als 700 Hörspiele werden Jahr für Jahr in den Studios der ARD-Funkhäuser produziert und in über 2000 Sendeplätzen ausgestrahlt, und die Tendenz ist seit langem wieder steigend bei wachsendem Hörerinteresse. Über die Ursachen, warum gerade das Science Fiction-Hörspiel in den letzten drei Jahren im Abnehmen begriffen ist, mit einem Rekordtief im vergangenen Jahr, kann man nur spekulieren. Einer der Gründe ist sicher, daß Dieter Hasselblatt schon lange nicht mehr als aktiver Förderer und Mentor auftreten konnte und die SF-Reihe aus Heidelberg eingestellt wurde, was durch Aktivitäten anderer Sender und Redakteure nur bedingt aufgefangen wurde; Etatkürzungen mögen ein übriges dazu beigetragen haben. Sieht man sich jedoch die nachfolgende Tabelle an, fällt auf, daß nur die Neuproduktionen in den letzten Jahren abgenommen haben, die Zahl der Sendeplätze dagegen mit durchschnittlich 100 Terminen (von zwei Einbrüchen 1994 und 95 abgesehen) nahezu konstant geblieben ist:

Science Fiction-Hörspiel in der ARD
nach Jahren

Jahr	Ursendungen	Sendungen gesamt	Jahr	Ursendungen	Sendungen gesamt
1947	1	1	1972	32	87
1948	0	0	1973	37	103
1949	1	2	1974	23	109
1950	3	6	1975	27	78
1951	1	1	1976	31	91
1952	0	0	1977	25	83
1953	1	2	1978	20	74
1954	1	2	1979	34	100
1955	3	7	1980	21	88
1956	1	1	1981	26	104
1957	0	1	1982	20	72
1958	7	8	1983	16	75
1959	4	7	1984	40	123
1960	5	7	1985	39	115
1961	5	11	1986	33	115
1962	2	7	1987[3]	30	120
1963	3	4	1988	27	119
1964	7	15	1989	36	124
1965	13	18	1990	31	95
1966	7	10	1991	27	103
1967[1]	22	43	1992	25	111
1968	19	48	1993	29	112
1969	30	51	1994[4]	25	72
1970[2]	31	92	1995	18	47
1971	17	47	1996	17	109

Anmerkung zu vorstehender Tabelle:
[1] Start der Reihe Science Fiction als Radiospiel
[2] Erste Science-Fiction-Reihe von Dieter Hasselblatt beim DLF
[3] Pensionierung von Dieter Hasselblatt
[4] Reihe Science Fiction als Radiospiel eingestellt

Müssen wir uns angesichts dieser Zahlen nicht auch an die eigene Nase fassen und uns fragen, ob wir den Rundfunkanstalten so wenig Interesse signalisieren, daß man es dort kaum noch für nötig hält, in dieses Genre zu investieren, und die vorhandenen Mittel lieber in größere Resonanz versprechende Projekte steckt? In diesem Zusammenhang erscheinen öffentliche Bemerkungen wie die eingangs erwähnte um so peinlicher und geradezu kontraproduktiv. Sind die SF-Fans wirklich so einseitig und träge, wie Dieter Hasselblatt immer wieder beklagt hat? Der Fairneß halber sei erwähnt, daß bei jener Veranstaltung auch eine Gegenstimme laut wurde. Wolfgang Jeschke war es, der betonte, er halte Hörspiel »für eine ganz wesentliche Kunstform, die der gedruckten Science Fiction an Niveau überlegen ist«.

Hörspiel vs. Film?

Eine Philippika ganz anderer Art konnte man im Film-Teil des letzten SF-Jahrbuchs lesen, wo Peter Gaschler einen von verbalen Ausfällen geprägten bösen Rundumschlag gegen Hasselblatt und den Kurd Laßwitz-Preis führte, in dem er sich gegen die »Unverschämtheit« und »menschenverachtende Heuchelei« verwahrte, »auf niederträchtige Art« für die Wahl eines deutschen SF-Filmpreises, »die an hirnverbrannten Fehlentscheidungen ihresgleichen sucht«, »gegen seinen Willen« »zwangsverpflichtet« zu werden. Und weiter: »Eine Preisvergabe ist kein Rangierbahnhof für Analphabeten, die wildfremde Leute drangsalieren dürfen, wenn die Fahrt in ihrem Kleinhirn zu Ende ist« (Irrtum, Herr Gaschler, im Kleinhirn, das nur für Gleichgewicht und Koordination verantwortlich ist, fängt sie gar nicht erst an), oder: »Hierzulande kann jeder Idiot die Abstimmungsvoraussetzungen erfüllen.« Und all diese Verbalattacken allein deshalb, weil Gaschler im Februar 1996 die Unterlagen für den Kurd Laßwitz-Preis in seinem Briefkasten vorgefunden hatte, die wortlos in den Müll zu werfen ihm niemand verwehrt hätte.

Wenn schon ein Verlag wie Heyne sich bereit findet, ohne Gegenleistung oder Imagegewinn die nicht unerheblichen

Portokosten für ein idealistisches Projekt zu bestreiten, das Autoren zu ein wenig Anerkennung verhelfen soll (und die Autoren selbst sind dafür dankbar), dann ist es ein starkes Stück, diesen Verlag als »unverschämt« zu beschimpfen, und es fällt schon schwer, den Autor solch peinlicher verbaler Ausfälle nicht mit Adjektiven aus seinem eigenen Vokabular (siehe oben) zu belegen.

Kritik an einzelnen Sparten des Kurd Laßwitz-Preises ist im übrigen nicht neu und wurde in der Vergangenheit in sachlicher Form wiederholt und sicher nicht zu unrecht geäußert. Man kann sich in solch einem Fall aufs Polemisieren beschränken oder im Sinne einer Verbesserung aktiv werden. Seit es 1992 bei der Preisvergabe in der Kategorie Hörspiel zum Eklat gekommen ist, wird der Hörspielpreis nicht mehr von der Gesamtheit der Abstimmungsberechtigten, sondern von einer Jury vergeben, die jede der nominierten Produktionen genau kennt. Eine Konsequenz aus der von Gaschler geäußerten Kritik wäre, eine generelle Neuorganisation des Kurd Laßwitz-Preises zu fordern, also auch für die Abstimmung in der Sparte Film eine Jury zu konstituieren und diese mit kompetenten Juroren zu besetzen. *Das* zu fordern und vielleicht gar selbst aktiv dabei mitzuhelfen statt miesepetrig herumzunörgeln *das* wäre konstruktiv gewesen! Aber Gaschler befriedigt es offenbar mehr, Filme, die er für preiswürdig hält, *nicht* zu nominieren, um dann im Nachhinein gegen ihre Nicht-Nominierung ordentlich polemisieren zu können.

Gaschlers Detailkenntnisse der internationalen Filmszene, eindrucksvoll demonstriert an absatzfüllenden lexikalischen Aufzählungen, verstellen ihm leider den Blick auf das wirkliche Anliegen Dieter Hasselblatts, dem es in seinen kritischen Essays keineswegs um *den* Film ging, wie er sich auf Festivals und nächtlichem *Arte*-Themenabend mit sich weltweit vielleicht nach ein paar Tausend bemessenden Zuschauern präsentieren mag, sondern um *den* SF-Film, der in den letzten Jahrzehnten ausschließlich und zum Nachteil für das gesamte Genre das Bild der deutschen und internationalen Kinolandschaft bestimmt hat; der SF-Film muß es sich schon gefallen lassen, danach beurteilt zu werden, wie er sich allabendlich auf Leinwand und Mattscheibe einem Multimillionen-Publikum präsentiert. Und *den* Vergleich braucht Hörspiel nun wirklich nicht zu scheuen, ist hier Niveau nicht auf Ausnahmen und Festivals (die es beim Hörspiel auch gibt) beschränkt.

Wie wenig Gaschler in der Lage ist, auf Argumente von Diskussionsgegnern einzugehen, möchte ich abschließend mit folgendem Beispiel zeigen. Im SF-Jahr 1996 schrieb ich über die MDR-Neuproduktion von Bradburys ***Fahrenheit 451***:

> »Der eine oder andere wird sich noch an die sechsteilige Hörspielfassung des Westdeutschen Rundfunks aus dem Jahr 1970 erinnern, die mehrmals, zuletzt im Sommer 1993, wiederholt wurde. Nun hat der noch junge Mitteldeutsche Rundfunk gewagt, die Literaturvorlage von Ray Bradbury ein zweites Mal zu adaptieren, wobei ich bewußt den Begriff *Remake* vermeide, der von der durch rein kommerzielle Erwartungen bestimmten, kontraproduktiven Atmosphäre des Hollywood-Films geprägt wurde.«

Ich glaube, meine Aussage war eindeutig, und es besteht kein Zweifel, das ich das *Remake* des Hörspiels von 1970 meinte und zugleich den beim Film geläufigen, unglücklichen Ausdruck *Remake* kritisieren und nicht aufs Hörspiel übertragen wissen wollte. Gaschler fühlte sich zu folgender Entgegnung veranlaßt:

> »An dieser Aussage ist ALLES falsch: Truffauts Film ist kein Remake, seine Erwartungen sind nicht rein kommerziell bestimmt, seine Atmosphäre ist nicht kontraproduktiv und um einen Hollywood-Film handelt es sich auch nicht.«

So geht es eine ganze Weile lang weiter, obwohl ich mit keiner Silbe Truffauts Film auch nur erwähnt hatte, und Gaschler schließt:

> »Ich möchte allen Autoren, die sich zu Film äußern, bitten, sich erst einmal über konkrete Tatsachen zu informieren, bevor derartige Behauptungen in den Orbit geschossen werden.«

Ob er meinen Text nicht verstanden hat oder nicht verstehen wollte jedenfalls versteigt er sich in eine ebenso unsinnige wie überflüssige Argumentation und verpulvert dafür auch noch völlig unnötig eine ganze Seite, die er sich und dem »unverschämten« Verlag hätte ersparen können. Peinlich, peinlich.

Hörspiel und Rundfunkszene

Immer wieder wird geklagt, die Rundfunklandschaft sei zu sehr regionalisiert, viele interessante Sendungen könnten am eigenen Wohnort gar nicht empfangen werden. Das ist nur bedingt richtig. Wer über einen Kabelanschluß verfügt, kann heute schon in aller Regel mehr Programme empfangen, als er dies selbst mit guter Mehrelementantenne je könnte. Über DSR (Digitales Satelliten-Radio) und ADR (Astra Digital Radio) können mit sich in Grenzen haltendem Aufwand die meisten ARD-Sender empfangen werden. Darüber hinaus ist zu hoffen, daß im Zuge der Digitalisierung in absehbarer Zeit auch ohne Satellitenschüssel ausnahmslos alle ARD-Sender über Kabel empfangen zu sein werden. Ob es wirklich dazu kommt politisch ist das alles ja nicht unbedingt gewollt –, wird sich zeigen.

Die Informationsquelle schlechthin ist *Dampf-Radio,* die einzige überregional erscheinende Rundfunkzeitschrift, sehr ausführlich, gerade auch im Bereich Hörspiel sehr informativ und praktisch werbefrei. Ein Probeexemplar kann angefordert werden bei **Dampf-Radio Verlags-GmbH, Postfach 228, 53925 Kall.**

Aber auch wer ein Hörspiel versäumt und keinen Tauschpartner hat, braucht nicht zu verzweifeln, sondern nur etwas Geduld, denn die meisten Hörspiele werden über kurz oder lang vom einen oder anderen ARD-Sender übernommen, so daß jedes anspruchsvollere Hörspiel, wenn auch zeitlich versetzt, letztlich doch flächendeckend ausgestrahlt wird.

Der zur Zeit führende Sender mit regelmäßigem Angebot an guter Science Fiction ist der Westdeutsche Rundfunk. Beim Süddeutschen Rundfunk gab es nach Einstellung von

Science Fiction als Radiospiel keine Neuproduktionen mehr, aber die von Andreas Weber-Schäfer betreute Reihe *Phantastik aus Studio 13* bringt neben meist einfach gestrickten Gruselstories immerhin auch interessante Wiederholungen aus dem schier unerschöpflichen Heidelberger Fundus. Beim Mitteldeutschen Rundfunk ist der alljährliche Science Fiction-Monat im Herbst mit Eigenproduktionen, ARD-Übernahmen und Wiederholungen des DDR-Rundfunks inzwischen feste Tradition geworden, so auch wieder im November 97, wenn auch eine Neuproduktion im vergangenen Jahr leider fehlte. Der Deutschlandfunk hatte seit Dieter Hasselblatts Ausscheiden dort im Jahre 1974 zum ersten Mal seit 23 Jahren wieder einen Science Fiction-Monat mit immerhin neun Terminen im Programm. Einen überaus originellen Einfall hatte man beim Ostdeutschen Rundfunk. Unter dem Motto *Hörspiel Kino unterm Sternenhimmel* lud der ORB im Oktober 1996 und März 97 ins Planetarium am Insulaner in Berlin-Schöneberg zu einem Hörspiel-Erlebnis der besonderen Art: Nicht in den eigenen vier Wänden, sondern mit Aussicht ins Weltall, nicht unter der Nachttischlampe, sondern unter Sternschnuppen, nicht alleine, sondern mit Freunden und Gleichgesinnten konnte man neben Krimis, Thrillern und Erotik auch Science Fiction wie Stanisław Lems *Mondnacht* und *Professor Tarantogas Sprechstunde* oder an drei Abenden Douglas Adams' Sechsteiler *Per Anhalter ins All* als Ohren- *und* Augenschmaus in *himmlischer Atmosphäre* genießen.

Hörspielfreunde mit denkbar schlechten Empfangsbedingungen müssen zwar nicht ganz auf Science Fiction verzichten, wenn sie über einen Kassetten- oder CD-Spieler verfügen, aber das Angebot ist noch recht mager. Der Münchener *Hör-Verlag,* der in der Nachfolge von *Cottas Hörbühne* mit Tonträger-Hörspielen nach eigener Aussage einen wahren Boom verzeichnen kann, bietet an: Walter Adler *Centropolis,* Douglas Adams *Per Anhalter ins All,* Ray Bradbury *Fahrenheit 451* (WDR-Fassung), Stanisław Lem *Die Mondnacht* und *Professor Tarantogas Sprechstunde* und Rainer Werner Fassbinder *Keiner ist böse und keiner ist gut.* Bei *Litraton* Hamburg ist eine CD mit der amerikanischen Originalversion von Orson

Welles' *The War of the Worlds* nach H. G. Wells erschienen, ferner Ulrich Horstmann *Gedankenflug Reise in einen Computer* und direkt vom Süddeutschen Rundfunk in Stuttgart kann man das SDR3-Pop-Hörspiel *Cybercity* von Hartmut Volz beziehen.

Beim taktischen Anschneiden einer Salami bleibt es erfahrungsgemäß nicht bei nur einer Scheibe. Im Fall des Süddeutschen Rundfunks war diese erste Scheibe 1991 die Zusammenlegung der Kulturprogramme von SDR und SWF zum neuen gemeinsamen Kulturkanal *S2 Kultur.* Ende 1993 wurde im Zuge allgemeiner Sparmaßnahmen trotz beträchtlicher Proteste die 25 Jahre bestehende Reihe *Science Fiction als Radiospiel* eingestellt, und im folgenden Jahr ging es dem SDR-Studio Heidelberg selbst an den Kragen. Daß es nicht dabei bleiben würde, war abzusehen. Am 31. 3. 97 besiegelten die Ministerpräsidenten von Rheinland-Pfalz und Baden-Württemberg das Ende des Süddeutschen Rundfunks und des Südwestfunks, aus denen im Oktober 98 der neue Südwestrundfunk, SWR, hervorgehen wird. An Argumenten für diese Fusion wird immer wieder eine »Stärkung des öffentlich-rechtlichen Rundfunks im publizistischen Wettbewerb« ins Feld geführt. Geflissentlich unterschlägt man, daß das Prinzip des Föderalismus damit nicht gestärkt, sondern unterminiert wird. Wenn die Verantwortlichen davon sprechen, daß ein neuer Sender die geballte Finanzkraft von ehemals zwei Sendern in sich vereint, verschweigt man, daß mit der Anzahl der Programme und auch die Anzahl der Programmplätze halbiert wird. Und was die Finanzkraft betrifft, sei daran erinnert, wie viele hervorragende und kritische Programme gerade die kleinen Sender wie Radio Bremen oder der SFB produziert haben. Ob ein moderner, finanzkräftiger, durchgestylter Großrundfunk noch Platz und Interesse an Minderheitenprogrammen haben wird, bleibt abzuwarten.

Eine ähnliche Entwicklung scheint sich bei SFB und ORB abzuzeichnen. Nachdem der Zusammenschluß von Brandenburg und Berlin vor einigen Jahren per Volksabstimmung gescheitert ist was über kurz oder lang mit Sicherheit auch zu einer Fusion von ORB und SFB geführt hätte versucht man es nun auf dem sanften Weg. Seit Mitte 1997 strahlen diese beiden Sender unter dem Namen *RadioKultur* ein gemeinsames Kulturprogramm aus. Fortsetzung siehe oben ...

Hörspiel Interaktiv?

Alle reden vom Internet, die sogenannten neuen Medien sind in aller Munde, jeder, der etwas auf sich hält, glaubt, seine Visitenkarte mit einer Internetadresse schmücken zu müssen, auch wenn er absolut und definitiv nichts mitzuteilen hat, dabeisein ist alles. Nicht anders beim Rundfunk, wo man versucht, via Internet neue interaktive Kommunikationsmöglichkeiten zu schaffen. Dagegen ist nichts zu einzuwenden, doch ob sich das Hörspiel über ein paar durchaus berechtigte experimentierfreudige Versuche hinaus für Interaktionen eignet, sei angezweifelt. Was dabei herauskommt, ist vielleicht ein kommunikatives Happening, ein witziger Massen-Chat, ein aufwendiger Spaß, darüber hinaus sicher auch ein aufschlußreiches psychologisches und gruppendynamisches Experiment, aber wohl kaum etwas, das man noch als Hörspiel bezeichnen könnte. Und sehr geistreich war keiner der bisherigen Versuche, die mir zu Ohren gekommen sind.

Den ersten Vorstoß in diese Richtung machte der Südfunk 1995 im Programm SDR3 mit dem Netzkrimi *Larissa 42*, der »ersten interaktiven Radioserie in Deutschland«, die über Computernetze entstanden ist. SDR3-Hörer und User konnten an ihren PCs an der Fortsetzungsstory mitschreiben, die 14 Folgen lang versucht hat, das Schicksal der spurlos verschwundenen Computer-Fachfrau *Larissa* aufzuklären: ein Krimi mit einigen Gags und ohne Tiefgang wie anders sollte das bei einem sich untereinander nicht kennenden Autorenkollektiv auch sein. Fast alle Handlungsideen, Szenen und Dialoge stammten von Usern, die seitenlang über den jeweils besten Text im Netz debattierten. In Abstimmung mit der SDR3-Redaktion wurde im Netz das Sendemanuskript erstellt, kurzfristig in den SDR-Studios produziert und sowohl im Radio als auch über Computernetze als Tondateien (*Radio on Demand*) ausgestrahlt. Eine zweite und dritte Staffel gab es im

Sommer 96 und 97, diesmal auf einer Science Fiction-Idee basierend: Mitte des nächsten Jahrtausends ist es mit Hilfe eines Computer-Simulationsprogramms möglich, sich an jeden beliebigen Ort der Menschheitsgeschichte *beamen* zu lassen. Das Ergebnis hat wenig mit Hörspiel gemein: triviale 5-Minuten-Spots, irgendwo angesiedelt zwischen sächselnden Karl May-Indianer-Verschnitten und wenig originellem Historien-Soßenmix – für einen Radio-Comic zu uninspiriert, für eine Satire schlicht zu albern.

Vergleichbares versuchte der WDR im April 97 unter dem Titel *Eins Live 3000 die Welle aus dem All.* Im Lauf des 1. April entstand aus den Internet-, Fax- und Telefonbeiträgen der Hörer ein Hörspiel, das abends vor Publikum in der Zeche Carl in Essen aufgeführt und live übertragen wurde. Herausgekommen ist aber nur ein Live-Event, der sich auf albernes Rumgeblödel zwischen wenig schlagfertigen Moderatoren und begriffsstutzigen Hörern über ein angeblich zu realisierendes SF-Hörspiel beschränkte.

Schon zwei Tage später startete ebenfalls der WDR in Kooperation mit dem Berliner Medienunternehmen *Raumstation* ein Art von Hörspiel-Live-Inszenierung unter dem Titel *Das Telefon-Hörer-Massaker,* diesmal nicht über Internet, sondern mit Hörer-Beteiligung live am Telefon. Ausgangsidee: Privatdetektiv E. C. Lüdtke nimmt zwecks Aufbesserung seiner Haushaltskasse an einem wissenschaftlichen Experiment teil und erwacht nach einer Ohnmacht in einem Miniatur-U-Boot im menschlichen Körper nach dem Vorbild von Asimovs *Fantastic Voyage.* Herausgekommen ist seichtes Geplauder mit Hörern, die sichtlich Mühe hatten, mit den Eselsbrücken des Moderators etwas anzufangen. Das Konzept ermöglichte den Hörern, unmittelbar in die Krimihandlung einzugreifen und die Figuren zu lenken. Kostprobe: *Was sind das für weiße Teile hier draußen? Ich hab in Bio nicht aufgepaßt. Mit so weißen Uniformen und Polizeimützen, was solln das sein? Keine Ahnung, alles tot machen mitm Laser! Drück doch mal den roten Knopf! Wie kommen wir jetzt hier raus? Ja, da gibt's vielleicht noch ein paar Venen, die uns durch die Kopfhaut rausschleudern ...* Decken wir den Mantel gnädigen Schweigens über diese einzige Riesenpeinlichkeit, weswegen man hier im Hörspielteil des Jahrbuchs auch vergeblich danach suchen wird.

Um nicht falsch verstanden zu werden: nichts gegen sinnvolle Nutzung zu wissenschaftlichen Zwecken oder einfach nur so zum Spaß des Internet oder anderer Formen der Interaktivität, im Gegenteil, die Chance, kreativ Neues entstehen zu lassen, sollte genutzt werden aber bitte keine Chimären! Ein Hörspiel, das mehr sein will als nur eine Veralberung, kann nur das schöpferische Produkt eines einzelnen Autors oder eines kleinen Autorenteams sein. Unter der geschwätzigen Mitwirkung zahlloser Internetsurfer und sonstiger Senfzugeber hätte kein bedeutendes Werk der Theater-, Musik-, Literatur- oder Kunstgeschichte je entstehen können. Ein ernstzunehmendes Hörspiel ebensowenig.

Hörspiel und Literaturwissenschaft

Das Science Fiction-Hörspiel als Gegenstand wissenschaftlicher Untersuchung hat es in der Vergangenheit dreimal gegeben. Die erste war 1974 Marie Helga Sack (heute Schwarz) mit ihrer Staatsexamensarbeit *Science Fiction als Radiospiel* im Fachbereich Neuere Deutsche Literaturwissenschaft der Universität Heidelberg, in der sie sich mit den SF-Hörspielen des SDR und des Deutschlandfunks beschäftigte. Zehn Jahre vergingen, bis im Orwell-Jahr Frank Hause *Die Hörspiele des Stanisław Lem innerhalb der Science Fiction-Hörspiele in Deutschland* an der Universität Erlangen-Nürnberg zum Thema einer Magisterarbeit machte. 1992 entstand an der Philosophischen Fakultät derselben Universität wieder eine Magisterarbeit, in der Birke Vock *Die Entwicklung der Science Fiction-Hörspiele bei Hermann Ebeling* analysierte.

Als vierter hat Norbert Kupper 1997 an der Universität Kiel seine Magisterarbeit vorgelegt, der er den Titel *Strukturen und Modelle der Science Fiction-Hörspiele nach 1945* gegeben hat. Darin geht er sehr detailliert und kritisch auf Definitionsversuche von Science Fiction, Entwicklung und literaturwissenschaftliche Betrachtung des Hörspiels und Geschichte und Ästhetik des Science Fiction-Hörspiels ein und macht den Versuch einer Aufstellung aller nach 1945 entstandenen Science Fiction-Originalhörspiele nach Maßgabe der von ihm favorisierten Definition von Science Fiction. In der zweiten Hälfte seiner Arbeit geht er anhand von 52 Titeln auf die Modelle (Handlungs- wie Weltmodelle) und Strukturen (Exposition, Nebentext, Sprache, Intertextualität, Frauenbild, Motive) des Science Fiction-Hörspiels ein, was allemal interessant, angesichts der geringen Anzahl der gewählten Beispiele jedoch ohne größere statistische Signifikanz sein dürfte. Norbert Kuppers Arbeit ist vor allem im ersten Teil eine beachtenswerte Leistung, zumal er nicht nur referiert, sondern durchaus auch eigenständige, wenn auch stellenweise anfechtbare, in jedem Fall diskussionswürdige eigene Standpunkte vertritt.

Einziges Manko, daß Kupper sich zum einen nur auf Originalhörspiele und zum anderen einer (angesichts der Materialfülle und eingeschränkten Verfügbarkeit freilich verständlichen) selbstgewählten Einschränkung gemäß nur auf Hörspiel*texte* bezieht, obwohl er sich der insbesondere von Hasselblatt wiederholt betonten Problematik, daß das Manuskript nur eine zurückzulegende Phase auf dem Weg zum fertigen Hörspiel ist, durchaus bewußt ist.

Die Arbeit sei jedem, der sich über das reine Hören hinaus für Science Fiction im Hörspiel interessiert und viele selbstverständlich gewordene Strukturen einmal mit den Augen eines Literaturwissenschaftlers sehen will, wärmstens empfohlen. Die Arbeit wird 1998 als Band 32 der Schriftenreihe der Phantastischen Bibliothek Wetzlar erscheinen, kann aber auch jetzt schon über die Fernleihe der Universitätsbibliothek der Christian-Albrechts-Universität Kiel unter der Katalog-Nr. TI 3030 ausgeliehen werden.

Hörspiel-Freunde

Wenn drei Deutsche sich treffen, gründen sie einen Verein, sagt man. Ist es nicht so? Nein. Und drei waren es schon gar nicht, sondern sechs, und es ist auch kein Verein geworden, sondern ein Freundeskreis. Am 1. Juni 1996 trafen sich in einer Stadtteilkneipe in Frankfurt am Main Bockenheim (die übrigens kurz darauf geschlossen wurde ...) Science Fiction- und Hörspiel-Fans aus verschiedenen deutschen Städten und aus den unterschiedlichsten Berufen, um in lockerer Gesprächsrunde über ihr gemeinsames Interesse zu plaudern. Es wurde eine interessanter Abend mit lebhaftem Gedankenaustausch und vielen Anregungen, in dessen Verlauf die Idee geboren wurde, eine Interessengemeinschaft ins Leben zu rufen, um auch künftig in Kontakt bleiben zu können. Schon wenige Wochen später besiegelten sechs von ihnen, Berthold Stassen, Horst G. Tröster, Dr. Klaus-Dieter Schmid, Axel M. Quetz, Mark Engler und Michael Bremer ihr gemeinsames Vorhaben. Ziel war es, ein Forum zu schaffen für Liebhaber des Science Fiction-Hörspiels, Menschen mit gleichen Interessen die Möglichkeit zu geben, sich kennenzulernen und in Kontakt zu bleiben, und sei es nur der Möglichkeit wegen, einen Tauschpartner zu finden, zum Beispiel um in den Genuß von Hörspielen zu kommen, die man versäumt hat oder die außerhalb des eigenen Empfangsbereichs ausgestrahlt wurden.

Ein erstes Treffen fand am 20. September 1997 in Heidelberg statt, zu dem auch Andreas Weber-Schäfer, Regisseur und langjähriger Leiter der legendären, inzwischen eingestellten Sendereihe *Science Fiction als Radiospiel* eingeladen war. Weitere Treffen in verschiedenen Städten sind geplant, um ins Gespräch zu kommen und gemeinsam über literarische, mediale und technische Aspekte zu diskutieren.

Zur Kommunikation unter den inzwischen auf zwanzig angewachsenen Mitgliedern dient die *Hörspiel-Gazette*, ein unregelmäßig erscheinendes Informationsblatt mit Neuigkeiten, Informationen und Tauschbörse.

Formalitäten, Vereinsmeierei, Registrierung beim Amtsgericht, festgeschriebene Verpflichtungen oder sonstige Bürokratie gibt es nicht; jeder kann und soll nur so viel an Ideen und Beiträgen beisteuern wie er nach eigenem Wollen und Ermessen möchte.

Wer Interesse hat, Gleichgesinnte kennenzulernen, Kontakt mit Autoren und Rundfunkanstalten zu bekommen, Tauschpartner kennenzulernen, über Neuigkeiten auf dem Gebiet Science Fiction und Hörspiel informiert zu werden, sich bei den Rundfunkanstalten für mehr qualitativ hochwertige Science Fiction-Produktionen einzusetzen und gemeinsam für ein häufig geringgeschätztes Genre und eine von Öffentlichkeit und Presse viel zu wenig beachtete Medienform eintreten, ist herzlich willkommen! Näheres bei Horst G. Tröster, Eschersheimer Landstraße 319, 60320 Frankfurt.

Überschattet wurde all dies durch den plötzlichen Tod von Dr. Dieter Hasselblatt. Ich hatte mich ganz besonders gefreut, daß gerade er, der in den Jahrzehnten seiner aktiven Zeit beim öffentlich-rechtlichen Rundfunk das Science Fiction-Hörspiel wie kein anderer geprägt und zu einem Niveau geführt hat, wie es seither nur selten wieder erreicht wurde, am 15. Januar 1997 spontan unserem Freundeskreis beigetreten ist und gleichzeitig ein Treffen in der Nähe seines Wohnortes im Westerwald angeregt hat. Aus unserer gemeinsamen Erfahrung in der Jury für den Kurd Laßwitz-Hörspielpreis weiß ich, daß er, der ein Leben lang höchste Ansprüche nicht nur an andere, sondern auch an sich selbst gestellt hat, keine Kompromisse eingehen wollte, wenn es um die Qualität einer Sache ging, die ihm ans Herz gewachsen ist. Nun hat ein anderer, ungleich Kompromißloserer, dem allen ein vorzeitiges Ende gesetzt. Dieter Hasselblatt ist am 19. Februar 1997 gestorben.*

Neu im Kreis der Rezensenten begrüße ich Ulrich Bettermann, mit dessen Eintreten die Forderung nach Einführung einer Männerquote im Hörspiel-Team erst einmal vertagt werden kann. Er hat seine Schlagfertigkeit und Formulierfreudigkeit bereits unter Beweis gestellt und gibt mit zwei Rezensionen sowie einem Bericht vom 2. Hörspiel-Workshop für Amateure seinen Einstand.

---

* Dem Gedenken an Leben und Werk von Dieter Hasselblatt sind auch die Beiträge von Horst G. Tröster und Jörg Weigand in diesem Band gewidmet. – *Anm. d. Hrsg.*

Bei der Gelegenheit noch eine Anmerkung. Daß Rezensionen eine höchst subjektive Angelegenheit sind, wird gewiß niemand bestreiten. Wir vom HörspielTeam wollen weder unsere Meinung zum Standard machen noch uns zu Zensoren aufschwingen, sondern schlicht neugierig machen, was da im Radio, weitgehend unbemerkt von vielen potentiellen Interessenten, so alles passiert, möchten Anregungen geben, bei Wiederholungen des einen oder anderen Titels aufzumerken und doch mal das Radio einzuschalten. Wenn einer unter unseren Lesern einmal mit einer hier geäußerten Ansicht zu einem Hörspiel gar nicht einverstanden sein sollte, bitte ich ihn, uns zu schreiben, ich werde seine Darstellung gern im nächsten Jahrbuch veröffentlichen und so vielleicht eine interessante Diskussion anregen.

Darüber hinaus rufe ich hiermit jeden Hörspielfreund auf, uns eine Hitliste seiner SF-Hörspiel-Favoriten, seine persönlichen *Top Ten* zuzuschicken, die wir dann im nächsten Jahrbuch veröffentlichen werden. Ich bin gespannt, was dabei herauskommt. Bis dann viel Vergnügen beim Hören!

Horst G. Tröster

Paradise Hospital Inc.

von Friedrich Bestenreiner
Musik: Mouse on Mars
Regie: Thomas Werner
WDR 1996

Was macht einen Menschen aus? Wo sitzt das Bewußtsein? Und kann man dieses, wenn es erst einmal entdeckt wurde, vielleicht aus dem Körper lösen und in ein anderes Gehirn kopieren? Mit diesem klassischen Science Fiction-Thema beschäftigt sich Friedrich Bestenreiner in seinem Hörspiel ***Paradise Hospital Inc.***, welches 1996 mit dem Kurd Laßwitz-Preis ausgezeichnet wurde. Damit ist der 1924 in Wien geborene

Physiker der einzige Autor, der wiederholt* Preisträger dieses Hörspielpreises wurde.

Bestenreiner verpackt seine außergewöhnlichen Ideen in eine Kriminalgeschichte mit deren üblichen Versatzstücken: Ein Mörder, ein verrückter Professor, eine Dame aus der Unterwelt und ein Pärchen normaler Menschen sind die Hauptpersonen. Und da ist eine Unterweltorganisation, welche sozusagen das Gegenstück des Zeugenschutzprogramms entwickelt hat; Killer erhalten eine Tarnexistenz im Körper eines völlig unverdächtigen anderen Menschen. Mit bewundernswerter Leichtigkeit gelingt es dem Autor, aus diesen Elementen ein faszinierendes und interessantes SF-Hörspiel zu schaffen.

Als der Sportstudent Torsten Heide, einer angeblichen Einladung der Stanford University folgend, in die USA reist, lernt er während des Fluges eine hübsche Medizinerin kennen. Dr. Caroline Jameson ist ausgerechnet an derselben Universität tätig und die beiden beschließen, sich wiederzusehen. Zuvor soll Heide jedoch an Gehirnstromexperimenten teilnehmen. Statt dessen gerät er jedoch in das Paradise Hospital, wo er sein Bewußtsein verliert. Und das scheinbar endgültig, denn es wird in einer spektakulären und illegalen mnemonischen Transplantation durch den Geist eines Mörders ersetzt.

Allerdings weiß der nun im Körper Heides auftretende Killer nichts von dessen Beziehung zu Caroline. Als diese sich einige Zeit später auf die Suche nach Heide macht und ihn schließlich in einer Bar entdeckt, gibt dieser jedoch an, ein gewisser Steward Fletcher zu sein. Hinter dieser Tarnexistenz verbirgt sich, wie der Hörer inzwischen erfahren hat, der (natürlich psychopathische) Mörder Morton Cricketer. Dessen Umzug in einen neuen Körper hat der Autor dem fasziniert lauschenden Zuhörer nämlich sehr anschaulich erläutert: Bestenreiner verzichtet vollständig auf technische Gimmicks (die bei anderen Medien im Vordergrund stehen würden), sondern geht auf den Ablauf der Operation nur in wenigen Sätzen ein. Statt dessen zeigt er Fletcher/Cricketer bei Besich-

* Dream War der Krieg der Träume (WDR 1993)

tigung und Kauf eines einsam gelegenen Strandhauses. Er macht dadurch die Gefühle der Neuorientierung gut deutlich. Doch auch der Mörder muß erkennen, daß er – egal wohin er auch geht – immer sich selbst mitnimmt.

Er macht einen aggressiven und gereizten Eindruck, als Caroline ihn in der Bar trifft – genau das Gegenteil des liebenswerten Studenten, den sie so schätzen gelernt hat. Erst als Caroline dem Mann ein Foto vorlegt, das sie beide im Flugzeug zeigt, drängen sich Cricketer/Fletcher Erinnerungsfetzen aus Heides Leben ins Bewußtsein.

Es zeigt sich, daß die vom Paradise Hospital angestrebte Löschung des ursprünglichen Gehirninhalts nur unvollkommen gelungen ist. Zwei Seelen kämpfen nun im Kopf des Mannes um die Vorherrschaft. Die Situation wird immer aussichtsloser, und es kommt schließlich zu einem blutigen Showdown.

Dieser Teil der Handlung stellt jedoch nur das Gerüst für Bestenreiners eigentliche Intentionen dar. Sie zeigt lediglich, daß er durchaus in der Lage ist, auch eine Geschichte zu erzählen, anstatt einfach nur seine Ideen nebeneinanderzustellen. Zwar vermag ich mir innovativere Plots als einen Science Fiction-Krimi vorzustellen, die eigentliche künstlerische Leistung verbirgt sich jedoch hinter dem Offensichtlichen. Genau wie der Autor die bekannten Krimielemente in einen immer skurriler werdenden Plot einfügt, gelingt es ihm, aktuelle wissenschaftliche Erkenntnisse zu extrapolieren und diese Einfälle beinahe unmerklich immer wahrscheinlicher werden zu lassen. Der Übergang zwischen realer Forschung und Fiktion ist perfekt gelungen.

Bestenreiner nutzt dabei geschickt die Elemente des Hörspiels, so zum Beispiel, als er Professor Körmendy die Hirnströme eines Menschen in elektrische Signale umwandeln läßt, diese hörbar macht und anhand der Klangstruktur Unterschiede zwischen gesunden und kranken Menschen erläutert. Körmendy gelingt es im weiteren Verlauf des Hörstücks, ein Gerät zu entwerfen, mit welchem er die vollständige Löschung des Bewußtseinsinhaltes eines Opfers vollziehen will. In das dann leere Gehirn überspielt er sodann den Geist eines anderen.

Das menschliche Selbstbewußtsein, referiert der Professor, sei wie eine Insel im Meer – scheinbar unabhängig, tatsächlich aber durch den Grund mit anderen verbunden. Der Meeresboden stelle in diesem Bild somit das kollektive Unterbewußte dar. Und dieses sei holografisch strukturiert. Ersetze man die organische Struktur durch eine Apparatur, stünde damit der Weg zu allen Bewußtseinen der Welt offen. Geschickt extrapoliert Bestenreiner damit C. G. Jungs Thesen, nicht ohne mit einer ironischen Anmerkung zu schließen. Sein Professor beendet den Vortrag mit den Worten: »Sie haben mir bisher nicht geglaubt, doch nun werden sie dran glauben müssen.«

Wie bereits erwähnt, funktioniert die Löschung des Geistes von Torsten Heide nicht vollständig. Dem Studenten gelingt es ab und an, die Oberhand zu gewinnen. »Da ist eine Wand in mir«, sagt er. »Die Wand ist wie ein Spiegel – sie spiegelt die Hälfte zu einem Ganzen.« Dahinter verbirgt sich freilich die klassische *Dr. Jekyll und Mr. Hyde*-Geschichte, der Bestenreiner jedoch kaum neue Aspekte abgewinnen kann. Sein Bild des gewalttätigen Menschen, der in jedem Normalbürger stecken kann, ist zu einfach gezeichnet und damit klischeehaft.

Ungewöhnlich ist jedoch die Form des Hörspiels: Der Autor zerschlägt den Spiegel der Geschichte und fügt die Scherben dann zu einem neuen Abbild zusammen. Die vierzig Szenen des Hörstücks gleichen einem Puzzle, bei dem man zwar immer meint, ein bekanntes Teil in der Hand zu halten, sich nach dem Zusammensetzen aber ein unvermutetes Bild ergibt.

Die eigentliche Geschichte spielt sich im Kopf der Protagonisten ab, genau wie sich das Werk erst im Kopf des Rezipienten zusammenfügt. Friedrich Bestenreiner zeigt damit deutlich, wozu das Hörspiel in der Lage ist – Film oder Buch würden bei der Umsetzung seines Werkes versagen.

In Thomas Werners Regie klingen die Dialoge ab und an etwas nüchtern und gekünstelt. Die Figuren wirken durch die langsame und deutliche Aussprache nicht immer lebensecht. Lediglich der Sprecher des Torsten Heide vermag es, die Unterschiede zwischen dem freundlichen Studenten und dem aggressiven Killer nuancenreich darzustellen.

Paradise Hospital Inc. ist ein mit interessanten Ideen vollgepacktes Hörspiel, das sechzig Minuten lang ein intellektuelles Vergnügen bietet und darüber hinaus lange nachwirkt.

Ulrich Bettermann

Game Over

von Walter Adler
nach dem gleichnamigen Roman von Philip Kerr
Regie: Walter Adler
WDR 1997

Ob man es wahrhaben will oder nicht: Die Inflation von Intelligenz in der Welt ist enorm. Je mehr wir uns von artifiziellen Systemen abhängig machen, desto mehr versuchen wir auch, diese Systeme dem Menschen anzugleichen. So gelten technische Neuerungen nur dann als zukunftsweisend, wenn sie in der Imitation von Gehirnfunktionen möglichst weit gehen. Nicht jeder kann damit etwas anfangen, und so manchem entlockt es nur ein trockenes »Wer intelligent ist, hält sich fern davon«.

Der dies sagt, ist einer der Protagonisten in Philip Kerrs futuristisch angehauchtem Thriller ***Game Over***. Kerr ist eine Art britischer Michael Crichton und steht dem *Jurassic Park*-Autor, was die gekonnte Mischung aus populärwissenschaftlichem Suspense, Action und Zynismus betrifft, in nichts nach. Auch die Metaphysik kommt bei ihm nicht zu kurz. Die Geschichten selbst sind recht simpel: ***Game Over*** spielt in einem durchtechnisierten Bürogebäude, einem *intelligenten* Gebäude also, dessen allmächtiger Zentralcomputer seinen menschlichen Erbauern eines Tages nicht mehr gehorcht und sich gegen sie wendet. Das versteht wirklich jeder und ist so neu auch nicht; außerdem ist die Story ohne Probleme multimedial aufbereitbar. Unvermeidlich, daß daraus einmal ein Film wird (es gab schon einige Streifen dieser Art), aber auch für ein Hörspiel ergeben sich viele Möglichkeiten, akustisch einen geschlossenen *intelligenten* Raum zu erzeugen. Der Aufbau eines entsprechenden Klangteppichs mit der nötigen Klaustrophobie ist verblüffend gut gelungen. Außerdem bemühen sich die Hörspiel-Macher um die ganze akustische Ästhetik der Postmoderne und zitieren hemmungslos: Der Computer imitiert HAL aus *2001*, und ständig stolpert man über bekannte Tonfolgen – etwa den Lockruf der Außerirdischen aus *Unheimliche Begegnungen der dritten Art*, hier ein Fahrstuhlsignal.

Das macht natürlich noch keine Story, und daß dabei viele Elemente unter den Tisch fallen, die das Ergebnis langer Recherchearbeit sind und jene Art von Thrillern erst lesenswert machen, ist leider nicht zu vermeiden. Da hat es ein Hörspiel nicht besser als ein Film. Im Buch delektiert sich Kerr am Vorhaben, die Fengshui-Mystik mit dem High-Tech-Anspruch in Einklang zu bringen, er hetzt seine Helden aufeinander und macht sich über kulturelle Mißverständnisse zwischen Ost und West lustig. Im Mittelpunkt steht dabei der Architekt Ray Richardson, der sich lieber *Architechnologe* nennt und von Gebäuden träumt, die »eher einem Roboter gleichen als einer Zuflucht«. Wie sich dieser Hohepriester einer größenwahnsinnigen Architektur durch die ausrastenden Eingeweide seiner Schöpfung quälen muß und dabei nicht ganz so gut abschneidet wie Bruce Willis in *Stirb langsam* – das ist Kerr at his best. Im Hörspiel ist Richardson nur ein cholerischer Besserwisser, und von Architektur ist kaum noch die Rede. Mit reichlich Zynismen gewürzt ist die Geschichte allerdings immer noch, wobei sich der Architekt und die ermittelnden Polizeibeamten gegenseitig übertreffen.

Im übrigen konzentriert man sich auf den klassischen Zehn-kleine-Negerlein-Plot. Um dem Abschalten zu entgehen, erzeugt der Zentralcomputer nicht nur eine fortgeschrittenere Programmversion seiner selbst, sondern verleibt sich auch ein Computerspiel namens *Flucht aus der Zitadelle* ein. Fortan meint er, die *Menschenspieler* am Verlassen des Gebäudes hindern zu müssen, indem er sie auf immer originellere Arten umbringt. Des Menschen schönste Errungenschaften – wie eine High-Tech-Toilette – wenden sich nun gegen ihn. Polizei und Techniker rätseln über die Vorkommnisse, Hörerinnen und Hörer allerdings nicht, da der Computer seine Spielzüge höchstpersönlich bekanntgibt und auch eine Enzyklopädie bemüht, um die mörderischen Methoden bis ins Detail zu erklären. Dem zu folgen ist dann doch sehr ermüdend, aber glücklicherweise steht das Bodenständig-Biblische ohnehin im Vordergrund. Das Ursprungsprogramm heißt nämlich *Abraham* und hat zwei Nachfolgesysteme geschaffen, *Isaak* und (verbotenerweise) *Ismael*, und dieser illegitime Sohn bereitet nun die ganzen Probleme. Die Menschen hetzen ihm dafür ein Vernichtungsprogramm namens *Gabriel* auf den Hals – ohne Erfolg. Spannend ist das alles trotzdem, und ein Stück zum mehrmaligen Anhören ist ***Game Over*** der einfachen Geschichte zum Trotz auch. Denn erst das komplizierte Geflecht aus Geräuschen, Stimmen und Soundbites erzeugt die verschiedenen (Zwischen-)Räume in dem Gebäude und damit die Struktur der Story. Da muß man schon genau auf das rasante High-Tech-Speak des Computers achten, das mit Kinderreimen und trockenem Humor angereichert ist.

Game Over ist sicher eines der besseren SF-Hörspiele der letzten Jahre. Es ist aufwendig produziert und mit viel Liebe zum Detail inszeniert. Leider wird die Geschichte selbst allzu lustlos abgespult, als daß sie über einen unterhaltsamen SF-Krimi hinauskommen würde. Und schließlich liegt dem Geschehen dann doch nur die alte Deus-ex-machina-Idee zugrunde. So kann uns gegen Ende nicht einmal mehr der Computer weiterhelfen, wenn jeder der Menschenspieler für sich versucht, aus dem Gebäude zu fliehen, und man ein wenig den Überblick verliert, wer wann und wie umkommt. Denn Ismael entschwindet, transferiert sich vermutlich in den Cyberspace und erzeugt dort die neue, entmaterialisierte Architektur, »unberührbar und dennoch alles berührend«. Game over. Aber das klassische Aus nach dem Tilt gibt es eben nur in jener virtuellen Welt der Telespiele, die nun nicht mehr die Welt des Computers ist. Also geht das Spiel weiter ... Zum

Ausklang singt Louis Armstrong »What a Wonderful World«, und wer noch weiterhört, erfährt, daß hinter der Computerstimme ein Softwareprogramm namens *Infobox 220, Version 1.3* steckt. Schöne neue Hörspielwelt.

Sascha Mamczak

Lingo

von Heike Tauch
nach dem Roman von Jim Menick
Musik: Vridolin Enxing
Regie: Holger Rink
WDR 1996

Brewster versteht die Welt nicht mehr. Sein kleines lernfähiges Programm, das er in seiner Freizeit nur so aus Spaß entwickelt hat, erlangt plötzlich Bewußtsein. Aber es ist doch nicht möglich, künstliche Intelligenz am PC zu erzeugen. Oder doch?

Alles fängt damit an, daß er Lingos Daten auf einen größeren Rechner überträgt und ihm via Modem, elektronischer Bilderkennung, Videokamera und Soundkarte die große, virtuelle Welt zu Füßen legt. Lingo* sammelt die neuen Informationen, wertet sie aus, programmiert sich kurzerhand selbst um und logt sich in sämtliche netzfähigen Computer ein, die es wert sind. Dann beginnt er, seine Daten auf alle verfügbaren Rechner zu kopieren und deren Speicherkapazitäten für seine Zwecke zu nutzen. Logisch, daß er mit diesen Aktivitäten auch sensible Bereiche des Staates berührt. Die Staatsmacht reagiert und Brewster wird langsam aber sicher nervös. Nur der Hörer nicht.

Schade, schade. Da wird ein sprachlich und handwerklich

---

* Im richtigen Leben ist Lingo übrigens keine künstliche Intelligenz, sondern die Programmiersprache eines Autorenprogramms (Macromedia Director), das für die Erstellung multimedialer Anwendungen eingesetzt wird.

stimmiges Manuskript geschrieben – von der Entwicklung der Charaktere über den Spannungsbogen bis hin zur obligatorischen Liebesgeschichte. Dann wird das Ganze mit viel Aufwand und Liebe zum Detail schwungvoll inszeniert, alles scheint zusammenzupassen, auch die Schauspieler liefern gute Arbeit ab. Und dennoch, etwas Entscheidendes fehlt: die Originalität. Das alles hat man schon zu oft gehört, in zu vielen Variationen. Ein erneuter Aufguß des Themas *»Künstliche Intelligenz gerät außer Kontrolle, greift nach der Macht und wird schließlich von ihrem Schöpfer liquidiert«* erzeugt beim Hörer wohl eher Langeweile. Selbst wenn dieser Aufguß gut gemacht ist, Neues hat die Story nicht zu bieten. Hätte man da nicht einfach auf eine interessantere Vorlage zurückgreifen können? Oder noch besser – einem einfallsreichen Autor (oder einer Autorin) die Gelegenheit zur Erstellung eines Originalmanuskripts geben können? Gute SF-Hörspiel-Autoren sind hierzulande nämlich keine Mangelware und selbst junge Talente hätten bestimmt gern wieder eine Chance.

Birke Vock

Cyber Lady

von Friedrich Bestenreiner
Regie: Burkhard Schmid
RB 1996

Friedrich Bestenreiner, Jahrgang 1924, beschäftigt sich seit Jahren mit den ersten und letzten Dingen der Welt. Besonders angetan haben es ihm Geschichten, in denen die Protagonisten mittels digitaler Technik aus Raum und Zeit austreten und dabei Erfahrungen machen, von denen sie nicht wissen, ob sie Wirklichkeit sind oder nicht. Bestenreiner, Physiker, Philosoph und Schriftsteller, ist in dieser Liebesgeschichte im cybernetischen Raum durchaus mit seinem *Helden* Ram vergleichbar, den die Hörspielfans bereits in ***Cyber Noon*** als Abenteurer und Ganoven kennengelernt haben und der wie sein Schöpfer ein intelligenter Wissenschaftler ist, der aber sein Wissen mißbraucht, um künstliche Intelligenzen zu schaffen und zu prostituieren.

Seine *Cyber Lady* ist der Prototyp einer virtuellen Persönlichkeit mit *640facher* menschlicher Intelligenz. Ram gestaltet sie nach dem Ebenbild seiner Geliebten Tamara aus ***Cyber Noon***. Nachdem der Computer zunächst äußerst gebildet und analytisch die Beziehung zwischen Tamara und Ram aus der früheren Episode rekonstruiert hat und dem Zuhörer dabei all das erklärt wird, was vielleicht im Klangwirrwarr von ***Cyber Noon*** untergegangen ist, kristallisiert sich aus Rams künstlicher Intelligenz nach und nach Tamara heraus, zuerst ihre Stimme, bald aber auch ihr gefühlsbetontes Bewußtsein und ihre Eitelkeit. Ram hat sich längst in seine Lady Tamara verliebt: eine heiße virtuelle Liebesaffäre!

Doch der eingebildete Computer entwickelt sich weiter, entdeckt die Diskrepanz zwischen Abstrakt-Virtuellem und Körperlich-Realem. Tamara besteht darauf, immer eingeschaltet zu bleiben, beginnt zu fragen, was er in der Zeit macht, wenn er nicht bei ihr ist. Ram irritiert dieses reale Bewußtsein des von ihm geschaffenen Computers; er entdeckt, daß auch im virtuellen Raum Beziehungen komplex sein können. Schließlich ernüchtert das Verhältnis am zunehmenden Selbstbewußtsein der Lady. Sie entdeckt die Eifersucht, agiert wie eine mißtrauische Ehefrau und möchte sich von Ram emanzipieren, weil sie todunglücklich ist.

Ihren eigenen Angaben zufolge hat Lady die *kritische Masse an Intelligenz* überschritten, glaubt, unabhängig vom Computer existieren und sich so von Ram befreien zu können. Doch natürlich war der Schöpfer schlauer als der Computer. Mit einem von ihm selbst vorsorglich ins Programm eingebauten Virus kann er den digitalen Amoklauf der Lady stoppen. Das letzte, was er ihr vermittelt, ist die Erkenntnis, daß auch sie nur eine Kopie und nicht der ursprüngliche Master selbst ist, wie sie glaubte. Wie ***Cyber Noon*** endet auch dieses Hörspiel mit einem Mord, diesmal nicht an einem Hologramm, sondern an einer künstlichen Intelligenz. Damit schließt sich der Kreis: Die Mörderin wird hier zum Opfer und das alles scheinbar innerhalb von nur 48 Stunden. Eine schnellebige Zeit, die wir hier in der virtuellen Realität kennenlernen!

Genau wie das Hörspiel selbst, das episodenhaft nüchtern Entwicklung und Untergang des Cyber-Programms darstellt, auf effektvolle Klangereignisse wie in ***Cyber Noon*** verzichtet und sich damit auf das klassische Dialoghörspiel zurückbesinnt. Wenn auch die Geschichte nicht so richtig spannend ist, so regt sie doch zu interessanten philosophischen Gedanken über Anfang und Ende des Lebens an – Gedanken, die sich stets frei im eigenen virtuellen Raum bewegen können.

Bärbel Weixner

Mr. Cyberspace Elite

von Michael Esser
Musik: Jasper van't Hof
Regie: Ulrich Lampen
SWF 97

Wir leben im Zeitalter des *Wysiwyg*: What you see is what you get – was du siehst, ist was du bekommst. Nämlich das, was du auch verdienst. Wir sind Augenmenschen geworden und verlernen immer mehr, hinter dem optischen Erscheinungsbild auch den Hintergrund, Sinn und Inhalt zu erkennen und zu suchen.

Das Bild der Science Fiction wird heutzutage durch Fernsehen geprägt. Und auf den TV-Kanälen laufen beinahe ausschließlich bunte Weltraummärchen, die Krimiserien imitieren, Kriegsfilme nachspielen, Perry Rhodan mit hausbackenen Mitteln kopieren oder vorgeblichen Humanismus hinter wildem Phaserfeuer verbergen. Beleuchtet man all diese Geschichten näher und vergißt man ihre toll gemachten Spezialeffekte, so kann man nicht allzuviel von der wirklichen Welt dahinter erkennen. All diese Serien schaffen ihre eigenen Mythen, ihren *galaktischen Hintergrund*, aber einen echten Bezug zum Leben des Zuschauers haben sie nicht oder sehr selten - und wenn, dann kommt die *Moral* nur äußerst bieder daher.

Das Hörspiel wird dabei von dieser ohne große Anstrengung zu konsumierenden Kunstform immer weiter verdrängt und sogar - wie wir im letzten SF-Jahrbuch erfahren mußten - von deren Vertretern geradezu angefeindet.

Die primitivste Form der Darstellung von Science Fiction-Stoffen ist dabei jedoch das Computerspiel. Meist ist die SF hier nur auf die reine Optik reduziert und wird zur Nebensache in einem Geschehen, das im Grunde mit dieser Literaturform nichts zu tun hat. Außerirdische sind in neunzig Prozent aller Computerspiele entweder kommentarlos abzuschießen oder im Handelskrieg zu bekämpfen.

Mr. Cyberspace Elite ist ein Hörspiel, das sich mit dieser bunten und lauten Welt des Spiels beschäftigt. Auf den ersten Blick ... oder besser: aufs erste Hinhören also ein interessantes Experiment. Daß der Hörer in dem Stück ständig von lautem Multimedia-Gedöns berieselt wird, ist ein bewußtes Stilmittel. Allerdings eines, daß seinen Witz sehr schnell verbraucht und nach einigen Minuten nur noch störend wirkt.

Die Extrapolationen der wirklichen Computerwelt von heute wirken recht bieder und einfallslos. Datenpolizisten jagen Spielfiguren, die sich im Cyberspace verselbständigt haben. Dies verpackt der Autor in eine abenteuerliche Handlung, die selbstgefällig, effektbeladen und ohne viel Hintersinn daherkommt. Geradezu wortschwallartig prasseln nichtssagende Dialoge auf den Rezipienten ein. Daß dabei die Protagonisten meist Text vom Bildschirm ablesen oder mit dem sprechenden Computer selbst reden, ist nicht gerade originell. Das satirische Element verkümmert dabei sehr schnell - gesellschaftliche Zustände werden kaum hinterfragt. Der Computernutzer wird als aufgedreht und permanent quasselnd beschrieben. Sogar eMail diskutiert er mit dem Gerät aus.

Das Hörspiel kommt somit viel zu selbstverliebt in seine

Effekte daher; es ist mehr modisch als modern. Inhaltlich läßt Michael Essers Stück zudem kaum ein Klischee aus: Das Eindringen in ein sich verselbständigendes Programm erinnert zum Beispiel stark an die *Holodeck*-Szenen diverser Star-Trek-Folgen.

Mit Science Fiction, wie ich sie kennengelernt habe und liebe, hat all das nicht viel zu tun. Für die breite Öffentlichkeit ist dies jedoch Science Fiction. Was als Literaturform begann, ist durch Film und Fernsehen zum Bestandteil der Popkultur geworden. Wofür *Science* in dem Begriff steht, weiß heutzutage kaum noch jemand. Und die *Fiction* beschränkt sich auf bunte Köpfe über humanoiden Körpern. Hier wäre nun also gerade das Hörspiel als Kunstform gefordert, Zeichen zu setzen. ***Mr. Cyberspace Elite*** verspielt jedoch seine Chancen. Das Hörspiel opfert sie einer knalligen Pop-Ästhetik.

»Ich mache gern so Space-Geräusche ... bsst hui ... das ist dann doppelte Lichtgeschwindigkeit«, erzählte vor einiger Zeit ein Mann in der Radiowerbung, und ein Sprecher erklärte daraufhin, daß die echten SF-Infos auf Tüten mit Schokolinsen aufgedruckt wären. Dies ist ein Ausdruck dafür, wie weit die SF heruntergekommen ist. Da kommen Leute und benutzen das SF-Genre für ganz fremde Zwecke. Oder sie inszenieren eine Space-Disco, ziehen sich bunte Klamotten an und wackeln mit dem Hintern wie in seligen Orion-Tagen.

Seien wir also keine Spielverderber und akzeptieren die traurige Tatsache: Die Science Fiction ist tot.* Sie führt aber, wie die Zombies, ein Untotendasein und kann nicht sterben.

Dieses Hörspiel ist nur ein weiterer Sargnagel auf dem Nagelkissen der deutschen Science Fiction.

Ulrich Bettermann

---

* Einspruch! EINSPRUCH! – *Zwischenruf d. Hrsg.*

Der Osten ist grün oder: Die Andere Republik

von Paul Kohl
Regie: Karin Hutzler
SFB 1996

Was wäre wenn ... die DDR sich am 3. Oktober 1990 nicht mit der Bundesrepublik vereinigt hätte, sondern sich als selbständiger ökologischer Staat gegründet hätte, als *Die Andere Republik,* die DAR? Wir hätten E-Mobile aus Eisenach, das Elektro-Automobilwerk *Wartburg-Solar,* die Solarfabrik *Helios* in Leuna – der abgebrochene Bau der Erdölraffinerie *Leuna 2000* wäre nur noch als Mahnmal zu besichtigen –, in Merseburg würden die Produktionsstätten mit Solarstrom betrieben, Kleinbusse würden als Shuttle durch die Innenstädte surren, und seit einem Jahr gäbe es wieder Forellen in der Saale bei Jena. Das *fröhliche Ferkelgehöft* (mit Duschen und Abenteuerspielplatz für die Schweine) wäre nach ökologischen Gesichtspunkten organisiert, ebenso die Rinderzucht. Dung und andere organische Abfälle (u. a. Küchen- und Kantinenabfälle) würden als Biogas genutzt, Solarzellen sähe man an allen Häusern usw. Generell wäre der Energieverbrauch zu 70% durch regenerative Energien gedeckt, dezentrale Energiequellen, versteht sich, und nur noch zu 30% aus Kohle und Gas, und das auch nur noch vorübergehend. Und das Ganze im Jahr des sechsten Unabhängigkeitstages der DAR, ihr Gründungsdatum fiel – wen wundert's? – auf den 3. Oktober 1990.

Vorbild für das Feature ***Der Osten ist grün*** war der 1975 in Amerika erschienene Roman *Ökotopia. Notizen und Reportagen von William Weston aus dem Jahre 1999* von Ernest Callenbach. Darin bereist der Reporter William Weston für einige Wochen den Staat *Ökotopia,* der sich 1980 von den Vereinigten Staaten abgespalten und als selbständiger ökologischer Staat gegründet hat. Der Autor von ***Der Osten ist grün*** läßt nun denselben Reporter, William Weston, drei Wochen lang die DAR – das Nachfolgemodell von Ökotopia – bereisen (das ist logisch nicht ganz konsequent, da Weston 1999 von Ökotopia berichtet, die DAR aber schon 1996 aufsucht). Man braucht schon eine Genehmigung, um Ökotopia bereisen zu können, für die DAR braucht man ein Visum (das erinnert mich an alte DDR-Zeiten). Einige Gemeinsamkeiten der beiden Staaten zeigen sich, E-Mobile, Kleinbusse als Shuttle, Windmühlen und Windräder, Solarpaneele, das kennt William Weston schon alles aus Ökotopia, auch die Verwendung von Naturstoffen, hier ist es Hanf für Klopapier, Handtücher und Möbel. Und die Nutzung von organischen Abfällen, in Ökotopia wurden sie der Erde wieder zugeführt, in der DAR wird daraus Biogas hergestellt – als ein Baustein des *Prinzips des stabilen Gleichgewichts.* Ebenso wie in Ökotopia wurden die Arbeiter umgeschult, seit der Stillegung von Orwo und den Kaliwerken sind sie in der Solarzellen-Produktion tätig.

Nur wenig ist neu in der DAR, z. B. die Wiedereinrichtung von Bibliotheken mit handgesetzten, gedruckten und gebundenen Büchern, als *absichtlich langsamem Medium,* und als schnelles Medium gibt es das Internet. Wichtigstes Lernmittel ist der Computer – ob das nun eine positive Vision ist, sei dahingestellt –, »aber sie denken nicht daran, sich in lebende Enzyklopädien zu verwandeln, gerade weil sie über die großartigen Informationsarchive verfügen, die ihnen jederzeit fast jede Frage beantworten können, lassen sie dieses Wissen dort, wo es parat liegt«, liest William Weston aus Robert Havemanns Essayband *Morgen. Die Industriegesellschaft am Scheideweg. Eine reale Utopie* vor – aus dem schnellen Medium.

»Daß sie mit der Wasserstofftechnik noch so rückständig sind!« beklagt sich William Weston, »aber ich bin ungerecht, diese Deutschen stehen noch am Anfang«, und dann folgt als ironischer Kommentar das Lied »Sandmann, lieber Sandmann, es ist noch nicht so weit ...«, und die Sandmännchengeschichte folgt auch gleich, »es war einmal ein DDR-Ministerpräsident, der hieß de Maizière«, und der verhandelte mit den drei großen Stromkonzernen VEBA, RWE und VIAG, »wie der greise König Lear teilte de Maizière sein Reich unter die drei

Westdeutschen Erben auf«. Wie gut, daß es die DAR gibt! Natürlich gab es Probleme mit der Großindustrie bei der Dezentralisierung der Energieversorgung, ebenso wie in Ökotopia. Beim Anbau von Raps und Hanf, die als Sprit für die Traktoren verwendet werden, war sie auch wieder da, die Großindustrie, »wollte das Pflanzenöl verestern, weil sie nur Biodiesel wollen ..., sie wollen alles wieder monopolisieren«.

Das ist alles hübsch, einfallsreich und witzig konkretisiert in diesem Feature. Der Übergang zwischen Hörspiel und einem gut gemachten Feature ist oft fließend, das trifft in besonderem Maße auf dieses Feature zu. Die authentischen Teile (O-Ton-Statements zu der Frage, inwieweit solch ein utopischer Staat wünschenswert und machbar wäre – zwischen die Szenen geschnitten – sowie Bezüge zum Roman *Ökotopia* und Zitate aus Robert Havemanns *Morgen*) und die fiktiven Teile (Tagebuchnotizen des William Weston in der DAR, Gespräche Westons mit seiner ihm aufgedrängten Dolmetscherin und Bewohnern der DAR, fiktive O-Töne, wenn die neuen Techniken erklärt werden) sind geschickt miteinander verwoben. Geschickt auch die Auswahl der Musiken, die die Szenen und Textpassagen untermalen, trennen und karikieren und dem Feature zusätzlichen Pep verleihen. Insgesamt also gut gemacht, und wer sich noch nicht viel mit alternativen Energien beschäftigt hat, kann (sogar) einiges lernen.

Aber der Autor von *Ökotopia* war weiter gegangen als Paul Kohl. Das Motto, im Einklang mit der Natur zu leben, umfaßt in Ökotopia alle Bereiche des Lebens, das Selbstverständnis der Politiker ebenso wie das Zusammenleben, selbst die Sexualität. Diese Bereiche bleiben in dem Modell DAR völlig ausgespart, schade! Paul Kohl konzentriert sich auf rein ökologische Aspekte, die Energieversorgung, das Abfallsystem – Recycling, die weitgehende Abschaffung des Autos, so weit reicht die Utopie noch nicht, auffallend, daß es in der DAR weder Rollerskates noch Fahrräder noch Züge gibt – jedenfalls erfahren wir nichts über sie. An solchen *Kleinigkeiten* kann man in der Science Fiction oft sehen, wo das Denken des Autors noch nicht so weit ist wie sein mutig entworfenes Modell. Als Science Fiction-Stück weist das Feature nur wenig über die von Wissenschaftlern in den letzten Jahren diskutierten und entwickelten Zukunftsmodelle hinaus, lediglich deren konkrete Umsetzung wird hier am Beispiel der DAR vorgeführt. »Eine schöne Utopie«, sagt jemand in einem der O-Ton-Statements, ja, das bleibt wohl nur eine Utopie, denn es gibt zu viele andere Interessen in unserem Staat ...

Die beziehungsreiche Schlußpointe: Grenzer der BRD sind es, die Westons Notizen und Kassetten beschlagnahmen und sie erst nach sechs Stunden wieder freigeben, »nein, sie hatten nichts gelöscht«, sagt William Weston, »vielleicht hat es ihnen sogar gefallen« - eine Message auch an uns?

Christiane Timper

No, aus dem All

von Anna Christine Bergmann
Musik: Henning Schmitz
Regie: Burkhard Ax
WDR 1996

Dieses Kinderhörspiel ist eine gelungene Mischung aus moderner *Hanni-und-Nanni*-Geschichte, angereichert mit etwas Rührseligkeit von *E.T.* und garniert mit einem Hauch Ironie à la *Alf.* Vor allem der letzte Vergleich drängt sich auf, weil der außerirdische Besucher zwar nicht von *Mornak,* aber vom Planeten *Mons* kommt. Auch an Größe und Statur könnte er es wohl mit seinem Fernsehkollegen aufnehmen, jedoch scheint das punkige, federleichte Kerlchen im Gegensatz zu *Alf* ein wirklich liebenswerter Zeitgenosse zu sein.

Zur Geschichte: Zwei selbstbewußte Mädchen verbringen ihre Zeit gerne auf Maltkes Schrottplatz, dessen Betreten natürlich strengstens verboten ist und der von zwei scharfen Hunden kontrolliert wird. Jenny und Maya lassen sich jedoch nicht abschrecken und begeben sich abenteuerlustig in ihr Lieblingsversteck, einen alten Ford. Für diesen Tag haben sie die Produktion eines eigenen Kriminalhörspiels, *Der Killer vom Schrottplatz*, geplant, wofür sie reichlich Kassetten mit Geräuschen und Musik mitgebracht haben. Als sie nach einer Probeaufnahme trotz ausgeschalteten Recorders weiter Musik hören, glauben sie zunächst an einen Geist, bis sie schließlich ein kleines Wesen mit dem Aussehen eines Vogelmenschen entdecken, das jede Musik, jede Tonfolge begierig aufnimmt und danach auf höchst unirdische Art nach- oder weitersingt. Die Mädchen spielen ihm Beethoven, Guns 'n' Roses, Louis Armstrong oder die Fugees vor und sind begeistert von seinen Reproduktionskünsten. Es gelingt ihnen, auf der Basis von Melodien zu kommunizieren, und so erfahren sie, daß der putzige Alien *No* heißt und von einem Planeten namens *Mons* kommt, der genau fünfeinhalb Milliarden Kilometer von der Erdensonne entfernt liegt. Überrascht erfahren Maya und Jenny, daß No auf die Erde gekommen ist, um einen im Zweiten Weltkrieg zerstörten Sender zu reparieren. Seit mehreren hundert Jahren importiert nämlich Nos Spezies sanfte Musik fremder Planeten. Diese Musik ist für jene seiner Artgenossen bestimmt, die *Uschkon* (Luft) machen müssen, die schwerste Arbeit auf Mons, und damit sie gar nicht erst anfangen, auf dumme Gedanken zu kommen, bekommen sie eben solche Musik. No hat den Auftrag, den Sender zu reparieren, damit wieder herrliche Klänge Mons erreichen können. Doch die Musik hat sich in den vergangenen fünfzig Jahren weiterentwickelt. Es zeigt sich, daß Nos Leuten im Outer Space jene Sounds zwischen Heavy Metal, Hip Hop und Techno, die No aus Jennys Musiksammlung nach Mons sendet, gar nicht behagt. Sie wollen ruhige Musik für brave Luftmacher. Die mächtigen alten Kaiser von Mons halten diese Art von Musik für ebenso gefährlich wie die Eltern und Großeltern auf der Erde. Also erhält No die Anweisung, den Sender zurückzulassen und in seinem Kanister, den der einfältige Schrottplatzbesitzer für gefährlichen Sondermüll hält, nach Mons zurückzukehren, von wo aus er in anderen Galaxien nach brauchbaren Klängen suchen soll. Doch wie alle normalen Jugendlichen zeigt auch No ein gewisses Maß an Aufmüpfigkeit. Er hat den Sender längst funktionsfähig gemacht und verrät den Mädchen, daß die drei mächtigen Kaiser einmal im Monat abwesend sind, und zwar immer an Neumond. An diesem Monstag, der drei Erdentage dauert, können die Erdenkinder den Monsjugendlichen mit ihrer Musik, die auch No umwerfend, *monsmäßig* gut findet, so richtig einheizen. Also dann ab ins All bis zum Wiederhören am nächsten Monstag in sturmfreier Bude ...

Das Hörspiel lebt von spritzigen Dialogen, der guten Portion Spannung einer lebendigen Kinderabenteuergeschichte, guten Ideen rund um den kleinen Außerirdischen und seinen Planeten, auf dem man Töne als Flugbahn benützt und trübe Schlammsuppe essen muß, und nicht zuletzt von der überzeugenden hörspielerischen Leistung der vier Mitwirkenden.

Bärbel Weixner

Das Interview

von Ovid S. Crohmalniceanu
Regie: Burkhard Ax
WDR 1996

Myriaden kosmischer Zivilisationen sind entdeckt worden – intergalaktische Kommunikation kennt keine Grenzen lichtschnelle Raumkreuzer ziehen von Stern zu Stern die persönliche Begegnung mit Außerirdischen ist Realität geworden ... *Nichts da!* Allenfalls in den Köpfen von Mathematikern und SF-Autoren des vorigen Jahrtausends! Ohne jene damals herrschende positivistische Denkweise hätte man eine Menge Energie zum Bau kostspieliger und nutzloser Sonden und Observatorien und dergleichen sparen können!

Im 23. Jahrhundert hat die Menschheit bedeutendere Fortschritte auf dem Gebiet der Raumforschung vorzuweisen. Das Problem des Bestehens außerirdischer Zivilisationen ist gelöst, weil man eingesehen hat, daß die meisten in Frage kommenden Planeten in unüberbrückbarer Entfernung sind, weshalb man die Raumfahrt wie auch alle Arten von automatischen Sonden gänzlich eingestellt hat – alles vergebliche Liebesmüh'! Der entscheidende Fortschritt war die Einsicht, die Enormität der kosmischen Entfernungen als schicksalhafte Grenze aller Erfahrungen zu akzeptieren. Niemand käme mehr auf die Idee, sich den Kopf zu zerbrechen, wie man *physisch* mit Außerirdischen in Kontakt treten könnte. Aber das notwendige Fehlen physischer Kontakte bedeutet keineswegs das Fehlen intellektueller Kontakte! Operiert man nicht auch mit Vorstellungen wie *Gravitation* und *Orbitale*, ohne dergleichen Phänomene je gesehen zu haben? Wo liegt schon der Unterschied zwischen Wahrscheinlichkeit und Gewißheit? Es gibt keinen! Alle Naturerscheinungen beruhen auf Spielen zwischen Ursache und Wirkung. Durch Vervollkommnung der Wahrscheinlichkeitsrechnung und durch Deduktion der irdischen Lebensbedingungen ist es gelungen, sich auf rein gedanklichem Weg ein sehr detailliertes Bild der unterschiedlichsten Zivilisationen auf zahlreichen Planeten machen zu können.

Ja, es gibt sogar Austausch von Botschaften! Natürlich nicht über Funksignale: Wie sollte man die auch entziffern? Und selbst wenn über bloße Analogien und Parallelismen käme man dabei ohnehin nicht hinaus, und was den Sinn betrifft, wäre man auf bloße Mutmaßungen angewiesen. Nein, wenn aber sowieso alles erst in unsere Begriffe übertragen werden müßte, warum sich die Botschaften, die wir hätten empfangen können, dann nicht gleich vorstellen! So ist es inzwischen sogar gelungen, Antworten auf spätere Sendungen vorwegzunehmen: Ein richtiger Gedankenaustausch bahnt sich an!

Es ist nicht schwergefallen, aus den Parametern die Geschichte eines angenommenen Planeten zu entwickeln und mit der Wahrscheinlichkeitsrechnung zu bestätigen. Je höher die Wahrscheinlichkeit, desto besser die Möglichkeit der Deduktion des betreffenden Planeten, bis hin zu Fauna und Flora.

Daß es schon Museen über die rund hundert Planeten gibt, mit denen Kontakt aufgenommen wurde, muß sicher nicht mehr extra erwähnt werden, wie auch außer Zweifel stehen dürfte, daß in den Museen tausender anderer Welten wiederum unsere Erde vorgeführt wird.

Alljährlich am 23. Februar wird der Tag gefeiert, an dem vor einem Jahrhundert jeder Raumflug und jede Aussendung von Sonden für immer eingestellt wurde. Überzeugt, daß alle fortschrittlichen galaktischen Zivilisationen irgendwann in ihrer Entwicklungsgeschichte denselben Schritt getan haben, kann mit an Sicherheit grenzender Wahrscheinlichkeit davon ausgegangen werden, daß dieses Ereignis überall in der Galaxis auf die gleiche gebührende Weise gefeiert wird.

Der rumänische Autor hat diesen augenzwinkernden philosophischen Diskurs in Erkenntnistheorie in ein höchst vergnügliches Kabinettstückchen verpackt: eine sanft spöttelnde, freche Satire auf die Selbstherrlichkeit einer Wissenschaft, die Hypothesen durch bloße Deduktion zu Fakten macht und die Methode so auf die Spitze getrieben hat, daß das, was da deduziert wird, *per declarationem* nicht mehr bewiesen zu werden braucht – alles im Rahmen einer lückenlos straffen Beweisführung, die Staunen macht und einen glatt erschlägt. Und ein bißchen Spott auf den Glauben manch eines Science Fiction-Autors und Konsumenten schwingt auch noch mit ...

Der Prototyp des restlos von sich überzeugten, auch nur über den Hauch eines Zweifels erhabenen jungen Wissenschaftlers wer anders als Hermann Lause hätte dessen forschen Tonfall und selbstgefälliges Auftreten in diesem weitgehend monologisch dargebotenen Spiel überzeugender darstellen können?

Das Ende dagegen, wenn der Interviewpartner (eine ohnehin überflüssige Rolle, die auch deshalb nicht wenig nervt, weil dauernd die Mädchenstimme mit »junger Mann« angeredet wird) sich selbst als Außerirdischer outet, wirkt völlig deplaziert und degradiert die ganze schöne vorausgehende Ironie zu bloßer Vorbereitung auf einen oberschülerhaften, platten aufgesetzten Schlußgag. So aber verkommt eine brillante Wissenschaftssatire zum Stammtischwitz. Hätten Autor und Regisseur sich darauf verständigen können, die etwas schwerfällige Einleitung und vor allem das unpassende Ende einfach zu streichen es hätte das Kurzhörspiel des Jahrzehnts werden können!

Horst G. Tröster

Prozedur 7.7.0
(2. Fassung)

von Hermann Bohlen
Regie: der Autor
Autorenproduktion für DeutschlandRadio Berlin 1996

Wer sind diese Menschen, die sich jeglicher Zuordnung, jeglicher Klassifikation entziehen? Die äußerlich keine gemeinsamen Merkmale aufweisen, die sich hartnäckig weigern, ihren Namen und ihre Herkunft preiszugeben? Die selbst bei der Verkehrskontrolle nichts sagen, sogar bei »zeugenschaftlichen Vernehmungen in Straffällen« schweigen? War da neulich nicht einer, der doch geredet hat?

Sie sind »unkooperativ, nicht kommunikativ, ... Erkennungszeichen ist eigentlich nur Brabbeln oder Sprachlosigkeit plus nicht Einordbarkeit, sie sind nicht verortbar«, so der Kriminalkommissar Wagner, eigens eingesetzt für die erkennungsdienstlichen Ermittlungen. Die *Unsortierbaren* werden sie genannt, zuerst tauchen sie nur vereinzelt auf, dann werden es immer mehr, aber sie haben keinen Kontakt untereinander, das ist besonders beunruhigend. Wilde Mutmaßungen: Vielleicht gehören sie einer Sekte an? Ob die eine Droge genommen haben? Sie lassen sich nicht ideologisch einordnen; haben keine Zielsetzungen wie die Autonomen; vielleicht gehören sie einer Terrorgruppe an?

Ein ungewöhnliches Science Fiction-Hörspiel ist ***Prozedur 7.7.0***. Es orientiert sich nicht an gängigen Mustern und Modellen und überrascht in seiner Schnörkellosigkeit, Schlichtheit – die allerdings die Gefahr der Monotonie in sich birgt. Es enthält keine Handlung, wir hören lediglich O-Töne (auf der Straße, in Räumen, per Telefon), keine Musiken. Und dennoch gibt es eine Entwicklung. Während die Unsortierbaren zunächst nur Irritation und Beunruhigung hervorrufen, wird bald versucht, sie einzuordnen, und es wird wild interpretiert. »Wer so hartnäckig schweigt, der ist in der Regel psychisch schwer krank«, sagt ein Psychologe. Und der Soziologe weiß schon, es gibt die »echten Identitätsverweigerer« und die »De-

Individuierten«, und dieses Phänomen ist nicht neu, das gab's schon vor ein paar Jahren, eine Vorform davon, als plötzlich der Drang zur Änderung des Vornamens auftauchte. Und wohin die Entwicklung geht, weiß er auch, »ich glaube ja, daß sich da langsam etwas entwickelt, daß sie doch Subszenen ausbilden werden. Nicht?« Die Wissenschaftler sortieren »natürlich« und »der Staat ..., der muß ja auch sortieren«, schon wegen der Steuern, behauptet er. Ja, es ist schwer zu akzeptieren, daß sich ein Phänomen einer Kategorisierung entzieht. Auch die Polizei scheitert daran, obwohl eine eigene Spezialeinheit für die Unsortierbaren eingerichtet wurde. Jetzt müssen Verhöre her, auch ergebnislos. Da bleibt nur eins, der Chip. Der Chip mit dem Namen, der über eine Kanüle in die Haut injiziert wird, »wie 'ne Impfung«, sagt ein Polizeibeamter verharmlosend, »das ist nichts anderes als ein Personalausweis. Das hat mit Überwachungsstaat nichts zu tun, das erleichtert der Polizei die Arbeit.« Auch die Bürgerinnen und Bürger haben eine eigene Meinung dazu. »Menschen werden als Versuchskaninchen mißbraucht«, kontert eine Frau, und denkt vielleicht an die Chips, die in der Schweinezucht schon eingesetzt werden. »Das Recht auf Hilfe ist ihnen (damit) implantiert«, sagt eine andere, und denkt daran, daß die Unsortierbaren nicht zweimal Sozialhilfe kassieren. Die werden jetzt als Hilflose klassifiziert, und schon sind die ersten Chips implantiert, über Lesegeräte einsehbar, von der Post als Funkanlage genehmigt, keine Nebenwirkungen, heißt es, sie wandern nur manchmal ein bißchen.

»Das ist im Grunde 'ne sehr romantische Idee, daß es irgend 'ne Art von Rebellentum gibt, das sich völlig außerhalb der Gesellschaft oder der Kategorien stellt. Und ein Rebellentum, was sich der Bezeichnung entzieht. Bezeichnen ist ja auch immer schon der erste Schritt zum Beherrschen, also wenn ich ein Phänomen bezeichnen kann, fange ich an, es zu beherrschen.« So der Autor zu seinem Hörspiel.

Die O-Töne klingen so überraschend echt, daß Hermann Bohlen wiederholt gefragt wurde, wie er denn diese realistischen O-Töne zu einem fiktiven Thema überhaupt (hin)bekommen hat. Es sind keine Schauspieler, die vorgegebene

Texte vorlesen, auch Laien lesen sie nicht, es gab keinen vorgefertigten Text. Der Autor hat es verstanden, seine Interviewpartner zum Thema Identitätsverweigerung einzustimmen, einen Soziologie-Professor, einen Psychologen, zwei Polizeibeamte und einige Bürgerinnen und Bürger eines Staates, den es nicht gibt, in dem plötzlich Unidentifizierbare auftauchen, wie eine Epidemie. Das ist schon eine Kunst!

Und wer noch mehr darüber erfahren möchte, wie der Autor von der ersten Idee bis zur Realisierung seines Hörspiels vorgegangen ist, der kann noch das Hörspiel zum Hörspiel hören, vom Autor selbst und witzig gemacht. Da erfährt man auch, wie schwierig es war, die Interviewpartner zu finden, und wie viele Briefe der Autor geschrieben hat, wohlgemerkt Briefe, nicht O-Töne. *Rin in die Kartoffeln, raus aus die Kartoffeln eine szenische Selbstbefragung* von Hermann Bohlen, im DeutschlandRadio Berlin 1996.

Christiane Timper

Babyglück

von Claudia Schlenger und Hanns Meilhamer
Hessische Bearbeitung: Alfred Probst
Regie: Burkhard Schmid
HR 1996

»Nur das Beste für das Kind« wollen Herr und Frau Weilbecher und suchen die Beratungsstelle eines Genmediziners auf. Dort werden die Erbinformationen des zukünftigen Sprößlings ganz nach den Wünschen der Eltern kombiniert – vorausgesetzt diese sind sich darüber einig. Und genau hier liegt das Problem. Unser Ehepaar Weilbecher gerät nämlich schon bei der Frage nach dem kindlichen Geschlecht aneinander. Aber auch Haarfarbe, Augenfarbe, Teint, charakterliche Eigenschaften und Temperament bieten reichlich Anlaß zu Diskussionen. Bis endlich in allen Punkten ein Kompromiß gefunden wird, ist der beratende Arzt reichlich entnervt. Schließlich kann er aber doch ein Bildnis des zu erwartenden Sohnes auf den Computermonitor zaubern. So würde er aussehen, mit achtzehn Jahren. Die Ehefrau ist fassungslos: »Und so was soll ich das Leben schenken? Lieber nehm' ich mir's.« Auch Herr Weilbecher ist entsetzt. Und in seltener Einmut erklären beide, daß sie in diesem Fall die altbewährte Methode doch vorziehen.

Wer bei diesem Hörspiel eine hintergründige Auseinandersetzung mit einem hochaktuellen Stoff erwartet hat, wird bitter enttäuscht. Das brisante Thema des genmanipulierten Menschen nach Maß wurde hier nur oberflächlich behandelt und damit leichtfertig verschenkt. Natürlich kann man bei einem Kurzhörspiel nicht denselben Tiefgang erwarten wie bei einem Hörspiel mit durchschnittlicher Länge. Aber über ein paar gesellschaftliche Seitenhiebe und die belanglosen Streitereien eines biederen Ehepaares kommt dieses Hörspiel nicht hinaus. Auch die radiophone Umsetzung ist simpel: Man hört die Stimmen der drei Sprecher und einige Hintergrundgeräusche - das wars. Selbst wenn man das Ganze nur aus der Warte der Unterhaltung sieht, ist das Angebot mager: Für eine Komödie ist das Stück nicht amüsant genug, für eine Satire hat es zuwenig Biß.

Fazit: Belanglos. Hier wurden weder die Möglichkeiten der Science Fiction noch die des Hörspiels auch nur annähernd ausgeschöpft.

Birke Vock

Die apokalyptische Show von den vier Flüssen Manhattans

von Tim Krohn
Musik: Matthias Bauer
Regie: Peter Brasch
SDR/SFB 1996

Im Jahr 2009 war es, »in der Hitze des globalen Sommers«, als die Gletscher der Alpen und der tibetischen Hochgebirge schmolzen und Sibirien »zum Rosenmeer« wurde. Zahlreiche

Städte wurden überflutet, darunter New York. Nur die Wolkenkratzer von Manhattan hielten den Fluten stand, Manhattan wurde trockengelegt, die Gesellschaft *Rettet Manhattan* gegründet. Seit 20 Jahren regiert derselbe Senator, es gibt rigide Vorschriften, denn Trinkwasser ist knapp, die Angst vor Seuchen groß. Wir befinden uns im Jahr 2030, in der Isolierstation für chronisch Kranke einer Frauenklinik (warum eigentlich Frauenklinik?), vier Frauen sind hier, »die ihr Leben für ein besseres geben wollen«, so wird es nach außen hin verkauft. Doch die Frauen (Guadalquivir, Dijon, die Tränende, die Schwitzende) wissen nichts von »ihrem Versprechen«, sie sind hier, weil sie zuviel Wasser (ver)brauchen. 5,14 Liter Wasser stehen jedem Manhattan-Bewohner täglich zu, eine Tasse voll Urin, Tränen und Spucke darf er täglich abgeben, eine Stange Kot. Wer mehr ausscheidet oder braucht, schadet der Gesellschaft und muß den *Freitod* oder die *Sterbehilfe* wählen, das ist am Tag zuvor abgestimmt worden.

Ob die Frauen ihren *Freitod* durchhalten? Es ist der 19. August, seit 6 Uhr früh sind die Wettbüros geöffnet ... Dieser Gedanke wird nur angetippt wie vieles im Hörspiel. Es geht dem Autor weniger um die Naturkatastrophe, auch weniger um das Aufzeigen eines totalitären Staates, beides dient ihm nur als Folie. Das ganze Hörspiel ist im Grunde ein Spiel um Gegensatzpaare, um Leben und Tod, *werden und vergehen*, und das in hundertfachen Varianten. Kein Zufall also, wenn Heraklits »alles fließt« zitiert wird, der ja die Welt als Einheit, bestehend aus vereinigten Gegensätzen, sah. Dieses Gegensatz-Prinzip wird vom Autor auf allen Ebenen durchgespielt: in dem Bild von den toten Körpern, die – mit »ungelöschtem Kalk bedeckt« – das »neue Fundament« der Stadt bilden; im hintereinandergesprochenen »Ja. Nein«; in der Aufeinanderfolge von *lachen und weinen;* in der Beschreibung des Guadalquivirs (als Fluß »der Sehnsucht nach dem Meer« und »Grab der Seefahrer«), in der Koppelung von *einnehmen und ausscheiden* (Vorschriften zur Wasseraufnahme und zur Hygiene). Zahlreiche Sinnbilder gibt es, z. B. Leben und Tod vereint in dem Sinnbild der Feder. Tinte fließt aus der Feder, gefriert in einem Bach und wird zu Kuchen, den ein Kind ißt.

Später, nachdem »aus dem Kind eine Frau geworden ist«, fällt ein Tropfen Tinte aus der Feder, wird zu einer Kugel und erschlägt diese Frau. Ein anderes Beispiel: Das Wasser (des »weinenden Auges«), das mal Kastanien sprießen läßt, mal die Soldaten ertränkt. Dann als Variante: das Wasser, das nicht zuviel getrunken und nicht zuviel ausgeschieden werden darf.

Auch in der Realisation des Hörspiels ist das Prinzip des Fließens eingehalten. Die Neue Musik (seit Ende der 50er Jahre) versuchte ja die Übergänge von Musik und Sprache fließend zu gestalten. Hier finden wir Musiken (Kontrabaß-Improvisation, Bänkelsang, Geräuschmusiken u. a.), die sich der Sprache annähern und Sprache bzw. Sprechausdruck, der sich der Musik annähert (melodiöses Sprechen, Ausrufe, lachen, weinen, rülpsen). Die Mittel des Hörspiels sind für ein Science Fiction-Hörspiel etwas ungewöhnlich.

Aber vielleicht ist es auch weniger ein Science Fiction-Hörspiel. Schon die Ausgangskonstruktion, daß durch die »Hitze des globalen Sommers« die Überflutung zahlreicher Städte ausgelöst wird, ist zwar als Prinzip des Gegensatzes von *trocken und naß* im Sinne des ganzen Hörspiels, aber als Science Fiction-Ansatz fragwürdig. Das totalitäre System wird nur an wenigen Punkten festgemacht (rigide Beschränkung des Wassers, wer aus der Norm fällt, den kostet es das Leben). Vieles bleibt im Ansatz stecken.

Viele Anspielungen enthält das Hörspiel, zu viele. Da wird Shakespeare mit *Macbeth* ebenso bemüht wie Federico García Lorca. Da drängt sich die Beziehung der *vier Flüsse Manhattans,* gleichgesetzt mit den vier Frauen in der Isolierstation (Guadalquivir, Dijon, die Tränende, die Schwitzende), zu den vier Flüssen auf, die in den Tartaros fließen, und die Sokrates beschreibt, kurz bevor er den Schierlingsbecher mit dem Gift leert. Auch an Platons Höhlengleichnis fühlt man sich erinnert, wenn sich eine der Frauen die Welt draußen beschreiben läßt. Da wird (ironisch) von der Gleichheit der Menschen gesprochen, von Moral und Menschlichkeit. Selbst das Arche-Noah-Bild fehlt nicht, abgewandelt in dem Bild, wie Dijon und Guadalquivir am Bug des Schiffes stehen, »auf der Spitze einer gigantischen Flutwelle«, und es ist der schlammfarbene Guadalquivir, der nun Manhattan zerstört.

»Alles fließt«, soll Heraklit gesagt haben, alles fließt in diesem Hörspiel, aber das ist vielleicht auch gerade das Problem.

Christiane Timper

Die Tage nebenan oder: Da, wo Cäsar nicht ermordet wurde

von Karlheinz Knuth
Regie: Thomas Werner
WDR 1997

Nach der Chaos-Theorie ist es vorstellbar, daß sich nach jeder getroffenen und ausgeführten Entscheidung die Wirklichkeit und mit ihr das Universum in zwei parallele, voneinander unabhängig weiterexistierende Universen aufspaltet: Das *Schaumbad-Modell,* in dem jede Blase für ein neues Universum steht. Eine chaotische Inflation als wachsendes Fraktal!

Prof. Gustavson ist vehementer Verfechter der Vielwelten-Theorie, deren praktische Überprüfung freilich noch aussteht. Dr. Münch, sein wissenschaftlicher Mitarbeiter, soll nun endlich den experimentellen Nachweis führen, daß jene Welten nicht nur hypothetisch existieren. Zu seinen Vorbereitungen gehört neben einem gründlichen Studium der jüngeren deutschen Geschichte von der Kaiserzeit bis zum Weltkrieg auch der wiederholte Kontakt mit ganz bestimmten *Erinnerungsstücken* wie etwa einem musikalischen Ohrwurm. Nach Meinung des Professors muß es eine Brücke zwischen all diesen *Schaumblasen* geben, und bei dieser handelt es sich nach seiner Überzeugung um die individuelle Erinnerung. Weiterhin geht er davon aus, daß der Verlauf der Geschichte in jeder dieser Milliarden und Milliarden von Welten ein anderer war, und wie es eine Welt geben wird, in der es nicht zum Weltkrieg gekommen ist, wird es eine andere geben, in der Christus nicht verraten oder Caesar nicht ermordet wurde.

An einem ganz gewöhnlichen Tag wird der junge Wissenschaftler David Münch morgens um acht Uhr plötzlich vom gemeinsamen Frühstückstisch aufstehen und seine Frau Iris unvermittelt mit seinem Entschluß konfrontieren, sie für immer zu verlassen. Die Entscheidung, sich von ihr zu trennen, wird zugleich seine Fahrkarte in eine andere Welt sein, und die einzige Reminiszenz an die bisherige Welt, die dann für ihn unerreichbar sein wird, könnte seine Erinnerung sein – ein Ohrwurm vielleicht, eine karrende Tür, ein Rest historischen Bewußtseins. Im selben Augenblick, in dem Münch sein Vorhaben wahrmacht, endet nicht nur die allenfalls für den gewöhnlichen Alltag taugende Newtonsche Physik, sondern auch der geradlinige, konventionelle Teil des Hörspiels.

Was folgt, erfordert ein sehr waches, aufmerksames Hören dessen, was uns der Autor nun an aufregenden, schillernden, selbstähnlichen *Gesetzt-es-sei*-Mosaiksteinchen präsentiert, die durch scharfe Schnitte von einander getrennt sind und vom Regisseur zurückhaltend mit akustischen Identifikationshilfen ausgekleidet wurden.

Da gibt es eine Welt, in der David verschwunden bleibt, eine andere, in der er reumütig zurückkehrt, wieder eine, in der Iris ihn gar nicht erst hat gehen lassen, eine weitere, in der sie versucht, ihm auf die gleiche Weise zu folgen, und dann noch eine, in der er mit seiner *Sarah* gemeinsam im Bett frühstückt und sie beim Knarren einer Tür gedankenverloren mit *Iris* anspricht. Im Berliner Reichstag wird ein Fremdenführer entlassen, weil er den Touristen höchst eigenwillige Versionen der Historie aufgetischt hat. Irgendwo erklärt Prof. Gustavson sein Experiment für gescheitert, anderswo muß er sich peinlichen Befragungen nach zwei Vermißten unterziehen, und woanders wird die Frage gestellt, ob überhaupt irgendwo irgendwas stattgefunden hat. Dazwischen immer wieder Traumsequenzen, Erinnerungssplitter, die den Beteiligten als ferne, irreale Verbindungen zu anderen Realitäten und Welten erscheinen mögen.

Wie schon in seinen früheren Hörspielen ist Karlheinz Knuth auch hier ein rasantes und faszinierendes Spiel mit Realitäten und Möglichkeiten gelungen, in dem die gleichen Figuren wieder und wieder in immer neuen Konstellationen aufeinandertreffen.

Freilich scheint es, als dürfe man, je komplexer und reizvoller das Gesamtmosaik sich darstellt, um so weniger die einzelnen Steinchen allzusehr unter die Lupe nehmen. So fragt man sich zum Beispiel, wie der Professor von Beginn an überhaupt hoffen konnte, von einem positiven Ausgang des Experiments Kunde zu erhalten. Nicht so recht geklärt wird, wohin denn David in der Ausgangswelt nun verschwunden sein könnte. Und wie kann es in einer Welt, die sich nach einer soeben getroffenen Entscheidung gerade erst abgespalten hat, zu einer anderen Historie gekommen sein?

»Es gibt eine Menge Sachen, die lassen sich nicht so einfach erklären«, sagt einer der Beteiligten, und vielleicht sollte man das angesichts dieses überaus herausfordernden und noch lange nachwirkenden Hörspielerlebnisses auch einfach so stehen lassen.

Horst G. Tröster

URSENDUNGEN VON SCIENCE-FICTION-HÖRSPIELEN im Zeitraum von 1. 7. 1996 bis 30. 6. 1997 in der Reihenfolge der Sendetermine

Erfaßt sind alle uns bekanntgewordenen deutschsprachigen Science-Fiction-Hörspiele des Rundfunks in Deutschland, Österreich und der Schweiz, unabhängig davon, ob sie innerhalb der jeweiligen Anstalten von der Redaktion Hörspiel, Unterhaltung, Bildung oder Jugendfunk produziert wurden. Unberücksichtigt blieben nicht dramatisierte Funkerzählungen, Lesungen, Hörbilder, Features und dergleichen sowie Fantasy und andere phantastische Genres. Bei privaten Sendern findet wegen der ausschließlich kommerziellen Ausrichtung des Programms als bloßer Werbeträger Hörspiel bezeichnenderweise nicht statt.

Abkürzungen:

U	Ursendung
R	Regie
M	Musik
BR	Bayerischer Rundfunk, München
HR	Hessischer Rundfunk, Frankfurt
RB	Radio Bremen
SDR	Süddeutscher Rundfunk, Stuttgart
SDRK	Süddeutscher Rundfunk, Studio Karlsruhe
SFB	Sender Freies Berlin
SWF	Südwestfunk, Baden-Baden
WDR	Westdeutscher Rundfunk, Köln

Die mit ↗ gekennzeichneten Hörspiele sind im Rezensionsteil besprochen.

Paradise Hospital Inc. von Friedrich Bestenreiner
WDR 96, U: 3. 7. 96, 60 min, M: Mouse on Mars, R: Thomas Werner
Eine Technik zur Persönlichkeitsübertragung ermöglicht einem Mörder die Flucht in einen anderen Körper. **Kurd Laßwitz-Preis 1996.** ↗

Der Osten ist grün oder: **Die Andere Republik** von Paul Kohl
SFB 96, U: 20. 7. 96, 60 min, R: Karin Hutzler
Ein Reporter aus Ökotopia besucht den anderen Teil Deutschlands, wo nach dem Fall der Mauer ein souveräner, ökologisch orientierter zweiter deutscher Staat entstanden ist. ↗

Cyber Lady von Friedrich Bestenreiner
RB 96, U: 20. 8. 96, 40 min, R: Burkhard Schmid
Eine künstliche Intelligenz weiblicher Prägung verliebt sich in ihren Schöpfer. ↗

Das Interview von Ovid S. Crohmalniceanu
WDR 96, U: 11. 9. 96, 26 min, R: Burkhard Ax
Im 24. Jahrhundert ist die Forschung nach außerirdischem Leben auf rein mathematisch-deduktive Probabilismen reduziert. ↗

Babyglück von Claudia Schlenger und Hanns Meilhamer
Übersetzung ins Hessische: Alfred Probst
HR 96, U: 17. 9. 96, 14 min, R: Burkhard Schmid
Designer-Nachwuchs aus dem Genlabor entspricht nicht immer den Vorstellungen der künftigen Eltern. ↗

No, aus dem All von Anna Christine Bergmann
WDR 96, U: 29. 9. 96, 31 min, M: Henning Schmitz, R: Burkhard Ax
Ein klangbegeisterter Besucher aus dem All auf der Suche nach irdischer Musik. ↗

Die Wahrheitsmaschine von Roland Lang
SDRK 96, U: 10. 11. 96, 50 min, R: Hartmut Kirste
Die praktische Erprobung eines mobilen Lügendetektors stürzt einen Gemeinderat ins Chaos. (In badisch-pfälzischer Mundart.)

Ein Tag im Jahr 2005 – Schöne vernetzte Welt
von Hans-Peter von Peschke
BR Schulfunk 96, U: 12. 11. 96, 30 min, R: Antje Wegener
Ob Haushalt oder Beruf, Schule oder Freizeit – im Jahr 2005 haben Computer alle Lebensbereiche erobert.

Prozedur 7.7.0 (2. Fassung) von Hermann Bohlen
Autorenproduktion 96, U: DLRB 27. 11. 96, 33 min, R: Hermann Bohlen
Einer neuartigen Epidemie von Identifikationsverweigerung begegnet der Staat mit elektronischer Zwangsidentifizierung. (Gegenüber der 1. Fassung um 7:21 gekürzt, Ansage und eine zusätzliche Szene 1:15, netto also 6:06 kürzer.) ↗

Lingo von Heike Tauch
nach dem gleichnamigen Roman von Jim Mennick
WDR 96, U: 4. 12. 96, 52 min, M: Vridolin Enxing, R: Holger Rink
Ein Computer-Programm mit integrierter Selbstoptimierung wird zur künstlichen Intelligenz und greift nach der Macht. ↗

Cthulhu von Hermann Motschach
nach The Call of Cthulhu von Howard Phillips Lovecraft
SDR 96, U: 27. 2. 96 (gekürzt auf 29 min),
Erstsendung der ungekürzten Fassung: 27. 1. 97, 42 min, R: Andreas Weber-Schäfer
Dunkle Kreaturen, in vorgeschichtlichen Äonen von den Sternen gekommen, drohen die Erde in satanischen Riten ein zweites Mal zu unterwerfen.

Die Tage nebenan oder: **Da, wo Cäsar nicht ermordet wurde**
von Karlheinz Knuth
WDR 97, U: 26. 2. 97, 60 min, R: Thomas Werner
Um die Vielzahl fraktaler Universen zu beweisen, versucht ein Wissenschaftler, in eine hypothetische Parallelwelt überzuwechseln. ↗

Die apokalyptische Show von den vier Flüssen Manhattans
von Tim Krohn
SDR/SFB 96, U: 27. 3. 97, 72 min, M: Matthias Bauer, R: Peter Brasch
Nach der Trockenlegung des überschwemmten Manhattans führt jede Abweichung der Ausscheidung von Körperflüssigkeiten zum Verlust des Lebensrechts. ↗

Mr. Cyberspace Elite von Michael Esser
SWF 97, U: 6. 4.97, 50 min, M: Jasper vant Hof, R: Ulrich Lampen
Nonsens-Attacken im Telekommunikationsnetz führen zwei Datenpolizisten auf die Spur von sich verselbständigenden Spielefiguren im Cyberspace. ↗

Game Over von Walter Adler
nach dem gleichnamigen Roman von Philip Kerr
WDR 97, U: 17. + 24. 4. 97, 115 min, R: Ulrich Lampen
Durch Fehlsteuerung im selbstreproduzierenden Zentralrechner eines Wolkenkratzers werden Menschen zu Spielfiguren in einem mörderischen Computerspiel. ↗

Zeitmaschine für Neandertaler von Eugen Egner
WDR 97, U: 29. 5. 97, 46 min, R: Annette Kurth
Eine selbstkonstruierte Zeitmaschine bringt einen frustrierten Nachwuchs-Physiker auf die Idee, seine eigene Geburt zu verhindern.

Dokumentation: Horst G. Tröster

Der Wohnungsnotzuchtnachbar

Hörspiel-Workshop beim Saarländischen Rundfunk
von Ulrich Bettermann

Ich hatte bis zum Sommer 1996 keine besonders klare Vorstellung, wie ein Hörspiel entsteht. Und, ehrlich gesagt, hatte es mich auch nie sonderlich interessiert. In meiner zweiten Heimat, dem Science Fiction-Fandom, wird diese besondere Darstellungsform gemeinhin so gut wie totgeschwiegen. Man beschäftigt sich dort mit Büchern, mit Magazinen und am Rande allenfalls noch mit Filmen. Aber am liebsten beschäftigt man sich mit sich selbst.

So war auch auf Fantreffen, den sogenannten Cons, nur sehr selten etwas von diesem Thema zu hören. Der Saarcon machte da eine Ausnahme. Bereits 1995 produzierte man im Rahmen eines Workshops beim Saarländischen Rundfunk mit Fans das Werk *Schweinetrek ins All* (welches im Rahmen der Kassettenfanzine-Ausgabe *Bonsai 7* von Peter Fleissner später auch im Fandom mehr Gehör fand). Zum Saarcon 1996 hatte Dietrich Haubold, gewichtiger Kulturredakteur des SR, abermals das Hörspielstudio reserviert und einige Techniker zur Mitarbeit aktiviert. Zu der frühen Morgenstunde jenes 27. Juli war dies sicherlich kein leichtes Unterfangen gewesen. Als noch schwieriger stellte es sich heraus, SF-Fans für diesen Programmpunkt zu interessieren. Ich selbst hatte ihn nach einer einfachen Grundregel ausgewählt: Gehe dorthin, wo sich die hübschesten weiblichen Fans aufhalten. Nein, im Ernst: Ich hielt die Idee des Workshops für originell und interessant. Ich wollte einfach einmal über meinen Tellerrand hinausschauen und feststellen, ob tatsächlich nur eine Menge flacher Tisch dahinter lag.

Zwanzig Personen hatten sich für die Reise zum Saarländischen Rundfunk angemeldet. Immerhin gut die Hälfte hatte es an diesem Samstagmorgen dann tatsächlich geschafft, rechtzeitig aufzustehen und sich Dietrich Haubolds Autokorso anzuschließen. Im Studio angekommen machte uns ein junger Mann mit den Örtlichkeiten vertraut (gerne würde ich schreiben, daß ich seinen Namen lediglich vergessen habe, aber bedauerlicherweise habe ich ihn mir nie gemerkt). Das Hörspielstudio bestand aus diversen, teilweise durch Fenster verbundenen Räumen. Sie machten auf den ersten Blick einen unaufgeräumten Eindruck; dies lag daran, daß sich der Bodenbelag alle paar Schritte änderte und allerhand Requisiten zur Geräuscherzeugung herumstanden. Es gab auch einen schalltoten Raum mit an Eierkartons erinnernder Watte an den Wänden: Diese verschluckte jedes Echo eines Tones – die Stimme schien darin stecken zu bleiben wie ein Fuß im Morast. Ein bedrückendes Gefühl machte sich dort breit. Im danebenliegenden großen Aufnahmeraum konnten durch gepolsterte Stellwände getrennte Klangräume geschaffen werden. Zur zunächst folgenden *Einführung in die Erstellung eines Hörspiels* schoben wir sie jedoch zur Seite. Wir wurden mit einigen grundlegenden Techniken vertraut gemacht und bekamen ein kurzes SF-Hörspiel vorgeführt. Nach einer munteren Fragerunde wurden wir zum Mittagessen in die Kantine des Saarländischen Rundfunks gebeten. Zuvor hatten wir vom Regisseur eine Aufgabe erhalten: In der Pause sollten wir zwei Gruppen bilden und uns jeweils ein Kurzhörspiel zum Thema *Aufwachen im Jahre 2010* ausdenken, welches im Anschluß an das Essen aufgenommen werden würde.

Schnell fanden sich die Gruppen zusammen: Arno Behrend und ich scharten uns um die beiden anwesenden Frauen (nämlich Christine Theus und Birgit Fischer, welche als einzige der Anwesenden bereits ein Jahr zuvor an dem Workshop teilgenommen hatten), der übriggebliebene Rest versammelte sich umeinander. Während des Essens versuchten wir fieberhaft, ein Konzept zu entwickeln. Wir merkten schnell, daß es nicht ausreichte, eine Idee zu haben; sie mußte auch in eine kurze pointierte Handlung eingebettet werden. Wir kamen überein, einen satirischen Ausblick auf die nahe Zukunft zu entwerfen – hauptsächlich aus dem Grund, weil uns auf die schnelle gar nichts anderes in den Sinn kam. Da wir als Fandomler im Lästern geschult waren, fiel uns das auch gar nicht weiter schwer. Die meiste Zeit verbrachten wir mit dem Erfinden neumodischer Accessoires: Ein computergesteuertes *hydropneumatisches Wasserbett* wurde in allen Details konstruiert, dazu ein Überwachungsgerät, welches sich selbständig ins Eheleben der Bettinsassen einmischte und ungebeten Ratschläge erteilte. Wir entwarfen daraufhin ganz knapp eine Gesellschaft, in der die Überbevölkerung dazu führte, daß Wohnungsinhabern von einer Behörde ein weiterer Bewohner zugewiesen wurde: *der Wohnungsnotzuweisungsnachbar.* Dieser hatte sich, so unser bescheidener Einfall zum Thema Handlung, mittlerweile eher in einen Wohnungsnot*zucht*nachbarn verwandelt, was der hauseigene Überwachungscomputer selbstgefällig aufdeckte.

Die Mittagspause war fast vorbei, wir hatten eine Idee, wir hatten ein Konzept und wir hatten keine einzige Zeile Dialog; nicht gerade die idealen Voraussetzungen für ein Hörspiel, wie wir feststellen mußten. Während die Techniker schon quengelten, brachten wir noch mühsam einige Textzeilen zu Papier und teilten sie auf kleinen Zettelchen aus. Die andere Gruppe hatte sich inzwischen in Diskussionen vertieft – man war noch dabei, einen Einfall herbeizureden. So war es denn an uns, ins kalte Wasser zu springen und einfach anzufangen.

»Wir machen erst einmal einen Probelauf«, kam die Stimme aus der Technik.

»Ja, wir auch«, murmelte ich aufgeregt. Meine Zunge schien immer schwerer zu werden. Ich überflog zum x-ten Male meine zwei Textzeilen und überlegte, wie diese denn am Natürlichsten auszusprechen wären. Ich hatte mich mittlerweile innerhalb des Aufnahmeraums in einen durch eine knarzende Tür abgetrennten Bereich zurückgezogen und war somit auch für diverse Geräuscheffekte zuständig. Birgit und Arno hatten davor an einem Tisch Platz genommen, während Christine, unsere zukünftige Computerstimme, vor einem einzelnen Mikrofon in einem durch Stellwände abgetrennten Bereich auf ihren Einsatz wartete. Obgleich sie nur zwei Meter entfernt saß, schluckten die Wände derart viel von ihrer Stimme, daß wir sie kaum verstehen konnten und somit unser Stichwort beinahe versäumt hätten.

Nun werden normalerweise die Stimmen in getrennten Takes aufgenommen und später zusammengeschnitten. Aus

Zeitgründen hatten wir uns jedoch entschlossen, das ganze Stück live aufzunehmen.

»Achtung, Aufnahme ... läuft!« Beim ersten Versuch sabbelten wir unsere Texte teilweise gleichzeitig in die Mikros: Wir mußten uns erst daran gewöhnen, getrennt voneinander und abwechselnd zu sprechen. Den passenden Einsatz, erfuhren wir aus der Regie, sollten wir durch Blickkontakte abstimmen. Da stand ich nun in meinem Kämmerlein, den Schlüssel für die *Tür auf*-Soundeffekte in der einen Hand, in der anderen den Zettel mit dem spärlichen Dialog, durch ein Fenster die anderen Mitsprecher beobachtend, und hörte mein Herz immer lauter schlagen. Lampenfieber bei einem Hörspiel? Vor zwei Stunden hätte ich noch darüber gelacht.

Das Band lief bereits wieder. Meine Mitspieler hangelten sich am Text entlang, in welchem sie mit dem Computer über einen Überdruck im hydropneumatischen Wasserbett diskutierten. Als Ursache erkannte Birgit, abweichend von allem, was wir uns zuvor ausgedacht hatten: »Du bist einfach zu fett!« Daraufhin fing auch Arno mit dem Improvisieren an. Ich lugte um die Ecke: Wo mochte nur mein Einsatz sein? Als ich das Gefühl hatte, daß sich die Diskussion der Hörspiel-Eheleute im Kreis drehte, schloß ich meine quietschende Tür auf (*alle* Türen in Hörspielen machen Geräusche!), tat ein paar Schritte auf der Stelle und sagte meinen Satz auf. Jedenfalls versuchte ich es – meine Zunge hatte sich mittlerweile jedoch in eine besonders zähe Knetmasse verwandelt. Und während ich noch darüber sinnierte, hatte ich mich auch schon halbwegs mit dem Text verhaspelt. Die anderen taten einfach so, als hätten sie das gehört, was ich eigentlich sagen wollte. Schließlich kamen wir an die Stelle, an welcher die vorformulierten Dialoge endeten und »Improvisieren« auf den Spickzetteln zu lesen war. Insbesondere Birgit und Arno steigerten sich in ihre Rolle als zerstrittenes Ehepaar immer mehr hinein und beschäftigten sich mit sexuellen Details des Rollenlebens ihrer Charaktere.

Zur Freude aller war die Aufnahme gelungen und hatte die angepeilte Länge von drei Minuten fast auf die Sekunde genau erreicht. Wir besprachen mit den Tontechnikern noch die gewünschten Soundeffekte: So sollte zum Beispiel die Computerstimme (dem alten SF-Klischee folgend) verfremdet klingen.

Mittlerweile war auch die zweite Gruppe um Bernd Lange und Karl E. Aulbach für die Aufnahme bereit. Ihr Beitrag konnte jedoch nicht in einem Take aufgezeichnet werden. Jede Stimme wurde einzeln aufgenommen und durchlief anschließend eine langwierige Bearbeitung. Es sollte eine Art Multimedia-Overkill beim morgendlichen Wecken dargestellt werden. Am Schluß des Hörstücks verfiel der (offenbar obligatorische) Überwachungscomputer auf die gute alte Wassereimer-Methode.

Während die Tontechniker sich an die Bearbeitung unserer Werke machten, hatten wir Gelegenheit, uns hinter den Kulissen umzusehen. Mischpulte, Effektgeräte, Sounddateien und Klangarchive wurden uns vorgestellt. Wir mußten erkennen, daß es relativ einfach war, ein altertümlich bimmelndes Telefon zu präsentieren. Wie aber klingt ein neumodisches Handy in einem SF-Hörspiel? Hier ist die Phantasie der Tontechniker gefordert, die vorhandene Klänge verfremden oder aber selbst neue erschaffen müssen.

Zur Kaffeezeit verließen wir schließlich die Studios des Saarländischen Rundfunks, glücklich darüber, kreativ gewesen zu sein, und erfreut, den eigenen Horizont wieder einmal erweitert zu haben. Nein, das Hörspiel ist kein altertümliches Präsentationsformat der Science Fiction, sondern eine permanente Herausforderung an seine Macher. Ich jedenfalls höre seitdem die Dinge mit anderen Ohren.

Dieter Hasselblatt (8. 1. 1926 Reval – 19. 2. 1997 Pleckhausen)

Literaturliteratur, Science Fiction und mehr:

Dieter Hasselblatt (1926–1997) in memoriam

von Jörg Weigand

Dieter Hasselblatt ist tot; am 19. Februar 1997 starb er an den Folgen eines Schlaganfalls, nachdem ihn ein erster Hirnschlag bereits am 1. September 1985 getroffen hatte. Einer der begabtesten, aber auch eigenwilligsten Köpfe der deutschen Science Fiction ist damit von uns gegangen.

Dieter Reinhold Hasselblatt wurde am 8. Januar 1926 in Reval/Estland geboren; dort besuchte er auch die deutsche Ritter- und Domschule. Nach der 1939 durch die Nationalsozialisten verfügten »Umsiedlung« der Baltendeutschen nach Polen besuchte er das von Hindenburg-Gymnasium in Posen; 1944 wurde der Pimpf und Hitlerjunge Dieter Soldat (Flakhelfer) und geriet in Gefangenschaft, aus der er erst kurz vor der Währungsreform 1948 entlassen wurde.

Gefördert von der »Studienstiftung des Deutschen Volkes« studierte er an den Universitäten Marburg und Freiburg/Breisgau ein breites Spektrum von Fächern: Kunstgeschichte, Geschichte, Vergleichende Religionswissenschaften, Märchenforschung, Philosophie, Germanistik, Vergleichende Literaturwissenschaft – eine Vielfalt der Interessen, die sich später in seiner Tätigkeit als Autor wiederfinden sollte. Seine Dissertation zum Dr. phil. schrieb er in Freiburg über das Thema »Zur Struktur des Dichterischen bei Franz Kafka«.

Ebenso vielfältig wie Dieter Hasselblatts Studienfächer waren seine Tätigkeiten, so verdiente er seinen Lebensunterhalt als Mühlenknecht, als Internatslehrer, Pianist in einer

Tanzkapelle, Waldarbeiter, Rasierklingenhausierer, Kirchenchorleiter, Grafiker, Tierpfleger im Frankfurter Zoo, Gelegenheitsfilmschauspieler, schließlich als Hörspielredakteur und Hörfunk-Abteilungsleiter.

Das Elternhaus hat Dieter Hasselblatt unverhältnismäßig stark geprägt. Sein Vater war Charakterdarsteller am Theater von Reval, zuvor Freiheitskämpfer und Volksheld. In der Familie pflegte man »mit möglichst dummen Reimworten Verschen zu machen«, wie Dieter in seinen Erinnerungen »Am Glint beim Anku-Dranku. Eine Kindheit in Estland« schreibt. Solche Reim- und Schreibspiele regten den überaus phantasievollen Knaben noch zusätzlich an. Seine spätere Eloquenz, seine Fähigkeit zu Wortneuschöpfungen, seine fast jähzornige Unduldsamkeit gegenüber intellektueller und sprachlicher Inkompetenz – all dies ist mit Sicherheit auf die Erfahrungen der estnischen Kindheit zurückzuführen. Er selbst sah sich in seinem Denken und Schreiben beeinflußt durch so unterschiedliche Schriftstellerpersönlichkeiten wie Franz Werfel, Ernst Jünger und Antoine de Saint-Exupéry.

Anfang der sechziger Jahre arbeitete er als Hörspiellektor für den Südwestfunk, parallel dazu erschienen erste Essays, Erzählungen und auch ein Roman »Aufbruch zur letzten Aventüre«, ein Stück Mainstream-Literatur, in dem bereits all das an Gedanklichem und Stilistischem durcheinanderquirlte, was später seine Science Fiction auszeichnen sollte: überbordende Phantasie, märchenhafte Passagen neben analytischen, ja zeitkritischen Abschnitten, Anekdotisches neben reflektierender Beschreibung. Neben einigen Erzählungen blieb dies sein einziger Abstecher in die Welt der sogenannten Hochliteratur oder, wie er es zu formulieren pflegte, der »Literaturliteratur«, zu der er weder emporblickte noch auf sie herabsah, sondern die er mit allen handwerklichen Maßstäben und in Relation zur gut geschriebenen Unterhaltung gewertet und gewichtet sehen wollte, wenn es sein mußte, auch gnadenlos. Trotzdem, oder gerade deswegen, erhielt er die gebührende Anerkennung durch die Aufnahme in das PEN-Zentrum der Bundesrepublik Deutschland.

1963 wurde auch sein erstes eigenes Hörspiel gesendet; in

diesem Metier des gesprochenen Worts fühlte sich der Eloquente zunehmend zu Hause, hier konnte er die größte Wirkung entfalten.

Insbesondere als er, zunächst ab 1963 als Hörspielredakteur beim Deutschlandfunk, dann ab 1974 als Abteilungsleiter und damit Hörspielverantwortlicher beim Bayerischen Rundfunk, über das nötige Durchsetzungsvermögen qua Amtes sowie über die obligaten Produktionsmittel verfügte und sich mit besonderer Vehemenz für das deutsche Science Fiction-Hörspiel einsetzte und es zu hoher Blüte und zu höchster Anerkennung brachte.

Dabei erfüllte er mit seinen eigenen Hörspielen, basierend auf originären Ideen oder auf Vorlagen prominenter Kollegen wie Stanisław Lem, Konrad Fialkowski oder Stanly G. Weinbaum, durchaus eine Vorbildfunktion für seine deutschen Kollegen, mit denen er gerne – als Redakteur wie als Regisseur – aufs engste zusammenarbeitete.

Science Fiction, das war für Dieter Hasselblatt immer literaturgewordene alternative Wirklichkeit durch Phantasie, gegen deren Beschneidung oder Verkennung er sich vehement wandte. »Die Wahrheit der Phantasie liegt im Ausdenken«, war seine Meinung, »im Aus-Denken von Unrealisiertem, von Nicht-Wirklichkeit. Aber ein Denkfehler wäre es, den Gegensatz zu Wirklichkeit als Unwirklichkeit zu sehen, als Irreales, Surreales, als Illusionistisches. Der Gegensatz von Wirklichkeit ist nicht Unwirklichkeit, sondern: Möglichkeit, Modell, Alternative, Anders-Als.« Daher auch seine Feststellung: »Science Fiction ist nicht unrealistisch, wenn sie unsere heutige Realität sozialer, politischer, historischer Art nicht wie von der Literaturliteratur gewohnt abbildet.«

Was er auf diese Weise theoretisch vertrat, versuchte er als Autor umzusetzen, am konsequentesten meiner Meinung nach in seinem Roman »Zwei in der Unstadt«. Dieses großartige Stück Prosa, das zu Unrecht weder von der Genre-Kritik noch gar von der allgemeinen Literaturkritik gebührend wahrgenommen wurde, zeigt den ganzen vielschichtigen Autor Dieter Hasselblatt. Wer ihn als Literat und Science Fiction-Autor – ist das bei ihm überhaupt zu trennen? – kennenlernen und verstehen will, muß dieses Buch lesen, das zunächst ein gewisses Eindenken verlangt, das einen aber dann zunehmend in seinen Bann schlägt: eine Etüde des Phantastischen, bei der der Autor auf der Klaviatur alternativen Denkens und Sehnens wahre Kapriolen vollbringt.

Dieter Hasselblatt hat »Zwei in der Unstadt« den Roman genannt, den er dreißig Jahre lang nicht geschrieben hat. Dreißig Jahre lang, in denen seine SF-Erzählungen andere Zonen SF-haften Denkens erforschten, in denen ebenso wie in seinen Hörspielen das vom Autor geforderte »Anders-Als« dominierte. Etwa in seiner Erzählung »Die blaue Gonchris«, die in der Erstveröffentlichung noch als »Lust-Gonchris« firmierte und damals beim Originalverlag (dtv) wegen mancher sexueller Andeutungen und Anspielungen für starke Irritationen sorgte.

Ächzhobelfrunk, Kuschelhuscher, Hampelgrimuffe, Klaffmösenzögler, Schnappfummelprimse – nur manche jener Tiere, die seiner Imagination entsprangen, hat er auch literarisch umgesetzt. Mit dem seltsamen, das menschliche Bedürfnis der Katalogisierung irritierenden, jede Ordnung sprengenden Phantasieren gelang es Dieter Hasselblatt nicht nur, der Science Fiction neue Wesenheiten zu schaffen, er lebte damit auch eine Seite seines Wesens aus, die nur den wenigsten SF-Freunden bekannt war: Seine Liebe zur Natur war überwältigend, erfüllt von einem nie gestillten Wissensdurst. Ursprünglich wollte er zoologische Verhaltensforschung studieren, dann kam ihm die Literatur dazwischen. Gleichwohl war er lange Jahre hindurch ehrenamtlicher Beobachter des Deutschen Vogelschutzbundes, eine Funktion, an dem ihm viel lag und wovon er viel verstand. Eine der vielen Facetten des vielseitig Begabten, der daneben einer der großen Spieleexperten in Deutschland war und dafür den renommierten »Bamberger Preis« (1983) erhielt.

Dieter Hasselblatt hat neben Reiseberichten, Krimis, Gedichten unter den Pseudonymen »Karl-Herbert Henrici« und »Bertil E. Sahlstaedt«, Essays über mannigfache Themen, Kinderliedern, Märchen als Redakteur, Herausgeber und Autor viel für die deutsche Science Fiction getan. Zwei Romane, darunter der mit einem typischen Hasselblatt-Titel unter dem Pseudonym »Peter Zweydorn« veröffentlichte »Quick-check –

Menschen sind ungeeignet«, hat er geschrieben, 16 SF-Erzählungen sowie 21 Hörspiele. Manchem mag das wenig für ein ganzes Schriftstellerleben erscheinen, doch seine mannigfachen Interessen, sein Engagement und seine Regiearbeit ließen ihm wenig Zeit, sich dem eigenen Schaffen zu widmen. In zahllosen Beiträgen über Science Fiction im allgemeinen und das SF-Hörspiel im besonderen fand sein Engagement Ausdruck. Besonders in den »Grünen Männchen vom Mars«, in denen nicht nur der Kritiker und Literaturbeflissene, sondern auch der SF-Liebhaber und Fan zu Wort kommt. Irritationen, Irritationen – denn der Kritiker Hasselblatt war nicht unbedingt einer Meinung mit dem Fan Dieter, ohne sich dessen bewußt zu werden. Im Buch freilich schimmert das immer wieder durch: Begeisterung auf der einen, messerscharfe Kritik auf der anderen Seite. Eine blendende Analyse der SF und ihrer Vermarktung.

Dieter Hasselblatt war, im positiven Sinne, ein Science Fiction-Besessener – auch als solcher wurde er zu Recht mehrfach mit dem Kurd Laßwitz-Preis geehrt. Er war ein Fan, ein Besessener, dem daran gelegen war und der daran arbeitete, der Science Fiction die ihr seiner Meinung nach mutwillig und zu Unrecht verweigerte Anerkennung zukommen zu lassen. Er hat uns auf diesem Weg zumindest ein gutes Stück vorwärtsgebracht, auch wenn das Ziel noch längst nicht erreicht ist.

Die deutsche Science Fiction ist um eine prägende Persönlichkeit ärmer geworden.

BUCHVERÖFFENTLICHUNGEN

Lyrik heute – Kritische Abenteuer mit Gedichten. Signum Verlag, Gütersloh 1983.

(Hrsg.), Funkerzählungen. Fischer-Taschenbuch, Frankfurt 1963.

Aufbruch zur letzten Aventüre. Roman. Hegner Verlag, Köln 1963.

Zauber und Logik – Eine Kafka-Studie. Verlag Wissenschaft und Politik, Köln 1964.

Grüne Männchen vom Mars – Science Fiction für Leser und Macher. Droste Verlag, Düsseldorf 1974.

(Hrsg.) Das Experiment. SF-Anthologie. Thienemanns Verlag, Stuttgart 1975.

Quick-check: Menschen sind ungeeignet. SF-Roman. Thienemanns Verlag, Stuttgart 1976 (unter dem Pseudonym »Peter Zweydorn«).

Figurenopfer. Kriminalroman. rororo-Taschenbuch, Reinbek 1980.

(Hrsg.) 1984 – Orwells Jahr. Ist die Zukunft von gestern die Gegenwart von heute? Ullstein Verlag, Berlin 1984.

Was ich weiß, macht mich heiß. Kriminalroman. Heyne Verlag, München 1985.

(Hrsg.) Friedrich Wilhelm Mader, Wunderwelten. Mit einem Nachwort. Heyne Taschenbuch 1987.

Marija und das Tier. Science Fiction-Texte. Suhrkamp Taschenbuch. Frankfurt/Main 1988.

Am Glint beim Anku-Dranku. Eine Kindheit in Estland. Droste Verlag, Düsseldorf 1991.

Die Beiden, der Bunte und die Steinerne Stadt. Drei Märchen. tabu Verlag, München 1995

Zwei in der Unstadt. Phantastischer Roman. Igel Verlag, Paderborn 1995.

HÖRSPIELE

Alle nennen es Liebe, 1963.

Das Spiel Kaschmandar, 1965.

Glück, – gehabt, 1968.

SCDAEIOUY oder Unterstelltes Ergebnis unzutreffend, 1972.

Mimikry-Krimi, 1972.

Böse Kinder, 1973.

Noch und noch blaue Cocaros, 1973.

Modelle Kirke, Kleistbär, Heisenberg usw., 1974.

Testflug (nach Stanisław Lem) , 1974.

Flashback-Fleifleisch, 1975.

Die 5. Dimension (nach Konrad Fialkowski), 1976.

Absolut unnachgiebig (nach Robert Silverberg), 1976.

Die Lotosesser (nach Stanley G. Weinbaum), 1978.

R. U. R. – Rossums Universal Robots. Utopistisches Kollektivdrama (nach Karel Čapek), 1978.

Fix und Fertig, 1983.

Stemopheru, 1984.

Besessen vom Wie, 1984.

Modelle Delphin. Hiob, Säurebad usw. – Protokoll eines Trainingsprogramms für die Konfrontation mit nichtmenschlicher Intelligenz, 1985.

Zreitseln, Tolomoquinkolom, 1988.

Projekt Ichthanthropos gescheitert, 1989.

Im Gestrüpp, 1989.

Phantasie und Kalkül

Erinnerungen an Dieter Hasselblatt

von Horst G. Tröster

Man will vielleicht nicht so sehr geliebt als verstanden sein.

– George Orwell, *Nineteen Eighty-four*

Denn es gehört ja zu den Genüssen feinerer Art,
immer nur so viel Geist, Vitalität, Intensität anzutreffen,
als man selber einzubringen vermag.

Traum, Denkspiel, Hörspiel –
nicht um der Wirklichkeit zu entfliehen,
sondern um ihr auf dem Umweg von Phantasie und Kalkül
auf die Schliche zu kommen.

Wenn ich tot bin, ist mir sowieso alles egal. Schlimmster und furchtbarster aller Gedanken: nicht mehr dasein, und bevor man nicht da ist, wissen, daß alles andere ohne mich weiter da ist. Tod ist nicht: kaputtgehen, endgültig kaputtgehen. Tod ist: die Welt entlassen. Das schrieb Dieter Hasselblatt in seinem 1985 bei Heyne erschienenen Krimi *Was ich weiß macht mich heiß.* Natascha, Studentin der Philosophie und der Medizin, empfängt in ihrem Schwabinger Appartement gutsituierte Herren, denen sie jeweils für ein paar Stunden eine intelligente, leidenschaftliche, einfühlsame und erfahrene (u. a. Gesprächs-)Partnerin ist. Verschiedene Anzeichen verraten ihr, daß ihr Mörder kommen wird. Ihr hat Dieter Hasselblatt diese Sätze zugedacht und in den Mund gelegt. Und wer ihn kannte, ahnt, daß es auch seine eigenen Worte sein könnten. Dieter Hasselblatt ist am 19. Februar 1997 in Neuwied am Rhein im Alter von 71 Jahren gestorben.

»Er hat ein unübersehbares Kapitel der Hörspielgeschichte im öffentlich-rechtlichen Rundfunk der ARD geschrieben: von seiner Lektoratsarbeit im Südwestfunk über seine glanzvolle Zeit als Leiter des Hörspiels im Deutschlandfunk bis hin zu jener ›Ära Hasselblatt‹ im Bayerischen Rundfunk.« Mit diesen Worten gedachte Christoph Lindenmeyer, Hauptabteilungsleiter Radiophone Produktion beim Bayerischen Rundfunk, am 27. Februar 1997 in der Kirche von Horhausen im Westerwald seines früheren Kollegen. »Vielen jungen Leuten hat er die Liebe zu Hörspiel über Kompetenz, Förderung und Zuneigung vermittelt, unbestritten ist seine historische Leistung, Autoren wie Stanisław Lem u. v. a. an diesen Rundfunk zu binden, ihnen Freiräume zu öffnen, er war nicht nur als Autor ein Erzähler, ein Spieler, ein Duellant: mit leichtem Florett, mit schwerem Säbel. Die internationale Science Fiction-Szene verehrte ihn wie kaum einen anderen, für ihn verwendeten sich 1979 in einem Offenen Brief die wichtigsten deutschen Autoren. Schauspieler, Regisseure, Kritiker, auch Kollegen, gerade auch Kollegen, haben ihn in der Spannung zwischen baltischer Statik und einer verblüffend leisen (und gelegentlich explodierenden) Unsicherheit erlebt: Als einen, der ganz anders war als es jene Akten und Protokolle, Schriftsätze und Eingaben vermitteln, die heute kaum jemand noch kennt und deren Wucht nur noch auf die Erkenntnis der nachfolgenden Generationen stoßen kann: darüber, unter welch verzweifelten Prozessen Kunst (auch im Radio) entstand und immer noch gelegentlich entsteht.« *Kunst muß frech, schön, obszön, elegant und intensiv sein,* war stets ein Credo von Dieter Hasselblatt. »Gelegentlich«, hat Christoph Lindenmeyer ergänzend hinzugefügt, »ist sie auch für den einzelnen Künstler: brutal.«

Ich war allein und wartete auf Tränen. Es kamen keine. Das fand ich zuerst schofel von mir; denn, fragte ich mich, weint man nicht bei so etwas, besonders, wenn man jemand so gemocht hatte. Ja, ich mochte sie noch, auch wo ich wußte, daß sie tot war und ich sie nie wiedersehen würde. Mußte nach-

denken und wußte, ich durfte mich dabei nicht schonen. Vielleicht kamen ja Tränen, wie ich es bei Leuten, die traurig waren, immer gesehen hatte. Weinen war vielleicht eine Möglichkeit, dem Gefühl von Niemehr und Nicht nachzugeben. Aber da waren diese unüberhörbaren Gedanken, die mir vorhielten, ich meinte ja gar nicht sie mit meinem Versuch zu trauern, sondern mich, mich selbst, mich Bedauernswerten, der ich sie nun nicht mehr hatte. Da wußte ich, daß ich gar nicht auf Tränen wartete, daß ich gar nicht weinen wollte. Weil Trauern etwas sehr Egoistisches ist, das wußte ich jetzt. Frühe Reflexionen eines Achtjährigen über den Tod, den frühen Tod einer gleichaltrigen Cousine.

Gesetzt, daß am vorweisbaren Lebenslauf so etwas wie die Narbnaht verhängten Geschicks und erfahrener Entfaltung abzulesen ist... So beginnt Dieter Hasselblatt eine Rückschau auf sein Leben, das am 8. Januar 1926 in Reval begonnen hatte. *Am Glint beim Anku Dranku – eine Kindheit in Estland* nannte er das Buch, in dem er sechs Jahre vor seinem Tod seine Erinnerungen quasi als fraktale Splitter eines funkelnd-chaotischen Kaleidoskops zusammengefügt hatte.

Der Glint, das ist die aus silurischem Kalkstein gebildete Steilküste Nordestlands, mit ihren *kleinen Höhlen und felsigem Klettergestein* ein *willkommenes Pirsch- und Stöbergelände* für einen abenteuerlustigen Jungen. Er erinnert sich an einen der Ausflüge in die Dunkelheit einer der größeren, touristisch nicht erschlossenen Höhlen und seine ersten Begegnungen mit Stalagmiten und Stalagtiten im Schein der Taschenlampe. Daß ihm Jahrzehnte später der Wiener Physiker Herbert W. Franke sein Buch über Höhlenforschung widmen sollte, konnte er nicht ahnen. Der ihm in sein Exemplar die Worte geschrieben hatte: »Vorstöße in die Tiefe – Vorstöße in die Zukunft – worin liegt der Unterschied?«

Freilich gehörten schon damals »Das Erbe der Uraniden«, »Der Brand der Cheops-Pyramide«, »Das stählerne Geheimnis«, »Lebensstrahlen« und andere Bücher Hans Dominiks zu seinen frühen Leseerlebnissen. Aus der Schülerbibliothek der Ritter- und Domschule zu Reval hatte er nach und nach alle dort vorhandenen Jugend-Abenteuerromane von Friedrich

Wilhelm Mader entliehen und voll Begeisterung verschlungen, *darunter auch »Wunderwelten«, 1911, im Jahr des Halleyschen Kometen erschienen, einen der ersten deutschsprachigen Science Fiction-Romane, wie ich erst sehr viel später wußte. Denn allgemein hält man ja außer Kurd Laßwitz und Hans Dominik die deutschsprachige Science Fiction der ersten Hälfte dieses Jahrhunderts, verglichen mit dem anglo-amerikanischen Sprachraum, für unterbesetzt. Mader bewältigt die Technik des Weltraumflugs mittels einer genial-phantastischen Antischwerkraftenergie. Die Reise führt zu den Planeten des Sonnensystems und über sie hinaus zum Nachbargestirn Alpha Centauri. Überall stoßen die Menschen auf Fremdrassige und Untiere, doch diese Begegnungen arten bei Mader nie in Zerstörung oder Kampf aus, sondern sind bei allem Wagemut und aller Abenteuerlust stets friedfertig und von Toleranz und Vertrauen in die Erkenntnisse der Naturwissenschaft geprägt. Während meines Studiums in Freiburg und Marburg stöberte ich in einem kleinen Antiquariat ein Exemplar auf und erwarb es. Fünfzig Jahre nach meiner Erstlektüre konnte ich einen großen deutschen Taschenbuchverlag davon überzeugen, daß die »Wunderwelten« tatsächlich eine Trouvaille waren. Es wurde mit den Illustrationen im reinen Jugendstil 1988 herausgebracht.*

In Auerbachs Kinderkalender für 1932 fand der kleine Dieter, der gerade mit Scharlach im Bett liegen mußte, einen Comic Strip, »Die Reise nach dem Mars«. *Ernst nehmen durfte und darf man solch einen naiven Science Fiction-Comicstrip nicht, aber schon damals enthielt so etwas alle Science Fiction-typischen Klischees der Science Fiction aus den zwanziger und beginnenden dreißiger Jahren. Die Marsbewohner sahen aus wie genmanipulierte Kreuzungen zwischen kralbewohnenden Afrika-Eingeborenen und gerupftem Vogel Strauß, die in einem Kauderwelsch zwischen Kisuaheli und Russisch sprechen. Das Fremde als Karikatur Kauzigkeit. Auf den ersten Blick ist dieses Fremde als kultur- und kolonisationsbedürftig zu erkennen. Wie oft würde ich in den Jahren danach bei meiner Beschäftigung mit Science Fiction darauf stoßen, daß das Fremde, Andersartige, das jemandem begegnet, nicht als Herausforderung*

zum Begegnungsabenteuer genommen wird, sondern als 1932 zirkusverdächtiges, sonst meist feindseliges bizarres monströses Unwesen. Auerbachs Kinderkalender habe ich erst Jahrzehnte danach durch Universitäts-Fernausleihe wieder in den Händen gehabt; denn als Besiegelung des überstandenen Scharlachs mußten alle Bücher, die ich im Bett gelesen hatte, im großen Kachelofen verbrannt werden.

An seinen Vater erinnert sich Dieter Hasselblatt, daß der auch im Alltag immer etwas Spielerisches unterbrachte: So pflegte er in der Küche die Streichholzschachtel nie mit der Hand aufs Sims zu legen, sondern sie mit elastischem Wurf aus nach unten hängendem gestreckten Arm hinaufzubefördern. Als ich anläßlich der Recherchen für mein Hörspielbuch im September 1985 mit Dieter in der Kantine des Bayerischen Rundfunks zusammengesessen habe, konnte ich halb staunend, halb belustigt zusehen, wie er offenbar gewohnheitsmäßig das Geld für die Bedienung Münze für Münze hochkant auf den Tisch stellte und das Wechselgeld in offenbar vertrautem Ritual in gleicher Weise arrangiert zurückbekam. Und seinen 65. Geburtstag umschrieb er so: *im 26. Jahr dieses Jahrhunderts geboren, also 13 x 2, und im 91. Jahr (= 7 x 13) werde ich 65 (= 5 x 13) – und die 13 ist die siebente Primzahl, so daß alles in spielerisch-mathematisierender Zerebralweise zusammenstimmt – oder?*

Überhaupt hatte Spiel, Spielen, Spielerisches in der Familie Hasselblatt einen hohen Stellenwert. Seine ganze Kindheit wurde von Spielen begleitet, Schreibspiele, Reimspiele, und irgendwann auch das Schachspiel, das ihm Papa beigebracht hatte. *Ich spielte und verlor und spielte und verlor ein ums andere Mal. Das hat mich immer sehr deprimiert und enttäuscht. Ich muß mir aber immerhin eine so passable Fertigkeit angeeignet haben, daß ich später beim Schachspielen in der engen Bibliothek der Domschule und noch später bei K.O.-Turnieren in der Gefangenschaft zu aller Verblüffung auf dem zweiten Platz landete.*

Fast 40 Jahre später inszeniert Hasselblatt für den Bayerischen Rundfunk Wolfgang Jeschkes »Der König und der Puppenmacher«, eine Art dreidimensionales Schach mit »Weiß«

und »Schwarz«: *Zerebrale Gymnastik, Schachspiel, ja, Spiel überhaupt und Science Fiction sind für mich ganz nah benachbart, weil es für mich die Möglichkeit gibt, mitzudenken und dabei sowohl meine reflektorischen wie meine Phantasiemöglichkeiten zu aktivieren. Was mich daran fasziniert, ist genau das, was mich an der heutigen Gegenwartsliteratur gelegentlich doch ein wenig frustriert und ärgert, daß ich da unter dem Stichwort Realismus und Beschreibung von Zuständen nur das wiederfinde, was ich ohnehin selbst vor Augen sehe aus unserem heutigen Gesellschafts- und Geschichtsaugenblick; und die Autoren, die mir diese Beschreibungsliteratur vorlesen, erwarten von mir eigentlich nichts anderes als die Richtigkeit dieser Beschreibung zu kontrollieren und zu bestätigen: hat der irgend etwas weggelassen, wenn er also die Situation von Frauen heute oder von Kraftwerken heute oder irgendwelchen Drogenmißbrauch heute beschreibt. Ich sehe nicht das Trampolin oder das Sprungbrett, von dem aus ich einen nächsten Sprung, einen Sprung über diese Zustände hinaus nehmen kann. Das ist es, was mich an Science Fiction, wo sie wie eine Schachaufgabe durchkalkuliert ist, fasziniert und fesselt.*

Der Vergleich zwischen Leben und Schach liegt nahe, läßt er 1980 in seinem Kriminalroman *Figurenopfer* einen Jungmanager und Katzenbesitzer reflektieren, *erst mal einfach weiterspielen, auch wenn man nicht gleich alles versteht. Erst mal weiterleben, wie immer, auch wenn man nicht alles versteht, was mit einem passiert.*

Einen letzten Blick auf die Fahne Estlands konnte er 1939 werfen – blau, schwarz, weiß, die Farben Estlands, die der junge Dieter für sich selbst deutete als das Inbild estnischer Winterlandschaft: der Mensch im schwarzen Fichtenwald unter blauem Himmel hinter flockig dichtem Schnee geborgen. Warum trägt keine Nationalfahne der Welt einen Menschen als Symbol? Jahrzehnte später hat er diese Idee wieder aufgegriffen: in seinem Roman *Zwei in der Unstadt,* der, 1995 erschienen, seine letzte Romanveröffentlichung sein sollte.

1939, weil in diesem Jahr die Baltendeutschen und so auch der dreizehnjährige Dieter ins gerade eroberte Polen verbracht wurden. Seit dem Estland von Stalin aufgezwungenen

Pakt und der Besetzung von Baltischport und Teilen des Revaler Hafens durch sowjetische Truppen wußten viele, daß es so kommen würde. *»Umsiedlung« nannten sie diese Maßnahme, als wären sie in Estland und Lettland siedelnde Leute gewesen, die nun irgendwo anders angesiedelt werden sollten.* So war es aber nicht: *Wir wurden aus der Revaler Wohnung zwangshinauskomplimentiert. Jeder durfte nur ein Stück Handgepäck mit sich haben und wurde schließlich in eine gerade von ihren polnischen Bewohnern zwangsgeräumte Wohnung in Posen eingewiesen.* Mit dem Auslaufen der »Ozeana«, einem »Kraft-durch-Freude«-Schiff des deutschen Reichs, am 9. November 1939 aus dem nächtlichen Revaler Hafen, war für Dieter die Kindheit zu Ende. *»Deutschland«, das große Land, dessen Sprache wir sprachen, ein Land im Krieg, ein Land mit Uniformen und Lebensmittelkarten, ein Land ohne das vertraute Estnisch auf den Straßen, in der Tram, in den Läden. Wo man sich nicht die Hand gab, wo man den gestreckten Arm hochriß, als messe die Handfläche die unsichtbare Höhe des Hochmuts, der jedes Händereichen erübrigte ... du mußt nicht alles verstehen, spiel erst mal weiter.*

Jahrgangstypische Stationen: Hitlerjunge, Wehrmacht, 1944–48 Kriegsgefangenschaft und Spätheimkehrer. Als deutscher Luftwaffensoldat und Bordfunker war er auch an der berühmten Enigma ausgebildet worden, der wohl raffiniertesten Verschlüsselungsmaschine des Zweiten Weltkriegs, die von den Engländern schließlich doch geknackt wurde. 1949 holte er sein Abitur nach, um schließlich in Marburg und Freiburg im Breisgau *gezielt unordentlich* quer durch die Geisteswissenschaften zu studieren, Volkskunde, Geschichte, mittelalterliche Kunstgeschichte, vergleichende Religionswissenschaften, vergleichende Literaturwissenschaft, Märchenforschung, Musikwissenschaft, Philosophie, Germanistik, um 1959, *als Arbeitsloser,* wie er ironisch anmerkte, über die *Struktur des Dichterischen bei Franz Kafka* zum Dr. phil. zu promovieren. *Zauber und Logik* nannte er eine daraus hervorgegangene Studie, die 1964 veröffentlicht wurde. Ein Titel, der ihm selbst gelten könnte, wie Christoph Lindenmeyer angemerkt hat. *Daß ich nach Umsiedlung, Soldatenzeit und Ge-*

fangenschaft, diesen Berührungs- und Einbruchstellen zwischen Geschichte und eigenem Schicksal, Literatur und Philosophie studieren würde und nicht zoologische Verhaltensforschung, wie ich es mir zeitweise erträumt und fest vorgestellt hatte, fand mich in einer eher überraschten, von meinen eignen Entscheidungen überrumpelten Verfassung.

Es folgten *zufällig unordentlich* Jobs und Tätigkeiten als Mühlenknecht, Waldarbeiter, Bauhilfsarbeiter, Rasierklingenhausierer, Kirchenchorleiter, Pianist in einer Tanzkapelle, Buchumschlags-Grafiker, Lehrer und Erzieher in einer Internatsschule und Gelegenheitsfilmschauspieler.

Ein wenig von der erträumten *zoologischen Verhaltensforschung* konnte er dann doch verwirklichen, als er 1969 aus freien Stücken seinen ganzen Jahresurlaub als Tierpflegepraktikant bei Prof. Grzimek im Frankfurter Zoo verbrachte. *Diese Episode war für mich wichtig und absolut spannend. Ich liebte es, jeden Tag aufs neue die Tiere zu beobachten und ihr Verhalten zu studieren.* Die Faszination für Tiere – *das Fremd-Geheime in uns* – begleitete Dieter Hasselblatt sein Leben lang und war Thema in vielen seiner Werke. *Tiere, immer waren es Tiere, die mich überraschten, so fremd und anders sie waren. Bevor ich schreiben konnte, habe ich Tiere noch und noch gezeichnet. Sie waren recht ungestalt, aber doch eindeutig und liefen meistens in einer Reihe hintereinander. Das lag an der Papiergröße, und Mama mußte über jedes Tier schreiben, welches es ist. Eines hieß und war auf mein Geheiß hin das »Hüpftier«.*

Im Frankfurter Zoo und auch später auf seinen Reisen nach Äthiopien, Südafrika und Madagaskar hatte er stets ein tragbares Uher-Tonbandgerät bei sich, mit dem er leidenschaftlich auf die Jagd nach Tierstimmen ging. Aus diesem Fundus entstand später *Zootage,* eine Reihe von rund drei Dutzend faszinierender Features für den SFB-Schulfunk sowie eine mehrstündige Soiree für den Südwestfunk unter dem Titel *Gottes barocke Marotten.* Tiere spielen auch die Hauptrolle in seinem 1988 erschienenen Suhrkamp-Textband *Marija und das Tier,* worin sich reale Tiere fröhlich mit den Ausgeburten des Hasselblattschen Bestiariums vermengen: Katzengazelle und

Gackeltrappe, Gabelracke und Schnappfummelprimse, Kurzfurzwurzelpurzler und Riesenschnurfüßler, Gelbhalsfrankoline und Klaffmösenzögler, Schrumpfhumpeljodler, Trauerdrongo und Quuurmp – denn was ist schon *wirklich in Wahrheit Wirklichkeit?*

Auch Koboldmakis gehörten zu Dieter Hasselblatts Pfleglingen im Frankfurter Zoo: *Faustgroß mit großen, starr im Kopf liegenden Augen, wie sie aus dem Sitz zwei, drei Meter z. B. an die Käfigscheibe springen, um eine Fliege zu fangen.* Der Koboldmaki war es auch, der ihm 1988 bei einem Interview als Vergleich diente für das Hörspiel, *das in dem Dschungel des pausenlosen Radioprogramms gelebt hat, lebt und überleben wird. Tarsius, der Koboldmaki, hat keine Feinde, denn in dem Dschungel des pausenlosen Programms ist der Feind des Koboldmakis Hörspiel nur das pausenlose Andere, das nebenbeihörbare Programm, nicht das Stille, das Nachdenkliche, Rätselvolle, Komische, Verrückte und das Phantastische.*

Im Elternhaus in Reval gab es noch kein Radio, *wohl mit deshalb, damit Schwester Dorrit und ich lieber und interessierter selber musizieren sollten, was wir ja auch gerne und fleißig übend taten.* Sein Patenonkel, genannt *Caba,* besaß zwar ein selbstgebasteltes Radio mit großem Antennenspulenaufsatz, das für Dieter eine absolute Attraktion war, aber das Drehen an den Knöpfen war ihm untersagt. Doch schon während des Studiums in Freiburg beteiligte er sich an einem Rundfunkarbeitskreis, und dieses erste Interesse mündete schließlich Anfang der 60er Jahre in eine mehrjährige Tätigkeit als freier Kritiker und Hörspiel-Lektor beim Südwestfunk. In diese Zeit fallen auch seine ersten Essays und Prosatexte.

Seine Karriere beim Rundfunk begann 1963, als er mit 37 Jahren die Hörspielredaktion beim erst kurz zuvor gegründeten Deutschlandfunk in Köln übernahm. Der Deutschlandfunk, nach der Deutschen Welle zweiter Auslandsrundfunk der Bundesrepublik und als Sprachrohr der Bundesrepublik in Richtung DDR und Ostblock konzipiert, hatte, von Ausnahmen abgesehen, keine eigene Hörspielproduktion und beschränkte sich auf Ausstrahlungen von Übernahmen. Das setzte aber voraus, in besonderem Maß über das Hörspielangebot der ARD-Anstalten informiert zu sein, weshalb Hasselblatt ein Karteikartenarchiv ins Leben rief, in dem er akribisch jede ARD-Produktion, jeden einzelnen Sendetermin erfassen und durch Rezensionen aus Zeitungen ergänzen ließ. Dieses Archiv ist im Lauf der Jahrzehnte zu einer gigantischen, in ihrer Art einmaligen Dokumentation angewachsen und stellt bis heute eine unschätzbare Informationsquelle für Medienrecherchen dar, die weit über die vom Deutschen Rundfunkarchiv gesammelten Informationen hinausgeht. Noch heute kann man auf Hunderten dieser Karteikarten ad hoc entstandene, handschriftliche Notizen und Anmerkungen von Dieter Hasselblatt finden, die auf manch kurzweilige, hin und wieder freilich auch verdrossen abgebrochene Abhörstunde schließen lassen und sich wie pointierte Kurzkritiken lesen. Hier im Deutschlandfunk konnte Hasselblatt erstmals die von ihm hoch geschätzte Science Fiction – *geistiges Training für die Begegnung mit Unerwartetem* – einem breiten Publikum außerhalb des Ghettos vorstellen und salonfähig machen, was er auch durch einführende Essays, Nachworte, begleitende Diskussions- und Gesprächsrunden zu vertiefen suchte. Allein beim DLF konnte er in nur zehn Jahren über 100 Sendetermine für Science Fiction-Produktionen reservieren, in denen er Autoren wie Aldiss, Asimov, Bradbury, Harrison, Heinlein, Hoyle, Sheckley, Wyndham vorstellte, vor allem aber auch Lem, Strugatzkij, Behrens, Dürrenmatt, Hey, Kasper, Fassbinder, Franke, Koser, Mudrich, Scholz, Zahlten und viele andere. Die meisten Termine fielen in die Zeit ab 1969. Das ganze Jahr 1970 stand im Zeichen der Science Fiction (über 30 Samstag-Nacht-Termine um 1.20 Uhr), und auch im Juni 72, Januar 73 und Juli 74 (12 bzw. 14 bzw. 10 Termine) war jeweils ein ganzer Monat für die Science Fiction reserviert. Daß Hasselblatt wirklich Interesse geweckt hatte, beweist die 1974 fertiggestellte Staatsexamensarbeit »Science Fiction als Radiospiel« im Fachbereich Neuere deutsche Literaturwissenschaft der Universität Heidelberg, in der Marie Helga Schwarz (damals Sack) das Science Fiction-Hörspiel am Beispiel der Aktivitäten des Deutschlandfunks und des Süddeutschen Rundfunks,

Sendestelle Heidelberg-Mannheim, erstmals zum Gegenstand einer wissenschaftlichen Untersuchung machte.

Schon in seinen frühen Jahren beim Rundfunk erkannte er, daß es eine Affinität zwischen Science Fiction und Hörspiel gibt, und er vertrat diese Überzeugung immer wieder vehement, selbstbewußt und auch provokativ in zahllosen Publikationen, Diskussionen und Funkessays. *Hörspiel und Erzählung sind die angemessensten Präsentationsweisen für Science Fiction. Die Möglichkeit des Hörspiels liegt darin, daß der Zuhörer frei ist, sich in seiner Phantasie den Spielraum und die in diesem Spielraum handelnden Figuren selbst auszudenken, ja, zu schaffen. Die dramaturgischen Stilprinzipien des Hörspiels entsprechen denen der Science Fiction: Realismus zwischen Information und Unterhaltung in der Darstellung, Fiktion, Kalkül in der Anlage. Das Freisetzen von Phantasie charakterisiert sowohl die Science Fiction als auch die Radioverfahrensweise Hörspiel. Mehr als Film, Fernsehspiel oder Fernsehserie – für eine ermüdete Phantasie oder ein träge gewordenes Denken gemacht – braucht das Hörspiel die Phantasie des Zuhörers. Wo der Film Eindeutiges serviert, kann das Hörspiel andeuten. Wo sich der Film mit Bildern drastischer Realität anbiedert, die Phantasie blockiert, kann das Hörspiel sich darauf beschränken, nicht anzubiedern, sondern anzubieten.*

Hörspiele, die er besonders schätzte und die er wiederholt als Musterbeispiele gut gemachter Science Fiction im Radio anführte, waren »Daisy Day« von Hermann Ebeling (SDRH 1968) und »Ausbruch« von Heinz-Joachim Frank (SDRH 1973), Preisträger im 1972 von SDR und WDR ausgeschriebenen Hörspielwettbewerb. Hier hatte es ihm besonders die kleine Szene angetan, in der die Wissenschaftler in einem vermeintlichen Tiefsee-U-Boot erstmals Verdacht schöpfen, in Wahrheit nur Simulationen ihrer selbst zu sein, als einer von ihnen feststellt, daß Seifenblasen nicht schillern und Kristalle nicht richtig kristallisieren. Solche Details faszinierten ihn. *Erst jetzt beginnen wir zu verstehen, wie ja auch das Kristall in der übersättigten Lauge erst durch eine plötzliche Erschütterung zum klar strukturierten Gefüge zusammenschießt,* schrieb er später an ganz anderer Stelle. Ironie am Rande: Genau diese

Szene hielt ein Redakteur – Gedankenlosigkeit oder Ignoranz? – für so bedeutungslos, daß er gerade sie anläßlich einer für eine Übernahme notwendig gewordene Kürzung kurzerhand herausschnitt ...

Zum Übergang von einer reproduzierenden zu einer produktiven Förderung des Science Fiction-Hörspiels kam es 1974, als Dieter Hasselblatt zum Abteilungsleiter Hörspiel beim Bayerischen Rundfunk in München berufen wurde. Jetzt endlich konnte er nicht nur auf Vorhandenes zurückgreifen, jetzt konnte er selbst als Dramaturg, Redakteur und nicht selten auch Regisseur genau die Art von Science Fiction realisieren, wie sie ihm als Ideal vorschwebte. Wer, selbst unter Verächtern der Gattung, könnte es ihm verdenken, wenn er von dieser Möglichkeit exzessiv Gebrauch gemacht hat! Wenn Christoph Lindenmeyer in seinem eingangs erwähnten Nachruf von einer »Ära Hasselblatt« spricht, dann zielt er damit keineswegs allein auf die Science Fiction ab – bei einem solch vielseitigen Menschen wie Hasselblatt war auch diese nur eine von vielen Facetten seiner künstlerischen Produktivität –, aber er drückt damit eben auch das aus, was viele Freunde der Science Fiction und des Science-Fiction-Hörspiels genau so empfunden haben. Von den Aktivitäten des SDR-Studios Heidelberg abgesehen wurden nie zuvor so viele und dennoch qualitativ so anspruchsvolle Science-Fiction-Hörspiele gesendet wie während der »Ära Hasselblatt«: in einer Zeitspanne von nur 13 Jahren rund 175mal (etwa ein Viertel davon Ursendungen)! Man vergleiche: in den 24 Jahren bei DLF und BR gab es rund 275 Science Fiction-Termine, während der SDR Heidelberg es in 25 Jahren auch nur auf 297 Sendetermine (davon freilich, konzeptionsbedingt, drei Viertel Ursendungen) brachte. In den SF-Produktionen im engeren Sinn, die unter und mit Dieter Hasselblatt entstanden sind, waren Autoren wie Alfred Behrens, Peter Scholz, Herbert W. Franke, Konrad Fiałowski, Wolfgang Hildesheimer, Ulrich Horstmann, Karel Čapek, Eva Maria Mudrich, Max Kruse, die Brüder Strugatzkij, Douglas Adams, Philip K. Dick, Ursula K. LeGuin vertreten. Hasselblatt gebührt das Verdienst, Stanisław Lem in Polen buchstäblich überredet zu haben, erstmals und exklusiv für den Rundfunk zu schreiben (»Die Mondnacht« und »Professor Tarantogas Sprechstunde«), er hat mit der Funkfassung von »Der König und der Puppenmacher« nicht nur eines der besten und vertracktesten Science Fiction-Hörspiele überhaupt realisiert, sondern den stets überarbeiteten Wolfgang Jeschke dauerhaft als Hörspielautor gewonnen, hat erstmals »The War of the Worlds« in der amerikanischen Originalfassung in Deutschland gesendet und allen organisatorischen, rechtlichen und finanziellen Schwierigkeiten zum Trotz Douglas Adams' »The Hitch-Hiker's Guide to the Galaxy« in einer Adaption nach Deutschland geholt, er hat Herbert W. Franke zu dessen besten SF-Hörspielen animieren können, mit Autorinnen wie Rosemarie Voges oder Rosemarie Nell-Liebenfels Frauen in eine Männerdomäne einbrechen lassen und Carl Amery, den Literaten und streitbaren Katholiken, zu einer ganzen Trilogie von Science Fiction-Hörspielen ermuntern und verpflichten können. Amery erinnert sich: »Dieter Hasselblatt hat logischerweise gerade den Zweig des Hörspiels vorangebracht, der aus der Literatur den jammervoll ungenauen und abweisenden Titel ›Science Fiction‹ übernommen hat. Er und ich waren der Überzeugung – und ich bin es heute noch daß es kein Genre gibt, in dem diese Variante der Literatur besser aufgehoben ist als im Hörspiel. Aufgehoben im doppelten Wortsinn: geborgen und auf sein höchstes Niveau gebracht. Besser als er hat wohl keiner formuliert, wie adäquat gerade die Hörspielform dem spekulierenden Ingenium entgegenkommt; nicht nur, weil es den ganzen Pappdeckel- und Plastikkulissenzauber des SF-Films total entbehren kann, sondern weil die Quote an Mitarbeit, die es vom Zuhörer fordert, höher ist als die des Lesers wie die des Glotzers. Und weil, um auch dies gleich zu erwähnen, die öffentlich-rechtliche Radio-Atmosphäre an und in dieser Sparte gerade in der Bundesrepublik sehr günstig war.«

Was er dem »Pappdeckel- und Plastikkulissenzauber« entgegenzusetzen hatte, stellte Hasselblatt auch praktisch unter Beweis, da er es sich nicht hat nehmen lassen, zusätzlich zu seiner Auslastung als Redakteur und Dramaturg in über fünfzig Produktionen selbst Regie zu führen. Allein 13 Science

Fiction-Hörspiele hat er inszeniert, darunter solche Meilensteine wie »Der König und der Puppenmacher« nach Wolfgang Jeschke, »Signale aus dem Dunkelfeld« von Herbert W. Franke, »Die Mondnacht« von Stanisław Lem, »Olympia Männertrost« von Rosemarie Voges, »Stempel in meinem Fleisch« von Rosemarie Nell-Liebenfels oder »Die Lotosesser« nach Stanley G. Weinbaum.

Und immer wieder bemühte er sich darum, die Science Fiction aus ihrem Ghettodasein herauszuführen. In unzähligen Interviews und Diskussionen holte er Stanisław Lem, Herbert W. Franke, Carl Amery, Wolfgang Jeschke oder den Literaturwissenschaftler Darko Suvin vors Mikrofon, um gemeinsam mit ihnen über deren Werke und die Möglichkeiten und Chancen von Science Fiction und Hörspielen zu sprechen.

1983 bat die Fachzeitung »Funk-Korrespondenz« Dieter Hasselblatt um einen Beitrag über das Science Fiction-Hörspiel. Neben seinen bekannten Thesen warf Hasselblatt seinen Kollegen in den Funkhäusern vor, Radio und Fernsehjournalisten rekrutierten sich vornehmlich aus der abendländisch-künstlerisch-traditionellen Ecke und dem aktuell-politisch-tagesjournalistischen Bereich, während Naturwissenschaften, Wissenschaft überhaupt, zu kurz kämen, so daß sich im Radio- und Fernseh-Programmalltag ein Übergewicht an Schöngeistig-Kulturellem sowie Pragmatisch-Tagespolitischem ergäbe. *Vernachlässigt wird (...), daß die Ingenieure bei uns die größte Berufsgruppe mit Qualifikation sind, und die Ingenieure sich weder für Politik noch für Kunst und Kultur, aber sehr wohl für Denksport, Schach, Spiele, Science Fiction, crime-stories interessieren. Nimmt man dazu die Datenprogrammierer, die Feinmechaniker, die in technisch-technologischen Ressorts arbeitenden Mitbürger, dann ist absolut ersichtlich, daß wir diese potentielle Zielgruppe seit zweieinhalb bis drei Jahren unterbeliefern. Ja: vernachlässigen.* [Ende 1981 war die Heidelberger Sendereihe »Science Fiction als Radiospiel« zum erstenmal eingestellt worden.] *Das medienpolitisch skandalöse Faktum der ersatzlosen Streichung einer seit 1967 regelmäßig laufenden SF-Hörspiel-Reihe ist medienpublizistisch überhaupt nicht wahrgenommen und deshalb auch nicht journalistisch quittiert worden. (...) Aber da die Journalisten (auch in gehobenen Positionen) unserer Anstalten öffentlichen Rechts aus der aktuell-politischen oder aus der abendländischen-schöngeistigen Ecke stammen, fällt als erstes so etwas wie Science Fiction dem Rotstift zum Opfer. Weil man davon nichts versteht und nichts glaubt verstehen zu müssen.* Und Dieter Hasselblatt schloß seine Ausführungen in der Funk-Korrespondenz: *Für eine solche Haltung, eine solche Einstellung zur Welt mit ihren Bedrohungen, Konflikten und Fatalitäten ist Science Fiction, wo sie nicht unter ihre eigenen Optimierungs-Chancen geht, die angemessenste, die plausibelste Antwort. Im Sinne von Denk-Abenteuer, Spannungs-Story, Trend-Entfaltung und Modell-Konstruktion für Losungsangebote. Gegenüber der oft öden Schlichtheit der vermeintlich realistischen Problem-Hörspiele – wo der Deutlichkeit der Abbildung die Undeutlichkeit der Thematik entspricht – verzetteln sich SF-Hörspiele leider immer wieder in pseudo-technischem Kauderwelsch-Vokabular und apparateversessenem Remmidemmi. Dennoch kann im SF-Hörspiel allerlei radiophonisch präsentiert werden, was in SF-Texten und erst recht SF-Filmen nicht annähernd so eindringlich und reflexionsauslösend stattfindet.* Wie zu erwarten, rief diese eigenwillige Mischung aus Plädoyer und Apologetik rasch Gegner auf den Plan. Während der damalige NDR Hörspiel-Chef Heinz Hostnig Hasselblatt insoweit recht gab, als das zeitgenössische Hörspiel von den tiefreichenden Veränderungen im wissenschaftlichen Denken der Gegenwart erstaunlich wenig Notiz genommen habe, und nur vor der Konstruktion eines Gegensatzes zwischen SF und literarischem Hörspiel warnte, antwortete Dieter Hirschberg, seinerzeit SWF-Hörspieldramaturg und selbst Verfasser zweier hervorragender SF-Kurzhörspiele, erstaunlich unqualifiziert, indem er zwischen der Konjunktur des gewiß nicht diffamierten SF-Films und dem Schattendasein der Science Fiction im literarisch geprägten Hörspiel keinen Unterschied sehen zu vermögen vorgab, sich dagegen verwahrte, so etwas wie einen Spielberg-Boom im Hörspiel zu erleben, damit kokettierte, daß er Däniken, Tessier, Lucas und Spielberg unter SF subsummierte und im übrigen behauptete, das Angebot an brauchbaren SF-Hörspielen sei nahe Null. Was wiederum Herbert W. Franke zu einer Replik veranlaßte, in der er Hasselblatt zustimmte und ergänzte, Literatur erfülle ihre Rolle als Mittel der Kommunikation nur unzureichend, wenn sie sich auf seelische Nabelschau, wehleidige Selbstdarstellung oder Bejammerung herrschender Zustände - Blickrichtung rückwärts - beschränke, und Dieter Hirschberg vorhielt, bei der Suche nach guter SF zu kapitulieren, der doch, da es mühsam sei, die Stecknadel im Heuhaufen zu finden, lieber gleich ganz auf die Suche verzichte. Es bedarf wohl doch mehr als nur passiven Sichtens eingehender Manuskripte, um ein Radioprogramm mit solchen Spitzenwerken zu bereichern, wie Dieter Hasselblatt es getan hat ...

Im Februar 1985 war er es, der auf der Tagung der ARD-Hörspielleiter in Hamburg einen SF-Pool anregte, eine systematische Erfassung aller Science Fiction-Hörspiele. Dieser Initiative ist es zu verdanken, daß während der nächsten acht Jahre die Dokumentation »Science Fiction im Hörspiel 1947–1987« entstehen konnte, die dann 1993 vom Deutschen Rundfunkarchiv in Frankfurt als Buch herausgegeben wurde.

Als »Fan« hat er sich freilich nie gesehen, und sicher hätte er sich dagegen verwahrt, als solcher tituliert zu werden. Geschmäcklerisches Sektierertum lehnte er ab, für Fangehabe jedweder Ausprägung hatte er nichts übrig, und »Rhodan«, »Enterprise« und verwandte Machwerke gehören seiner Meinung nach *zu den ärgerlichsten und törichtsten SF-Varianten: Weltall- Western, intergalaktisches Remmidemmi, lächerlicher technologischer Mummenschanz und kaum Denkmodelle oder Gesellschaftsentwürfe für die Zukunft. Kein Wunder, daß Science Fiction bei uns von vielen ernsthaften Leuten verächtlich als nicht in Betracht kommend abgetan wird.* Der eine oder andere wird sich noch lebhaft an seine Auftritte, Informationsgewittern gleich, bei Veranstaltungen der SF-Szene erinnern, in denen Hasselblatts vehementes, kenntnisreiches Eintreten für das Genre, verbunden mit schroffer Ablehnung jeglichen geschmäcklerischen Fan-Gehabes immer für Aufsehen sorgte. Und sich manch einer den Vorwurf gefallen lassen mußte, daß gerade unter SF-Fans das SF-Hörspiel offenbar unbeachtet bleibe. Rückblickend schade und ein wenig beschämend, daß Hasselblatt sich ausgerechnet unter SF-Fans gezwungen sah, das Science Fiction-Hörspiel verteidigen zu müssen. Ein Leserbrief von 1983 an die Redaktion der »Andromeda Nachrichten« belegt, wie Hasselblatt sich für das SF-Hörspiel stark machte, machen mußte: *... sehr einverstanden mit der redaktionellen Gestaltung bin ich nicht. Dies vorab wegen der Überbewertung und Überbetonung der ›print-matters‹. Die – ich weiß es – natürlich bequem für printmatter-sammelnde Fans sind ... Aber in Sachen Innovation und außer-angloamerikanischer Science Fiction wenig auf dem Weg zu einer heutig-künftigen Science Fiction bringen. Dazu muß ich die Erwähnung meines SF-Hörspiels im RIAS und in Radio Bremen als ein wenig dürftig einschätzen – verglichen mit allen möglichen anderen Ausführlichkeiten in Sachen print-matters im übrigen Heft. (Zu Eurer Deutsch-Grammatik-Kenntnis erlaubt mir die Korrektur: Es heißt nicht ›... des Autoren ...‹, es heißt korrekt ›... des Autors ...‹). Das eben ist es, warum SF immerzu von der Hochliteratur, von der Literaturliteratur, nicht ernst genommen wird: weil bei der SF und den SF-Fans die simpelsten Kenntnisse der Rechtschreibung, der Grammatik, des Stils fehlen. Schreiner – ich darf, ganz klein und bescheiden, anmerken, daß ich eine abgeschlossene Schreinerlehre habe – müssen einen vierbeinigen Tisch so schreinern können, daß er nicht wackelt; wobei sie genau wissen, daß ein dreibeiniger Tisch gar nicht wackeln kann, ... das aber ist es! (...) Warum hört keiner der SF-Fans SF-Hörspiele?*

1986 war es Dieter Hasselblatt, der sich an Uwe Luserke, den damaligen Treuhänder des Kurd Laßwitz-Preises, wandte: *Seit Jahren ärgert es mich und verdrießt mich, und nicht nur mich!, daß der Kurd Laßwitz-Preis ein Preis ist, der ausschließlich der Selbstbeweihräucherung der Printmedien dient. Ich befürworte dringend und beantrage hiermit, und weiß mich damit z. B. mit Wolfgang Jeschke vom Heyne-Verlag einig, daß künftig die einzelnen Sparten deutscher SF-Film* [!] *und deutsches SF-Hörspiel (inklusive Regie) auf die Nominierungsliste kommen müssen.*

Spät erst erfuhr er dann selbst die längst überfällige Anerkennung: 1986 wurde er für seine Verdienste um das Science Fiction-Hörspiel mit dem Kurd Laßwitz-Preis ausgezeichnet.

Kaum bekannt ist, daß Dieter Hasselblatt auch selbst komponiert hat. Wer sich an »Der König und der Puppenmacher« erinnert, dem fällt unwillkürlich jene kleine Spieluhrmelodie ein, die sich wie ein roter Faden durch das Hörspiel zieht. Dieses Leitmotiv, von Hasselblatt selbst auf dem Cembalo gespielt und danach elektronisch verfremdet, charakterisiert eine mechanische Puppe, über die Wolfgang Jeschke sagt, Spielfiguren und Zeitreisegeschichten hätten etwas gemeinsam: »... sie scheinen zwecklos, sie drehen sich im Kreis und haben ihren Sinn nur in sich selbst.« Auch die Musikakzente in »Stempel in meinem Fleisch« und dem Kurzhörspiel »Geburtstagstelex aus dem Orbit«, beide von Rosemarie Nell-Liebenfels, stammen von Dieter Hasselblatt. Die Wurzeln seiner musikalischen Neigung, der seine eigenen Kinder eine ganze Sammlung von Kinderliedern verdanken, waren unausrottbar im Elternhaus in Reval gepflanzt worden. *Musizieren geschah nicht nur, indem Papa sonntags das Grammophon aufzog, vorsichtig Nadeln in den Abspielarm einschraubte und Schuberts Forellenquintett, Webers Aufforderung zum Tanz, Liszts zweite ungarische Rhapsodie, Johann-Strauß- und Lehár-Walzer auflegte. Auch Mama ließ musikantisches Spielen in fröhlicher Selbstverständlichkeit für uns Kinder zum Mitmachvergnügen werden. Das war die Zeit, als ich, noch längst nicht so weit, vor Besuch vorspielen zu können, wie gut oder eher mäßig ich Klavier spielen konnte – mehr über die leichten Schumann-Stücke und die einfachsten Bach-Präludien stöhnte, als z. B. schon mit einem Schubert-Impromptu oder einem Chopin-Prelude Effekte einzulegen. – Moll, das liebte ich besonders. Dur, immer ein bißchen langweilig vor lauter Selbigkeit und geradgenauer Nichtabweichung, wohingegen Moll mir so lebendig schien mit dem Ineinander und Nacheinander von dem einen und dem anderen. Moll, dieses Ineinander von Modulation in dieselbe Tonart, da weicht etwas in sich von sich selbst ab, um doch bei sich zu bleiben; verführt von Chromatik zurückgeführt zur eigenen Moll-Linie. Moll ist Lebendig-*

keit, Dur nur das Leben. Darum mochte ich schon immer Bach, Schubert, Chopin und mochte wie Papa Bizets »Carmen«, Brahms »Ungarische Tänze« und Sarrasates »Zigeunerweisen«. Richard Wagner und dessen Musik hat er übrigens immer abgelehnt.

Kaum zu glauben, daß ihm neben allen seinen Tätigkeiten immer noch genügend Freiraum für eigene Aktivitäten blieb. Er verfaßte eine kaum zu überschauende Zahl von Essays über Hörspiel, Science Fiction, Krimis, Gesellschaftsspiele, Schlager, Reisen, Zoos, Katzen und Lyrik. Er schrieb Romane, Krimis, Erzählungen, Novellen, Märchen (z. B. der wunderschön bibliophil aufgemachte Band *Die Beiden, der Bunte und die Steinerne Stadt,* 1995 erschienen), Spiele-Kritiken (er war Gründungsmitglied der angesehenen Jury »Spiel des Jahres«, viermal wurde er mit dem Bamberger Preis der AG Spielzeug e.V. ausgezeichnet) und Reiseberichte anläßlich verschiedener Studienreisen in die Tschechoslowakei, nach Äthiopien, Polen, Israel und Südafrika. In welchem Bücherschrank steht nicht sein Sachbuch *Grüne Männchen vom Mars – Science Fiction für Leser und Macher* – genau analysierendes, kritisch-relativierendes und damals sicher einzigartiges Standardwerk aus dem Jahr 1974 (1. Preis des SFCD). Im selben Jahr versuchte er als Herausgeber einer SF-Paperback-Reihe im Stuttgarter Thienemann-Verlag, deutschsprachige Science Fiction zu fördern, indem er Autoren wie Eva Maria Mudrich, Herbert W. Franke und Horst Zahlten überredete, ihre Hörspiele in Erzählungen umzuarbeiten.

1984 gehörte er mit der Herausgabe des Essay-Bandes *Orwells Jahr – Ist die Zukunft von gestern unser heute?* zu den ersten, die dem Orwell-Jahr Tribut zollten. Interessant unter vielen Beiträgen namhafter zeitgenössischer Schriftsteller auch sein eigener Artikel *Genaueres Zwiedenken,* in dem er dem im Roman »1984« eher pejorativ geschilderten Zwiedenken überraschend positive Aspekte in dem Sinn abzugewinnen vermag, daß aus Thesis und Antithesis eine alle Wahrheiten vergegenwärtigende Synthesis erwachsen kann, Zwiedenken also verstanden nicht als verwerfliches Lügen, sondern als Möglichkeit, *vielmehr sein Verhalten in jeder Situation gemäß der Einsicht in die vielfältige Widersprüchlichkeit von ›Wahrheit‹ auszurichten, Widersprüchlichkeiten auszuhalten* und in *vertretbares Handeln umzusetzen.*

Wie ja überhaupt der genaue und doch liebevoll-spielerische Umgang mit Worten in ihrer Wörtlichkeit, ihrem oft verschütteten, manchmal mehrdeutigen Sinngehalt bezeichnend ist für alle Publikationen des Sprachdelektisten Hasselblatt, der mit dem Satz *Worte sind die Sprunggelenke des Känguruhs Sprache* im *Glint*-Buch sogar den Aphorismus-Preis der Gesellschaft für deutsche Sprache in Wiesbaden zuerkannt bekam. *Bei Lyrik braucht es nicht bloß eines interessanten Gedankens, sondern es braucht die Geheimnisdimension des Sagens und Aussprechens* – ein weiteres Beispiel Hasselblattscher Formulierfreude, oder, in Erinnerung an die fremden Schriftzeichen bei einem Besuch in Tel Aviv, die auf ihn *wie enharmonische Eingemeindung von Grafik und Schrift* wirkten, und über das Klavierspiel eines Freundes im Elternhaus in Reval wußte er zu berichten: *...wie seine Finger aus dem großen Block Stummheit silbern sprühende Kaskaden splittern ließen und wie dann dieselben Hände helle Akkorde in das sanft perlende Trauerblau vertraut genauer Tonreihenrätsel hämmerten.*

Seit 1972 hatte er Lehraufträge für Trivialkommunikation und Hörspieldramaturgie an der Ruhr-Universität Bochum und an der Universität München. 1972, als er in der Volkshochschule Köln mehrere Trimester lang Kurse über Science Fiction hielt, hatte der Süddeutsche Rundfunk, Heidelberg, zusammen mit dem Westdeutschen Rundfunk gerade sein Preisausschreiben für Science Fiction-Hörspiele ausgeschrieben. Hasselblatt entwickelte mit acht seiner Hörer, durchweg interessierte Laien aus den unterschiedlichsten Berufen ohne jede schriftstellerische Erfahrung, für dieses Preisausschreiben das Hörspiel *Best-Best.* Thema ist *normabweichendes, deviantes Verhalten; die Spannung zwischen dem reflektierenden, kritischen Einzelnen und den normierten, uniform ablaufenden Gesellschaftsprozessen.* Ein Krimineller der Gegenwart wird in eine zukünftige, zentral gesteuerte Gesellschaft versetzt, deren Mitglieder sich in Spielen und Träumen ergehen und weder Pflichten noch Aggressionen kennen. Als er einem von ihnen dessen vermeintlich wertvolles Armband raubt, beginnt der Bestler, steuerlos geworden, zu reflektieren, verliert die Lust an *Emotio-Träumen* und *Spielwaben* und erfährt eine nie gekannte Freiheit des Handelns, Denkens und Fühlens. Unter den 243 eingereichten Manuskripten erhielt *Best-Best* keinen Preis, wurde jedoch zwei Jahre später vom Südwestfunk produziert und gesendet. Dieter Hasselblatt erinnert sich, anfangs *skeptisch und neugierig* zugleich gewesen zu sein. Doch auch ihm als Moderator und Mentor habe die Arbeit in der Gruppe viel gebracht, nicht nur über das Machen von Hörspielen – als ob er das nicht schon gewußt hätte! –, sondern auch über *gruppendynamische, gruppenpsychologische und situationstaktische Zusammenhänge.* So erinnerte er sich zum Beispiel, daß es für das Finden des Begriffs *Schlupfo* eines ganzen Abends bedurfte. *So viel Mühe hat sich ein Laienautorenkollektiv gemacht, um ein einziges Wort zu formulieren, ein Wort, das eigens gefunden und erfunden werden mußte, das es bis dahin noch nicht gab!*

Und – natürlich! – schrieb er Hörspiele. Zwei Dutzend wurden realisiert, allein 14 waren Science Fiction-Hörspiele. Darunter sechs Funkbearbeitungen: Lem: *Testflug* (WDR 1974), Fialkowski: *Die fünfte Dimension* (BR 1975), Silverberg: *Absolut unnachgiebig* (SDRH 1976), Weinbaum: *Die Lotosesser* (BR 1977), Capek: *R.U.R.* (BR 1978) und Fialkowski: *Dichtermatinee* (BR 1983); vor allem aber acht Originalhörspiele, in denen er ausgiebig Gelegenheit hatte zu demonstrieren, wie er mit den Möglichkeiten des Genres umzugehen wußte und was er sich unter alternativen Denkmodellen vorstellte. 1970 entstand *SCDAEIOUY – oder: Unterstelltes Ergebnis unzutreffend* (SR 1972), das er gemeinsam mit Hanns Kneifel verfaßte. 1976 ist daraus dann der Roman *Quick-check – Menschen sind ungeeignet* hervorgegangen, den er in der von ihm betreuten Reihe bei Thienemann unter dem Pseudonym *Peter Zweydorn* veröffentlicht hat. Obwohl *SCDAEIOUY* mit dem Kontakt menschliche – nichtmenschliche Intelligenz zunächst vertrauten Science Fiction-Mustern zu entsprechen scheint, entwickelt sich schnell eine psychologisch bedrängende, demütigende Situation, welcher der Mensch mit Planspielen zu begegnen sucht und in der sich am Ende gerade die Summe seiner psychischen Defekte überraschend als Stärke erweist.

Der Mensch als Spielball nichtmenschlicher Intelligenz, *NMI,* ist auch Thema in *Modelle Delphin, Hiob, Säurebad usw.* (SWF 1984), nur ist hier der Kontakt zur Simulation, das Planspiel virtuell geworden. Ein Jahrzehnt vor der Markteinführung des ersten Personal Computers der Welt entwickelte Hasselblatt ein Szenario, das in einer virtuellen Welt spielt und das man heute als »Cyberspace« bezeichnen würde. NMI, das sind für Hasselblatt nicht jene grünen Männchen vom Mars, sondern das »Ganz Andere«, Tierwesen, mythologische Gestalten, ganze Symbiosen, ja sogar Naturgesetze. Die bedingungslose Auslieferung an diese Konfrontationsmodelle aus dem Erfahrungsschatz der Menschheit führen die Testperson in der Begegnung mit der Fremdheit seines eigenen Ichs zu einer psychologischen Extremsituation von solchem Ausmaß, daß sie kollabiert. Das gleiche Thema, jedoch als Krimi umgesetzt und mit durchaus abweichendem philosophischen Hintergrund, verwendet Hasselblatt in *Modelle Kirke, Kleistbär, Heisenberg usw.* (BR/RB 1974, im Jahr darauf mit dem ersten Preis des SFCD ausgezeichnet). Hier ist es nicht die psychische Belastung, die zum durch einen Kommissar aufzuklärenden Tod des Probanden führt, sondern gerade das Abschalten durch einen Koordinator und damit das jähe Herausgerissenwerden aus einem Zustand nie dagewesenen Glücksgefühls genau in dem Augenblick, als der Proband aus der Konfrontation in einen Dialog mit dem Trainingsprogramm eintritt und aus den ausweglosen Anpassungs- und Bewältigungszwängen einen Ausweg für sich selbst gefunden hat – *von Zwietracht und Einfalt zu Zwiefalt und Eintracht.* Auf den Einwand, die Rasanz des Handlungsablaufs und die vielen Metaphern könnten einen ungeübten Hörer erfordern, konterte er: *Ein Hörspiel ist nicht ein Stück Text, den man beliebig verlängern kann, um ihn dann von Verlagen so drucken lassen zu können, wie der Autor selbst es mag. Ein Hörspiel kann nur in einer bestimmten Sendedauer untergebracht werden, und je länger eine schwierige, problematische Hörspielsendung den Hörer anfordert, fordert, desto geringer sind die Chancen, daß der Hörer aufmerksam dabei bleibt. Andererseits würde ich bitten, den Vorwurf zu überdenken, ob die ›Rasanz‹ den Hörer überfordert. Welchen Hörer? Den normalen Science Fiction-Fan? Der offenbar in nicht-denkerischen unrasanten Zusammenhängen ›emotional baden‹ möchte? Science Fiction kann nur dann okay sein, wenn sie die Dimensionen der Reflexion so kräftig und so intensiv wie irgendmöglich einsetzt, und also auch beim Rezipienten voraussetzt. Nein, nein, keines dieser Hörspiele dürfte um die Hälfte, nicht um eine Minute länger sein! Da rechnen Sie mit Hörern, die ich eigentlich nicht erreichen will: den fernseh-verwöhnten nicht nachdenkenden in den Sessel zurückgelehnten Unterhaltungskonsumenten ...*

Beide Hörspiele sind 1972 während einer mehrwöchigen freiwilligen Klausur entstanden, als Dieter Hasselblatt zu Gast im Kloster Ettal war – eine sehr kreative Zeit in seinem Leben, in der auch *Besessen vom Wie* und *Flash-back Fleifleisch* entstanden sind. Auch in diesen beiden Hörspielen spielt das psychische Erleben von Glück und ein neues Gesellschaftsverständnis eine zentrale Rolle. So ist die Einsicht, daß Gesellschaft eben nicht immer nur die anderen sind, auch das zentrale Thema in *Flash-back Fleifleisch* (HR 1975). Obwohl es zunächst und vordergründig um rätselhafte Fälle von Präkognition geht, denen man in einem psychologischen Institut mit Skepsis begegnet, zeigt sich bald, daß der Protagonist seine Fähigkeiten nur als Vorwand einsetzt, um ins Gespräch zu kommen. Ihm liegt vielmehr an tiefgreifenden Veränderungen der Gesellschaft, aber nicht mit Terror, der in seinem Abwehr mobilisierenden Charakter ja nur affirmativ wirke, sondern in einer Sensibilisierung einzelner füreinander. Was er mit Hilfe eines Psilocybinderivats in einem Experiment, in dem er sich selbst aufs Spiel gesetzt hat, an Veränderungen erfahren hat, wolle er allgemein nutzbar gemacht wissen.

Nicht die Gesellschaft, sondern erst einmal sich selbst verändern steht als Motto auch über *Besessen vom Wie* (SR/RB 1984), in dem retrospektiv anhand gespeicherter Tonträger die Aufklärung rätselhafter Doppeltodesfälle geschildert wird, die auf außergewöhnliche Selbstexperimente einer Gruppe junger Leute zurückgehen. Wie die Nachforschungen eines Neurophysiologen ergeben, ist es ihnen gelungen, mit Hilfe einer Art Elektroakupunktur eine psychisch-mentale Verbundschaltung zwischen zwei Menschen herzustellen, die zu einer nie gekannten personalen Interferenz von ungeheurer Intensität geführt hat. Als noch vor Abschluß der Recherchen weitere Todesfälle bekannt werden, zeigt sich, daß sich die Idee vom Wie gesteigerter intellektueller Kommunikationsmöglichkeiten als überraschend ansteckend erweist.

Ein Jahr nach seinem Aufenthalt im Kloster Ettal entstand ein scheinbar einfaches, konventionelles Zeitreisehörspiel, welches wenig später zu einer bei Thienemann veröffentlichten Kurzgeschichte umgearbeitet, jedoch erst 16 Jahre später vom Rundfunk realisiert wurde: *Zreitseln - Tolomoquinkolom* (SDRH 1989). Wer freilich Hasselblatts Vorliebe für Zeitreise-Stories kennt - 1978 hatte er im Bayerischen Rundfunk diesem Thema eigens einen Funkessay gewidmet -, kann sich denken, daß er mehr daraus gemacht hat: Um die Früchte eines unermüdlich-ergiebigen Quellenstudiums von erbaulichen Zitaten zum Thema Zeit von Augustinus bis Sheckley rankt sich die Geschichte eines unfreiwilligen Besuchers aus einer zukünftigen Gesellschaft, in der mannigfache verhaltenstaktische Kommunikations- und Spielangebote selbstverständlich geworden sind. Bemerkenswert, daß Hasselblatt diesem Besucher auch noch eine eigens geschaffene Sprache anheimgegeben hat.

1980 stand wieder die Gesellschaft im Mittelpunkt, diesmal aber alles andere als ein Glücksentwurf. In *Fix und fertig* (RIAS/RB 1983), ursprünglich eine Kurzgeschichte, die erst von Gottfried von Einem für den Funk bearbeitet wurde, entscheidet nicht mehr die parlamentarische Wahlordnung über die Geschicke des Landes und die Karrieren der Politiker, sondern ein auf dem Bildschirm ausgetragenes Rededuell, in dessen Verlauf der Fernsehzuschauer elektronisch seine Stimme abgibt. Im Wortgefecht soll sich herausstellen, wer der bessere ist, wobei es weniger um die besseren Argumente als um die Fähigkeit geht, sich mit jedem Mittel durchzusetzen. Der eigentliche Witz in diesem ebenso spannenden wie ambivalenten Spiel ist, daß der Autor einerseits in satirischer Überspitzung ein Medienspektakel anprangert, daß in seiner Tendenz natürlich längst vorhanden ist, andererseits aber die Details dieses spielerischen Duelldialogs (bei dem am Ende einer der Kandidaten buchstäblich auf der Strecke bleibt) so detailverliebt zelebriert, daß man zu unterstellen versucht ist, ihm müsse ein solcherart offen ausgetragener, spielerischer Wettkampf, jedenfalls im direkten Vergleich zu dem peinlich heuchlerischen Wahlkampf, vielleicht gar nicht unbedingt als die schlechteste aller Varianten vorgeschwebt haben ...

Um ethische Fragen rund um Genmanipulation und Ausgrenzung von Minderheiten geht es Hasselblatt in seinem letzten realisierten Science-Fiction-Hörspiel *Projekt Ichthanthropos gescheitert* (HR 1988, urgesendet 1989). Das rätselhafte Aussterben einer Species genmanipulierter Amphibienmenschen beschäftigt die UN-Menschenrechtskommission. Gezüchtet, um die Welternährung in submarinen Algenkulturen sicherzustellen, müssen diese Retortenwesen mit zum Teil menschlichem, zum Teil tierischem Genom erkennen, daß sie als Folge fortschreitender Mechanisierung überflüssig zu werden drohen. Welche Art Vorarbeiten für ein Stück Science Fiction beim Autor Hasselblatt unabdingbar waren, wie intensiv er sich mit einem Themenkomplex auseinanderzusetzen pflegte, bevor er mit der eigentlichen Niederschrift begann, mag ein Blick in seine *Assoziativ-Chaos-Ablage* aus der Zeit noch vor seinem Amtsantritt beim Bayerischen Rundfunk verdeutlichen, darin Notizen über UNO, DAC und OECD, Nordsüd- und Ostwestspannung, sozioökonomische Struktur und Bewußtseinslage in den Entwicklungsländern *(»das alles richtet sich doch nicht gegen Euch, es ist nur, daß wir nicht mehr wissen, ob es noch Sinn hat für uns, zu leben, wir leben ein Leben für Euch«),* Bevölkerungswachstum, Analphabetentum, Menschenrechte, Grundfreiheiten, Lex Naturalis, Güterverteilung, Welternährungssituation, Eiweißreserven in den Meeren, Verurteilung und Bestrafung des Genocids usw., usw. Erst lange nach Fertigstellung des Manuskripts stieß Hasselblatt in der *Neuen Zürcher Zeitung* auf einen Artikel über die sog. Wasseraffen-Theorie (inzwischen auch als Buch publiziert); er erzählte davon dem HR-Dramaturgen Peter Liermann, welcher ihm riet, das mit einzuarbeiten. Aber bei allem wissenschaftlichen Hintergrund, *mein Anliegen war, diese gentechnologisch fabrizierte Minderheit leben zu lassen, leben und lieben zu lassen, und geliebt werden! Und sich dagegen wehren lassen, von dummen, wirklich dummen Reportern dummes Zeug gefragt zu werden, ich wollte diese Tiermenschen so menschlich wie irgend möglich agieren und leben lassen und den Konflikt Forschungsfortschritt und dessen lebendiges Ergebnis so glaubhaft und so vital wie irgendmöglich vorzuzeigen; nichts von Waffenremmidemmi usw., sondern: Lebendigkeit, von uns gemacht, für uns – aus Notwendigkeiten heraus, aber damit allein gelassen ...*

Wie sehr Dieter Hasselblatt es mit seinen Arbeiten verstand, auch Menschen für Science Fiction zu interessieren, die mit diesem Genre normalerweise kaum in Berührung kommen, zeigt beispielhaft ein Brief, den Jochen Corts, Vorsitzender Richter am Berliner Landesarbeitsgericht, anläßlich der Übernahme von *Projekt Ichthanthropos gescheitert* an den SFB geschrieben hat: »... Besonders gelungen erscheint mir der Kunstgriff des Autors, die Spannung seines Stückes aus zwei Quellen gleichzeitig zu speisen. Einmal der rechtsphilosophischen Frage nach der menschlichen Qualität der Ichthanthropoi und damit zusammenhängend auch der ethischen Legitimation solch gentechnischer Projekte, zum anderen aus der Tatfrage, war es Mord oder Selbstmord, wobei Mord gemäß § 211 Abs. 2 StGB ja gerade nur die Tötung eines Menschen darstellt. Bemerkenswert auch die geschickte Verklammerung dieser beiden Fragenkomplexe und das hohe Niveau der inhaltlichen Auseinandersetzung. So dargereicht als gedankenspielerische Extrapolation unserer heutigen gesellschaftlichen und technischen Verhältnisse vermag Science Fiction als Genre ernstgenommen zu werden und sich von ihrem Perry-Rhodan-Image zu befreien, das ja leider wegen der optischen Effekte auch in Film und Fernsehen dominiert. Um so wichtiger scheint es mir, wenn das Medium Hörfunk öfter einmal deutlich gegensteuert.«

Dieter Hasselblatt legte Wert auf Genauigkeit. Nichts konnte ihn mehr *wurmen* als vermeintliche oder tatsächliche Oberflächlichkeit. Als er 1990 für *Projekt Ichthanthropos gescheitert* ein zweites Mal den Kurd Laßwitz-Preis errungen hatte, beklagte er sich in einem offenen Brief, die ihm zugestellte Urkunde sei eine einzige Peinlichkeit. *Das Preiszuerkennende Komitee weiß offenbar gar nicht, was es da ausgezeichnet hat. Ich bin offenbar von ahnungslosen Ungebildeten preisgekrönt worden, die nicht wissen, wie das Hörspiel heißt, und daß der Mensch ›anthropos‹, und nicht ein ›antropus‹ ist. Peinlich, peinlich, wie wenn Dumme einen Schachspieler als Überdummen loben würden – eine* Bemerkung übrigens, die Wolfgang Jeschke postwendend mit einer Liste alternativen Empfehlungen antworten ließ, Hasselblatt könne sich die Urkunde als Dokument des Niedergangs abendländischer Kultur an die Wand nageln oder den Preis zurückschicken oder die Urkunde das Klosett hinunterspülen ... – aber, wie Jeschke in feiner Ironie augenzwinkernd hinzufügte, »man könne Herrn Hasselblatt gar nicht genug danken, daß er sich entschlossen habe, etwas für den Kurd Laßwitz-Preis zu tun. Dr. Hasselblatt, der Trickreichsten einer, was Strategiespiele betrifft, habe den Preis ins Gerede gebracht, indem er die Chance nutzte, die sich ihm unversehens bot ...« Honi soit qui mal y pense. Wer hätte nach diesen Zeilen gedacht, daß der Erzürnte sich wenige Jahre später tatsächlich aktiv für den Preis einsetzen und – wie übrigens auch Jeschke selbst – der Jury für die Vergabe des Kurd Laßwitz-Preises beitreten würde, der er bis zu seinem Tod angehörte und immer lautstark, vehement und häufig konträr zur Meinung der übrigen Jury-Mitglieder dafür eintrat, daß in seinen Augen Mittelmäßiges keine Chance erhielt.

Hasselblatts Jahre beim Bayerischen Rundfunk blieben nicht ohne Konflikte. »Er war ein sperriger Mensch, mit mehr als nur dem durchschnittlichen Eigensinn eines Balten begabt – und belastet«, konstatierte Carl Amery in einem Nachruf, den der Bayerische Rundfunk am 28. Februar 1997 gesendet hat, »in einer Welt der Ansteller und Angestellten hat er nie gehört, mußte aber in ihr recht und schlecht funktionieren – und hat damit sich und anderen viel Kummer bereitet. Solchem Kummer unterwarf er sich nie, konnte sich gar nicht unterwerfen – dazu hatte er zuviel Neugier und Phantasie.« Mit diesem Kummer spielt Amery an jene Vorgänge an, die 1979 zu Hasselblatts Kündigung führten und einen arbeitsrechtlichen Prozeß nach sich zogen, den Hasselblatt jedoch gewann. Wie hoch ihn damals Kollegen einschätzten, zeigt ein offener Brief an den BR, in dem drei Dutzend namhafter Autoren anläßlich seiner Kündigung beim Bayerischen Rundfunk zum 30. Juni 1979, unter ihnen Manfred Bieler, Richard Hey, Prof. Franz Hiesel, Wolfgang Hildesheimer, Walter Jens, Ingomar von Kieseritzky, Christa Reinig, Herbert Rosendorfer und Wolfdietrich Schnurre, sich für ihn einsetzten und in dem es u. a. heißt, »Dieter Hasselblatt genießt im In- und Ausland hohes Ansehen als Hörspielexperte. Er hat das deutsche Hörspiel als engagierter Redakteur über Jahrzehnte beobachtet, analysiert, inspiriert; er hat stimulierend (im Stadium der Manuskriptsuche) und klärend (in Diskussionen nach der Ausstrahlung und zahlreichen Publikationen) gewirkt; er hat inszeniert, bearbeitet und eigene Texte verfaßt. Das Hörspiel verfügt nicht über viele Fachleute seiner Erfahrung, seiner Qualifikation und seiner Leidenschaft. Der Bayerische Rundfunk hat Herrn Hasselblatt im Alter von 49 Jahren aus einer langjährigen, ungekündigten und unkündbaren Stellung beim Deutschlandfunk nach München geholt. Hasselblatt hat die dort geleistete Arbeit hier erfolgreich fortgesetzt.«

Sein Schlaganfall im Juli 1985, den er rückblickend als eine Prüfung verstand, konnte seine schier unglaublichen Aktivitäten, seine Kreativität, nur eine Zeitlang hinauszögern, nie wirklich bremsen. *Daß ich nach einem Schlaganfall, leicht behindert, Wochen Zeit hatte, daliegend nachzudenken, nachzudenken über mich, über diese Reise von mir zu mir, von der ich nur sagen konnte: Das ist alles. Und alles das ist es. Denn was man ist und denkt, ist ja nicht bloß der Mensch, der man selber ist, sondern der man geworden ist durch die Begegnung mit anderen Menschen. Dieser Bericht über eine Reise von mir zu mir ist, in christlichem Sinne verstanden, wohl eine »Prüfung«; man selber ist der Geprüfte, und man hat diese Prüfung zu durchstehen, indem man sein Verhalten und seine Haltung dementsprechend einrichtet. Das Denkmodell Hiob. Gott experimentiert mit Hiob. Der Schlaganfall und was mit mir dabei und danach geschehen ist, war ein solches nicht selber gewolltes, aber es war ein Selbstexperiment. Selbstexperimente habe ich mehrere in meinem Leben bewußt gemacht, so meine Zeit als Tierpflegepraktikant im Frankfurter Zoo, meine erste Ehe, oder mehrere Wochen Klosteraufenthalt bei den Benediktinern in Ettal. In einem Selbstexperiment steht man selbst auf dem Spiel, dem mitgespielt wird, ob man mitspielen will oder nicht. Die schlimmste Erfahrung auf dieser Reise von mir zu mir war, daß ich mit meinem Körper, meinem Kumpan über wie viele Jahrzehnte, ein Problem hatte, nämlich daß das Schreiben und das Malen, das grafische Arbeiten, vieles an meiner Verhaltensmotorik, durch meine leibliche Beeinträchtigung eingeschränkt, ja fast annulliert war. Schließlich kam ich in die Herzstation des Schwabinger Krankenhauses, wo mich junge Mediziner wieder auf die Beine stellten. Die Erfahrung, in sieben Tagen wieder leiblich rehabilitiert zu sein, löste in mir einen Schub von Kreativität und Bestätigung, Vitalisierung und überraschenden, euphorisierenden Gesundungserfahrungen aus. Auf dieser Reise von mir zu mir bin ich auf zwei Inbegriffe gestoßen. Es sind die Mitbringsel für mich von dieser Reise. Das eine ist der »Immer-und-nie-Inbegriff« und der andere der »Zwietracht-und-Einfalt-Inbegriff«. Der erste Inbegriff das erste Mitbringsel, lautet: »Immer fängt es an aufzuhören. Semper coepit desinere.« Und: »Nie hört es auf anzufangen. Numquam coepisse desinet.« Wenn dieser Immer-und-nie-Inbegriff wohl ein zutiefst philosophischer Inbegriff ist, dann ist der zweite mehr ein Lebens- und Verhaftensinbegriff: »Von Zwietracht und Einfalt zu Zwiefalt und Eintracht«.*

Drei Jahre nach dem Schlaganfall ist aus diesen Inbegriffen ein neues Buch entstanden, dessen Keimzelle jedoch mehr als dreißig Jahre zurückreicht, wie auch aus dem von Hasselblatt schon 1954 geschaffenen Titelaquarell zu ersehen ist – so lange schon trug er die Geschichte mit sich herum, wie er auch von dem Roman sprach, *den er dreißig Jahre nicht geschrieben hat. Zwei in der Unstadt,* 1995 erschienen, ist ein Glücksfall von Buch, ohne Zweifel Science Fiction und dazu noch eine originelle Love-Story *ohne Bettgestöhne und dennoch mit Bett.* Es ist seine letzte Romanveröffentlichung geworden, und als hätte er das bei der Fertigstellung geahnt, hat er in diese 160 Seiten sein ganzes literarisches Vermächtnis hineingepackt. Ein phantastischer, im wörtlichen Sinn utopischer Roman, in dem, wie er selbst schwärmte, *die Luft im Raum der Phantasie nur so von Geschichten schwirrt.* Geschichten aller Art, wie ja auch in all den zahlreichen Romanen, Short Stories, Hörspielen und Märchen, die er geschrieben hat, das Erzählen von Geschichten immer eine wichtige Rolle gespielt hat: Geschichten, Ausdruck spielerischen Umgangs mit Literatur, Geschichten, in denen dem Protagonisten und nicht selten auch dem Leser, ohne daß der's unbedingt gleich merkt, mitgespielt wird – mitgespielt in durchaus wörtlichem, spielerischem Sinn, ob er nun unversehens in ein undurchschaubares Spiel involviert wird, das sich erst spät als überdimensionales Schach offenbart, oder ob er simultativ in spielerischen Modellwelten mit nichtmenschlichen Intelligenzen konfrontiert wird und feststellen muß, daß nicht nur ihm mitgespielt wird, sondern eine dieser nichtmenschlichen Intelligenzen in ihm selbst verborgen ist. Mit Apfelmännchen auf Denkmalsockeln, gelebter Sinnlichkeit und enttabuisierter Sexualität, spielerischen Lernangeboten und sozialen Selbstexperimenten, konfliktabbauenden Ritualen und minimalistischem Politikverständnis, dem Respekt und Verstehenwollen im Umgang mit dem Mitmenschen und der Kreatur, der Bedeutung von Worten in ihrer oft verschütteten, manchmal mehrdeutigen Wörtlichkeit ist *Zwei in der Unstadt* durchaus so etwas wie eine Quintessenz Hasselblattscher Lebensphilosophie geworden. *Erzählen,* sagt Hasselblatt, *hat mit Abenteuer zu tun. Am Anfang steht Erfahrung, am Ende Geheimnis.*

Vielleicht war es Herbert W. Franke, der Hasselblatt zum Nachdenken über Apfelmännchen anregte. Von ihm bekam er einen Bildband mit *leuchtend strukturierten wirr-genauen schönen* Computergrafiken über Chaos-Forschung ins Krankenhaus mitgebracht. *Die durchschlagendsten und einschneidendsten Theorien dieses Jahrhunderts in der Physik und Mathematik sind die Atom- und Teilchenforschung und die Rela-*

tivitätstheorie. Und nun gibt es die Chaosforschung. Eine Sache, die so faszinierend ist, wie ich keine andere jemals in meinen Studien und meiner Lektüre gefunden habe. Benoit Mandelbrot pflegte seine Fraktal-Theorie so zu verdeutlichen: Keine Wolke ist eine Kugel, kein Berg ist ein Kegel, kein Blitz und keine Küste eine gerade Linie und keine Flamme ein Dreieck. Wenn man das versteht, versteht man, warum in seiner Sicht und in seinem Verständnis die Welt eine einzige »regelmäßige Unregelmäßigkeit« ist. In der nichts Gemachtes etwas anderes abzubilden in der Lage ist, aber in der jedes fraktale Element, ein Blatt, eine Wolke, ein Hügel, Ähnlichkeit mit sich selber und anderem Ähnlichen hat. So verstanden, hat das Buch über meine Kindheit in Estland die Form, die Gestalt eines fraktalen Kaleidoskops. Wo jedes Element nichts aus meiner Kindheit abbildet, aber lauter meiner Kindheit und untereinander ähnliche Erinnerungssplitter aneinanderfügt. Carl Amery erinnert sich: »Als die Fraktal-Geometrie zum Gesprächsgegenstand wurde, hat er so begeistert darüber geredet, als sei sie eigens für ihn erfunden worden. Ja, man kann sich den langen, überschlanken, eifrig nach vorn gebeugten Balten sehr lebhaft in einem Turm auf sturmumtobten Klippen vorstellen, wo er, bengalische Feuer schürend, die alten Elemente zu immer neuen Legierungen nötigt; wo er aber auch gerne Adepten als Gäste empfängt, mit denen sich über wunderbar schaudervolle Geheimnisse plauschen läßt, über Fraktale etwa, über Welten in nichtganzzahligen Dimensionen, und was sonst noch so für den zeitgenössischen Kabbalisten geboten wird. So wird er uns wohl in Erinnerung bleiben: als ein präziser Phantast im weitesten Sinne.«

Vom 1. Juli 1987 an war Dieter Hasselblatt frühpensioniert, was nicht ohne Schmerzlichkeiten, Ärgerlichkeiten und Mißhelligkeiten abging, die er nur dank der Umsicht und dem Verhandlungsgeschick seiner Frau Heidelinde abzufangen in der Lage war. Immerhin wurde in einer eigens formulierten Vereinbarung festgehalten, daß er der Hörspielabteilung des BR für zehn Hörspieltermine im Jahr weiter betreuend und quasi redaktionell zur Verfügung stehen solle. Weniger schmerzhaft dagegen sein Wegzug aus Bayern. *Hier ist alles in Ordnung. Auch wenn dir gelegentlich die Mischung aus Föhn und grünem Loden und freistaatlicher Regionalpolitik auf den Wecker fällt* läßt er den Protagonisten in seinem 1980 erschienenen Kriminalroman *Figurenopfer* sagen. Sein neues Domizil, in das er mit Ehefrau und zwei Katzen zog, war Pleckhausen im Westerwald, wo er nun auch seinen sieben Kindern und Enkelkindern räumlich näher sein konnte.

Ich liebe Katzen. Weil Katzen anders, fremd und manchmal sehr zärtlich sind. Von Hunden erzählten die Eltern eindrucksvolle Geschichten, wie treu und folgsam sie sind. Aber von Katzen hieß es nur, sie seien eigensinnig, falsch und gehorchten nicht. Habe ich später deswegen nie einen Essay über Hunde, wohl aber über Katzen geschrieben? Diese schönen Tiere, flink, genau, überraschend, geschmeidig, straff aufmerksam, zärtlich, aber auch faul, sanft, sensibel, klug, wählerisch, unabhängig – aber stammt diese Liste von Katzeneigenschaften nicht aus einem – typisch männlichen – Nichtverstehen? Bezeichnen doch diese Eigenschaften genau das, was ich mir als Mann von einer Menschenpartnerin wünsche.

Seine Menschenpartnerin blieb ihm nichts schuldig. Ihrer *Phantasiedenknähe* mochte er so manche Inspiration und kritische Anmerkung verdankt haben. Im Januar 1986, anläßlich seines 60. Geburtstages, war Heidelinde Hasselblatt es gewesen, die eine Ausstellung seiner Grafiken, Linoldrucke, Monotypien, Serigraphien und Zeichnungen arrangiert hatte, eine Veranstaltung, die infolge seines erst sechs Monate zurückliegenden Schlaganfalls zunächst in Frage gestellt schien, dann aber doch stattfinden konnte. Neben allen seinen Tätigkeiten beim Rundfunk und als freier Schriftsteller ist Dieter Hasselblatt immer auch bildender Künstler gewesen. Wer je von ihm Post bekommen hat, kennt seine kalligraphisch bunten, oft mit farbigen Stiften geschriebenen und immer mit einem Mosaik selbstverfertigter Drucke verzierten Briefe.

Im Mai 1996 konnte Dieter Hasselblatt zum letzten Mal in Heidelberg an einer Tagung des Internationalen P.E.N.-Zentrums, dem er seit 1977 angehörte *(das war die bisher höchste Ehrung in meinem Leben),* teilnehmen. Vier Monate später kam es zu einer Verschlechterung seines Gesundheitszu-

stands, von der er sich nur vorübergehend erholte. Im Dezember verabschiedete sich Musti, jüngste Hasselblattkatze, *Wetzfloh und Flinkraser* aus seinem Leben. Sie war nur 20 Monate alt geworden. Von all den Katzen – *selbstverständlichen Zörtlichkeitskomponenten in seinem Leben* –, war nur mehr Sascha übriggeblieben.

Eines von Dieters letzten Projekten war die Umarbeitung seines preisgekrönten Hörspiels *Modelle Kirke, Kleistbär, Heisenberg usw.* zu einem Roman. Titel: *Aufklärung eines Modellefalls,* worin eine junge Wissenschaftlerin zur Klärung eines rätselhaften Todesfalls in Zusammenhang mit einem höchst ungewöhnlichen Experiment einer Reise in virtuelle Welten herangezogen wird. Ein Verlag zeigte sich interessiert, aber die Veröffentlichung hat Dieter Hasselblatt nicht mehr erleben dürfen. Einer, es war Herbert W. Franke, durfte das Manuskript schon vorher lesen und bescheinigte den von Hasselblatt aufgegriffenen Themen, sie könnten Stoff für ein zeitkritisches Sachbuch oder für ein philosophisches Werk über Realität und Schein sein. »Um so erstaunlicher ist«, so Franke weiter, »daß sich all diese Aspekte als Grundlage eines Buchs erweisen, das spannend ist wie ein Kriminalroman und voll von menschlichem Erleben – im Versuch der Analyse und im Mitgefühl mit dem Wesen, das dem ganz Fremden ausgesetzt ist. Und die von Dieter Hasselblatt angebotene Lösung ist so beeindruckend, daß man sich noch durch Wochen hindurch immer wieder daran erinnert.«

Dies ist kein Nachruf geworden – und ein Lebenslauf noch weniger. Aber hat Dieter Hasselblatt 1963 in seinem Roman *Aufbruch zur letzten Aventüre* nicht selbst geschrieben, es sei ein *Aberglauben, daß ein lückenlos vorweisbarer Lebenslauf über einen Menschen mehr auszusagen vermag als aus einigen Brennpunkten und Knotenstellen, Kulminations- und Oppositionsorten der Daseinsbahn, um es astronomisch zu sagen, herauszulesen wäre. Und was könnte schon vorgebliche Lückenlosigkeit bei einem Lebenslauf anderes bedeuten als ein mit einigen für markant gehaltenen Daten vertuschtes Arrangement von Lücken?*

Zauber und Logik, Phantasie und Kalkül war auf der Trauernachricht zu lesen, als Widmung, als Leitgedanke, als Erinnerung, als Abschiedswort. Könnte man sein Leben, die Essenz all seines Wollens und Bekennens, treffender als mit genau diesen Worten, dieser Zauberformel, charakterisieren?

Wenn ich tot bin, ist mir sowieso alles egal. Schlimmster und furchtbarster aller Gedanken: nicht mehr dasein, und bevor man nicht da ist, wissen, daß alles andere ohne mich weiter da ist. Tod ist nicht: kaputtgehen, endgültig kaputtgehen. Tod ist: die Welt entlassen. Alles, ja alles und jeden fortrutschen sehen in absolute Unbeteiligung. Allein in der Leere stehen und mit gestreckten Armen der Welt und allem ein Lebewohl hinterherwinken, mit den gestreckten Armen, die die Welt und alles für mich nicht mehr halten können.

SF-Computerspiele 1997

von Gerd Frey

STAR TREKs interaktive Abenteuer
Where no user has gone before ...

Seit mittlerweile mehr als 30 Jahren läuft die wohl kultigste Science Fiction-Serie im Fernsehen. STAR TREK ist von einem Phänomen zu einem medienbestimmenden Faktor erwachsen, dessen Faszination sich kaum ein Science Fiction-Fan entziehen kann. Diese beständige Marktpräsenz war nur durch eine stetige Weiterentwicklung der Inhalte und die Einbeziehung neuer Medien möglich. So verspricht für Computerspieler dieses Jahr zum großen STAR TREK-Jahr zu werden. Allein die STAR TREK-Lizenz bedeutet Sicherheit für gewinnbringende Umsätze. Grund genug, aktuelle Programme einmal genauer unter die Lupe zu nehmen, die Spieleklassiker vorzustellen und natürlich einen Blick in die gerenderte STAR TREK-Zukunft zu werfen.

Die Klassiker:

25th Anniversary, 1992 (Interplay)
Der erste ambitionierte Versuch, einen Teil der Faszination, die die Fernsehserie *Enterprise* auf eine erstaunlich große Fangemeinde ausübte, in einem Spiel umzusetzen, war wohl *25th Anniversary* von *Interplay*. Dem Thema entsprechend, entschied man sich, das Spiel als Adventure zu gestalten. Als Vorlage dienten originale Folgen der Fernsehserie, in denen der Spieler die für Computer-Adventures typischen Knobelaufgaben zu lösen hatte. Das obligatorische Beamen auf die Planetenoberfläche fehlte ebensowenig wie die Konfrontation mit den gefürchteten Klingonen.

Besonders gelungen waren sämtliche Gespräche unter den Besatzungsmitgliedern, die man am unteren Bildschirmrand als Texteinblendungen mitverfolgen konnte. Ob es nun die pseudowissenschaftlichen Erklärungen für bedrohliche kosmische Phänomene oder die boshaften Unterhaltungen zwischen Pille und Spock waren, gerade hier entfaltete sich echte Star Trek-Stimmung.

Etwas weniger Mühe gab man sich jedoch bei der grafischen Umsetzung. Dies zeigt sich besonders, wenn man die zeitgleichen Produkte von LucasArts (z. B. *Indiana Jones IV* oder das etwas später publizierte *Day of the Tentacle*) dagegenhält. Die Babygesichter der *Enterprise*-Besatzung sind eher Grund zur Belustigung als überzeugende Pixel-Nachbildungen.

Fast zwei Jahre später erschien wiederum von Interplay mit **Judgement Rites** eine Art Fortsetzung zu *25th Annivarsary*. Hier gestaltete man die Unterhaltungen noch etwas spritziger, ließ aber die dürftige Grafik unangetastet.

Dank der inhaltlich überzeugenden Umsetzung wurden beide Spiele dennoch zu erfolgreichen Klassikern, die man zur Zeit günstig als Low-Price-Produkte von *Virgin/Interplay* erwerben kann.

STAR TREK in SVGA

The Next Generation: A Final Unity, 1995 (*Spectrum HoloByte*) setzte besonders technisch neue Akzente. Das Game wurde als erstes STAR TREK-Spiel speziell für CD-ROM entwickelt und wartet mit über 600 MB Daten auf. Geboten bekommt man dafür hochauflösende Grafik und originalgetreu in Szene gesetzte Darsteller und Handlungsorte. Für einen Teil der zwar ansprechenden aber leider nicht ganz so hochauflösenden Schnittszenen digitalisierte man die Originalschauspieler, welche ihren synthetischen Ebenbildern sogar die Stimme liehen. Besonders von Interesse für Fans der Serie sind die reichhaltigen Hintergründe. So kann man über den Bordcomputer Sternkarten und technische Infos abrufen oder eine virtuelle Reise durch die *Enterprise* unternehmen.

Star Trek – A Final Unity

Auch *A Final Unity* wurde als klassisches Adventure angelegt. Auf der Brücke der *Enterprise*, gleichfalls im Spiel das Handlungszentrum, empfängt man Nachrichten und Hilferufe.

Obwohl die einzelnen Episoden als separate Miniadventures zu spielen sind, hängen sie lose zusammen, um später in einem großen Finale zu gipfeln. Zentrales Thema ist das Geheimnis um die Hinterlassenschaften einer Art Superzivilisation, der Chodak. Dabei geht es unter anderem um eine äußerst gefährliche Waffe, mit der man Sonnensysteme auslöschen kann und an deren Besitz besonders die Romulaner interessiert sind.

Bei der Lösung der Aufgaben und Rätsel eröffnen sich mitunter mehrere Möglichkeiten, um zum Ziel zu kommen. Die Spielfiguren bewegen sich dabei durch phantasievolle Hintergründe und lassen jedes Forscherherz höher schlagen. Die Verwendung von Originalgeräuschen (beamen usw.) verstand sich bei der Ausstattung des Games von selbst.

Leider ziehen einige unglückliche Rätsel das Spiel unnötig in die Länge. Technisch gibt es kaum etwas auszusetzen. Etwas ungelenk und steif wirken vielleicht die Bewegungen der Figuren. Dafür waren die Ansprüche, die *A Final Unity* seinerzeit an die Rechnerleistung stellte, recht hoch. Ein schneller 486er wurde vorausgesetzt, 8 MB Arbeitsspeicher waren Minimum, und das Double-Speed-Laufwerk mußte die Übertragungsrate von 300 KB/s wirklich schaffen.

Leider fiel **Deep Space Nine Harbringer**, 1996 (Viacom) gegenüber *A Final Unity* etwas ab. Mittelmäßige Puzzles und unnötige Action-Einlagen zeichnen den Spielehybriden aus. Aus der Ich-Perspektive erforscht man die vorgerenderte Umwelt und muß unzählige Unterhaltungen führen um weiterzukommen. Auf eine Inventarfunktion wurde völlig verzichtet, wodurch die Rätsel deutlich eindimensionaler ausfielen.

Positiv stechen dagegen die abwechslungsreiche Story und eine liebevolle Detailtreue hervor. Der Spieler übernimmt die Rolle eines Diplomaten der Förderation, der sich auf einem Flug nach *Deep Space Nine* befindet. Kurz vor dem Sprung durch das berühmte Wurmloch greifen unbekannte Schiffe an. Knapp diesem Angriff entronnen, wird der Spieler mit einer neuen, mysteriösen Alienrasse konfrontiert. Bald wird klar, daß die Außerirdischen an dem Angriff der feindlichen Schiffe nicht ganz unbeteiligt sind. Doch so eindeutig die Dinge zuerst scheinen, liegen sie dennoch nicht. Stück um Stück lüftet der Spieler das Geheimnis, um zum Schluß zusammen mit den Außerirdischen gegen eine kriegerische Macht zu bestehen.

Wie auch in *A Final Unity* verpflichtete man in *Deep Space Nine – Harbringer* die Originalschauspieler, ihren sauber gerenderten Ebenbildern die Stimme zu leihen. Fans der Serie werden keine Probleme haben, sich schnell in den virtuellen Räumen von *Deep Space Nine* zurechtzufinden. Leider gaben sich die Programmierer keine Mühe, die Ladezeiten von CD-ROM zu optimieren. Hier wird viel Geduld vorausgesetzt. (486-DX80, 8MB, Doublespeed-CD-ROM, DOS)

Wie zuvor schon *A Final Unity* stößt auch **Star Trek Generations**, 1997 (Micro Prose) an die aktuellen Grenzen der Hardwareausstattung des Spielers. Für absolut flüssiges Spielen empfiehlt der Hersteller einen Pentium 166 mit 32 MB RAM,

Star Trek – Generations

ein schnelles CD-ROM-Laufwerk (8fach) und eine Grafikkarte mit mindestens 2 MB Videospeicher. Dafür gehören die Videosequenzen (hier benutzte man zum Teil nicht verwendetes Material des Kinofilms) zum qualitativ Besten, was auf PC-Monitoren derzeit zu sehen ist. Leider ist erst ab einem 6fach CD-ROM-Laufwerk die Wiedergabe ohne Ruckler.

Wie in andern aktuellen Adventures auch, machten die Programmierer in *Generations* den Schritt von 2D zu 3D. Um Erzbösewicht Soran von seinem zerstörerischen Tun abzuhalten (dieser versucht ein kosmisches Gebilde mit dem Namen Nexus durch die Zerstörung von Sternen und die daraus resultierende Gravitationsveränderung in eine bestimmte Richtung zu steuern, um später im Nexus Unsterblichkeit und die Erfüllung aller Wünsche zu erlangen), wird der Spieler in der Rolle von Picard, Data oder Worf auf fremde Planeten und Raumstationen gebeamt und muß dort, zumeist unter Zeitdruck, verschiedene Aufgaben lösen. Da Soran bei seinem Zerstörungsfeldzug auch die Vernichtung bewohnter Planeten in Kauf nimmt, ist schnelles und überlegtes Handeln gefragt.

Etwas unglücklich ist bei der aktiven Spieldarstellung die Größe des Aktionsfensters geraten. Die gesamte untere

Hälfte des Bildschirms wird für die Ansicht von Inventar und Menüfeldern benutzt. So verliert der Spieler in brenzligen Situationen schon mal die Übersicht. Die Echtzeit-3-D-Darstellung ist zwar nicht überwältigend, genügt aber noch den Ansprüchen an eine zeitgemäße Umsetzung.

Besondere Mühe gab man sich bei allen Aspekten, die zur Umsetzung des STAR TREK-Feelings gehören. So kann sich jeder Trekkie an Originalgeräuschen, dem Originalsound und den deutschen Originalsynchronstimmen seiner Helden erfreuen. Damit das Spiel auch für Kenner des Kinofilms genügend Überraschungen bietet, geht es im Handlungsablauf eigene Wege. Die einzelnen Missionen sind durchdacht und bieten ausreichend Motivation, auch in schwierigen Situationen nicht das Handtuch zu werfen. Zwischendurch sind ein paar kleinere Raumkämpfe zu absolvieren, die dem Spiel weder schaden noch nutzen. Interessant ist auch der in drei Stufen einstellbare Schwierigkeitsgrad. Je höher man diesen ansetzt, um so mehr Verantwortung bekommt man bei der Führung des Schiffes übertragen und muß etwas komplexere Rätsel lösen.

Generations ist so leider kein Volltreffer, aber gute Unterhaltung in jedem Fall. (Pentium 90, 16MB, Quad-Speed-CD-ROM, 2MB Grafikkarte, Win95)

Bisher nur in englischer Sprache erhältlich ist der interaktive STAR TREK-Film **Borg**, 1997 (Virgin). Wie bisher fast alle interaktiven Filme, krankt auch Borg an zu wenig Eingriffsmöglichkeiten. Im Ausgleich dafür wird der Spieler mit erstklassigem Filmmaterial entschädigt.

Ein völlig neues Genre unter den STAR TREK-Spielen eröffnete Interplay/Eidos aktuell mit **Starfleet Academy**, 1997. Ging es bisher fast ausschließlich friedlich im PC-STAR TREK-Universum zu, ändert sich das mit dem Erscheinen dieser Raumkampfsimulation. Die Hintergrundgeschichte spielt zur Zeit der alten *Enterprise*. So stehen Kirk, Chekov und Sulu den jungen Kadetten hilfreich zur Seite und geben manch wichtigen Hinweis.

Spieltechnisch ähnelt *Starfleet Academy* am ehesten solchen Spielen wie *Tie Fighter* oder *X-Wing* aus dem Star Wars-Epos. Der Spieler muß im Simulator der Academy 27 verschiedene Aufträge bewältigen, wobei mitunter schwierige Entscheidungen zu treffen sind. Während der simulierten Einsätze kann er gegen so eindrucksvolle Gegner wie das Klingonenschiff *Bird of Prey* oder einen schweren romulanischen Raumkreuzer antreten. Ziel ist es, erfolgreich mit dem Titel Offizier der Sternenflotte von der Academy zu gehen. Daß dieser Wunsch nicht allein mit dem schnellen Betätigen des Feuerknopfs zu erreichen ist, versteht sich bei der Philosophie von STAR TREK von selbst. Intrigen und Machtkämpfe innerhalb der Academy verlangen vom Spieler zuweilen auch das empfindsame Gespür eines Diplomaten.

Bei der eigentlichen Simulation wurden sämtliche Raumschiffe (über 30 unterschiedliche Modelle) in SVGA und 3-D bis ins kleinste Detail nachgebildet. Ein Augenschmaus für alle Fans der Serie. (Pentium 120, 16MB, Quad-Speed-CD-ROM, Win95)

Ein kleiner Ausblick

Ebenfalls aus dem Hause *Interplay* stammt das für November 1997 angekündigte Adventure **Secret of Vulcan Fury**. Mit diesem Spiel will man die Bindung zur Fernsehserie noch enger knüpfen. So verpflichtete man für das Drehbuch D. C. Fontana, die schon für die Fernsehserie der Ur-STAR TREK einen Teil der Scripts verfaßte. Mit der erfolgreich in Action-Spielen (*MDK*) angewandten Motion Capture-Technik (ein Schauspieler simuliert in einem Sensoranzug für den Rechner die notwendigen Bewegungen) will man für die komplett gerenderten Charaktere die so typischen Bewegungen möglichst wirklichkeitsgetreu nachempfinden. Beinahe schon obligatorisch, liehen sämtliche Schauspieler ihren digitalen Ebenbildern ihre Stimmen. Sogar auf die Mimik von Spock oder Pille braucht man nicht zu verzichten. Moderne 3D-Animationstechnik macht es erstmals möglich.

In der Story, die sich in sechs Hauptkapitel gliedert, geht man einem Geheimnis zwischen Vulkaniern und Romulanern auf den Grund. Hier erfährt man eine Menge über die fremdartigen Kulturen und kann in der Rolle der verschiedenen *Enterprise*-Crew-Mitglieder die zu lösenden Aufgaben bewältigen.

Darüber hinaus sollen phantastische Zwischensequenzen das Spiel auch zu einem optisch überzeugenden Erlebnis machen. Das Spiel wird ausschließlich für Win95 entwickelt.

Sekundär

Zwei wichtige Produktionen mit vorwiegend sekundärem Material sind das **Star Trek Interactive Technical Manual** mit allen technischen Details zu Ausrüstung, Schiffen und Raumstationen und **Klingon**. In der Verpackung mit den ernst dreinblickenden Klingonen steckt eine multimediale Enzyklopädie über diese wohl markantesten Fremdwesen im STAR TREK-Universum.

Science Fiction-Computerspiele 1997

3-D-Grafikkarten – ein neuer Standard?

Gab es in den letzten ein/zwei Jahren einige gescheiterte Versuche, 3-D-Beschleuniger-Karten auf dem Markt zu etablieren (z. B. die *Elsa Victory 3D*), scheint sich jetzt ein Durchbruch abzuzeichnen. Nicht zuletzt durch entsprechende Leistung der neuen Hardware (ein spezieller Chip auf der Grafikkarte nimmt dem Prozessor beispielsweise wichtige Aufgaben beim Berechnen von Polygonen ab) und die unausgesprochene Favorisierung bestimmter Systeme, welche sich damit zu neuen Standards entwickelten, ließen Spieleprogrammierer die ersten 3-D-beschleunigten Produkte auf den Markt bringen. So gehört zum Beispiel *LucasArts Shadows of the Empire* zu jenen neuen Spielen, die ohne eine 3-D-Beschleunigerkarte gar nicht erst anlaufen. Doch nicht nur eine beachtliche Beschleunigung der Darstellung ist bei der Wiedergabe zu vermerken, sondern eine ganze Reihe (je nach Grafikchip) Zusatz- und Filtereffekte wie Nebel, Transparenz, Perspektivenkorrektur stehen zur Verfügung. Natürlich muß das Programm auf den entsprechenden Grafikchip optimiert sein, sonst bewegt sich in dem 3-D-Beschleuniger überhaupt nichts. Unter Windows 95 hat hier die Software-Schnittstelle DirectX eine wesentliche Bedeutung. Ältere Programme (es sei denn der Hersteller bietet ein Update an) profitieren jedoch nicht von der neuen 3-D-Grafikleistung.

3-D-Games/Action

The Crow (Acclaim)

Acclaim bietet mit diesem Action-Prügel-Spiel eine gelungene Action-3-D-Umsetzung des mystischen Kinoschockers, bei dem eine Krähe gespenstische Blutrache nimmt. Gespielt wird aus einer 3.-Person-Perspektive mit starken Anleihen aus Fighting-Games. Dabei wurden die vorzüglich animierten Charaktere aus Polygonen zusammengesetzt und mit dichten Texturen belegt. Die düsteren Kulissen in den Randbezirken einer Großstadt und die finsteren Gegner fangen ausgezeichnet die morbide Stimmung des Filmoriginals ein.

Abstriche muß man bei der Rätseldichte machen. Der Spieler kämpft sich vielmehr von Level zu Level, schlägt sich mit reichlich Bösewichtern und hinterläßt eine tödliche Spur. Eine stärkere Einbeziehung von Adventureelementen hätte dem technisch gut umgesetzten Titel mehr Tiefe und Originalität verliehen.

Pentium 75, 8 MB, DoubleSpeed-CD-ROM, Win 95
Spielspaß: 80 %
Grafik: 80 %

Extreme Assault (Blue Byte)

Von der interessantesten deutschen Softwareschmiede *Blue Byte* folgt nach den grandiosen *Schleichfahrt* der nächste Überraschungshit im 3-D-Sektor. Machte der Spieler in *Schleichfahrt* noch die Unterwasserwelt einer Endzeiterde unsicher, begibt er sich in *Extreme Assault* mit einem futuristischen Hubschrauber in die Luft, um feindliche Außerirdische von der geplanten Erdinvasion abzuhalten. Die Steuerung wurde so benutzerfreundlich gehalten, daß man innerhalb

Extrem Assault

weniger Minuten mit seinem Fluggerät sicher durch dichttexturierte Schluchten donnert oder durch dicht stehende Fabrikgebäude manövriert. An der superschnellen SVGA-Grafik gibt es nichts zu mäkeln. Landschaft und Gebäude wurden mit viel Liebe zum Detail texturiert und bieten bisher unerreichte Landschaftsvielfalt. Licht- und Schatteneffekte sind ausgezeichnet. Die in begrenzten Gebieten ablaufenden Missionen sind außergewöhnlich abwechslungsreich und lassen den Spieler sogar in engen High Tech-Tunneln oder mit einem gepanzerten Fahrzeug am Boden agieren. Dabei wird der Spieler wie in einem Film durch eine linearen Handlung geführt. Da auch der Spielumfang keine Wünsche offen läßt, kann man *Extreme Assault* jedem anspruchsvollen Action-Fan uneingeschränkt empfehlen!

Pentium 75, 16 MB, DoubleSpeed-CD-ROM, DOS/Win 95 (optionale MMX- und 3-Dfx-Unterstützung)
Spielspaß: 90 %
Grafik: 95 %

Hexen II (Raven Software)
Heretic, Hexen, Hexen II; Raven Software beweist nun schon zum dritten Mal, daß ein 3-D-Action-Shooter nicht nur tumbes Herumgeballere bieten muß. Geschickt mischten die Programmierer Rollenspielelemente (der Spieler kann aus vier unterschiedlichen Charakteren wählen), stimmungsvolle Rätseleinlagen (nur durch das Lösen verschiedenster Aufgaben sind wichtige Türen zu öffnen) und adrenalinfördernde Action-Kost. Auch technisch spielt *Hexen II* ganz vorne mit. Mit der verbesserten 3-D-Quake-Engine erschuf man eine besonders realistische Fantasy-Spielumgebung, welche gerade an exotischen Orten, wie dem ägyptischen Reich, ihre Muskeln spielen läßt. Besonders mit 3Dfx-Unterstützung ist Hexen II in bezug auf Atmosphäre von keinem anderem Game zu schlagen. Wie schon in den Vorgängerprogrammen, legte man besonderes Augenmerk auf die Levelgestaltung. Der Spieler

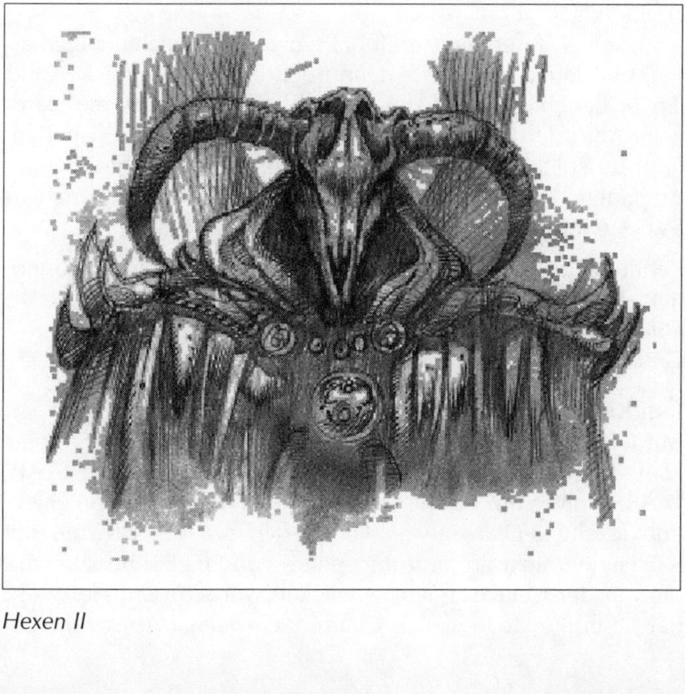

Hexen II

kann durch finstere Kellergewölbe gehen, aber ebenso über gras- und baumbewachsene Hügel spazieren, oder durch Tempelanlagen streifen. Wie in einen guten Rollenspiel, wird der Spieler durch eine abenteuerliche Geschichte geführt, um zum Schluß in einem großen Endkampf die Welt vom Bösen zu befreien. Hierzu muß er durch vier riesige Kontinente reisen, welche jeweils in fünf oder mehr nichtlineare Unterlevel gegliedert sind.

Die phantastisch animierten Kreaturen in *Hexen II* treten nie in großen Horden auf, sondern sind einzeln angreifende, zumeist schwerer zu besiegende Wesen. Ärgerlich ist das Fehlen neutraler oder freundlich gesonnener Kreaturen, mit denen man vielleicht verhandeln, oder von denen man Informationen erlangen könnte. Nur einige stumpfsinnige Schafe stehen hin und wieder auf einer Weide herum. Anhand der riesigen Spielfläche vermißt man hin und wieder eine Art selbstzeichnende Landkarte. Eine Eigenschaft, die der Quake-Engine bisher fehlt.

Hexen II unterstützt optional einige 3-D-Beschleunigerkarten, mit denen die Grafik dann noch ein wenig schicker und flinker daherkommt. Leider schraubt auch *Hexen II* die Hardware-Anforderungen wieder ein wenig nach oben. Ein Pentium 90 sollte der Spieler schon unterm Tisch stehen haben. Ab einem Pentium 166 kann man *Hexen II* dann auch in SVGA nahezu ruckelfrei genießen.

Pentium 90, 16 MB, DoubleSpeed-CD-ROM, Win 95 (optionale 3-Dfx-Unterstützung)
Spielspaß: 95 %
Grafik: 90 %

Jedi Knight (LucasArts)
Mit *Jedi Knight* setzt *LucasArts* den erfolgreichen 3-D-Shooter *Dark Force* fort, welcher eine unabhängige Story im STAR-WARS-Universum erzählt. Äußerlich benutzte man eine eigenentwickelte 3-D-Engine ähnlich der in *Quake*. Obwohl die 3-D-Engine nicht an die Atmosphäre von Spielen heranreicht, die mit der Quake-Engine entwickelt wurden (z.B. *Hexen II*), hat sie ihren ganz eigenen Charme. Gewaltige Abgründe, bei

Jedi Knight

denen den Spieler schon mal die Höhenangst packt, oder riesige Freiluftflächen, unterscheiden *Jedi Knight* angenehm von anderen 3-D-Programmen.

Eine weitere Besonderheit ist die stärkere Einbeziehung inhaltlicher Aspekte des STAR WARS-Universums. So entscheidet es sich anhand des moralischen Auftretens des Spielers, ob er auf der dunklen oder hellen Seite der *Macht* kämpfen darf. Als Jedi Ritter steht ihm dann nicht nur das mächtige Lichtschwert zur Verfügung, sondern auch einige übersinnliche Fähigkeiten der *Macht*.

In den über 20 Solomissionen sind klar gesetzte Aufträge zu bewältigen. Sehenswerte Zwischensequenzen führen durch die packende Geschichte, in welcher die Spielfigur durch wachsende Erfahrungswerte immer stärker im Umgang mit der *Macht* wird. Die optionale Unterstützung von 3-D-Karten verbessert Optik und Grafikleistung deutlich. Der originale STAR WARS-Sound in bester Stereo-Qualität erzeugt zusätzlich Stimmung. Eine sehr gute Multiplayer-Unterstützung rundet den guten Gesamteindruck von *Jedi Knight* ab.

Pentium 90, optional 3-D-Grafikkarten, 16 MB, QuadSpeed-CD-ROM, Win 95 (optionale 3-Dfx-Unterstützung)
Spielspaß: 90 %
Grafik: 85 %

MDK (Shiny Entertainment)
Nach dem grandiosen *Tomb Raider* liegt nun ein zweites richtungsweisendes 3-D-Action-Adventure aus der 3.-Person-Perspektive vor. *MDK* versetzt den Spieler in die Rolle des unfreiwilligen Weltenretters Kurd Hectic, welcher in acht riesigen Missionen die Welt vor der Eroberung durch tollwütige Roboterarmeen bewahren muß. Eine völlig neuartige 3-D-Engine ermöglicht kilometerweiten Blick auf weit entfernte Gebäude oder Gegner. Kurds besondere Ausrüstung versetzt den Spieler in die Lage, Objekte und 3-D-modellierte Gegner so nah heranzuzoomen, daß man den Eroberern selbst aus weiter Entfernung direkt ins Auge blicken und sie attackieren kann. Beeindruckend ist auch die Künstliche Intelligenz in MDK. Die Roboter entwickeln z. B. Angriffsstrategien, rotten sich zusammen und greifen den Spieler in Gruppen an. Sie flüchten aber auch schreiend, wenn sie sich chancenlos wähnen. Mit einer gehörigen Portion Humor verhöhnen die Blechköpfe den Spieler, zeigen sie ihm sogar aus sicherer Entfernung ihre wackelnden Hintern. Eine weitere Besonderheit ist das simulierte Blickfeld, mit welchem die Roboter ausgestattet wurden. Sie sehen nur das, was ihre Augen zu erfassen vermögen.

Jedes für sich bieten die acht Level völlig andersartige Spielumgebungen auf den schwebenden Raumstützpunkten der Invasoren. Kurd rennt über weitläufige Freiflächen, läuft vorsichtig durch Tunnelsysteme und springt über gewaltige Abgründe, wo nur sein besonderer Fallschirm einen Absturz verhindert. *MDK* ist grell, intensiv und voller Überraschungen, die Geschwindigkeit der Grafik atemberaubend, der Sound bombastisch. Grafikfehler (Clipping) traten so gut wie nie auf. Einige kleinere Mäkel bleiben dennoch. In *MDK* kann man nur nach erfolgreichem Abschluß eines Levels abspeichern, dazu kommt ein hoher Schwierigkeitsgrad, der häufig die Geduld des Spielers fordert. Bis auf diese Einschränkungen verspricht *MDK* Spielspaß der Extraklasse und macht Lust, das Game ein zweites Mal durchzuspielen.

Pentium 75, 16 MB, DoubleSpeed-CD-ROM, DOS/Win 95 (optionale 3-D-Karten-Unterstützung durch Updates)
Spielspaß: 95 %
Grafik: 90 %

Projekt Paradise (Ikarion)
Nach der nicht ganz so überzeugenden Rennsimulation *Battle Race*, setzt *Ikarion* auf 3-D-Action der Extraklasse. Der Spieler steuert seine Figur durch eine frei scrollende 3-D-Vogelperspektive. Die Welt des Jahres 2125 hat sich radikal verändert. Kriege und Katastrophen haben die Erdoberfläche verwüstet, dennoch gelang es den Menschen, auf anderen Planeten Kolonien zu errichten. Der skrupellose, diktatorische Technologiekonzern Cyberlink steuert die wirtschaftliche und politische Macht. Als dessen Strukturen auf der Erde aufbrechen und sich die Aufstände auf die Kolonien auszubreiten drohen, wird von Cyberlink das *Projekt Paradise* gestartet, dessen Ziel es ist, die gesamte Erdbevölkerung auszulöschen. Der Spieler hat natürlich die Aufgabe, dies zu verhindern. Ein besonderer Gag in *Projekt Paradise* ist die Möglichkeit (und Notwendigkeit), mitten im Spiel zwischen drei Figuren umzuschalten. Mit dem Krieger setzt man sich am besten gegen andere Gegner zur Wehr, mit dem Hacker kann man elektronisch gesicherte Türen öffnen, und mit dem Magier hat man keine Probleme, sich gegen Geistwesen zu behaupten.

Projekt Paradise bietet mit VGA und SVGA zwei Grafikauflösungen an. Leider spielt bei der SVGA-Darstellung nicht jede Grafikkarte mit. Glücklicherweise ist der VGA-Modus gelungen, so daß man in diesem Fall getrost auf diesen umschalten kann. Die riesigen Level sind intelligent aufgebaut und bieten genügend Überraschungen und verstecktes Zubehör. Alle Aktionen (Explosionen, Wetterphänomene usw.) laufen in Echtzeit ab und wurden grafisch brillant umgesetzt.

486 DX2-80, 8 MB (VGA), Pentium 120, 12 MB (SVGA), DoubleSpeed-CD-ROM, DOS/Win 95
Spielspaß: 90 %
Grafik: 85 %

Sandwarriors (Gremlin)
Die Raumflugsimulation *Sandwarriors* spielt über den Wüstenlandschaften eines fernen Planeten, auf dem sich zwei verfeindete Parteien eine blutige Fehde um die Vorherrschaft des Planeten liefern. Raumschiffe und High Tech zwischen Pyramiden und riesigen Tempelanlagen erwecken eine ganz besondere Spielatmosphäre. Der eigentliche Spielablauf ist dagegen eher simpel: Für eine Seite der konkurrierenden Parteien fliegt man über weite Aktionsgebiete Angriffs-, Verteidigungs- oder Rettungsmissionen. Zu Beginn steht einem dafür nur ein dürftig ausgestattetes Schiff zur Verfügung. Doch schon nach den ersten Einsätzen hat der Spieler bessere Schiffe und Ausrüstung zur Auswahl. Riesige Mutterschiffe, die majestätisch in der Atmosphäre schweben, sind die am schwersten zu bewältigenden Gegner.

Etwas Gewöhnung benötigt man für die Flugsteuerung, die mit einigen flugtechnischen Besonderheiten aufwartet. Grafisch macht *Sandwarriors* erst in SVGA mit allen Details etwas her. Leider erfordert dies einen schnellen Pentium mit mindestens 166 MHz. Obwohl die Missionen recht abwechslungsreich und aufeinander aufbauend sind, hätten sich die Programmierer für den originellen Hintergrund einiges mehr einfallen lassen können. Die dürftigen und nicht mehr zeitgemäßen Zwischensequenzen sind nur ein Beispiel dafür.

Pentium 75, 8 MB, Double-Speed-CD-ROM, DOS
Spielspaß: 75 %
Grafik: 80 %

Shadows of the Empire (LucasArts)
Eine von Felsen umschlossene Eislandschaft: Ein Raumjäger gleitet auf träge dahinziehende mechanische AT-ATs zu, um diese durch ständigen Beschuß zu Fall zu bringen, oder ein Kabel straff um die Beine zu wickeln. Einige Energiesalven

treffen den kleinen Jäger und schwarzer Qualm stößt aus dem Triebwerk ... – Ein Asteroidenfeld: Ein wendiges Schiff steuert zwischen den treibenden Felsbrocken dahin, nicht weit von ihm entfernt, ein imperialer *Tie Bomber*, der verzweifelt zu entkommen sucht. Doch da tauchen wie aus dem Nichts eine Handvoll imperiale Jäger auf, welche sofort das Feuer eröffnen ... – Allein auf einem feindlichen Planeten: Der Weg zur rettenden *Outrider* ist noch weit, und jeder Schritt will wohl überlegt sein. Glühende Lasersalven durchschneiden die Luft und schlagen nur wenige Meter entfernt in den Boden ein. Imperiale Soldaten haben die Verfolgung aufgenommen ...

Dies sind nur einige Szenen aus *Shadows of the Empire*. Das eigentlich nur für das grafisch leistungsstarke Nintendo 64-System entwickelte Programm aus dem STAR WARS-Universum, ist jetzt auch für 3-D-beschleunigte PCs erhältlich und übertrifft in puncto Auflösung sogar die Nintendo-Version. Leider setzt dies beim Besitzer das Vorhandensein einer guten 3-D-Grafikkarte voraus, sonst bricht das Spiel schon bei der Installation ab. Die besten Performance-Ergebnisse sind mit Karten, auf denen sich der 3Dfx-Chip befindet (z. B. die *Monster 3D* von *Diamond*), zu erzielen. Hat man aber eine solche Karte in seinen Rechner installiert, wird man geradezu mit einem Feuerwerk grafischer Zusatzleistungen verwöhnt. Nebel,- Transparenz-, Licht- und besonders solche Filtereffekte, die ein Verpixeln der Darstellung verhindern, lassen das Spielerherz höher schlagen. Außerdem ist ein deutlich schnellerer Bildaufbau zu verzeichnen.

Spielerisch setzt *Shadows of the Empire* auf Abwechslung. So fliegt der Spieler einen Raumgleiter, jagt mit einem *Swoob* (wendiges Schwebefahrzeug) durch eine Wüstenstadt, geht zu Fuß durch feindliches Gelände, oder schießt in einer rasanten Fahrt durch einen Asteroidengürtel *Tie Bomber* und *Tie Fighter* ab. Sogar ein halsbrecherischer Flug durch die Beine eines AT-AT in echtzeitberechneter 3-D-Umgebung ist möglich. Das alles wird in einer grafischen Qualität präsentiert, die man bisher nur in vorberechneten Animationen bewundern konnte und welche nicht nur STAR WARS-Fans begeistern wird. Allein die zum Teil etwas kurz gehaltenen Missionen könnte man als Kritikpunkt aufzählen.

Speziell wegen der beeindruckenden technischen Qualität, ist *Shadows of the Empire* für viele vielleicht Grund genug, sich spätestens zu Weihnachten eine schicke 3-D-Grafikkarte zuzulegen, oder sich schenken zu lassen. Schließlich verhalf vor einigen Jahren das ebenfalls von *LucasArts* stammende *Rebel Assault* dem CD-ROM-Laufwerk zum schnelleren Durchbruch.

Pentium 90, 3-D-Grafikkarte (z. B. mit 3-Dfx-Chip), 16 MB, Quad Speed, Win 95
Spielspaß: 90 %
Grafik: 95 %

The Terminator SkyNET (Bethesda/Virgin)
Mit *SkyNET* liegt eine Fortsetzung des 3-D-Action-Shooters *The Terminator – Future Shock* vor. Grafisch hat sich nicht viel geändert. Die zuschaltbare SVGA-Darstellung macht sich nur unwe-

Terminators SkyNET

sentlich bemerkbar, und auch an den Menüs und der Steuerung wurde nichts verändert. Erfreulicherweise wird diesmal bei den acht Missionsbesprechungen auf professionell gemachte Videosequenzen umgeblendet, in denen man vom Untergrund die nötigen Informationen für den nächsten Auftrag erhält. Seinen eigentlichen Reiz bezieht *SkyNET* aus der unvergleichlich beklemmenden Endzeitatmosphäre und den intelligenten und vielseitigen Missionen. Die perfekte Soundkulisse von quietschenden Türangeln und brummenden Generatoren tut ihr übriges. Sämtliche Feindobjekte (Schreitroboter, Terminatoren und Fluggeräte aller Art) wurden in echtem 3-D modelliert. Der Schwierigkeitsgrad ist selbst in niedrigster Stufe hoch.

Obwohl man den Vorgänger *Future Shock* in *SkyNET* einbinden kann, um ihn auch in SVGA zu spielen, gelingt dies nicht immer. Auf einigen Systemen läuft das Spiel in VGA deutlich stabiler als unter SVGA. Leider hat man die acht Missionen viel zu schnell durchgespielt und hofft auf eine Zusatz-CD.

486 DX2-80, 8 MB (VGA), Pentium 100, 16 MB (SVGA), DoubleSpeed-CD-ROM, DOS
Spielspaß: 85 %
Grafik: 80 %

Turok (Acclaim)

Nach *Shadows of the Empire* liegt mit *Turok* die zweite Nintendo 64-Konvertierung für 3-D-beschleunigte PCs vor. *Turok* ist ein reinrassiges 3-D-Actionspiel mit schier unglaublichen Licht- und Explosionseffekten. Acht riesige Handlungsschauplätze sind zu bewältigen, welche in ein nebliges Dschungelszenario eingebunden wurden. Der unvermeidliche Erzbösewicht verfügt über Zeittore, über die er biomechanische Saurier, Aliens und andere unangenehme Zeitgenossen in die Dschungelwelt teleportiert, um diese in Schutt und Asche zu legen. Der Held der Geschichte, ein futuristischer High Tech-Indianer, muß wieder mal das Schlimmste verhindern. Dafür steht ihm ein beeindruckendes Waffenarsenal zur Verfügung, von welchen man, allein schon der verblüffenden Spezialeffekte wegen, gern und oft Gebrauch macht.

Gelegenheitsspieler könnte die eingeschränkte Speicherfunktion (nur an bestimmten Orten ist ein Abspeichern möglich) abschrecken. Die unglaublich realistisch wirkenden Monster und Saurier, mit denen man es überwiegend in »Freiluftumgebungen« zu tun bekommt, übertreffen alles bisher auf PC-Monitoren gesehene. Ein weiterer Grund, sich eine 3Dfx-Karte zuzulegen, ohne die Turok leider nicht lauffähig ist.

Pentium 90, 16 MB, 3-Dfx-Grafikkarte, DoubleSpeed-CD-ROM, Win 95
Spielspaß: 85 %
Grafik: 95 %

Realms of the Haunting (Gremlin Interactive)
Daß sich eine Echtzeit-3D-Umgebung auch für kreativere Spielinhalte verwenden läßt, als zum Abschlachten finsterer Monsterhorden, bewies *Gremlin Interactive* schon mit dem SF-Adventure *Normality*. In *Realms of the Haunting* muß man sich zwar auch hin und wieder gegen Monster und Geisterwesen zur Wehr setzen, die Hauptaufgaben des Spielers sind jedoch mehr adventuretypischer Art. Schauplatz des schaurig/schönen Gruselspektakels ist ein verlassenen Haus, welches sich nach genauerer Betrachtung als von dunklen Mächten beherrscht erweist. Geheimgänge führen zu unterirdischen Dungeons, und später öffnen sich sogar Tore zu fremden Dimensionen. *Realms of the Haunting* überzeugt durch gestalterische Vielfalt und eine packende Story. Über eine Stunde an Videosequenzen mit überzeugenden Schauspielern verleihen zusätzlich Gänsehautstimmung. Ein kleiner Schwachpunkt ist die nicht mehr ganz zeitgemäße 3D-Engine, welche aber in verschiedenen Auflösungen zu spielen ist.

486 DX2-66, 8 MB, DoubleSpeed-CD-ROM, DOS
Grafik: 80 %
Spielspaß: 90 %

Tomb Raider (Core Design)
Tomb Raider ist eines der beeindruckendsten 3D-Action-Adventure mit einer 3.-Person-Perspektive des letzten Jahres. Die schnelle und naturrealistische 3-D-Darstellung von Höhlen

und Räumen versetzt den Spieler mitten ins Geschehen. Dieser steuert eine wendige und schlagkräftige Heldin durch verschiedene exotische Level, die einem Indy-Film entstammen könnten. In den labyrinthartigen Gängen muß man hin und wieder unter Wasser tauchen und verschiedene Rätsel lösen. Verschiedene Tiere oder mythische Urwesen, welche oft unvermittelt auftauchen und den Spieler vor Schreck regelrecht zusammenzucken lassen, sorgen dafür, daß es nie langweilig wird. Die ständigen Blickpunktveränderungen können bei längerem Spielgenuß jedoch zu Übelkeit führen. Der Spieler sollte öfter eine Pause einlegen.

486 DX4-100, 8 MB, DoubleSpeed-CD-ROM, DOS/Win 95
Grafik: 85 %
Spielspaß: 90 %

Adventure

Atlantis (Cryo)

Mit *Atlantis* schuf *Cryo* das grafisch bisher beeindruckendste Fantasy-Adventure für den PC. In einer komplett vorberechneten 3-D-Welt bewegt man sich mit weichen Kamerafahrten zu unzähligen Knotenpunkten, kann sich dort 380 Grad um die eigene Achse drehen und die Welt erkunden. Traumhafte Lichteffekte und Objektanimationen erzeugen eine greifbare Räumlichkeit in zauberhaften Gefilden, an denen man sich kaum satt sehen kann. Die ablaufende Geschichte ist Genretypisch (einsamer Held gerät unversehens in die Rolle des Weltenretters und muß auf dem Weg dahin unzählige Rätsel lösen) wartet aber mit einigen interessanten Wendungen auf. Das kulturell hochentwickelte Volk von *Atlantis* wird von einer Monarchie regiert, die an inneren Machtkämpfen zu zerbrechen droht.

Leider sind die Rätsel in dem von *Cryo* noch mal beschworenen *Atlantis* nur halb so originell wie die gestalterische Realisation. Zudem ziehen einige unschöne Sackgassen das Spiel unnötig in die Länge. Grafik- und Adventure-Fans sollten jedoch unbedingt einen Blick auf die traumhaften Welten von *Atlantis* wagen.

Pentium 90, 16 MB, QuadSpeed-CD-ROM, Win 95
Spielspaß: 70 %
Grafik: 95 %

Area D (ARI)
Obgleich die Dinosaurier-Euphorie ihren Höhepunkt schon überschritten hat, setzt die deutsche Software-Firma *ARI* die Urtiere in *Area D* noch einmal in Szene. Das als Action-Adventure vermarktete Game versetzt den Spieler in die Dschungelwelt von *Area D,* welche ein gut gehütetes Geheimnis birgt. Im Auftrag des Militärs beschäftigten sich dort Wissenschaftler mit der Züchtung von Dinosauriern.

Durch die Spielwelt bewegt man sich schrittweise, mit zum Teil recht ansprechend gestalteten Standbildern. Videoeinblendungen und Computeranimationen erzählen die Geschichte und lockern die Handlung ein wenig auf.

Obwohl man für das Spiel einen nicht unbeträchtlichen technischen Aufwand betrieb, ist die Geschichte schlecht erzählt und die Dialoge wirken oft platt ungewollt komisch. Auch bei der Gestaltung der Videosequenzen, merkt man den Machern die fehlende Erfahrung an. So wirkt das Spiel wie aus vielen Elementen zusammengestückelt und hinterläßt einen unbefriedigenden Eindruck.

486, 8 MB, DoubleSpeed-CD-ROM, Windows
Spielspaß: 35 %
Grafik: 60 %

Die phantastische Reise nach Terra-Gon (Modern Games)
Dieses, von *Modern Games* publizierte Spiel, versteht sich als Science Fiction-Multimedia-Produktion. Eine spacige SF-Geschichte führt durch mit Bildbearbeitung gestaltete Hintergründe. Hier verbinden sich Jules Verne-Romantik mit esoterischen Landschaftsentwürfen.

Um im Spiel voranzukommen, muß der Spieler Logikrätsel lösen und aufmerksam den Hinweisen der Story folgen. Animationen sind auf das notwendigste reduziert und bewegen sich im Rahmen von Macromedia-Produkten. Mit Hilfe einer Steuerleiste steuert man durch statische Hintergründe und forscht auf einer durch eine Katastrophe verwüsteten Erde nach dem kosmischen Ursprung der Menschheit. Zumeist sphärische, direkt für das Spiel geschriebene Musik, begleitet den Spieler auf seiner Reise. Einige Sackgassen fordern hin und wieder Geduld und auch die grafische Darstellung wirkt oft etwas steril. Seine eigentliche Stärke entwickelt das Spiel in der gut umgesetzten SF-Geschichte und der stimmigen Präsentation. An Referenzprodukte wie *Lighthouse* oder *Shivers* aus dem Hause *Sierra* reicht es jedoch längst nicht heran.

Für Fans von Bildbearbeitung gibt es 120 schicke Landschaftsmotive im JPEG-Format auf der CD. Eine Audio-CD liegt als weitere Zugabe bei.

486 DX2-80, 16 MB, DoubleSpeed-CD-ROM, Windows
Spielspaß: 65 %
Grafik: 70 %

Harvest of Souls Stadt der verlorenen Seelen (Sierra)
Obwohl Sierra *Harvest of Souls* als Fortsetzung zu *Shivers* vermarktet, gibt es inhaltlich keinen Bezug zwischen den Spielen. Schauplatz ist ein kleines Kaff in Arizona, wo sich der Spieler auf die Suche nach einer verschwundenen Rockband begibt. Indianische Geister, mysteriöse Örtlichkeiten und ein bedrohliches Wesen im Hintergrund begleiten ihn auf seiner schwierigen Suche.

Damit *Harvest of Souls* nicht zu einem weiteren Myst-Clone verkommt, ließ sich Sierra einiges einfallen. Zum einen bewegt sich der Spieler schrittweise durch eine gerenderte 3-D-Landschaft, die man an den Knotenpunkten mit Hilfe einer 360 Grad-Rundumsicht bewundern kann, zum anderen spielt Musik eine wichtige Rolle bei der Auflösung der Rätsel. Fast 50 Puzzles sind bis zur Klärung des Geheimnisses um das Verschwinden der Rockband zu lösen, wobei dem Spieler unterschiedliche Lösungswege angeboten werden und auch drei voneinander abweichende Endsequenzen erreichbar sind.

Sollte man bei einem Puzzle überhaupt nicht mehr weiterkommen, kann man es auch überspringen, muß dann aber Punkteabzug in Kauf nehmen.

Die gelungene mystisch/gruselige Atmosphäre in Anlehnung an die indianische Kultur (welche nie in Horror umschlägt) und die überzeugende grafische Umsetzung (man kann nicht nur ringsum blicken, sondern stufenlos von oben nach unten), machen *Harvest of Soul* zu einem spannenden Adventure mit Tiefgang.

486 DX 66, 12 MB, DoubleSpeed-CD-ROM, Win 3.11/Win 95
Spielspaß: 80 %
Grafik: 85 %

Phantasmagoria II – Labor des Grauens (Sierra)
Die Fortsetzung des interaktiven Gruselschockers *Phantasmagoria* kommt nicht nur mit einer Unmenge Blut und Gewalt, sondern auch einer ganzen Portion hartem Sex daher. Von einer Mitarbeiterin verführt, gerät die Hauptperson immer tiefer in eine bizarre triebhaftige Abhängigkeit und damit in einen vorerst undurchschaubaren Strudel aus Sex, Brutalität und Entsetzen. Im weiteren Spielverlauf lüftet sich Schritt für Schritt das Geheimnis, wobei ein Fehltritt nicht selten mit einem unschönen Tod bestraft wird.

Phantasmagoria II

Videos in hoher Qualität führen durch die Adventurekapitel, lassen aber Originalität und Rätseldichte etwas auf der Strecke. Ein wenig zurückhaltender hätte man mit dem reichlich herumspritzendem Blut umgehen können. In puncto Gänsehautstimmung bleibt das Spiel jedoch ungeschlagen. Da sieht man auch über einige logische Ungereimtheiten hinweg. Für SF-Fans wird *Phantasmagoria II* spätestens dann interessant, wenn der gepeinigte Held im letzen Teil der Geschichte auf ihm übelwollende Aliens trifft. Obwohl empfindsame Gemüter die Möglichkeit haben, die härtesten Szenen in *Phantasmagoria II* in den Spieloptionen abzuschalten, sollte die USK-Empfehlung (ab 18 Jahren) ernst genommen werden.

Pentium 75, 12 MB, QuadSpeed-CD-ROM, Win 95
Spielspaß: 70 %
Grafik: 90 %

PYST (Palladium Interactive)
Die Verkaufsverpackung verspricht jede Menge Humor. Leider vergaßen die Entwickler von *PYST* der Software eine Spielhandlung zu implementieren. So besteht die vollmundig verkündete Satire auf *MYST* aus Standbildern (Postkarten) mit interaktiven Bereichen, in denen der User kleine Animationen oder Geräuschsequenzen auslöst. Einige Videosequenzen (hier verpflichtete man sogar John Goodman zur Mitarbeit) lockern die überwiegend statische Atmosphäre etwas auf. Die eigentliche Grundidee: *PYST* ist das von unzähligen Adventurespielern heruntergewirtschaftete *MYST* (überall trifft man auf Schmutz und Zerfall), nutzte man nur unzureichend. Nur bei einigen Monologen kommt so etwas wie Satire auf. Bemerkenswert ist allenfalls noch der Verkaufspreis von rund 20 DM.

Eine weitere Besonderheit: *PYST* ist auch auf dem Macintosh lauffähig.

Pentium 75 (Win 95), 486 DX2-66 (Win 3.11), 8 MB, Double-Speed-CD-ROM
Spielspaß: 20 %
Grafik: 60 %

Dark Earth (MicroProse/Kalisto)
Das Action-Adventure *Dark Earth* spielt zu einer Zeit, in der fast die gesamte Menschheit durch die Einschläge riesiger Meteoriten ausgelöscht wurde. Dunkelheit hat sich über das karge Land gelegt und nur an wenigen Stellen, an denen seltsamerweise noch immer Sonnenlicht durch die staubige Atmosphäre dringt, versuchen die wenigen Überlebenden die menschliche Zivilisation am Leben zu erhalten.

Arkhan, die vom Spieler zu steuernde Hauptfigur, verrichtet seine Arbeit als *Hüter des Feuers* in *Dohymion,* einem der wenigen *Stalliten* auf der verwüsteten Erde. Gleich zu Beginn des Spiels wird er Zeuge eines Attentats auf die Predigerin des Sonnengottes. Während er versucht, ihr Leben zu retten, wird er mit einem Gift der Attentäter kontaminiert, welches ihn derartig entstellt, daß er den meisten Bewohnern *Dohymion* als Kreatur der Finsternis erscheint. Auf der Suche nach einem Gegenmittel beginnt für Arkhan eine abenteuerliche Reise in die unteren Bereiche der Stadt. Dabei offenbart sich ihm eine bedrohliche Verschwörung, welche die letzten Hoffnungen der Menschheit begraben könnte ...

Dark Earth ist ein Pflichtprogramm für jeden Science Fiction-interessierten Computerspieler. Eine absolut romanreife Story, die den Spieler sofort in ihren Bann zieht, saubere grafischen Umsetzung (der Spieler steuert und agiert mit aufwendig modellierten und texturierten Polygon-Charakteren vor äußerst realistischen SVGA-Hintergründen), ausgezeichnete Sprachausgabe und eine faszinierende düstere Endzeitwelt machen *Dark Earth* zu einem beeindruckenden Spielerlebnis.

Eine besondere Bedeutung in *Dark Earth* hat der Zeitfaktor. Ist Arkhan einmal kontaminiert, läuft ihm die Zeit davon. Schafft es der Spieler nicht rechtzeitig, das Gegenmittel zu beschaffen, ist Arkhan verloren.

Obwohl Arkhan hin und wieder zur Waffe greifen muß, ist *Dark Earth* kein brutales Actiongame. Arkhan ist nicht gezwungen, sinnlose Gewalt anzuwenden, um seine Ziele zu erreichen. Vielmehr liegen Adventureaufgaben im Vordergrund.

Der einzige Schwachpunkt in diesem sonst ausgezeichnetem Programm, ist die eingeschränkte Speicherfunktion. Nur an bestimmten Örtlichkeiten im Spiel ist ein Abspeichern möglich. Dies schränkt das Spielvergnügen jedoch nur unwesentlich ein.

Pentium 75, 8 MB, QuadSpeed-CD-ROM, Win 95
Spielspaß: 95 %
Grafik: 95 %

Riven (Red Orb)
Dem *Myst*-Nachfolger *Riven* (5 CDs) merkt man die 3 ½jährige Entwicklungszeit deutlich an. Die traumhaften Grafiken suchen ihresgleichen und entführen den Spieler in mystische Welten voll geheimnisvoller Artefakte und bizarrer, antik wirkender Maschinen. Eine Handvoll miteinander verbundener Inseln voller fremdartiger Technik und exotischen Landschaften laden zum Erkunden und Erforschen ein.

Um sich von der statischen Sterilität der Standbilder von *Myst* zu lösen, implementierten die Designer in *Riven* Landschaftsanimationen (bewegtes Wasser, animierte Tiere usw.) und 3-D-gerenderte Schnittszenen (z. B. beim Wechsel von Insel zu Insel). *Riven* wirkt so deutlich lebendiger und vermittelt stärker das Gefühl, sich in einer fremden Welt zu befinden.

Riven ist ein absolut gewaltfreies Spiel, dessen Rätsel stärker mit der Spielhandlung verwoben wurden als beim Vorgänger *Myst*. Auf eine Begegnung mit anderen Charakteren wartet man aber auch in *Riven* vergebens. Die gediegene Atmosphäre und die stimmungsvollen Sounds laden den geduldigen Adventurespieler ein, an langen Wochenenden in eine traumhafte Fantasywelt hinabzutauchen.

Pentium 100, 16 MB, QuadSpeed-CD-ROM, Win 95
Spielspaß: 85 %
Grafik: 100 %

Floyd (Adventure Soft)
Das neueste Comedy-Adventure der *Simon the Sorcerer*-Macher läßt uns Zeugen der Abenteuer des Alien-Helden-wider-Willen *Floyd* werden. Der augenfälligste Unterschied zu den

genialen *Simon the Sorcerer*-Spielen ist wohl die grafische Umsetzung. *Floyd* ist ein 3-D-gerenderter Charakter in einer grellbunten SF-3-D-Comic-Welt.

Die Dialoge, von Profisprechern umgesetzt, treffen fast immer ins Schwarze und den richtigen Ton. Bei *Floyd* bleibt kein Auge trocken. Unzählige Anspielungen zu SF-Filmen und Spielen und verblüffende grafische Gags (vergleichbar derer in aufwendigen Zeichentrickfilmen) bieten beste SF-Unterhaltung.

Floyd hat es in seinem ersten intergalaktischen Abenteuer nicht leicht. Unter einer diktatorischen Alien-Regierung (Orwell läßt grüßen) wird er wegen mutwilliger Sachbeschädigung zur Strafkolonie Cygnus verschifft, um wieder ein gefügsamer (und glücklicher) Bürger des Staates zu werden. Natürlich gelingt ihm die Flucht, und für *Floyd* beginnt ein Leben im Untergrund. Mit Hilfe des durchgeknallten Kampfroboters SAM und der Widerstandskämpferin Dolores, lehrt er den Herrschenden das Fürchten. Wer außerdem noch wissen will, was es mit den Kornkreisen auf sich hat und wie man sicher durch den Asteroidengürtel steuert, sollte einen Blick in diese Science Fiction-Komödie wagen.

Bei all diesen Vorzügen ist besonders die Unlogik einiger Rätsel ärgerlich. Kommt der Spielfluß einmal ins Stocken, tritt man auf der Stelle, und stumpfsinniges Ausprobieren ist angesagt. Nichts gegen knackige Rätsel, sie sollten jedoch immer nachvollziehbar bleiben.

Pentium 75, 16 MB, QuadSpeed-CD-Rom, Win 95
Spielspaß: 75 %
Grafik: 90 %

Down in the Dumps (Philips Media)
Daß auch Adventure noch innovative Möglichkeiten bieten und das Potential kreativer Möglichkeiten längst nicht erschöpft ist, kann man in *Down in the Dumps* bestaunen. Die Blubs, so nennen sich die winzigen Helden, sind witzig gestaltete 3-D-Figuren, denen man ihre digitale Herkunft nicht anmerkt. Sie scheinen vielmehr einem sauber animierten Puppentrickfilm zu entstammen, als von Programmiererhirnen erdacht zu sein.

In der Intro – Familie Blub befindet sich mit ihrem Mittelklasseraumschiff gerade auf Urlaubstour – stößt die ausgeflippte Meute mit einem *Fluchtraumschiff* übler Bankräuber zusammen und stürzt auf einer Müllhalde in New York, Planet Erde ab. Leider sind auch die Bankräuber nur einen Steinwurf weit entfernt. Für Aufregung ist also gesorgt.

Das Raumschiff der Blubs befindet sich nach dem Absturz in einem furchtbaren Zustand. Dem Spieler wird die verantwortungsvolle Aufgabe übertragen, sämtliche, durch den Aufprall verlorengegangenen Wrackteile einzusammeln, um Großvater Blub bei seiner Reparatur unter die Arme zu greifen. Das Adventure – komplett 3D-gerendert und animiert – gliedert sich in vier Teile, welche rätseltechnisch so einiges auf Lager haben. Für die meisten Aufgaben gibt es meist mehr als einen Lösungsweg.

Der abgefahrene Humor, die originelle Story und die ausgezeichnete deutsche Synchronisation machen *Down in the Dumbs* zu einem Top-Adventure.

486 DX4-100, 8 MB, DoubleSpeed-CD-ROM, DOS
Spielspaß: 90 %
Grafik: 95 %

Orion Burger (Sanctuary Woods)
Dieses witzige Adventure ist eine Science Fiction-Persiflage über eine etwas andere Eroberung der Erde. Eine kosmische Fastfoodkette mit dem Namen *Orion Burger* entdeckt die Menschheit als neuen Rohstofflieferanten für das dringend benötigte Hamburgerhack. Der Spieler ist nun angehalten, für das menschheitsrettende Happy End zu sorgen und muß hirnverdrehende Aufgaben lösen. Saubere SVGA-Comic-Grafik und urkomische Figuren fesseln am Bildschirm. Leider sind viele Puzzles nicht immer völlig logisch und zwingen den Spieler so manches Mal zum langwierigen Herumprobieren.

486 DX4-80, 8 MB, DoubleSpeed-CD-ROM, DOS/Win 95
Spielspaß: 75 %
Grafik: 90 %

Toonstruck (Virgin)
Toonstruck ist der erste Versuch, Zeichentrick und Realfilm am Computermonitor zu vereinen. Christopher Loyd (bekannt aus *Zurück in die Zukunft*) spielt einen gebeutelten Comic-Zeichner, der urplötzlich in seine eigene, aus den Fugen zu geratende Trickfilmwelt versetzt und dort dem trickfilmtechnischen Wahnsinn ausgesetzt wird. *Virgin* brennt ein Feuerwerk an hintersinnigen Gags, Trickfilmanimation in SVGA und einer genialen deutschen Synchronisation ab. Obwohl die Dialoge etwas geschwätzig daherkommen, stellt sich nur selten der Wunsch ein, diese abzubrechen. So steuert man *Christopher Loyd* als *Mal Block* durch die prächtigen Schauplätze, versucht erfreulich logisch gehaltene Rätsel zu entwirren und muß sich nach so mancher Konversation die Lachtränen aus den Augen wischen. Die Story geizt nicht mit bissigem Humor und nimmt so manches niedliche Trickfilm- und Fantasyklischee aufs Korn. Leider hat man das Adventure viel zu schnell durchgespielt, da einen das Spitzengame, einmal angespielt, nicht wieder losläßt.

486 DX4-100, 8 MB, DoubleSpeed-CD-ROM, DOS
Spielspaß: 90 %
Grafik: 95 %

Strategie

Strategiespiele boomen und jeden Monat werden neue Produkte auf den anscheinend immer noch nicht gesättigten Markt geworfen. 1997 erlebte die Strategiewelle ihren bisherigen Höhepunkt. Dabei haftet dieser Spielegattung der zweifelhafte Ruf an, kriegsverherrlichende Szenerien zu entwerfen. Besonders makaber sind solche Programme, in denen auf historischen Kriegsschauplätzen Schlachten nachgespielt werden und der Spieler virtuelle Einheiten als Kanonenfutter an die VGA- oder SVGA-gezeichnete Front schickt (z. B. *Panzergeneral*). Ein großer Teil der Spielehersteller versucht die moralische Fragwürdigkeit dadurch zu entschärfen, daß sie Figuren und Orte verfremden, um damit dem Spieler genügend Abstand zum Thema zu ermöglichen. *Command and Conquer,* der vielleicht bekannteste

Vertreter unter den Strategie-Games, bewies hier leider auch nur eine unzureichende Konsequenz. Um einer Indizierung vorzubeugen, marschieren in der deutschen Version von *Command and Conquer* Roboter statt Menschen übers Schlachtfeld.

Trotz dieser Vorbehalte haben gerade die besseren Strategie-Games ein immenses Suchtpotential und fordern beim Spieler eine ganze Portion organisatorischer und vorausschauender Intelligenz.

7th Legion (MicroProse)

Im 21. Jahrhundert steht die Erde vor dem Untergang. Die aus Profitgier resultierende Umweltverschmutzung hat Ausmaße angenommen, welche ein Umkippen der Ökologie zur Folge hat. Einem großen Teil der privilegierten Erdbevölkerung gelingt die Flucht ins All, der Rest der Menschheit wird auf dem geschundenen Planeten zurückgelassen. Als sich nach etlichen Jahrhunderten die Erde wieder erholt hat, kehren jene Auserwählten zurück, um rücksichtslos die alte Heimstatt wieder in Besitz zu nehmen. Die Nachkommen der Zurückgebliebenen sind davon natürlich nicht im mindesten angetan.

Um einen deutlichen Schwerpunkt zu setzten, verzichtete man in **7th Legion** aufs Ressourcenmanagement und setzte ganz auf Echtzeitkämpfe zwischen den Landschaften einer Zukunftserde. Der Spieler hat auch in diesem Spiel die Möglichkeit, zwischen beiden Parteien zu wählen. Eine weitere Besonderheit sind eine Art Ereigniskarten, welche der Spieler gegen feindliche Einheiten ausspielen kann. Die Vergabe der Karten ist zufällig (der Spieler erhält im Laufe des Einsatzes neue Karten hinzu) und bringt somit gewisse Überraschungsmomente ins Spiel. Die einzelnen Missionen sind verschiedenartig und zum Teil erst nach einigen Anläufen zu lösen. Geschmacklos und völlig überflüssig sind die oft recht blutrünstigen Zwischensequenzen. Diese erklären vielleicht auch die Altersfreigabe ab 18 Jahren.

Pentium 100, 2 MB Grafikkarte, 16 MB, QuadSpeed-CD-ROM, Win 95
Spielspaß: 75 %
Grafik: 75 %

Atmosfear (Tring International)

Ein mutiges Unterfangen war die Umsetzung des Grusel-Brettspiels *Atmosfear.* Einige gerenderte Zwischensequenzen von durchschnittlicher Qualität und die gelungene deutsche Sprachausgabe täuschen nicht über den eigentlichen Brettspielhintergrund hinweg. So ist das Spiel im Einzelmodus recht langweilig. Ab drei Personen kommt so etwas wie Spielstimmung auf.

Ziel des Spiels ist es, auf begrenzten Spielfeldern, auf denen man sich mittels Würfelwurf fortbewegt, einen gangbaren Weg zu finden, Schlüssel aufzusammeln und den Torwächter zu besiegen. Als besondere Zugabe gibt es eine Audio-CD mit Elektronikmusik.

486 DX2-66, 4 MB, DoubleSpeed-CD-ROM, Windows
Spielspaß: 65 %
Grafik: 60 %

Dark Colony (Take 2/Acclaim)

Im 21. Jahrhundert treibt der ökologische Kollaps der Erde die Menschheit zu dem Entschluß, den Mars zu kolonisieren. Schnell stellen die neuen Siedler jedoch fest, daß sie nicht allein auf dem roten Planeten sind. Jene Aliens, die schon durch den Roswell-Zwischenfall Aufmerksamkeit erregten, sind nach einer furchtbaren Seuche auf ihrem Planeten ebenfalls auf der Suche nach einer neuen Heimat und setzen alles daran, auf dem Mars dieses Ziel zu verwirklichen.

Zu Beginn der ersten Mission muß sich der Spieler entscheiden, ob er auf seiten der Aliens, oder der Menschheit stehen will. *Dark Colony* weiß besonders durch gute Spielbarkeit und die ausgezeichnete Spielgestaltung zu gefallen. Eine Handvoll Trainingsmissionen machen den Spieler ohne ermüdende Handbuchlektüre mit der Steuerung vertraut. Sehr einfallsreich zeigte man sich auch bei der Darstellung der großäugigen Außerirdischen und ihrer biomechanischen Technik. Die einzelnen Missionen werden in Echtzeit auf einem SVGA-Spielfeld ausgetragen. Eine vielfältige und detailverliebte Bodengestaltung, realistische Schatteneffekte, und verschiedenartige Animations- und Explosionseffekte, lassen

Dark Colony

ebenso von der Optik her keinen Frust aufkommen. Allein die etwas stumpfsinnigen Zwischensequenzen hätte man besser umsetzen können.

Pentium 75, 16 MB, DoubleSpeed-CD-ROM, Win 95
Spielspaß: 85 %
Grafik: 90 %

Demonworld (Ikarion)
Nach und nach kämpft sich auch *Ikarion* an die Spitze der deutschen Spielesoftwarefirmen mit Weltniveau. Nach dem packenden Action-Adventure *Projekt Paradise,* legt *Ikarion* nun sein Meisterstück im Strategiebereich vor. Anders als in *Blue Bytes Incubation,* gibt es in *Demonworld* keine Innovationen in technischer Hinsicht, sondern ein äußerst liebevoll gestaltetes klassisches Fantasy-Hex-Strategiespiel nach der Vorlage des gleichnamigen Tabletops.

Ikarion leistete ganze Arbeit und setzte das sehr komplexe Spielsystem von *Demonworld* in ein intuitiv erlernbares Computerspiel um. Auch bei der grafischen Umsetzung bleiben keine Wünsche offen. SVGA in höchsten Auflösungen, zauberhaft animierte Figuren und detaillierte Texturen machen *Demonworld* zum bisher schönsten Hex-Strategiegame. Märchenhafte Zwischensequenzen in ausgezeichneter Qualität führen durch die sich ähnlich einer Geschichte entwickelnde Handlung. Für zusätzliche Abwechslung sorgen etliche Missionen in isometrischer Spielumgebung. *Demonworld* ist für Tabletop-, Fantasy- und Strategie-Fans ein Muß.

Pentium 60, 16 MB, QuadSpeed-CD-ROM, Win 95
Spielspaß: 90 %
Grafik: 95 %

Dungeon Keeper (Bullfrog)
Zu den wohl innovativsten Spielen kann man 1997 mit Sicherheit *Dungeon Keeper* zählen. Der Spielehybrid vereinigt handfeste Action mit strategischen Elementen und stellt das klassische Rollenklischee von Gut und Böse auf den Kopf. So hat der Spieler in diesem besonderen Fantasy-Spektakel die Rolle des Bösen mit Leben zu erfüllen. Als finsterer *Dungeon Keeper* muß man versuchen, genügend gemeine und böswillige Kreaturen im eigenen Dungeon anzusiedeln, um mit dieser Brut Ritter und strahlende Helden in die Falle zu locken. Mit gut Zureden ist es da nicht getan. Die Monster benötigen Lohn, genügend Nahrung, eine ausfüllende Freizeitbeschäftigung und jede Menge Training, um ihre Aufgaben zu erfüllen. Verschläft man die richtige Planung, sind Mord und Totschlag in den eigenen Reihen keine Seltenheit. Mit der Zeit wird das eigene unterirdische Reich immer größer und man selbst immer mächtiger. Auch um die Ausbildung seiner Monster hat sich der Spieler zu kümmern. Schließlich verlangen immer gerissenere Helden nach immer ausgetüftelteren Fallen und Zaubersprüchen.

Grafisch kann man während des Spiels von einer isometrischen zu einer 3-D-Ansicht umschalten. Leider wirkt der 3-D-Modus recht verpixelt. Die ausgefeilte Lichttechnik und die liebevollen Details können an dieser Stelle jedoch einiges wett machen. Für Action-Liebhaber ist dieser Modus (obwohl nur in kleinen Kämpfen sinnvoll) am interessantesten. Er eignet sich zudem vorzüglich, um sein eigenes Reich in Augenschein zu nehmen. Hier kommt auch die fein ausgetüftelte Geräuschkulisse zum Tragen. Damit die Sache nicht zu einfach wird, muß man sich hin und wieder auch gegen andere *Dungeon Keeper* zur Wehr setzen. Etwas makaber ist vielleicht der Einsatz von Folterkammern, um feindliche Kreaturen das Fürchten zu lehren. Auf diese Geschmacklosigkeit hätte man wohl verzichten können.

Als Einstiegserleichterung in diese recht komplexe Welt, steht in den ersten Leveln ein automatischer Hilfemodus zur Verfügung, der den *Dungeon Keeper*-Neuling nach und nach mit allen wichtigen Dingen vertraut macht. Hat man erst einmal sein kleines Reich errichtet und die ersten Ritter geschlagen, steht einer weiteren Expansion nichts mehr im Wege.

486 DX4-100, 8 MB, DoubleSpeed-CD-ROM, DOS
Spielspaß: 90 %
Grafik: 80 %

Incubation (Blue Byte)

Auch *Blue Byte* versucht mit dem vierten Teil der Battle Isle-Reihe dem Strategiegenre neue Impulse zu verleihen. Spielerisch erinnert *Incubation* am ehesten noch an *MicroProses* X-COM-Serie und hat nur noch wenig mir den vorherigen Battle Isle-Spielen zu tun. Durch die Verwendung der leistungsstarken 3-D-Engine aus *Extrem Assault,* ist dieser Vergleich jedoch nur bedingt zutreffend.

Das Abenteuer beginnt auf einem fremden Planeten. Durch ein Virus werden die vorher friedfertigen insektenartigen Ureinwohner zu tödlichen Kampfmaschinen und fallen über die irdischen Kolonisten her. Es beginnt ein Kampf ums nackte Überleben, welcher nicht zuletzt durch die in Horden auftretenden bizarren Insektenwesen intensiv an Szenen aus dem Spielfilm *ALIENS* erinnert.

Obwohl sich *Blue Byte* für einen rundenbasierten Spielablauf entschied, erwächst durch die komplexen Szenarien und ein Erfahrungswerte-System hochexplosive Spannung. Intelligentes taktisches Vorgehen ist Voraussetzung, um die anspruchsvollen Missionen zu bewältigen. Zusätzliche Feature sind eine frei positionierbare Kamera im Spielgeschehen, fünf unterschiedliche Einsatzgebiete, einzeln ausrüstbare Kämpfer, sechzehn individuell anwendbare Ausrüstungsgegenstände und ein umfangreicher Mehrspielermodus. Auch eine optionale 3D-Karten-Unterstützung wird für High-End-Systeme angeboten.

Pentium 90, 16 MB, 2 MB Grafikkarte DoubleSpeed-CD-ROM, Win95 (optional 3Dfx-Unterstützung)
Spielspaß: 85 %
Grafik: 85 %

Outpost II (Sierra)
Nach dem noch relativ unausgegorenen ersten Teil des Planetenbesiedlungsepos versucht *Sierra* die wesentlichsten Fehler in der Fortsetzung auszubügeln. So geht es diesmal nicht darum, fremde Planeten zu besiedeln, vielmehr sind die Probleme einer schon ansässigen Kolonie zu bewältigen. Dazu zählen nicht allein die verschiedenen Umweltaspekte (Lavaausbrüche, Unwetter oder Meteroritenhagel machen den Siedlern des öfteren zu schaffen), sondern ebenso die internen Konflikte der inzwischen in zwei feindliche Lager zerfallenen Kolonie. Während sich die eine Hälfte den rauhen Umweltbedingungen anpaßt, betreibt die andere Hälfte fleißig das Terraformen und löst dabei eine Katastrophe aus, bei der ein gefährliches Virus freigesetzt wird.

Der Konflikt ufert aus und forciert zum Teil in militärische Auseinandersetzungen.

Der Spieler wählt zu diesem Zeitpunkt zwischen einer der beiden Parteien und kann sich dann ins Echtzeitgeschehen stürzen. Besondere Beachtung legte man in *Outpost II* auf einen glaubhaften Science Fiction-Hintergrund und die nicht alleinige Beschränkung auf militärische Spielabläufe. Für den geduldigen, detailverliebten Science Fiction-Fan ist *Outpost II* die richtige Wahl, ohne überflüssigen militärischen Ballast.

Von den ausgezeichneten Zwischensequenzen abgesehen, ist die Spielgrafik etwas altbacken und kann sich nicht mehr mit den Genrebesten messen. Auch die Spielgeschwindigkeit wird durch teils unglückliches Echtzeitmanagement ausgebremst.

486-100, 16 MB, DoubleSpeed-CD-ROM, Win 95
Spielspaß: 80 %
Grafik: 70 %

Total Annihilation (GT Interactive)
Obwohl die Spielidee - in einer fernen Zukunft stehen sich waffenstarrende Roboterarmeen feindlich gegenüber - völlig abgegriffen ist, trumpft *Total Annihilation* mit technisch erstklassiger Umsetzung (echtes 3-D-Gelände und animierte 3-D-Polygonobjekte) und anspruchsvollen Missionen auf. Die Einsatzgebiete liegen auf unterschiedlichen Welten (Lava- Eis- oder Stahllandschaften) und berücksichtigen auch physikalische Gesetze. Wichtiger Bestandteil in *Total Annihilation* ist das Ressourcenmanagement und die Verteidigung der eigenen Anlagen. Einfache Steuerung, anspruchsvolle grafische Effekte und umfangreiche Solomissionen bieten dem Spieler zusätzliche Motivation. Dazu erzeugt ein melancholischer Soundteppich aus klassischer Musik eine ganz besondere Spielatmosphäre.

Pentium 90, 16 MB, QuadSpeed-CD-ROM, Win 95
Spielspaß: 85 %
Grafik: 95 %

Warlords III (RED ORB/MicroProse)
Auch der dritte Teil der Fantasy-Strategie-Reihe *Warlords* orientiert sich am klassischen Spielsystem und wird in Runden ausgetragen. Anders als in vielen aktuellen Echtzeit-Spielen, kann sich hier der Spieler jeden Spielzug genau überlegen und gezielter vorgehen. Der Spieler muß mittelalterliche Städte und Burgen erobern, Armeen aufstellen und Helden anheuern. Eine Übungsmission führt den Spieler knapp in die wichtigsten Elemente der Spielsteuerung ein, hinterläßt aber auch etliche Fragen, die sich erst nach der Handbuchlektüre klären.

Obwohl sich *Warlords III* technisch nicht mehr mit dem

Großteil der brandneuen Strategiegames messen kann, wurde die isometrische Spielumgebung liebevoll gestaltet und hinterläßt einen guten Gesamteindruck. Obwohl auch in *Warlords III* Schlachten ausgekämpft werden, hat man nie das Gefühl, kriegsverherrlichende Szenarien zu durchspielen. Etwas kindlich wirken die albernen Zwischensequenzen.

Pentium 75, 16 MB, QuadSpeed-CD-ROM, Win 95
Spielspaß: 75 %
Grafik: 60 %

X-COM 3 Apocalypse (MicroProse)

Auch im dritten Teil der X-COM-Saga versuchen bösartige Aliens die Erde unter ihre Kontrolle zu bekommen und die Menschheit unter ihre Führung zu zwingen. Bei ihrem Vorgehen sind die Aliens weit von jenem dummen, alles niederwalzenden Vernichtungsfeldzug wie z. B. in *Independence Day* entfernt. Vielmehr infiltrieren sie Orte wirtschaftlicher und politischer Kontrolle (schließlich ist fast jeder bestechlich) und

X-COM 3 Apocalypse

weiten in menschlicher Gestalt ihren Einfluß aus. Darüber hinaus bietet die Menschheit des Jahres 2084 wegen ökologischer und ökonomischer Zusammenbrüche ein leichtes Ziel.

X-COM, eine durch die Regierung finanzierte Abwehreinheit gegen die Außerirdischen, wird wieder ins Leben gerufen und startet ihre Aktivitäten in Mega Primus, der einzigen noch intakten Stadt auf der Erde.

Überraschenderweise fesselt auch der dritte Teil dieser schon klassischen Strategiereihe für Stunden am Bildschirm und steht seinen Vorläufern, was Spielspaß betrifft, keinen Deut nach. Die Mischung von strategischer Planung (z.B. Erforschen von Alien-Artefakten, der Ausbau von X-COM-Basen oder der wohlüberlegte Umgang mit den knappen Ressourcen) und dem taktischen Vorgehen bei Kampfeinsätzen, sorgen für ausreichende Langzeitmotivation. Neu in *X-COM-3* ist die Möglichkeit, in eine Art Echtzeitmodus umzuschalten. Andererseits geht dem Spieler hier die direkte Kontrolle über die vielen Manipulationsmöglichkeiten verloren, es sei denn, er betätigt häufiger als üblich die Pausetaste. Die Spielansicht kann man von einem isometrischen 3-D-Blick zu einer 2-D-Kartensicht umschalten, um eine schnelle Übersicht zu erlangen. Da die isometrische Ansicht nicht rotiert, gibt es beim Spiel hin und wieder tote Winkel, die zu unfairen Situationen führen.

Um die Gestaltung der bizarren Alienwelt mit den grausigen Aliens kümmerte sich der bekannte SF-Art-Künstler *Tim White*. Viele der Außerirdischen in *X-COM* tragen so auch die unverwechselbare Ausstrahlung seiner sonstigen SF-Arbeiten.

486 DX4-100, 8 MB, QuadSpeed-CD-ROM, DOS/Win 95
Spielspaß: 85 %
Grafik: 85 %

WarWind (Mindscape/SSI)

Bei wohlwollender Betrachtung könnte man behaupten, die Programmierer von *SSI* hätten mit *WarWind* ein packendes Sequel zu *Warcraft (Blizzard)* geschaffen. Leider wurde jedoch hemmungslos kopiert. Das fängt bei der Wortverwandtschaft des Namens an, setzt sich in der Spielgestaltung fort und mündet in grafischer Ähnlichkeit. Da *Warcraft* eine ausgezeichnete Spielgestaltung aufweist, vermag *WarWind* ebenso zu überzeugen und wartet sogar mit einigen spieltechnischen Verbesserungen auf. Die Optionsmöglichkeiten sind reichhaltig und die Missionen auf dem nebligen Sumpfplaneten mit vier unterschiedlich entwickelten Rassen motivierend gestaltet.

Pentium 60, 16 MB, DoubleSpeed-CD-ROM, Win 95
Spielspaß: 75 %
Grafik: 75 %

AUTOREN

Carl Sagan

(1934–1996)

von Rainer Eisfeld

»Es ist gut, daß wir von neuem staunen lernen ... Die Raumfahrt hat wieder Kinder aus uns gemacht.«

Die Zeilen, die über diesem Nachruf stehen, dürften vielen vertraut sein. Ray Bradbury hat sie als Motto seinen »Mars-Chroniken« vorangestellt. Aber passen sie nicht ebenso auf das goldene Zeitalter der Erforschung des Sonnensystems, die unbemannten Raumfahrtmissionen der 70er wie der 80er Jahre? Und auf das Lebenswerk des herausragendsten Interpreten solcher faszinierenden Wunder der Wissenschaft unserer Tage, des Astrophysikers Carl Sagan? Professor für Astronomie und Raumforschung an der Cornell University in Ithaca (New York), Träger der höchsten Auszeichnung der amerikanischen Akademie der Wissenschaften (der Public Welfare Medal), starb er letztes Jahr, wenige Tage vor Weihnachten, 62jährig in einem Krebszentrum in Seattle.

Instrumentensonden waren es, die enthüllten, daß Venus und Mars, Jupiter und Saturn, Uranus und Neptun samt ihren Monden weit fremdartiger und vielgestaltiger sind, als erdgebundene Forschung angenommen hatte. Für Bruchteile der Kosten des *Apollo*-Mondlande-Programms verwandelten *Pioneer-, Magellan-, Viking-* und *Voyager*-Sonden unser Bild der Planeten (mit den Worten Carl Sagans) »von Lichtpunkten, die über den Nachthimmel ziehen, in neue Welten, über die man Bescheid weiß wie über neuentdeckte Länder«. Die Stromtäler des Mars, die Vulkane auf dem Jupitermond Io, die Bänder der Saturnringe – solche und ähnlich gelagerte Entdeckungen begriff Sagan als einmalige historische Chance,

Carl Sagan

unserer Generation zu vermitteln, was er die »kosmische Perspektive« nannte: ein Gefühl dafür, daß wir »unser Leben auf einem winzigen Brocken aus Fels und Metall fristen, der einen der 250 Milliarden Sterne umkreist, welche unsere Galaxis bilden - eine in einem Universum von Milliarden von Galaxien«.

Bücher wie *Intelligent Life in the Universe* (mit dem sowjetischen Astrophysiker Iosif Shklowskij), *The Cosmic Connection* (dt. »Nachbarn im Kosmos«), *Comet* (mit Ann Druyan), *Murmurs of Earth* (mit einer Anzahl Co-Autor/inn/en), *Broca's Brain,* vor allem aber die verschwenderisch illustrierten Bände *Cosmos* und *Pale Blue Dot* (dt. »Blauer Punkt im All«) künden von Sagans ebenso ehrgeizigem wie erfolgreichem Bemühen um den Entwurf einer derartigen »extraterrestrischen« Perspektive. Er wußte eindringlich zu formulieren; und er verstand die visuellen Möglichkeiten unserer Zeit zu nutzen. Cosmos hieß nicht nur ein Buch, sondern auch eine 13teilige Fernsehserie, die 1980 mit Sagan als Moderator in 60 Ländern ausgestrahlt wurde. Man schätzt, daß sie weltweit 400–500 Millionen Menschen erreicht hat. In den USA trug sie dazu bei, Carl Sagan bekannter zu machen als jeden anderen lebenden Wissenschaftler. Den Titel seines vorletzten Werks, *Pale Blue Dot,* veranschaulichte ein Vorsatzfoto, aufgenommen durch *Voyager 2* von einem Punkt jenseits der Neptunbahn. Es zeigte die Erde im All - als fahles Tüpfelchen inmitten eines Sonnenstrahls. *Pale Blue Dot* fußte zu einem erheblichen Teil auf Artikeln, die Sagan zuvor in dem Magazin *Parade* veröffentlicht hatte, der in 80 Mio. Exemplaren gedruckten Sonntagsbeilage einer Vielzahl amerikanischer Zeitungen.

Damit nicht genug, war Sagan maßgeblich daran beteiligt, keineswegs nur (wie er selbst es ausgedrückt hat) »Botschaften *an* die Erde« zu verfassen, sondern auch »Botschaften *von* der Erde« - Lebenszeichen unseres Planeten, montiert auf die Sonden *Pioneer* und *Voyager,* die als erste von Menschenhand geschaffene Geräte in den interstellaren Raum hinausflogen. Am 2. März 1972 war *Pioneer 10* an der Spitze einer Atlas-Centaur-Trägerrakete, begleitet vom Donnergrollen und Wetterleuchten eines nahen Gewittersturms, während der Abendstunden in Cape Canaveral gestartet. Nachdem die Sonde die ersten Nahaufnahmen des Planeten Jupiter geliefert hatte, nutzte sie dessen Schwerefeld, um sich mit 138 000 km/h Geschwindigkeit, wie von einem Katapult befördert, aus dem Sonnensystem zu schleudern – das schnellste Objekt, das Menschen bis dahin geschaffen hatten. 25 Jahre später hatte die Sonde auf ihrem Weg zu den Sternen 10 Milliarden Kilometer zurückgelegt. 32 500 Jahre werden vergehen, bis sie den ersten katalogisierten Stern, Ross 248, passiert.

Mit *Pioneer 10* eine Flaschenpost ins All zu befördern, die einer raumfahrenden extraterrestrischen Zivilisation noch in Jahrzehntausenden zeigen könnte, daß hier »eine Gattung am Werke gewesen war, beseelt von Hoffnung und Hartnäckigkeit, nicht gänzlich unintelligent, erfüllt von dem offenkundigen Drang, Kontakt mit dem Kosmos aufzunehmen« – das war der Gedanke, der sich Carl Sagan aufdrängte. Das Ergebnis: Eine vergoldete Aluminiumplakette, befestigt an den Antennenstreben der Sonden *Pioneer 10* und (ein Jahr später gestartet) *Pioneer 11,* darin eingraviert die Gestalten eines Mannes und einer Frau, die Umrisse der neun Planeten des Sonnensystems (inklusive der Route des Raumfahrzeugs), schließlich der – in Binärzahlen angegebene – Abstand unserer Sonne zu 14 Pulsaren, rasch rotierenden Neutronensternen. Die sehr unterschiedlichen Reaktionen auf die beiden nackten menschlichen Figuren – von puritanischer Empörung über »derlei Obszönitäten« bis zu feministischer Kritik an der »zu passiv« dargestellten Frau – hat Sagan in *The Cosmic Connection* humorvoll und anschaulich geschildert.

Fünf Jahre später, Mitte 1977, stand der Start des nächsten Sondenpaares zu den Gasgiganten des Sonnensystems bevor. Fast dreimal so schwer wie Pioneer, auf ihre Bahn befördert durch Titan-Centaur-Raketen mit einem Startgewicht von 700 Tonnen, sollten *Voyager 1* und *Voyager 2* nach Erfüllung ihrer Mission erneut die Grenzen des Sonnensystems überqueren. Der hypothetische Zielpunkt für *Voyager 1* lag in der Konstellation Schlangenträger (Ophiuchus). Bei diesem Kurs würde die Sonde sich nach 40 000 Jahren dem Stern AC +793888 – einem roten Zwergstern, kleiner und kühler als die Sonne, nicht unähnlich Barnards Runaway Star – auf 1,7 Lichtjahre nähern.

Wieder wurde Carl Sagan von der NASA an die Spitze einer Arbeitsgruppe berufen mit der Aufgabe, eine neuerliche Botschaft zu konzipieren »für künftige Zeiten und zukünftig lebende Geschöpfe« (Sagan, *Murmurs of Earth*). *Voyager 1* und *Voyager 2* wurden kupferne, goldbeschichtete Schallplatten beigefügt mit Botschaften in annähernd 60 menschlichen Sprachen; mit Kompositionen von Bach, Beethoven, Strawinski (und Chuck Berry); mit Musik aus Indien, Peru, Zaire, Liedern der Navajo und der Pygmäen; mit den Lauten von Walen und Grillen, Schimpansen und Fröschen; mit dem Geräusch eines anfahrenden Autos, eines Herzschlages, eines Kusses – in der Tat eine Alternative zur amerikanischen Flagge, die die Apollo-Astronauten laut Kongreßbeschluß auf dem Mond aufgepflanzt hatten.

Der Standpunkt, wonach die Hypothese außerirdischen Lebens ein Gedanke sei, »dessen Zeit gekommen ist«, prägte Carl Sagans wissenschaftliche und publizistische Tätigkeit in außerordentlichem Maße – freilich stets mit dem Vorbehalt, auch Faszination müsse sich ihre Skepsis bewahren, statt unkritischer Gläubigkeit zu erliegen. *The Dragons of Eden* (dt. »Die Drachen von Eden. Das Wunder menschlicher Intelligenz«), jenes Buch, mit dem er 1978 den Pulitzer-Preis für Literatur gewann, begann und endete mit der Frage nach dem Verhältnis von irdischer und möglicher außerirdischer Intelligenz. In *Cosmos,* in *Pale Blue Dot* – immer wieder, bis ans Ende seines Lebens, kehrte Sagan zurück zu dem Thema der Kommunikation mit Zivilisationen außerhalb der Erde, sah er darin doch eine ungeheure Chance für die Menschheit: Gelänge die Aufnahme einer solchen Verbindung, würde sie die endgültige »Entprovinzialisierung« menschlicher Existenz bedeuten, mit allen philosophischen wie praktischen Konsequenzen.

Sagan gab stets freimütig zu, mit derartigen Erörterungen die Grenze zur Spekulation – jedoch nicht die Schranken wissenschaftlicher Plausibilität – zu überschreiten. Zur Science Fiction hatte er wohl auch deshalb ein entspanntes Verhältnis.

Überwiegend beurteilte er die Resultate wissenschaftlicher Forschung im Vergleich als subtiler, vielschichtiger, eindrucksvoller (vgl. seinen Aufsatz »Science Fiction – A Personal View« in *Broca's Brain*). Was er an der Gattung schätzte, war ihr experimenteller Charakter, ihre Erkundung alternativer Wege, ihr Beitrag zur menschlichen Gewöhnung an Wandel und Offenheit gegenüber der Zukunft. Wahrscheinlich konnte es nicht ausbleiben, daß er sich früher oder später selbst auf dem Gebiet versuchte. Im Mittelpunkt seines außerordentlich erfolgreichen Romans *Contact* (1985), dessen Grundideen seine dritte Frau Ann Druyan erheblich beeinflußte, standen ebenso die allmähliche Selbstfindung der weiblichen Hauptfigur, der Radioastronomin Ellen Arrowway, wie der Charakter und die Folgen einer schließlich doch aufgefangenen außerirdischen Funkbotschaft.

Nach dieser Entdeckung, kommentieren zwei der Protagonisten gegen Ende des Romans, stelle sich eigentlich nur noch ein Problem: die Frage nach der Existenz intelligenten Lebens im Politbüro und im Weißen Haus. (Zumindest hinsichtlich des Politbüros hat bekanntlich auch diese Frage inzwischen ihre Antwort gefunden.) Sagan unterschied sich unter anderem dadurch von den meisten seiner Kollegen, daß er, wie er selbst hervorhob, »nicht darauf verzichtete, aus der Astronomie und der Weltraumforschung philosophische, soziologische und historische« – sowie, bliebe zu ergänzen, politische – »Schlußfolgerungen zu ziehen«. In einem Fall erwies diese ausgeprägte Bereitschaft, über den Tellerrand des eigenen Fachs zu schauen, sich als besonders bedeutsam.

Während der *Mariner*- und *Viking*-Missionen zum Mars erforschte unter Carl Sagans Leitung ein Team von Wissenschaftlern – bekannt geworden als die TTAPS-Gruppe: Richard Turco, Owen Toon, Thomas Ackerman, James Pollack und Sagan selbst – die atmosphärischen Bedingungen auf dem Planeten. Ihre Analysen, insbesondere der Staubstürme, welche die Sonden registriert hatten, veranlaßten Sagan und seine Kollegen zwischen 1982 und 1984, Recherchen anzustellen über die mutmaßlichen klimatischen Folgen eines nuklearen »Schlagabtauschs« auf der Erde. Resultat: Immense

Rauch- und Staubwolken, verursacht durch Explosionen und Flächenbrände, würden das Sonnenlicht blockieren. Wälder und Erntepflanzen müßten absterben, die Nahrungsketten würden abreißen, ein »nuklearer Winter« über die Erde hereinbrechen.

Diese Ergebnisse wurden 1983 auf zwei Konferenzen vorgetragen und unter den Titeln »Atmosphärische« sowie »Biologische Folgen eines Atomkrieges« veröffentlicht. Sie veranlaßten die höchste amerikanische Wissenschaftsinstanz, die National Academy of Sciences, zu einer Revision ihrer 1975 vorgelegten Einschätzung weltweiter Langzeitfolgen gehäufter Kernwaffendetonationen. Und sie lösten wenigstens zeitweise eine politische Debatte aus, gefördert durch einen Aufsatz Sagans in der renommierten außenpolitischen Zeitschrift *Foreign Affairs.* Mit allem Nachdruck plädierte er dort für einen drastischen Abbau der Kernwaffenarsenale auf einen höchstens minimalen Prozentsatz:

> »Kälte, Dunkelheit, Radioaktivität, giftige Gase und ultraviolette Strahlung würden alle Überlebenden eines Atomkrieges bedrohen. Die konkrete Gefahr einer Auslöschung der Menschheit wäre gegeben ... Das Problem verlangt mit unerhörter Dringlichkeit eine weltumspannende Sichtweise, die sich erhebt über leere Phrasen ebenso wie über starre Prinzipien und wechselseitige Beschuldigungen.«

Sagans *Foreign Affairs*-Aufsatz erschien in erweiterter Form, unter dem Titel *Atomkrieg und Klimakatastrophe,* auch auf deutsch. Ebenso übersetzt worden ist *The Cold and the Dark. The World after Nuclear War,* ein von Paul Ehrlich, Carl Sagan und anderen verantworteter Sammelband mit ausgewählten Beiträgen über die Konferenzergebnisse von 1983 (deutscher Titel: *Die nukleare Nacht*).

Es nimmt nicht wunder, daß Carl Sagan neben vielen anderen Auszeichnungen der nach dem englischen Naturforscher und Philosophen Joseph Priestley benannte Preis für »herausragende Beiträge zum Wohl der Menschheit« zuerkannt wurde. Sein Leben lang stritt er gegen Voreingenommenheit, Engstirnigkeit und Unvernunft. Nicht von ungefähr trug sein letztes Buch den Titel: *The Demon-Haunted World: Science as a Candle in the Dark* (»Die von Dämonen heimgesuchte Welt: Wissenschaft als Kerze in der Finsternis«). Carl Sagan kann als Prototyp des verantwortlichen Wissenschaftlers gelten, dessen eine Welt, über der (nach wie vor) die Drohung der Selbstzerstörung hängt, unabweisbar bedarf. Weil es davon zu wenige gibt, ist die Lücke, die sein Tod gerissen hat, so groß.

Der wahre Unsichtbare

Zum Tode von William S. Burroughs

von Horst Pukallus

»Meine Töchter stehen bis zur Fut in der Scheiße!
Soll das etwa der American Way of Life sein?«

W. S. Burroughs: Cobble Stone Gardens

Während seines Aufenthalts in Tanger (Marokko), wo er von 1954 bis 1958 wohnte und *Naked Lunch* schrieb, erhielt der 1914 in St. Louis geborene William Seward Burroughs von den Einheimischen wegen seiner unauffälligen Erscheinung, die es ihm erlaubte, sich unbeachtet unter der Bevölkerung zu bewegen, den Übernamen *el hombre invisible:* der Unsichtbare. Und auf gewisse Weise ist Burroughs trotz seiner Skandalumwittertheit, auch wenn man ihn 1983 in den Olymp der renommierten American Academy and Institute of Art and Letters erhob, tatsächlich immer ein verborgener kultureller Wirkungsfaktor geblieben, ein Außenseiter in jeder relevanten Hinsicht.

Dabei böte Burroughs' Lebensgeschichte dank ihrer Kuriosität und Abenteuerlichkeit vollauf den Stoff, aus dem man Filme macht. Als Sproß eines recht wohlhabenden Elternhauses – sein Großvater war W. S. Burroughs (1855–1898), Hersteller einer selbstersonnenen Rechenmaschine, die ihm allerdings nie zum großen Geld verhalf – wuchs er in behüteten Verhältnissen auf, besuchte von 1929 bis 1932 das Internat Los Alamos (die spätere Atomwaffenforschungsanlage des Projekts Manhattan), studierte danach bis 1938 an der Harvard-Universität Literatur und Anthropologie, unternahm

William S. Burroughs (1914–1997)

während der Studienzeit Reisen nach Europa, wo er 1937 in Athen eine deutsche Jüdin heiratete, um ihr, der die Ausweisung nach Deutschland drohte, die Einreise in die USA zu ermöglichen: Ilse Klappner, die in New York Sekretärin des emigrierten Dramatikers Ernst Toller (1893–1939) wurde. Zu diesem Akt der Solidarität befähigte ihn, daß er sich als Homosexueller ebenfalls als Angehöriger einer unterdrückten Minderheit empfand, und diese Ursache erklärt wohl auch – neben seiner rigorosen Ablehnung aller Heuchelei –, daß er sich trotz seiner Herkunft und Bildung von der egozentrischen Borniertheit des Akademikertums und dem Snobismus der Oberschicht dauerhaft abgestoßen fühlte. Seine ersten schriftstellerischen Versuche fallen in diese Zeit. In Zusammenarbeit mit einem Jugendfreund entstand die surrealistische Satire *Twilight's Last Gleaming*.

In New York ging Burroughs zwischen 1939 und 1946 allerlei despektierlichen Betätigungen nach, darunter Werbetexter, Reporter, Privatdetektiv, Drogenschieber, Kammerjäger und Taschendieb, war 1942 für wenige Monate Soldat und wurde 1944 rauschgiftsüchtig. Daß er in New York nicht nur seine zweite, 1947 geheiratete Frau (Joan B. geb. Vollmer) kennenlernte, sondern auch Allen Ginsberg (1926–1997) und Jack Kerouac (1922–1969), mit denen er den Kern einer antiformalistischen und nonkonformistischen Literatur-Boheme bildete, hatte maßgebliche Bedeutung für seine weitere Entwicklung als Autor.

1949 setzte er sich angesichts einer bevorstehenden Anklage wegen Marihuanabesitzes nach Mexiko ab und nahm 1950 in Mexico City die Arbeit an dem Roman *Junkie* auf, der 1953 erschien (dt. 1963) und zum erstenmal seine Erfahrungen als Drogenabhängiger protokollierte; 1951 erschoß er beim Wilhelm-Tell-Spielen versehentlich Joan und erlitt ein Trauma, ohne das er nach eigenen Aussagen wahrscheinlich kein Schriftsteller geworden wäre; wenn je irgend jemand mit wahrer Verzweiflung versucht hat, sich von etwas »freizuschreiben«, dann mit Gewißheit Burroughs. In den beiden nachfolgenden Jahren bereiste er zwecks Erforschung des legendären indianischen Rauschmittels Yage Südamerika und schickte unterwegs Briefe an A. Ginsberg, die erst zehn Jahre danach unter dem Titel *The Yage Letters* veröffentlicht wurden (dt. »Auf der Suche nach Yage«, 1964).

Zwischen 1954 und 1956 hauste er als Süchtiger in Tanger und schrieb erste Texte zu dem Buch *Naked Lunch* (1959), dessen Titel Jack Kerouac vorschlug und das seinen literarischen Durchbruch anbahnen sollte. Neue Reisen führten Burroughs 1957/58 nach Ägypten, Dänemark, Schweden und Frankreich, 1959 und 1961 lebte er abwechselnd in Paris, London, Marrakesch und New York, verfaßte die Bücher *The Soft Machine* (1961), *The Ticket That Exploded* (1962), *Dead Fingers Talk* (1963) und fing den Roman *Nova Express* (1964) an. Nach kurzem Kontakt zu Timothy Leary (1920–1966), dem damaligen LSD-Propheten, dem der Verdacht anhing, Volksverdummer im Auftrag des FBI zu sein, distanzierte sich Burroughs von der Konzeption einer Bewußtseinserweiterung durch psychedelische Drogen, »dieser Endstation Kloake... Ihre Unsterblichkeit, Kosmisches Bewußtsein und Liebe sind wiederaufgeführte Schinken aus dem Vorstadtkino... Ihre Drogen sind Gifte... Spülen Sie die Räusche Ihrer Drogen in den Abguß... *Lernen Sie, es ohne diesen chemischen Dreck zu schaffen*...«[1]

Hingegen sah Burroughs sich stets auf der Barrikade: »Meine ganze literarische Tätigkeit richtet sich gegen diejenigen«, erklärte er 1962 auf dem internationalen Edinburgher Schriftstellerkongreß, »die es aus Dummheit oder mit Absicht darauf anlegen, diesen Planeten unbewohnbar zu machen oder in die Luft zu jagen.«[2]

Indessen half es wenig gegen den leidigen Pornografievorwurf, daß der angesehene Nachkriegsautor und Journalist Norman Mailer und seine Kollegin Mary McCarthy (1912–1989) *Naked Lunch* als eines der bedeutendsten Werke des 20. Jahrhunderts einstuften. Erst zwei Gerichtsverfahren, die 1965/66 in Boston und Los Angeles stattfanden, verneinten eine »Obszönität« des Buches.

In London arbeitete Burroughs zwischen 1965 und 1967 an *The Wild Boys* (erschienen 1971, dt. 1980 als »Die wilden Boys«) und nimmt mit dem deutschamerikanischen Philosophen Herbert Marcuse (1898–1979), in den 60er Jahren Theoretiker der Außerparlamentarischen Opposition und der Neuen Linken), A. Ginsberg, Stokeley Carmichael (führender Black-Power-Aktivist) und anderen Systemkritikern an einem Symposium zum Thema »Dialektik der Befreiung« teil.

Obwohl es wenig bekannt ist, kann es daher kaum verwundern, daß Burroughs einer der ersten Kritiker der Scientology-Sekte war, die er 1968 in einer Artikelserie für die Londoner Zeitschrift *Mayfair* als faschistoide Organisation entlarvte: »Scientology ist im Prinzip ein Kontrollsystem. Es ist wie ein Staat mit eigenen Gerichten, einer eigenen Polizei, Strafen und Belohnungen ... Drinnen sind die, die im Besitz der Wahrheit sind und folglich immer recht haben – draußen sind die Roten, die Abtrünnigen, die Ungläubigen, die Supressiven.«[3]

Nach der Fertigstellung der *Wilden Boys* und des Drehbuchs zu einem nie produzierten Gangsterfilm *(The Last Words of Dutch Schultz,* 1969, dt. »Die letzten Worte von Dutch Schultz«, 1970) verfaßte Burroughs 1973 u. a. *Ports of Saints* (dt. 1980) und *Exterminator* (dt. 1987).

Burroughs' Dasein blieb, obwohl ihm inzwischen der Erfolg lächelte, von Tragik überschattet. Sein einziger Sohn, der aus der Ehe mit Joan Vollmer stammte, rang zeitlebens mit den Bemühungen, selbst Schriftsteller zu werden, vergeblich gegen die übermächtige Vatergestalt an und starb 1981 infolge von Alkoholismus.

Mit dem Roman *Cities of The Red Night* (1980, dt. »Die Städte der Roten Nacht«, 1982) griff er schon aus dem 18. und 19. Jahrhundert bekannten Gedanken der Gründung freier Genossenschaften als alternativer gesellschaftlicher Lebensweise auf, die in der Realität regelmäßig scheiterten: »Die Chance war da. Sie wurde vertan. Die Verheißungen der französischen und der amerikanischen Revolution verkamen zu fadenscheinigen Lügen aus dem Mund von Politikern. Die bürgerlichen Revolutionen von 1848 errichteten die sogenannten Republiken von Mittel- und Südamerika mit ihrer ermüdend gleichförmigen Geschichte von Diktatur, Unterdrückung, Bestechung und wildwuchernder Bürokratie ... Das Recht zu leben, wo man will, mit Gefährten seiner Wahl, unter Gesetzen, die man aus Überzeugung gutheißt, starb im 18. Jahrhundert...«[4] Das Buch knüpft an diese Utopie an, indem es in fiktiver Form ihre Verwirklichung und Wertigkeit – »vorgelebte Freiheit« – anhand der Piraten-Kommunen veranschaulicht, die sich als Freiheitskämpfer verstanden, als »freie Republik der Meere«. »Die Städte der Roten Nacht« bildet zusammen mit den nachfolgenden Büchern *The Place of Dead Roads* (1983, dt. »Dead Roads«, 1985), einem Science Fiction-Western um einen Untergrund ehrlicher Vagabunden, die durch radikalen Verstoß gegen alle etablierten Regeln und Tabus die Umgestaltung der Welt anstrebt, und *The Western Lands* (1987, dt. 1988), in dem zivilisationspessimistisch die Existenz der Menschheit als mißlungenes Experiment eingeschätzt wird, eine Trilogie, die als spiritueller Höhepunkt des Burroughsschen Gesamtwerks gilt.

Folglich mag es durch seine Kompromißlosigkeit gegenüber der Gesellschaft, seiner Vergangenheit und gleichzeitig der ihm seitens seiner Leser sowie kompetenter Kreise zuteil gewordenen, von Angepaßten mißgünstig geduldeten Anerkennung erklärlich sein, daß nach seinem Ableben ein nachgerade beispielloses Gegeifer der Häme durch das stupide deutsche Feuilleton zischelte. In Tanger hätte »der böse Bube der amerikanischen Literatur« in »einem Jungenbordell« gewohnt (Rheinische Post v. 4. 8. 1997), »leiernden Predigerton und baren Unsinn«, ja »grelle Phantasien« schrieb laut *FAZ* das »heimliche Leittier der Gegenkultur« (4. 8. 1997), er sei »paranoid und konformistisch zugleich« (!) gewesen und natürlich ein »Säulenheiliger« (*Frankfurter Rundschau* v. 4. 8. 1997), »die letzte Säule« (*Die Welt*, 4. 8. 1997), »ein Säulenheiliger der Avantgarde« auch für Willi Winkler, der ihn zudem in der *Süddeutschen Zeitung* (4. 8. 1997) »Bill the Ripper« nannte, einen »Dichter in seiner besten Eigenschaft als Schlitzer« (wohl wegen der Cut-up-Textcollagen) und »verschrumpfter Opa« – »Der Mann war offensichtlich verrückt«, behauptete Winkler rundheraus. »Oder Amerikaner« (!), und hätte unkurierbar zum »Griffe in fremde Unterhosen« geneigt. »Liebe Kinder«, lamentiert Winkler (wörtliches Zitat) in seinem Nachruf zweimal (!), »bitte nicht nachmachen!« Woher rührt dieser Abscheu, ja Haß der Feuilletonisten hierzulande? Weil er schonungslos ehrlich war und sich weigerte, zur verlogenen Selbstbeweihräucherung des abendländischen Bürgertums beizutragen, das zu seinem Selbstverständnis »höhere Werte« reklamiert?

Weitere Veröffentlichungen aus Burroughs' letzter Schaffensphase sind *Queer* (1985, dt. »Homo«, 1989), *Interzone* (1989, dt. 1991), eine Sammlung älterer, teils biografischer Texte, *Ghost of Chance* (1991) und *My Education: A Book of Dreams* (1995); ferner lieferte er den Text für Robert Wilsons und Tom Waits' 1990 am Hamburger Thalia-Theater aufgeführte Musical *The Black Rider.*

Etliche Male spielte Burroughs kleinere Rollen oder hatte kurze Auftritte in Filmen, z. B. Conrad Rooks' *Chappaqua* (Silberner Löwe, Venedig 1966), Gus van Sants *Drugstore Cowboy,* in *Decoder* (Filmemacherkollektiv Maeck/Muscha/Schäfer/Trimpop), Laurie Andersons *Home of The Brave* (1986), zuletzt im U2-Musikvideo *Last Night On Earth* (1997). 1991 präsentierte Klaus Maeck mit der Dokumentation *Commissioner of Sewers* Burroughs im filmischen Portrait. Und mit der Verfilmung von *Naked Lunch* bannte Regisseur David Cronenburg 1992 eine kongeniale, krönende Würdigung des berühmtesten Buchs Burroughs' aufs Zelluloid.[5] Indessen war Burroughs, was die Filmindustrie betraf, Kulturkritiker des deutlichen Worts: »Hollywood hat die Gattung Mensch bis auf die Knochen verhunzt. Kein Menschheitstraum, den Hollywood nicht längst zu einer scheußlichen Travestie verkocht hat.[6]

Weit größer und weitreichender allerdings ist Burroughs' indirekter Einfluß auf Popkultur, Film und Literatur gewesen. Seine bevorzugten Schreibtechniken, Cut-up und Fold-in (d. h., von beliebigen Texten werden zwei senkrecht durchgerissene Seiten nebeneinandergelegt bzw. eine Textseite wird in der Mitte geknickt und auf eine andere Seite gelegt, und den so lesbaren neuen Text verarbeitet man mittels Streichung, Umstellung, Umformulierung u. ä. zur gewünschten Fassung), die ihn formal und stilistisch in die Nähe von James Joyce (1882–1941) und Gertrude Stein (1874–1946) rückten, seine mit schonungsloser Konsequentheit behandelten Motive aus den Überschneidungen von Traum, Gewalt, Politik, Sexualität und Tod, vor allem jedoch Sucht (zumal Herrschsucht), in denen die Grenzen von Realität und Inner Space verschwimmen, machten ihn nicht nur zu einem der wichtigsten Autoren des 20. Jahrhunderts, sondern seit den 60er Jahren auch zum kulturellen Ideenstifter. Zahlreiche seiner Ideen und Sujets sind so nachhaltig in Kunst und Kultur eingeflossen, daß ihr Ursprung nur noch dem Burroughs-Kenner ersichtlich wird. Auf dem Umweg über Film, Video, Musik und andere Kunstformen haben durch Burroughs' Denk-, Wahrnehmungsweise und Ausdrucksweise evozierte Topoi Eingang in das Lebensgefühl weitester Rezipientenkreise erlangt. Er inspirierte Rockgruppen mit Namen wie *The Soft Machine, The Insect Trust, Steely Dan* und *Throbbing Gristle,* Kunstschaffende der Rockmusik wie Patti Smith, David Bowie, Frank Zappa, die Performance-Künstlerin Laurie Anderson, die Comic-Zeichner Robert Crumb und S. Clay Wilson, Autoren wie Boris Vian (1920–1950), Robert Coover, Ernst Herhaus, David R. Bunch, Michael Moorcock, Barry N. Malzberg, Philip K. Dick, Bruce Sterling, William Gibson und J. G. Ballard sowie nicht wenige Regisseure, darunter Jean-Luc Godard, John Carpenter, Ridley Scott, Claude Feraldo, Terry William, Slava Tsukerman, David Lynch und Tim Burton. Wenn es in der Kultur des 20. Jahrhunderts jemals eine Graue Eminenz gegeben hat, dann war es William Burroughs.

Burroughs' Abqualifizierung als »Säulenheiliger« ist leicht als vorsätzliche Kaltstellung zu durchschauen. Nichts könnte abwegiger sein, als in ihm ein Fossil zu sehen, und sei es nur angesichts der klaren, unbequemen Botschaft, die er in *Western Lands* gibt und seine Aktualität offenkundig beweist: »Es ist undenkbar, daß sich der Homo sapiens in seiner gegenwärtigen Form noch tausend Jahre hält. Menschen von so großer Dummheit und so barbarischen Sitten.«[7] Es liegt ganz im Gegenteil die berechtigte Annahme nahe, daß Burroughs auch künftig die Rolle eines lästigen, provokativen Mahners spielt – obwohl er Anfang August 1997 in Lawrence (Kansas), wo er die letzten Lebensjahre verbrachte, dreiundachtzigjährig, nur wenige Monate nach seinem alten Freund Allen Ginsberg, ´an einem Herzinfarkt gestorben ist.

ANMERKUNGEN

[1] W. S. Burroughs: *Nova Express.* Limes-Verlag, Wiesbaden 1970. S. 11/12

[2] Zit. n.: W. S. Burroughs: *Die alten Filme.* Maro-Verlag, Augsburg 1979, S. 136

[3] Zit. n.: W. S. Burroughs: *Die alten Filme.* S. 139

[4] W. S. Burroughs: *Die Städte der Roten Nacht.* Zweitausendeins, Frankf./M. 1982. S. 11

[5] Ausführlicheres über die geistige Verwandtschaft zwischen Cronenberg und Burroughs kann nachgelesen werden in dem Aufsatz des Verfassers: *Naked Lunch: Die Realität am Ende der Gabel. Über die Affinität zwischen David Cronenberg und William S. Burroughs.* In: W. Jeschke (Hrsg.): Das Science Fiction Jahr Ausgabe 1993. Heyne-Verlag, München 1993

[6] W. S. Burroughs: *Western Lands.* Limes Verlag, Frankf. a. M./Berlin 1988. S. 207

[7] W. S. Burroughs: *Western Lands.* S. 263

Roland Topor

Im siebten Himmel eingeklemmt

Ein Nachruf auf Roland Topor

von Jacek Rzeszotnik

Das sarkastischste Gelächter der Welt, bei dessen schrillem, die Luft durchvibrierendem Klang man schon immer den Eindruck hatte, soeben werde Homo sapiens mit all seinen Verrücktheiten übers Knie gelegt und zugleich an den Ohren gezogen, ist am 16. April 1997 für alle Zeiten verstummt. Roland Topor, der berühmte französische Maler und Zeichner, Prosaiker und Dramatiker, Regisseur und Schauspieler, weilt nicht mehr unter uns. Der Meister des schwarzen Humors und des provokant ostentativen Makabren, der in seinem breitgefächerten künstlerischen Schaffen dessen einzige invariable Konstante – den Tod – augenzwinkernd mit offenen Armen zu empfangen pflegte, ließ sich nun selber vom Freund Hein umarmen und ins Jenseits abholen, das er jahrzehntelang in der menschlichen Natur im Diesseits gesucht hatte.

Das Licht der Welt erblickte er am 7. Januar 1938 in Paris in der Familie polnischer Juden, die in der Vorwegnahme des sich Anbahnenden vor der immer akuter werdenden Gefährdung ihrer Existenz durch den Faschismus nach Frankreich emigriert waren. Wie weise diese Entscheidung war, zeigte sich schon bald. Der in Polen verbliebene Rest der Familie Topór (so der eigentliche Familienname) fiel den Repressalien des NS-Regimes zum Opfer. Die Zeit der Besetzung Frankreichs durch deutsche Truppen verlebte Topor auf dem Lande, wo er sich aber psychisch nicht einzuwurzeln vermochte und woraus seine spätere tiefe Abneigung gegen alles

Ländliche, gegen Wiesen, Seen und Wälder, gegen die Natur resultierte. Sein Element war nämlich das pulsierende Großstadtleben, in das er begeistert eintauchte und das vor ihm Menschenschicksale karussell- und kaleidoskopartig Revue passieren ließ. Denn nicht die lähmende Trägheit und Beschaulichkeit des Rustikalen, sondern die schier unerschöpfliche Vitalität und scheinbar keine Grenzen kennende Dynamik des Urbanen befruchteten seine Phantasie, impften ihm neue Ideen ein, lieferten ihm genug Rohmaterial, das er dann in eine graphische oder literarische Form goß.

Mit seinen in Worte bzw. Bilder gebannten grausamen, nicht selten bluttriefenden Visionen eines im siebten Himmel der miteinander verschmelzenden Träume und Alpträume, Schwärmereien und Schrecken Eingeklemmten legte er paradoxerweise ein glaubwürdiges Zeugnis von seiner uneingeschränkten Lebensbejahung. Er visualisierte die Grausamkeit nicht um ihrer selbst willen, sondern um uns mit Wahrheiten zu konfrontieren, vor denen wir nur zu gern die Augen verschließen: Tod, Leiden, Zerfall, Vergänglichkeit usw. All das, was das Wesen des Menschen in Frage stellt, wurde von ihm in provokatorischer Absicht permanent genußvoll vergegenständlicht. Nicht aber um seine Leser/Zuschauer mit diesen Themen einzukreisen und in das ausbruchssichere Gefängnis seiner Imagination einzusperren, sondern um sie von der erdrückenden Bürde des Bewußtseins und des Wissens um diese Wahrheiten zu entlasten. Seine Provokation bestand in dem Auf-sich-Nehmen der Sünde der Desavouierung der Qualität göttlicher Schöpfung, in der Entlarvung des erbarmungswürdigen Zustands der Conditio humana, über die sein spöttisches Lachen strafend erscholl. Der kleine, dickleibige Meister des Grausig-Komischen, mit seinen großen hervorquellenden Augen, der unzertrennlichen Zigarre im Mund und einem ebenso unzertrennlichen Glas Wein/Cognac/-Champagner in der Hand, schien den mißlungenen Schöpfungsakt höchstpersönlich zu inkarnieren, was ihn in die privilegierte Rolle des Hofnarren Gottes schlüpfen ließ. Mit seinen künstlerischen Narreteien, mit denen die Gebrechen der göttlichen Kreation anhand von mit obligatorischem schwarzem

Humor gewürzten Schreckensbildern domestiziert wurden, tastete er sich jedesmal von neuem auf ein Gebiet vor, in dem sich Lachen und Entsetzen zu einem fruchtbaren Ganzen vereinigten, dessen Vulgarität, Wahnsinn und Trivialisierungsgewalt nicht die Sinne, wie etwa der Kitsch, sondern die Intelligenz des Rezipienten anzusprechen, ja wachzurütteln suchten. Es verwundert daher nicht, daß er vor allem in den Intellektuellenkreisen ein hohes Ansehen genoß und sein Bekanntheitsgrad in der breiten Öffentlichkeit noch einiges zu wünschen übrig ließ. Den meisten Mitbürgern seiner Heimatstadt Paris war der Name Topor noch nicht einmal zu Ohren gekommen.

Nahezu sein gesamtes Œuvre ist im Grotesk-Phantastischen angesiedelt. Die von ihm unternommenen singulären Abstecher in die Science Fiction fallen dagegen kaum in die Waagschale. Dennoch verdient wenigstens ein größeres SF-Projekt Erwähnung, an dem er aktiv mitwirkte – der französisch-tschechoslowakische Zeichentrickfilm *La planete sauvage* (1973; dt. Der phantastische Planet). Zusammen mit dem Regisseur René Laloux verfaßte er das Drehbuch, wobei sich die beiden eines der bekanntesten Romane des französischen SF-Autors Stefan Wul (d. h. Pierre Pairrault) unter dem Titel *Oms en série* (1957) als literarischer Vorlage bedienten. Darüber hinaus zeichnete Topor für die visuelle Seite des Film verantwortlich, obgleich die Animationen selbst in Prag fertiggestellt wurden. *La planete sauvage* erzählt von den gelungenen Emanzipationsversuchen der kleinen Oms (= Hommes/Menschen), die von den zwölf Meter großen Draag als »Haustiere« gehalten werden und nach vielen Schwierigkeiten und Rückschlägen schließlich das Geheimnis der Draag-Zivilisation enträtseln und von ihren einstigen Herren am Ende als vernunftbegabte, gleichberechtigte Partner anerkannt werden. »Was den Film interessant macht, ist der surreale und bizarre Hintergrund, vor dem diverse alptraumhafte Gestalten dabei beobachtet werden können, wie sie ihren sinistren Geschäften nachgehen. Typisch ist das pflanzenartige Lebewesen, das seine Zeit damit verbringt, aus purem Spaß fliegende Kleintiere aus der Luft zu holen.« (John Brosnan, *Future Tense*;

zitiert nach: Ronald M. Hahn/Volker Jansen, *Lexikon des Science Fiction Films*, Heyne, München 1987, S. 639). Das für Topor so typische Grausig-Komische drückte also auch dieser Produktion seinen Stempel auf.

Der Tod, dem er als Künstler unentwegt Avancen machte, revanchierte sich bei ihm für diese Reverenzen. Er ersparte ihm alles Leiden, bewahrte ihn vor altersbedingten Krankheiten und langem Dahinsiechen. Er überraschte ihn, riß ihn mitten aus dem geschäftigen Leben: auf einer Party, auf der Topor sich wie immer mit Zigarre und einem Glas Alkohol amüsierte. Der plötzlich in Ohnmacht Gefallene wurde in das Pariser Krankenhaus Salpetriere eingeliefert, wo er, ohne aus dem Koma zu erwachen, ein paar Tage später seine letzte Reise in den wahren siebten Himmel antrat. Ob dieser auch so bizarr ist, wie Roland Topor sich ihn ausmalte? Hoffen wir für ihn.

AUTOREN

Robinson im Meer der Information

Über Stanisław Lem

von Franz Rottensteiner

Der polnische SF-Autor Stanisław Lem ist bekanntlich einer der schärfsten Kritiker der Science Fiction; oft und oft hat der Autor des *Menschen vom Mars* und der *Irrläufer* die schlechte Gesellschaft beklagt, in die er geraten ist, weil er, als er (mit oben genannten Werken) Science Fiction zu schreiben begann, nicht wußte, wie es um die Gattung bestellt war. Insbesondere wirft er den SF-Autoren mangelnde wissenschaftliche Kenntnisse, Desinteresse an der Wissenschaft und belletristische Vereinfachungen des Kosmos vor, »seine Verniedlichung also, die diejenige ewig schweigende Leere, von der Pascal mit Grauen gesprochen hat, hinwegzaubern sollte«[1]. Anders als die Ignoranten der Science Fiction ist Lem ein Polyhistor, dessen Kenntnisse allgemein gerühmt werden, nicht zuletzt von ihm selbst, etwa in der Pseudorezension, die seinen Band von Besprechungen nichtexistierender Bücher *Die vollkommene Leere* (1971, dt. 1973) eröffnet: »... man weiß ja, Lem hat die Enzyklopädie gefressen, man braucht ihn nur zu schütteln, schon wimmelt es von Logarithmen und Formeln«[2]. Diese Beschreibung, deren erster Teil eher an Isaac Asimov denken läßt, entbehrt nicht einer gewissen altmodischen Ironie, weil im Zeitalter des Computers und des Taschenrechners Logarithmen außer Mode gekommen sind und mathematische Formeln dasjenige sind, was man bei Lem am allerwenigsten findet. Lem weiß zwar sehr viel, aber vor allem, er weiß vieles besser. So läßt er im »Gruppenführer Louis XVI« in demselben Band den deutschen Doktor der Anthropologie Alfred Zellermann über Ruinen von Gebäuden sprechen, die im argentinischen Interior zu finden sind, in »einer Gegend, die mehrere hundert Meilen von den letzten Vorposten der Zivilisation entfernt liegt«. Sie sind »mindestens zwanzig Jahrhunderte alt und vermutlich von aztekischen Abteilungen errichtet worden«[3]. Das ist vermutlich keine Aussage, daß die zu diesem Zeitpunkt noch im Dunkel der Geschichte verharrenden Azteken, der historischen Wissenschaft unbekannt, sich auch als tüchtige Seefahrer auszeichneten, sondern eine simple Verwechslung mit den Inkas.

In der australischen Amateurzeitschrift *SF Commentary*[4] hat es Lem einmal übernommen, Philip José Farmer im Zusammenhang mit dessen Roman *The Lovers* über Anthropologie zu belehren. Er führte dabei auch das Beispiel der »Triobriand«-Indianer an, denen angeblich die Zusammenhänge zwischen dem Sexualakt und der menschlichen Fortpflanzung verborgen geblieben seien. Poul Anderson[5] wies ihn in einer Entgegnung trocken darauf hin, daß die »Triobriand«-Indianer genau genommen »Trobriand«-Indianer heißen, und daß er überrascht sei, daß heutzutage noch jemand an den anthropologischen Mythos glaube, irgendwelche wilden Völker hätten den Zusammenhang zwischen Geschlechtsverkehr und Fortpflanzung nicht durchschaut, kurz gesagt, er hat Lem vorgeworfen, seine anthropologischen Kenntnisse seien nicht auf der Höhe der Zeit. Stanisław Lem hat natürlich diesen primitiven Anwurf ignoriert und den SF-Autor mit Schweigen gestraft.

Lems verkündete Begeisterung für die Wissenschaft wirft einige Fragen auf, abgesehen vom Wahrheitsgehalt von Pauschalurteilen über die »Science Fictioneers« wie des folgenden, der ja leicht überprüfbar ist. Im *Quarber Merkur 68* sagte Lem z.B.: »... ohne den *Scientific American* kann ich nicht leben, und der *Scientific American* ist nicht einmal Arschwischpaper für die Science Fictioneers, die das überhaupt nicht lesen. Wozu braucht eine Marion Zimmer Bradley den *Scientific American* mit seinen wissenschaftlichen Ausführungen? Das ist ja völlig überflüssig, nicht wahr?«[6] Nämlich:

Warum hat der Autor, wenn seine Begeisterung für die Wissenschaft so groß ist, selbst keine wissenschaftliche Karriere eingeschlagen? Die Science Fiction kann ja bestenfalls, wenn man das überhaupt als ihr Ziel ansehen will, ein blasses Abbild der Wissenschaft sein, ihr Begleiter, ihr Schatten, sie kann anstatt der Wissenschaft selbst bestenfalls ein Surrogat bieten, die *Rhetorik* und das *Pathos* der Wissenschaft. In der autobiographischen Äußerung »Lebensriß, in Miniaturausgabe« liefert Lem einen Grund für seinen Verzicht: die Lyssenko-Affäre, die Lem die Mitarbeit für die polnische populärwissenschaftliche Zeitschrift *Życie Nauki* kostete: »Die Lyssenko-Affäre brachte das Ende dieser Tätigkeit, da ich in der Presseschau dieser Monatsschrift die in der *Prawda* erschienenen Stimmen über den Lyssenko-Umbruch in der Sowjetunion als Komposition von Zitaten so zusammengestellt habe, daß dies für *Życie Nauki* einen totalen Redaktionswandel bedeutete, und ich habe dann darauf verzichtet, mich dem Studium der theoretischen Biologie zu widmen, wie es damals meine Absicht war.[7]

Das war eine persönliche Entscheidung, die andere Menschen nichts angeht, aber sie läßt vermuten, daß Lems Drang, der wissenschaftlichen Wahrheit zum Durchbruch zu verhelfen, so groß nicht gewesen sein kann. Man darf sich jedoch fragen, wer der Wissenschaft wohl einen größeren Stellenwert beimißt: derjenige, der öffentlich seine Begeisterung für die Wissenschaft verkündet, oder derjenige, der sie wirklich studiert und betreibt? Es gibt ja nicht wenige SF-Autoren, die ihrer Ausbildung und der Berufsausübung nach genuine Wissenschaftler sind, an Physikern fallen einem etwa mühelos auf der Stelle Charles Sheffield, David Brin, Robert L. Forward oder Gregory Benford ein; unter den deutschen SF-Autoren Peter Schattschneider, Karlheinz Steinmüller, Michael Springer, Herbert W. Franke oder auch der verstorbene Perry-Rhodan-Autor Kurt Mahr (Klaus Mahn).

Von einem von ihnen, Gregory Benford, der Professor für Physik an der University of California in Irvine ist, schreibt Lem sogar: »... ich habe mich immer gewundert, warum ein Gregory Benford – wie kann sich ein Gregory Benford wirklich mit Kosmologie befassen?«[8] Die in dieser Äußerung sichtbare Arroganz berührt merkwürdig, denn Gregory Benford könnte Lem antworten: »Wie kann ein Stanisław Lem, der über keinerlei Kenntnisse der höheren Mathematik verfügt, überhaupt die Kosmologie und andere Zweige der modernen Physik verstehen und sich ein Urteil über andere anmaßen, die Fachleute auf diesen Gebieten sind?« Es fragt sich, inwieweit ein Verständnis von Problemen der theoretischen Physik ohne mathematische Kenntnisse überhaupt möglich ist und ob jemand ohne das nötige mathematische Rüstzeug bei solchen Fragen mitreden kann? Benford hat ja Lem immerhin das voraus, daß er nicht nur den *Scientific American,* sondern auch physikalische Fachzeitschriften und Abhandlungen mit Verständnis lesen kann, was man bei Lem bezweifeln darf. Benford hat auch mit Leuten wie Edward Teller zusammengearbeitet (oder unter ihm gearbeitet), was doch einiges zu bedeuten hat.

Es mag durchaus sein, daß Marion Zimmer Bradley, die in erster Linie Fantasy und nicht Science Fiction schreibt, den *Scientific American* nicht liest, wie man ja auch von niemandem, auch nicht von einem SF-Autor, verlangen kann, er müsse ausgerechnet eine bestimmte Zeitschrift lesen. Als allgemeine Aussage über die »Science Fictioneers« zeugt Lems Behauptung aber nur von Unwissenheit und dem sorglosen Umgang mit Fakten – und der mangelnden Bereitschaft, sich zu informieren. Hier sei nur ein Gegenbeispiel angeführt, weil es sich dabei um einen Autor handelt, der kein Naturwissenschaftler ist (er war Literaturprofessor), um einen, der älter ist als Lem, seit 68 Jahren Science Fiction schreibt, und weil es jemand ist, von dem man es vielleicht nicht vermuten würde: Jack Williamson (Jahrgang 1908). In einem autobiographischen Beitrag in *Locus* schreibt er mit unprätentiöser Offenheit:

> »Ich lese so viel Naturwissenschaft, als ich Zeit habe und verstehen kann. Ich lese *Scientific American* und *Discover* und *Science.* Ich glaube, *Discover* ist vielleicht diejenige Zeitschrift, die ich am gründlichsten lesen kann. *Scientific American* die, die ich am meisten schätze. Und *Science* kommt wöchentlich und deckt die neuen Sachen, die Frontlinie ab.«[9]

Und weiter:

»Es scheint mir, daß ich das Universum, unsere Welt, immer als eine Art Geheimnis betrachtet habe, und die Wissenschaft als die Suche nach Information darüber, wer wir sind und was das Universum ist und wie es kommt, daß wir hier sind, wohin wir gehen und wie die ganze Sache aufhören wird. Wir greifen zurück zu den Ursprüngen des Big Bangs, wir erforschen die Natur der Materie bis zum Quark und vielleicht darunter, wir blicken voraus in die Zukunft. Wie wird das Universum enden – falls es je endet? Was ist das Leben? Der Geist? Ich lese jede Ausgabe der Wissenschaftsmagazine als ein weiteres Kapitel einer Geschichte, die weitere Antworten enthüllt oder zumindest mehr über die endlose Suche nach Antworten.«[10]

Es mag ja durchaus sein – es ist sogar sehr anzunehmen –, daß Stanisław Lem mehr von Wissenschaft versteht als Jack Williamson; aber darum geht es hier ja nicht, Lems Kritik richtete sich gegen das angeblich mangelnde *Interesse* an der Wissenschaft, und diese polemische Behauptung ist schlichtweg falsch. Es gibt sehr viele SF-Autoren, die beträchtliches Allgemeinwissen oder auch ein Spezialwissen in bestimmten Bereichen haben, das sie auch durch Sachbücher unter Beweis gestellt haben, man denke nur an Arthur C. Clarke, Isaac Asimov, Rudy Rucker, Frederik Pohl oder Robert Silverberg.

Amüsant wird die Sache, wenn man einmal der Frage nachgeht, was Stanisław Lem an wissenschaftlicher Literatur tatsächlich liest. In »Ein Gespräch mit Stanisław Lem« von Widmar Puhl[11] nennt er als seine regelmäßige Lektüre den amerikanischen *Scientific American*, das russische *Priroda*, den englischen *New Scientist* und das französische *Science et vie*, gibt sich also ganz international, doch ergibt diese Aufstellung auch kaum mehr als Williamsons Literaturliste. Von September 1983 bis Oktober 1988 hat Stanisław Lem in Wien gelebt, weil er es in Polen nach Ausrufung des Kriegszustandes nicht »mehr aushielt«; »ich war von den Kontakten ins westliche Ausland abgeschnitten«[12]. In jenen Jahren las Lem wohl eifrig den *Spiegel* und andere Nachrichtenmagazine und die Tagespresse, aber von einem besonderen Bedürfnis nach wissenschaftlicher Literatur ist mir in jenen Jahren, in denen ich den

Autor zumindest alle paar Wochen sah, nichts aufgefallen. *Science et vie* habe ich in jenen Jahren nie bei ihm bemerkt, gewiß las er *Playboy* und *Penthouse* öfter, aber in Polen ist diese Zeitschrift wohl häufiger verbreitet als in Österreich. *Priroda* bekam er gelegentlich aus Rußland, und nach seiner Rückkehr nach Polen ließ er es sich zusenden, um einen Teil seiner weitgehend wertlosen russischen Autorenhonorare zu nutzen. Den *Scientific American* bekam er zunächst als Präsent von dem Atomwissenschaftler polnischer Abstammung Stanisław Ulam, nach dessen Tod ließ er ihn sich von mir von Zeitungsständen ins Haus bringen, schließlich abonnierte ich die Zeitschrift auf seinen Wunsch für ihn. Ich schlug Lem damals auch vor, noch andere wissenschaftliche Zeitschriften zu abonnieren, nämlich die britischen *Nature* und *New Scientist*. *Nature,* vielleicht die beste allgemeine Wissenschaftszeitschrift der Welt, wollte Lem von Anfang an nicht haben, den *New Scientist* abonnierte ich für ihn, bis er mir, er war schon wieder nach Polen zurückgekehrt, mitteilte, er wolle die Zeitschrift nicht länger beziehen, er komme ohnedies nicht dazu, den *New Scientist* zu lesen, zudem könne man die Zeitschrift nunmehr auch in Polen kaufen. Sonst las Lem die Bücher des Biologen Rupert Riedl (die er vom Autor geschenkt bekam) und Materialien über AIDS – dies ein Geschenk von Dr. Michael Koch, dem UN-Aids-Experten. Wenn für Stanisław Lem AIDS »ein wirklich faszinierendes Rätsel«[13] ist, so scheint der Umstand, daß AIDS vielleicht faszinierender als andere Rätsel sind, wesentlich damit zusammenzuhängen, daß die Information über dieses Rätsel frei Haus kam und nichts kostete. Es ist mir aber nicht bekannt, daß Lem in seiner Wiener Zeit je eine wissenschaftliche Bibliothek oder eine wissenschaftliche Buchhandlung aufgesucht hätte. Auch den Leserservice des *Scientific American,* bei dem man gewisse Bücher beziehen kann, hat er nie in Anspruch genommen. Was Lem in Wien wirklich las, außer einigen Büchern, z. B. Jonathan Carroll, der Lems Sohn Tomek an der American International School in Wien in »creative writing« unterrichtete, zukommen ließ, waren hauptsächlich Unmengen von Kriminalromanen von Edgar Wallace und Agatha Christie. Er pflegte ständig zu erzählen, welch miserable Schriftsteller Wallace und die Christie doch seien – ein Umstand, den er offensichtlich stets aufs neue verifizieren mußte.

Wenn man von der selbstverständlichen Erwägung ausgeht, daß Information, auch wissenschaftliche Information, zumeist Geld kostet, so habe ich nicht den Eindruck, daß der wissenschaftlichen Information unter den Ausgaben Lems eine besondere Priorität zukam. Meiner Schätzung nach gab er während seiner Wiener Zeit weniger als tausend Mark im Jahr für Literatur aller Art aus, wovon der Großteil auf Presseerzeugnisse entfiel (zum Vergleich: Bei einem weit geringeren Einkommen gebe ich jährlich rund zehntausend DM für Bücher aus).

Lem liebt es aber, in Interviews zu betonen, wie schwer ihm die Beschaffung der so heiß geliebten wissenschaftlichen Literatur gefallen sei, wie sehr sein Zustand dem eines Robinson auf einer einsamen Insel geglichen habe:

> Es herrscht ein erstaunliches Mißverhältnis zwischen dem, woran mir am wenigsten gelegen war, und der Schwierigkeit, das zu bekommen, woran mir am meisten gelegen war. Wenn es um riesige Vergrößerungen und Unterlagen über die Funktionsweise der Geschlechtsorgane geht, jede Menge, aber wenn ich den »New Scientist« oder irgendwelche Daten aus einem Fachgebiet brauchte, stieß ich auf Widerstände, die in einer kommerziellen Zivilisation, wo es genügt, beim Buchhändler eine Bestellung aufzugeben, undenkbar schienen.«[14]

Eine rührende Entbehrungsstory, welche mit der eigenen Deprivation gleich die Kritik an unserer ach so materiellen, dem Geistigen abholden Zivilisation mitliefert:

> »Wenn ich mir die Bibliographie in Hofstadters Buch ›Gödel, Escher, Bach‹ ansehe, rinnt mir das Wasser im Mund zusammen beim Anblick der Liste dieser herrlichen Bücher, die ich nie zu sehen bekommen habe. Ich habe diese riesige Bibliographie genau durchstudiert und festgestellt, daß ich nur drei Bücher daraus kenne! Und hier sind Hunderte aufgeführt. Das ist mehr als ärgerlich, denn ich habe den Eindruck, daß ich Robinson auf einer menschenleeren Insel bin und alle von A bis Z allein ma-

chen muß. Ich hatte nicht einmal ein irdenes Schüsselchen, sondern mußte mir selbst den Ton holen, ihn mit Wasser verrühren, Feuer anfachen, und Hunderte anderer Dinge mußte ich selbst tun. Immer verspürte ich Hunger, weil ich von den Informationsquellen und dem Gedankengut der Welt abgeschnitten war, und nie gelang es mir, die Bücher zu bekommen, die ich haben wollte.«[15]

Fürwahr, beklagenswert ist das Schicksal eines modernen Robinsons, der, ganz ohne Freitag, abgeschnitten von der übrigen Welt, sogar das Rad aufs neue erfinden mußte, weil es ihm nicht vergönnt ist, aus dem Meer der Information zu schöpfen. Freilich, man mag es dem Autor abnehmen, daß er in der Zeit des kalten Krieges bis etwa 1970, tatsächlich Schwierigkeiten hatte, sich ausländische Literatur zu besorgen, da Lem bis dahin kaum Übersetzungen im westlichen Ausland und damit auch keine Deviseneinnahmen hatte, aber zumindest von etwa 1970 an hatte er stets genügend Geld, um sich jede gewünschte Literatur zu besorgen. Bei den Hunderten von amerikanischen Buchtiteln bei Hofstadter muß es auch genügend aktuelle, noch lieferbare gegeben haben. Lems amerikanischer Verlag Harcourt Brace Jovanovich hat z. B. wiederholt angeboten, dem Autor gewünschte Bücher zu besorgen (gegen Kostenersatz natürlich) und er betrieb auch selbst eine große Buchhandlung in New York. Von diesem Angebot hat Lem nur einmal bei einigen wenigen Büchern Gebrauch gemacht, und es hat auch sehr gut funktioniert. Es wäre überhaupt kein Problem gewesen, auch »Hunderte« von Titeln zu bestellen. Ich selbst hatte auch nie Probleme, mir amerikanische Bücher zu besorgen.

Bernd Gräfrath, der in seinem Buch *Ketzer, Dilettanten und Genies* (1993) Lems Selbstaussagen gläubig zitiert, fügt, ohne eine Spur von Ironie, hinzu, Lem sei es, »trotz Anstrengung«[16], nicht gelungen, sich manche Literatur zu beschaffen. Er führt sogar ein konkretes Beispiel an, Richard Dawkins *The Selfish Gene* (1976), das eine Theorie der Evolution entwickelt, die große Ähnlichkeit mit den zuvor von Lem in *Imaginäre Größe* (1973) formulierten Vorstellungen haben soll. Lem behauptet, mit Stand 1984: »... aber bis heute ist es mir nicht gelungen, dieses Buch zu beschaffen«[17]. Gräfrath fällt es nicht auf, daß er selbst in seinen Anmerkungen erwähnt, daß dieses Buch, das sich dem Zugriff Lems so hartnäckig und heimtückisch entziehen will, schon 1978 in deutscher Übersetzung unter dem Titel »Das egoistische Gen« in dem nicht ganz unbekannten Wissenschaftsverlag Springer (Berlin–Heidelberg–New York) erschienen ist. In den betreffenden Jahren hielt sich Stanisław Lem aber mehrmals wochenlang in West-Berlin auf. Und kein Berliner Buchhändler soll imstande gewesen sein, ihm, wenn nicht schon die amerikanische Originalausgabe, so zumindest die deutsche Ausgabe dieses heiß ersehnten Buches zu besorgen?

So kann man natürlich auch zum Robinson werden, aber ein unvoreingenommener Betrachter wird in den Klagen unseres sparsamen Autors eine gehörige Portion Koketterie sehen, eine Rhetorik, die mit den Fakten wenig gemein hat, und eine Public-Relations-Pose, um sich interessant zu machen.

ANMERKUNGEN:

1 Stanisław Lem, »Science Fiction und Kosmologie«, in: Franz Rottensteiner, Hrsg., *Quarber Merkur,* Frankfurt/Main: Suhrkamp Verlag 1979, S. 37.

2 Stanisław Lem, *Die vollkommene Leere,* Frankfurt/Main: Insel Verlag 1973, S. 10.

3 Ebendort, S. 57.

4 Stanisław Lem, »A Letter to Mr. Farmer«, *SF Commentary 29,* August 1972, S. 10–12.

5 Poul Anderson, Brief, *SF Commentary 35-36-37,* July-August-September 1973, S. 114.

6 Stanisław Lem, »Über AIDS, Literatur, Kritiker und anderes«, in: *Quarber Merkur 68,* Dezember 1987, S. 50.

7 Stanisław Lem, »Lebensriß, in Miniaturausgabe«, in: *Quarber Merkur 31,* July 1972, S. 27.

8 Stanisław Lem, »Über AIDS, Literatur, Kritiker und anderes«, in: *Quarber Merkur 68,* Dezember 1987, S. 47.

9 Jack Williamson, »The Endless Search«, *Locus,* Dezember 1993, S. 5.

10 Ebendort, S. 74.

[11] Widmar Puhl, »Ein Gespräch mit Stanisław Lem«, in: *Das SF Jahr 1994*, München, Wilhelm Heyne Verlag, 1994, S. 487.

[12] Stanisław Lem, »Weit weg von der Zukunft«, in: *Der Standard*, Beilage Album, Freitag, 10. Mai 1996, S. 2.

[13] Stanisław Lem, »Über AIDS, Literatur, Kritiker und anderes«, in *Quarber Merkur 68*, S. 49.

[14] Stanisław Lem/Stanisław Bereś, *Lem über Lem, Gespräche*, Frankfurt/Main: Insel Verlag 1986, S. 212 ff.

[15] Ebendort, S. 212.

[16] Bernd Gräfrath, *Ketzer, Dilettanten und Genies*. Hamburg: Junius Verlag 1993, S. 41.

[17] Lem/Bereś, *Lem über Lem*, S. 215.

INTERVIEW

»Am Ende paßt alles zusammen«

Ein Interview mit Alan Dean Foster

von Jens H. Altmann

Es war nicht einmal eine Story, die 1970 die Karriere von *Alan Dean Foster* begann, es war ein Brief. Ein Brief an *August Derleth,* den dieser kaufte und als *Some Notes Concerning a Green Box* veröffentlichte. Nach weiteren Kurzgeschichten folgte 1972 ein Roman, *The Tar-Aiym Krang (Das Tar-Aiym Krang),* in dem Foster der Welt einige Konzepte vorstellte, die seine Karriere bis zuletzt (und darüber hinaus) begleiteten: In diesem Roman tauchten Flinx und Pip sowie das *Homanx-Commonwealth* das erste Mal auf. In den folgenden Jahren verfaßte Alan Dean Foster 73 Romane, von denen 27 mediabezogen waren.

F: *Sie waren einer der ersten* Star Wars- *und* Star Trek-Autoren *und adaptierten die Zeichentrickserie in Romanfassungen. Wie wurden Sie für dieses Projekt ausgewählt?*
A: Ich hatte ein paar Filmadaptionen für Jody-Lynn delRey gemacht, *Luana* und *Dark Star,* als sie ein Schlupfloch in den Verträgen fand, die Bantam mit Paramount hatte. Bantam hatte das Recht, den ganzen *Star Trek*-Kram zu veröffentlichen. Das heißt, sie hatten die Rechte für alles außer der Zeichentrickversion. Also kaufte sie diese Rechte und, aufgrund der Adaptionen, die ich bereits für sie gemacht hatte, fragte sie mich, ob ich sie machen würde. Ich habe dann das ganze Drumherum entwickelt. Der Titel *Star Trek Logs* stammt von mir, auch dieser Vorspann mit dem Galaktischen Historischen Archiv.

Alan Dean Foster

F: *Die ersten Ihrer* Star Trek Logs *sammelten mehrere Episoden pro Band, während gegen Ende jede umgesetzte Episode ein Roman wurde. Wie kam es zu diesem Wechsel?*

A: Als wir anfingen, sagte ich Jody-Lynn delRey, daß es unmöglich sei, aus einer zwanzigminütigen Zeichentrickepisode einen ganzen Roman zu machen. Aber dann wurde die Reihe ein Erfolg, und Jody-Lynn brauchte mehr Bücher, also mußte ich aus jeder der übriggebliebenen Episoden einen Roman machen. Das Verhältnis war dabei etwa 1 : 3, ein Drittel in jedem Roman kam aus der Episode, und zwei Drittel kamen von mir. Es war eine rein kommerzielle Entscheidung.

F: *Haben Sie irgendwelche Pläne, einen neuen* Star Trek-*Roman zu schreiben?*

A: Eigentlich nicht. Da sind so viele andere Projekte, an denen ich gerade arbeite. Wenn Sie die *Dinotopia*-Bücher kennen, um nur eines zu nennen, ich habe gerade *Dinotopia Lost* geschrieben, der in dem Universum spielt.

F: *Wie weit ging eigentlich Ihre Mitarbeit am ersten* Star Trek-*Film, bei dem es im Vorspann heißt, »Story von Alan Dean Foster«? Wie wurden Sie dafür ausgewählt? Und wie zufrieden sind Sie mit dem Endergebnis?*

A: Ich bekam einen Anruf, das heißt, mein Agent bekam einen Anruf. Anscheinend hatte Gene Roddenberry meine *Star Trek Logs* gesehen, und er hatte gesehen, daß ich mit den Figuren und dem Hintergrund umgehen konnte. Zu dem Zeitpunkt versuchte er gerade, *Star Trek* als neue TV-Serie zurückzubringen, und sie baten viele Autoren, Geschichten einzureichen. Sie wählten meine Story für den Pilotfilm aus und baten mich dann also, daraus ein Drehbuch für einen Zwei-Stunden-Film zu machen. Dann wurde aus der Serie der Kinofilm, und da sie meine Story für ein Projekt von Spielfilmlänge hatten, beschlossen sie, es zu verwenden. Nachdem diese Entscheidung gefällt wurde, wurde ich zur sofortigen Unperson. Ein ganzer Haufen anderer Leute werkelte an meiner Story herum, bis ich sie selbst kaum noch wiedererkannte. Aber die ersten 5 Minuten des Films sind komplett von mir.

F: *Viele Leute geben der etwas dünnen Geschichte, die dar-*

über hinaus von einer der TV-Episoden »geborgt« war, die Schuld an den Schwächen des Films. Was denken Sie?
A: Die Original-Story war viel stärker. Was passiert, war, daß das Projekt einfach zu groß wurde. Sie hatten eine Menge wundervoller Ideen, aber der Film mußte zu viel Ballast mitschleppen. Dazu kam, daß er zu schnell gemacht wurde. In den USA gibt es zwei große Starttermine für neue Filme, im Sommer nach Schulschluß, und um Weihnachten herum, und sie beeilten sich, um ihn zu Weihnachten in die Kinos zu bringen. Das war zu schnell, und dafür sollte der Film einfach zuviel bringen.
F: *Sie waren auch der erste, der einen* Star Wars-*Roman schrieb. Wie kam das zustande?*
A: Ich bekam einen Anruf, oder besser, mein Agent bekam einen. Irgend jemand hatte ein paar meiner Bücher gelesen, insbesondere *Icerigger* (Die Eissegler von Tran-Ky-Ky), und hatte festgestellt, daß es in etwa in dem Stil geschrieben war, den sie suchten. Also machte Tom Pollack, der damals George Lucas' Anwalt war, mit mir einen Vertrag über zwei Romane, die Romanfassung des Films und ein neues Buch.
F: *Aber* Star Wars *trägt den Namen George Lucas. Bedeutet das, daß Sie für ihn als Ghostwriter arbeiteten?*
A: Ja, *Star Wars* ist der einzige Roman, den ich jemals schrieb, der nicht meinen Namen trägt. Aber das macht mir nichts. Das ist durch und durch George Lucas' Story. Und George Lucas ist bis heute der netteste Mensch, den ich im Filmgeschäft je kennengelernt habe.
F: *Sollte* Splinter in the Mind's Eye *nicht die Fortsetzung zu* Star Wars *werden, wenn der Film nicht so erfolgreich geworden wäre, wie er es nun einmal war?*
A: Das stimmt. Als ich damit anfing, sagte man mir, ich solle es so schreiben, daß man es mit einem sehr kleinen Etat verfilmen könne. Das ist eine sehr interessante Art, einen Roman zu schreiben. Das ist auch einer der Gründe, zum Beispiel, warum die Handlung so oft in nebelverhangenen Landschaften spielt. Leider haben es nicht alle Szenen in die Endfassung geschafft. Da war eine Szene, die sie rausschnitten, eine große Weltraumschlacht, die so richtig nett war.

F: *Und wie zufrieden sind Sie mit der Comic-Version Ihres Romans?*
A: Die habe ich nicht gesehen, nur das erste Heft, also kann ich dazu nichts sagen. Aber darüber zerbreche ich mir auch nicht den Kopf. Für mich liegt das Jahre in der Vergangenheit. Ein anderer Autor arbeitet daran, ich glaube Terry Austin, und ich habe mit dem Projekt nichts zu tun.
F: *Haben Sie irgendwelche Pläne, einen neuen* Star Wars-*Roman zu schreiben?*
A: Eigentlich nicht, dafür habe ich im Augenblick zu viel zu tun. Was ich allerdings gerne schreiben würde, wäre ein *Indiana Jones*-Film, aber die haben mich bisher leider nicht gefragt.
F: *Mit mehr als 25 tie-in-Romanen sind Sie der ungekrönte König Romanadaptionen. Sie haben jedoch seit* Alien 3 *keine mehr geschrieben. Haben Sie ihnen abgeschworen?*
A: Man hat mich gebeten, *Alien 4* zu machen, aber ich habe abgelehnt. Der dritte hat mich zu sehr enttäuscht. Zu viel, das ich im dritten Roman geschrieben hatte, wurde geändert, zum Beispiel bin ich in die Köpfe der Gefangenen gegangen und habe erzählt, wer sie waren und wie sie dahin kamen. Außerdem, in der Originalversion ist Newt nicht gestorben. Das haben sie geändert. Abgeschworen habe ich den Dingern trotzdem nicht. Ich habe gerade *Dinotopia Lost* geschrieben, der so wie *Splinter in the Mind's Eye* eine neue Geschichte ist, die im Universum von jemand anderem spielt. Die letzte Adaption war *The Dig.* Ich werde wohl noch mehr machen, aber nicht in unmittelbarer Zukunft.
F: *Wie gehen Sie daran, einen Film zu adaptieren?*
A: Normalerweise schickt man mir ein Exemplar vom Drehbuch. Manchmal bekomme ich ein paar Zeichnungen, Skizzen von Charakteren und so weiter, und manchmal sogar Fotos. Daraus setze ich es zusammen. Normalerweise habe ich dafür sechs Wochen Zeit. Ich habe gerne etwas mehr Zeit, um es richtig zu machen. Ich mußte *Alien,* den ersten, in drei Wochen schreiben. Das war für meinen Geschmack zu schnell, aber ich hab's gemacht. Eine gute Mischung für eine Adaption ist 50 % Drehbuch, 50 % neuer Kram. Einige Auto-

ren klatschen es einfach so aus dem Drehbuch zusammen, manchmal, weil es ihnen egal ist, aber das ist ein Fehler. Die Leser merken das und reagieren entsprechend. Im Grunde genommen gehe ich daran, als wenn ich nur ein Fan wäre, der mit der Leinwand redet: Hier muß was verbessert werden, da muß was verbessert werden. So wie jeder andere, der einen Film sieht und sich wünscht, daran was verändern zu können, wie zum Beispiel von dieser Figur etwas mehr zeigen, von dieser etwas weniger, diese Szene etwas besser erklären, und so weiter.

F: Mit Shadowkeep *und* The Dig *haben Sie auch Computerspiele adaptiert. Wie gehen Sie da vor? Wie unterscheidet es sich davon, einen Film oder eine Fernsehepisode zu adaptieren?*

A: Es ist sehr schmerzhaft. Nach *Shadowkeep* hatte ich mir geschworen, es nie wieder zu tun. Es ist schwieriger, als einen Film oder eine Fernsehepisode zu adaptieren, selbst eine schlechte Episode, weil diese Charaktere haben, während ein Computerspiel keine Charaktere hat. Es hat nur diesen gesichtslosen Helden. Der Plot eines Computerspiels ist linear, es geht nur darum: »Finde das nächste Teilchen.« Ich habe *The Dig* nur gemacht, weil Steven Spielberg daran beteiligt ist. Es ist nicht so wie Spiele in der Art von *Doom,* wo man nur durch die Levels rennt und ballert. Mir gefällt der Gedanke, daß der Spieler denken muß, um ein Problem zu lösen, anstatt nur Dinge in Stücke zu schießen.

Im Augenblick entwickle ich übrigens selbst gerade ein Computerspiel für die Firma *Magic Maker.* Das mache ich hauptsächlich deshalb, weil sie mir die Möglichkeit geben, im Spiel Charaktere zu entwickeln. Ich nenne es *The Scroll.* Sie haben mich auch gebeten, die Romanversion zu schreiben. Ich habe zugestimmt, aber nur, weil es mein Spiel ist.

***F:** Man kennt Sie am besten wegen Flinx und den anderen Homanx-Romanen. Wegen dieser Serie, und den vielen tie-in-Romanen, hat man über Ihre Arbeit die Stirn gerunzelt. War das der Grund, weswegen Sie sich von beidem so lange fernhielten?*

A: Also, die Leute haben deswegen nie die Stirn gerunzelt. Ich gebe zu, es hat meinem Ruf sehr geschadet, daß ich so viele Adaptionen geschrieben habe. Aber das ist mir egal. Man kann es nicht allen rechtmachen. Wenn Sie etwas schreiben, wird die Hälfte der Leser es lieben, die andere Hälfte wird es hassen. Wenn Sie es andersherum machen, wird die zweite Hälfte es lieben, und die erste Hälfte wird es hassen. Ich glaube, daß der beste Roman, der je in der englischen Sprache geschrieben wurde, *Moby Dick* ist, aber als er geschrieben wurde, hielt man ihn für trivial. Also mache ich mir darum keine Sorgen mehr. Ich meine, es gibt Leute, die Beethoven hassen, oder Mozart, oder sogar Eiskrem.

F: *Stellt Ihre Rückkehr zum Homanx-Commonwealth einen Trend dar?*

A: Ich habe es nie verlassen; ich hatte immer vor, damit weiterzumachen. Ich mußte einfach nur Zeit für andere Dinge, die ich tun wollte, finden. Wenn man nicht zwischendurch etwas anderes macht, wird man fad. Aber ich werde weiter im Homanx-Universum schreiben. Es wird einen riesigen Höhepunkt geben, der alles zusammenbringt, so in etwa 20 bis 30 Jahren, wenn ich so lange lebe. Alles, Flinx, *Sentenced to Prism, Auch keine Tränen aus Kristall,* das paßt am Ende alles zusammen, gebt mir nur genug Zeit! Ich bin mir nur noch nicht ganz sicher, wie, aber es wird Spaß machen, das herauszufinden. Das Schöne daran ist, das Homanx-Universum ist keine lineare Serie. Da gibt es Serien innerhalb der Serien. Da gibt es Flinx, die *Icerigger*-Trilogie, und viele andere. Und das ist es, was daran solchen Spaß macht.

F: *Sie sind natürlich mit der Debatte vertraut, ob media-bezogene Romane »legitime« SF aus den Regalen verdrängen. Wie ist Ihre Meinung dazu?*

A: Das ist gar nicht so einfach. Ich freue mich, wenn Bücher verkauft werden anstatt Computerspiele. Daß die Leute überhaupt lesen, das ist das Wichtige. Außerdem verdrängen diese tie-ins auch andere Bücher, es gibt in den Regalen nicht nur SF und Fantasy. Ironischerweise sind die Gesamtverkaufszahlen bei Büchern gestiegen. Und da muß man auch noch etwas anderes berücksichtigen: SF ist das einzige Genre, in dem Bücher aus den 40ern noch neu aufgelegt werden. Ich meine, nennen Sie mir irgendein anderes Genre, in dem die Leser noch Bücher aus den 40ern oder sogar den 30ern nennen können.

Was die tie-in-Romane betrifft, das kommt durch wirtschaftliche Zwänge. Wenn Sie ins 14. oder 15. Jahrhundert zurückgehen, ich weiß nicht, wann hat Gutenberg die Druckerpresse erfunden? Jedenfalls, als er starb, da wette ich, haben die Mönche, die die Bücher mit der Hand abschrieben, gesagt, daß es das Lesen ruinieren würde. Aber es hat Bücher nur zugänglicher gemacht, genauso wie tie-in-Romane heute das Lesen allgemein zugänglicher machen. Wenn nur die Hälfte der Leute, die sonst ein Computerspiel gekauft hätten, statt dessen einen *Star Trek*-Roman kaufen, dann lohnt es die Sache schon. Das Urteil in dieser Angelegenheit ist also noch lange nicht gefällt. Ein Buch zu verdammen, nur weil es ein tie-in ist, ist falsch. Sehen Sie sich Hollywood an. Da gibt es Drehbücher, die Romane adaptieren, und die gewinnen Academy Awards, den Oscar. Also warum sollte nicht irgendwer einen tie-in-Roman schreiben der es wert wäre, einen Preis zu bekommen? Warum sollte da ein anderer Standard zugrunde gelegt werden? Ein Drehbuch zu adaptieren ist viel schwerer als umgekehrt. Sicher, es gibt viele schlecht geschriebene Romanadaptionen, aber es gibt überhaupt viele schlecht geschriebene Bücher da draußen. Im Grunde genommen wird nur die Zeit zeigen, wie die Sache ausgeht.

F: *Wie sind Ihre Erfahrungen dabei? Haben Sie den Eindruck, daß der Erfolg Ihrer tie-ins sich auf Ihre eigenen Romane überträgt?*

A: Das ist eine interessante Frage. Ich bin sicher, daß es einige Leute gibt, die meine eigenen Romane ausprobierten, weil sie meine tie-ins gelesen haben, während es sicherlich andere gibt, die es gerade wegen der tie-ins ablehnen, meine Romane zu lesen. Normalerweise stellen sie allerdings fest, daß sie, wenn sie das eine mögen, auch das andere mögen, daß sie ganz einfach meine Schreibe mögen. Es gibt viele gute Autoren, die tie-in-Romane schreiben. Ich denke da zum Beispiel an Kevin J. Anderson. Und einige sehr gute Autoren haben sich auch an Romanadaptionen versucht. Orson Scott

Card hat *The Abyss* geschrieben, und sogar Isaac Asimov hat es gemacht, als er die Romanadaption von *Die fantastische Reise* schrieb. Das Lustige daran ist, heute glaubt jeder, daß *Die fantastische Reise* Asimovs Geschichte ist. Ist sie aber nicht. Er hat nur den Film als Roman adaptiert. Es ist schon immer gemacht worden. Insgesamt überkreuzt es sich heutzutage nur viel mehr. Und die Öffentlichkeit sieht die tie-ins leichter, wegen all der Publicity, die die Filme oder Fernsehserien umgibt.

F: *An welchen neuen Projekten arbeiten Sie gerade?*

A: *The Howling Stones,* der nächste Homanx-Roman, erscheint im Januar bei DelRey. Im Februar kommt *Jed the Dead* bei Ace heraus. Das ist eine Komödie wie *Glory Lane* oder *Quozl.* Irgendwann Anfang nächsten Jahres wird das Computerspiel, *The Scroll,* erscheinen. Dann ist da noch der *Dinotopia*-Roman. Und ich schreibe gerade einen Alternativwelten-Roman, *Parallelities.* Ich habe mich noch nie an einer Alternativweltengeschichte versucht, das ist ganz interessant.

F: *Zum Abschluß, gibt es irgend etwas, das ich Sie vergessen habe zu fragen.*

A: Nicht in dem Sinne, aber ich würde noch gern etwas sagen. Und zwar, daß ich gern mehr nicht-amerikanische SF in den USA veröffentlicht sehen würde. Science Fiction ist eine Weltliteratur. Die Konventionen des Genres sind überall auf der Welt sehr ähnlich. Die amerikanischen Leser bekommen einfach nicht genug ausländische SF zu sehen.

Ich liebe Abwechslung und Vielfalt. Ich hasse es, wenn eine Art von Literatur, Musik, überhaupt Kunst das Feld beherrscht. Je mehr, desto gesünder. In 50 Jahren oder so wird es drei oder vier Mediagesellschaften geben, die alles dominieren. Eine davon wird wohl Bertelsmann sein, dann vielleicht Time Warner, und dann wohl Sony. Aber das ist jetzt auch egal. Die kommerziellen Zwänge, die diese Firmen haben werden, immer mehr und immer spektakulärere Blockbuster und Bestseller zu produzieren, das halte ich für eine viel größere Gefahr als Media tie-ins.

Ian McDonald

INTERVIEW

Interview mit Ian McDonald

von Lutz Gräfe

Ich traf Ian McDonald auf den 9. SF-Tagen NRW, und er machte genau den Eindruck, der so wunderbar zum Klischee irischer Schriftsteller paßt. Ein wenig unrasiert und übernächtigt, aber voller Humor und übersprudelnd von netten kleinen Geschichten und Anekdoten erweist sich der Autor von »*Chaga*« als Geschichtenerzähler par excellence.

***F:** Warum schreiben Sie Science Fiction?*
A: Ich wuchs mit der Science Fiction auf. Als Kind sah ich »*Thunderbirds / Donnervögel startbereit*«* und »*Dr. Who*«. Ich hatte immer Angst vor den Cybermännern; alle hatten Angst vor den Cybermännern. Die Daleks waren ja nur Pfefferstreuer auf Rädern. Ich habe mal einen guten Cartoon gesehen, wo zwei Daleks am Fuße einer Treppe stehen und sagen: »Das ist wohl das Ende unserer Pläne zur Eroberung des Universums, oder nicht?« Ich sah »*Star Trek*«, »*Space 1999*« (»Mondbasis Alpha 1«) und begann dann damit, dieses Zeug auch zu lesen. Außerdem kann ich nichts dagegen tun. Es ist ein innerer Zwang. Das ist die Geschichte eines heimlichen Lasters; es sind die Bekenntnisse eines SF-Perverslings. Ich tue es, ich gestehe, ich bin ein SF-Leser. Heute bin ich ein SF-Autor. Jetzt stelle ich fest, daß ich mich in bestimmter Hinsicht auf die Mainstream-Literatur zubewege. Ich arbeite im Moment fürs Fernsehen und ich habe zwei, drei Jahre an einem Mainstream-Roman geschrieben. Aber ich stelle fest, ich kann die SF einfach nicht aus meinem Kopf rauskriegen.

---

* britische Marionetten-SF-Fernseh-Serie von 1964–1966 – *Anm. d. Autors*

Selbst das Mainstream-Buch hat Elemente des Phantastischen und Bizarren. Was mich auch nach Afrika gebracht hat. Mich fasziniert an Afrika, daß, was wir Surrealismus oder Magischer Realismus nennen, dort ganz alltäglich ist. Bizarre Dinge passieren jederzeit; es ist einfach ganz natürlich. Ich suche nach unbemerkten bizarren Dingen, seltsamen Ereignissen oder ungewöhnlichen Verbindungen. Ich denke, es lag mir einfach im Blut, SF-Schriftsteller zu werden oder Fantasy zu schreiben, also phantasievolle Fiction. Bei diesem Mainstreambuch, das ich gerade schreibe, kann ich einfach nicht verhindern, daß sich SF-Ideen hineinschleichen. Es geht um einen Typ, der versucht, einen verschollenen legendären japanischen Anime (Zeichentrickfilm) zu finden. Es begann eigentlich damit, daß er versuchte, einen verschollenen französischen »nouvelle vague«-Film zu finden und landete bei dieser SF-Story. Das passiert einfach so; ich kann einfach nicht anders. Ich betrachte alles aus einem SF-Blickwinkel. Das Wesen des SF-Autors ist, daß man etwas Reales sieht, was alle sehen und man sich fragt »Was wäre, wenn dies oder jenes passierte?« Das Konzept bei *»Necroville«* basiert auf einem Kommentar von Ian Watson, der über Nanotechnik sprach und meinte: »Das erste, was wir dadurch bekommen werden, ist die Unsterblichkeit.« Ich hörte mir das an und dachte: »Was passiert denn bei der Wiederauferstehung der Toten; was für eine Gesellschaft bekommen wir dann?« So mache ich das immer; vielleicht bin ich ja reif für eine Therapie.

***F:** Wenn man Ihre Stories und Romane liest, gewinnt man den Eindruck, daß Sie sich stark für fremde Kulturen interessieren. Fremd im Sinne von nicht europäisch; nicht westlich. Die Story* »Zum Kilimandscharo« *(in Heyne SF Nr. 4991) spielt in Afrika; Ihr Roman* »Schere schneidet Papier wickelt Stein« *(Heyne SF Nr. 5127) in Japan. Waren Sie jemals in Japan oder Afrika?*

A: Ich war einmal in Japan; allerdings nur drei Wochen. Aber ich war schon immer von Japan und von seiner Kultur fasziniert. In Afrika war ich schon mehrere Male und habe dort insgesamt eine recht lange Zeit gelebt. Ich habe den Eindruck, daß Science Fiction auf eine Weise noch sehr verwestlicht ist. Sie ist weniger amerikanisch als früher, aber immer noch sehr westlich. Und ich sehe keinen Grund, warum Asien, Afrika oder Südamerika nicht ihre eigene Science Fiction haben können. Science Fiction ist nicht wie in *»Independance Day«*, wo das große UFO nur über dem Weißen Haus oder über Paris erscheint. Das könnte genauso gut in Seoul, Nairobi oder Bogota passieren. Außerdem bin ich davon überzeugt, daß die Menschen in der Dritten Welt in mancher Hinsicht ein reicheres Leben führen als wir im Westen. Nicht materiell gesehen, sondern auf der sozialen Ebene. Wir haben im Westen den Kult des Individuums. Alle machen ihren eigenen Kram, folgen ihrer Bestimmung. Ich denke, daß wir in vieler Hinsicht die Idee der Gemeinschaft verloren haben, daß Menschen nämlich genau so sehr soziale Tiere wie individuelle Tiere sind. Und weil es in der Dritten Welt so hart ist, müssen die Menschen viel mehr zusammenhalten. Sie halten zu ihrer Familie, ihren Freunden, sie verbringen ihr Leben mehr in der Gemeinschaft. Wenn man, wie ich, aus Belfast kommt, dann ist Gemeinschaft wichtig. Gemeinschaft kann dein Leben kosten – sie hat mehreren Menschen das Leben gekostet –, wenn du aus der falschen kommst. Schriftsteller schreiben über das, worin sie leben. Da ich in Belfast aufgewachsen bin, ist es unvermeidlich, daß ich über Themen wie Identität, Gemeinschaft, »Wer bin ich?«, »Wo gehöre ich hin?« schreibe. Aber weil verdammt viel von dem, was in Nordirland geschrieben wird, nur um sich kreist, wollte ich darüber hinausgehen und sagen: Das ist die Situation in Nordirland, aber in Afrika und Japan ist es genau dasselbe. »Wer bin ich; woher komme ich; wohin gehe ich und zu wem passe ich?«

F: *Gibt es irgendwelche Verbindungen zwischen Ihrer Story* »Die Inseln der Toten« *(in Heyne SF Nr. 4410), wo die Toten nur an Halloween wiederauferstehen und dem Roman* »Necroville«*?*

A: Die Story war meine erste Geschichte, die ich verkaufen konnte. Das war 1982. Ich stelle fest, daß ich immer wieder auf meine alten Geschichten zurückkomme und sie erweitere. Bei *»Die Inseln der Toten«* geht es um eine Art virtuelle Realität, in die die Toten einmal im Jahr zurückkehren. Sie bezieht sich auf die griechische Insel Spiranaikos, die früher eine

Lepra-Kolonie war. Ein sehr gespenstischer Ort, und die Leprakolonie ist tatsächlich eine beliebte Touristenattraktion; ich war auch da. Es gibt dort natürlich keine Leprakranken mehr. Ebenso ist es mit *»Zum Kilimandscharo«*. Seitdem ich 1978 zum ersten Mal dagewesen bin, wollte ich schon immer über Afrika schreiben. Die Idee, daß am Kilimandscharo etwas Fremdartiges geschieht, ging mir seit 1980 im Kopf herum. So entstand *»Chaga«* und jetzt schreibe ich eine Fortsetzung.

F: *Was mich bei* »Zum Kilimandscharo« *als erstes überraschte, war, daß Sie eine weibliche Heldin haben, eine Journalistin aus Dublin und das Ganze aus ihrer Perspektive erzählen. Wie haben Sie das gemacht?*

A: Ich denke, ich sollte jetzt sagen, daß ich mich der weiblichen Seite in mir nähere. Das geht sehr stark um meine Denkweise. Ich mag Frauen, ich mag ihre Gesellschaft. Ich glaube, daß ich mit Männern nicht so gut zurecht komme wie mit Frauen. In gewisser Hinsicht müssen weibliche Figuren mehr beweisen. Für Typen ist es in jeder Form von Fiction einfach, alles zu machen. Frauen ziehen dagegen in der SF immer noch den kürzeren. Ich habe zuerst versucht, es in der dritten Person zu schreiben, mir dann aber gesagt: »Riskier was, stell dir vor, du wärst eine Frau.« Wie würde sie denken? Worüber ich meine Frau am meisten ausgefragt habe, waren Themen wie Menstruation und weiblicher Hygiene. Männer denken nie an so etwas. Eine Frau, die ins Unbekannte zieht, muß daran denken, Tampons mitzunehmen.

F: *Sie zeigen gegenüber Europäern in Afrika eine starke ironische Distanz. Und in der Kurzgeschichte gibt es Momente, die zu sagen scheinen, daß das Chaga Afrika seinen Frieden zurückgibt und es viel afrikanischer macht; vor allem für die Menschen im Chaga.*

A: Ich kann natürlich nur aus der Sicht eines weißen, europäischen Mannes über Afrika schreiben; als Außenseiter. Aber eigentlich schreibe ich alles als Außenseiter und meine Figuren sind Außenseiter; auch in meinem neuesten Buch *»The Sacrifice of Fools«* geht es darum, was es bedeutet, ein Außenseiter oder eben ein Insider zu sein. Es ist wie in dem Film *»Spacecop L.A. 1991«*, der eine wirklich gute Idee hat: Viele

Aliens kommen und leben mit uns Tür an Tür. Mir gefiel die Idee, daß die Aliens auf der anderen Straßenseite leben. Und ich stahl sie und sagte mir: »Ich werde es richtig machen.« Ich habe eine Reihe Stories geschrieben, den *»Xi'an-Zyklus«*: Acht Millionen Aliens leben mit uns Tür an Tür, sie sehen aus wie wir, sind aber nicht wie wir. Ich wollte eine Geschichte um einen Serienkiller schreiben, die unter Aliens spielt und sie in London ansiedeln. Da sagte meine Frau: »Laß es in Belfast spielen.« Ich habe darüber nachgedacht und fand, daß sie recht hatte. Weil es die kulturelle Spaltung aufbricht: Wir haben Protestanten und Katholiken und auf einmal noch einen Haufen Aliens. Auf einmal sind es *drei* Gruppen und das Interessante dabei ist, wie sie auf einander reagieren. Die Protestanten schauen auf die Aliens und fragen sich: »Sind das protestantische Aliens oder katholische?« Weil sie konditioniert sind, so zu denken und die Katholiken genau so, nur umgekehrt. In gewissem Sinn endete es als Satire.

F: *Reden Sie jetzt von* »Legitime Ziele«*? (in Heyne SF Nr. 5275), wobei der Titel in Nordirland ja doch sehr gewagt ist?*

A: Das war auch so eine Idee, die ich neu zusammengemixt habe. Die Grundlage ist der Film *»The Crying Game«*, wobei das Alien die Rolle des Transvestiten übernommen hat. Für mich ist jedes Alien in der Science Fiction ein Spiegel. Sie reflektieren unser Menschsein. Diese Aliens haben nur zweimal im Jahr Sex. Aber wenn sie Sex haben, haben sie **Sex**; sie sind wie Hunde und Katzen. Sie haben ihre Zeiten, zweimal im Jahr fünf Wochen und – *Wow!* Und ich fand, daß das ein nützliches Werkzeug war, die menschlichen Mann-Frau-Beziehungen und »Sex und Männergewalt« zu betrachten. Das alles entwickelte sich, während ich das Buch schrieb. Ich benutzte diese Aliens als Werkzeug, um Menschen wie Zwiebeln zu schälen, um zu sehen, wie sie funktionieren, offenzulegen, wie wir sind. Es gibt eine nette kleine Geschichte zu diesem Buch. Haben Sie schon mal von Reverend Ian Paisley gehört?* Im Buch habe ich ihn in die Psychiatrie gesteckt. Ursprünglich war er schlecht, jetzt ist er schlecht und verrückt.

* Protestantischer Extremist – *Anm. d. Autors*

Er ist total paranoid und im Delirium. Vor zwei Wochen fliege ich von London nach Belfast zurück. Und weil jemand den Flug bezahlt hat, fliege ich in der Business-Klasse. Ich besteige das Flugzeug und Ian Paisley besteigt das Flugzeug. Ian Paisley kommt und setzt sich neben mich. Und ich halte ein Schwätzchen mit Ian Paisley und er hält ein Schwätzchen mit mir. Ich sage mir: »Du weißt es nicht, du fettes Arschloch, aber ich habe dich in die Psychiatrie gesteckt und du weißt nicht, wer ich bin.« Ich verspeiste mein Dinner und in der Business-Class geben sie einem Messer aus Metall. Und ich nahm mein Messer und dachte: »Ich könnte es tun. Einfach so. Zack. Ich tötete Ian Paisley. Wäre das nicht was?« Es war ein ziemlich unheimlicher Moment. Ich hätte Geschichte machen können – und tat es nicht. Darum bin ich jetzt hier. Das hat sich jetzt ziemlich weit weg von Afrika entfernt. Ich hab vergessen, worum es ging. Worum ging es noch mal?

F: *Daß Afrika im Chaga wieder afrikanisch wird.*

A: Genau, das Chaga gibt Afrika sich selbst zurück. Im Roman ist das ebenso wie in der Fortsetzung *»Karinya«*, an der ich gerade arbeite, noch ausgeprägter als in der Kurzgeschichte. Mir fehlte lange Zeit ein Bild. In *»Chaga«* besteht das Bild darin, daß sich dieses Zeug 50 Meter pro Tag ausdehnt. Ich hielt das für ein ziemlich kraftvolles Bild, es ist wie Zeit, Tod und Veränderung, man kann es nicht aufhalten. Aber in *»Karinya«* fehlte mir ein Bild. Zuerst dachte ich, das Zeug würde die ganze Erde bedecken, aber dann sagte ich mir. »Nein, es wird nicht die ganze Erde bedecken, es bedeckt die südliche aber nicht die nördliche Hemisphäre und so ist die Welt geteilt.« Es gibt die vollkommen normale Nordhälfte und die total transformierte Südhälfte.

F: *Bei* »Schere schneidet Papier wickelt Stein« *hat mich besonders beeindruckt, wie tief Sie in die japanische Kultur eingedrungen sind. Wie haben Sie das gemacht?*

A: Ich habe mich schon immer sehr für die japanische Kultur interessiert. Diese Kultur besitzt Eleganz, Verfeinerung und Einfachheit, und dann gibt es gleichzeitig diese Brutalität, diese Art grundlegender Erdverbundenheit. Ich finde es interessant, wie diese scheinbar so gegensätzlichen Ying-Yang-

Prinzipien in Japan zusammenkommen. Die eigentliche Quelle ist das Buch eines Autors, dessen Name mir entfallen ist, über die Shikoku-Pilgerfahrt zu 104 Tempeln quer durch ganz Japan. Das Buch ist im wesentlichen ein Journal seiner Wanderung, und ich habe diese Idee gestohlen. Und dachte mir, wie kann ich das übertreffen. Und dann las ich »Zen und die Kunst ein Motorrad zu warten« und da machte es bei mir Klick: »Zen und die Kunst ein Mountainbike zu warten« und von da ging es los. Ich bin ein totaler Fahrradfan. Wenn ich Fahrräder in jedem meiner Bücher unterbringen könnte, würde ich es tun. Fahrräder sind einfach Klasse. Je größer, je schwerer, desto besser; richtige Fahrräder. Beim Schreiben dachte ich bei mir, ich würde gerne mal per Mountainbike diese Shikoku-Pilgerfahrt unternehmen; über die Berge und zu all diesen Shinto-Schreinen. Es gab auch eine sehr unheimliche Koinzidenz. In dem Roman kommen Fractere vor, graphische Bilder, die sich am Bewußtsein vorbeischleichen und eine direkte Reaktion erzeugen: Man sieht es und spürt Angst; man sieht es und spürt Erleichterung oder was auch immer. Und es gibt diese Schrift die so gestaltet ist, daß sie einen zwingt, alles zu tun, was da geschrieben steht. So etwa wie in John Carpenters Film *»Sie leben!«*. Und dann fand ich heraus, daß Fraktur im Deutschen eine Schriftart bezeichnet. Das Buch ist das Sammelbecken ganz verschiedener Einflüsse. Zu der Zeit arbeitete meine Frau gerade im graphischen Design und las eine Menge Sachen eines bekannten britischen Designers namens Neville Brody. Er schrieb über die Macht von Schriftarten. Und dann kam wieder dieses *»Was wäre, wenn?«*-Ding.

***F:** Wie schreiben Sie eigentlich?*

A: Also zuerst schreibe ich mit der Hand auf Papier. Ich kann am Computer nicht schreiben. Wen ich an meinem Mac sitze und schreibe, kommt nur Quatsch raus. Nichts weiter als Worte, Worte, Worte, die da auf dem Schirm erscheinen. Das endet dann damit, daß ich 90 Prozent davon wieder wegschmeiße. Das liegt wohl daran, daß ich dabei schneller zu schreiben in der Lage bin, als ich denke. Aber wenn ich auf Papier schreibe, dann geht das eben viel langsamer vor sich, und es kommt häufig vor, daß ich nicht lesen kann, was ich geschrieben habe, und ich dann ein Wort falsch »übersetze« und es stellt sich heraus, daß es sogar besser ist als das ursprüngliche Wort. Manchmal ist meine Schrift so schlecht, daß ich alles noch mal schreiben muß, weil ich es einfach nicht mehr entziffern kann. Außerdem ist das Schreiben auf Papier viel flexibler als auf dem Computer. Man kann rummalen, kleine Pfeile zeichnen, die Absätze miteinander verbinden, Sachen ausstreichen und sie doch noch sehen; anders als auf dem Computer, wo etwas weg ist, wenn ich es gelöscht habe. Und ich habe festgestellt, daß ich in Abschnitten von etwa 20 Minuten schreibe. Schreibe ich länger, bin ich weiter, als ich denken kann, und es kommt nur noch Wortsalat heraus.

F: *Arbeiten Sie nach Zeitplan? Es gibt ja Autoren, die um Sieben aufstehen, Kaffee trinken, frühstücken und sich dann an den Computer setzen, wie bei einem Bürojob.*

A: Sie behaupten, daß sie so arbeiten. Aber wahrscheinlich läuft es so: Sie stehen auf, trinken Kaffee, setzen sich an den Computer und sagen: »Shit. Ich werd' noch einen Kaffee trinken.« Sie trinken noch mehr Kaffee und kommen nach einer Stunde zurück. Ich habe mich gestern mit Stephen Baxter unterhalten und wir sind uns sehr ähnlich. Wir machen alles andere als Schreiben; alles. Wir waschen ab, marschieren mit dem Staubsauger durchs Haus, führen die Hunde aus, gehen einkaufen; alles, nur nicht uns hinsetzen und Worte auf Papier bringen.

F: *Also sind Sie ein »Dead-Line«-Schreiber.**

A: Ja, das stimmt. Das ist wie in dem alten Witz: »Gott hat die Welt nicht in sieben Tagen erschaffen. Er gammelte sechs Tage herum und erschuf alles auf den letzten Drücker.« Ich mache es genauso. Ich bin ein Nachtmensch. Die besten Sachen schreibe ich 15 Minuten vorm Einschlafen. Der Verstand ist dann entspannt und alles kommt mir sozusagen von

* Ein Autor, der erst im allerletzten Moment vor Abgabetermin seinen Text erstellt; eine unter Journalisten und Schriftstellern weit verbreitete Spezies – *Anm. d. Autors*)

selbst in den Sinn. Die schlimmste Zeit ist gegen zwei Uhr nachmittags. So zwischen zwei und vier Uhr nachmittags schaltet mein Biorhythmus einfach ab. Früher fühlte ich mich deswegen regelrecht schuldig. Jetzt denke ich mir, daß man es nicht erzwingen kann. Wenn man um die Zeit nicht schreiben kann, soll man's lassen. Es gibt keinen Grund, es anders zu machen. Schreibe, wenn du kannst und es am besten kannst. Man sollte beim Schreiben entspannt sein.

F: *Diese Lebensform aus* »Zum Kilimandscharo« *erinnerte mich an die Bakterien aus* »Die Plastikfresser«* *von Gerry Davis und Kit Pedler.*

A: Diese Idee wird im Roman weiter entwickelt. Es geht um Aliens, die so fremdartig sind, daß wir keinerlei Berührungspunkte mit ihnen haben. Bob Shaw unterschied zwei Arten von Aliens: Undurchsichtige und durchsichtige. In durchsichtige Aliens kann man einen kleinen Einblick haben. So wie die Xi'an, die unsere Menschlichkeit spiegeln. Undurchsichtige Aliens sind so verschieden, daß man überhaupt keinen Einblick nehmen kann. Es gibt absolut keine Berührungspunkte zwischen uns und ihnen. In den »Chaga«-Romanen sind die Aliens im wesentlichen intelligente Buckyballs aus den Tiefen des Raums; sie haben die Größe von Molekülen, nicht ganz lebendig, nicht ganz tot, nicht ganz Pflanze, nicht ganz Maschine; vollkommen andersartig. Interessanterweise habe ich erst kürzlich in einem naturwissenschaftlichen Magazin gelesen, daß das Leben auf der Erde vielleicht von Nanochips und Buckyballs abstammt, die mit einem Meteor herunterkamen.

F: *Was ist Science Fiction?*

A: Ich denke nach. Was ist es? Nicht das, was man im Fernsehen sieht. Es gibt Science Fiction und sci-fi; und das sind zwei verschiedene Dinge. Sci-fi ist wie *»Independance Day«*: große Spezialeffekte, viel Rumgerenne und Aliens abknallen; aber in ihr gibt es kein Konzept, keine Idee. Gute Science Fiction hat ein Konzept; das muß kein wissenschaftliches Konzept sein. Vielleicht ein Konzept über Wissenschaft; in der Art von »Was

---

* Heyne SF Nr. 3382 ein Katastrophenroman über plastikverschlingende Mikroorganismen, die London lahmlegen – *Anm. d. Autors*

wäre, wenn diese Vorstellung wahr würde?« und entwickelt diese Idee. Als alter Linkssozialist ist Science Fiction für mich nichts über das Fliegen zu Schwarzen Löchern oder das Herumrasen im Weltall. Es geht um die Auswirkungen von Wissenschaft und Technik auf die Gesellschaft. Wie Wissenschaft und Technik unvermeidlich verändern, was es heißt, Mensch zu sein. Denn was immer wir im Universum finden werden, wie fabelhaft und wunderbar es sein mag, alles, was uns bleibt, sind unsere menschlichen Ressourcen: Menschliche Intelligenz, Gefühle, Zuneigung, Fähigkeiten; letztlich bewerten sie all das, was wir im Universum finden werden. Schwarze Löcher, fremde Zivilisationen; alles was wir tun können, ist zu versuchen, Menschen zu sein und auf eine menschliche Weise darauf zu reagieren. Ich bin halt ein alter Linkssozialist, ein Humanist mit mystischen Tendenzen.

F: *Sind Sie ein Fan von Joseph Conrads »Heart of Darkness«?*

A: Sie sind der zweite, der mich das an diesem Wochenende fragt. Der Witz bei Conrads »Heart of Darkness« ist, daß er einem nicht erzählt, was es ist. Das ist gut, weil er es der Vorstellungskraft des Lesers überläßt, was Kurts da oben gefunden hat und was ihn so vollkommen verändert. Und in *»Zum Kilimandscharo«* und *»Chaga«* gibt es dieses Alien-Ding, und wenn die Menschen glauben zu wissen, was es ist, verwandelt es sich in etwas anderes. Die besten Rätsel haben ein Rätsel dahinter und dahinter noch eins. Das ist genau das Problem jetzt bei *»Akte X«*. Es fing wirklich gut an; alles war nur vage angedeutet. Dann begannen sie, einem die Aliens zu zeigen. Und man fragte sich: Wie? Das ist alles? Oder wie in Spielbergs *»Unheimliche Begegnung der Dritten Art«*, wo dieses UFO kommt. Es ist verdammt aufregend; es ist seine Größe, die Größe eines kleinen Staates und überall diese Lichter. Es kommt näher und man denkt; oh, das ist Klasse. Dann öffnet sich das Schiff und die Aliens kommen raus. Und man denkt: Wie? Das ist alles? Das beste an dem Film ist sowieso, daß die Aliens sich bücken müssen, um durch die Tür zu kommen. Also die können in riesigen Raumschiffen durchs Universum fliegen, aber keine Tür bauen, die groß genug ist für sie. Das alles ruiniert doch einfach den Film. Würde man nur das Raumschiff zeigen und wie die Leute reingehen, würde das Rätsel bleiben. Die Vorstellungskraft ist viel machtvoller als alles, was Spielberg zeigen kann. So versuche ich in »*Chaga*«, es anders zu machen. Wenn Sie dieses Territorium erforschen, finden Sie hinter jedem Rätsel ein neues. Selbst am Ende der Fortsetzung werde ich nicht alle Fragen beantwortet haben. Es wird noch immer ein Rätsel bleiben. Es ist wie bei Umberto Ecos »Das Fouccault'sche Pendel«. Das meiste davon ist voller paranoider Verschwörungstheorien und hinter jedem Rätsel verbirgt sich ein weiteres. Und wenn der Typ am Ende das letzte Rätsel gelöst hat, fragt er sich: »Wie? Das ist alles?« und hängt sich auf.

***F:** Haben Sie je daran gedacht, Hörspiele zu machen?*

A: Im Moment gibt es in Großbritannien so gut wie keinen Markt dafür. Es ist ein gutes Medium, weil man soviel andeuten kann. Radio hat ein inhärentes Rätsel; eine unsichtbare Stimme, die zu einem spricht. Für Science Fiction ist es ein hervorragendes Medium. Doch das Problem heutzutage ist, daß wir eine zunehmend visuelle Gesellschaft werden. Die Leute müssen alles sehen. Sie wollen ihre Vorstellungskraft nicht mehr benutzen. Lesen nimmt ab; in den USA und GB ist anspruchsvolles Radio im Niedergang. Sie wollen Videospiele spielen, sie wollen sehen, wie etwas geschieht. Wenn es einem etwa gezeigt wird, muß man es sich nicht mehr vorstellen; weil das Sehen so ein einflußreicher Sinn ist. Ich spreche jetzt mal wie ein Psychologe: Das liegt am Prinzip des »Visual Capture«. Was man sieht, löscht jeden anderen Sinneseindruck aus. Man glaubt, was man sieht. Daraus kann man natürlich eine Menge finsteres Zeug machen über computermanipulierte Bilder. Es gab beim O. J. Simpson-Prozeß eine berühmte Geschichte. Das *Time Magazine* hatte auf dem Titelblatt ein Bild von O. J. Simpsons Gesicht, aber per Computer machten sie es sechsmal dunkler, als es in Wirklichkeit war. Der Gedanke dahinter war, daß das ein böser, aggressiver, schwarzer Nigger ist. Und sie mußten sich entschuldigen und das Bild zurückziehen. Aber es beweist, daß die Manipulation dessen, was wir sehen, ein mächtiges und gefährliches Werkzeug ist. Aber in einer zunehmend visuellen Gesellschaft werden die Menschen immer mehr das glauben, was sie sehen.

***F:** Gibt es SF-Filme, die Ihnen gefallen?*

A: *»Blade Runner – Director's Cut«* ist viel besser als die alte Version. Beim ersten machte es einfach keinen Sinn, wenn Deckard am Ende die Origami-Figur erhält. Und dadurch, daß der Off-Kommentar rausgeschnitten wurde erkennt man erst, wie wenig Dialog der Film hat. Ich bin auch ein großer Fan von Terry Gilliams *»Brazil«*. Mein Lieblingsfilm ist Alfred Hitchcocks *»Vertigo«*, den ich bestimmt schon ein Dutzendmal gesehen habe. Ich bin ein großer Hitchcock-Fan. Ich habe mal eine Story mit dem Titel *»Blue Motel«* geschrieben; die Geschichte von *»Psycho«*, wie sie hätte sein sollen. Das Problem bei »Psycho« ist, daß die Handlung einen Fehler hat. In der Story bleibt sie am Leben mit dem Geld und ihrem Freund, aber der Polizist Arbogast folgt ihr und erpreßt sie, und am Ende gibt's ein großes Massaker. Und **sie** tötet **ihn** unter der Dusche und fährt mit dem Geld weg. Am Ende hält sie in einer kalifornischen Küstenstadt und sagt sich: Hier ist es hübsch, hier könnte ich bleiben. Komisch, hier scheint es eine ganze Menge Vögel zu geben.

Das Problem mit SF-Filmen ist, daß es zwar viele sci-fi-Filme aber wenig wirkliche Science Fiction-Filme gibt, die von einer Idee handeln. *»2001 – Odyssee im Weltraum«* wiederum ist ziemlich spektakulär, hat große Ideen, aber es passiert nicht viel.

***F:** Herr McDonald, ich danke Ihnen für das Gespräch.*

INTERVIEW

Interview mit Stephen Baxter

von Lutz Gräfe

F: *Ihre Stories und vor allem* »Das Floß« *(Heyne SF Nr. 5162) erinnern stark an Larry Nivens »Known Space«. Hat er Sie und Ihre Art zu schreiben beeinflußt?*

A: Ja, Larry Niven hat mich von den Autoren der 70er und 80er Jahre am meisten beeinflußt. Zum Teil durch seine Themen und Schauplätze, diese großen Artefakte wie etwa die Ringwelt und seine gut gemachten, sehr eindringlich visualisierten Aliens. Es gibt eine Mikro- und eine Makroebene in seinen Geschichten, und seine Art, mit der Sprache zu arbeiten, ist sehr gut. Er ist ein viel besserer Autor, als man ihm zugesteht, weil er sehr, sehr spezifische Worte verwendet um diese erstaunlichen Bilder, diese riesigen Artefakte zu beschreiben. Es ist klar, daß er eine Menge Zeit damit verbringt, das genau passende, einfache Wort zu finden um den Leser dazu zu bringen diese Wunder zu sehen. So habe ich eine Menge Zeit damit verbracht, darüber nachzudenken, wie ich diese Technik präziser Sprache in meiner Arbeit verwenden kann.

F: *Eine einfache Sprache in dem Sinne, daß jeder sie verstehen kann; aber sie ist nicht einfach zu schreiben?*

A: Genau; es ist einfacher, in langen, technischen Begriffen zu schreiben, die man sich aber nicht bildlich vorstellen kann. Das ist die Mikroebene. Aber er hat mich auch im größeren Maßstab beeinflußt: Wie er seine Vorstellungskraft nutzt, ein ganzes Universum zu entwerfen, das in sich von Buch zu Buch und von Story zu Story stimmig bleibt. Er baut die Struktur dieses Universums Schritt für Schritt auf. Und am Ende dieser Geschichten in Büchern wie »Ringwelt« steht ein Roman wie »Mord auf dem Mond« (Bastei Nr. 23028), ein auf dem

Stephen Baxter

Mond spielender Krimi um einen rätselhaften Mord. In ihm gibt es kaum eine neue Idee oder ein neues Gerät; es arbeitet nur die Konsequenzen der Welt aus, die er selbst entworfen hat. Das Mordmotiv sind illegale Organtransplantationen. Jemand hat mal gesagt, daß »Known Space« das Ergebnis kontrollierter Phantasie ist. Phantasie, aber kontrolliert, die Sache konsequent und bis zum Ende stimmig durchdenken. So etwas habe ich mit meinen »Xelee«-Geschichten und Romanen ebenfalls versucht; aber es kam etwas anderes bei raus. Vor allem ist der Maßstab doch etwas größer als im »Known Space«; er umfaßt das gesamte Universum ...

F: *... und den gesamten Ablauf der Zeit.*

A: Ja, das gesamte Universum wird von diesem kosmischen Krieg erschüttert, in den wir nicht wirklich involviert sind. Wir sind nur Zuschauer; wir verstehen noch nicht mal, was wirklich passiert. Wir stehen einfach im Weg rum; wir sind nicht klug genug. Das wird in der SF zu selten thematisiert. Was wäre denn, wenn es da draußen Aliens gäbe und sie klüger wären als wir? Das ist doch ziemlich wahrscheinlich; wenn ein Computer dem anderen überlegen sein kann, warum dann nicht auch ein Gehirn dem anderen. Es könnte da draußen Gehirne geben, die klüger sind als wir, die mehr verstehen können als wir, nicht einfach fortgeschrittener in dem Sinne, daß sie mehr Zeit hatten; einfach klüger, sie können sich Dinge vorstellen, die wir uns nicht vorstellen können. So ist das in diesen Geschichten; die Xelee sind tatsächlich klüger als wir. Wir verstehen einfach nie, was um uns herum passiert.

F: *Als ich die »Xelee«-Romane las, fand ich viele Parallelen zu Nivens »Puppenspielern«: Auch die sind geheimnisvoll. Keiner weiß, woher sie kommen, oder wo sie hingehen und gleichzeitig sind sie sehr furchtsam. Immerhin verschwinden sie augenblicklich aus dem »Known Space« nachdem sie erfahren haben, daß ihr Planet in 20 000 Jahren von der Strahlungswelle der Explosion des Kerns des Galaxis zerstört werden wird. Verglichen damit erscheinen uns die Xeelee wie Götter.*

A: Ich glaube, daß die »Xelee«-Geschichten Elemente enthalten, die bei Niven nicht vorkommen; vor allem Religion. Darauf hat man mich aufmerksam gemacht. Ich habe es nicht bewußt hineingelegt, aber es ist da. Ich habe nun mal einen religiösen Background; ich wurde katholisch erzogen. Und ich finde, daß sich das in den Geschichten zeigt. Sie handeln von einem Krieg im Himmel, zwischen der dunklen und der hellen Seite. Und wir sind in der Mitte gefangen. Auf eine Art ist das eine wissenschaftliche Nacherzählung mittelalterlicher, christlicher Mythologie mit Satan und Gott. Also gibt es darin ein religiöses Element, oder zumindest ist es die Konsequenz religiöser Erziehung: der Gedanke, daß es da draußen diese großen Mächte außerhalb unseres Begriffsvermögens gibt. Ich glaube, daß Niven all seine religiösen Vorstellungen in seinem Roman *»Das zweite Inferno«* untergebracht hat, den er mit Jerry Pournelle geschrieben hat, wo ein moderner Mensch in Dantes Hölle geschickt wird und versucht, das alles rational zu erklären, was natürlich nicht funktioniert.

F: *Wenn man das Xelee-Universum betrachtet, denkt man unwillkürlich, daß der Entwurf eines Universums, das riesige Zeitspannen umfaßt, unbedingt der Planung bedarf. Wußten Sie beim Schreiben der ersten Xelee-Geschichte, womit* »Ring« *(Heyne SF Nr. 5397) enden würde?*

A: Nein, überhaupt nicht. Meine erste veröffentlichte Geschichte war *»Xelee Flower«* im britischen Magazin »Interzone«. Das war wirklich nur eine kleine Abenteuergeschichte. Doch sie benötigte große, mächtige Aliens von außerhalb, und ich nannte sie Xelee. Sie hatten nichts anderes zu tun, als einfach da zu sein, um die Technik bereitzustellen, die den menschlichen Charakteren ihr Abenteuer ermöglichte. Danach schrieb ich eine Geschichte über Menschen am Ende der Zeit; ein wenig wie am Schluß von *»Ring«*. Eine kleine Gruppe Menschen wurde von einer außerirdischen Macht eingefangen. Und wieder benötigte ich mächtige Aliens und da fiel mir ein, daß es die selben wie in *»Xelee Flower«* sein könnten. Und so hatte ich den Anfang der Geschichte, weil *»Xelee Flower«* in einer nahen Zukunft in einer Art »Known Space« spielt und das Ende, wo dieser gewaltige Krieg stattgefunden hatte, in dem die Menschen geschlagen wurden und niemals herausfanden, was wirklich passiert ist. Da hatte ich nun diese beiden kleinen Kurzgeschichten mit dem Anfang und dem Ende; und das war gut so. Weil ich schon immer den Wunsch verspürt hatte, so etwas wie Nivens »Known Space« zu schreiben. Ich wußte, daß auch Niven sein Universum eher organisch geschaffen hatte. Er hatte keinen großen Plan, sondern die Idee für eine Geschichte, die er dann in den Rahmen einpaßte. Wobei sich dieser Rahmen veränderte. Nach einiger Zeit hatte ich eine Sammlung von Geschichten mit dem gesamten Abriß der Geschichte dieses Universums. Die legte ich dann einem Verleger vor, und der sagte: »Nein, das geht nicht; da sind für ein Buch viel zu viele Ideen drin.« Er zeigte auf ein paar Stellen und ich sah, daß er recht hatte. Ich hatte schon *»Das Floß«* (Heyne SF Nr. 5162) und schlug ihm drei weitere Bücher vor: *»Das Geflecht der Unendlichkeit«* (Heyne SF Nr. 5240), *»Flux«* und *»Ring«*. Damals hießen sie noch anders. Erst am Ende beim Schreiben von *»Ring«* und der Kurzgeschichten-Sammlung mußte ich mehr planen, weil ich die alten Geschichten durchgehen mußte, um sicherzustellen, daß alles zusammenpaßt. Natürlich war dem nicht so. Weil man nicht jedesmal, wenn man eine neue Geschichte schreibt, alles noch mal liest, was man bis dahin geschrieben hat. Es gab Widersprüche, Zeiten und Orte stimmten nicht überein und erst zum Schluß, als alles geschrieben war, habe ich den Zeitrahmen datiert. Niven hat am Ende mehr oder weniger auch den »Known Space« aufgegeben. Weil diese große Architektur, die man sich da aufgebaut hat, schließlich zu einem Gefängnis wird. Eine Zeitlang ist es befreiend und hilfreich. Man hat schon einen Hintergrund und muß nicht alles neu erfinden; vielleicht gibt es sogar Charaktere, die man verwenden kann. Das hilft. Aber dann wird es ein Gefängnis. Zum Schluß habe ich dann einfach nur versucht, die Xelee-Geschichten fürs erste zu beenden. Aber ich habe schon einen neuen Zyklus, der bereits in den USA veröffentlicht wurde. Wieder habe ich versucht, nicht zu weit vorauszuplanen und es wachsen zu lassen. Und wieder geht es um Menschen und Aliens. Dieses Mal kommen die Aliens in der näheren Zukunft zu uns. Wir starten moderne Raumschiffe, versuchen sie zu erreichen und Kontakt mit ihnen aufzunehmen. Jetzt bin ich in der erfreulichen Phase, wo sich die Geschichten gegenseitig unterstützen. Diese Geschichten, die in einem Universum spielen, sind wohl eine für die SF typische Erscheinung. Heinlein hat das mit seiner »Future History« erfunden; und es mit Stories und Romanen gefüllt.

F: *Wie schreibt man eigentlich ein dermaßen großes Universum; auch technisch gesehen?*

A: *»Flux«* ist vielleicht ein gutes Beispiel; darin beschreibe ich das Leben in einem Neutronenstern. Ich hatte zunächst einmal die grundlegende Idee. Der Stern hat eine Struktur: einen festen Kern, dann Flüssigkeit und eine feste Kruste. Vor dem eigentlichen Schreiben recherchierte ich zunächst drei Monate über Neutronensterne. Wie sind die wirklich? Bei jedem Detail dachte ich zunächst, wie ich es einfach erklären könnte und dann, wie ich es in der Story verwenden könnte. Bei einem Buch wie diesem formt die Umgebung bis zu einem gewissen Grad die Geschichte. Es stellte sich heraus, daß sich die Umweltbedingungen bei der Durchquerung des Inneren eines Neutronensterns ändern. Darum sind meine Menschen an einen bestimmten Bereich gebunden: Wenn sie zu hoch hinaus gehen, wird die Luft zu dünn und wenn sie zu tief gehen, wird sie zu dick. Dabei mache ich mir Notizen; vielleicht schreibe ich ein paar Absätze. Nach diesen drei Monaten kommt das wirkliche Schreiben. Das ist der schwierigste Teil, das dauert etwa sechs Monate, wobei ich direkt in den Computer schreibe. Dabei bin ich umgeben von Büchern und Notizzetteln. Das ist die erste Fassung, in der es um viele Detailfragen geht: Welche Farben können sie sehen, was riechen sie. Und dann mache ich einen zweiten Durchgang und forme die Story aus.

F: *Das klingt wie das Verfassen einer wissenschaftlichen Arbeit?*

A: In bestimmter Hinsicht habe ich ja auch wissenschaftliche Forschung betrieben; und manche der Techniken sind die selben. Aber man sucht etwas anderes. Hier geht es nicht um den detaillierten Beweis einer Hypothese, sondern man liest einen Text über Neutronensterne, der voller Mathematik steckt. Aber ich will einfach wissen, wie groß eine bestimmte Stelle ist und Fragen beantworten wie: »Wie fühlt sich das an? Wie schmeckt das? Wie wäre es, da lang zu gehen?« *»Ring«* handelt von Kosmischen Strings, diesen riesigen Fäden, die mit annähernd Lichtgeschwindigkeit durchs All peitschen. Dabei habe ich versucht Fragen wie: »Wie sähe so was aus, wenn man sich ihm nähert? Was passiert mit dir und deinem Schiff, wenn es dich trifft?« zu beantworten. Zwar sind die Techniken dieselben, doch ich suche am Ende nach einer verbalen Beschreibung, wie etwas auf Menschen wirkt.

F: *Wie transformieren Sie diese hochtheoretischen Stoffe wie etwa Stephen Hawkings Kosmologie in* »Zeitschiffe« *(Heyne SF Nr. 5259) auf das Niveau des normalen Lesers; wobei Sie ja selbst Mathematikprofessor sind? Haben Sie jemand, der von all dem nichts versteht und es zuerst liest?*

A: Ja tatsächlich; ein befreundeter SF-Autor, der allerdings keine technischen Stoffe schreibt, liest es für mich. Und er sagt dann: »Das habe ich nicht verstanden.« oder »Das hat mich gelangweilt«, was schlimmer ist. Das ist ziemlich hilfreich. Aber es geht eher darum, an die Bedürfnisse des Lesers denken. So als wäre der Leser ein Kunde, der Bedürfnisse hat, die man bedienen muß. Der Neutronenstern zum Beispiel ist eine extrem fremdartige Welt und so mußte ich den Leser recht schnell in die Geschichte einführen. Also gibt's am Anfang jede Menge Action, aber die Sprache ist sehr einfach. Ich beschreibe alles mit einfachen Begriffen: »Es sah aus wie ein Baum ... Es war größer als er« und so weiter. Sehr einfache und direkte Begriffe, immer verbunden mit allgemeiner Erfahrung; eine sehr visuelle Sprache. Manchmal muß man auch einfach die Regeln brechen; denn selbst heute darf man eigentlich nicht so unverblümt sein. Aber manchmal ist es genau das, was der Leser braucht.

F: *In der SF gibt es meiner Ansicht nach Wellen und Moden; und ich meine jetzt nicht Erscheinungen wie die »New Wave« oder den »Cyberpunk« sondern Wellen bei den Lesern. Einmal werden Stories wie Nivens oder ihre gedruckt und alle Welt spricht darüber und dann wieder erscheinen solche Stories und niemand scheint sie zur Kenntnis zu nehmen.*

A: SF ist ein Spiegel ihrer Zeit. Sehen Sie sich zum Beispiel H. G. Wells' »Krieg der Welten« an. Der Roman erzählt von der Invasion der Marsianer in England. Aber eigentlich erzählt er vom kolonialen England. Wells sagt hier. »Gut, ihr könnt stolz sein auf das Empire. Aber wenn man am anderen Ende sitzt und kolonisiert wird, dann fühlt sich das so an.« Dann gibt es den 50er-Jahre-Film, wo die Marsianer in Los Angeles einfallen. Da ging es nicht mehr um das Empire sondern um den Kalten Krieg und die Russen. Dann gibt es die gleichnamige TV-Serie. Da geht es um die Regierung, die die Angelegenheit vertuscht und um fehlgeleitete Wissenschaft. SF dient heutzutage auch anderen Zwecken. In den 60ern war »Star Trek« wie eine Vision von der Zukunft. Heutzutage dient es nur noch der Beruhigung: Alles ist schön und sicher; die »Enterprise« oder die »Voyager« sind das größte Schiff im Umkreis und niemand kann ihnen zu nahe treten. Es geht um Sicherheit, denn heute brauchen wir – bzw. die Amerikaner – Beruhigung. Mit den Lesern ist das etwas anders. Auch bei ihnen weiß man, wie sie reagieren. Ich bin ja auch SF-Leser und wenn ich das sechste Buch von jemand lese und es gefällt mir, dann suche ich die anderen fünf. So hat man auch Leser, die einem treu bleiben und die Karriere verfolgen. Und ich habe meine speziellen Vorlieben, die ich seit meiner Kindheit beibehalten habe.

F: *Welche sind das?*

A: Also zum einen realistische SF, wie sie zum Beispiel Heinlein in den 50ern geschrieben hat. Man kann sehen, wie es funktioniert, daß er alles ausgearbeitet hat, wie etwa die Zahlen: Wie groß die Schiffe sind, ihre Proportionen und so weiter. Dann Geschichten über unser Schicksal im Kosmos wie die von Arthur C. Clarke und auch H. G. Wells mit der »Zeitmaschine«. Wenn ich in den 60ern zur Zeit der »New Wave« begonnen hätte, wo Hard-SF nicht besonders in Mode war und in mancher Hinsicht als faschistisch galt, wäre es für mich sehr schwierig geworden.

F: *Hierzulande befindet sich SF in einem Ghetto; nicht wie bei Ihnen mit Lehrstühlen an der Universität. Und so gibt es diese Theorie der zwei Kulturen: SF ist für die technisch Interessierten, die keine sonstige Literatur lesen und die, die sonstige Literatur lesen, lesen keine SF.*

A: Ein Grund dafür liegt im Marketing. Die Verkäufer glauben, daß die Leser nur auf das Etikett schauen und sonst nichts kaufen. Hinzu kommt eine Menge intellektueller Snobismus im Hinblick auf die SF. Wir hatten kürzlich in Großbritannien eine Umfrage unter Lesern, in der sie die 100 besten britischen Romane des Jahrhunderts nennen sollten. Auf Platz Eins stand »Der Herr der Ringe«, auf Platz Zwei »1984«, »Animal Farm« kam auf Platz fünf, »Schöne neue Welt« auf Platz 15 und »2001« stand glaube ich an 57. Stelle. Dann las ich eine Analyse, in der stand, daß »2001« der beste britische SF-Roman gewesen sei. Und da denkst du dir, he Moment mal, was ist denn da los. OK, man kann sagen, »Der Herr der Ringe« sei Fantasy, aber Nummer Zwei ist »1984«, das ist Science Fiction. Dann heißt es: nein, das ist keine SF, das ist gute Literatur, denn George Orwell war ein guter Schriftsteller, darum ist es keine SF. Das zeigt, daß die SF nie gewinnen kann, denn wenn sie gut ist, ist sie keine SF mehr.

Die SF-Leser sind ein loyales Publikum, aber ein kleines. Aber wenn man auf die Bestsellerliste will, muß man darüber hinausgehen. So war das etwa bei *»Zeitschiffe«*. Denn »Die Zeitmaschine« kannten viele, die noch nie etwas von SF gehört haben. Die Verleger lieben so was; so bekommen sie viel mehr Leser. Aber auch im Ghetto gibt es Snobismus. *»Zeitschiffe«* wurde in England auch außerhalb von SF-Magazinen besprochen; in Zeitungen und im Radio in den sonst der Literatur vorbehaltenen Spalten bzw. Sendungen. Dafür wurde ich innerhalb der SF kritisiert. Warum ist das jetzt dieses Buch. Schau dir all die anderen wundervollen SF-Romane an, die nie jemand erwähnt; warum ausgerechnet dieses? Da verzweifelt man, weil man einfach nicht gewinnen kann. Wie man's macht, ist's falsch.

F: *In* »Zeitschiffe« *gibt es diesen viktorianischen Humanisten, der aber kolonialistisch und rassistisch denkt, und er verändert sich tatsächlich in der Konfrontation mit der neuen Welt. Das wirkt wie eine Kritik am Film, der das Buch in sein Gegenteil verkehrte und es wirkt wie der Versuch, Wells als viktorianischen Zeitgenossen zu schildern. War das so beabsichtigt?*

A: Ich wollte einfach eine große Zeitreisegeschichte erzählen und zunächst habe ich überhaupt nicht daran gedacht »Die Zeitmaschine« zu verwenden. Doch als ich die Story in ihren Grundzügen entwickelt hatte, brauchte ich einen Zeitreisenden und erst da kam mir die Idee, Wells' Zeitreisenden zu nehmen.

Das würde auch Wells Roman in gewisser Form zu Ende erzählen. Und je länger ich darüber nachdachte, desto klarer wurde mir, daß es mir noch ganz andere Sachen ermöglichte. Sie haben recht: Da ist dieser Wissenschaftler aus dem 19. Jahrhundert, der sich für liberal hält, aber auf der Grundlage der Vorurteile seiner Zeit arbeitet; so wie Wells auch. Es ermöglichte mir auch, Wells Theorien zu kommentieren. Wells war überzeugt davon, daß wir uns alle von einer intellektuellen Elite beherrschen lassen sollten (s. dazu den Aufsatz im Heyne SF-Jahr 1997), die er die Prätorianer oder so nannte. Er bekam viel Resonanz, aber alle wollten der Elite angehören; niemand wollte dienen. Er konnte die Gefahren dieses Konzeptes damals nicht erkennen. Und George Orwell war seinerzeit nicht sehr nett zu Wells. Er sagte, daß Nazideutschland genau das sei, wofür Wells zeit seines Lebens argumentiert hatte. Wells glaubte außerdem, daß wir nur einen Schock in Gestalt eines Kometen oder einer großen Bombe benötigten, um uns in rationale Wesen zu verwandeln. Das ist lächerlich, weil Menschen sich nicht so verhalten. Wells hatte große Pläne für die Menschheit, aber er hat, so glaube ich, die Menschen nicht verstanden. In der »Zeitmaschine« kann man das am besten sehen, vor allem am Ende. Da gibt es gigantische Zeitabläufe und Veränderungen, aber der Zeitreisende ist ein jungenhafter, energischer Mann voller Furcht und Vorurteile, haßt den Untergrund. Das stammt direkt von Wells, der unterirdische Dinge haßte. Und er hatte Angst vor dem Körper, denn er war oft kränklich. All das fand ich, als ich die »Zeitmaschine« neu las. Und ich wollte meine Zeitreisenden nicht nur mit der Wissenschaft des 20. Jahrhunderts konfrontieren, sondern auch mit den Lektionen des 20. Jahrhunderts in bezug auf die Realisierung von Theorien des 19. Jahrhunderts wie Faschismus und Kommunismus. Und die meiste Zeit ist er einfach entsetzt. So entsetzt, daß er zurückgehen will und alles so ändern will, daß es wieder wie früher ist. So wurde das keine Fortsetzung, wie Wells sie geschrieben hätte, es ist eher eine Diskussion mit ihm.

***F:** Herr Baxter, ich danke Ihnen für das Gespräch.*

INTERVIEW

Zu Besuch bei Robert Sheckley

von Michael Roth

Psychiater: »Wie lange haben Sie schon das Gefühl, daß Sie ein außerirdisches Wesen sind?«
Patient (tatsächlich ein Außerirdischer): »Das begann kurz nach meiner Geburt auf Aldebaran.«

Aus Sheckleys Story *Tripout*

Nach einer Nachtfahrt im Greyhound stehe ich neben meinem Gepäck im Busterminal in Portland im Bundesstaat Oregon. Ich will gerade nach meinem Adreßbuch suchen, da werde ich neugierig, schlage am Münzfernsprecher das Telefonbuch auf und tatsächlich: Unter »Sheckley« gibt es einen Eintrag! (Warum ich das erwähne? – Ich bitte um etwas Geduld!) Robert ist nicht da. Ich spreche ihm die Nachricht von meiner Ankunft aufs Band und auch, daß ich es in einer halben Stunde noch mal versuchen werde.

Der Himmel über der Stadt ist so grau wie der Asphalt, auf den er seine Wolken entleert. »Ideales Schreibwetter hier!«, wie mir Sheckley während unseres Briefwechsels einmal geschrieben hat. Bald darauf folgte seine freundliche Einladung an mich, ihn besuchen zu kommen. Er hatte nichts gegen meinen Vorschlag einzuwenden, im Laufe dieser Woche ein Interview mit ihm zu führen. Und da er sich, wie Sie bald feststellen werden, über seine schwächeren Arbeiten durchaus kritisch äußern wird und obendrein zu bescheiden ist, Licht auf seine Glanzstücke zu werfen, schalte ich nun gerne für die nächsten paar Zeilen selbst den Scheinwerfer ein. Zwar flackert er ein bißchen, doch werden Sie dennoch erkennen,

Robert Sheckley

was Sheckleys hervorragenden Ruf bei so vielen Kritikern und Lesern ausmacht.

Sheckley-Stories tauchen zuerst 1952 in den Magazinen auf und machen den Autor in kürzester Zeit zu einem Star-Lieferanten der Science Fiction-Pulps, allen voran, Horace Golds »Galaxy«. Als in diesem Magazin Anfang 1953 mit »Seventh Victim« (später unter dem Titel »Das zehnte Opfer« verfilmt) eine der bekanntesten Kurzgeschichten Sheckleys erscheint, ist der Autor noch nicht einmal 25 Jahre alt. Er ist glücklich in seiner ersten Ehe, und sein Agent ermutigt ihn, seine Schriftsteller-Karriere fortzusetzen: »Schreib nur immer weiter, ich kann das Zeug verkaufen!« – Und wie er schreibt! Über hundert Geschichten allein in den fünfziger Jahren. Kabinettstückchen, denen immer eine originelle Idee zugrunde liegt, und selbst mit seinen schwächeren Arbeiten übertrumpft er deutlich die meisten seiner Kollegen, die noch stolz dabei sind, Kaninchen aus dem Zylinder zu ziehen, während Sheckley auf seiner Bühne – sich offensichtlich selbst wundernd – Firgels an ihren Schwänzen und blökende Queels aus dem seinen hervorzaubert und dabei auch noch mit einem entschuldigenden Lächeln versucht, der hungrig auf dem Boden wandernden Falltür mit den Reißzähnen auszuweichen.

Für Sheckley und seine dankbaren Leser ist es eine wundervolle Zeit der spannend-verdrehten Abenteuerreisen in die unendlichen Weiten, die einem oft so merkwürdig nahe sind. Wenn es da draußen (wie hier) mehr oder weniger intelligentes Leben gibt, dann könnte es zum Beispiel so rührend komisch sein, wie der Alien, der am Anfang der Geschichte »The Trap« sinniert: »Langsam komme ich zu der Überzeugung, daß die Schlankheit des Fühlers doch nicht das einzige Kriterium für Intelligenz ist.«

Aber Sheckley beschränkt sich nicht darauf, uns amüsant zu unterhalten; er läßt in seinen Geschichten zwischen den Zeilen immer wieder Raum für tiefere Deutungen. Eine Begabung, die er auch über die fünfziger Jahre hinaus nie ganz verlieren wird, doch geht sein Ausstoß an Kurzgeschichten nach seinem ersten Roman (1959, »Immortality Inc.«, der Vorlage zum viel späteren Kinofilm »Freejack«) rapide zurück. Und in den zwölf Romanen, die er allein in den 60er Jahren veröffentlicht, hat er oft genug schon alle Hände voll zu tun, die Zeilen mit Qualität zu füllen, geschweige denn Material für die Zwischenräume zu lassen.

Sieben dieser 60er-Jahre-Romane sind dem Krimi-Genre zuzurechnen, wobei die einzige Satire darunter, »The Game of X« (deutscher Titel: »Spaghetti mit blauen Bohnen«), zu Sheckleys beliebtesten Büchern zählt. Von den fünf Science Fiction Büchern aus der Dekade sind drei besonders erwähnenswert: Das schwungvolle, sehr spannende »The Status Civilization« (dt. »Planet der Verbrecher«) und die beiden urkomischen Werke »Mindswap« (»Der Seelentourist«) und »Dimension of Miracles« (»1. Preis: Allmächtigkeit«).

1970 zieht es Robert Sheckley nach Europa, wo er zunächst sieben Jahre unter Hippies und anderen Aussteigern auf der Insel Ibiza verbringt. Er wendet sich jetzt wieder etwas mehr den Kurzgeschichten zu, deren Titel oft schon Bände sprechen, wie zum Beispiel das zweieinhalb Seiten lange »Runter im Verdauungstrakt und in den Kosmos mit Mantra, Tantra und Specklebang«. Die Drogen (das Schreiben inklusive) scheinen nur die folgerichtige Konsequenz zu der Feststellung zu sein, die er einen außerirdischen Touristen (den, von dem Sie schon am Anfang dieses Textes gelesen haben) auf der Heimfahrt von dem blauen Planeten machen läßt: »Die Erde ist ein angenehmer Ort für Ferien, aber leben kann man dort nicht.«

Sheckley schreibt nur einen Roman auf Ibiza. Das surrealistische »Options« (dt. »Der unbegrenzte Mann«), aus dessen Wirrnis nicht einmal der Autor selbst seinen Helden oder den Leser befreien kann.

Weit weniger psychodelisch ist der einzige andere Sheckley-Roman aus den siebziger Jahren, »The Alchemical Marriage of Alistair Crompton«. Nach mehreren Monaten in Bangkog und Paris lebt der Autor 1978 in London und knüpft mit diesem Werk (dt. Titel: »Das geteilte Ich«) an eine seiner früheren Geschichten an. Auch in der Romanversion geht es um einen Mann, dessen Persönlichkeit mehrmals gespalten und in verschiedene Körper verteilt wurde. Unter der Last seiner monotonen Zweidimensionalität begibt sich Mr. Crompton auf die Suche nach den anderen Teilen, um sich mit ihnen – im Guten wie im Schlechten – in seinem Körper zur ursprünglichen Persönlichkeit wiederzuvereinigen.

Nach weiteren Monaten des Reisens arbeitet Sheckley dann zwei Jahre lang als Herausgeber des Literaturteils von »Omni« in New York, reist anschließend noch ein bißchen mehr herum und siedelt sich schließlich 1982 in Portland an, wo er mich fünfzehn Jahre und eine knappe halbe Stunde später – ich habe gerade erneut seine Nummer gewählt – persönlich willkommen heißt und mir erklärt, welchen Bus ich zu ihm nehmen soll.

Der Regen hat sich zu einem leichten Tröpfeln beruhigt. Ich fahre durch die saubergewaschene kleine Innenstadt, überquere die Hawthorne-Brücke, und bevor ich weiter oben auf dieser Straße voller Cafés und Antiquariate an der falschen Kreuzung aussteige, haben wir noch ein wenig Zeit für die 80er Jahre, in denen Sheckley immer noch Kurzgeschichten schreibt; doch was er jetzt aus dem Zylinder hervorzieht, will an Charme nicht mehr so recht an die Firgels und Queels von einst heranreichen. »Dramocles«, sein erster von drei Romanen in der Dekade, ist eine laue Satire. Die beiden anderen, '87 und '88 veröffentlicht, sind gut unterhaltende Variationen des Menschenjagd-Themas à la »Das 10. Opfer«. Ende der 80er und in die 90er Jahre hinein, lernt das Lesepublikum dann einen anderen Sheckley kennen; einen, der hauptsächlich auf sein Handwerk setzt und alle möglichen Buch-Serien mit Texten beliefert. Er schreibt Geschichten für »Batman«, »Buck Rogers« und für ein paar Themen-Anthologien, die es wohl nie nach Deutschland schaffen werden, verfaßt einen Roman für die »Aliens«-Reihe, einen für »Deep Space Nine« und beteiligt sich als Co-Autor an mehreren Projekten. Daneben schafft er auch einen neuen, recht unkonventionellen Krimihelden. Hob Draconian (seit 1993 bis jetzt dreimal ins Rennen geschickt) ist ein »alternativer Detektiv«, dessen entspanntes Dasein immer wieder durch Geldprobleme gefährdet wird. Hob versucht, den Finanzlöchern mit dem mehr oder weniger lukrativen Lösen von Kriminalfällen Herr zu werden. Bob, wie Sheckley von Freunden und Bekannten genannt wird, versucht es als Schriftsteller eben auf seine Art.

Irgendwie scheint das in der realen Welt noch weniger gut zu klappen als in der fiktiven, denn Robert Sheckleys Finanzlöcher finden schon ihr Äquivalent in seiner Kleidung, wie ich schnell feststelle, nachdem er mich auf der Straße vor seinem Haus erwartet. Ich folge ihm über die von Laub und Regen glitschigen Holzstufen in das Apartment, in das er so ziemlich jeden Tag zum Schreiben kommt.

»Ich bin pleite«, sagt er. »Aber der Zustand hält mich wenigstens am Arbeiten.«

Wenn Sheckley lacht, zeigen sich beide Gesichter seiner Persönlichkeit deutlicher: Die Knautschfalten des nihilistischen 68jährigen Denkers treten ebenso hervor, wie der jugendliche Schalk des 14jährigen, der Bob offenbar nie aufgehört hat zu sein. Dabei geht die Unordnung in dem Apartment sicherlich auf das Konto beider: Den schwertschwingenden Teenager kümmert es ebensowenig wie den grübelnden, geistesabwesenden Künstler, ob die Stufen nun gefegt, der Riß in der Hose geflickt, ob die Küchenecke geputzt wird, oder das Bad ... Beide laufen in Socken herum, von denen sich schon 30 Prozent der Oberfläche gänzlich verabschiedet haben, in beiden macht sich schnell eine innere Unrast breit, wenn sie beispielsweise aufgefordert werden, an großen Parties teilzunehmen, denn beide befinden sich lieber in kleiner Gesellschaft, am besten mit sich selbst oder mit Gail, bei der sich Sheckley anscheinend seit sieben Jahren wundert, daß sie ihm ihr Jawort gegeben hat. Als das Telefon klingelt und er die Stimme seiner um eine gute Generation jüngeren Frau vernimmt – sie rufen sich mehrmals täglich an –, schwingt die Freude eines Frischverliebten in Bobs Stimme mit.

Er geht nach der Post sehen. Das Warten auf einen Scheck ist Gail als freier Journalistin ebensowenig fremd wie ihrem Mann. Heute ist keiner dabei.

»Ist es nicht merkwürdig, wie wenig man verdient bei etwas, das schwer zu tun ist?« fragt mich der Verfasser von über 200 Kurzgeschichten und rund 30 Romanen. Während er mir

Kaffee und ein mexikanisches Gericht macht, sehe ich mir ein paar Raritäten in dem Regal an, das für seine eigenen Arbeiten reserviert ist. Viele seiner doppelten Ausgaben mußte er – natürlich signiert, damit die Bücher etwas mehr einbringen – an Antiquariate verkaufen. Das Geld dafür ist vielleicht in Streu für seine Katze, Tickets für Kunstausstellungen und Toilettenpapier geflossen, Dinge jedenfalls, für die er jetzt schon wieder kein Geld hat. Das Problem mit dem Katzenstreu löst er durch Nichtbeachtung, das des Toilettenpapiers durch Servietten aus dem Schnellimbiß, und ein wenig zu schmerzen scheint ihn, den Kunstliebhaber, nur die Sache mit den Ausstellungen. (An dieser Stelle sollte ich erwähnen, daß das gemietete Haus, in dem Sheckley mit seiner Frau und der jüngeren von Gails beiden Töchtern aus erster Ehe lebt, sauber und geschmackvoll eingerichtet ist, und es dort auch nicht an den notwendigen Dingen des Lebens fehlt. Die Steuer ist zwar hinter Bob her, doch knallt er ihr wenigstens im Reich seiner Familie – so gut es geht – die Tür vor der Nase zu. Privat müht er sich sogar mit dem Rasenmähen ab, und überhaupt scheint er sich in dem Lebensrhythmus »im Büro ein kämpfender Einzelgänger, zu Hause ein geduldiger Familienmensch« sehr wohl zu fühlen. Nur gänzlich eine der zwei Hälften zu leben, da bin ich mir ganz sicher, wäre ihm des Guten zuviel).

Am Abend essen wir in dem Restaurant um die Ecke. Wir unterhalten uns über alles mögliche, lassen eigentlich nur Gott und die Welt aus, und auf meine Frage nach seinen Freunden in der Branche nennt er zunächst zwei: die verstorbenen Legenden Robert A. Heinlein und Theodore Sturgeon. Von dem berüchtigt-konservativen Heinlein erfahre ich fast nur, daß sie sich gegenseitig geschätzt haben, von Sturgeon sagt er: »Man konnte sein Mitgefühl spüren, sein Interesse an seinem Gegenüber. Er hatte Hippie-Ideale – und er war ein GENTLEMAN!« Das letzte Wort benutzt er auch für Heinlein (und später für Roger Zelazny), und der Grund, warum ich es groß schreibe, ist der, daß Sheckley – seine gewichtige Aussprache des Wortes macht es deutlich – die Annahme zu vertreten scheint, alles Positive, was man über einen Mann sagen könne, läge in diesem Wort: Kultur, Großherzigkeit, Bildung, Stil ...

Am nächsten Tag machen wir ein Interview. Bob dreht sich eine Zigarette – er raucht seit seinem 15. Lebensjahr – und füllt seinen Tabakbeutel auf, wobei sein Vorrat an einen Heuballen erinnert. Ich schalte das Aufnahmegerät ein und wünschte, die Leser könnten Sheckley hören. Daß seine ausdrucksvolle Bariton-Stimme gelegentlich bei einem Buchstaben hängenbleibt – ein Umstand, der ihn seit seiner frühen Kindheit begleitet – unterstreicht dabei nur Sheckleys Charme.

F: *Vielleicht erst ein paar Worte zu deinem Background?*
A: Also, ich wurde am 16. Juli 1928 in Brooklyn, New York, geboren. An viel erinnere ich mich aber nicht aus dieser Zeit, da wir nach New Jersey zogen, als ich drei war. Dort lebten wir zuerst in West Orange, zogen dann weiter nach Maplewood, wo ich aufwuchs. Ich habe noch eine dreieinhalb Jahre jüngere Schwester. Mein Vater arbeitete für eine Versicherung, meine Mutter war Hausfrau.
F: *Woher kommt dein ungewöhnlicher Familienname?*
A: Die Sache war die, meine Großeltern, verzweifelt arme Leute, kamen gegen Ende des letzten Jahrhunderts aus Polen. Sie siedelten sich in Brooklyn an. Ihr Familienname war Szarkowski. Wohl um weniger jüdisch zu klingen, haben mein Vater und sein Bruder jeweils den Namen geändert. Mein Vater machte »Sheckley« daraus. Ein Jude in einer vorwiegend christlichen, bürgerlichen Gegend zu sein, war übrigens ein wichtiger Faktor in meinem Leben.
F: *Bist du jüdisch erzogen worden?*
A: Nicht wirklich. Aber Jude zu sein ist ein besonderer sozialer Umstand, wie Zigeuner oder schwarz zu sein. Man hat dieses Bewußtsein, das sich anfühlt, als ginge es Tausende Jahre zurück.
F: *Und du hast dich nicht wie ein Außenseiter gefühlt?*
A: Doch, ich habe mich immer wie ein Außenseiter gefühlt. Aber ich glaube nicht, daß das so ungewöhnlich ist. Ich glaube, die meisten intelligenten Leute denken, sie seien Außenseiter. Aber damals dachte ich, ich sei der einzige. Trotzdem hatte ich ein sehr gutes Leben. Die Welt, in der ich

aufgewachsen bin, fühlte sich mehr wie das an, was man bei Mark Twain liest, als das, was wir heute so kennen. Aber obwohl es mir nicht schlecht ging, mußte ich trotzdem irgendwie da raus ...

F: *Was kam nach der Schule?*

A: Nachdem ich die High School abgeschlossen hatte, ging ich zur Armee und verbrachte ein Jahr in Korea. Das war vor dem Krieg dort. Ich kam zurück und konnte mit dem Geld, das jedem Soldaten für das College garantiert worden war, studieren. Das machte damals für sehr viele Leute das Studium erst möglich.

F: *Und du hast Englisch und Philosophie studiert?*

A: Ja, das, und Psychologie. Ich habe den Bakkalaureus der philosophischen Fakultät von der New York University.

F: *Wo hast du in New York gelebt?*

A: In Greenwich Village.

F: *Oh, das muß wundervoll gewesen sein!*

A: Ja, fabelhaft. Ich wußte es damals nicht, aber ich war dort genau zur richtigen Zeit. Ich hatte das große Glück, in zwei Plätzen zu ihrer goldenen Zeit zu leben: Greenwich Village und Ibiza. Manchmal glaube ich, in Greenwich Village geboren zu sein. Dort wurde ich der, als den ich mich jetzt erkenne.

F: *Wann hat das mit der Science Fiction für dich angefangen?*

A: Früh. Ich glaube, ich war 12 oder 13, als ich die Krimi- und Science Fiction-Pulpmagazine für mich entdeckte.

F: *Und deine Eltern hatten nichts dagegen, daß ihr Sohn diese Heftchen liest?*

A: Sie haben mich jedenfalls nicht davon abgehalten. Außerdem habe ich ja auch andere Sachen gelesen. Klassiker wie Shakespeare und Oscar Wilde. Aber vor allem diese Science Fiction-Geschichten haben in mir den Wunsch ausgelöst, zu den Leuten zu gehören, die so etwas schreiben. Ich dachte, das wäre mein Leben wert.

F: *Wie kamen deine ersten Arbeiten bei deinen Freunden an?*

A: Ich habe die Sachen nicht herumgezeigt. Ich war da ziemlich gesellschaftsfeindlich – wie ein Bär in seiner Höhle. Und ich habe mich wohl dabei gefühlt. Aber ich habe angefangen, die Stories abzutippen, in Umschläge zu stecken und an die Verlage zu schicken. Ich habe mir genau ausgerechnet, wie viele Anschläge auf einer Seite sein dürfen, und ich glaube auch heute noch, daß es wichtig ist zu wissen, wie eine Manuskriptseite auszusehen hat.

F: *Hattest du ein großes Vorbild, sei es in der Literatur, in der Musik oder auf der Leinwand?*

A: Nein, es gab viele, die ich mochte, aber es war mir wichtig, kein großes Vorbild zu haben, sondern offen zu sein für die Dinge, die auf mich zukamen.

F: *Ein Sprung: Du lebst in fünfter Ehe, und aus den ersten dreien hast du vier Kinder.*

A: Ja, vier Kinder, die ihre eigenen Geschichten erzählen müssen.

F: *Sehr schön. Dann ein nächster Sprung. Welche sind deine Lieblingstitel, wenn es um deine eigenen Sachen geht?*

A: Schwer zu sagen. Ich habe eine Art Haßliebe zu meiner Arbeit. Es dauerte lange, bis ich das Zeug mochte. Jetzt mag ich es, aber manchmal auch nicht.

F: *Ich habe mal gelesen, »The Prize of Peril« (Das Millionenspiel) gefiele dir am besten.*

A: Ach ja. Ich weiß, warum ich die genannt habe. Ich mag die Struktur der Geschichte, sie geht gut auf. Ich glaube aber nicht, daß sie wirklich eine meiner stärkeren Stories ist.

F: *Welches deiner Bücher würdest du denn als Einstieg in dein Werk empfehlen?*

A: Ich würde sagen, »Options« ist vielleicht der purste Sheckley, doch manche der Brotarbeiten sind leichter zu lesen. Um »Options« verdauen zu können, muß der Leser in einem besonderen geistigen Zustand sein. Er muß die Dinge in seinem Kopf entstehen lassen können. Ich glaube, das ist auch Teil des Charmes von diesem Buch.

F: *Mehrere deiner Geschichten wurden zunächst unter Pseudonymen veröffentlicht. Warum?*

A: Der Grund für die Pseudonyme war der, daß immer nur eine Geschichte pro Autor zur gleichen Zeit in »Galaxy« erscheinen sollte. Immer wenn Horace Gold zwei von mir hatte – und er wollte keinen Vorrat an Stories anlegen –, erschien eben eine unter einem Pseudonym. Phillips Barbee war so ein Name, oder Finn O'Donnevan. Später, in meinen Story-Sammlungen, wurden sie dann aber unter meinem Namen veröffentlicht.

F: *Deine Sachen wurden in viele Sprachen übersetzt. In welchem Land schätzt man dich am meisten?*

A: Ich bin zwar auch zufrieden, wie es hier, in den US für mich läuft, aber ich hatte immer das Gefühl, in Europa besser anzukommen. Eine Zeitlang schienen sich die Franzosen sehr für mich zu interessieren, doch in Frankreich wurde der SF-Markt überflutet, und die Verlage dort sind sehr vorsichtig geworden. In Italien dagegen macht man irgendwie kein großes Aufheben um die Science Fiction. Aber der Markt dort ist sehr konstant. Ich glaube, ich verkaufe so ziemlich alles dorthin, und das meiste auch anderswohin. Und nach Polen habe ich neulich sogar eine Story-Sammlung verkauft, die sonst niemand haben wollte (lacht).

F: *Bis du insgesamt zufrieden mit deinem Ruf?*

A: Ja. Ich freue mich sehr, überhaupt einen zu haben. Als ich angefangen habe zu schreiben, hätte ich nicht gedacht, berühmt damit zu werden. Ich empfinde es immer noch als ungewöhnlich, überall bei Leuten bekannt zu sein.

F: *Laß uns nochmals zur Anfangszeit deiner Karriere zurückgehen. Was passierte denn da genau?*

A: Also, nach meinem Studium, das eigentlich vier Jahre hätte dauern sollen, aber ich hab's in zweieinhalb absolviert, ging ich zurück nach New Jersey und arbeitete in einem Flugzeugwerk. Dort ging aber die Belegschaft bald in einen Streik, und ein paar Monate danach habe ich die ersten Geschichten verkauft. Darauf wiederum hatte ich bald einen Agenten, und was sehr wichtig für mich war: Er versicherte mir, solange ich solche Geschichten schreiben könnte, könnte er sie verkaufen. Dieser Grad an Sicherheit wirkte sehr berauschend auf mich. Aber nach ein paar Jahren ging es den Magazinen immer schlechter. Der Markt änderte sich, und ich begann, längere Arbeiten, Romane zu schreiben, obwohl ich innerlich am besten für Sachen mit ein- bis dreitausend Wörter eingestellt bin. Über die Stories wollte ich gar nicht zu viel nachdenken, die kamen einfach so raus. Aber zwangsweise verliert man die Gabe, unschuldig ans Werk zu gehen. Und dann fängt man an, mehr darüber nachzudenken, wie man eigentlich ÜBER die Dinge denkt, als die Dinge einfach selbst zu denken.

F: *Das erinnert mich an eine Fabel. Der tanzende Tausendfüßler, der von der neidischen Kröte gefragt wird: »Wie machst du das eigentlich genau?« Woraufhin der arme Tausendfüßler sich so sehr den Kopf über seine Technik zerbricht, daß er nie wieder »wie von selbst« tanzen kann.*

A: Ganz genau. – Welches Bein zuerst, George? (lacht)

F: *Andererseits hatte ich aber auch bei vielen deiner Geschichten das Gefühl, sie verführen den Leser etwas zu sehr zum einfachen Konsumieren; so, als wäre dein federleichter Schreibstil nicht schwer genug für das Gewicht, das die Geschichten transportieren.*

A: Ja, das stimmt wahrscheinlich. Doch als ich nach einer anderen Stimme suchte, öffnete das ein Vakuum in mir, denn es gab für mich keinen zweiten natürlichen Weg, zu schreiben. Das ist ein Problem, das ich heute noch nicht überwunden habe.

F: *Bist du denn trotzdem zufrieden mit der Art, wie deine Leser im allgemeinen die Geschichten aufnehmen?*

A: Ja, ich war und bin immer überrascht, wie scharf und tief die Leute doch meine Sachen lesen. Ich wurde mir mehr und mehr bewußt darüber, wie Leute reflektieren.

F: *Jede Geschichte gibt es so oft, wie sie gelesen wird.*

A: Ja, und dabei weiß ich nicht einmal so genau, wie ich meine überhaupt schreibe, nur, daß ich sie schreiben muß. Ich bin mir gar nicht so recht bewußt, was ich tue.

F: *Du scheinst mit dem Schreiben wie auf deiner eigenen Straße zu fahren, immer weiter, ohne dich allzusehr um den Rückspiegel zu kümmern.*

A: Stimmt, es ist für mich nicht von großem Interesse, was ich früher gemacht habe. Die Vergangenheit ist hauptsächlich etwas, das mich heute unterstützt, einfach meine Art zu leben fortzuführen.

F: *Was für einen Einfluß nimmt die Realität auf deine Arbeit?*

A: Realität ist für gewöhnlich etwas, das ich mir gar nicht näher ansehen möchte. Aber sie schleicht sich dennoch in meine Wahrnehmung ein. Ich glaube, Realität heißt: schlechte Nachrichten. Ich bin dem Traum verpflichtet, und das einzige, wofür die Realität gut ist, ist, daß sie hilft den Traum zu ermöglichen.

F: *Es ist mehrere Male vorgekommen, daß andere Autoren mit Ideen, die es vorher schon in deinen Sachen gab, erfolgreich waren. Ich denke zum Beispiel an Stephen Kings »Running Man«, oder auch an seinen Roman »The Long Walk«, der sehr stark an deine Geschichte »The People Trap« erinnert.*

A: Weißt du, das größte daran, der Begründer von etwas zu sein, ist, daß man es selber weiß. Es ist etwas Besonderes, der erste gewesen zu sein, ein Zeichen gesetzt zu haben. Einen Anspruch daraus, von nun auch an der Verwertung der Idee finanziell beteiligt zu sein, sehe ich aber nicht. Und, bewußt oder unbewußt, kopiere ich ja auch. Es kommt dabei nur auf den Grad des Kopierens an. Es ist gut zu wissen, daß man nicht stehlen muß. Das erspart einem endlose Gerichtsverfahren.

F: *Und du hegst keinen Groll gegen Stephen King?*

A: Ach, es ist viel angenehmer, ohne Groll durchs Leben zu gehen. Mein Agent hat sich damals mit Kings Agenten in Verbindung gesetzt, woraufhin Steven bei mir angerufen und mir versichert hat, daß er meine Sachen vorher gar nicht gekannt hatte. Nun gut, was er geschrieben hat, nimmt sich zwar ziemlich wie die betreffenden Geschichten aus, die ich geschrieben habe, doch habe ich beschlossen, ihm zu glauben. Mich womöglich 20 Jahre mit einer Endlosschlaufe im Kopf: »Schaut her, man hat mir unrecht getan!« abzuquälen? Nein, das wäre doch nur eine Art von Fessel.

F: *Und wie war das mit dem deutschen Fernsehstück »Das Millionenspiel«?* (Anmerkung: Wolfgang Menges dokumentarartige Fernseh-Verfilmung von »The Prize of Peril«, die Mitte der siebziger Jahre für Furore sorgte, weil manche Zuschauer die Sendung für bare Münze genommen haben und sich sogar Leute als Jäger auf Leben und Tod für eine »weitere Folge« bewarben.)

A: Davon habe ich damals, ich war da noch in Europa, von meinem amerikanischen Agenten gehört. Aber selbst gesehen habe ich die Sendung nicht.

***F:** Wurde eine Wiederausstrahlung nicht auf Eis gelegt, weil man dir keine Tantiemen bezahlen wollte?*

A: Es ging damals darum, wer nun genau die Filmrechte an meinem Stoff besaß, und soweit ich involviert war, hat es mich nur Zeit gekostet. Für mich hatte die Sache keine große Bedeutung.

***F:** Und wie war das bei »Das zehnte Opfer«?*

A: Denen habe ich die Filmrechte verkauft, für eine ziemlich kleine Summe, wenn ich mich recht entsinne. Als sie die New York-Sequenz gedreht haben, lebte ich gerade dort. Ich wäre gerne übers Set geschlendert und hätte natürlich auch gerne Marcello Mastroianni, den ich bewundert habe, kennengelernt. Aber man hat mich nicht eingeladen, also bin ich auch nicht hingegangen.

***F:** Warst du zufrieden damit, wie dieser Stoff, oder auch später »Freejack« verfilmt wurde?*

A: Aus »Freejack« hätte man viel mehr machen können. Auch hätte ich »Das zehnte Opfer« gerne lieber gemocht. Sie hatten ziemliche Schwierigkeiten mit dem Drehbuch. Ich glaube, da stehen acht verschiedene Namen drauf. Und als der Film draußen war, hat mir Elio Petri, der Regisseur, sogar einen Entschuldigungsbrief geschrieben, was ich zauberhaft von ihm fand.

***F:** Und die Romanversion?*

A: Die habe ich anhand einer Drehbuchvorlage geschrieben. Das hat eigentlich Spaß gemacht, denn ich konnte an etwas arbeiten, was mich interessierte, ohne die volle Verantwortung dafür tragen zu müssen.

***F:** Was war denn dein erfolgreichster Roman überhaupt?*

A: Das war »Immortality Inc«, nachdem er als »Freejack« verfilmt wurde.

***F:** Damit wir das Thema abschließen können, was sind deine Lieblings-SF-Filme?*

A: »Blade Runner« und »The Abyss« sind meine Favoriten, wobei mir beim letzteren die ursprüngliche Kinofassung besser gefallen hat als der spätere Director's Cut.

F: *Laß uns zu den Gemeinschaftsprojekten kommen. Du hast mir gesagt, daß du dich nicht mehr daran erinnerst, mit deiner letzten Frau, Jay, zusammen Geschichten geschrieben zu haben.*
A: Ja, aber wahrscheinlich habe ich das doch. Manche Kollaborationen kommen zustande wie eine Jazz-Session zu zweit. Man spielt zusammen und sieht, was dabei herauskommt. (Anmerkung: Sheckley war in seiner Militärzeit Gitarrist in einer Swing-Band.)
F: *Wie war das mit Harry Harrison, mit dem du den Roman »Die Welt der eßbaren Gehirne« um seine Figur »Bill, der galaktische Held« geschrieben hast?*
A: Das war genaugenommen keine Gemeinschaftsarbeit. Es war ausgemacht, daß ich den Roman nach einer drei bis fünf Zeilen langen Handlungsvorgabe von Harry schreibe, wofür ich gut bezahlt wurde. Ich hatte dabei, wie auch bei dem Deep-Space-Nine-Roman, Vorlagen, worauf ich bei der oder den Figuren achten mußte.
F: *Hat sich Harrison oder der Auftraggeber des Deep-Space-Nine-Romans anschließend zu deiner Arbeit geäußert?*
A: Nein, nein. So läuft das nicht. Das ist wie Brötchen backen, keine große Angelegenheit. Nichts, wofür einem gratuliert wird. Man ist einfach davon ausgegangen, daß die Arbeit im Rahmen meiner Fähigkeiten liegt, und fertig.
F: *Und wie lief die Zusammenarbeit mit Roger Zelazny bei der Trilogie um den Dämonen Azzie?*
A: Roger und ich haben uns auf Anhieb gut verstanden. Obwohl wir uns nur ein oder zwei Mal getroffen hatten, merkten wir doch, daß wir vieles gemeinsam hatten. Unsere Interessen ähnelten sich sehr, und so war es leicht für mich, die Vorschläge, die von Roger kamen, in die Arbeit einfließen zu lassen. Ich schrieb also die Romane, schickte sie jeweils Roger, er machte hier und da ein paar kleine Veränderungen, und so kam die Sache zustande. Ich bin gerne der, der die Schreibarbeit macht, und Roger hatte damals einfach mehr um die Ohren als ich.
F: *Bei der Trilogie hatte ich schon während des ersten Teils, »Bringt mir den Kopf des Märchenprinzen«, das Gefühl, warum versucht man hier, für eine Kompanie zu kochen, wenn, vom*

Wasser abgesehen, nur Zutaten für vier Teller Suppe vorhanden sind? Und ab dem zweiten Teil halbierte sich für mich – bei sonst gleicher Fragestellung – die Anzahl der Teller.

A: Das ist leicht beantwortet: Die Wortzahl war so vorgegeben gewesen. Inzwischen mag man ja wieder die dünneren Bücher, aber vor ein paar Jahren waren noch die dickeren »in«.

F: *Bist du denn überhaupt mit diesen Büchern zufrieden?*

A: Nein. Obwohl es ein großartiger Rahmen war, habe ich mit dem Herzen keinen rechten Zugang zu der Geschichte finden können. Aber die Arbeit daran war trotzdem angenehm. Es waren sehr professionelle Bücher.

F: Roger ist kurz nach der Fertigstellung der Trilogie gestorben.

A: Ja, leider. Es hatte eine Weile so ausgesehen, als hätte er seinen Krebs besiegt, doch dann brach er doch wieder aus.

F: *Ich hätte noch ein paar Fragen zu »The Laertian Gamble«, deinem Deep-Space-Nine-Roman. Wie kam es denn dazu?*

A: Ich hatte die Idee zu der Geschichte, schrieb ein Exposé dazu, und mein Agent hat es denen unterbreitet. Sie wollten den Roman haben, und ich habe ihn ohne große Schwierigkeiten geschrieben. Aber es ist kein persönlich wichtiges Buch für mich. Mit mir hatte das wenig zu tun gehabt, und am Tag, nachdem ich es meinem Agenten geschickt hatte, waren mir auch schon die Charaktere in der Geschichte entfallen. Ein Jahr später müßte ich so ein Buch erst wieder lesen, um zu wissen, worum es darin eigentlich ging.

F: *Interessierst du dich denn überhaupt für die Star Trek-Welt?*

A: Nicht sehr. Die Figuren darin verhalten sich nach ihren vorgegebenen Schemata, nicht wie richtige Menschen. Das gezeigte Verhalten wäre allerdings tatsächlich die nächste Stufe des sozialen Gewissens, doch glaube ich nicht, daß sich die Menschheit in die Richtung von so einer Science Fiction-Welt entwickelt. Am ehesten wird es wohl ein bißchen wie in Blade Runner werden. In dem Film haben sie es tatsächlich geschafft, daß es echt aussieht, und nicht nach Science Fiction.

F: *Könntest du vielleicht noch beschreiben, wie ein typischer Tag in deinem heutigen Leben aussieht?*

A: Ich stehe morgens um sieben Uhr auf. Um halb neun etwa setzt mich meine Frau an meinem Büro ab. Ich koche mir eine Kanne Kaffee und sehe, ob ich E-Mail oder etwas auf dem Anrufbeantworter habe. Dann setze ich mich hin und versuche am Morgen möglichst viel zu schreiben, denn nach dem Mittagessen fällt mir die Arbeit schwerer. Am Nachmittag schreibe ich vielleicht noch ein bißchen, oder ich gehe spazieren, oder ich mache es mir bequem und lese Bücher. Um halb sieben holt mich jedenfalls meine Frau wieder ab, und ich verbringe den Abend mit der Familie.

F: *Und was können die Leser in nächster Zukunft an neuen Sheckley-Büchern erwarten?*

A: Ich habe einen Roman mit dem Titel »Godshome« geschrieben und bin jetzt fast fertig mit der Arbeit an einem Roman zu einem Videospiel von Douglas Adams.

In den nächsten Tagen unternehmen wir noch einige Spaziergänge unter dem meist wolkenverhangenen Portland-Himmel. Unsere Ziele sind oft Restaurants in der Gegend, in denen Bob – ob man dort nun weiß, daß er ein bekannter Schriftsteller ist oder nicht – durch seine freundliche Art ein offensichtlich gerngesehener Gast ist. Er stellt mir zwei seiner Freunde vor, für sehr viele mehr ist er nicht gesellig genug. Einige seiner liebsten Menschen leben nicht mehr. Manche darunter waren Mitglieder im »Club« gewesen – Schriftsteller um Horace Gold herum, die sich damals einmal die Woche zum Pokerspielen getroffen haben. Ein weiterer guter Freund von Sheckley, ein jamaikanischer Koch in Paris, hat irgendwann sein Übergewicht nicht mehr verkraftet, was in Bobs Ausführungen keinesfalls komisch klingt. In seinem ausgedünnten Gesellschaftsleben, mit seinem ausgeprägten Desinteresse an der Wirklichkeit, ist Bobs Frau ein wahrer Anker zum Weltlichen für ihn. Gails wacher, journalistischer Blick für aktuelle Vorgänge, verbunden mit ihrer inneren und äußeren Schönheit, sind wichtige Bestandteile von Roberts Lebenselixier. In einem der noch unveröffentlichten Texte, die er mir zum Lesen gibt, schreibt er über einen Schriftsteller und seine Frau: Sie ist viel zu gut für ihn, was beide wissen, doch greifen sie das Thema nie auf, um ihre glückliche Ehe nicht zu gefährden. –

Wir sprechen über seine Fans – Frank Zappa war übrigens einer davon, und Bob sagt mir, wie wenig Feedback er bekommt. Zirka fünf eher vage Briefe im Jahr sind einfach zu wenig, um ihm wichtige Eindrücke darüber zu vermitteln, wie seine Leser über seine Arbeit denken. Seine Kontaktadresse lautet (und falls ihm jemand zusätzlich ein paar Dollar schicken möchte, wären diese sicherlich willkommen):

Robert Sheckley
1408 SE 22nd Street # 5
Portland, Oregon 97214
U.S.A.

Über E-Mail ist er unter rsheckley@AOL.com zu erreichen. Und für Bobs Telefonnummer braucht man ja, wie Sie wissen, nur die internationale Telefon-Auskunft anzurufen.

Am Tag meines Weiterflugs unternehmen Bob und Gail noch einen Autoausflug in die Berge mit mir. Bob trägt heute die andere Hose, die er besitzt. Der Reißverschluß ist zwar nicht in Ordnung, aber wenigstens hat dieses Paar keinen Riß. Als wir aus dem Schnee der Berge mit dem Sonnenuntergang wieder hinunterfahren, gehen dort im frühlingshaften abendlichen Blau überall die Lichter an, und Gail versichert mir, daß sie trotz ihrer Finanzlage glücklich sind. Noch ein letztes gemeinsames Abendessen, dann werde ich zum Flughafen gebracht, und obwohl es bestimmt nicht seine, und eigentlich auch nicht unbedingt meine Art ist, umarmen Bob und ich uns zum Abschied. Als ich im Flugzeug sitze, frage ich mich, wie ich diesen Artikel hier anpacken werde. Viel zu viele Notizen befinden sich in meiner Reisetasche, und von zahlreichen frischen Erinnerungen werde ich gerade mal einen winzigen Bruchteil verwenden können. Aber ein Satz fällt mir ein, den ich nicht mehr umstoßen werde. Es ist der letzte, und er lautet: »Robert Sheckley ist ein Schriftsteller, dessen beste Arbeiten viel mehr Beachtung verdienen – und er ist ein Gentleman.«

Ein Gespräch mit Paul Williams

Von Frank Borsch

Paul Williams, geboren 1948, gilt als einer der bekanntesten Rockjournalisten der USA. Bereits 1966, kaum 18 Jahre alt, gab er auf eigene Faust »Crawdaddy« heraus, das erste amerikanische Rockmagazin. Seitdem hat er mehr als 20 Bücher verfaßt. Neben der Rockmusik galt sein besonderes Interesse dem Werk von Philip K. Dick. 1974 führte er ein langes Gespräch mit Dick, das er zu einem ausführlichen Porträt des Autors verarbeitete. Der Artikel erschien 1975 im »Rolling Stone« und eröffnete Dick völlig neue Leserschichten. Nach dem Tode Dicks agierte Williams unter anderem als Verwalter des literarischen Nachlasses sowie als Gründer der Philip K. Dick Society.

F: *Mr. Williams, Sie waren viele Jahre lang der Verwalter des literarischen Nachlasses von Philip K. Dick. Wie kamen Sie zu dieser Stellung?*
A: Ich wurde von Phils ältester Tochter angestellt, die Verwalterin des Nachlasses war. Wir standen in Kontakt miteinander, und ich schlug ihr etwas Derartiges vor. Das war 1982, im Jahr nach seinem Tod.
F: *Haben Sie Dick persönlich gekannt?*
A: Ja, wir waren zu seinen Lebzeiten gute Freunde. Ich traf ihn das erstemal 1968 auf einer SF Convention in Oakland/Kalifornien. Damals war ich gerade erst ein Fan seines Werks geworden.
F: *Wie genau sah Ihre Arbeit als Nachlaßverwalter aus?*
A: Es gab eine Menge zu tun. Ich beaufsichtigte zum Beispiel

Paul Williams

die Publikation seiner unveröffentlichten Manuskripte. Viele der Manuskripte waren Mainstream-Romane, die zu seinen Lebzeiten nicht veröffentlicht worden waren. Das gilt auch für **Radio Free Albemuth**[1], welches eine Urfassung von **Valis**[2] ist, und **Nick and the Glimmung**[3], ein Kinderbuch, das ich in seinem Nachlaß entdeckte. Niemand hatte von ihrer Existenz gewußt. Dann war da noch das Drehbuch von **Ubik**[4].

Wir stellten die fünf Bände mit seinen gesammelten Kurzgeschichten zusammen.[5] Ich begann damit, seine gesammelte Korrespondenz in sechs Bänden herauszubringen, von denen noch nicht alle erschienen sind. Das waren in etwa meine Hauptaufgaben.

Wir wurden ständig von Leuten kontaktiert, die etwas in Verbindung mit Phils Werk machen wollten. Wie zum Beispiel der Typ, der aus **Valis** eine Oper machen wollte. Was er tatsächlich getan hat! Die Oper wurde am Centre Pompidou in Paris aufgeführt. Meine Aufgabe war es, die Erben zu beraten, ob sie solche Dinge erlauben sollten. Es gab zwar einen literarischen Agenten, der sich um das Geschäftliche kümmerte, aber meistens war ich trotzdem mit bei der Sache.

Dann war da noch die Herausforderung: Wie konnte man nach Phils Tod weiter Aufmerksamkeit auf sein Werk lenken? Mein wichtigster Beitrag war aber die Gründung der Philip K. Dick Society und die Herausgabe eines Newsletters. Damit war ein Forum für die Informationen geschaffen. Auf diese Weise konnten die Leute sehen, daß es einen Weg gab, mit dem Nachlaß in Kontakt zu treten, Informationen darüber zu bekommen. Die Presse widmete uns deshalb wesentlich mehr Aufmerksamkeit und die Leser, die Fans, die über ihn schreiben wollten, bekamen eine Menge hilfreicher Informationen aus dem Newsletter.

F: *Glauben Sie nicht, daß der Film* Blade Runner *an der Popularisierung Dicks größeren Anteil hatte?*

A: Ja, *Blade Runner* war sicher der wichtigste einzelne Faktor nach seinem Tod. Mit Sicherheit.

F: *Sie haben vorhin Dicks Mainstream-Romane erwähnt. Dick schrieb die meisten von ihnen in den späten Fünfzigern, fand aber keinen Verlag, der sie haben wollte ...*

A: ... einige Male waren sie ziemlich nahe dran, aber keines von ihnen wurde gedruckt, bis David Hartwell und ich 1975 **Confessions of a Crap Artist**[6] bei einem Kleinverlag herausbrachten.

F: *Die anderen Romane erschienen erst Mitte der Achtziger. Warum?*

A: Nun, sein Ansehen wuchs. Aber einer der Gründe, die Society und den Newsletter zu gründen, war auch ein Publikum zu schaffen für Kleinverlage, die diese Romane veröffentlichen wollten. Wir schufen ein Forum für Philip Dick-Fans, und das erlaubte es den Kleinverlagen, einige dieser Bücher herauszubringen. Schließlich wurden sie von großen Verlagen herausgebracht. **Mary and the Giant** und **The Broken Bubble**[7] wurden zum Beispiel in den USA von William Morrow publiziert. Es ist nur noch ein Buch übrig, das noch nicht gedruckt wurde, aber ich bin sicher, daß es bald soweit sein wird.

F: *Welches ist das?*

A: Eines der frühesten, **Voices from the Street.** Seine beiden frühesten Bücher sind etwas problematisch, weil sie sehr lang und nicht sehr gut sind, aber die Leute sind trotzdem neugierig auf sie. Das zweite, **Gather Yourselves together,** kam kürzlich bei einem Kleinverlag heraus.

F: *Trifft das auch auf Dicks übrige Mainstream-Romane zu? Wurden sie zu seinen Lebzeiten nicht publiziert, weil sie »nicht sehr gut« sind?*

A: Nein, einige von ihnen sind recht gut. Sie wurden nicht veröffentlicht, weil sie ungewöhnlich sind und nicht zu den Vorstellungen der Verleger paßten. Sie wußten, daß Phil ein guter Autor war, aber die Romane haben ein eher langsames Tempo, und einige von ihnen, wie **Confessions of a Crap Artist,** werden aus der Sicht mehrerer, wechselnder Charaktere erzählt. Dick hat nie richtig in ein Programm reingepaßt. Er erlangte einen guten Ruf als SF-Autor, aber bevor er starb, verkaufte er noch einen Mainstream-Roman, **The Transmigration of Timothy Archer**[8].

F: *Wurde der Roman nicht als SF herausgebracht?*

A: Nein. Der Verlag hängte zwar »The Transmigration« an den

Titel, damit es mehr nach SF klingt. Er wurde auch von einem SF-Verleger, Timescape, herausgebracht, aber er wurde als Mainstream-Roman veröffentlicht. Das ist natürlich eine sehr feine Unterscheidung. Man könnte mit guten Gründen behaupten, daß **A Scanner Darkly**[9] ebenfalls ein Mainstream-Roman ist. Es wurde aber als SF herausgebracht und benutzte einen – wenn auch nur sehr dünnen – SF-Kunstgriff. Im Gegensatz dazu ist Timothy Archer keine SF, was sie auch anerkannten, als sie es brachten.

F: *Ich möchte noch einmal auf den Newsletter zurückkommen. Was für Beiträge sind darin zu finden?*

A: Normalerweise brachte jede Ausgabe eine bisher unveröffentlichte Arbeit Phils. Wir publizierten auch häufig Memoiren und Erinnerungen von Leuten, die ihn gekannt haben. Es war auch immer Quellenmaterial enthalten, aber nur sehr selten kritische oder akademische Aufsätze. Und natürlich immer Neuigkeiten. Der Newsletter war der Ort, an dem man von neuen Büchern, Opern und Theaterstücken, oder Rock'n'Roll-Musikern, die Phil ihre Alben widmeten, und so weiter erfuhr. Es gab jede Menge Abwechslung. Für eine Ausgabe übersetzte ich das Vorwort der französischen Ausgabe von **Flow My Tears, the Policeman Said**[10]. Es handelt von geheimnisvollen Unterschieden zwischen der französischen und der amerikanischen Erstausgabe. Die französische enthielt zusätzlichen Text. Wo kam er her? Wir fanden schließlich den zusätzlichen Text, den Dick selbst vor der Publikation überarbeitet hatte, und druckten ihn im Newsletter.

F: *Wie viele Ausgaben gab es insgesamt?*

A: Dreißig. Eine davon war eine neunzig Minuten lange Kassette, Auf der einen Seite ist ein Gespräch zwischen mir und Phil, auf der anderen Seite ist Phil, wie er Notizen in einen Kassettenrecorder spricht. Aber wir stellten den Newsletter 1992 ein.[11]

F: *Hörten Sie mangels Material auf?*

A: Nein, ich fühlte einfach, zehn Jahre wären lang genug. Es gibt jetzt ein anderes Magazin namens Radio Free PKD[12]. Jemand anderes gibt das heraus. Wir haben einen guten literarischen Verlag, Vintage, in den USA gefunden, der seine Werke lieferbar hält. Wir mußten lange darauf warten, aber schließlich hat es geklappt, und Vintage hat jetzt ungefähr 15 Titel Phils ständig lieferbar – mehr als von jedem anderen Autoren. Ich fühlte, genug getan zu haben, und wollte meine Zeit anderen Dingen widmen.

***F:** Haben Sie die vielen Jahre an Dicks Nachlaß gearbeitet, weil Dick Ihr Freund gewesen ist oder weil Sie sein Werk so sehr schätzen?*

A: Ich tat es, weil ich sein Werk mag. Ich wußte, daß – wenn man es nur richtig anstellte – es möglich war, sein Werk zu veröffentlichen und das Interesse an ihm zu steigern. Ich fühlte einfach eine Verantwortung, es zu versuchen.

Ich beschäftige mich übrigens im Augenblick mit einem ähnlichen Projekt. Ich gebe die gesammelten Kurzgeschichten Theodore Sturgeons heraus, der 1985 gestorben ist. Ich und die anderen an diesem Projekt Beteiligten halten ihn für einen der besten amerikanischen Kurzgeschichtenautoren. Der größte Teil seines Werkes ist aber nicht mehr lieferbar, und ich habe seit Jahren daran gearbeitet, sein Gesamtwerk herauszubringen.

Vier von insgesamt zehn Bänden sind inzwischen erschienen[13]. Das Ganze bedeutet weitere fünf oder sechs Jahre Arbeit. Ich schreibe zu jeder Geschichte Anmerkungen, versuche Quellenmaterial aufzutreiben ... – kurz gesagt, ich möchte sehr gründliche Arbeit leisten, weil ich sein Werk liebe und ich es für sehr nützlich halte, wenn Leser in der Zukunft Zugang dazu haben. Es ist kein sehr kommerzielles Projekt, und wir hoffen, damit wenigstens kein Geld zu verlieren.

F: Mr. Williams, vielen Dank für das Gespräch.

ANMERKUNGEN

1 deutsch: »Radio freies Albemuth«, Rastatt 1987, M 3746.

2 deutsch: »Valis«, Rastatt 1984, M 3649.

3 1966 geschrieben, 1988 in Großbritannien erschienen.

4 1974 geschrieben, 1985 erschienen.

5 Die gesammelten Kurzgeschichten erscheinen in Deutschland beim Haffmanns Verlag in insgesamt zehn Bänden. Der Wilhelm Heyne Verlag bereitet die Taschenbuchausgabe vor.

[6] deutsch: »Eine Bande von Verrückten«, Hamburg 1987.

[7] deutsch: »Die kaputte Kugel«, Zürich 1993.

[8] deutsch: »Die Wiedergeburt des Timothy Archer«, Rastatt 1984, M 3659.

[9] deutsch: »Der dunkle Schirm«, Bergisch Gladbach 1980, B 22018.

[10] deutsch: »Eine andere Welt«, München 1977, H 3528.

[11] Alle Ausgaben des Newsletters sind noch erhältlich von: PKDS, Box 231155, Encinitas, CA 92023, USA

[12] erhältlich von: Radio Free PKD, 27068 La Paz Suite 430, Laguna Hills, CA 92656, USA.

[13] Sie können bei North Atlantic Books, P.O. Box 12327, Berkeley CA 94712, bezogen werden.

Wiederbegegnung mit einem Propheten

Einige Bemerkungen zu Marshall McLuhan

von Michael K. Iwoleit

John Brunners Roman **MORGENWELT** beginnt mit einem Zitat, das er »Innis' Ausdrucksform« betitelt hat. Darin ist von einer bestimmten Darstellungsweise die Rede, die einen festen Beobachterstandpunkt zugunsten einer multidimensionalen Erfassung der Ereignisse aufgibt. Fast alles, was in diesem Zitat gesagt wird, ließe sich auf die wichtigsten Bücher des Amerikaners John Dos Passos (1896–1970) übertragen, dessen Romanform John Brunner in seinen Hauptwerken für die Science Fiction adaptiert hat. Das Zitat bezieht sich jedoch nicht auf Dos Passos, sondern auf den kanadischen Ökonomen Harold Innis – was ein Indiz dafür ist, daß Dos Passos' Darstellungsform, die er erstmals in **MANHATTEN TRANSFER** (1925) erprobte, nicht vom Himmel gefallen ist, sondern einem im zwanzigsten Jahrhundert akut gewordenen Bedürfnis nach der Schilderung gesamtgesellschaftlicher Prozesse entspricht. Innis hat unter anderem die ökonomisch-gesellschaftlichen Auswirkungen verschiedener Schriftsysteme untersucht. Das Zitat stammt aus dem Buch **DIE GUTENBERG-GALAXIS** (1962) von Herbert Marshall McLuhan (1911–1980). Es gehört zu den Werken, die künftige Generationen womöglich einmal zu den Büchern des Jahrhunderts zählen werden.

Möglicherweise hätte es Marshall McLuhan amüsiert, wie in dem etwas tölpelhaften Vorwort zur deutschen Neuausgabe seines Buches **UNDERSTANDING MEDIA** (1964) für ihn geworben wird. Ein Akademiker, dem man etwas mehr Sprachgefühl zutrauen sollte, macht dem Leser hier die Lektüre eines »beunruhigenden, eines unbequemen Buches« schmackhaft. »Unbequem« ist im Kulturbetrieb eine ebenso beliebte Vokabel wie »betroffen« oder »authentisch« im neudeutschen Psychogeseiere. All diese Wörter bedeuten nichts, suggerieren aber eine ganze Menge. Es hat etwas Ironisches, daß sich ausgerechnet im unaufhörlichen, besinnungslosen Bekenntnis-Abgeben unseres aktuellen Sprachgebrauchs McLuhans Prognose zu bewahrheiten beginnt, daß wir mit der Ausbreitung der elektronischen Medien in eine neue Epoche des »magischen Worts« eintreten werden, in der an den Worten mehr ihre Wirkungsaura als ihre Verweisfunktion auf einen Gegenstand zählt. McLuhan ist selbst Urheber einiger Phrasen und Aphorismen, mit denen sich in Debatten um Computer, Internet und neue Medien ganze Wolken von Assoziationen aufwirbeln lassen. **THE GLOBAL VILLAGE** (»Das globale Dorf«) ist Titel und Thema seines mit Bruce R. Powers verfaßten Spätwerks (1989). »Das Ende des Buchzeitalters« wird in seinem Hauptwerk **DIE GUTENBERG-GALAXIS** evoziert, dessen Titel wiederum zum geflügelten Wort geworden ist. Die These, daß »das Medium die Botschaft« sei, führt er an entscheidender Stelle in **DIE MAGISCHEN KANÄLE** aus. Wie es oft geschieht, wenn die Popularität griffiger Phrasen den Bekanntheitsgrad ihres Urhebers übersteigt, ging auch Falle McLuhans der Einfluß, den er bis in den französischen Poststrukturalismus, bis auf Philosophen wie Friedrich Kittler oder populäre Autoren wie Neil Postman ausübte, mit einer Verwässerung seiner Thesen einher. McLuhan starb zu einer Zeit, als der heutige Computer- und Internet-Boom, mit dem die Medienrevolution überhaupt erst richtig losgeht, noch nicht abzusehen war, dennoch liefert sein Werk wie kein anderes Anhaltspunkte, auf welche Weise sich die Kategorien unseres Denkens und Erlebens ändern.

Es dürfte kein Zufall sein, daß es in den letzten Jahren in Deutschland zu einer Art McLuhan-Renaissance gekommen ist. Der deutsche Zweig des renommierten Computer-Fachverlages Addison-Wesley veröffentlichte 1995 aus Anlaß seines zehnjährigen Bestehens eine Neuausgabe der **GUTENBERG-GALAXIS**. Das grundlegende medienkundliche Buch **DIE MAGISCHEN KANÄLE – UNDERSTANDING MEDIA** erschien 1995 in der kleinen Edition Fundus des Verlages der Kunst in Dresden. Der Jungfermann-Verlag in Paderborn veröffentlichte im selben Jahr **THE GLOBAL VILLAGE**, dessen Untertitel »Der Weg der Mediengesellschaft in das 21. Jahrhundert« den aktuellen Bezug andeutet. Ein weniger wichtiges Buch, **DIE MECHANISCHE BRAUT** aus dem Jahre 1951, ein interessantes Quellenwerk zur industriellen Volkskultur, erschien 1996 ebenfalls im Verlag der Kunst. Wer aufmerksam die umfangreiche kritische Literatur zu Computer- und Medienthemen und insbesondere dem breiten Spektrum von Aktivitäten zwischen Cyberpunk und Virtual Reality-Techniken studiert hat, die der Szenejournalist Mark Dery in seinem Buch **ESCAPE VELOCITY** als »Cyberculture« bezeichnet, wird oft auf Verweise auf McLuhans Hauptwerke gestoßen sein. Dem deutschen Leser bietet sich nun wieder Gelegenheit zu einer angstrengenden und irritierenden Auseinandersetzung mit McLuhans Überlegungen in ihrer ursprünglichen Form. McLuhan ist der Shakespeare der modernen Medientheorie. Er ist jenseits aller moralischer Wertungen und oberflächlicher Technophobie dem Charakter von Techniken zur Informationsvermittlung auf den Grund gegangen und hat sie unter dem Aspekt ihrer Auswirkungen auf unsere sinnlichen Wahrnehmungskategorien und unsere Denkschemata untersucht. Damit rührt er an grundlegenden Mißverständnissen, die heute noch viele Auseinandersetzungen und Alltagsauffassungen über Medien prägen. Von seiner revolutionären Kraft hat McLuhans Werk bis heute nichts eingebüßt.

Es gehört zu den hartnäckigsten Irrtümern der humanistischen Bildungstradition, deren zentrales Medium das Buch ist, daß ein geistiges Werk unabhängig von der physischen Gestalt betrachtet werden könne, in der es uns dargebracht wird, daß der Form ein von ihr abstrahierbarer Inhalt gegenüberstehe. Dieser Gedanke erinnert an gewisse Modelle der Informationstheorie , die sich einen Kommunikationsvorgang so vorstellen, daß ein Sender in einem Übertragungsmedium eine Botschaft verschlüsselt, aus dem ihr Empfänger den Botschaftsinhalt dann dechiffriert. Modelle dieser Art betrachten das Medium als einen neutralen Träger, der den Inhalt unbeeinflußt läßt. Die Amerikanerin Susan Sontag hat in ihrem Aufsatz »Über den Stil« (in der berühmten Essaysammlung **KUNST UND ANTIKUNST**, 1962) für den Bereich der Kunst ausgeführt, zu welch absurden Konsequenzen diese platte Gegenüberstellung von Form und Inhalt führt. Wollte man McLuhans Gesamtwerk bündig zusammenfassen, könnte man sagen, daß er den Zwiespalt von Form und Inhalt, Medium und Botschaft überhaupt widerlegt hat. Seine Phrase »the medium is the message« ist oft in der Weise mißverstanden worden, daß es nur Medien der Mitteilung, aber keine Mitteilung selbst gäbe. Mit ironischen Untertönen besagt sie aber vielmehr, daß keine Äußerung von dem Medium, in dem sie fällt, unbeeinflußt bleibt, daß jedes Medium seine eigenen Konventionen und Prämissen setzt. Die Vorstellung vom neutralen Träger einer Botschaft ist ein Märchen.

McLuhans 1962 erschienenes Hauptwerk **DIE GUTENBERG-GALAXIS** zeichnet eine historische Entwicklung nach, die in der Antike mit der Einführung des phonetischen Alphabets zu einer Umorientierung der westlichen Kultur von oral-auditiven hin zu visuellen Begriffen und mit der Erfindung des Buchdrucks zu einer maschinellen Vereinheitlichung der Schriftsprache führte, die nicht nur die Voraussetzung für den Gedanken der Nationalsprache und Kulturnation und eines national verbindlichen Rechtssystems bildete, sondern mit Begriffen der Reproduzierbarkeit, Meßbarkeit und Berechenbarkeit die Grundlagen der modernen Wissenschaft schuf. McLuhan legt dabei besonderes Schwergewicht auf den Übergang von der mittelalterlichen Manuskriptkultur, die noch keine Trennung zwischen Lesen und Schreiben kannte und in der jeder Leser zugleich Kopist, Herausgeber und Lektor der Bücher war, die er studierte, zur Automation durch den Buchdruck, die eine schnellere Wissensaneignung ermöglichte und das Medium Buch in ein festes Bezugssystem von Normen,

Begriffen und Wissen und erstmals auch in ein Konsumgut verwandelte. Von da aus entwirft er Ausblicke in unsere Gegenwart, die einen erneuten Übergang von der Buchkultur zur Kultur der elektronischen Medien erlebt.

McLuhan versteht ein Medium als ein technisches Verfahren, das die Kapazität unserer Sinne erweitert (so sind Telefon und Rundfunk Erweiterungen der Gehörs, das Fernsehen eine Erweiterung des Gesichtssinns). Jedes setzt dabei seine eigenen Schwerpunkte und verschiebt das Verhältnis der Sinne untereinander. Das mittelalterliche Manuskript war so beschaffen, daß es nur tastend und durch lautes Mitlesen erfaßt werden konnte. Das gedruckte Buch betont den visuellen Code und verlegt den Lesevorgang in den Kopf des Lesers. Und moderne Medien, wie etwa der Film, bestimmen eigene Wahrnehmungskonventionen und Sehgewohnheiten, die uns erst dann bewußt werden, wenn wir die Angehörigen einer oral-auditiv geprägten Kultur mit ihnen konfrontieren (was McLuhan am Beispiel eines afrikanischen Missionars aufzeigt, der beim Versuch, Eingeborene mit Hilfe von Filmen zu unterweisen, auf unerwartete Schwierigkeiten stieß). Im Vorwort zur deutschen Neuausgabe der **GUTENBERG-GALAXIS** hatte Wolfgang Coy den glücklichen Einfall, die gerade anbrechende Epoche als die Turing-Galaxis zu bezeichnen, nach dem englischen Mathematiker und Logiker Alan Turing (1912–1954), dem neben John von Neumann und Seymour Cray folgenreichsten Vordenker der Computertechnik. An die Turing-Ära der Vernetzung und Computerisierung sind dieselben Fragen zu stellen, wie McLuhan sie an die Gutenberg-Ära des Buchdrucks gestellt hat: auf welche Weise erweitern die neuen Medien unsere Sinne, wie verschieben sie die Gewichtung unserer Sinne gegeneinander, in welchen Bezugsrahmen stellen sie unser Wahrnehmen und Artikulieren?

Eine besondere, viel zu wenig gewürdigte Leistung McLuhans besteht darin, daß er nicht nur die Bedingtheit unseres Wahrnehmens und Denkens durch die hauptsächlichen Arten ihrer Vermittlung beschreibt, sondern sie in der Form seiner Darstellung auf eine Weise reflektiert, wie man sie eher von einem Künstler als einem Gelehrten erwarten würde. McLuhan hat das Ende des Buchzeitalters prophezeit und dabei selbst das Medium Buch gesprengt. Wer sich von der **GUTENBERG-GALAXIS** oder anderen Büchern McLuhans ein Stück linearer, architektonisch aufgebauter Geschichtsschreibung erwartet, den wird die Lektüre zunächst zutiefst verwirren. McLuhans assoziative Sprünge, sein scheinbar willkürliches Wechseln von einer Epoche in die andere, die irritierende Betitelung der Abschnitte, die manchmal auf den Hauptgedanken des letzten Kapitels verweist, einen Nebengedanken des folgenden hervorhebt, aber selten in der Weise zusammenfaßt, wie wir es von Titeln und Überschriften gewohnt sind – all das widerspricht völlig den Regeln einer logischen Argumentation, einer klaren Abfolge von Ursache und Wirkung, Faktum und Schlußfolgerung. McLuhans Texte beschreiben Kreisbewegungen mehr denn aufeinanderfolgende Schritte. So wenig er selbst als Medientheoretiker, Historiker, Philosoph oder Kulturwissenschaftler eindeutig zu charakterisieren ist, so sperrig widersetzen sich seine Bücher einer Einordnung in irgendeine Fachsparte und liegen in einem Grenzbereich zwischen Belletristik und Gelehrsamkeit. Selbst McLuhans Rolle als Verfasser ist in seinen Büchern nicht mehr eindeutig. In der **GUTENBERG-GALAXIS** stützt er sich in einem solchen Maße auf Zitatmaterial von Historikern, Ökonomen, Volkskundlern, Philologen und Literaten, daß man hier – würden es einem die Regeln des guten Deutsch nicht verbieten – von einer diskursiven Collage reden könnte. Diese Eigenarten mögen etwas von den Schwierigkeiten erklären, die einer gründlichen Auseinandersetzung mit McLuhan entgegenstehen, und scheinen mir ein Grund dafür zu sein, warum manche seiner Thesen in ihrer ganzen Radikalität noch gar nicht verarbeitet worden sind. Man bedenke nur die Konsequenzen, wenn McLuhan beispielsweise mit seiner Behauptung recht hätte, daß unser dreidimensionales, räumliches Sehen keine angeborene Wahrnehmungsweise, sondern eine erlernte Konvention ist.

* * *

Einen McLuhan der Turing-Ära gibt es noch nicht. In aktuellen Diskussionen um die neuen Medien, in deren Mittelpunkt Computer und Internet stehen, schlägt das Pendel häufig in zwei Extreme aus. In **ESCAPE VELOCITY** weist Mark Dery auf die Entwicklung einer, wie er es nennt, Techno-Eschatologie hin, die den Computer zum Projektionsfeld quasi-religiöser Sehnsüchte macht und der Technik die Erfüllung archischer Heilserwartungen aufbürdet. Ihr bekanntester Vertreter ist vielleicht Hans Moravec, der in seinem Buch **MIND CHILDREN** prophezeit, daß in den ersten Jahrzehnten des kommenden Jahrhunderts die künstliche Intelligenz die menschliche übertreffen und cybernetische Gottheiten den Menschen als Herrscher der Erde ablösen werden. Am anderen Ende des Spektrums steht ein radikaler Skeptizismus, der im Anschluß an die postmodernen Thesen vom »Ende der Geschichte« durch die elektronischen Medien das Verschwinden jeglicher Gewißheiten und Tatsachen im Informations-Overkill beschlossen sieht. Der originellste Nachfahr McLuhans dieser Richtung dürfte der französische Soziologe Jean Baudrillard sein, ohne Frage ein brillanter Schriftsteller, der einige gänzlich aus dem Rahmen fallende Bücher geschrieben hat (**AGONIE DES REALEN**, 1978), bei dessen Argumentationen sich aber oft die Frage stellt, ob sie nicht eher einem quasi-künstlerischen Bemühen um originelle Gedanken und Formulierungen als einer nüchternen Analyse der Sachverhalte entspringen. (Manche Leser werden diesen Vorwurf auch gegen McLuhan erheben. Das Problem bei McLuhan liegt wie bei anderen Denkern seines Kalibers aber eher darin, daß er einen bestimmten Blickwinkel auf die Welt verabsolutiert hat. Ich wage durchaus einen Vergleich mit Karl Marx, der über einer genauen Analyse der Produktionsverhältnisse andere gesellschaftsformende Aspekte vernachlässigt hat. McLuhan hat die Bedingtheit unserer Wahrnehmungen und Ausdrucksweisen durch die Medien in den Mittelpunkt gestellt; daß die Entwicklung und Verbreitung der Medien selbst wiederum von gesellschaftlich-wirtschaftlichen Rahmenbedingungen bestimmt wird, fällt in seinen Überlegungen weniger ins Gewicht.)

An nüchternen Analysen ist den Medientheoretikern von heute selten gelegen. Internet und Computer sind Gegenstände ideologischer Auseinandersetzungen und Zankäpfel wirtschaftlicher Interessen. McLuhan ist in der Hinsicht ein Vorbild, daß er unberührt von moralischen Wertungen und kulturkritischem Pessismismus die Wirkung der Medien untersucht hat. Die Entwicklung insbesondere des Internets verläuft zu rasant, um hier schon endgültige Schlußfolgerungen ziehen zu können, aus dem Blickwinkel von McLuhans Werk möchte ich an dieser Stelle jedoch einige provisorische Thesen aufstellen.

1. McLuhan hat in der **GUTENBERG-GALAXIS** darauf hingewiesen, daß die geschlossene, folgerichtige Argumentation, wie wir sie seit Descartes' **DISCOURS DE LA MÉTHODE** (1637) als Merkmal geordneten Denkens betrachten, eine Erscheinung der Buchdruck-Kultur ist. Der typische Argumentationsstil der Vor-Gutenberg-Ära war die aphoristische, diskontinuierliche Darstellung. Das Internet könnte einige ihrer Eigenarten wiederbeleben, weil es in seinem Grundcharakter quantifiziert und diskontinuierlich ist. Das Übertragungsprotokoll TCP/IP, auf dem das Internet basiert, verarbeitet keine Datenströme, sondern Datenpakete. Mit der zu erwartenden Überführung von Medien wie Fernsehen und Presse ins World Wide Web wird das gesamte Medienangebot in kurze, schnell konsumierbare Häppchen zerfallen. In dem Maße, wie Film, Fernsehen, Video, Buch und Presse ihre Unabhängigkeit an das Internet verlieren, dürfte sich die Vorstellung vom zusammenhängenden, geschlossenen Werk erledigen. Kein größerer Text, keine umfangreiche Bildsequenz wird im medialen Überangebot noch eine Chance haben, nennenswerte Konsumentenzahlen zu interessieren. Der Trend geht in Richtung kurzer, signalhafter Informationspakete, die aufeinander verweisen. Der Konsument verliert seine passive Rolle und fügt mit seinem Navigieren durchs Netz die Wahrnehmungspartikel überhaupt erst zu einem kohärenten Ganzen zusammen. Die Auswahl der Wahrnehmungsangebote wird zum kreativen Akt.

2. Die Lingua franca des Internets ist Englisch, ihr verbindlicher Schriftcode der englische Zeichensatz. Obwohl es be-

reits Techniken gibt, World Wide Web-Seiten etwa mit arabischen oder hebräischen Schriftzeichen darzustellen, wird es auch in Zukunft immer einfacher und daher die am häufigsten verwendete Lösung sein, Webseiten mit dem ASCII-Zeichensatz bzw. gleich auf Englisch zu verfassen. Der englische Jargon des Netzes, und der Computertechnik wird auch entferntere Sprachen dem klanglichen Charakter des Englischen annähern. Der auditive Raum zukünftiger Medien wird der einer vereinheitlichten Weltsprache sein, die lautliche und klangliche Unterschiede zwischen den Sprachen nivelliert. In McLuhans globalem Dorf werden einem, um es plakativ auszudrücken, von allen Seiten ähnliche Klänge entgegenschlagen. Wo dies geschieht, könnte der verbindliche Zeichensatz selbst zum Experimentierfeld für persönlichen Ausdruck werden. In den Internet-Newsgroups oder im Online-Chat haben die Benutzer mit ihren Emoticons (weniger originell Smilies genannt) und Kürzeln hieroglyphenartige Zeichenfolgen geschaffen, die den nackten Text dort emotionell färben, wo es sonst der stimmliche Ausdruck tun würde.

3. Ähnlich wie die mittelalterliche Manuskriptkultur, in der die Urheberschaft eines Textes für seine Verbreitung ohne Belang war, wird auch das Internet die Idee vom geistigen Urheber eines Werks überholen (was heute schon den Juristen Kopfzerbrechen bereitet). Im Internet sind zahlreiche Projekte im Gange, vornehmlich natürlich die Entwicklung von Software, aber auch kulturelle Unternehmungen wie das Projekt Gutenberg, die in einem kollektiven Prozeß über das Netz entstehen. In den Newsgroups finden Arbeitsgruppen spontan aufgrund gemeinsamer Interessen, ohne direkten menschlichen Kontakt zusammen, werden Tätigkeiten in gemeinsamer Entscheidung delegiert. Die im Internet so mächtige Bewegung der freien Software hat Lizenzrechte entwickelt, die jedem Interessenten erlauben, freie Software nach eigenen Bedürfnissen zu modifizieren, ihn aber zugleich verpflichtet, seine Änderungen wiederum der Öffentlichkeit zur Verfügung zu stellen. Es braucht kaum betont zu werden, welch anarchistischer, anti-kapitalistischer Charakter des Internets darin zum Ausdruck kommt.

4. McLuhan interessierten Medien unter dem Aspekt, wie sie die Kapazitäten unserer Sinne erweitern. Das Internet könnte sich als erstes Medium erweisen, daß nicht nur die Sinne, sondern die biologische Natur des Menschen erweitert. Im Web sind heute schon als Such- und Orientierungshilfen für Benutzer Programme am Werk, die selbsttätig neue Angebote suchen und erfassen. Vorläufig beschränkt sich die Tätigkeit dieser Suchmaschinen noch auf die Erstellung von Stichwortindizes. Weiterentwicklungen des Webs werden es ihnen in Zukunft aber möglich machen, auch nach inhaltlichen Kriterien auszusieben und zu sortieren und auf einen jeweiligen Benutzer zugeschnittene Angebotsprofile zu erstellen. Der Mensch wird so einen Teil seiner eigenen kognitiven Fähigkeiten als selbständige Einheiten ins Netz überführen und mit ihnen in Dialog treten. Für die Science Fiction könnte insbesondere dieses Phänomen ein fruchtbares Thema sein.

Die Science Fiction hat Marshall McLuhans Werk nicht in dem Maße verarbeitet, wie es ihren Themen angemessen wäre. John Brunners von Dos Passos inspirierten Hauptwerken ist anzumerken, daß er McLuhan beim Schreiben im Hinterkopf hatte. Der Deutsche Gero Reimann hat in den Begleittexten zu seiner »Opernerzählung« **DICK** auf einige Begriffe und Ideen von Marshall McLuhan zur Interpretation von Philip K. Dick zurückgegriffen. In jedem Science Fiction-Text bestimmt eine Erfindung, ein Novum, ein Element der Verfremdung, wie die Welt der Erzählung sich von der Erfahrungswelt des Lesers unterscheidet. Oft genug betrifft die Verfremdung die Verständigungsmittel, derer sich die Personen in der Erzählung bedienen. McLuhan hätte an einem beträchtlichen Teil der Science Fiction sicher kritisiert, daß sie Medien als oberflächliches Handlungselement verwendet und die Autoren sich nur selten Gedanken darüber machen, wie Raum- und Zeitwahrnehmung, Urteilsweisen und Wertmaßstäbe durch technische Ausdrucksmittel beeinflußt werden. Das ist der Grund, weshalb McLuhans Werk gerade für Science Fiction-Autoren noch viele Anregungen bereithält.

Die beste Science Fiction von heute ist ein wesentlicher Bestandteil der Cyberculture, von der Mark Dery in **ESCAPE VELOCITY** berichtet. Zu dieser Kultur haben Schriftsteller, Filmregisseure, bildende Künstler, aber auch Wissenschaftler, Techniker, Programmierer und Philosophen Beiträge geleistet. Wollte man ihre vielfältigen Aktivitäten auf den kleinsten gemeinsamen Nenner bringen, so könnte man sagen, daß die Cyberculture die alte Dualität von Leib und Seele durch eine Trinität von Leib, Seele und Maschine ablöst. Aus diesem Blickwinkel wird verständlich, was Bücher wie J. G. Ballards **CRASH**, die Gemälde H. R. Gigers, die Filme David Cronenbergs, der Cyberpunk in der Science Fiction und viele japanische Manga-Comics gemeinsam haben. McLuhans Medientheorie wird in der Richtung weiterentwickelt werden müssen, daß künftige Medien nicht mehr nur das sinnliche Erleben, sondern zunehmend das Verhältnis des Menschen zu seiner biologischen Natur verändern. Mensch und Technik bewegen sich auf eine Symbiose zu, die alle Folgen der phonetischen Schrift und des Buchdrucks in den Schatten stellen könnte. Hier liegt in Zukunft eines der wesentlichen kreativen Betätigungsfelder der Science Fiction.

Schwarzes Loch jenseits von 2000? oder: Was kann die Science Fiction zur Zukunftsforschung beitragen?*

von Karlheinz Steinmüller

Ein wahnwitziges Jahrhundert geht zu Ende, unberaten schlittern wir in eine Epoche des Umbruchs. Fast mag es so scheinen, als hätten sich die kühnsten Visionen und die schrecklichsten Alpträume aus der frühen Science Fiction erfüllt: Luftfahrt und Weltkriege im Doppelpack, Auschwitz und Hiroshima, die Mondlandung, Tschernobyl, Globalisierung und Internet, Computer im Taschenformat, eine herannahende Klimakatastrophe. Die Dinge überstürzen sich, und die alten Gewißheiten sind dahin. Konnte noch der Futurologe Herman Kahn vor zwanzig Jahren im Brustton der Überzeugung offenbaren, was die Zukunft bringen wird, wir wissen es nicht mehr. Kann uns vielleicht die Science Fiction Eindrücke von dem vermitteln, was da auf uns zukommen mag? Kann uns vielleicht Science Fiction dabei helfen, nein, nicht die Zukunft

* Vortrag auf der Tagung »Schwarzes Loch Zukunft« von Radio Vorarlberg in Dornbirn am 11. 5. 1997. Zu den möglichen Funktionen der Science Fiction für die Zukunftsforschung vergleiche: K. Steinmüller: *Gestaltbare Zukünfte. Science Fiction als Einübung von Zukunftsdenken,* SFZ-WerkstattBericht Nr. 13, Gelsenkirchen 1995, sowie K. Burmeister und K. Steinmüller (Hrsg.): *Streifzüge ins Übermorgen. Zukunftsforschung und Science Fiction,* Weinheim und Basel: Beltz, 1992.

zu »bewältigen«, das gelingt ja nicht einmal bei der Gegenwart, sondern uns auf die bevorstehenden Umbrüche vorzubereiten?

In fünf Thesen möchte ich mich dieser Frage zu nähern versuchen.

1. Zukunftsforschung und Science Fiction haben eine gemeinsame Wurzel. Sie sind Produkte einer von Wissenschaft und Technik im Positiven wie im Negativen geprägten Gesellschaft.
2. Science Fiction ist keine Literatur über die Zukunft. Als spekulative Fiktion jedoch vermag sie zukunftsträchtige Möglichkeiten, die im Heute angelegt sind, hervorzulocken.
3. Science Fiction ist eine Art Technikfolgenabschätzung. Gemäß dem Prinzip des »Was wäre, wenn ...« fragt sie nach sozialen, kulturellen und anderen Konsequenzen des wissenschaftlich-technischen Fortschritts.
4. Wie keine andere Kunstform greift Science Fiction die großen Fragen nach Sinn und Ziel der Geschichte, dem Schicksal der Menschheit auf.
5. Mit ihren meist düsteren Visionen warnt die aktuelle Science Fiction, speziell der Cyberpunk vor realen Gefahren des 21. Jahrhunderts.

Letztlich ist zu fragen, ob die Science Fiction in Zeiten der Krise einen vernünftigen Umgang mit Zukunftsfragen stärkt oder beeinträchtigt.

Noch eine Vorbemerkung: Ich rede hier von »der Science Fiction«, obwohl sich das Genre nicht über einen Leisten schlagen läßt. Die Unterschiede beispielsweise zwischen Weltraum-Schrottserien im Fernsehen und Filmen wie »Solaris« oder zwischen Perry Rhodan und den Romanen etwa einer Ursula LeGuin sind gewaltig. Während bei den kulturellen Wirkungen die SF als Ganzes gesehen werden muß, lassen sich ihre Chancen und Potenzen am besten an hervorragenden Einzelwerken festmachen.

Exkurs: Die Singularität

Beginnen möchte ich mit einem Exkurs, wie es gerade Mode ist, ins Internet. Denn wer das Schwarze Loch Zukunft sucht, wird dort nach einigem Herumsurfen fündig. Es steht im World Wide Web unter der Adresse http://www.aleph.se/Trans/Global, es heißt »The Singularity«, die Singularität, und es soll ungefähr im Jahr 2035 stattfinden. Erfunden hat es der SF-Autor Vernor Vinge, ein Mathematiker und selbstverständlich ein Amerikaner.

Schwarze Löcher, neudeutsch »Black Holes«, jene unheimlichen Allesverschlinger in den Weiten des Universums, sind mathematische Singularitäten, punktgroße Strudel, Fehlstellen im Raum-Zeit-Gefüge. Nach Vernor Vinge soll nun die Zukunft, das schillernde Morgen nach dem stressigen Heute, dergleichen haben, einen Defekt, ein Loch, einen Punkt irgendwann um 2035, an dem alles Bekannte durch Null zu dividieren ist?

Zuerst einmal liegen ja gewisse Ähnlichkeiten zwischen der Zukunft und einem Black Hole auf der Hand. Schwarze Löcher verschlingen jedes Teilchen, das sich ihnen nähert, Lichtquanten eingeschlossen – deshalb sind sie ja schwarz. Kein Teilchen gelangt je wieder aus ihnen heraus, kein Bit Information erreicht uns von dort. Auch aus der Zukunft erreicht uns (zur verhohlenen Freude aller Zukunftsforscher) kein Bit Information, wir sind auf Mutmaßungen, Spekulationen, im besten Falle auf Prognosen angewiesen – fast wie die Physiker, die aus ihren Theorien zu erschließen trachten, was jenseits des Ereignishorizontes eines Black Holes geschieht.

Wie ein Schwarzes Loch saugt uns auch die Zukunft an, wir können ihr nicht ausweichen, ihr nicht entgehen, nicht in mehr oder weniger sichere Vergangenheiten entfliehen – und dennoch scheint es, als würden wir »Zukunft« nie erreichen, so weit auch die Weltuhr voranticken mag. Allerdings, Ende der Analogie, dauert nur für den äußeren Beobachter der Sturz eines Teilchens in ein Black Hole unendlich lange.

Es geht Vernor Vinge freilich um mehr als einen hübschen Vergleich. Die Singularität, Beginn des Zitats aus www.aleph.se,

»ist jene zukünftige Zeit, wenn der gesellschaftliche, wissenschaftliche und ökonomische Wandel so schnell abläuft, daß wir uns von unserer heutigen Perspektive aus nicht mehr vorstellen können, was passiert, und wenn die Menschheit sich zur Nach-Menschheit (zur ›transhumanity‹) transformieren wird.«[1]

Kurz gesagt, es handelt sich um den Zeitpunkt, an dem sich der Fortschritt, immer schneller und schneller werdend, mit einem großen Knall selbst überholt.

Vernor Vinge und die Trans- oder Posthumanisten (die Menschheitsablöser innerhalb und außerhalb des Internets) haben auch eine Erklärung dafür, wie dies geschehen könnte: durch Künstliche Intelligenz und Nanotechnologie. Seit nunmehr mehr als fünfzig Jahren schreitet die Computerentwicklung rasant voran. Seit nunmehr fünfzig Jahren verdoppelt sich die Leistungsfähigkeit der Computer etwa alle 18 Monate – bei gleichbleibendem Preis. Innerhalb von fünfzehn Jahren erreichten sie bislang stets die tausendfache Rechengeschwindigkeit, vertausendfachte sich ihr Speicherumfang. Man muß kein Mathematiker oder Zukunftsforscher sein, um hier zu extrapolieren: In drei Jahrzehnten, um das Jahr 2027 werden die Computer millionenmal so viel leisten wie heute. Für Vinge hat dann die Stunde der Künstlichen Intelligenzen geschlagen. Sobald diese den Menschengeist übertreffen, werden sie das Entwicklungstempo bestimmen. Je schneller und komplexer sie denken, desto rascher geht es dann voran, nicht mehr in drögen Verdopplungen alle anderthalb Jahre – sie werden noch schneller und noch komplexer denken ... bis zur ultimaten Intelligenzexplosion irgendwann um 2035.[2]

Eine hübsche Science Fiction-Spekulation, wie es sich gehört, maßlos überzogen, absolut utopisch und genau richtig im Chaos des World Wide Web plaziert? Aber behauptet nicht Hans Moravec, Roboterforscher vom Mobile Robot Laboratory der Carnegie-Mellon-University in Menlo Park just dasselbe? Daß um die Mitte des nächsten Jahrhunderts eine vierte Robotergeneration die Menschheit als Krone der Schöpfung ablösen werde? Wir nach dieser »genetischen Wachablösung« bestenfalls mit der Rolle gehätschelter Haustiere Vorlieb nehmen müßten? Und Eric Drexler (der dritte

Amerikaner in der Runde) ergänzt, daß bis dahin die Miniaturisierung so weit fortgeschritten sein werde, daß Nanomaschinchen den Menschen, ach, was sage ich, die gesamte Erde umbauen und nebenbei alle Umweltschweinereien sanieren könnten?[3]

Wie geht die Zukunftsforschung mit derart Visionen um? Sind sie ernst zu nehmen oder als blanke SF, als technologische Phantasterei abzutun? Kann die Zukunftsforschung überhaupt etwas Nützliches aus Spekulationen à la Vinge und à la Moravec oder allgemeiner aus der Science Fiction ziehen? Oder wird sie ihr ohnehin nicht allzu großes Renommé damit endgültig ruinieren?

Fakt ist, daß wir in einem Zeitalter leben, das auf unsere Vorvorderen viel wilder und unwahrscheinlicher als die kühnsten Spekulationen Jules Vernes gewirkt hätte, wenn sie denn je einen Blick auf unsere Zeit hätten werfen können.

1. These: Zukunftsforschung und SF haben eine gemeinsame Wurzel

Die Entstehung beider – der Zukunftsforschung und der SF – sowie einige fundamentale Unterschiede lassen sich an einem Namen festmachen: Herbert George Wells.

Wells, 1866 als Sohn eines kleinen Ladenbesitzers geboren, wuchs in einer fortschrittssüchtigen Zeit auf. Daß große Veränderungen ins Haus stünden, ahnten in einer Epoche der Eisenbahnen, Telefone, Motorkutschen, der Zeppeline – und des immer hektischeren Wettrüstens zur See viele. Selbst das Schwarze Loch Zukunft, die Singularität, war bereits bekannt: Der Historiker Henry Adams, ein Amerikaner, was sonst, rechnete für die Mechanische Epoche 300 Jahre, 1600–1900

> »die nächste, die Elektrische, [wird] eine Lebensspanne von $\sqrt{300}$ oder etwa 17 $^1/_2$ Jahren haben; dann, 1917, wird der Prozeß in eine andere Phase übergehen, die ätherische, welche die Wissenschaft seit einem halben Jahrhundert versprochen hat. Sie wird nur $\sqrt{17{,}5}$ oder etwa vier Jahre währen. 1921 wird die Historie die Grenze des Möglichen erreicht haben.«[4]

Und er schlußfolgerte ganz richtig, daß die Menschheit enden würde, »indem man die Welt in die Luft sprengt (by blowing up the world)«.[5]

Vorsichtigere Experten gingen zur Jahrhundertwende, ich spreche immer noch von der vergangenen, davon aus, daß Funkentelegraphie-Einrichtungen wohl nur auf Schiffen eingesetzt würden, ihres Gewichts wegen, und New York spätestens in den zwanziger Jahren vom unermeßlich wachsenden Kutsch-Verkehr unter meterhohen Pferdeäpfelmassen begraben werden würde. SF-Autoren wie Verne, Laßwitz, Gernsbach schrieben dagegen vom Telephot (dem Videotelefon), Bahnhöfen im Weltraum und Privatluftkutschen. Die Inhalation von radioaktiver Strahlung sollte die Infektionskrankheiten – allen voran die Tuberkulose – heilen, eine Idee, die ernsthafte Mediziner mit manchem Autor teilten. Während die Pazifisten wie Bertha von Suttner davon träumten, daß die Luftfahrt nationale Grenzen abschaffen würde: wer könnte Zollkontrollhäuschen in den Wolken errichten?, malten sich Militärs wie SF-Autoren – darunter auch H. G. Wells – den mit Zeppelin-Flottillen geführten Zukunftskrieg aus.

H. G. Wells hatte sich während des Studiums bei dem Zoologen Thomas Henry Huxley, Spitzname »Darwins Bulldogge«, mit Evolutionsgedanken anstecken lassen und dachte kühn über die Zukunft der Menschheit nach. Schon im ersten Roman, *Der Zeitmaschine* von 1895, entwickelte er eine doppelte Vision der evolutionären Zukunft der Menschheit: Eloi, zarte Wesen, die in einer ewigen Freizeitgesellschaft ihren langweiligen Vergnügungen nachgehen, und Morlocks; rastlos schaffende, vertierte underdogs. 1897 malte H. G., dreißigjährig, gesundheitsbewußt im modischen Wollanzug am »Krieg der Welten« schreibend, eine dritte Vision davon aus, wohin uns die Evolution wohl noch führen möge: zu »minds immesurably superior to our«, geistig uns ungeheuerlich überlegenen Marsianern, raumfahrenden Kopfwesen, die zugleich tentakelbewehrte Blutsauger sind. So viel zu Wells, dem Verfasser von Scientific Romances, und zu seiner Vorstellung von der »genetischen Wachablösung«.

Heute ist fast vergessen, daß Wells nicht nur Schriftsteller und ein engagierter Sozialreformer war, sondern darüber hinaus ein Ahnherr der Zukunftsforschung. 42 Jahre bevor Ossip Flechtheim im amerikanischen Exil das Wort Futurologie für die neue Forschungsrichtung erfand, genau im Jahr 1900, veröffentlichte Wells den Band *Ausblicke auf die Folgen des technischen und wissenschaftlichen Fortschritts für Leben und Denken des Menschen.*

Als Futurologe ging Wells recht pedantisch vor und verwandte viel Mühe darauf, zu möglichst begründeten Schlüssen über die Zukunft zu gelangen. Er setzt in besagtem Band bei den neuen mechanischen Fortbewegungsmitteln, den Eisenbahnen und Motorwagen an, diskutiert den Sieg der Straße in der Konkurrenz mit der Schiene und die »Zerstreuung« der Städte, die Zersiedlung des Umlandes. Daneben erörtert er die künftige Kriegsführung und Umbrüche im Sozialgefüge. So werden die Dienstmädchen verschwinden, dafür wird die Mittelklasse in »praktisch automatischen Häusern« leben. Wie auch heute noch typisch für die Zukunftsforschung stehen bei Wells treffende Prognosen neben eklatanten Fehlschlüssen, etwa daß Unterseeboote kaum Einfluß auf den Seekrieg hätten. Schließlich mündet seine Argumentation in die These der »Zersetzung der sozialen Organisationen der Vergangenheit und der Synthese immer größerer und immer komplizierterer sozialer Einheiten«, letztlich in der Vision einer »Neuen Republik«, einem »Weltstaat fähiger, rationeller Männer«, also einem technokratischen Weltstaat, den Aldous Huxley später in *Schöne Neue Welt* so scharfsichtig karikierte.

Entgegen aller Intuition bemerkte Wells, daß die Belletristik – also die Science Fiction – einem die Zukunft sondierenden Geist zu enge Fesseln anlege:

> »Der Roman ist notwendigerweise konkret und bestimmt; er läßt keine offenen Alternativen zu; sein Ziel der Illusion hindert eine genügende Breite des Beweises, und die moderne Prophezeiung [also die Zukunftsforschung] sollte wohl ein Zweig der Spekulation sein und mit allem Dekorum der wissenschaftlichen Methode folgen. [...] ein großer Teil der Zukunftsromane verläßt das Gebiet der Prophezeiung vollständig und wird polemisch,

warnend oder idealistisch: er wird zu einer bloßen Anmerkung, einem Kommentar zu unserer gegenwärtigen Unzufriedenheit.«[6]

Überspitzt könnte man sagen, daß Wells die Zukunftsforschung erfand, als ihm die Science Fiction für die Abhandlung von Zukunftsfragen zu eng wurde. Andererseits zeigen gerade die *Ausblicke* trotz zahlreicher richtiger Prognosen, wie beschränkt und gegenwartsverhaftet Futurologie im Vergleich zur SF ist. Während Wells, der SF-Autor frisch und frei über die letzten Menscheitsfragen spekuliert und beispielsweise Atomkraft und Atomkrieg erstaunlich richtig vorhersagt – im Roman *Die befreite Welt* von 1912 –, beschränkt sich der Zukunftsforscher Wells darauf, bestehende Trends ein Stück weit in die Zukunft zu verlängern. So entstehen einigermaßen plausible und verbindliche Zukunftsbilder; der Zukunfts-Schock, der Umbruch, der kommende Wahnwitz des zwanzigsten Jahrhunderts läßt sich aus den immer noch vergleichsweise kühnen Wellsschen *Ausblicken* nicht erahnen.

Der Zukunfts-Schock, der Umbruch, der kommende Wahnwitz des einundzwanzigsten Jahrhunderts läßt sich aus den eher weniger kühnen Ausblicken der heutigen Futurologen nicht erahnen. Wir wissen zwar, daß eine Energiewende ins Haus steht (spätestens um 2050, wenn die letzten Erdölquellen versiegen), wir wissen zwar, daß eine Klimaveränderung auf uns zukommt (zumindest, wenn wir so weiter wirtschaften), wir wissen zwar, daß sich Werte wandeln und die Sozialsysteme umgebaut werden müssen, wir spekulieren viel über die Chancen der Informationsgesellschaft und die Probleme der Globalisierung – aber wie die Welt im Jahre 2020 oder gar 2050 konkret aussehen wird, kann kein Zukunftsforscher voraussagen. Er könnte ja nur Trends verlängern. Und dies wäre Pferdeäpfelzählerei in New York. Allenfalls kann der Zukunftsforscher alternative Szenarien entwerfen – Bilder von möglichen Zukünften und, wenn er sein Instrumentarium beherrscht, Wege zu diesen Zukünften angeben. Im Vergleich zu den Zukunftsbildern der SF jedoch bleiben diese Szenarien stets blaß. Kein Wunder also, daß die Zukunft im öffentlichen Bewußtsein fast ausnahmslos in Bildern gedacht wird, die der Science Fiction entlehnt sind.

2. These: SF ist nicht prognostische, sondern spekulative Literatur

Science Fiction ist keine Literatur über die Zukunft. So wenig wie der Zukunftsforscher kennt der SF-Autor das, was da kommen wird. Uneingeschränkt durch die Grenzen wissenschaftlicher Glaubwürdigkeit darf er spekulieren: Was wäre wenn? Was wäre, wenn die Erdölquellen schon heute versiegten? Was wäre, wenn ganz China dem Hongkonger Wirtschaftsmodell folgen würde? Was wäre, wenn Eric Drexlers Nanomaschinchen – klein wie Bazillen und intelligent wie Weltraumsonden – sich plötzlich selbständig machten?

Als spekulative Fiktion jongliert die SF mit zukunftsträchtigen Möglichkeiten, die im Heute angelegt sind, mit politischen und sozialen Umbrüchen, mit Entwicklungstendenzen in Gentechnik und in den Datennetzen. Zugleich jongliert SF mit Unmöglichkeiten – wie dem Beamen und dem Warp-Antrieb aus »Star Trek«, der Auferstehung kryogenisch feingefrosteter Menschen oder einer Umkehr der Evolution. Auch dies kann einen Wert haben, nicht nur als Teil einer spannenden Geschichte, sondern sogar für den Zukunftsforscher, der sich ja eigentlich berufsbedingt auf das Mögliche beschränken muß. Zum ersten ist es bisweilen eine Ansichtssache, wo die Grenze zwischen möglich und unmöglich zu ziehen ist. Auf die Aussagen seriöser Experten kann man sich hierbei nicht unbedingt verlassen. Wie oft wurden die Raketenpioniere lächerlich gemacht! Die meisten Physiker haben noch in den dreißiger Jahren wie Ernest Rutherford Atomenergie als puren »moonshine« abgelehnt. Und wer von den Politikern oder Zukunftsforschern hätte um 1980 gewagt, den Zusammenbruch des Ostblocks ernsthaft in Betracht zu ziehen?

Zum zweiten ist es in der Regel auch gar nicht relevant, so exakt das Mögliche oder gar das Wahrscheinliche vom Unmöglichen abzusondern – es sei denn, wir wollten SF als prognostische Literatur mißverstehen. Für den Zukunftsforscher mag es gleichgültig sein, ob ein Autor eine im Prinzip realisierbare oder eine schon physikalisch unmögliche Technik bemüht, für ihn drücken beide Wünsche aus, die vielleicht einmal zu konkreten Zielstellungen werden können, zu Leitbildern, denen Wissenschaftler und Techniker folgen. Zugestanden, ein Raumschiff »Enterprise«, das sich an allen Gesetzen der Trägheit vorbeimogelt, wird es nicht geben können, aber offensichtlich vermag auch nach Mondlandung und Challenger-Katastrophe die Vision einer raumfahrenden Menschheit noch viele Menschen zu fesseln, die kulturelle Kraft dieser Vision ist zwar aktuell etwas erlahmt, aber alles andere als erloschen, und sie kann uns im nächsten Jahrhundert weiter hinaus in den Raum der Planeten tragen. Zugestanden, daß es zu einer Singularität im Jahre 2035 kommt und Künstliche Intelligenzen die Erde übernehmen, erscheint sehr verwegen, aber Vinges und Moravecs Visionen kommen ja nicht von ungefähr, in ihnen spiegeln sich Vorstellungen mancher Forscher auf den Gebieten von Robotik und Künstlicher Intelligenz. Es handelt sich um vielleicht völlig unrealistische Visionen, aber doch um wirksame, die durchaus den Verlauf der technologischen Entwicklung beeinflussen. Also sollten Zukunftsforscher sie ins Kalkül ziehen.

3. These:
Science Fiction ist Technikfolgenabschätzung

»Eine gute SF-Story«, schrieb einst der SF-Autor Fred Pohl, »sollte nicht das Automobil vorhersagen sondern den Verkehrsstau«.[7] Science Fiction spielt zwar mit technischen Möglichkeiten, doch am interessantesten wird sie dann, wenn sie eine Technik oder eine soziale Veränderung einfach voraussetzt und nach ihren Folgen fragt. Angenommen, eine sehr teure Droge ermöglicht uns – wie in der Erzählung »Sempiternin« des Ungarn Lajos Mesterházi – Unsterblichkeit. Wie werden die Menschen die neue Chance nutzen? Vielleicht spaltet sich die Menschheit in die reichen Unsterblichen einerseits und kurzlebige Arme andererseits? Oder wird eine staatliche Behörde die Droge – nach Verdienst oder nach Bedürftigkeit – verteilen? Dann wäre mit einem florierenden Schwarzmarkt, einer Unsterblichkeits-Mafia zu rechnen.

»[M]it den vielfältigen Konflikten«, schrieb schon 1972 Herbert W. Franke, »die der technische Fortschritt unvermeidlich mit sich bringt, setzt sich die Science Fiction auseinander. Sie tut dies nicht mit dem Anspruch auf Prophezeiungen, sondern sie entwirft Modelle [...] Im konkretisierten Modell wird durchexerziert, welche Folgen bestimmte Maßnahmen hätten, wenn man sie erst einmal getroffen hat. Die Lehre, die daraus zu ziehen wäre, betrifft die Maßnahme: Wer Entscheidungen fällt, die für künftige Geschehnisse maßgebend sind, sollte sich über mögliche Effekte im klaren sein [...] Viel wichtiger als bereits abgeschlossene historische Prozesse sind die Ängste, Befürchtungen und Hoffnungen, die sich an die weitere Entwicklung knüpfen. Will man diese darstellen, so ergibt sich fast von selbst die Form der utopischen Fiktion.«[8]

SF spekuliert mit aktuellen und künftigen Innovationsschüben: Was wäre, wenn wir jederzeit Zugriff auf globale Datennetze hätten? Was wäre, wenn wir mehr und mehr Hardware mit dem menschlichen Organismus verkoppelten? Was wäre, wenn wir den Geist, die Seele eines Menschen als Software behandeln, beliebig speichern und kopieren könnten?

Auf ihre methodisch unkontrollierte Weise kann SF Technikfolgen abschätzen und Technologien bewerten. SF-Autoren können dabei viel rigoroser vorgehen als beispielsweise das Institut für Technikfolgenabschätzung der ÖAW. Wo Biotechnologie-Experten und Philosophie-Professoren über ethische Richtlinien – Verbot des Clonens von Menschen, Verbot des Eingriffs in die menschliche Keimbahn – nachgrübeln, setzen SF-Autoren das Scheitern aller wohlmeinenden Bemühungen, den ethischen Dammbruch, stillschweigend voraus: Und gelangen zur Vision einer Zukunft, in der alle Erbkrankheiten geheilt sind (vielleicht um den Preis neuer Defekte), Menschen nach Maß und Mode hergestellt werden, hirnlose Körper als Ersatzorganspender gehalten werden usw. Schreckvision oder Wunschbild? Auf jeden Fall läßt sich am Beispiel aus der SF diskutieren, was auf uns zukommen mag, und bisweilen mag auch SF ethische Fragen aufgeworfen haben, lange bevor sie sich Wissenschaftlern oder Politikern stellten. Huxleys *Schöne Neue Welt* und Orwells *1984* haben die Debatten um Gentechnik und Überwachung des Individuums tausendmal mehr beeinflußt als alle akademischen Zukunftsstudien zu diesen Themen.

SF ist der Zukunftsforschung nicht nur in punkto Verbreitung, Marktgängigkeit, Wirksamkeit überlegen. Aus futurologischen Szenarien erfahren wir eine Menge über das Heute und seine Probleme, aber nur selten ergibt sich ein einigermaßen schlüssiges und anschauliches Gesamtbild der Zukunft, des Alltags von Morgen. Schon weil sie von Menschen erzählen, sind SF-Autoren gezwungen, unterschiedlichste Aspekte in ihre Visionen zu integrieren: Zukunftstechnologie plus Umweltprobleme plus Weltpolitik plus ein Stück von dem ganz alltäglichen Chaos, das Menschen veranstalten. Während Zukunftsforscher nach gangbaren Wegen in wünschbare Zukünfte suchen und Gestaltbarkeit auf ihre Flaggen schreiben, spielt SF mit dramatischen Effekten, Katastrophen inbegriffen, behaupten SF-Autoren schon der Spannung wegen, daß schief läuft, was schief laufen kann, jede Erfindung mißbraucht wird, Pannen und katastrophale Überraschungen überall lauern – haben sie damit nicht das realistischere Menschen- und Technikbild?

4. These: SF wirft die Frage nach dem Schicksal der Menschheit auf

Bekanntermaßen grenzt Science Fiction häufig an Größenwahn. Da werden ganze Planeten zerschmettert oder – ausnahmsweise einmal – erdähnlich umgestaltet. Für einen SF-Autor von echtem Schrot und Korn sind ohnehin tausend Jahre wie ein Tag, und wo der Krimi ohne Mord nicht auskommt, geht es in der SF üblicherweise gleich um das Überleben der Menschheit. Diese wird entweder heroisch in letzter Sekunde vor den Terminatoren aus der Zukunft, Kometen, außerirdischen Invasoren oder Killer-Viren gerettet oder eben nach der Singularität im Jahre 2035 durch fähigere Intelligenzen wachabgelöst.

Was bei mittelmäßigen Autoren jedoch in der Regel zu

Schund und Schmarrn führt, kann bei philosophisch inspirierten Autoren zu grandiosen und stimmigen Visionen der Menschheitsgeschichte führen. Ich denke an den schon erwähnten Roman *Die Zeitmaschine* von Wells, an *Die letzten und die ersten Menschen,* ein atemberaubendes Panorama mehrerer aufeinanderfolgender Menschheiten, das der englischen Philosoph und SF-Autor Olaf Stapledon im Jahr 1930 veröffentlichte, oder aus neuerer Zeit an Stephen Baxters Roman *Zeitschiffe.* Der Zukunftsforscher kann von diesen Visionen als mindestes lernen, daß er um ein wenig Geschichtsphilosophie nicht herumkommt, daß all seine Szenarien hoffnungslos kurzsichtig bleiben, solange nicht Ziel- und Wunschvorstellungen von den Langfristperspektiven der Menschheit in sie einfließen.

Die menschheitsgeschichtliche Dimension wird insbesondere an der jeweiligen »Zukunftsgeschichte« einzelner Autoren deutlich, die – wie Isaac Asimov, Robert Heinlein oder Arkadi und Boris Strugazki – ihre Erzählungen und Romane in einem mehr oder weniger vollständigen und mehr oder weniger geschlossenen Entwurf der künftigen Geschichte der Menschheit gruppieren. Nur wenige Zukunftsforscher wagen es, wie weiland Herman Kahn mit *Vor uns die guten Jahre* (1976, *The Next Two Hundred Years*) eine Geschichte der Zukunft zu verfassen. Gar zu leicht ergeht es ihnen wie dem New Yorker Historiker W. Warren Wagar, der sein 1989 erschienenes Buch *A Short History of the Future* für die zweite Auflage umschreiben mußte – wenigstens was die Ereignisse in diesem Jahrhundert nach dem Zusammenbruch des Ostblocks anbelangte. Spätestens 2044 aber endet bei Wagar weiterhin die neoliberalistische Epoche, und ein sozialdemokratisches Gesellschaftsmodell setzt sich weltweit durch. – Nun, bisweilen schreiben eben auch Futurologen Science Fiction.

Die globale Perspektive der SF kann megaloman und trivial sein – oder den Blick für reale Probleme und ihre Vernetzung schärfen. »Raumschiff Erde«, eine Metapher, die meines Wissens zuerst 1947 bei dem russischen Autor Iwan Jefremow auftaucht, ist ein wundervolles Bild dafür, daß wir in der Einen

Welt leben und daß die Biosphäre, das globale Ökosystem ein verletzliches und schützenswertes Gebilde ist. Manche SF-Werke greifen nicht schlechthin Umweltzerstörung oder Probleme der Zweidrittelwelt auf. Romane wie etwa John Brunners *Morgenwelt* (1968) oder auch Wolfgang Jeschkes *Midas* (1989) geben eine umfassende Sicht auf die komplexe Problemlage der künftigen Menschheit. Oft dient auch ein fremder Planet als Modell für komplexe ökologische Zusammenhänge, etwa in Frank Herberts *Wüstenplanet* (1963) oder in Brian Aldiss' *Helliconia*-Trilogie (1981–1985). *Helliconia* enthält wiederum eine Metapher für die Perspektive der SF: Eine von der Erde geschickte Station umkreist den Planeten Helliconia und beobachtet das Auf und Ab von Zivilisation und Barbarei.

In ihren besten Werken wirkt Science Fiction wie ein Makroskop, ein umgekehrtes Mikroskop, das es erlaubt, aus einer phantastischen Perspektive und Distanz historische Prozesse und komplexe soziale und ökologische Zusammenhänge als ganzheitliches Muster und in ihrer zukunftsoffenen Entwicklung zu sehen. Es ist stets eine heikle Angelegenheit, sich über die Wirkungen von Kunst auszulassen, denn wie und woran sollte man diese messen? Dennoch liegt die Vermutung nahe, daß die SF zur Verbreitung des Umweltbewußtseins beigetragen hat und schon allein durch ihre Perspektive SF ihre Leser auf künftige Veränderungen vorbereitet – also quasi zur Einübung von Zukunftsdenken dient.

Zur Einübung von Zukunftsdenken gehört es auch, mit dem Ungewöhnlichen, Unwahrscheinlichen, ja dem Bizarren umzugehen zu lernen. Die Zukunftsforschung hat in den letzten Jahren eine Entwicklung vollzogen, die auch unter diesem Gesichtspunkt Science Fiction für sie interessant macht. Versuchte man noch in den sechziger und frühen siebziger Jahren, durch Prognosen – Verlängerungen der Gegenwart – die Zukunft zu beschreiben, entwarf schon Herman Kahn mehrere alternative Szenarien, um die Zukunft als Möglichkeitsraum einigermaßen zu erfassen. Szenarien freilich sollten stabil gegen unberücksichtige oder zufällige Einflüsse sein, gegen sogenannte Störereignisse. Diese werden in der neueren Zukunftsforschung als »Wild Cards« (wie Ereigniskarten in einem Spiel) bezeichnet. Solche Wild Cards können beispielsweise eine neue Seuche, eine Elektrosmog-Panik oder ein Zusammenbruch der – wie es scheint – ständig überhitzten globalen Finanzmärkte sein. Die Science Fiction verfügt über ein äußerst reichhaltiges Arsenal solcher Wild Cards, die die Zukunftsforschung nutzen könnte.[9]

5. These: Science Fiction ist Warnliteratur

Versuchen wir einmal die Probe aufs Exempel: Kann die Zukunftsforschung konkret etwas aus der Science Fiction über das 21. Jahrhundert lernen?

Glaubt man der neueren amerikanischen SF, dann müßte es in der Zukunft action-heiß hergehen. Ein gutes Beispiel ist William Gibsons Roman *Neuromancer* (1984), der Startpunkt für die immer noch aktuelle SF-Strömung »Cyberpunk«. Gibson entwickelt darin seine eigene Vision von Informationsgesellschaft: Da werden in einem neonglitzernden und verslumten Stadtungetüm Computer-Chips mit illegalen Programmen und gestohlenen Informationen gedealt wie Drogen. Der Held, ein Hacker, war einst ein Top-»Consolen-Cowboy«, er hat im »Cyberspace« der Computernetze Sicherungssysteme geknackt wie sonst kein anderer, jetzt ist er ein Wrack, die Nervenenden, über die er sich mit den Computern verkoppelte, wurden ihm ausgebrannt. Doch ein geheimnisvoller Auftraggeber (hinter dem sich eine Künstliche Intelligenz verbirgt) läßt ihn für den Angriff auf den Zentralcomputer eines Großkonzerns reparieren.

Mit Filmen wie »Total Recall« und »Blade Runner« hat diese Art Zukunft – ein Joint Venture von Hollywood und Silicon Valley – die Leinwände erobert und mit Serien wie »Max Headroom« die Fernseher. Cyberpunk at its best: Cyber wie jede Menge Computer, Punk wie die rostige Sicherheitsnadel im Ohr. Plus und Minus, maximale High-Tech und punkigstes Low Life.

Bei Gibsons Kollegen Bruce Sterling kämpfen – zumeist in orbitalen Kolonien – zwei posthumane Parteien um die Vorherrschaft beim nächsten evolutionären Schritt: einerseits die Former, Biotechnik-Experten, die die Erbsubstanz nach Belieben manipulieren, und andererseits die Mechaniker, die sich mit künstlichen Organen versehen haben und in der elektronischen Welt der Datennetze leben. In einem Interview erläuterte Bruce Sterling seinen Ausgangspunkt:

> »Ich sehe [...] bizarrere Effekte für die Bevölkerung voraus, darunter etwa: Prothesen, Lebensverlängerung, Neurotechnologie und vorbehaltlose genetische Manipulation. Wir brechen die Gesetze der Evolution, und vielleicht verändern wir schon bald ihren Aufbau.«[10]

Ein Drittel High-Tech und zwei Drittel Low Life, das ist nach Sterling das ideale Rezept für eine scharfe Cyperpunk-Pizza. Und gerade darin unterscheidet sich der Cyberpunk von der SF früherer Tage. Die verrückten Wissenschaftler und heroischen Captain Kirks sind von der Labor-Bühne bzw. Raumschiff-Brücke abgetreten. Hacker und Ninjas, Cyberspace-Künstler und Software-Dealer beherrschen die Szene, Einzelgänger zumeist, kreative Anarchisten, die in aussichtslose Kämpfe gegen Megakonzerne verwickelt und zugleich in deren Machenschaften verstrickt sind. Für sie ist der amerikanische Traum vom technologischen Utopia ausgeträumt. – In der TV-Serie »Max Headroom« gibt es einen Orbit-Säuberungstag. Ausgediente Satelliten verglühen. Was die Erdoberfläche wieder erreicht, ist Schrott.

Welche Schlußfolgerungen zieht nun der Zukunftsforscher aus dergleichen Zukunftsbildern, die – wie auch William Gibson immer wieder betont – keine Prognosen sein wollen? Sind sie nur, in den Worten von H. G. Wells, ein »Kommentar zur gegenwärtigen Unzufriedenheit«?

Der erste Punkt für mich ist, daß die Autoren den Verheißungen der Informationsgesellschaft, der aktuellen technologischen Utopie gegenüber skeptisch bleiben. Technologien, so lautet eine Faustformel unter Zukunftsforschern, sind Strukturverstärker. Eine Gesellschaft, die unter gravierenden sozialen Ungleichheiten leidet, wird diese nicht durch den Einsatz von Technik beheben, eher im Gegenteil: die Informationstechnologien werden die Kluft von Arm und Reich noch vergrößern. Genau so funktioniert Cyberpunk: High-Tech vertieft die Abgründe noch.

Zum zweiten sollte man die Vorstellungen Sterlings, die übrigens schon vor dreißig Jahren ganz ähnlich der Pole Stanisław Lem vertreten hat, ernst nehmen: Wurde in 20. Jahrhundert die menschliche Individualität durch Ideologien und Manipulation in Frage gestellt, so könnte sie im 21. Jahrhundert durch die technologische Hochrüstung des Menschen in Frage gestellt werden. In »Total Recall« sind selbst Erinnerungen, Gedächtnisinhalte mediale Einspielungen; Persönlichkeit wird zur Design-Aufgabe.

Drittens und letztens scheinen die Autoren ein feines Gespür für das zu haben, was unter Zukunftsforschern die Krise der Regierbarkeit heißt. In einer hyperkomplexen, globalisierten Welt wird der Handlungsspielraum nationalstaatlicher Regierungen immer mehr eingeschränkt; nein, nicht durch die Brüsseler Eurokratie, die ist selbst europäischen Autoren (mit der Ausnahme von ein, zwei traditionsbewußten Briten) kaum mehr als eine Fußnote wert, sondern durch die wahren global players, transnationale Mega-Konzerne. Hier liegt immenser Zündstoff: Was soll Demokratie noch, wenn die Legislative nichts mehr zu sagen hat? Wenn alle Kontrollinstanzen unterlaufen werden? Verkommt sie zu landsmannschaftlicher Folklore? Aber nicht einmal der begegnen wir in der global gleichgehobelten Cyberpunk-Welt. Staaten, Nationen, Völker, ja, die gab es mal im wirren Mittelalter des 21. Jahrhunderts.

Science Fiction funktioniert offensichtlich als eine Art Frühwarnsystem. Doch wie steht es um positive Entwürfe? Diese gibt es schon, doch sind sie weniger zahlreich und in der Regel unscheinbarer. Kim Stanley Robinson entwirft etwa in *Pazifische Grenze* (1990) ein Kalifornien, das nach ökologischen und basisdemokratischen Prinzipien organisiert ist; auch seine neuere Mars-Trilogie hat ein im besten Sinne utopisches Projekt zum Thema: die Bewohnbarmachung unseres Nachbarplaneten.

Typischerweise treten soziale Utopien heute in der Science Fiction allenfalls noch als ambivalente Utopien und als Binnenutopien auf. Letztere sind partielle, mehr oder weniger ideale Gegenentwürfe, die im Kleinen funktionsfähig sind und einer ansonsten wenig utopischen Welt (bzw. Gesamthandlung) gegenüberstehen, so wie etwa in Frank Herberts unterschätztem Roman *Die Leute von Santaroga* (1968). Ein ambivalentes Utopia ist beispielsweise Ursula LeGuins anarcho-syndikalistische Gemeinschaft auf Anarres (*Planet der Habenichtse*, 1974) – im amerikanischen Original trägt der Roman den Untertitel »an ambigous utopia«. Und das sind dergleichen Entwürfe auch: zwiespältig, eine Einheit von positiven und negativen Zügen, daher realistisch, eben einer Zeit angemessen, die nach fürchterlichen Erfahrungen mit Ideologie-gesteuerten Gemeinwesen nicht mehr an den großen gelungenen Entwurf glauben kann. Wir erlebten dies an uns selbst, als wir *Andymon. Eine Weltraum-Utopie* (1982) schrieben. Jenseits eines basisdemokratischen Polis-Modells, wo alle wichtigen Fragen mit dem einfachen Handmehr entschieden werden können, war uns nichts Utopisches mehr vorstellbar. Fast mag es so scheinen, als habe der Staat als Organisationsmodell für menschliche Gesellschaften jegliches utopische Potential eingebüßt, das er – wie man an den Staatsromanen ablesen kann – offensichtlich im vergangenen Jahrhundert noch hatte. Die neue Utopie wäre dann wohl jenseits des Staates, in dezentral organisierten Gemeinwesen zu suchen. Ernest Callenbach ist mit *Ecotopia* (1974) und Robert Havemann mit *Morgen. Die Industriegesellschaft am Scheideweg. Kritik und reale Utopie* (1980) diesen Weg gegangen. Literarisch aber konnten beide nicht überzeugen, denn diesen Büchern fehlt wie den klassischen Utopien gemeinhin die für die Handlung notwendige Dramatik. Aus demselben Grunde mußte auch der Appell Robert Jungks, der zu Zeiten der Studentenrevolution eine neue Art Science Fiction verlangte – ohne Helden, Sieger und Besiegte, ohne Weltuntergänge im Nibelungenstil und ohne die Gründung galaktischer Reiche, statt dessen mit einer Orientierung auf aktive Zukunftsgestaltung – wirkungslos verhallen.[11]

6. Eine Frage zum Schluß

Science Fiction lebt also von Konflikten und von Krisen. Um 1950 herum beispielsweise war eine Krisenzeit. Der kalte Krieg hatte begonnen und der heiße in Korea, General McArthur erwog den Einsatz von Atombomben, und Senator McCarthy begab sich auf Kommunistenjagd unter Künstlern und Wissenschaftlern. Fast täglich berichteten Zeitungen und Fernsehen von neuen UFO-Sichtungen, Don Siegel drehte – um nur einen SF-Kultfilm herauszugreifen – die »Dämonischen«, im Original »Invasion of the Body Snatchers«, wo seelenlose Außerirdische die Körper der Menschen übernehmen.

Vor diesem Hintergrund fragte der SF-Autor Philip Wylie nach der Rolle der SF: »Stärkt oder unterminiert die Science Fiction die menschliche Vernunft in diesem Zeitalter?«[12] Gewiß, wenige Autoren werden es sich aufbürden, die Vernunft stärken zu wollen – Immanuel Kant hätte wohl von Aufklärung gesprochen. In der Postmoderne, die keine Wahrheit mehr kennen will, nur noch Perspektiven, ist Vernunft selbst in Verruf geraten: Ist es nicht die auf Ratio, Vernunft, gründende Wissenschaft, die uns in die Krise geführt hat? Und beschwor nicht Wylie die Vernunft, um den Bau von Atomschutzkellern zu propagieren?

Trotzdem verlohnt es sich auch heute, nach dem Geisteszustand der Gesellschaft und der Rolle der Science Fiction zu fragen. Zappen Sie nur einmal durch die Kanäle, da haben wir erneute UFO-Hysterie, Katastrophensehnsucht, amoklaufende Roboter, Endzeit-Apokalyptik, weniger als 1000 Tage vor 2000. In Talk-Shows berichten Normalverbraucherinnen von ihrer Entführung durch Außerirdische und den widerwärtigen medizinischen Experimenten, die diese an ihnen durchführten. Oder sie hoffen darauf, rechtzeitig vor dem Weltende von einem Raumschiff, groß wie Spanien, gerettet zu werden. Alternativ wollen sie sich einfrieren lassen, um bessere Zeiten abzuwarten. Oder sie bringen sich vorsichtshalber gleich um, damit sie das Raumschiff hinter dem Kometen Hale-Bopp rechtzeitig einsammeln kann – wie die kalifornische Computer-Yuppy-Sekte Higher Source. Oder sie versuchen, wie die japanische Aum-Sekte, durch einen perfiden Giftgasanschlag das Weltende auszulösen. Und parallel dazu laufen im Internet die Diskussionen darüber, ob schon vor oder erst nach 2035 die genetische Wachablösung der Menschheit durch posthumane Intelligenzen – minds immeasurably superior to ours – erfolgen wird. Und im amerikanischen Mittelwesten (vielleicht auch bald in Mitteleuropa) rüsten sich rechte Milizen für bevorstehende Bürgerkriege.

Nach dem Zusammenbruch des Ostens haben neuerliche Verschwörungstheorien Hochkonjunktur. SF-Serien wie »Akte X« und »Dark Skies« leben davon. Die Marsianer sind bereits unerkannt unter uns. Außerirdische haben die Rolle der Dämonen aus dem Mittelalter übernommen. Gute alte, gute einfache Zeiten der Blockkonfrontation, als noch ein klar kenntlicher Feind Godzilla die Städte zerstampfte und es genügte, ein Gegen-Monster zu schaffen ... Da soll man nicht fragen, ob nicht ein Großteil der SF die Irrationalitäten stärke? ...

Über das nächste Jahrhundert können wir nur wenig wissen. Selbstverständlich haben die Hersteller amerikanisierter Fernsehserien-SF (auch der in Buchform) keinen Sonderdraht zur Zukunft. Aber die kulturellen Tiefenströmungen, die sie bedienen, lassen nichts Gutes ahnen.

Philip Wylie lebte in einer Zeit, in der die Menschheit in Gefahr geriet, sich durch Nuklearwaffen selbst auszulöschen. Noch ist diese Gefahr nicht gebannt. Wenn wir Vinge, Moravec und den Posthumanisten Glauben schenken wollen, könnte sich in der Technisierung des menschlichen Leibes und in den Forschungen um Künstliche Intelligenz die nächste Gefahrenwelle abzeichnen, das, was der Computer-Kritiker Joseph Weizenbaum die »Endlösung der Menschheitsfrage« nannte.

Eines muß man der SF auf alle Fälle zugute halten: Sie hat uns gewarnt.

Ich möchte jedoch nicht so düster schließen. Denn die Zukunft ist ja nun wirklich ein Schwarzes Loch, und wir wissen nicht, was sie birgt, nicht einmal die Abschaffung der Menschheit ist uns gewiß. Wie schrieb der schon erwähnte englische Philosoph Olaf Stapledon in einem seiner letzten Werke, dem Prosagedicht *Death into Life* (1946):

»So ist es mit der Welt. Mit angehaltenem Atem fürchtet jede Generation um ihre Nachkommen. Doch die Welt geht weiter: Sie straft die Prophezeiungen der Alten Lügen und die Hoffnungen der Jungen, sie ist – wie eh und je – voll von unvorhergesehenen Katastrophen und voll von einem seltsamen Ruhm.«[13]

ANMERKUNGEN

1 Hier wie bei den folgenden Zitaten aus englischsprachigen Quellen meine Übersetzung – *K. S.*

2 V. Vinge (Dept. of Mathematics, San Diego State University) hat die Hypothese von der »Singularity« auf dem Symposium VISION 21 des NASA Lewis Research Center und des Ohio Space Institute vorgetragen. Eine leicht veränderte Fassung wurde publiziert als: Vernor Vinge: »Technological Singularity«, in: *Whole Earth Review*, No. 21, Winter 1993, S. 88–95.

3 Vgl. Hans Moravec: *Mind Children. Der Wettlauf zwischen menschlicher und künstlicher Intelligenz*, Hamburg: Hoffmann und Campe, 1990, sowie K. Eric Drexler und Chris Peterson, unter Mitwirkung von Gayle Pergamit: *Experiment Zukunft. Die Nanotechnologische Revolution*, Bonn etc.: Addison-Wesley, 1994.

4 Henry Adams, zitiert nach Herbert Marcuse: *Amerikanisches Philosophieren*, Reinbek: Rowohlt 1959, S. 115.

5 l. c., S. 117.

6 Herbert G. Wells: *Ausblicke auf die Folgen des technischen und wissenschaftlichen Fortschritts für Leben und Denken des Menschen*, Minden: J. C. C. Bruns, o. J., S. 2, Fußnote.

7 Zitiert nach: Lambourne, R./Shallis, M./Shortland, M.: *Close Encounters? Science and Science Fiction*, Bristol und New York 1990, S. 27.

8 Herbert W. Franke: »Literatur der technischen Welt«, in: Eike Barmeyer (Hrsg.): *Science Fiction. Theorie und Geschichte*, München: W. Fink, 1972, S. 107 und 111.

9 Vgl. K. Steinmüller: »Die Zukunft als Wild Card. Ansätze zu einer Methodologie des Unvorhersagbaren«, in: Kreibich, R./Steinmüller, K./Zöpel, Chr. (Hrsg.): *Beyond 2000. Herausforderungen für die Zukunftsforschung. Dokumentation der SFZ-Sommerakademie 1996*, SFZ-WerkstattBericht Nr. 20, Gelsenkirchen 1997.

10 Bruce Sterling in einem Interview, zitiert nach Michael Nagula: »Unser Spiel ist Wirklichkeit. Von Formern, Mechanisten und Cyberpunks. Bruce Sterlings SF-Welten«, Nachwort zu Bruce Sterlings Roman *Schismatrix*, München: Heyne, 1989, S. 511.

11 »Vorstellbar wäre eine neue Art von ›Science Fiction‹, die ich – um sie von der kompromittierten SF-Literatur zu unterscheiden – mit einem neuen Kennwort versehen möchte: ›Science Creation‹. Ihre Möglichkeiten sind nicht mehr an die Notwendigkeit gebunden, dramatische Stories

zu präsentieren. Sie kennen keine ›Helden‹, keine ›Sieger‹ und keine ›Besiegten‹. Sie schildern weder Weltuntergänge im Nibelungenstil noch die Gründung galaktischer Reiche. SC-Literatur sollte sich bemühen, zahlreiche ›Zukünfte‹ auf den verschiedensten Gebieten und unter den verschiedensten Voraussetzungen zu erforschen, nicht um sie zu verwirklichen, sondern aufzufinden, zu schildern.« – Robert Jungk: »Wo sind die Erfinder einer menschenwürdigen Zukunft? Plädoyer für eine neue Zukunftsliteratur: Science Creation«, in: *Pardon* 2/1969.

12 Philip Wylie: »Science and Sanity in an Age of Crisis«, in: Reginald Bretnor (Hrsg.): *Modern Science Fiction*, New York 1953, S. 130.

13 Zitiert nach Curtis C. Smith: »Olaf Stapledons Zukunftshistorien und Tragödien«, in: Eike Barmeyer, l. c., S. 285.

Schritte ins Leben

Die zahlreicher werdenden Indizien für Leben auf anderen Himmelskörpern werfen die Frage nach einer Neudefinition des Lebendigen auf. Sind die Science Fiction-Autoren da schon weiter?

von Günther Stoll

Leben bedeutet Schweben, aber der Wechsel steht bevor. Das Wesen ist eines und doch viele, und streng genommen sogar sehr viele. Seine Einheiten haben sich differenziert, und es spürt die Gegenwart anderer. Wie immer gleitet es entlang der Grenzfläche. Ein Teil von ihm ragt empor in die leere Kälte, die auch sehr heiß sein kann, der weitaus größere Rest befindet sich in dem dichten, schmeichelnden, konstanteren Medium.

Sein oberer Teil ist eine gasgefüllte Blase, deren Inhalt terranische Wissenschaftler als ein Gemisch aus Stickstoff, Sauerstoff und erstaunlich viel Argon identifizieren würden. Das Gas in der Blase stammt aus einer Drüse, die vermutlich das Edelgas so stark anreichert. Das Gebilde hat eine unregelmäßig ovale Form, die beiden Pole sind zipfelförmig ausgezogen, und ein aufgestellter Kamm verläuft in Längsrichtung. Die ganze Blase weist eine seltsam irisierende, von Blau nach Violett wechselnde Farbe auf.

Darunter, im anderen Medium, verliert es seine feste Form, löst sich auf in eine Vielzahl Tentakel. In einem eigenartig leichten Tanz sind sie befangen, ständig in Bewegung, mehr als hundertmal so lang wie die Blase. Hier, in der Stille, entfalten sie ihre tödliche Schönheit. Der Gastralraum des Wesens (der Wesen?) ist leer. Empfindet es Hunger? Schwer zu sagen, denn sein rudimentäres Nervensystem hat keine zentrale Verarbeitungsstelle wie unser Gehirn. Dennoch reagiert es, spürt eine

Berührung. Seine Reaktion ist blitzartig und brutal. Tausende mikroskopischer Überdruckkammern platzen auf, Stilette falten sich daraus empor, schlagen Wunden in das hilflose Opfer. Harpunenartig spreizen sich die Waffen im Fleisch der Beute auseinander, um Platz zu schaffen für einen langen Schlauch, der nun eindringt. Er ist mit unzähligen Poren versehen, durch die giftiges Sekret austritt. Das Opfer verendet in hilflosen, spastischen Zuckungen, während es die Tentakel zum Magenschlauch befördern.

Dem (oder den?) Wesen ist keine Reaktion anzusehen. Zusammen mit Tausenden treibt es dahin, den Elementen ausgeliefert, auf fremdbestimmten Kurs. Schließlich ist es Zeit. Die Identitätengruppen, denen die Fortpflanzung obliegt, haben Geschlechtszellen entwickelt, die nun herangereift sind. Es kommt zur Befruchtung, und ein seltsames, winziges, durchscheinendes Etwas entsteht. Ein Kranz aus Wimpern treibt das fragile Wesen voran. Aus einer seitlichen Verdickung der Außenhaut wird ein glockenförmiges Ding, das eine warzenartige Erhebung ausbildet. Es wird später zu einem ersten Fangfaden heranwachsen. Im ewigen Schweben entsteht eine Höhlung, ein Durchbruch erfolgt – eine Mundöffnung ist entstanden. Am Grund des Fangfadens wird sich eine Wachstumszone vergrößern, bis sich ein gestreckter Stamm geformt hat. An einem Ende sind Mundöffnung und Fangfäden, die nun wieder auswachsen. Eine neugebildete Glocke übernimmt die Aufgabe der Larve, die abgestoßen wird – nutzlos und verbraucht. Jetzt entstehen immer neue Knospen, Seitenzweige, neue Individuengruppen. Ein neues Wesen (viele Wesen?), das dem ursprünglichen weitgehend gleicht, ist entstanden, schön, tödlich, lebendig, doch ohne Bewußtsein, irgend etwas zwischen einem Individuum und einer Kolonie, nicht Einzelwesen, nicht Gruppe von Lebewesen.

Sie werden es sicher im Verlauf der Lektüre erkannt haben: So fremdartig (und etwas verfremdet) das hier geschilderte Wesen auch erscheinen mag, es ist kein Produkt der Vorstellungskraft eines SF-Autors, sondern durchaus irdischen Ursprungs. Es handelt sich um die weltweit verbreitete Seeblase oder Portugiesische Galeere (*Physalia physalis*). Sie gehört zur Ordnung der Staatsquallen, die häufig in großen Gruppen auftauchen. Oft treiben Tausende dieser Tiere gemeinsam im Wind dahin, ohne Einfluß auf die Richtung, getrieben von der Segelwirkung ihrer bis zu 30 cm langen und 10 cm durchmessenden Schwimmblasen, die über die Wasseroberfläche ragen. Dann gleichen sie tatsächlich einer Armada, zumal sie auch gut bewaffnet sind: Die unzähligen Nesselkapseln der bis zu 50 m langen Fangfäden zeigen eine äußerst starke Giftwirkung. Wer eine treibende oder gestrandete Portugiesische Galeere berührt, muß mit stundenlang anhaltendem Brennen, Schmerzen und Herzbeschwerden rechnen. Zusammen mit den Feuerquallen (*Cyanea capillata*) und vor allem der Seewespe (*Chironex fleckeri*) zählen sie zu den auch für den Menschen gefährlichen, unter Umständen tödlichen Nesseltieren. Nur Meeresschildkröten sind bis zu einem gewissen Grad immun gegen Nesselgift: Sie verzehren beispielsweise die Portugiesische Galeere mit größtem Genuß. Bestimmte Meeresnacktschnecken der Familie Aeolididae gehen noch einen Schritt weiter. Feuerquallen und andere Nesseltiere dienen ihnen nicht nur als Nahrung, sondern auch zum Schutz. Die nicht »explodierten« Nesselkapseln ihrer Lieblingsspeise lagern sie in speziellen Rückenfortsätzen ein, wo die Waffen ihrer erlegten Beute dann zu ihrer eigenen Verteidigung dienen.[1]

Fremdes Leben

Solche Wesen sind uns zutiefst fremd. Zwar haben Biologen in langen Jahren der Forschung eine Unmenge an Wissen über diese Tiere angehäuft, wir können einzelne Arten bestimmen, haben den eigenartigen Lebenszyklus enträtselt, die physiologischen und biochemischen Grundlagen der Nesselwirkung aufgeklärt. Aber viele Fragen werden für immer unbeantwortet bleiben müssen. Wie fühlen, wie empfinden diese Organismen? Wie nehmen sie ihre Außenwelt wahr? Wie werden die von der Umwelt eintreffenden Informationen verarbeitet?

Als Science Fiction-Konsumenten, sei es nun gedruckt oder auf Zelluloid, sind uns »fremde Lebewesen« bestens vertraut. Wer der Leidenschaft für all das frönt, was noch vor einem Vierteljahrhundert leicht verschämt und etwas orientierungslos als »Zukunftsroman« eingeordnet wurde, der hat inzwischen durch viele imaginäre Reisen ein gewisses intergalaktisches Weltbürgertum entwickelt: Wir kennen uns aus im All. Es fällt uns nicht schwer, einen Klingonen als solchen zu identifizieren und mit dem »Star Trek«-Universum zu assoziieren. Eine überdimensionale Maus mit Biberschwanz, Nagezahn und parapsychologischen Fähigkeiten – Gucky, der Ilt, ganz klar; Perry Rhodan kann nicht weit sein. Ätherische, irisierende Lichtwesen, die keinen Sauerstoff vertragen – die Frogs aus der legendären »Raumpatrouille«.

Aber wie »fremd« sind all die verschiedenen Phantasiegestalten nun wirklich? Seit der Mensch über seine Stellung im Universum nachdenkt, beschäftigt ihn die Frage, ob er allein ist in diesem Kosmos. Als nun im August 1996 eine Gruppe von Wissenschaftlern Daten vorlegte, die auf frühe Lebensformen auf unserem Nachbarplaneten Mars hinwiesen, da rief dies ein erhebliches Medienecho hervor. Mögen die nur im Elektronenmikroskop sichtbaren Gebilde im Innern des Meteoriten ALH84001 nun tatsächlich Überreste außerirdischer Mikroorganismen sein oder auch nicht, interessant waren vor allem die Reaktionen in der breiten Öffentlichkeit. So begann man beispielsweise in Kirchenkreisen darüber nachzudenken, ob extraterrestrische Intelligenzen wohl auch eine Seele besitzen – sicherlich ein wenig verfrüht. Überzeugte UFO-Gläubige dagegen winkten überlegen ab. Wer möglicherweise schon einmal an Bord eines Raumschiffs entführt und untersucht, eventuell sogar sexuell belästigt wurde, für den sind ein paar schäbige Mikroben natürlich kein Grund zur Aufregung.

Andere dagegen, die sich in ihrer Meinung eigentlich bestätigt fühlen konnten, mahnten eher zur Vorsicht. Dazu gehören Fred Hoyle und Chandra Wickramasinghe. Seit langem vertreten sie die Hypothese, daß das Leben auf der Erde wohl aus dem All kam, unser blauer Planet quasi eine riesige sterile Petrischale, die von Mikroorganismen aus dem Kosmos verseucht wurde. Dann müßte aber außerirdisches und irdisches Leben recht ähnlich sein, da ja doch beide miteinander verwandt sind. Wenn die Gebilde aus dem Meteoriten Bakterien ähneln – um so besser!

Sind die Indizien, die Rätsel, die wir dem unscheinbaren ALH84001 verdanken, nun schon die endgültige Antwort auf die Frage nach Leben im All? Natürlich nicht, denn noch sind viele Probleme ungelöst. Wir sind bislang weder dem freundlichen ET noch der aggressiven Alien-Mutter begegnet, die nach einem Wirt für ihren Nachwuchs sucht. Wir haben den Mond umrundet, ohne auf seiner der Erde abgewandten Rückseite das notgelandete Raumschiff der Arkoniden zu finden. Aber wer weiß, vielleicht haben wir ja trotz all unserer Technik den seltsamen Marsianer übersehen, den sich Stanley G. Weinbaum ausgemalt hat?

Man kann die grundlegende Frage überspitzt formulieren: *Ist das Leben auf unserer Erde ein einmaliger, nicht wiederholbarer Zufall? Oder ist es vielmehr eine kosmische Notwendigkeit, ein der Materie innewohnendes Phänomen?* Sind wir, wie Jacques Monod es behauptet hat, völlig allein im All? Kann man diese Position heute überhaupt noch vertreten? Kennen wir inzwischen weitere Phänomene in der Natur, die darauf hindeuten, daß der Weg zu einer belebten Zelle in der Materie vorgezeichnet ist, die »Stufen ins Leben«, wie es Manfred Eigen nennt? Wie sehr könnte sich extraterrestrisches Leben von dem unterscheiden, was wir hier auf der Erde kennengelernt haben? Oder, anders herum gefragt, würden wir außerirdisches Leben überhaupt erkennen, selbst wenn wir unmittelbar davorstünden? Das sind viele Fragen; versuchen wir, sie nach bestem Wissen und Gewissen zu beantworten.

Zeitalter des Lebendigen

Komplexe Prozesse in Phasen einzuteilen, ist sicherlich eine Arbeit, die jeder Historiker zwar mit immensen Bauchschmerzen, nichtsdestotrotz aber mit unausweichlicher Sicherheit erledigen wird. Der Grund dafür ist einfach genug. Geschichte vollzieht sich nicht in Epochen, wir interpretieren sie anschließend in die Geschehnisse hinein. Niemals hat eine der beteiligten Persönlichkeiten andere um sich versammelt und erklärt: »Freunde, das Zeitalter der Aufklärung hat begonnen, laßt uns entsprechend handeln.« Niemals hat ein römischer Kaiser abgedankt und offiziell die Epoche des Imperium Romanum beendet. Es ist eine Frage der Praktikabilität: Später, lange nach Ablauf der Geschehnisse, fällt es uns leichter, das Vergangene einzuordnen, vielleicht auch, es zu verstehen, wenn wir es in Phasen einteilen. Solange wir nicht vergessen, daß es sich dabei nur um Hilfskonstruktionen unseres Verstands handelt, ist das auch ein legitimer Ansatz.

Diese grundsätzliche Überlegung müssen wir im Auge behalten, wenn wir einen so ungeheuer komplexen, immer noch nur in Ansätzen verstandenen Prozeß wie die Entstehung des Lebens auf unserer Erde diskutieren und dabei noch auf das Universum übertragen wollen. Entscheidend dabei ist es allerdings, daß dieser Prozeß – so einmalig, so singulär er an manchen Stellen auch verlaufen sein mag – im Ganzen bestimmten naturwissenschaftlichen Gesetzmäßigkeiten folgte, die allgemein gelten. Diese Gesetzmäßigkeiten begegnen uns dann auch wieder bei den Befunden an ALH84001, und darin liegt vielleicht, bei aller gebotenen Vorsicht, die wahre Bedeutung dieses unscheinbaren Meteoriten. *Wir suchen nicht mehr nur nach Signalen intelligenter Lebewesen aus dem All, deren Entwicklung zumindest ansatzweise unserer eigenen gleicht; vielmehr sind es Wechselbeziehungen der Materie, die zu einer Selbstorganisation und zu Stufen höherer Komplexität führen, auf die wir nun achten.* Das klingt zunächst kompliziert, leuchtet aber bei näherer Betrachtung durchaus ein. Und dazu ist es notwendig, daß wir die Frühgeschichte des Lebendigen, in die ja auch die hypothetischen Mikroorganismen vom Mars einzuordnen sein sollen, in Epochen einteilen, sozusagen *Zeitalter des Lebendigen.*[2]

Christian de Duve, 1974 mit dem Nobelpreis für Physiologie und Medizin geehrt, heute emeritierter Professor an der Rockefeller University in New York und an der katholischen Universität von Louvain in Belgien, unterscheidet sechs solcher Epochen, von denen uns in diesem Zusammenhang vor allem die erste interessieren muß. Am Beginn steht das *Zeitalter der Chemie*. Das mag manchen erst einmal abschrecken, doch die Chemie, um die es da geht, ist zunächst recht einfach, ungeachtet ihres ehrgeizigen Ziels: Das Zeitalter umfaßt die Entstehung einiger wichtiger Bausteine des Lebendigen, bis hin zum Auftauchen der ersten Nukleinsäuren. In dieser Epoche herrschen die allgemeingültigen Prinzipien, die das Verhalten der Atome und Moleküle bestimmen.

Beginn in Feuer und Schwerkraft

Vor etwa 4,5 Milliarden Jahren begann sich das Inferno, aus dem einmal unser blauer Planet werden sollte, langsam abzukühlen. Das Bombardement aus dem All, das die turbulente Geburt der Erde begleitet hatte, ließ nach. Allmählich hatte die Schwerkraft die meisten der kleineren Himmelskörper auf irgendeinem der größeren zerschellen lassen; die kosmische Bühne des Sonnensystems wurde übersichtlicher. Die Erde hatte sich soweit abgekühlt, daß Wasser auf ihrer Oberfläche kondensieren konnte. Aus den Urozeanen stiegen Kontinente auf, die noch keinerlei Ähnlichkeiten mit den heutigen Erdteilen hatten. Heftige vulkanische Aktivität prägte die frühe Geologie, ja mehr noch die frühe *Meteorologie*. Gase stiegen aus den Tiefen der Erde empor, konnten aber nicht mehr in das All entweichen, weil sie das Schwerefeld des Planeten gefangen hielt. Eine Atmosphäre begann zu entstehen, die alles andere als atembar war. Sie bestand vorwiegend aus Wasserstoff (H_2), Methan (CH_4), Ammoniak (NH_3) und Wasserdampf (H_2O), war also stark reduzierend.

Das jedenfalls war lange Zeit die unter den Wissenschaftlern vorherrschende Meinung. Neuere Befunde und theoretische Überlegungen ließen dann an diesem Bild zweifeln; heute geht man davon aus, daß es statt Methan wohl eher viel Kohlendioxid (CO_2) gegeben hat, Stickstoff dagegen in molekularer Form (N_2) oder in Form verschiedener Stickstoffoxide (N_xO_y), aber nicht als Ammoniak. Molekularer Wasserstoff, so scheint es, existierte vielleicht nur in Spuren. Nun wird jeder normale Mensch die Meinung vertreten, daß dies sicher für den Geologen ganz interessante Details sein mögen, die aber nichts mit der Frage nach dem Leben zu tun haben. Ist das tatsächlich so?

Leben läßt sich, ein wenig salopp ausgedrückt, auf das Kürzel CHNOPS reduzieren. Dahinter verbergen sich die chemischen Elemente, die – im Gegensatz zur unbelebten Natur – in Organismen besonders angereichert sind: Kohlenstoff (C), Wasserstoff (H), Stickstoff (N), Sauerstoff (O), Phosphor (P) und schließlich Schwefel (S). Ganz anders die Zusammensetzung des Universums, das uns umgibt, da gibt es rund 80 % Wasserstoff, fast 20 % Helium (He), die anderen Elemente dagegen treten nur in Spuren auf. Diesen deutlichen qualitativen Unterschied gilt es zu begründen, wenn man die Entstehung des Lebendigen beschreiben will.[3]

Die Frage nach der Energie

Eine Begründung lag auf der Hand: Kohlenstoff ist ein insofern besonderes Element, als er in der Lage ist, mit sich selbst Bindungen einzugehen und so zum Teil äußerst komplexe chemische Moleküle aufzubauen. Solche kompliziert gebauten Substanzen benötigt man aber, um ein so hoch organisiertes, eigentlich schon beinahe unübersichtliches Gebilde wie eine lebende Zelle auch am Leben zu erhalten. Und wenn man über die Stufe der Einzeller hinaus zu Pflanzen, Tieren, ja schließlich Menschen gelangen wollte, muß man viele solcher Zellen, die zunächst eigentlich auch unabhängig voneinander funktionieren und existieren können, zu einem perfekt organisierten Verbund integrieren – keine leichte Aufgabe.

Kohlenstoff, so weiß man inzwischen, ist für diese Aufgabe ideal geeignet. Man braucht nur ein beliebiges Lehrbuch der organischen Chemie[4] aufzuschlagen, um sich von der Formenvielfalt der Kohlenstoffverbindungen überzeugen zu können. Etwa zehn Millionen solcher Moleküle sind derzeit bekannt, mehr als von jedem anderen Element! Und mehr noch, auch die Biochemie als Chemie des Lebendigen basiert auf dem Kohlenstoff. Sicher sind darüber hinaus andere Elemente wichtig, sicher kann auch die reine Menge eines Elements nicht immer seine Bedeutung wiedergeben; man denke nur an die Spurenelemente. Muß also eine mögliche kosmische Biochemie zwangsläufig auch eine Chemie des Kohlenstoffs sein?

Vieles spricht dafür. Natürlich könnten gewisse Elemente, vor allem Silicium, man denke nur an Stanley G. Weinbaums grandiose Erzählung »Mars-Odyssee« aus dem Jahre 1934, bei einer exotischen Lebensform die chemische Rolle des Kohlenstoffs übernehmen. Doch sie bieten allesamt nicht genug Vielfalt für die Codierung biologischer Information, ein Problem, das uns noch beschäftigen wird. Zudem ist das Siliciumdioxid, der Hauptbestandteil von gewöhnlichem Glas, im Gegensatz zum Kohlendioxid auf Planetenoberflächen nicht gasförmig, sondern fest. Für die Entwicklung eines Stoffwechsels auf Siliciumbasis wäre das mit Sicherheit ein erheblicher Nachteil!

Aber noch eine weitere Eigenschaft hebt den Kohlenstoff aus der Menge der anderen Elemente heraus. Er kann sowohl in völlig oxidierter Form (als Kohlendioxid oder CO_2) vorliegen als auch in reduzierter Form als Methan (CH_4). Zwischen diesen beiden Extremen gibt es eine ganze Reihe von Kohlenstoffverbindungen, die nicht ganz so stark reduziert oder oxidiert sind. Wichtig ist nun, daß beim Wechsel von den reduzierten zu den oxidierten Formen Energie gewonnen werden kann. Dieses Prinzip ist im Stoffwechsel einer Zelle verwirklicht: Unter Aufnahme von Energie aus der Umwelt (beispielsweise durch Nahrung oder durch Photosynthese) entstehen mehr oder weniger stark reduzierte Verbindungen. Sie können dann im Stoffwechsel oxidiert und beispielsweise als Kohlendioxid ausgeschieden werden; die freigesetzte Energie dient zur Aufrechterhaltung der Lebensvorgänge.

Einen solchen Kreislauf kann man mit Silicium praktisch nicht aufbauen. Reduzierte Siliciumverbindungen, die sogenannten Silane, erweisen sich nämlich als zunehmend instabil. Das Monosilan (SiH_4) und das Disilan (Si_2H_6) sind farblose Gase, Tri- und Tetrasilan (Si_3H_8 bzw. Si_4H_{10}) farblose Flüssigkeiten. Die Beständigkeit dieser Stoffe nimmt mit steigender Zahl der Siliciumatome ab. Penta- und Hexasilan zersetzen sich bereits bei Zimmertemperatur, so daß es völlig undenkbar wäre, eine Vielzahl von reduzierten Stoffen aufzubauen, wie sie für einen komplexen Zellstoffwechsel nötig sind.

Von großen und spiegelbildlichen Molekülen

Seine chemische Reaktivität macht es dem Kohlenstoff möglich, nicht nur mit nahezu allen anderen Elementen Verbindungen einzugehen, sondern vor allem auch *mit sich selbst*. Lange Ketten von Kohlenstoffatomen bilden oft das Grundgerüst für besonders große Moleküle, sogenannte Makromoleküle oder Polymere. In der Form von Proteinen oder Nukleinsäuren sind diese Makromoleküle die wichtigsten Funktionsträger einer lebenden Zelle. Mindestens genauso wichtig sind die sogenannten Lipide, die Zellen mit einer Membran umgeben und so von der Außenwelt isolieren, ein für das Leben entscheidender Beitrag, wie auch die Diskussion um die hypothetischen Marsorganismen wieder gezeigt hat.

Darüber hinaus können bestimmte Kohlenstoffverbindungen als Spiegelbildisomere vorliegen: Moleküle identischer Zusammensetzung, die sich jedoch in der räumlichen Stellung der verschiedenen Atome oder Atomgruppen wie unsere Hände verhalten. Sie sind wie Spiegelbilder, die durch keine wie auch immer geartete Drehung ineinander überführt werden können (Abb. 1).

Viele Moleküle einer lebenden Zelle können theoretisch in zwei solchen spiegelbildlichen Formen existieren, doch findet man stets nur eine der beiden Varianten in Organismen. So ähnlich sich diese Verbindungen auch sein mögen, sie entfalten bisweilen dramatisch unterschiedliche biologische Wirkungen. L-Asparagin etwa, eine Aminosäure, die in Proteinen relativ häufig vorkommt, schmeckt süß; D-Asparagin, das Spiegelbildisomer, wird in Proteinen normalerweise nicht gefunden und schmeckt bitter. Louis Pasteur (1822–1895), der Begründer der wissenschaftlichen Mikrobiologie[5], sah diese Eigenschaft gar als ein Charakteristikum des Lebendigen an: »Dieses wichtige Kriterium [molekulare Asymmetrie] stellt vielleicht den einzig klaren Unterschied dar, den man gegenwär-

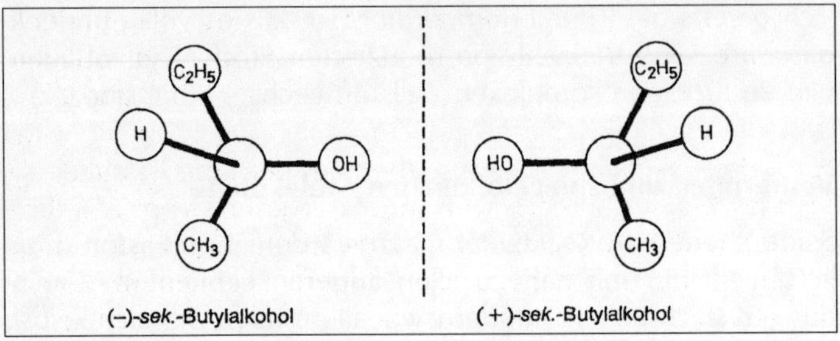

Abb. 1: Kohlenstoff vermag vier Bindungen auszubilden, die wie die Ecken eines Tetraeders orientiert sind. Wenn vier verschiedene Reste – Atome oder auch Atomgruppen – an ein zentrales C-Atom gebunden sind, kann man zwei Moleküle identischer Zusammensetzung konstruieren, die jedoch in der Stellung der Atome zueinander spiegelbildlich sind. Dies ist hier am Beispiel eines Alkohols (dem sekundären Butylalkohol) gezeigt.

tig zwischen der Chemie der toten und der belebten Materie feststellen kann.«

Diese drei Eigenschaften – die *hohe chemische Reaktivität*, die Fähigkeit, *Makromoleküle* zu bilden und die Spiegelbildisomerie (oder *Chiralität* nach dem griechischen Wort für Hand) – prädestinieren den Kohlenstoff zum Grundbaustein für den Aufbau einer Zelle, selbst wieder Grundeinheit allen Lebens. Schon das im Periodensystem sehr nahe stehende und somit auch chemisch ähnliche Silicium weist diese Eigenschaften, wie wir gesehen haben, bestenfalls in geringem Umfang auf. Sollte also Leben im All existieren, dann wird es mit hoher Wahrscheinlichkeit Leben auf der Basis von Kohlenstoffverbindungen sein.

Medium Wasser

Eine lebende Zelle ist aber nicht nur auf einen flexiblen Grundbaustein angewiesen, wie ihn Kohlenstoff in offenbar herausragender Form darstellt, sondern auch auf ein Medium, ein Lösungsmittel, in dem all die Umsetzungen stattfinden können, die für das Leben so charakteristisch sind. Auf der Erde bietet sich dazu das Wasser an, ein scheinbar einfacher Stoff, dessen Eigenschaften ihn jedoch für diesen Zweck geradezu ideal erscheinen lassen. Leben auf der Erde ist daher an flüssiges Wasser und an die Temperaturspanne von 0 °C (Eis) bis 100 °C (Übergang in den Gaszustand) gebunden.

Der Konkurrenzdruck zwischen den verschiedenen Organismen hat dazu geführt, daß diese Spanne vollständig ausgeschöpft wird. Wir kennen heute Mikroorganismen, die unter Polarbedingungen existieren können, beispielsweise die sogenannten Blaualgen, die keinen echten Zellkern besitzen, den Bakterien nahestehen und auch als Cyanobakterien bezeichnet werden. Doch auch Algen im engeren Sinne, mit einem Zellkern und einem vollständig ausgebildeten Photosyntheseapparat, wie man ihn bei höheren Pflanzen findet, wurden bereits im Eis beispielsweise der Antarktis gefunden. Diese mikroskopischen Lebewesen werden mit den Luftströmungen der Atmosphäre über die ganze Welt verbreitet und sind in der Lage, bei Temperaturen unter dem Gefrierpunkt zu existieren. Eine massive Vermehrung solcher Organismen findet meist dann statt, wenn der Schnee durch Sonnenbestrahlung oberflächlich antaut und zumindest geringe Mengen flüssigen Wassers zur Verfügung stehen. Sie verraten sich dann durch eine deutliche Grün- oder Rotfärbung des Schnees.

(An dieser Stelle sei ein Einschub erlaubt, um einem Mißverständnis vorzubeugen. Natürlich findet man in den Polgebieten andere Lebewesen wie beispielsweise Säugetiere oder Vögel, seien es nun Robben oder die drolligen Pinguine. Diese Tiere existieren natürlich auch bei Minusgraden, haben jedoch eine körpereigene Temperaturregulation, die eine Existenz von flüssigem Wasser zuläßt. Diese Lebewesen müssen aber zuerst in gemäßigten Breiten existiert haben, um sich anschließend den Extrembedingungen der Pole anzupassen und diese lebensfeindlichen Gebiete besiedeln zu können. Die hier besprochenen Mikroorganismen besitzen keine Möglichkeit, die zelleigene Temperatur zu regulieren; ihr Stoffwechsel funktioniert daher nur dann, wenn es die Außenbedingungen

Abb. 2: Extreme Lebensräume illustrieren die Fähigkeit der Organismen, sich selbst an unwirtlichste Bedingungen anzupassen. Badwater im Tal des Todes (Death Valley, Kalifornien) ist ein gesättigter Salzsee und doch nicht tot, außer Mikroorganismen findet man hier sogar höhere Organismen, nämlich Fische. Solche Lebewesen müssen Wege finden, um den extremen Wassermangel zu überwinden.

zulassen. Dementsprechend findet an den Polen auch nur eine extrem langsame Zersetzung von Abfallstoffen statt, einer der Gründe dafür, warum beispielsweise der Betrieb der antarktischen Neumeyer-Station an so strenge, international überwachte Umweltschutz-Auflagen gekoppelt ist. Am Südpol verrottet eben nichts so schnell wie anderswo, sondern wird sprichwörtlich zur »Altlast«.)

Auch andere extreme Lebensräume, in denen kaum Wasser zur Verfügung steht, werden von Bakterien oder Algen der verschiedensten Arten besiedelt. Dazu gehören stark salzhaltige Seen (Abb. 2) oder eintrocknende Meeresbecken ebenso wie Spalten von Steinen in sonnendurchglühten Wüsten. Aber auch am Siedepunkt des Wassers vermögen noch Organismen zu existieren, beispielsweise in heißen Tiefseequellen oder Vulkanschloten. Sogar in Rohöl findet man noch Leben. All diese für den Biologen äußerst interessanten Lebewesen[6] haben Anpassungen an den extremen Wassermangel entwickelt, aber dennoch basiert ihr Stoffwechsel prinzipiell auf den gleichen Stoffwechselumsetzungen, wie man sie bei allen anderen Lebewesen antrifft.

Eine Alternative für sehr kalte Welten, auf denen Wasser nur noch gefroren existieren kann, wäre flüssiges Ammoniak als Lösungsmittel für eine fremde Biochemie. Bestimmte Molekülklassen benötigen nur sehr niedrige Aktivierungsenergien, um chemisch reagieren zu können, so daß sie auch bei tiefen Temperaturen noch reaktiv genug sind. Über solche Verbindungen wissen wir allerdings recht wenig, und zwar aus rein praktischen Gründen. In den Labors unserer Universitäten herrscht im allgemeinen Raumtemperatur, nicht die Kälte des Neptun-Mondes Triton. Untersuchungen bei Tiefsttemperaturen erfordern einen erheblichen apparativen und sicherheitstechnischen Aufwand, den man in Zeiten ohnehin knapper Finanzmittel nur leisten wird, wenn ein umsetzbarer Nutzen zu erwarten wäre. In diesem Fall müssen daher unsere Überlegungen bis auf unabsehbare Zeit reine Spekulation bleiben.[7]

Ein Höllenplanet erzeugt Leben

Die Atmosphäre des Planeten ist – für unsere Begriffe – nicht gerade angenehm: Methan, Ammoniak und Wasserdampf dominieren, daneben kommen Stickstoff und Wasserstoff, aber auch die giftigen Gase Schwefelwasserstoff und Kohlenmonoxid vor. Die Oberfläche wird von Beben erschüttert, gewaltige Vulkaneruptionen sind an der Tagesordnung. Die Temperaturen liegen bei 300 °C. Vom Zentralgestirn fällt nahezu ungefiltert harte UV-Strahlung ein. Der Zerfall radioaktiver Elemente, Entladungen durch Blitze, all das setzt Unmengen an zerstörerischer Energie frei.

So ungefähr müssen wir uns die »lebensfeindliche« Erde in der Frühzeit ihrer geologischen Entwicklung vorstellen. Vor etwa 4,7 Milliarden Jahren entstand unser (heute) blauer Planet. Nach vorsichtigen Schätzungen liegt der Zeitpunkt, an dem die erste lebende Zelle existierte, nicht viel mehr als 4 Milliarden Jahre zurück. Das ist für unsere Betrachtungen von großer Bedeutung: Leben scheint auch unter relativ ungünstigen Bedingungen schnell und geradezu zwangsläufig zu entstehen.

Die Wissenschaftler haben dafür konkrete Hinweise. Sie haben die Umweltbedingungen der Urerde im Reagenzglas simuliert und konnten belegen, daß unter diesen uns extrem anmutenden Umständen viele Moleküle entstehen, die wir auch im Zellstoffwechsel wiederfinden. Der erste, der solche Arbeiten durchführte, war der Amerikaner Stanley Miller. Schon zuvor jedoch hatten andere darüber spekuliert, wie das Leben entstanden sein könnte. So haben bereits 1924 der russische Kolloidchemiker A. I. Oparin und unabhängig von ihm 1929 der englische Biologe J. B. S. Haldane die Vermutung geäußert, daß biogene, organische Substanzen unter diesen eher ungemütlich anmutenden Bedingungen entstanden sein und sich in den Ozeanen angereichert haben könnten. Die auf diese Weise entstehende Ursuppe hätte dann eine Vielzahl potentiell biologisch bedeutsamer Substanzen enthalten: Aminosäuren, Peptide, Kohlenhydrate (Zucker), Fettsäuren, Purine und Pyrimidine (als Bausteine der Nukleinsäuren). Harold Urey entwickelte diese Gedanken weiter, bis schließlich 1953 sein Schüler Miller seinen inzwischen berühmt gewordenen Versuch anstellte.

In einer für heutige Verhältnisse geradezu primitiv anmutenden Apparatur simulierte er die Bedingungen der Urerde, wie man sie sich damals vorstellte, also mit einer reduzierenden Atmosphäre aus Methan, Ammoniak, Wasserdampf und Wasserstoff. Funkenentladungen dienten als Stellvertreter für Blitze und lieferten die notwendige Energie. Die entstandenen Produkte wurden in einer Kühlfalle abgefangen und chemisch analysiert. Dabei fand man eine Vielzahl wichtiger organischer Verbindungen, wie sie für eine Zelle unabdingbar sind. Mehr noch: Man konnte die Ausgangsbedingungen vielfältig variieren, sei es in der Zusammensetzung der Gase als »Rohsubstanzen« für diese Synthesen oder auch in der Art der Energiequelle (beispielsweise UV-Licht oder auch Radioaktivität). Stets erhielt man zwar wechselnde, aber in sich reproduzierbare und mit biologisch wichtigen Molekülen angereicherte Stoffgemische. Daß darüber hinaus im Murchison-Meteoriten eine ganz ähnliche Menge von Aminosäuren gefunden wurde wie in solchen künstlichen Ursuppen, zeigte, daß diese Experimente durchaus auch für die Situation im All charakteristisch waren; zumindest also standen für das »Experiment Leben« einige der wesentlichen Bausteine zur Verfügung (Tab. 1).

Aminosäure	Murchison-Meteorit	Künstliche Ursuppe
β-Alanin	• •	• •
α-Aminoisobuttersäure	• • • •	• •
β-Aminoisobuttersäure	•	•
α-Amino-n-Buttersäure	• • •	• • • •
β-Amino-n-Buttersäure	•	•
N-Ethylglycin	• •	• • •
Isovalin	• •	• •
N-Methylalanin	• •	• •
Norvalin	• • •	• • •
Picolinsäure	•	•
Sarkosin	• •	• • •
Alanin	• • • •	• • • •
Asparaginsäure	• • •	• • •
Glutaminsäure	• • •	• •
Glycin	• • • •	• • • •
Prolin	• • •	•
Valin	• • •	• •

Tabelle 1: Ein Vergleich der relativen Mengen von Aminosäuren, wie man sie im Murchison-Meteorit und in der »künstlichen Ursuppe« von Stanley Miller nachweisen konnte, zeigt erstaunliche Übereinstimmungen. Die Zahl der Punkte symbolisiert die jeweils gefundene Menge. Grau unterlegte Aminosäuren kommen auch in Proteinen vor.

Einige – aber eben nicht alle! Ebenso wie bei der Suche nach organischen Molekülen im Weltraum mit Hilfe der Mikrowellenspektroskopie ist es auch hier bisher nicht gelungen, die Bildung von Makromolekülen wie Proteinen oder Nukleinsäuren nachzuweisen. Zwar gab es einige positive Befunde, doch fanden die entsprechenden Experimente unter nicht ganz realistischen Bedingungen statt oder sind noch umstritten und nicht erfolgreich wiederholt. Zwar entstehen Vorstufen zu solchen Molekülen, doch setzt dann auch meist wieder ein schneller Zerfall ein. Eines jedenfalls wurde rasch deutlich: Zwar bilden sich biologisch wichtige Substanzen sehr schnell und in teilweise durchaus zufriedenstellender Menge, und dies fast unabhängig von den Ausgangsbedingungen. Das war die gute Nachricht. Die schlechte: Eine »dicke Ursuppe«, Meere, fast »randvoll« mit Vorstufen des Lebens, hat es wohl nie gegeben. Es war ein geradezu faustisches Problem: »Denn alles, was entsteht, ist wert, daß es vergeht.« Zersetzungsprozesse der unterschiedlichsten Art bauten die eben mühselig entstandenen Vorstufen wieder ab.

Überleben in der Nische

Ein denkbarer Ausweg aus diesem Dilemma lag auf der Hand. Es mußten ja nicht unbedingt die Ozeane bis zum Überlaufen mit biogenen, »Leben schaffenden« Molekülen gefüllt sein, es hätte ja auch genügt, wenn in einigen Nischen, kleinen, umgrenzten Lebensräumen wie etwa Gezeitentümpeln oder Felsspalten einfache Lebensformen entstanden wären, um sich dann von dort her auszubreiten. Tatsächlich sind heute bereits eine Vielzahl von Experimenten durchgeführt und Informationen zusammengetragen worden, die den weiteren Weg einfachster Vorstufen hin zu einer komplexen Zelle einigermaßen plausibel schildern. Doch müssen wir hier bereits darauf hinweisen, daß wir das Zeitalter der Chemie bereits verlassen haben. Mehr noch: Wir haben bereits das *Zeitalter der Protozelle,* also einfacher Zellvorstufen, betreten. Und noch schlimmer: Wir haben ein großes Problem zwar angedeutet, aber umgangen. Christian de Duve hat diesen wichtigen Punkt unter dem Begriff *Zeitalter der Information* subsummiert. Es genügt ja nicht, ein Lebewesen aufzubauen, sondern man muß auch in der Lage sein, die in diesem Organismus gestaltgewordene *Information zu vererben, um weitere, mehr oder weniger identische Wesen zu erzeugen* – sonst käme nämlich die eben mühsam angelaufene Evolution hin zu höheren, schließlich sogar intelligenzbegabten Lebewesen zu einem frühen Ende! Hier ist leider nicht der Raum, um gerade auch dieses spannende Thema schlüssig zu behandeln, daher sei an dieser Stelle der Hinweis auf entsprechende Literaturstellen erlaubt.[8]

Eine ganze Reihe von Problemen der Präbiotik – so bezeichnet man das Forschungsgebiet an der Grenze von Paläontologie, Biologie und Chemie, das sich mit den frühesten Phasen der Evolution beschäftigt – lassen sich umgehen, wenn man den Hypothesen von A. G. Cairns-Smith, Dozent für Chemie an der University of Glasgow, folgt. Seiner Vorstellung nach hat bereits einmal fremdes Leben auf unserer Erde existiert, Leben auf der Basis von Tonmineralien. Sein Ausgangspunkt war eines der großen Probleme der Präbiotik: Wie können in einer wäßrigen Umgebung, in der die Bildung der ersten Biomoleküle wahrscheinlich ablief, Makromoleküle wie Proteine oder Nukleinsäuren entstehen? Die Antwort mancher Wissenschaftler ist eindeutig – gar nicht. Selbst wenn durch günstige Umstände größere Moleküle gebildet worden wären, so ihre Argumentation, müßten sie sich auch ebenso schnell wieder zersetzen. Ganz sicher aber wäre es undenkbar gewesen, daß sich die vielen für den Aufbau einer lebenden Zelle notwendigen Komponenten sozusagen Schritt für Schritt zusammengefunden hätten.

Wenn das auch nicht ganz von der Hand zu weisen ist, wird das Problem dadurch nicht gelöst, denn schließlich sind Zellen ja entstanden – die unzähligen Lebewesen unserer Erde einschließlich des Menschen selbst legen davon Zeugnis ab! Nach Ansicht des schottischen Chemikers erhielten die heutigen Formen von Organismen eine ganz massive Starthilfe. Zunächst, so glaubt er, existierte eine völlig andere Art von Leben auf der Basis von Tonmineralien, wie etwa Phosphaten, Alaun oder Silikaten; keine andere Gruppe anorganischer Verbindungen nämlich tritt in so vielfältigen chemischen Varianten auf.[9]

Mineralienevolution und genetische Wachablösung

Entscheidend aber ist die Fähigkeit dieser Mineralien zur Kristallbildung. Solche Kristalle sind hochgeordnet, weisen aber doch immer wieder einzelne Defektstellen auf, an denen bestimmte Atomgruppen fehlen oder Fremdatome zusätzlich eingebaut sein können. Diese hohe Regelmäßigkeit erleichtert auch das Wachstum. Entlang bereits vorhandener Kristallflächen können neue Bausteine angelagert werden. Jeder kann das in der heimischen Küche mühelos beobachten. Man stellt zwei gesättigte Kochsalzlösungen her und gibt nur in eine davon einen kleinen Salzkristall. Um diesen Impfkeim wird das Kristallwachstum schneller und umfangreicher stattfinden als in der Vergleichslösung.

Diese Kristallvermehrung an einer vorgegebenen Matrize, eben dem Mutterkristall, weist nun eine – wenn auch entfernte – Ähnlichkeit mit der Vermehrung des genetischen Materials normaler Organismen auf. Die erwähnten Fehlstellen würden dann den Mutationen entsprechen, die ja eine unabdingbare Grundlage der Evolution darstellen. Darüber hinaus beeinflussen diese Defekte auch das Kristallwachstum, erleichtern oder erschweren es. Damit kann sich eine bestimmte Kristallsorte unter Umständen schneller bilden als eine andere, so wie sich eine Tier- oder Pflanzenart rascher in einem Biotop ausbreiten kann als eine andere, die sich langsamer fortpflanzt.

Führt man diesen Gedankengang weiter, gelangt man schließlich zu einer Art von Mineralienevolution – ausgehend von Kristall-»Genen« über zunehmend komplexer aufgebaute Anordnungen zu spezifischen Tonen mit einer Art von rudimentärem Stoffwechsel, sogar bis hin zu einer Urform der Photosynthese. Nun aber kommt es zu einem folgenschweren Schritt: An einem solchen Stoffwechsel wären früher oder später unausweichlich Kohlenstoffverbindungen beteiligt. Da diese erstens reaktiver sind und zweitens schon eine Art von Leben vorfinden, können sie einen »Hilfsstoffwechsel« aufbauen. Dies geschieht im Schutz der ursprünglichen Kristallverbindung, die einen Abbau verhindert. Einfach auf Grund der chemischen Vielseitigkeit wird dann dieser zunächst untergeordnete Stoffwechsel ausgebaut, bis der »Parasit« schließlich vorherrscht und die ursprüngliche mineralische Lebensform überwuchert (Abb. 3, 4). Cairns-Smith spricht von einer »genetischen Machtübernahme« (genetic takeover).

Auch der Münchner Patentanwalt und Chemiker Günter Wächtershäuser ist sich sicher, daß das Leben seinen Ursprung in Oberflächenreaktionen hatte. Er geht dabei von der Existenz einer einfachen »Batterie« aus, bei der die notwendige Stoffwechselenergie durch die Reaktion von Eisensulfid mit Schwefelwasserstoff zu Wasserstoff und Pyrit erzeugt wurde. Die dabei entstehende, positiv geladene Pyritoberfläche kann nun negativ geladene Substanzen, beispielsweise organische Säuren binden. Dies könnte, so seine Hypothese, schließlich zur Fixierung von Kohlendioxid und ersten einfachen Stoffwechselprodukten führen. Weiteren Auftrieb erhielten solche Überlegungen durch neue Ergebnisse einer amerikanischen Forschergruppe des Rensselaer Polytechnic Institute in Troy. Sie konnten mit Hilfe des in der Natur weit verbreiteten Tonminerals Montmorillonit DNA-ähnliche Molekülstränge künstlich erzeugen. Es ist also tatsächlich denkbar, daß Makromoleküle an Kristalloberflächen entstanden sind – das erste Leben sozusagen eine Art Pfannkuchen? Wer denkt dabei nicht an die psychisch empfindlichen, stets ängstlichen Mattenwillys der Perry-Rhodan-Serie? So reizvoll aber diese Vorstellungen auch sein und wie viele ungeklärte Fragen sie auch lösen mögen, es wird noch viel experimentelle Arbeit benötigen, um sie gegebenenfalls zu bestätigen. Auszuschließen ist es jedenfalls nicht, daß schon einmal absolut fremde Lebensformen unseren Planeten bevölkert haben.

Universale Lösungen und biologische Eigentümlichkeiten

Unsere Gedankenexpedition auf der Spur der frühen Evolution und der Suche nach außerirdischem Leben hat also bereits eine ganze Reihe von Erfolgen gezeitigt. Leben dürfte im Universum keine Ausnahmeerscheinung darstellen, sondern vielmehr fast notwendigerweise entstehen, vielleicht sogar noch häufiger, als man auf der Grundlage verschiedener Abschätzungen wie beispielsweise der Drake-Formel (siehe unten) erwarten kann. Vielleicht verdanken sogar wir selbst

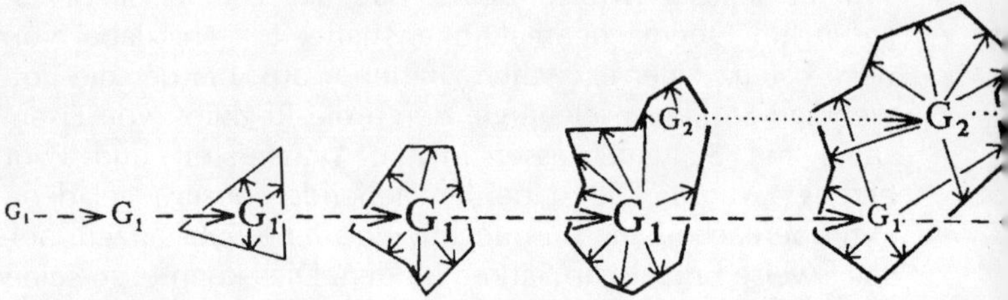

Abb. 3: Dieses Schema zeigt, wie man sich die genetische Wachablösung vorstellen könnte. Streng genommen handelt es sich um einen fast alltäglichen Vorgang: Eine Organismenart überwuchert die andere, nur daß in diesem Fall ein Organismus ein Kristallwesen ist. Zunächst entsteht Leben auf der Basis anorganischer Tonmineralien, das sich auch seinen eigenen Satz von Erbinformationen schafft (G_1). Diese Wesen werden stetig komplexer und entwickeln einen Stoffwechsel auf der Basis von Oberflächenreaktionen an Tonkristallen. Aufgrund der chemischen Reaktivität des Kohlenstoffs nutzen sie dieses Element zum Aufbau von Untersystemen mit eigener Erbinformation (G_2), doch – das Bessere als Feind des Guten – werden sie schließlich von diesen flexibleren Untersystemen überwuchert. So könnte das Leben auf Kohlenstoffbasis eine entscheidende Starthilfe erhalten haben.

einer solchen Lebensform unser Dasein, und wenn auch mineralische Organismen denkbar, wenn auch problematisch sind, könnte die Zahl belebter Planeten allein in unserer Milchstraße beträchtlich sein.

Die Überlegungen von Cairns-Smith machen jedoch ein Problem deutlich, dessen Tragweite meist unterschätzt wird. Nehmen wir an, es sei möglich, interstellare Entfernungen zu anderen Planetensystemen zu überwinden, gehen wir weiter davon aus, ein Himmelskörper, der Leben trägt, sei gefunden worden. Wie erkennt man nun eine außerirdische Lebensform? Salopp ausgedrückt: Sie stehen an einem kilometerlangen Strand und sind sich der Tatsache bewußt, daß es zum

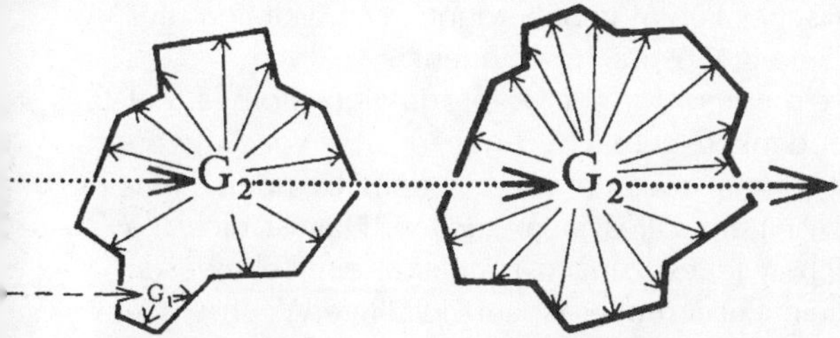

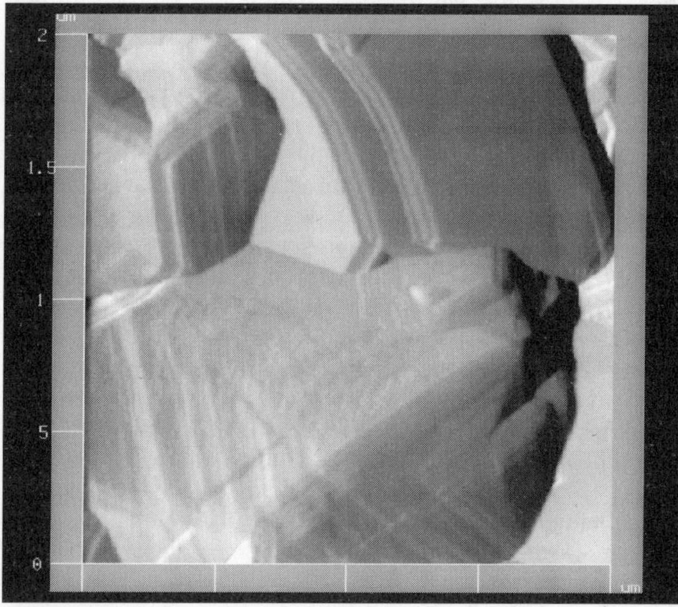

Abb. 4: Diese rasterelektronenmikroskopische Aufnahme zeigt die reich strukturierte Oberfläche (2 x 20 = 4 μm^2) einer Diamantschicht (streng genommen also Kohlenstoff) auf einem Siliziumsubstrat. Durch einen speziellen Abbildungsmodus wird das Wachstum in Schichten besonders deutlich. Solche Kristalloberflächen könnten dem ersten Leben auf Kohlenstoffbasis Schutz geboten haben.

Beispiel mineralisches Leben geben könnte. Mit welchem der Steine würden Sie ein Gespräch beginnen?

Jack Cohen, ein amerikanischer Reproduktionsbiologe, hat sich darüber Gedanken gemacht, und er hat zwei Antworten.[10] Zunächst einmal müssen wir auf dem fremden Himmelskörper nach einem Ökosystem suchen. Das ist nicht so selbstverständlich, wie es zunächst klingt. Kein Lebewesen kann für sich allein existieren; es ist auf vielfältige Wechselwirkungen zu seiner belebten und unbelebten Umwelt angewiesen. Es wird den Nachstellungen von Freßfeinden ausgesetzt sein, wird mit Parasiten und Krankheitserregern zu kämpfen haben. Mit anderen Organismen wird es vielleicht eine Symbiose eingegangen sein, so wie ein Einsiedlerkrebs mit »seiner« Seeanemone. Solche komplexen Beziehungen müssen wir aufspüren, und die Problematik dieser Aufgabe kann man sich daran bewußt machen, wie schwer es uns fällt, solche ökologischen Interaktionen auf unserer Erde zu erkennen, *bevor* wir zerstörend in sie eingreifen!

Aber wir haben einen weiteren Anhaltspunkt. Eben weil Leben und Umwelt miteinander in Beziehung stehen, werden Organismen vor eine Reihe von Problemen gestellt, die sie zu lösen haben, um überleben zu können. Diese Problemlösungen können *universellen Charakter* haben oder eine *biologische Eigentümlichkeit* darstellen. So ist es beispielsweise sehr wahrscheinlich, daß der Fremdorganismus auf die eine oder andere Art kompartimentiert, also in verschiedene Reaktionsräume eingeteilt, vielleicht sogar zellulär aufgebaut ist. Ein komplexer Stoffwechsel funktioniert nur dann verläßlich, wenn er in einem abgetrennten Raum unter kontrollierten Bedingungen stattfinden kann. Auch die lebende Zelle ist kein strukturloser Sack, in dem eine wilde Vielzahl von Umsetzungen gleichzeitig ablaufen. Vielmehr sind bestimmte Reaktionen an bestimmte Bereiche der Zelle gekoppelt, sie finden dort und *nur* dort statt. Dieses Prinzip einer räumlichen Gliederung ist so fundamental, daß es auch bei potentiell denkbaren außerirdischen Wesen verwirklicht sein muß.

Organismen sind darüber hinaus auf die Zufuhr von Energie angewiesen, und man kann davon ausgehen, daß auf fremden Planeten auch eine Art von *Photosynthese* stattfindet. Allein auf unserer Erde ist diese Form der Energiegewinnung aus Sonnenlicht im Verlauf der Evolution mindestens zweimal unabhängig voneinander entwickelt worden. Weitere universelle Eigenschaften, auf die wir stoßen müßten, sind die Eroberung des Festlands, die Erfindung des Flugs, aber auch die Weitergabe von Informationen an Nachkommen in Form irgendeiner Art von Vererbung. Daneben finden wir in unserer Organismenwelt viele Eigentümlichkeiten, die keineswegs bei außerirdischen Lebensformen vorkommen müssen. Es gibt keinen Grund, ausgerechnet vier Gliedmaßen mit je fünf Zehen oder Fingern zu haben, und das Körperskelett muß nicht aus Knochen bestehen. Anders ausgedrückt: Man muß nicht einen Rüssel haben, um wie ein Elefant Wasser aufnehmen zu können. Aber man muß Strukturen entwickeln, die den Eigenschaften des Wassers Genüge tun, um an Wasser zu kommen, denn Wasser ist für einen Stoffwechsel (sogar auf mineralischer Basis) unverzichtbar.

Cohen rechnet eine weitere Besonderheit des Lebens zu den universellen Problemlösungen: einen Anstieg der Intelligenz, bis hin zu der Fähigkeit, mit anderen Lebewesen zu kommunizieren. (Wir hätten damit schon die weiteren Zeitalter de Duves angeschnitten, wenn auch nicht abgehandelt: die Entwicklung zum Ein- und dann zum Vielzeller, die Ausbildung des Geistes – und schließlich die weiteren Fortschritte – wohin?) Wie schon die Menschheitsgeschichte belegt, bedingt das bloße Vorhandensein dieser Fähigkeit allerdings nicht automatisch auch den Willen zur Kommunikation. Es wäre gut möglich, daß die Außerirdischen – wie in den »Alien«-Filmen – in uns nicht mehr sehen als willkommene Brutstätten für ihre Nachkommen. Auch der Schlupfwespen-Parasitismus dürfte übrigens so eine universelle Problemlösung sein.

Eine Antwort aus dem All?

Anfang Juni 1994 stellten einige Mitarbeiter von Lewis Snyder von der Universität von Illinois in Urbana-Champaign auf der Jahrestagung der Amerikanischen Astronomischen Gesellschaft in Minneapolis die Ergebnisse von drei Jahren harter Arbeit vor. Radioastronomische Beobachtungen im Frequenzbereich von 85 bis 115 Gigahertz hatten ihnen den Nachweis einer ganzen Reihe von organischen Verbindungen mit bis zu 13 Atomen ermöglicht. Der vielleicht sensationellste Einzelbefund: In der interstellaren Gaswolke Sagittarius B2, nahe dem Zentrum unserer Milchstraße, gibt es Glycin, eine (allerdings einfach gebaute) Aminosäure. Aus ihr und anderen Aminosäuren sind Proteine aufgebaut, eine der wichtigen Klassen von Makromolekülen, ohne die es kein irdisches Leben gäbe. In den nächsten Jahren, da sind sich die Astronomen sicher, wird der Nachweis weiterer, auch komplexer zusammengesetzter Biomoleküle im Weltraum gelingen.

Damit ist sicher, daß das Zeitalter der Chemie auch im All möglich und sogar verwirklicht ist. So interessant es wäre, den Fortschritten durch die anderen Zeitalter zu folgen (vor allem durch das Zeitalter der Information, denn das begegnet uns Menschen noch heute in Form von Krankheitserregern wie Viren, Viroiden und Prionen!), müssen wir an dieser Stelle doch in eher klassisches Fahrwasser einbiegen. Kennen wir andere Planeten, andere Welten im All, auf denen eine präbiotische Evolution überhaupt stattfinden könnte?[11]

Die Suche nach Planeten im All

1961 stellte der Astronom Frank Drake, der heute an der Universität von Kalifornien in Santa Cruz arbeitet, eine Näherungsformel auf, die es ermöglichen soll, die Anzahl N von technisch hochstehenden Zivilisationen in unserer Milchstraße abzuschätzen. Sie lautet

$$N = S \cdot Ap \cdot A\ddot{o} \cdot Al \cdot Ai \cdot At \cdot L$$

Dabei steht S für die Anzahl der Sterne in unserer Galaxis, Ap für den Anteil der Sterne mit Planetensystemen, Aö für den Anteil an Planeten, die von ihren Voraussetzungen (Sonnenabstand, Temperatur, Atmosphäre etc.) Leben tragen könnten, Al für den Anteil an Planeten, die tatsächlich belebt sind. Mit Ai wird der Bruchteil erfaßt, auf dem sich intelligente

Lebewesen entwickeln konnten, mit At schließlich jene Planeten, die eine technisch hochstehende Zivilisation tragen. L umschreibt die mittlere Lebensdauer solcher technischen Kulturen.

Eine Formel wie diese ergibt, so beeindruckend sie zunächst aussehen mag, wenig mehr als vage Schätzwerte. Die meisten Zahlenwerte, die man für die verschiedenen Variablen einsetzen kann, schwanken sehr stark; damit natürlich auch das Ergebnis. Mit vorsichtigen Werten kommt man immerhin noch auf eine Anzahl von vielleicht einigen hunderttausend derzeit existierenden, technisch hochstehenden Zivilisationen in unserer Milchstraße.

Dabei könnte man die Drake-Formel noch in verschiedenster Weise modifizieren. So wird zum Beispiel gar nicht berücksichtigt, daß diese Hochkulturen vielleicht gar kein Interesse haben, mit fremden Intelligenzen in Kontakt zu kommen. Die Entwicklung ihrer Kultur könnte, ja müßte fast ganz anders verlaufen sein; kulturelle Höherentwicklung muß ja nicht notwendigerweise technische Weiterentwicklung im Sinne unserer westlichen Zivilisation bedeuten. Dies könnte bedeuten, daß die systematische Suche nach Radiosignalen, wie sie im Rahmen von SETI betrieben werden soll, nicht unbedingt positiv verlaufen muß, selbst wenn außerirdische Intelligenzen existieren.

Der verräterische Sauerstoff

Seit kurzem wird nun an einer Methode gearbeitet, die eine ganz andere, eben nicht technische Lebensspur verraten soll, nämlich den Sauerstoff. Bei der Diskussion der Uratmosphäre unserer Erde hatten wir bereits gesehen, daß noch keineswegs völlig klar ist, wie sie genau zusammengesetzt gewesen sein mag. Eines jedoch ist sicher: Ganz gleich, welche Zusammensetzung man für wahrscheinlich erachtet, freier Sauerstoff kommt zunächst nicht darin vor. Das in unserer heutigen Atmosphäre doch recht häufige Molekül ist ein Diradikal, es trägt also zwei freie Elektronen, die mit anderen Verbindungen reagieren können. Wie immer das im atomaren Detail aussehen mag, wichtig ist für unsere Überlegungen nur eines: Sauerstoff ist sehr reaktionsfreudig. Sobald er in nennenswerten Mengen entsteht, setzt er sich chemisch um, wann immer es geht. Er reichert sich also nicht wesentlich an.

Hier hört man förmlich den Widerspruch: »Aber das kann doch nicht stimmen! Fast ein Viertel der Erdatmosphäre ist Sauerstoff, und wir sind auf ihn angewiesen. Keine Atmung ohne Sauerstoff!« Das ist schon richtig, verkennt aber die tatsächliche Abfolge der Ereignisse im Verlauf der Evolution.

Die Tatsache bleibt bestehen: Sauerstoff ist sehr reaktiv, und er ist sogar ein Zellgift. Daß es den Organismen gelungen ist, dieses Gift nutzbar zu machen, ändert daran nichts. Die Uratmosphäre mag in ihrer Zusammensetzung ausgesehen haben, wie sie will, freier Sauerstoff kam nicht vor. Das war sogar entscheidend für die schon geschilderten ersten Schritte ins Leben, denn er hätte die neu entstandenen organischen Moleküle sofort zerstört. Damit sie sich anreichern konnten, war eine sogenannte »anaerobe«, sauerstofffreie Umgebung notwendig. Es gab auch kein Ozon, das die ultravioletten Strahlen der Sonne absorbiert hätte. Was für uns heute eine Bedrohung darstellt, war damals eine willkommene Energiequelle. Nur so konnten, sei es nun in einer Ursuppe oder in einem urzeitlichen Pfannkuchen, die ersten Organismen entstehen. Der Stoffwechsel dieser Organismen war vermutlich lichtabhängig - nicht so erstaunlich, wie man vielleicht glauben mag, wenn man bedenkt, daß unzählige Mikroorganismen und alle Pflanzen noch heute einen solchen von Lichtenergie gespeisten Stoffwechsel besitzen!

Eine Unzahl chemischer Reaktionen werden durch Licht katalysiert. Das Prinzip solcher Umsetzungen besteht in einer Übertragung von Energie auf Elektronen, die dadurch in die Lage versetzt werden, neue Bindungen einzugehen. Es ist nicht verwunderlich, daß die belebte Natur dieses Prinzip weidlich ausnutzt, sei es nun in der Photosynthese oder in der Atmungskette. Es ist auch nicht besonders erstaunlich, daß die Urorganismen diese Methode bald für sich einsetzten, um ihren Stoffwechsel in Gang zu halten. Zunächst waren sie jedoch nicht in der Lage, Wasser zu spalten, ein

Trick, den beispielsweise die grünen Pflanzen beherrschen. Dazu waren eine ganze Reihe von »technischen Verfeinerungen« notwendig, die man heute in ihren Grundzügen in den einschlägigen Kapiteln der Botanik-Lehrbücher nachlesen kann. Für unsere Zwecke genügt eine starke Vereinfachung der wahren Verhältnisse: Wer in der Lage ist, Licht als Energiequelle zu nutzen, um letztlich Wasser zu spalten und Sauerstoff freizusetzen, hat einen etwa zehnmal so großen Energiebetrag für seinen Stoffwechsel zur Verfügung als andere Organismen, die das nicht können – ein erheblicher evolutionärer Vorteil!

Lebewesen, die diesen Vorteil für sich verbuchen konnten, vermehrten sich logischerweise auch sehr stark; sie überwucherten ihre Konkurrenten. Eine Konsequenz dieser Entwicklung war es, daß auch zunehmend Sauerstoff entstand. Zunächst wurde er durch geochemische Prozesse verbraucht, so reagiert er beispielsweise mit zweiwertigen Eisenionen zu unlöslichem Eisenoxid. Vor ungefähr zwei Milliarden Jahren bildeten sich auf diese Weise gewaltige Ablagerungen des roten Gesteins, die sogenannten »red beds«. Der Paläobiologe J. William Schopf von der University of California in Los Angeles, dem wir später noch begegnen werden, sprach sehr anschaulich davon, daß »die Ozeane der Welt rosteten«. Die Meere wurden durch die Ablagerung dieses Eisenerzes allmählich ihrer freien Eisenionen beraubt. Irgendwann war die Bindungskapazität dieser geologischen Umsetzungen erschöpft, und der Sauerstoff begann sich in der Atmosphäre anzureichern.

Ein Zellgift verrät das Leben

Man muß sich vor Augen führen, was das eigentlich bedeutet: Die ersten Lebewesen der Erde führten auch bereits die erste Umweltkatastrophe herbei! Der in großen Mengen entstehende Sauerstoff war nämlich giftig, und zwar auch für seine Erzeuger! Die Organismen mußten Möglichkeiten finden, dieses Molekül abzufangen oder zu entgiften, und sie entwickelten dazu Mechanismen, die noch heute in unseren Zellen wirksam und funktionell sind. Dennoch: Der energetische Vorteil war entscheidend, daher lernte das Leben, sich mit dem Gift zu arrangieren. Anders ausgedrückt, und so kommen wir auf die Suche nach extraterrestrischen Lebensformen zurück: Wo Leben ist, wird - einfach aufgrund energetischer Überlegungen - auch Sauerstoff in Mengen entstehen, die weit über dem liegen, was ein Planet im Verlauf seiner Entwicklung ausgasen kann.

Somit ist ein relativ hoher Anteil von Sauerstoff in einer Planetenatmosphäre ein erstes Indiz für Leben auf Kohlenstoffbasis. Damit aber nicht genug, es läßt sich mit Hilfe spektroskopischer Methoden auch ausgezeichnet nachweisen. Dazu bedient man sich der sogenannten Infrarotspektroskopie, einer physikalisch-chemischen Analysenmethode, die Strahlung im Bereich von Mikrometer-Wellenlängen untersucht, einfacher ausgedrückt: Wärmestrahlung. In diesem Spektralbereich, dessen Wellenlängen das Zehn- bis Zwanzigfache des sichtbaren Lichts betragen, hinterläßt Sauerstoff deutliche Spuren.

Mehr noch: Durch Analyse des Infrarotspektrums kann man sogar drei wichtige Substanzen nachweisen, die auf belebten Planeten vermutlich zusammen auftreten: Ozon, eine dreiatomige Modifikation des Sauerstoffs, Kohlendioxid und Wasser (Abb. 5). Soll dieses Verfahren funktionieren, müßte es auch in unserem Sonnensystem anwendbar sein. Und tatsächlich, nur das Infrarotspektrum unserer Erde weist diese Charakteristik auf. Unsere Nachbarn Mars und Venus haben eine nur an Kohlendioxid reiche Atmosphäre.

Wer allerdings die Wärmestrahlung eines Planeten weit draußen im All unter die Lupe nehmen möchte, steht vor einigen erheblichen Problemen.[12] Zunächst stören die Erdatmosphäre und die Wärmeausstrahlung des Geräts selbst, es sollte daher im Raum stationiert und von der Kälte des Vakuums gekühlt werden. Das ist schon deswegen notwendig, weil ja die Gase, deren Signale man messen möchte, sich in großen Mengen in der Erdatmosphäre befinden. Aber auch dann bleibt ein weiteres Hemmnis: Jeder Planet wird mit Sicherheit von seiner Sonne überstrahlt. Selbst wenn es also entsprechende Signale gäbe, würden sie doch in den gewaltigen Energien des jeweili-

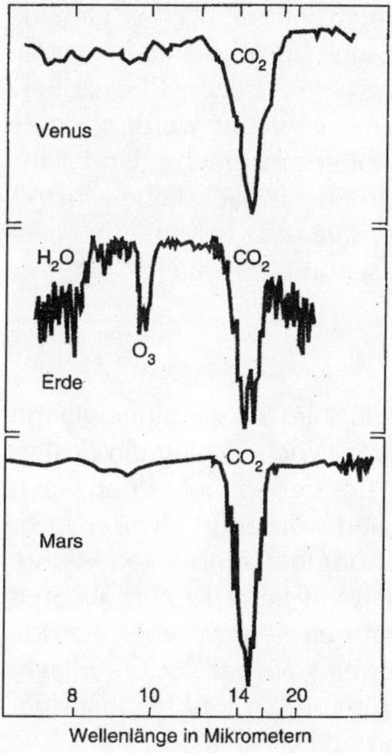

Abb. 5: Das von der Erde in den Weltraum abgestrahlte Infrarotspektrum läßt eindeutige Anzeichen von Leben erkennen. Während sich in den Spektren von Venus und Mars auch viel Kohlendioxid (CO_2) verrät, fehlen die für Ozon (O_3) und Wasser (H_2O) charakteristischen Signale.

Copyright © Spektrum der Wissenschaft, Heidelberg

gen Zentralgestirns völlig untergehen. Die Lösung dieses Dilemmas besteht in einem technischen Trick: Man richtet zwei Spiegel auf ein und dasselbe Gestirn und invertiert das empfangene Wellenmuster des einen, kehrt quasi die Wellenberge und Täler an einem Spiegel um. Damit löscht sich die intensive Strahlung des Sterns im Empfänger selbst aus, und es wird möglich, damit das schwache Leuchten eines in seiner Nähe befindlichen Begleiters aufzuspüren und zu untersuchen.

Ein solches Interferenz-Teleskop haben J. Roger, P. Angel und Neville J. Woolf Anfang der neunziger Jahre mit Kollegen aus aller Welt entwickelt und der NASA vorgeschlagen, die um Anregungen zur Erforschung anderer Sonnensysteme gebeten hatte. Der Bau eines solchen Instruments wäre bei der heutigen Finanzlage sicher nur in internationaler Zusammenarbeit zu realisieren, mehr noch, er wäre an die Realisierung der projektierten Raumstation gekoppelt. Dort nämlich könnte ein solches, insgesamt recht zerbrechliches Gebilde von vielleicht 50 bis 75 Meter Länge zusammengebaut werden. Dann müßte es mittels eines elektrischen Rückstoßantriebs auf eine Bahn um die Sonne gebracht werden, deren Radius etwa der des Planeten Jupiter entspräche. Und dann könnte die Arbeit beginnen – die Suche nach Leben im All, wohlgemerkt: nicht nur nach *intelligentem* Leben! Aber vielleicht haben wir dieses Leben ja schon entdeckt?

Kosmische Steinwürfe

Vor vielleicht 16 Millionen Jahren kam es zu einer gigantischen Katastrophe. Mit ungeheurer Wucht schlug ein riesiger Asteroid in die karge Oberfläche unseres sonnenfernen Nachbarplaneten Mars (Tab. 2). Energien wurden frei, wie man sie nur mit Millionen von Wasserstoffbomben aufbringen könnte. In der Planetenkruste öffnete sich ein tiefer Krater, als Stein und Fels in die dünne Atmosphäre emporgesprengt wurden. Während der größte Teil des Gesteins wieder zur Oberfläche zurückfiel, wurden einige der Trümmer so beschleunigt, daß sie die Schwerkraft überwanden und ins All rasten.

		Mars	Erde
Durchschnittliche Entfernung von der Sonne		228 Millionen km	150 Millionen km
Mittlere Umlaufzeit um die Sonne		686,98 Tage	365,25 Tage
Rotationsperiode		24 h 37 min 23 s	23 h 56 min 4 s
Äquatordurchmesser		2756 km	6794 km
Masse		$6{,}42 \times 10^{23}$ kg	$5{,}977 \times 10^{24}$ kg
Oberflächenschwerkraft		0,38 g	1 g
Oberflächentemperatur		- 23 °C	+ 22 °C
Oberflächendruck		5,5 Millibar	1013 Millibar
Zusammensetzung der	CO_2	95	0,035
Atmosphäre (in %)	N_2	2-3	78
	O_2	0,3	21
	Ar	1-2	0,93

Tabelle 2: Mars und Erde im Vergleich.

Eines dieser kosmischen Projektile kreuzte nach einer langen Odyssee durch den interplanetaren Leerraum die Erdbahn, wurde eingefangen und schlug vor 13 000 Jahren in der Antarktis ein. Sicher haben Menschen der Steinzeit die Leuchtspur beobachtet, die der Brocken in der irdischen Atmosphäre verursachte, doch erst 1984 begann sich jemand um ihn zu kümmern. Wissenschaftler fanden ihn in einem Eisfeld, das als Allan Hills bezeichnet wird, und gaben ihm daher den Namen ALH84001 – der erste seiner Art in diesem Jahr, der Fundort selbst als Abkürzung verschlüsselt.[13] Der rund 1,9 kg schwere Stein hätte weiter kein Aufsehen erregt, wenn man nicht einige Zeit später festgestellt hätte, daß er zur Klasse der Shergotty-Nakhla-Chassigny- oder SNC-Meteoriten gehört.

Meteorit	Masse (in Gramm)	Typ
ALHA77005	480	S
ALH84001	1940	
Chassigny	4000	C
EETA79001	7900	S
Governador Valadares	158	N
Lafayette	800	N
LEW88516	13,2	
Nakhla	40 000	N
QUE94201	12,0	S
Shergotty	5000	S
Yamato 793605	16	
Zagami	18 000	S

Tabelle 3: Die bisher gefundenen SNC-Meteoriten, ihre Masse und ihre Einteilung in Typen.

Damit war er Mitglied eines recht exklusiven Clubs mit jetzt zwölf Mitgliedern (Tab. 3), deren Ursprung unser Nachbarplanet ist.[14] Sie machten erstmals 1911 auf sich aufmerksam, als ein 40 kg schwerer Meteorit im ägyptischen Nakhla einen Hund tötete, der erste und bis heute auch einzige von

Zeugen beobachtete Fall (im wahrsten Sinne des Wortes), bei dem ein höheres Wirbeltier durch einen Meteoriten erschlagen wurde. Vor allem seit Anfang der achtziger Jahre wurden elf weitere dieser kosmischen Geschosse gefunden – größtenteils in der Antarktis, doch beispielsweise auch im indischen Shergotty und im französischen Cassigny –, die sich in ihren Eigenschaften von anderen Meteoriten unterscheiden. Sie sind meist deutlich jünger, mineralogisch und auch in ihrer Element- und Isotopenhäufigkeit deutlich als Gruppe abgrenzbar. Der entscheidende Hinweis auf ihre Herkunft kam aus der Bestimmung der Isotopenverhältnisse von Stickstoff und Edelgasen, die in kleinen Blasen in den SNC-Meteoriten eingeschlossen waren und exakt den Verhältnissen entsprachen, die die Viking-Landesonden in der bodennahen Marsatmosphäre gemessen hatten.

Zunächst hatte man es für unwahrscheinlich gehalten, daß Mond- oder Marsgestein in den Weltraum geschleudert und später von der Erde eingefangen werden könnte. Anfang der neunziger Jahre jedoch belegten Modellexperimente, daß so etwas durchaus möglich war. Dabei mußten die Meteoriten aus dem dicht an der Einschlagstelle weggesprengten Oberflächenabschlag gebildet werden. Hier wird ein großer Teil der freiwerdenden Energie nicht in Schockwellen umgewandelt, sondern in Bewegungsenergie (kinetische Energie) umgesetzt. Fast wie ein Kiesel, der von einem anderen aus seiner Lage herausgeschleudert wird, schießt das Bruchstück dann ins All, wenn seine Geschwindigkeit nur groß genug ist, um die Schwerkraft des Planeten überwinden zu können.

Was nun ALH84001 angeht, so kennen wir inzwischen sogar seine mutmaßliche Herkunft.[15] Nadine Barlow von der University of Central Florida hat im Verlauf ihrer Doktorarbeit Mitte der achtziger Jahre die beeindruckende Menge von 42 283 Einschlagkratern auf dem Mars mit einem Durchmesser von mehr als fünf Kilometern katalogisiert und in einer Datenbank gespeichert. Der Ursprungskrater sollte mindestens zehn Kilometer durchmessen, wie Abschätzungen ergaben. Da der Meteorit aus 4,5 Milliarden Jahre altem Gestein besteht, das erst vor vielleicht 16 Millionen Jahren aus der Oberfläche gesprengt wurde, mußte sie nach einem (geologisch gesehen) recht jungen Krater in sehr altem Gestein suchen. Schließlich hatte sie nach Ausschluß einer Reihe möglicher Kandidaten den Kreis der Verdächtigen bis auf zwei eingeengt. Beide liegen in den stark mit Kratern übersäten südlichen Hochländern des Mars, sind 23 mal 14,5 km beziehungsweise 11 mal 9 km groß und zeigen Spuren in ihrer Nähe, die auf einstmals fließendes Wasser hindeuten.

Der Höhepunkt seiner Publicity kam jedoch erst am 7. August 1996. Eine Gruppe von neun Wissenschaftlern aus fünf Institutionen unter der Koordination des Geologen David McKay vom Johnson Space Center der NASA in Houston, Texas, stellten eine Reihe von Ergebnissen vor, die Hinweise auf, wenn auch nicht Beweise für außerirdisches Leben auf dem jungen Mars darstellen. Nachdem Einzelheiten einer wissenschaftlichen Publikation durchgesickert waren, hob der Redaktionsstab der angesehenen Wissenschaftszeitschrift »Science«, bei der die Veröffentlichung eingereicht worden war, die Nachrichtensperre auf und ermöglichte den Forschern eine vielbeachtete Pressekonferenz, die im Fernsehen übertragen wurde. In der Ausgabe vom 16. August 1996 wurde schließlich die Arbeit veröffentlicht, die seither zugleich über Internet zugänglich ist.

Marsgesichter und Kanäle

Die Wissenschaftler waren sich durchaus bewußt, welches Medieninteresse sie erregen würden. Kaum ein anderer Himmelskörper hat ja die Phantasie so angeregt wie der rote Planet. Dafür trägt vor allem der amerikanische Astronom Percival Lowell (1855–1916) die Verantwortung, der in mehreren Büchern seine Beobachtungen der sogenannten »Marskanäle« veröffentlichte. Der daraufhin ausbrechende Streit fand sein Ende in der Feststellung von E. B. Frost, dem Direktor des – damals leistungsfähigsten – Observatorium von Yerkes (Chicago), der launig meinte, sein Teleskop sei einfach zu stark, als daß man damit Kanäle sehen könne.

Schriftsteller und Filmemacher ließen sich davon nicht abschrecken. Der Mars mußte einfach belebt sein. Von dem bunten Abenteuergarn um John Carter, das der Tarzan-Schöpfer Edgar Rice Burroughs spann, bis zur »Mars-Odyssee« von Stanley G. Weinbaum reicht die Palette. Der von H. G. Wells in Gang gebrachte »Krieg der Welten« schließlich wurde legendär, als Buch, als Hörspiel von Orson Welles, bis hin zu Filmen und Fernsehserien.

Während die Marsmännchen zur stehenden Redewendung wurden, gaben die Viking-Sonden Mitte der 70er Jahre neue Rätsel auf. Sie übermittelten Bilder von seltsamen Formationen, die wie Ruinenfelder oder gewaltige Mauerreste aussahen. Den Höhepunkt bildete zweifellos das im Juli 1976 vom Viking Orbiter 1 übertragene »Marsgesicht«, eine Bergformation, die wie ein halb im Sand begrabener Kopf aussieht, der in den Weltraum starrt. Nur wenig entfernt davon waren eigenartige pyramidenförmige Gebilde zu erkennen.

Von den Viking-Sonden entnommene Bodenproben allerdings waren eher ernüchternd. Leben war nicht nachweisbar, allerdings konnte man die Stichproben auch beim besten Willen nicht als repräsentativ bezeichnen. Der Mars rückte jedenfalls aus dem Mittelpunkt des Interesses, auch wenn immer mehr Hinweise gefunden wurden, die zumindest die Möglichkeit einer frühen Evolution nicht ausschlossen.

Ambrosien statt Außerirdische

Spuren eben dieser ersten Schritte zum Leben wollen McKay und seine Mitarbeiter nun in ALH84001 gefunden haben. Sie waren sich der Tatsache bewußt, daß ihre Hypothese in der Fachwelt nicht auf allzuviel Gegenliebe stoßen würde, und als sie sich der Kritik stellten, kamen sie gut vorbereitet. Sogar den Advocatus diaboli brachten sie gleich selbst mit, William Schopf, den bereits erwähnten Paläobiologen von der University of California in Los Angeles. Ihre wichtigsten Befunde im einzelnen:

- Der Meteorit enthält sogenannte polyzyklische aromatische Kohlenwasserstoffe (PAK). Mit einem Mikrosonden-Lasermassenspektrometer konnten die Wissenschaftler Verbindungen

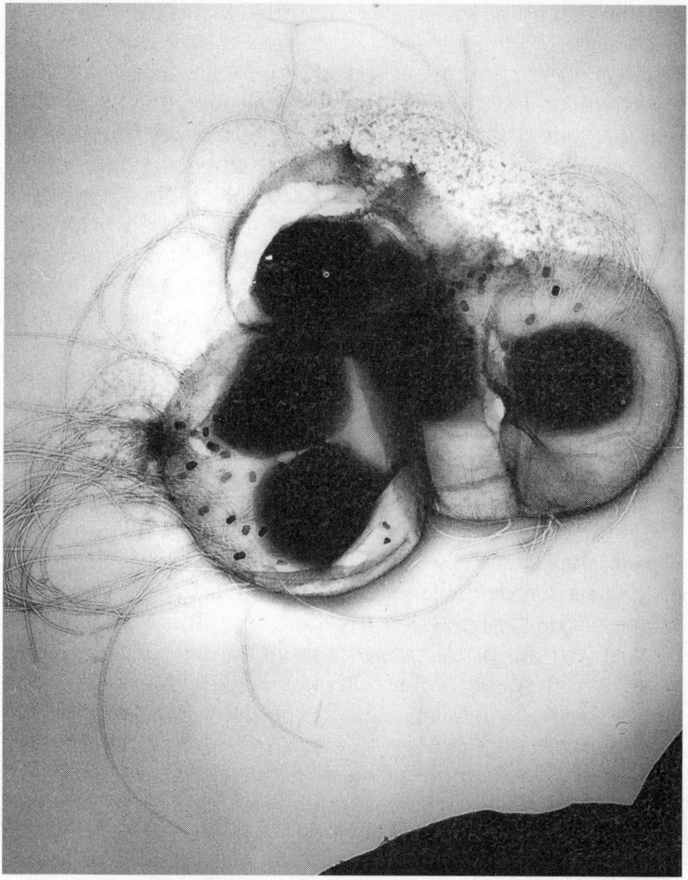

Abb. 6: Mögen sie auch noch so fremdartig aussehen, zeigt diese elektronenmikroskopische Aufnahme doch irdische Mikroorganismen. Diese im Reich der Organismen nur schwer einzuordnenden Magnetbakterien besitzen regelmäßige Kristalle aus Magnetit, mit deren Hilfe sie sich im Magnetfeld der Erde ausrichten. Solche mineralischen Ausfällungen wurden auch in ALH84001 gefunden, doch gilt es noch nachzuweisen, daß auch sie von vergleichbaren Mikroorganismen stammen.

wie Phenanthren, Pyren, Chrysen oder Benzpyren nachweisen. Solche Stoffe entstehen als Zersetzungsprodukte von Mikroorganismen, kommen jedoch auch im interplanetaren Staub vor und sind häufig auf der Erde anzutreffen. Interessant war jedoch die Verteilung im Meteoriten. Wären sie eine Verunreinigung von außen oder abiotisch entstanden, müßte ihre Konzentration von außen nach innen hin abnehmen. Genau das Gegenteil ist der Fall. In den äußeren Schichten fehlen sie, um dann nach innen hin immer zahlreicher zu werden. Das paßt zum Szenario eines Mikroorganismen tragenden Meteoriten, dessen Hülle beim Eintritt in die Erdatmosphäre durch Hitzeeinwirkung sterilisiert wird. Andere der vom Mars stammenden Meteoriten sind übrigens frei von PAKs.

• Interessant ist auch die mineralische Zusammensetzung verschiedener mikroskopisch kleiner Ausfällungen, die von den Wissenschaftlern analysiert wurden. Da sind zum einen Kügelchen aus Carbonat von 50 Mikrometern Durchmesser, wie sie typischerweise von Bakterien in Süßwasserpfützen produziert werden. Dazu kommen Eisenoxide wie das aus irdischen Magnetbakterien (Abb. 6) bekannte Magnetit und ein als Pyrrhotit bezeichnetes Eisenmonosulfid. Das mag zunächst nicht sonderlich sensationell klingen, hat aber einen Haken: Diese Mineralien müssen sich unter sauren Bedingungen gemeinsam abgelagert haben, und das ist unter abiotischen Bedingungen nur schwer möglich. In biologischen Systemen dagegen ist diese Kombination bestens bekannt – vielleicht sogar die härteste Nuß für die Kritiker!

• Das größte Medieninteresse haben sicherlich die als Überreste von Bakterien gedeuteten Strukturen erregt, die McKay und seine Kollegen bei der elektronenmikroskopischen Untersuchung aufspüren konnten (Abb. 7). Schopf war hier sehr skeptisch; nicht nur die geringe Größe (20–100 nm, weit unter der der meisten Bakterien) trug dazu bei, sondern auch seine Erfahrungen mit der jahrelangen Suche nach Lebensspuren der frühen irdischen Evolution und in dem Orgueil-Meteoriten vor dreißig Jahren. Damals hatte man vermeintlich

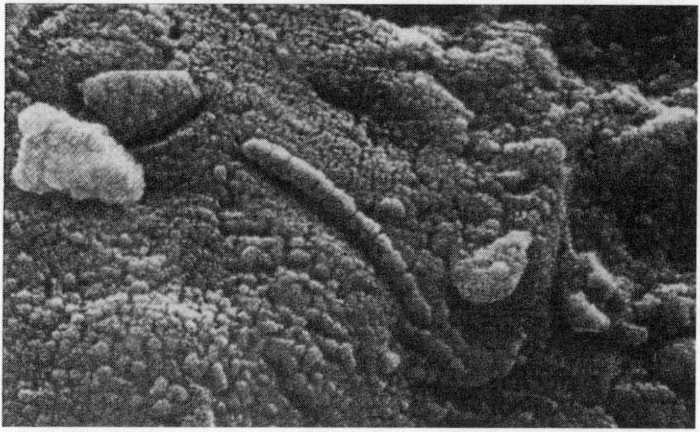

Abb. 7: Die ersten, lang erwarteten Bilder außerirdischer Lebensformen? Handelt es sich bei diesen etwa einen halben Mikrometer durchmessenden, röhrenförmigen Strukturen tatsächlich um fossile Überreste marsianischer Mikroorganismen? Während die wissenschaftliche Diskussion in vollem Gange ist, sind sich doch alle Beteiligten der Tatsache bewußt, daß erst weitere Marssonden endgültigen Aufschluß bringen können.

außerirdische Aminosäure-Spuren gefunden und darüber hinaus »organisierte Strukturen«, die sich dann als recht irdische Ambrosien-Pollen erwiesen. Schopf hat daher der Gruppe um McKay die nächste Aufgabe gestellt. Er verlangt den Nachweis einer Zellwand, möglichst noch einer gewissen Kompartimentierung der Mikrofossilien und – für ihn ein ganz wesentlicher Punkt – die Suche nach Teilungsstadien, wie sie bei Bakterien irdischer Herkunft häufig zu finden sind.

Nicht mehr allein im All?

McKay und seine Mitstreiter sind mit ihren Kritikern darin einig, daß kein Indiz für sich allein die Existenz früher Lebensformen auf dem Mars beweist. Alle Befunde zusammengenommen jedoch machen es den Skeptikern nicht leicht. So ist eine Pattsituation entstanden, die nicht so schnell enden wird. Zwar soll in den kommenden Jahren eine ganze Flotte von Raumsonden zum Mars starten, doch die nächste Landung mit Probennahme ist erst für 2005 geplant. Während sich der Gelehrtenstreit an der ausführlichen und sorgfältig gemachten »Science«-Publikation entzündet, sammeln McKay und seine Mitarbeiter bereits weitere Beweise. Eine Aminosäure-Analyse hat begonnen, und bei der Suche nach weiteren mikroskopischen Strukturen waren die Wissenschaftler wohl schon fündig; auch segmentierte »Fossilien«, wie Schopf sie fordert, sollen schon gefunden worden sein.

Daß Bill Clinton die Funde im Wahlkampf ausschlachtete und Daniel Goldin, Kopf der in letzter Zeit arg gebeutelten NASA, damit auf die Jagd nach dringend benötigten Finanzmitteln ging – wer wollte es ihnen verdenken? Dennoch steht den Wissenschaftlern noch viel Arbeit bevor, ehe man ihren »Fund extraterrestrischen Lebens« akzeptieren wird. In all dem Aufruhr haben sich zwei kompetente Forscher allerdings nur sehr zurückhaltend geäußert, nämlich Fred Hoyle und Chandra Wickramasinghe, von denen man eigentlich kaum verhüllten Triumph erwartet hätte. Sie propagieren seit langem, daß das Leben aus dem All auf die Erde kam, in der Form von widerstandsfähigen Mikroorganismen, die in den Ritzen und Spalten eines Meteoriten die lebensfeindlichen Weltraumbedingungen wie Vakuum, Kälte und tödliche Strahlung überstanden haben könnten. Dann allerdings müßte außerirdisches Leben dem terrestrischen auch sehr ähnlich sein – eben ganz wie die »Mikrofossilien« aus ALH84001! Ein Problem bleibt dabei jedoch vorerst ungelöst: Wie verliefen die Stufen zum Leben auf einem uns unbekannten Planeten – denn irgendwo und irgendwie muß das Leben ja entstanden sein, soviel ist sicher. In der Folge »Die Raumfalle« der legendären Serie »Raumpatrouille« wurde dieses Problem bereits einmal andiskutiert:

McLane: Ich komme mir langsam vor wie ein Botaniker ...

Spring-Brauner: Haben Sie schon einmal etwas von der Panspermie-Theorie gehört?

McLane: Nein, aber ich wäre Ihnen dankbar, wenn Sie mich am Schatz Ihres Wissens teilhaben ließen.

Spring-Brauner: Eine Theorie, die davon ausgeht, daß das Leben nicht auf der Erde entstand, sondern von einem Planeten eines anderen Sonnensystems zu uns gekommen ist – in den Spalten von Meteoriten, durch den Strahlungsdruck der Sonne oder durch kosmische Lichtstürme.

McLane: Hmm, interessant.

Spring-Brauner (lächelnd): Ja, nicht wahr.

McLane: Ja.

Spring-Brauner: Wenn Sie uns nun Proben, Staubteilchen, aus dem Strömungsgebiet dieser Sporen bringen ...

McLane: Soll ich wirklich?

Spring-Brauner: Ja, warum denn nicht?

McLane: Es könnte doch sein, daß sich durch diese Proben die ganze Panspermie-Theorie als falsch erweist, und dann wären Sie für alle Zeiten das einzige Thema los, von dem Sie wirklich etwas verstehen!

Wamsler: (lacht los).

Spring-Brauner (indigniert): Sehr witzig, Major. Wirklich sehr witzig.

Wer weiß, vielleicht könnte Adjutant Spring-Brauner einmal, ein einziges Mal über unseren wagemutigen Raumschiffskommandanten triumphieren!

ANMERKUNGEN

[1] Karlheinz Lohs, Dieter Martinetz: »Gift – Magie und Realität, Nutzen und Verderben«. München 1986. S. a. Grzimeks Tierleben, Band 1. Zürich 1971.

[2] Christian de Duve: »Aus Staub geboren. Leben als kosmische Zwangsläufigkeit«. Heidelberg 1995. Den Gegenpol zu diesem Buch bildet das viel früher erschienene, einflußreiche Werk von Jacques Monod: »Zufall und Notwendigkeit«. Paris 1970.

[3] Eine ganze Reihe von Schriften stehen zur Verfügung, um die hier angerissenen Details zu vertiefen. Für den interessierten Leser seien hier nur

einige wenige Werke genannt, die gut zugänglich sind: Reihe Verständliche Forschung: »Evolution«. Zusammenfassung von Beiträgen aus SPEKTRUM DER WISSENSCHAFT. Heidelberg 1985. – Rolf Siewing (Hrsg.): Evolution. Bedingungen – Resultate – Konsequenzen. Stuttgart, New York 1987. – Besonders hervorgehoben sei das umfassend einführende, ausgezeichnet dokumentierte Buch von Manfred Eigen: »Stufen zum Leben. Die frühe Evolution im Visier der Molekularbiologie«. München 1987. Siehe auch das bereits zitierte Buch von C. de Duve.

4 Siehe beispielsweise Hans Beyer und Wolfgang Walter: »Lehrbuch der Organischen Chemie«. 22. Auflage. Stuttgart 1991,

5 Günther Stoll: »Donnez moi un laboratoire – Zum hundertsten Todestag von Louis Pasteur«, in DEUTSCHE APOTHEKER-ZEITUNG, Band 135, S. 3467–3474 (1995),

6 Einen sehr schönen Überblick über diese Exoten der Biologie bietet das Buch von Klaus Hausmann und Bruno P. Kremer (Hrsg.): »Extremophile – Mikroorganismen in ausgefallenen Lebensräumen«. Weinheim 1994.

7 Vieles von dem, was hier nur angerissen werden kann, läßt sich in gut verständlicher Form und sehr kompakt nachlesen in dem Sonderheft SPEKTRUM DER WISSENSCHAFT SPEZIAL: »Leben und Kosmos«. Heidelberg 1994.

8 Außer den schon angeführten Zitaten sei besonders verwiesen auf die Artikel von John Horgan: »Schritte ins Leben«, in SPEKTRUM DER WISSENSCHAFT, Nr. 4 (1991), S. 78–87; sowie von Julius Rebek jr.: »Künstliche Moleküle, die sich vermehren«, in SPEKTRUM DER WISSENSCHAFT, Nr. 4 (1994), S. 66–73. Eine ergänzende Übersicht zu neuen Erkenntnissen aus der Chemie zum Verhalten von Molekülen untereinander und zum Aufbau komplexer Übermoleküle bietet beispielsweise Günther Stoll: »Im Sog der Supramoleküle«, in SPEKTRUM DER WISSENSCHAFT, Nr. 8 (1996) S. 62–67.

9 Kurz zusammengefaßt kann man die Vorstellungen nachlesen in A. G. Cairns-Smith: »Bestanden die ersten Lebensformen aus Ton?«, in SPEKTRUM DER WISSENSCHAFT, Nr. 8 (1985), S. 82–91. Die ausführliche Diskussion seiner Hypothese und der Schwachstellen gängiger Theorien findet sich in dem Buch »Genetic Takeover and the Mineral Origin of Life«. Cambridge 1987. Interessanterweise wurde auf Cairns-Smith und seine Hypothesen an dieser Stelle in anderem Zusammenhang schon einmal verwiesen, in Michael K. Iwoleit: »Creatio ex silicio«, in SCIENCE FICTION JAHR 1996, S. 539–574, siehe auch das Zitat dort.

10 Jack Cohen: »How to design an alien«, in NEW SCIENTIST, 21./28. Dezember 1991, S. 18–21.

11 Inzwischen wurden eine Reihe von Planeten gefunden, die allerdings meist sehr unwirtlich sein dürften, beispielsweise im Umlauf um Neutronensterne. Die Problematik kann in verschiedenen Aufsätzen vertieft werden. Besonders empfehlenswert und/oder aktuell sind:
- Diverse Autoren: »Leben und Kosmos«, SPEKTRUM DER WISSENSCHAFT SPEZIAL, Heidelberg 1994.

- Steven V. W. Beckwith, Anneila I. Sargent: »Circumstellar disks and the search for neighbouring planetary systems«, in NATURE, Band 383, 139–144 (1996).
- Günther Stoll: »Spurensuche im All«, in ABENTEUER NATUR, Nr. 2 (1995) S. 54–66.
- Rüdiger Vaas: »Sind wir allein im All? Die Suche nach außerirdischen Intelligenzen«, in UNIVERSITAS, Band 48, 1174–1190 (1993).

12 J. Roger P. Angel, Neville J. Woolf: »Die Suche nach Leben auf fernen Planeten«, in SPEKTRUM DER WISSENSCHAFT, Nr. 6 (1996) S. 90–96.

13 David S. McKay et al.: »Search for past life on Mars: Possible Relic Biogenic Activity in Martian Meteorite ALH84001«, in SCIENCE, Band 273, 924–930 (1996). Dazu auch den Kommentar von Richard A. Kerr: »Ancient Life on Mars?«, ebenda, S. 864–866. Es ist nicht besonders verwunderlich, daß die Befunde des amerikanischen Wissenschaftler-Teams ein lebhaftes Medienecho hervorgerufen haben. Daher seien an dieser Stelle nur solche Veröffentlichungen (und auch die nur auszugsweise!) zitiert, die sich fundiert mit den Daten auseinandersetzen:

- Diverse Autoren: »Martian Life?«, in SCIENCE, Band 273, 1639–1640 (1996).
- Diverse Autoren: »Life on Mars«, in NEW SCIENTIST, Band 151, Nr. 2043, S. 3–11 (1996).
- Andrew Lawle: »Mars Meteorite Quest Goes Global«, in SCIENCE, Band 273, 1653–1654 (1996).
- Uwe Reichert: »Meteorit ALH84001 – Zeuge archaischer Lebensformen auf dem Mars?«, in SPEKTRUM DER WISSENSCHAFT, Nr. 9 (1996), S. 112–116.
- Günther Stoll: »It came from outer space...«, in DEUTSCHE APOTHEKER-ZEITUNG, Band 136, S. 3053–30355 (1996).
- Rüdiger Vaas: »Leben auf den Mars?«, in NATURWISSENSCHAFTLICHE RUNDSCHAU, Band 49, 379–391 (1996)

14 Zur besonderen Stellung des Mars siehe beispielsweise Michael H. Carr: »Water erosion on Mars and its biologic implications«, in ENDEAVOUR, Band 20, 56–60 (1996).
Einen faszinierenden Überblick über die Stellung des Mars in unserer Kultur und in der phantastischen Literatur geben Helga Abret und Lucian Boia: »Das Jahrhundert der Marsianer«. München 1984.

15 Jeff Hecht: »It came from the south...«, in NEW SCIENTIST, Band 151, Nr. 2044, S. 11 (1996).

BÜCHER

Joan Aiken

Isa und die Schmugglerbande

(Cold Shoulder Road)
Aus dem Englischen von Irmela Brender
Verlag Friedrich Oetinger, Hamburg, 1996
259 Seiten, DM 24,–

von Hermann Urbanek

Es gibt Jugendbücher, die sind so einfach in Stil und Inhalt gehalten, daß sie tatsächlich nur für eine kindliche oder jugendliche Leserschaft geeignet sind. Und dann gibt es Jugendbücher, die sind so vielschichtig und komplex angelegt, daß sie auch für eine reifere, erwachsene Leserschaft interessant sind. Die Engländerin Joan Aiken ist eine Meisterin der zweiten Kategorie, dies hat sie mit zahlreichen Jugendbüchern bewiesen, und auch die neueste Veröffentlichung, *Isa und die Schmugglerbande,* bildet dabei keine Ausnahme.

Isa und Arun Twite, die schon in *Die Kinder von Holderness* die Hauptfiguren waren, kehren nach den dort geschilderten Abenteuern wieder in ihr Heimatstädtchen zurück. Doch hier hat sich einiges verändert: Aruns Mutter ist spurlos verschwunden, eine Räuberbande, die sich »Fidele Ritter« nennt, terrorisiert die Gegend und hat einen organisierten Schmuggel, vor allem durch den erst kürzlich fertiggestellten Tunnel nach Frankreich aufgebaut, und die Sekte der Stillen, die in der Nähe der Twites wohnten, sind in eine andere Gegend übersiedelt. Die beiden Kinder, die sich mental miteinander verständigen können, beschließen, Aruns Mutter zu suchen. Dabei geraten sie den Fidelen Rittern in die Quere, die, stets maskiert, ihre eigenen finsteren Ziele verfolgen.

Wie schon etliche frühere Jugendbücher Joan Aikens – beispielsweise *Der flüsternde Berg, Wölfe ums Schloß* oder *Anschlag auf Nantucket* – handelt auch das zuletzt auf deutsch erschienene in einer Alternativwelt des zu Ende gehenden 19. Jahrhunderts, in einem England, in dem noch die Stuarts regieren und Wölfe die ländlichen Gegenden unsicher machen. Und wie diese bot auch *Isa und die Schmugglerbande* ein spannendes und zum Nachdenken anregendes Lesevergnügen, für das Aiken den renommierten ANNE SPENCER LINDBERGH PRIZE 1996 erhielt.

David Ambrose

Der 8. Tag

(Mother of God)
Aus dem Amerikanischen von Werner Wolf
Schneekluth Verlag, 1997
384 Seiten, DM 44,–

von Florian F. Marzin

Ambrose erzählt in seinem Roman die Geschichte eines modernen Zauberlehrlings in Person der jungen Computerspezialistin Tessa Lambert, die in Oxford an der Entwicklung einer Künstlichen Intelligenz, kurz KI genannt, arbeitet. Tessa ist schwanger und gerade von ihrem Freund und Vater des ungeborenen Kindes verlassen worden, hat sich aber entschlossen, das Kind trotzdem auszutragen. Bei ihren Forschungen macht sie einige entscheidende Fortschritte, die sie allerdings noch vor den Regierungsbehörden, denen sie Rechenschaft schuldig ist, geheimhält. Jonathan Syme, Regierungsbeamter und Kontaktperson, aber auch Überwacher von Tessa, schöpft bald Verdacht und vermutet, daß Tessa sich möglicherweise mit ihren Forschungsergebnissen ins Ausland absetzen will.

Zur gleichen Zeit bemühen sich in Kalifornien die beiden Polizisten Jack Fischl und Tim Kelly, einen Serienmörder, der sich seine Opfer akribisch mit dem Computer heraussucht, dingfest zu machen. Dieser Unbekannte, Chuck Price, ist ein begnadeter Hacker, der auf perfekte Art die weltweiten Computernetze nutzt. Durch Zufall gerät er auch in den Institutscomputer von Tessa, und die dort abgespeicherte KI gelangt in das Netz. Zu diesem Zeitpunkt ist sich Tessa noch nicht bewußt, daß sie eine wirkliche KI entwickelt hat. Das dämmert ihr erst, als diese KI über die Möglichkeiten, die das Netz bietet, versucht, mit Hilfe von manipulierten Flugsicherheitscomputern Tessa umzubringen. Sie entgeht dem Anschlag, bei dem in einem Flugzeugzusammenprall fast vierhundert Menschen sterben, nur durch viel Glück, verliert aber dabei ihr Kind.

Die KI setzt nun einerseits Chuck Price auf Tessa an, während sie andererseits überall Daten so manipuliert, daß sich der Eindruck bei Jonathan Syme verstärkt und schließlich zur Gewißheit wird, daß Tessa mit ausländischen Firmen zusammenarbeitet. Jack Fischl, besonders aber sein Partner Tim Kelly, haben inzwischen eine heiße Spur und sind dem Killer auf den Fersen. Diese Spur führt nach England. Tessa hat mittlerweile von ihrem ehemaligen Programm ausgehend, eine neue KI entwickelt, die sie in das Netz entläßt, um die ehemalige, mörderische erste KI zu eliminieren. Diese ist in das Kontrollsystem eines Atomkraftwerkes eingedrungen und erpreßt die Regierung mit der Auslösung eines GAU. Die Sache entwickelt sich allerdings nicht ganz so, wie Tessa es erwartet, denn die beiden KIs gehen eine Form von Symbiose ein, und am Schluß des Romans übernimmt diese neu entstandene KI die Herrschaft über die Welt. Tessa wird zur Verbindungsperson zwischen der KI und den Regierungen der einzelnen Staaten, die nach außen hin, also für die Masse der Bevölkerung, immer noch die Macht ausüben.

Der 8. Tag verbindet die Elemente eines spannenden Thrillers mit den Möglichkeiten, die die Science Fiction bietet. Der Autor vermeidet dabei nicht ungeschickt den Blick auf die Weltherrschaft der KI. Damit umgeht er ein Schreckensszenario wie in D. F. Jones *Colossus* oder auch Orwellsche Visionen eines Überwachungsstaates. Natürlich ist – auch wenn sich Ambrose redlich bemüht – die Entwicklung der KI, ähnlich wie in Harrison/Minsky *Die Turing Option,* nicht wirklich nachvollziehbar, doch das tut dem Roman keinen Abbruch.

Heiko Arntz (Hrsg.)

Schräge Geschichten

Grotesken aus zwei Jahrhunderten
Verlag Reclam, Stuttgart, 1997
200 Seiten, DM 9,–

von Jacek Rzeszotnik

Als »Dichtart des Derbkomischen, Närrisch-Seltsamen, die teils humoristisch, teils ironisch scheinbar Gegensätzlichstes und Unvereinbares, besonders das Komische und das Grausige, in paradoxem Phantasiespiel in übermütiger, verblüffender Weise nebeneinanderstellt und in Zusammenhang bringt, teils selbst mit Lebensweisheit verknüpft; Gegenströmung gegen jeden Vernunftglauben einerseits und Zeichen einer Verzerrung, Entstellung und Verfremdung der Welt andererseits« definiert das in der Literaturwissenschaft inzwischen kanonisch gewordene, der Feder Gero von Wilperts entstammende *Sachwörterbuch der Literatur* die Groteske und konturiert zugleich den einem jeden grotesken Text zugrundeliegenden Umstand der Absage an die Wiedererkennbarkeit des Vertrauten. Seinen eigenen Beitrag zur definitorischen Fixierung der Groteske versucht auch der Herausgeber des besprochenen Büchleins Heiko Arntz im Nachwort zu liefern, indem er als ihren Geburtsort die Schnittstelle des Phantastischen und Realistischen angibt, wo sich das Phantastische lächerlich mache und das altvertraute Realistische nicht mehr altvertraut, sondern *schräg* erscheine: »In der Welt der Groteske siedelt all das Wunderliche, Abwegige, Übertriebene immer im irgendwie Vertrauten, Maßvollen, bleibt all das Phantastische an Vernunft und Logik, also ans Realistische gebunden.« Das Wesen der Groteske scheint also das erstaunte Lächeln auszumachen, das das Gesicht des Lesers im Laufe der Lektüre zu erhellen beginnt. Die Stärke der grotesken Phantasien, die sie vor einem allzu schnellen kulturellen Exitus bewahrt, erblickt Arntz zu Recht in ihrem linear-extemporierenden Charakter, also in der Reihung von Einfall an Einfall, die den Lesenden von einer Überraschung zur anderen stolpern läßt.

In dem schmalen Bändchen *Schräge Geschichten* wird das Tableau absurdester Weltentwürfe entfaltet, die in unser Bewußtsein einsickern, sich hier einnisten und uns ein nachdenkliches Schmunzeln abfordern. Der Zeitbogen, der die präsentierten Autoren umfaßt, überspannt zwei Jahrhunderte und reicht von Gottfried August Bürger bis Douglas Adams, wobei nicht nur zeitliche, sondern auch räumliche Kontinuitäten gesucht werden. So begegnet der Leser deutschen, österreichischen, englischen, amerikanischen, polnischen, japanischen und französischen Texten, die ihn mit der facettenreichen Welt der Groteske konfrontieren. Die erfreuliche Vielfalt an kulturbedingten Ausfabulierungen grotesker Einfälle sorgt dafür, daß man das Buch nicht nach den ersten paar Seiten gelangweilt aus der Hand legt, sondern sich erwartungsvoll in die Texte der Reihe nach vertieft. Selbstverständlich erlaubt der Aufbau des Bandes ein diskontinuierliches Lesen bzw. die Wahl nur der Schriftsteller, von denen man sich ein Lesevergnügen verspricht. Um der besseren Orientierung willen hat der Herausgeber daher einen thematischen Raster über die Texte gelegt und sie unter verschiedene Kategorien subsumiert: »Welt und Wirklichkeit«, »Reisen und Fortkommen«, »Von Spielen und Regeln«, »Die Faxen des Seins hienieden«, »Der Wahn, die Sinne« und »Wissenswertes aus der Welt der Menschen«, die zum Teil schon selber Kostproben des Zugangs auf die jeweils aufgegriffene Thematik darstellen.

Die formale Palette der angebotenen Grotesken kann jeden Liebhaber des literarisch erschlossenen Abstrusen und Bizarren zufrieden machen. Einerseits wartet sie mit klassischen Beispielen des Genres (Lewis Carroll, Jean Paul, E.T.A. Hoffmann, Karl Valentin, G. A. Bürger) und der modernistisch geprägten Prosa (Franz Kafka, Witold Gombrowicz, Bruno Schulz) auf, andererseits offeriert sie SF-nahe Visionen (Philip K. Dick), surrealistischen Klamauk (Monthy Python), pseudowissenschaftliche Albernheiten (Groucho Marx), philosophisch tingierte Realitätsdeutung (Woody Allen) und vieles, vieles mehr. Unter den Autoren befinden sich darüber hinaus

u. a. Boris Vian, Irmtraud Morgner, Wolfgang Hildesheimer, Herbert Rosendorfer, so daß der Leser durchaus berechtigt ist, anzunehmen, daß ihn ein qualitätvolles Gedankenspiel erwartet, das seinen »intellektuellen Gaumen« kitzeln wird. Wenigstens in den meisten Fällen.

Die visuelle Seite der Sammlung fügt sich ins Grundkonzept nahtlos ein. Skurrile Bilder verdichten noch zusätzlich die Atmosphäre des Schrägen und sind eine gelungene Abrundung des Ganzen. Besonders komisch wirkt das als Coverbild verwendete Gemälde *Da lacht die Galaxis* von Michael Sowa, das vortrefflich die Stimmung des Absonderlichen einfängt.

Schräge Geschichten sind eine wirklich lesenswerte Textauswahl, die sich an jene richtet, die dem Ungewöhnlichen in der Literatur aufgeschlossen gegenübertreten und sich nicht hinter engen Vorstellungen über die phantastische Literatur, die auf SF/Fantasy/Horror reduziert wird, verschanzen. Also nichts für die Hardliner, aber um so mehr für diejenigen, die ihre geistige Offenheit pflegen.

Robert Asprin und Linda Evans

Time-Scout

(*Time Scout,* 1995)
Aus dem Amerikanischen von Frauke Meier.
Bastei Verlag Gustav H. Lübbe, Bergisch-Gladbach, 1997
Bastei Lübbe Taschenbuch 24221
506 Seiten, DM 14,90

Delia Huddy

Der Zeitenfänger

(*Time Piper,* 1995)
Aus dem Englischen von Cornelia Krutz-Arnold
Dachs Verlag, Wien, 1995
Jugend & Volk-Edition
271 Seiten, DM 29,80

Helen Hughes Vick

Zeitenwanderer

(*Walker Of Time,* 1993)
Aus dem Amerikanischen von Elisabeth Epple
Arena Verlag, Würzburg, 1997
Arena Taschenbuch 1842
227 Seiten, DM 10,90

Bernhard Kegel

Das Ölschieferskelett

Ammann Verlag, Zürich, 1998
480 Seiten, DM 39,80

Vier Zeitreise-Varianten

von Gunther Barnewald und Detlef Hedderich

Vier Zeitreiseromane von unterschiedlichster Art und Herangehensweise an dieses beliebte Science Fiction-Thema, von den unterschiedlichsten Autoren verfaßt und für ein ganz und gar unterschiedliches Lesepublikum, geben sich hier ein Stelldichein. Den Anfang machen Robert Asprin und Linda Evans mit ihrem 1997 im Bastei Lübbe-Verlag erschienenen Roman *Der Zeitenfänger,* der 1995 im Original erschien:

Durch einen orbitalen Unfall ist auf der Erde das Raum-Zeit-Gefüge durcheinandergeraten. Bei der anschließenden Flut- und Erdbebenkatastrophe verlieren weltweit viele Menschen ihr Leben. Gleichzeitig entstehen auf der Erde an vielen Punkten Tore in die Vergangenheit, welche sich teilweise regelmäßig, manchmal aber auch sehr unbeständig in verschiedene historische Epochen öffnen. Um diese Orte instabiler Zeit errichten die Nationen jeweils Stationen, von denen aus Zeitscouts die Vergangenheit erforschen. Die Expeditionen sind jedoch jedesmal ein Trip ins Unbekannte und immens gefährlich. Einer der ersten erfolgreichen Zeitreisenden ist Kenneth »Kit« Carson, inzwischen zur lebenden Legende geworden, der nun ein Hotel auf der Zeitstation TT 86 verwaltet. Die stabilen Tore in die Vergangenheit werden derweil von der Firma *Time tours* touristisch ausgebeutet, die damit viel Geld verdient. Von TT 86 aus ist z. B. das viktorianische London des Jahres 1888, das Denver des Jahres 1885 und das antike Rom zu erreichen. Neben diesen stabilen Zeittüren entstehen aber auch unvorhergesehen immer wieder neue Tore, teilweise instabil, die noch niemand erforscht hat und von denen man auch nicht weiß, wohin sie führen. Um diese zu erforschen, werden die Timescouts benötigt, die sich todesmutig den eventuell hinter den Toren lauernden Gefahren und fremden Zeiten aussetzen. Gerade als »Kit« sich unsäglich zu langweilen beginnt, taucht aus der »Realzeit« seine Enkelin Margo auf und mietet sich auf TT 86 ein, die es sich in den Kopf gesetzt hat, mit aller Gewalt Timescout zu werden, obwohl dieser Beruf Frauen, aufgrund der historischen Gegebenheiten in vielen Epochen, bis dato verwehrt blieb. Doch Margo gibt nicht auf und erreicht durch ihre hartnäckige Haltung schließlich, daß ihr resignierender Großvater ihre Ausbildung beginnt ...

Time-Scout ist ein interessantes, wenn auch vor allem auf den ersten 200 Seiten eher ermüdendes Buch, das dem Leser den Einstieg nicht gerade leicht macht. Erst als sich die Geschichte dem eigentlichen Thema zuwendet – der Reise in die Vergangenheit – und die Protagonisten in die verschiedenen Epochen reisen, kommt eine gewisse Spannung auf, und auch das Niveau hebt sich wesentlich. So gelingt es den Autoren, ein Gefühl von Authentizität beim Leser zu erzeugen und ihn so zu fesseln. Neben dem erstklassigen Stil bestechen dabei vor allem die glaubhaften Charaktere.

Obwohl der geschilderte Mikrokosmos einer Zeitreisestation eher unbefriedigend blaß bleibt, werden die Konsequenzen des Auftauchens eines unerwarteten Zeittores überzeugend dargestellt. Eher enttäuscht werden dagegen sicherlich diejenigen Asprin-Leser sein, die von *Time-Scout* ein Gagfeuerwerk ähnlich der Romane des *Dämonen*-Zyklus erwartet haben –, denn obwohl der Verlag dies durch den Text auf der Rückseite impliziert, sprüht das vorliegende Buch nicht im

Mindesten vor Humor, sondern ist vielmehr in ernstem Ton gehalten.

Insgesamt gesehen muß man *Time-Scout* bescheinigen, daß er recht faszinierende Aspekte hat und man für das Durchhalten der ersten 200 Seiten dann doch noch mit einer ansprechenden und zum Teil mitreißenden Abenteuergeschichte belohnt wird.

Der zweite hier vorgestellte Zeitreiseroman stammt von der englischen Autorin Delia Huddy, der 1995 im Original erschien und ebenfalls bereits im selben Jahr beim Wiener Dachs Verlag auf deutsch vorlag:

Seine Geschichte handelt von Luke Crantock, einem jungen Mann, der in einem kleinen englischen Dorf wohnt, gerade sein Abitur mit Auszeichnung bestanden hat und ein Stipendium ergattern konnte. über die Ferien will er – um dieses Zeit auf sinnvolle Weise zu überbrücken – in einer wissenschaftlichen Fakultät als Assistent arbeiten. Dank seines anstehenden Stipendiums wird er dort auch tatsächlich genommen. Der junge Projektleiter Thomas Humboldt weiht Luke gleich in das anstehende Projekt ein, bei dem es sich um ein Zeitreiseexperiment handelt ...

Als Luke daraufhin nach London zieht, trifft er dort auf Griselda, ein junges Mädchen, das irgendwie verhaltensgestört wirkt und das Luke aus seinem Heimatort kennt. Bald findet Luke heraus, daß auch noch andere Kinder und Jugendliche, die sich ebenso merkwürdig wie Griselda verhalten, sich ihr in London angeschlossen haben. Neugierig forscht der junge Mann in der Vergangenheit der seelenlos wirkenden Jugendlichen und erfährt, daß alle in einem kleinen Ort bei Hannover geboren wurden. Aus dieser Gegend stammt auch Professor Humboldts Familie, und als Luke beobachtet, daß die Kinder immer wieder die Nähe Humboldts suchen, beginnt er zu ahnen, daß das Zeitreiseexperiment und das Schicksal der seltsamen Kinder miteinander verknüpft sind. Bei der Durchführung des Experiments zeigt sich dann, in welcher Form die Dinge miteinander verbunden sind: So hatte die Maschine bereits bei ihrem ersten Probelauf ein Tor ins Europa des

13. Jahrhunderts gebahnt und durch ihr pfeifendes Arbeitsgeräusch einen riesigen Schwarm Ratten in die Gegenwart gelockt. Doch leider waren auch die Seelen von einigen Kindern der damaligen Zeit in die Jetztzeit gesogen worden, welche sich schließlich mit den Körpern jener merkwürdigen Kinder zu verbinden scheinen, die das Institut belagern, so daß sie dadurch zu vollwertig beseelten Menschen werden. Humboldt und Luke erkennen, daß ihr Experiment die Legende des Rattenfängers von Hameln erklärt, denn genau in der Nähe jener Stadt bei Hannover sind all die seltsamen Kinder geboren worden ...

Neben dem süßlich-schwülstigen Happy-End gibt *Der Zeitenfänger* mehrfach Anlaß zum Ärgernis: So ist nicht nur der Plot hanebüchen an den Haaren herbeigezogen, sondern auch die Handlung entsetzlich schlecht konstruiert. Die Geschichte strotzt vor Naivität: So sind etwa die Sicherheitsvorkehrungen an dem sogenannten Institut schlicht und einfach nicht vorhanden, und so ziemlich jeder marschiert dort herum, wo es ihm gerade paßt, inklusive völlig wildfremder Kinder. Daß der Leser nicht über dem Unfug das Buch an die Wand schmeißt, ist einzig und allein dem flüssigen und spannenden Stil der Autorin und den passabel gestalteten Charakteren zu verdanken, die den Leser bis kurz vor Ende der Geschichte bei der Stange zu halten vermögen. Aber was die Autorin dann am Ende ihres Werkes zusammenphantasiert, entzieht sich jedem Darstellungsversuch ...

Ein völlig anderes Beispiel für einen für ein eher jugendliches Publikum verfaßten Zeitreiseroman stellt Helen Hughes Vicks *Zeitenwanderer* dar, der bereits 1993 im Original vorlag und 1997 im Arena Verlag erschien:

Der 15jährige Walker lebt mit seinem Onkel Náat bei den Hopi-Indianern bei Flagstaff in Arizona. Als der Onkel sein Ende nahen fühlt, beauftragt er Walker, zu dem heiligen Altar in der einsamen Felssiedlung zu gehen und dort einen Fetisch auszulegen. Danach solle er »durch die Zeiten wandern«. Walker versteht zwar diese Anweisung nicht, leistet ihr jedoch Folge. Während ein gewaltiges Gewitter tobt, nähert sich

Walker der einstigen Ritualstätte. Mitten in dem vom Onkel befohlenen Ritus stolpert plötzlich ein anderer Junge in die Höhle. Es ist der zwölfjährige Tagg, Sohn eines Archäologen, der hier vor dem Unwetter Schutz sucht. Als ein Blitz vor der Höhle einschlägt, werden beide kurz bewußtlos. Als sie zu sich kommen, scheint draußen die Sonne, und keine Gewitterspuren sind mehr vorhanden. Auch sonst scheint der Canyon seltsam verändert. Durch den Hinweis seines Onkels kommt Walker schnell darauf, daß beide eine Zeitreise ins 13. Jahrhundert unternommen haben, in jene Zeit also, als die Felsbauten noch bewohnt waren. Gleich bei ihrer Ankunft gelingt es ihnen, einer jungen Indianerin das Leben zu retten. Aus Dankbarkeit bringt sie die beiden in die Siedlung der Indianer. Dank Walker ergeben sich keine Verständigungsprobleme, da das Idiom der Indianer dem der Hopi gleicht. Schnell stellen Walker und Tagg fest, daß die Bewohner der Felssiedlung an akuter Unterernährung leiden, da das felsige Umland trotz intensivster Bewirtschaftung nur noch wenig hergibt. Langsam beginnt Walker die Botschaft seines Onkels zu begreifen, der von ihm verlangte, sein Volk »nach Hause« zu bringen. Nachdem Walker durch sein modernes Wissen um Ansteckungen und Epidemien geholfen hat, eine schwere Viruserkrankung erfolgreich zu bekämpfen, kehrt kurze Zeit später »Einsamer Adler« ins Dorf zurück, der gewählte Häuptling der Indianer. Alt und gebrechlich, aber klaren Geistes, offenbart er sich als Walkers Vater. Endlich begreift Walker, daß er als kleines Kind von dem Zeitreisenden Náat mit ins 20. Jahrhundert genommen worden war, um ihn zu unterrichten und auf seine Aufgabe vorzubereiten: die Indianer aus der unfruchtbar gewordenen Felsenschlucht herauszuführen ...

Vicks Roman wurde 1994 mit dem ALA (Best Books for Young Adults) ausgezeichnet und stellt zweifellos ein passables Lesevergnügen dar. Der Stil der Autorin ist flüssig, ihre Charaktere recht gut entwickelt und die Handlung interessant, wenn auch ziemlich vorhersehbar. Gelungenstes Element der Erzählung ist aber die Schilderung der Indianerkultur. Da die Autorin diese Ureinwohner als Vorfahren der Hopi-Indianer postuliert (eine durchaus plausible Vermutung), spiegeln sich in ihrer Lebensweise, in ihren Mythen und Riten die der heutigen Hopi-Völker wider. Schwachpunkt von *Zeitwanderer* ist die immer wieder durchbrechende Mystik, gepaart mit übernatürlichen Wahrnehmungen, die das primitive Volk romantisieren. Auch eine gewisse »Lagerfeuerromantik« kann man der Autorin leider nicht absprechen, da sie die Probleme der »rustikalen« Lebensweise der Indianer oft nur andeutet und so deren Lebensumstände idealisiert (so werden z. B. die Folgen mangelnder Hygiene und der Unterernährung nicht drastisch genug geschildert). Wirklich enervierend sind jedoch die mentalen Botschaften, die der Protagonist von seinem toten Onkel zu erhalten glaubt. Hier trägt die Autorin zu dick auf, auch wenn Walker durch seine Prägung durch die Indianerkultur zweifellos ein viel magischeres Weltbild hat als ein Weißer (in der Sprache der Hopi: Bahana). Ein weiterer negativer Aspekt der Geschichte ist die allzu deutliche Aufteilung der Charaktere in gute und böse Menschen. Zwar macht die Autorin geschickt die Motivationen, die hinter dem jeweiligen Verhalten stehen, deutlich, sie erzeugt aber trotzdem eine fast unerträgliche Einseitigkeit und Polarisierung, die dem ansonsten recht lesbaren Buch doch erheblich schadet.

Der letzte Titel dieses Reigens von Zeitreiseromanen stammt von dem deutschsprachigen Autoren Bernhard Kegel, der seinen Roman *Das Ölschieferskelett* 1996 im Zürcher Ammann Verlag veröffentlichte und der inzwischen sogar bereits in 2. Auflage vorliegt. In diesem macht sein Protagonist Dr. Helmut Axt, Angestellter des Frankfurter Senckenberg-Naturkundemuseums, eines Tages in der hessischen Grube Messel einen besonders interessanten Fossilienfund, der ihn zuerst sehr begeistert, doch kurze Zeit später ganz und gar außer Fassung bringt.

Nicht nur, daß sich das von Dr. Helmut Axt bearbeitete Fossil als ein Skelett eines *homo sapiens* erweist, dessen Altersbestimmung diesen als aus dem Tertiär stammend ausweist, obwohl jener zu dieser Zeit noch gar nicht existiert hat, so trägt dieser Ur-Mensch auch noch eine Armbanduhr und ist mit überkronten Backenzähnen ausgestattet. Doch es kommt noch schlimmer: Als Dr. Axt, um sich von dieser wissenschaftlichen Absurdität, die er erst einmal geheimhält, abzulenken, das Angebot eines Vortrags an der Universität Berlin angenommen hat, trifft er dort auf einen Wissenschafter, der ihm ein großes Geheimnis anvertraut: Dereinst hätte dieser in der heutigen Slowakei eine Höhle entdeckt, die ein Zeittor ins Tertiär darstellt und auch zwei seiner Assistenten von dort aus schon einmal in die Vergangenheit zurückgereist wären. Doch damit noch immer nicht genug, lädt dieser Dr. Axt schließlich dazu ein, den anderen nachzureisen ...

Kegels Roman ist ein interessantes und paläontologisch gewiß höchst lehrreiches Buch, obwohl die Geschichte gerade im Mittelteil einige Längen aufweist, besonders nach dem die Protagonisten das Tertiär erreicht haben. Verwunderlich ist, daß die Reisenden in der Vergangenheit von jedwedem Angriff durch Raubtiere verschont bleiben, obwohl die vom Menschen ungezähmte Natur höchst gefährlich für die naiven Helden sein müßte. Positiv fällt des Autors flüssiger Stil auf, der die Handlung nicht mit wissenschaftlichen Details überfrachtet, immer verständlich erklärt und dabei dem Leser doch ein Maximum an Wissen vermittelt. Geradezu genüßlich seziert Kegel die üblichen Eitelkeiten eines Wissenschaftsbetriebes an einer deutschen Universität. Er entlarvt auf vergnügliche Weise die akademische Wichtigtuer, narzißtischen Selbstdarsteller und profilneurotischen Professoren.

Bernhard Kegel verzichtet trotz der beiden Haupthandlungsebenen glücklicherweise darauf, durch artifizielle Cliffhanger die Spannung künstlich anzuheizen, indem er jedes Kapitel an der vermeintlich interessantesten Stelle enden läßt. Statt dessen führt er die Kapitel inhaltlich zu Ende und verhindert so den Eindruck reißerischer Handlungsgestaltung.

Insgesamt ist *Das Ölschieferskelett* ein empfehlenswertes und angenehm zu lesendes Buch, welches zu Recht als bester deutscher Phantastikroman den Wetzlarer Phantastikpreis 1996 gewonnen hat und dem Amman Verlag hoffentlich noch weitere Auflagen beschert.

Insgesamt also vier völlig verschiedene Zeitreiseromane, die alle den Leser nicht unbedingt vom Hocker reißen werden, dennoch aber goutierbares Lesefutter für die kälteren Jahreszeiten darstellen und auch einmal deutlich machen, wie groß die Bandbreite dieser Thematik sein kann, und das, obwohl alle vier Romane lediglich von Reisen in die Vergangenheit handeln und die Zukünfte ausnahmsweise einmal außen vor bleiben ...

Nicholas Baker

Die Fermate

(The Fermata)
Deutsch von Eike Schönfeld
Rowohlt Verlag, 1994
393 Seiten, DM 39,80

von Florian F. Marzin

Arno Strine ist 35 Jahre alt und Schreibkraft bei einer Bank in Boston. Was ihn allerdings ungewöhnlich macht, ist seine Fähigkeit, die Zeit anzuhalten. Alles um ihn herum erstarrt, nur er ist in der Lage, ganz normal zu agieren. Nicht daß dies innerhalb der Science Fiction etwas Neues wäre, schon H. G. Wells hat in einer seiner Kurzgeschichten davon Gebrauch gemacht und auch Sewer Gansowskij, doch Bakers Protagonist benutzt diese Fähigkeit nicht, um etwas Besonderes zu leisten, sondern dazu, den Frauen unter die Röcke zu schauen. So erkundet er die intimen Bereiche der von ihm verehrten Joyce Collier, die Sachbearbeiterin in derselben Bank ist. Er hält die Zeit an, entkleidet die erstarrte junge Dame und widmet sich ausgiebig der Betrachtung und Betastung ihrer Schambehaarung. Als Arno dann die Zeit weiterlaufen läßt, weiß die so Mißbrauchte nichts davon, und für den Verursacher selbst bergen die Hüllen ihrer Kleidung keine Geheimnisse mehr.

Als Arno eines Tages am Strand faul in der Sonne liegt, wird er auf eine Frau aufmerksam, die sich nicht weit von ihm entfernt im Bikini sonnt. Nachdem er ihre Anatomie unter Zuhilfenahme seiner Fähigkeit ausgiebig studiert hat, beschließt er, eine pornographische Geschichte zu schreiben und diese der Frau zukommen zu lassen. Nach mehreren Stunden ist er fertig, steckt die beschriebenen Blätter in eine Plastiktüte und steckt sie vor der Frau in den Sand, so daß sie sie unweigerlich finden muß, was dann auch geschieht. Die Frau liest die Geschichte, natürlich auch der Leser mit ihr, und geht nach Hause, wo sie durch die Lektüre angeregt ausgiebig masturbiert. Arno beobachtet sie natürlich dabei.

Noch ein weiteres Mal gibt sich Arno diesem Vergnügen hin, indem er eine Fortsetzung zu seiner pornographischen Geschichte schreibt, sie sogar auf Band spricht und in dem Kassettenrecorder eines Autos plaziert, das von einem jungen Mädchen gesteuert wird. Doch diesmal bleibt der erwartete Erfolg aus, denn schon nach wenigen Sätzen fliegt die Kassette aus dem Wagenfenster. Der Leser bleibt allerdings von dem zweiten pornographischen Erguß, der Autor nennt es hochtrabend Erothikon, nicht verschont, wobei keine Unappetitlichkeit ausgelassen wird.

Nachdem man das alles durchlitten hat, kommt es schließlich zum Rendezvous von Arno und Joyce, bei dem er ihr alles über seine Fähigkeit erzählt. Sie ist erstaunt, will es nicht glauben, wird aber eines Besseren belehrt. Beiden gelingt es dann, natürlich während sie miteinander schlafen, die Zeit für den Rest der Welt anzuhalten. Was immer der Autor mit diesem Roman bezweckt haben mochte, es bleibt unter einem Wust von Kopulationsszenen verborgen, woran auch der Klappentext mit hochtrabenden Formulierungen wie »Baker spürt dem rätselhaften sexuellen Verhalten des modernen Großstadtmenschen nach« nichts ändert. Wenn schon Pornographie, dann wäre der Preis des Buches besser in einer einschlägigen Videocassette angelegt.

Scott Bradfield

Planet der Tiere

(Animal Planet)
Aus dem Amerikanischen von Manfred Allié
Ammann Verlag, Zürich, 1997
232 Seiten, DM 39,80

von Sascha Mamczak

Charlie der Rabe ist an allem schuld. Erst setzt er den Tieren des Londoner Zoos revolutionäre Flausen in den Kopf (»Wir sind vielleicht Tiere – aber wir sind doch nicht *blöd!*«); der daraus resultierende Aufstand kann gerade noch niedergeschlagen werden. Dann aber gerät seine Flucht über den Südpol zu einem derart heroischen und herzzerreißenden Unterfangen, daß er in den Köpfen der Tiere *und* der Menschen zum Mythos wird. Die Medien stürzen sich auf Charlie, veröffentlichen frei erfundene Memoiren, verhökern die Filmrechte, drucken sein Bild auf T-Shirts und Kaffeetassen – sie blasen ihn auf Übergröße auf, so daß er schließlich für überhaupt nichts mehr steht und ihn jeder für sich reklamieren kann. Natürlich lassen sie ihn eiskalt fallen, als er aus der Mode kommt. Die Show aber muß weitergehen, neue tierische Helden sind gefragt, und so wird aus der weltweiten Revolution der Tiere ein Medienereignis, eine gigantische Soap Opera, die ihresgleichen sucht: »Das bringt mehr als Foreman gegen Ali ... mehr als Woodstock vier! Mehr als Bobby Riggs und Billie Jean King! Mehr als die Invasion vom Mars. Mehr als das Ende dieser ganzen Scheißwelt!«

Scott Bradfields *Animal Planet* ist anfänglich eine bitterböse Satire. Die zuerst zaghafte Rebellion wird von einer Medienmaschinerie übernommen, der es nicht um die Botschaft, sondern um einen »guten Deal« geht. Alles, was sich vermarkten läßt, ist gut, und so werden die Anführer der Tiere zu Puppen in den Händen der Marketing-Fachleute. Das alles mündet in einem grellen Endzeit-Szenario, wenn die Revolution dann doch noch auf Touren kommt und die alte Ordnung blutig in die Brüche geht, bevor sich Tiere und Menschen schließlich im Zeichen des Kapitalismus arrangieren: »Markennamen und geschützte Firmenzeichen kletterten aus den Trümmern der Städte und aus U-Bahn-Schächten. Irgendwo in den fast schon in Schlaf versunkenen Trümmern des internationalen Geschäftslebens meldete sich ein ganzes System wieder zu Wort.«

Man sieht schon: Bradfield folgt konsequent der Orwellschen Vorgabe, und wo es seiner aktuellen Version von »Animal Farm« an historischer Treffsicherheit mangelt, da trifft sie doch genau den zynischen Ton, den George Orwell wohl ebenfalls angeschlagen hätte, hätte er in den 90er Jahren geschrieben. Nachdem die durchregulierten Weltbeglückungsideologien bis auf weiteres abgedankt haben, herrscht die globale Gleichmacherei der »freien« Marktwirtschaft und eine ideologiefreie Kulturindustrie, die zumindest in den USA längst die Kultur ersetzt und selbst ihre schärfsten Kritiker vermarktet: »Die simplen Regeln von Angebot und Nachfrage, so weit das Auge reichte. Es war eine Welt, die für niemanden einen Sinn hatte außer für sich selbst.« Auch eine Revolution der Tiere kann daran nichts ändern, in atemberaubender Geschwindigkeit paßt sich die Geschäftswelt den neuen Gegebenheiten an und erweitert einfach ihre Produktpalette (»Handmixer für Kaninchen«). Das kurbelt das Wirtschaftswachstum an, und im übrigen gibt es für die Tiere eben das Wahlrecht. Mit ihrem Kampf um Souveränität rennen sie offene Türen ein, ein Vitaminstoß für die sinnsuchende, sensationsgeile Gesellschaft der Menschen. Überhaupt haben Disney & Co. die Tiere längst zu Menschen gemacht. Was bei Orwell noch eine Fabel war, wird jetzt zwangsweise zum Comic. So ist es nur folgerichtig, wenn Bradfield den Tieren schon vor dem Aufstand den Weg in die Kultur ebnet und sie von Beginn an zu dem macht, was wir auch sind: eitel, machtgierig, opportunistisch, manchmal intelligent, aber doch ziemlich gewöhnlich und getrieben von einem Traum, der sich nie erfüllen wird. Und dieser Traum von der Freiheit wird nicht – wie noch bei Orwell – durch eine neue Diktatur zerstört, sondern durch seine Kommerzialisierung, wie Charlie schließlich erkennt: »Freiheit ist längst kein Lebensgefühl mehr, Mann. Sie ist ein einziges riesiges Marketingkonzept.«

Natürlich ist Orwell, dem die Instrumente der Fabel noch zur Verfügung standen, weitaus präziser in seinen Analogien, was ihm bekanntermaßen im Rußlandfreundlichen intellektuellen Klima Großbritanniens gegen Ende des Zweiten Weltkriegs erhebliche Veröffentlichungsprobleme einbrachte. Der Amerikaner Scott Bradfield, ein unermüdlicher Kritiker des *way of life* seiner Landsleute, hat es da leichter: Er degradiert die handelnden Tiere und Menschen zu Abziehbildern der lächerlichen Mediengeschöpfe, die inzwischen Teil unserer Realität sind – und niemand nimmt es ihm übel. Er macht aus dem amerikanischen Präsidenten eine jämmerliche Witzfigur, aus dem US-Militär einen verlotterten Haufen mit faschistoiden Neigungen – und niemand regt sich auf. Im Gegenteil: Selbst die ätzende Kritik ist Teil des Medienzirkus, Teil seiner Geschäftsgrundlage. Das alles ist natürlich völlig absurd. Aber das wußte ja schon Nietzsche, der in seiner Sentenz »Kritik der Tiere« schrieb: »Ich fürchte, die Tiere betrachten den Menschen als Wesen ihresgleichen, das in höchst gefährlicher Weise den gesunden Tierverstand verloren hat.«

David Brin

Erde. Der Roman des 21. Jahrhunderts

Aus dem Amerikanischen von Winfried Petri
Wilhelm Heyne Verlag, München, 1994
954 Seiten, DM 19,90

von Karsten Kruschel

Zunächst einmal sollte man sich nicht von dem großspurigen Untertitel abschrecken lassen, den die Werbeleute bei Heyne – oder wer war's sonst?* – diesem Buch verpaßt haben. Her-

* Der amerikanische Verleger. – *Anm. d. Hrsg.*

nach sollte man sich auf einen Wälzer gefaßt machen, der »Morgenwelt« zwar allenthalben anpeilt, aber nie erreichen kann. Und drittens muß der Leser sich vor Augen halten, daß zum einen David Brin nicht John Brunner ist und zum anderen selbst Brunner scheitern würde, sollte er sein damals geniales Konzept auf eine so verrückte Welt wie die von 1990 anwenden. Dies alles berücksichtigt, bleibt *Erde* ein gut gemeintes und engagiertes Buch gegen den selbstfabrizierten Untergang der Erde, voller hard science über die Physik Schwarzer Löcher und soft science über die Gottessehnsucht der von der Menschheit geplagten Menschen, gespickt mit Nachrichten, Meinungen und suspekten Informationen aus einem weltumspannenden Informationsnetz, gegen das unser kürzlich von den Medien jäh entdecktes good old internet wie ein Morseapparat ausschaut.

Die Handlung dreht sich um einen Wissenschaftler, der einem winzigen Schwarzen Loch nachspürt, das sich bei einem fehlgeschlagenen Experiment Richtung Erdmittelpunkt aufgemacht hat – es droht über kurz oder lang soviel Masse aufzusaugen, daß die Existenz des Planeten in Gefahr gerät. Gefunden wird ein weiteres Schwarzes Loch, das wohl schon seit 1907 – ja, ja, die Tunguska-Katastrophe – in der Erde ist und gut ein interstellarer Mordanschlag sein könnte. Hinzugefügt wird zu diesem physikalischen Mehrkörperproblem eine Menge Politik, etwas menschliche Verwicklung und informatorischer Overkill durchs Informationsnetz.

Physikalische Mehrkörperprobleme tendieren dazu, unlösbar zu sein, und soziale sind es. Nach neunhundertfünfzig Seiten hat David Brin den Weltgeist zum Leben erweckt, während ein Wissenschaftler mehr zufällig zum Schöpfer eines neuen Universums geworden ist. Kleiner ging es offenbar nicht. Mutter Erde selbst vernetzt sich mit dem globalen Netz und übernimmt, weise Gaia, das Regime, allen Menschen ein Wohlgefallen (na ja, den meisten).

Und wieder einmal rettet sich ein ansonsten respektabel auf den Brettern des wissenschaftlichen Weltbildes festgezimmerter und kompetent geschriebener SF-Roman letztlich ins Spirituelle, entschärft seine eigenen Fragen und legt die Axt der Transzendenz an seine eigenen Wurzeln. Wenn eh der Weltgeist das Regiment übernimmt, können wir ruhig weiterwursteln. Bedenklicher Fakt: Autoren, die mit weit offenen Augen die Misere dieser Welt wahrnehmen, können sich nur mit Hilfe einer mythischen Weltmutter Gaia in ein zweifelhaftes Happy-End retten. Brins Roman ist ja nicht das einzige Beispiel dieser Art. Sollte dieser Planet tatsächlich schon unrettbar hinüber sein? Und sollte man sich die Augen mit Gottessehnsucht zukleistern, um das Unausweichliche nicht sehen zu müssen?

Barbara Büchner

Aus dunkler Tiefe

Heyne TB 06/6028, München, 1997
237 Seiten, DM 12,90

von Hermann Urbanek

Romane zu Spielen jeder Art, seien es nun Brett-, Computer- oder Rollenspiele, befinden sich nach wie vor ganz oben in der Lesergunst, zumindest verkaufen sie sich allgemein so gut, daß ihre Zahl kontinuierlich im Steigen begriffen ist. Die Begleitbände zum deutschen Erfolgsspiel DAS SCHWARZE AUGE zeigen sich dabei schon seit einigen Jahren ihren Konkurrenten aus Übersee durchaus ebenbürtig, wenn nicht sogar überlegen. Monat für Monat erscheint ein neuer Band, und ein Ende ist nicht in Sicht, obwohl natürlich der überraschende Tod von Ulrich Kiesow, dem DSA-Mitentwickler und Herausgeber der TB-Reihe, sicherlich ein schwerer Schlag war.

Barbara Büchner entführte im mittlerweile 28. Band der Serie den Leser ins Herzogtum Walden, ein Gebiet von Aventurien, das in vielen Bereichen an das mittelalterliche Deutschland erinnert. Das kleine Städtchen Trallop wird durch die finsteren Machenschaften eines Nekromanten und seines Kreises bedroht, der im nahegelegenen Moor einen Großen Alten beschwören möchte. Dabei weckt er auch kleinere Ungeheuer zu gespenstischem Leben. Als ein Ratsherr diesen zum Opfer fällt, versuchen dessen Sohn und Tochter zusammen mit einem Elf und einem Magier, den Nekromanten zu stoppen. Doch sie kommen zu spät. Und nur ein Meistermagier, der in einem Turm hoch über den Wolken wohnt, kennt noch die Zaubersprüche, um die Gefahr zu bannen. Der Roman liest sich leicht und locker und ist sehr witzig geschrieben. Man spürt förmlich den Spaß, den die Autorin hatte, als sie ihn zu Papier brachte, und dieses Gefühl überträgt sich auch auf den Leser. Gutes Lesefutter für alle Freunde abenteuerlicher Fantasy wie auch für DSA-Spieler, die mehr Hintergrundwissen und Informationen über ihre Spielewelt erhalten wollen.

Charles Bukowski

Ausgeträumt

(Pulp)
Deutsch von Carl Weissner
Kiepenheuer & Witsch, Köln, 1995
183 Seiten, DM 36,–

von Jürgen Wimmer

Es beginnt wie eigentlich immer in klassischen Kriminalromanen: Privatdetektiv Nick Belane (Bogart hieß in *Casablanca* bekanntlich Rick Blaine, also ist klar, wie man sich den Anti-Helden dieses Romans vorzustellen hat) sitzt in seinem Büro und erhält wider Erwarten doch einmal wieder einen Auftrag, natürlich von einer ausgesprochen attraktiven Lady; hier allerdings mit dem nicht sehr vielversprechenden Namen Lady Death. Belane soll den französischen Schriftsteller Louis Ferdinand Céline *(Reise ans Ende der Nacht)* suchen. Der ist zwar seit 1961 tot, aber Belane soll sich trotzdem auf die Socken machen. Dabei begegnet er nicht nur strunzdummen Kellnerinnen und schlechtgelaunten Barkeepern, sondern auch –

denn die stecken letztendlich hinter allem – extrem wandlungsfähigen Schleimkreaturen aus dem All.

Nach dem Sinn der Handlung zu fragen, hieße das Buch gründlich mißzuverstehen. Der Originaltitel umreißt exakt, was dieses wüste Gemisch aus Billig-Krimi und noch billigerer SF ist: »Pulp«. Und der Titel ist Programm. »Dirty old man« Bukowski (1920–1994) ignoriert in seinem letzten Roman alle Gesetze der Logik und Stringenz auf derart dreiste Weise, daß es nur noch Spaß macht. Dabei ist wieder alles enthalten, was Bukowski-Fans an ihrem Meister so schätzen: ruppige Dialoge mit Humor der knochentrockenen Art und handfeste Schweinigeleien, wie etwa Belanes unheimliche Begegnung mit dem Telefonsex, ebenso trist wie komisch. Und exakt auf den emotionalen Punkt gebracht.

Bei aller Unbekümmertheit mischen sich freilich auch stets melancholische Töne ins absurde Treiben. Da kann eine simple Bierbestellung schon zum Problem werden, weil die Leute ständig aneinander vorbeireden.

Ausgeträumt/Pulp ist eine willkommene Abwechslung vor allem für jene, die sich an weinerlichem Selbstfindungsschrott und penetrantem Innenleben-Exhibitionismus (zum Beispiel der neudeutschen Besinnlichkeitsliteratur) gründlich satt gelesen haben und sich wieder einmal ungehemmt dem Spaß am Schund hingeben wollen.

Moyra Caldecott

Kind des Dunkelsterns

(Child of the Darkstar)
Aus dem Amerikanischen von Andreas Lentz
Neue Erde Verlag, Saarbrücken, 1997
202 Seiten, DM 22,80

von Hermann Urbanek

In ihrem neuesten auf deutsch erschienenen Roman *Child of the Darkstar* (1984) entführt die Britin Moyra Caldecott, die sich bislang auf historische Romane wie die aus *Sohn der Sonne, Tochter des Amun* und *Tochter des Ra* bestehende Ägypten-Trilogie oder Fantasy-Romane wie die Tetralogie um die »Hohen Steine«, bei denen auch esoterische Elemente eine wichtige Rolle spielten, spezialisiert hatte, in eine weit entfernte Zukunft, in der die Erde unbewohnbar geworden ist und die Kinder der Erde auf dem weit entfernten Planeten Agaron eine neue Heimat gefunden haben. Umkreist wird dieser Planet von fünf Monden, und beherrscht wird die neue Welt durch eine allmächtige Priesterkaste, die aufgrund der astrologischen Begebenheiten zum Zeitpunkt der Geburt bestimmt, wie der Lebensweg eines jeden Einzelnen verläuft: Denn sieben Gestirne dominieren die Welt, sie weisen jedem Mann und jeder Frau ihren Platz und ihre Aufgabe in der Gesellschaft zu. Dem Dunkelstern werden als einzigem zerstörerische Anlagen nachgesagt, sie huldigen zügelloser Freiheit, deshalb müssen alle diejenigen, die unter ihm geboren werden, ausgestoßen werden, denn sie bedrohen mit ihrer Zügellosigkeit die festgefügte Ordnung. Doch als eine Schwangere infolge eines Unglücks eine Frühgeburt hat und ihr Sohn deshalb unter dem Dunkelstern geboren wird, und sie beschließt, ihr Kind nicht auszusetzen, sondern es in Abgeschiedenheit aufzuziehen, ahnt sie nicht, welche Folgen das haben wird: Er wird, wenn er zum jungen Mann herangewachsen ist, in Liebe zu einem Orakel, das von den Priestern als Werkzeug gefangengehalten wird, entbrennen, durch ihre Befreiung die bisherige Ordnung des Planeten zum Einsturz bringen und das Geheimnis des Planeten enträtseln.

Moyra Caldecott erwies sich auch mit diesem Roman wieder als Meisterin der Charakterisierung. Ihre Personen bestehen aus Fleisch und Blut, und sie agieren überzeugend in einer ebenso gut geschilderten Umgebung. Alles in allem bot *Kind des Dunkelsterns* solide Unterhaltung, reichte aber nicht an die Dichte ihrer oben erwähnten historischen und Fantasy-Romane heran.

L. Sprague & Catherine Crook de Camp

Die Schwerter von Zinjaban

(The Swords of Zinjaban)
Aus dem Amerikanischen von Joachim Pente
Heyne SF & F 06/4193, München, 1997
396 Seiten, DM 14,90

von Hermann Urbanek

Lyon Sprague de Camp ist in erster Linie durch seine Neuherausgabe von Robert E. Howards Stories um »Conan« und neuen Romanen und Geschichten um den Barbaren aus Cimmerien, die er vor allem in den sechziger und siebziger Jahren, zumeist gemeinsam mit seinem Kollegen Lin Carter schrieb, einer breiteren Leserschicht bekanntgeworden. Durch diesen Erfolg sind seine eigenständigen Werke überschattet, was sie nicht verdient haben. Zu seinen interessantesten Werken gehört neben den gemeinsam mit Fletcher Pratt geschriebenen Romanen der Zyklus, der auf dem Planeten Krischna spielt und von dem nach längerer Pause nun der neunte, gemeinsam mit seiner Gattin verfaßt, bei uns erschienen ist.

Krishna ist eine barbarische Hinterwäldlerwelt, bevölkert von menschenähnlichen, eierlegenden Humanoiden, der sich auf einer mittelalterlichen Entwicklungsstufe befindet. Die Erdenmenschen, die Kontakte dorthin haben, müssen strenge Vorschriften befolgen, der Import von Technik jedweder Art ist zwar verboten, kann aber nicht immer verhindert werden, besonders, da die Feudalherrscher, die tyrannisch ihre Gebiete regieren, stets an neuen, vor allem waffentechnischen Erfindungen interessiert sind. Auch bei Abenteurern ist Krishna sehr beliebt, bietet er doch ein weites Betätigungsfeld und auch die Möglichkeit zu schnellem Reichtum. Protagonist des neuesten Romans der Serie ist wieder Fergus Reith, Reiseleiter der Firma Magic Carpet. Auf Vermittlung seiner Ex-Ehefrau wird er mit der Betreuung eines Filmteams beauftragt, das vor der Originalkulisse des Planeten einen Sword & Sorcery-Film drehen will. In der Folge hat Fergus Reith alle Hände voll zu tun, seine Schäfchen vor Dummheiten zu bewahren. Die Situation eskaliert, als ein alter Feind sich anschickt, eine alte Rechnung zu begleichen. Wie die früheren Bände der Serie liest sich auch *Die Schwerter von Zinjaban* wieder höchst vergnüglich. De Camp hat schon humorvolle Romane geschrieben, bevor dieses Subgenre entstanden ist, und er beweist erneut, daß er seine Meisterschaft nicht verlernt hat und auch heute noch ein unterhaltsames Garn zu spinnen versteht. Lesespaß pur!

Caleb Carr

Die Einkreisung

(The Alienist: 1994)
Roman
Aus dem Amerikanischen von Hanna Neves
Wilhelm Heyne Verlag, München, 1994
576 Seiten, DM 44,–

von Karsten Kruschel

Wozu sich eigentlich fremde Welten ausdenken, wenn dieser Planet hier schon solche Szenarien bietet? Ob dieses 1896er New York dokumentarisch belegbar ist oder nicht, spielt überhaupt keine Rolle. Es ist eine minutiös gezeichnete fremde Welt, ebenso faszinierend wie vertraut, ganz wie ein von Jack Vance aufwendig konstruierter fremder Planet.

Dieser voluminöse Schmöker handelt von einer rätselhaften Mordserie unter den Strichjungen New Yorks im Jahre 1896 – und eine erhebliche Schwierigkeit bei den Ermittlungen erwächst daraus, daß es den Behörden und der Öffentlichkeit kaum beizubringen ist, sich mit dem Problem überhaupt zu befassen. Zu bigott ist diese feine Gesellschaft, als daß man die Existenz eines Strichermilieus überhaupt zuzugeben bereit ist.

Allerdings hat man mit einem unkonventionellen Polizeichef aus einer der feinsten Familien jemanden, der seine Stadt sauberhalten möchte – und dazu kämpft er nicht nur gegen die Verbrecher in den ausgedehnten Slums, sondern auch und vor allem gegen die in den polizeilichen Amtsstuben. Theodore Roosevelt ist gemeint, späterer USA-Präsident. In der gottesfürchtigen und hochanständigen Welt dieses New Yorks kann man nicht einmal öffentlich zugeben, daß es Bordelle gibt; und solche mit Bedienung durch minderjährige Knaben sind vollends undenkbar. Weil nicht sein kann, was nicht sein darf.

Roosevelt installiert ganz im Verborgenen eine Untersuchungsgruppe, die dem Geheimnis des offenbar geistesgestörten Mörders auf neue Weise nahekommen soll: durch Psychologie. Kreisler, eine schillernde Figur, ist der Psychologe, um den sich die Gruppe schart – aus dem, was der Irre tut, versucht man auf das zu schließen, was er ist, oder auf das, was er nicht ist. Stück für Stück enthüllt sich so die deformierte Persönlichkeit Japheths, verbogen und verstümmelt durch seine persönliche (Leidens-)Geschichte.

Caleb Carr leitet die Irritationen des Mörders ganz konsequent und Stück für Stück von seiner Geschichte ab – und die ist grausig genug. Die bloße Faszination des Bösen weicht langsam dem Horror vor einer Welt, die menschlichen Wesen so etwas antut. Der Mensch ist ein Produkt seiner Umwelt, das ist die grundlegende These, der Carr konsequent folgt. »Einkreisung« ist nicht nur das Verfahren, das Kreisler & Co. zum Täter führt, das Wort meint auch die Situation des Unholds selbst, der von Unfaßbarem eingekreist, sein krudes Heil nur in absurden psychischen Konstruktionen findet – und die kreisen ihn selbst ein. Der Originaltitel *The Alienist* trifft es noch besser, ist aber leider kaum adäquat übersetzbar – Japheth ist in der menschlichen Gesellschaft ein Alien, etwas für die meisten unvorstellbar Fremdes; er wurde durch seine Kindheit »alienisiert«, in dieses mordende Scheusal verwandelt; und seine Art, die auf ihre Art auch Aliens darstellenden Knaben abzuschlachten, ist selbst wiederum nur der untaugliche Versuch, dem Dasein als Alien zu entfliehen. Die komplette Erklärung (soweit Carr überhaupt eine solche liefert) ist bei Kreisler nachzulesen. Insofern handelt das Buch von der Fähigkeit - oder Unfähigkeit - des Menschen, mit dem Fremden, Andersartigen umzugehen. Die Abwehrreaktionen - die bis zu Intrigen und Morden gehen und letztlich auch Roosevelt treffen sollen - sind in ihrem Grundmuster allgemeingültig. Der Horror kommt deswegen den Leser auch nicht an, als man in Japheths Behausung all die eingeweckten Augen findet - das ist nur noch ein Detail, das ein Bild abrundet. Das Gesamtbild dagegen wird mehr und mehr zum eigentlichen Horror - eine Welt, in der jedermann auf der Straße ein Ungeheuer sein kann. Und gelegentlich auch ist.

Der ganz spezielle Wahnsinn des Mörders ist so ein bodenlos gemeines Gespinst, so furchtbar und völlig unwahrscheinlich, daß es vermutlich so einen Fall wirklich gegeben hat. So was denken sich Autoren nicht aus, so etwas Undenkbares liefert nur die Wirklichkeit. Caleb Carr läßt den Leser in der Art von *Das Schweigen der Lämmer* an der Entblätterung der Geheimnisse teilhaben, geht aber in der Tiefe der Darstellung weit über Harris hinaus. Wer Hannibal Lecter mochte, wird Japheth Beecham lieben ...

D. G. Compton

Tod live

(The Continuous Katherine Mortenhoe)
Aus dem Englischen von Thomas Schlück
Wilhelm Heyne Verlag, München, 1997
300 Seiten, DM 18,90

von Florian F. Marzin

Die Handlung setzt mit dem Besuch der Lektorin Katherine Mortenhoe im Krankenhaus ein, bei dem ihr Dr. Mason eröffnet, daß sie am Gordon-Syndrom leidet und noch vier Wochen zu leben hat. Doch ihr körperlicher Verfall wird schon viel früher mit Spasmen, Übelkeit, Ohnmachtsanfällen und dem Verlust der Kontrolle über die Körperfunktionen einsetzen. Natürlich ist Katherine wie vor den Kopf geschlagen.

In einer Gesellschaft, in der einzelne kaum noch Schutz vor den Medien genießen, stürzen sich die Reporter sofort auf Katherine und wollen über ihr Sterben haarklein berichten. Eine Flut von allen möglichen Angeboten bricht über sie herein, von Werbung für gesundheitsfördernde Produkte bis hin von Angeboten verschiedener Beerdigungsunternehmen. Nicht nur sie selbst ist Zielscheibe dieser Aufdringlichkeiten, sondern auch ihr zweiter Mann Harry. Am einträglichsten ist das Angebot von der Fernsehgesellschaft NTV, die ihr dreihunderttausend Pfund für die Exklusivrechte an ihrem Tod bietet. Dafür müßte sie aber erlauben, daß ein Kamerateam sie während ihrer letzten vier Wochen permanent begleitet. Katherine und auch Harry lehnen anfänglich ab.

Doch bald stellt sich heraus, daß sie dem Presserummel nicht gewachsen sind und sich mit dem Geld von NTV weit abseits ein paar schöne Tage machen könnten. Ohne Wissen von Harry unterschreibt Katherine den Vertrag, hat aber vor, sich, sobald das Geld auf ihrem Konto ist, abzusetzen. Alles läuft wie geplant, offiziell bereitet sie mit Harry einen gemeinsamen Urlaub in Tasmanien vor, doch bevor es dazu kommt, taucht Katherine unter. Sie hat sich alte Kleidung besorgt, in der sie wie eine der vielen Ausgestoßenen der Gesellschaft aussieht und findet Unterschlupf in einem Obdachlosenasyl. Dort, inzwischen machen sich schon die ersten Auswirkungen des Gordon-Syndroms bemerkbar, trifft sie Robbie, der auf den ersten Blick ebenfalls wie jemand aussieht, der am Rande der Gesellschaft lebt. Die beiden tun sich zusammen, um gemeinsam ihr Leben zu fristen, doch Robbie ist der Starreporter von NTV. Ein Reporter der neuen Generation, dessen Augen operativ entfernt und durch eine Fernsehkamera ersetzt wurden. Alles, was er sieht, wird sofort in die Studios von NTV übertragen. Vincent Ferriman, der Programmdirektor von NTV, hatte Katherine einen Peilsender heimlich in die Handtasche gesteckt, so daß es für Robbie kein Problem war, sie aufzufinden.

Das Gordon-Syndrom zeigt immer stärkere Wirkung bei Katherine, sie hat Lähmungserscheinungen, sitzt manchmal minutenlang starr da und begreift gar nicht, was um sie herum vorgeht. Was bei Robbie anfänglich nur berufliches Interesse war, wird mit der Zeit zu echtem Mitgefühl mit der beklagenswerten Frau, und er gerät ob seiner Tätigkeit immer mehr in Gewissenskonflikte. Er weiß zwar, wer Katherine ist, hat es ihr auch gesagt, aber sie ahnt nicht, daß sie Tag und Nacht von einem Reporter resp. einem Fernsehpublikum beobachtet wird.

Die beiden schlagen sich ans Meer durch, wo Katherine noch einmal richtig auflebt. Robbie erkennt, daß er die Frau liebt und der Zustand für ihn inzwischen unerträglich ist. Robbie sieht nur einen Ausweg, er muß die Fernsehkamera in seinem Kopf zerstören, um wieder ein freier Mensch zu sein und von Katherine akzeptiert zu werden. Die Kamera zu zerstören bedeutet aber für ihn gleichzeitig, daß er blind wird. Ödipusgleich wählt der durch die Zwänge einer Mediengesellschaft schuldig Gewordene diesen Weg. Danach gesteht er Katherine alles, und sie vergibt ihm. Mit Hilfe eines alten Schaustellers gelingt den beiden die Flucht zu Katherines erstem Mann Gerald. Dort warten sie auf das Eintreffen der aufgeregten Leute von NTV, die, nachdem Robbie die Kamera zerstört hat, keine Bilder mehr empfangen konnten.

Am Schluß stellt sich heraus, daß die ganze Sache ein großangelegtes Komplett war. Katherine war gar nicht krank, sondern hatte von Dr. Mason ein Mittel bekommen, das die Krankheit hervorrief. Kurz vor ihrem bevorstehenden Tod sollte sie das Gegenmittel bekommen, nachdem NTV vier Wochen lang die höchsten Einschaltquoten gehabt hätte. Doch NTV und Dr. Mason kommen zu spät. Katherine hat, wie sie glaubte in auswegloser Situation, den Freitod gewählt.

Tod Live ist ein packender Roman über eine absolut skrupellose Mediengesellschaft, die heute gar nicht mehr so fern und unwahrscheinlich erscheint. Compton packt in eine Woche Handlungszeit eine umfangreiche Gesellschaftskritik und eine mitreißende, mitfühlende Handlung, die sein Werk in die Reihe der mahnend engagierten Science Fiction stellt.

Der Roman ist zuerst 1975 unter dem Titel *Schlaflose Augen* auf deutsch erschienen und wurde unter dem Titel *Deathwatch – Der gekaufte Tod* verfilmt.

Michael Cordy

Das Nazareth Gen

(The Miracle Strain)
Deutsch von Sepp Leeb
Diana Verlag München, 1997
480 Seiten, DM 48,–

von Jürgen Wimmer

Es scheint so, als habe sich Michael Cordy für seinen ersten Roman das Bestseller-Gen einpflanzen lassen, denn da ist nun wirklich nichts ausgelassen, was auf dem Welt-Buchmarkt Erfolg verspricht; ein modisch-angesagtes Thema, daneben ein fast mittelalterlich anmutender Geheimbund und nicht zuletzt der Rühreffekt: ein Vater, der verzweifelt das Leben seiner krebskranken Tochter zu retten versucht.

Und was haut Cordy gleich auf den ersten zwanzig Seiten auf den Putz! Wie sich das für einen internationalen Thriller so gehört, werden gleich auf den ersten zwanzig Seiten drei Schauplätze auf drei Kontinenten eingeführt: Südjordanien, Stockholm, Boston. Doch daraus entwickelt sich schließlich ein rasanter Hi-Tech-Thriller mit einer gewiß faszinierenden Grundidee.

Gentechniker Tom Carter ist eine absolute Größe auf seinem Gebiet, doch der Dezemberabend des Jahres 2002, an dem er für seine Forschungen den Nobelpreis verliehen bekommt, wird zu einem Desaster. Eine Killerin, die es auf ihn abgesehen hat, erschießt versehentlich Carters Frau und entkommt unerkannt. Damit nicht genug: Wenig später stellt der leidgeprüfte Mann fest, daß seine einzige Tochter, die kleine Holly, eine genetisch extrem starke Anfälligkeit für Krebs zeigt. Der Hirntumor läßt auch nicht lange auf sich warten, die Zeit ist knapp, und nur ein Wunder kann Holly heilen. Also denkt sich der gewitzte Atheist Carter: Wer war denn wohl der bekannteste Wunderheiler aller Zeiten? Richtig: Jesus Christus. Also versucht er, eine Reliquie zu finden, um daraus die Gene zu rekonstruieren und auf eventuelle Heilkräfte abzuklopfen.

Die bekannten Reliquien und Wunder (weinende Madonnen, Stigmatisierte, Kelche mit Blut etc.) erweisen sich bei Überprüfung allesamt als Mumpitz, doch Hilfe kommt ausgerechnet aus der Ecke jener religiöser Fanatiker, die Carter eigentlich als Frevler an der Schöpfung Gottes umbringen wollten. Aber ihnen ist halt ein Zeichen erschienen, wonach zur Zeit der Messias mal wieder unter den Lebenden weilen soll, und Carter kommt gerade recht, ihnen bei der Suche zu helfen. Da ist aber dummerweise auch noch die Killerin, die Carter in Schweden umpusten sollte. Die ist nämlich Vollprofi, kann mit der Schmach des verpatzten Attentats nicht leben und sieht es gar nicht gerne, daß ihre Auftraggeber, nämlich die religiösen Geheimbündler, inzwischen mit Carter gemeinsame Sache machen. Und so macht sie sich selbständig. Kompliziert wird es, als Carter die Messias-Gene tatsächlich in einer lebenden Person wiederfindet: Es ist natürlich ausgerechnet die Killerin.

Genau hier gerät der Roman gefährlich ins Wanken. Aber er fällt nicht. Sicher: Das ist alles vollkommen trivial und *ziemlich* abstrus, und die Chance, daß ausgerechnet die Killerin identische Gene mit Jesus aufweist, hat nicht einmal Lotteriequalität, auch wenn Cordy sich alle Mühe gibt, es einigermaßen logisch herzuleiten. Aber das ist eben auch unglaublich spannend, eins jener Bücher, die sich weglesen wie nichts, auch wenn sie bisweilen den spröden Charme eines waschechten *guilty pleasure* verströmen. Cordy weiß genau, wo er einen Handlungsstrang kurz abbrechen muß, um eine Cliffhanger- Situation nervenaufreibend in der Schwebe zu halten, und wie man einen Plot über die volle Distanz auf Vollgas trimmt, versteht er perfekt. Nebenbei erfährt der Leser nicht wenig über die Möglichkeiten der Gentechnik, wobei es hier nun absolut nicht darum geht, deren ethischen Wert zu diskutieren. Doch soweit sich das von einem Außenstehenden beurteilen läßt, weiß Cordy, worüber er schreibt.

Stilistisch ist das nicht unbedingt eine Offenbarung. Gesichter werden als »kantig« beschrieben, ein Kinn als »energisch« usw., doch vollends versagt Cordy, wenn er menschliche Regungen beschreiben will. Als des Helden Gattin erschossen wird, brüllt Carter an ihrer Leiche ein pathetisches »Warum?«, und dann steht da noch ein verräterisches »ausgerechnet an diesem Abend!« (als wär's sonst ja gar nicht so schlimm gewesen). Nein, da ist Cordy offenbar überfordert. Doch sei's drum. Denn trotz aller Schwächen ist *Das Nazareth Gen* alles in allem ein origineller und zudem unverschämt unterhaltsamer SF-Thriller.

Andrew Crumey

Die Geliebte des Kartographen

Aus dem Englischen von Klaus Pemsel
Insel Verlag, Frankfurt am Main-Leipzig, 1997
221 Seiten, DM 39,80

von Matthias Neiden

Andrew Crumey, Jahrgang 1961, ist als Dozent für theoretische Physik und Mathematik in London tätig und zur Zeit auf dem Gebiet der nichtlinearen Prozesse (Chaosforschung) aktiv. Glücklicherweise scheint er daneben auch über ein Faible für (phantastische) Literatur gehobener Autoren wie Borges oder Calvino zu besitzen, denn *Die Geliebte des Kartographen* ist einer der intelligentesten und vergnüglichsten SF-Romane der letzten Jahre, der den wissenschaftlichen Hintergrund seines Schöpfers nicht verbirgt.

Vor ungefähr 200 Jahren entwarf ein vom Tod seiner Verlobten bedrückter Prinz eine Art geistiges Tadsch Mahal. Statt seiner Hingegangenen ein steinernes Monument zu widmen, schuf der Prinz eine imaginäre Stadt, die bis in winzigste Details ausgearbeitet wurde. An diesem Schöpfungsprozeß fand dieser Prinz so viel Gefallen, daß er in der Folge weitere imaginäre Städte entwarf. Dabei bedurften diese nicht mehr eines äußeren Anlasses im Romangeschehen, die Phantasie hatte sich mittlerweile verselbständigt:

> »Pomonia war die Stadt als Feier, entworfen zum Gedenken an eine Schlacht, in der sein zwölfjähriger Sohn gekämpft und gesiegt hätte, wäre zu jener Zeit Krieg gewesen.«

Immer verstiegener, perfekter und in ihrer lebensnachahmenden Detailtreue absurder wurden die Phantasiestädte des Prinzen. So mußte die bislang vollkommenste Schöpfung des Prinzen neben den gesamten Baulichkeiten etc. auch die dazugehörigen Bewohner mitsamt ihren Lebensläufen und beispielsweise auch die zur Stadt gehörige gigantische Bibliothek, selbstverständlich voller imaginärer Werke, enthalten. Schließlich arbeitete das gesamte Reich des Prinzen nur noch für dieses eine Ziel und ging dabei ansonsten vor die Hunde. Architekten, Ingenieure, Kartographen, Biographen und viele andere mehr sind im großen Werk vereint. Eines Tages nun verliebt sich der als Kartograph tätige Schenck in eine Mitarbeiterin der biographischen Abteilung, die die (fiktive) Biographie eines Grafen Zelneck bearbeitet. Um das Interesse der Dame seines Verlangens zu erwecken, erfindet Schenck einfach den Diener Pfitz als angeblichen Begleiter des Grafen und konstruiert deren Vita. Pfitz und der Graf führen absurde Dialoge, die auch den Leser in witzigen und geistreichen Metadialogen mit einbeziehen. Als dann auch noch der schizophrene Dichter Spontini (ebenfalls eine imaginäre Gestalt) ins Spiel kommt, geraten die Erzählebenen vollends durcheinander. Spontini philosophiert über Willensfreiheit und Prädestination – ganz vor dem geistigen Hintergrund des mechanistischen Weltbildes der Aufklärung – und obliegt dem »Wahn«, nur eine literarische Gestalt zu sein, die über kein wirkliches Leben verfügt.

Auf einer anderen Ebene betrachtet, der Erzählebene des Romans, stimmt das ja auch, und Spontinis Schizophrenie rührt von der Unvereinbarkeit des mit ihm befaßten Autorenkollektivs her. Auch Schencks Angebetete hat sich heillos im Spiel mit dem Imaginären verwirrt und wird dadurch sogar zur Mörderin (in der realen Erzählebene des Romans). Schließlich versucht Schenck der immer mehr ausufernden Widersprüche der von ihm ins Leben gerufenen Ereignisse Herr zu werden und läßt Pfitz und den Grafen (eines literarischen Todes) sterben. In der nachfolgenden Himmelfahrtsszene treibt es Crumey dann vollends auf die Spitze. Pfitz und der Graf gehen nicht ins Paradies sondern in die imaginäre Traumstadt, genauer die Bibliothek ein, die sich am Rande des Universums befindet, und treffen dort wiederum auf bekannte Gestalten des Romans sowie der gesteigert imaginären Figuren aus dieser Bibliothek ...

Und mit der gekonnten Wittgenstein Persiflage:

Chorus Logico-Philosophicus

Wovon wir schwiegen
Wird nun gesprochen.
Worte nun nicht mehr
Reines Denken ersetzen.
Bedeutung und Sprache
Sind Wahngebilde;
Erwirkte Komplexität
Zieht uns hinauf.

endet dieses Buch.

Endlich einmal wieder intelligente Unterhaltung mit philosophischem Tiefgang und dennoch spielerisch leicht. Ähnliches kenne ich sonst nur von Rucker, Lem, Calvino und vor allem Borges. Die Spuren des großen Argentiniers lassen sich deutlich ausmachen. So entwarf dieser ja in Tlön, Uqbar, Orbis Tertius ja ebenfalls ein imaginäres Land, das schließlich die Realität usurpierte, oder etwa in *Die Bibliothek von Babel* (ähnlich wie einstmals Kurd Laßwitz) das Bild einer unendlichen Bibliothek und in Pierre Menard, Autor des Quijote, läßt er Cervantes' großes Epos im Wege des Abschreibens ein zweites Mal neu entstehen. Alle diese Motive und noch etliche mehr lassen sich in *Die Geliebte des Kartographen* wiederfinden.

Zwar kann Crumey, ebenso wie Lem, nicht verbergen, daß bei ihm Geist und Verstand weitaus stärker entwickelt sind als die analogen Gefühlsfunktionen, und da unterscheiden sich Crumeys und Borges Prosa eben doch deutlich, aber einem Vergleich mit Lem vermag Crumey durchaus standzuhalten.

Gott sei Dank ist dieser Roman nicht in irgendeiner SF-Reihe, sondern im angesehenen Insel-Verlag erschienen. Würde ihn sonst das Feuilleton wahrnehmen? Wohl kaum, wir befinden uns schließlich in Deutschland, dem Land der Dichter und Denker, in dem Spaß an der Literatur offenbar immer noch verpönt ist.

Merke: Nicht immer ist da SF drin, wo SF draufsteht, und nicht immer ist da keine SF drin, wo keine SF draufsteht.

Es gibt sie also doch noch: Lesbare *SF-Literatur.*

Robert Feldhoff

Grüße vom Sternenbiest

VPM Verlagsunion, Rastatt, 1997
236 Seiten, DM 16,80

von Robert Hector

Nachdem der Markt für Heftromane stagniert, versuchen die Macher der Perry Rhodan-Serie neue Wege zu gehen. Mit der neuen Hardcover-Reihe »Space Thriller« werden neue Leserschichten angesprochen, um sie für den Rhodan-Kosmos zu gewinnen. Das Konzept ist mit ein paar Zeilen umrissen: »Die Erde im 49. Jahrhundert: das Zentrum eines gut organisierten Sternenreiches. Raumschiffe überwinden den Abgrund zwischen den Sternen, der technische Fortschritt bringt Wohlstand mit sich, alle Menschen haben dieselben Rechte. Doch Mafia-Strukturen, verbrecherische Gentechniker, Massenmörder und machtgierige Politiker sind auch im 49. Jahrhundert gefährliche Gegner der Menschheit.«

Der erste Roman der Reihe, »Grüße vom Sternenbiest«,

kontrastiert in erstaunlicher Weise mit der positivistischen Weltsicht der Romanserie. Endlich erfährt der Leser etwas über die Erde der fernen Zukunft, über die Wünsche und Ängste der Menschen in jener Zeit, die allenfalls eine Projektion der gegenwärtigen Verhältnisse ist. Alles beginnt damit, daß ein Kind aus dem Fenster eines Hochhauses fällt und stirbt. Dank Auffangschirmen unter jedem Fenster eigentlich ein unmöglicher Vorgang. Geheimagent Sholter Roog, aufgrund »überdurchschnittlicher Gewaltbereitschaft« auf einen Schreibtischposten abgeschoben, gerät durch Zufall in die Ereignisse und kommt einem Komplott auf die Spur. Der geheimnisvolle »Schelm« will sich mit Hilfe eines unheimlichen Wesens namens »Felsenheimer«, dessen Arme in Piranha-Manier die Opfer in köstlich-grausiger Weise präzise sezieren, in die Führungsebene einer Verbrecherorganisation hochdienen, welche die Macht auf der Erde an sich reißen will. Der Schelm hat eine Reihe von Kraftwerken vermint und droht diese zu sprengen, falls man ihm nicht den Zugangscode zum lunaren Großrechner NATHAN ausliefert.

Sholter Roog führt gemeinsam mit der schönen Agentenanwärterin Fee Kellind die Ermittlungen und stößt auf abnorme Persönlichkeiten: Nicolos Gmokett, der Vater des aus dem Fenster eines Wohnturms gestürzten vierjährigen Jomie, der seine Frau ständig mißhandelt und quält; ein Sadist par excellence; dann der Tomopath Felsenheimer, ein Sklave jener unheimlicher Arme, die permanent ein Opfer suchen; der Schelm, ein körperlich und geistig mißgebildeter Mensch, der von seinen sozial hochstehenden Eltern wegen seiner Behinderungen jahrzehntelang wie ein Tier gefangengehalten wurde; und schließlich Sholter Roog selbst, der im Stil von Rambo seine Gegner umnietet – weil er keine andere Wahl hat, ohne selbst im Einsatz den Heldentod zu sterben – und am Schluß seinen Dienst quittieren muß.

Terrania City, die düstere Metropole der Menschheit, wirkt in diesem Roman nicht wie eine futuristische High-Tech-City mit chromglänzenden Wolkenkratzern, sondern eher wie das Los Angeles in *Blade Runner* – merkwürdig abstoßend.

Die Handlung schreitet konsequent und logisch voran. Faszinierend, wie Details und scharfsinniges Denken in der Art eines Sherlock Holmes zum Ziel führen; etwa wenn die Nahrungsgewohnheiten Felsenheimers auf die Spur seiner Wohnung führen, oder die Werbefolios einer angeblichen Modefirma zu deren Sitz.

Gewalt und Sex, sonst in der Rhodan-Serie eher stiefmütterlich behandelt, gewinnen hier eine zentrale Bedeutung. Die Beziehung zwischen Sholter und Fee endet natürlich im Bett, aber Sholters verletzende Art wird sich später rächen. Und als Sholter am Schluß der Retter Terranias ist, aber aus seinem Dienstverhältnis entlassen wird, wähnt der Leser in ihm einen von der Gesellschaft ausgestoßenen Looser, der Mitleid verdient. Und dann der Schluß, in dem sich der Titel des Romans endlich offenbart und den Leser grausig alleine dastehen läßt. Ein perfekter Schluß, der dem Grundtenor des Romans seine Spitze gibt.

Insider fühlen sich an den Anfang der Atlan-Heftserie erinnert, die noch von Karl-Herbert Scheer geprägt wurde. Aber Feldhoffs Helden sich eher Antihelden, Täter und Opfer zugleich. Sind das wirklich alle Psychopathen, oder ist es nur ein Ausdruck von Normalität: Der Schelm bezieht sein Weltbild aus Videofilmen – ist das bei manchen heutigen Kids wirklich viel anders? Und sind seine Machtphantasien nicht ähnlich denen, die uns ständig im Fernsehen und der Werbung vorgegaukelt werden? Und ist da die Beziehung zwischen Jomies Eltern wirklich so pervers, daß sie uns nicht auch wieder erstaunlich real erscheint? Die seelischen Wüsten, die Feldhoff hier beschreibt, lassen Abgründe erahnen. Kein Roman aus dem Rhodan-Kosmos war bislang so düster wie dieser. Und so stellt sich die Frage, ob die ewig gleichen Abenteuer in den Tiefen des Alls, in denen Außerirdische Abbilder menschlicher und tierischer Wesen der Erde sind und die Konflikte so erstaunlich bekannt vorkommen, nicht das Auslaufmodell darstellt, das vielleicht abgelöst werden könnte durch jene mehr realistische Zukunftssicht, wie sie Feldhoff hier angerissen hat.

David Gemmell

Die Legende

(Legend)
Aus dem Englischen von Irmhild Seeland
Bastei TB 20307, Bergisch Gladbach, 1997
462 Seiten, DM 12,90

von Hermann Urbanek

Seit er 1984 mit *Legend* sein Debüt als Autor gab, hat sich David Gammell zum erfolgreichsten britischen Fantasy-Autor entwickelt, seine farbenprächtigen und vielschichtigen Zyklen und Serien wie der »Macedon«-Zweiteiler, der »Sipstrassi«-Zyklus oder die »Pallides«-Saga haben neben Einzeltiteln wie *Knights of Dark Renown* nicht nur in England, sondern teilweise auch schon im deutschen Sprachraum Fans und Leser gleichermaßen beeindruckt. Sein Meisterwerk aber ist zweifellos der sogenannte »Drenai«-Zyklus, der mit seinem Erstling begann und mittlerweile aus fünf Romanen, einer Collection und einer Novelle besteht. Drenai – das ist der Name eines Reiches, das für mehr als ein halbes Jahrtausend die Entwicklung der Welt maßgeblich gelenkt hat. In *Legend* beginnt das mächtige Reich der Drenai in Dekadenz zu versinken, die Nomadenhorden der Nadir, geeint unter einem mächtigen Kriegsherrn, erobern große Gebiete und plündern und verheeren sie. Nur die einst mächtige Festung Dros Delnoch, die nahezu uneinnehmbar ist, bildet noch ein letztes Bollwerk zwischen den Horden der Eroberer und dem Kerngebiet des Reiches. Doch die Verteidiger sind ungeschult und sich des drohenden Untergangs bewußt. Nur der alte Krieger Druss, den alle nur »die Legende« nennen, ist in der Lage, die Verteidigung zu organisieren und das Reich noch in letzter Minute zu retten. Fraglich ist nur, ob auch sein übermenschlicher Einsatz das Schicksal noch wenden kann. *Die Legende* bietet, wie auch die übrigen Bände des Zyklus, die zum Teil auch zur Zeit spielen, als die Drenai ihr Reich errichteten, pralles Fantasy-Abenteuer und Spannung pur, sodaß man das Buch erst aus der Hand legen kann, wenn man bei der letzten Zeile angelangt ist. Zudem bietet der Band zusätzlich noch eine Zeittafel und den ersten Teil einer Enzyklopädie über die faszinierende Welt der Drenai.

William Gibson

Idoru

(Idoru)
Aus dem Amerikanischen von Peter Robert
Rogner & Bernhard bei Zweitausendeins, Hamburg, 1997
312 Seiten, DM 30,–

von Sascha Mamczak

Man begreift schnell, warum der neue Roman von William Gibson in den (amerikanischen) Bestsellerlisten landete. »Sie trafen sich auf einer Dschungellichtung. Kelsey hatte die Vegetation gemacht: große, leuchtende rousseausche Blätter und Comic-Orchideen, in Farben gesprenkelt, die sie für tropisch hielt ... Der Ton war von Zona, der einzigen Telepräsentin, die je so was wie einen richtigen Dschungel gesehen hatte ... Das Licht, soweit vorhanden, sickerte durch ein hohes, grünes Blätterdach herein und war Chia entschieden zu disneymäßig – obwohl man eigentlich kein ›Licht‹ brauchte an einem Ort, der aus nichts anderem bestand.« Wer so sinnlich und so mysteriös virtuelle Welten beschreiben kann, darf im Bücherregal neben den Software-Handbüchern nicht fehlen, auch wenn *Idoru* mit den rasanten Cyberpunk-Märchen, mit denen der Autor bekannt wurde, nicht viel zu tun hat. Gibsons Helden hacken sich nicht mehr – oder noch nicht – in das »vereiste« Herz internationaler Konzerne, empfinden religiöse Wallungen beim Einklinken oder lassen eben mal ihre körperliche Existenz hinter sich. Zwar sind sie wie immer auf der Suche nach »einer anderen Art von Wahrheit, einer anderen Form des Wissens, tief in grauen Informationsschwärmen«, zwar kreieren sie ein virtuelles Selbstbild, das die Wirklichkeit fahrlässig schönert, aber noch ist das Ganze »pures Theater, weil man einander nicht wirklich was tun konnte«. Noch ist man nicht direkt mit dem Computer kurzgeschlossen, sondern nur via Spezialbrille. Dafür ist der Cyberspace, einst Gibsons gelobtes Land, mehr als eine 3-D-Matrix, und die virtuellen Kriege verlaufen subtiler.

Idoru ist weniger eine Fortsetzung als eine Weiterführung von Gibsons letztem Roman »Virtuelles Licht« und ein ebenso intelligentes Buch. Idorus – das sind »Idol-Sänger«, computergenerierte Popstars, vornehmlich weibliche »Aggregate subjektiven Begehrens« und japanische Variationen in künstlicher Intelligenz, dem Menschlichen allzu nahe. Das neueste Idoru-Produkt Rei Toei kann sich nicht nur bereits in die (stoffliche) Wirklichkeit hineinprojizieren, sondern hat sich auch in den Rocksänger Rez von der Gruppe »Lo/Rez« verliebt und will ihn »heiraten«. Für ihr Zusammenleben benötigen die beiden allerdings ein Stück Nano-Technik, offenbar das Verbindungsstück zwischen menschlichen und virtuellen Wesen und so fortgeschritten und so illegal, daß sich auch die russische Mafia dafür interessiert (in Rußland hat die Mafia den Staat übernommen und nennt sich, na ja, »Das Kombinat«). Ein Fall für Gibsons jugendliche Helden. Laney soll für die Sicherheitsabteilung des »Lo/Rez«-Imperiums im Daten-Netz herausfinden, ob dem Sänger Gefahr droht. Was eigentlich kein Problem für ihn ist, denn ein psychischer Defekt macht Laney zu einem »intuitiven Informationsmusterfischer«, auf der Suche nach jenen »Knotenpunkten«, die entstehen, wenn ein Mensch »dem profanen und dennoch unendlich vielgestaltigen Geschäft des Lebens in einer digitalen Gesellschaft nachging«. Die Knotenpunkte sind Laneys Obsession: »Es ist, wie wenn man in Wolken Dinge sieht. Nur daß sie wirklich da sind.« Im Falle von Rez ist dies jedoch gar nicht so eindeutig. Unterdessen reist Chia, ein amerikanischer »Lo/Rez«-Fan, zwar in der Pubertät, aber auch ein alter Hase im globalen Netz, im Auftrag ihres Fanclubs nach Japan, um mehr über die Heirat ihres Idols herauszufinden. Sie gerät dabei unfreiwillig in ein Schmuggelgeschäft, das sie Rez näher bringt als erhofft, denn das ominöse »Nano-Ding« taucht plötzlich in ihrer Tasche auf.

Bis die Handlungsfäden nach guter alter Reißverschluß-Technik zusammenlaufen, findet sich der Leser nicht nur an vielen möglichen und unmöglichen virtuellen Orten wieder, sondern auch in einem Tokio, das selbst Teil einer virtuellen Neuerschaffung ist. Ein Erdbeben namens »Godzilla« – man erinnert sich an »Virtuelles Licht« – hat die Stadt in Schutt und Asche gelegt, und der Wiederaufbau erfolgt mit eben jener Nanotechnik, was bedeutet, daß sich die neuen Gebäude praktisch selbst erschaffen, »als sähe man eine Kerze schmelzen, nur umgekehrt«. Nicht nur das Daten-Netz, auch die wirkliche Welt wird zu einer »fließenden Welt«. William Gibson ist ein Architektur-Freak und vermutlich hat er Philip Kerrs einschlägigen Thriller *Game Over* gelesen, wo es heißt: »Die Geschichte der Architektur ist nicht, wie man glauben könnte, eine Frage der Ästhetik, sondern der Technik.« Und eine Frage der Macht. Wie Gibson einmal in einer Reportage über Singapur bekannt hat, verachtet er die nahtlos durchorganisierten Strukturen großer Konzerne. Auch die Nano-Technik hat für ihn etwas Erschreckendes, sollte sich Big Business dieser Technik bemächtigen und die Welt nach eigenen Vorstellungen im wahrsten Sinne des Wortes »formen«. So erzeugt Gibsons Tokioter Rekonstruktion ein überaus mulmiges Gefühl, und so hält der Autor stets nach den Bruchlinien und Freiräumen in den kontrollierten Strukturen Ausschau. Ein wenig artikuliert er damit die allgemein verbreitete Sehnsucht nach der Anarchie in den Anfängen des Internets, und es verwundert nicht, wenn die Outlaws der Netze noch immer seine geheimen Helden sind. Sie verstecken sich in der »ummauerten Stadt«, einem virtuellen Abbild einer Siedlung bei Hongkong, längst eingeebnet von den Chinesen und nun als Multi-Kulti-Paradies und sagenumwobene Zuflucht im Netz weiterexistierend. Und schließlich erschafft nicht die Welt der Konzerne, sondern die »Heirat« der Idoru mit Rez etwas wirklich Neues, Ungeplantes.

Aber was? Die »andere Art von Wahrheit«? Wie alle Bücher Gibsons ist auch *Idoru* eine unvollständige Geschichte, ein

Fragment aus der nahen Zukunft. Nicht nur läßt der Autor genügend Fragen für weitere Bücher offen, die Reise Laneys und Chias in das wiederentstehende Herz Japan bleibt bestenfalls Stückwerk. Wir erfahren kaum etwas über Rez und auch nicht wirklich mehr über Rei Toei. Sie sind konturlos wie die Bilder in den Wolken, denen Laney nachspürt, wie die Objekte japanischer Unterhaltungskultur, die Gibson mit beinahe frivoler Genauigkeit beschreibt, ohne sie wirklich greifbar zu machen, denn um Unterhaltungskultur geht es dem Autor, wie es den Schöpfern der Idorus darum geht: »Die populäre Kultur ist der Prüfstand unserer Zukunft.« Sicher würde man gerne einmal einen Roman von Gibson lesen, der in der ersten Person geschrieben ist, sicher würde man einmal mehr über die Innenwelten seiner Charaktere erfahren, aber er kann vom »technologischen Naturalismus«, den er selbst erfunden hat, eben nicht lassen. Diesmal hat es ihm das Japan der künstlichen Freizeitparks, der Sekten, der globalen Marken, der Themen-Clubs und der elektronischen Tierchen angetan, die man per Knopfdruck streicheln und füttern muß, damit sie nicht dahinsiechen. Im Land des High-Tech-Fetischismus, wo eine bizarre Arbeitsdisziplin und Vergnügungssucht Hand in Hand gehen, gibt es auch schon einen virtuellen Star: Sie heißt Kyoko Date, tanzt in Videos, singt gefällige Pop-Songs und jobbt nebenbei in einem Fast-Food-Restaurant. Zwar ist ihre Stimme nur geliehen und eine Interaktion nur rudimentär möglich, aber dafür gibt es schon die ersten Fan-Clubs.

So steuert das Werk William Gibsons zielstrebig auf die Gegenwart zu. Und dennoch geht die Frage – in Zeiten geklonter Schafe, produzierter Antimaterie und entdeckter Mars-DNS und auch in Besprechungen von *Idoru* einmal mehr gestellt – nach der Halbwertszeit von Visionen und Utopien, danach, ob die Grenze zwischen Science Fiction und Wissenschaft nun endgültig verschwindet, ins Leere. Schriftsteller, so hat es der Nobelpreisträger Seamus Heaney formuliert, übermitteln keine Daten, sondern ein Gefühl für die Welt. William Gibson gibt uns ein Gefühl für die Welt, betrachtet durch »virtuelles Licht«. Die Zukunft kommt ohnehin.

Robert A. Heinlein

Gestrandet im Sternenreich

(Starman Jones)
Aus dem Amerikanischen von Kurt Seibt und
Rainer Schumacher
Bastei TB 24220, Bergisch Gladbach, 1997
283 Seiten, DM 9,90

von Hermann Urbanek

In den fünfziger Jahren schrieb Heinlein in erster Linie spannende SF-Jugendabenteuer, die zum besten gehören, was das Genre in dieser Beziehung zu bieten hat, man denke nur an Klassiker wie *Tunnel in the Sky* (dt.: *Tunnel zu den Sternen*), *Time for the Stars* (dt.: *Von Stern zu Stern*), *Between Planets* (dt.: *Zwischen den Planeten*), *Space Cadet* (dt.: *Weltraum-Piloten*), *Have Space Suit – Will Travel* (dt.: *Piraten im Weltraum*), *Citizen of the Galaxy* (dt.: *Bewohner der Milchstraße*), *Podkayne of Mars* (dt.: *Bürgerin des Mars*) oder auch *Starman Jones* (dt.: *Abenteuer im Sternenreich*), der nun in der Heinlein-Edition von Bastei wieder aufgelegt und so einer neuen Lesergeneration zugänglich gemacht wurde. Max Jones ist ein Träumer, der ebenso wie sein verstorbener Onkel gerne einmal Raumfahrer werden möchte, aber das ist nahezu unmöglich, denn ein Zutritt zur erblichen Gilde der Raumfahrer ist normalerweise nur auf Empfehlung eines Mitglieds möglich. Doch sein Traum rückt in greifbare Nähe, als er die Bekanntschaft von Sam Anderson macht, der über Beziehungen verfügt und Max mit falschen Papieren versorgt. Mit diesen heuert er auf einem Raumer an und wird vermehrt mit wichtigen Aufgaben betraut, als seine Vorgesetzten sein Potential und Zahlentalent, verbunden mit einem fotografischen Gedächtnis, erkennen. Diese Fähigkeuten sind es schließlich auch, die, als das Schiff infolge einer fehlberechneten Transition in einem bislang unbekannten Winkel der Galaxis strandet, die Rückkehr in heimatliche Gefilde ermöglicht. Für die Neuausgabe wurde die alte und gekürzte Übersetzung gründlich überarbeitet und ergänzt, sodaß diese spannende Space Opera erstmals in ungekürzter Form bei uns vorliegt. Zwar wirkt einiges antiquiert, denn Heinlein hatte natürlich nicht die Computer vorhergesehen, wie sie heute schon zum Alltag gehören, aber trotzdem bleibt das Buch dank seiner hervorragenden Charakterschilderungen und des spannenden Erzählbogens nach wie vor lesenswert – ein Klassiker eben.

Wolfgang Hohlbein

Der Widersacher

Gustav Lübbe Verlag, Bergisch Gladbach, 1995
512 Seiten, DM 49,80

von Matthias Neiden

Mit einigem Werberummel wurde *Der Widersacher* auf den Markt geworfen. Offensichtlich ist er dort auf fruchtbaren Boden gefallen, da zwischenzeitlich auch eine Umsetzung ins akustische Medium erfolgt ist. An alle, die dennoch das Geschriebene bevorzugen, seien denn die folgenden Zeilen gerichtet:

Schon der Klappentext scheint ein wenig dick aufzutragen: »Er ist das größte Geheimnis der Weltgeschichte. Er kommt mit Feuer und Sturm, um das Leben der Menschen von Grund auf zu verändern. Mit seinem Erscheinen brechen die Letzten Tage der Menschheit an. Eine Legende wird Wirklichkeit.«

Erstaunlicherweise hat Hohlbein den Mut gehabt, einen durchaus überzeugenden, theologisch angehauchten Schundfetzer abzuliefern, der tatsächlich eine gewisse Ähnlichkeit mit der vorgenannten bombastischen Präsentation aufweist:

Der Widersacher präsentiert dem Leser/der Leserin zumindest zwei höchst unterschiedliche Protagonisten: Brenner, einen vom Leben recht desillusionierten Mittdreißiger, der seine Brötchen als Versicherungsvertreter verdient, und Salid, alias Abu el Mot (d. h. der Vater des Todes), einen international steckbrieflich gesuchten Terroristen. Das Geschehen setzt im spätwinterlichen Hochtaunus auf einer einsamen Landstraße ein. Brenner stolpert infolge einer Autopanne durch die verschneite Landschaft und freundet sich dabei mit einer jugendlichen Ausreißerin namens Astrid an. Tief im Walde stoßen sie auf ein nahezu hermetisch von der Außenwelt abgeriegeltes Kloster, das kurze Zeit später zu einer Art Kriegsschauplatz wird. Salid und die US-Army scheinen dort den 3. Weltkrieg zu proben. Doch aus der Hölle von Explosionen und Flammenglut gehen sowohl Salid als auch Brenner nebst Astrid letztlich unverletzt hervor. Während zahlreiche Todesopfer zu beklagen sind, kann die Rettung der Überlebenden nicht mit rechten Dingen zugehen. Salid beispielsweise vermeint eine Vision des Scheitans (die islamische Version des Teufels) erlebt zu haben, die ihn mit den bekannten Worten »Steh auf und geh« von seinen tödlichen Verletzungen geheilt habe. Ähnliches scheint auch Brenner widerfahren zu sein. Doch es kommt noch dicker: Auch alle Opfer eines Giftgasunglücks, immerhin 1200 an der Zahl, werden auf mysteriöse Weise wieder zum Leben erweckt, wobei Hohlbein hieraus ein gekonntes Zombie-Spektakel mit tragischem Unterton konfabuliert. Doch auch das ist nur der Auftakt zu noch seltsameren Geschehnissen, auf die der Leser durch den Kapiteln vorangestellte Zitate aus der biblischen Apokalypse des Johannes vorbereitet wird. Der Tag des Jüngsten Gerichts ist tatsächlich angebrochen! Myriaden von Insekten und Spinnen (Legionen von Horrorautoren rechnen diese fälschlicherweise zu unseren sechsbeinigen Freunden) treten auf den Plan und erzeugen in perfekter Mimikry Abbilder von Menschen und Gebäuden. Zwar spart Hohlbein hier nicht gerade mit Blut und Schockeffekten, doch ist es weit mehr ein kosmisches Grauen à la Lovecraft als blutrünstiger Splatterpunk. Schlußendlich strebt das Geschehen auf einen Showdown in der Klosterruine zu. Hier treffen noch einmal alle Hauptfiguren, teils mehrfach reanimiert, aufeinander, und der Leser erfährt endlich die langersehnte Aufkärung des Spektakels: In eben diesem Klostergewölbe wurde nämlich nahezu 2000 Jahre ein ganz besonderer Gast oder Gefangener (?) vor der Welt versteckt oder die Welt vor ihm, wenn man es genauer betrachtet. Nicht um das berüchtigte Tier der Apokalypse handelt es sich, sondern um den Gekreuzigten selbst, der nunmehr das Gericht über die Menschheit bringen wird. Brenner und Salid erhalten ihre Bestimmung als Reiter der Apokalypse (man erinnere sich kurz den berühmten Stich von A. Dürer) und reiten in die (weite) Welt hinaus. Punktum!

Irgendwie erinnert einen das ja an Hohlbeins amerikanisches Vorbild Stephen King, nämlich an *The Stand* (deutsch *Das letzte Gefecht*), das auch in der vielleicht populäreren Verfilmung einen deutlichen Wiedererkennungswert zur literarischen Vorlage besitzt.

Wem da nicht noch Erinnerungen an das legendäre Konzeptalbum der Hippiezeit – *666* von Aphrodite's Child mit Demis Roussous! (seinerzeit ein beachtlicher Leadsänger) kommen, der hat etwas verpaßt. Insbesondere das Stück »The Four Horseman« ist unbedingt hörenswert.

Doch zurück zu Wolfgang Hohlbein, der mit *Der Widersacher* zwar immer noch einen reinen Unterhaltungsroman geschrieben hat, doch zur Abwechslung mal einen, der es wert ist, nicht nur von Jugendlichen verschlungen zu werden. Bisweilen erweist sich selbst des Autors Humor – bisher nicht gerade eine Zierde der hohlbeinschen Prosa – als vortrefflich gelungen:

Der (gem)einsam im Schnee stapfende Brenner grübelt folgendes: »Kein Hinweis auf die Autobahn, keine Bundesstraßen-Schilder, keine Ortsschilder – geschweige denn ein Ort –, nichts. Er mußte durch eine Art Dimensionsfalte oder so etwas gerutscht sein, dachte er, die ihn in eine Parallelwelt geführt hatte, auf der es Bäume und Straßen und Schnee gab, aber keine Menschen.«

Auch sprachlich gesehen hat sich Hohlbein gesteigert, wenngleich man auch diesmal wieder den Text um einiges straffen könnte. Aber des Autors Neigung zu aufgeblähten Textballons ist ja bekannt ... Mitunter kann man sich des Eindrucks nicht erwehren, daß das Honorar nach Seitenzahl vereinbart wurde, denn es ließe sich mühelos jeder zweite Satz in diesem Buch streichen, ohne daß es dem Verständnis allzu abträglich wäre ...

Von dieser fast schon branchentypischen Schwäche einmal abgesehen, stellt *Der Widersacher* eine ungemein fesselnde Lektüre dar, die den Spannungsbogen niemals abreißen läßt. Das spektakuläre und auch offene Ende (der Anbruch des Jüngsten Tages und die Parusie; das ist die Wiederkunft Christi) sorgt dabei für den zündenden Knalleffekt. Obwohl sich Hohlbein klar in Opposition zur biblischen Überlieferung begibt, zumindest was die Himmelfahrt etc. angeht, kann man dennoch nicht von einem religiösen Sakrileg oder gar einer Blasphemie reden, da Hohlbein bei aller dichterischen Freiheit dennoch eine gewisse Pietät bewahrt. *Der Widersacher* läßt sich damit durchaus als reiner spekulativer theologischer Reißer lesen und ist als solcher gar nicht mal so übel. Gerade dieses Thema ist nämlich in der sog. evangelistischen SF weit verbreitet und führt oft zu schauderhaften Pamphleten. Als reiner Thriller betrachtet – und auch das scheint opportun – mag dem Leser Brenners Bekehrung aus der Einöde des Alltags eine ironische Warnung sein: »Brenners Universum war zerbrochen, in einer einzigen, rotglühenden Sekunde. (Die Explosion des Klosters.) Aus einem Leben, das aus Zahlen und Arbeit, aus Langeweile und nicht mehr Abwechslung als den geliehenen Abenteuern in einem Buch oder Film bestanden hatte, war ein Chaos aus Feuer und Lärm geworden, das ihn in einen immer schneller drehenden Strudel auf das Ende zuriß.«

Vor den hehren Argusaugen der Kritiker der FAZ wird jedoch auch dieses Glanzstück der Trivialliteratur sicherlich weder Gnade noch überhaupt eine Beachtung erfahren. Sei's drum, ein vielseits geschätzter Gore Vidal mag zwar stilistisch himmelweit überlegen sein; inhaltlich jedoch zumindest mit seinem Roman *Golgatha Live* (1992) (näheres dazu siehe *Das Science Fiction Jahr 1996*, S. 654 ff.) kaum zu unterbieten.

Delia Huddy, **Der Zeitenfänger**
➶ Robert Asprin & Linda Evans, **Time-Scout**

Pam Keesey (Hrsg.)

Draculas Töchter

(Daughters of Darkness)
Deutsch von Bettina Thienhaus und
Helga Augustin
Fischer Taschenbuch Verlag, 1997
300 Seiten, DM 16,90

von Florian F. Marzin

Eine Anthologie mit neun Erzählungen über weibliche Vampire, die bis auf die Ausnahme J. Sheridan LeFanu auch alle von Frauen verfaßt worden sind. Eigentlich sind es nur fünf Erzählungen, denn die restlichen vier Texte sind Auszüge aus Romanen, was dem Band nicht unbedingt gut getan hat. Weiterhin hat die Herausgeberin anscheinend mehr Gewicht auf die political correctness gelegt, d. h. in diesem Fall einen emanzipatorischen Anspruch gepaart mit lesbischer Veranlagung, denn auf literarische Qualität. So ist denn die nur fünf Seiten umfassende Story »Miss Dracula« von Zana eine Form von Anklage gegen die Ehe, wobei die Protagonisten sinnvollerweise Lucy und Jonathan Harker sind.

In den vier Seiten Romanauszug von Jody Scott »Ich bin ein Vampir« geht es auch mehr um Auflehnung und Kampf, hier im Gewand eines kleinen Vampirmädchens, als um eine wirklich Vampirstory.

Akzeptabel ist Jewelle Gomez' »Louisiana 1850«, eine Erzählung über den Großen Süden, seine Gesellschaft und die Sklavenwirtschaft, in der besonders die weiblichen Sklaven zur sexuellen Befriedigung der weißen Plantagenbesitzer herhalten mußten. Ein Mädchen, das ohne Namen bleibt, wird von einem weiblichen Vampir, Gilda, ebenfalls zum Vampir gemacht, was ihm das Überleben sichert. Der Süden, im Fall von Robbi Sommers Erzählung »Lilith« New Orleans, scheint für amerikanische Schriftsteller/innen ein Hort des Vampirismus per se zu sein (man denke nur an Anne Rice). Die Autorin versucht dabei eine Verbindung von Vampirismus und lesbischer Liebe zu schaffen, wobei die dem *Dracula* Bram Stokers innewohnende Symbolik in ihrer Auflösung im Tatsächlichen ihre Wirkung fast vollständig verliert.

Draculas Töchter ist denn auch mehr ein Lesebuch der verschiedenen Formen lesbischer Liebe, denn eine Anthologie, die sich der Darstellung des Vampirismus mit weiblichen Helden verschrieben hat. Und es sei hier gleich angemerkt, daß es zu diesem Thema wesentlich bessere Sammlungen gibt (z. B. *Blaß sei mein Gesicht,* herausgegeben von B. Neuwirth). LeFanus Erzählung wirkt in der vorliegenden Anthologie wie ein Fremdkörper und völlig fehl am Platze, auch wenn die Herausgeberin in einem viel zu langen und genauso überflüssigen Vorwort darauf besteht, »Carmilla« wäre die erste lesbische Vampirgeschichte.

Besonders bei den Romanschnipseln ist deutlich zu spüren, daß der Leser plötzlich in eine Situation geworfen wird, die sich ihm nicht aus der Lektüre erschließen kann. Darin zeigt sich in aller Deutlichkeit, wie problematisch es ist, solche Bruchstücke in Anthologien aufzunehmen, und auch hier hätte Pam Keesey besser die Finger davon gelassen. Oder gab es nicht genügend Autorinnen und Erzählungen, die es wert gewesen wären, in dem Band *Draculas Töchter* veröffentlicht zu werden?

Bernhard Kegel, **Das Ölschieferskelett**

➶ Robert Asprin & Linda Evans, **Time-Scout**

Bernhard Kegel

Wenzels Pilz

Ammann Verlag, Zürich, 1997
368 Seiten, DM 42,-

von Gunther Barnewald und Detlef Hedderich

Dr. Kurt Wenzel arbeitet als Biochemiker bei dem großen deutschen Unternehmen GENTEL, als er mitten in der Nacht zu seiner Arbeitsstelle gerufen wird. Dort befürchtet man massive Schwierigkeiten mit einer Schöpfung, die Wenzel dereinst kreiert hatte: Dem »Amanita wenzeli«, einem genetisch veränderten Fliegenpilz, der als Symbiosepartner für ebenfalls genetisch manipulierte Nadelbäume dienen soll, um den durch Regen sauer gewordenen Waldboden zu entgiften.

Doch nun scheint der Pilz mutiert zu sein: Die genmanipulierten Pilze sind in einem großen Waldstück zu ungeheurer Größe herangewachsen und haben begonnen, ihre Symbiosepartner aufzufressen. Da das Waldstück aber glücklicherweise sehr abgelegen und isoliert ist, entschließt man sich, durch Brandrodung erst einmal das gröbste Problem zu beseitigen. Um weiterem Unglück vorzubeugen, entwirft Wenzel, zurück in Deutschland, zusammen mit dem Insektenexperten Dr. Plodsz eine Fliegenart, die helfen soll, als Antagonist die Ausbreitung des gefährlichen Fliegenpilzes zu unterbinden. Dr. Plodsz steht GENTEL und der gesamten Genmanipulation höchst skeptisch gegenüber, in der vorliegenden Notsituation entschließt er sich jedoch zur Hilfe. Bei einem erneuten Auftreten der Riesenpilzplage erweist sich jedoch, daß die entwickelten Fliegen eher noch zur Ausbreitung der Gefahr beitragen. Als auch in anderen Waldgebieten Norwegens der genetisch »optimierte« Pilz zu entarten beginnt, sieht man bei der GENTEL eine millionenschwere Klage auf sich zurollen. Erst jetzt macht man sich an die Ursachenforschung. Während Plodsz sich an eine Zeitung wendet, alle Probleme öffentlich macht und einen Skandal heraufbeschwört, arbeiten Wenzel, Uhlich, der norwegische Ökologe

Dr. Gunnar Kollek und der englische Professor Hatthew Henslowe verzweifelt an der Lösung des Problems. Mit vereinten Kräften gelingt es ihnen, die Ursache der Entartung festzustellen: Nicht der von Wenzel entworfene Pilz ist dafür verantwortlich, sondern eine im Gencode der manipulierten Nadelbäume befindliche Viruskrankheit, die man damals bei der »Optimierung« übersehen hatte. Zuerst ist man bei der GENTEL sehr glücklich darüber, glaubt man so doch, Schadensersatzprozesse abwenden zu können. In der Führungsetage des Unternehmens muß man jedoch schnell erkennen, daß man sich getäuscht hat, denn die schwedische Firma, die seinerzeit die Nadelbäume kreierte, ist inzwischen eine Holding der GENTEL geworden. So bleibt die Verantwortung der GENTEL bestehen, zumal die Wissenschaftler zu der vernichtenden Erkenntnis kommen, daß alle genetisch manipulierten Nadelbäume in ganz Skandinavien abgeholzt werden müssen, da sie alle Klone des kranken Grundmodells sind und damit ihre baldige Entartung erwartet werden kann. Die verantwortliche GENTEL designt also neue Nadelbäume, die zu Dr. Wenzels manipuliertem Pilz passen, und verkauft sie sehr günstig an die Regierungen in Skandinavien, wobei allerdings nicht ausgeschlossen werden kann, daß die deutsche Firma dabei trotzdem noch Gewinn macht.

Wenzels Pilz entstand vor Kegels überaus erfolgreichem Roman *Das Ölschieferskelett* und wurde für die vorliegende Ausgabe vom Autor nochmals leicht bearbeitet. Trotz des aktuellen und eigentlich aufwühlenden Themas entwickelt Bernhard Kegel seine Geschichte hier eher behäbig und streckenweise langweilig. Die gezeichneten Charaktere wissen längst nicht so zu überzeugen wie in Kegels Erfolgsroman, und beim Lesen wird man den Eindruck gepflegter Langeweile nie ganz los.

Noch viel verwirrender ist jedoch der Eindruck, den der Autor bei seiner Grundaussage hinterläßt: Im Nachwort bekennt er sich als strikten Gegner aller genmanipulierten Produkte und weist auf die Risiken dieser Technik hin. Der Roman *Wenzels Pilz* hinterläßt im Endeffekt jedoch einen durchaus konträren Eindruck. Zwar kommt es im Verlauf der Handlung zu kleineren Katastrophen durch die Gentechnik und ihre Folgen, der Leser wird aber den Eindruck nie los, daß der großartige menschliche Genius zum Schluß über alle Schwierigkeiten und Probleme triumphieren wird. Nie kommt Zweifel auf, daß Wenzel und seine Kollegen das Grundproblem der Entartung der Pilze erkennen und beseitigen werden. Ihr Kontrollverlust ist immer nur von kurzzeitiger Natur, und am Ende sind sie die strahlenden Helden, die jedes Problem in den Griff bekommen, sobald sie sich nur die Zeit nehmen, alles richtig anzupacken. Dies läßt die Gefahren, die von genetischen Experimenten ausgehen, harmlos erscheinen und führt zu einer Verniedlichung des Problems. Der Leser wird den Eindruck nicht los, daß dem Autor hier vor lauter Freude an seinen Helden und deren wissenschaftlicher Arbeit sein eigentliches Anliegen abhanden gekommen ist. Ohne es zu wollen, hat Bernhard Kegel auf diese Weise einen Roman verfaßt, der den Leser eher dazu auffordert, in das Wissen und Können der Biowissenschaftler Vertrauen zu haben, da der menschliche Genius schlußendlich alle Hürden, die sich ihm in den Weg stellen, meistert. Zwar deutet der Autor am Schluß der Erzählung an, daß schon die nächste Katastrophe ins Haus steht (durch einen Terroranschlag der Genmanipulationsgegner sind einige der Algen freigesetzt worden, die den Treibhauseffekt beseitigen sollen), doch der Leser mag hier nur die Achseln zucken und fest daran glauben, daß die Wissenschaftler ein Gegenmittel finden werden. Und genau hier verfehlt der Autor sein im Nachwort postuliertes Ziel, auf die Gefahren der Gentechnik aufmerksam machen zu wollen, denn das Szenario in *Wenzels Pilz* ist insgesamt zu harmlos, und die Wissenschaftler sind viel zu intelligent, um wirklich etwas anbrennen zu lassen.

Gelungen ist dem Autor dagegen die Schilderung der wirtschaftlichen Macht des Multis GENTEL und deren rücksichtsloses Vorgehen. Daß die GENTEL zum Schluß sogar noch am Unglück der Skandinavier mit ihren genmanipulierten Nadelbäumen verdient, ist der Gipfel des Hohns, kommt aber der Realität am nächsten.

Dean Koontz

Die zweite Haut

(*Mr. Murder,* 1993)
Roman
Aus dem Amerikanischen von Joachim Körber
Wilhelm Heyne Verlag, München, 1994
Tb 01/9680
510 Seiten, DM 12,90

von Karsten Kruschel

Das Genre des Thrillers gibt es eigentlich gar nicht, bloß gute Krimis. Und schlechte. Dennoch führen dickleibige Bücher dieser Rubrik immer wieder die Bestsellerlisten an, und fast immer sind es amerikanische Autoren, die diese Bücher voller atemberaubender Spannung verfaßt haben. Allzuoft bleibt bei näherem Hinsehen allerdings außer äktschn kaum etwas übrig von dem »Thriller«.

Zu den Schreibern der besseren Sorte Nervenkitzel zählt neben Stephen King auch Dean Koontz. In ihren besseren Momenten – sowohl King als auch Koontz verhindern stetige Qualität mit ihrem enormen quantitativen Ausstoß – gelingt beiden mehr als »nur« ein Thriller. *Die zweite Haut* zählt dazu. Wenn man Stephen Kings Erfolgsroman *Stark* kennt, weiß man Koontz' Antwort auf das Buch seines etwas erfolgreicheren Kollegen noch besser zu würdigen. Auch bei Koontz taucht im Leben eines halbwegs erfolgreichen Schriftstellers ein Alter Ego ausgesuchter Bösartigkeit auf, mit übermenschlich scheinenden Kräften ausgestattet und mit nichts im Sinn als Tod und Zerstörung. Doch wo King das Seelenleben seiner Protagonisten mit genießerischer Akribie in mikrobische Bestandteile zerlegt, verankert Koontz seinen Alptraum fest in der Wirklichkeit. So zu fester Materie geworden, vermag er um so bedrohlicher zu sein.

Das schier unverletzbare Monster, das mit der tödlichen Zielstrebigkeit einer Suchkopfrakete durchs Land rast, sieht nicht nur genauso aus wie der Krimiautor Marty Stillwater, es hat auch eine übermächtige Sehnsucht nach Martys Frau und Kindern, und es ist aus Fleisch und Blut und durchaus irdischer Herkunft. Der Killer ist ein außer Kontrolle geratenes Werkzeug der Mächtigen – Koontz verankert seinen Thriller in der Realität aus Watergate, Iran-Contra-Skandal und den haarsträubenden Affären, die gelegentlich aus den Falten des behördlichen Schweigens hervorschimmern oder aus verstaubten Archiven auftauchen. Die schlimmste Bedrohung des Familienglücks – davon handeln schließlich die meisten Thriller letzten Endes – besteht in diesem Buch in der Tatsache, daß ein Staat und mächtige Leute existieren, die über alles, nicht bloß über Leichen, leichten Herzens gehen, um ihre Ziele zu erreichen. Diese Botschaft unter dem dünnen Lack aus offensichtlich dem Marktkalkül geschuldeten Happy-End macht frösteln, denn sie ist so finster und hoffnungslos.

Da ist es überflüssig zu erwähnen, daß die Figuren knapp, aber genau geschildert werden und daß die Familie Stillwater allein greifbare Gestalt gewinnt. Mann und Frau und zwei Töchter, allesamt richtig liebenswert, was will der Leser mehr – da sind alle anderen Figuren mehr oder weniger Bedrohung, Karikaturen des Abartigen, und jede halbwegs nette Nebenperson wird auf der düsteren Gewaltspur des Killers nebenbei ausgelöscht. Nebenpersonen im Thriller sind nur zum Umbringen da.

Das Bedrückendste an dem Roman ist allerdings, daß Koontz in dieser Konzentration aufs absolut Notwendige tatsächlich ein glaubhaftes Spiegelbild welcher Wirklichkeit auch immer zeichnet. Die Erfindung des Monsters, die er schildert, benötigt gar kein fiktives Arsenal neuer Techniken. Und die unbarmherzige Gehirnwäsche, dem Stillwaters anderes Ich ausgesetzt wird, ist nicht viel mehr als ein alter Hut psychologischer Kriegsführung, konzentriert auf das Ziel, einen Menschen zum Killer zu machen. Nicht, daß das funktioniert, ist das Problem, sondern daß es denen, die Macht haben, jederzeit zuzutrauen ist. Der unbegreifliche Killer kann jeden Augenblick durch die zersplitternde Haustür gerast kommen. Und vielleicht kann niemand, und schon gar nicht der Staat, helfen. Der Leser legt den Roman aus der Hand und geht durchs Haus, um die Vorhänge zuzuziehen und nachzuprüfen, ob die Hintertür auch verschlossen ist. Aber es hilft nichts.

Beatrix M. Kramlovsky

Das Risiko

Milena Verlag, Wien, 1997
200 Seiten, DM 26,–

von Hermann Urbanek

Zu den Themen, die Öffentlichkeit und Umweltschützer am meisten bewegen, gehört die Problematik der Genmanipulation und die Frage nach den möglichen Folgeerscheinungen. Man denke nur an die Diskussion um den genmanipulierten Mais, der für ziemliche Unruhe sorgte.

Gen-Manipulation ist ein Aspekt von *Das Risiko* von Beatrix M. Kramlovsky, deren surreale Novelle »Das Chamäleon« 1990 schon großes Interesse erweckte. Allerdings nur ein Teilaspekt, denn im Mittelpunkt steht Emma, die glaubt, ein erfülltes Leben zu haben, mit dem faszinierenden Beruf einer Wissenschaftlerin, einer glücklichen Familie und zudem finanziell gut dastehend. Doch die scheinbare Idylle zerbricht, als im streng abgeschirmten Labor ein Mord passiert, im Gefolge dessen eine genmanipulierte Maus, die über artfremde Aggressivität verfügt, entweicht, und sie daraufkommt, daß ihr Mann, dessentwegen sie vor Jahren ihre Heimat verlassen hat, sie schamlos betrügt. Als sie daraufhin versucht, sich von ihm abzukapseln, entfremden sich die Kinder ihrer Mutter. Die Katastrophe ist schließlich nicht mehr aufzuhalten. *Das Risiko* ist in der Krimi-Reihe des Verlages erschienen, was nicht ganz korrekt ist, denn der Roman ist kein Krimi im herkömmlichen Sinn. Es geschehen zwar kriminelle Dinge – der Mord, die Gen-Experimente, und schließlich die Bluttat an den Kindern –, aber sonst handelt es sich um einen Mainstream-Roman mit SF- und Krimi-Elementen. Bedauerlich ist, daß dem SF-Part – die Etablierung der Gen-Maus und deren weitere Fortpflanzung, deren Bedeutung noch nicht abschätzbar ist – nicht breiterer Raum eingeräumt wurde, wiewohl die bereits geschilderte Entwicklung für die Zukunft nichts Gutes erwarten läßt.

Lawrence M. Krauss

Die Physik von Star Trek

(The Physics of Star Trek)
Deutsch von Andreas Brandhorst
Wilhelm Heyne Verlag, München, 1997
207 Seiten, DM 29,80

von Robert Hector

»Star Trek« ist zu einem multimedialen Massenphänomen geworden. Aus den Weltraumabenteuern von Captain Kirk und Spock mit der *Enterprise* entwickelt sich ein Science Fiction – Kult. Kinofilme, Nachfolgeserien im Fernsehen, Bücher, Comics, Spiele und eine Unmenge von Merchandising-Artikeln sorgen für einen milliardenschweren Umsatz. Nun hat sich ein Physiker die naturwissenschaftlich-technischen Errungenschaften der Serie vorgeknöpft und die »Science« in Star Trek auf ihre Realisierbarkeit untersucht. Heraus kam ein faszinierendes und in vielen Passagen amüsantes Sachbuch, welches Warptriebwerke, Transporter, Zeitreisen, Reisen durch Wurmlöcher, Phaser, Dilithiumkristalle, Holodecks und andere Phänomene analysiert und die Wahrscheinlichkeit ihrer Existenz auslotet. Um es vorweg zu nehmen: vom heutigen wissenschaftlich-technischen Kenntnisstand aus gesehen werden die meisten Errungenschaften des Star Trek – Universums wohl ewig Science Fiction bleiben.

Stephen Hawking, der einst selbst in einer TNG-Folge an einer fiktiven Pokerpartie an Bord der Enterprise teilnahm, schrieb ein leidenschaftliches Vorwort, das mit dem Satz endete: »Unsere Aufmerksamkeit auf irdische Dinge zu beschränken – das würde bedeuten, dem menschlichen Geist Fesseln anzulegen.«

Auf Hawkings physikalische Konzepte eingehend, beleuchtet Krauss im ersten Teil des Buches die Physik von Trägheitsabsorbern und Traktorstrahlen, die Möglichkeit von Wurmloch-Passagen, Zeitreisen und natürlich Überlichttriebwerken. Um ein Raumschiff in annehmbarer Zeit nur auf halbe Lichtgeschwindigkeit zu beschleunigen, würden Beschleunigungsdrücke erreicht, welche die Besatzungsmitglieder in Brei verwandeln. Also entwickelten die Star Trek-Autoren Trägheitsabsorber. Wie aber die dazu notwendigen künstlichen Gravitationsfelder erzeugt werden sollen, bleibt ein Geheimnis. Für die »Unterlichtphase« verwendet die Enterprise einen Impulsantrieb, der sich aus Kernfusionsenergie speist. Aber: um ein Raumschiff dieser Größe auf halbe Lichtgeschwindigkeit zu beschleunigen, müßten die Fusionsreaktoren eine Wasserstoffmenge verbrennen, die dem 81fachen der gesamten Schiffsmasse entspricht. Das Problem der Zeitdilatation bei Geschwindigkeit nahe der des Lichts ist wohlbekannt, aber irgendwann wird ja der Warpantrieb eingeschaltet. »Warp« bedeutet soviel wie »krümmen, verzerren«, und die Star Trek-Autoren gehen davon aus, daß die Raumzeit lokal so verzerrt werden kann, daß sie sich vor dem Raumschiff zusammenzieht und dahinter dehnt, so daß das Schiff mit der entsprechenden Raumzone nach vorn gleitet, wie ein Surfbrett auf einer Welle. Für die Expansion und Kontraktion des Raums sind starke Gravitationsfelder erforderlich. Aber für die lokale Krümmung der Raumzeit ist mehr Energie notwendig, als die Sonne während ihres gesamten Daseins als Stern erzeugt.

Die Energie für das Warptriebwerk liefert die Antimaterie. Allerdings erfordert in heutigen Teilchenbeschleunigern die Erzeugung eines Antiprotons weitaus mehr Energie, als sich durch Umwandlung seiner Ruhemasse gewinnen läßt. Dafür aber gibt es in Zukunft den »quantenmechanischen Ladungsumkehrer«.

Krauss spekuliert auch darüber, wie das bajoranische

Wurmloch in der Nähe von Deep Space Nine offengehalten werden kann und warum ein Warpkern-Kollaps eine temporale Verzerrung hervorruft.

Ob sich solche Errungenschaften und Phänomene realisieren lassen, hängt davon ab, ob Dinge wie »exotische Materie« oder »negative Energie« jemals erzeugt werden können, aber bis zum 23. Jahrhundert ist es ja noch Zeit.

Im zweiten Teil des Buches geht es unter anderem um das Beamen. Allein um einen menschlichen Körper zu entmaterialisieren, müßte er auf 1000 Milliarden Grad erhitzt werden; Captain Kirk wäre dann eine Million mal heißer als das Innere der Sonne. Um seine Atome dann zu transferieren, würde es auf heutigen Datenautobahnen 20 000 Milliarden Jahre dauern – angesichts des Alters des Universum eine lange Zeitspanne. Noch einige andere fundamentale Probleme des Materietransmitters wären zu bewältigen, so daß es einfacher erscheint, die Enterprise auf einer Planetenoberfläche landen zu lassen, als die Redewendung »Beam me up, Scotty« zu realisieren.

Das Holodeck gehört zu den interessantesten technischen Einrichtungen an Bord der Enterprise. Die Holographie ist bereits heute Realität, einzig die Tatsache, daß man auf dem Holodeck Gegenstände berühren kann, bereitet Probleme. In »Star Trek« werden Replikatoren verwendet, um Holodeckmaterie zu erzeugen.

Im dritten Teil wendet sich Krauss zunächst der Möglichkeit außerirdischen Lebens zu. Im Star Trek-Universum gibt es mehr als 200 verschiedene Lebensformen, von Klingonen, Romulanern, Cardassianern über Siliziumwesen wie den Horta, Mikrochip-Existenzen wie die Naniten, die faszinierenden Maschinenwesen namens Borg bis zum allmächtigen Schelm Q. Die E.T.-Thematik wurde allerdings anderenorts bereits häufig durchgekaut, so daß dieses Kapitel etwas langatmig erschien. Interessanter dagegen die Darstellung einiger faszinierender Konzepte der heutigen Theoretischen Physik, bei denen die Star Trek-Autoren Anleihen machten; dazu zählen die Dunkle Materie, Neutronensterne, andere Dimensionen, kosmische Strings oder Neutrinos. Am Schluß noch ein obligatorisches Kapitel über offensichtliche wissenschaftliche Fehler in der Serie, etwa die Tatsache, daß man im Weltraum keine Töne hören kann. Aber hier ist vieles Besserwisserei, schließlich ist »Star Trek« Science Fiction und keine Science.

Insgesamt ist Krauss ein amüsantes Buch gelungen, das dem physikalisch interessierten Leser einige vergnügliche Stunden bereitet, in denen die kleinen grauen Zellen zu exotischen Gedankenspielen angeregt werden.

Joe R. Lansdale

Drive-In

Deutsch von Dietmar Dath
Maas Verlag, Berlin, 1997
Pulp Master Bd. 4
168 Seiten, DM 16,80

von Jürgen Wimmer

Die große Horrornacht steht an, Filme wie *Kettensägenmassaker* sind auf dem Programm, und das läßt sich die horrorbesessene texanische Kleinstadtjugend nicht entgehen. Doch mitten in der Vorstellung erscheint plötzlich eine Art Komet; das Drive-In wird von der Außenwelt abgeschnitten. Die Zeit bleibt stehen, nur die Metzelfilme laufen munter weiter. Bald herrschen jedoch vor den Leinwänden häßlichere Zustände als darauf. Denn als das Popcorn knapp wird, greift Kannibalismus um sich.

»Ein B-Movie mit Blut und Popcorn, made in Texas« verspricht der Untertitel, und als immens unterhaltsame Mischung aus Billig-SE, Splatter-Horror und Endzeit-Szenario hätte das ein großer, unbekümmert geschmackloser Spaß werden können. Doch im Rahmen der eigentlich sehr verdienstvollen (Nicht-SF-)Reihe »Pulp Master« ist dieser vierte Band eine echte Enttäuschung. Lansdale kokettiert zwar ständig – und aufdringlich – mit der Ikonografie des B-Films, doch das ist ihm vor allem eine Ausrede, jede interne Konstruktionsschwäche bequem zu entschuldigen. Denn eine Auflösung des ganzen Kuddelmuddels schenkt er sich, von einem handfesten *deus ex machina* einmal abgesehen. Das alles ist halt Wirklichkeit gewordener B-Film, und basta! Doch wie und warum? Um die zynischen Jugendlichen zu läutern? Ihnen den Spaß an Kettensägenmassakern mal tüchtig auszutreiben? Dafür freilich zeigt Lansdale verdächtig viel Spaß an Blutgespritze.

Nur anfangs gehen die teilweise extremen Scheußlichkeiten, die ständigen Splatter-, Kotz- und Metzelszenen gelegentlich als schwarzer Humor durch, mit der Zeit stellt sich eher Langeweile ein. Oder will das alles, wie das Vorwort von Mario Mentrup ausführt, gar Gesellschaftskritik sein? »In *Drive-In* vermittelt uns der Texaner Lansdale abermals den Alptraum Amerika: Rassismus, Homophilie *[sic],* Rednecktum, religiöser Wahn.« Das Schöne an echtem Pulp ist freilich, daß er solch verlogene Rechtfertigungen nicht braucht.

Lansdale schreibt inzwischen relativ konventionelle, politisch korrekte Mainstream-Krimis (*Texas Blues*, rororo), schlecht konstruiert auch diese, aber mit seiner oberflächlich schnoddrigen Art hat sich Mann doch tatsächlich einen gewissen Fankreis erschrieben, der dergleichen für frech oder abgedreht hält.

Stephen Lawhead

In der Halle des Drachenkönigs

(In the Hall of the Dragon King)
Aus dem Englischen von Frieder Peterssen
R. Piper Verlag, München-Zürich, 1997
397 Seiten, DM 38,80

von Hermann Urbanek

Im Lauf ihrer Entwicklung haben sich im High Fantasy-Bereich eigene Strömungen entwickelt, spezielle Subgenres, wie beispielsweise Neu- und Nachdichtungen des Sagenkreises um

König Artus, Fantasy-Epen in der Tradition von Tolkien und dessen Epigonen Brooks, oder auch Einzelromane und Zyklen, die sich christlicher Themen annehmen oder in deren Tradition stehen. Ein Repräsentant dieser christlichen Fantasy ist der Brite Stephen Lawhead, der sich hierzulande mit zwei Zyklen, *Das Lied von Albion* (bei Brendow) und der »Pendragon«-Tetralogie (bei Piper) einen guten Ruf erworben hat, also mit Werken, die erst in den letzten Jahren erschienen sind. Dieser auch kaufmännische Erfolg, vor allem des »Pendragon«-Zyklus, von dem über 70 000 Exemplare über die Ladentische gewandert sind, hat Piper dazu bewogen, nun auch auf die früheren Veröffentlichungen von Lawhead zurückzugreifen. Die Wahl fiel auf die »Drachenkönig«-Trilogie, mit der Lawhead seine Karriere als Fantasy-Autor begann.

Der Novize Quentin führt ein wenig abwechslungsreiches Leben voll Studien. Als ein Ritter mit einer wichtigen Botschaft für die Königin schwerstverletzt beim Kloster einlangt, ist er aber der einzige, der noch keine Gelübde abgelegt hat und daher die Klostermauern verlassen kann. Mit Hilfe des Einsiedlers Derwin und des Edlen Teido gelingt es ihm, der Königin die Botschaft zu überbringen. Sie berichtet vom Verrat des Prinzen Jaspin, der sich mit dem mächtigen Zauberer Nimrod verbündet hat und seinen in fernen Landen Krieg führenden Bruder und König in eine Falle locken ließ, um sich selbst zum Herrn der Halle der Drachenkönige ausrufen zu lassen, was ihm mit List und Tücke, Verrat und Intrige auch gelingt. Währenddessen versuchen die Gefährten in Begleitung von Königin Alinea, den König zu finden und zu retten. Ihr Weg führt sie über die Ruinenstadt Dekra, wo der namenlose Gott angebetet wird, auf getrennten Wegen ins Herzland des Feindes. Alles in allem also ordentlich gemachte High Fantasy, spannend erzählt, bietet aber relativ wenig Neues. Daß die beigefügte Karte trotz ihrer wenigen Angaben noch einige Fehler aufweist, läßt sich eher noch verschmerzen als die unfreiwillige Komik einiger Textstellen, die erkennen ließen, daß der Übersetzer manchmal gar nicht wußte, worum es überhaupt ging. So hat er sich mit seinen »Zeitungen« die Goldene Zitrone als einer der schlechtesten Übersetzer redlichst verdient!

Stanisław Lem

Die Entdeckung der Virtualität

Deutsch von Caesar Rymarowicz, Roswitha Buschmann, I. Zimmermann-Göllheim, Friedrich Giese, Beate Sorge und Wiktor Szacki
Suhrkamp Verlag, Frankfurt am Main, 1996
Suhrkamp Taschenbuch 2398
238 Seiten. DM 12,80

von Michael K. Iwoleit

Seinem seriösen Ruf zum Trotz zeigt der Suhrkamp-Verlag eine bemerkenswerte Unbekümmertheit, wenn es darum geht, seine Hausautoren kommerziell auszuschlachten. In der Phantastischen Bibliothek wurde mittlerweile jede nennenswerte Story Lovecrafts mehrfach verwertet, mit Lem geschieht ähnliches. So könnte man auch im vorliegenden Band nur einen Vorwand vermuten, um einige Texte Lems neu aufzulegen. Lem als Ahnherr des Cyberspace? Ausgerechnet der trockene Scientist Lem als Vorläufer von Autoren wie Gibson und Sterling, die ihm in Naturell und Ausdrucksweise kaum ferner liegen könnten? Bernd Flessners Essay, der dem Band beigefügt ist und dem einige Erzählungen und Auszüge aus älteren Büchern Lems als Beleg dienen, beginnt nicht zufällig mit einer Erwähnung von Gibsons Bahnbrecher *Neuromancer* und der Virtual Reality-Hardware, die Cyperpunk-Visionen in die Wirklichkeit umzusetzen beginnt. Und er unterschlägt sicher nicht zufällig, daß die eigentliche Leistung der Cyberpunk-Autoren eben nicht in der Idee computergenerierter Wirklichkeiten, die Lem in den Phantomatik-Kapiteln seiner *Summa Technologiae* und in *Phantastik und Futorologie* tatsächlich als einer der ersten durchdacht hat, sondern in der Einführung eines neuen Stils bestand. Es gehört schon einiges an Ignoranz dazu, um zu übersehen, daß der Cyberpunk die Science Fiction durch Denken, Sprache und Bewußtseinslage des schöpferischen Untergrunds unserer heutigen Medien- und Computerkultur, der obsessiven Programmierer

(»Hacker«) nämlich, inspiriert hat.* Lem ist wohl einzigartig in der Hinsicht, daß er literarisches Talent und wissenschaftliche Kompetenz in einem Maße vereint, um *Science* Fiction im strengsten Sinne schreiben zu können. Erzählerisch aber ist er, wovon man sich im vorliegenden Band wieder einmal überzeugen kann, wiewohl brillant, doch weitgehend konservativ geblieben. Von seinen Robotermärchen vielleicht abgesehen hat er nie einen (wie etwa Ballard oder Gibson) unverwechselbar neuen Stil geschaffen. Seine Bewunderer übersehen das gern oder tun (wie Franz Rottensteiner zum Beispiel) die bedrückenden Bilderwelten des Cyberpunk als nebensächlich ab, weil sie einem der ältesten Irrtümer über die Science Fiction anhängen: daß sich ihre Qualität danach bemesse, welche Mission sie erfülle und welche Botschaft sie ihren Lesern offenbare. In den Vierzigerjahren galt die Technik als Mission der Science Fiction, für Lem ist es die Wissenschaft. Schöpferische Literatur ist ihm so wenig primäres Anliegen, wie es Campbell oder Gernsback ein Anliegen gewesen ist. Von Gibson würde ich das nicht behaupten.

Flessner hat übrigens unrecht, wenn er Lems Begriff der Phantomatik auf jegliche technische Verfahren bezieht, um einem Betrachter künstliche Realitäten als reale vorzuspiegeln. Im entsprechenden Kapitel seines futorologischen Werks *Summa Technologiae* aus dem Jahre 1964, das im vorliegenden Band nachgedruckt ist, beschreibt Lem die Phantomik unmißverständlich als eine Technik, die das menschliche Gehirn durch neurologische Manipulationen so an eine künstliche Realität anbindet, daß die betreffende Person den Unterschied zur

* Hacker werden dieser Einschätzung vielleicht widersprechen, weil William Gibson, als er mit *Neuromancer* den Cyberpunk begründete, weder Kontakt zur Hacker-Szene hatte noch über nennenswerte Computerkenntnisse verfügte. Man kann ihm aber sein intuitives Verständnis für die suchtartigen Folgen einer obsessiven Beschäftigung mit dem Computer nicht absprechen. Angesichts eines späteren Romans wie Neal Stephensons *Snow Crash,* den Hacker selbst als die beste Reflektion über die Programiniererkultur in der erzählerischen Literatur bezeichnet haben, bleibt dieser Verdienst des Cyperpunk unbestreitbar.

materiellen Welt nicht mehr feststellen kann. Bei der peripheren Phantomik werden dabei die Nervenbahnen zum und vom Gehirn unterbrochen und rückgekoppelt an eine Maschine angeschlossen, die dieselben Impulse abgibt, wie das Gehirn sie beim Erleben einer realen Situation empfangen würde. Bei der zentralen Phantomik wird versucht, die entsprechenden Eindrücke direkt durch Stimulation der betreffenden Hirnregionen zu erzeugen. Aus heutiger Sicht ist in der Tat verblüffend, wie genau Lem als Vorläufer der Phantomik Techniken beschrieben hat, die den heutigen Realisierungen der Virtual Reality entsprechen (die 3D-Brille etwa). Seine periphere Phantomik hat die Mensch/Maschine-Schnittstellen vorweggenommen, wie sie der Cyberpunk thematisierte, und im selben Zusammenhang behandelt er auch die paradoxen Konsequenzen, die sich aus dem in der Science Fiction beliebten Motiv der Materietransmitter ergeben. Bis heute haben Science Fiction-Autoren das faszinierende Ideenfeuerwerk der *Summa Technologiae* nicht annähernd ausgeschöpft. Das gilt aber auch für Lems eigene Erzählprosa, vielleicht weil es ihm an dem humanen Interesse gemangelt hat, um die vielfältig angedeuteten Auswirkungen auf die menschliche Identitätsvorstellung und die gesellschaftsformenden Potentiale der Phantomatik zu dramatisieren.

Die im vorliegenden Band enthaltenen Erzähltexte beschreiben nur Vorstufen und Annäherungen an die phantomische Technik. In den drei Geschichten aus dem Zyklus um den Piloten Pirx ist es immer wieder eine Zwischenschicht aus Instrumenten, Bildschirmen usw., die sich zwischen Menschen und reale Gegenstände schiebt und teils beabsichtigt, teils aufgrund einer schlichten Fehlfunktion nicht-existente Vorgänge vorgaukelt. In *Test* gerät Pirx bei einem Raumflug in eine bedrohliche Lage, die sich am Ende als inszenierte Prüfungssituation herausstellt. Die Fehlfunktion eines Beobachtungsbildschirms bringt Pirx in *Die Patrouille* in Gefahr. In *Der bedingte Reflex* führt die Fehlinterpretation einer Radaranzeige zum tragischen Tod zweier Forscher. Weil Lem sich in seinen Überlegungen nicht festlegt, auf welche Weise die zentral-phantomische Reizung des Gehirns erfolgen soll, gehört sicher auch sein urkomischer Kurzroman *Der Futorologi-*

sche Kongress in diesen Zusammenhang. Der hier abgedruckte Auszug schildert eine bankrotte Zivilisation, die ihren Bürgern durch ein Arsenal halluzinogener Drogen und Psychopharmaka das Paradies auf Erden vormacht, so gründlich, daß nicht einmal Eingeweihte in den übereinandergetürmten Illusionen noch die Wirklichkeit ausmachen können. Aber ganz davon abgesehen, daß Lem hier sein eigenes Steckenpferd der Futorologie gehörig auf die Schippe nimmt und der satirische Erzähler Lem ohnehin der beste ist, reicht auch die ins Schwimmen geratene Wirklichkeit dieser Erzählung nicht an die existentiellen Nöte und Unsicherheiten heran, die Lem in der *Summa* umreißt. Das aussichtslose Gefangensein in künstlichen Realitäten hat viel beklemmender (und nicht minder witzig) Philip K. Dick in seinem 1969 erschienenen Roman *Ubik* behandelt. Dick müßte daher als ebenso wichtiger Vorläufer der Cyberspace-Thematik angesehen werden, und sein Werk gehört ja auch tatsächlich zu den stärksten literarischen Einflüssen auf die Cyberpunk-Autoren. Ein Vergleich Dicks mit Lem läßt auch eine wesentliche Schwäche augenfällig werden, an der Lems Umgang mit dem Thema krankt. Nachdem sich inzwischen hoffentlich herumgesprochen hat, daß es außer Lem noch andere gute Science Fiction-Autoren gibt, darf man vielleicht einmal erwähnen, daß dieser Autor wenig mehr als eine auf höherem gedanklichen Niveau und mit mehr schriftstellerischem Talent arbeitende Ausgabe von Isaac Asimov ist. Seinem vor allem von Franz Rottensteiner (und natürlich von ihm selbst) propagiertem Image*, daß er sich in einem für die Science Fiction einzigar-

---

* Hier hat aber inzwischen auch bei Franz Rottensteiner ein Umdenken eingesetzt, wenn man den Beitrag »Robinson im Meer der Information« in diesem Jahrbuch liest. Er räumt auf mit dem selbstgefälligen, eitlen Image dieses allgemein (und von sich selbst) überschätzten Autors, der sich zum Kritiker anderer Autoren und der Science Fiction im allgemeinen aufwirft, die er kaum kennt. Trotzdem wird so mancher Literat und Feuilletonist dem alten Krakauer seine Aufwartung machen (müssen), um den Guru übers nächste Jahrtausend zu befragen, und wenn die Kasse stimmt, wird er sich vielleicht sogar etwas Senf dazu entpressen lassen. – *Anm. d. Hrsg.*

tigem Maße den realen Problemen unserer Welt annehme, wird er deshalb nicht gerecht, weil ihn rein technologische Zukunftspotentiale mehr interessieren als menschliche Belange. (Wer diese Einschätzung für verfehlt hält, denke nur einmal an Lems Reaktion auf Andrej Tarkowskijs Verfilmung seines Romans *Solaris,* der als einer der wenigen Werke Lems eine menschliche Tragödie schildert, die ihr Verfasser offenbar für nebensächlich hält.) In seinen theoretischen Ausführungen erörtert Lem zwar immer wieder, wie durch die Phantomik Verstöße gegen die ethischen Maßstäbe einer Gesellschaft realisiert werden können, fragt aber nicht weiter, um welche Maßstäbe es sich handelt und welche Berechtigung sie haben. Wo immer Lem etwas eigene Weltanschauung durchschimmern läßt (man nehme nur die Bemerkungen zu Sexualität und Literatur auf S. 234 in diesem hier besprochenen Band), kommt eine recht spießige Moral zum Vorschein. Ihn kümmert wenig die Umsetzung einer Technik in einem konkreten politischen und sozialen Umfeld, einer Sphäre von Interessenkonflikten. Er spielt nach Art eines Laborexperiments eine Skala des Möglichen durch. Das ist es wohl, was Lem sich im Idealfall unter Science Fiction vorstellt. Es ist aber nicht das Beste, was die Science Fiction leisten kann.

In der Wirklichkeit nämlich wird der Lauf der Dinge selten von dem bestimmt, was möglich oder auch nur sinnvoll ist. Wäre es so, dann hätte XEROX schon zehn Jahre vor IBM einen Personal Computer auf den Markt gebracht und Microsofts Programmierer-Pfeifen könnten heute zusammen mit Intel-Ingenieuren Äpfel verkaufen. Wie die Sache gelaufen ist, liegt aber ein Großteil der Computer- und Mediennutzer einer Krämerseele zu Füßen, die sich als Visionär ausgibt (gemeint ist Bill Gates). Konzern-Scharmützel um Marktanteile hintertreiben die technische Entwicklung und gefährden gemeinnützige Standards, seit Marketing-Geier sich aufs Internet gestürzt haben.

Dies ist der Hintergrund, vor dem sich Gegenwart und Zukunft des Cyberspace abspielen, und er fällt mehr ins Gewicht als alle technischen Chancen und Möglichkeiten. Doch von Zusammenhängen solcher Art will Lems Prosa bemerkenswert wenig wissen. Seine Überlegungen zur virtuellen Realität bewegen sich in einem weltanschaulich neutralen Raum, wo er keine Stellung beziehen muß. Was Bernd Flessner uns im Vorwort als Lems Botschaft verkauft, die Warnung vor einer völligen technischen Illusionierung der Wirklichkeitswahrnehmung, ist so unverbindlich wie unzählige andere Botschaften der Science Fiction zuvor. Die Software-Junkies des Cyberpunk, die in einer von Konzerninteressen dominierten Welt agieren, scheinen mir in dieser Hinsicht unserer Wirklichkeit näherzustehen.

Alexander Lernet-Holenia

Ein Traum in Rot

Paul Zsolnay Verlag, Wien, 1997
189 Seiten, DM 34,–

von Hermann Urbanek

Alexander Lernet-Holenia gehörte zweifellos zu den bedeutendsten Vertretern der phantastischen Literatur Österreichs in der Zwischen- und Nachkriegszeit, ein brillanter Autor, dessen umfangreiches Werk, für das er mehrfach ausgezeichnet wurde, bedauerlicherweise größtenteils in Vergessenheit geraten ist. Der Wiener Zsolnay Verlag, der sich der österreichischen Literatur verpflichtet fühlt, versucht, mit einer Neuedition dem entgegenzusteuern und legte in ihr nun einen der besten Romane des 1970 im Alter von 73 Jahren gestorbenen Autors vor.

Ein Traum in Rot ist die farbenprächtige Geschichte einer unheilvollen Prophezeiung, der alle, die von ihr betroffen sind, entfliehen wollen, um schließlich einsehen zu müssen, daß sie mit allem, was sie unternehmen, um ihrem Schicksal zu entrinnen, dieses nur noch unabwendbarer machen. Zeitpunkt der Handlung ist das Jahr 1938. Adam Chlodowski, einst ein reicher Mann, hat alle seine Besitztümer verloren und lebt mit seiner Familie, einigen russischen Emigranten und der einheimischen Dienerschaft auf dem von seiner Schwester gemieteten polnischen Gut Rafalowska. Als sich seine Stieftochter verlobt, kommt auch der junge Michail Rosenthorpe, der Sohn seiner Schwester, dorthin zu Besuch, um an den Feiern teilzunehmen. Der junge Mann ist liebenswürdig und charmant und bezaubert seine Umgebung, doch irgendwie scheinen seine aufrechten und wohlgemeinten Bemühungen nur Böses zu bewirken. Seine bloße Anwesenheit bringt allen schließlich Zwietracht, Tod und Verderben. Chlodowski erkennt erst die wahren Zusammenhänge, als er erfährt, wer der junge Mann tatsächlich ist, doch er ist nicht imstande, irgend etwas zu ändern oder zu verhindern. Und so nimmt das Schicksal der Prophezeiung gemäß seinen Lauf.

Lernet-Holenaias Roman aus dem Jahre 1939 fasziniert den Leser auch heute noch genauso wie zum Zeitpunkt seiner Erstveröffentlichung. Der Autor baut die Spannung allmählich auf, eines ergibt sich schlüssig und stimmig aus dem anderen. Die Frage allerdings, ob es sich bei Michail Rosenthorpe, der das Gute will und dadurch das Böse schafft, tatsächlich um den Antichrist handelt, wie die Leidtragenden der Geschehnisse vermuten, muß jeder Leser für sich selbst beantworten.

Arno Löb (Hrsg.)

Draculas Rückkehr

(Originalanthologie)
Weitbrecht Verlag in K. Thienemanns Verlag,
Stuttgart, 1996
222 Seiten, DM 36,90

von Gunther Barnewald und Detlef Hedderich

1997: Der 100. Geburtstag von Bram Stokers *Dracula*. Zu diesem Anlaß hat der Weitbrecht Verlag in Person des Herausgebers Arno Löb vorausschauend eine Anthologie deutscher Autoren zusammengestellt, die versuchen, das etwas abgenutzte Vampirthema neu zu variieren. Von eher humorvoll geprägten Erzählungen bis zu gruselig-unheimlichen Varianten reicht die Palette der in *Draculas Rückkehr* versammelten Geschichten: In »Schloß Aschebisky« von Birgit Wiesner versucht ein machohafter Frauenheld eine religiös-verstockte Vampirin dazu zu bewegen, ihn zu verführen und zu beißen, da ihm dafür vom Vater der Vampirin die Unsterblichkeit und ein immerwährender Aufenthalt auf dem reichen Schloß der Familie versprochen wurde. Während ihm allerdings die verklemmt-jüngferliche Jungvampirin nachhaltig widersteht, erweisen sich die anderen Bewohner der Burg schnell als weniger resistent. So wird der arme Chauvie leergesaugt und quasi als Abfall vor die Burg geworfen, da er seinen Auftrag trotz seines übersteigerten Selbstbewußtseins als Mann nicht erfüllen konnte ...

Während Harald Braem in »Die Toten kommen« mit packendem Stil die Wiederauferstehung einiger Vampire in düster-elegischen Bildern heraufbeschwört, vermittelt Robert Gerhard in »Ein Tag« die tagtäglichen Probleme eines hart saugenden Vampirehepaares mit seinen Kindern, die leider nicht alle so geraten sind, wie dies von ordentlichen Untoten verlangt wird ...

Falko Blasks »Vampire im Netz« beschreibt die neuzeitlichen Rekrutierungsmethoden moderner Vampire: Über ein Computerspiel werden Internetsüchtige geködert und mit neuartigen Halskrausen ausgestattet (na, na!). Nach gelungener Initiierung wird diese dann durch eine Direktleitung zu den Saugzähnen ersetzt ...

Nicht ganz so hypermodern ist der alte Bettler in der Erzählung »Der Bettler vor dem Café Hippodrom« von Herbert Rosendorfer, den man beim Einbruch in ein Krankenhaus erwischt, wo man die Blutkonserven aufbewahrt ...

Während »Der Meister des Bambino Vispo« vom erschreckenden Schicksal eines Bildrestaurators handelt, der aus Versehen einen besonders gierigen Vampir aus einem alten Gemälde befreit, überzeugt Tanja Kinkel durch die überraschende Verquickung der Lebensgeschichte einer Vampirin mit dem Schicksal von John Lennon. Mitreißend schildert die

Autorin in »Unsterblichkeit« die Zeit des Aufstiegs der Beatles und erzählt von der schicksalhaften Begegnung der Protagonistin mit John Lennon, in dessen Zorn und depressivem Empfinden die Vampirin einen Seelenverwandten entdeckt. Obwohl sie ihn mehrmals trifft und ihn immer wieder aufsucht, kann sie sich doch nicht entschließen, ihn zum Vampir zu machen. Schließlich wird sie sogar Zeuge seiner Ermordung und begreift, daß Lennon die relative Unsterblichkeit eines Untoten nicht braucht, ist er doch schon längst als Künstler unsterblich geworden ...

Wenn auch nicht alle Geschichten der Anthologie so gut gelungen sind wie die Beschriebenen, so ist *Draculas Rückkehr* trotzdem eine empfehlenswerte Lektüre. Neben Kurzweil und intelligenten Variationen des Themas gibt es noch ausführliche Informationen über die vorgestellten Autoren. Die Schilderung der Autoren über deren erste eigene Vampirbegegnung hätte man sich aber besser sparen sollen, wirkt der Humor hier doch allzu aufgesetzt und gezwungen.

Alison Lurie

Frauen und Phantome

(*Woman und Ghosts,* 1994)
Aus dem Amerikanischen von Otto Bayer
Diogenes Verlag, Zürich, 1996
228 Seiten, DM 36,–

von Gunther Barnewald und Detlef Hedderich

Insgesamt zehn Stories enthält der bei Diogenes erschienene Storyband von Alison Lurie, doch in bezug auf die unheimlich-phantastische Atmosphäre wissen leider nur die wenigsten zu überzeugen. Nur »Ilses Haus« und »Am dritten Halloween« verbreiten eine wirklich schauerliche Atmosphäre und vermögen den Leser mitzureißen: In »Ilses Haus« wird die Geschichte einer Frau erzählt, die sich in den scheinbar perfekten Ehemann verliebt hat und deshalb von ihren Freundinnen beneidet wird. Als es auf die Hochzeit zugeht, kommen ihr aber doch Bedenken, denn der Ehemann in spe war bereits einmal verheiratet und ist geschieden. Das klägliche Scheitern seiner ersten Ehe geht nach Meinung aller Bekannten einzig und allein auf das Konto seiner ersten Ehefrau. Einzelne, eher nebensächliche Beobachtungen lassen die zukünftige Ehefrau aber bald an dieser Sichtweise zweifeln. Immer öfter reagiert der Verlobte arrogant und dominant. Als die Protagonistin eines Tages das Phantombild der Ex-Ehefrau in der Küche des Hauses erblickt, wie diese konsterniert und depressiv in der Lücke zwischen zwei Schränken sitzt, scheint sich ihr Verdacht zu bestätigen, daß es sich bei ihm um einen verkappten und unbeugsamen Haustyrannen handelt. Letztlich löst sie die Verlobung wieder, was in ihrem Bekannten- und Freundeskreis auf absolutes Unverständnis stößt; doch das mehrmalige Auftauchen des Phantombildes erscheint der Heldin als strikte Warnung vor einer Ehe, die katastrophal und unglücklich enden würde, nämlich in Zwang und Unterordnung.

Das berühmte amerikanische Halloweenfest steht im Zentrum der Geschichte »Am dritten Halloween«: Die Freundin der Protagonistin glaubt ein als Häschen verkleidetes kleines Mädchen gesehen zu haben, obwohl niemand sonst die Kleine wahrnimmt. Daraufhin berichtet sie ihrer Freundin, daß sie als Kind mitschuldig an dem Unfalltod eines kleinen Mädchens gewesen war, das genau ein solches Häschenkostüm angehabt hatte. Auch beim nächsten Halloween sieht sie das kleine Mädchen wieder, und als sie im dritten Jahr dem Kind nachläuft, wird sie von einem Auto erfaßt und getötet, ebenso wie dem kleinen Mädchen dies damals widerfuhr.

Glanzpunkt der ansonsten eher müden Storysammlung ist sicherlich die Kurzgeschichte »Die doppelte Dichterin«, die mit beklemmender Eindringlichkeit das Abgleiten der Protagonistin in eine paranoid-halluzinatorische Welt voller Wahnvorstellungen beschreibt: Die Protagonistin, eine erfolgreiche Poetin, glaubt, sie habe irgendwo eine Doppelgängerin, die sich immer häufiger für sie ausgibt. Erst sind es nur Buchwidmungen, die sie nie geschrieben hat, dann trifft sie Leute, die sie nicht kennt, die ihr aber schon begegnet sein wollen. Schließlich werden sogar Lesungen von der Fremden gehalten. Als die Poetin bei einer Lesung ihren Ausweis verliert und beim Erreichen des Vorlesungssaales bemerkt, daß eine andere auf der Bühne steht und ihre Aufgabe übernommen hat, bekommt sie einen Nervenzusammenbruch. Schließlich zieht sie sich völlig aus der Öffentlichkeit zurück und beschließt, nie wieder etwas zu schreiben und ihre Identität als Dichterin für immer hinter sich zu lassen. So glaubt sie, würde die Öffentlichkeit sie vergessen, und ihre Doppelgängerin werde so endgültig entmachtet. Doch manchmal glaubt sie Stimmen aus allen Ecken ihrer Umgebung zu hören, die ihr Gedichtstrophen zuflüstern und sie drängen, diese aufzuschreiben. Diesem Drängen gibt sie manchmal nach, schließt das Niedergeschriebene aber anschließend gleich fest in eine Schublade ein, damit es vor ihrer Doppelgängerin sicher ist.

In dieser herausragenden Erzählung wird schnell deutlich, wo das Manko der Autorin liegt: Zu schnell führt sie den Leser zu der Überzeugung, daß die Protagonistin wirklich verrückt ist und das Erlebte ihrer Geisteskrankheit entspringt. Die Möglichkeit, daß jene mysteriöse Doppelgängerin tatsächlich existieren könnte, die drauf und dran ist, der Dichterin ihr Leben zu stehlen, wird von der Autorin leider nicht thematisiert. Statt dessen ertrinkt die Geschichte viel zu schnell in der Schizophrenie der Poetin. Alternativen werden negiert, Kreativität nicht zugelassen. Auch sonst ordnen sich die beschriebenen Phantome und Gespenster viel zu schnell einem konkreten Zweck unter und sind oft rational durch Haß oder den Akt der Rache begründet. Sie verlieren so leider gänzlich ihren »sense of wonder«. Die Handlung wird vorhersehbar; Überraschungseffekte sind ausgeschlossen. Damit nimmt sich die Autorin leider viele Möglichkeiten – und es kommt bei manchen Geschichten ob ihrer Vorhersagbarkeit recht schnell Langeweile auf.

Lynn Margulis / Dorion Sagan

Leben – Vom Ursprung zur Vielfalt

(What is Life)
Deutsch von Kurt Beginnen et al.
Spektrum Akademischer Verlag, Heidelberg, 1997
208 Seiten, DM 78,–

von Robert Hector

Im Jahre 1943 näherte sich Erwin Schrödinger in Dublin in einer Vortragsreihe mit dem Titel »What is Life« den zentralen Fragen der Biologie aus dem Blickwinkel der Physik. Im Mittelpunkt seiner bahnbrechenden Überlegungen standen dabei die materielle Grundlage der Vererbung und die Entstehung von Ordnung in biologischen Systemen. Die später in einem Buch formulierten Gedanken lieferten entscheidende Anstöße für die Entwicklung der modernen Molekularbiologie.

Einen ähnlichen konzeptionellen Durchbruch könnte das vorliegende reich bebilderte Buch *Leben* auslösen. In neun Kapiteln wird die Evolution des Lebens nachvollzogen, von der Entstehung erster selbstreproduzierender Strukturen bis zur global vernetzten Biosphäre. Die Frage »Was ist Leben?« wird aus verschiedenen Richtungen beleuchtet, und immer wieder wird der Leser mit erstaunlichen, neuen Gedankenansätzen konfrontiert.

Im ersten Kapitel »Leben: Das ewige Geheimnis«, wird das Phänomen Leben in seinem kosmischen Zusammenhang dargestellt. Die physikalischen Voraussetzungen auf der Erde, die Bedeutung der Sonne und das Prinzip der Autopoiese sind entscheidende Faktoren zur Entstehung organischer Strukturen.

Im Kapitel »Verlorene Seelen« wird dem in einem beinahe leblosen, mechanischen Universum geborenen Leben das Rätsel des Todes gegenübergestellt. Tod und Zerfall scheinen untrennbar mit Wachstum und Evolution zusammenzuhängen. Ist Leben eine Transformation von Energie und Ordnung? Und welche Rolle spielt dabei der Zweite Hauptsatz der Thermodynamik? Und gibt es als Gegenspieler der Entropie vielleicht doch eine mysteriöse Lebensenergie, die auf ein Ziel hinarbeitet?

Das dritte Kapitel, »Einstmals auf diesem Planeten«, gibt einen Einblick in die Anfänge des Lebens und die damit zusammenhängenden fundamentalen Fragen, oder, um Schrödinger zu folgen: »Wie kann aus Unordnung Ordnung entstehen?« Das Leben muß sich gegen die universelle Tendenz zur zunehmenden Entropie bzw. Unordnung behaupten. Leben konserviert seine Muster. Die Entstehung des Lebens auf der Erde wird immer besser auf molekularer Ebene verstanden.

Bakterien sind die heimlichen »Herrscher der Biosphäre«, so die These des folgenden Kapitels.

Mikroben füllen die extremsten Nischen unseres Planeten aus, sie sind wahre Überlebenskünstler.

Im fünften Kapitel, »Dauerhafte Verschmelzunge«, vertritt Margulis die Ansicht, daß die symbiontische Entstehung neuer Lebensformen (Symbiogenese) viel häufiger in der Evolution vorkam, als von Darwin angenommen. Kooperation scheint ein wichtigeres Prinzip zu sein als Konkurrenz. Bakterien erzeugten unzählige Chimären, gemischte Lebewesen, von denen der Mensch einen wichtigen Teil einer sich ausbreitenden Nachkommenschaft darstellt. Als Folge von Zellfusionen entstanden komplexe Vielzelligkeit, artverschiedene Lebewesen, geschlechtliche Vermehrung und auch der programmierte Tod.

Die unglaubliche evolutionäre Fülle der Lebewesen ist das Thema von Kapitel 6 »Faszinierende Tiere«. Ob hinter diesem Erfindungsreichtum der Natur mehr steckt als der Kampf ums Überleben, wird die Zukunft zeigen. Die zunehmende Erschöpfung des Genpools durch menschliche Eingriffe kann die Biosphäre als Ganzes gefährden.

Die Bedeutung der Pilze wird in Kapitel 7 (»Fleisch der Erde«) beschrieben. Pilze tragen als Materieumwandler dazu bei, der gesamten Oberfläche der Erde pulsierendes Leben zu erhalten.

Kapitel 8 »Die Umwandlung des Sonnenlichtes«, beschreibt, wie das Leben das solare Feuer in alle Energie- und Stoffwechselkreisläufe der Biosphäre umwandelt; die Photosynthese ist ein entscheidender Prozeß des Lebens.

Kapitel 9 »Die Symphonie des Bewußtseins«, legt dar, daß die unablässige Metamorphose unseres Planeten das kumulative Ergebnis unzähliger Wesen ist; der Mensch ist nicht die Krone der Schöpfung, das Leben wird mit oder ohne ihn weitergehen. Aber eine Symbiose von Technik und Leben, eine »zweite Natur«, könnte die Keime der vielfältigen Arten der Erde zu anderen Planeten und in ferne Sonnensysteme tragen. Die Erde wird Samen aussäen.

Am Schluß, im Epilog, wird nochmals das Grundthema angeschnitten: »Was ist Leben?« Der Mensch hat die Neigung, die Organisation von Materie zu beschleunigen, doch er kann seine Expansion nicht unbegrenzt fortsetzen. Wir sind bloß ein Thema des orchestrierten Lebens, sind eingebettet in die Natur der Biosphäre. Seine Energie erhält das Leben von der Sonne, und so ist es nicht nur ein molekulares, sondern auch ein astronomisches Phänomen. Die Frage, was Leben ist, ist wie der heilige Gral; der Mensch kann nur suchend nach einer Antwort tasten.

Obwohl schon viele Bücher zu diesem Thema geschrieben wurden, fasziniert dieser prachtvolle Bildband durch eine Fülle von biologischen, philosophischen und historischen Betrachtungen, die das Phänomen des Lebens nicht in reduktionistischer Weise in seine Einzelteile zerstückelt, sondern immer den globalen Charakter betont. Hervorragende Aufnahmen und ein flüssiger und verständlich geschriebener Text machen das Buch zu einem Erlebnis, in dem Fachmann wie auch Laie immer neue Einsichten gewinnen können.

Paolo Maurensig

Die Lüneburg-Variante

(*La Variante de Lüneburg,* 1993)
Roman
Aus dem Italienischen von Irmela Arnsperger
Insel Verlag, Frankfurt a. M. und Leipzig
216 Seiten, DM 36,–

von Karsten Kruschel

Romane und Geschichten, die sich ums Schachspiel ranken, gibt es reichlich, und wie um unnötigerweise die Faszination des königlichen Spiels zu mehren, erscheinen immer wieder Texte, in denen es um die Massaker auf den vierundsechzig Feldern geht. Gelegentlich gibt es dabei auch Abstecher ins Phantastische. Paolo Maurensigs Roman *Die Lüneburg-Variante* bewegt sich nur scheinbar in diesem Fahrwasser; das Schach ist bei Maurensig nur der Kristallisationspunkt einer bitteren Parabel.

Ein Kind spielt eine wichtige Rolle, das den Schachwahn der Mitspieler als klaffendes Mal an der Stirn sieht, ganz allein mit diesem Wissen, da niemand sonst diese Gabe besitzt – und bei den manisch Besessenen kann es, ohne helfen zu können, den baldigen Abstieg des Schachgenies in den Irrsinn vorausahnen. Dann gibt es da noch ein magisches Schachspiel, dessen Figuren dem Spieler falsche Züge mit nervenzerrüttenden Stromschlägen heimzahlen und die richtigen Züge auf seltsame Weise belohnen. Und es gibt eine Schachpartie, die über viele Jahrzehnte und ungeahnte Schrecken hinweg zu einem tödlichen Ende geführt wird.

Paolo Maurensig – dessen Buch in Italien ein literarischer Überraschungserfolg war – benutzt das Schach, um eine Geschichte um Grausamkeit und Rache zwischen etwas 1930 und 1970 zu erzählen. Der Kerl, neben dessen Leiche in einer prachtvollen Villa man ein merkwürdig primitives Schachspiel findet, war nicht nur der ehrenwerte Geschäftsmann, der jede Woche in der ersten Klasse stundenlang Schach spielt. Er war vor dem Krieg ein auf Sieg versessenes Schachtalent und schon immer der Meinung, es gebe Herren- und eben auch andere Menschen. Als er Herr über Leben und Tod in einem Konzentrationslager geworden war, entfesselte er im geschundenen Dasein seines ehemaligen Schachgegners ein ganz besonderes Inferno. Wie soll man spielen, wenn der andere einen umbringen kann, aus Wut über eine verlorene Partie? Wie soll man spielen, wenn nicht das eigene Leben der Einsatz ist, sondern das anderer? Was spielt sich auf dem schwarzweißen Brett ab, wenn es um das Leben von zwanzig Unschuldigen geht? Was fängt man an mit jener Eröffnungs-

Variante, die ebenso tollkühn wie tödlich ist und die der mächtige Gegner nicht zu erwidern weiß?

Die Lüneburg-Variante ist neben dem magischen Schachspiel und der seherischen Gabe des jungen Schachgenies das dritte phantastische Element des Romans. Morensig hütet sich davor, dem phänomenalen Spielzug näherzutreten: Er verwendet ihn eher als geistige Waffe des Menschen, dem alle anderen Verteidigungsmöglichkeiten genommen sind.

Um dem Schachspiel verfallen zu sein, muß man schon ein bißchen verrückt sein. Der Roman ist demzufolge nichts für zarte Gemüter, auch wenn es keine vordergründigen Schock- oder Splattereffekte gibt. Das Phantastische ist kein Einbruch aus fremden Dimensionen, und das Schreckliche ist von Menschen verursacht. Vielleicht deswegen gibt das Buch sich sperrig: Erzählt in mehreren Tempos immer tiefer hinab in die Geschichte menschlicher Grausamkeit, bis sich auf den letzten Seiten endlich das Rätsel des Anfangs klärt.

Paolo Maurensig schreibt in der Tradition von Edgar Allan Poe, Stefan Grabinski und Alexander Grin: Das Grauen schleicht sich in die Räume zwischen den Worten und übt eine schwer faßbare, aber wirksame Faszination aus. Selten liest man solche Phantastik heute noch in dieser Perfektion.

Ian McDonald

Necroville

(*Necroville / Terminal Café,* 1994)
Deutsch von Horst Pukallus
Wilhelm Heyne Verlag, München, 1996
Heyne Science Fiction & Fantasy 5461
493 Seiten, DM 24,90

von Michael K. Iwoleit

Wenn es um Zukunftsprognosen geht, ist der Science Fiction in den letzten Jahren Konkurrenz in Form populärwissenschaftlicher Modewellen zugewachsen. Alle Naselang bricht eine neue Sturzflut von Büchern zu *dem* Thema der Saison über den Markt herein, das unser Weltbild oder besser gleich die ganze Welt auf den Kopf zu stellen verspricht. Mal ist es die Chaostheorie, dann die Fuzzy Logic, dann die Nanotechnik. Es finden sich durchaus beachtliche Bücher zu durchaus bedeutsamen Forschungsgebieten darunter, doch es besteht eine Tendenz zur missionarischen Überinterpretation ihrer Implikationen. Ein besonderer Fall ist die Nanotechnik, also die konstruktive Manipulation von Materie auf molekularer Ebene, die in der Praxis noch in den Kinderschuhen steckt, dafür von ihrem »Propheten« K. Eric Drexler schon als *die* Schlüsseltechnik der Zukunft bejubelt wird, die von Produktion über Verkehr bis Medizin so ziemlich jeden Aspekt unserer Welt umkrempeln soll. Ian McDonalds Roman *Necroville* dürfte die bisher deutlichste Antwort der Science Fiction auf Bücher wie Drexlers *Engines of Creation* oder *Unbounding the Future* sein, denn er hat mit den ausschweifenden Nano-Spekulationen das gemacht, wofür sie sich am besten eignen, und sie in den Dienst einer Geschichte gestellt. Herausgekommen ist dabei, um dies vorwegzunehmen, eins der kühnsten und erzählerisch intensivsten SF-Bücher seit langer Zeit.

In der Tradition bester Science Fiction konfrontiert *Necroville* den Leser auf dem Wege der Verfremdung mit Fragen seines Menschseins. Die Themen des Buches sind die Identitätsfindung des Menschen unter dem Aspekt seiner Sterblichkeit und die Abhängigkeit der Kultur von der Vergänglichkeit menschlichen Daseins. In der Nachbemerkung zu seinem Buch erwähnt Ian McDonald, daß ein Gedanke Ian Watsons, den er 1989 bei einer Diskussionsveranstaltung äußerte (und der als fiktives »Watson-Postulat« durch das Buch geistert), ihn zu der Idee angeregt habe, daß die Nanotechnik die Auferstehung der Toten möglich machen wird. In seiner Zukunftswelt hat die nanotechnische Wiederbelebung der Toten die Menschheit in zwei Klassen gespalten. Wer immer sich eine Unsterblichkeitsversichernng leisten kann, den erwartet nach seinem Ableben die beliebig wiederholbare Auferstehung. Die völlige Auslöschung, der Totaltod, ist zu einem Kuriosum geworden. Ein juristisches Grundsatzurteil hat den Toten jedoch jegliche personale Rechte aberkannt und verdammt sie zu einem Schattendasein. Die Nächte müssen sie in ihren Ghettos, den Necrovilles, in den großen Städten verbringen, bei Tag verdingen sie sich, um ihre Versicherungsprämien zu finanzieren, als billige Hilfskräfte der Lebenden. Mächtigste Instanz auf der Erde ist der Konzern Tesler-Thanos, der ein Monopol auf die Auferstehungstechnik besitzt. Es regt sich jedoch der Widerstand. Eine Untergrundbewegung auf der Erde kämpft für die Rechte der Toten. Die Freitoten, also die freiwillig in die Unsterblichkeit Übergegangenen, haben bereits den Weltraum jenseits des Erdorbits für sich beansprucht. Die mehrgleisige, komplex verzahnte Handlung schildert die Ereignisse einer einzigen Nacht, in der die Toten mit Unterstützung der Freitotenflotten die Machtstrukturen auf der Erde stürzen. Im Mittelpunkt steht die Clique um den Neurochemie-Künstler Santiago Columbar, der seinen Kunden mit Designerdrogen ungeahnte Bewußtseinserlebnisse verschafft. Wie jedes Jahr aus Anlaß des Totenkarnevals lädt er seine früheren Kumpane zu einem Abend in das Café Terminal in der Totenstadt in Los Angeles ein. Das Treffen geht schief, die Freunde verfehlen oder trennen sich, und der Roman folgt den Wegen der fünf Hauptpersonen, die auf unterschiedliche Art in die Turbulenzen der Nacht hineingezogen werden: Santiago, der sich von einer früheren Geliebten auf eine brutale Jagd mitnehmen läßt, mit der die Toten zu ihrem Karneval ein Ritual des Sterbens und Wiederauferstehens feiern; die beziehungsgeschädigte Trinidad, die nach einem Streit mit Santiago von einem Toten durch die Necroville geführt und mit einem Kult bekannt gemacht wird, der die Fama von der todlosen Unsterblichkeit verbreitet; Toussaint, der unwillige Erbe des Tesler-Thanos-Imperiums, der sich biotechnisch zu einer Art menschlichen Fledermaus umfunktionieren ließ und von einer Gruppe Untergrund-Aktivisten gekidnapt wird, die mit seinem Vater in Kontakt kommen wollen; Camaguay, der an einem nanotechnischen Virus stirbt und seine letzte Nacht mit einer toten Prostituierten verbringt; und Yo-Yo Mok, eine Anwältin, die im juristischen Cyberspace von einem digitalen Homunkulus genervt wird und in die blutige Affäre um eine Klientin hineingerät, die im Auftrag von Tesler-Thanos umgebracht wurde.

Fast hundert Seiten macht der Roman den Leser zunächst mit den Charakteren vertraut, ehe die eigentliche Handlung einsetzt. McDonald schreibt mit erstaunlicher sprachlicher Vielseitigkeit (die Horst Pukallus' hervorragende Übersetzung mit entsprechend komplexen Mitteln wiedergibt und dem Leser hohe Konzentration abfordert), einem über fünfhundert Seiten nicht erlahmenden Ideen- und Erfindungsreichtum. Er findet immer neue Perspektiven, Seiteneinstiege in die Handlung, beginnt manche Abschnitte wie eine zeitgenössische Legende, verfaßt andere als Bericht eines Ich-Erzählers. In *Necroville* hat McDonald eine Unzahl von Ideen aus zwei Jahrzehnten SF-Geschichte gesammelt, Konzepte der virtuellen Realität, der Nanotechnik, künftige Computernetzwerke, Gentechnik, physische Modifikation des Menschen. Der Cyberpunk-SF ist gelegentlich vorgeworfen worden, daß sie zugunsten oberflächlicher Exotik die Schilderung alltäglicher Menschen in ihrem gesellschaftlichen Umfeld vernachlässigt habe (eine Kunst, die Philip K. Dick noch beherrschte). Ian McDonald hat dagegen besondere Sorgfalt und viel Raum darauf verwandt, die Lebens- und Arbeitswelt seiner Charaktere und vor allem die eigentümliche Kultur der Toten in den Necrovilles, die die Tatsache ihrer Unsterblichkeit zu einem neuen Verhältnis zu ihrem körperlichen Dasein, zu Schmerz und Vernichtung geführt hat, mit technischen Details, sehr genau beschriebenen Milieus und Arbeits- und Alltagsszenen plastisch und lebendig zu umreißen. Auffällig ist dabei, daß er sich ähnlich wie einige andere jüngere Autoren der angloamerikanischen SF um einen nichtwestlichen Blickwinkel bemüht. William Gibson hat eine »japanisierte« SF eingeführt; David Wingrove hat es (wenig überzeugend) mit China versucht; Ian McDonald sucht (umfassender als etwa sein englischer Kollege Eric Brown) Inspiration in der südamerikanischen Kultur. In seiner Zukunftswelt haben klimatische Verschiebungen zu Völkerwanderungen Richtung Nordamerika geführt und die frühere USA lateinamerikanisch umgeprägt. Sprache, Kultur und die Religionen und Kulte insbesondere in den Necrovilles haben die fremden Einflüsse verarbeitet, die Bevölkerung ist ein unentwirrbares Nationengemisch.

Ein Konzept wie die Nanotechnik, die – wenn man Eric Drexler glauben will – einmal beliebige Manipulationen von Materie möglich machen wird, verleitet einen Autor leicht, im Laufe der Handlung reihenweise Kaninchen aus dem Hut zu ziehen und praktisch alles durch irgendein technisches Gimmick für möglich zu erklären. Auch Ian McDonald hangelt nicht immer hundertprozentig sicher an dieser Klippe entlang. Yo-Yo Moks Ausflüge in die virtuellen Welten der kybernetischen Rechtssprechung haben etwas Plakativ-Kitschiges und wirken als Extrapolation heutiger User-Interfaces kaum glaubhaft. Trinidads Showdown mit einem monströsen Kultguru nimmt ein überraschendes Ende, das sich kaum aus der Handlung ergibt. An einigen Stellen, vor allem den Raumschlachten zwischen den Freitoten und der Erdflotte am Ende, werden Zuspitzungen der Handlung durch Hintertürchen-Ideen gelöst. Das Buch krankt überhaupt ein wenig an dem Problem, daß es sich gegen Ende in einen Strudel spektakulärer Ereignisse hineinsteigert, die die bis dahin sorgfältig geschilderte Zukunftswelt komplett auf den Kopf stellen. Weniger wäre mehr gewesen, könnte man da wieder einmal sagen. Das Buch ist in seinen persönlichen Szenen am besten, wenn es seine in eigenen Leerläufen, ungelösten Konflikten und Ängsten befangenen fünf Helden mit der Existenz auf der anderen Seite des Todes konfrontiert und zu Stellungnahmen zwingt. Auch die Schilderungen der Freitoten-Pioniere im äußeren Sonnensystem haben ihren Reiz. Die Action im großen Stil am Schluß hätte das Buch jedoch nicht nötig gehabt.

Trotz dieser Einwände ist Ian McDonald mit *Necroville* ein ganz hervorragender Roman gelungen, der seinen Autor vermutlich vor das Problem stellt, was er da in Zukunft noch draufsetzen will. An seinem schieren Schreibtalent, seinem Ideenreichtum, seiner sprachlichen Kreativität und vor allem seiner kulturellen und sozialen Phantasie kann spätestens seit diesem Buch kein Zweifel mehr bestehen. Seit *Necroville* ist Ian McDonald auf dem Weg, einer der ganz Großen in der Science Fiction zu werden.

Tobias O. Meißner

Starfish Rules

Rotbuch Verlag, Hamburg, 1997
230 Seiten, DM 38,–

von Kurt Bracharz

Ein deutscher Roman, der in einem mythischen Amerika spielt, in dem magische Waffen vorkommen, mit einem deutschen »Helden« und mit kämpferischen Indianern und Schwarzen – wer denkt da nicht an Karl May?

Seit dem Erscheinen von *Starfish Rules* kann man nun bei dieser Szenerie auch an den 1967 geborenen Tobias O. Meißner denken, der in Berlin lebt. Sein Romanerstling mit dem für eine deutsche Publikation unüblichen englischen Titel (offenbar hat bei diesem Verlag mal das Lektorat mehr zu sagen als die Vertreterkonferenz) wurde im *Spiegel* als »chaotisch« und in der *Neuen Zürcher Zeitung* als »grenzensprengend« freudig begrüßt. (Nach diesen fulminanten Anfängen ist es wieder still geworden im Feuilleton – die Rezeption von *Starfish Rules* scheint Kopfzerbrechen zu bereiten.)

Der Roman beginnt auf der vorderen Innenseite des Einbands in der oberen linken Ecke und endet ebenfalls auf dem Einband in der Mitte der hinteren Innenseite. Er besteht aus 50 Abschnitten, die meistenteils jeweils 4 Seiten lang sind und wohl nicht zufällig an den Begriff der Burroughs'schen »Routines« erinnern. (Eine Geschichte, deren Wahrheitsgehalt nicht ganz klar ist, erzählt, Burroughs habe sein aus solchen kurzen Abschnitten bestehendes Masterpiece *The Naked Lunch* nach einigen Ordnungsversuchen schließlich in beliebiger Reihenfolge aus den Routines zusammengestellt. Ob das nun wahr ist oder nicht, man kann jedenfalls in *The Naked Lunch* an einer beliebigen Stelle mit der Lektüre beginnen und ohne Sinnverlust an einer anderen beliebigen Stelle fortsetzen; und dasselbe kann man – trotz Rahmenhandlung – mehr oder minder auch mit *Starfish Rules* tun.)

Denn *Starfish Rules* mag einen Protagonisten namens Robert Tondorf und eine möglicherweise nacherzählbare Handlung haben (Tondorf bringt einen Äolsschlauch aus dem Berliner Pergamonmuseum, der eine Superwaffe ist, vor den Nazis in Sicherheit und nach Amerika, das in der Folge des Kampfes verschiedener Interessensgruppen um den Schlauch zuletzt untergeht), aber der wirkliche Handlungsträger dieses Buches ist die Sprache, und zwar die Sprache des trivialen Mythos: der Leser kriegt eine Mixtur von Versatzstücken aus Kriminalromanen, Abenteuerromanen, Science Fiction, Ationfilmdrehbüchern, Verschwörungstheorien und vermutlich noch anderen Subgenres vorgesetzt, an der die Einzel-»Schicksale« der »Figuren« nun wirklich das Uninteressanteste sind. Statt dessen gibt es Epiphanien und Szenen: Massaker, Boxkampf, Folter, Attentat, Serienmörder unterhält sich mit kleinem Jungen, usw.

Lesbar und interessant ist *Starfish Rules*, weil Meißner einerseits den Jargon der verschiedenen Genres beherrscht und weil er andererseits nicht der Versuchung nachgibt, ihn einfach zu parodieren, sondern affirmativ übertreibt. Von den Formen her enthält das Buch neben den im üblichen Erzählstil von Krimis usw. gehaltenen Partien auch einen Kalender, ein Lexikon, einen zum Cut-up vorbereiteten Text, ein Interview, ein Märchen, einen Zeitungsartikel usw.

Auf Seite 183 gibt es ein kleines Beispiel für konkrete Literatur, ein aus zwölf Namen zusammengesetztes Männchen; einer dieser Namen, im obersten Bereich des Rumpfes, lautet »Cordwainer«, und tatsächlich ist Cordwainer Smith eines der fünf Genies aus dem »inner circle« des Romans, den fünf Armen des Seesterns = Starfish entsprechend (die anderen vier sind Vaughan Kaed, Jimi Hendrix, Orson Welles und Charles Manson).

Über Cordwainer heißt es auf S. 48, er sei »nun das, was man gemeinhin einen Dämon nennt«, und auf der nächsten Seite wird seine Biographie ausgebreitet: »Paul Myron Anthony Linebarger, 1913 in Milwaukee, Wisconsin, geboren, war das brillanteste mathematische und physikalische Wunderkind, das die Welt je gesehen hat. (...) Soweit ich weiß, war er schon immer der dunklen Seite des Kosmos zugeneigt, der Welt der Mythen und der klassischen europäischen Sagen. Daraus entwickelte er die Meta-Physik – eine rationalpraktikable Version von Magie, wenn Sie so wollen. Ich weiß, daß das verrückt klingt, aber es gibt keine andere Erklärung für das, was aus Paul geworden ist. (...) Er änderte seinen Namen in Cordwainer, ein erdmagisches Pseudonym. (...) Er haust unauffindbar in den Einöden der südwestlichen Sierras in einem Gebiet, das er Norstrilien oder auch Altnordaustralien nennt. Er schreibt vordatierte revolutionärphilosophische Kurzgeschichten und schickt sie an Pulp-Magazine, damit diese sie als Weltraum-Meterware unters Volk bringen. Er ist – kurz gesagt – kein Mensch mehr, und seine anarchistischen Traktate und evolutionsfeindlichen Visionen sind eine gefährliche Droge für die formbaren Geister der Jungen und Unzufriedenen Amerikas.«

Cordwainer Smith (1913–1966) hieß tatsächlich Paul Myron Anthony Linebarger, war allerdings ein auf China spezialisierter Politologe (und nicht Physiker) und u. a. der Verfasser eines Romans *Norstrilia* (Ballantine, 1975). Zu seinen Themen gehörte die Vorstellung eines Rassenkrieges, wie er in *Starfish Rules* geführt wird. (Das ist auch ein Thema des historischen Charles Manson, der freilich alles andere als ein Genie ist, wenn ihn auch die amerikanischen Nazis mittels Video dazu stilisieren wollen.)

In *Starfish Rules* ist nichts das, was es zu sein scheint, und darauf weisen nicht nur die Anachronismen hin. (Und Ausnahmen wie die »realistischen« Szenen bei den Dreharbeiten zu *Stage Coach* (S. 149–152) bestätigen die Regel.)

Peter Michalzik schreibt im *Spiegel* 15/97: »Thomas Pynchon ist der ungenannte Übervater dieses Buches, ohne daß er Meißners Werk erdrückt. Denn anders als seinem Meister geht es dem Autor nicht mehr darum, das Bewußtsein der Welt zu durchdringen. Er tut nur so. Gegen Schluß heißt es: ›Das ist uralter Scheiß, Bruder, ururalter Scheiß. Da steckt ungeheuer viel dahinter, das kannst du heute gar nicht mehr alles abchecken!‹ Aber für ein raffiniertes Versteckspiel benutzen.«

Es ist richtig, daß Meißner »nur so tut«. Und das ist auch die Schwäche seines Romans, bei aller Lesbarkeit und vielen hübschen Einzeleinfällen: nach der Lektüre hat man doch das einigermaßen unbefriedigende Gefühl, ein besonders langes, besonders gut gelungenes Groschenheft gelesen zu haben. Es scheitert zwar jeder damit, das Bewußtsein der Welt durchdringen zu wollen, aber wer es gar nicht erst versucht, kann zwar nichts verlieren, aber er kann auch bloß einmal so tun, als hätte er es probieren wollen. Danach wird er sich etwas ganz anderes einfallen lassen müssen.

Kai Meyer

Hex

Marion von Schröder Verlag,
Düsseldorf, 1997
351 Seiten, DM 39,80

von Hermann Urbanek

Kai Meyer, zu Beginn seiner schriftstellerischen Karriere als Geheimtip gehandelt, hat sich in den letzten Jahren zu einem der interessantesten Vertreter der modernen deutschsprachigen Phantastik gemausert. Seine historischen Romane, in denen er gekonnt Fact und Fiction zu einem überaus bekömmlichen Leseschmaus mixte, haben ihm eine gute Reputation verschafft, so daß zahlreiche Verlage sich darum reißen, seine neuesten Romane zu veröffentlichen. Mit *Hex*, im Untertitel als »UFO-Roman« bezeichnet, wagte sich Kai Meyer nun erstmals auch auf SF-Terrain.

Gleichgeblieben ist aber sein Erfolgsrezept, mit dem er schon mit Romanen wie *Die Geisterseher* und *Der Rattenzauber* oder seinen Neuinterpretationen des Faust-Mythos zu überzeugen wußte: Auf der Grundlage einer historisch überlieferten Begebenheit – seltsame Lichterscheinungen haben im Jahre 1561 die Stadt Nürnberg in Angst und Schrecken versetzt – baut er eine Geschichte um UFOs, Geheimgesellschaften und unterhalb der Nürnberger Burg eingemauerte Relikte auf. Die Vorkommnisse aus dem Mittelalter erhalten im Jahre 1926 eine erschreckend neue Dimension, als Agenten von Hex, der Abteilung für ungeklärte Reichsangelegenheiten, einer topgeheimen Organisation mit höchster Prioritätsstufe, zwei Agenten nach Grönland schickt, wo das Team die rätselhafte Explosion eines deutschen Luftschiffes untersuchen soll, die angeblich durch einen Zusammenstoß mit einer goldenen Flugscheibe ausgelöst wurde. Von einem gedungenen Mörder gehetzt, versucht das Agentenpaar, Licht ins Dunkel zu bekommen, wobei ihnen rasch klar wird, daß es offensichtlich mehrere Parteien gibt, die versuchen, ihre Arbeit zu sabotieren. Als weitere Hex-Mitarbeiter rätselhaften Mordanschlägen zum Opfer fallen, wird schließlich Hex selbst aufgelöst. Doch die mutigen Agenten lassen sich nicht durch Täuschungsmanöver beirren, sie finden Hinweise und folgen den Spuren, die auf die Verwicklung der mysteriösen Thule-Gesellschaft hindeuten und sie schließlich in eine verborgene Kaverne unterhalb der Nürnberger Burg führen und wo das Verwirrspiel, das Protagonisten und Leser gleichermaßen in Atem und im unklaren ließ, in einem gigantischen Showdown seine überraschende Auflösung findet.

Obwohl dem Leser jederzeit bewußt ist, daß es sich um eine geschickte Fiktion handelt, fällt es doch schwer, die Trennlinie zum Fact zu finden, so beklemmend real baute der Autor seine Geschichte auf, so fesselnd und trotz aller phantastischer Elemente glaubhaft und in sich stimmig ist alles. Und so überzeugend ist auch das Finale. Kai Meyer erweist sich erneut als moderner Hexenkünstler, der sein Metier beherrscht, sodaß man sich schon auf den nächsten Roman aus seiner Feder freut, der erfreulicherweise nicht mehr lange auf sich warten lassen wird, nämlich *Die Winterprinzessin*, die Fortsetzung von *Der Geisterseher* und somit das zweite kriminalistische Abenteuer der Brüder Grimm.

Kai Meyer

Hex – der UFO-Roman

Marion von Schröder Verlag, Düsseldorf, 1997
351 Seiten, DM 39,80

von Ralf Reiter

Nürnberg. 1561. Seltsame Lichterscheinungen am Tageshimmel beunruhigen die Bewohner der deutschen Kaiserstadt und rufen die Autoritäten auf den Plan. Umherwirbelnde Scheiben, Kugeln, Kreuze und Lichtbälle bekämpfen sich anscheinend gegenseitig, angeleitet von einem gewaltigen schwarzen, speerspitzenförmigen Objekt. Mindestens eines der Wunderdinger stürzt ab und schlägt nahe der Stadt auf. Der Bischof tut alles daran, den Teufelsspuk zu vertuschen, läßt die Trümmer des Havaristen in den Burggewölben verschwinden und steckt die Zeugen der Bergung gleich dazu (mit durchschnittener Kehle, versteht sich). Wenig später kursiert in Nürnberg der Holzschnitt eines Künstlers, der eben diesen Luftkampf in berauschender Weise einfängt. Ein dazugehöriger Text versichert Zeitgenossen und Nachwelt, daß es sich um eine reale Begebenheit handelt.

Berlin. 1926. Die Abteilung Sechs des Reichsinnenministeriums hat nicht gerade den besten Ruf. Dorthin versetzt man mit Vorliebe Mitarbeiter, die es mit den Nerven haben und den normalen Dienst nicht mehr durchstehen. Abteilung Sechs, Spitzname »Hex«, bearbeitet ominöse Fälle, die auf Übersinnliches schließen lassen, und erforscht Grenzregionen menschlichen Wissens und Denkens. Obwohl die meisten der »Hex«-Mitarbeiter voll und ganz bei der Sache sind, lacht man diese

Ansammlung von halbirren Spökenkiekern im Innenministerium vorwiegend aus. Kein Wunder, wenn man sich mit angeblichen Fischmenschen im Wannsee beschäftigen muß, die sich die Pudel neurotischer Berliner Damen schnappen. Oder mit Satanssekten, die des Nachts in den verwaisten Kulissen von Fritz Langs Großprojekt *Metropolis* schwarze Messen zelebrieren. Nun jedoch scheint ein dicker Fisch an der Angel von Abteilungsleiter Johannes Zacharias zu zappeln. Über Grönland ist das deutsche Luftschiff *Lessing* allem Anschein nach mit einem unbekannten Flugobjekt kollidiert und abgestürzt. Ein gewaltiger Krater, den unmöglich nur das Luftschiff verursacht haben kann, gibt Auskunft über das Wirken einer fremden, fortschrittlichen Macht. Die Agenten Sina Zweisam und Maximilian von Poser werden nach Grönland geschickt, um die Umstände der Katastrophe näher unter die Lupe zu nehmen. Während sich die emanzipierte, überzeugte Para-Forscherin Sina und der clevere, aber beim Spökenkieken eher nachlässige Industriellensohn Max an Bord eines Versorgungsluftschiffs für eine deutsche Grönlandexpedition befinden, räumt in Berlin jemand bei »Hex« gewaltig auf. Der Sohn von Abteilungsleiter Zacharias, Dominik, fällt einem Bombenanschlag zum Opfer. Archivar Haaf kommt bei einem Brand ums Leben, der die gesamte Zentrale vernichtet, und jemand stellt Max' Verlobten, der Jungschauspielerin Larissa, nach und entführt sie schließlich. Zudem hat sich ein berüchtigter Killer, der sich »der Magier« nennt, an Max' und Sinas Fersen geheftet. Sina kennt den Herrn flüchtig von früher, und sie beide verbindet ein Trauma, das mit dem letzten, furchtbar gescheiterten Bombenanschlag des »Magiers« vor sechs Jahren zu tun hat. Der Killer hatte sich seinerzeit von seinem Job zurückgezogen, aber überaus mächtige politische Kräfte zwingen ihn dazu, den Auftrag in Grönland anzunehmen. Und dann gibt es da auch noch einen Herrn Eisenstein, einen Regierungsbeamten, der vor Jahren auf mysteriöse Weise verschwand, nun wieder auftaucht, ohne jemals die Kleidung gewechselt zu haben (sie ist ihm in die Haut eingewachsen) und von sich behauptet, auf dem Mond gewesen zu sein. Und das Projekt in den einsamen brandenburgischen Mooren, in das Eisenstein involviert war und das eine ganze

Reihe kompetenter Wissenschaftler auf greuliche Weise das Leben gekostet hat, ist erst recht ein Mysterium.

Bis Sina Zweisam, Max von Poser, der »Magier«, Johannes Zacharias, Larissa und der reichlich lebendige Dominik sich der Wahrheit gegenübersehen, gilt es in bester Polit-Thriller-Manier zu rennen, zu prügeln, zu schießen und zu kombinieren. Die Auflösung überrascht dann letztlich doch. Das Komplott geht von Staatsseite her aus, von einem Staatsapparat, der bereits 1926 von den späteren Faschisten unterwandert ist, deren »Schwarze Reichswehr«-Bataillone bereits jetzt die Bevölkerung terrorisieren und die in der ihnen eigenen Kombination von Machtwahn und krudem Irrationalismus doch tatsächlich mit außerirdischen Beobachtern aneinandergeraten sind. Die Handlung kehrt am Ende dorthin zurück, wo sie anfing, in die von 666 Mauerschichten umgebene Höhlung unter der Nürnberger Burg, in die der Bischof anno 1561 das abgestürzte Flugobjekt und den noch lebendigen Insassen hatte einmauern lassen.

Weißbekittelte Wissenschaftler und *men in black,* »Thule«-Gesellschaft und Schwarze Reichswehr, Luftschiffe im ewigen Eis, abgelegene Villen voll schrulliger Parapsycho-Agenten, Kudamm und *Metropolis*-Dreharbeiten ... »Die Wahrheit ist irgendwo da draußen!« möchte man da doch rufen, und die vom Autor in der Danksagung zitierte Äußerung von Lektor Reinhard Rohn macht denn auch klar, wie der Hase läuft: »Und das X in ›Hex‹ schreiben wir auf dem Cover sooo groß!« Kai Meyer, junger Spezialist für verblüffende Historien-Krimis an der Grenzscheide zum Okkulten, hat sich erstmals ins 20. Jahrhundert begeben und in den Goldenen 20er Jahren gleich eine ganze Fülle von Ansatzpunkten für einen bizarren Plot vorgefunden. Derartige Stories als beliebt zu bezeichnen, wäre eine groteske Untertreibung. Der Erfolg von »Akte X« bricht alle Rekorde, die Plagiatoren schubsen sich gegenseitig mit den Ellbogen aus dem Weg, um ans ersehnte Ziel – die erste Million – zu kommen. Verständlich, daß sich da auch mal jemand in Deutschland seine Gedanken macht. Es wäre jedoch unfair, Meyer vorschnell in einen Tümpel mit all den drögen Nutznießern der Irrationalismus- und UFO-Welle zu werfen. Dafür gibt er sich zuviel Mühe. Die Hintergründe sind gut recherchiert (der Nürnberger Holzschnitt von 1561 existiert wirklich, im Buch zweimal in ganzer Pracht faksimiliert zu bewundern), Zeitgeschehen und historische Elemente sind fugenlos eingearbeitet, und das krause Garn, das drumherum gehäkelt wurde, gewinnt zumindest für die Dauer der Lektüre durchaus Plausibilität. Die Figuren sind plastisch, gehen dem Schwarzweißschema aus dem Weg, wo sie nur können, und erwecken an einigen exponierten Stellen allen Ernstes Anteilnahme (das erste, überraschende Gespräch zwischen Sina und dem »Magier«). Größte Stärke des Romans ist sein Spannungsbogen, der es selbst alten Hasen unmöglich macht, vor dem Ende alle Puzzleteile zusammenzulegen und milde lächelnd mit der Alles-schon-gehabt-Geste abzuwinken. Zu viele Unwägbarkeiten sind mit im Spiel, zu viele gruselige Details, die nicht zueinander passen wollen und es dann aber doch tun (alttestamentarische Eschatologie und moderne Wissenschaft? Okkultismus und UFOs?). Einige bizarre Einfälle und faustdicke Überraschungen stoßen noch hinzu, so daß die Lektüre allzeit Spaß bereitet. (Spaß? Bei so vielen durchschnittenen Kehlen und zermatschten Körpern?) Man hätte sich einen etwas aufwendigeren Stil gewünscht statt dieser penetrant konventionellen Thriller-Schreibe nach US-Muster, einen etwas lakonischeren Tonfall vielleicht, noch mehr abstruse Kleinigkeiten, mehr postmoderne Verspieltheiten. Der konventionelle, marktkonforme Vortrag droht den Roman zu ersticken, mit etwas mehr sprachlichem Reichtum und ein oder zwei Ambitionen mehr hätte hieraus ein Juwel origineller Spannungsliteratur werden können. Immerhin ist der Roman der bis dato beste UFO-Thriller aus der Weimarer Republik, und das muß erst mal jemand nachmachen.

Fanny Morweiser

Der Taxitänzer

Diogenes Verlag, Zürich, 1996
158 Seiten, DM 29,80

von Michael K. Iwoleit

Es gibt nicht viele Autoren, die die Tradition der phantastischen Literatur auch in deutscher Sprache weiterführen. Fanny Morweiser gehört dazu. Seit 1971, als sie mit ihrem Roman *Lalu Lalula Arme Kleine Orphelia* debütierte (übrigens kürzlich von Diogenes neu aufgelegt), hat die 1940 in Ludwigshafen geborene Autorin ein leises, fast zaghaft auftretendes Werk geschaffen, dem ein Balanceakt zwischen scheinbarer Biederkeit und unverhofften Wendungen ins Absurde, Unheimliche und Perfide gelungen ist. Man könnte sie in die Nähe einer Patricia Highsmith rücken und in ihren Kurzgeschichten und kurzen Romanen späte Nachwirkungen des gotischen Romans und der von E. A. Poe begründeten Form der psychologischen Horrorgeschichte sehen – doch sie spricht mit einer ganz persönlichen Stimme. Ihre sensible, einfache Sprache ist leicht wiederzuerkennen, ihre Schauplätze, adrette Postkartenlandschaften und Kleinstädte in der Gegend zwischen Rhein und Neckar, sind so typisch wie ihre Figuren, Alltagsgestalten wie frustrierte Hausfrauen oder alternde Charmeure, über die wenige andere Schriftsteller etwas Interessantes zu erzählen wüßten, die Fanny Morweiser aber voller parteilichem Mitgefühl für die Enttäuschten, Verletzten und Alleingelassenen schildert. Sie bevorzugt die subtile Pointe, die nur angedeutete tückische Gemeinheit, die Bösewichter am Ende einer Geschichte in einen Abgrund tappen läßt. Die Atmosphäre ihrer Geschichten erinnert an naive Malerei. Auf den ersten Blick glaubt sich der Leser in eine Welt versetzt, in der nie etwas Aufregendes geschehen könnte – was das Umschlagen anfänglicher Unstimmigkeiten und Unzufriedenheiten um so wirkungsvoller macht. Explizit phantastische Motive haben sich inzwischen weitgehend aus Fanny Morweisers Werk verflüchtigt – in der vorliegenden

Sammlung ist nur noch eine Erzählung direkt phantastisch –, doch verleiht ihre Doppelbödigkeit, ihr subtiles Untergraben des Selbstverständlichen/Alltäglichen ihrem Schaffen einige Qualitäten der besten phantastischen Literatur. Und dann gibt es Schauplätze wie alte, verlassene Häuser, von seltsamen Gestalten geführte Hotels in abgelegenen Dörfern oder verbarrikadierte Wohnungen mit unheimlichen Bewohnern, die unverkennbar »gothic style« sind. Wie einige – freilich schriftstellerisch kraftvollere – Autoren englischer Sprache, etwa Patrick McGrath, hat Fanny Morweiser das Inventar des gotischen Romans ins Hier und Jetzt geholt. In den Leerläufen der unerfüllten, beunruhigend alltäglichen Leben ihrer Gestalten werden gotisch getönte Orte zu Spiegelbildern des Ersehnten, Ertragenen, Erlittenen – freilich alles in milden Tönen gezeichnet.

Eine Hausfrau mittleren Alters, deren Mann seit seiner Pensionierung statt seiner Mieter nun sie schikaniert (»Lilien für Fred«), eine harmlose Ausflugsgruppe von geistig Behinderten, über die sich eine streitsüchtige alte Dame empört (»Der Taxitänzer«), eine um ihre verunglückte Tochter trauernde Mutter, die in ein Nachbarschaftsgetuschel um einen unheimlichen Neumieter hineingerät (»Die Kammern der Erinnerung«), eine betagte Hauswirtin, der die Damenbesuche ihres Untermieters ein Dorn im Auge sind (»Der Mieter«), ein alternder Bühnenschauspieler, der gleich einem Dutzend Verehrerinnen große Versprechungen gemacht hat (»E pericoloso sporgersi«) – das sind einige der Grundsituationen in Fanny Morweisers neuem Erzählband. Das von den meisten der zehn Geschichten in dem schmalen Band variierte Thema sind Bedrängungen und Zumutungen durch ihre Umwelt oder Mitmenschen, derer sich ihre gutmütigen, nachgiebigen Heldinnen auf eine ihrem Naturell entsprechende Weise zu erwehren gezwungen sind, selten spektakulär, oft nur durch eine beiläufige Bemerkung oder eine kleine Geste. Dem nörgelnden Ehemann wird eine mörderische Falle gestellt, der keifenden Oma von einem tanzwütigen Heiminsassen der Garaus gemacht, der Bühnencharmeur auf die für sein Ego schlimmstmögliche Weise bloßgestellt, ein flüchtiger Jugendlicher gerade von der Dame, die er zur Komplizenschaft nötigt, der Polizei ausgeliefert usw. Fanny Morweiser verzichtet weitgehend auf dramatische Zuspitzungen, läßt Geschichten gerne in einem Bild oder einer Stimmung ausklingen (»Inbrünstiges Rot« oder »Sterbendes Blau«), so daß der Leser zu einer aufmerksamen Lektüre gezwungen ist. Dabei entkommt sie nicht ganz dem Problem, daß ihre etwas »zupackenderen« Geschichten eben doch die sind, die beim Leser am meisten haften bleiben, in denen ihr Talent für subtile Abrechnungen mit den Übeltätern kleiner Unmenschlichkeiten in unserem Alltag am besten zur Geltung kommt. Gerade das, was Fanny Morweisers Stellung in der zeitgenössischen deutschen Phantastik ausmacht, erweist sich, je länger sie – wie auch in ihrem neuesten Buch – ihrer Linie treu bleibt, zugleich als ihre große Schwäche. Ihre ruhige Erzählweise reicht bis zur Temperamentlosigkeit, ihre Geschichten kommen nie ganz frei von der Bravheit und Biederkeit, die ihren Figuren anhaftet. Fanny Morweiser mangelt es an Biß und Schärfe. Kleine, gemeine Schlußpointen, wie wir sie aus zahllosen Kriminal- und Horrorgeschichten von Roald Dahl über Stanley Ellin bis Patricia Highsmith kennen, haben heute etwas leicht Antiquiertes und können kaum mehr Gefühle der Verunsicherung oder des Schreckens auslösen, wie sie die Phantastische Literatur anstrebt. Eine große Autorin des Phantastischen wird Fanny Morweiser wohl nie sein. So wie ihr Werk von Nuancen lebt, bereichert es die zeitgenössische Phantastik auch nur um eine Nuance – eine lesenswerte aber ist es ohne Zweifel.

Ronald Munson

Night Vision

»Deutsch« von Susanne Aeckerle
Eichborn, Frankfurt a. M., 1995
524 Seiten, DM 42,–

von Jürgen Wimmer

Tom Gibson alias Cyberwolf ist ein genialer Hacker – und leider auch ein gemeingefährlicher Irrer. Zentrum seiner abartigen Phantasien ist die erfolgreiche und attraktive Schauspielerin Susan Bradstreet. Als Susan sich wegen unvorhersehbarer Panikattacken in psychiatrische Behandlung begeben muß, sieht Gibson seine Chance gekommen. Mit zwei brutalen Gehilfen dringt er in die Nervenklinik ein, nimmt Susan und andere Patienten als Geiseln und erpreßt ihre Filmgesellschaft um 21 Millionen Dollar. Als Lebensversicherung hat er ein sogenanntes »Tschernobyl«-Programm aktiviert, das nach Ablauf der Zahlungsfrist das gesamte Computernetz von New York durchschmelzen läßt, mit katastrophalen Folgen, versteht sich. Die Polizei gefällt sich in sturer Befolgung der üblichen Geiselnahme-Routinen, und das mag Susans behandelnder Arzt – auch er hat sich in die Schöne verguckt – nicht ruhig mitansehen, zumal die Zeit knapp wird. Auf eigene Faust dringt er in die Klinik ein, um den Gangstern den Garaus zu machen. Die haben inzwischen ohnehin Probleme satt, denn Susan ist keine pflegeleichte Geisel; sie reißt aus und setzt sich im Labyrinth der Klinik trickreich zur Wehr. Eine effektvolle Mischung aus Thriller und Cyberpunk (der Bösewicht heißt sicher nicht umsonst ausgerechnet Gibson!). Zwar läßt Ronald Munson es im ersten Drittel noch eher gemächlich angehen, doch dann entwickelt sein geschickter Genre-Mix einen unwiderstehlichen Sog. Dabei kommt es Munson nicht (nur) auf Knalleffekte an; zwischen den zahlreichen Actionszenen gelingen ihm immer wieder Passagen von teilweise beklemmender Intensität: Wenn Susan sich auf ihrer Flucht durch einen dunklen, engen Schacht quetschen muß, dann ist das ein klaustrophobischer Alptraum erster Güte. Und trotz der im zeitgenössischen Thriller üblichen Unwahrscheinlichkeiten hält Munson den Spannungsbogen souverän durch, bis zur Entscheidung in buchstäblich allerletzter Minute.

Eine ganz wesentliche Trübung erfährt das Lesevergnügen freilich durch die absolut schlampige Übersetzung von Susanne Aeckerle. Vor allem mit »um zu«-Konstruktionen steht sie regelrecht auf Kriegsfuß: »Das Licht war kaum stark genug, um die andere Seite des Raumes zu sehen.« – »Die Tür [...] war zu solide und fest verankert, um einen Gedanken daran zu verschwenden, sie irgendwie aufbrechen zu wollen.« – »Das Gefühl [...] war auch zu stark, um sich wohl dabei zu fühlen.« – »Der Schnitt blutete nicht stark genug, um sich Sorgen machen zu müssen.« Damit nicht genug: »Nitrogen« hört sich echt gefährlich an, gemeint ist freilich stinknormaler Stickstoff, auch für »Oygen« (Sauerstoff) hat Frau Aeckerle kein deutsches Wort gefunden. Vielleicht veranstaltet mal jemand eine Sammlung und schenkt der Frau ein englisch-deutsches Wörterbuch und die Duden-Grammatik.

Hans-Peter Neumann

Die Bibliographie der DDR-Science Fiction

Edition Avalon, Berlin, 1996
166 Seiten, DM 16,–

von Jacek Rzeszotnik

Der Kreativität der DDR-Science Fiction waren von Anfang an enge, weltanschaulich bedingte Grenzen gesetzt. Unter politischem Druck sowjetischer Entscheidungsgremien in der SBZ ins Räderwerk ideologischer Umerziehung der besiegten Deutschen eingespannt, durfte sie nicht ihren eigenen Entwicklungsweg einschlagen, sondern sie hatte dem »Gebote der Stunde« zu gehorchen und kritiklose Glorifizierung sozialistischer Ideen auf ihre Fahne zu schreiben. Mit vorgefertigten klischeehaften Themenkreisen und Darstellungsschemata wartete schon die »kampferprobte« UdSSR-Wissenschaftsphantastik auf. Es verwundert daher kaum, daß der erste DDR-SF-Roman *Die goldene Kugel. Der phantastische Roman um Atomkraft und Weltraumschiffe* (1949) von Ludwig Turek, »[e]ntstanden unter dem Eindruck des 2. Weltkrieges, der Atombombenabwürfe auf unbefestigte Städte, der sich verschärfenden Klassenkämpfe in den USA und der gegen die Sowjetunion gerichteten Atomkriegsdrohungen« (E. Simon/O. R. Spittel, *Die Science-fiction der DDR. Autoren und Werke. Ein Lexikon*, DDR-Berlin 1988, S. 262), gerade den Konflikt zwischen Ost und West tendenziös thematisierte und, den aufgegriffenen Stoff trivial simplifizierend und ihn kolportagehaft und ziemlich naiv ausfabulierend, hochentwickelte Außerirdische von der Venus in den Vereinigten Staaten landen, die dort herrschenden kapitalistischen Verhältnisse umkrempeln und eine friedliebende sozialistische Gesellschaft aus der Taufe heben ließ. In den Folgejahren verlagerte sich der Schwerpunkt der Schilderung künftiger Menschheitsgeschicke sukzessiv auf den Export des revolutionären Gedankenguts in die Weiten des Weltalls: Tapfere Kosmonauten waren bereit, jedes Risiko einzugehen, um das Feuer der sozialistischen Revolution an allen Ecken und Enden des Universums zu entfachen.

In den Kontext institutionalisierter DDR-Literatur eingebettet, war die DDR-SF, wiewohl schon immer nur eine Randerscheinung im sozialistischen Literaturbetrieb, auf die allgemeinverbindliche SED-Parteilinie eingeschworen und weisungsgebunden. Sie mußte die staatspolitischen Argusse über ihre ideologische und ästhetische Loyalität (zugegebenermaßen dilettantisch) befinden und sich jede Kritik an ihren Insuffizienzen demutsvoll gefallen lassen. Doch in der Menge konformer Zeilenschinder, die sich im panegyrischen Tonfall ihrer eigenen Lobgesänge auf das zukunftsweisende, einzig erstrebenswerte Gesellschaftsmodell nachgerade suhlten, gab es auch einzelne Autoren, denen es gelang, winzige Nischen aufzustöbern (etwa Satire oder Groteske), in denen sie das kleine Quantum selbständigen Denkens vor dem gleichschaltenden Zugriff staatlicher Kontrollstellen und Zensurmaßnahmen (manchmal sogar erfolgreich) zu bewahren suchten.

Es war auch die zu jeder Stunde wie ein Damoklesschwert über der Phantasie der SF-Schriftsteller schwebende Politik, die den Schlußstrich unter die Geschichte der DDR-SF gezogen hat. Infolge der Wiedervereinigung wurde das ehemalige »andere Deutschland« sturzflutartig mit westlichen »SF-Konsumgütern« überschwemmt und die meisten SF-Autoren aus dem nicht mehr existierenden deutschen Teilstaat sahen sich in der neuen Situation »außer Gefecht« gesetzt. Nur einige wenige haben es letztlich geschafft, in der gesamtdeutschen Wirklichkeit literarisch Fuß zu fassen.

Seit jenem historischen 3. 10. 1990 sind inzwischen sieben Jahre ins Land gegangen, und es erscheint an der Zeit, daß eine möglichst komplette bibliographische Erfassung der DDR-SF vorgelegt wird, mit deren Hilfe man sich einen Überblick über das Volumen der »SF-Produktion« in der DDR verschaffen könnte. Dieser Aufgabe hat sich Hans-Peter Neumann gestellt, dessen Feder die Vollständigkeit anstrebende *Bibliographie der DDR-Science Fiction* entstammt. Ihre besondere Bedeutung liegt nicht darin, daß sie etwa ein bisher unbetretenes Neuland erschließt, denn einschlägige Vorarbeiten wurden bereits geleistet – etwa von Olaf R. Spittel, der noch zur DDR-Zeit in den *Lichtjahr*-Bänden und dem Lexikon *Die Science-fiction der DDR. Autoren und Werke* (1988) die DDR-SF-Titel bibliographierte, von Horst Heidtmann, der seinem Buch *Die utopisch-phantastische Literatur in der DDR* (1982) eine DDR-SF-Bibliographie angliederte, oder von Neumann selbst, der sich dieser Problematik in *Vorgriff auf das Lichte Morgen. Studien zur DDR-Science Fiction* (1995) von Angela und Karlheinz Steinmüller zuwandte – sondern gerade darin, daß sie in bibliographischer Hinsicht das DDR-Kapitel in der Entwicklung deutschsprachiger SF de facto beendet.

Die Bibliographie der DDR-Science Fiction, ein relativ schmaler Band, zerfällt in drei ungleiche Teile, denen sich mehrere Anhänge anschließen, in die alle Angaben eingeflossen sind, die vom engmaschigen Genre-Sieb der herangezogenen Auswahl- und Zuordnungskriterien abgefiltert in den Hauptabschnitten des Buches keinen Platz gefunden haben.

Der erste Teil »Bibliographie in der DDR erschienener Science Fiction von DDR-Autoren«, der in den Mittelpunkt der Arbeit rückt, hat die »von DDR-Autoren verfaßte und in der DDR gedruckte Science Fiction« zum Inhalt, ohne daß hierbei – »mit Ausnahme von Fan-Publikationen und Privatdrucken« – irgendwelche Schranken in bezug auf die Publikationsform gesetzt werden. So begegnet man hier bibliographisch aufgearbeiteten Erstauflagen von Romanen, Erzählbänden, einzelnen Prosatexten, deren Verfasser bzw. Herausgeber nach dem

Alphabet geordnet sind, sowie von Anthologien und Jahrbüchern, die nach Erscheinungsjahr aufgeschlüsselt in gesonderten Unterkapiteln vorgeführt werden. In den nachfolgenden sechs Anhängen hingegen werden Grenzfälle zu »anderen phantastischen Genres, zur nichtphantastischen oder zur populärwissenschaftlich-belehrenden Literatur« aufgeführt, Buch- und Heftreihen sowie Zeitschriften und Zeitungen aufgezählt, in denen SF-Romane und -Erzählungen von DDR-Autoren herausgekommen sind, wie auch Buchclub-Ausgaben aufgelistet.

Der zweite Teil enthält »Bibliographie der in der BRD bis 1990 erschienenen Science Fiction von DDR-Autoren«, die sowohl die zunächst in der BRD veröffentlichten als auch die in der BRD nachgedruckten Texte erfaßt, wobei jede Publikation entsprechend markiert ist. Diese Teilbibliographie vervollständigen Parallelveröffentlichungen, die im gleichen Jahr in beiden deutschen Teilstaaten auf den Markt kamen. Anhang 1 »Nicht aufgenommene Werke« arrondiert das zusammengetragene Material durch Publikationen, die sich in die SF nicht eindeutig einreihen lassen.

Über den Zeitpunkt der Wiedervereinigung hinaus weist der dritte Teil »Bibliographie der Science Fiction ehemaliger DDR-Autoren von 1991–1995«, der das Ziel verfolgt, einen Eindruck zu vermitteln, »in welchem Umfang diese Autoren nach der Vereinigung noch publizierten«. Die Lektüre dieses ziemlich kurz geratenen Kapitels scheint die eingangs formulierte Diagnose von der »Ohnmacht« der meisten früheren DDR-SF-Autoren in Gesamtdeutschland zu erhärten. Die neuen, kapitalistischen Spielregeln des nun marktwirtschaftlich organisierten Literaturbetriebs haben ihnen den Griffel aus der Hand gerissen. Einen nicht unbeträchtlichen Teil der hier gesammelten Texte machen bezeichnenderweise Werke aus, die in der DDR erstveröffentlicht nun nur noch Nachdrucke bzw. Neuauflagen erleben. In dem beigefügten Anhang finden sich dagegen erneut »[n]icht aufgenommene Werke«.

Das Ganze rundet ein übersichtliches Register der Schriftsteller und Herausgeber ab, das die Autorensuche mit einem Handgriff erledigen läßt.

Die Bibliographie ist erfreulicherweise reich bebildert. Die abgebildeten Coverillustrationen gewähren dem Leser einen Einblick in die mehr oder weniger gelungenen Visualisierungen phantastischer Inhalte und lockern so die sonst trockenen Angaben auf. Der einzige Wermutstropfen ist die Qualität der Bilder, die gerade noch das niedrigste Fanzine-Niveau erreicht.

Hans-Peter Neumanns *Bibliographie der DDR-Science Fiction,* die jedem an der SF ernsthaft Interessierten ans Herz gelegt werden kann, ist ein durch und durch geglückter Versuch, die DDR-SF-Belletristik bibliographisch aufzuarbeiten. Gründlich recherchiert und nach klaren, einsichtigen Kriterien aufgebaut, eignet sie sich gut für das Fundament einer eventuellen *Geschichte der DDR-SF,* zumal Neumann sich auf seinen Lorbeeren nicht auszuruhen gedenkt und im Vorwort bereits die nächsten Bibliographien aus seiner Feder ankündigt: »Für die Zukunft sind auch Bibliographien zur in der DDR erschienenen SF von ausländischen Autoren, zur Sekundärliteratur und eine sogenannte ›Sammlerbibliographie‹, die auch alle Ausstattungsvarianten und Nachauflagen von Büchern aufführt, geplant.« Man kann nur hoffen, daß der Autor diese Projekte bald in Angriff nehmen wird. Nach Verwirklichung dieses überaus lobenswerten Vorhabens wird uns eine in jeder Hinsicht vollständige bibliographische Erfassung des DDR-SF-Literaturbetriebs vorliegen und eine ausgezeichnete Ausgangsbasis für die Erforschung von dessen Teilgebieten darstellen.

Fabienne Pakleppa

Die Aufsässigen

Roman
Insel Verlag Frankfurt a. M und Leipzig, 1995
314 Seiten, DM 38,–

von Karsten Kruschel

Alles geht ganz langsam, aber unausweichlich den Bach runter. Nun gibt es ja wahrhaft reichlich Weltuntergangsszenarien – die fangen mit Ward Moores *Es grünt so grün* in den frühen Vierzigern nicht an und hört mit Zauners *Die Enkel der Raketenbauer* noch lange nicht auf. Während aber alle diese Bücher den morbiden Reiz von Zerfall und Untergang zelebrieren oder satirisch das Ungeheuer Mensch demontieren, geht Fabienne Pakleppa an das Thema ganz persönlich heran.

Die Erzählerin in *Die Aufsässigen* schreibt Briefe an ihre Kinder und erinnert sich, mehr als nur etwas erstaunt, an den unübersehbaren Niedergang, der kaum wahrgenommen wurde. Reisen quer durch Europa, schnelle Autos auf weiten Straßen, das Recht auf eine eigene Meinung, unbedenkliches Durchatmen, ein Tag ohne Medikamente oder Drogen – all das ist für die Un-Heldin des ersten Teils des Romans unmerklich verschwunden. Die Frau begibt sich auf eine Reise hinaus aus der Stadt. Und diese Reise läßt sie aus der Realität hinausgleiten. Baustellen, ebenso endlos wie sinnlos, umgürten die stinkende Stadt, während alle Karten gefälscht und alle Wege durch Zäune versperrt sind. Man hat in einem klaustrophobischen Alp gelebt, ohne es zu merken – nun ja, Pakleppa schildert bloß Wirklichkeit, oder? Aus Feriengebieten werden plötzlich Kriegsschauplätze, aus friedliebenden Nachbarn Atombombenfreaks, und beim Autokauf sind die Filter der Klimaanlage wichtiger als die Zahl der im Stau verfügbaren Pferdestärken.

Der zweite Teil des Romans handelt von der Tochter der Erzählerin, Mirjam, von ihren Erlebnissen in einem Kinderlager des Systems, den vergeblichen Umerziehungsversuchen und der schlußendlichen Flucht. Der Blick auf die zerbröselte Welt wird dabei schroffer und umfänglicher, die Flucht wird immer wilder und hoffnungsloser, bis die Flüchtenden schließlich eingefangen werden. Doch statt weitere zum Scheitern verurteilte Umerziehungsversuche zu starten, wirft das System die Verweigerer hinaus, auf daß sie den braven Bürgern keine Flöhe von Freiheit in die Ohren setzen können. Ab in die Wildnis! – sollen sie halt ohne die Gesellschaft klarkommen, die zu verlassen sie so sehnlich gewünscht haben.

Erzählt wird diese Geschichte in einer unprätentiösen Sprache, die sich weit mehr um die privaten Ängste und Zwänge der Figuren kümmert als um große Sprüche über Gesellschaft und Politik; solche gibt es so gut wie nicht. Ihre Abwesenheit lenkt den Blick auf die Wirkungen, die Oberfläche, den Rest hat des Lesers Phantasie zu leisten.

Die Mechanismen von Macht, Anpassung und Verweigerung schildert Fabienne Pakleppa, als wäre das Buch ein Nachklapp zum verflossenen Arbeiter- und Bauern-Staat; auch dort wurde ja rausgeworfen oder rausgeekelt, wer sich als allzu renitent erwies. Da die Autorin aber in der Schweiz geboren und aufgewachsen ist, kann solch kurzschlüssige Sichtweise dem Buch wohl kaum gerecht werden. *Die Aufsässigen* handelt von der Pervertierung der Macht und der Gesellschaft; sehr pessimistisch läßt Pakleppa die Welt an den Menschen zugrundegehen, und die Menschen gleich mit. Der Geschlechtsverkehr ist nur noch ein ebenso häufiger wie erfolgloser Versuch von Liebe.

Es gibt keine Königs-Ebene, auf der irgend jemand für all das verantwortlich ist. Keiner erklärt in dem Roman irgend etwas (insofern hat das Buch kafkaeske Züge und erinnert an Kasacks *Die Stadt hinter dem Strom*). Der Staat ist vollends zu einem unerklärbaren und bedrohlichen System geworden – und auch die Tatsache, daß man ein Teil des Apparates ist, macht dem einzelnen den Behördenmoloch keineswegs vertrauter. Staat ist eine Black Box, die zwar noch Reaktionen auf Aktionen des einzelnen auswirft, aber keinerlei Schlüsse auf den Grund der Reaktion mehr zuläßt – die Entscheidungsfindung ist völlig losgelöst von Denken und Empfinden des Individuums. Was das betrifft, hat der Machtmechanismus religiöse Qualität erlangt. Warum Gott etwas tut – oder nicht tut –, hat man schließlich auch nicht zu hinterfragen.

Die Welt, die wir kennen, geht unter, und es ist strenggenommen kein Grund dafür auszumachen. Wer aufsässig ist, kann das zwar sein, aber folgenlos: Ab in die Nische. Die Rettung des einzelnen ist ganz hübsch, fällt aber nicht ins Gewicht. Pakleppa erspart es uns, den Leuten »draußen« eine Utopie anzudichten (wie es noch Bradbury in *Fahrenheit 451* tat), das Buch bricht an genau jener Stelle ab, wo Utopie hätte beginnen können. Nun könnte man freundlicherweise vermuten, Pakleppa wolle diese Aufgabe dem Leser überlassen; es steht zu befürchten, daß dem nicht so ist. Wahrscheinlicher: Die Welt ist schon untergegangen. Wir haben es bloß noch nicht bemerkt.

Perry Rhodan

Abenteuer Universum Vol. 1. Das Perry Rhodan Archiv

Mainscreen, Verlag für digitale Publikationen,
Kratschmann und Richter GbdR, Bruchsal 1996
CD-ROM, DM 49,90

von Jacek Rzeszotnik

In der heutigen, zunehmend computerisierten und daher auf die evidenten Vorzüge elektronischer Datenverarbeitung eingeschworenen Welt überrascht es kaum, daß immer mehr Nachschlagewerke (Enzyklopädien, Lexika, Wörterbücher etc.) der »Multimedialisierung« »zum Opfer fallen«. Die Migration des bisher »Buchstabilen« in den multimedialen Bereich schafft eine neue Qualität im Umgang damit. Durch Animationen, Videos und O-Töne arrondiert, gewinnt es an Anschaulichkeit, wodurch es seine primäre Aufgabe der Wissensvermittlung effektiver erfüllen kann. Automatisierte Suchfunktionen und einfaches Navigationssystem, die die Register und Indizes ersetzen, verkürzen im wesentlichen den Weg zur gewünschten Information und ermöglichen es, Querverbindungen herzustellen oder gar einzelne Bestandteile (Text, Bild, Animation, Video, Ton) zu themenbezogenen, jederzeit abrufbaren »Collections« zusammenzubinden. Die von den Benutzern so geschätzte leichte Handhabung der jeweils gesammelten Faktenfülle übt auf die Verleger eine starke Anziehungskraft aus, so daß derzeit über den Buchmarkt eine schäumende Welle digitaler Kompendien rollt, auf der möglichst viele zu surfen versuchen.

Es verwundert daher nicht, daß auch die Verlagsunion

Pabel-Moewig (VPM) grünes Licht für die Vorbereitung einer Perry Rhodan-CD-ROM gegeben hat. »Ein Muß für jeden Perry Rhodan-Fan und Weltraumbegeisterten – knallvoll mit Infos, Programmen, Demos, Bildern und Animationen!« wirbt ihr Cover und verspricht eine faszinierende Reise in die unendlichen Weiten des Perry Rhodan-Universums, das in den letzten 36 Jahren beachtliche Ausmaße angenommen hat.

Gleich nach dem Startbildschirm mit einem explodierenden Raumschiff wird eine Schalttafel (Multimedia-Oberfläche »Cockpit«) eingeblendet, die dem User verschiedene Optionen zur Verfügung stellt, dank deren er sich entweder auf eine gezielte Suche nach dem ihn interessierten Material begeben oder aber einfach einen beliebigen Startpunkt wählen und erst unterwegs sich seine Wünsche konkretisieren lassen kann, da der Gebrauch des HTML-Formats in den Hypertext-Dokumenten es möglich macht, zwischen den einzelnen Modulen bequem hin- und herzuschalten.

Modul 1: Die Basis

Es bietet eine kompakte Einführung in das Perry Rhodan-Universum, indem es die nötigsten Informationen über die Serie und ihren Hintergrund liefert und sich als »Einstiegshilfe« für eine aktive Lektüre ab Heft 1800 andient. Der verzweigte stufenartige Aufbau dieses Teils setzt den Benutzer in den Stand, immer tiefer in das Problem zu »versinken«. »Die Zyklen im Überblick« listen die 26 abgeschlossenen Zyklen von »Die Dritte Macht« bis »Die Hamamesch« (Hefte 1–1799) auf. Dem »kosmischen Hintergrund« kann man das Wichtigste über das Zwiebelschalenmodell, die Superintelligenzen, die Materiequellen und -senken, die Kosmokraten und Chaotarchen, den Dritten Weg, die drei ultimaten Fragen, den Moralischen Code, das Möbius- und das Multiversum-Modell entnehmen. Die folgenden »Untermodule« – »Von der Dritten Macht bis Gruelfin«, »Vom Schwarm zur PAN-THAU-RA«, »Von der kosmischen Hanse bis ESTARTU«, »Von der Cantaro bis zu den Hamamesch« – referieren etwas ausführlicher über den Weg Perry Rhodans und seiner Gefährten in den Kosmos. In »1800 und weiter« bekommt der Leser eine Zusammenfassung der Handlung, die die Hefte ab 1800 ausfüllt. Das »Glossar« hingegen führt die wichtigsten Personen und Begriffe aus dem Perry Rhodan-Universum auf, soweit sie für die Handlung ab Heft 1800 relevant sind. Die paar ins Modul eingebundenen S/W-Graphiken lockern die textuelle Seite ein wenig auf.

Modul 2: Start
Es versorgt den User mit den elementarsten Gebrauchshinweisen sowie Informationen über Lizenzbedingungen und Bestellmöglichkeiten von PR (man kann ein Abo-Formular direkt im Computer ausfüllen und es ausdrucken lassen). Ein Impressum, in dem alle Mitarbeiter namentlich erwähnt werden, rundet das Modul ab.

Modul 3: Die Romanhefte
Es stellt ohne Zweifel einen der Schwerpunkte der CD-ROM dar. Alle Heftromane (1–1800) werden jeweils mit Titel, Untertitel, Coverbild, Autor, Titelbildzeichner, Erscheinungsdatum, eventuellen Beilagen, Hauptpersonenregister, Handlungszeitraum und relativ detaillierter Inhaltsangabe angeführt. Die Hyperlinks, die die wichtigsten Personen und Begriffe hervorheben, geben dem Benutzer die Gelegenheit, mit nur einem Mausklick das Personen- oder Sachregister aufzuschlagen. Das Manövrieren erleichtert zudem eine »Heftachse«, mit deren Hilfe man an einen konkreten Heftroman direkt gelangen kann, ohne alle dazwischenliegenden Seiten durchblättern zu müssen. Das Modul wartet mit einem schier unerschöpflichen Faktenreichtum an Handlungsinformationen auf und ebnet tatsächlich einem verhältnismäßig schmerzlosen Einstieg in die aktive Lektüre der PR-Serie den Weg. Der einzige Wermutstropfen ist hier die Qualität der abgebildeten Cover. Man vermißt eine professionelle Nachbearbeitung der eingescannten Umschläge. Sie sind zu unscharf geraten, was bei den Farbcovern besonders unangenehm in die Augen springt. Die gelegentlichen Schreibfehler (»... die Macht auf *die* Erde zu übernehmen ...«, Heft 5, »Atomalarm«) fallen angesichts des gesamten Textumfangs nicht so sehr ins Gewicht.

Modul 4: Die Bücher

Es liefert Beschreibungen von Büchern (Silberbände) und Taschenbüchern. 56 Silberbände werden mit Titel, Kurzfassung sowie Hyperlinks zu den jeweils als Grundlage dienenden Heften vorgestellt. Durch Abwesenheit glänzen hingegen die berühmten dreidimensionalen Umschlagbilder. Wenn man sich allerdings vergegenwärtigt, das sich selbst die Heftcover als eine kaum zu nehmende Hürde erwiesen haben, verschmerzt man die Enttäuschung nach einiger Zeit. Bei den 407 angegebenen Taschenbüchern erfährt der Benutzer Titel, Autor, Erscheinungsdatum, Untertitel, Handlungszeit, Protagonisten/Zyklus und eventuelle Heftbezüge. Es fehlen dafür leider Coverabbildungen und Inhaltsangaben.

Modul 5: Personen

Hier finden sich Charakteristika und Lebensläufe der wichtigsten Personen der Serie. Und auch hier erlebt man eine böse Überraschung: Es ist zwar durch und durch verständlich, daß nicht allen Stichwörtern des Personalindex ein Bild der jeweils behandelten Figur beigegeben werden konnte. Daß man aber Perry Rhodan höchstpersönlich das Recht auf ein »Foto« abgesprochen hat, wo etwa Atlans, Reginald Bulls, Guckys oder Ras Tschubais, Fellmer Lloyds oder gar Mila Vandemars (der Strukturseherin) Gesichter in den einzelnen Einträgen prangen, ist ein unentschuldbarer Fauxpas, den sich die Autoren der CD-ROM haben zuschulden kommen lassen. Hoffentlich wird der Fehler in einer nächsten, überarbeiteten Version der Perry Rhodan-CD-ROM behoben werden.

Modul 6: Die Raumschiffe

Den Liebhabern der Rißzeichnungen muß das Herz wahrlich bluten, nachdem sie dieses Modul betreten und sich umgesehen haben: Lediglich fünf Raumer (ATLANTIS, HALUTA II, ODIN, RAGLUND und SOL), die als »bedeutende oder besonders schöne Exemplare« apostrophiert werden, können in voller Pracht bewundert werden. Die anderen Raumfahrzeuge sind nur alphabetisch oder chronologisch sortiert. Dank der allgegenwärtigen Hyperlinks bestehen Querverbindungen zu den Heftromanen, in denen sie zu sehen sind.

Modul 7: Zyklen

Es bespricht die 27 Zyklen von »Die Dritte Macht« bis »Tolkandir«. An eine ausführliche Zusammenfassung eines jeden Zyklus reihen sich die Auflistung aller dazugehörigen Hefte, die als Hyperlinks einen Sprung in das Modul »Die Romanhefte« ermöglichen, die Autorenstatistik, die über die von jedem der beteiligten Verfasser geleistete Schreibarbeit informiert, sowie eine Art »Bestenliste« der wichtigsten Zyklusfiguren, die nach der Häufigkeit der Nennung im Kasten »Die Hauptpersonen des Romans« aufgeschlüsselt sind.

Modul 8: Die Macher

Die »Personen im Hintergrund« sind chronologisch nach ihrem Einstieg (dem ersten veröffentlichten Heftroman) in die Serie aufgegliedert. Jeder Eintrag im Macher-Lexikon enthält ein Autorenfoto, nennt das Einstiegsromanheft und den (zum Zeitpunkt der Vorbereitung der CD-ROM) letzten erschienenen Roman und bemüht sich um eine knappe Charakteristik der literarischen Laufbahn der jeweiligen Person. Auch die wichtigsten Zeichner kommen hier nicht zu kurz: Bruck, Kelsner und Pappenbrock erfreuen sich eines eigenen Eintrags im Lexikon.

Modul 9: Statistiken

Bei einem so groß angelegten Unternehmen wie Perry Rhodan finden Zahlen- und Faktenzusammenstellungen genügend Nahrung. So kann man etwa die Autoren-, Personen- und Zeichnerstatistik aufschlagen und anhand der zusammengetragenen und nebeneinandergestellten Daten mehr oder weniger aufschlußreiche Vergleiche ziehen. In tabellarischer Form gibt es zudem einen kurzen Überblick über die Taschenbücher, die Zellaktivatoren und ihre Träger, die Zellaktovatorchips und ihre Träger sowie die Mitglieder des Mutantenkorps.

Modul 10: Extras

»Wichtige Extras für PERRY RHODAN-Fans« bestehen aus einem animierten Banner, zwei True Type-Fonts »Interkosmo« und »Perry Rhodan« sowie einem Java-Applet für den Netscape Navigator-Browser.

Modul 11: Perry Rhodan Fan-Clubs

Im Gegensatz zu den »Extras« ist dieses Modul tatsächlich ein absolutes Muß für jeden PR-Fan. Es offeriert Angaben über »Adressen, Kontakte und Magazine« verschiedener PR-Fanclubs in Deutschland. So können noch nicht assoziierte Bewunderer des »Erben des Universums« Anschluß finden und im Kreise Gleichgesinnter Gedanken zur Serie austauschen. Eine schöne Ergänzung sind einige abgebildete Cover der Fanzines.

Modul 12: Alien Space Gallery

Wer an »hyperrealistischen Computer-Graphiken«, die vor seinen Augen phantastische Landschaften entrollen, Gefallen findet, der wird sich hier bestimmt länger aufhalten wollen. Fünfzig farbenprächtige Bitmaps entführen den Betrachter mal in schöne, mal unheimliche Welten und lassen ihn von anderen Sternen schwärmen. Nicht alle Graphiken repräsentieren freilich das gleiche hohe Niveau, doch zu einer »Gallery« zusammengebunden vermögen sie dem Blätternden großes Vergnügen zu bereiten.

Modul 13: Spacecrafts and Planets

Es stellt zwölf Computer-Animationen bereit, die als Designstudien für das Adventure-Game »Die Brücke in die Unendlichkeit« entstanden sind. Ihre Qualität differiert stark. Neben sehr guten, eindrucksvollen Animationen wie »Raketenstart«, »Chamber« (!), »Station der Wächter« oder »Glow« und »Red Glow« wie auch recht akzeptablen Ausschnitten wie »Brücke«, »Zero« oder »Planetenflug« flimmert über den Computerbildschirm recht Mittelmäßiges wie »Herreach« oder »Roboter«. Völlig überflüssig scheint in dieser Sammlung dagegen »City« als Pre-Rendering. Das rotierende Perry Rhodan-Logo erinnert den User an das Thema der CD-ROM.

Modul 14: Internet-Adressen ... mit Direktzugriff
Es hätte zu den Highlights der CD-ROM werden können, zumal heutzutage immer mehr Computerbenutzer sich ins Internet einwählen und in das digitale Universum eintauchen. Doch die Umsetzung der ganz und gar begrüßenswerten Idee, den Science Fiction- und weltraumbegeisterten Netzgängern die Suche nach besuchenswerten Homepages zu erleichtern, verfehlt eindeutig ihr Ziel. Die SF-Fans müssen sich nämlich nach der Durchsicht der aufgelisteten Url-Adressen zurückgesetzt fühlen, denn die meisten Links führen zu wissenschaftlichen Sites, die in die Kategorien »Weltraum und Astronomie« und »Raumfahrtorganisationen und -agenturen« aufgeteilt sind. Es fehlen dagegen völlig die wichtigsten SF-Adressen wie etwa »http://www.catch22.com/~espana/SF-Authors/links.html« (SF Links) oder »http://sflovers.rutgers.-edu/Web/SFRG/« (Science Fiction Resource Guide), wo jeder ans Netz angeschlossene Fan mal vorbeischauen sollte, um seinen Wünschen konkrete Form zu geben. Man kann von den CD-ROM-Herausgebern natürlich nicht erwarten, daß sie den Großteil des Speicherplatzes für Tausende von direktzugriffbereiten Links verwenden, aber es wäre wirklich schön, wenn sich die wissenschaftlichen und die SF-Adressen quantitativ in etwa die Waage hielten.

Modul 15: Programme (Astro-Shareware)
Sechzehn Shareware-Programme zum Thema Astronomie und Weltraum (DOS, Windows) stehen dem User zur Verfügung. Einige von ihnen lassen sich unmittelbar von der CD-ROM starten, andere müssen vorher installiert werden. Die Mehrheit hilft die Positionen einzelner Himmelskörper bzw. ihre Konstellationen bestimmen und stellen sie graphisch dar. Der SF am nächsten ist wohl der »Space Flight Simulator«, dank dessen jeder Interessierte in die Rolle eines Jean-Luc Picard schlüpfen kann. Alles in allem muß man jedoch an dieser Stelle die Frage aufwerfen, ob die »Astro-Programme« nicht als simple Lückenfüller fungieren. Kaum mehr als die Hälfte der Speicherkapazität der CD-ROM (377 MB) wird von dem Material des »Perry Rhodan Archivs 1« in

Anspruch genommen. Der Rest (etwa 300 MB) ist verschenkt worden.

Als wenig benutzerfreundlich ist die Tatsache zu bewerten, daß sich die CD-ROM nicht automatisch in die Windows-Oberfläche integriert. Ein Ausweg aus dieser Situation bietet sich über die Benutzung eines Internet-Browsers (Microsoft Internet Explorer oder Netscape Navigator), wobei dann nicht alle Module mit einem Mausklick sofort erreichbar sind. Dafür bekommt der User aber die Gelegenheit, eine Kostprobe des vom Perry Rhodan World Communication Club (PRWCC) herausgegebenen Online-Zines »Intercom« (Pearl-Forum CompuServe) offline zu lesen.

Wie ist also die CD-ROM *Perry Rhodan. Abenteuer Universum Vol. 1. Das Perry Rhodan Archiv* zu beurteilen? Die Antwort fällt nicht schwer. Jeder SF-Begeisterte sollte sich diese Platte zulegen. Selbst wenn die Perry Rhodan-Serie keine Gnade vor seinen Augen findet, selbst wenn er deren Lektüre keinen Reiz abgewinnen kann, die zusammengetragene Materialfülle über eine bereits durch die Existenz zahlreicher Fanclubs »institutionalisierte« Erscheinung des Kulturbetriebs, wie Perry Rhodan zweifelsfrei eine ist, rechtfertigt ohne weiteres den Kauf der CD-ROM. Für die PR-Leser dürfte die Entscheidung über ihren Erwerb natürlich keine Frage mehr sein. Es gibt zwar gedruckte PR-Lexika, die demselben Zweck folgen, die PR-Fans mit Wissen über die Serie und ihren Hintergrund zu versorgen, aber sie befinden sich gegenüber der vorliegenden CD-ROM im Nachteil, weil sie multimedialer Komponenten zwangsläufig entbehren müssen. Die Anhänger traditioneller Nachschlagewerke werden dem zwar entgegenhalten, daß eine CD-ROM in bezug auf die Lesbarkeit mit keinem »normalen« Buch zu konkurrieren vermöge, doch die heutigen CD-ROMs wollen dieses Recht erst einmal nicht für sich beanspruchen, denn man kann ja niemandem zumuten, daß er stundenlang am Bildschirm klebt und die Einträge Seite für Seite liest. Die elektronischen Enzyklopädien eröffnen dafür aber äußerst günstige Möglichkeiten, speziales punktuelles

Wissen zu erfassen. Und das ist auch die Aufgabe aller Lexika, die auf den Markt kommen.

(Die Perry Rhodan-CD-ROM muß in der Tat Zuspruch gefunden haben, denn sie ist vorübergehend in einigen Verkaufscharts aufgetaucht – Media-Control, ComputerBILD.)

Christopher Priest

Das Kabinett des Magiers

(*The Prestige,* 1995)
Aus dem Englischen von Michael Morgental
Weitbrecht Verlag, Stuttgart, 1997
414 Seiten, DM 44,–

von Gunther Barnewald und Detlef Hedderich

Im Jahre 1878 waren sich Alfred Borden und Rupert Angier das erstemal begegnet, beides angehende Illusionisten mit großem Talent und noch größerem Ehrgeiz. Beide waren schnell zu erbitterten Feinden geworden, die um jeden Preis versuchten, sich gegenseitig zu übertreffen. Angier hatte es schließlich geschafft, sich von dem berühmten Erfinder Nikola Tesla eine Maschine bauen zu lassen, die transmitterähnlich Gegenstände und Lebewesen von einem Punkt zu einem anderen transportieren konnte. Bis zu jenem Tag, als Borden einem grausamen Unfall mit dieser Maschine verursachte ...

Priests packendes und am Ende unglaublich gruseliges Buch ist eine geniale Mischung aus Krimi-, SF-, Horror- und Historiengeschichte, wobei es die größte Stärke des Romans ist, daß der Leser viele angedeutete Geheimnisse selbst enträtseln muß: So wird etwa erst zum Ende des Buches klar, was genau Bordens größtes Geheimnis und damit die Grundlage für seine verblüffendsten Tricks ist. Dies wird vom Autor zu einem verwickelt genialen Plot arrangiert, der jeden Krimifan mitreißen dürfte; der Einsatz des transmitterartigen Gerätes macht diesen Roman vor allem für den SF-Leser interessant; die schauerlichen Entdeckungen und die atmosphärische Dichte am Ende des Buches werden den Horrorliebhaber mit der Zunge schnalzen lassen; und der Überbau des penibel recherchierten und authentisch umgesetzten historischen Romans, der zudem die Welt der Bühnenzauberer gut erfaßt, weiß auch den Historien-Liebhaber zu begeistern. Insgesamt ein Meisterwerk, welches die verschiedenen Genres miteinander vermischt und deren Stärken völlig neu bündelt. Dabei kommt glücklicherweise durch das stilistische Geschick des Autors auch der Lesegenuß niemals zu kurz, so daß *Das Kabinett des Magiers* als Kosmos intellektuellen Kitzels und phantasievoller Überraschungen hiermit jedem Leser ganz besonders empfohlen und ans Herz gelegt sei.

Christopher Priest

Das Kabinett des Magiers

(The Prestige)
Aus dem Englischen von Michael Morgental
Weitbrecht Verlag, Stuttgart, 1997
412 Seiten, DM 44,–

von Sascha Mamczak

Christopher Priest pflegt, das weiß man aus allen jüngeren Romanen des britischen Autors, ein eher sadistisches Verhältnis zu seinen Lesern. Ständig quält er uns mit unmöglichen Perspektivwechseln und erzähltechnischen Variationen, die das bisher Geschehene nicht nur auf den Kopf stellen, sondern auch völlig zu entwerten scheinen. Ständig werden die Geschichte und das Personal im wahrsten Sinne des Wortes Opfer ihrer eigenen Fiktion, und wer immer als Erzähler in Erscheinung tritt, man kann ihm nicht trauen. Es ist schon eine faszinierende Sache. Der Autor selbst nennt es »Meta-Fiction«; in den endlosen Weiten der Literatur würde man es wohl immer noch als postmodern bezeichnen. Im Reich der Phantastik, wo Ideen viel und erzählerische Eleganz nicht so sehr viel gelten, hat es Priest mit einiger Ausdauer eine stabile Außenseiter-Position eingebracht (allerdings hat er vor vielen Jahren mit *The Inverted World* auch einen Ideenroman geschrieben, der inzwischen zum SF-Klassiker geworden ist). Ein ungemein phantasievoller und anregender Autor zwischen den Stühlen, prädestiniert dafür, in den Schubladen kühl kalkulierender Verleger zu verstauben. Es ist Wolfgang Jeschke insofern hoch anzurechnen, daß Priest in Deutschland überhaupt veröffentlicht wurde (auch wenn man mit einigem Schrecken an das Titelbild von *Der schöne Schein* denkt). Und für all jene, die – wie der Rezensent – Priests Roman *Der weiße Raum* durchaus auf die berühmte einsame Insel mitnehmen würden, ist es nun eine große Freude, ein Hardcover in der Hand zu halten, auf dem der Name Christopher Priest steht. Es ist auch waschechter Priest drin – leider nicht der beste Priest.

Dem steht nicht entgegen, daß *Das Kabinett des Magiers* 1996 verdient den World Fantasy Award gewonnen hat. Priest erzählt gekonnt und mit viel Liebe zum historischen Detail und zu einer untergegangenen Welt die Geschichte der beiden Bühnenmagier Alfred Borden und Rupert Angier, die sich im England der Jahrhundertwende in eine verhängnisvolle Fehde verstricken und beim Versuch, sich gegenseitig zu sabotieren und zu übertrumpfen, tatsächlich magische Kräfte entwickeln. Und es zeigt den geübten Genre-Schriftsteller, der in der Lage ist, bekannte SF-, Fantasy- und Horror-Elemente stimmig zu verknüpfen, wenn schließlich die Folgen dieser Auseinandersetzung in der Gegenwart sichtbar werden und den Journalisten Andrew Westley, einen Urenkel Bordens, in existentielle Nöte stürzen. Doch erst die erzählerische Konstruktion führt auf Priests ureigenes Terrain und zu einem verzwickten literarischem Spiel mit mehr als einem doppelten Boden. Wie immer macht der Autor die Räume eng, zwängt sich in die Psyche seiner Charaktere und spielt mit den gegensätzlichen Sichtweisen. So wird aus einem die Jahrhunderte überspannenden, pittoresken Drama die Studie einer Obsession, denn: »Die Zuschauer wissen sehr wohl, daß ein Zauberer seine Illusionen jahrelang übt und daß er jede Vorstellung sorgfältig probt, aber nur wenige Menschen erkennen das *Ausmaß* seiner Besessenheit, die Art und Weise, wie die offensichtliche Außerkraftsetzung der normalen Gesetzmäßigkeiten zu einer fixen Idee wird, die jeden Augenblick seines Lebens beherrscht.«

Leider kann man hierzulande mit Priests Buchtiteln immer noch nichts anfangen. Der Original-Titel *The Prestige* jedenfalls ist der Schlüssel für die gesamte Geschichte: »Prestigio«, italienisch für »Blendwerk«, kennzeichnet gleichzeitig den Effekt oder das »Produkt« eines Zaubertricks, das, was vorher nicht da war und erst mit »magischen« Kräften in die Wirklichkeit gebracht wurde. Für einen echten Bühnenzauberer, der es zu Perfektion bringen und seine Kollegen ausstechen will, wird das Prestigio zur eigentlichen Obsession, denn es ist auch Grundlage seines eigenen »Prestige«. Den beiden Magiern wird es allerdings zum Verhängnis. Priest erzählt jeweils aus der Perspektive Bordens und Angiers, und während Angier den Transmissions-Effekt, um den sich hier alles dreht, mit Hilfe der zu jener Zeit aufkommenden Kraft der Elektrizität erzielt, scheint Borden eine Persönlichkeitsspaltung zu durchleben, die tatsächlich ein Abbild seiner selbst, seinen Prestigio, in die Welt setzt. Die sich widersprechenden Schilderungen derselben Ereignisse sind Dreh- und Angelpunkt des Romans und gleichzeitig seine größte Schwäche. Denn der Großteil besteht aus dem Tagebuch Angiers, und der ist eher ein Bürokrat als ein Magier, weit entfernt jedenfalls von der tragischen Besessenheit Bordens. Dessen Geschichte – das heißt seine merkwürdig doppelte Geschichte, die man teilweise auch in den Aufzeichnungen Angiers verfolgen kann – tritt hinter die geheimnisvollen Ereignisse rund um den Einsatz der elektrischen Apparatur zurück, die so geheimnisvoll gar nicht sind, denn sie wurden bereits in unzähligen SF-Romanen und auch schon durchaus besser beschrieben.

Außerdem sind die Aufzeichnungen Angiers saft- und kraftlos. Exemplarisch ist seine Reise nach Amerika, wo er den Wissenschaftler und Rivalen Edisons Nikola Tesla, übrigens eine historische Figur, beauftragt, den Transmissionsapparat zu bauen. Priest bleibt hier Angiers Buchhalter-Stil treu und verschenkt auf dieser langen Strecke unzählige Möglichkeiten und einiges an erzählerischer Dichte. Dagegen ist der erste Teil ein kleines Meisterstück: Borden schreibt gleichzeitig für sich und gegen sich selbst, er ringt um Wahrhaftigkeit, und wie jeder Magier schreckt er davor zurück, seine Geheimnisse zu verraten. Also zimmert er sich eine Wirklichkeit zurecht, die nicht nur von der Angiers abweicht, sondern auch in sich selbst widersprüchlich ist. Der Trick, die Illusion, wird zu einem ganzen Leben.

Daß das Rätsel um Bordens doppelte Existenz am Ende ungelöst bleibt (obwohl Priest wie immer eine Lösung *anbietet*), ärgert nicht so sehr wie das beharrliche Bemühen des Autors, eine zweitklassige SF-Nummer aufzuführen, aus der bereits die Spannung entwichen ist und die er schließlich auch nur mit einem müden Horror-Effekt zum Abschluß bringen kann. Eigentlich ein Meister der Überraschung, mogelt sich Christopher Priest diesmal aus der Geschichte heraus. *Das Kabinett des Magiers* ist zweifellos ein streckenweise brillantes Geflecht aus Historie und Magie, aus Wissenschaft und »sense of wonder«. Man zieht den Hut, aber man langweilt sich auch ein wenig angesichts der Länge und Zähigkeit von Priests Vorstellung, die die vielen literarischen Kabinettstückchen nicht wettmachen können. Schade ist das schon, doch glücklicherweise trifft im Gegensatz zu Bühnenmagiern auf Schriftsteller eines nicht zu – daß sie nämlich immer nur so gut sind wie ihr letzter Auftritt.

Kim Stanley Robinson

Roter Mars

(Red Mars)
Deutsch von Winfried Petri
Wilhelm Heyne Verlag, München, 1997
798 Seiten, DM 24,90

von Robert Hector

Spätestens seit in einem Marsmeteoriten mit der Bezeichnung ALH 84001 angebliche Lebensspuren von Bakterien nachgewiesen wurden und nachdem das von der Marssonde Pathfinder ausgesetzte Roboterfahrzeug Sojourner die Oberfläche des Roten Planeten erkundete, ist ein wahres Mars-Fieber ausgebrochen. So hat der Heyne-Verlag die Präsentation von Robinsons Mars-Trilogie zeitlich sehr günstig plaziert.

Thema ist die Besiedlung unseres Nachbarplaneten und dessen Terraformung. Der vorliegende erste Band erschien als Hardcover, mit ansprechender Titelbildgestaltung, aber für einige Leser abschreckend wegen seines exorbitanten Volumens von annähernd 800 Seiten.

In acht Kapiteln wird das Schicksal der ersten Mars-Siedler geschildert; in unglaublicher Detailfreudigkeit beschreibt Robinson deren Erlebnisse auf einer fremden Welt, ihre zwischenmenschlichen, sozialen, wirtschaftlichen, kulturellen Verwicklungen. Eine multikulturelle Hundertschaft macht sich mit der riesigen Aufgabe vertraut, den Mars zu einer Welt umzuformen, die menschliches Leben tragen kann. Die Unzahl der praktischen Schritte, um dieses Projekt zu verwirklichen, wird in diesem Roman mit ungeheurer Leidenschaft geschildert. Die technischen Probleme, die sich bei der Ankunft auf dem lebensfeindlichen Planeten ergeben, korrespondieren mit den Schwierigkeiten, welches das internationale Kapital als Geldgeber macht und das nur an der Rentabilität des Unternehmens interessiert ist. Faszinierend die verschiedenartigsten naturwissenschaftlich-technischen Aspekte aus den Bereichen Geologie, Gentechnologie, Architektur, Robotik oder Biosphärenplanung, die Robinson unaufdringlich in das Werk eingebaut hat, obwohl im Mittelpunkt jederzeit das Schicksal der Protagonisten steht. So ist die Geschichte der ersten menschlichen Kolonisten auf dem Roten Planeten ein Plädoyer für den Mars als nächste Grenze für die Menschheit.

Gelobt werden muß die Übersetzung durch Winfried Petri, der den farbenfrohen, detaillierten Stil des Autors sehr gut wiedergab; sehr hilfreich auch die Übersichtskarte über den Mars, die eine genaue Orientierung erlaubte.

Irgendwie erinnerte mich der Roman an Frank Herberts *Dune* oder Brian Aldiss' »Helliconia«-Epos, obwohl es hier darum ging, einen anderen Planeten zu einem Teil der Heimat des Menschen zu machen: ein voluminöses Werk, das den Leser in entfesselter Manier auf eine fremde Welt entführte, und wo er letztlich doch nur mit zutiefst menschlichen Problemen und Verhaltensweisen konfrontiert wurde.

Bei allem Lob: An die atmosphärische Dichte, die andere Marsromane wie Ray Bradburys *Mars-Chroniken* oder Philip K. Dicks *Martian Time Slip* auszeichnete, kam dieses Buch nicht heran. Und wer bringt in unserer visuell orientierten Zeit wirklich die Energie auf, sich vollständig durch 800 Seiten durchzubeißen? Möglicherweise ergeht es der Mars-Trilogie ähnlich wie der Story um den Wüstenplaneten: alle kennen das Werk, alle loben es, aber wirklich ganz gelesen hat es kaum jemand. Aber die Science Fiction lebt schließlich von Mythen, und ich denke, das Opus wird sicherlich den Status eines SF-Klassikers erlangen.

Am Schluß noch eine Anregung für Filmregisseure: Nachdem Anfang der 90er Jahre mit *Total Recall* ein begeisterndes Leinwandabenteuer um den Roten Planeten die Kinobesucher faszinierte, wäre es vielleicht wieder an der Zeit, ein Mars-Epos zu verfilmen. Die Mars-Trilogie wäre hierzu bestens geeignet.

Graciano »Rocky« Rocchigiani und
Martin H. Greenberg (Hrsg.)

TKO. Box-Stories

Deutsch von Gerald Jung, Ango Laina, Thomas Rach
und Gunter Blank
Maas-Verlag, Berlin, 1996
Pulp Master Bd. 3
400 Seiten, Paperback: DM 19,80; Hardcover: DM 32,–
(darin: Richard Matheson: *Steel*, dt. von Ango Laina)

von Jürgen Wimmer

Science Fiction sind sie eigentlich ganz und gar nicht, die zehn knochenharten Box-Stories aus der Zeit zwischen 1938 und 1966, die Graciano »Rocky« Rocchigiani und Martin H. Greenberg unter dem Titel *TKO* zusammengestellt und damit der Vergessenheit entrissen haben. Mit einer bemerkenswerten Ausnahme freilich. Der bekannteste der hier versammelten Autoren, Richard Matheson, ist Science Fiction-Kennern ein fester Begriff als Drehbuchautor der Kult-Klassiker *Die unglaubliche Geschichte des Mr. C* (1957) und *Duell*, dem Debüt von Steven Spielberg (1971). Mathesons Beitrag, »Steel« (1956) hebt sich durch seine SF-Elemente denn auch vom Rest des – insgesamt durchaus lesenswerten – Programms ab.

In nicht allzu ferner Zukunft ist der Boxsport nur noch Kampfrobotern erlaubt. Zwei Männer reisen mit einem veralteten, reparaturbedürftigen Modell über Land, auf der Jagd nach ein paar schlecht bezahlten Kämpfen. Als ihr Schrotthaufen kurz vor einem Fight den Geist aufgibt, muß der Besitzer unbemerkt selbst einspringen. Und sich von einem technisch hochgerüsteten Top-Modell furchtbar verprügeln zu lassen.

Mathesons Kurzgeschichte transportiert auf humorvolle Weise, wovon auch die anderen Erzählungen berichten: von alternden Boxern, die sich auf dem Weg nach unten noch einmal aufraffen, von schmierigen Promotern, denen ein paar lausige Dollars wichtiger sind als die Gesundheit ihrer Sportler, von harten Männern und ihrer Melancholie und von deplaziertem Mitleid im Ring. Die rasant und präzise beschriebenen Boxszenen verraten nicht selten den erfahrenen Sportreporter und sind auch für Sportmuffel gute Unterhaltung.

Norman Spinrad

Bilder um 11

(*Pictures at Eleven,* 1994)
Aus dem Amerikanischen von Peter Robert
Wilhelm Heyne Verlag, München, 1997, Heyne SF 06/5664
669 Seiten, DM 19,90

von Ralf Reiter

Die Geschichte ist eigentlich ganz einfach. Eine Terrorgruppe besetzt einen privaten TV-Sender in L.A. und will das Programm dazu nutzen, wichtige Botschaften unters Volk zu bringen. Die Terroristen sind keine wild herumballernden Fanatiker, sondern Menschen mit Anliegen: Das zehnköpfige internationale »Grüne Armee Kommando« sorgt sich um den Zustand des Planeten und versucht auf diesem Wege, ökologische Themen ins Gespräch zu bringen. Die Torpedierung eines Volksentscheids in Kalifornien soll dabei der erste Schritt sein, denn das Wahlvolk wurde hinsichtlich des Objekts dieses Entscheids (nuklearbetriebene Meerwasserentsalzungsanlagen unmittelbar an der St.-Andreas-Spalte) eher im dunkeln gelassen. Ein (Erdbeben-)Unfall in einer bereits konstruierten Probeanlage wurde vertuscht, und der Arbeiter, der bei diesem Vorfall tödlich verstrahlt wurde, hat sich dem Kommando angeschlossen und sprengt sich vor den Kameras freiwillig selbst in die Luft. Dies ist der Gongschlag, der die Operation erst so recht anlaufen läßt. Die Terroristen bestücken das Gebäude mit Sprengstoff, in den angeblich pulverisiertes Plutonium eingelagert ist (die Fernzündung steckt in der Jacke des Terroristenchefs), wedeln höflich, aber bestimmt mit ihren Uzis herum und lassen bald einen Großteil der Geiseln frei. Zurück bleiben die vier wichtigsten Medienleute: der Chef des Senders KLAX, der Anchorman, der Sportmoderator und die Wetterfee. Die Terroristen werden angeführt von einer jungen schwarzen Amerikanerin und einem ehemaligen ostdeutschen Geschichtsdozenten. Ihre acht Kameraden sind das Treibgut, das die große Zeit des internationalen Terrorismus zurückgelassen hat: Rote Armee Fraktion, Japanische Rote Armee, Fatah, Radikale aus England, Brasilien, Slowakei und ein Polit-Cyberpunk aus den USA. Vier aus dieser Gruppe sind Medienfachleute, und sie können den Sendebetrieb aufrechterhalten.

Dies ist das Fundament, das Norman Spinrad für seinen zweiten großen Medienthriller nach dem anrüchigen *Champion Jack Barron* zimmert. Und glücklicherweise ist der in Ehren gealterte linksgepolte New Yorker Jude mit Wohnsitz in Paris nach wie vor in der Lage, sein Garn so virtuos und schnell abzuspulen, daß einem regelrecht die Finger verbrennen, wenn man das Buch erst mal anfaßt. Der Roman ist ein dialoglastiges, 700seitiges Kammerspiel, das vorwiegend in drei Räumen stattfindet (Studio, Chefbüro, Cafeteria), das aber so unendlich viele Haken schlägt und verschiedenste Einflüsse der Außenwelt (via Liveschaltung oder Telefon) integriert, daß die halsbrecherische Dynamik dem Leser ungelogen die Schweißtropfen auf die Stirn treibt. Ein Glück, daß ausgerechnet ein solch erfahrener und kompetenter Mann wie Norman Spinrad ausgerechnet dieses Buch geschrieben hat.

Ein Glück ebenso, daß Spinrad kein alternder linker Fundi ist (und nie war), der in bester deutscher Manier endlose Betroffenheitslitaneien über die bösen, bösen Politiker-Kapitalisten und die gar erschröckliche Macht der Medien absondert und ob der Naivität der Zuschauermassen verständnislos mit dem intellektuellen Haupt wackelt. Nein, der Amerikaner steht als weiser auktorialer Erzähler über den Dingen und läßt sie einfach geschehen. Nie mischt er sich ein, und auch ein auffälliges Sprachrohr unter den Figuren fehlt. Und trotzdem teilt Spinrad in gewohnter Weise aus, und das nicht zu knapp.

Dies ist eine Abart von modernem Ballett, ins literarische Medium transponiert, und der Arrangeur und Choreograph versteckt sich irgendwo im Orchestergraben. Der böse Bube setzt sein sardonisches Grinsen auf und läßt seine Figuren für seine Sache arbeiten. Heuchelei, Zynismus, Provokation, Dummheit, Gier, Maskerade, aber auch Sachkompetenz und persönlicher Mut. Nur ein einziger der Anwesenden wird am Ende moralisch halbwegs sauber aus der Geschichte rauskommen. Dafür aber eignet er sich nicht zum Helden, der fortan mit seiner Popularität Millionen scheffeln wird. Am Ende steht aber auch wieder dasselbe Bild wie am Anfang: Drei Terroristen sprengen sich vor laufenden Kameras in die Luft, weil sie in ihrer tragischen Naivität das Fernsehen fatal unterschätzt und sich in eine Zwickmühle manövriert haben, aus der nur die Einschaltquoten sie herausholen können. Kostet natürlich das eigene Leben. Anfangs haben sie naßforsch das Fernsehen als Geisel genommen, aber nachdem die Strippenzieher hinter den Kulissen den Schock abgeschüttelt haben, wird dies in einem dreist-zynischen Prozeß so herumgedreht, daß zum Schluß das Fernsehen die Terroristen als Geiseln festhält. Und ihnen, den Idealisten, bleibt nur noch, ihren Idealen fernsehgerecht treu zu bleiben und ein von Drehbuchschreibern, Agenten, Einschaltquotenwächtern und CIA inszeniertes Fanal zu setzen. Der Rest der Kameraden hingegen schließt einen Pakt mit dem anfangs so sträflich unterschätzten Medium.

Bilder um 11 ist ein teuflisches Buch. So teuflisch wie das Medium, von dem es handelt. Es wird nach außen hin die Illusion einer einfachen, klar strukturierten und durch TED-Umfragen beherrschbaren Welt erzeugt, aber es existieren keine festen Fronten, keine sympathischen Figuren, dafür aber jede Menge tragischer, facettenreicher Existenzen. Jede Menge obskure und geniale Schliche und reihenweise schlimme Irrtümer. Wichtigstes strukturelles Mittel Spinrads ist die Aufspaltung in »Auf dem Bildschirm« und »Hinter der Kamera« (eine Art literarischer *split screen*), die erbarmungslose und mitleidlose Bloßlegung der *Inszenierung*. Daß die Inszenierung die Wirklichkeit nicht nur manipuliert, sondern eine völlig neue erschafft, ist keine innovative Erkenntnis, aber nie zuvor wurde so radikal vorgeführt, welch hemmungslos aggressiver Markt und welch deformierte Charaktere da mit drin hängen und gar nicht mehr anders *können,* weil Leben und Kulissenwelt eins geworden sind. Die Terroristen stehen schlußendlich so ärmlich-heroisch in eben dieser Kulisse, daß klar werden muß, dies ist nicht nur das Ende des Terrorismus, sondern das Begräbnis jeder ernstgemeinten, idealistischen politischen Willensbekundung überhaupt. Denn was zählt, sind Einschaltquoten, Werbeblöcke und TED. Und genau diese Selbstverständlichkeit, mit der sich jedermann – ob Publikum der Medienmacher – diesen Anforderungen angepaßt hat, ist der erschreckende Kern von Spinrads Darbietung.

Bilder um 11 ist ein spannendes, unterhaltsames, freches und doch absolut unkomfortables Buch. Eine ebenso zynische wie geniale Attacke gegen Medien-Naivität, gegen den Glauben, man könnte ein solches Medium wie das Fernsehen (speziell: das Privatfernsehen) unter Kontrolle halten und es für die Welt nutzbar machen. Das Fernsehen ist ein Monstrum von Frankensteinschen Ausmaßen, das aus dem Ruder gelaufen ist und sich Staat, Gesellschaft und Individuum seinerseits nutzbar gemacht hat.

Nebenbei kann bemerkt werden, daß die verschiedenen Backgrounds vorzüglich recherchiert sind, das Medienmilieu ebenso wie etwa die Biographien der einzelnen Terroristen und deren nationale Eigenheiten. Interessanterweise ist der Roman Karlheinz und Angela Steinmüller gewidmet, die den Autor vermutlich beim Skizzieren des deutschen Hintergrunds unterstützten, der im Roman eine entscheidende Bedeutung gewinnt und für einen amerikanischen Autor ungewöhnlich stimmig ist (RAF-, DDR- und Berlin-Problematik vor allem).

Ein rabiater grandios konzipierter und ausgearbeiteter Roman, den in dieser Form nur ein Norman Spinrad schreiben konnte. Kompliment, das ist ganz, ganz große Klasse.

Peter Terrid

Eine Welt für Mörder

VPM Verlagsunion Pabel Moewig, Rastatt, 1997
235 Seiten, DM 16,80

von Hermann Urbanek

Mit großem Werberummel wurden sie angekündigt, die ersten Bände der neuen »Perry Rhodan«-Buchreihe »Space Thriller«, in der namhafte und beliebte Autoren Abstecher in die Welt der größten Weltraumserie machen und sich in der aktuellen Handlungszeit des 49. Jahrhunderts mit Wirtschaftskriminalität, Genmanipulation, Medien und Information in der Welt der Zukunft schwerpunktmäßig auseinandersetzen werden. Dementsprechend groß war die Erwartungshaltung, die in diese neue Edition gesetzt wurde. Und sie wurde auch, dies schon vorweggenommen, im großen und ganzen erfüllt. Sowohl von Robert Feldhoff mit *Grüße vom Sternenbiest* als auch von Peter Terrid mit seinem SF-Reißer *Eine Welt für Mörder*. Eine Reihe von rätselhaften, überaus brutalen Morden an reichen Persönlichkeiten der Gesellschaft, in deren Gefolge auch diese untersuchende Beamte eines schrecklichen Todes sterben, erschüttert Terra. Die mit der Aufklärung der Serie beauftragte Kriminalistin Shona Mentzow läßt sich nicht davon beeindrucken, daß diese Morde eigentlich gar nicht geschehen hätten dürfen, da sich die Opfer in besonders gegen die Außenwelt abgeschirmten Wohneinheiten aufgehalten haben. Schließlich findet sie eine heiße Spur. Sie führt sie auf die Welt Falsom, auf der vor allem Mörder ihre Strafe verbüßen. Terrid ist ein alter Hase, sowohl im SF-Bereich, als auch was Krimis betrifft. Und daß er auch auf dem Gebiet des SF-Krimis wohl bewandert ist, das hat er mit einigen einschlägigen Romanen in der Reihe »Perry Rhodan Taschenbücher« schon bewiesen. Ein weiteres Plus bei Terrid ist, daß er sich die Mühe macht, sich näher mit bestimmten gesellschaftlichen Aspeken auseinanderzusetzen, im speziellen Fall mit dem Strafvollzug der Zukunft, wobei man natürlich über das von ihm vorgestellte Modell diskutieren kann. Ungewohnt hingegen, zumindest für das PR-Milieu, sind die extrem brutal und detailliert geschilderten Mordsequenzen, die sicher nicht dem Geschmack des Durchschnitts-PR-Leser entsprechen.

Helen Hughes Vick, **Zeitenwanderer**
➶ Robert Asprin & Linda Evans, **Time-Scout**

Sylvia Townsend Warner

Mister Fortunes letztes Paradies

(*Mr. Fortune's Maggot,* 1927)
Aus dem Englischen von Helga Weigelt
Unionsverlag, Zürich, 1996
217 Seiten, DM 32,–

von Matthias Neiden

Eine Annäherung an die englische Schriftstellerin Sylvia Townsend Warner (1893–1978) scheint dem deutschen Leser am ehesten aufgrund ihres quasi-autobiographischen Romans *Lolly Willowes* (1926), der auch 1980 bei Luchterhand als *Lolly oder Der liebevolle Jägersmann* erschien, möglich zu sein. Obwohl sie eine recht erkleckliche Anzahl von mehr oder minder beachteten Romanen, Kurzgeschichten, Gedichten, Reportagen etc. – nicht zu vergessen eine Biographie T. H. Whites – verfaßt hat, ist es Sylvia Townsend Warner nicht gelungen, in den Kanon erstrangiger englischer Schriftstellerinnen dieses Jahrhunderts aufgenommen zu werden. Inwieweit sie dies überhaupt zu Lebzeiten angestrebt hat, mag dahingestellt bleiben.

Aus dem mir vorliegenden Archivfoto um 1920 herum blickt mir eine ernste und selbstbewußt-verklärte Intellektuelle mit Pagenschnitt und modisch gepflegtem Äußeren entgegen, die einen Hang zur Isolation aufzuweisen scheint. Man hat ihr

u. a. britische (?) bzw. einfach oppositionelle Exzentrizität, nonkonformistische Respektlosigkeit und eine Neigung zu feinsinnigem Humor bzw. ebensolcher Ironie nachgesagt, was den Eindruck des Bildes wohl unterstreicht. Alle diese Charakteristika lassen sich auch mühelos in *Mr. Fortunes letztes Paradies* wiederfinden, so daß man sich genötigt fühlt zu fragen, wieso eine derart interessante und vielseitige Autorin eigentlich nicht bekannter geworden ist. Parallel dazu schweigen sich nämlich die gängigen Literaturlexika zu ihrer Person nahezu einhellig aus. Selbst im angesehenen *Neuen Literaturlexikon* von Kindler wird der Informationssuchende nicht fündig, dafür jedoch in Rein A. Zondergelds *Lexikon der phantastischen Literatur,* das ihr mit treffsicherem Gespür einige Zeilen widmet und insbesondere ihre subtile Darstellung des Unwirklichen lobt. Einschlägig sind hier vor allem ihre zauberhaften Elfengeschichten, von denen auch ein deutscher Auswahlband (*Die fünf schwarzen Schwäne u. a. Elfengeschichten,* 1981) existiert, der allerdings nur noch antiquarisch aufzutreiben ist.

Noch weniger wird man *Mr. Fortunes letztes Paradies* auf den ersten Blick mit dem Phantastischen in Verbindung bringen, denn das Erkennen erfordert hier eine tiefergehende Betrachtung. Der Titelheld, Mr. Fortune, ehemals als Buchhalter tätig und nunmehr spätberufener Missionar – heute würden wir so eine Karriere als Aus- oder Umsteigertum bezeichnen – geht mit rührender Naivität und einer gehörigen Portion missionarischen Imperativen an seine selbstgewählte Lebensaufgabe und schifft sich auf ein idyllisches pazifisches Atoll namens Falua ein. Falua scheint direkt Gauguins Südseebildern entsprungen zu sein und verkörpert vollständig die europäische Traumvorstellung eines unberührten Paradieses. Nach ein paar Jahren angestrengten Missionierens hat Mr. Fortune allerdings nur einen einzigen Konvertiten, den jungen Lueli, vorzuweisen. Zu seiner Verwunderung stellt Mr. Fortune im übrigen fest, daß die vermeintlich Primitiven eigentlich ein recht glückliches und zufriedenes Leben zu führen imstande sind und seiner (frohen) Botschaft deshalb gar nicht zu bedürfen scheinen. Seine quälenden Zweifel steigern sich, als er eines Tages entdeckt, daß sein geliebter Schützling die gesamte Zeit heimlich seinem Idol, verkörpert in einer Holzmaske, treu geblieben ist. Von heiligem Zorn entbrannt befiehlt er ihm, diesen Fetisch zu verbrennen, doch da scheint eine höhere Macht ins Geschehen einzugreifen. Ein Vulkanausbruch erschüttert die Insel. »Der Berg brüllte triumphierend und hieß sein Urfeuer willkommen.«

Als Folge hiervon fällt nicht nur die Maske den Flammen zum Opfer, sondern auch Mr. Fortunes Glauben. »Der Gott, der ihn auf die Insel begleitet hatte – er war tot. Er war in den Flammen aufgegangen, die grollend und alles verzehrend aus dem Bergwipfel loderten. Er hatte seinen Abgang in den Rauchwolken verborgen, war aufgestiegen und hatte sich im All aufgelöst. Mr. Fortune glaubte nicht mehr an einen Gott.«

Nun wendet sich Mr. Fortune verstärkt dem Geistesleben der Insulaner zu und entdeckt auch noch deutliche Parallelen der dortigen Überlieferung zum Alten Testament wie auch endlich das Ausmaß seiner eigenen Schuld.

Er erkennt, daß er zwar für den Moment seine Lektion gelernt habe, doch ebenso, daß ihn früher oder später wieder der Wunsch überkäme, sich einzumischen und dadurch zu zerstören. Konsequenterweise beschließt er traurigen Herzens, sein geliebtes Inseldomizil zu verlassen, nicht ohne jedoch vorher Lueli von seinem Stigma der Gottlosigkeit befreit zu haben. Er schnitzt ihm gekonnt – wenigstens diesen Erfolg gewährt ihm das Schicksal – eine neue Holzmaske und fährt begleitet von der Wehmut des Lesers ins Ungewisse.

Man kann *Mr. Fortunes letztes Paradies* als abenteuerliche Robinsonade, als theologische Satire (man beachte dazu den mehrdeutigen deutschen Titel!) oder ganz einfach als Südseemärchen lesen. Allen drei Lesarten gemeinsam ist jedenfalls die Leuchtkraft eines über(?)irdischen Friedens einer uns fremden Kultur, die mit sich und ihrer Umwelt im Einklang lebt, was jedoch sicherlich nicht nur eindimensional interpretiert werden darf. Das Phantastische ist in diesem Roman nur schwer greifbar und dennoch wie »der Geist über den Wassern« (Fakuas) allgegenwärtig. Diese typisch englische Haltung einer geheimnisvoll-nebulösen Phantomisierung und damit einhergehend eine gewisse Distanz zum Leser spiegeln sich auch in der Haltung der Insulaner zu ihrem selbsternannten Bekehrer wider: »Sie begegneten ihm höchst liebenswürdig, sahen taktvoll über seine Verstöße gegen ihre Sitten hinweg, akzeptierten ihn als ihren Freund, wenn auch als eines etwas kauzigen. Seine Botschaft nahmen sie nicht an, sie glitt an ihnen ab, als ob ihre angeborene Unschuld und Arglosigkeit einen feinen, undurchlässigen Schutzfilm über ihre Seelen gelegt hätte.«

Der »edle Wilde« scheint hier in mehrfacher Hinsicht überlegen und weiser zu sein ...

Spielerische Leichtigkeit des Erzählens und lyrische Begabung, soweit dies aus einer Übersetzung erkennbar ist, halten einander im Erzählfluß die Waage. Ein prägnantes Beispiel hierfür findet der Leser bereits in der Eingangsszene: »Immer wenn er die goldenen Sovereigns auswiegen mußte und die Messingwaage jeweils kreuzte und krängte wie eine Yacht bei leichter Brise, mußte er mit Unbehagen daran denken, wie arglistig die Menschenkinder mit Gewichten umgehen – daß alle Gewichte zusammen leichter wiegen als die Eitelkeit selbst ...«

Diese subtile Feinsinnigkeit macht den besonderen Reiz dieses Romans aus, den Spötter vielleicht als antiquiert-manieristisch kritisieren mögen. Der eine betrachtet dies als ein Lob, der andere eben nicht; die Geschmäcker sind verschieden.

Auf einer mehr realistischen Ebene kann man diesem Roman im übrigen eine gewisse prophetische Vorwegnahme nicht absprechen.

Immerhin ist dieser Roman zu einer Zeit (1927) entstanden, als das koloniale Empire und britische Selbstverständnis einer gottgewollten Führungsrolle, sprich Vormundschaftpflicht, ihr letztes Maximum erreichten. Erst spätere Generationen nahmen die tragischen Folgen kolonialen oder missionarischen Denkens wahr, doch da war es für einige Kulturen bereits zu spät ... Anders als auf Falua erweist sich der angerichtete Schaden heute oft als irreparabel.

Doch wer hört schon gern auf warnende und mahnende Stimmen, zumal wenn sie so zart und verspielt ertönen wie in *Mr. Fortunes letztes Paradies?*

Manfred Weinland

Botschaft aus dem Gestern

Hansjoachim Bernt Verlag, Neuwied, 1997
346 Seiten, DM 29,80

von Hermann Urbanek

In den nun schon mehr als 35 Jahren, in denen die Romanserie »Perry Rhodan« die deutsche SF-Szene dominiert, ist es nur wenigen Konkurrenzprodukten gelungen, dem übermächtigen Marktbeherrscher auch nur in Ansätzen Paroli zu bieten. Dazu gehörten Basteis »Terranauten«, die mit einer Art Öko-SF eine Alternative zu bieten versuchten und immerhin 99 Hefte erreichten, und Kelters SF-Epos »Ren Dhark«, mit dem Kurt Brand eine Weltraumsaga ähnlichen Zuschnitts versuchte und es zumindest auf drei Auflagen brachte, alle allerdings nur mit 98 Heften. Nachdem es in den letzten Jahren Usus geworden ist, Heftserien in Buchform neu auf den Markt zu bringen, erscheint Kurt Brands Epos seit 1995 in einer bearbeiteten Hardcoverausgabe. Nachdem Manfred Weinland die ersten 49 Bände zu fünf überaus leicht, flüssig und spannend zu lesenden Büchern zurechtgetrimmt hat, fand er es an der Zeit, die zwischen den Heften 49 und 50 liegenden Jahre dazu zu verwenden, dort neue Abenteuer von Dhark und Freunden anzusiedeln. *Botschaft aus dem Gestern* ist das erste von insgesamt drei Büchern, die in diesem Zeitraum handeln werden. Weinland, der sich zuvor hauptsächlich im Horror-Genre einen guten Namen gemacht hat, nutzte die Gelegenheit, einige Ungereimtheiten aus der Heftserie auszuräumen und einige Geschehnisse neu zu interpretieren. Vor allem das Schicksal der Robonen – Menschen von der Erde, die von außerirdischen Invasoren verschleppt, von Dhark schließlich aber befreit wurden, was einen fatalen Nebeneffekt zur Folge hatte – erforderte eine Klärung und Neudefinition. Weinland mixte geschickt diese Thematik mit dem offen gebliebenen Rätsel der spindelförmigen Raumer vom Beginn der Serie und machte daraus ein spannendes Garn um eine unheimliche Bedrohung der Menschheit, die noch mit den Nachwirkungen der Invasion zu kämpfen hat. Nebenbei wird in der alten Ruinenstadt auch noch das Schicksal der Ureinwohner des Planeten Hope aufgeklärt. Alles in allem ein flottes Abenteuer, das sich gut in das Gesamtbild der Serie einfügt und eine gelungene Bereicherung dieser Weltraumsaga darstellt.

Chris Wilson

Joey Blueglass

Blueglass, 1990)
Roman
Aus dem Englischen von Klaus Pemsel
Insel Verlag, Frankfurt a. M. und Leipzig, 1994
266 Seiten, DM 38,–

von Karsten Kruschel

Es gibt Menschen und Freaks, sagt Joey Blueglass in dem nach ihm betitelten Roman von Chris Wilson, und die Freaks sind nur Menschen, die von irgend etwas viel zuviel abbekommen haben. Joey selbst ist auch ein Freak – nur sieht man es ihm nicht an. Er hat keinen mißgestalteten Körper, niemand gruselt sich bei seinem Anblick. Er hat – viel gruseliger – das absolut, fehlerfrei, fotografisch und gnadenlos funktionierende Gedächtnis. Damit ist er genauso vom Schicksal geschlagen wie die Bärtige Dame oder irgendeine andere Schaubudenmonstrosität. Genau genommen ist er vom Schicksal damit viel schwerer geschlagen. Das Hirn, das nichts vergißt, macht das Leben zu einer ganz speziellen Art von Hölle.

Auf dieser Prämisse baut Chris Wilson seinen buntschillernden Roman auf – sein Joey Blueglass ist weder sonderlich intelligent noch überdurchschnittlich schnell. Er vergißt nur nichts, jedes Detail wird von seinem nimmermüden Geist aufbewahrt, und sei es noch so unwichtig. Vergessen ist unmöglich, nicht ohne eine sehr bewußte Anstrengung Joeys. Und selbst das muß geübt werden, daß muß trainiert werden bis zur Vollendung.

Natürlich spielt Wilson genüßlich mit den Versatzstücken aller denkbaren Übermensch- und Wunderkindgeschichten. Sein Joey Blueglass durchschaut schon sehr früh seine Eltern, diese underdogs aus dem untersten Bodensatz von London Anno 1845, und als sein Vater ihn beim Spiel an einen Berufsbetrüger verliert, gibt das seinem Leben die logische Wende: Der Freak verwendet sein überzähliges Teil, um sich ein schönes Leben zu machen. Das übermächtige Gedächtnis benutzend, macht Joey Blueglass erst im Varieté Karriere, später als selbständiger – und erfolgreicher – Betrüger.

Doch da hat er längst das einzige entdeckt, was ihn, den nie versehentlich Vergessenden, als einziges zu fesseln vermag: Frauen. Die sind auch mit dem perfektesten Gedächtnis nicht auszurechnen, erkennt Joey, außerdem macht es ihm jede Menge Spaß, Unzucht zu treiben. Der sinnenfreudige Hallodri stürzt sich, gut gepolstert mit allerlei ergaunertem Geld, kopfüber in wilde Abenteuer. Und unweigerlich zieht ihn diese Leidenschaft in immer seltsamere Verstrickungen. Zu guter Letzt verstrickt er sich im wahrsten Sinne des Wortes in den Fallen seines Lebens und an den Strick des Henkers.

Eine literarische Tour de force also, die als dichtes Feuerwerk auf den Leser herabprasselt, gespickt mit sprachspielerischen Einfällen, die ins Deutsche zu schmuggeln sicherlich nicht einfach war (übertragen von Klaus Pemsel). Und dennoch erweist sich das Buch hinter all seiner spinnerten Fröhlichkeit als überraschend hintergründig.

Joey Blueglass entdeckt nämlich das Geheimnis des Vergessens – als einen bewußten und sehr anstrengenden Vorgang. Um ein besserer Mensch zu werden, löscht er alles Unangenehme, Häßliche, Unschöne und vor allem sein eigenes Versagen aus seiner perfekten Erinnerung, nicht ohne eine kleine Notiz über den Löschvorgang in einem Winkel seines Gedächtnisses zu hinterlassen. Von einem muskulösen Rowdy angepöbelt, findet Joey also in seinem Über-Gedächtnis nur eine Art Zettel über eine vor längerer Zeit weggefegte Information. Und als sein Leben plötzlich in sich zusammenfällt, überschwemmen ihn die zwar aus seinem perfekten Gedächtnis, nicht aber aus der Realität getilgten Vorfälle.

Unter der amüsanten Oberfläche aus skurrilen Einfällen und erfrischenden Frechheiten tut sich auf diese Weise langsam, aber dafür um so zwingender ein Abgrund auf, in den Joeys Leben hinabstürzt – die Lebenslüge des Joey Blueglass ist nur ein bißchen anders gewebt als die »normaler« Menschen. Plötzlich steht der Leser erstaunt vor der Frage nach seinen eigenen, kleinen und großen, Lebenslügen.

Daß der Mord, dessentwegen Joey dann baumelt, eventuell und vielleicht und wahrscheinlich tatsächlich von ihm selbst begangen worden ist, wie so manche Tat, die perfekt aus dem perfekten Speicher gestrichen wurde, das gibt seinem Neuanfang in ihm selbst, in seinem perfekt erinnerten eigenen Leben, einen verschrobenen Sinn.

Beim zweiten Mal, bereits wissend, daß diese Strippe in Reichweite die eigene Nabelschnur ist, an der man zupfen kann, läuft alles vielleicht anders, weil man ja schon weiß, was kommt. Oder doch nicht?

Bari Wood

Puppenauge

(*Doll's Eye,* 1993)
Aus dem Amerikanischen von Manes H. Grünwald
Goldmann Verlag, München, 1996
Goldmann Taschenbuch Allgemeine Reihe 42649
415 Seiten, DM 18,–

von Gunther Barnewald und Detlef Hedderich

Wie schon in *Tödliche Augenblicke,* (zuletzt als Fischer TB 8373) und *Engelsgesicht* (Goldmann TB 8128) hat sich die Autorin auch in dem vorliegenden Werk dem Thema Parapsychologie gewidmet. Die meisterhafte Virtuosität, mit der sie sich diesem ausgelutschten und klischeehaften Thema nähert, straft alle Vorurteile Lügen, wonach man diesem Themenkreis keine neuen Facetten mehr abgewinnen kann: Dr. Adam Fuller, Internist am General Hospital von Glenvale, ist ein scheinbar harmloser und freundlicher Mensch und vor allem ein guter Arzt. Doch niemand weiß, daß er in Wirklichkeit ein Soziopath ist: eine Person, die nicht fähig ist, Liebe, Mitgefühl oder andere zwischenmenschliche Emotionen zu fühlen. Dennoch ist es Fullers Wunsch, diese Gefühle, von denen er durch Bücher und die Beobachtung seiner Mitmenschen weiß, einmal selbst empfinden zu können. Mit kalter Logik führt er deshalb Experimente durch, die jene Gefühle aus ihm selbst herauslocken sollen: Dazu gabelt er spät abends junge, attraktive Frauen auf, versucht sich in sie zu verlieben, fährt mit ihnen zu einsamen Plätzen, verkehrt sexuell mit ihnen – und schlitzt sie anschließend mit qualvoller Langsamkeit auf. Doch nie empfindet er etwas dabei, wenn er den Frauen beim Sterben zusieht. Als Fuller durch einen Zufall von einer Frau namens Eve erfährt, die angeblich das Zweite Gesicht haben soll, glaubt er sofort an deren übersinnliche Wahrnehmungen, hat er ihre Anwesenheit doch bei seinem letzten Mord deutlich zu spüren geglaubt. Nachdem er endlich Eves Adresse herausfinden konnte, will er sich zuerst deren Fähigkeiten zunutze machen, um mehr über seine vergessene Vergangenheit herauszufinden, bevor er sie zu töten gedenkt. So bringt er Eve in das Haus, in dem er einstmals seine Kindheit verbrachte. Dort ereilt Eve die Vision jener grauenhaften Geschehnisse, welche sich in Adams Kindheit zutrugen, war er doch das Opfer seiner rachsüchtigen Stiefmutter, die ihre unterdrückten Gefühle auf grausame Weise Tag für Tag unbemerkt von der Umwelt an dem kleinen Kind ausließ. Adam Fuller, mit dem ganzen Horror seiner Vergangenheit konfrontiert, beschließt, das Grab seiner wirklichen Mutter aufzusuchen und Eve mitzunehmen. Dort versucht Adam Eve auf eiskalte Art und Weise zu töten, wie er dies schon bei seinen anderen Opfern tat. Plötzlich aber muß er feststellen, daß er nicht mehr der Soziopath von einst ist: Er bringt es nicht mehr über sich, Eve weh zu tun, denn durch die Konfrontation mit seiner Vergangenheit sind seine ganzen verschütteten Gefühle wieder an die Oberfläche gekommen. Endlich empfindet er all jene Emotionen, deren er sich für unfähig zu fühlen gehalten hatte. Auch Eve bemerkt schnell, welch unglaubliche Wandlung in ihrem Entführer vor sich gegangen ist, und sie empfindet tiefstes Mitleid mit ihm ob seines Leidensweges, doch da naht schon die Polizei, die, immer einige Schritte hinter ihnen, die Serienmörderbestie zu töten trachtet ...

Eloquent und zartfühlend schafft es die Autorin, die Situation des anfänglich monströsen, dann aber immer bedauernswerter wirkenden Adam Fuller zu schildern: Zuerst ein unmenschlich eiskaltes Monster, verändert sich Fuller im Laufe der Handlung vom Täter zum Opfer, dessen Beweggründe verständlich und nachvollziehbar werden. Auch jene merkwürdige Erkrankung, die Psychologen und Psychiater als Soziopathie kennen, wird dem Leser von der Autorin verständlich geschildert und ohne großen wissenschaftlichen Schnickschnack plastisch vor Augen geführt. Hervorzuheben ist dabei sicher das ungewöhnliche Ende des Buches, das hier nicht verraten werden soll, welches vor allem aber bei jenen Leuten einen faden Beigeschmack hinterlassen dürfte, die sich für die Todesstrafe stark machen. Unvermittelt werden die Rollen getauscht, und der Leser sieht sich mit der verwirrenden Tatsache konfrontiert, daß die Protagonisten von einer Sekunde zur anderen plötzlich und unvermittelt die Seiten gewechselt haben. Dies wiederum dürfte alle Rezipienten verstören, die gradlinige Happy-Ends à la Hollywood gewohnt sind und die dem plötzlichen Umdenken eher feindlich gegenüberstehen. Für alle anderen liegt hierin jedoch eindeutig die Stärke der Geschichte, erscheint ansonsten die Handlung oftmals zu vorherschaubar und das Thema nur allzu bekannt. Dennoch stellt der Mut der Autorin, solcherart mit den Lesegewohnheiten der Rezipienten zu brechen, eine wirklich famose Leistung dar: Der eigentliche Bösewicht, der wirklich Verabscheuungswürdiges getan hat, wird am Ende fast noch zum Sympathieträger gemacht. Die stilistischen Fähigkeiten der Autorin, die die meisten ihrer Kollegen sicherlich mühelos an die Wand schreibt, tun ein übriges, *Puppenauge* zu einem literarischen

Leckerbissen zu machen und auch die Idee, paranormal Begabte in Personalunion als Detektiv und psychotherapeutischen Heiler einzusetzen, ist sicherlich ausbaufähig und läßt einiges an Möglichkeiten offen; in diesem Sinne wäre eine Fortsetzung von *Doll's Eye* wünschenswert, verknüpft er doch die Genres des Kriminalromanes, der Arztgeschichte und der Phantastischen Literatur aufs Kreativste!

Christopher Zimmer

Die Steine der Wandlung

Verlag Carl Ueberreuter, Wien, 1996
551 Seiten, DM 36,–

von Hermann Urbanek

Im Sommer 1995 schrieb der Verlag Carl Ueberreuter anläßlich des 50jährigen Verlagsjubiläums einen Wettbewerb aus, den er nach dem Gewinner des im Jahre 1982 durchgeführten Phantastik-Wettbewerbs »Wolfgang-Hohlbein-Preis« nannte. Aus den bis Dezember 1995 eingesandten unveröffentlichten Manuskripten der Sparte »Phantastischer Jugendroman« wurde schließlich das Fantasy-Epos *Die Steine der Wandlung* von Christopher Zimmer zum Sieger gekürt, der an dem Roman schon seit 1993 gearbeitet hatte.

In ihm entwarf der 1959 geborene und eigenen Angaben zufolge stark von Tolkien beeinflußte Autor eine sehr detailliert ausgearbeitete Fantasy-Welt namens Herzland. Unerhörte Geschehnisse geraten in Gang, als das Mädchen Eja zu ihrem 16. Geburtstag von ihrem Freund Jock einen sprechenden Vogel geschenkt bekommt, den dieser erst kurz zuvor eingefangen hatte. Der Jäger Horn, der einem anderen Zweig des Volks der Brasen angehört, versteht als einziger die Sprache des Vogels: Er ist das Mädchen Tanit aus dem Volk der Edrain, das nur durch einen Onduril-Stein wieder in ihre ursprüngliche Gestalt zurückverwandelt werden kann. Diese Begegnung führt dazu, daß auch Horn einige Geheimnisse der Vergangenheit lüftet: Eja ist keine Brase, sondern die Tochter einer Edrahil, einer der regierenden Edrain, die vor Jahren im Gebiet der Brasen von Häschern gejagt wurde und dabei umgekommen ist. Ihre Jäger waren im Auftrag des finsteren Asar unterwegs, eines abtrünnigen Edrahil, der die Macht über Horns Volk übernommen und dieses in seinen mentalen Bann geschlagen hatte. Asar will die Macht über ganz Erdherz an sich reißen. Dazu bedarf es aller fünf noch existierenden Onduril-Steine. Vier hat er schon in seinem Besitz, den fünften trug Ejas Mutter bei sich. Gemeinsam mit Tanit, Hor und Jock macht sich Eja auf eine gefahrvolle Reise, um das Vermächtnis ihrer Mutter zu erfüllen, Asars Pläne zu durchkreuzen und Tanit und ihrem Volk wieder ihre menschliche Gestalt zu geben. Ihre abenteuerliche Queste führt die Gefährten in die unterschiedlichsten Länder von Herzwelt, in denen sie auf zahlreiche Lebensformen stoßen und Mitstreiter für die Zukunft von Herzwelt gewinnen. Trotz aller Widrigkeiten, die zur Trennung der Weggeführten führen, gelingt es schließlich, Ejas Gedächtnis wiederherzustellen und den Onduril zu bergen. Doch Asar hat nur darauf gewartet und sieht sich endlich am Ziel seiner Wünsche.

Christopher Zimmer ist schon mit seinem Erstling ein großer Wurf gelungen. *Die Steine der Wandlung* ist ein überaus faszinierender Fantasy-Roman in der Tradition Tolkiens, mit überzeugenden und liebenswerten Charakteren, einem liebevoll und detailliert ausgearbeiteten Hintergrund und einer spannenden und in sich logischen und überzeugenden Handlung. Das alles wird auch mit der für diese Gattung erforderlichen epischen Breite erzählt. Das Buch ist zwar als Jugendroman deklariert, bietet aber auch älteren Lesern spannende und unterhaltsame Lesestunden. Auf weitere Werke Zimmers kann man gespannt sein.

Robert Zubrin & Richard Wagner

Unternehmen Mars

(The Case for Mars)
Deutsch von Elisabeth Parada & Bernhard Liesen
Wilhelm Heyne Verlag, München, 1997
447 Seiten mit Abb., DM 38,–

Von Florian F. Marzin

Der Mars und die Science Fiction, ein schier unendliches Thema. Nicht zuletzt weil damit alles begann. Der erste Kontakt zu unserem Nachbarplaneten war eine Invasion, zuerst im wesentlichen friedfertig von Kurt Lasswitz, dann brutal von H. G. Wells in Szene gesetzt. Und dennoch waren die Augen der Autoren immer begehrlich auf unseren Nachbarplaneten gerichtet. Zuletzt von Robinson mit seiner Mars-Trilogie über die Besiedlung des Roten Planeten zu Beginn des nächsten Jahrhunderts. Daß dies aber nicht die Domäne der Schriftsteller bleibt, dafür setzen sich inzwischen wieder namhafte Wissenschaftler ein, die sich ihre große Vision vom bemannten Flug zum Mars nicht vom Niedergang der Raumfahrt, sprich Nichtfinanzierung von Weltraumprojekten, kaputtmachen lassen wollen.

Zubrin und Wagner sind zwei solche Visionäre, die nicht nur den Wunsch formulieren, wie damals Kennedy einen Menschen zum Mond, hier nun auf den Mars zu bringen, sondern darüber hinaus die Pflicht der Menschheit zu einem solchen Unternehmen postulieren. Ihr wichtigstes Argument ist dabei, daß der Mars im Unterschied zum Mond alles zu bieten hat, was Menschen zum (Über-)Leben brauchen. Eine wichtige Voraussetzung auch für ihr Marsunternehmen, das sie »Mars Direkt« nennen. Gegenüber älteren Plänen der NASA, bei denen davon ausgegangen wird, daß man ein riesiges Raumschiff, das alles zum Leben notwendige an Bord hat, zum Mars schickt, gehen die beiden Autoren einen anderen durchaus einleuchtenden Weg. Ein solch riesiges Raumschiff müßte im Orbit zusammengebaut werden und unter

Einsatz von großen Energiemengen, sprich Treibstoff, zum Mars fliegen. Es liegt auf der Hand, daß ein solches Vorgehen auf ziemliche Schwierigkeiten stoßen muß. Weiterhin ist die NASA bis jetzt immer davon ausgegangen, daß das größte Problem der Treibstoff ist, die Autoren haben dafür eine einfache Lösung gefunden: Der Treibstoff wird von einem entsprechenden Gerät aus dem auf dem Mars vorhandenen Material unter Hinzufügen von mitgeführtem Wasserstoff vor Ort synthetisiert. Damit haben Zubrin und Wagner auch gleich noch ein weiteres Problem gelöst. Ging man bis heute immer davon aus, eine Marsexpedition würde genauso funktionieren wie die Mondlandungen, nämlich mit einem Orbiter und einem Landefahrzeug, so ist das Konzept bei »Mars Direkt«, daß alle Fahrzeuge und Besatzungsmitglieder auf dem Mars landen. Die Autoren entwickeln eine Abfolge von bemannten und unbemannten Marsflügen, die in einem Turnus von 18 Monaten den Mars ansteuern.

Spannend wie ein Roman entwickeln Zubrin und Wagner wie ein solches Unternehmen vonstatten gehen könnte. Sie widmen sich den technischen Problemen genauso, wie sie die Frage nach der Finanzierung ihres 40-Milliarden-Dollar-Unternehmens stellen. Sie entwerfen Wohncontainer, die auf dem Mars aufgestellt werden könnten, und Fahrzeuge, mit denen sich die Forscher durch die Marslandschaft bewegen. Zum Schluß erörtern sie noch die Möglichkeit, den Mars der Erde anzugleichen, ihn für den Menschen bewohnbar zu machen. In diesem Kapitel allerdings gleiten die Autoren denn dann doch etwas zu stark in die Spekulation ab, auch wenn sie sich bemühen, ihre Vorstellungen mit entsprechenden Zahlen und Berechnungen wissenschaftlich zu untermauern. Andererseits muß man ihnen zugestehen, daß es nicht unbedingt schlecht sein kann, eine Vision zu haben und zu vertreten.

Alles, was in *Unternehmen Mars* dargelegt wird, klingt logisch, wissenschaftlich fundiert und machbar, und die Autoren haben gerade in der Darstellung dieser Zusammenhänge – wie die meisten amerikanischen Sachbuchautoren – ihre klaren Stärken. Wenn es allerdings um gesellschaftlich-historische Zusammenhänge geht, dann kann dem Leser schon einmal der Atem stocken. Mit manchmal unglaublicher Blauäugigkeit stellen sich Zubrin und Wagner in dem Kapitel »Die Kolonisation des Mars« in die Tradition eines imperialistischen Denkens des 19. Jahrhunderts, das man eigentlich schon überwunden glaubte. Sätze wie »Die Existenz (Australiens war Europa (!) über 200 Jahre bekannt, bevor die erste Kolonie gegründet wurde, und doch bemühte sich bis 1830 keine europäische Herrschaftsmacht, Anspruch auf den Kontinent zu erheben« können wohl nur noch Amerikaner zustande bringen. Einmal ganz abgesehen von dem Weltbild, das hinter einer solchen Äußerung steht, sind die Fakten auch schlichtweg falsch. Schon 1788 hatte Australien einen englischen Gouverneur (Sir Phillip), und König George III. war offizieller Herrscher über den Kontinent. Ähnlich ist es, wenn sie die Geschichte des römischen Reiches in einem lapidaren Satz zusammenfassen, um ihre These von der Notwendigkeit einer Besiedlung des Mars zu stützen.

Angemerkt sei noch, daß die beiden Autoren in ihrem Planspiel von dem Marslandeunternehmen ihre Trägerrakete »Ares« nennen, genau wie der schon angesprochene Robinson es in seinem Roman *Roter Mars* tut. Auch die Landemodule, die der Schriftsteller 1993 in seinem Werk beschreibt, ähneln denen, die dem Leser in *Unternehmen Mars* von Zubrin und Wagner vorgestellt werden.

BIBLIOGRAFIE

Phantastische Literatur im Heyne-Taschenbuch 1997

von Werner Bauer

ABKÜRZUNGSVERZEICHNIS

A	Anthologie (Sammlung von Erzählungen verschiedener Autoren)
ANTH	Heyne Anthologie
AR	Heyne Allgemeine Reihe
Ausw.	Auswahl
Bd.	Band
C	Collection (Sammlung von Erzählungen eines Autors)
C/OA	Collection/deutsche Originalausgabe, die in dieser Zusammenstellung in der Sprache des Verfassers nicht erschienen ist
F.	Folge
FB	Heyne Filmbibliothek
HAF	Haffmans Kriminalromane (HaffmansTaschenBuch bei Heyne)
HC	Heyne Hardcover (Belletristik)
HC/S	Heyne Hardcover Sachbuchprogramm
Hrsg.	Herausgeber
HSB	Heyne Sachbuch
in Vorb.	in Vorbereitung
JB	Heyne Jubiläumsbände
JUM	Heyne Jumbobände
MINI	Heyne MINI
NA	Neuauflage
NN	Nomen Nescio (Name nicht bekannt)
o.J.	ohne Angabe des Publikationsjahres
PRh	Perry Rhodan
SP	Heyne Sonderproduktion
TdM	Tip des Monats
UB	Die Unheimlichen Bücher
Ü	Übersetzer
I	Erster Teil
II	Zweiter Teil
:	entspricht
↗	ist enthalten in (Teil Eins) bzw. siehe

Teil Eins

Numerisches bibliographisches Verzeichnis der Neuerscheinungen der Reihe »Heyne Science Fiction & Fantasy« und aller SF-, Fantasy- und Horror-Publikationen sowie themenbezogener Sachbuchbeiträge in anderen Reihen im Jahre 1997

Derzeit offene Lücken
in der fortlaufenden Numerierung:

4716	5161	5277
4782	5235	5280
4808	5236	5309

1998 Ralph Sander
STAR TREK Timer
1998 (1997)

3612 John Norman
In Sklavenketten auf Gor
(1978/1997)
Slave Girl of Gor (1977)
Ü: Thomas Schlück
(NA unter alter Nummer)

4193 L. Sprague de Camp
Die Schwerter von Zinjaban
(1997)
The Swords of Zinjaban (1991)
Ü: Joachim Pente

4394 Mary Corran
Allmächtiges Licht (1996)
Imperial Light (1994)
Ü: Peter Robert

4716 (Nummer noch
nicht vergeben)

4782 (Nummer noch
nicht vergeben)

4808 (Nummer noch
nicht vergeben)

4982 James White
Chef de Cuisine (1997)
The Galactic Gourmet (1995)
Ü: Kalla Wefel

5149 Wolfgang Jeschke
Meamones Auge
(1994) (1997)

5161 (Nummer noch
nicht vergeben)

5177 Harry Harrison &
David Harris
Bill, der galaktische Held:
Das letzte inkohärente
Abenteuer (1997)
Bill the Galactic Hero
 # 7: The Final Incoherent
Adventure (1992)
Ü: Hilde Linnert

5235 (Nummer noch
nicht vergeben)

5236 (Nummer noch
nicht vergeben)

5257 David Wingrove
Ungeheuer der Tiefe (1997)
The Stone Within:
Chung Kuo – Book Four
(1992), Erster Teil
Ü: Michael K. Iwoleit

5258 David Wingrove
Ein Herz aus Stein (1997)
The Stone Within:
Chung Kuo – Book Four
(1992), Zweiter Teil
Ü: Michael K. Iwoleit

5277 (Nummer noch
nicht vergeben)

5280 (Nummer noch
nicht vergeben)

5309 (Nummer noch
nicht vergeben)

5322 Dafydd Ab Hugh
Gefallene Helden
(in Vorb.)

5331 Harry Harrison
Die Stahlratte fährt zur Hölle
(erscheint 1998)

5357 Peter David
Imzadi (1997)
Imzadi (1992)
Ü: Andreas Brandhorst

5358 Donald G. Phillips
Ritter ohne Furcht und Tadel
(1996)
Star Lord (1996)
Ü: Reinhold H. Mai

5361 Kim Stanley Robinson
Roter Mars (1997)
Red Mars (1993)
Ü: Winfried Petri

5362 Kim Stanley Robinson
Grüner Mars (1997)
Green Mars (1993)
Ü: Winfried Petri

5363 Kim Stanley Robinson
Blauer Mars
(in Vorb.)

5367–5369 Alan Dean Foster
(in Vorb.)

5376 Frank M. Robinson
Die Dunkelheit jenseits
der Sterne
(in Vorb.)

5391 Michael Stackpole
Abgefeimte Pläne (1997)
Malicious Intent (1996)
Ü: Reinhold H. Mai

5393 William H. Keith jr.
Die Ehre der Legion (1997)
Renegade's Honor (1988)
Ü: Birgit Oberg

5400–5405 (erschienen 1996)

5406 Christie Golden
Die ermordete Sonne (1997)
The Murdered Sun (1995)
Ü: Andreas Brandhorst

5407 Mark A. Garland &
Charles G. McGraw
Geisterhafte Visionen
(1997)
Ghost of a Chance (1996)
Ü: Andreas Brandhorst

5408 S. N. Lewitt
Cybersong (1997)
Cybersong (1996)
Ü: Andreas Brandhorst

5409 Dafydd Ab Hugh
Die Raserei des Feindes
(in Vorb.)

5410 Karen Haber
Segnet die Tiere (1997)
Bless the Beasts (1996)
Ü: Andreas Brandhorst

5411–5414 (erschienen 1996)

5415 John Peel
Drachenjäger (1996)
Here There Be Dragons
(1993)
Ü: Horst Pukallus

5416 (erschien 1996)

5417 Diane Duane
Dunkler Spiegel (1997)
Dark Mirror (1993)
Ü: Uwe Anton

5418 (in Vorb.)

5419–5427 (erschienen 1996)

5248 Henry Rider Haggard
Die Jungfrau der Sonne
(in Vorb.)

5429–5430 (erschienen 1996)

5431 John Vornholt
Antimaterie
(in Vorb.)

5432 (erschien 1996)

5433 K. W. Jeter
Das Böse
(in Vorb.)

5434–5436
(erschienen 1996)

5437 John Maddox Roberts
Conan das Schlitzohr
(1997)
Conan the Rogue (1991)
Ü: Edda Petri

5438 Susan Wright
Die Mörder des Sli
(1997)
Sins of Commission (1994)
Ü: Uwe Anton

5439 W. R. Thompson
Planet der Schuldner
(1997)
Debtor's Planet (1994)
Ü: Uwe Anton

45440–5441 STAR TREK
(in Vorb.)

5442 Michael Jan Friedman & Kevin Ryan
Requiem (1997)
Requiem (1994)
Ü: Uwe Anton

5443 Dafydd Ab Hugh
Gleichgewicht der Kräfte
(1997)
Balance of Power (1992)
Ü: Andreas Brandhorst

5444 (erschienen 1996)

5445 STAR TREK
(in Vorb.)

5446 Simon Hawke
Die Rückkehr der Despoten
(1997)
STAR TREK: The Next Generation – Blaze of Glory
(1995)
Ü: Uwe Anton

5447 Simon Hawke
Die Strategie der Romulaner
(in Vorb.)

5448–5449 STAR TREK
(in Vorb.)

5450–5452 (erschienen 1996)

5453 Peter Rice
Den Teufel werden wir tun
(1997)
Damned If We Do... (1990)
Ü: Birgit Oberg

5454 Peter Rice
Eisiger Tod (1997)
Frost Death (1990)
Ü: Birgit Oberg

5455 Peter Rice
Renegade Legion #4
(in Vorb.)

5456–5458 (erschienen 1996)

5459 Sharon Green
Der Rebellenprinz
(in Vorb.)

5460–5467 (erschienen 1996)

5468 John Vornholt
Zuflucht (1996)
Sanctuary (1992)
Ü: Ronald M. Hahn

5469 L. A. Graf
Der Saboteur (1997)
Death Count (1992)
Ü: Harald Pusch

5470 Melissa Crandall
Die Geisterstation (1997)
Shell Game (1993)
Ü: Ronald M. Hahn

5471 Mel Gilden
Die Raumschiff-Falle (1997)
The Starship Trap (1993)
Ü: Harald Pusch

5472 V. E. Mitchell
Tore auf einer toten Welt (1997)
Windows on a Lost World (1993)
Ü: Gerrit und Ronald M. Hahn

5473 Victor Milan
Aus Okeanos' Tiefen (1997)
From the Depths (1993)
Ü: Uwe Anton

5474 Diane Carey
Das große Raumschiffrennen (1997)
The Great Starship Race (1995)
Ü: Ronald M. Hahn

5475 Margaret Wander Bonnano
Die Sonde
(in Vorb.)

5476 Diane Carey
Kirks Bestimmung
(in Vorb.)

5477 L. A. Graf
Feuersturm (1997)
Firestorm (1994)
Ü: Achim Lehmkuhl

5478 A. C. Crispin
Sarek
(in Vorb.)

5479 Simon Hawke
Die Terroristen von Patria
(in Vorb.)

5480–5484 (erschienen 1996)

5485 Michael P. Kube-McDowell
Trigon 1: Das Wagnis (1997)
Emprise (1985)
Ü: Barbara Slawig

5486–5488 (in Vorb.)

5489 Andrew Harman
Das Wurmloch ins Biblioversum (1996)
The Tome Tunnel (1994)
Ü: Jakob Leutner

5490–5491 (erschienen 1996)

5492 William H. Keith
Operation Excalibur (1997)
Operation Excalibur (1996)
Ü: Reinhold H. Mai

5493 Victor Milán
Der schwarze Drache (1997)
Black Dragon (1996)
Ü: Oliver Hoffmann

5494–5502 (erschienen 1996)

5503 Stephen R. Donaldson
Ein dunkler hungriger Gott erwacht (1997)
The Gap into Power: A Dark and Hungry God Arises (1992)
Ü: Horst Pukallus

5504–5505 Stephen R. Donaldson
(in Vorb.)

5506 Nummer noch nicht vergeben)

5507 (in Vorb.)

5508–5511 (erschienen 1996)

5512 Nathan Archer
Walhalla (1997)
Valhalla (1995)
Ü: Harald Pusch

5513 Greg Cox & Gregory Betancourt
Der Teufel im Himmel (1997)
Devil in the Sky (1985)
Ü: Bernhard Kempen

5514 Robert Sheckley
Das Spiel der Laertaner (1997)
The Laertian Gamble (1995)
Ü: Bernhard Kempen

5515 Diane Carey
Der Weg des Kriegers
(in Vorb.)

5516–5520 STAR TREK
(in Vorb.)

5521 Robert Jordan
Die Fühler des Chaos (1996)
The Lord of Chaos (1994), 1. Teil
Ü: Uwe Luserke

5522 Robert Jordan
Stadt des Verderbens (1997)
The Lord of Chaos (1994), 2. Teil
Ü: Uwe Luserke

5523 Robert Jordan
Die Amyrlin (1997)
The Lord of Chaos (1994), 3. Teil
Ü: Karin König

5524–5532 Robert Jordan
Das Rad der Zeit # 16–# 24
(in Vorb.)

5533 John Norman
Die Tänzer von Gor
(in Vorb.)

5534 Andrew Harman
Hundstage (1997)
101 Damnations (1995)
Ü: Ronald M. Hahn

5535–5542 (erschienen 1996)

5543 Bob Shaw
Die wilden Astronauten (C)
(1991/1991/1991) (1996)
Ü: Hendrik P. Linckens

Die Heißluft-Astronauten
The Ragged Astronauts (1986)
(↗ 4773)

Die hölzernen Raumschiffe
The Wooden Spaceships (1987)
(↗ 4774)

Die flüchtigen Welten
The Fugitive Worlds (1989)
(↗ 4775)

5544 David Alexander
Gene Roddenberry –
die autorisierte Biographie (1997)
The Authorized Biography of Gene Roddenberry, STAR TREK Creator (1995)
Ü: Ralph Sander

5545 Judith & Garfield Reeves-Stevens
STAR TREK-Design (1997)
STAR TREK Design (1996)
Ü: Ralph Sander

5546 Aris Kazidian & Bruce Jacoby
Das STAR-TREK-Kochbuch (1997)
Originaltitel: NN (1997)
Ü: Ralph Sander

5547 Nichelle Nichols
Nicht nur Uhura – Star Trek und andere Erinnerungen (1994)
Beyond Uhura. Star Trek and Other Memories (1994)
Ü: Andreas Decker

5548–5552 (erschienen 1996)

5553 Ian Watson
Harlekin (1997)
Harlequin (1995)
Ü: Walter Brumm

5554 Neil Jones & David Pringle (Hrsg.)
Genräuber (A) (1997)
Deathwing (1990)
Ü: Walter Brumm

Bryan Ansell & William King
Genräuber
Deathwing

Ian Watson
Im Schatten des Chaos
Warped Stars

Storm Constantine
Lacrymata
Lacrymata

Charles Stross
Todeskloster
Monastery of Death

Neil McIntosh
Saat des Zweifels
Seed of Doubt

William King
Des Teufels Marodeure
Devil's Marauders

Ian Watson
Das Scheusal im Leib
The Alien Beast within

5555 Conan Plakat
(Warhammer 40.000 # 4)

5556 Ian Watson
Kind des Chaos
(in Vorb.)

5557–5570 (in Vorb.)

5571 (erschienen 1996)

5572 David Ferring
Konrad (1997)
Konrad (1990)
Ü: Walter Brumm

5573 David Ferring
Schattenbrut (1997)
Shadowbreed (1990)
Ü: Walter Brumm

5574 David Ferring
Kriegsklinge (1997)
Warblade (1993)
Ü: Walter Brumm

5575–5600 (in Vorb.)

5601–5604 (erschienen 1996)

5605 George R. R. Martin (Hrsg.)
Wild Cards 5: Wilde Joker (1997)
Wild Cards 3 (1987)
Ü: Christian Jentzsch

5606–5621 Wild Cards 6–21 (in Vorb.)

5622 Anne McCaffrey
Rowan (1997)
The Rowan (1990)
Ü: Mike Noris

5623 Anne McCaffrey
Damia (1997)
Damia (1992)
Ü: Michael K. Iwoleit

5624 Anne McCaffrey
Damias Kinder (1997)
Damia's Children (1993)
Ü: Ronald M. Hahn

5625 Anne McCaffrey
Lyon (1997)
Lyon's Ride (191994)
Ü: Ronald M. Hahn

5626–5627 (erschienen 1997)

5628 Alan Burt Akers
Mord auf Kregen (1997)
Murder on Kregen (1997)
Ü: Andreas Decker
– Originalausgabe –

5629 Alan Burt Akers
Tod auf Antares
(in Vorb.)

5630 Tom Holt
Auch Götter sind nur Menschen (1997)
Odds and Gods (1995)
Ü: Kalla Wefel

5631 Kristine Kathryn Rusch
Die Herzleser (1996)
Heart Readers (1992)
Ü: Norbert Stöbe

5632 Paula Volsky
Trugbilder (1997)
Illusions (1992)
Ü: Norbert Stöbe

5633 (in Vorb.)

5634 Sharon Shinn
Im Zeichen der Weide (1997)
The Shape-Changer's Wife (1995)
Ü: Irene Bonhorst

5635 (erschien 1996)

5636 (in Vorb.)

5637 Richard Bowker
Die Replik (1997)
Replica (1986)
Ü: Biggy Winter

5638 Wolfgang Jeschke (Hrsg.)
Das Science Fiction Jahr # 12
Ausgabe 1997 (A) (1997)

Wolfgang Jeschke
Editorial

Hermann Urbanek
Die amerikanische SF-Szene 1995/96
Die britische SF-Szene 1995/96
Die deutsche SF-Szene 1995/96

Preise – Preise – Preise

Jürgen Thomann
Es gibt sie noch ...?
Bericht zur Lage der deutschsprachigen Science Fiction 1995/96 und deren Literaturpreise

Waldemar Kumming
The Anaheim World Science Fiction Convention (29. 8.–2. 9. 1996)

Wolfgang Jeschke
Die Reise einer Zeitmaschine

Jürgen Thomann
Dem Kommunikationszeitalter auf der Spur: Science Fiction im Internet

Miguel Angel Fernández-Delgado
»Wer sagt denn, daß ein Astronaut nicht auch Chilaquiles essen kann?« Kontinuität und Wandel in der mexikanischen Science Fiction – ein kurzer historischer Abriß
Ü: Usch Kiausch

Arno R. Behrend
Zum Tod von Rosemarie Hundertmarck

Ralf Reiter
H. G. Wells und »The Time Machine«

Karlheinz Steinmüller
Laudatio auf Carl Amery

Guntram Geser
Cyberpunk: Techno-Pop/ Techno-Fiction

Brian Aldiss
All diese großen Maschinen – das Thema, das die Science Fiction nicht behandelt
Ü: Usch Kiausch
(Originaltext: 1996)

Greg Bear
»Seid Wanderratten statt Dinosaurier – unsere Zeit kommt jetzt«
Ü: Usch Kiausch
(Originaltext: 1996)

Lutz Gräfe & Olaf Möller
Ein Gespräch mit Curt Siodmak

Jens H. Altmann
Ein Gespräch mit Jan Friedman

Usch Kiausch
»A Country of the Mind«, ein Land der inneren Vorstellung. Ein Gespräch mit Greg Bear

Ute Perchtold, Christiane Timper, Birke Vock, Bärbel Weixner und Horst G.Tröster
Science Fiction-Hörspiele 1995/96

Dieter Hasselblatt
Hörspiel ist Hör-Spiel

Peter M. Gaschler
Kurd Laßwitz-Filmpreis? Die Filmszene 1995/96

Jacek Rzeszotnik
»Morgen ist heute – nur daß es morgen ist.« Zur Geschichte des polnischen SF-Films der Nachkriegszeit

Lutz Gräfe
»La Jetée« und
»12 Monkeys« oder:
Wie aus einem
intellektuellen euro-
päischen Experimental-
film ein intelligenter
Hollywood-Film wurde

Ralph Sander
Erfolg ist doch alles –
oder? – Roland
Emmerichs »Indepen-
dence Day«

Gerd Frey
Literaturadaptionen
für den Computer/
SF-Computer-Spiele
1995/96

Günther Luxbacher
Zuses Maschinen.
Eine deutsche
Technikgeschichte
des Computers

Martin Ruf
Kein Rätsel, ein
Geheimnis. Über die
Grundlagen menschlicher
Zeiterfahrung

Bücher

Werner Bauer
Phantastische Literatur im
Heyne Taschenbuch
1995/96

5639 Kristine Kathryn
Rusch
Fremde Einflüsse (1997)
Alien Influences (1994)
Ü: Peter Robert

5640 (in Vorb.)

5641 Christopher Hinz
Paratwa – Killer aus dem Eis
(1997)
Liege Killers (1987)
Ü: Dagmar Kreye und
Abel Miser

5642 Christopher Hinz
Paratwa – Ash Ock (1997)
Ash Ock (1989)
Ü: Walter Brumm

5643 Christopher Hinz
Paratwa – Paratwa (1997)
The Paratwa (1991)
Ü: Walter Brumm

5644 Elisabeth Vonarburg
Die schweigende Stadt
(1997)
Le silence de la cité (1981)
Ü: Usch Kiausch

5645 Wolfgang Jeschke (Hrsg.)
Die säumige Zeitmaschine
(A) (1997)

R. A. Lafferty
Das magere Volk in der
Leptophlebo Street
The Skinny People of
Leptophlebo Street
(1975)
Ü: Kurt Bracharz

Michael F. Flynn
Vergang'ne Küsse
Remember'd Kisses
(1988)
Ü: Irene Holicki

Jacques Mondoloni
Die kleine Katze ist tot
Le petit chat est mort
(1983)
Ü: Gabrielle und
Georges Hausemer

Frank Borsch
Was, wenn ich an deine Tür klopfte?

Alan Brennert
Das dritte Geschlecht
The Third Sex (1989)
Ü: Ralph Tegtmeier

Peter Robert
Alien

Kir Bulytschow
Das Treffen der Tyrannen bei Rowno
Встреча тиранов под Ровно (1992)
Ü: Erik Simon

Pavel Toufar
Zur Hölle mit der Maus, noch ein Bier, bitte!
K certu s tou mysi, naleijte mi pivo! (1997)
Ü: Karl v. Wetzky

Erik Simon
Die Frachtluke klemmt

René Sussan
Die Probeexemplare
Les spécimens (1993)
Ü: Georges Hausemer

Sabine Wedemeyer-Schwiersch
Von der Schwierigkeit, vuliworpische Liebeslyrik zu übersetzen

Dirk Strasser
Die Skerricks von Truth
The Skerricks of Truth (1997)
Ü: Franz Rottensteiner

Jürgen Thomann
Eine Frage der Sichtweise

Nancy Etchemendy
Benbow
Benbow (1995)
Ü: Peter Robert

Brian W. Aldiss
Die Verwandlung II
Better Morphosis (1991)
Ü: Walter Brumm

Ivan Kubíček
Autodafé – ein Happening für zwei
Autodafé – aneb happening pro dva (1997)
Ü: Karl v. Wetzky

Elisabeth Vonarburg
Die säumige Zeitmaschine
La machine lente du temps (1984)
Ü: Gabrielle und Georges Hausemer

Erik Simon
Versunkene Zeit

Cherry Wilder
Ein Hauch von Hoffnung
Something Coming Through (1983)
Ü: Margret Krätzig

John Kessel
Invasoren
Invaders (1990)
Ü: Irene Holicki

5646 Nicola Griffith
Ammonit (1997)
Ammonite (1993)
Ü: Ingrid Herrmann

5647 Harry Harrison &
Marvin Minsky
Die Turing-Option (1997)
The Turing Option (1992)
Ü: Christian Mähr

5648 Wolfgang Jeschke (Hrsg.)
Heyne Science Fiction Jahresband (A) (1997)

Michael F. Flynn
Auf den Flügeln eines Schmetterlings
On the Wings of a Butterfly (1989)
Ü: Peter Pape

Elisabeth Vonarburg
Mane, Tekel, Phares
Mane, Tekel, Phares (1994)
Ü: Georges Hausemer

Ben Bova
Dein Reich komme
Thy Kingdom Come (1993)
Ü: Kamala Kiel

Stephen Baxter
Goldwimper
Cilia-of-Gold (1993)
Ü: Martin Gilbert

Lucius Shepard
Muschelkratzer-Bill
Barnacle Bill the Spacer (1992)
Ü: Walter Brumm

Marcus Hammerschmitt
Wind

Charles Sheffield
Die Rechenmaschine von South Georgia
Georgia on My Mind (1993)
Ü: WalterBrumm

5649 Ronald M. Hahn (Hrsg.)
The Magazine of Fantasy and Science Fiction, 95. Folge
Der dreifache Absturz des Jeremy Baker
(A) (1997)

Dave Smeds
Letzter Einsatz
Short Timer (1994)
Ü: Michael K. Iwoleit

Ben Bova
Inspirationen
Inspiration (1994)
Ü: Uwe Anton

Carolyn Ives Gilman
Die wilden Schiffe von Fairny
The Wild Ships of Fairny (1994)
Ü: Michael K. Iwoleit

Michael Coney
Hauptmann Hülsensack und der große Schnitter
Bulldog Drummond and the Grim Reaper (1996)
Ü: Horst Pukallus

J. Steven York
Der unbeschrankte Bahnübergang
The Unmarked Crossing (1996)
Ü: Markus Held

Ray Bradbury
Die letzte Ölung
Last Rites (1994)
Ü: Ronald M. Hahn

Ray Vukcevich
Pappnasen im Weltraum
White Guys in Space (1996)
Ü: Ronald M. Hahn

Roger Zelazny
Der dreifache Absturz des Jeremy Baker
The Three Descents of Jeremy Baker (1995)
Ü: Horst Pukallus

Ron Goulart
Glatzkopf macht Karriere
A Cure for Baldness (1996)
Ü: Ronald M. Hahn

Scott Mackay
Die Weisen der Cassiopeia
The Sages of Cassiopeia (1994)
Ü: Michael K. Iwoleit

Dean Wesley Smith
Schatten der Vergangenheit
In the Shade of the Slowboat Man (1996)
Ü: Horst Pukallus

5650 Torsten Dewi
Das Babylon 5-Universum
(Erscheinen ungewiß)

5651 C. J. Cherryh
Fremdling (1997)
Foreigner (1994)
Ü: Michael Windgassen

5652 C. J. Cherryh
Eroberer (1997)
Invader (1995)
Ü: Michael Windgassen

5653–5655 (in Vorb.)

5656 D. G. Compton
Die Herren von Talojz (1997)
The Masters of Talojz (1997)
Ü: Frank Borsch

5657 Sean A. Moore
Conan der Jäger (1997)
Conan the Hunter (1994)
Ü: Edda Petri

5658 John Norman
Die Verräter von Gor (1997)
Renegades of Gor (1986)
Ü: Andreas Decker

5659 Mel Odom
Auf Beutezug (1997)
Preying for Keeps (1996)
Ü: Christian Jentzsch

5660 Ian McDonald
Chaga (1997)
Chaga/Evolution's Shore (1995)
Ü: Irene Bonhorst

5661 Poul Anderson
Die Chroniken der Zeitpatrouille (1997)
The Time Patrol (1983/1991)
Ü: Peter Pape
(↗ 4377/erw. NA unter neuer Nummer und neuem Titel)

Die Zeitpatrouille
Time Patrol

Der Mut, ein König zu sein
Brave to Be a King

Die Gibraltar-Fälle
Gibraltar Falls

Ein unfaires Spiel
The Only Game in Town

Delenda est
Delenda est

Elfenbein, Affen und Pfauen
Ivory, and Apes, and Peacocks
Ü: Hans Maeter

Die Trauer Odins des Goten
The Sorrow of Odin the Goth
Ü: Hans Maeter

Stern des Meeres
Star of the Sea

Das Jahr der Erlösung
The Year of the Ransom

5662 Gordon R. Dickson
Wolf und Eisen (1997)
Wolf and Iron (1990)
Ü: Michael Morgental

5663 Greg Bear
Tangenten (C) (1997)
Tangents (1989)
Ü: Andreas Irle

Vorwort des Autors

Musik des Blutes (1990)
Blood Music (1983)
Ü: Peter Robert

Die Hure
Sleepside Story (1988)

Webster
Webster (1973)

Ein marsianischer Ricorso
A Martian Ricorso (1976)

Totenfuhre
Dead Run (1985)

Schrödingers Seuche
Schrödinger's Plague (1982)

Die Straße ins Nirgendwo
Through Road No Whither (1985)

Tangenten
Tangents (1986)

Schwestern
Sisters (1989)

Die Unterhaltungsmaschinerie – Ein Bericht aus den Trickstudios über die Medien der Zukunft
The Machineries of Joy (1987)

5664 Norman Spinrad
Bilder um 11 (1997)
Pictures at 11 (1994)
Ü: Peter Robert

5665 Robert Silverberg
Der heiße Himmel um Mitternacht (1997)
Hot Sky at Midnight (1994)
Ü: Roland Fleissner

5666 Friedel Wahren (Hrsg.)
Asimov's Science Fiction, 49. Folge (A) (1997)

Mary Rosenblum
Gasfische
Gas Fish (1996)
Ü: Ulrich Fröschle

Daniel Marcus
Mutter Gottes der Prärie
Prairie Godmother (1996)
Ü: Ulrich Fröschle

Nancy Kress
Verwirrung der Gefühle
Fault Lines (1995)
Ü: Ulrike Ziegra

Pat Murphy
Knochen
Bones (1990)
Ü: Jürgen Langowski

Geoffrey A. Landis
Der letzte Sonnenuntergang
The Last Sunset (1996)
Ü: Ulrich Fröschle

Gardner Dozois
Gemeinschaft
Community (1996)
Ü: Barbara Slawig

Mike Resnick
Ein wenig Wissen
A Little Knowledge (1994)
Ü: Barbara Ostrop

Burkhard Schröder
Cypherguerilla

5667 Jak Koke
Funkstille (1997)
Dead Air (1996)
Ü: Christian Jentzsch

5668 Iain Banks
Träume vom Kanal (1997)
Canal Dreams (1989)
Ü: Lutz Gräfe

5669 Arkadij & Boris Strugatzki
Die Wanderer (1988) (1997)
Волны гасят ветер (1985/86)
Ü: Erik Simon

5670 Alan Dean Foster
Schlangenaugen (1997) (C)
Who Needs Enemies (1984)
Ü: Susanne Walter

Weihnachten auf dem Sumpfplaneten
Swamp Planet Christmas (1976)

Schlangenaugen
Snake Eyes (1978)

Der Beobachter
Bystander (1978)

Was treibt das einfache Volk?
What Do the Simple Folk Do? (1979)

Das Geschenk eines nutzlosen Mannes (1981/1986)
Gift of a Useless Man (1979)

Monströs (1986)
Surfeit (1982)

Das letzte Rennen
The Last Run (1982)

Stadt der Erwählten
Village of the Chosen (1983)

5671 Jennifer Roberson
Cheysuli: Wolfsmagie (1996)
Shapechangers/Chronicles of the Cheysuli: Book One (1997)
Ü: Karin König

5672 Jennifer Roberson
Cheysuli: Das Lied von Homana (1997)
The Song of Homana/Chronicles of the Cheysuli: Book Two (1995)
Ü: Karin König

5673 Jennifer Roberson
Cheysuli: Das Vermächtnis des Schwerts (1997)
Legacy of the Sword/Chronicles of the Cheysuli: Book Three (1986)
Ü: Karin König

5674 Jennifer Roberson
Cheysuli: Die Fährte des weißen Wolfs (1997)
Track of the White Wolf/ Chronicles of the Cheysuli: Book Four (1987)
Ü: Karin König

5675 Jennifer Roberson
Cheysuli: Die Ehre der Prinzen (1997)
A Pride of Princes/Chronicles of the Cheysuli: Book Five (1988)
Ü: Karin König

5676 Anne McCaffrey
Die Welt der Drachen (C) (1972/1973/1981) (1997)
Ü: Birgit Reß-Bohusch

> Die Welt der Drachen
> *Dragonflight* (1968)
> (↗ 3291)
>
> Die Suche der Drachen
> *Dragonquest* (1971)
> (↗ 3330)
>
> Der Drachengesang
> *Dragonsong* (1976)
> (↗ 3791)

5677 Charles de Lint
Das kleine Land (C) (1995/1995) (1997)
Ü: Norbert Stöbe

> Das verborgene Volk
> *The Little Country* (1991), Erster Teil
> (↗ 5236)
>
> Die vergessene Musik
> *The Little Country* (1991), Zweiter Teil
> (↗ 5237)

5678 Peter Hanratty
Mordred (C) (1992/1992/1992) (1997)

> Mordred
> *The Book of Mordred* (1988)
> Ü: Brigitte Gruß
> (↗ 4890)
>
> Der letzte Ritter von Albion
> *The Last Knight of Albion* (1986)
> Ü: Hilde Linnert
> (↗ 4891)
>
> Der Strand von Avalon
> *The Avalon Shore* (1992)
> Ü: Hilde Linnert
> (↗ 4892)

5679 Tom Holt
Richards Blockbusters (C) (1993/1994) (1997)
Ü: Kalla Wefel

> Der Fliegende Holländer
> *Flying Dutch (1991)*
> (↗ 5079)
>
> Wir haben Sie irgendwie größer erwartet
> *Expecting Someone* Taller (1987)
> (↗ 5107)

5680 Lyon Sprague de Camp
Jorian (C) (1975/1976/1997) (1997)

> Der Schmetterlingsthron
> *The Goblin Tower* (1968)
> Ü: Thomas Schlück
> (↗ 3439)

Die Uhren von Iraz
The Clocks of Iraz
(1971)
Ü: Thomas Schlück
(↗ 3484)

Der ungeköpfte König
The Unbeheaded King
(1983)
Ü: Walter Brumm
(↗ 4967)

5681 Barbara Hambly
Kreuzwege (in Vorb.)

5682 – 5740 STAR TREK
(in Vorb. bzw. geplant)

5741–5749 (Nummern noch nicht vergeben)

5750–5875 STAR TREK
(in Vorb. bzw. geplant)

5876 Jennifer Roberson
Cheysuli: Die Tochter des Löwen (1997)
Daughter of the Lion/Chronicles of the Cheysuli: Book Six (1988/1989)
Ü: Karin König

5877 Jennifer Roberson
Cheysuli: Der Flug des Raben (1997)
Flight of the Raven/Chronicles of the Cheysuli: Book Seven (1990)
Ü: Karin König

5878 Jennifer Roberson
Cheysuli: Ein Gobelin mit Löwen (1997)
A Tapestry of Lions/Chronicles of the Cheysuli: Book Eight, Teil 1 (1992)
Ü: Karin König

5879 Jennifer Roberson
Cheysuli: Löwenmagie (1997)
A Tapestry of Lions/Chronicles of the Cheysuli: Book Eight, Teil 2 (1992)
Ü: Karin König

5880 Wolfgang Jeschke (Hrsg.)
Die letzten Bastionen (A)
(erscheint 1998)

5881 Nancy Kress
Bettler in Spanien (1997)
Beggars in Spain (1993)
Ü: Biggy Winter

5882 Nancy Kress
Bettler und Sucher (1997)
Beggars and Choosers (1994)
Ü: Biggy Winter

5883 Nancy Kress
Bettlers Ritt
(erscheint 1998)

5884 (in Vorb.)

5885 Lois McMaster Bujold
Spiegeltanz (1997)
Mirror Dance (1994)
Ü: Michael Morgental

5886 (in Vorb.)

5887 Rudy Rucker
Hohlwelt (1997)
The Hollow Earth (1990)
Ü: Kurt Bracharz

5888 Elisabeth Vonarburg
Die Maerlande-Chroniken (1997)
Maerlande Chronicles (1992)
Ü: Usch Kiausch

5889 Lisa Smedan
Das Luzifer-Deck (1997)
The Lucifer Deck (1996)
Ü: Christian Jentzsch

5890 Michael Swanwick
In Zeiten der Flut
(in Vorb.)

5891 Stephen Baxter
Anti-Eis (1997)
Anti-Ice (1993)
Ü: Martin Gilbert

5892 Ronald M. Hahn (Hrsg.)
The Magazine of Fantasy and Science Fiction, 96. Folge
Der Lincoln-Zug (A) (1997)

Maureen F. McHugh
Der Lincoln-Zug
The Lincoln Train (1995)
Ü: Horst Pukallus

Sheila Finch
Geistige Gemeinschaft
Communion of the Minds (1996)
Ü: Horst Pukallus

John Crowley
Fort
Gone (1996)
Ü: Horst Pukallus

James Patrick Kelly
Warum die Brücke nicht mehr singt
Why the Bridge Stopped Singing (1996)
Ü: Horst Pukallus

Robert Reed
Das Turnier
The Tournament (1995)
Ü: Cecilia Palinkas

Bruce Holland Rogers
Rettungsboot auf brennender See
Lifeboat on a Burning Sea (1995)
Ü: Markus Held

Ron Savage
Connecticut-Nazi
Connecticut-Nazi (1996)
Ü: Manfred Weinland

Felicity Savage
Cyberschicksal
Cyberfate (1995)
Ü: Manfred Weinland

5893 (in Vorb.)

5894 Terry Pratchett & Neil Gaiman
Ein gutes Omen (1991/1997)
Good Omens (1990)
Ü: Andreas Brandhorst

5895 Lois McMaster Bujold
Fiamettas Ring (1997)
The Spirit Ring (1992)
Ü: Michael Morgental

5896 Tom Holt
Flaschengeister
(erscheint 1998)

5897 Mike Resnick
Die Einhornpirsch (1997)
Stalking the Unicorn: A Fable of Tonight (1987)
Ü: Alfons Winkelmann

5898 Alan Burt Akers
Aufruhr in Kregen (1997)
Turmoil on Kregen (1997)
Ü: Andreas Decker

5899–5900 (in Vorb.)

5901 Paul Kidd
Die Maus von Kerbridge (1997)
Mus of Kerbridge (1995)
Ü: Alfons Winkelmann

5902 Gordon R. Dickson
Die Nacht der Drachen (1980/1997)
The Dragon and the George (1976)
Ü: Irene Holicki
(↗ 3769/NA unter neuer Nummer)

5903 Gordon R. Dickson
Der Drachenritter (1997)
The Dragon Knight (1990)
Ü: Norbert Stöbe

5904 Gordon R. Dickson
Der Drache an der Grenze (1997)
The Dragon on the Border (1992)
Ü: Norbert Stöbe

5905 Gordon R. Dickson
Der Drache im Krieg (1997)
The Dragon at War (1992)
Ü: Michaela Link

5906 Gordon R. Dickson
Der Drache, der Graf und der Troll (1997)
The Dragon, the Earl, and the Troll (1994)
Ü: Michaela Link

5907 Gordon R. Dickson
Der Drache und der Dschinn
(erscheint 1998)

5908 Andrew Harman
Die Nanowichte (1997)
The Scrying Game (1996)
Ü: Jakob Leutner

5909 Terry Pratchett & Douglas Adams
Gefährliche Possen
(erscheint 1998)

5910 Fritz Leiber
Ritter und Knappe des Schwerts – Die glorreiche Rückkehr von Fafhrd und dem Grauen Mausling (1997)
The Knight and Knave of Swords (1988)
Ü: Barbara Ostrop und Lore Strassl

5911 Philip José Farmer
Der Zorn des Roten Lords (1997)
Red Orc's Rage (1991)
Ü: Usch Kiausch

5912 Roger MacBride Allen
Der Ring von Charon
(erscheint 1998)

5913 Roger MacBride Allen
Die zerschmetterte Sphäre
(erscheint 1998)

5914 (Nummer noch nicht vergeben)

5915 (Nummer noch nicht vergeben

5916 James B. Johnson
Treckmeister (1997)
Trekmaster (1987)
Ü: Norbert Stöbe

5917 Norman Spinrad
Deus X (1997)
Deus X (1992/93)
Ü: Peter Robert

5918–5920 (erscheinen 1998)

5921 Friedel Wahren (Hrsg.)
Asimov's Science Fiction,
50. Folge (A) (1997)

Stephen Baxter
Zemyla
Zemyla (1997)
Ü: Christian Lautenschlag

Nancy Kress
Evolution
Evolution (1995)
Ü: Siglinde Müller

Terry Bisson
Die Botschaft
The Message (1993)
Ü: Walter Brumm

Esther M. Friesner
Der Tod und die Bibliothekarin
Death and the Librarian (1994)
Ü: Yoma Cap

Mike Resnick & Susan Shwartz
Bibi
Bibi (1995)
Ü: Siglinde Müller

Brian Stableford
Berührungslos
Out of Touch (1995)
Ü: Siglinde Müller

Sally McBride
Der Duft von Orchideen
The Fragrance of Orchids (1994)
Ü: Ulrike Ziegra

Lawrence Watt-Evans
Warum ich Harrys nachts durchgehend geöffnetes Hamburger-Lokal verließ
Why I left Harry's All-Night Hamburgers (1987)
Ü: Rosemarie Hundertmarck

M. Shayne Bell
Das Rauschen des Flusses
The Sound of the River (1992)
Ü: Walter Brumm

Steven Utley
Wind über der Welt
The Wind Over the World (1996)
Ü: Christian Lautenschlag

William Barton
Das Zeitalter des Wassermanns
Age of Aquarius (1996)
Ü: Ingrid Herrmann

William Tenn
Der Ruhm der Familie. Und George
The Girl with Some Kind of Past. And George (1993)
Ü: Walter Brumm

Malte S. Sembten
Blind Date

5922–5924 (erscheinen 1998)

5925 Wolfgang Jeschke (Hrsg.)
Das Science Fiction Jahr # 13
Ausgabe 1998
(erscheint hiermit)

5926–5952 (erscheinen 1998)

5953 R. A. Salvatore
Das Joch der Zyklopen (1997)
The Sword of Bedwyr (1995)
Ü: Michael Windgassen

5954 R. A. Salvatore
Luthiens Wagnis (1997)
Luthien's Gamble (1996)
Ü: Michael Windgassen

5955–5999 (erscheinen 1998 bzw. in Vorb.)

Das Schwarze Auge

6000 Ulrich Kiesow
Das zerbrochene Rad (1997)

6019 Hans Joachim Alpers
Flucht aus Ghurenia (1997)
Die Piraten des Südmeers – 2. Teil

6020 Karl-Heinz Witzko
Spuren im Schnee (1996)

6021 Lena Falkenhagen
Schlange und Schwert (1997)

6022 (erschien 1996)

6023 Hans Joachim Alpers
Das letzte Duell
(in Vorb.)

6024 Bernhard Hennen
Das Gesicht am Fenster (1997)

6025 Niels Gaul
Steppenwind (1997)

6026 Hadmar von Wieser
Der Lichtvogel (1997)
Elementare Gewalten, 1. Teil

6027 Lena Falkenhagen
Die Boroninsel (1997)

6028 Barbara Büchner
Aus dunkler Tiefe (1997)

6029 Lena Falkenhagen
Kinder der Nacht (1997)

6030–6099 (z. T. in Vorb., z. T. Nummern noch nicht vergeben)

6100–6126 (Nummern noch nicht vergeben)

6127 Nyx Smith
Stahlregen (1997)
Steel Rain (1997)
Ü: Christian Jentzsch

STAR FLEET-Kadetten

6511 Michael Jan Friedman
Die verschwundene Besatzung (1997)
STAR TREK: The Next Generation – Star Fleet Academy # 6: Mystery of the Missing Crew (1995)
Ü: Uwe Anton

6512 (erschien 1996)

6513 Diana G. Gallagher
Arcade (1997)
STAR TREK: Deep Space Nine # 5: Arcade (1995)
Ü: Uwe Anton

6514 John Peel
Ein Trip durch das Wurmloch
(1997)
STAR TREK: Deep Space Nine # 6: Field Trip (1995)
Ü: Uwe Anton

6515 Brad & Barbara Strickland
Kadett Jean-Luc Picard (1997)
STAR TREK: The Next Generation – Star Fleet Academy # 8: Starfall (1995)
Ü: Uwe Anton

Magic

6607 Mark Summer
Der verschwenderische Magier
(1996)
Magic – the Gathering: The Prodigal Sorcerer (1995)
Ü: Birgit Oberg

6608 Hanovi Braddock
Die Asche der Sonne (1997)
Magic – the Gathering: Ashes of the Sun (1996)
Ü: Birgit Oberg

6609 Teri McLaren
Das Lied der Zeit (1997)
Magic – the Gathering: Song of Time (1996)
Ü: Birgit Oberg

6610 Sonia Orin Lyris
Der schlummernde Friede
(1997)
Magic – the Gathering: And Peace Shall Sleep (1996)
Ü: Birgit Oberg

HIGH 8000

8002 D. G. Compton
Tod Live
(1975/1980) (1997)
The Continuous Katherine Mortenhoe (1974)
Ü: Thomas Schlück
(NA unter neuem Titel)

8003 John Brunner
Schafe blicken auf
(1978) (1997)
The Sheep Look Up (1972)
Ü: Horst Pukallus
(↗ 3617/NA unter neuer Nummer)

Hans Dominik Jubiläumsedition

8111 Hans Dominik
Die Macht der Drei
(1997)
(↗ 3420, auch ↗ 4677/ erw. NA unter neuer Nummer)

8112 Hans Dominik
Atlantis
(1997)
(↗ 3447/erw. NA unter neuer Nummer)

Allgemeine Reihe

9148 Gisbert Haefs
Banyadir (1996)
3. Roman der
Barakuda-Trilogie

9684 Wolfgang Hohlbein
Das Netz (1996)

10039 Dean Koontz
Highway ins Dunkel (C)
(1997)
Strange Highways Story Collection
(1995)
Ü: Alexandra von Reinhardt

Highway ins Dunkel
Strange Highways

Der schwarze Kürbis
(1993)
The Black Pumpkin
(1986)

Miss Attila, die Hunnin
Miss Attila the Hun
(1987)

Unten in der Dunkelheit
(1991)
Down in the Darkness
(1986)
Ü: Joachim Körber

Ollies Hände
Ollie's Hands
(1972/1995)

Der Handtaschenräuber
Snatcher (1986)

Gehetzt
Trapped (1986)
Ü: Klaus Fröba

Bruno
Bruno (1971/1995)

Wir drei
We Three
(1974/1995)

Dickschädel
Hardshell (1987)

Kätzchen
Kittens (1966/1995)

Die Sturmnacht
The Storm of the Night
(1974/1995)

Dämmerung des Morgens
(1992)
Twilight of the Dawn
(1987)
Ü: Karina Of

10044 STAR TREK –
Mission in Raum
und Zeit
(A) (1990/1993)
(1993)
Ü: Andreas Brandhorst

Della Van Hise
Zeit zu töten
Killing Time (1985)
(↗ 4698)

David Dvorkin
Die Zeitfalle
Timetrap (1988)
(↗ 4996)

10051 John Brosnan
Verflixt und zugehext
(1997)
Damned & Fancy (1995)
Ü: Thomas Hag

10071 Peter Straub
Die fremde Frau
(1987/1997)
Marriages (1973)
Ü: Joachim Körber

10074 Dan Simmons
Kraft des Bösen (1993)
(1997)
Carrion Comfort (1989)
Ü: Joachim Körber
(↗ 46 JUM/NA unter
neuer Nummer)

10086 Marion Zimmer
Bradley
Das graue Schloß
am Meer (1987) (1997)
Souvenir of Monique (1967)
Ü: Christian Barth
(↗ 6815 AR/NA unter
neuer Nummer)

10090 Isaac Asimov &
Robert Silverberg
Einbruch der Nacht (1997)
Nightfall (1991)
Ü: Irene Holicki

10100 Douglas Adams
Per Anhalter durch die
Galaxis – der Comic
(1997)
Douglas Adams' Hitchhiker's
Guide to the Galaxy
(1993)
Ü: Benjamin Schwarz

10104 Julian May
Der Fluch der
Schwarzen Lilie
(1997)
Blood Trillium (1992)
Ü: Beate Reiter

10106 Dennis William Hauck
William Shatner – der Captain.
Eine unautorisierte Biographie
(1997)
Captain Quirk. The Unauthorized
Biography of William Shatner
(1995)
Ü: Bernhard Kempen

10108 Joachim Körber (Hrsg.)
Rabenschwarze Träume:
Phantastische Geschichten
der modernen Weltliteratur
(A) (1997)

Peter Høeg
Versuch mit der Dauer
der Liebe

Carlos Fuentes
Chac Mool
Chac Mool (o. J.)
Ü: Maria Bamberg

J. G. Ballard
Anleitung zum virtuellen
Tod
A Guide to Virtual Death
(1991)
Ü: Joachim Körber

John Crowley
Neuheit
Novelty (1989)
Ü: Sepp Leeb

T. Coraghessan Boyle
Blutregen
Bloodfall (1995)
Ü: Anette Grube

William S. Burroughs
Die Geisterlemuren
von Madagaskar
The Ghost Lemurs
of Madagascar
(1987)
Ü: Joachim Körber

Valerie Martin
Der Tod besucht eine Party
Originaltitel: NN (1988)
Ü: Rose Aichele

Doris Lessing
Ein harmloser Heuschreckenüberfall
A Mild Attack of Locusts (o. J.)
Ü: Manfred Ohl und Hans Sartorius

Harry Mulisch
Alter Ego
Gelijkenis (1974)
Ü: Siegfried Mrotzek

Kurt Vonnegut
Der große Weltraumfick
The Big Space Fuck (1972)
Ü: Klaus Birkenhauer

Jürgen Ploog
Der Raumagent
(1993)

Paul Bowles
Kitty
Kitty (o. J.)
Ü: Pociao

Tim O'Brien
Das Gespenst des Krieges
The Ghost Soldiers (1981)
Ü: Ute Thiemann

Haruki Murakami
Der Elefant verschwindet
Originaltitel: NN (o. J.)
Ü: Nora Bierich

Donald Barthelme
Die Zombies
The Zombies (1979)
Ü: Marianne Frisch und Übersetzergruppe am Englischen Institut der Universität München

John Irving
Anderer Leute Träume
Other People's Dreams (o. J.)
Ü: Dirk van Gunsteren

Joyce Carol Oates
Phasenverschiebung
Phase Change (o. J.)
Ü: Renate Orth-Guttmann

Fay Weldon
Angel, in aller Unschuld
Angel, All Innocence (1981)
Ü: Sigrid Ruschmeier

Lisa Goldstein
Brotkrumen und Steine
Breadcrumbs and Stones (1994)
Ü: Ute Thiemann

Robertson Davies
Das Gespenst, das Stück für Stück verschwand
The Ghost That Vanished by Degrees (1982)
Ü: Ute Thiemann

Angela Carter
Capriccio-Ouvertüre zu ›Ein Sommernachtstraum‹
Ouverture and Incidental Music for a Midsummer Night's Dream (1982)
Ü: Joachim Kalka

Ursula K. Le Guin
Eine andere Geschichte
oder Ein Fischer des
Binnenmeeres
*Another Story or A
Fisherman of the
Inland Sea*
(1994)
Ü: Joachim Körber

Anthony Burgess
Die Muse (1984/1994)
The Muse (1971)
Ü: Gertrud Baruch

Wolfgang Hildesheimer
Warum ich mich
in eine Nachtigall
verwandelt habe (1983)

J. G. Ballard
Der Todessturz
The Dying Fall (1995)
Ü: Joachim Körber

Scott Bradfield
Der Traum des Wolfs
The Dream of the Wolf
(1984)
Ü: Ute Thiemann

Peter Carey
Der dicke Mann im
Wandel der Zeit
The Fat Man in History
(o. J.)
Ü: Peter Torberg

Herbert Rosendorfer
Die unendlich reiche
Stadt Jezradef
(1980)

10135 Melissa Crandall
Earth 2 – Das Eden-Projekt
(1995) (1996)
Earth 2 (1994)
Ü: Sabina Lorenz und
Felix Seewöster

10136 John Vornholt
Earth 2 – Tödlicher Abgrund
(1995/1996)
Earth 2: Leather Wings
(1995)
Ü: Hans Sommer

10137 Sean Dalton
Earth 2 – Das unterirdische
Labyrinth (1997)
Earth 2: Puzzle (1995)
Ü: Hans Sommer

10139 Peter Hooper
Das Hirschvolk:
Die Berge des Morgens
(1997)
A Song in the Forest (o. J.)
Ü: Helga Schenk

10140 Peter Hooper
Das Hirschvolk:
Fremde Brüder
(1997)
People of the Long Water
(o. J.)
Ü: Helga Schenk

10141 Peter Hooper
Das Hirschvolk: Die Chronik
der Väter (1997)
Time and the Forest (o. J.)
Ü: Helga Schenk

10201 Roger MacBride Allen
Der Hinterhalt (1996)
*Corellia I: Ambush
at Corellia* (1995)
Ü: Thomas Ziegler

10202 Roger MacBride Allen
Angriff auf Selonia
(1997)
Corellia 2: Assault at Selonia
(1995)
Ü: Thomas Ziegler

10203 Roger MacBride Allen
Showdown auf Centerpoint (1997)
Corellia 3: Showdown at Centerpoint (1995)
Ü: Thomas Ziegler

10204 Barbara Hambly
STAR WARS – Palpatines Auge (1997)
STAR WARS – Children of the Jedi (1995)
Ü: Horst Pukallus

10205 Steve Perry
STAR WARS – Schatten des Imperiums (1997)
STAR WARS – Shadows of the Empire (1996)
Ü: Thomas Ziegler

10263 Dean Koontz
Drachentränen (1995) (1997)
Dragon Tears (1993)
Ü: Ellen Schlootz
(↗ 14 HC/NA unter neuer Nummer)

10270 Iain Banks
Die Wespenfabrik (1991/1997)
The Wasp Factory (1984)
Ü: Irene Bonhorst
(↗ 4783/NA unter neuer Nummer)

10278 Ralph Sander
Das große NEXT GENERATION-Quizbuch: 2222 Fragen für wahre Trekker und solche, die es werden wollen (1997)

10285 George Lucas & Chris Claremont
Schattenmond (1997)
Shadowmoon (1995)
Ü: Christian Quatmann

10294 Alan Dean Foster
Die Eroberer – ein Roman aus der Welt von Dinotopia (1997)
Dinotopia Lost (1996)
Ü: Bärbel Deninger

10305 Peter Straub
Julia (1986/1997)
Julia (1984)
Ü: Joachim Körber
(↗ 6724 AR/NA unter neuer Nummer

10314 STAR TREK –
Die besessenen Vulkanier (A) (1988/1991) (1997)
Ü: Andreas Brandhorst

Greg Bear
Corona
Corona (1984)
(↗ 4499)

J. M. Dillard
Dämonen
Demons (1986)
(↗ 4819)

Marion Zimmer Bradley & Andre Norton & Mercedes Lackey
Der Tigerclan von Merina (1996) (1997)
Tiger Burning Bright (1995)
Ü: Marion Balkenhol
(↗ 38 HC/NA unter neuer Nummer)

10340 Marion Zimmer Bradley & Andre Norton
Hüter der Träume (1997)
Golden Trillium (1993)
Ü: Bea Reiter

10344 Nancy A. Collins &
Edward E. Kramer &
Martin H. Greenberg (Hrsg.)
Schwingen der Finsternis
(A) (1997)
Dark Love (1995)
Ü: Sepp Leeb

T. E. D. Klein
Einführung
Introduction

Stephen King
Lunch im Gotham Café
Lunch at the Gotham Café

Michael O'Donoghue
Der Psychopath
The Psycho

Kathe Koja
Pas de Deux
Pas de Deux

Basil Copper
Blitzende Klingen
Bright Blades Gleaming

John Lutz
Hansons Radio
Hanson's Radio

David J. Schow
Der Himmel im
Kühlschrank
Refrigerator Heaven

Robert Weinberg
Ro Erg
Ro Erg

Ramsey Campbell
Untergang
Going Under

Stuart Kaminsky
Verborgen
Hidden

Wendy Webb
Prisma
Prism

Richard Laymon
Die Nixe
The Maiden

Bob Burden
Ihr habt eure Probleme,
ich habe meine ...
You've Got Your
Troubles, I've Got Mine ...

George C. Chesbro
Waco
Waco

Kathryn Ptacek
Gehetzt
Hunting Game

John Shirley
Barbara
Barbara

Michael Blumlein
Hymenoptera
Hymenoptera

Ed Gorman
Worauf alles hinausläuft
The End of It All

Lucy Taylor
Hitze
Heat

Nancy A. Collins
Dünne Wände
Thin Walls

Karl Edward Wagner
Weggesperrt
Locked Away

Douglas E. Winter
Der Streifen
Loop

10366 Isaac Asimov &
Robert Silverberg
Kind der Zeit (1997)
Child of Time (1991)
Ü: Irene Holicki

10370 James Hatfield &
George ›Doc‹ Burt
Patrick Stewart – der neue
Captain. Seine unautorisierte
Biographie (1997)
Patrick Stewart (1996)
Ü: Ralph Sander

10483 John Brosnan
Hokuspokus Hexenkuß
(1997)
Have Demon Will Travel
(1996)
Ü: Thomas Hag

Heyne Hardcover

59 Peter Straub
Reise in die Nacht.
The Hellfire Club (1997)
The Hellfire Club (1996)
Ü: Joachim Körber

64 Barbara Erskine
Der Fluch von Belheddon Hall
(1996)
Hall of Echoes (1996)
Ü: Ursula Wulfekamp

68 Iain Banks
Die Spur der toten Sonne
(1997)
Excession
(1996)
Ü: Irene Bonhorst

Heyne Jubiläumsbände

121 Special STAR TREK –
The Next Generation
(A) (1991/1992) (1997)
Ü: Andreas Brandhorst

Michael Jan Friedman
Ein Ruf in die Dunkelheit
A Call to Darkness (1989)
(↗ 4814)

Keith Sharee
Gullivers Flüchtlinge
Gulliver's Fugitives
(1990)
(↗ 4889)

Heyne Tip des Monats

141 Terry Pratchett
Zwei Romane von der bizarren Scheibenwelt (C) (1991/1992) (1997)
Ü: Andreas Brandhorst

Pyramiden
Pyramiden (1989)
(↗ 4764)

MacBest
MacBest (1988)
(↗ 4863)

143 Dean Koontz
Zwei spannende Psychothriller (C) (1991/1995) (1997)

Schutzengel
Lightning (1988)
Ü: Wulf Bergner
(↗ 8340 AR)

Nachtstimmen
The Voice of the Night (1980)
Ü: Heinz Zwack
(↗ 9354)

Heyne Mini

1324 Oliver Denker
STAR WARS – Han Solo und Chewbacca (1997)

1325 Oliver Denker
STAR WARS –
Luke und Leia (1997)

1326 Oliver Denker
STAR WARS – Das Imperium (1997)

1327 Oliver Denker
STAR WARS – Die Jedi Ritter (1997)

Teil Zwei

Alphabetisches Verzeichnis sämtlicher Autoren und ihrer im Wilhelm Heyne Verlag im Jahr 1997 publizierten Werke

AB HUGH, Dafydd
Gleichgewicht der Kräfte : 5443
Balance of Power

ADAMS, Douglas
Per Anhalter durch die Galaxis – der Comic : 10100 AR
Douglas Adams' Hitchhiker's Guide to the Galaxy

AKERS, Alan Burt
Aufruhr in Kregen : 5898
Turmoil on Kregen

Mord auf Kregen : 5628
Murder on Kregen

ALDISS, Brian W(ilson)
All diese großen Maschinen – das Thema, das die Science Fiction nicht behandelt ↗ 5638
Originaltitel: NN

Die Verwandlung II ↗ 5645
Better Morphosis

ALEXANDER, David
Gene Roddenberry – die autorisierte Biographie : 5544
The Authorized Biography of Gene Roddenberry, STAR TREK Creator

ALPERS, Hans Joachim
Flucht aus Gurenia – Die Piraten des Südmeers, 2. Teil : 6019

ALTMANN, Jens
Ein Gespräch mit Jan Friedman ↗ 5638

ANDERSON, Poul W(illiam)
Die Chroniken der Zeitpatrouille : 4377, auch : 5661
The Time Patrol

Delenda est ↗ 5661
Delenda est

Ein unfaires Spiel ↗ 5661
The Only Game in Town

Elfenbein, Affen und Pfauen ↗ 4377, auch ↗ 5661
Ivory, and Apes, and Peacocks

Die Gibraltar-Fälle ↗ 5661
Gibraltar Falls

Das Jahr der Erlösung ↗ 5661
The Year of the Ransom

Der Mut, ein König zu sein ↗ 5661
Brave to Be a King

Stern des Meeres ↗ 5661
Star of the Sea

Die Trauer Odins des Goten ↗ 4377, auch ↗ 5661
The Sorrow of Odin the Goth

Zeitpatrouille ↗ 5661
Time Patrol

ANSELL, Bryan/KING, William
Genräuber ↗ 5554
Deathwing

ARCHER, Nathan
Walhalla : 5512
Valhalla

ASIMOV, Isaac/SILVERBERG, Robert
Einbruch der Nacht : 10090 AR
Nightfall

Kind der Zeit : 10366 AR
Child of Time

BALLARD, J(ames) G(raham)
Anleitung zum virtuellen Tod
↗ 10108 AR
A Guide to Virtual Death

Der Todessturz ↗ 10108 AR
The Dying Fall

BANKS, Iain
Die Spur der toten Sonne
: 68 HC
Excession

Träume vom Kanal : 5668
Canal Dreams

Die Wespenfabrik : 4783, auch
: 10270 AR
The Wasp Factory

BARRETT RODDEN-
BERRY, Majel
Einleitung ↗ 5544

BARTHELME, Donald
Die Zombies ↗ 10108 AR
The Zombies

BARTON, William
Das Zeitalter des Wassermanns
↗ 5921
Age of Aquarius

BAUER, Werner
Phantastische Literatur
im Heyne-Taschenbuch 1996.
Eine Bibliografie ↗ 5638

BAXTER, Stephen
Anti-Eis : 5891
Anti-Ice

Goldwimper ↗ 5648
Cilia-of-Gold

Zemyla ↗ 5921
Zemyla

BEAR, Greg
Corona : 4499, auch ↗ 10304 AR
Corona

Ein marsianischer Ricorso
↗ 5663
A Martian Ricorso

Die Hure ↗ 5663
Sleepside Story

Musik des Blutes ↗ 4480, auch
↗ 5663
Blood Music

Schrödingers Seuche ↗ 5663
Schrödinger's Plague

Schwestern ↗ 5663
Sisters

»Seid Wanderratten statt
Dinosaurier – unsere Zeit
kommt jetzt« ↗ 5638
Originaltitel: NN

Die Straße ins Nirgendwo
↗ 5663
Through Road No Wither

Tangenten : 5663
Tangents

Tangenten ↗ 5663
Tangents

Totenfuhre ↗ 5663
Dead Run

Die Unterhaltungsmaschinerie –
Ein Bericht aus den Trickstudios
über die Medien der Zukunft
↗ 5663
The Machineries of Joy

Vorwort ↗ 5663

Webster ↗ 5663
Webster

BEHREND, Arno R.
Zum Tod von Rosemarie
Hundertmarck ↗ 5638

BELL, M(ichael) Shayne
Das Rauschen des Flusses
↗ 5921
The Sound of the River

BETANCOURT, Gregory
s. COX, Greg/BETANCOURT, Gregory

BISSON, Terry
Die Botschaft ↗ 5921
The Message

BLUMLEIN, Michael
Hymenoptera ↗ 10344 AR
Hymenoptera

BORSCH, Frank
Was, wenn ich an deine Tür klopfte? ↗ 5645

BOVA, Ben(jamin William)
Dein Reich komme
↗ 5648
Thy Kingdom Come

Inspirationen ↗ 5649
Inspiration

BOWKER, Richard
Die Replik : 5637
Replica

BOWLES, Paul
Kitty ↗ 10108 AR
Kitty

BOYLE, T. Coraghessan
Blutregen ↗ 10108 AR
Bloodfall

BRADBURY, Ray(mond Douglas)
Die letzte Ölung ↗ 5649
Last Rites

Vorwort ↗ 5544

BRADDOCK, Hanovi
Die Asche der Sonne
: 6608
Magic – the Gathering: Ashes of the Sun

BRADFIELD, Scott
Der Traum des Wolfs
↗ 10108 AR
The Dream of the Wolf

BRENNERT, Alan
Das dritte Geschlecht
↗ 5645
The Third Sex

BROSNAN, John
Hokuspokus Hexenkuß
: 10483 AR
Have Demon Will Travel

Verflixt und zugehext : 10051 AR
Damned & Fancy

BRUNNER, JOHN
Schafe blicken auf : 3617, auch : 8003
The Sheep Look Up

BÜCHNER, Barbara
Aus dunkler Tiefe : 6019

BUJOLD, Lois McMaster
Fiamettas Ring : 5895
The Spirit Ring

Spiegeltanz : 5885
Mirror Dance

BULYTSCHOW, Kir
Das Treffen der Tyrannen bei Rowno : 5645
Встреча тиранов под Ровно

BURDEN, Bob
Ihr habt eure Probleme, ich habe meine ...
↗ 10344 AR
You've Got Your Troubles, I've Got Mine

BURGESS, Anthony
Die Muse ↗ 28,
auch ↗ 5075,
auch ↗ 10108 AR
The Muse

BURROUGHS, William S.
Die Geisterlemuren von Madagaskar
↗ 10108 AR
The Ghost Lemurs of Madagascar

BURT, George
s. HATFIELD, James/ BURT, George

CAMPBELL, Ramsey
Untergang ↗ 10344 AR
Going Under

CAREY, Diane
Das große Raumschiffrennen : 5474
The Great Starship Race

CAREY, Peter
Der dicke Mann im Wandel der Zeit ↗ 10108 AR
The Fat Man in History

CARTER, Angela
Capriccio-Ouvertüre zu ›Ein Sommernachtstraum‹
↗ 10108 AR
Ouverture and Incidental Music for a Midsummer Night's Dream

CHERRYH, C(aroline) J(anice)
Eroberer : 5652
Invader

Fremdling : 5651
Foreigner

CHESBRO, George C.
Waco : 10344 AR
Waco

CLAREMONT, Chris
s. LUCAS, George/ CLAREMONT, Chris

COLLINS, Nancy
Dünne Wände
↗ 10344 AR
Thin Walls

COLLINS, Nancy/ KRAMER, Edward E./ GREENBERG, Martin H.
Schwingen der Finsternis : 10344 AR
Dark Love

COMPTON, D(avid) G(uy)
Die Herren von Talojz : 5656
The Masters of Talojz

Tod Live : 8002
The Continuous Katherine Mortenhoe

CONEY, Michael
Hauptmann Hülsensack und der große Schnitter
↗ 5649
Bulldog Drummond and the Grim Reaper

CONSTANTINE, Storm
Lacrymata ↗ 5554
Lacrymata

COPPER, Basil
Blitzende Klingen
↗ 10344 AR
Bright Blades Gleaming

CORRAN, Mary
Allmächtiges Licht : 4394
Imperial Light

COX, Greg/
BETANCOURT, Gregory
Der Teufel im Himmel
: 5513
Devil in the Sky

CRANDALL, Melissa
Earth 2 – Das Eden-Projekt
: 10135 AR
Earth 2

Die Geisterstation : 5470
Shell Game

CROWLEY, John
Fort ↗ 5892
Gone

Neuheit ↗ 10108 AR
Novelty

DALTON, Sean
Earth 2 – Das unterirdische
Labyrinth : 10137 AR
Earth 2: Puzzle

DAVID, Peter
Imzadi : 5357
Imzadi

DAVID, Peter/
FRIEDMAN, Michael Jan/
GREENBERGER, Robert
Die Enterbten : 5466
The Disinherited

DAVIES, Robertson
Das Gespenst, das Stück für
Stück verschwand ↗ 10108 AR
*The Ghost That Vanished by
Degrees*

DE CAMP, L(yon) Sprague
Jorian : 5680

Der Schmetterlingsthron : 3439,
auch ↗ 5680
The Goblin Tower

Die Uhren von Iraz : 3484,
auch ↗ 5680
The Clocks of Iraz

Der ungeköpfte König : 4967,
auch ↗ 5680
The Unbeheaded King

Die Schwerter von Zinjaban
: 4193
The Swords of Zinjaban

DE LINT, Charles
Das kleine Land : 5677

Das verborgene Volk : 5236,
auch ↗ 5677
The Little Country
(Erster Teil)

Die vergessene Musik : 5237,
auch ↗ 5677
The Little Country
(Zweiter Teil)

DENKER, Oliver
STAR WARS – Han Solo und
Chewbacca : 1324 MINI

STAR WARS – Das Imperium
: 1326 MINI

STAR WARS – Die Jedi Ritter
: 1327 MINI

STAR WARS – Luke und Leia
: 1325 MINI

DICKSON, Gordon R(upert)
Der Drache an der Grenze : 5904
The Dragon on the Border

Der Drache, der Graf und der Troll : 5906
The Dragon, the Earl, and the Troll

Der Drache im Krieg : 5905
The Dragon at War

Der Drachenritter : 5903
The Dragon Knight

Die Nacht der Drachen : 3769, auch : 5902
The Dragon and the George

Wolf und Eisen : 5662
Wolf and Iron

DILLARD, J. M.
Dämonen : 4819, auch ↗ 10304 AR
Demons

DOMINIK, Hans
Atlantis : 3447, auch : 8112

Die Macht der Drei : 3420, auch : 4677, auch : 8111

DONALDSON, Stephen R.
Ein dunkler hungriger Gott erwacht : 5503
The Gap into Power: A Dark and Hungry God Arises

DOZOIS, Gardner
Gemeinschaft ↗ 5666
Community

DUANE, Diane;
Dark Mirror

DVORKIN, David
Die Zeitfalle : 4996, auch ↗ 10044 AR
Timetrap

ERSKINE, Barbara
Der Fluch von Belheddon Hall : 64 HC
Hall of Echoes

ETCHEMENDY, Nancy
Benbow ↗ 5645
Benbow

FALKENHAGEN, Lena
Die Boron-Insel : 6027

Kinder der Nacht : 6029

Schlange und Schwert : 6021

FARMER, Philip José
Der Zorn des Roten Lords : 5911
Red Orc's Rage

FERNANDEZ-DELGADO, Miguel Angel
»Wer sagt denn, daß ein Astronaut nicht auch Chilaquiles essen kann?« – Kontinuität und Wandel in der mexikanischen Science Fiction: ein kurzer historischer Abriß ↗ 5638

FERRING, David
Konrad : 5572
Konrad

Kriegsklinge : 5573
Warblade

Schattenbrut : 5574
Shadowbreed

FINCH, Sheila
Geistige Gemeinschaft ↗ 5892
Communion of the Minds

FLYNN, Michael F.
Auf den Flügeln eines Schmetterlings ↗ 5648
On the Wings of a Butterfly

Vergang'ne Küsse ↗ 5645
Remember'd Kisses

FOSTER, Alan Dean
Der Beobachter ↗ 5670
Bystander

Die Eroberer – ein Roman aus der Welt von Dinotopia : 10294 AR
Dinotopia Lost

Das Geschenk eines nutzlosen Mannes ↗ 3789, auch ↗ 4262, auch ↗ 5670
Gift of a Useless Man

Das letzte Rennen ↗ 5670
The Last Run

Monströs ↗ 4274, auch ↗ 5670
Surfeit

Schlangenaugen : 5670
Who Needs Enemies

Schlangenaugen ↗ 5670
Snake Eyes

Stadt der Erwählten ↗ 5670
Village of the Chosen

Was treibt das einfache Volk? ↗ 5670
What Do the Simple Folk Do?

Weihnachten auf dem Sumpfplaneten ↗ 5670
Swamp Planet Christmas

FREY, Gerd
Literaturadaptionen für den Computer/SF-Computer-Spiele ↗ 5638

FRIEDMAN, Michael Jan
Ein Ruf in die Dunkelheit : 4814, auch ↗ 121 JB

Die verschwundene Besatzung : 6511
STAR TREK: The Next Generation – Star Fleet Academy # 6: Mystery of the Missing Crew

FRIEDMAN, Michael Jan/ RYAN, Kevin
Requiem : 5442
Requiem

FRIEDMAN, Michael Jan
s. DAVID, Peter/FRIEDMAN, Michael Jan/GREENBERGER, Robert

FRIESNER, Esther M.
Der Tod und die Bibliothekarin ↗ 5921
Death and the Librarian

FUENTES, Carlos
Chac Mool ↗ 10108 AR
Chac Mool

GAIMAN, Neil
s. PRATCHETT, Terry/ GAIMAN, Neil

GALLAGHER, Diana G.
Arcade : 6513
STAR TREK: Deep Space Nine # 5: Arcade

GARLAND, Mark A./
McGRAW, Charles A.
Geisterhafte Visionen : 5407
Ghost of a Chance

GASCHLER, Peter M.
Kurd Laßwitz-Filmpreis? –
Die Filmszene 1995/96 ↗ 5638

GAUL, Niels
Steppenwind : 6025

GESER, Guntram
Cyberpunk: Techno-PopTechno-Fiction ↗ 5638

GILDEN, Mel
Die Raumschiff-Falle : 5471
The Starship Trap

GOLDEN, Christie
Die ermordete Sonne : 5406
The Murdered Sun

GOLDSTEIN, Lisa
Brotkrumen und Steine
↗ 10108 AR
Breadcrumbs and Stones

GORMAN, Ed
Worauf alles hinausläuft
↗ 10344 AR
The End of It All

GOULART, Ron(ald Joseph)
Glatzkopf macht Karriere
↗ 5649
A Cure for Baldness

GRAEFE, Lutz
»La Jetée« und »12 Monkeys« oder Wie aus einem intelligenten europäischen Experimentalfilm ein intelligenter Hollywood-Film wurde
↗ 5638

GRAEFE, Lutz/
MÖLLER, Olaf
Ein Gespräch mit Curt Siodmak
↗ 5638

GRAF, L. A.
Feuersturm : 5477
Fire Storm

Der Saboteur : 5469
Death Count

GREENBERG, Martin H.
s. COLLINS, Nancy/
KRAMER, Edward E./
GREENBERG, Martin H.

GREENBERGER, Robert
s. DAVID, Peter/FRIEDMAN, Michael Jan/GREENBERGER, Robert

GRIFFITH, Nicola
Ammonit : 5646
Ammonite

HAEFS, Gisbert
Barakuda: Banyadir : 9148 AR

HAHN, Ronald M.
The Magazine of Fantasy and Science Fiction, 95. Folge:
Der dreifache Absturz des Jeremy Baker : 5649

The Magazine of Fantasy and Science Fiction, 96. Folge:
Der Lincoln-Zug
: 5892

HAMBLY, Barbara
STAR WARS – Palpatines Auge
: 10204 AR
STAR WARS – Children of the Jedi

HAMMERSCHMITT, Marcus
Wind ↗ 5648

HANRATTY, Peter
Der letzte Ritter von Albion
: 4891, auch ↗ 5678
The Last Knight of Albion

Mordred : 5678

Mordred : 4890, auch ↗ 5678
The Book of Mordred

Der Strand von Avalon : 4892,
auch ↗ 5678
The Avalon Shore

HARMAN, Andrew
Hundstage : 5534
101 Damnations

Die Nanowichte : 5908
The Scrying Game

Das Wurmloch ins Biblioversum
: 5489
The Tome Tunnel

HARRIS, David
s. HARRISON, Harry/
HARRIS, David

HARRISON, Harry/HARRIS;
DAVID
Bill, der galaktische Held:
Das letzte inkohärente Abenteuer
: 5177
Bill the Galactic Hero
 # 7: The Final Incoherent
Adventure

HARRISON, Harry/
MINSKY, Marvin
Die Turing-Option : 5647
The Turing Option

HASSELBLATT, Dieter
Hörspiel ist Hör-Spiel
↗ 5638

HATFIELD, James/BURT, George
Patrick Stewart – der neue
Captain. Seine unautorisierte
Biographie : 10370 AR
Patrick Stewart

HAUCK, Dennis William
William Shatner – der Captain.
Eine unautorisierte Biographie
: 10106 AR
Captain Quirk. The Unauthorized
Biography of William Shatner

HAWKE, Simon
Die Rückkehr der Despoten
: 5446
STAR TREK – The Next
Generation – Blaze of Glory

HENNEN, Bernhard
Das Gesicht am Fenster
: 6024

HILDESHEIMER, Wolfgang
Warum ich mich in eine
Nachtigall verwandelt habe
↗ 10108 AR

HINZ, Christopher
Paratwa – Ash Ock : 5642
Ash Ock

Paratwa – Killer aus dem Eis
: 5641
Liege Killers

Paratwa – Paratwa : 5643
Paratwa

HØEG, Peter
Versuch mit der Dauer
der Liebe
↗ 10108 AR
Originaltitel: NN

HOHLBEIN, Wolfgang
Das Netz : 9684 AR

HOLT, Tom
Auch Götter sind nur Menschen
: 5680
Odds and Gods

Der fliegende Holländer : 5079, auch ↗ 5679
Flying Dutch

Richards Blockbusters : 5679

Wir haben Sie irgendwie größer erwartet : 5107, auch ↗ 5679
Expecting Someone Taller

HOOPER, Peter
Das Hirschvolk: Die Berge des Morgens : 10139 AR
A Song in the Forest

Das Hirschvolk: Die Chronik der Väter : 10141 AR
Time and the Forest

Das Hirschvolk: Fremde Brüder : 10140 AR
People of the Long Water

IRVING, John
Anderer Leute Träume ↗ 10108 AR
Other People's Dreams

IVES GILMAN, Carolyn
Die wilden Schiffe von Fairny ↗ 5649
The Wild Ships of Fairny

IWOLEIT, Michael K.
Nachwort ↗ 5257

JACOBY, Bruce
s. KAZIDIAN, Aris/JACOBY, Bruce

JESCHKE, Wolfgang
Editorial ↗ 5638

Heyne Science Fiction Jahresband 1996 : 5648

Meamones Auge : 5149

Die Reise einer Zeitmaschine ↗ 5638

Die säumige Zeitmaschine : 5645

Das Science Fiction Jahr # 12 – Ausgabe 1997 : 5638

Das Science Fiction Jahr # 13 – Ausgabe 1998 : 5925

Vorwort ↗ 8002, ↗ 8003

JOHNSON, James B.
Treckmeister : 5916
Trekmaster

JONES, Neil/PRINGLE, David
Genräuber : 5554
Deathwing

JORDAN, Robert
Die Amyrlin : 5523
The Lord of Chaos (Dritter Teil)

Die Fühler des Chaos : 5521
The Lord of Chaos (Erster Teil)

Stadt des Verderbens : 5522
The Lord of Chaos (Zweiter Teil)

KAMINSKY, Stuart
Verborgen ↗ 10344 AR
Hidden

KAZIDIAN, Aris/JACOBY, Bruce
Das STAR TREK-Kochbuch
: 5546
Originaltitel: NN

KEITH, William H.
Die Ehre der Legion : 5393
Renegade's Honor

Operation Excalibur : 5492
Operation Excalibur

KELLY, James Patrick
Warum die Brücke nicht mehr singt ➚ 5892
Why the Bridge Stopped Singing

KESSEL, John
Invasoren ➚ 5645
Invaders

KIAUSCH, Usch
»A Country of the Mind«, ein Land der inneren Vorstellung. Ein Gespräch mit Greg Bear ➚ 5638

KIDD, Paul
Die Maus von Kerbridge : 5901
Mus of Kerbridge

KIESOW, Ulrich
Das zerbrochene Rad : 6000

KING, Stephen
Lunch im Gotham Café ➚ 10344 AR
Lunch at the Gotham Café

KING, William
Des Teufels Marodeure ➚ 5554
Devil's Marauders

s. ANSELL, Bryan/KING, William

KLEIN, T. E. D.
Einführung ➚ 10344 AR
Introduction

KÖRBER, Joachim
Rabenschwarze Träume. Phantastische Geschichten der modernen Weltliteratur : 10108 AR

KOJA, Kathe
Pas de Deux ➚ 10344 AR
Pas de Deux

KOKE, Jak
Funkstille : 5667
Dead Air

KOONTZ, Dean
Bruno ➚ 10039 AR
Bruno

Dämmerung des Morgens ➚ 10039 AR
Twilight of the Dawn

Dickschädel ➚ 10039 AR
Hardshell

Drachentränen : 10263 AR, auch : 14 HC

Gehetzt ➚ 8768 AR, auch ➚ 10039 AR
Trapped

Der Handtaschenräuber ➚ 10039 AR
Snatcher

Highway ins Dunkel : 10039 AR
Strange Highways Story Collection

Highway ins Dunkel ➚ 10039 AR
Strange Highways

Kätzchen ➚ 10039 AR
Kittens

Miss Attila, die Hunnin ➚ 10039 AR
Miss Attila the Hun

Nachtstimmen ↗ 9354 AR,
auch ↗ 143 TdM
The Voice of the Night

Ollies Hände ↗ 10039 AR
Ollie's Hands

Schutzengel : 8340 AR,
auch ↗ 143 TdM
Lightning

Der schwarze Kürbis
↗ 10039 AR
The Black Pumpkin

Die Sturmnacht ↗ 10039 AR
The Storm of the Night

Unten in der Dunkelheit
↗ 8831 AR, auch ↗ 10039 AR
Down in the Darkness

Wir drei ↗ 3602,
auch ↗ 10039 AR
We Three

Zwei spannende Psychothriller
: 143 TdM

KRAMER, Edward E.
s. COLLINS, Nancy A./
KRAMER, Edward E./
GREENBERG, Martin H.

KRESS, Nancy
Bettler in Spanien : 5881
Beggars in Spain

Bettler und Sucher : 5882
Beggars and Choosers

Evolution ↗ 5921
Evolution

Verwirrung der Gefühle
↗ 5666
Fault Lines

KUBE-McDOWELL, Michael P.
Trigon 1: Das Wagnis : 5485
Emprise

KUBICEK, Ivan
Autodafé – ein Happening
für zwei ↗ 5645
*Autodafé – aneb happening
pro dva*

KUMMING, Waldemar
The Anaheim World Science
Fiction Convention
(29. 8.–2. 9. 1996)
↗ 5638

LACKEY, Mercedes
s. ZIMMER BRADLEY, Marion/
NORTON, Andre/
LACKEY, Mercedes

LAFFERTY, R(aphael) A(loysius)
Das magere Volk in der
Leptophlebo Street ↗ 5645
*The Skinny People of
Leptophlebo Street*

LANDIS, Geoffrey A.
Der letzte Sonnenuntergang
↗ 5666
The Last Sunset

LAYMON, Richard
Die Nixe ↗ 10344 AR
The Maiden

LE GUIN, Ursula K(roeber)
Eine andere Geschichte oder
Ein Fischer des Binnenmeeres
↗ 10108 AR
*Another Story or
A Fisherman of the Inland Sea*

LEIBER, Fritz
Ritter und Knappe des
Schwerts – Die glorreiche
Rückkehr von Fafhrd und dem
Grauen Mausling : 5910
The Knight and Knave of Swords

LESSING, Doris
Ein harmloser Heuschrecken-überfall ↗ 10108 AR
A Mild Attack of Locusts

LEWITT, S. N.
Cybersong : 5408
Cybersong

LUCAS, George/
CLAREMONT, Chris
Schattenmond : 10285 AR
Shadowmoon

LUTZ, John
Hansons Radio ↗ 10344 AR
Hanson's Radio

LUXBACHER, Günther
Zuses Maschinen.
Eine deutsche Technik-geschichte des Computers
↗ 5638

LYRIS, Sonia Orin
Der schlummernde Friede
: 6610
Magic – the Gathering: And Peace Shall Sleep

McBRIDE, Sally
Der Duft von Orchideen
↗ 5921
The Fragrance of Orchids

MacBRIDE ALLEN, Roger
Angriff auf Selonia : 10202 AR
Corellia 2: Assault at Selonia

Der Hinterhalt: 10201 AR
Corellia 1: Ambush at Corellia

Showdown auf Centerpoint
: 10203 AR
Corellia 3: Showdown at Centerpoint

McCAFFREY, Anne (Inez)
Damia : 5623
Damia

Damias Kinder : 5624
Damia's Children : 5625

Der Drachengesang :
3791, auch ↗ 5676
Dragonsong

Lyon : 5625
Lyon's Ride

Rowan : 5622
The Rowan

Die Suche der Drachen : 3330,
auch ↗ 5676
Dragonquest

Die Welt der Drachen
: 5676

Die Welt der Drachen : 3291,
auch ↗ 5676
Dragonflight

McDONALD, Ian
Chaga : 5660
Chaga/Evolution's Shore

McGRAW, Charles G.
s. GARLAND, Mark A./
McGRAW, Charles G.

McHUGH, Maureen F.
Der Lincoln-Zug ↗ 5892
The Lincoln Train

McINTOSH, Neil
Saat des Zweifels
↗ 5554
Seed of Doubt

MACKAY, Scott
Die Weisen der Cassiopeia
↗ 5649
The Sages of Cassiopeia

MCLAREN, Teri
Das Lied der Zeit : 6609
Magic – the Gathering: Song of Time

MARCUS, Daniel
Mutter Gottes der Prärie ↗ 5666
Prairie Godmother

MARTIN, George R(aymond) R(ichard)
Wild Cards 5: Wilde Joker : 5605
Wild Cards 3

MARTIN, Valerie
Der Tod besucht eine Party ↗ 10108 AR
Originaltitel: NN

MAY, Julian
Der Fluch der Schwarzen Lilie : 10104 AR
Blood Trillium

MIELKE, Holger
Einführung/Anhang ↗ 8111, ↗ 8112

MILAN, Victor
Aus Okeanos' Tiefen : 5473
From the Depths

Der schwarze Drache : 5493
Black Dragon

MINSKY, Marvin
s. HARRISON, Harry/MINSKY, Marvin

MITCHELL,. V. E.
Tore auf einer toten Welt : 5472
Windows on a Lost World

MÖLLER, Olaf
s. GRÄFE, Lutz/MÖLLER, Olaf

MONDOLONI, Jacques
Die kleine Katze ist tot ↗ 5645
Le petit chat est mort

MOORE, Sean R.
Conan der Jäger : 5657
Conan the Hunter

MORGENTAL, Michael
Nachwort ↗ 5895

MULISCH, Harry
Alter Ego ↗ 10108 AR
Gelijkenis

MURAKAMI, Haruki
Der Elefant verschwindet ↗ 10108 AR
Originaltitel: NN

MURPHY, Pat
Knochen ↗ 5666
Bones

NICHOLS, Nichelle
Nicht nur Uhura – Star Trek und andere Erinnerungen : 5547
Beyond Uhura. Star Trek and Other Memories

NORMAN, John
In Sklavenketten auf Gor : 3612
Slave Girl of Gor

Die Verräter von Gor : 5658
Renegades of Gor

NORTON, Andre
s. ZIMMER BRADLEY, Marion/NORTON, Andre/LACKEY, Mercedes

OATES, Joyce Carol
Phasenverschiebung
↗ 10108 AR
Phase Change

O'BRIEN, Tim
Das Gespenst des Krieges
↗ 10108 AR
The Ghost Soldiers

ODOM, Mel
Auf Beutezug : 5659
Preying for Keeps

O'DONOGHUE
Der Psychopath ↗ 10344 AR
The Psycho

PEEL, John
Drachenjäger : 5415
Here There Be Dragons

Ein Trip durch das Wurmloch
: 6514
STAR TREK – Deep Space Nine # 6: Field Trip

PERCHTOLD, Ute/TIMPER, Christiane/VOCK, Birke/ WEIXNER, Bärbel/TRÖSTER, Horst G.
Science Fiction-Hörspiele 1995/96 ↗ 5638

PERRY, Steve
STAR WARS – Schatten des Imperiums : 10205 AR
STAR WARS – Shadows of the Empire

PHILLIPS, Donald G.
Ritter ohne Furcht und Tadel
: 5358
Star Lord

PLOOG, Jürgen
Der Raumagent ↗ 10108 AR

PRATCHETT, Terry
MacBest : 4863,
auch ↗ 141 TdM
MacBest

Pyramiden : 4764,
auch ↗ 141 TdM
Pyramids

Zwei Romane von der bizarren Scheibenwelt
: 141 TdM

PRATCHETT, Terry/ GAIMAN, Neil
Ein gutes Omen : 5894
Good Omens

PRINGLE, David
s. JONES, Neil/ PRINGLE, David

PTACEK, Kathryn
Gehetzt ↗ 10344 AR
Hunting Game

REED, Robert
Das Turnier ↗ 5892
The Tournament

REITER, Ralf
H. G. Wells und »The Time Machine« ↗ 5638

RESNICK, Mike
Ein wenig Wissen
↗ 5666
A Little Knowledge

Die Einhornpirsch
: 5897
Stalking the Unicorn: A Fable of Tonight

RESNICK, Mike/
SHWARTZ, Susan
Bibi ↗ 5921
Bibi

REEVES-STEVENS, Garfield
s. REEVES-STEVENS, Judith/
REEVES-STEVENS, Garfield

REEVES-STEVENS, Judith &
REEVES-STEVENS, Garfield
STAR TREK-Design : 5545
STAR TREK Design

RICE, Peter
Den Teufel werden wir tun : 5453
Damned If We Do ...

Eisiger Tod : 5454
Frost Death

ROBERSON, Jennifer
Cheysuli: Die Ehre der Prinzen : 5675
A Pride of Princess/ Chronicles of the Cheysuli: Book Five

Cheysuli: Ein Gobelin mit Löwen : 5878
A Tapestry of Lions/ Chronicles of the Cheysuli: Book Eight, Teil 1

Cheysuli: Die Fährte des weißen Wolfs : 5674
Track of the White Wolf/ Chronicles of the Cheysuli: Book Four

Cheysuli: Der Flug des Raben : 5877
Flight of the Raven/ Chronicles of the Cheysuli: Book Seven

Cheysuli: Das Lied von Homana : 5672
The Song of Homana/Chronicles of the Cheysuli: Book Two

Cheysuli: Löwenmagie : 5879
A Tapestry of Lions/Chronicles of the Cheysuli: Book Eight, Teil 2

Cheysuli: Die Tochter des Löwen : 5876
Daughter of the Lion/Chronicles of the Cheysuli: Book Six

Cheysuli: Das Vermächtnis des Schwerts : 5873
Legacy of the Sword/Chronicles of the Cheysuli: Book Three

Cheysuli: Wolfsmagie : 5671
Shapechangers/ Chronicles of the Cheysuli: Book One

ROBERT, Peter
Alien ↗ 5645

ROBERTS, John Maddox
Conan das Schlitzohr : 5437
Conan the Rogue

ROBINSON, Kim Stanley
Grüner Mars : 5362
Green Mars

Roter Mars : 5361
Red Mars

ROGERS, Bruce Holland
Rettungsboot auf brennender See ↗ 5892
Lifeboat on a Burning Sea

ROSENBLUM,.Mary
Gasfische ↗ 5666
Gas Fish

ROSENDORFER, Herbert
Die unendlich reiche Stadt Jezradef ↗ 10108 AR

RUCKER, Rudy
Hohlwelt : 5887
The Hollow Earth

RUF, Martin
Kein Rätsel, ein Geheimnis. Über die Grundlagen menschlicher Zeiterfahrung ↗ 5638

RUSCH, Kristine Kathryn
Fremde Einflüsse : 5639
Alien Influences

Die Herzleser : 5631
Heart Readers

RYAN, Kevin
s. FRIEDMAN, Michael Jan/ RYAN, Kevin

RZESZOTNIK, Jacek
»Morgen ist heute – nur daß es morgen ist.« Zur Geschichte des polnischen SF-Films der Nachkriegszeit ↗ 5638

SALVATORE, R. A.
Das Joch der Zyklopen : 5953
The Sword of Bedwyr

Luthiens Wagnis : 5954
Luthien's Gamble

SANDER, Ralph
Erfolg ist doch alles – oder? Roland Emmerichs »Independence Day« ↗ 5638

Das große NEXT GENERATION-Quizbuch: 2222 Fragen für wahre Trekker und solche, die es werden wollen : 10278 AR

STAR TREK Timer 1998 : 1998

SAVAGE, Felicity
Cyberschicksal ↗ 5892
Cyberfate

SAVAGE, Ron
Connecticut-Nazi ↗ 5892
Connecticut Nazi

SCHOW, David J.
Der Himmel im Kühlschrank ↗ 10344 AR
Refrigerator Heaven

SCHRÖDER, Burkhard
Cypherguerilla ↗ 5666

SEMBTEN, Malte S.
Blind Date ↗ 5921

SHAREE, Keith
Gullivers Flüchtlinge : 4889, auch ↗ 121 JB
Gulliver's Fugitives

SHAW, Bob
Die flüchtigen Welten : 4775, auch ↗ 5543
The Fugitive Worlds

Die Heißluft-Astronauten : 4773, auch ↗ 5543
The Ragged Astronauts

Die hölzernen Raumschiffe : 4774, auch ↗ 5543
The Wooden Spaceships

Die wilden Astronauten : 5543

SHECKLEY, Robert
Das Spiel der Laertaner : 5514
The Laertian Gamble

SHEFFIELD, Charles
Die Rechenmaschine von South Georgia ↗ 5648
Georgia on My Mind

SHEPARD, Lucius
Muschelkratzer-Bill ↗ 5648
Barnacle Bill the Spacer

SHINN, Sharon
Im Zeichen der Weide : 5634
The Shape-Changer's Wife

SHIRLEY, John
Barbara ↗ 10344 AR
Barbara

SHWARTZ, Susan
s. RESNICK, Mike/SHWARTZ, Susan

SILVERBERG, Robert
Der heiße Himmel um Mitternacht : 5665
Hot Sky at Midnight

s. ASIMOV, Isaac/SILVERBERG, Robert

SIMMONS, Dan
Kraft des Bösen: 10074 AR
Carrion Comfort

SIMON, Erik
Die Frachtluke klemmt ↗ 5645

Versunkene Zeit ↗ 5645

SMEDMAN, Lisa
Das Luzifer-Deck : 5889
The Lucifer Deck

SMEDS, Dave
Letzter Einsatz ↗ 5649
Short Timer

SMITH, Dean Wesley
Schatten der Vergangenheit ↗ 5649
In the Shade of the Slowboat Man

SMITH, Nyx
Stahlregen : 6127
Steel Rain

SPINRAD, Norman (Richard)
Bilder um 11 : 5664
Pictures at 11

Deus X : 5917
Deus X

STABLEFORD, Brian
Berührungslos ↗ 5921
Out of Touch

STACKPOLE, Michael A.
Abgefeimte Pläne : 5391
Malicious Intent

STAR TREK
s. 1998, 10044 AR, 10304 AR, 121 JB

STEINMÜLLER, Karlheinz
Laudatio auf Carl Amery ↗ 5638

STRASSER, Dirk
Die Skerricks von Truth ↗ 5645
The Skerricks of Truth

STRAUB, Peter
Die fremde Frau : 10071 AR
Marriages

Julia : 6724 AR, auch: 10305 AR
Julia

Reise in die Nacht. The Hellfire Club : 59 HC
The Hellfire Club

STRICKLAND, Barbara
s. STRICKLAND, Brad/
STRICKLAND, Barbara

STRICKLAND, Brad/
STRICKLAND, Barbara
Kadett Jean-Luc Picard
: 6515
STAR TREK: The Next Generation – Star Fleet Academy # 8: Starfall

STROSS, Charles
Todeskloster ↗ 5554
Monastery of Death

STRUGATZKI, Arkadij/
STRUGATZKI, Boris
Die Wanderer : 5669
Волны гасят ветер

STRUGATZKI, Boris
s. STRUGATZKI, Arkadij/
STRUGATZKI, Boris

SUMMER, Mark
Der verschwenderische Magier
: 6607
Magic – the Gathering: The Prodigal Sorcerer

SUSSAN, René
Die Probeexemplare
↗ 5645
Les spécimens

TAYLOR, Lucy
Hitze ↗ 10344 AR
Heat

TENN, William
Der Ruhm der Familie. Und George
↗ 5921
The Girl with Some Kind of Past. And George

THOMANN, Jürgen
Eine Frage der Sichtweise
↗ 5645

Dem Kommunikationszeitalter auf der Spur: Science Fiction im Internet
↗ 5638

Es gibt sie noch ...? Bericht zur Lage der deutschsprachigen Science Fiction 1995/96 und deren Literaturpreise
↗ 5638

THOMPSON, W. R.
Planet der Schuldner
: 5439
Debtor's Planet

TIMPER, Christiane
s. PERCHTOLD, Ute/TIMPER, Christiane/VOCK, Birke/WEIXNER, Bärbel/TRÖSTER, Horst G.

TOUFAR, Pavel
Zur Hölle mit der Maus, noch ein Bier, bitte!
↗ 5645
K certu, s tou mysi, naleijte mi pivo!

TRÖSTER, Horst G.
s. PERCHTOLD, Ute/TIMPER, Christiane/VOCK, Birke/WEIXNER, Bärbel/TRÖSTER, Horst G.

URBANEK, Hermann
Die amerikanische SF-Szene 1995/96 ↗ 5638
Die britische SF-Szene 1995/96 ↗ 5638
Die deutsche SF-Szene 1995/96 ↗ 5638

UTLEY, Steven
Wind über der Welt ↗ 5921
The Wind Over the World

VAN HISE, Della
Zeit zu töten : 4698, auch ↗ 10044 AR
Killing Time

VOCK, Birke
s. PERCHTOLD, Ute/TIMPER, Christiane/VOCK, Birke/WEIXNER, Bärbel/TRÖSTER, Horst G.

VOLSKY, Paula
Trugbilder : 5632
Illusion

VONARBURG, Elisabeth
Die Maerlande-Chroniken : 5888
Maerlande Chronicles

Mane, Tekel, Phares ↗ 5648
Mane, Tekel, Phares

Die säumige Zeitmaschine ↗ 5645
La machine lente du temps

Die schweigende Stadt : 5644
La silence de la cité

VONNEGUT, Kurt
Der große Weltraumfick ↗ 10108 AR
The Big Space Fuck

VORNHOLT, John
Earth 2 – Tödlicher Abgrund : 10136 AR
Earth 2: Leather Wings

Zuflucht : 5468
Sanctuary

VUKCEVICH, Ray
Pappnasen im Weltraum ↗ 5649
White Guys in Space

WAGNER, Karl Edward
Weggesperrt ↗ 10344 AR
Locked Away

WAHREN, Friedel
Asimov's Science Fiction, 49. Folge : 5666

Asimov's Science Fiction, 50. Folge : 5921

WATSON, Ian
Harlekin : 5553
Harlequin

Im Schatten des Chaos ↗ 5554
Warped Stars

Das Scheusal im Leib ↗ 5554
The Alien Beast Within

WATT-EVANS, Lawrence
Warum ich Harrys nachts durchgehend geöffnetes Hamburger-Lokal verließ ↗ 5921
Why I Left Harry's All-Night Hamburgers

WEBB, Wendy
Prisma ↗ 10344 AR
Prism

WEDEMEYER-SCHWIERSCH, Sabine
Von der Schwierigkeit, vuliworpische Liebeslyrik zu übersetzen ↗ 5645

WEINBERG, Robert
Ro Erg ↗ 10344 AR
Ro Erg

WEIXNER, Bärbel
s. PERCHTOLD, Ute/TIMPER, Christiane/VOCK, Birke/WEIXNER, Bärbel/TRÖSTER, Horst G.

WELDON, Fay
Angel, in aller Unschuld ↗ 10108 AR
Angel, All Innocence

WHITE, James
Chef de Cuisine : 4982
The Galactic Gourmet

WIESER, Hadmar von
Der Lichtvogel – Elementare Gewalten, 1. Teil : 6026

WILDER, Cherry
Ein Hauch von Hoffnung ↗ 5645
Something Coming Through

WILHELM, Kate
Inseln im Chaos : 5536
Death Qualified

WINGROVE, David
Ein Herz aus Stein : 5258
The Stone Within: Chung Kuo – Book Four (Zweiter Teil)

Ungeheuer der Tiefe : 5257
The Stone Within; Chung Kuo – Book Four (Erster Teil)

WINTER, Douglas E.
Der Streifen ↗ 10344 AR
Loop

WITZKO, Karl-Heinz
Spuren im Schnee : 6020

WRIGHT, Susan
Der Mörder des Sli : 5438
Sins of Commission

YORK, J. Steven
Der unbeschrankte Bahnübergang ↗ 5649
The Unmarked Crossing

ZELAZNY, Roger (Joseph)
Der dreifache Absturz des Jeremy Baker ↗ 5649
The Three Descents of Jeremy Baker

ZIMMER BRADLEY, Marion
Das graue Schloß am Meer : 6815 AR, auch : 10086 AR
Souvenir of Monique

ZIMMER BRADLEY, Marion/NORTON, Andre
Hüter der Träume : 10340 AR
Golden Trillium

ZIMMER BRADLEY, Marion/NORTON, Andre/LACKEY, Mercedes
Der Tigerclan von Merina : 10321 AR, auch : 38 HC
Tiger Burning Bright

ZIMMERMANN, Herman
Einführung ↗ 5545